LUANNE RICE

WAS ALLEIN DAS HERZ ERKENNT

WO DIE STERNE ZUHAUSE SIND

Zwei Romane in einem Band

Weltbild

Die amerikanischen Originalausgaben erschienen unter den Titeln
Summerlight und *Follow the Stars Home*
bei Bantam Books, New York

Besuchen Sie uns im Internet:
www.weltbild.de

Genehmigte Lizenzausgabe für Verlagsgruppe Weltbild GmbH,
Steinerne Furt, 86167 Augsburg
Was allein das Herz erkennt

Übersetzung: Ursula Bischoff
Wo die Sterne zuhause sind

Übersetzung: Ursula Bischoff
Umschlaggestaltung: Jarzina Kommunikations-Design, Köln
Umschlagmotiv: zefa, Düsseldorf
Gesamtherstellung: Oldenbourg Taschenbuch GmbH,
Hürderstraße 4, 85551 Kirchheim
ISBN 3-8289-7665-4

2008 2007 2006 2005
Die letzte Jahreszahl gibt die aktuelle Lizenzausgabe an.

LUANNE RICE

WAS ALLEIN DAS HERZ ERKENNT

Roman

Aus dem Amerikanischen
von Ursula Bischoff

Weltbild

Für meine Nichte,
Amelia Onorato.

Danksagung

Für Tracey Turiff, die mir die Hockey Hall of Fame und Maple Leaf Gardens gezeigt und mir mehr von der Wärme und Schönheit Kanadas vermittelt hat, als ich mir je erträumt hätte, in Liebe und Dankbarkeit.

Danken möchte ich auch Rob Monteleone. Seit ich ihn zum ersten Mal in einem Eishockeyspiel sah, haben mich die Geheimnisse einer Sportart inspiriert, die von Geschwindigkeit und Wettstreit, Leidenschaft und Blut geprägt ist. Ohne Rob wäre ich Martin nicht begegnet.

Prolog

Der See war so tief, dass man den Grund nicht auszuloten vermochte. Wenn er zufror, bildete sich eine meterdicke Eisschicht. Berge ragten ringsum im Norden, Osten und Westen auf, Klippen und Kiefern waren mit Schnee bedeckt. Kurz vor Sonnenaufgang blitzte das Nordlicht am Himmel auf. Der Junge gönnte ihm keinen Blick, sondern fuhr fort, seine Schlittschuhe anzuschnallen; dann griff er nach der Schaufel.

Es war kalt, die Temperatur betrug minus fünf Grad. Zu Hause hatte er den Küchenofen mit Kohle und Brennholz eingeheizt. Das Feuer loderte, aber es reichte nicht aus, um das ganze Haus zu wärmen. Martin fror immer, auch wenn seine Mutter ihm frisches Brot zum Frühstück gab, das noch warm aus dem Ofen kam, oder ihm dicke Socken und Pullover strickte.

Draußen wehte ein eisiger Wind, der seine Wangen rötete. Er war so schneidend, dass seine Lungen bei jedem Atemzug brannten und seine Finger erstarrten. Die Schnittwunden auf seiner Brust – frisch, noch entzündet und mit schwarzem Faden genäht – fühlten sich an, als stammten sie von Bärenklauen, aber nichts hätte ihn aufhalten können. In wenigen Stunden begann die Schule, aber vorher hatte er sich mit Ray am See verabredet.

Die Sonne ging im Osten über den Bergen auf, orangefarbene Lichtblitze schossen durch das Geäst der Bäume. Martin glitt über das Eis, schob die Schaufel vor sich her und räumte den Schnee beiseite: mindestens fünf Zentimeter waren über Nacht gefallen. Als er das Kratzen eines

Schaufelblatts hörte, spähte er zum anderen Ufer des Sees hinüber und winkte. Ray machte schnell und kräftig eine breite Bahn von der anderen Seite her frei.

Die Jungen trafen sich und fuhren aneinander vorbei. Als die Sonne höher stieg, hatten sie bereits eine größere Fläche vom Schnee freigeräumt. Martin stellte sich die Zamboni im Maple Leaf Gardens vor, wie sie das Eis glatt hobelte, damit sein Vater spielen konnte. Die Menge klatschte laut Beifall.

Und nun war es endlich so weit: der gefeierte Eishockeystar Martin Cartier würde auf den großen Ray Gardner treffen …

Sie legten die Schaufeln beiseite und holten die Schläger und Pucks, die sie unter dem alten Baumstamm versteckt hatten. Martins Magen knurrte. Er hatte gestern Abend nicht genug zu essen bekommen und heute Morgen war das Brot seiner Mutter nicht richtig aufgegangen. Das Feuer war in den frühen Morgenstunden erloschen und der Ofen nicht heiß genug zum Backen gewesen. Seiner Mutter zuliebe hatte er eine halbe Scheibe heruntergewürgt und zu ignorieren versucht, wie sie dabei über seinen Vater schimpfte.

Martins Magen meldete sich lauter zu Wort, selbst seine dicke Jacke konnte das Knurren nicht dämpfen. Er wusste, dass Ray es hören konnte – es hörte sich an wie das Knurren eines Bären oder Wolfes –, und der Gedanke, Ray könnte daraus schließen, dass sie hungern und frieren mussten, weil sie nicht genug Geld besaßen, war ihm peinlich.

»Fertig?«, Ray tat, als habe er nichts bemerkt.

»*Bien sûr.*« Martin war Ray dankbar, aber er bedachte ihn trotzdem mit einem mörderischen Blick, wie er es bei den Mittelfeldspielern der Profis gesehen hatte.

Ihre Schläger berührten sich, Martin erwischte den Puck und die wilde Jagd war eröffnet.
Während sie in rasantem Tempo über das Eis fegten, hörte er, wie die Kufen ihrer Schlittschuhe über das freigeschaufelte Eis kratzten. Schneeklumpen rieselten von den Ästen der Kiefern auf den gefrorenen See. Eine Rotwildfamilie knabberte an den Spitzen der hohen Gräser, die aus dem Schnee lugten. Auf der Jagd nach einer Feldmaus flog eine Eule tief über das Eis.
Martin nahm all das wahr, obwohl er sich auf den Puck konzentrierte. Die Welt mit ihren tausend Ansichten drehte sich um ihn herum weiter, doch seine ganze Aufmerksamkeit galt der kleinen Hartgummischeibe. Die beiden Jungen kämpften miteinander und brachten sich, den Schläger um die Knöchel des Gegners gehakt, gegenseitig zu Fall und brüllten dabei vor Vergnügen. Martin entwickelte übermenschliche Kräfte und schien die Facettenaugen einer Gottesanbeterin zu besitzen; er war der beste Eishockeyspieler der Welt.
Augen im Hinterkopf, das braucht man, weißt du! Das ist es, was die wirklichen Champions auszeichnet. Martin konnte die Stimme seines Vaters so deutlich hören, als befände er sich unmittelbar hinter ihm auf dem Lac Vert und nicht in Kalifornien, wo er sein Geld durchbrachte. Während Martin auf das Tor zusteuerte, stellte er sich vor, dass sein Vater ihm zusah und ihn mit Stolz beobachtete. Er ließ seinen besten Freund in einer Wolke aus Schnee hinter sich zurück. Er hob seinen Arm und holte aus, zielte auf das Netz und traf ins Tor.
»Martin, was ist denn das?« Ray kam näher.
»Was ist was?« Martin grinste. Er nahm Ray in den Schwitzkasten, dann in die Kopfzange. »Ich habe dich besiegt. Kannst du das nicht ertragen?«

»Nein, ich meine das da –« Ray schob Martin beiseite und deutete auf das Eis.

Rote Tropfen führten zu einer scharlachroten Lache. Das Blut lief an seinen Beinen hinab, über seine Schlittschuhe, auf das Eis. Hellrot sickerte es durch die dünne Schneeschicht und die Spuren der Schlittschuhe.

»Ach, das ist nicht der Rede wert«, erwiderte Martin.

»*Merde!*« Ray fluchte.

Am Reißverschluss zerrend, öffnete er Martins Jacke. Martin versuchte, ihn abzuwehren, aber er zitterte am ganzen Körper. Ray warf seine Handschuhe zu Boden und knöpfte Martins Hemd auf.

Die Wunden waren tief und bei der wilden Jagd auf dem Eis waren die Nähte wieder aufgegangen. Blut floss aus den Schnitten, die kreuz und quer über der Brust verliefen. Der Mann hatte Martins Nacken mit der einen und das Messer mit der anderen Hand gepackt; sein Vater hatte daneben gestanden und zugesehen. »Zahle«, hatte der Mann immer wieder gesagt, »das ist die letzte Warnung. Zahle, oder ich gehe tiefer.«

»Was zum Teufel …«, Ray blickte Martin in die Augen. Die Luft war eisig und das Blut gefror ihnen in den Adern, während sie reglos dastanden. Ray zog seine Jacke aus und drückte sie auf die Wunden. Martin konnte und würde nicht reden. Er würde niemandem, nicht einmal seiner Mutter oder seinem besten Freund offenbaren, was ihm angetan worden war.

Und er hatte niemals – mit keiner Menschenseele – darüber gesprochen, bis er May begegnete.

May, seiner einzigen Liebe. Ihr hatte er die ganze Geschichte erzählt.

*

Er konnte es jetzt wieder sehen, wie es gewesen war und was sich zugetragen hatte an jenem eisigen, klaren Morgen auf dem Lac Vert. Er sah es, als hätte er die Szene direkt vor Augen: jedes Eiskristall, jede Kiefernnadel, den Blick des Freundes, im Fieber des Wettstreits lodernd. Alles war so deutlich und klar wie der Tag.

Bis er die Augen öffnete. Er lag im Bett, verschwitzt und in die Laken verknäult.

»Martin, du hast im Schlaf geschrien!«, flüsterte May neben ihm.

»Ich habe geträumt –«, er stockte.

»Erzähl es mir.« Er hörte die Besorgnis in ihrer Stimme und dahinter die innigste Liebe, die er je erfahren hatte. Sie waren sich zu einem seltsamen Zeitpunkt im Leben begegnet, als beide verwundbar waren, und sie hatte ihm einmal gesagt, sie hätten einander etwas zu geben, was besonders und einmalig sei. Doch er befürchtete, dass er die Kraft verloren hatte, ihr überhaupt noch etwas zu geben.

»Ich habe vom See geträumt.«

»Was ist geschehen?«

»Ich konnte sehen.«

May presste ihr Gesicht auf seine Brust. Die Narben schmerzen nicht mehr so wie früher, aber sie fühlten sich hart und gespannt wie Drahtseile an. Martin sah ihre Hand nicht, die nach oben glitt und sanft sein Gesicht berührte. Er konnte das Schlafzimmer, das Fenster und die Bilder vom Lac Vert an der Wand nicht sehen, und auch nicht die Frau, die neben ihm lag, die einzige große Liebe seines Lebens. Er war blind und würde außer in seinen Träumen nie wieder etwas sehen.

1

Der Flug war ausgebucht. Während die Passagiere an Bord gingen, kam eine Durchsage der Stewardess, dass jeder Platz benötigt werde und sämtliche Gepäckstücke oben in den Fächern oder unter dem vorderen Sitzen verstaut werden müssten. May Taylor vergewisserte sich, dass ihr Handgepäck aus dem Weg war, und schärfte Kylie ein, auf ihrem Platz zu bleiben und den Mann nicht zu stören, der neben ihr am Gang saß und aussah, als sei er geschäftlich unterwegs.

Der Start verlief glatt und das Flugzeug stieg durch eine dünne graue Wolkenschicht in das klare Blau des Himmels empor. Bis zu diesem Jahr war May nicht oft geflogen, weder war dafür genug Geld da gewesen noch hatte es einen zwingenden Anlass gegeben. Aber der Arzt in Boston hatte Kylie vor einiger Zeit für die Teilnahme an einer Studie der Twigg University in Toronto vorgeschlagen, wo eine Gruppe von Psychologen damit befasst war, das Phänomen hellseherischer Fähigkeiten im Zusammenhang mit Persönlichkeitsstörungen zu erforschen.

May und Kylie lebten bei Mays Großtante in einem alten Farmhaus an der Küste von Connecticut. May liebte ihre Tochter über alles, aber als sie sich nun im Flugzeug umsah, konnte sie nicht umhin, die vielen Paare zu bemerken. Das alte weißhaarige Paar, das sich die Zeitung teilte; das junge Paar im chicken Partnerlook, das sehr erfolgreich aussah und pausenlos das Handy am Ohr hatte; und zwei Elternpaare mit Kindern im Teenageralter auf der anderen Seite des Ganges.

May betrachtete die Eltern für eine Weile versonnen und fragte sich, wie es sein mochte, Kylie mit jemandem gemeinsam großzuziehen, einem Menschen, mit dem man reisen, lachen und die Sorgen teilen konnte. Sie sah, wie sich die Frau zu ihrem Mann hinüberbeugte und ihre Haare seine Schulter streiften, als sie ihm etwas ins Ohr flüsterte. Sie lächelte strahlend, er senkte den Kopf und nickte zustimmend.

Mays Kehle war plötzlich wie zugeschnürt, so als hätte sie eine Gräte verschluckt, und sie senkte hastig den Blick. Sie musste ohnehin noch den Stoß Papiere von Dr. Ben Whitpen, einem Mitglied der Psychologischen Fakultät der Twigg University, durchlesen. Es handelte sich um Berichte, Beobachtungen und Empfehlungen, die sich auf Kylie bezogen. Nach der Landung in Logan würde sie die Unterlagen gleich zu Kylies Hausarzt bringen, dessen Praxis sich in der Barkman Street befand. Und danach stand ihnen die lange Heimfahrt nach Connecticut bevor. Sie musterte den Briefkopf, die verwirrenden und beängstigenden Worte, die vor ihren Augen verschwammen, und der Kloß in ihrem Hals wurde immer größer.

»Mom?«

»Was ist, Liebes?«

»Schau mal, die großen Männer.«

May dachte, Kylie meine den Passagier neben ihr, und beugte sich sofort zu ihrer Tochter hinüber. Die Leute reagierten bisweilen befremdet auf Kylies Verhalten. Und May sah an dem teuren Anzug, der schweren goldenen Uhr und dem eleganten Aktenkoffer des Mannes, der vor Kylies Sitz statt vor seinem eigenen stand, dass er zu den Menschen gehörte, bei denen Ärger im Verzug sein könnte.

»Der Mann arbeitet. Du darfst ihn nicht stören«, flüsterte May ihrer Tochter ins Ohr.

»Nein«, erwiderte Kylie, ebenfalls im Flüsterton, und schüttelte den Kopf. »Da vorne, in dem Abteil, da sind *wirklich* große Männer. Sind das Riesen?«

May und Kylie saßen in der ersten Reihe, aber Kylie spähte durch den halb geöffneten Vorhang, der Economy und Business Class voneinander trennte. Dort saßen tatsächlich mehrere hochgewachsene Männer und unterhielten sich mit einer Reihe hübscher Stewardessen, die sich in einem Halbkreis um sie scharten. Es waren durchtrainierte und muskulöse Männer, wie man am Umfang des Brustkorbs, ihrer Arme und den breiten Schultern sah. Manche trugen ein T-Shirt mit einem Logo auf dem Ärmel, vermutlich gehörten sie irgendeiner Sportmannschaft an. Die Stewardessen lachten und May hörte, wie eine sagte, sie liebe Eishockey und ob sie bitte ein Autogramm haben könne. May, die keine Ahnung von Eishockey hatte, wandte ihre Aufmerksamkeit wieder Kylie zu.

»Das sind nur Männer, keine Riesen.«

»Aber große.«

»Ja, groß sind sie, da hast du Recht.« Sie dachte an das Wort ›groß‹, das viele Bedeutungen haben konnte. Kylies Vater war ›groß‹, er maß mehr als einen Meter achtzig. Er war Anwalt in Boston, in einer von diesen renommierten Kanzleien, die ihre Büros in einem Wolkenkratzer mit Blick auf den Hafen hatten, er war einer der ›Großen‹ in seinem Metier. Er hatte May allem Anschein nach geliebt, bis sie ihm eröffnete, dass sie schwanger sei, und dann hatte er ihr gestanden, dass er bereits verheiratet war. Das war ein ›großes‹ Problem. Er schickte jeden Monat Geld, ausreichend für den Unterhalt seiner Tochter, aber er legte keinen Wert darauf, sie kennen zu lernen, und das machte ihn *klein*.

Die psychologische Fakultät hatte den Flug bezahlt, plus eine Aufwandsentschädigung. Aber selbst mit Gordons

Unterhaltszahlungen für Kylie war das Leben außerhalb der eigenen vier Wände teuer. Flugzeuge, Hotels und Restaurants waren für andere Leute, für Urlauber und Geschäftsreisende in Begleitung. May spürte, wie eine Welle der Einsamkeit sie überflutete.

Während Kylie vor sich hinsummte, sah May zu Boden und hing ihren Gedanken nach. Sie hatte die Schwangerschaft nicht geplant, hatte nie damit gerechnet, dass aus der schlimmsten Erfahrung ihres Lebens etwas so Wunderbares wie Kylie entstehen könnte. Kylie war ein Feenkind, einzigartig und seltsam, aber nicht verhaltensgestört, sondern mit einer besonderen Gabe geboren, wenn sie Dr. Whitpen Glauben schenken durfte. May hatte die Anweisung erhalten, die Visionen ihrer Tochter in einem Traumtagebuch aufzuzeichnen; es war ein blaues Notizbuch, in das sie alles eintrug, was Kylie ihr erzählte und was sie selbst an Einzelheiten beobachtete.

Im Augenblick musterte Kylie die Männer vor ihr mit wachsender Intensität und ihre Augen nahmen einen Ausdruck an, den May das ›Glühen‹ nannte. Sie sah offenbar etwas, was anderen verborgen blieb. Dabei biss sie sich auf die Lippen, um nicht damit herauszuplatzen. Ihre Blicke wanderten zwischen der Business Class und May hin und her. Kylie war klein und zart für eine Sechsjährige. Das dunkle Haar fiel in Wellen auf ihre Schultern und die samtbraunen Augen in ihrem cremeweißen Gesicht leuchteten, als würden sie inwendig vom sanften Schein einer Kerze erhellt.

»Lass das, Kylie«, sagte May mahnend.

»Aber –«

»Ich bin müde«, unterbrach May sie. »Schau woanders hin. Oder male ein schönes Bild. Komm, wir tauschen den Platz, dann kannst du am Fenster sitzen.«

Kylie schüttelte den Kopf, glitt tiefer in ihren Sitz und erschauerte. Sie sah angestrengt nach vorne, auf die großen Männer, und ihre Augenbrauen bildeten eine Linie, während sie sich mit aller Macht konzentrierte.
»Er ist winzig«, sagte sie stirnrunzelnd und verschränkte die Hände in ihrem Schoß.
»Kylie –«
Als hätte er ihren eindringlichen Blick gespürt, spähte einer der Eishockeyspieler über seine Schulter nach hinten. Er saß am Gang, und als er sich umdrehte, entdeckte May ein mutwilliges Funkeln in seinen graublauen Augen. Eine Stewardess trat vor, um den Vorhang zu schließen. Obwohl die Sicht nun versperrt war, wurden ihre Unterhaltung und das Gelächter durch nichts gedämpft und waren genauso laut zu hören wie vorher. Kylie starrte auf den Vorhang, als besäße sie Röntgenaugen, die das Gewebe durchdringen konnten.
»Das ist mal wieder typisch«, kam eine verärgerte Stimme aus der Reihe hinter ihnen. »Kaum sitzen die Boston Bruins im Flugzeug, lösen sich die Stewardessen in Luft auf.«
»Die Bruins werden die Playoffs sowieso vermasseln«, sagte ein anderer. »Die Maple Leafs werden ihnen heute Abend eins überbraten, und dann sind sie raus aus der Endrunde.«
»Auf Eishockey kann ich locker verzichten«, erklärte eine Frau lachend. »Mir würde Martin Cartier genügen.«
»Auf den kann ich gut und gerne verzichten«, erwiderte ein Mann grollend. »Ich brauche nur einen Drink.«
Kylie schien die Unterhaltung ringsum nicht wahrzunehmen. Zwischen ihrer Mutter und dem Fremden am Gang sitzend, wurde sie von Minute zu Minute blasser. May verstaute die Papiere und ihr Tagebuch in einem Ordner und klappte den Tisch herunter. Ihr Herz war schwer, sie ver-

spürte ein Engegefühl in der Brust. Sie sah, wie Kylie den Vorhang fixierte und ihr Mund lautlos Worte formte.

»Komm, lass uns die Plätze tauschen, Liebes.« May löste ihren und Kylies Sicherheitsgurt. »Dort unten ist Frühling und man kann das neue Grün erkennen. Siehst du die Felder? Und die Bäume? Wir müssen inzwischen schon über Massachusetts sein. Vielleicht kannst du sie ja zählen –« Sie hob Kylie hoch und schnallte sie auf dem Fensterplatz an. Kylies Haut fühlte sich klamm an und Mays Herz klopfte zum Zerspringen. Der Geschäftsmann seufzte unwillig, als May seinen Aktenkoffer mit dem Fuß aus dem Weg schob.

»Sie möchte ihren Daddy wiederhaben, Mom«, flüsterte Kylie und umklammerte Mays Handgelenk. »Sie möchte ihm einen Kuss geben.«

»Zähl die Scheunen«, sagte May flehentlich, deutete aus dem Fenster und versuchte krampfhaft etwas zu finden, womit sie Kylie beschäftigen konnte, um sie von ihren Halluzinationen abzulenken.

»Oh nein, sie wird weggehen«, sagte Kylie betrübt. Sie schluckte und blickte May an. May sah, dass sie sich zwang zu gehorchen, die Vision oder was immer es war zu verscheuchen und sich wie jedes andere Kind zu verhalten: Scheunen zählen, das ABC aufsagen, die Gipfel der Berkshires betrachten oder bitten, zur Toilette gebracht zu werden.

Kylie war vier gewesen, als sie zum ersten Mal Engel gesehen hatte. Sie ging in den Kindergarten, und ihr war bewusst geworden, dass sie als Einzige keinen Vater hatte. Einen Monat später war ihre heiß geliebte Urgroßmutter, Mays Großmutter Emily, an einem Herzanfall gestorben. Und dann, an einem Herbsttag, waren sie bei einer Wanderung im Lovecraft Wildlife Park auf eine Leiche gestoßen, die am Ast eines Baumes hing. Sie bestand nur noch aus Lumpen und Knochen, und der blanke Schädel hatte sie angegrinst wie eine Hexe, die langsam zu Staub zerfällt. Die Polizei identifizierte den Toten später als einen Obdachlosen namens Richard Perry, der Selbstmord begangen hatte.

Danach hatte Kylie plötzlich angefangen, Selbstgespräche zu führen. Sie schrie im Schlaf, weinte den ganzen Tag im Kindergarten, sprach in unbekannten Sprachen mit Menschen, die May nicht sehen konnte.

Der Psychologe, zu dem May sie schließlich brachte, hatte sie auf das zeitliche Zusammentreffen von traumatischen Ereignissen aufmerksam gemacht: Kylies Visionen hatten unmittelbar nach dem Tod ihrer Urgroßmutter begonnen. Emily Dunne war eine starke Persönlichkeit und für die Familie wie ein Fels in der Brandung gewesen. Kylie hatte zu diesem Zeitpunkt auch begriffen, dass sie im Grunde vaterlos war. Eine Reaktion auf Verlustängste, hatten die Ärzte befunden, in ihrem kleinen Universum fühle sie sich von den meisten Erwachsenen verlassen. Der Anblick der Leiche sei der Auslöser, gewissermaßen der Katalysator dafür gewesen, dass sie Geister sah. Sie sehne sich nach einer Familie und projiziere diesen Wunsch auf ihre Visionen.

May konnte das gut verstehen. Sie selbst war in einer liebevollen Großfamilie aufgewachsen und sehnte sich nach einer intakten Familie. Dazu kam, dass sie durch ihre Großmutter und Großtante vorbelastet war, was die Magie betraf, denn sie arbeitete in einem Beruf, der den Zauber für sich gepachtet hatte.

Aber was, wenn Kylie nicht hellseherisch begabt, sondern schizophren war?

»Sie wird weggehen, bevor sie ihrem Vater einen Kuss geben kann. Sie wird weggehen, wenn ich nicht aufpasse –«

»Kylie«, flüsterte May mit brechender Stimme, »lass sie gehen.« Sie sagte sich, wenn sie nicht so erschöpft, frustriert, verängstigt und einsam wäre, hätte sie Kylie unmissverständlich klar gemacht, dass nirgendwo ein Mädchen zu sehen war, das seinen Vater küssen wollte, dass kein kleiner Engel über den Sitzen der Business Class schwebte.

*

Martin Cartier hatte die Beine im Gang ausgestreckt und jedes Mal, wenn eine der Stewardessen vorbeiging, musste sie sich auf die Rückenlehne seines Sitzes stützen und über seine Füße steigen. Zwei Stunden Flugzeit und er benahm sich wie ein Flegel, versperrte ihnen den Weg, aber er konnte nicht anders. Er hatte versucht, zusammengekauert, kerzengerade oder seitwärts zu sitzen, aber wie er sich auch drehen und wenden mochte, das Flugzeug war zu klein.

Nicht nur wegen seiner Statur, die mächtig war, sondern auch wegen seiner überbordenden Energie. Seine Mutter hatte immer gesagt, er hätte einen Blizzard im Leib, und er war geneigt, ihr Recht zu geben. Er fühlte sich, als hätte er einen Schneesturm verschluckt, mit einer Gewalt, die ausreichte, um ganze Städte dem Erdboden gleichzumachen und alles unter sich zu begraben, was seinen Weg kreuzte. Wenn er dieser Kraft auf dem Eis freien Lauf ließ, rieb er damit die gesamte gegnerische Mannschaft auf. Martins Energie strömte aus seinen Ellenbogen und Hüften, so dass seine Kontrahenten auf dem Eis mit voller Wucht gegen die Bande krachten, Blut floss und so mancher im Krankenhaus landete.

Im Augenblick bewirkte diese überbordende Energie, dass er unruhig auf seinem Sitz hin und her rutschte. Er fühlte ein Prickeln auf seiner Kopfhaut und hielt abermals nach der Ursache Ausschau. Die Stewardess hatte den Vorhang zugezogen, aber als er durch den Spalt spähte, sah er das kleine Mädchen, das ihn anstarrte, und die hübsche Mutter, die sich zu der Kleinen hinüberbeugte und ihr etwas ins Ohr flüsterte.

Er war Verteidiger bei den Boston Bruins, und sie nannten ihn den »Goldenen Vorschlaghammer«: Gold wegen seines Namens Cartier, und Vorschlaghammer wegen seiner Kämpfe, die er unweigerlich gewann. Zehn Mal hatte er sich für die All Star Games qualifiziert, an denen nur die besten und beliebtesten Eishockeyspieler teilnahmen, zwei Mal war er zum MVP, dem »wertvollsten« Spieler in der NHL, ernannt worden, und zwei Mal führte er die Liga als bester Torjäger an. Er war ein rauer Bursche, ein unerschütterlicher ›Blueliner‹, der zwei Jahre in Folge die begehrte Norris Trophy als bester Verteidiger in der Vorrunde gewonnen hatte.

Er war kein Rohling, aber wenn er auf dem Eis angegriffen wurde, suchte sich sein inneres Feuer in seinem Schläger und in seinen Fäusten ein Ventil. Furchtlos bis ins Mark, war er bereit, sofort zurückzuschlagen. Er war dafür bekannt, dass er den führenden Torschützen der gegnerischen Mannschaft gerne zu einem Handgemenge provozierte, bei dem Blut floss, was ihn auf die Strafbank schickte. Wo immer Cartier spielte, kamen die Fans in Scharen.

»Ähm, entschuldigen Sie bitte«, sagte eine weibliche Stimme.

Martin sah auf. Eine attraktive Frau stand vor ihm, ein Passagier. Sie trug ein elegantes schwarzes Kostüm, unter dessen Jacke schwarze Spitze hervorlugte, und ihre Beine in den hauchdünnen Strümpfen waren perfekt. Schuhe mit hohen Absätzen. Weißblonde Haare, die sich über grünen

Augen mit langen Wimpern wellten, und ihre Lippen waren rot und feucht.
»Sie sind Martin Cartier!«
»*Oui.* Richtig.« Die Frau war gebräunt, obwohl erst April war. Sie trug große Brillant-Ohrringe, und die schwere goldene Gliederhalskette war mit kleineren Brillanten besetzt. Sie sprach ihn auf das Spiel am gestrigen Abend an, das sie in ihrem Hotelzimmer in Toronto gesehen hatte. Martin tat, als höre er höflich zu, stellte aber fest, dass seine Aufmerksamkeit ständig zu der Frau mit der Tochter mehrere Reihen hinter ihm zurückkehrte.
Die gebräunte Blondine ließ sich darüber aus, wie unfair es gewesen sei, dass seine Mannschaft in der Verlängerung verloren hatte. Sie habe seinen Kampf mit Spannung verfolgt. Ihre Finger streiften wie zufällig seine Schultern, als sie sagte, das Aufregendste beim Eishockey sei für sie der Körpereinsatz. Martin roch ihr Parfüm und dachte daran, wie er Jeff Green den Ellenbogen ins Auge gerammt hatte, so dass es völlig zuschwoll. Die Frau redete ununterbrochen, aber Martin hörte kaum zu. Frauen mit teuren blonden Haaren und Aprilbräune scharwenzelten ständig um ihn herum. Aus irgendeinem Grund weckte der Klang ihrer Stimme ein Gefühl, als habe er die Arktis in sich: leer, kalt und öde.
Als die Frau ihre private Telefonnummer auf die Rückseite ihrer Visitenkarte mit der Geschäftsadresse kritzelte, sagte sie, sie sei ein Eishockeyfan, verpasse nie ein Spiel der Bruins, wenn sie sich gerade in der Stadt aufhielt, und fände es himmlisch, Martin zuzuschauen, wie er über das Eis raste, Tore schoss und seine Gegner festnagelte. Martin hatte sich angewöhnt, eine unbeteiligte Miene aufzusetzen, wenn die Leute ihm Komplimente machten, und da er sich der Blicke seiner Teamkameraden bewusst war, nahm er die Karte und steckte sie in seine Tasche.

Die Frau berührte Martins Hand und bat ihn, sie anzurufen. Er bedankte sich bei ihr und lehnte sich in seinem Sitz zurück. Er verschränkte die Arme über der Brust, spürte die geprellte Rippe, wo ihn der Puck gestern Abend erwischt hatte. Er dachte an seinen Vater und fragte sich, ob er das Spiel im Fernsehen verfolgt hatte. Ob er gesehen hatte, wie Martin bei dem einfachen Pass gepatzt hatte …

Seine Kopfhaut prickelte wieder und er drehte sich um. Die Stewardess unterhielt sich mit Bruno Piochelle und stützte sich dabei auf die Rückenlehne seines Sitzes, aber Martin sah an ihr vorbei durch den Spalt im Vorhang. Das kleine Mädchen starrte ihn immer noch an. Am Fenster sitzend, schien sie ihrer Mutter keine Beachtung zu schenken, die sich über sie beugte und auf irgendetwas am Boden deutete. Als die Mutter aufblickte und sah, dass Martin die beiden betrachtete, runzelte sie die Stirn.

Aus irgendeinem Grund musste er lächeln. Der Anblick von Martin Cartier schien die Mutter zu verdrießen. Die Tatsache, dass er ein berühmter Eishockeystar war, ließ sie anscheinend kalt. Sie wirkte zart und erschöpft, trug kein Make-up und hatte die zerzausten braunen Haare zum Pferdeschwanz zusammengebunden. Sie hatte einen Arm um ihre Tochter gelegt und aus ihrer Miene ging deutlich hervor, dass er ihr nicht auf Anhieb sympathisch war. Martin lächelte sie strahlend an und als sie die Stirn noch mehr runzelte, spürte er, dass er zu grinsen begann. Er konnte einfach nichts dagegen machen.

*

Die Felder glichen grünen Decken und die Flüsse blauen Halstüchern. An den kahlen Zweigen der Bäume erschien das erste Grün wie hingetupft. Die kleinen Ortschaften sahen wie Spielsachen aus: Puppenhäuser, daneben Fabriken und Kirchen aus Bauklötzen. Die Baukasten-Städte glichen den Abbildungen in Büchern. Mommy wollte, dass sie aus dem Fenster sah. Sie flogen und glitten dahin wie ein Vogel, hoch droben in den Lüften, wo der Aufenthalt für menschliche Wesen überhaupt keinen Sinn machte.

Kylie wollte nur den Mann anschauen. Er war ein Riese, egal was Mommy sagte. Sein Rücken war so breit wie bei einem Stier, seine Hände waren so groß wie Schaufeln. Wenn er sprach, war seine Stimme bis in den hintersten Teil des Flugzeugs zu hören, wie beim Schuldirektor, wenn er über Lautsprecher eine Ansprache hielt. Kylie war in der ersten Klasse und sie ging nicht gerne zur Schule, aber die Stimme dieses großen Mannes machte ihr keine Angst.

Wenn er böse oder furchteinflößend wäre, hätte sich das kleine Mädchen nicht so nahe an ihn herangetraut, oder? Sie war weiß und durchscheinend, wie alle Engel, die Kylie sah. Ihre Flügel schimmerten wie Seide. Sie schwebte um den Kopf des Mannes, so wie die Kolibris eine Blüte voller Nektar umkreisen. Sie hatte einen Schmollmund und ihre Arme waren ausgestreckt. Immer wenn sich eine Gelegenheit bot, drehte sie sich zu Kylie um, machte ihr Zeichen zu kommen und ihrem Vater zu sagen, er solle stillhalten, damit sie ihm einen Kuss geben konnte.

»Ich kann nicht kommen. Meine Mutter lässt mich nicht.« Kylie bewegte lautlos die Lippen.

»Ich brauche dich«, rief der kleine Engel. »Du weißt, wie das ist, wenn man seinem Vater einen Kuss geben möchte und nicht kann.«

»Mein Vater liebt mich nicht. Deiner schon, aber du bist tot. Wir beide sind grundverschieden, ich kann dir nicht helfen.«

»Doch, doch«, beteuerte der Engel flehentlich.

»Mein Vater liebt mich nicht«, sagte Kylie abermals. Sie erinnerte sich nicht an ihren Vater. Mommy hatte gesagt, er sei weggegangen, bevor sie geboren wurde. Aber Kylie war sicher, dass er mit ihr gespielt und sie mit Schokoladeneis gefüttert hatte. Sie träumte, dass er groß und stark war, dass er eine tiefe Stimme hatte, gerne sang und alles reparieren konnte. Kylie wünschte sich, er möge endlich nach Hause kommen. Sie konnte sich nicht vorstellen, warum ihr Vater aufgehört hatte, sie lieb zu haben, und einfach weggegangen war, und bei dem Gedanken tat ihr der Bauch so weh, dass sie die Luft anhalten musste.

Kylie starrte den Riesen-Vater an. Obwohl er so groß war, sah er sehr gut aus. Er hatte widerspenstige braungraue Haare, blaue Augen und einen derart traurigen Blick, dass sich Kylie wunderte, warum die Leute jedes Mal lachten, wenn er den Mund aufmachte. Die Stewardess lachte, die anderen Eishockeyspieler lachten, und die hübsche blonde Frau mit den glänzenden schwarzen Strümpfen lachte.

»Wenn du mir nicht hilfst, verschwinde ich«, rief der Engel warnend. »Dann rede ich kein Wort mehr mit dir.«

»Es gibt außer dir noch andere Engel.«

»Aber ich muss dir etwas ganz, ganz Gutes erzählen ... hilf mir, sonst bin ich weg. Das ist mein Ernst ...«

»Ich weiß doch überhaupt nicht, wie.«

»Hör auf zu reden, Kylie«, bat Kylies Mutter flehentlich. »Bitte Liebes, es ist niemand da.«

»Doch, Mommy«, flüsterte Kylie.

Doch als sie wieder hinsah, war der kleine Engel verschwunden. Stattdessen blickte der Mann sie durch den Spalt im Vorhang an. Kylie hätte beinahe einen Schrecken bekommen: Seine Augen waren so groß und sahen genauso aus wie die des Engels. Ihre Mutter blickte den

Mann stirnrunzelnd an. Aus irgendeinem unerfindlichen Grund lächelte der Mann plötzlich.
Kylie blickte zum Fenster hinaus. Nebelfetzen verhüllten stellenweise den Boden, deshalb wusste sie, dass sie sich dem Meer und ihrem Zuhause näherten. In eben diesem Augenblick hörte sie das Schnalzen. Es klang, als wenn Schuljungen ihre Finger in den Mund stecken und die Backen aufblasen. Die Gespräche verstummten eine Sekunde lang, dann wurden sie fortgesetzt. Das Licht im Flugzeug flackerte ein Mal kurz auf, aber niemand schien es zu bemerken. Die Maschine flog einfach weiter, mit dröhnenden Motoren.
»Es wird aber niemand verletzt, oder?«, fragte Kylie ihre Mutter.
Mommy kniff die Augen zusammen. Sie sah Kylie lange an, den Kopf zur Seite geneigt. Ihre Augenbrauen rutschten näher zusammen, wobei eine kleine Sorgenfalte zwischen ihnen entstand.
»Bei der Bruchlandung, meine ich«, sagte Kylie.
»Kylie, hör auf!«
Kylie hatte im Fernsehen gesehen, wie Flugzeuge abstürzten, mit Feuer und Rauch und schreienden Menschen. Wenn sie die Augen schloss, hatte sie das Bild deutlich vor sich: Alle Passagiere auf diesem Flug würden sich in den Armen liegen, nach ihren Mommys und Daddys rufen und sich wünschen, es möge ein Wunder geschehen und das Flugzeug wieder in den Himmel zurückkehren.
»Ich wünschte, mein Daddy –« Sie wollte sagen, ›wäre hier‹, aber ihre Mutter unterbrach sie, indem sie ihr fest die Hand auf den Oberarm legte.
»Ich meine es ernst«, flüsterte Mommy mit blitzenden Augen und rauer Stimme. Tränen sammelten sich in ihren Wimpern, kullerten ihre Wangen hinab. Kylie beobachtete,

wie sie heruntertropften, und hätte sich gerne auf den Sitz gekniet und sie weggeküsst. Aber der Gurt war eng über ihrem Schoß festgeschnallt und sie kam nicht hoch. »Ich kann es nicht mehr ertragen«, fuhr ihre Mutter fort und wischte sich die Tränen selbst ab. »Ich bin müde. Ich will kein Wort mehr über Engel, Bruchlandungen oder deinen Vater hören. Hast du mich verstanden?«

Kylie sah, wie sich die Kehle von Mommy bewegte, als hätte sich dort ein Stein verklemmt, den sie hinunterzuschlucken versuchte. Je öfter sie sich die Tränen abwischte, desto schneller flossen sie. Kylie verrenkte sich den Hals, um nach dem kleinen Engel im vorderen Teil der Kabine Ausschau zu halten, konnte ihn aber nirgends entdecken.

»Ich muss auf die Toilette«, sagte sie.

Ihre Mutter atmete aus. Geduldig öffnete sie zuerst ihren eigenen Sicherheitsgurt und danach Kylies.

»Ich kann alleine gehen,« sagte Kylie ihr.

»Ich bringe dich hin.«

»Ich bin schon groß.« Kylie bestand darauf, alleine zu gehen. Vielleicht würde sie das Flugzeug mitsamt allen Leuten retten, wenn sie tat, was der kleine Engel von ihr verlangte: ihr zu helfen, ihren Vater zu küssen.

»Na gut«, sagte Mommy.

*

May sah, wie Kylie zuerst nach hinten und dann nach vorne schaute. Die Länge der Schlange abschätzend, die vor der hinteren Toilette wartete, ging sie – kluges Mädchen! – durch den Vorhang, zu einer der Toiletten in der Business Class. May neigte den Kopf, um sie im Auge zu behalten. Sie beobachtete sie, bis Kylie die Stewardess bat, ihr beim Öffnen der Tür behilflich zu sein; dann entspannte

sie sich. Sie war dankbar, dass sie ein paar Minuten Zeit hatte, um ihre Fassung wiederzugewinnen.
Sie spricht mit Engeln, dachte May. Sie ist erst sechs und geistig verwirrt, besitzt keine hellseherischen Fähigkeiten, sondern leidet unter Schizophrenie, sie redet mit Toten, glaubt, dass unser Flugzeug abstürzen wird. Die Berichte und Dokumente der Studie wogen schwer auf ihrem Schoß, und wenn es möglich gewesen wäre, die Fenster des Flugzeugs zu öffnen, hätte sie die Papiere hinausgeworfen. Sollten sie doch wie Flugblätter an der Nordküste von Boston zur Erde flattern! Es würde am besten sein, keine Zeit damit zu vergeuden, die Unterlagen in die Arztpraxis zu bringen. May beschloss, Kylie entgegen ihrem ursprünglichen Plan direkt nach Hause, nach Black Hall zu fahren. Sie hörte sich plötzlich leise schluchzen und hatte das Gefühl, ihre Brust müsse zerspringen.
Durch den Tränenschleier versuchte May, aus dem Fenster zu blicken. Unter den dünnen Nebelschwaden rückte die Erde näher. Sie hatten mit dem Landeanflug begonnen. Eine Stewardess eilte vorüber. Der Pilot dankte über den Lautsprecher allen Passagieren, dass sie sich für seine Fluggesellschaft entschieden hatten, und erzählte, in Boston sei das Wetter kühl und regnerisch.
Sie erinnerte sich, wie sie einmal mit Kylie aus Kanada zurückgekommen war und ihre Großmutter sie damit überrascht hatte, dass sie nach Boston gefahren war, um sie am Flughafen abzuholen und zu Kylies Arzt zu begleiten. May war schwer bepackt mit zwei Reisetaschen und einem zusammenklappbaren Kinderwagen. Sie hatte Mühe, mit Kylie zum Ausgang zu gelangen, wo sie dann ihre Großmutter entdeckte. Emily, der man ebenfalls hellseherische Fähigkeiten nachsagte, hatte immer gespürt, wenn ihre Enkelin sie dringend brauchte. Sie hatte die Leute aus dem Weg

geschoben und May geholfen, das Gepäck zu tragen. May schloss die Augen und versuchte sich vorzustellen, dass ihre Großmutter auch heute auf sie wartete. Doch obwohl sie sich die größte Mühe gab, gelang es ihr nicht, das Bild heraufzubeschwören. Sie war nicht wie Kylie, sah keine Engel, wo es keine gab.

Sie reckte den Hals und sah, dass dichter Nebel den Hafen von Boston und die Küstenlinie verhüllte, wie es für Neuengland typisch war. Als das Flugzeug im Landeanflug seine Kreise zog, wurden sie vom Nebel verschluckt und May konnte nichts mehr unter sich erkennen. Ein plötzlicher Ruck ließ die Maschine erzittern. Das Licht erlosch, flackerte wieder auf. Die Stimmen wurde schlagartig leise, verstummten, setzten laut und erregt wieder ein.

»Nehmen Sie bitte Ihre Plätze ein«, rief die Stewardess, den Gang entlangeilend. Das Flugzeug schien an seiner Achse zu schwanken und schneller zu werden, während es nach links zog. Bildete sie sich das ein oder roch es tatsächlich nach Rauch? Ihr Herz begann zu klopfen, als sie Kylie entdeckte, die aus der Toilette kam. May sah, wie sie sich anschickte, den Gang hinunterzugehen, hörte, wie die Stewardess ihr sagte, sie solle sich beeilen auf ihren Platz zu kommen. Kylie nickte und tat sofort das Gegenteil.

Sie blieb vor dem Eishockeyspieler stehen. Er war der größte, der Mann, den Kylie als Riesen bezeichnet hatte, der mit den graublauen Augen. Kylie stand im Gang neben ihm, ihre Lippen und Hände bewegten sich rasch, während sie auf ihn einredete und dabei auf den Himmel deutete. May beugte sich auf ihrem Sitz vor, versuchte zu hören, was sie sagte.

Ein Gefühl der Panik erfasste die Passagiere, der kalte Hauch der Angst zeigte sich in ihren Gesichtern. Aber der Eishockeyspieler lächelte Kylie an, schien jedem Wort zu lauschen. Als er sich umsah, trafen sich ihre Blicke. Er lächelte ihr zu, hob grüßend die Hand. May winkte zurück, ohne zu wissen, was sie tat. Eine Stewardess scheuchte Kylie auf ihren Platz zurück und May schnallte sie an.

Das Flugzeug sackte plötzlich ab. Das waren keine Turbulenzen. May wusste mit einem Mal, dass das Flugzeug abstürzen würde. Die Lichter in der Kabine flackerten. Die Stewardess rannte durch den Gang, wies die Passagiere mit lauter Stimme an, die Sitzposition für den Notfall einzunehmen. May legte die Hand auf Kylies Nacken und drückte ihr den Kopf nach unten. Sie steckte den eigenen Kopf zwischen die Knie und hielt Kylies Hand.

Die Passagiere schrien und weinten. Mays Herz hämmerte so sehr, dass sie kaum atmen konnte. Rauch füllte die Kabine, beißend und schwarz. Die Maschine trudelte steil abwärts, dann, als das Pfeifen des Luftstroms verklang, fing sie sich plötzlich wieder.

Der Aufprall war hart, aber nicht schlimmer als eine raue Landung. Das Flugzeug rollte aus, kam zum Stehen. Als sie versuchte, Kylies Sicherheitsgurt zu lösen, ging der Verschluss nicht auf. In ihrer Panik riss sie daran. Er gab nicht nach.

»Mommy.«

May zerrte noch kräftiger, aber der Verschluss klemmte. Mit aller Gewalt begann sie, am Gurt selbst zu ziehen. Sie spürte, dass ihre Kräfte nicht ausreichten. Plötzlich brach jemand durch den schwarzen Rauch und kauerte sich neben sie. Es war der große Eishockeyspieler.

»Ich kann ihren Gurt nicht öffnen!«

»Lassen Sie mich das machen.«

Seine Hände waren ruhig, als er die Metallschließe aufhakte. Kylie schlang die Arme um seinen Hals. Er packte Mays Hand und nahm Kylie auf den Arm. Sich mit den

Schultern den Weg durch den Gang bahnend, zog er sie zur offenen Tür. Hinter ihnen drängten sich die Passagiere, schrien und stießen einander an.
Mit brennenden Augen blickte May nach draußen. Die Notrutsche war ausgefahren und die Stewardess wies die Leute an, ihre Schuhe auszuziehen und zu springen.
»Jetzt ihr beide.« Der Eishockeyspieler versuchte, Kylie ihrer Mutter zu überreichen.
»Nein, ich will da nicht runter!«, schrie Kylie entsetzt, klammerte sich an ihn und weigerte sich, loszulassen.
Der Mann zögerte auch dieses Mal nicht. Kylie an sich drückend, legte er den Arm um May. Die drei sprangen auf die aufgeblasene gelbe Notrutsche. Die Fahrt nach unten dauerte nicht länger als eine Sekunde und May spürte, wie ihr die Luft wegblieb, als sie auf dem Asphalt landete.
Der Mann zog sie hoch und ein Stück von der Rutsche weg. Atemlos standen sie sich gegenüber, blickten sich an. Sie waren weit vom Flughafengebäude entfernt. Sirenen schrillten, als die Notfallfahrzeuge über die Rollbahnen rasten. Die Passagiere rutschten nach unten, suchten verzweifelt nach Freunden und Familienangehörigen, sobald sie auf dem harten Boden aufprallten.
»Danke«, gelang es ihr zu sagen.
»Nichts zu danken.« Seine graublauen Augen hatten wieder dieses amüsierte Funkeln, das sie beim Blick durch den Vorhang im Flugzeug bemerkt hatte. »Das war doch selbstverständlich.«
»Machen wir, dass wir von der Maschine wegkommen«, rief May.
»Wie heißen Sie eigentlich?«, fragte der Mann.
»May Taylor. Das ist meine Tochter Kylie.«
»Woher wusstest du es, Kylie?«, fragte er mit einem frankokanadischen Akzent.

»Was wusste sie?«

»Dass etwas mit dem Flugzeug nicht stimmt«, sagte der Mann, Kylie an der Hand haltend. »Sie blieb vor meinem Sitz stehen und bat mich, Ihnen zu helfen, wenn es an der Zeit wäre.«

»An der Zeit?« May starrte ihre Tochter an, die dem Mann in die Augen sah.

»*Sie* hat es mir gesagt«, sagte Kylie.

»Sie?«, fragte der Mann.

»Ihre kleine Tochter.«

Der Mann ließ sich auf die Knie herab und sah ihr fest in die Augen. »Meine Tochter ist tot.«

Polizeiwagen und Löschzüge der Feuerwehr waren inzwischen eingetroffen und die Sicherheitsleute des Flughafens kamen angerannt, um die Passagiere von der Maschine wegzuziehen. Ein junger Polizist näherte sich im Laufschritt, um die Versprengten zurückzutreiben. »Martin Cartier!«, rief er aus, trat vor und schüttelte dem Mann lachend die Hand. Er brach in einen Wortschwall aus, der zwar nicht länger als fünf Sekunden dauerte, aber alles einschloss, von den Stanley-Cup-Playoffs, Martins entscheidendem Tor für die Endrunde, bis hin zu der Wahrscheinlichkeit, die Maple Leafs das nächste Mal schlagen zu können.

»Sie spielen Eishockey«, sagte May.

»Bei den Boston Bruins. Sind Sie aus Boston?«

»Aus Black Hall, Connecticut.«

»Und da fliegen Sie nach Logan statt zum Flughafen von Providence oder Hartford? Da haben Sie anschließend noch eine lange Fahrt vor sich.«

»Provicence ist näher, das stimmt. Aber die Fahrt nach Boston ist nicht so schlimm. Außerdem haben wir einen Termin in der Stadt …«

Plötzlich fühlte sie sich erschöpft und wusste, dass sie den Termin absagen würde. Dr. Henry würde auf Kylies Testergebnisse warten müssen. Sie wollte nur noch nach Hause, ihre Tochter ins Bett bringen und ein heißes Bad nehmen.

Aber zuerst griff sie in ihre Tasche. Ihre Finger schlossen sich um einen kleinen Glasflakon mit einem krümeligen Korken. Es war ein Talisman, gefüllt mit weißen Rosenblättern. May fragte sich, wie sie jemals an Kylies Gabe zweifeln konnte. Sie hatte von ihrer Mutter einen kleinen Familienbetrieb geerbt, der Hochzeiten plante und organisierte. Da sie wusste, dass Wunder oft dann geschehen, wenn man am wenigsten damit rechnet, hatte sie den Glücksbringer nach Toronto mitgenommen, damit er ihrer Tochter half, die quälenden Untersuchungen durchzustehen.

»Nochmals danke für alles.« Sie reichte Martin die Flasche. »Ich hoffe, sie bringt Ihnen Glück bei den Playoffs.«

Er nickte und betrachtete die kleine Flasche in seiner Hand. Eishockeyspieler, die gerade aus dem Flugzeug entkommen waren, umringten ihn, zusammen mit der Polizei, Feuerwehrmännern und einigen weiblichen Passagieren. Martin Cartier sah auf und blickte May unentwegt an, selbst als sie auf die andere Seite der Rollbahn abgedrängt wurde. Seine Augen waren so hell, klar und faszinierend, was ihr angesichts der Umstände absurd vorkam. Eine Frau war herbeigeeilt, um in seiner Nähe zu sein. Sie wirkte grazil und teuer, trug kostbaren Schmuck und Designergarderobe.

Der Mann streckte seinen muskulösen Arm aus, um sie unsanft beiseite zu schieben. May fragte sich, warum, aber dann sah sie, dass er zu ihr herüberlächelte. Es war unmöglich und derart verrückt, dass sie befürchtete, reif für die psychiatrische Abteilung zu sein, aus der Kylie und sie gerade gekommen waren, aber sie hatte den Eindruck, dass er die schöne Frau weggeschoben hatte, weil sie ihm die Sicht versperrte.

2

Sämtliche Zeitungen berichteten über die Notlandung. Um zu rauchen, hatte jemand den Rauchmelder in der Toilette lahm gelegt und eine Zigarettenkippe in den Abfall geworfen. Die Glut hatte zunächst vor sich hin geschwelt und war dann entflammt. Der automatische Feuerlöscher hatte nicht funktioniert, war nicht mehr als ein technisches Spielzeug. Und die Flugbegleiter hatten so lange damit gezögert zu handeln, dass Rauch in die Lufteinlassventile gelangte, in Kabine und Cockpit drang und die Kanzel füllte, als der Pilot zu landen versuchte.

Das Ereignis sorgte für Schlagzeilen, mehr noch als es normalerweise der Fall gewesen wäre, weil sich einige Mitglieder der Boston Bruins an Bord befunden hatten, einschließlich ihres Superstars Martin Cartier. Ein herumfliegendes Handgepäckstück hatte ihn am Kopf getroffen und eine Untersuchung durch den Mannschaftsarzt erfordert; bei der Rettung der Frau und des kleinen Mädchens hatte er sich eine Rauchvergiftung zugezogen und Rachen und Lungen verätzt.

Der Coach war dafür, ihn auf der Reservebank zu lassen, aber Martin hatte sich strikt geweigert. Notlandungen waren das, was gestandene Männer von Weichlingen unterschied. Martin hatte schon schlimmere Verletzungen durch Schläger und Pucks davongetragen, war bei Raufereien an der blauen Linie heftiger durchgebeutelt worden als bei der Bruchlandung auf der Rollbahn von Logan.

Während er in seinem Porsche von Beacon Hill zum Fleet Center fuhr, hörte er, wie sich ein Sportreporter im Radio über den »Cartier-Fluch« ausließ. Dass Martins Frau Trisha ihn wegen eines jungen Baseballspielers aus Texas verlassen hatte, der damals in der Position des Shortstop zu Ruhm gelangt war. Und dass sein Vater, der große Maple-Leaf-Star und Coach Serge Cartier, wegen Glücksspiels eine Haftstrafe verbüßen musste. Ganz zu schweigen davon, dass es Martin – im Gegensatz zu seinem Vater – trotz Talent und Kampfgeist bisher nicht gelungen war, sein jeweiliges Team zum Sieg im Stanley Cup zu führen. Am allerschlimmsten war jedoch der tragische Tod von Natalie, seiner Tochter. Und nun dieser Unglücksflug von Toronto – ein weiterer Beweis für den Cartier-Fluch, der auf ihm lastete.

Als Martin an Natalie dachte, zitterten ihm die Hände. Er trat das Gaspedal bis zum Anschlag durch und hätte um ein Haar einen Truck gerammt, als er auf den Mannschaftsparkplatz einbog. Beim Umziehen in der Umkleidekabine fand er den kleinen Glasflakon, den May Taylor ihm nach der Notlandung geschenkt hatte. Er dachte daran, wie ihre Tochter von Natalie gewusst zu haben schien, und statt den Talisman beiseite zu legen, steckte er ihn in seine Tasche.

Martin Cartier stürmte auf das Eis im Fleet Center und wurde mit einer Mischung aus stehenden Ovationen und lauten Buhrufen empfangen. In den nächsten Dritteln des sechzig Minuten dauernden Spiels gelang es ihm, das Tor seiner Mannschaft vor jedem Angriff zu verteidigen. Im Slot patrouillierend – dem Dreieck für das Abspiel zum Tor – hielt er die Toronto Maple Leafs mit seinen aggressiven Manövern in Schach und hinderte sie daran, auch nur ein einziges Mal zum Schuss zu kommen. Martin Cartier war immer schnell auf den Schlittschuhen gewesen, aber an diesem Abend bewegte er sich wie der Blitz.

Ray Gardner und Bruno Piochelle flankierten ihn und das

Trio schickte sich an, Toronto das Fürchten zu lehren. Martin wurde in der Offensive hervorragend gedeckt und feuerte den Puck im ersten Drittel gleich zweimal ins Netz. Er vergaß seine Verletzungen, vergaß den Fluch, vergaß den Gedanken an Sieg oder Niederlage: eine Energie, die er nie zuvor verspürt hatte, trieb ihn zum dritten Mal ans Netz, und schon konnte er seinen ersten Hattrick der Serie verbuchen – drei Tore hintereinander.

Die Bruins gewannen 3:0, erzielten damit ein Unentschieden in den Playoffs.

Nach dem Spiel – von dem alle vorhergesagt hatten, dass die Bruins es verlieren würden – stellte sich Martin unter die kochend heiße Dusche. Er freute sich unbändig über den Sieg, vergaß das negative Gerede, gewinnen war wichtiger. Falls Serge Cartier im Gefängnis das Spiel verfolgt hatte, hätte er bei Martin keine Fehler entdecken können. Vielleicht hatten ihm Mays Rosenblätter Glück gebracht.

Ray Gardner, sein bester Freund und Teamkamerad, gesellte sich an den Spinden zu ihm. Sie spielten schon lange zusammen, zuerst in Vancouver, dann in Toronto und während der letzten beiden Saisons in Boston. Sie waren beide in LaSalle, in Kanada, aufgewachsen, und ihre Beziehung hatte sich schnell und auf die harte Tour entwickelt: beide waren Einzelkinder, ihre Väter verdienten ihr Geld als Profi-Eishockeyspieler und sie wurden überwiegend von ihren Müttern in den Farmhäusern auf dem Land großgezogen. Ihre Liebe zum Schlittschuhlaufen hatte auf stillen Seen unter dem endlosen Himmel Kanadas ihren Anfang genommen.

»Du hast es ihnen heute Abend ordentlich gegeben, Martin«, sagte Ray. »Peng, peng, peng.«

»*Merci*, Ray.«

»Gegen deine hohen Schüsse ist kein Kraut gewachsen.«

Die beiden Männer lachten stillvergnügt in sich hinein und dachten an die drei Schlagschüsse, die dem Torhüter der Leafs haarscharf um die Ohren gepfiffen waren.
»Beim dritten Mal dachte ich, der rastet aus und verlässt das Netz, um sich mit mir anzulegen«, lachte Martin, immer noch euphorisch nach dem Sieg. Er sah wieder das Weiße in den Augen des Goalie vor sich, hörte den dumpfen Aufprall des Pucks auf der rechten Seite seines Schutzhelms.
»Der war gelähmt vor Schreck wie ein Reh im Scheinwerferlicht«, grinste Ray. »Das kommt davon, wenn man sich nicht schnell genug in Sicherheit bringt. Hast du Lust, mit Genny und mir zu Abend zu essen?«
»Ich muss Schlaf nachholen. Ich werde alt. Achtunddreißig. Ich sollte langsam darüber nachdenken, mich zur Ruhe zu setzen. Aber dieses Jahr will ich es noch einmal wissen. Es ist an der Zeit, findest du nicht?«
Ray nickte. Er wusste, wie sehr sich Martin wünschte, den Stanley Cup zu gewinnen. Alle anderen Auszeichnungen waren zweitrangig, solange er die größte Trophäe noch nicht errungen hatte, den Wanderpokal der NHL, der zwei Tage im Besitz der siegreichen Mannschaft blieb und auf dem alle Siegernamen der Spieler eingraviert waren. Martin schüttelte Ray zum Abschied die Hand und steckte die kleine Glasflasche in die Tasche seiner Jeans, bevor er zu seinem Wagen ging.
In jener Nacht lag er wach und dachte an Natalie, konnte sie nicht aus seinen Gedanken verbannen. Aber immer wieder erschien ihm das Gesicht des kleinen Mädchens aus dem Flugzeug. Ihre klaren Augen, ihr hartnäckiges Flüstern: »Werden Sie uns helfen? Was auch passiert, werden Sie mir und meiner Mutter helfen, wenn das Flugzeug landet?«

Woher hatte sie es gewusst?
Als er durch den Rauch gelaufen war, hatte Martin einen inneren Zwang verspürt, der seine Schritte lenkte. Er war an der offenen Tür vorbei in die mit Qualm gefüllte Kabine gerannt, hatte die Hand der Mutter gepackt und das Kind auf seine Arme gehoben. Er hatte nicht lange nachgedacht; es war, als sei ihm gar keine andere Wahl geblieben.
Eine Viertelstunde hatte er insgesamt mit ihnen zusammen verbracht, nicht länger.
Trotzdem spukten sie unentwegt in seinem Kopf herum, das Mädchen oder ihre Mutter. Lag es an der Ähnlichkeit des Kindes mit Natalie oder weil sie erraten hatte, dass er eine Tochter gehabt hatte? War es die Schönheit der Mutter? Martin schüttelte mit Nachdruck den Kopf. Er konnte sich nicht erklären, warum seine Gedanken immer wieder um die beiden kreisten.
Er hielt sich nach Möglichkeit von den Menschen fern, vor allem von Frauen mit Kindern. Die Eishockey-Groupies umschwärmten ihn und er war mit ein paar von ihnen ausgegangen; er war nicht gerade stolz darauf, aber so lagen die Dinge nun einmal. Er hatte keine Lust, sich auf eine längerfristige Beziehung zu netten Frauen mit kleinen Mädchen einzulassen. Das Leben war auch so gefährlich genug, und der einzige Ort, an dem er sich sicher fühlte, war das Eis.
Aber seit er Ray mit Genny gesehen und es schließlich satt hatte, mit seinen Eintagsfliegen über die immer gleichen Belanglosigkeiten zu reden, hatte er angefangen, über eine Beziehung anderer Art nachzudenken. Eine Beziehung, in der er liebvoll mit einer Frau umging, das Beste für sie wünschte, ihr genug Vertrauen entgegenbrachte, um ihr von seinen Hoffnungen und Träumen zu erzählen. In seiner Fantasie war sie genauso liebevoll und fürsorglich. Sie

hielt ihn nachts in den Armen und zeigte ihm, dass er nicht alleine war.
Er stieß die Bettdecke mit dem Fuß beiseite, rollte sich auf den Rücken und starrte an die Decke. Trotz der zahllosen Frauen, mit denen er sich getroffen hatte und ausgegangen war, all die wunderschönen Models und berühmten Schauspielerinnen, stellte Martin Cartier fest, dass er geradezu besessen war von einer Frau, die er überhaupt nicht kannte. Er konnte ihr Gesicht nicht vergessen, die verhangenen Augen, das strahlende Lächeln, die zerzauste rotbraune Mähne. Er fragte sich, wie weit Black Hall, Connecticut, von Boston entfernt sein mochte. Mit diesem Gedanken schlief er ein.

*

Die Scheune stand inmitten eines Obstgartens. Drei Meilen von Trumbull Cove entfernt, eingetaucht in Meereslicht, das Maler seit Hunderten von Jahren in diesen Teil Connecticuts zog, war das Land hell von den breiten Blättern der Kalmien und dunkel vom Granitgestein.
Vier Autos parkten unter den Apfelbäumen und in der Scheune waren die Braut, ihre Mutter und ihre Brautjungfern in eine lebhafte Diskussion verstrickt, während sie Bilder in den Katalogen betrachteten.
Mays Großmutter Emily hatte die Scheune zusammen mit ihrem Mann Lorenzo Dunne erbaut, aber Bridal Barn, das kleine Familienunternehmen, das Hochzeiten plante und in diesem anheimelnden Ambiente untergebracht war, hatte sie mit ihrer einzigen Tochter, Mays Mutter Abigail, gegründet und geführt. Ihre Kataloge, Tagebücher und Fotoalben aus eigener Werkstatt füllten die Einbauregale an den vom Alter silbrigen Holzwänden der Scheune.

Eine gelbe Katze schlich geduckt den Fußboden entlang, auf der Jagd nach Mäusen.
May stand am Fenster und unterhielt sich leise mit Tobin Chadwick, ihrer ältesten und besten Freundin. Tobin war nach ihrer Heirat in Black Hall geblieben und arbeitete im Bridal Barn, seit ihr jüngster Sohn eingeschult worden war. Sie war klein und kräftig, hatte dunkle Haare und stets den Anflug eines Lächelns auf den Lippen. Die beiden Freundinnen unternahmen häufig gemeinsame Radtouren auf den hügeligen Landstraßen in der Umgebung, hielten sich fit, indem sie sich Meile für Meile abstrampelten und auf den geraden Strecken Wettrennen veranstalteten.
»Jetzt erzähl schon. Fang mit Toronto an«, sagte Tobin, »oder mit der Notlandung. Ich kann nicht glauben, was du gestern alles erlebt hast.«
»Ja, der Tag war ziemlich turbulent.« May rieb sich den geprellten Ellenbogen.
»Was haben sie gesagt, ich meine die Psychologen?«
»Sie haben alle möglichen Tests mit ihr gemacht. Sie haben ihr zum Beispiel zwei Karten gezeigt, eine rote und eine blaue, sie dann gemischt und mit der Vorderseite nach unten auf den Tisch gelegt; dann musste sie sagen, welche die rote und welche die blaue ist. Immer wieder.«
»Klingt mehr nach einem Spielcasino.« Tobin runzelte die Stirn.
»Das Gefühl hatte ich auch. Sie musste versuchen, Zahlenfolgen zu erraten, zuerst auf Papier, dann auf einer Ouijatafel – du weißt schon, diese Tafeln für spiritistische Sitzungen. Sie hat nicht ein Mal daneben getippt, kein einziges Mal! Dann haben sie ihr einen Kugelschreiber gegeben und gesagt, sie solle mit links schreiben –«
»Sie ist doch Rechtshänderin.«
»Ich weiß. Sie nannten es ›Geisterschrift‹.«

»Hatte sie denn Kontakt mit Geistern?«, fragte Tobin mit einem leichten Lächeln. Manchmal wusste sie nicht, was sie davon halten sollte. Den meisten Menschen, Tobin eingeschlossen, kam es absonderlich vor, dass eine namhafte Universität eine Abteilung hatte, die übersinnliche Phänomene erforschte, und noch merkwürdiger war, dass Mays Tochter an der Studie teilnahm. May, in deren Familie Heilkräuter, Rosen und Liebeszauber seit Generationen gang und gäbe waren, mochte das alles weniger rätselhaft erscheinen.

»Nicht, solange wir in der Universität waren, aber im Flugzeug –«

»Was ist passiert?«

»Sie schien eher als alle anderen zu wissen, dass es ein Problem mit der Maschine gab. Sie behauptete, sie hätte einen Engel gesehen. Sie ging schnurstracks auf einen dieser Männer zu«, Mays Blick schweifte ab und verlor sich in der Ferne, als sie sich an den Blick des Mannes erinnerte. »Sie bat ihn, uns zu helfen, wenn es an der Zeit sei. Sie erklärte ihm, seine Tochter habe ihr gesagt –«

»Seine Tochter?«

»Sie ist tot.« Als May zu der Braut mit ihrem Gefolge hinübersah, konnte sie erkennen, dass wohl endlich eine Entscheidung gefallen war: Die Frauen hatten offenbar eine Vorlage in dem Katalog gefunden, die ihnen gefiel. Die Braut winkte May zu und sie winkte zurück. Bei dem Gedanken an Kylie krampfte sich ihr Magen zusammen: Was war, wenn sie keine übersinnlichen Kräfte besaß, eine Gabe in ihrer Familie, sondern an Schizophrenie litt?

»Sie hat eine lebhafte Fantasie«, erwiderte Tobin einfühlsam. »Das ist alles.«

»Sie spricht mit Menschen, die gar nicht da sind.«

»Das hat deine Großmutter auch getan, sie hat jedenfalls

Selbstgespräche geführt. Und erinnerst du dich an die Zeit, als wir Kinder waren? Immer, wenn wir Bücher über Kinder mit unsichtbaren Freunden lasen, wünschten wir uns, wir hätten auch welche.«

»Wir hatten uns.«

Tobin umarmte sie. »Sie ist kein Versuchskaninchen, das in eine Studie gehört. Das weißt du so gut wie ich. Sie hat einen Schock erlitten, als ihr auf die Leiche im Lovecraft gestoßen seid.«

»Ich weiß.«

»Ich würde Alpträume haben, wenn mir das passiert wäre, und sie war erst vier.« Tobin erschauerte. »Ich wundere mich, dass sie dich nicht auch unter die Lupe nehmen. Du warst ja dabei, hast das Skelett ebenfalls gesehen.«

»Ja.« May schloss die Augen und sah wieder den grinsenden Schädel mit dem weit aufgerissenen Mund vor sich, der sie anzuflehen schien, etwas zu tun. Kylie hatte Träume, in denen Totenköpfe vorkamen, die sie um Hilfe baten. May öffnete die Augen, blickte Tobin an.

»Das wird vorbeigehen, sie macht nur eine Entwicklungsphase durch«, fuhr ihre beste Freundin fort. »Es ist ein bisschen einsam hier draußen auf dem Land, es gibt keine gleichaltrigen Mädchen, mit denen sie spielen könnte. Ich hätte Töchter statt Söhne zur Welt bringen sollen.«

»Ich wusste, dass es deine Schuld ist«, sagte May augenzwinkernd. »Die Ärzte wollen sie im Juli wieder sehen. Sie möchten, dass ich das Traumtagebuch weiterführe.«

»Diese Visionen, das wird sich auswachsen. Wirst schon sehen.«

»Vielleicht wird sie ja später einmal Schauspielerin oder Schriftstellerin; wenn die ihrer Fantasie freien Lauf lassen, hat niemand etwas einzuwenden.«

»Stimmt«, pflichtete Tobin ihr bei.

In dem Augenblick kam die Brautgesellschaft auf sie zu und es war Zeit, an die Arbeit zurückzukehren. Dora Wilson, die künftige Braut, machte May mit allen bekannt: ihrer Mutter, ihrer beste Freundin Elizabeth Nichols und zwei langjährigen Freundinnen aus dem College.

»May, würden Sie so nett sein und ihr Vernunft beibringen?«, rief Doras Mutter. »Sie hat sich in den Kopf gesetzt, an einem Freitagabend zu heiraten, und ich sage ihr immer wieder, dass das nicht geht. Die Hälfte der Verwandtschaft reist per Flugzeug von Cleveland an, und die andere Hälfte fährt von Baltimore aus mit dem Auto hierher. Eine stimmungsvolle Trauung am Nachmittag –«

»Mutter«, die Stimme der Braut schwankte. »Ich will eine Trauung bei Kerzenschein. Das habe ich mir schon immer gewünscht. Ich –«

»So was ist doch Schnee von gestern.« Mrs. Wilson winkte ungeduldig ab. »Einfach langweilig, so was hat man in den siebziger Jahren gemacht. Hast du etwa Angst vor dem Tageslicht? Ich verspreche dir, keine Menschenseele wird erraten, wie alt du bist. May hat eine erstklassige Visagistin an der Hand; ich habe mit eigenen Augen gesehen, dass sie bei Shelley Masters wahre Wunder gewirkt hat. Du hast es doch auch gesehen – und wir beide wissen, dass Shelley noch älter ist als du.«

May warf Tobin einen kurzen Blick zu, dann trennten sie die Streithähne wie Streifenpolizisten, die schon lange ein gut eingespieltes Gespann bilden. Während sich Tobin um Mrs. Wilson kümmerte, nahm May Dora unter ihre Fittiche.

Zu Beginn ihrer beruflichen Laufbahn hatte May gedacht, dass nur junge Frauen ihre Dienste in Anspruch nehmen würden, die unsicher hinsichtlich ihres eigenen Geschmacks waren. Stattdessen stellte sie fest, dass viele ihrer

Kundinnen fünfunddreißig und älter waren und mit beiden Beinen fest im eigenen Berufsleben standen. Sie kamen mit Aktenköfferchen und Handy zur Tür herein. Dora Wilson, die heutige Braut, war einundvierzig. Eine Karrierefrau im Armani-Hosenanzug und Prada-Schuhen. Schnitt und Farbe ihrer Haare waren teuer, stammten von Jason in Silver Bay, und ihr Körper war durchtrainiert. Aber wie die meisten Neukundinnen – beinahe einhellig – richtete auch sie sich nach ihrer Mutter, wenn es um die wichtigen Fragen ging: Anzahl der geladenen Gäste, Hochzeit tagsüber oder abends, kirchliche Trauung oder nicht.

»Ich glaube, dass sie Recht hat«, sagte Dora, als May zu ihr herüberkam. »Samstagnachmittag wäre besser. Praktischer.«

»Nein. Sie befindet sich auf dem Holzweg«, entgegnete May und sah Dora in die Augen.

»Aber meine Verwandten kommen von weither angereist –«

»Trotzdem.« May erwiderte Doras Blick standhaft und weigerte sich, ihre Augen als Erste abzuwenden. Dora blinzelte, als versuche sie, sich einer Hypnose zu widersetzen. »Es ist Ihr Fest. Sie sind die Braut, Ihre Mutter hatte bereits ihre Chance, ihre Hochzeit nach eigenem Gutdünken zu gestalten. Und Sie haben ein Leben lang von einer Trauung bei Kerzenschein geträumt.«

»Aber vielleicht war das ein Fehler. Je mehr ich darüber nachdenke –«

May musterte Dora eindringlich. Heute trug sie Jeans und einen Pullover von L.L. Bean, marineblau mit Punkten, die Sternen glichen. »Wissen Sie, was meine Mutter mir in solchen Situationen empfohlen hat?«

»Was?«

»Nicht mehr, sondern weniger nachzudenken.«

»Weniger? Meine Güte, es gibt unendlich viel zu bedenken, so viele Einzelheiten!« Doras Stimme wurde lauter. »Glauben Sie mir, wenn ich ein Haus verkaufe, sage ich dem potenziellen Käufer auch nicht, dass er *weniger* nachdenken soll – über den Vertrag, den Preis, bei der Besichtigung … und eine Hochzeit ist noch viel komplizierter!«

»Lange nicht so kompliziert, Dora«, erwiderte May ruhig. Ihr selbst schwirrte bisweilen der Kopf vor lauter Sorge um Kylie, Erinnerungen an den Erhängten, die Bemerkungen der Psychologen. Aber wenn sie an ihre Mutter dachte, spürte sie gleichwohl, dass die innere Anspannung nachließ. Auf der anderen Seite des Raumes redete Tobin auf Mrs. Wilson ein, ihre Stimme und Augen waren unerschütterlich.

»Wir müssen planen, Listen machen!« Doras Stimme klang beinahe hysterisch. »Wie soll man planen ohne nachzudenken?«

May saß reglos da. Diese Braut, die nicht mehr die Jüngste war, lag ihr am Herzen. Sie wollte alles tun, um ihren Traum wahr zu machen. Plötzlich stellte May fest, dass sie an den Eishockeyspieler dachte.

Ihre Hände hatten sich gestreift, als er Kylie hochgehoben hatte, und seine blauen Augen schienen direkt in ihr Herz zu blicken. Schon seit langem hatte ihr kein Mann mehr auf diese Weise beigestanden. Da sie nun Dora unterstützen wollte, dachte May an Martin Cartiers Augen und räusperte sich.

»Planen kann man auch aus dem Bauch heraus. Und mit dem Herzen.« Sie streckte die Hand aus und berührte Doras Brustbein. Ihre Hand war ruhig und sie spürte, wie ein warmer Energiestrom durch ihre Fingerspitzen in die zitternde Braut floss. Dora war spröde und mürrisch, und ihre einundvierzig Jahre zeigten sich in den Linien um ihre

schmalen Lippen. Doch nun fielen die Ängste von ihr ab und plötzlich sah sie wie sechzehn aus und wirkte sehr verletzlich.
»Sie haben doch immer von einer Trauung bei Kerzenschein geträumt«, erinnerte May sie.
»Ja, das stimmt«, flüsterte Dora und ihre Augen füllten sich mit Tränen.
»Dann sollen Sie sie auch haben.«
»Aber meine Mutter …«
»Atmen Sie tief durch«, sagte May und hörte wieder die Stimme ihrer eigenen Mutter.
»Aber sie –«
»Atmen Sie tief durch und dann sagen Sie ihr klar und deutlich Nein.«
»Sie sind geschieden.« Tränen liefen über Doras Wangen. »Mein Vater lebt mit seiner zweiten Frau in Watch Hill. Ich habe keine Schwestern, ich bin ihre einzige Tochter. Sie möchte, dass ich die Dinge nach ihren Vorstellungen mache, sie hat auch Träume, und ich möchte sie nicht enttäuschen …«
»Ich weiß.«
Dora umarmte sie, aber May spürte es kaum.
Sie drehte sich um und durchquerte die offene Scheune. Sie schloss sich im Badezimmer ein und drehte den Hahn im Waschbecken auf. Der Wasserstrahl war hart, schnell und laut genug, um die Stimmen der Braut und ihrer Begleiter draußen vor der Tür zu übertönen. Sie drehte den Hahn noch weiter auf, bis das Wasser kochend heiß war, dann beugte sie sich vor, um den Dampf einzuatmen. Sie stellte sich vor, wie er die Knoten in ihrem Innern umfing und sie auflöste. Ihre Mutter hatte immer gesagt, sie müsse an ihre eigene innere Kraft glauben und sich bewusst machen, dass Magie etwas ganz Alltägliches sei.

Versucht gar nicht erst, vor der Wirklichkeit davonzulaufen, hatte ihre Mutter den Bräuten immer gesagt: versteckt euch nicht hinter Wein, Einkäufen, Gymnastik oder Arbeit. Bleibt wach, präsent, in Kontakt mit eurem wahren Ich und allem, was im Leben wirklich zählt. Als May den Kopf hob, war der Spiegel in Dampfwolken gehüllt. Sie wischte mit dem Handballen ein Fenster frei und blickte in die Augen einer ausgebrannten Hochzeitsplanerin. Sie wünschte, sie wäre in der Lage, den Geist ihrer Mutter heraufzubeschwören oder Trost in Kylies Visionen zu finden.
Vor der Badezimmertür hörte sie, dass sich die Frauen inzwischen friedlich unterhielten. Ihre Stimmen drangen durch das massive Holz, drangen in Mays Bewusstsein. Dora und ihre Mutter hatten ihren Streit beigelegt; die Hochzeit sollte an einem Freitagabend stattfinden, wie die Braut es sich wünschte.
May schloss die Augen. Viele Bräute hofften, dass ein perfektes Brautkleid, der perfekte Tag für die Trauung und der perfekte Mann unter dem Strich ein perfektes Leben ergaben. Solche Träume hatte May früher selbst gehabt. Sie hatte sich verliebt und gehofft zu heiraten. So viel dazu, was ihre eigene innere Kraft und den Zauber der Liebe betraf! Manchmal hatte sie das Gefühl, an ihrer eigenen Bitterkeit zu ersticken.
Doch dann dachte sie an Kylie. Die Liebe war nicht an May vorübergegangen, sie war nur in einer anderen Verpackung aufgetaucht. Sie trocknete sich das Gesicht, dann verließ sie das Bad. Tobin kam mit einem Arm voll pinkfarbener Rosen zu ihr herüber, Tante Enid im Schlepptau.
»Sind die für Dora?«, fragte May. Manche Männer ließen über Bridal Barn Blumen an ihre Angebetete schicken, eine Geste, die May unglaublich romantisch fand.
»Eigentlich nicht«, sagte Enid. Sie war die jüngste und ein-

zige noch lebende Schwester von Mays Großmutter, mit ähnlich blauweißen Haaren, hellblauen Augen und einer sanften Wesensart, hinter der sich eine tief verwurzelte Neugierde auf alles verbarg, was sich im Leben anderer Menschen abspielte.

»Die sind für dich«, klärte Tobin sie auf. Einige der Brautjungfern umringten sie und beugten sich vor, um zu sehen, von wem May Blumen erhalten hatte.

May las die beiliegende Karte: »Danke. Wir haben gewonnen. Martin Cartier.«

»Der Mann aus dem Flugzeug?«, fragte Tobin.

»Ja.«

»Martin Cartier?«, hakte eine der Brautjungfern nach. »*Der* Martin Cartier?«

»Er ist ein Eishockeyspieler.«

»Ich weiß. Und der attraktivste Athlet auf Gottes Erdboden«, schwärmte die Brautjungfer.

Eine schwarze Katze rieb sich an Mays Knöchel und sie erschauerte.

»Wie kommt es, dass Ihnen dieses Prachtexemplar von einem Mann Rosen schickt?«, fragte Mrs. Wilson.

»Wieso nicht?«, konterte Tante Enid mit halb geschlossenen Augen wie eine allwissende Katze.

May hielt den Strauß in der Hand, ließ sich von dem betäubenden moschusartigen Duft der Rosen einhüllen und mitreißen. Es war lange her, seit ihr ein Mann Rosen geschickt hatte; der Duft verschmolz Erinnerungen, die sie vergessen zu haben glaubte, und ihre Kehle brannte.

»Ich glaube, wir beide sollten eine lange Fahrradtour unternehmen«, sagte Tobin.

»Sobald alle weg sind.« May lächelte, als sie an den Rosen schnupperte.

3

Boston war eine Stadt, in der sich der Sport großer Beliebtheit erfreute, und die Zeitungen brachten zahllose Artikel, wie die Bruins in den Playoffs abgeschnitten hatten. May hatte sich nie wirklich für Eishockey interessiert, aber nun kaufte sie den *Globe,* las alles über Martin, verfolgte den Tabellenstand der Favoriten. Eine Woche später, an einem Samstagnachmittag, als im Bridal Barns Hochbetrieb herrschte, hatten Tobin und sie das Radio leise eingeschaltet, um das Spiel zu verfolgen.

»Was ist denn das für ein Geräusch im Hintergrund?«, fragte die Brautmutter stirnrunzelnd. Mrs. Randall war eine Matrone aus Black Hall mit Strickensemble, Ferragamo-Schuhen und einem Sinn für Schicklichkeit, der Sportsendungen in einem Brautsalon ausschloss.

»Das Spiel der Bruins«, erwiderte Tobin.

»Als wir das letzte Mal hier waren, bekamen wir wundervolle Musik zu hören, Sie wissen schon, dieses irische Mädchen.«

»Loreena McKennitt«, schaltete sich Tante Enid ein. »Ich lege sie auf.« Sie wollte den CD-Spieler einschalten, aber May ergriff ihr Handgelenk.

»Es steht 3:2 und es sind nur noch zwei Minuten zu spielen. Wir müssen hören, wie es ausgeht.«

»Liebes, wir sind hier im Bridal Barn. Deine Mutter hat immer gesagt, wir verkaufen nicht nur eine Hochzeit mit allem Drum und Dran, sondern die richtige Stimmung. Wenn sie sich Loreena McKennitt wünschen –«

»Ihrer Mutter wurde nie von Martin Cartier das Leben

gerettet«, entgegnete Tobin. »Auch wenn Sie mich feuern, das sind die Playoffs und ich möchte sie zu Ende hören.«
»Sie hat Recht, Tante Enid«, sagte May.
»Die Atmosphäre ist das A und O in unserer Branche«, erwiderte Tante Enid schmollend und trollte sich.
Die Randalls erteilten ihnen trotzdem einen dicken Auftrag für Brautkleid, Blumenschmuck, Trauungszeremonie und anschließenden Empfang, und die Bruins gewannen, so dass alle zufrieden waren. »Die Bruins haben die Toronto Maple Leafs geschlagen«, verkündete der Reporter. »Martin Cartier erzielte das entscheidende Tor, und Boston ist eine Runde weiter gerückt, um mit den Edmonton Oilers um den Stanley Cup zu kämpfen.«
»Martin, Martin«, stimmte Kylie in die begeisterten Sprechchöre des Publikums im Radio ein.
»Martin?«, sagte May lächelnd, als Kylie den Vornamen benutzte und ihn auf frankokanadische Weise aussprach: Mar-tan.
Das Telefon läutete. »Bridal Barn«, meldete sich Tante Enid. Sie lauschte einen Augenblick, dann reichte sie May mit zufriedener Miene den Hörer.
»Hallo?«
»Wir gewinnen die Playoffs«, sagte Martin Cartier mit seinem französischen Akzent. »Ihre Rosenblätter – sie haben mir Glück gebracht.«
»Ich weiß, ich habe es gehört.«
»Wirklich? Sie interessieren sich für Eishockey?«
»Seit neuestem. Sind Sie noch auf dem Eis? Das Spiel ist doch gerade erst zu Ende gegangen.«
»Ich bin in der Umkleidekabine.«
»Aha.« Sie stellte ihn sich im Trikot vor, umgeben von seinen Teamkameraden. Sie konnte sie im Hintergrund la-

chen und rufen hören. Ihre eigenes Team – Kylie, Tobin und Tante Enid – hatte schweigend einen Halbkreis um sie gebildet und gab sich nicht die geringste Mühe, zu verheimlichen, dass es gespannt zuhörte.

»Haben Sie meine Rosen erhalten?«

»Ja. Sie sind wunderschön. Ich hätte mich gerne bei Ihnen bedankt, aber ich wusste nicht, wie ich Sie erreichen kann. Wie haben Sie mich gefunden?«

»May Taylor in Black Hall, Connecticut. Das war nicht schwer.«

»Ich kann mich gar nicht erinnern, dass ich Ihnen meinen Namen und meine Adresse gesagt habe, kein Wunder bei dem Tumult, der nach der Landung des Flugzeugs herrschte. Für Ihre Hilfe möchte ich mich auch noch einmal bedanken.«

»Wie geht es Ihrer Tochter?«

»Gut. Und was ist mit Ihnen?«

»Ich musste seither vier Mal ein Flugzeug besteigen. Die Vergangenheit holt mich nur nachts wieder ein, in meinen Träumen.«

»Mir geht es genauso.« Sie litt seit dem Flug von Toronto unter Alpträumen, erlebte immer wieder aufs Neue, wie ihre Augen und Kehle brannten, wie der Rauch Kylie und sie einhüllte, und dass sie keinen Ausweg aus dem Inferno sah … Kylie träumte von dem Engel, der ihr im Flugzeug begegnet war, ein ernstes kleines Mädchen mit weißen Flügeln, das über dem Kopf seines Vaters schwebte. May hatte die Begebenheit pflichtgetreu in ihrem Tagebuch vermerkt. Als sie nun daran dachte, warf sie Kylie einen flüchtigen Blick zu.

»Vielleicht können wir uns irgendwann einmal ausführlicher darüber unterhalten. Darf ich Sie wieder anrufen? Sie vielleicht zum Essen einladen?«

»Ich weiß nicht. In der Hochzeitsbranche herrscht derzeit Hochsaison. Ich bin ziemlich ausgebucht …«

»*Bien.*« Er klang enttäuscht. »Ich muss mein Flugzeug erwischen. Wir sind auf dem Weg nach New York, wo die nächste Runde der Serie stattfindet. Wünschen Sie mir Glück.«

»Das tue ich. Guten Flug.«

»Ich meinte beim Hockey.«

»Für das auch.« Sie fühlte sich niedergeschlagen, ohne zu wissen, warum.

Da für diesen Tag keine weiteren Kundinnen angemeldet waren, bat sie Tante Enid, für eine Stunde auf Kylie aufzupassen, damit sie mit Tobin eine Runde mit dem Rad fahren konnte. Die Eichen und Ahornbäume hatten frische grüne Blätter und die Kastanien begannen zu blühen. Violette Schatten breiteten sich über den schmalen, gewundenen Feldwegen aus, als die beiden Freundinnen hintereinander durch die Talsenke radelten.

Sie fuhren den Crawford Hill hinauf, schalteten in einen niedrigen Gang, um die lange Steigung zu bewältigen. May folgte Tobin und hielt das Tempo, als sie an der leer stehenden Mühle, an Childe's Orchard und dem Kiefernwäldchen in der Mulde vorbeikamen. Die Landschaft hatte sich seit ihrer Kindheit kaum verändert und sie fragte sich, wie oft sie mit den Rädern dieselbe Route entlang gefahren waren. Als sie in die Old Farm Road einbogen, wo, wie sie wussten, kaum Verkehr herrschte, trat Tobin langsamer in die Pedale, damit sie nebeneinander fahren konnten.

»Was hat er gesagt?«, fragte Tobin. Nach so vielen Jahren konnten die Freundinnen beinahe die Gedanken der anderen lesen.

»Er hat mich zum Essen eingeladen.«

»War das der Teil, als du deinen unglaublich voll gepfropften Terminkalender erwähnt hast?«

»So habe ich es nicht formuliert –«

»Du hast alles getan, um dich aus der Affäre zu ziehen. Ich wusste es im selben Moment, als du die Worte ausgesprochen hast.«

»Wenigstens belausche ich nicht die Gespräche anderer.« May trat kräftiger in die Pedale. Sie fuhr mit voller Kraft voraus und spürte, wie der Schweiß zwischen ihren Schulterblättern herabrann. Sie hatte ein Engegefühl in der Brust, aber nicht von der Anstrengung. Sie hätte am liebsten geweint, ohne sagen zu können, warum.

»Entschuldige bitte.« Tobin schloss zu ihr auf. »Aber es passiert schließlich nicht jeden Tag, dass im Bridal Barn statt stimmungsvoller Musik ein Tohuwabohu auf der Eisbahn ertönt. Da habe ich mir natürlich so meine Gedanken gemacht.«

»Gedanken, worüber?«

»Du weißt schon, was ich meine.«

»Komm, lass uns ein Eis essen.« Sie fuhren den Crawford Hill auf der anderen Seite hinunter, vorbei an den weißen Kirchen der Stadt, aber wie schnell Tobin auch in die Pedalen trat, sie konnte nicht mithalten. Beim Einbiegen auf den kiesbestreuten Parkplatz kam May ins Schlingern und hätte fast den heruntergekommenen Paradise-Ice-Cream-Stand gerammt.

Die beiden Frauen bestellten ihr Lieblingseis: Maple Walnut mit Schokosplittern und Vanille oben drauf.

»Warum gibst du es nicht zu?«, nahm Tobin gut gelaunt den Faden wieder auf, als sie ihr Eis schleckten. »Du magst ihn.«

»Mein Eis schmeckt überhaupt nicht nach Ahornsirup.« May schloss die Augen.

»Was ist so schlimm daran, ihn zu mögen? Es bringt dich doch nicht um, wenn du mit ihm essen gehst.«
»Was wir erlebt haben, war eine Ausnahmesituation.« May erwischte gerade noch einen Tropfen Eis, bevor er auf ihrem T-Shirt landete. »Er hat Kylie und mir geholfen, aus dem Flugzeug herauszukommen.«
»Und du magst ihn.«
»Ich kenne ihn doch kaum.«
»Na gut, formulieren wir es anders. Du *denkst*, dass du ihn magst –«
»Das ist keine besonders originelle Idee.« May schloss wieder die Augen und leckte an ihrem Eis.
»Du bist im Laufe der Jahre zu kopflastig geworden. Du hast dir angewöhnt, nur noch zu denken statt zu fühlen. Das ist dein Problem.«
Mays Augen füllten sich auf Anhieb mit Tränen. Tobin hatte Recht. Sie dachte an Gordon Rhodes, Kylies Vater. Sie hatte ihn geliebt, und als sie erfuhr, dass sie ein Kind erwartete, war sie im siebten Himmel gewesen. Sie war weit offen für das Leben und voller Liebe, Hingabe und Leidenschaft gewesen, bis Gordon ihr gebeichtet hatte, dass er verheiratet war. Getrennt von seiner Frau, aber verheiratet.
»Was willst du überhaupt! Es gibt genug Männer, mit denen ich ausgehe.«
»Was du nicht sagst!« Tobins Stimme wurde scharf. »Mit Mel Norris und Howard Drogin, den beiden langweiligsten Männern in Black Hall, die ganz bestimmt kein Herzklopfen bei dir verursachen. Seit Gordon gehst du nur noch auf Nummer sicher.«
»Und was ist mit Cyrus Baxter, dem Psychiater aus Boston, der Kylie anfangs behandelt hat? Ich war mit ihm zum Essen.«
»Ja, ein einziges Mal, und als er dich um ein Wiedersehen

bat, hattest du nichts Besseres zu tun, als sie von der Studie im Mass General ab- und sie in Toronto wieder anzumelden.«
»Dr. Henry meint, die Studie in Toronto sei besser.« Tränen liefen über Mays Wangen. »Deshalb der Wechsel. Dr. Baxter hatte nichts damit zu tun.«
»Ach May.«
»Du weißt, dass ich meine Gefühle aus dem Spiel lasse, wenn es um Hilfe für Kylie geht.«
»Das weiß ich.«
»Außerdem, wer sagt mir, dass Martin Cartier nicht verheiratet ist?«
»Ist er nicht«, sagte Tobin.
»Woher willst du das wissen?«
»Ich habe mich schlau gemacht.«
Mays Augen wurden groß, als ihre Freundin entschuldigend mit den Schultern zuckte. Tobin hatte dunkle Haare und große helle Augen. Sie spähten nun vorsichtig unter ihrem Pony hervor, als befürchtete sie, dass May wütend auf sie war.
»*Was* hast du gemacht?«
»Ich habe das PR-Büro der Boston Bruins angerufen und gesagt, ich sei Lifestyle-Beraterin und arbeite für eine Zeitschrift an einem Artikel über verheiratete Eishockeyspieler, und dass ich vorhätte, ein Interview mit Martin Cartier zu machen. Als der Typ zu lachen aufgehört hatte, sagte er mir, da hätte ich aber Pech gehabt, Martin sei praktisch der begehrteste Junggeselle in der NHL.«
»Wenn das so ist, dann frage ich mich, warum er ausgerechnet *mich* zum Essen einlädt.«
»Er weiß eben, was gut ist.«
May blickte auf ihre Laufschuhe. Sie war eine allein erziehende Mutter, die etliche Fehler gemacht hatte, und in

ihrem Leben gab es nur noch zwei wichtige Ziele: ihre Tochter anständig zu erziehen und Frauen zu ihrer Traumhochzeit zu verhelfen. Es war lange her, seit sie eigene Träume gehabt hatte, und sie wäre nie auf die Idee gekommen, dass sie eines Tages vom begehrtesten Junggesellen der NHL aus einem brennenden Flugzeug gerettet werden und Rosen von ihm erhalten würde. Ihr Glaube, dass Magie und Liebeszauber, auf die sich ihre Familie seit Generationen verstand, bei ihr genauso wirkten wie bei anderen Frauen, gehörte seit langem der Vergangenheit an.

»Du hast Maple-Walnut-Eis am Kinn.« Tobin leckte ihren Daumen und wischte den Klecks ab.

»Danke.«

»Keine Ursache.«

»Zuerst fühlst du meinem Eishockeyspieler auf den Zahn und nun wischt du auch noch mein Gesicht ab, als wäre ich ein Baby …«

»Dein Vater hätte es so gewollt.«

May blickte Tobin an. Die beiden Mädchen waren wie Schwestern aufgewachsen, hatten abwechselnd bei der einen und bei der anderen übernachtet, waren mit den Familien zusammen zelten, ins Kino oder an den Strand gegangen. Aus Spaß hatte Tobin Mays Eltern manchmal ›Mom‹ und ›Dad‹ genannt, und May hatte es mit Tobins genauso gehalten.

May blinzelte, horchte in sich hinein. »Mein Vater«, sagte sie nach einer Weile.

»Er ist nicht da, um auf dich aufzupassen, und ich weiß, dass er Wert darauf gelegt hätte, alles über einen Boston-Bruins-Spieler zu erfahren, der seiner Tochter schöne Augen macht.«

»Seinetwegen hast du ihm also nachgeschnüffelt.«

Tobin nickte und ließ den letzten Rest Vanilleeis auf ihrer Zunge zergehen. »Und deine Eltern würden auch nicht wollen, dass du mit Eis um den Mund in Black Hall herumfährst, deshalb habe ich getan, was ich tun musste. Wahrscheinlich haben wir uns mit dieser mächtigen Portion Eis den Appetit fürs Abendessen verdorben.«
»Ich verrate dich nicht bei deinen Kindern, wenn du versprichst, mich nicht bei meiner Tochter in die Pfanne zu hauen.«
Die beiden besiegelten den Pakt per Handschlag, stiegen wieder auf ihre Räder und fuhren über die schmalen gewundenen Straßen nach Hause.

*

Fünf Abende später rief er wieder an.
May wurde klar, dass sie dieses Mal darauf gehofft hatte. Sie war lange aufgeblieben, um sich einen Teil des Spiels anzusehen, bevor sie zu Bett ging. Die Bruins hatten gewonnen; sie würden in der Finalrunde gegen die Edmonton Oilers antreten. Der Sportreporter war völlig aus dem Häuschen und May merkte, dass sie nicht minder aufgeregt war. Sie wartete eine Weile und war gerade dabei, einzuschlafen, als sie das Telefon läuten hörte.
»Habe ich Sie aufgeweckt?«
»Nicht ganz. Herzlichen Glückwunsch, Sie haben den Sprung in die Finals geschafft.«
»Sie wissen es schon?« Er klang erfreut.
»Ja, und außer mir fast ganz Neuengland. Sie sind der Held des Tages.«
Martin lachte und May dachte, sie hätte Stimmen im Hintergrund gehört.
»Sind Sie in Begleitung?«

»Ja. Ich bin mit meiner Mannschaft beisammen. Wir wollen in ein Restaurant, um zu feiern.«
May stellte sich die glücklichen Eishockeyspieler vor, umringt von schönen Frauen wie das blonde Gift im Flugzeug, und sie dachte daran, dass Tobin gesagt hatte, er sei der begehrteste Junggeselle in der NHL. Sie war verrückt, überhaupt nur an irgendetwas zu denken. Martin und sie gehörten zwei völlig verschiedenen Welten an. Er war reich und berühmt und konnte jede Frau haben, die er begehrte.
»Und was machen Sie noch?«, fragte er.
»Ins Bett gehen.«
»Warum kommen Sie nicht nach New York? Die Fahrt dauert nur zwei Stunden. Sie könnten den nächsten Zug nehmen und um Mitternacht hier sein.«
May lachte nervös. Es klang, als sei der Vorschlag ernst gemeint, aber sie wusste, dass er einen Witz machte.
»Ich würde mich wirklich freuen.«
»Mein Abendkleid ist nicht gebügelt«, sagte sie scherzhaft. »Und meine Tochter schläft tief und fest.«
»Wie geht es Kylie?«
»Großartig.«
May hörte, wie jemand Martins Namen rief, als er hastig die Hand über die Muschel legte. Fetzen einer gedämpften Unterhaltung drangen an ihr Ohr, es ging um eine Limousine, Freunde, ein Restaurant unweit der East Twentieth Street.
»Sie müssen los«, sagte sie, als er sich zurückmeldete.
»Die warten schon auf mich.«
»Ja.« Ihr Herz klopfte.
»Hatten Sie jemals das Gefühl, dass etwas vorbestimmt ist?«, fragte er.
»Was denn?«

»Ich kann es nicht erklären. Aber seit unserer Begegnung im Flugzeug …«

»Sie meinen nach der Notlandung, als Sie kamen, um uns zu helfen?«

»Nein, schon vorher. Als ich mich umdrehte und Sie dort hinten sitzen sah. Ich musste unbedingt mit Ihnen reden, aber ich wusste nicht, warum.«

»Ja, ein Rätsel.« Sie versuchte zu lachen.

»Noch«, sagte er. »Ich weiß, Sie sagten, dass Sie viel zu tun haben, aber hätten Sie nicht Lust, morgen Abend mit mir essen zu gehen? Ich könnte gegen sieben wieder in Boston sein, wenn ich den 95er nehme.«

»Okay«, sagte sie. Tobin kam ihr in den Sinn und sie fühlte sich angespornt. »Einverstanden.«

Als May den Hörer auflegte, stellte sie fest, dass ihre Hände zitterten. Sie wollte gerade Tobin anrufen, um ihr von dem Gespräch zu erzählen und sie scherzhaft daran zu erinnern, dass Martin Cartier der begehrteste Junggeselle in der NHL bleiben würde, trotz Einladung zum Abendessen und romantischem Gerede über Schicksalsfügungen. Aber stattdessen saß May reglos im Bett, lauschte den Nachtvögeln und Heuschrecken in den Wiesen und fragte sich, ob ein Mensch jemals wissen konnte, was das Schicksal für ihn bereithielt, und ob es möglich wäre, es herauszufinden.

*

Die Dämmerung am nächsten Abend war kühl und friedvoll und Tausende von Laubfröschen stimmten ihren Gesang an. Die ersten Sterne waren am lavendelfarbenen Firmament aufgegangen. Kylie saß auf der obersten Querlatte des alten Holzzauns und hielt nach Martins Wagen Ausschau. Mommy hatte ihr erzählt, dass er kommen würde, aber das konnte sie erst glauben, wenn sie es mit eigenen Augen sah. Ein Flugzeug hoch oben am Himmel hinterließ einen weißen Kondensstreifen, wie eine magische Kreidespur. Kylie verfolgte sie mit den Augen, sah, wie sie verschwand, und dachte daran, dass sie ihre größte Eingebung in der Luft gehabt hatte.

Nun hörte sie den Motor eines Autos. Es näherte sich mit großer Geschwindigkeit, kam von der Hauptstraße, klang laut und kraftvoll. Der Wagen tauchte zwischen den Bäumen auf, fuhr an den Feldern vorbei über die schmale Landstraße und hielt direkt vor ihr an. Auf dem Zaun balancierend, beugte sie sich hinab, um Martin ins Gesicht zu sehen. Der Wagen war ein schwarzes Kabriolett, sehr schmal, und Martin saß alleine darin.

»Hallo! Du bist die junge Dame, die mich im Flugzeug angesprochen hat.«

»Ich habe Sie gebeten, uns zu helfen, und Sie haben uns geholfen. Sind Sie gekommen, um meine Mutter abzuholen?«

»Ja. Ist euer Haus in der Nähe?«

»Da drüben.« Kylie deutete auf die Mulde, die sich auf der gegenüberliegenden Seite der Wiese befand. »Wenn Sie mich mitnehmen, zeige ich es Ihnen.«

»*Bien sûr*. Herein mit dir.« Martin langte mit der Hand über den Sitz und öffnete die Tür auf der Beifahrerseite. Als Kylie sich in das Auto zwängte, klopfte ihr Herz. Sie musste das Richtige sagen, damit alles so ablief, wie es sollte.

»Meine Mutter sieht heute Abend wunderschön aus.«

»Ja, das kann ich mir vorstellen«, erwiderte er.

Manchmal sah Kylie Dinge, die anderen Menschen verborgen blieben. Sie hätte schwören mögen, dass sie nachts ihre Urgroßmutter sah, die durch das Haus wanderte und ihren Weg mit einer Kerze beleuchtete. Sie sah den geflügelten Geist von Tally, ihrem kleinen Hund, der als Welpe von einem Auto überfahren worden war. Im Flugzeug hatte sie einen Engel gesehen, und manchmal spürte sie die Geister verstorbener Kinder um sich herum. Aber meistens sah sie stille Zeichen, die eigentlich für jedermann sichtbar waren.

Wie der Ausdruck, der sich tief in den Augen eines Menschen verbarg, oder die Andeutung eines Lächelns hinter einem Mund, oder ein Wunsch, der in der Luft über dem Kopf einer Person eine schimmernde Wolke bildete. Lange Zeit hatte Kylie einen Wunsch um ihre Mommy schweben sehen, und seltsam war, dass sie den gleichen Wunsch um Martins Kopf wahrnahm, wie einen Heiligenschein. Er hatte mit Einsamkeit zu tun, mit der Suche nach jemandem. Kylie verspürte ihn selbst.

»Glaubst du an böse Geister und gute Engel?« Sie musste ihn auf die Probe stellen.

»Mmh, ich bin mir nicht sicher …«

»Aber sie sind überall.«

»In Geschichten, meinst du?«

»Nein, im wirklichen Leben.«

Er lachte, als ob er genau Bescheid wüsste. »Vielleicht. Ich begegne bösen Geistern auf dem Eis. In Gestalt meiner Rivalen in der gegnerischen Mannschaft.«

Sie nickte. Obwohl sie nicht wusste, was ›Rivalen‹ waren, war die Antwort zu ihrer Zufriedenheit ausgefallen. Es gab das Gute und das Böse in der Welt, und bei der Aufgabe, die Kylie für Martin vorschwebte, brauchte sie jemanden, der Himmel und Hölle auf den ersten Blick unterscheiden konnte.

»Dein Auto gefällt mir. Es sieht aus wie die Autos der Spione im Film.«

»Das ist ein Porsche.«

»Ja.« Kylie spürte, wie der Wind ihre Haare am Hinterkopf

durch die Luft wirbelte. Sie hatte noch nie in einem Auto ohne Verdeck gesessen und musste den Leuten zustimmen, die behaupteten, man fühle sich ähnlich wie auf einer Veranda. Oder als würde sie mit ihrer Mutter und Tante Enid unter dem Sternenhimmel sitzen, während die Grillen im hohen Gras zirpten. »Ich mag deine Veranda«, sagte sie.

»Das freut mich«, erwiderte er lachend.

»Meine Mutter ist viel schöner als jede Braut.«

Er blickte sie an, sagte aber nichts.

»Schöner als jede Braut auf der ganzen Welt.«

*

Das Licht im Restaurant war gedämpft und sehr romantisch, es lag idyllisch auf halber Höhe einer Landstraße, hinter dem alten Gemäuer der Abtei. Ein salziger Wind drang durch die geöffneten Fenster und die laue Nachtluft hüllte sie ein wie ein Seidenschal. Niemand schien Martin zu erkennen. Vielleicht lag es an der Entfernung zu Boston oder an dem Lokal, das er ausgesucht hatte, zu lauschig und altmodisch, um von hartgesottenen Eishockeyfans frequentiert zu werden. Er hatte es in einem Gastronomieführer für Landgasthöfe an der Küste entdeckt.

Sie aßen Seezungenfilet mit kleinen Frühlingserbsen und Pasta mit weißen Trüffeln, dazu tranken sie Wasser statt Wein, weil Martin im Training war. Beide waren nervös, und keiner hatte das Telefonat vom Vorabend erwähnt. May sagte sich immer wieder, dass er sie aus einer Laune heraus eingeladen hatte, dass seine Worte nur so dahingesagt waren. Es war ihre erste und vermutlich letzte Verabredung, für ihn etwas Alltägliches und für sie kein Grund zur Unruhe.

Doch ihr Körper sagte ihr etwas anderes: Ihr Herz klopfte zum Zerspringen und ihre Wangen brannten. Sie konnte ihre Hände nicht stillhalten, und jedes Mal, wenn sie in Martins Augen blickte, hatte sie Schmetterlinge im Bauch.
»Ich bin froh, dass Sie sich heute Abend frei nehmen konnten,« sagte er.
»Ich auch. Haben Sie sich gestern Abend noch gut amüsiert?«
»Ein bisschen zu gut.« Er klang verlegen. »Die Mannschaft ist zur Feier des Tages um die Häuser gezogen.«
»Das klingt, als hätten Sie Spaß gehabt.«
Sie setzten einander über die wichtigsten Fakten in ihrem Leben ins Bild: dass May allein stehend und Martins Ehe annulliert worden war, dass sie in Black Hall wohnte und er ein Stadthaus in Boston besaß, dass sie Hochzeiten plante und er seit seiner Kindheit Eishockey spielte.
»Sind Sie auf dieser Farm aufgewachsen?«, fragte er.
»Ja und nein. Ich bin zwar dort aufgewachsen, aber eine Farm im eigentlichen Sinn war das Anwesen nie. Meine Großmutter ließ die Scheune errichten, als Sitz für ihr kleines Unternehmen – sie war Hochzeitsplanerin. Eine der ersten, pflegte sie zu sagen. Sie selbst betrachtete sich nicht als Geschäftsfrau, sondern als Künstlerin, und das gilt auch für mich. Sie war der Ansicht, dass man Fantasie braucht, um perfekte Hochzeiten zu planen, und dass noch mehr Einfallsreichtum erforderlich ist, wenn die Ehe Bestand haben soll.«
»Sie war also Hochzeitsplanerin mit künstlerischen Ambitionen?«
»Behauptete sie. In Black Hall haben sich übrigens viele Künstler niedergelassen.«
»Warum brauchen Sie eine Scheune für Ihr Unternehmen? Einen Laden kann ich mir vorstellen. Oder ein Büro.«

Sie trank einen Schluck Eiswasser und lächelte. »Sie glauben, dass wir unseren Kundinnen nur dabei helfen, ein Kleid für den schönsten Tag im Leben einer Frau auszusuchen?«

»Nein, das heißt, keine Ahnung.« Dann lächelte er, als hätte sie ihn beim Flunkern ertappt. »Doch, ich schätze, Sie haben Recht. Brautkleid, Hochzeitstorte, solche Dinge. Aber das ist vermutlich genauso, als würden Sie behaupten, Eishockey sei nur ein Spiel.«

»Ist es das nicht?«, fragte sie mit unschuldiger Miene.

Er schüttelte den Kopf, bereit, es ihr zu erklären, bis er sah, dass sie ihn auf den Arm nahm. Das Geplänkel machte ihr Spaß, weil es ihr das Gefühl vermittelte, um den wahren Grund für das gemeinsame Abendessen herumzureden. Es kam ihr wie ein Spiel und zugleich wie ein Rätsel vor, das zu lösen sie beide noch nicht bereit waren.

»Erzählen Sie mir von Bridal Barn«, bat er.

»Wir bauen unsere eigenen Kräuter an. Und züchten Rosen.«

»Ich weiß.«

»Das ist der Grund für unser heutiges Abendessen, stimmt's?« Sie lachte. »Weil meine Rosen Ihnen Glück gebracht haben und Sie noch mehr Glücksbringer brauchen.«

»Möglich«, sagte er. »Ja, könnte sein. Aber reden Sie weiter. Was gibt es bei Ihnen sonst noch?«

May erzählte ihm von den Kerzen, die sie aus dem Wachs ihrer eigenen Bienen zogen, von den Kräutersäckchen und ätherischen Ölen, die sie selbst herstellten, von den in Handarbeit gefertigten Produkten, die der Braut Liebe und Glück bringen sollten, und von dem abgewetzten Buch ihrer Großmutter mit den alten Rezepturen für Heil- und Liebestränke, das sie immer noch in Ehren hielt.

»Die Scheune gefällt uns, sie bietet genug Platz, um die

Trauungszeremonien in allen Einzelheiten zu planen, den Gang zum Altar einzustudieren, die Kleider anzuprobieren. Meine Mutter hat alte, kostbare Hochzeitsgewänder gesammelt und einmal im Jahr stellen wir sie aus, hängen sie an die Dachsparren, damit jedes Einzelne richtig zur Geltung kommt –« May liebte diesen Brauch, der zu ihren liebsten Traditionen gehörte. Sie sah, dass Martin aufmerksam zuhörte, an ihren Lippen hing, und plötzlich war sie verlegen.

»Mögen Sie Scheunen?«, fragte sie, das Thema wechselnd.

»Ja. Ich bin auf einer Farm in Kanada aufgewachsen und dort gab es jede Menge davon. Mein Großvater flutete einmal eine Scheune, so dass wir im Winter die erste überdachte Eisbahn in der Provinz besaßen, zumindest in dem Teil, in dem ich aufwuchs. Wir hatten offenbar beide äußerst einfallsreiche Großeltern …«

»Haben Sie bei Ihrem Großvater gelebt?«

»Ja, mit meiner Mutter und Großeltern väterlicherseits. Nachdem uns mein Vater verlassen hatte.«

»Verlassen?«

»Um ins Profilager überzuwechseln. Er war ein fantastischer Eishockeyspieler. Mein leuchtendes Vorbild in der Zeit, als ich nur einen Wunsch hatte … Er brachte mir das Schlittschuhlaufen bei, noch bevor ich laufen konnte. Aber das ist lange her.«

»Lebt er noch?«

»Ja, aber wir haben keinen Kontakt mehr. Aber lassen wir das. Was ist mit Ihnen? Sind Sie bei Ihrer Großmutter aufgewachsen?«

»Ja. Meine Eltern starben, als ich zwölf war. Ein Autounfall, Frontalzusammenstoß mit einem Lastwagen. Mein Vater sah ihn nicht kommen; es ging so schnell. Das meinte meine Großmutter zumindest, und ich wollte es glauben …«

»Solche tragischen Unfälle passieren immer blitzschnell.« Martin legte tröstend seine Hand auf ihre, als er Tränen in ihren Augen sah. Er war bewegt. Augen, Mund und die zusammengepressten Kiefer spiegelten die Gefühle wider, die er tief in seinem Herzen empfand.
»Sie hatten keine Gelegenheit, ein wunderbares Mädchen aufwachsen zu sehen.« Er hielt ihre Hand.
»Danke, das sagt meine Freundin auch immer.«
»Ihre Freundin?«
»Tobin Chadwick. Wir waren schon als Kinder unzertrennlich und sie ist noch heute meine beste Freundin. Sie kannte meine Eltern gut; ich kann nicht erklären, warum mir das so viel bedeutet.«
»Müssen Sie auch nicht. Ich habe auch einen solchen Freund, Ray Gardner. Er ist wie ein Bruder für mich, war es immer. Er kennt mich in- und auswendig. Wir verstehen uns auch ohne Worte. Außerdem sind wir im gleichen Team.«
May berührte ihr Wasserglas, spürte die eisigen Tropfen an ihrer Hand. Sie sah den Schatten, der über seine Augen fiel, die Dunkelheit, die ihr schon bei der ersten Begegnung aufgefallen war.
»Ich habe meine Tochter verloren und Sie Ihren Vater. Ich weiß, was Verluste bedeuten.«
»Bei mir können Sie sich aussprechen, wenn Sie möchten«, erwiderte May und beobachtete seine Augen.
»Ja, ich habe das Gefühl, das könnte ich.«
May wartete.
»Manche Dinge sind vorbestimmt, davon bin ich überzeugt«, wiederholte er mit Nachdruck die Worte, die er am Vorabend während des Telefongesprächs gesagt hatte.
Ihre Hände zitterten und sie schwieg.
»Da war eine Verbindung, die ich nicht erklären kann. Ich

blickte mich um und sah Sie. Und dann kam Ihre Tochter zu mir, sprach mich an. Sie wusste von Natalie.«

»Natalie?«

»Meine Tochter.«

»Kylie hat eine ungemein lebhafte Fantasie.« May wollte nicht, dass er auf falsche Gedanken kam. »Sie ist außerordentlich feinfühlig, spürt solche Dinge. Vielleicht hat sie zufällig gehört, wie Sie sich über Natalie unterhalten haben.«

»Ich spreche nie über sie.«

»Oder sie hat mitbekommen, wie Sie ein Bild ...«

Martin zog seine Brieftasche heraus. Er legte ein Farbfoto auf den Tisch, einen Schnappschuss von einem kleinen Mädchen mit strahlendem Lächeln, Lockenkopf und Zahnlücke.

»Haben Sie das Foto im Flugzeug herausgeholt? Und wenn auch nur für eine Sekunde?«

»Jemand hat mir eine Visitenkarte gegeben«, erwiderte Martin stirnrunzelnd. »Möglich, dass ich sie in meine Brieftasche gesteckt habe.«

»Kylie hat bestimmt Natalies Foto gesehen.« May betrachtete das Gesicht des Mädchens. »Sie ist hübsch.«

»*Merci bien*.«

»Ich möchte Sie nicht enttäuschen, aber denken Sie nicht, Kylie stünde irgendwie in Verbindung mit Ihrer Tochter, auch wenn sie sehr sensibel ist und Dinge wahrnimmt, die andere nicht sehen. Ich war mit ihr bei Psychologen in Toronto. Wegen eines Traumas, wissen Sie. Bei einer Wanderung in einem Naturpark fanden wir beide eine Leiche.«

»Eine Leiche?«

»Ein Mann, der sich erhängt hatte. Sie ist ziemlich neugierig, was den Tod betrifft«, fügte May hinzu.

»Sie wusste, dass unser Flugzeug notlanden würde. Sie bat mich, Ihnen zu helfen.«
Die Bedienung kam, um den Tisch abzuräumen. Mays Herz hämmerte so laut, dass sie befürchtete, Martin und die Bedienung könnten es hören. Aus Gründen, die niemand verstand, sah ihre Tochter Engel. Wie hätte sie ihm auch eine andere, schlüssige Erklärung geben können: dass Kylie nichts von dem drohenden Absturz gewusst, sondern nur nach einer geeigneten Vaterfigur Ausschau gehalten hatte, dass sie sich zeitlebens nach einem Vater gesehnt hatte und es May nie gelungen war, ihr diesen Wunsch zu erfüllen?
»Ich glaube, Sie haben ihr einfach von der Statur her gefallen. Sie sind der ideale Gepäckträger.«
Martin lachte. Er blickte noch einmal das Bild seiner Tochter an, dann steckte er es in die Brieftasche zurück. »Ihr Gepäck zu tragen wäre leichter gewesen. Die Frage ist nur, hätten Sie mir dann trotzdem die Rosenblätter geschenkt?«
»Ich denke schon.« May war froh, dass sie nicht mehr über Kylie reden musste.
»Sie haben mir Glück gebracht, Ihre Rosenblätter. Ich wollte Ihnen danken, aber Sie auch um einen Gefallen bitten.«
Er grinste, als mache er Spaß, aber sie sah, dass es ihm völlig ernst war. May versuchte, sich nichts anmerken zu lassen. Sie war aufgewühlt, durch seine Nähe und den Wirrwarr der Gefühle, der in ihrem Innern herrschte. Es kam ihr vor, als stünde sie am Rande eines Abgrunds: Sie hatte keine Ahnung, was sie sehen würde, wenn sie sich weiter nach vorne beugte.
»Und der wäre?«, fragte sie ruhig.
»Ich brauche noch ein paar Glücksbringer. Aber bitte, verraten Sie mich nicht bei meinem Team, dann wäre ich blitzschnell auf der Reservebank … aber ich bin der älteste

Spieler in der NHL und das könnte meine letzte Chance sein, den Stanley Cup zu holen. Ein verrückter Aberglaube, ich weiß.«

»Aberglaube?« May lachte. »Ich arbeite in einer Branche, in der etwas Altes, etwas Neues, etwas Geborgtes und etwas Blaues zur Standardausstattung einer Braut gehört. Ich habe mit Ärzten zu tun, die das Übersinnliche erforschen. Ein paar Rosenblätter sind in meinen Augen alles andere als seltsam.«

»Dann bekomme ich also meine Rosenblätter?«

»Ja. Ich habe noch einen kleinen Vorrat in der Scheune, sie müssen nur noch präpariert werden. Ich gebe Sie Ihnen, wenn Sie mich nach Hause bringen.«

»D'accord«, sagte er. *»Wir sind im Geschäft.«*

*

Eine Stunde später, nach der langen Rückfahrt, folgte ihr Martin in die alte Scheune. Es roch betörend, nach Heu, Lavendel, Geißblatt und Rosen. Er hatte geglaubt, der Duft sei typisch ländlich, aber als May abrupt stehen blieb, merkte er, dass er von ihrem Nacken ausging. Sie ging ihm voran durch die Dunkelheit, während der unheimliche Ruf der Eulen und Ziegenmelker in den Dachsparren über ihnen ertönte.

»Erschrecken die Eulen Ihre Bräute nicht?«, fragte er.

»Die geben tagsüber keinen Laut von sich. Und die Bräute schauen nur selten nach oben. Manchmal finde ich Fell, Muscheln und Knochen auf dem Boden, und daraus mache ich kleine Glücksamulette für die Bräute.«

»Aus dem Gewölle? Das sind doch unverdaute und herausgewürgte Nahrungsreste. Sehr romantisch, *non*?«

»Ich schenke Ihnen eines.« May öffnete eine schwere Glastür und führte ihn in ein dunkles, feuchtes Treibhaus. Lampen, die das Wachstum der Pflanzen beschleunigten, warfen ihr gedämpftes Licht auf die Reihen der Schösslinge. »Als Glücksbringer.«

Martin bemühte sich, seinen Atem unter Kontrolle zu bringen. Er war nicht gerade für seine Einfühlsamkeit im Umgang mit anderen bekannt, und schon gar nicht, wenn es sich um Frauen handelte, aber als er vorhin über seine Mutter und seinen Großvater gesprochen hatte, war etwas in ihm erwacht, das er längst vergessen zu haben glaubte – ein Teil von ihm wusste um die Gefühle anderer Menschen und wollte sie nicht verletzen. Dann war die Unterhaltung in eine Richtung abgeglitten, die zu nahe an Natalie heranreichte, und Martin hatte gespürt, wie er wieder erstarrte. Aber dieses Mal war es anders: er hatte das Bedürfnis, May mehr zu erzählen. Er wusste intuitiv, dass er ihr vertrauen und ihr auch in Zukunft noch Dinge erzählen konnte, die ihn bewegten. Während er neben ihr ging, fragte er sich, ob sie die Fähigkeit besaß, Gedanken zu lesen. Vielleicht lag die Hellsichtigkeit, oder wie immer man es nennen wollte, in ihrer Familie.

»Das hier sind unsere Treibhaus-Rosen.« May stand zwischen den Blumentöpfen. »Wir haben draußen einen wundervollen Garten, aber er blüht nicht vor Juni. Meine Großmutter war eine begnadete Gärtnerin. Sie experimentierte mit verschiedenen Sorten und wir haben alle unsere Lieblingsrosen gezüchtet.« Sie ging in die Hocke, nahm eine Gartenschere und schnitt eine pralle, perfekte Blüte ab.

»Wir?«

»Meine Großmutter, meine Mutter, meine Großtante, Kylie und ich.«

»Und wessen Lieblingssorte ist das?«

»Kylies.«

Er nickte, aber sie sah es nicht. Sie streifte die Blätter von der Blüte, eines nach dem anderen. Sie legte sie auf einen roh gezimmerten Holztisch, dann nahm sie zwei kleine Silbertabletts von einem Stapel, der sich auf einem hohen Regal befand. Sie entkorkte eine Flasche und träufelte ein paar Tropfen Öl auf eines der Tabletts. Martin roch das Öl, das die Vorstellung in ihm weckte, sich im Wald verirrt zu haben. Es erinnerte ihn an seine Kindheit, an Radtouren auf überwucherten Bergpfaden, an verrottendes Laub, frisches Gras, Leben und Tod. Die Knochen rund um seine Augenhöhlen schmerzten, die Arthritis in seinem Knöchel machte ihm zu schaffen, und er konnte May atmen hören. Sie arbeitete im Dunkeln, in dem purpurfarbenen Lampenschein der Pflanzenlichter und dem glitzernden Sternenlicht, das durch das Glasdach des Treibhauses fiel. Er trat näher, stand nun dicht hinter ihr, aber sie warf ihm einen tadelnden Blick über die Schulter zu.

»*Pardon.*«

»Ich muss mich konzentrieren. Ich brauche eine ruhige Hand.«

Sie nahm ein Instrument, das aussah wie eine Geburtszange aus Elfenbein, und hob das Blütenblatt auf, tauchte es vorsichtig in das Öl und legte es dann auf das zweite Tablett zum Trocknen. Martins Mutter war eine ausgezeichnete Hobbyfotografin gewesen, und May zuzuschauen erinnerte Martin an die Dunkelkammer und die Zange, mit der seine Mutter die Negative aus dem Wasserbad geholt und zum Trocknen auf die Leine gehängt hatte.

Irgendwo schlug es zehn und Martin warf einen Blick auf seine Uhr: noch neun Stunden, dann würde er im Flugzeug nach Edmonton sitzen. Die Fahrt nach Boston dauerte in seinem Porsche weniger als zwei Stunden, aber er sollte trotzdem längst zu Hause sein, wenn nicht gar im Bett, um sich die Trainingsvideos der Oilers anzuschauen. Was machte er hier in einem Treibhaus mit einer Frau, die Rosenblätter in Öl tauchte? Was hatte das alles mit Eishockey, mit dem Stanley Cup zu tun?

»Was bewirken sie? Ich meine, Ihre so genannten Glücksbringer. Wie funktionieren sie?«

»Das kann man nicht erklären, sie funktionieren einfach.« Sie fuhr mit ihrem Ritual fort.

»Es ist schon spät.« Seine Nervosität wurde zunehmend größer und er fragte sich langsam, auf was er sich da eingelassen hatte. »Ich glaube, dass sie wirken, das hat sich ja bereits gezeigt, aber –«

»Aber wie?«

»Ja. Das würde ich gerne wissen. Aber ich muss los, ich sollte längst unterwegs sein. Ich darf mein Flugzeug nicht verpassen –«

May öffnete eine quietschende Kommodenschublade und zog einen schmalen Lederbeutel heraus. Behutsam legte sie die weißen Rosenblätter und einen kleinen Ball aus Fell, Klauen und einen Splitter von einem Wirbelsäulenknochen hinein. »Eulen-Gewölle«, sagte sie lachend.

»*Merci.*« Sein Herz hämmerte, als hätte er sich bereits verspätet.

»Wie es funktioniert … Das ist einfach. Meine Großmutter hat diese Rose angepflanzt, ich habe sie gepflückt und sie ist Kylies Lieblingsrose. Die Eulenkugel soll Sie daran erinnern, dass das Leben kurz ist und dass Sie immer nach den Sternen greifen sollen, wenn sich die Gelegenheit bietet. Der Lederbeutel ist … männlicher als Spitze. Damit Ihre Teamkameraden Sie nicht verspotten.« Sie lächelte und Martin versuchte zu lachen.

Sie standen nahe beieinander, die Wachstumslampen unter

den Tischen warfen Schatten auf ihre Gesichter. Martin vergaß die Rosen, das Treibhaus, das Spiel, das morgen stattfinden würde, sein Team. Er riss May in seine Arme und küsste sie, fordernd und leidenschaftlich. Ihn schwindelte, als er sie an sich presste, er spürte, wie sie reagierte, wie sie seinen Kuss erwiderte.

»Was hast du gesagt?«, fragte er nach langer Zeit, als sie ihn immer noch umarmte und mit solcher Glut anblickte, dass er spürte, wie sein harter Kern zu schmelzen begann. Er kam sich wie ein Jüngling vor, der zum ersten Mal verliebt war, und nicht wie ein Mann, der schon tausend Frauen geküsst hatte.

»Was ich gesagt habe? Keine Ahnung«, flüsterte sie.

»Hast du etwas dagegen, wenn ich dich noch einmal küsse?«

»Eigentlich nicht.«

Dieses Mal lehnte er sich an die raue Werkbank aus Holz und schloss sie in seine Arme. Er spürte eine Leidenschaft in sich, die er nie zuvor erlebt hatte. »Weißt du noch, wie ich dich gefragt habe, ob du an Schicksalsfügungen glaubst?«, hörte er sich sagen.

»Ja.«

»Glaubst du daran?«

»Ich bin mir nicht sicher. Wie können wir das wissen?«

»Weil ich den Beweis habe.«

»Beweis?«

»Ja.« Martin drückte sie noch enger an sich. »Wir sind der Beweis.«

»Du meinst, das Ganze war eine Fügung des Schicksals?«

»Es war irgendwie vorherbestimmt, dass wir uns begegnen. Es war vorherbestimmt, dass ich dir den Hof mache, und es war auch vorherbestimmt, dass wir herausfinden, was uns miteinander verbindet.«

»So gesehen macht das keinen Sinn. Ich weiß kaum etwas über Eishockey, und du bist nicht der Typ, der sich etwas aus Blumengärten macht. Ich ziehe meine Tochter auf einer Farm in Connecticut groß, und du bist ein Sportstar, lebst in einer Großstadt wie Boston und bist ständig mit dem Flugzeug unterwegs.«

Martin presste sie noch enger an sich, schüttelte den Kopf. »Das spielt keine Rolle.«

»Wie kannst du das behaupten?«

»Weil es Schicksal ist. Ein Blick im Flugzeug genügte, und ich wusste es.«

»Was wusstest du?«, fragte sie flüsternd, als sei ihr Mund zu trocken, um die Worte laut auszusprechen.

»Dass du die große Liebe meines Lebens bist.«

»Wie kannst du das wissen?«

»Auf die gleiche Art wie du. Weil es die Wahrheit ist.«

4

Unmittelbar vor Beginn des ersten Spiels der Stanley Cup Finals, das auf dem schnellen Eis von Edmonton stattfinden würde, saß Martin in der Umkleidekabine des Northlands Coliseum. Seine Gedanken kehrten wieder zu May und der Frage zurück, wann er sie wiedersehen würde. Der Trainer war gerade damit fertig geworden, seine Knöchel, Knie und Handgelenke mit schützenden Bandagen zu umwickeln, als Coach Dafoe zu ihnen herüberkam. Die Hände in den Hosentaschen, stand er neben der Spielerbank.

Der Coach war ein umgänglicher, jovialer Mensch, nannte das Team ›seine Jungs‹ und lud manchmal ein paar von ihnen am Sonntag zu sich nach Hause ein, um mit seiner Frau und seinen Kindern zu Mittag zu essen. Aber er war auch der zielstrebigste Coach der NHL, der es verstand, seine Mannschaft zu motivieren und strategisch auf wichtige Spiele vorzubereiten. Er hatte Martins Eltern gekannt und in seiner Zeit als Aktiver mit Serge bei den Montreal Canadiens gespielt, als sie beide noch junge Männer gewesen waren. Mit seinen schütteren Haaren, dem Ansatz eines Schmerbauchs und den dunklen, nie blinzelnden Augen, denen nichts zu entgehen schien, erinnerte er Martin an einen Hai.

Er räusperte sich und blickte Martin eindringlich an.

»Jetzt geht es ums Ganze, Martin.«

»Ich weiß.«

»Wir haben dir während der ganzen Saison über sehr viel abverlangt, und das werden wir auch heute Abend tun.«

Martin nickte wortlos. Er spielte seit langem Eishockey und es war der Traum eines jeden Spielers, die Finals zu erreichen. Dieses Jahr hatten es die Bruins dank seiner Hilfe geschafft. Er war ihr ›Star‹, man erwartete mehr von ihm als von allen anderen Spielern. Er hatte ein flaues Gefühl im Magen, und wenn er seine Augen schloss, konnte er beinahe seinen Vater vor sich sehen statt Coach Dafoe.
»Du hattest ein paar Tage frei«, fügte der Coach hinzu.
»Ich konnte mich ausruhen«, nickte Martin zustimmend. *Und mich in May verlieben.* Den anderen Gedanken würgte er ab, bevor er Gestalt annahm: *Genug Zeit, um wegen der Qualifikationsrunden nervös zu werden.*
»Das ist gut.« Der Coach beugte sich hinab, sah Martin immer noch beschwörend an. Er sprach über Martins mörderischen Schlagschuss, dass es keinen besseren Torjäger auf dem Eis gab und dass Martin heute der Versuchung widerstehen sollte, den Puck an seine Kameraden abzugeben.
»Wenn Ray gerade frei ist –«
Coach Dafoe schüttelte den Kopf. Martins Mutter hatte bei ihrer Erziehung einen kleinen Fehler begangen: Sie hatte ihrem Sohn Sportsgeist eingebläut und ihm beigebracht, auch andere in seinem Team zum Zug kommen zu lassen. Aber seine Pässe waren eine Klasse für sich: er spielte den Puck exakt zu, ohne dass man an der Haltung des Schlägers erkennen konnte, welches Ziel er anvisierte; auf diese Weise gelang es ihm oft, seine Gegner zu täuschen und bisweilen sogar seine eigenen Teamkameraden.
»Also: im Zweifelsfall schießen«, sagte Coach Dafoe.
»Aber Ray und Bruno –«
»Das könnte das Jahr sein, in dem du ganz groß rauskommst. Das Jahr der Bruins.«
»Ich weiß, Coach.«

»Wie gut wir wirklich sind, werden wir heute Abend herausfinden. Ich habe dich während der Playoffs genau beobachtet. Das war dir sicher klar. Es hat mir nicht gefallen, dass du damals zum kritischen Zeitpunkt das Training geschwänzt hast …«

»Ich habe Ihnen doch gesagt –«, begann Martin, aber der Coach unterbrach ihn.

»Der Grund spielt keine Rolle. Tatsache ist, du bist nicht zum Training erschienen und hast dich in drei Spielen hintereinander nicht richtig konzentriert. Damit wir gewinnen, brauchen wir dich in der Verteidigung und im Sturm, in genau dieser Kombination, und darüber hinaus sollst du als Teamkapitän die Mannschaft führen. Es gibt nichts daran zu rütteln: du bist die Nummer eins, und wenn du abgelenkt bist, sind die anderen es auch. Wo immer du damals auch gesteckt haben magst, bei den Spielen warst du nicht bei der Sache.«

Martin senkte den Blick. Während der Qualifikationsrunden der Playoffs in New York hatte er sich einen Leihwagen genommen und war nach Norden gefahren. Das Land war weiß nach einem unverhofften Eissturm im Frühjahr und die mit Apfelblüten beladenen Zweige waren mit Schnee bedeckt. Die Spiralen aus Stacheldraht glänzten silbern im fahlen Sonnenlicht, und die Backsteinmauern des Gefängnisses waren unter der Eisschicht geschwärzt. Tief im Inneren saß Martins Vater, ein Mann, der Schlittschuh laufen konnte wie der Wind, der drei Mal den Stanley Cup gewonnen und mit dem Martin seit sieben Jahren kein Wort mehr gewechselt hatte.

Martin hatte im Wagen gesessen und das Gefängnis angestarrt. Er war von Manhattan aus nach Norden gefahren, um etwas von der Größe und dem Ruhm seines Vaters zu spüren, hatte reglos draußen gesessen und versucht, alles an Inspiration aufzunehmen, was durch die dicken Mauern drang. Er hatte sich einen zündenden Funken gewünscht, um das Feuer des Kampfes, das fortwährend in ihm brannte, zusätzlich zu entfachen. Aber zum ersten Mal hatte Martin nichts gespürt, und seitdem nie wieder.

In den Qualifikationsrunden, die folgten, als die Rangers die Bruins bezwangen, hatte sich Martin innerlich wie tot gefühlt; das Feuer war erloschen. Nach dem Rückstand von 3:0 war Martin abermals zu dem Gefängnis in Estonia gefahren. Dieses Mal hatte er sich vorgenommen, hineinzugehen, den alten Mann zu besuchen und den alten Zwist zu begraben. Schnee und Eis waren geschmolzen, aber Martin hatte an derselben Stelle vor den Toren des Gefängnisses gesessen, dessen Backsteinmauern in der Sonne nun rot waren und nicht mehr vor Nässe schwarz glänzten.

»Wie dem auch sei, du hast wieder Biss seit dem Spiel in Boston«, sagte der Coach gerade. »Was immer in New York und Toronto passiert sein mag, beim Heimspiel hast du es wettgemacht.«

Martin nickte mit ausdruckloser Miene. Er hatte May kennen gelernt, das war passiert. Er hatte sie im Flugzeug gerettet und sich in sie verliebt. Er hielt den Lederbeutel in der linken Hand. Er hatte von einer Fremden bekommen, was er bei seinem Vater vergebens gesucht hatte. Inspiration, innere Verbundenheit, das Gefühl von höherer Macht, Liebe auf den ersten Blick – der zusätzliche Biss. Sein Herz klopfte, wenn er nur daran dachte.

»Vier Tage Ruhe und vierzehn Jahre Ruhelosigkeit«, sagte der Coach, die Hand auf Martins Schulter. »Du willst den Stanley Cup gewinnen. Es ist höchste Zeit.«

»Ja.« Martins Kehle wurde eng, er spürte, wie sich wieder

die eisigen Winde der Tundra in ihm ausbreiteten. Nicht einmal die Liebe zu May konnte sie aufhalten.

»Nils Jorgensen will dich festnageln.«

»Ich weiß.« Martin sah den Torhüter der Oilers vor sich, einen seiner wirklichen Feinde in der NHL, dem er die Schädelfraktur und die zerschmetterte linke Augenhöhle vor drei Jahren zu verdanken hatte.

»Für ihn ist das eine persönliche Sache«, sagte der Coach.

»Das ist sie auch«, murmelte Martin.

»Dein Vater wird zuschauen, das weißt du.«

»Vermutlich.«

»Und deine Mutter auch.«

Martin senkte den Kopf. Er wollte sich nicht einmal selbst eingestehen, wie sehr er sich diesen Sieg wünschte. Eishockey war sein ein und alles gewesen, ein Teil von ihm, wie sein eigener Herzschlag. Seine Eltern hatten ihn bis zu diesem Punkt in seinem Leben gebracht, aber sein Vater saß im Gefängnis und seine Mutter war tot. Das war eine Seite von ihm, die May vermutlich nie verstehen würde, und Martin war sich nicht einmal sicher, ob er das überhaupt wollte.

»Ich glaube an den Himmel«, sagte Coach Dafoe. »Sie sind da oben und schauen zu.«

»Sie?«, fragte Martin und sah auf.

»Genau in diesem Moment, meine Mutter und deine, und sie machen Stimmung für uns. Feuern uns an, stampfen mit den Füßen. Deine Mutter stellte immer eine richtige Kampftruppe auf die Beine, wenn sie sich die Spiele im Stadion ansah.«

Martin nickte. Wenn seine Mutter dort oben war, dann auch Natalie. Er spürte den Lederbeutel in seiner Hand. Plötzlich begannen die Worte des Coachs Sinn zu machen. May war eine Art Engel, ein Bote seiner Mutter und seiner

Tochter. *Vier Tage Ruhe und vierzehn Jahre Ruhelosigkeit:* vierzehn Jahre Eishockey als Profispieler, ohne den Cup zu gewinnen. Er hatte zahllose Trophäen eingeheimst, war zwei Mal während der regulären Saison zum MVP, zum wertvollsten Spieler der NHL gekürt worden. Er hatte es zehn Mal bis zu den Best-Of-Seven-Playoffs geschafft, aber nie bis zur Finalrunde.

»Denk daran, was ich dir gesagt habe.« Die schwarzen Augen von Coach Dafoe blickten starr wie die eines Hais, als er sich zum Gehen anschickte.

»Im Zweifelsfall schießen«, wiederholte Martin. »Jorgensen darf nicht gewinnen.«

»Richtig, und enttäusche unsere Mütter nicht.«

*

Am ersten Abend der Begegnung zwischen Boston und Edmonton waren Tobins Mann und ihre Söhne emsig damit beschäftigt, einen Wagen für das bevorstehende Seifenkistenrennen zu bauen, so dass Tobin sich selbst überlassen blieb.

Deshalb fuhr sie zu den Taylors, um sich das Spiel gemeinsam mit May und Kylie anzuschauen. Sie saßen auf Mays Bett, der Fernseher war laut aufgedreht.

»Kannst du den Puck sehen?«, fragte Tobin.

»Ja, da ist er.« Kylie deutete auf den Bildschirm.

»Das geht alles so schnell«, meinte May.

»Das kannst du laut sagen.« Tobin lachte und May wusste, dass sie auf das Abendessen mit Martin anspielte. Ihr Mann und ihre Söhne interessierten sich für Angeln und Autorennen, aber nicht für Eishockey. Und so lernte Tobin gemeinsam mit May und Kylie die Fachbegriffe: Penalties, rechter Flügel, blaue Linie, neutrale Zone, Torraum. May

behielt die Nummer 21 im Blick, Martin Cartier, und sie war atemlos vor Spannung.
Mit ein oder zwei weit ausholenden Schritten kam Martin voll in Fahrt, flog auf den Kufen dahin, bahnte sich rasant den Weg durch die neutrale Zone, in den Verteidigungsraum der Oilers. Die Kufen klickten, pflügten sich durch das Eis und Körper schlugen mit einem dumpfen Aufprall gegen die Bande.
»Ich wünschte, ich wäre im Stadion«, sagte May.
»Das kann ich mir vorstellen. Schau, er ist voll im Bild. Er sieht direkt in die Kamera.«
»Er schaut *uns* an«, sagte Kylie schläfrig.
»Ich würde gerne wissen, ob sein Vater zuschaut,« sagte May.
»Sein Vater?«
»Ich hatte den Eindruck, als sei die Beziehung der beiden ziemlich kompliziert.«
Kylie schmiegte sich an sie, schon halb im Schlaf, bemüht, wach zu bleiben, um zu sehen, wer gewann. Aber die Augen fielen ihr immer wieder zu.
»Inwiefern kompliziert?«, fragte Tobin.
»Sie reden nicht miteinander.«
»Das ist doch eine klare Sache. Was soll daran kompliziert sein?«
»Aber es ist doch sein Vater.« May verfolgte gebannt das Geschehen auf dem Bildschirm.
Tobin lachte. »Er sollte aufpassen, was er dir erzählt. Er weiß offenbar nicht über dein Verhältnis zu Vätern Bescheid.«
»Oh, bist du jetzt auch noch mein Therapeut?«
»War ich schon immer.« Tobin lachte abermals, aber dann gerieten die Zuschauer außer Rand und Band und beide wandten sich wieder dem Spiel zu.

»Was ist passiert?«

»Irgendetwas mit Martin«, erwiderte Tobin, als sie sah, wie er über das Eis glitt und die Fäuste über den Kopf empor reckte.

»Er ist so schnell wie der Blitz!«, rief einer der Sportreporter aus, die das Spiel im Stadion kommentierten, als Martin das erste Tor des Abends schoss.

»Der Goldene Vorschlaghammer wie er leibt und lebt«, sagte ein anderer Kommentator, als Martin einen der Oilers rammte und ihn aufs Eis beförderte, um gleich darauf den Puck mit seinem gefürchteten Schlagschuss ins Tor zu jagen. »Cartier hat nicht nur die Statur eines Schwergewichtsboxers, sondern auch den entsprechenden Killerinstinkt«, verkündete der erste Sprecher.

»Killerinstinkt«, sagte May, während sie beobachtete, wie sich Martin und Nils Jorgensen, der Stargoalie der Oilers, mit Blicken maßen.

Die beiden Kommentatoren erklärten den Grund der Rivalität, die zwischen den beiden herrschte. Bei einem der Spiele hatten Martin und Nils eine Rauferei angezettelt, die inzwischen in die Annalen der Eishockeygeschichte eingegangen war: Nils hatte sich dabei einen Nasenbeinbruch und mehrere Gesichtsverletzungen zugezogen, die einer chirurgischen Behandlung größeren Ausmaßes bedurften. Aus Rache hatte er vor drei Saisons Cartier in die Mangel genommen; das Ergebnis war eine zertrümmerte Augenhöhle und eine Netzhautablösung, so dass sich Martin ebenfalls einer Operation unterziehen musste. Eishockey war ein rauer Sport, aber als May die Narben auf Wangen und Kinn des Torhüters sah, wurde ihr eiskalt bei dem Gedanken, dass sie von Martin stammten und dass hier das alte Gesetz Auge um Auge, Zahn um Zahn galt.

Als die Kamera nun Martins Gesicht in Großaufnahme zeigte, dachte May, dass sie noch nie eine solche Intensität in den Augen eines Menschen gesehen hatte.
»Sie hassen sich«, sagte Tobin.
»Scheint so.« May schauderte.
»Meine Güte, May!«
»Ich weiß.«
»Ein tödlicher Blick, so etwas sieht man nicht jeden Tag. Martin hasst Jorgensen wie die Pest. Sollte ich mir jetzt Sorgen machen, deinetwegen?«
May hatte die Gesichter der beiden Erzrivalen betrachtet und sich bewusst gemacht, dass Gefühle keine Einbahnstraße sind: Wenn Martin Jorgensen hasste, beruhte das wahrscheinlich auf Gegenseitigkeit.
»Meinetwegen?« May war überrascht über die Frage ihrer Freundin.
»Ein Mann, der so aussehen kann, der in der Lage ist, jemanden aufs Messer zu bekämpfen, der seine Gefühle so wenig unter Kontrolle hat …«
»Zu mir ist er sanft wie ein Lamm, Tobin«, sagte May und erinnerte sich an seinen Kuss.
»Stille Wasser.« Tobin starrte auf den Bildschirm. »Du musst doch auch sehen, dass dieser Mann den Teufel im Leib hat. Er ist gewalttätig.«
»Nicht mir gegenüber.«
»Ich würde gerne wissen, wie weit er sich in der Hand hat. Wenn er richtig in Rage gerät.«
May dachte an die Eulen in der Scheune, wie ihre Augen sich zu Schlitzen verengten, bevor sie sich auf ihre Beute hinabstürzten, und genau dieses Bild bot Martin nun. Die Idee, ihm Rosenblätter zu schenken, erschien ihr mit einem Mal lächerlich und unangebracht, aber als sie sich tiefer ins Bett kuschelte, dachte sie: *Es war vorherbestimmt …*

»Du sagst ja gar nichts«, hakte Tobin nach.
»Gordon war Akademiker«, erwiderte May ruhig. »Er hat in Harvard Jura studiert. Er ist Partner in der renommierten Anwaltsfirma Swopes and Bray, Mitglied im University Club. Es gibt niemanden, der sich mehr unter Kontrolle hat als Gordon. Stimmt's?«
»Stimmt.«
»Und niemand hat mich mehr verletzt.«
»Ich weiß«, räumte Tobin ein.
»Martin wird mich nicht verletzen.«
»Gewinnen sie?«, murmelte Kylie im Halbschlaf.
»Ja, sieht so aus, es steht 2:1«, sagte May.
»Wo ist Martin?«
»Dort.« May beugte sich vor, um seine Gestalt auf dem Bildschirm zu berühren.
»Martin ist schnell«, sagte Kylie. »Und er kann rückwärts Schlittschuh laufen.«
»Ja.« May ließ ihn nicht aus den Augen.
»Das kannst du laut sagen«, fügte Tobin hinzu und ließ May damit wissen, dass sie auf ihrer Seite war.
Eishockey hatte bisher keine von beiden interessiert. Das galt für alle Mannschaftssportarten. Als junge Mädchen hatten May und Tobin Tennis gespielt, waren schwimmen gegangen und Fahrrad gefahren. Sie hatten jeden Sommer in der Gegend um Selden's Castle Wanderungen unternommen und waren im Winter auf Langlaufskiern durch die Felder von Black Hall gestreift. Doch als sie jetzt zusahen, wie Martin Cartier den Puck mit mörderischer Wucht ins Netz donnerte, fragte sich May, ob sie nicht doch etwas verpasst hatte.
Er stürmte in die Verteidigungszone, fuhr rückwärts und vorwärts, bewegte sich, als sei er auf dem Eis geboren, lief pfeilschnell nach vorne und unmerklich nach hinten, hielt

die gegnerische Mannschaft zum Narren, nahm den Puck sicher an, spielte exakte Pässe, schoss aufs Tor, und das alles in einer einzigen harmonischen, flüssigen Bewegung. Dann wiederholte er das Manöver von der anderen Seite. Es war ein Tanz und ein Kampf zugleich. May war wie gebannt, aber die Auswirkungen dieses Schauspiels machten ihr Angst und das vernarbte Gesicht des Torhüters der Edmonton Oilers.

»Los, los!«, feuerte Tobin Martin an.

Die Zuschauer tobten und die Kommentatoren im Stadion brüllten, um das Tohuwabohu zu übertönen. May sah, wie die Uhr lief, gleich war das letzte Drittel der Spielzeit vorbei. Sie hatte die Fingernägel in ihre Handflächen gegraben, als sie hörte: »Pass durch Cartier abgeblockt, er hat den Puck auf der Schaufel, dreht sich um, schießt …«

»Sie haben gewonnen!«, sagte May.

»Toll!«, schrie Kylie.

»Die Bruins haben das erste Spiel gewonnen, mit einem 3:1-Sieg gegen die Edmonton Oilers«, ertönte die Stimme des Kommentators. »Die Führung wurde durch einen Hattrick erzielt, Torschütze ist Martin Cartier. Drei Tore in Folge, durch den unberechenbaren, immer für eine Überraschung guten, sagenhaften Martin Cartier. Was glaubst du, Ralph? Ist der Cartier-Fluch gebannt? Ist das Martins Jahr, seine große Chance, den Stanley Cup zu holen?«

»Ich hoffe es, und ich bin sicher, dass alle Boston-Fans zu Hause sitzen und das Gleiche sagen. Nachdem seine Leistungen in der Saison und den Playoffs weniger brillant waren, hat Martin Cartier heute bewiesen, dass er –«

»Was hat es mit dem Cartier-Fluch auf sich?«, erkundigte sich Tobin.

»Ich glaube, es hat damit zu tun, dass er schon so lange erfolglos versucht hat, den Stanley Cup zu gewinnen.«

May drehte den Ton ab und dachte über den Cartier-Fluch nach. Sie saßen schweigend vor dem Fernseher, May hatte die Arme um Kylie gelegt. Die Kamera machte wilde Schwenks in die Zuschauermenge hinein, zeigte die am Boden zerstörten Oilers, ihren wutschnaubenden Goalie Nils Jorgensen, die jubilierenden Bruins.

»Unglaublich«, sagte Tobin und gähnte, als sie aus dem Bett stieg.

»Danke, dass du uns beim Zuschauen Gesellschaft geleistet hast.«

»Das ist besser, als mir anzuhören, wie John und die Jungen alle zehn Sekunden den Motor auf vollen Touren laufen lassen. Wenn du glaubst, Eishockey sei ein raues Spiel, dann warte ab, bis die eigenen Kinder die Garage in ein Versuchslabor für selbst gebaute Autos verwandeln.«

Die Nacht war lau. Die Fenster standen weit offen, die weißen Vorhänge flatterten in der leichten Brise. Die Luft war erfüllt vom Duft der Wiesengräser und Wildblumen. Welten trennten diesen Ort vom Eis und von der Gewalt eines Hockeyspiels. Als May auf die alte Scheune hinausblickte, die im blassen Schein des Halbmondes gelb erleuchtet war, konnte sie kaum glauben, dass er wirklich hier gewesen war, in ihrer Scheune, vor zwei Abenden …

Das Telefon läutete.

»Ich geh schon ran«, sagte Tobin und hatte noch vor May den Hörer in der Hand. »Hallo?«

May saß reglos da, hielt Kylie im Arm, lauschte.

»Herzlichen Glückwunsch zum Sieg«, sagte Tobin und May wusste, dass es Martin war. »Sieh an, der Goldene Vorschlaghammer höchstpersönlich. Ich habe viel von Ihnen gehört … richtig, ich bin Tobin. Woher wissen Sie … wirklich, hat sie?« Tobin sah May lächelnd an.

»Ich möchte mit ihm sprechen.« May streckte ihre freie Hand aus.
»Wir kennen uns schon seit Ewigkeiten.« Tobin hörte schweigend zu, während Martin redete und redete. Mays Puls raste, sie fragte sich, was er ihr erzählen mochte. Tobins Miene war aufmerksam, belustigt, doch dann wurde sie weich. »Oh, da bin ich aber froh«, sagte sie nach einer Weile. »Sehr froh.«
Sie reichte May den Hörer. »Für dich. Ich bringe Kylie ins Bett, einverstanden?«
»Danke.« May nahm den Hörer.
»Du hast eine Freundin, die für dich durchs Feuer geht«, sagte Martin anstelle einer Begrüßung.
»Ich weiß. Wir haben uns gemeinsam das Spiel angesehen. Du warst fantastisch.«
»Danke.«
»Du hast gesiegt!«
»*Wir*, genauer gesagt.«
»Ja, die Bruins, ihr alle«, verbesserte sie sich.
Die Verbindung war schlecht, es klang, als würde er per Handy telefonieren. Im Hintergrund hörte May Männerstimmen, die lachten und grölten. Sie stellte sich die Umkleidekabine vor, oder versuchte es zumindest, angefüllt mit siegreichen Eishockeyspielern.
»Ich meine nicht nur das Team«, sagte er.
»Was dann –«
»Dich und mich, May. Du warst bei mir auf dem Eis. Ich weiß nicht, wie oder warum. Ich weiß nur, dass es so war.«
Mays Herz klopfte. Sie stellte sich vor, Martin im Spiel zu begleiten. Über das Eis mit ihm zu fliegen, ihm siegen zu helfen, ihn vor Verletzungen zu bewahren. »Das liegt an den Rosenblättern. Dafür sind sie da.«
»Nun, sie haben gewirkt.«

Das war nicht sie: Das sah ihr ganz und gar nicht ähnlich, den Atem anzuhalten und die Ohren zu spitzen, nur um eine Stimme am anderen Ende der Leitung zu hören. May hatte sich lange Zeit innerlich abgeschottet. Sie hatte aufgehört zu glauben, dass sie jemals eine tiefe Beziehung zu einem Mann haben könnte. Vielleicht hatten die Bräute, die ihre Dienste in Anspruch nahmen, dieses unerhörte Glück, aber nicht sie.

»Ich muss los. Ich rufe dich an, sobald wir wieder in Boston sind, ja?«

»In der Zwischenzeit behalte ich dich im Auge«, versprach May.

»Sag deiner Freundin und Kylie *bonne nuit*.«

»Mache ich.«

»*Bonne nuit*, May.«

»Gute Nacht, Martin.«

Danach stand May im Dunkeln und hielt den Hörer in der Hand, wärend sie auf die geisterhaften Schatten der Katzen blickte, die rund um die vom Mond beschienene Scheune auf die Jagd gingen. Sie schloss die Augen, um den Klang seiner Stimme in ihren Gedanken festzuhalten.

*

Boston gewann das Eröffnungsspiel, aber erst das Tor in der zweiten Verlängerung von Ray Gardner entschied das zweite Spiel für sie. Das nächste Spiel ging ebenfalls in die Verlängerung, und dieses Mal gewannen die Oilers 2:0, wobei Nils Jorgensen jeden Schuss von Martin erfolgreich abzublocken verstand.

Zurück in Boston hatte Martin das Gefühl, dass ihn sein Knöchel umbrachte. Eine alte Knieverletzung flammte wieder auf. Die Trainer ließen ihm keine Ruhe, probierten unermüdlich jede in Neuengland bekannte und einige aus dem alten China importierte Behandlungsmethoden bei ihm aus: Eispackungen, Laser, Massage, Akupunktur. Die Oilers verbuchten Spiel vier und fünf für sich, die Bruins holten sich den Sieg im sechsten Spiel, und somit stand es unentschieden in der Serie. Martin dachte an seinen Vater in dem roten Backstein-Gefängnis, der mit Sicherheit jeden seiner Fehler registrierte. Er senkte den Kopf, zuckte zusammen und versuchte, den Gedanken zu vertreiben.

Coach Dafoe entdeckte ein Foto von Martins Mutter in einem alten Eishockey-Jahrbuch, das er neben einen Schnappschuss von seiner eigenen Mutter klebte und an Martins Spind befestigte. Ray Gardners Frau besuchte jeden Morgen den Gottesdienst, um für den Sieg zu beten, und Jack Delaney erklärte, seine Tochter habe einen Zahn verloren und die Zahnfee nicht um den traditionellen Dollar gebeten, sondern um den Sieg der Bruins.

Martin sprach nach jedem Spiel mit May. Er hätte sie gerne ins Fleet Center eingeladen, aber die Vorsicht hinderte ihn daran. Er brauchte seine gesamte Konzentrationsfähigkeit, um den Cup zu gewinnen. Alle Gedanken und jedes Quäntchen Stärke galt es, in Kopf und Knochen zu bewahren.

Als er jünger gewesen war, hatte er oft Frauen zu einem Spiel eingeladen, um ihnen zu zeigen, dass er etwas von seinem Handwerk verstand. Mit May war das anders. Er musste sich nicht vor ihr brüsten, und da seine Sturm- und Drangzeit vorüber war, traute er es sich nicht mehr ganz zu, gleichzeitig an May und den Sieg auf dem Eis zu denken.

Als Mitternacht vorüber war und er nach der Niederlage gegen die Oilers immer noch keinen Schlaf fand, war sich Martin über seine Einstellung nicht mehr so sicher. Die an-

deren Jungs verließen sich auf Gebete, Zähne und die Fürbitte ihrer verstorbenen Mütter an allerhöchster Stelle, was also war an Rosenblättern so merkwürdig? Martin zog die Möglichkeit in Betracht, dass er seine Siegeschancen sogar gefährdete, wenn er May von den Spielen fern hielt. Er rief sie an.
»Ich hätte dich gerne hier. Aber ich habe Angst, dass ich dann abgelenkt sein könnte.«
»Abgelenkt? Wie das?«, fragte sie enttäuscht.
»Ich kann es mir nicht leisten, den Puck auch nur eine Sekunde aus den Augen zu verlieren.«
»Ich würde dir nicht im Weg stehen.«
»Trotzdem, ich wüsste ja, dass du da bist.«
»Schon in Ordnung. Ich verstehe.« Sie klang verletzt.
»Ich glaube nicht.«
»Oh doch.« Ihre Stimme war kühl.

*

In der Mittagspause ließen May und Tobin Tante Enid mit Braut und Brautmutter des Tages alleine und machten es sich unter einem Baum hinter der Scheune gemütlich. Sie verzehrten ihre belegten Brote im Schatten und lauschten dem Chor der Vögel, die im Geäst zwitscherten.
»Du bist wütend«, sagte Tobin.
»Und ob.«
»Weil er in Boston ist und dich nicht dabeihaben möchte?«
May nickte und starrte auf ihr Sandwich. »Er sagte, er hätte es gerne, befürchtet aber, ich könnte ihn ablenken. Das erinnert mich an Gordon, der mich auch nie auf seine Geschäftsreisen mitnehmen wollte.«
»Weil Gordon nicht auf Geschäftsreisen ging, sondern nach Hause, zu Frau und Kindern.«

»Ich weiß. Er hat mir weisgemacht, er müsse zu Verhandlungen nach Hongkong und London, obwohl er in Wirklichkeit Versöhnung mit seiner Frau gefeiert hat.«
»Martin belügt dich nicht.«
»Woher willst du das wissen?«
»Aus dem Fernsehen. Du kannst dich mit eigenen Augen überzeugen, dass er wirklich dort ist, wo er zu sein behauptet.«
»Warum will er mich dann nicht dabeihaben?«
»Vielleicht aus dem Grund, den er dir genannt hat: Er hat Angst, dass du ihn ablenken könntest.«
»Ich glaube, er hat bei unserem Telefonat gestern Abend gemerkt, dass ich verärgert war.« May blickte versonnen auf die Scheune, die Bridal Barn beherbergte, und schüttelte den Kopf. »Beziehungen sind kompliziert. Ich habe noch nicht einmal richtig angefangen, mich auf eine einzulassen, und schon kann ich mich selbst nicht mehr leiden.«
»Gordon hat dich wirklich verkorkst.«
»Dafür kann aber Martin nichts.«
»Dann sag ihm das, wenn ihr das nächste Mal miteinander sprecht. Wünsch ihm Glück, von ganzem Herzen, ohne Vorbehalt.«
»Mache ich«, versprach May unglücklich.
Aber Martin rief an diesem Tag nicht an und sie hatte keine Telefonnummer von ihm. Sie schaute sich das Spiel im Fernsehen an, sah, wie Martin vom Slot aus einen spektakulären Schuss hoch im ›Käfig‹ platzierte, der die Zuschauer im Fleet Center von den Füßen riss und ihm donnernden Applaus eintrug. Nils Jorgensen versuchte, sich auf ihn zu stürzen, wurde aber von seinen Teamkameraden zurückgehalten. Martin blickte ihn an und May sah die Wut, die zwischen ihnen aufloderte.
Sie wünschte, er würde sie anrufen, aber er tat es nicht.

In einem Raum mit blauen nackten Betonwänden, der nach Schweiß, abgestandenem Zigarettenrauch und eingeschmuggeltem Alkohol stank, hatten sich einige Männer um den Fernseher geschart, jubelnd und laut spottend, beinahe in gleichem Maß. Die Bruins hatten gerade das sechste Spiel für sich entschieden. Der Zellenblock war aus Beton und Stahl erbaut, so dass die Stimmen der Männer hohl und dröhnend widerhallten. Hört sich an wie ein Puck, der gegen die Wände prallt, dachte der alte Mann.
»Der Bursche hat einen Killerinstinkt«, rief einer der Männer bewundernd mit Blick auf Martin Cartier. »Meine Fresse, der ist vom gleichen Kaliber wie wir, darauf könnt ihr Gift nehmen!«
»Die Bruins sind Weicheier, die Ranger hätten ihnen zeigen sollen, wo's langgeht –«
»Erbarmungslos, Mann – Cartiers Junge ist erbarmungslos.«
»Das nächste Mal nehme ich einen Hockeyschläger, das sage ich euch, damit kann man alles kurz und klein schlagen.«
»Dein Junge geht über Leichen«, lachte ein anderer Insasse und pflanzte sich vor Serge auf. »Das gefällt dir doch, oder?«
»Kann man wohl sagen«, brummte Serge.
»Er ist ein Held, Mann«, sagte ein anderer. »Ein verdammter Nationalheld.«
»Das schafft kein Kanadier, Mann. Wir sind hier in den USA, falls du das vergessen hast!«
»Der reißt sich den Stanley Cup unter den Nagel!«
»He, Alter, was sagst du dazu?«
»Heute Abend reißt er sich nichts unter den Nagel«, erwiderte Serge rau, den Blick auf das Gesicht seines Sohnes auf dem Bildschirm gerichtet. Er glaubte beinahe, die wunder-

bare prickelnde Kälte spüren zu können, die vom Eis aufstieg. Er atmete die frostige Luft ein, dachte an die Wälder im Norden. »Zerbrecht euch nicht den Kopf über ungelegte Eier. Noch ist nicht aller Tage Abend.«

*

Das siebte Spiel würde gleich beginnen und überall im ganzen Lande stimmten sich die Eishockeyfans auf die dramatische Endrunde in Boston, Massachusetts, ein. Einhundert Meilen südlich, in Black Hall, Connecticut, saßen May und Kylie erneut in Mays Schlafzimmer vor dem Fernseher. Violet, die schwarze Hauskatze, lag zusammengerollt zu ihren Füßen. Am Samstag sollte eine große Hochzeit stattfinden und May war von Zeichnungen, Fotos, Listen und Menükarten umgeben.

»Warum können wir nicht hinfahren?«, fragte Kylie stirnrunzelnd. »Ich möchte bei dem Spiel dabei sein. Wir sind doch etwas Besonderes für ihn.«

»Es ist besser, von hier aus zuzuschauen«, entgegnete May. Doch tief in ihrem Innern fragte sie sich, ob sie wirklich etwas Besonderes für ihn waren. Er hatte seit zwei Tagen nichts mehr von sich hören lassen. May war beschäftigt gewesen, mit ihrer Arbeit und Kylie, die in der letzten Nacht schlecht geträumt hatte, von winzigen stummen Wesen, die ihr etwas zu sagen versuchten und wie tausend weiße Motten ihren Kopf umschwirrten. May hatte die Einzelheiten in ihrem Tagebuch vermerkt.

Das Telefon läutete und May ging ran, wahrscheinlich die Braut, ihre Mutter oder der Lieferant des Hochzeitsessens.

»Hallo?«

»Was tust du gerade?« Es war Martin.

»Das Spiel anschauen.« Sie umklammerte den Hörer, während sie zusah, wie die Bruins einer nach dem anderen auf das Spielfeld liefen. »Warum bist du nicht auf dem Eis?«

»Sie rufen mich. Ich habe noch genau eine Minute.«

»Oh –« Sie verstummte, als hätte es ihr die Sprache verschlagen.

»Was ist mit heute Abend?« Er holte tief Luft.

»Da geht es ums Ganze, ich weiß.«

»Werden wir gewinnen? Wir gewinnen doch, oder?«

May lachte nervös, wunderte sich, warum er ihr diese Frage stellte. »Ja«, sagte sie, weil sie wusste, dass er diese Antwort brauchte. Aber sie meinte damit nicht zwangsläufig den Stanley Cup.

»Das klingt nicht so, als wärst du dir sicher.«

»Meine Mutter sagte immer, dass es nicht darum geht, zu gewinnen oder zu verlieren, sondern wie man spielt.« Die Worte waren ihr herausgerutscht, bevor sie darüber nachdenken konnte, dass sie an einen Profi-Eishockeyspieler gerichtet waren, der gleich das entscheidende Spiel in den Nationalmeisterschaften bestreiten würde.

»Den Spruch kenne ich«, lachte Martin. »Aber klein beigeben ist nicht gerade meine starke Seite.«

»Meine auch nicht«, gestand May. »Ich war neulich Abend ziemlich ekelhaft.«

»Warum? Weil du herkommen wolltest? Ich wünschte, du wärst jetzt hier.«

»Wirklich?«

»*Oui.*«

»Martin wird gewinnen, Martin wird gewinnen«, sang Kylie vor sich hin.

»Du musst raus aufs Eis.« May sah, wie sich die Mannschaft warm lief und Torschüsse übte.

»Ich habe die Flasche noch, die du mir gegeben hast.«

»Mit den Rosenblättern?«

»Psst.« Er lachte. »Lass das ja nicht meine Teamkameraden hören.«
»Gott behüte!«, lachte May.
»Ich liebe dich, May.«
»Martin.« Sie war bestürzt und überrascht.
»Da wäre noch was.« Er versuchte zu lachen, aber es klang, als wäre seine Kehle trocken.
»Und was?«
»Wenn wir gewinnen, werde ich dich bitten, meine Frau zu werden.«
»Martin, mit so etwas macht man keine Witze!«
»Denkst du, dazu wäre ich im Stande?«
»Ich weiß nicht mehr, was ich denken soll«, erwiderte sie fassungslos.
»Doch, du weißt es, May Taylor. Du willst es nur nicht glauben.«
»Du bist in Boston und hast ein wichtiges Eishockeyspiel vor dir«, flüsterte sie.
»Was macht das für einen Unterschied, wo ich bin?«
May dachte an die Rosenblätter, Talisman und Sinnbild der Liebe, und als sie merkte, dass Kylie sie eindringlich musterte, fragte sie sich, ob das alles nur ein Traum war.
Die Kamera schwenkte über die Zuschauermenge. Sie erspähte eine hübsche Blonde, die ein Schild hochhielt: ›Cartier – Du bist ein Juwel!‹ Zwei Mädchen in ärmellosen Tops standen bibbernd neben dem Eis und schrien: »Martin!« May blinzelte.
»In Ordnung. Ich höre schon auf. Nicht am Telefon«, sagte er. »Bis später.«
»Ja.« May starrte immer noch auf den Fernsehschirm, aber sie lächelte nicht mehr. An der Eisbahn ertönte eine Glocke, dann folgte ein Fanfarenstoß.

Er musste schnell aufgelegt haben, denn plötzlich sah sie ihn auf dem Fernsehschirm, diesen raubeinigen, attraktiven, blauäugigen Muskelprotz. Die Zuschauer im Fleet Center hatten ihn ebenfalls entdeckt, sprangen auf und jubelten ihm zu. May hielt ihre Tochter im Arm, konnte ihren Blick nicht von ihm abwenden. Man konnte sehen, dass es kein Gramm überschüssiges Fett an seinem einen Meter achtzig großen, durchtrainierten Körper gab, und sie fragte sich insgeheim, wo er die Rosenblätter verstaut haben mochte.

»Er meint es ernst, Mommy«, sagte Kylie schlaftrunken.

»Was?« May schlug eilends die Augen nieder.

»Was er gesagt hat. Er möchte, dass wir eine Familie sind.«

May starrte Kylie an. Es war nicht möglich, dass sie Martins Worte gehört hatte. Hatte sie wieder eine ihrer Visionen? Sie holte das Tagebuch heraus, um Kylies Worte zu notieren, doch dann legte sie es beiseite. Es gab Visionen, die zu tiefgründig waren, um sie zu sezieren.

*

Der alte Mann hatte den Stanley Cup dreimal gewonnen, für zwei verschiedene NHL-Mannschaften, und deshalb schaute er sich das Spiel mit einer gewissen Wehmut an und hatte seine eigenen Ansichten über das Spiel. Dafoe war ein beschissener Coach. Der alte Mann konnte an seinen Lippen ablesen, dass er immer wieder den gleichen Mist von sich gab: »Konzentration« und »Disziplin«. Was war mit »Tore schießen«, oder »Spielt den Puck Martin zu«?

»Schießt«, brummte Serge mit zusammengebissenen Zähnen. »Schießt das verdammte Ding ins Tor.«

Martin hob den rechten Arm, holte aus und donnerte den

Puck in Richtung Netz. Jorgensen blockte ab. Ray Gardner erwischte den Puck und bremste dabei Martin aus.

»Gib ihn an Martin weiter, *idiot*«, zischte Serge. Verdammt, wie er den Stil von Coach Dafoe hasste! Er hatte selbst NHL-Mannschaften trainiert und hätte wetten mögen, dass Coach Dafoe einerseits Martin ermahnte, zu schießen, und dem Team gleichzeitig predigte, Martin Zeit zu verschaffen, bis er die richtige Schussposition eingenommen hatte. Aber Martin musste man keine Zeit verschaffen, sondern den Puck.

»Haste bei dem Spiel um Kohle gewettet?«, fragte einer der Veteranen im Knast.

»Klappe!«, erwiderte Serge.

»Dein Junge ist alt«, warf ein anderer ein. »Zu alt, um den Stanley Cup zu gewinnen. Die werden ihm in den Arsch treten, dass ihm Hören und Sehen vergeht.«

»Wenn ich Jorgensen wäre, würde ich ihm die Eier abschneiden.«

»Was für Eier?«

»He Mann, dass dem Hammer Mumm fehlt, kann man nich sagen. Kann man wirklich nich sagen.«

»Aber für Eishockey ist er zu alt, Mann.«

»Im Ernst, Serge – hast du bei dem Spiel um Geld gewettet?« Serge hörte nicht länger zu. Nach vorne gebeugt starrte er wortlos auf den Fernsehschirm. Die Stimmen ringsum dröhnten, hallten an den Betonwänden wider. Die Aufseher standen in der Nähe, genauso interessiert an dem Spiel wie alle anderen. Einer von ihnen erkundigte sich, ob Martin seinen Vater angerufen, sich Tipps von ihm geholt hatte. Serge presste die Lippen zusammen.

»Bist du taub?«, fragte der Wärter lauter. »Hat Martin seinen Daddy angerufen?«

Serges Augen verengten sich, er konzentrierte sich auf den

Fernseher. Das Herz in seiner Brust fühlte sich klein und hart an, trocken wie ein Teerklumpen. Martin hatte schon lange nicht mehr angerufen oder ihn besucht. Das war Serges Privatangelegenheit, und sie ging niemanden etwas an. Im Zellenblock war es genauso laut wie in der Umkleidekabine, der Lärm prallte an den Wänden ab. Der Wächter klopfte ihm unsanft auf die Schulter, aber Serge ließ sich nicht ablenken, fixierte den Fernseher. Der alte Mann fragte sich, ob Martin auf seinen Coach hörte.

»Konzentrieren«, schien Dafoe zu sagen, nach der Bewegung seiner Lippen zu urteilen. »Disziplin.«

Serge ignorierte alles andere um ihn herum, konzentrierte sich nur auf das Spiel. Zwischen den Bruins und den Oilers stand es unentschieden, 1:1.

*

Martin kämpfte um sein Leben, das Gefühl hatte er zumindest. Er hatte ein Tor erzielt, aber Jorgensen war es gelungen, alle seine anderen Schüsse abzublocken. Edmonton hatte sich revanchiert und mit 2:1 die Führung übernommen, und Martin las in den Augen die Siegessicherheit seines Erzfeindes, der sein vernarbtes Gesicht zu einem hämischen Grinsen verzog.

Er hörte, wie die Boston-Fans in Sprechchören ein Tor forderten. Sie warfen alle möglichen Gegenstände auf das Eis und die Polizei musste einschreiten. Als Martin einen kurzen Blick auf die Zuschauertribünen warf, konnte er Plakate sehen, auf denen stand: Der Cartier-Fluch; Jetzt oder nie; Cartiers Niederlage. Martin dachte an seinen Vater, fragte sich, ob er wohl im Gefängnis das Spiel verfolgte.

Oh Gott, lass mich gewinnen. Das Gebet kam aus dem Nirgendwo. Er wünschte sich den Sieg für May, für sich selbst.

Martin hörte die Fans johlen. Er dachte an all die Zeitungsberichte über seinen Vater, der gegen seine eigene Mannschaft gewettet, das Spiel manipuliert und den Sport in Verruf gebracht hatte. Serge Cartier, der große NHL-Stürmer und dreimalige Cup-Gewinner. CARTIER: GITTER STATT GOLD, hatte eine Schlagzeile geheißen.
Martin wollte den Namen reinwaschen. Er wollte seinem Vater beweisen, was in ihm steckte, wollte der Welt beweisen, dass der Name Cartier im Eishockey noch immer etwas galt. Obwohl die eigene Karriere seines Vaters ins Zwielicht geraten war, sollte er stolz auf ihn sein. Aber dann dachte Martin an Natalie, dass die Spielsucht seines Vaters sie das Leben gekostet hatte, und er stöhnte auf.
Es war ein Grollen, das tief aus seinem Innern kam, so laut, dass alle im Stadion es hören konnten. Es klang, als stamme es von einem wilden Tier. Martin versuchte, sich auf das Tor zu konzentrieren, übernahm den Puck von Ray. Die Uhr tickte. Er preschte über das Eis, näherte sich dem Tor vom rechten Flügel.
»Schieß!«, brüllten die Zuschauer.
Schieß, sagte sich Martin. Jorgensen sah ihn mit hasserfüllten Augen an. Schieß, dachte Martin. Er stellte sich seine Mutter vor, die ihm von oben zusah, wie der Coach gesagt hatte. Er sah Natalies Gesicht. Er hörte die raue, leise Stimme seines Vaters: Schieß. Er war wie gelähmt, spielte Ray den Puck zu, nahm abermals Anlauf.
Die Zuschauer sahen, wie er zögerte, und begannen zu buhen. Die Verärgerung und Wut der Fans machten sich in ihren Schreien Luft, die Tribünen hallten vom feindseligen Echo. Die Uhr schien schneller abzulaufen. Martin stählte sich für den Angriff, erhaschte Rays Blick. Das Team machte ihm den Weg frei. »Konzentriere dich!«, hörte er Coach Dafoe brüllen.

Martin sah den ergrauten Mann mit der bleichen Haut der Gefängnisinsassen; er hörte ein kleines Mädchen auf einem Balkon in Toronto vor Angst wimmern. Er dachte an seine tote Mutter, aber er sah sie nicht im Himmel, sondern in der kalten Erde begraben. Er stellte sich May vor, glühend und lebendig. Sich zu konzentrieren war ein Ding der Unmöglichkeit, aber Martin nahm die Scheibe an, die Ray ihm zuspielte, und zielte auf das Tor.
Nils Jorgensen blockte den Schuss ab.
Der Schluss-Buzzer ertönte; es stand 2:1.
Martins maximale Laufgeschwindigkeit hätte bei 29,2 mph, sein härtester Schlagschuss bei 118,2 mph gelegen. So wäre es im Record-Book nachzulesen gewesen, wo die Rekorde und Ranglisten der siegreichen Spieler und Clubs für die Ewigkeit festgeschrieben wurden ... wenn Martin Cartier den Stanley Cup für die Boston Bruins gewonnen hätte.
Aber sie hatten verloren.

*

May war heiser vom Schreien, aber plötzlich verstummte sie. Kylie hatten einen Kriegstanz auf dem Bett aufgeführt, aber nun fiel sie auf die Knie wie eine Marionette, deren Schnüre durchtrennt worden war.
»Mommy, er hat die Scheibe nicht ins Netz gekriegt.«
»Nein.«
»Hat seine Mannschaft verloren?«
»Ja, Liebes.«
»Oh.« Kylie blickte mit ernster Miene auf den Bildschirm.
Gemeinsam schauten sie zu, wie die aufgebrachten Boston-Fans in Großaufnahme Becher und zusammengeknüllte Programmhefte auf das Eis feuerten. Die Kameras richteten sich auf die Oilers, die Nils Jorgensen in ihrem Sieges-

taumel unter sich begruben, ihn in die Luft warfen, ihn im Triumphzug auf den Schultern trugen. Als die Bruins ins Bild kamen, sahen sie Schock, Wut und Fassungslosigkeit in den Gesichtern der Verlierer.

Martins Augen waren ausdruckslos. Sein Gesicht wirkte zerfurcht und mitgenommen, als hätte er bei Schnee und Sturm Eishockey gespielt statt bei künstlicher Beleuchtung in einem geschlossenen Stadion. Aber seine blauen Augen wirkten erloschen; sie erinnerten May an einen Hund, den sie gekannt hatte und der die meiste Zeit seines Lebens in einem Käfig eingesperrt gewesen war.

»Ach Mommy«, wisperte Kylie.

»Martin.« Tränen traten in Mays Augen.

»Warum schaut er so?«

»Ich denke, weil er sich so sehr gewünscht hat, zu gewinnen.«

»Aber du sagst doch immer, dass es viel wichtiger ist, wie man spielt.«

»Ich weiß. Es ist nur …« May hielt inne. Weil es Dinge im Sport und bei den Männern gab, die sie nicht begriff, wie den inneren Zwang, zu gewinnen, den sie selbst nie in diesem Maß empfunden hatte. Kylie war müde, wollte schlafen. May las ihr eine Gutenachtgeschichte vor, während sie lauschte und darauf wartete, dass das Telefon läutete.

Er wird anrufen, dachte sie. *Mir kann er sagen, was passiert ist, wie schlecht es ihm geht, und ich werde zuhören.* Sie dachte daran, was sie ihm sagen würde, beschwichtigende, tröstliche Worte, die ihm Hoffnung geben sollten. Der Gedanke an Martins Enttäuschung über die Niederlage der Bruins war schmerzlich, aber in ihrem Hinterkopf klangen immer noch seine Worte nach, dass er sie heiraten wollte.

Nicht ganz eine Stunde später, als Kylie im Bett war und der Mond die gelbe Scheune umrundet und Felder und

Treibhaus mit seinem silbernen Licht übergossen hatte, läutete das Telefon.
»Sie haben verloren«, sagte Tobin. »Bestimmt ist er am Boden zerstört.«
»Er hat sich nicht gemeldet.«
»Die Jungs müssen alleine sein, um ihre Wunden zu lecken. So ist das nun mal im Leben.«
»Er hat mich gefragt …« May wollte Tobin gerade erzählen, was Martin gesagt hatte. Aber manche Dinge waren so persönlich, dass man sie nicht einmal der besten Freundin anvertrauen konnte. Also biss sie sich auf die Lippen und schwieg.
»Er kommt schon wieder zu sich. Lass ihm Zeit. Als John bei der Beförderung übergangen wurde, ist er eine Woche lang alleine zum Fischen gegangen. Er konnte mir nicht einmal in die Augen sehen, bis er mit sich selbst im Reinen war.«
»Geschieht mir ganz recht, wieso lasse ich mich auch auf so einen Kerl ein!« May dachte an Howard Drogin, der immer anrief, wenn er es versprochen hatte, und nie enttäuscht zu sein schien, wenn sie ihm sagte, dass sie bereits etwas anderes vor habe.
»Du hast etwas Besseres im Leben verdient, als immer nur die Hochzeiten anderer Frauen zu planen und deine Tochter zu Psychologen zu schleppen«, sagte Tobin.
»Sie hat seit der Notlandung nur einmal schlecht geträumt. Und nur ein einziges Mal Engel gesehen. Aber heute Abend erwähnte sie etwas, was Martin gesagt hatte – obwohl sie es nicht gehört haben konnte –«
»Sie liest es an deinen Augen ab, oder an deiner Miene. Das macht sie immer. Diese so genannte Gabe, die Kylie besitzt, leitet sich aus der engen Verbundenheit her, die zwischen euch beiden besteht.«

»Wir stehen uns sehr nahe, das ist richtig.«
»Kein Wunder. Du bist Mutter und Vater für sie. Sie liebt dich über alle Maßen. Sie kann deine Gedanken lesen, weil sie dich so gut kennt.«
»Ich werde deine Theorie ins Tagebuch schreiben. Wenn wir im Juli nach Toronto fliegen, werde ich sie den Ärzten erzählen.«
»Gut.«
May lachte. »Mein Notizbuch wird in letzter Zeit nicht voller. Ich könnte mir vorstellen, dass sie enttäuscht sein werden. Die Entwicklung von Kylies übersinnlichen Kräften ist beinahe zum Stillstand gekommen.«
»Vielleicht braucht sie im Moment keine imaginären Freunde.«
»Warum?«
»Weil ihre Mutter glücklicher ist als sonst.«
Doch als May auflegte, fühlte sie sich nicht im Mindesten glücklich. Die Rosenblätter hatten ihre Wirkung zuletzt doch verfehlt. May tat es Leid, dass Martin nicht angerufen hatte, um ihretwegen, aber auch um seiner selbst willen: sie hätte ihn gerne getröstet.
Sie hätte es sich gewünscht; mehr als alles in der Welt.

5

Die Bruins haben *VERLOREN*«, zischte Mickey Agnelli, direkt vor Kylies Gesicht.

»Ja«, sagte Eddie Draper. »Und dabei hast du behauptet, dass sie mit Sicherheit gewinnen.«

»Mit Sicherheit habe ich nicht gesagt«, flüsterte Kylie, als sie in der Eingangshalle der Black Hall Elementary School neben dem Trinkbrunnen stand. Ihr Blick irrte verzweifelt hin und her, sie wünschte, ein Lehrer oder eines von den großen Mädchen würde vorbeikommen. Aber sie war ganz alleine, eine Erstklässlerin, von Drittklässlern umzingelt, und weit und breit keine Hilfe in Sicht.

»Du hast gesagt, dass Martin Cartier besondere Kräfte hat«, sagte Mickey.

»Stimmt, er kann besonders gut *verlieren*«, fügte Eddie hinzu.

»Und du hast auch gesagt, dass Martin Cartier zu uns in die Schule kommt«, mischte sich Nancy Nelson ein. »Also, wo ist er?« Kylie zuckte zusammen. Obwohl Martin nicht ausdrücklich gesagt hatte, dass er in ihre Schule kommen wolle, war sie doch sicher gewesen. Martin war ihr Freund und sie hatte fest daran geglaubt, dass ihr Wunsch – wie alle ihre Wünsche – in Erfüllung gehen würde. Von der ersten Minute an, im Flugzeug, hatte irgendetwas in seinen Augen den Gedanken in ihr geweckt, dass er Mommy und sie genauso brauchte wie sie ihn. Er war der Daddy, den sie sich ausgesucht hatte, und sie hatte ihn gebeten, ihnen zu helfen, wenn es an der Zeit wäre.

Und nun waren vier Tage vergangen und er hatte Mommy

nicht ein einziges Mal angerufen. Er war spurlos aus ihrem Leben verschwunden, so als hätte es ihn nie gegeben. Kylie bekam Bauchweh, wenn sie nur daran dachte.
»Ja, wo ist er denn?«, spottete Mickey.
»Nicht, dass wir es so toll fänden, wenn er hier wäre. Die Bruins sollten ihn gegen Nils Jorgensen eintauschen«, meinte Eddie.
Kylie spürte, wie sich ihre Schultern zusammenzogen, als hätte sie innen ein Paar Flügel, die sie gleich entfalten könnte. Es missfiel ihr, wenn jemand gemein über Martin redete, selbst wenn er nie mehr anrief und ihr Wunsch nicht in Erfüllung gehen sollte.
»Martin Cartier ist eine Niete«, sagte Mickey höhnisch.
»Ja, lässt sich den Stanley Cup durch die Lappen gehen! Weißt du, was für eine Niete man sein muss, um sich den Stanley Cup durch die Lappen gehen zu lassen?«
»Sag nie wieder Niete zu ihm!«, schrie Kylie.
»NIETE!«, brüllte Mickey.
»Eine riesengroße, blöde, bescheuerte Niete«, fügte Nancy hinzu.
»Blöd und bescheuert ist ein und dasselbe, falls du es nicht weißt«, fauchte Kylie. »Du redest wohl von dir selber!«
»Du bist auch eine Niete, weil du uns belogen hast«, sagte Mickey. »Du kennst Martin Cartier gar nicht und er hatte nie vor, in die Schule zu kommen. Und er hat den Stanley Cup mit absoluter Sicherheit nicht gewonnen. Los kommt, lasst uns gehen. Was wollen wir mit diesem Baby aus der ersten Klasse!«
Kylies Augen schwammen in Tränen, während sie die Fäuste ballte und den drei älteren Schülern nachsah, die durch die Eingangshalle liefen. Sie hatten alle Väter. Sie hatte sie mit ihnen auf dem Rummelplatz während der Shoreline Fair gesehen. Alles, was sie ihr unter die Nase

gerieben hatte, hatte gesessen, aber ein Stachel war ihr besonders tief unter die Haut gegangen; zitternd schlang sie die Arme um sich. Sie wünschte, die Engel würden kommen. Sie wünschte, sie würden sie mit ihren sanften Schwingen umhüllen und ihre Freunde sein.
»Ich habe nicht gelogen«, sagte sie in die leere Halle hinein. »Ich kenne Martin Cartier. Ich kenne ihn wirklich.«

*

Martin tauchte unter. Er vergrub sich in seinem Haus mitten in Boston, aber er hätte genauso gut in einer Höhle Zuflucht suchen können. Die Fensterläden waren verrammelt, das Telefon ausgestöpselt, der Bart wuchs. Sie hatten den Stanley Cup erneut verloren, daran war nichts zu ändern. Er schlief zwei Tage durch.
Am ersten Tag träumte er vom See. Das Eis war glatt und schwarz, man konnte die Fische wie erstarrt unter der Oberfläche sehen. Forelle, Barsch, Hecht. Martin fuhr auf seinen Schlittschuhen dahin, als sei er schwerelos, die silbernen Kufen hinterließen kaum Kratzer auf dem Eis. Er fühlte sich frei, leicht, unbeschwert. Aber er hatte ein Ziel vor Augen, der Wind in seinem Rücken trieb ihn zu einer Gestalt, die er nicht ausmachen konnte.
Am zweiten Tag träumte er, noch schneller über das Eis zu gleiten. Vor ihm breitete sich der Lac Vert aus, sein gewundenes Bett schnitt in die Berge Kanadas. Hohe Kiefern überschatteten das dunkle Eis und Martin wusste, dass die Person, nach der er suchte, hinter der nächsten Biegung wartete. Wer war sie? Je näher er ihr kam, desto mehr schien sie sich zu entfernen. Seine Mutter? Sein Vater? Natalie? Das Eis rund um seine Füße begann zu schmelzen.

Er wachte mit einem Ruck auf, kämpfte mit den Laken und sein Herz raste. Wer war diese Person, um Gottes willen? In die Kissen zurückgelehnt, sah er der Wahrheit ins Gesicht: er hatte den Stanley Cup abermals verloren. Er hatte alle enttäuscht. Er war der einsamste Mensch auf der Welt, selbst in seinen Träumen. Das Eis hatte zu schmelzen begonnen, der See drohte ihn zu verschlingen, wenn er nicht zu ihr gelangte.

»Ihr?« Er sprach es laut aus.

Und dann fiel es ihm wie Schuppen von den Augen.

Natürlich, die Person war May. Sie war da gewesen, hatte auf ihn gewartet. In seinem Traum war er mit leeren Händen und leeren Taschen dagestanden. Er hatte nur sich selbst zu bieten.

Aber das war alles, was May sich wünschte. Sie war eine wunderbare Frau und er hatte sich seit ihrer ersten Begegnung zu ihr hingezogen gefühlt.

Martin hatte im Traum gespürt, wie er versank, wie das Eis um seine Knöchel schmolz. May hatte direkt hinter der Biegung auf ihn gewartet. Wenn er nur zu ihr gelangen könnte! Vielleicht war sie seine Rettung. Seine Kehle brannte, als er an ihre kleine Tochter dachte.

Vielleicht konnten sie alle gerettet werden. Er stemmte sich auf die Ellenbogen und starrte in sein abgedunkeltes Schlafzimmer, dachte darüber nach, ob er versuchen sollte, dem Tageslicht ins Gesicht zu sehen.

*

Im Mai fanden zahllose Hochzeiten statt: Es gab viele Paare, die unter einem Laubengang aus Glyzinen heiraten wollten, mit Brautsträußen aus frisch gepflückten Veilchen und Maiglöckchen. Für die Hochzeitsplaner herrschte in diesem Monat jedoch Flaute, denn die Planung war längst abgeschlossen. May verbrachte den größten Teil ihrer Zeit im Garten und es kam nicht selten vor, dass sie die wenigen Kundinnen mit Grasflecken an den Knien und Erde unter den Fingernägeln begrüßte. Aber in den letzten Tagen war May nicht recht bei der Sache gewesen.

Vier Tage nach der Niederlage der Bruins und Martins letztem Anruf kniete May im Rosengarten und streute Kaffeesatz rund um die Wurzeln eines alten weißen Rosenstrauchs. Jeder Rosenstrauch hatte seine eigene Geschichte, die ihr von ihrer Mutter, ihrer Großmutter und ihrer Großtante erzählt worden war. Dieser hier war 1946 gepflanzt worden, in dem Jahr, als Emily Dunne die Scheune errichten ließ. Er wäre um ein Haar noch im selben Jahr dem Frost zum Opfer gefallen, aber Emily und Enid hatten ihn gerettet, indem sie ihn in eine Flickendecke wickelten, die sie aus den alten Hemden ihres Vaters zusammengenäht hatten. Abigail hatte den Strauch liebevoll mit Rosendünger aufgepäppelt.

»Der braucht eine Extraportion Kaffee«, sagte Tante Enid nun, die gerade herübergekommen war, um zu sehen, was May tat.

»Reicht das?« May verstreute eine halbe Tasse.

»Die doppelte Menge.« Tante Enids Hand zitterte nach einem leichten Schlaganfall, und als sie sie austreckte, musste sie sich auf Mays Schulter stützen, um das Gleichgewicht zu halten. Mays Großmutter hatte behauptet, dass Rosensträucher höher und voller, die Farben der Blüten leuchtender werden, wenn sie mit frisch gemahlenem Kaffeesatz gedüngt wurden. Der Geruch von Lehmboden und Weißbrot, in Ei gewendet und in Öl ausgebraten, vermischten sich in der lauen Luft, was bewirkte, dass May ihre Mutter mehr denn je vermisste. Sie hat-

te vermutlich geseufzt, denn Tante Enid blickte zu ihr herüber.
»Was ist los, Liebes?«
»Nichts, Tante Enid.«
»Ich glaube dir kein Wort.« Als Tobin kam, flüsterte sie ihr zu: »Schau doch mal, ob du deine Freundin aufmuntern kannst.«
»Ich werde es versuchen, Enid«, versprach Tobin und legte den Arm um die alte Frau.
Tante Enid war früher einen Meter fünfundsechzig groß gewesen, aber das Alter hatte ihr Rückgrat verkrümmt und sie um zehn Zentimeter schrumpfen lassen. Sie hatte kurz geschnittene weiße Haare und blassblaue Augen, und sie trug ihre bevorzugte Kleidung für Gartenarbeit: ein rosafarbenes Hauskleid, eine alte Segeltuchjacke und kniehohe Gummistiefel, die ihrer Schwester gehört hatten.
»Ach Liebes«, seufzte Tante Enid. »Ist es der Hockeyspieler?«
»Der wer?«, fragte May.
»Ins Schwarze getroffen«, meinte Tobin.
»Kylie hat mir erzählt, dass er mehrmals angerufen hat, und dann –« Tante Enid biss sich auf die Zunge.
»Kylie hing an ihm«, murmelte May.
»Aha, das ist also der Grund«, erklärte Tobin.
Tante Enid griff in den Topf mit dem alten Kaffeesatz und ließ ihn wieder und wieder zwischen ihren knochigen Fingern hindurchrieseln. Dann verteilte sie das Kaffeemehl sorgfältig um die Wurzeln der alten weißen Rose.
»Einen Menschen zu vermissen ist eine merkwürdige Sache«, überlegte Tante Enid laut. »Es überkommt einen einfach so. Man kann nie genau sagen, wo es anfängt und wo es endet.«
»Sie bestimmt nicht«, bestätigte Tobin und May spürte,

wie sich der Blick ihrer Freundin in ihren Hinterkopf bohrte.
»Hört ihr beide bitte auf?«, sagte May. »Page Greenleigh kommt gleich mit ihrer Mutter. Ich muss los und mich frisch machen.«
»Du könntest ihn anrufen«, schlug Tante Enid vor.
»Prima Idee«, stimmte Tobin ihr zu.
May blickt durch den Rosenstrauch hindurch auf ihre Tante. Der Vorschlag war die reinste Ketzerei im Hinblick auf die Philosophie, die Bridal Barn vertrat: Emily Dunne hatte behauptet, die größte Angst eines Mannes bestünde stets darin, festgenagelt, ›eingefangen‹ zu werden, wie sie es zu nennen pflegte. In ihrem berühmten Brevier der »Gebote und Verbote« für eine Frau, die etwas auf sich hält, führte der Anruf bei einem Mann die Liste der Tabus an.
»Männer können auch leiden«, fuhr Tante Enid fort, als hätte sie Mays Gedanken gelesen. »Er hat die Meisterschaft verloren. Vielleicht braucht er jemanden, mit dem er reden kann.«
»Klingt ganz plausibel, finde ich«, sagte Tobin.
»Und was ist mit den Männern, die Zeit für sich brauchen, um ihre Wunden zu lecken?«
»Irgendwann muss damit aber Schluss sein.«
»Er weiß, dass er jederzeit anrufen kann«, sagte May.
»Mir ist nie aufgefallen, dass du zu stolz für so etwas bist.« Tante Enid hob einen Japankäfer von einem glänzenden Blatt, hielt ihn behutsam in der Handfläche und ließ ihn auf einem Beet frei, auf dem keine Rosen wuchsen. »Aber wie mir scheint, sind dir deine eigenen Gefühle wichtiger als jemand, der gerade jetzt deine Hilfe brauchen könnte.«
»Tante Enid hat Recht.«
May antwortete nicht. Sie entdeckte einen zweiten Käfer:

sein Panzer wirkte stumpf wie das Abbild eines nebligen Regenbogens in einer schillernden Öllache. Sie hob ihn vom Stiel der Rose und schnippte mit dem Fingernagel gegen den harten Panzer, der nicht größer als ein Kirschkern war. Mays eigener, innerer Panzer fühlte sich in der Morgensonne heiß und undurchdringlich an; sie sann darüber nach, wie lange sie schon damit gelebt hatte, und fragte sich, wie es sein mochte, ihn abzulegen.

Im Lauf der Jahre hatte Tobin versucht, sie mit Johns Bruder, seinem Cousin und seinen Arbeitskollegen zu verkuppeln. Barb Ellis hatte sie zu einem Skiwochenende mitgeschleppt, damit sie einen Freund aus Vermont kennen lernte, der genau der Richtige für May sei, wie sie meinte. Carol Nichols hatte eine Verabredung mit einem Unbekannten arrangiert, einem ehemaligen Kommilitonen, der als Ozeanograph in Woods Hole tätig war. May hatte mitgespielt, ihren Freundinnen zuliebe. Aber sie war sechsunddreißig und hatte nie etwas Ähnliches für einen Mann empfunden wie für Martin.

Langsam erhob sich May aus der Hocke. Sie ging ins Treibhaus, an dessen Nordwand ein Telefon hing. Martin hatte es nie geschafft, ihr seine Telefonnummer zu geben. Sie rief das Management der Boston Bruins an, sprach zuerst mit einer Rezeptionistin, dann mit einer Büroleiterin und am Schluss mit dem Pressesprecher der Mannschaft. Als May ihre Bitte vortrug, hörte sie die Skepsis, die im Tonfall des Mannes mitschwang.

»Erinnern Sie sich an die Notlandung?«, fragte May. »Er hat meine Tochter und mich gerettet. So war es, bitte glauben Sie mir. Kylie, meine Tochter, bat ihn, uns zu helfen, und seither sind wir befreundet. Ich habe mit ihm zu Abend gegessen, unmittelbar vor Beginn der Finals, und ihm ...« Sie hielt inne, ihr Mund war trocken.

»Tut mir Leid, Ma'am. Aber wir dürfen die Telefonnummern unserer Spieler nicht weitergeben.«
»Aber wir sind befreundet! Wirklich. Ich bin sicher, dass Sie das häufig zu hören bekommen, aber in diesem Fall stimmt es, Ehrenwort.«
»Mag sein, aber ich bin trotzdem nicht befugt …«
May lehnte den Kopf gegen die kühle Glaswand. Ein Schwalbenpaar flog über ihrem Kopf hin und her, baute ein Nest in den Dachtraufen des Treibhauses. May spürte, dass dies ihre letzte Chance war.
»Bitte, es ist wichtig«, sagte sie flehentlich. Plötzlich wusste sie, dass sie Martin erreichen *musste.* Wenn es ihr möglich gewesen wäre, durch die Leitung zu kriechen, um in den Besitz seiner Telefonnummer zu gelangen, hätte sie keine Sekunde gezögert.
Aber der Mann hatte bereits aufgelegt. Langsam kehrte May in den Rosengarten zurück und nahm ihre Arbeit wieder auf. Tante Enid warf ihr einen raschen Blick zu, aber sie fragte nicht, was geschehen war.
»Keine Auskunft?«, erkundigte sich Tobin.
»Nichts.«
»Verdammt. Vielleicht sollte ich es versuchen. Ich könnte –«
»Lass es gut sein.« May grub verbissen das Beet um. »Bitte.« Ihre Freundin entfernte sich.
Als Tante Enid in den Schuppen ging, um Knochenmehl als Ergänzung zum Kaffeesatz zu holen, beugte sich May nach vorne, das Gesicht dicht an der Erde. Sie spürte die dumpfe Wärme in Wellen aufsteigen und schloss die Augen. »Ich kann nicht glauben, dass ausgerechnet mir so etwas passiert«, murmelte sie, den Kopf auf die Knie gelehnt.
Sie hatte sich verliebt. Obwohl sie schon einmal von der Liebe zum Narren gehalten worden war und ihr seither

auf jede nur erdenkliche Art aus dem Weg ging, hatte sie ihr Herz beinahe unmerklich an einen Mann verloren, der ebenfalls spurlos aus ihrem Leben verschwunden war. Gestern Abend, während der Eintragungen in Kylies Traumtagebuch, hatte sie zu ihrem Entsetzen feststellen müssen, dass sie über Martin geschrieben hatte.

Page Greenleigh, ihre Mutter und ihre Schwester kamen und verabschiedeten sich; danach kehrte May in den Garten zurück. Es wurde zunehmend heißer und Bienen umschwärmten die Rosen. Das Geräusch eines Motors ließ sie aufblicken. Ein Auto fuhr die Straße entlang, näherte sich mit großer Geschwindigkeit. Mays Herz schlug schneller, je lauter das Dröhnen des Motors zu hören war. Sie trug einen alten Strohhut und ein ausgeblichenes gelbes Sommerkleid. Ihre Hände waren wieder voller Erde und sie hatte Kaffeesatz unter den Fingernägeln, als sie zusah, wie Martin Cartier mit seinem Porsche durch die Felder brauste.

May spähte über das hohe Gras. Sie rappelte sich hoch, wischte sich die Hände ab, stand aufrecht da. Sie versuchte zu lächeln, aber sie konnte nicht verhindern, dass ihr Kinn bebte.

Sie hatte beinahe vergessen, wie groß und stark er war, als er nun auf sie zukam. Er trug ein weißes Hemd, das er in den Bund seiner Jeans gesteckt hatte, eine blaue Baseballkappe und Sneakers. Seine rechte Wange war verletzt und er hatte Stiche unter dem linken Auge.

»Hallo«, sagte sie.

»Ich habe eine kleine Spritztour gemacht,« sagte er nur.

»Ist das nicht ein bisschen weit?«

»Ich mag die salzige Luft hier in Black Hall.«

May starrte auf Martins Füße, dann spürte sie seine Hände auf ihren Schultern. Sie hob den Blick, sah ihm in die

Augen. Ungelenk schloss er sie in seine Arme, streifte sich die Baseballkappe vom Kopf und ließ sie achtlos zu Boden fallen.
Der Kuss raubte May den Atem. Martin hielt sie eng umschlungen und sie schmiegte sich an ihn. Die Luft war lau, es würde bald heiß werden, und sie waren umhüllt vom betörenden Duft der hohen Gräser und weißen Rosen. Der Frühlingsduft würde May immer an Martin erinnern.
»Ich hätte nicht gedacht, dass ich dich jemals wieder sehe«, sagte sie.
»Im Ernst?«
»Ich glaube schon.« Sie zuckte die Schultern, löste sich von ihm.
»Ich habe verloren.«
»Das ist mir egal.«
»Ich habe es vermasselt. Ich –«
»Du warst wunderbar. Wie ein Tiger. Ich habe noch nie einen Menschen gesehen, der so meisterhaft Schlittschuh läuft, so viel Einsatz zeigt, um einen Pokal zu holen …«
May wusste nicht, wie sie es ausdrücken, wie sie ihre Eindrücke von dem Spiel schildern sollte, aber während sie redete, spürte sie, dass die Anspannung nach und nach von ihm abfiel. Er sagte nichts, aber als sie in seine Augen blickte, merkte sie, dass er aufmerksam zuhörte.
»Ich habe dein Gesicht gesehen. In Großaufnahme. Es war genauso, als wäre ich dort.«
»Ich bin froh, dass du nicht dabei warst und gesehen hast, wie ich verliere.«
»Aber du hättest beinahe gewonnen.«
»Beinahe zählt nicht im Hockey.«
May wusste nicht, was sie darauf erwidern sollte.
»Ich habe es vermasselt. Ich hatte den Puck, musste nur noch schießen, aber dann wollte ich auf Nummer sicher

gehen und habe ihn Ray zugespielt – Ray Gardner. Meine Gedanken überschlugen sich. Es ging um den Stanley Cup, vielleicht meine letzte Chance. Ich dachte an meinen Vater. Er ist –« Martins Gesicht verzerrte sich, als er daran dachte.

»Du wolltest ihn nicht enttäuschen?«, fragte May auf gut Glück. Sie hatte es in den Zeitungen gelesen. Sie wusste, dass sein Vater im Gefängnis saß.

»Ich wollte nur nicht, dass er mich verlieren sieht«, schnaubte Martin. »Ihn enttäuschen, nein, darum ging es nicht.«

May runzelte die Stirn, hörte schweigend zu.

»Er ist alt. Er ist … ich habe es dir ja erzählt. Wir haben uns entfremdet. Wir haben seit Jahren keinen Kontakt mehr.«

»Er ist trotzdem dein Vater.«

»Ich bin anders als du. Die Beziehung zwischen meinem Vater und mir hat nichts Liebevolles oder Sentimentales.« Martins Akzent war stärker als sonst. Er schien sich nicht wohl in seiner Haut zu fühlen, wenn er über seinen Vater oder über die Niederlage sprach. May dachte an die vergangenen vier Tage, fragte sich, wo er gesteckt haben mochte, und es gelang ihr nicht, sich ein Lächeln abzuringen.

»Ich bin nicht hergekommen, um dir etwas über meinen Vater zu erzählen«, sagte er und hielt ihre Hand.

»Nein?«

»Unser erster Streit.« Martin grinste und er sah derart entwaffnend aus, dass er May ein Lächeln abnötigte. »Verzeihst du mir?«

Sie nickte lachend.

»Ich hatte die Rosenblätter in der Tasche. Und ich hörte dich immer wieder sagen: ›Es ist wichtig, wie man spielt …‹«

»Daran hast du während des Spiels gedacht?« May musste bei dem Gedanken daran wieder lachen.
»Ja. Aber es hat nichts geholfen«, lachte Martin ebenfalls.
»Rosenblätter sind kein Zaubermittel.«
»Doch, das waren sie, zumindest für eine Weile.« Er streichelte ihre Hand.
May betrachtete seine und ihre Hände. Sie konnte ihm nicht erzählen, dass viele Bräute einen Glücksbringer in den Rosenblättern sahen, mit dem sie die Erwartung verknüpften, dass ihre Ehe automatisch unter einem guten Stern stehen, die Liebe ewig währen, kein Streit und nichts sie trennen werde. Sie wollte ihm nicht erzählen, dass einige dieser Bräute inzwischen geschieden waren, die Männer hassten, die sie einst mehr als alles auf der Welt geliebt hatten, und inzwischen zum zweiten Mal verheiratet waren.
»Kylie wird sich freuen, dass du wieder da bist«, sagte sie stattdessen.
»Meinst du?«
»Ja. Sie hat gestern einen Stand mit Limonade aufgebaut, genau hier bei dem Zaun. Sie hat sich an jede Braut herangepirscht, die den Weg entlangfuhr, aber ich weiß, dass sie auf dich gewartet hat. Sie hat dich vermisst.« Sie erzählte ihm nichts von Kylies schlimmen Träumen, die zurückgekehrt waren, und dass sie letzte Nacht im Schlaf geschrien und etwas von dem Engel im Flugzeug gestammelt hatte, der ihr etwas zu sagen versuchte.
»Und was ist mit ihrer Mutter?« Martin trat näher.
»Ich habe dich auch vermisst.«
»Ich möchte, dass du meine Frau wirst.«
»Martin«, flüsterte sie errötend.
»May, bitte«, sagte er leise.
»Wir kennen uns doch erst seit ein paar Wochen.«

»Ich habe es dir schon gesagt. Es war eine Schicksalsfügung.«
Schicksalsfügung … was hatte das zu bedeuten? Mays Puls raste, aber sie behielt einen kühlen Kopf. Sie waren grundverschieden: sie hatte eine kleine Tochter, er war ständig unterwegs. Mays Gefühle waren schrecklich verletzt worden in den letzten vier Tagen, als sie nichts von ihm gehört hatte. Sie sah ihm in die Augen.
»Mir fehlen die Worte, so etwas ist mir noch nie passiert. Aber so wie die Dinge stehen, habe ich eine Tochter, für die ich verantwortlich bin. Du bist sehr romantisch, und meine Mutter und meine Großmutter würden auf ihrer Wolke vor lauter Freude einen Luftsprung machen, aber ich kann mir solche Spielchen einfach nicht leisten.«
»Spielchen?«, fragte er stirnrunzelnd.
»Ja.«
»Du glaubst, ich würde Spielchen mit dir treiben?«
»Vielleicht nicht bewusst, aber du kennst mich – uns – kaum. Du machst dir offenbar nicht klar, dass du plötzlich eine komplette Familie hättest, und eine ungewöhnliche obendrein.«
»Ungewöhnlich, inwiefern?«
»Nun, ich war lange Zeit allein, praktisch mein ganzes Leben. Und Kylie glaubt, dass sie …«, sie suchte nach den richtigen Worten, »so etwas wie magische Kräfte besitzt.«
»Glaubst du, das wüsste ich nicht?« Plötzlich grinste er, als sei das ganze Problem damit gelöst. »Das muss sie von ihrer Mutter haben. Rosenblätter in einer Flasche, wenn das nicht ungewöhnlich ist. Du inspirierst sie dazu.«
»Vielen Dank.«
»*Bien sûr.* Es gibt keine Frau auf der ganzen Welt, die über solche magischen Kräfte verfügt wie du.«

»Da hättest du erst meine Mutter und meine Großmutter kennen müssen«, lachte sie.
»Aber du erzählst mir von ihnen, ja? Ich werde sie durch dich kennen lernen. Ich weiß, was sie dir bedeuten, May. Das höre ich an der Art, wie du über sie sprichst. Deine Familie wird meine Familie sein.«
»Das habe ich mir immer gewünscht«, flüsterte sie.
»Erfüll dir deinen Wunsch, mit mir. Worauf warten wir noch?«
»Darauf, dass wir uns besser kennen lernen.«
Er lächelte, umschloss ihr Gesicht mit seinen Händen. »Ich glaube, wir kennen uns bereits gut genug. Wir wissen die Dinge voneinander, auf die es wirklich ankommt. Hier drinnen.« Er berührte sein Herz.
Plötzlich dachte May an all die Bräute, an all die ehrbaren jungen Mädchen aus Black Hall, die nach langer Verlobungszeit ihre Jugendliebe heirateten. Männer, die sie durch ihre Zimmergenossinnen im College, Freunde aus dem Segelclub oder in ihrer Anwaltsfirma kennen gelernt hatten. Bräute, die sich strikt nach dem Lehrbuch richteten, korrekt, anständig und stinklangweilig. May begann zu lächeln.
»Sag mir, warum du lächelst«, verlangte er.
»Vielleicht bin ich verrückt.«
»Ja, vermutlich«, sagte er, worauf beide in Gelächter ausbrachen. »Aber ich auch. Schrecklich, was mir alles durch den Kopf geht. Ich konnte nur noch an dich denken, während der gesamten Playoffs. Wie nennt man das – besessen? Aber auf erfreuliche Weise.«
»Erfreulich besessen?«, lächelte May.
»*Mais oui.*« Er berührte ihr Gesicht, umschloss ihre Wange mit seiner Hand. »Du gingst mir einfach nicht aus dem Sinn.«

»Und du glaubst, das sei alles eine Schicksalsfügung?«
»Du nicht?« Er trat näher.
»Ich würde es gerne glauben.« Sie spürte, wie ihr Herz zu klopfen begann.
»Dann fang damit an. Ich werde es dir im Lauf der Zeit schon beweisen.«
»Wie?«, flüsterte sie.
»Durch meine Liebe, May.«
May küsste ihn, voller Leidenschaft. Seine Augen weiteten sich vor Überraschung, doch dann schlang er seine Arme um sie, hielt sie, bis sie sich beide wieder beruhigt hatten. Als sie sich voneinander lösten, verspürte May einen Stich in ihrer Brust.
»Ich habe mir selbst immer wieder gesagt, dass ich nicht darauf hoffen darf, der großen Liebe meines Lebens zu begegnen.«
»Wirklich?«
»Ja. Ich dachte, das kann jeder anderen passieren, aber nicht mir.«
»Seltsam«, sagte Martin. »Aber es ist passiert.«
»Ich habe es gemerkt.«
»Ich habe dir etwas mitgebracht.« Er runzelte leicht die Stirn, während er in sämtlichen Taschen zu wühlen begann. Endlich hatte er das Gesuchte gefunden und grinste von einem Ohr zum anderen. Er zog einen Ring aus der vorderen Tasche seiner Jeans und nahm ihre Hand, um ihn über ihren Finger zu streifen. Eine romantisch Geste, aber May war nervös und zuckte zurück, so dass der Ring auf die frisch umgegrabene Erde fiel.
»Oh nein, Moment, ich suche ihn.« Sie kniete sich hin und begann, in der Erde zu wühlen, aber Martin packte ihr Handgelenk.
»Halt, lass mich das machen.« Er fand den Ring, ließ sich

auf ein Knie nieder und schob ihn über ihren Finger. Dann blickte er ihr in die Augen. »May, willst du meine Frau werden?«

Sie schlug die Hand vor den Mund, fühlte sich wie erstarrt. Einige Sekunden verstrichen, bevor sie antworten konnte.

»Ich brauche Zeit«, hörte sie sich sagen. »Das ist eine Entscheidung, die nicht nur mich, sondern auch Kylie betrifft.«

Er sah aus wie vom Donner gerührt. Sie fürchtete, dass sie ihn nun endgültig verloren hatte: er würde seinen Ring nehmen und gehen. Er wirkte so verwundbar, als er vor ihr kniete, und es tat ihr in der Seele weh, dass sie ihn verletzt hatte. Aber sie musste an sich und Kylie denken, für die sie die Verantwortung trug, immer getragen hatte.

»Martin, es tut mir Leid.«

»Wenn das so ist!« Ein trockenes Lächeln huschte über sein Gesicht. Er stand auf und wischte sich die Erde von den Händen. »Ich sehe schon, ich werde nach allen Regeln der Kunst um dich werben müssen.«

»So war das nicht gemeint.«

»Das nächste Mal werde ich es richtig machen, May. Ich möchte nicht wieder ein Nein von dir riskieren.«

»Ich habe nicht Nein gesagt«, erwiderte sie beherrscht.

»Aber du bist auch nicht bereit, Ja zu sagen.«

»Ich möchte dich nur besser kennen lernen. Mir geht es nicht darum, dass du mir den Hof machst; das klingt ja so, als würde ich mir Herzen und Blumen und solche Dinge wünschen –«

»Ob du sie willst oder nicht, genau das wirst zu bekommen! May Taylor, ich habe in diesem Frühjahr bereits den Stanley Cup verloren. Ich will dich nicht auch noch verlieren.«

*

Die Sträuße trafen jeden Morgen ein. Als wenn sie keinen Garten voller Blumen und Kästen voller Petunien vor den Fenstern hätten, begann sich Bridal Barn mit weißen Rosenbouquets zu füllen.

»Er muss Bestellungen bei jedem Blumenhändler in Connecticut aufgegeben haben«, meinte Tante Enid.

»Wie hat er die alle gefunden?«, fragte Kylie, die beim Stöbern Visitenkarten von Sea Flowers, der Silvery Bay Greenery und dem Wildflower Shop in Black Hall entdeckte. »Mommy, er muss dich sehr gerne haben.«

»Ja, das denke ich auch, Liebes«, sagte Tante Enid. »Ich weiß, dass man Liebe nicht mit Geld in einem Atemzug nennen sollte, aber diese Rosen kosten ein kleines Vermögen.«

»Ich wollte nicht, dass er mir Blumen schickt.« May hatte nur im Sinn gehabt, ihn besser kennen zu lernen, aber insgeheim freute sie sich unbändig darüber, derart verwöhnt zu werden. Bisher waren zwölf Sträuße mit je einem Dutzend Rosen abgegeben worden, und nun fuhr gerade der Lieferwagen eines anderen Floristen vor.

»May, richtest du diese Woche Hochzeiten am Fließband aus?«, fragte der Fahrer, der häufig herkam, als er zwei große weiße Schachteln auslud. »Wenn nicht, dreht vermutlich irgendeine überspannte Braut durch und kauft unseren gesamten Bestand an weißen Rosen auf.«

»Nein, die sind für meine Mommy!«, rief Kylie. »Jede Einzelne.«

An diesem Abend holte Martin May um sechs ab und fuhr mit ihr in die Silver Bay. Nachdem sie sich für die Rosen bedankt hatte, fühlte sich May so gehemmt, als sei das ihr erstes Rendezvous mit einem Mann. Sie stellte Martin höfliche Fragen, auf die er wohlerzogen antwortete, nach dem Muster »Hattest du einen schönen Tag?«, »Ja, danke. Und du?«

Als sie sich dabei ertappten, brachen sie in schallendes Gelächter aus.

»Wir benehmen uns wie zwei Leute in einem von diesen Sprachkursen«, sagte er.

»Ja, wo wir lernen, so gestelzt zu reden, wie es in Wirklichkeit niemand tut«, lachte May und erinnerte sich an den Französischunterricht in der Highschool. »›Um welche Zeit schließt das große Kaufhaus heute Abend?‹«

»›Es hat bereits geschlossen, Madame‹«, ging Martin auf das Spiel ein. »›Wegen der Mückenplage.‹«

»*Quelle horreur!*«

»Oh, du sprichst Französisch«, rief er, ergriff ihre Hand und küsste sie.

»Nur ein paar Brocken.« Sie glühte, als er sich weigerte, ihre Hand loszulassen.

Sie spazierten über die Docks, vorbei an den Fischkuttern, Muschelfang-Booten und verfallenen Baracken, deren graue Schindeldächer mit alten Markierungsbojen für den Hummerfang bedeckt waren. Sie machten einen Schaufensterbummel und einen kurzen Abstecher in die Boutique Cowgirl Rodeo, um Mays Freundin Hathaway Lambert zu begrüßen. In Ollie's Fish House aßen sie mit Muscheln gefüllte Teigtaschen, saßen an Tischen mit rotweiß karierten Vinyldecken.

Einige Gäste erkannten Martin. Sie schlenderten von der Bar herüber, baten um ein Autogramm auf ihren Cocktail-Servietten. Er kam der Aufforderung nach, doch dann bat er, May und ihm zu gestatten, ihr Abendessen ungestört zu beenden.

»Passiert dir das oft?«, fragte sie.

»Ziemlich häufig. Manchmal reiben sie mir auch unaufgefordert unter die Nase, was ich beim letzten Spiel alles falsch gemacht habe. Aber zum Glück sind wir weit von

Boston entfernt, so dass wir uns nicht fortwährend Vorwürfe wegen des Cups anhören müssen. Aber die werden uns nicht erspart bleiben, glaube mir.«

May hörte aufmerksam zu, als er vom Stanley Cup erzählte, und von seinem Vater, der einer der besten kanadischen Spieler gewesen war und Martin und Ray trainiert hatte. Sie wartete darauf, dass er über seine Gefühle für seinen Vater sprach, über das, was sich zwischen ihnen abgespielt hatte, aber er wechselte das Thema.

»Wir haben auf dem Lac Vert gelernt, wie man Eishockey spielt.«

»Lac Vert?«

»Das schönste Fleckchen Erde, das man sich vorstellen kann. Warte, bis du es siehst, May …«

Er beschrieb das tiefe Wasser des Sees, in dem sich die hohen Berge und grünen Wälder spiegelten. »Er ist unglaublich. Wir nennen ihn Lac Vert, den grünen See, wegen seiner Farbe. Es ist, als befände sich unter der Wasseroberfläche eine andere Welt, angefüllt mit Kiefern, Eichen, Ahorn, Bäumen in jeglicher Schattierung von Grün. Im Winter, wenn der See zugefroren ist, wird die Farbe dunkel, beinahe schwarz.«

»Du liebst den See.« Sein Gesichtsausdruck verblüffte sie.

»Mehr als alles in der Welt. Er ist mein Zuhause. Ich werde dich mitnehmen. Es wird dir dort gefallen.«

In Ollie's Fish House sitzend, konnte sie sich den See genau vorstellen. Sie sah das Panorama vor sich, so deutlich, als hätte Martin sie bei der Hand genommen und ans Ufer geführt: Die Berge, den vor Kälte klirrenden Himmel im Norden, das klare grüne Wasser.

»Ganz sicher wird es mir gefallen.«

»Also, wann fahren wir?«, fragte er.

Doch bevor sie antworten konnte, brachte die Bedienung

die Rechnung, Martin zahlte und es war Zeit zu gehen. Sie aßen Eis in der Sandbar, dann stiegen sie in Martins Wagen und fuhren in die Berge hinter Silver Bay, an der imposanten alten Abtei vorbei und die Old Farm Road entlang in Richtung Connecticut River und Black Hall.

Während sie seine Hand hielt, erzählte May ihm etwas über sich selbst. Sie bat ihn, durch die Stadt zu fahren, und zeigte ihm das Gebäude aus Natursteinen, in dem sich ihre alte Grundschule befand, die jetzt Kylie besuchte, dann die Highschool, die weiße Kirche, die durch die Bilder namhafter Maler aus der Künstlerkolonie Black Hall berühmt geworden war und in der viele Bridal-Barn-Kundinnen den Bund fürs Leben geschlossen hatten.

»Sie ist sicher sehr alt«, sagte er.

»Die Kirche? Sie wurde vor etwa hundert Jahren wieder aufgebaut, nachdem sie während eines Feuers bis auf die Grundfesten niedergebrannt war.«

»Nein, die Scheune, Bridal Barn. Euer Familienbetrieb. Zu deinen Vorfahren gehören etliche starke Frauen, wie mir scheint.«

»Das stimmt. Meine Großmutter besaß großen Weitblick. Es war nicht leicht, den Leuten die Idee schmackhaft zu machen, dass Hochzeiten geplant und organisiert sein wollen. Aber sie hatte eine Gabe, und sie sagte immer, wenn wir keinen Gebrauch von den Fähigkeiten machen, die uns in die Wiege gelegt wurden, verkümmern sie.« May hielt inne, dachte an andere Männer, denen sie begegnet war. »Macht dir der Gedanke an starke Frauen zu schaffen?«

Martin lachte. »Nicht im Geringsten, und ich weiß, wovon ich rede. Du hättest meine Mutter sehen sollen. Lac Vert ist sehr idyllisch, aber schlimmer als dort kann ein Winter nicht sein. Meine Mutter hat uns über Wasser gehalten; während ich schlief, ist sie selbst in den Wald gegangen, um Holz zu schlagen, damit ich es warm hatte, und sie hat mich zur Schule geschickt, trotz Schnee und Eis. Die Hälfte der Zeit hatten wir kaum das Nötigste zum Leben, aber das hat sie nicht davon abgehalten, mir neue Stiefel oder eine warme Jacke zu kaufen.«

»Und dein Vater?« Serge war ein Eishockeystar gewesen, ein Profi. Gewiss hatte er genug verdient, um seiner Familie ein gesichertes Auskommen zu bieten.

»Zum Glück schlage ich mehr meiner Mutter als meinem Vater nach, wie du sehen wirst. Es besteht kein Grund, über ihn zu sprechen. Dafür ist der Abend zu schade.«

May hätte gerne mehr erfahren, aber sie ließ das Thema fallen. Es war an der Zeit, dass Martin sie nach Hause fuhr. Tante Enid blieb nicht gerne lange auf und May musste nach Hause, zu Kylie. Auf dem Heimweg hielten sie unter der Holden Bridge noch einmal an.

Die riesige Brücke überspannte den Connecticut River, ihre Lichter funkelten wie eine untergegangene Stadt in der trägen Strömung. May deutete nach oben, auf die schmale Laufplanke hoch droben über ihren Köpfen, die Tobin und sie am Abend ihres Highschoolabschlusses überquert hatten.

»Stark *und* mutig«, sagte er.

»Und töricht. Ich würde vor Angst sterben, wenn Kylie auf diese Idee käme.«

»Bestimmt bist du auch mit deinen Verehrern hierher gekommen.« Martin legte die Arme um sie, küsste sie im Schatten der Brücke, lange und zärtlich. Als sie sich voneinander lösten, war sie froh, dass er seine Frage vergessen hatte und sie ihm nicht gestehen musste, dass sie so etwas noch nie getan hatte, noch nie mit jemanden dort gewesen war, außer mit ihm.

*

Sie fuhren hinunter zum Strand, setzten sich in den Sand und lauschten dem sanften Rauschen der Brandung. May deutete nach Osten, auf das Marschland des Lovecraft-Naturschutzgebiets, das so undurchdringlich wie ein Labyrinth war, und erzählte ihm von ihrer furchtbaren Begegnung mit der Leiche Richard Perrys ... er hatte nicht mehr aus noch ein gewusst und sich an einem Baum erhängt ... und sie und Kylie hatten ihn gefunden.

»Fingen ihre Visionen damals an?«

»Kurz danach«, sagte May.

»Ist Visionen das richtige Wort?«

Immer wenn sie über Kylie sprachen, empfand May zusätzliche Besorgnis. Ihre Tochter war das Kostbarste, was sie auf der Welt besaß, und sie war bereits von anderen Menschen verletzt worden, einschließlich ihres leiblichen Vaters. »Ja. So könnte man es bezeichnen«, erwiderte May vorsichtig.

Martin nickte. »Ich verstehe.«

»Es ist ein ungewöhnliches Phänomen. Die meisten Leute würden es nicht verstehen. Ihr Lehrer hat es ›Halluzinationen‹ genannt. Aber sie ist nicht schizophren ...«

»Natürlich nicht. Was wissen Lehrer denn schon?«

»Ich bin mir nicht sicher, ob ich jetzt darüber reden sollte, aber du weißt ja bereits, dass Kylie diese Vision im Flugzeug hatte. Wir versuchen, es geheim zu halten.«

»Ich kann schweigen wie ein Grab, wenn es das ist, was du möchtest. Aber ich an deiner Stelle wäre stolz darauf, May.«

»Warum?«

»Weil sie ein wunderbares Mädchen ist. So feinfühlig wie ihre Mutter und Großmutter und alle starken Frauen in deiner Familie, die sich auf Magie verstehen. Sie setzt nur eine uralte Tradition fort.«

May ließ sich zu einem Lächeln hinreißen. Das blaue Notizbuch befand sich in ihrer Handtasche. Manchmal war es ihr selbst unheimlich, wenn sie ihre Eintragungen las. Die meisten Menschen hatten Angst vor Dingen, die sich nicht mit dem gesunden Menschenverstand erklären ließen, und bei ihrer Tochter gab es viel, was ihr rätselhaft war. Jemanden zu haben, mit dem sie darüber reden konnte, der Kylie in demselben wunderbaren Licht sah wie sie, machte sie glücklich und dankbar.
»Danke, Martin.«
»Keine Ursache.« Er blickte auf das Wasser, das durch die Strömungen und die gekräuselten Wellen Schatten warf. Die Sonne ging unter, tauchte die Schaumkronen und schroffen Klippen in violettes Licht. »Erzähl mir, was es mit diesem Wasser auf sich hat. Ist das Meerwasser? Ich verbringe so viel Zeit auf Kufen, dass ich meine eigene Umgebung kaum kenne. Kanada ist meine Heimat und steht auf einem anderen Blatt, aber Neuengland ist mir völlig fremd. Was ist das hier, der Atlantische Ozean?«
»Nein, der Klang von Long Island.«
»Aber das ist Salzwasser, oder?«
»Ja.« Sie lächelte. »Das ist so was Ähnliches wie ein Meeresarm. Der Atlantik liegt direkt vor unserer Nase –« Und dann erklärte sie ihm, dass sich der Klang der Wellen von Long Island sanfter anhörte als das Brausen des offenen Meeres, das sich ein paar Meilen weiter östlich befand, und dass sie hier als kleines Mädchen schwimmen und segeln gelernt hatte. Sie erzählte ihm, wie ihr Vater das Boot – eine Dyer Dow, ein Dinghy mit Segeln – ruhig gehalten hatte, bis sie hineingeklettert war.
Dann hatte er das Boot vom Ufer abgestoßen, war achtern eingestiegen, um das Steuer zu übernehmen, und hatte ihr

beigebracht, wie man segelt. Er hatte ihr die Ruderpinne überlassen, ihr gezeigt, wie man Segel setzt.
»Schritt für Schritt.« Sie blickte zum Orient Point hinüber, einem Pinselstrich am Horizont. »Er war ungeheuer geduldig mit mir.«
»Klingt, als sei er ein Vater gewesen, wie man ihn sich nur wünschen kann.«
»Das war er. Einmal hatte ich fürchterliche Angst, als ein Sturm kam und das Boot beinahe gekentert wäre; ich warf ihm die Leinen zu, schrie, er solle die Ruderpinne übernehmen. Das tat er, dabei war er die Ruhe selbst. Er gab mir nie das Gefühl, dass ich mich entschuldigen oder schämen müsste, wenn ich das Bedürfnis hatte, es langsam angehen zu lassen.«
»Ich hoffe, dass ich genauso geduldig sein werde.« Martins Stimme war ernst und leise und May drehte sich mit einem Ruck zu ihm um, blickte ihm in die Augen. Ihr war nicht bewusst gewesen, was sie ihm abverlangte, als sie ihn zu warten bat. Ihr Vater, der eine Engelsgeduld besessen hatte, war ihr großes Vorbild gewesen, der Mann, an dem sie alle anderen Männer maß.
»Ich liebe dich«, hörte sie sich zum ersten Mal sagen.
Er schloss sie in seine Arme, zog sie näher an sich, als sie sich küssten. Der Wind war sanft, spielte mit ihren Haaren, entlockte dem hohen Strandgras ein fortwährendes Raunen. May spürte Martins Körper, der sich an ihren presste, stellte sich vor, mit ihm bei ruhiger See zu segeln. Die Zeit wäre ideal, nicht zu rau, nicht zu windig. Sie spürte, dass sie sich bei ihm so sicher fühlen würde, als befände sie sich an Land.
Sicher genug, um Kylie mit auf die Reise zu nehmen, ihre Nagelprobe in jedweder Situation. Sie konnte sich vorstellen, mit Martin und Kylie in einem Boot zu sitzen, die

Ruderpinne zu halten, Segel zu setzen und in den Sund hinauszudriften, oder wohin auch immer das Leben sie verschlagen mochte.

*

Am darauf folgenden Nachmittag unternahmen sie eine lange geruhsame Radtour. May hatte einen Picknickkorb mitgenommen und sie leerten ihn auf einer breiten Wiese mit Ausblick auf den Connecticut River. Auf dem Heimweg fuhren sie über schmale Landstraßen, vorbei an weitläufigen Farmen, die mit Granitblöcken und Steinwällen durchzogen waren, die die einzelnen Anwesen voneinander trennten. Überall waren rote Scheunen und Milchkühe zu sehen. Die Häuser, im Kolonialstil, Georgianischen oder Südstaatenstil erbaut, waren überwiegend weiß oder gelb getüncht.

»Schön ist es hier«, merkte er an.

»Wir nennen diese Farbe Black-Hall-Gelb, weil so viele Häuser hier in der Gegend diesen Anstrich haben.«

»Du liebst diesen Ort, wie ich sehe.«

»Ja.«

»Könntest du dir vorstellen, von hier wegzuziehen?«

Sie fuhren ein paar Minuten schweigend weiter. Erst letzte Nacht hatte sie wach gelegen und über die gleiche Frage nachgedacht. Sie fühlte sich in dieser Landschaft verwurzelt. Die Geschichten und Legenden waren Teil ihres eigenen Lebens. Sie hatte eine enge Beziehung zu Tante Enid und Kylie sollte wissen, woher sie stammte, wer ihre Vorfahren waren.

»Es würde mir schwer fallen, aber ich glaube, ja.«

»Ich denke nicht, dass ich es jemals übers Herz bringen würde, dich darum zu bitten.«

May warf ihm einen raschen Blick zu. Machte er einen

Rückzieher? Seit dem Tag, als er sie zum ersten Mal gefragt hatte, ob sie seine Frau werden wolle, hatte er seinen Antrag nie wieder erwähnt; sie war immer noch erleichtert, dass er keinen Druck ausübte, doch allmählich begann sie sich zu fragen, ob sie sich das Ganze nicht eingebildet hatte.

»Ich könnte pendeln«, sagte er.

»Pendeln?«

»Ja. Wenn wir den Sommer am Lac Vert verbringen, würde ich mich in null Komma nichts von Boston trennen. Wir könnten hier leben, in Black Hall. Ich müsste nur die 395 immer geradeaus bis zum Mass Pike fahren, wenn Training oder Spiele angesagt sind …«

»Du willst immer noch …«

»Und ob.«

Martin war anders als alle anderen Männer, die sie kannte. Er war beharrlich und entschlossen, ein sanfter Riese. Stumm fuhren sie auf ihren Rädern den schmalen Feldweg entlang, Seite an Seite, bis sie zu einer Kreuzung und an eine Straße gelangten, auf der wesentlich mehr Verkehr herrschte. May hielt an und umklammerte die Lenkstange, die Füße rechts und links auf den Boden gestemmt. Ein Auto nach dem anderen fuhr mit hoher Geschwindigkeit vorbei.

»Bist du sicher, dass du hier entlangfahren willst?«

»Nur kurz. Ich möchte dir etwas zeigen«, sagte sie.

Martin nickte und stieg auf sein Rad. Er überquerte als Erster die Straße und sah dabei über seine Schulter, um sich zu vergewissern, dass May direkt hinter ihm war. Sie fuhren hintereinander auf der Innenseite der Randmarkierung und May spürte, dass ihr Herz mit jeder Umdrehung der Pedalen schneller schlug.

Dabei hätte sie nicht genau sagen können, was sie hier tat.

Tante Enid würde es nie verstehen. Tobin schon, aber May hatte nicht vor, es ihr zu erzählen. Irgendetwas trieb sie hierher, als wollte sie diesen Teil so schnell wie möglich hinter sich bringen und Martin in das wichtigste Geheimnis ihres Lebens einweihen.

Eine stetige, wenn auch weit auseinander gezogene Fahrzeugkolonne überholte sie, die Fahrer waren meist Leute, die in der Gegend arbeiteten oder wohnten. Vans, Limousinen und Kombis. Als ein großer mit Müll beladener LKW an ihnen vorbeiratterte, fühlte sich May innerlich aufgewühlt. Sie fuhren an einem Weiher zu ihrer Linken und einer Farm zu ihrer Rechten vorüber. Die Straße machte eine Kurve, zerklüftete Granitfelsen ragten zu beiden Seiten auf.

»Hier ist es.« Sie hielt an, den Blick auf die Straße fixiert.

»Was ist hier?« Er sah sich suchend um. Sein Blick war erwartungsvoll: May hatte ihm viele Sehenswürdigkeiten gezeigt, die Glanzlichter und das idyllische, grüne Umland ihres geliebten Black Hall. Aber hier gab es nichts zu sehen, was der Rede wert gewesen wäre.

May stieg ab und Martin tat es ihr nach. Sie lehnten die Räder an eine zerbröckelnde Steinmauer, den Rucksack legte Martin auf den Boden. Sie ging zur Straße zurück, Martin dicht hinter ihr. Der Verkehr brauste in beängstigender Nähe vorbei, so dass sie den heißen Fahrtwind und die Abgase auf ihrem Gesicht spürte.

»Ziemlich stark befahren, diese Straße.«

»Das ist nicht irgendeine Straße«, sagte sie ruhig.

»Sondern?«

»Meine Eltern sind hier gestorben.«

»Genau hier?«

Sie nickte und starrte zu Boden. Der Lastwagen hatte das Auto ihrer Eltern frontal erwischt, es war ins Schleudern geraten, von der Straße abgekommen und gegen die Felsen geprallt. Sie waren beide auf der Stelle tot gewesen, aber May hatte sich, wenn sie im Schulbus am Unfallort vorbeigekommen war, noch Jahre lang eingebildet, dass sie ihren Namen riefen.

»Da war eine Blutlache auf der Straße.«

»Wie lange ist das her?«

»Vierundzwanzig Jahre.« Allem Anschein nach waren Kylie und sie doch aus demselben Holz geschnitzt, sahen Geister und Engel, hörten Stimmen … Rosen und Heilkräutern magische Kräfte zuzuschreiben war nichts dagegen. Die eigentliche Ähnlichkeit bestand darin, wie sie den Toten lauschten, ihre Herzen den Geistern öffneten.

»Du hast deine Eltern sehr früh verloren.«

»Viel zu früh!« Sie hatte ein Engegefühl in der Brust. Ihr Innerstes befand sich in Aufruhr, sie hatte das Bedürfnis, Martin alles zu erklären, damit er verstand. Was damals bei dem Unfall geschehen war, hatte sie zu dem Menschen gemacht, der sie heute war, hatte Aspekte ihrer Persönlichkeit geprägt, die sie weder begriff noch abzulegen vermochte.

Er versuchte, sie in den Arm zu nehmen, aber sie entzog sich ihm, trat einen Schritt zurück, weg vom Verkehr.

»Der Schein trügt manchmal«, sagte sie. »Ich bin stark, das hast du richtig erkannt. Ich bin für meine Tochter da, jede Minute, jeden Tag. Ich bin für unseren kleines Familienbetrieb verantwortlich, helfe anderen Frauen, sich ihre Hochzeitsträume zu erfüllen …«

»Ja, das alles bist du.«

»Aber da ist noch etwas.« Sie starrte auf den Asphalt. Sie meinte wieder die dunkle Lache zu sehen – Blut oder Öl, sie hatte es nie herausgefunden –, die noch Monate nach dem Unfall sichtbar gewesen war. Sie hatte inständig gebetet, dass es nicht schneien oder regnen möge, dass die Spuren unangetastet blieben.

»Was, May?«

»Ich habe hier einen Teil von mir selbst verloren.«

»Es ist verständlich, dass du so denkst. Du warst damals noch ein Kind und kamst aus einer Familie, die sich sehr nahe stand. Der Verlust von Mutter und Vater – da hat man natürlich das Gefühl, etwas von sich selbst verloren zu haben.«

May schüttelte den Kopf. »Nein, Martin, das ist es nicht. Nicht alles, zumindest.«

Er wartete, bis sie den Blick hob.

Sie sah gleichwohl durch ihn hindurch, sah wieder ihren Vater vor sich. Sein Gesicht war so attraktiv wie eh und je mit seinen hohen Wangenknochen, der geraden Nase und den lachenden haselnussbraunen Augen.

Er war schon mit ihr als Baby am Connecticut River entlang nach Selden's Castle gefahren, auf dem Fahrrad, seine kleine Tochter in einem Tragegestell auf dem Rücken. Er hatte sie segeln gelehrt, den Himmel im Auge zu behalten und aus ihren Beobachtungen Rückschlüsse auf das Wetter abzuleiten. Obwohl sie die Stunden in der Scheune mit ihrer Mutter und Großmutter genoss, hatte sie die Ausflüge mit ihrem Vater immer als etwas Besonderes empfunden.

Tobin hatte ihn ebenfalls geliebt und war am Tag des Unfalls bei May gewesen. Zwei zwölfjährige Mädchen, die Mays Eltern zum Einkaufen begleiten wollten, weil sie wussten, dass dabei Süßigkeiten für sie abfielen. Mays Vater war in Eile gewesen und hatte ihnen eröffnet, dass sie nicht mitkommen könnten.

May holte tief Luft. »Ich war wütend auf meinen Vater, wir haben uns im Streit getrennt. Ein dummer Streit, ganz alltäglich zwischen Eltern und Kindern, nur weil ich nicht zum Einkaufen mitkommen durfte.«

»Er hat dir dadurch das Leben gerettet.«

»Das ist mir inzwischen auch klar. Aber als er damals zur Tür hinausging, hasste ich ihn regelrecht. Wirklich, Martin, ich war auf hundertachtzig. Blind vor Wut, wie es Zwölfjährige sein können. Er sagte noch ›Ich hab dich lieb‹, aber ich drehte mich nicht einmal um. Er wollte mir einen Kuss geben, aber ich ließ es nicht zu.«

»Es war nicht so gemeint; du konntest doch nicht wissen, was passieren würde.«

»Ja. Tief in meinem Innern weiß ich, dass er mir verziehen hat.«

Martin antwortete nicht. Hielt er sie für eine Närrin, weil sie diese Last all die Jahre mit sich herumgetragen hatte? May war mit einem Mal unbehaglich zumute, als sei sie nicht mehr sicher, warum sie ihn überhaupt hierher gebracht und ihm das alles erzählt hatte. Aber nun war es zu spät und sie konnte nur noch eines tun, es ihm erklären.

»Es ist noch heute nicht ausgestanden.«

»Was?«, fragte er, als ein PKW mit Bootsanhänger vorüberrauschte.

»Manchmal glaube ich, dass ich die Fähigkeit verloren habe, mich auf Menschen einzulassen, eine echte Beziehung einzugehen.«

»Du?«, fragte er ungläubig.

»Ja. Als ob ich etwas verloren hätte, damals, hier an dieser Stelle, als sie starben.«

»May«, sagte er ernst und zog sie an sich. »Du findest schneller den richtigen Draht zu Menschen als jeder andere, den ich kenne.«

»Ich bringe Menschen zusammen, helfe ihnen bei der Hochzeit.« Tränen traten in ihre Augen, als sie ihren Kopf an seine Brust presste. »Aber manchmal habe ich das Gefühl, worauf ich mich am besten verstehe, sind verpasste Chancen.«

Sie dachte an den Rücken ihres Vaters, als er aus dem Haus gegangen war. Sie dachte an die Männer, auf die ihre Wahl gefallen war, allesamt Enttäuschungen für sie selbst und Kylie. Sie war äußerlich stark, wie Martin gesagt hatte, aber innerlich verunsichert. Ausgehöhlt und voller Angst, als sei ihr Mut vor vierundzwanzig Jahren abhanden gekommen, an dieser Stelle der Straße versickert.

Schweigend kehrten sie zu ihren Rädern zurück. Die Felswände warfen lange Schatten über die Straße und sie setzten die Fahrt mit noch größerer Vorsicht fort. May übernahm die Führung, doch wenn sie eine überschaubare Strecke erreichten, holte Martin sie ein und fuhr, solange es ging, neben ihr her.

Sie kamen an Feldern vorbei und konnten dahinter den Fluss sehen, gesäumt von hohen Bäumen, durch die schräg das klare Sonnenlicht fiel. Mays hatte einen Kloß im Hals angesichts der idyllischen Landschaft und der Gefühle, die an diesem Tag wieder in ihr hochgekommen waren. Als sie Bridal Barn erreichten, bogen sie in den Feldweg ein und nahmen die Abkürzung hinter den Gärten.

May stieg ab. Sie wollte Martin gerade zeigen, wo er sein Rad abstellen konnte, als er sie stürmisch in die Arme nahm. Das Fahrrad fiel klappernd zu Boden, sie achtete nicht darauf.

»Du denkst an verpasste Chancen«, sagte er.

Sie umarmte ihn stumm, wartete.

»Nun, ich werde dafür sorgen, dass du diese Chance nicht verpasst.« Martin zog sie noch enger an sich.

»Was?« Sie trat einen Schritt zurück, damit sie ihm in die Augen schauen konnte.

Er kramte in seiner Tasche. Er hatte die Schachtel geöffnet und den Ring herausgeholt, bevor sie Einwände erheben konnte. Sie standen an der gleichen Stelle wie beim ersten Mal, vor mehr als einer Woche. »Also, dann versuchen wir es noch einmal. May, willst du meine Frau werden?«
May blickte zuerst den Ring an, dann in Martins blaue Augen. Seine Nase und seine Wangen waren vom Straßenstaub gesprenkelt, er hatte Grashalme vom Picknick an seinem Hemd. Dieses Mal zögerte sie nicht.
»Ja, ich will.«
Martin legte seine Arme um sie. Seine Augen spiegelten den Aufruhr seiner Gefühle wider, und plötzlich wurde May bewusst, dass sie sich noch nie im Leben etwas so sehr gewünscht hatte. Sie stellte sich auf die Zehenspitzen und küsste ihn voller Leidenschaft. Das Begehren, dass sie plötzlich empfand, ließ sie erschauern, und ihr schwindelte.
»Ich verspreche dir, ich werde dich glücklich machen«, sagte er, als sie sich wieder voneinander lösten.
»Das weiß ich. Und ich dich.«
»Wir werden ein wundervolles Leben haben. In Black Hall, in Boston und in Kanada. Kylie wird es am Lac Vert gefallen. Warte, bis du den See siehst.«
»Ich kann es kaum erwarten.«
»Wir werden Black Hall nie verlassen. Wir werden mal hier, mal da leben, wie es gerade kommt.«
»Machen wir.« May lächelte.
»Was macht ihr?«, ertönte plötzlich Tante Enids Stimme. Sie hatten beide nicht bemerkt, dass sie Zuhörer hatten.
»Oh Mann!« Tobin stand in der offenen Eingangstür des gelben Geräteschuppens. Tante Enid war direkt hinter ihr, reckte und streckte sich, um einen Blick auf die beiden zu erhaschen.

»Sie müssen Tobin sein«, sagte Martin.
»Und Sie sind Martin.«
»Tante Enid, das ist Martin Cartier.« May stellte ihn vor.
»Wir haben gerade von Ihnen gesprochen …« Tante Enid schüttelte ihm die Hand.
»*Enchanté*. Ich freue mich, Sie beide kennen zu lernen.«
»Wo ist der Lac Vert?«, erkundigte sich Tobin.
»In Kanada. Wo ich zu Hause bin.«
»Kommen Sie ja nicht auf die Idee, May nach Kanada zu entführen!« Tobin hakte sich bei May ein.
»Wir werden abwechselnd dort und hier leben«, beruhigte May sie.
»Wo steckt Kylie?« Martin blickte sich suchend um. »Ich muss sie etwas fragen.«
»Sie ist noch in der Schule«, klärte Tante Enid ihn auf. »Also … wo, wann, wie viele Gäste, mein Gott, ich weiß gar nicht, wo ich anfangen soll!«
»Immer mit der Ruhe«, meldete sich Tobin zu Wort. »May sieht aus, als würde sie gleich abheben.«
»Ach, ich wünschte, deine Mutter und deine Großmutter könnten das noch erleben«, sagte Tante Enid zu May und wischte sich die Augen. »Es gibt keine Hochzeit, die sie lieber geplant hätten.«

6

Die Hochzeit sollte nicht so stattfinden, wie es üblich war, zumindest nicht in der Art, wie sie sonst von Mommy, Tante Enid und Grannie für andere Bräute geplant wurde.

Als Kylie an jenem Tag aus der Schule kam, erzählten Mommy und Martin ihr, dass sie heiraten würden. Sie holten sie an der Bushaltestelle ab und gingen gemeinsam durch die Felder nach Hause, und als Martin meinte »Ich finde, ich sollte jemanden um die Hand deiner Mutter bitten, und das bist du«, hatte sie ihm die Arme um die Taille geschlungen und »JA!« gesagt.

Später, als sie alleine war, führte sie einen kleinen Freudentanz auf und sang dazu ein Lied, das sie sich selbst ausgedacht hatte: »Ich habe einen Vater, ich habe einen Vater, wir mögen ihn und er mag uns.« Kylie tanzte oft, denn dadurch gelangte man schneller ans Ziel, als wenn man ging, und ihre Schritte stellten eine Kombination aus Hüpfen, beidhändigem Wedeln und Aufstampfen dar, ähnlich, als würde sie auf einen Käfer treten. Aber sie durfte in der Schule kein Wort von der bevorstehenden Hochzeit verlauten lassen, weil Mommy und Martin nicht wollten, dass die Neuigkeit jetzt schon an die Öffentlichkeit drang.

Kylie erzählte es ihren anderen Freunden, die in der Nacht zu ihr kamen. In ihren Träumen wimmelte es von Engeln und Geistern. Kylie konnte ihnen unbedenklich alles anvertrauen: dass Mommy heiraten und dass sie einen Daddy bekommen würde.

Abends ging Mommy mit Martin aus oder blieb daheim

und zeichnete Brautkleider. Kylie hatte seit Ewigkeiten miterlebt, wie sie für andere Brautkleider entwarf, und fand es aufregend zu sehen, was sie für sich selbst zustande brachte. Tobin schien zufrieden zu sein, im Gegensatz zu Tante Enid: Sie legte andauernd Bilder von schönen Kleidern und Schleiern, die ihrer Meinung nach genau zu Mommys Gesicht passen würden, auf Mommys Schreibtisch.

Aber Kylie sah, dass Mommys Zeichnungen alle im Papierkorb landeten. »Gefällt es dir nicht?«, fragte Kylie sie oft. »Zu steif«, antwortete Mommy dann stirnrunzelnd, oder: »Zu pompös.« Kylie begann sich Sorgen zu machen, dass Mommy überhaupt kein Kleid gefallen könnte, dass sie vielleicht gar nicht heiraten wollte.

Nachdem die beiden einen Monat lang miteinander ausgegangen waren, fand Kylie eines Tages die Wahrheit heraus. Es war Mitte Juni, an einem Samstagabend, als die beiden auf die Chadwicks warteten, die sie zu sich eingeladen hatten. Sie saß zwischen Mommy und Martin auf der Veranda vor dem Haus und beobachtete die Glühwürmchen auf dem Feld.

»Da ist noch eines!«, rief Kylie, genau mitzählend. »Und da. Elf, zwölf …«

»Warte, bis du die Prachtexemplare in Kanada siehst«, sagte Martin. »Meine Mutter hat mir früher erzählt, dass es Sternschnuppen sind, die vom Himmel fallen. Wenn wir dort sind, werde ich sie dir zeigen.«

»Wann fahren wir?«, fragte Mommy.

»Wann immer du willst.« Martin versuchte, sie an sich zu ziehen. Er hielt Mommys Hand, hinter Kylies Rücken, und es war schön, sich zurückzulehnen und sich in ihre Arme zu kuscheln.

»Wann immer?« Mommy blickte Martin über Kylies Kopf

hinweg an, ihre Augen strahlten wie die Sternschnuppen, von denen Martin gesprochen hatte.

»Ja, wenn es Tobin nicht allzu sehr aus dem Konzept bringt.«

»Sie wird es verstehen. Wir kommen ja irgendwann zurück, oder?«

»Irgendwann, ja«, lachte er.

»Lass uns durchbrennen.«

»Durchbrennen?«, fragte Kylie. »Was ist das?«

»Klammheimlich wegfahren und in aller Stille heiraten, ohne großes Tamtam«, erklärte Mommy und Martin lachte wieder. Mommy drehte sich um, so dass ihr Rücken am Geländer der Veranda angelehnt war, beugte sich aufgeregt nach vorne und sah Martin an. »Sich nur auf das Wichtigste besinnen und auf den Rest verzichten.«

»Den Rest?«, fragte Martin. »Aber der fällt doch in dein Metier.«

»Ja. Und manchmal kann ich es selber nicht glauben. Jemandem zu helfen, den Rest des Lebens mit dem geliebten Menschen zu planen … das ist eine wunderbare Aufgabe. Aber alles andere, wie Termine mit der Kirche ausmachen, den Bibeltext für die Trauung aussuchen, entscheiden, wer zur Hochzeit eingeladen werden soll, Anzeigen drucken lassen, Trauzeugen auswählen, ein Gästebuch kaufen …«

»Ein Gästebuch.« Martin lachte.

»Passt das zu uns?« Mommy lachte ebenfalls.

»Was passiert sonst noch, wenn du deine Hochzeit planst?«

»Ich suche ein Brautkleid aus oder entwerfe es selbst, lasse mehrere Anproben über mich ergehen, muss üben, wie ich den Schleier in meiner Frisur befestige, und sehen, wie der Kopfschmuck dazu passt …«

»Kopfschmuck? Den haben wir im Hockey auch«, scherzte Martin.
»Ich habe keine Lust auf Anproben«, sagte May und kletterte über Kylie hinweg auf Martins Schoß. Sie küsste ihn zärtlich auf beide Wangen. »Und ich habe auch keine Lust, mich wie ein Pfingstochse herauszuputzen.«
»Nein?«
»Gestern habe ich zwei Stunden mit einer jungen Braut verbracht, die sich nicht entscheiden konnte, ob sie die Stiele ihres Brautstraußes umwickeln sollte oder nicht. Mit pinkfarbenem oder gelbem Satinband, oder lieber ohne. Pfingstrosenstiele mit oder ohne Umhüllung, man stelle sich das vor. Zwei volle Stunden.« Mommy kicherte und küsste Martin abermals. »Normalerweise habe ich eine Engelsgeduld, meistens macht es mir nichts aus, den Bräuten den ganzen Tag zuzuhören, aber gestern habe ich ständig an dich denken müssen. Nur an dich.«
»Und, willst du die Stiele von deinem Brautstrauß umwickelt haben?«, fragte Martin, und Kylie gefiel die Art, wie er lächelte, als er Mommy neckte.
»Mein Brautstrauß ist mir egal. Alles, was mir wichtig ist, sind Kylie und du.«
»Vielleicht ist das keine schlechte Idee, durchzubrennen und in aller Stille zu heiraten«, stimmte Martin ihr zu und Kylie sah, dass er ihre Mutter im Arm hielt, als sei sie das Zerbrechlichste und Kostbarste auf der Welt. Kylie wäre gerne auf seine Knie geklettert, aber sie schaute gebannt zu. »Ich könnte mit dir nach Kanada fahren, nach LaSalle, und dort würde ich dir die Berge und den See zeigen, an dem ich aufgewachsen bin.«
In diesem Moment fuhren die Chadwicks in ihrem alten Kombi vor. Die beiden Jungen, Michael und Jack, sprangen heraus und rannten schnurstracks zur Veranda, die Eltern

direkt hinter ihnen. Mommy und Tobin umarmten sich, und dann machten sie Martin mit John und den Jungen bekannt.

»Mein Freund geht zu allen Spielen der Bruins.« Jack sah Martin mit großen Augen an.

»Spielst du Eishockey?«, fragte Martin.

»Ja, manchmal.«

»Ich auch«, fiel Michael ein.

»Dann müssen wir irgendwann einmal eine Runde miteinander spielen. Spielen Sie auch, John?«

»Früher mal, in der Highschool.« Johns Augen waren beinahe so groß wie Michaels. Kylie hatte bemerkt, wie komisch sich die Leute in Martins Gegenwart benahmen. Nur weil er berühmt und oft im Fernsehen war, und dabei war er ein ganz normaler Mensch! Er sah glücklich aus, wenn er mit ihrer Mutter beisammen war, nicht mehr so einsam wie bei ihrer ersten Begegnung, und das gefiel Kylie.

»Sein Lieblingssport ist Angeln«, sagte Tobin und nahm auf der obersten Treppenstufe Platz. »Im Sommer bringt er jeden Abend Fische mit nach Hause, und ich muss sie zubereiten. Wenn er nicht gerade an seinem Rennauto bastelt.«

»Ich fange Forellen. Hauptsächlich«, sagte John.

»Dann müssen Sie uns unbedingt am Lac Vert besuchen.«

»Lac Vert?«

»In Kanada, wo ich aufgewachsen bin. Ich habe dort ein Blockhaus, das schon meiner Familie gehörte. Wir sprachen gerade über –«

»Einen Abstecher dorthin«, sagte Mommy mit glänzenden Augen. Sie blickte Tobin unverwandt an und Tobin erwiderte den Blick.

»Wann?«

»Im Sommer.«

»Wir haben uns überlegt, ob wir uns nicht aus dem Staub machen und dort heiraten sollten.« Mommy berührte Tobins Schulter. »Ich möchte, dass du es als Erste erfährst.«
»Herzlichen Glückwunsch«, sagte John und schüttelte Martin die Hand.
»Du meinst, du willst einfach in aller Stille heiraten? Überhaupt keine Gäste?« Tobin machte ein Gesicht, als sei ihr zum Weinen zumute.
»Nur Martin, Kylie und ich.« Mommys Stimme war leise und Kylie sah, wie Tobin den Blick abwandte.
»So ist es richtig«, pflichtete John ihr bei.
»Mir hat unsere Hochzeit gefallen!«, entgegnete Tobin entrüstet.
»Aber es hat dir nicht gefallen, dass sich unsere Mütter wegen der Gästeliste, des Menüs und der Kirche in die Haare geraten sind. Und es hat dir auch nicht gefallen, dass sich mein Onkel betrunken und sich mit den Freunden deines Vaters angelegt hat.«
»Ich fand es herrlich, dass May meine Brautjungfer war.« Tobins Augen schimmerten feucht.
»Ich fand es auch schön, deine Brautjungfer zu sein«, beteuerte Mommy.
»Du willst wirklich niemanden dabeihaben?«
Mommy zögerte.
»Nein, ich sehe schon, ich kann dich nicht umstimmen«, sagte Tobin, als könnte sie Mommys Gedanken lesen.
»Ich bin sechsunddreißig. Ich will keine große Hochzeit.«
»Sechsunddreißig ist doch nicht alt«, protestierte John. »Mach uns nicht älter, als wir sind.«
Martin hielt Mommy in den Armen, aber Kylie sah, dass sie sich von ihm entfernte, näher an Tobin heranrückte.
»Du weißt, wenn ich mit allem Drum und Dran heiraten würde, wärst du meine Brautjungfer«, sagte Mommy leise.

»Es ist ja nicht nur so, dass ich nicht deine Brautjungfer sein darf; ich bin ja noch nicht einmal eingeladen.« Tobin weinte nun offen heraus.

»Ach Tobin …«

»Vielleicht überlegen wir es uns ja noch anders.« Martin sah beunruhigt aus. »Wir haben nicht gedacht, dass es Sie so kränkt …«

»Ich hätte es dir sagen sollen, als wir alleine waren«, sagte Mommy. »Hätte mit dir darüber sprechen sollen.«

»Junge, Junge.« John reichte Tobin sein Taschentuch. »Was müssen Sie von uns denken? Da lernen wir uns gerade kennen und schon fließen die Tränen. Entschuldigung, aber meine Frau ist nahe am Wasser gebaut.«

»Meinetwegen müsst ihr eure Meinung nicht ändern.« Tobin schnaubte laut, als sie sich die Nase putzte. »Und nahe am Wasser gebaut bin ich auch nicht.«

»Ich habe meine Meinung bereits geändert. Wenn Martin einverstanden ist, feiern wir eine normale Hochzeit. Willst du meine Brautführerin sein? Brautjungfer geht ja nicht mehr, als verheiratete Frau.«

»Nein.« Tobin schnäuzte noch kräftiger in das Taschentuch.

»Tobin –«

»Liebes«, sagte Martin und zog Mommy an sich. »Sie will doch nur, dass du so heiratest, wie du es wirklich möchtest.«

Nun war es an Mommy, in Tränen auszubrechen. Sie weinte noch heftiger als Tobin und barg das Gesicht an der Schulter ihrer besten Freundin. Sie hielten einander umschlungen und schluchzten. Die Chadwick-Jungen trollten sich, peinlich berührt von dem Tränenbad. Kylie saß bei Martin, und plötzlich geschah etwas Seltsames: Sie sah ihre Mutter und Tobin, als die beiden in ihrem Alter und beste

Freundinnen gewesen waren, hier auf diesen Treppenstufen sitzen.
»Ist es das, was du wirklich möchtest? Keine große Hochzeit?« Tobin küsste Mommy auf die Wange.
»Ja, ich will es so.«
»Dann solltest du es auch tun.«
»Wirklich?«
»Meinen Segen hast du.« Tobin küsste Mommy noch einmal, dann beugte sie sich zu Martin hinüber und küsste auch ihn.
»Danke, das bedeutet mir sehr viel.«
»Sie hat keine Eltern mehr«, sagte Tobin. »Betrachten Sie mich als ihre Stellvertreterin.«
»Dann ist mir Ihr Segen umso wichtiger«, sagte Martin.
Tobins Augen funkelten wie die einer Bärenmutter, die ihre Jungen verteidigt: »Passen Sie gut auf sie auf.«
»*Toujours* – immer«, gelobte Martin. »Auf beide.«

*

In den nächsten Tagen sorgte Tobin dafür, dass Mays Gewissensbisse wegen der stillen Hochzeit verblassten. Sie verzieh ihr nicht nur, sondern gelangte auch zu der Überzeugung, dass die Idee letztlich doch ganz gut sei. Im Sommer herrschte im Bridal Barn Saure-Gurken-Zeit. Die Männer hielten in aller Regel im Sommer um die Hand ihrer Auserwählten an und die Hochzeitsvorbereitungen begannen im September. Tobin und Tante Enid konnten die Arbeit alleine bewältigen, wenn May in Kanada war.
»Du hast Tante Enid noch nichts gesagt, oder?«, erkundigte sich Tobin.
»Nein«, gestand May. »Es ist mir schon schwer genug ge-

fallen, es dir zu beichten, aber bei ihr traue ich mich nicht einmal daran zu denken.«

»Sie wird am Boden zerstört sein.« Tobin stimmte ihr zu. »Ihr Blick, ich kann mir das Drama regelrecht ausmalen –«

May schüttelte den Kopf, um das Bild zu vertreiben. »Jetzt verstehe ich, warum die Mädchen lieber klein beigeben, als ihren Eltern zu sagen, dass sie andere Vorstellungen haben.«

»Hast du vor, klein beizugeben?«

»Ich brauche deine Unterstützung, Tobe.« May spähte zum Haus hinüber.

»Soll ich es ihr beibringen?«

May schüttelte den Kopf. »Nein, das muss ich schon selbst machen. Ich fürchte, sie wird versuchen, mich zu überreden, eine Hochzeit im Stil von Bridal Barn auszurichten.«

»Wohl wahr. Aber du hast ja noch eine Galgenfrist, sie hält gerade ihren Mittagsschlaf. So, und jetzt lass mich deinen Ring sehen.« Tobin ergriff Mays Hand. »Ich kann es kaum erwarten, das Prachtstück genau unter die Lupe zu nehmen.«

May konnte nicht anders, aber sie war stolz. In ihrem Metier hatte sie ein geschultes Auge für Brillantringe entwickelt und Martin hatte ihr ein ausgesuchtes Exemplar geschenkt: Platin mit einem großen Solitär im Smaragdschliff, flankiert von kleineren länglichen Brillanten, die ein ganzes Feuerwerk versprühten.

»Heiliges Kanonenrohr!« Tobin war beeindruckt. »Netter Klunker.«

»Danke.«

»Das Blatt hat sich offenbar gewendet«, lachte Tobin. »Deine verhätschelten Bräute werden vor Neid erblassen.«

»Wie meinst du das?«

»Ach May, du weißt schon, was ich meine. Du hast jahrelang die reichen jungen Frauen der Ostküste von hinten bis vorne bedient. Die gute May, die Hochzeiten plant, selbst aber keinen Mann hat. Nicht, dass sie auf dich herabgeschaut hätten, aber du hast es ihnen ermöglicht, sich ... wie etwas Besseres vorzukommen.«

»Ich weiß.« May erinnerte sich an abschätzige Blicke und Bemerkungen, an protzige Ringe und riesige Budgets, über die ihre Bräute verfügen konnten, an die Geschichten, wie sie sich verliebt hatten.

»Das wird ein Mordsspaß.« Mit einem boshaften Lächeln tippte Tobin gegen den Ring. »Ich kann mir Page Greenleighs Gesicht direkt vorstellen. Kannst du noch bis zu ihrer letzten Anprobe bleiben?«

»Führe mich bitte nicht in Versuchung«, lachte May.

Aber Tobins Miene war wieder ernst. »Vielleicht möchte ich im Grunde nur, dass du nicht gehst.«

»Du meinst, um Martin zu heiraten?«

»Nein, das wünsche ich dir von ganzem Herzen, May. Wirklich. Ich bin ein wenig beunruhigt, weil alles so schnell geht, aber trotzdem ist es die spannendste Liebesgeschichte, die ich je gehört habe. Die beste Reklame fürs Geschäft, und das kostenlos. Wenn es herauskommt, dass du dir den begehrtesten Junggesellen in der ganzen NHL geangelt hast, werden die Bräute meilenweit Schlange stehen. Wir müssen die Werbetrommeln für deine Rosenblätter rühren. Aber das ist es nicht.«

»Was dann?«

»Ich habe Angst, dich zu verlieren.« Tränen traten Tobin in die Augen, liefen über ihre Wangen. »Wenn du heiratest, ändert sich alles.«

»Nicht zwischen uns.«

»Doch.«

»Dass du verheiratet bist, hat doch auch nichts geändert.«

»Weil wir alle noch jung und unbedarft waren. Als John und ich geheiratet haben, waren wir praktisch noch Kinder, und ich habe dich sozusagen mit in die Ehe gebracht. Inzwischen sind wir alle etabliert. John und ich haben unsere Wurzeln in Black Hall; aber du heiratest einen Mann, der zum Beispiel beschließen könnte, für eine Mannschaft in Oregon zu spielen.«

»Ich glaube nicht, dass Oregon eine Eishockeymannschaft hat.«

»Dann eben Kalifornien. Manitoba. Vancouver. Weit weg jedenfalls.«

»Ich weiß«, sagte May.

»Und im Sommer seid ihr in Kanada.«

»Ja.«

»Wir haben noch nie einen Sommer getrennt voneinander verbracht.«

»Nein, haben wir nicht.« Mays Hals war wie zugeschnürt.

»Und das ist erst der Anfang, meine liebe Freundin. Er bringt eine lange Lebensgeschichte mit in die Ehe, genau wie du. John und ich haben sehr jung geheiratet und sie von Anfang an gemeinsam geschrieben. Aber du und Martin, ihr fangt mitten in der Biografie an.«

»Du vergisst etwas, Tobin.« May wischte sich mit dem Hemdärmel über das Gesicht. »Du hast immer zu meinem Leben gehört und du wirst auch immer dazu gehören, egal wo Martin und ich sein werden.«

»Das hoffe ich doch«, sagte Tobin und umarmte May, als Tante Enid eintrat.

*

Obwohl Tante Enid nach dem Mittagsschlaf frisch und ausgeruht wirkte, zeichneten sich Falten und Rosshaar vom Kopfkissen auf ihrer linken Gesichtshälfte ab. Von Tobin stumm ermutigt, bat May ihre Tante ins Büro und schloss die Tür.

»Was gibt es, Liebes?«

»Ich muss dir etwas sagen.«

Enid lächelte und wartete, die Finger an den Lippen.

»Du weißt, dass Martin und ich heiraten wollen.«

»Oh ja, May.« Enid kam um den Schreibtisch herum. »Du verdienst alles Glück der Welt. Es war eine wunderbare Neuigkeit.«

»Danke.« May legte die Arme um ihre kleine, zarte Tante.

»So, die Arbeit wartet.« Enid löste sich von ihr und nahm ihr Klemmbrett.

»Ähm, da wäre noch eine Sache –«

»Lass mich das nur machen. Setz dich einfach hin und sei eine Braut, den Rest erledige ich. Black Hall wird eine Märchenhochzeit erleben. Wir werden sämtliche Register ziehen.«

»Tante Enid, keine Register.«

Enid lachte, als hätte May ihr gerade einen guten Witz erzählt. Immer noch kichernd, deutete sie auf die Porträts von Emily und Abigail, die lächelnd auf sie herabschauten.

»Liebes, die beiden würden mir die Hölle heiß machen, wenn ich nicht alles täte, was in unseren Kräften steht! Bridal Barn ist schließlich ein Unternehmen, das Hochzeiten plant und organisiert, und du bist das Kostbarste, was wir haben. Ich erinnere mich noch gut an den Tag, als deine Mutter dich aus der Klinik nach Hause brachte; mir ist, als wäre es gestern gewesen. Deine Mutter, deine Großmutter und ich standen an deiner Wiege, weiß war sie …«

May schloss die Augen. Sie sah die Wiege aus weißem Korbgeflecht vor sich, die sie später für Kylie benutzt hatte. Drei eifrige, liebevolle Gesichter hatten auf sie herabgelächelt, als sie die Augen aufschlug und ihr neues Zuhause, ihre Welt betrachtete. Sie *waren* ihre Welt.

»Und wir haben Orangenblüten und Rosenblätter auf dich herabregnen lassen, wie es der Tradition entspricht. Deine Mutter hat ein Gebet gesprochen und deine Großmutter ein Gedicht rezitiert, und ich habe deine Zehen gekitzelt. Das war unser kleines Ritual, das dir Glück bringen sollte.«

May lächelte und dachte an ihre seltsame, wunderbare Familie, an die kleinen Zeremonien, die sie zur Feier der wichtigen Etappen im Leben abhielten. Sie war sicher, dass sie sich an ihre erste Bekanntschaft mit Rosenblättern erinnern konnte.

»Em und Abby würden mir nie verzeihen, wenn ich dich heiraten ließe, ohne dass Bridal Barn Kopf steht.«

»Tante Enid.« May nahm ihre Hände. »Wir werden in aller Stille heiraten, und nicht hier.«

Enid schnappte nach Luft und schwankte, als sei sie einer Ohnmacht nahe. May führte sie zu einem Stuhl, forderte sie auf, den Kopf zwischen die Knie zu stecken.

»Großer Gott. Ich werde langsam alt. Einen Moment lang dachte ich, du hättest gesagt, in aller Stille.« Ihr Blick war hoffnungsvoll. May nickte ernst.

»Das habe ich gesagt.«

»May, das kann doch nicht wahr sein!«

»So möchten wir es aber.«

»War das seine Idee?« Als ob der Schlag dann einfacher zu verdauen wäre.

»Nein, meine.«

»Aber *warum*?«

May zog einen Stuhl heran und nahm neben ihr Platz. »Es mag seltsam klingen, aber wir lieben uns so sehr, dass wir den Rest nicht brauchen. Die Planung, die Gästeliste, den ganzen Aufwand ...«

»Aber Kind, das kann ich doch alles für dich übernehmen!«
»Ich weiß. Du bist so gut zu mir, Tante Enid. Immer warst du für mich da. Wie eine zweite Mutter; ich bin ein richtiger Glückspilz.«
»Ach May.« Enid ergriff ihre Hand. »Und du warst immer wie eine Tochter für mich.«
»Bitte versteh doch, ich habe so viel von dir gelernt. Von dir, Mom und Granny. Wir beiden haben an die hundert Hochzeiten zusammen geplant, nein, noch mehr! Ich habe alle diese Erfahrungen und Erinnerungen in meinem Gedächtnis bewahrt.«
»Die Trowbridge-Hochzeit in der Kongregationskirche, die Paul-James-Feier im Silver Bay Club ...«
»Martha Cullens Hochzeit im letzten Herbst, Caroline Renwicks Hochzeit letztes Jahr Weihnachten auf Firefly Hill ... völlig überraschend, genau wie bei mir«, sagte May. Bilder zogen an ihrem inneren Auge vorüber: Rosen, Efeu, Satin, Spitze, ellenlange weiße Tüllschleppen, Mütter und Väter, Schwestern und Brüder, kleine Mädchen, die Blumen streuten, Braut und Bräutigam.
»Ich habe sie im Kopf, alle Hochzeiten, die wir jemals geplant haben.«
»Deshalb sollten wir eine für dich ausrichten, damit du dich erinnerst.«
»Martin und ich möchten auf unsere Weise heiraten.«
Enid holte tief Luft.
»Seid ihr sicher?«
»Ja, das sind wir.«
Enid nickte ernst, dann hievte sie sich vom Stuhl hoch. Sie durchquerte den Raum, stellte sich zwischen die beiden Porträts, mit dem Rücken zur Wand. Obwohl sie so klein war, dass ihr Kopf gerade bis zur Unterkante der vergolde-

ten Rahmen reichte, bildete sie eine geschlossene Reihe mit Abigail Taylor und Emily Dunne.

»Dann habt ihr unseren Segen.«

»Danke, Tante Enid.«

Enid hob den Zeigefinger und wies auf die beiden Frauen, die in Öl auf Leinwand verewigt waren. May betrachtete ihre Mutter und ihre Großmutter. Die Porträts stammten von Hugh Renwick, dem berühmten Maler, der auf Firefly Hill gelebt hatte, einem Anwesen, das wenige Meilen entfernt an der Küste lag. Er hatte es den beiden Frauen nach der Hochzeit seiner Tochter Clea geschenkt. Hugh war schon lange tot, aber Caroline hatte, der Familientradition entsprechend, ihre Hochzeit im letzten Winter ebenfalls von Bridal Barn ausrichten lassen. Die Jahreszeiten und Generationen gingen nahtlos ineinander über, als Tante Enid stumm unter den Gemälden stand und nach oben deutete.

May war dazu erzogen worden, höflich und dankbar zu sein, und sie wusste, worauf Tante Enid wartete.

»Danke, Mom«, sagte sie mit Blick auf das Porträt ihrer Mutter. »Und danke, Granny«, sagte sie, an das Bild ihrer Großmutter gerichtet.

*

Die Zeit wurde knapp und obwohl sie nicht groß feierten, mussten Vorbereitungen getroffen werden. May wählte ein Brautkleid aus der Bodenkammer der Scheune aus und kaufte ein hübsches Kleid für Kylie. Kurz vor der Abreise überreichte Tobin ihr eine kleine Schachtel und bedeutete ihr, sie zu öffnen.

»Es wäre doch nicht nötig gewesen, mir ein Geschenk zu machen.«

»Es ist kein Geschenk, sondern etwas Geborgtes, wie es der Tradition entspricht.«
Ihre Finger zitterten, als May das Einwickelpapier entfernte. Als sie die Schachtel öffnete, lag ein schmaler Ring darin. Es war Tobins Klassenring aus der sechsten Klasse der Grundschule in Black Hall. May hatte den gleichen gehabt, aber schon vor langer Zeit verloren.
»Er ist winzig«, sagte May.
»Probier ihn auf dem kleinen Finger.«
May versuchte es und er passte. Das Gold war glatt und vom Tragen abgewetzt, der schwarze Stein stark verkratzt.
»Wir haben gemeinsam so viele große Hochzeitsfeiern erlebt, wir brauchen nicht noch eine«, sagte Tobin.
»Ach Tobe, danke, dass du es so siehst.« May redete sich ein, sowohl Tobin als auch Tante Enid überzeugt zu haben.
»Du heiratest Martin, und ich freue mich für dich, mehr als ich sagen kann. Ich werde in Gedanken bei dir sein.«
»Das bist du immer, Tobe. Und das warst du immer.«

*

Mays Mutter und Großmutter hatten ihr geraten, sich immer auf ihre innere Stimme zu verlassen. Und so packte May an Kylies letztem Schultag die Koffer und verabschiedete sich mit einem Kuss von Tante Enid und Tobin.
Kurz vor zwölf war Martins Zweitwagen beladen, ein weißer Jeep, und um Punkt eins an einem strahlenden Tag im Juni hatten sie Kylie von der Schule abgeholt und fuhren auf dem Massachusetts Turnpike nach Westen.
»Arme Tante Enid«, sagte Kylie, sobald sich die Aufregung gelegt hatte.
»Ich denke, sie versteht es.« May blickte skeptisch über ihre Schulter, als sähe sie ihre Tante dort stehen.

»Hatte sie nie eigene Kinder?«, fragte Martin.
»Nein. In gewisser Weise bin ich ihr Kind. Sie war nicht verheiratet, hat Black Hall nie verlassen. Wir stehen uns sehr nahe.«
»Bist du sicher, dass du sie nicht doch dabeihaben möchtest?«
May nickte. »Es war abgemacht, im kleinen Rahmen. Du, Kylie und ich.«
»Das ist *sehr* klein«, meinte Kylie.
»Meine Mutter pflegte zu sagen, dass die Liebe manchmal eine Urgewalt ist, und so sollte auch das Drumherum über die Bühne gehen: schnell und ohne großes Brimborium.«
»Wie ein perfekter Schlagschuss im Eishockey«, lachte Martin. »Schnell und ohne großes Brimborium. Der Spruch gefällt mir.«
Alle lachten, aber May drehte sich trotzdem hin und wieder um, spähte verstohlen durch die Heckscheibe des Jeeps, als könnte jeden Moment eine kleine, buckelige Frau mit weißen Haaren auftauchen, die sie mit wild fuchtelnden Armen einzuholen versuchte.
Bald waren sie von der idyllischen grünen Hügellandschaft der Berkshires umgeben, mit Tälern, die sich von Norden nach Süden erstreckten, und Seen und Wasserreservoirs, in denen sich der blaue Himmel spiegelte.
Sie machten in Stoneville Rast, so dass Kylie ihren letzten Imbiss als Erstklässlerin im Red Hawk Inn einnehmen konnte, und Martin kaufte ihr eine Stoffpuppe im Geschenkeladen nebenan. Für May erstand er einen weichen schwarzen Wollschal, weil die Nächte in Kanada eisig wären, wie er sagte, und sie außer ihm noch etwas zum Wärmen brauche.
Als sie wieder in den Jeep stiegen, ging es nach Norden

weiter. Sie fuhren Stunde um Stunde, und Kylie entdeckte die ersten Schilder, die auf Kanada verwiesen, als die Sterne aufgingen. Der Himmel war tiefblau und so weich wie ein Kaschmirmantel. Er wölbte sich über den niedrigen Hügeln, deckte Felder, Scheunen und Wälder zu. Als sie sich der Grenze näherten, verlangsamte Martin das Tempo, dann blieb er stehen. Er holte seinen Ausweis heraus und bat um Mays und Kylies Reisepass.

»Martin Cartier!«, rief der Grenzbeamte nach einem Blick in den Wagen. Sein Gesicht hellte sich auf wie bei einem kleinen Jungen und seine Reaktion rief seine Kollegen auf den Plan. Sie schoben alle möglichen Papiere in den Wagen, baten Martin um ein Autogramm für ihre Söhne, Brüder, Schwestern und Neffen. Martin kam den Bitten schweigend nach. Die Männer sprachen Französisch und er antwortete in ihrer Sprache.

May war stolz auf Martin – auf die Art, wie er bescheiden, gelassen, gutmütig und gleichzeitig selbstbewusst Autogramme gab. Das war ihr erster hautnaher Kontakt mit Martins Berühmtheit, abgesehen von dem Abend in Ollie's Fish House. Sie merkte, dass die Männer in den Wagen lugten und versuchten, einen Blick auf sie zu erhaschen, und sie schenkte ihnen ihr strahlendstes Lächeln.

»Warum haben sie das gemacht?«, fragte Kylie vom Rücksitz, als sie weiterfuhren.

»Eishockey ist eine sehr beliebte Sportart in Kanada«, sagte Martin. »Einige von diesen Männern haben mich praktisch von Kindesbeinen an Eishockey spielen sehen.«

»Warum hast du was für sie aufgeschrieben?«

»Das nennt man Autogramme geben«, sagte May und drehte sich um. Sie sah, dass Kylie todmüde war und ihre neue Puppe umklammert hielt. »Sie haben Martin darum gebeten, weil sie ihn mögen.«

»Mickey und Eddie glauben nicht, dass Martin mein Freund ist, weil er so berühmt ist.«
»Ich bin aber dein Freund.« Martin sah Kylie im Rückspiegel an. »Schick die Burschen zu mir; ich werde es ihnen höchstpersönlich sagen. Und dir werde ich zeigen, wie man sich wehrt, mit einem Hipcheck in die Bande zum Beispiel.«
»Was ist das?«
»So was wie anrempeln, mit der Hüfte.«
»Das würdest du tun?« Kylies Augen funkelten vor Vergnügen.
»*Bien sûr*«, versprach Martin. Seit er seine Muttersprache benutzte und in das Land seiner Kindheit zurückfuhr, sah May, dass ein friedvoller, heiterer Ausdruck auf seinem Gesicht lag. Er streckte den Arm zum Beifahrersitz hinüber und ergriff ihre Hand, und May verspürte ebenfalls dieses Gefühl, das ihren Körper durchdrang: Martin kehrte heim und er nahm Kylie und sie mit.

*

Sie kamen mitten in der Nacht an; May nahm verschwommen eine holperige Straße, Kieferndurft und die Milchstraße wahr, die über den Gipfeln der Berge leuchtete. Martin trug Kylie ins Gästezimmer, wo Mutter und Tochter bis zur Hochzeit schlafen würden. Sie war gerührt und ein wenig belustigt über seine altmodische Entschlossenheit, bis zur Ehe zu warten und das unbändige Verlangen, das sie füreinander empfanden, zu bekämpfen. Sie hätte mit Sicherheit versucht es ihm auszureden, wenn sie nach der langen Fahrt nicht so müde gewesen wäre.
Kylie erwachte in der Morgendämmerung.
»Oh mein Gott!«, rief sie und war bereits unten. May stand

langsam auf und musste sich zuerst orientieren. Sie hatten in einem der beiden kleinen Schlafzimmer im oberen Stock eines rustikalen Blockhauses geschlafen. Als May die Vorhänge beiseite schob, sah sie zunächst nichts als Wälder, so weit das Auge reichte. Doch nachdem sie ihren Bademantel angezogen hatte und nach unten gegangen war, fiel ihr Blick durch die riesigen Panoramafenster auf eine atemberaubende Landschaft.

Kylie stand auf der schmalen Veranda neben Martin. Gemeinsam betrachteten sie den lang gestreckten See, der sich durch die Berge schlängelte. Die aufgehende Sonne tauchte die Felswände in goldenes Licht und der See schimmerte tiefblau. Schwäne glitten auf der Oberfläche dahin. Kiefern wuchsen bis zum Ufer, wo sich zwanzig Hirsche und Rehe mit weißen Schwänzen eingefunden hatten und tranken. Zwei lange verwitterte Scheunen standen im Schatten einer hohen schroffen Klippe.

»*Bonjour*«, sagte Martin und nahm May in die Arme.

»Es ist wunderschön hier.« May staunte ehrfürchtig.

»Das ist mein See. Hier habe ich zum ersten Mal auf Schlittschuhen gestanden.«

»Warst du da so alt wie ich?«, wollte Kylie wissen.

»Jünger. Das war im gleichen Jahr, als ich laufen lernte.«

»Ich möchte auch Schlittschuh laufen können.«

»Das wirst du«, versprach Martin.

»Das Wild kommt so nahe heran«, sagte May. »Und weit und breit kein anderes Haus in Sicht, nirgendwo!«

»Es ist sehr abgelegen«, stimmte Martin zu.

»Ihr solltet dort heiraten.« Kylie deutete auf einen alten Pavillon aus Birkenzweigen und Holz, rustikal und grazil zugleich, den Blicken durch die dichten Kiefern beinahe völlig entzogen. »Oder da!« Sie deutete auf einen schmalen Steg, der in den See hinausragte und an dem ein kleines

Ruderboot vertäut war. »Oder drinnen«, rief sie und lief ins Haus zurück.
»Oder hier auf der Veranda.« Martin küsste May sanft auf die Lippen.
»Oder einfach überall«, sagte May und streichelte sein Gesicht.
»Gefällt es dir hier?«
»Es ist ein Traum.« May hatte noch nie eine so friedvolle, paradiesische Landschaft gesehen und Kylies Begeisterung machte sie so glücklich, dass sie keine Worte fand.
»Dies ist mein Zuhause. War es immer.«
»Hast du hier mit deiner ersten Frau gelebt?« Die Worte waren ihr einfach herausgerutscht.
»Nein.« Er sah überrascht aus. »Damals habe ich für die Blackhawks gespielt und wir wohnten in Chicago.«
»Aber –« May hatte Millionen Fragen, was Martins Vergangenheit betraf. Aber was Zweitehen anging, hatte ihre Mutter den Bräuten immer geraten, die Vergangenheit ruhen zu lassen und keine Fragen zu stellen, deren Antworten sie lieber nicht wissen wollten, und nie einer vergangenen Liebe die Tür zu einer neuen Beziehung zu öffnen.
»Lass es gut sein, May. Wir wollen heute nicht über andere sprechen. Nur über uns.«
»Du hast völlig Recht.« Sie sah, wie Martin schmerzvoll die Stirn runzelte, und dachte schuldbewusst an Natalie: Seine Tochter hatte dieses Fleckchen Erde vermutlich geliebt. Genau wie Kylie, oder mehr noch.
Sie kehrten ins Haus zurück und kochten Kaffee auf dem alten geschwärzten Küchenofen. May sah sich um: ein wundervoller Herd aus Feldstein, naturbelassene Holzwände, die meisterhaften Schwarz-Weiß-Fotos seiner Mutter. Er erzählte ihr, dass sein Großvater väterlicherseits das

Haus mit seinen eigenen Händen erbaut und hier mit seiner Familie gelebt hatte; er hatte Martin und seine Mutter aufgenommen, nachdem Serge sie verlassen hatte, um für die Maple Leafs zu spielen.
Überall waren Erinnerungen, die mit Eishockey in Verbindung standen: Martins erster Schläger, seine Gesichtsmaske, Pucks mit Autogrammen seiner Idole, Fotografien von ihm auf Schlittschuhen und in Torschusshaltung, vom dritten Lebensjahr an. Die Rückenlehne des Sofas bedeckten kleine Kissen mit Motiven in Petit-point-Stickerei und Kreuzstichen, eine Handarbeit seiner Mutter: Eishockeyschläger, eine Szene auf dem See, ein kleines Kaninchen und der Pavillon. May betrachtete das Haus, als sei es ein Museum, als könnten ihr die Gegenstände, die es enthielt, mehr über den Mann erzählen, den sie liebte.
»Kylie«, rief Martin, als alle angezogen waren. Er stand im Türrahmen, eine Tüte mit Brot in der Hand, die er aus dem Gefrierfach genommen hatte.
»Wofür ist das?«, fragte sie.
»Frühstück für die Schwäne.«
»Mommy und ich füttern manchmal Schwäne am Firefly Beach«, sagte sie mit glänzenden Augen.
»Na dann komm. Wir gehen runter und füttern unsere eigenen. Die Schwäne vom Lac Vert. Damit sie wissen, dass wir zu Hause sind.« Er hob Kylie hoch, setzte sie auf seine Schultern. May ging das Herz beim Anblick des Ausdrucks in den Augen ihrer Tochter auf, als sie die Tüte mit dem Brot entgegennahm, die er ihr reichte.
»Und wenn wir fertig sind, fahren wir in die Stadt«, fügte er hinzu und zog May an sich. »Vielleicht finde ich ja jemanden, der uns heute noch traut.«
»Gibt es da nicht Vorschriften? Ständiger Wohnsitz? Blutuntersuchungen?«

Martins Augen funkelten mutwillig, er sah sie mit dem verführerischen Anflug eines Lächelns an, das ihr zum ersten Mal im Flugzeug aufgefallen war. »Könnte sei, dass sie beide Augen zudrücken, was die Vorschriften angeht. Weil mein Großvater Bürgermeister war und weil es, *eh bien,* hin und wieder nicht schadet, Martin Cartier zu heißen.«

May brach in schallendes Gelächter aus und Martin grinste verlegen.

»Ich kann nichts dafür. So läuft das nun mal in Kanada, und wir lieben Eishockey über alles.«

»Die Schwäne haben Hunger«, erinnerte Kylie ihn und zupfte ihn an den Ohren.

Er nickte. Und der berühmte kanadische Eishockeystar Martin Cartier stapfte den mit blauem Sandstein gepflasterten Weg und die sanfte Böschung des Lac Vert hinunter, das Hemd über der Hose und die Tasche seiner Jeans an einer Stelle abgerissen, um Kylie Taylor zu zeigen, wo genau man Position beziehen musste: nah genug am See, damit die Jungen hinter den großen Schwänen auch noch ein paar Brotkrumen erhaschten, aber weit genug entfernt, um nicht ins Wasser zu fallen.

May blickte ihnen nach; sie wünschte sich, Tante Enid wäre hier und könnte die beiden sehen.

*

Martin arrangierte fast alles im Alleingang. In diesem Teil Kanadas sprachen die Leute mehrheitlich Französisch und da Mays Französischkenntnisse eingerostet waren, gingen die bürokratischen Einzelheiten einer Heirat über ihre sprachlichen Fähigkeiten hinaus. Während Martin die Genehmigungen und einen Geistlichen besorgte, der die Trauung vornehmen sollte, machten sich May und Kylie daran, die Hochzeitstorte zu backen und den Pavillon zu schmücken.

Kylie, die Blumen streuen sollte, nahm ihre Aufgabe sehr ernst. Am Morgen der Hochzeit – der Samstag nach ihrer Ankunft in LaSalle – ging sie durch den Garten neben dem Haus und pflückte jede Blume, die ihr unter die Finger kam. Gänseblümchen, Butterblumen, Enzian und die Ranken der Schwarzäugigen Susanne wanderten in den Korb, der an ihrem Arm hing. May stand am Küchenfenster, rührte die Buttercreme zum Verzieren und sah ihrer Tochter zu, während der köstliche Duft der goldgelben Torte mit der leichten Brise, die draußen ging, durch die Küche zog.

Später saßen sie auf dem Steg und flochten Kränze aus Gänseblümchen, für jede einen. Sie banden Veilchen und Maiglöckchen zu Sträußen, die sie an den Querhölzern des Pavillons aufhängten. Martin war mit seinem Jeep zu einer geheimnisvollen Besorgung aufgebrochen, was May nur recht war: Auch wenn es sich um eine Zeremonie im kleinsten Kreis handelte, bei der man auf alle Konventionen pfiff, glaubte sie fest daran, dass es Unglück brachte, wenn der Bräutigam die Braut am Morgen vor der Hochzeit sah.

»Mommy?«

»Was ist, Liebes?«

»Ist das eine richtige Hochzeit, auch wenn sie nicht in der Kirche stattfindet?«

»Ja.« May lächelte. »Machst du dir deswegen Sorgen?«

Kylie zuckte die Schultern, als wäre der Gedanke völlig abwegig, doch dann nickte sie. »Ich möchte, dass es eine richtige Hochzeit ist.«

»Es wird eine richtige Hochzeit werden, Kylie.«

»Ich mag ihn, Mommy. Du auch, oder?«

»Ich liebe ihn.«
»Das sieht man. Wenn du mit Martin beisammen bist, lächelst du so oft.«
»Habe ich das früher nicht getan?«
»Nicht genug«, gestand Kylie leise. »Würdest du Martin auch heiraten, wenn ich nicht da wäre?«
»Wenn du nicht da wärst?« Der See war im Frühnebel verborgen gewesen, aber plötzlich brach die Sonne durch und verlieh dem Wasser einen blau-goldenen Schimmer. May blinzelte, schirmte die Augen mit der Hand ab. »Was meinst du damit?«
»Ich habe euch doch zusammengebracht.« Kylies Stimme war kaum hörbar. »Ich wollte unbedingt einen Vater, Mommy. Ich habe ihn mir so sehr gewünscht, und als ich Martin sah, habe ich mir *ihn* gewünscht. Ich habe mir Martin auf dem Flug ausgesucht und ihn um Hilfe gebeten.«
May hörte auf, die Gänseblümchen-Stängel zum Kranz zu winden. Die Erinnerung wurde mit einem Schlag wieder lebendig: Kylie, die vor Martin stehen blieb und mit ihm sprach, der Rauch im Flugzeug, Martin, der zu ihren Sitzplätzen eilte.
»Woher wusstest du, dass wir Hilfe brauchen würden?«
»Sie hat es mir gesagt.«
»Kylie ...«
»Ich kann nichts dafür. Ich schwindle nicht. Du hast mich gefragt und ich sage dir die Wahrheit. Der Engel, von dem ich dir erzählte habe, der so aussah wie ein kleines Mädchen.«
»Bist du sicher, dass du sie gesehen hast, Kylie?« May hatte sich immer eine einfache Erklärung dafür gewünscht, dass Kylies magische Kräfte eine völlig andere Richtung nahmen als in ihrer Familie üblich. »Es war also nicht das Bild?«

»Was für ein Bild?«
»Das Foto in Martins Brieftasche.«
Kylie starrte May an. Sie wollte antworten, doch dann zuckte sie die Achseln. »Kann sein.«
May ließ die Blumen auf den Steg fallen und schloss Kylie in ihre Arme. Kylie klammerte sich an sie wie ein kleines Baumäffchen. May fühlte sich überwältigt, wie jedes Mal, wenn sie den Duft einatmete, den die Haare ihrer Tochter verströmten, und sie ihre Arme um den Hals spürte. »Kylie, du musst mir nicht sagen, was ich gerne hören möchte.«
»Ich weiß.«
»Das machst du manchmal mit den Ärzten, stimmt's? Du bist klug, kennst die Antworten oft schon, bevor sie die Frage zu Ende gestellt haben.«
»Ich will nicht mehr zu den Ärzten.«
»Ich weiß.« May sah es an ihren Augen, die unfähig waren, ihr etwas vorzumachen.
»Wie soll ich ihn nach der Hochzeit nennen?«, fragte Kylie, rasch das Thema wechselnd.
»Nun …«
»Martin? Oder anders?«
»Zum Beispiel –«, begann May, aber Kylie sprang von ihrem Schoß auf, als sei sie plötzlich befangen.
»Mommy, ich habe eine Puppe im Schrank gefunden.«
»Liebes, man schnüffelt nicht in Sachen, die einem nicht gehören.«
»Ich habe nicht geschnüffelt. Ich wollte nur nachsehen, ob ein Gespenst im Schrank ist, war es aber nicht. Nur eine kleine Puppe mit gelben Haaren. Sie ist alt, oder wenigstens nicht neu. Auf ihrem Kleid ist ein Marmeladefleck und sie hat Glitzerzeug im Gesicht. Und ein Schuh fehlt. Wem gehört sie?«

»Martins Tochter«, erwiderte May ruhig und beobachtete besorgt Kylies Reaktion.
Sie setzte sich neben May, die Hände auf den Knien, und blickte ihr in die Augen.
»Sie ist tot«, sagte Kylie.
»Ja, sie ist gestorben.«
Kylie legte den Kopf schief. Sie wirkte eher nachdenklich als überrascht, und alles andere als beunruhigt. »Wären wir Schwestern?«
»Stiefschwestern.«
»Schwestern«, sagte Kylie mit Nachdruck.
»So gut wie«, räumte May ein, da sie nicht zu sehr in die technischen Einzelheiten gehen wollte.
»Wie Tobin und du.«
»Ihr Name war Natalie.«
»Natalie.« Kylie nahm eine Hand voll Gänseblümchen. »Können wir auch für sie einen Kranz machen? Ihre Puppe kann ihn tragen –«
May musterte ihre Tochter. Ihre Begegnungen mit dem Tod waren bisher ziemlich beunruhigend verlaufen. Kylie war untröstlich gewesen, als Mays Großmutter starb. Und dann hatten sie bei ihrer Wanderung im Lovecraft-Naturschutzpark die Leiche von Richard Perry gefunden. Einer der Forscher hatte die Meinung geäußert, Kylie habe möglicherweise das zweite Gesicht, aber May glaubte nicht an solche Dinge. Sie wollte Kylie so weit wie möglich von allem fern halten, was mit Tod zu tun hatte.
»Ich denke nicht.«
»Warum nicht?«
»Weil ich weiß, dass Martin Natalie sehr vermisst.« May wünschte sich, sie könnte es dabei belassen. »Möglicherweise ist er traurig, wenn er sieht, wie du mit ihrer Puppe spielst.«

»Bitte, Mommy, ich spiele nicht mit ihr; wir machen ihr nur den Kranz, damit sie es weiß.«
»Damit die Puppe was weiß?«
»Nicht die Puppe, sondern Natalie. Meine So-gut-wie-Schwester. Sie soll wissen, dass ich sie lieb habe. Genau wie Tante Enid Urgroßmutter noch immer lieb hat, und wie du Tobin lieb hast.«
»Na gut, ich wüsste nicht, was dagegen spricht.« May nahm die Arbeit an ihrem Kranz wieder auf, erstaunt über die Einfühlsamkeit und Herzenswärme ihrer Tochter. Es stimmt wirklich, dachte sie beim Flechten: Liebe endet nicht, nur weil ein Mensch stirbt. Natalie und Martins Mutter werden am heutigen Tag bei uns sein, genau wie meine Eltern und meine Großmutter. Es versetzte ihr einen Stich, als sie an Tante Enid dachte, lebendig und nun allein in Black Hall.
Genau zwanzig Minuten später, als der dritte Kranz fertig und Kylie ins Haus gelaufen war, um ihn Natalies Puppe aufzusetzen, fuhr Martins Jeep vor. Tobin und Tante Enid stiegen aus.
May ließ die Blumen fallen und rannte die Anhöhe hinauf. Martin stand da, das Gepäck in der Hand und grinste verschmitzt, als er die strahlenden Gesichter von May, Tobin und Tante Enid sah.
»Deine Tante brauchte eine Eskorte, deshalb habe ich mich bereit erklärt, sie zu begleiten«, sagte Tobin.
»Sie ist ein Schatz«, beteuerte Tante Enid mit tränenumflorter Stimme. »Sie wollte nicht, dass ich alleine reise.«
»Es tut mir Leid, Tante Enid«, rief May, den Tränen nahe, und umarmte ihre Tante.
»Wie kommt ihr beide hierher?«
»Martin hat die Flüge organisiert«, erklärte Tobin. »Und dann ist er die ganze Strecke nach Quebec City gefahren,

um uns abzuholen. Eigentlich hatte ich vor, sofort wieder zurückzufliegen, Ehrenwort.«

»Ich habe sie überredet, mitzukommen.« Martin nahm May in die Arme. »Ich weiß, du wolltest eine Hochzeit in aller Stille, aber je näher sie rückte, desto trauriger hast du ausgesehen.«

»Danke, Martin.« May streckte den Arm über Tante Enids Schulter, um Martins Hand zu ergreifen. Aber Tante Enid drückte energisch ihren Arm herunter.

»Auseinander!«, rief sie schniefend. »Es ist schon schlimm genug, dass der Bräutigam die Braut am Morgen vor der Hochzeit sieht. Macht es nicht noch schlimmer durch Körperkontakt. Gleich welcher Art. Emily würde das Gleiche sagen. Und Abigail auch.«

»Ich bin so froh, dass du da bist«, sagte May und küsste sie. »Und du auch«, fügte sie an Tobin gewandt hinzu.

»Bist du sicher?«

»Absolut.«

»Die Familie sollte beisammen sein.« Martins Stimme war leiser als sonst und er lächelte nicht. Trotz der Ermahnung ihrer Tante ging May zu ihm.

»Meine Tante und meine beste Freundin sind hier, und ich finde, du solltest auch jemanden einladen. Es wird eben eine ungewöhnliche stille Hochzeit – mit vielen Leuten.«

»Ich wünschte, Natalie wäre dabei. Wir könnten beide Blumen streuen und …«

Martin versteifte sich. Sein Gesicht verwandelte sich vollständig, als sei er angegriffen worden. Seine Augen verengten sich, seine Miene war verzerrt.

»Schluss damit!« Alle sahen ihn entgeistert an.

»Was ist denn?« Kylie runzelte ängstlich die Stirn.

»Lass Natalie aus dem Spiel!«

»Martin –«, begann May.
»Sie ist tot. Es ist besser, wenn wir nicht über sie reden, in Ordnung?«, entgegnete Martin ruhig.
»Kylie hat es nicht böse gemeint«, sagte May leise. »Ich verstehe deinen Schmerz, aber Kylie ist so glücklich, so aufgeregt wegen der Hochzeit …«
»Ich werde Kylie Bilder zeigen, irgendwann.« Martin hatte sich wieder unter Kontrolle. »Und ihr etwas erzählen von …« Er hielt inne, unfähig, den Namen auszusprechen. »Von Natalie.«
»Ich hab mir doch nur gewünscht, sie wäre hier.« Kylies Unterlippe zitterte.
»Ich weiß«, sagte May.
Martins Rücken war steif, die Schultern verkrampft und fast bis zu den Ohren hochgezogen. Trotz ihrer beschwichtigenden Worte war May außer sich, wünschte sich brennend, ihm unter vier Augen die Leviten zu lesen, ihm zu sagen, dass er so nicht mit Kylie reden könne. Sie war ein Kind, bemüht, sich an Martins Leben anzupassen, und seine Worte und sein Tonfall hatten sie verletzt.
Aber Martin hatte seinen Fehler wohl bemerkt. Er bückte sich, umarmte Kylie und entschuldigte sich bei ihr, und May sah, wie sich ihre Tochter entspannte und lächelte. Dann zog sie mit Tante Enid und Tobin los, um ihnen den See zu zeigen. Martin und May blieben allein zurück.
»Ich habe es nicht böse gemeint«, sagte er.
»Du hast Kylie erschreckt.«
»Ich weiß. Ich habe ihr Gesicht gesehen. Es tut mir aufrichtig Leid – aber ich hatte nicht damit gerechnet, dass sie Nat erwähnt. Eine Überreaktion.«
»Schon gut.« Sie umarmte ihn. Sie zitterte, offenbar hatte sie Lampenfieber wie alle Bräute. Es ging auch alles viel zu

schnell. Zum ersten Mal seit Tagen hatte sie ein ungutes Gefühl, was die überstürzte Heirat betraf. Sie war plötzlich sehr froh, dass Tobin mitgekommen war.
Es war mit Sicherheit ganz natürlich, dass es Martin schwer fiel, an einem solchen Tag über Natalie zu sprechen: Sie war schließlich ein Teil der Familie, hätte dabei sein sollen, um den Beginn eines neuen gemeinsamen Lebens zu feiern. Martin war in solchen Dingen verschlossen, während May das Bedürfnis hatte, über alles zu reden. Sie würden einen Kompromiss finden müssen.
»Hmm, es gibt da jemanden, den ich anrufen möchte«, sagte Martin und brachte das Gespräch wieder auf das sichere Terrain der Hochzeitsvorbereitungen zurück. »Ray Gardner. Es ist an der Zeit, dass du ihn und seine Frau Genny kennen lernst. Du wirst sie mögen. Und es ist Zeit, dass ich den beiden meine Familie vorstelle.«

*

»Ich wollte dich etwas fragen«, sagte Martin mit einem Blick auf die Uhr. Er telefonierte mit Ray, der mit seiner Frau und den Kindern einige Meilen weiter nördlich am anderen Ufer des Lac Vert lebte.
»Nur zu. Übrigens, warum kommst du nicht rüber? Ich trinke gerade Kaffee.«
»Keine Zeit. Hättet ihr beide Lust, Genny und du, meine Trauzeugen zu sein?«
Ray ließ seinen Kaffeebecher fallen. Martin hörte, wie er in Scherben zersprang, als Ray einen Mund voll Kaffee herausprustete. »Deine *was*?«
»Das ist eine lange Geschichte. Was ist, *oui ou non*? Ich brauche Trauzeugen.«
»Das kann doch noch nicht allzu lange gehen. Ich habe

dich vor drei Wochen zum letzten Mal zu Gesicht bekommen und da sahst du einsam und zum Erbarmen aus. Also: *Oui.*«

»Dann beeilt euch und kommt her. Ich möchte, dass ihr die schönste Frau der Welt kennen lernt.«

7

Die Trauung fand in der Abenddämmerung statt. Der Pavillon war mit Girlanden aus Lorbeer, Gänseblümchen und Geißblatt geschmückt, und Tante Enid und Kylie hatten an die hundert Papierschiffchen gefaltet, sie mit Teelichtern versehen und auf die spiegelglatte Oberfläche des Sees hinausgeschickt. Zwischen Tante Enid und den Gardners sah Father James Beaupré sehr würdevoll in seiner schwarzen Robe aus. Martin, im grauen Anzug, sah den Brautzug als Erster.

Kylie ging an der Spitze der kleinen Prozession, die vom Haus hinunterkam. Sie trug ein blassgelbes Kleid und hielt einen Korb mit Wildblumen in der Hand. Gemessenen Schrittes streute sie Butterblumen auf den Weg und hielt hin und wieder an, um zu sehen, ob Tobin ihr auch folgte – sie war schließlich die Brautführerin.

Und dann kam May.

Ihr Brautkleid war aus Baumwollsatin in einem noch zarteren Gelb, so cremig im Farbton, dass er zur Perlenkette ihrer Großmutter passte, die sie um den Hals trug. Sie hatte das Kleid auf dem Dachboden von Bridal Barn gefunden, wo ihre Großmutter die schönsten und kostbarsten alten Brautgewänder aufbewahrte.

Es war sehr schlicht, hochgeschlossen und wadenlang, doch als sie Martin ansah, spürte sie, wie sie errötete. Kylie und Tobin führten die Braut feierlich dem Bräutigam zu und beobachteten, wie sie sich die Hand reichten. Father Beaupré begann mit der Zeremonie. Er sprach Englisch mit einem ausgeprägten französischen Akzent. Es war wind-

still, doch mit zunehmender Dunkelheit wurde die Luft kühler. May trat instinktiv einen halben Schritt näher an Martin heran, um seine Wärme zu spüren.
Eine Hochzeit in aller Stille hatte viele Vorteile, und May konnte nicht umhin, an sie zu denken, als sie nun neben dem Mann stand, dem sie gleich in ehelicher Gemeinschaft verbunden werden sollte. In aller Stille bedeutete: keine lange Gästeliste, kein sorgfältig ausgewählter Bibelspruch, keine Orgel, kein Bläserquintett und kein Solist, keine imposante Kirche und kein luxuriöser Empfang für die Gratulanten, kein Schleier und keine Schleppe, und keine handgeschriebenen Platzkarten.
In aller Stille bedeutete auch: die Anwesenheit guter Freunde, Lichter auf dem See, Sterne am dunkellila Firmament, die Rufe der Nachteulen, die von den Bergen hinabschallten, Tobin, die ohne Unterlass schniefte, Kylie, deren Wildblumenkranz ständig über das eine Auge rutschte, Genny Gardner, die ihn liebevoll zurechtrückte, als hätte sie Kylie ein Leben lang gekannt, und die schlichteste Trauformel, die sie je gehört hatte.
»Willst du, May, diesen Mann zu deinem rechtmäßigen Ehemann nehmen, in guten wie in schlechten Tagen, in Reichtum und Armut, in Krankheit und Gesundheit, bis dass der Tod euch scheidet?«
»Ich will«, sagte May und blickte über ihre verschränkten Hände hinweg in Martins blaue Augen, lange und eindringlich, um ihn wissen zu lassen, dass sie ihm ewige Treue gelobte – vor Gott, der Natur, dem Priester und den Menschen, die sie am meisten liebte.
»Und willst du, Martin, diese Frau zu deiner rechtmäßigen Ehefrau nehmen, in guten wie in schlechten Tagen, in Reichtum und Armut, in Krankheit und Gesundheit, bis dass der Tod euch scheidet?«

»Ich will«, sagte Martin ernst, mit solcher Inbrunst und Überzeugung in seinen Augen und seinem Tonfall, dass May spürte, dass sie einander auf immer verbunden waren. Sie sahen sich an, die schlichten Worte des Eheversprechens hallten über den See, wurden von den Bergen zurückgeworfen, und die Zeit schien stillzustehen.

»*Mes enfants*«, sagte der Priester und segnete sie auf Französisch, Englisch und Latein, schlug das Zeichen des Kreuzes mit der rechten Hand. Wie aus dem Nichts kam plötzlich ein Wind auf, kräuselte den See und brachte Tante Enids Lichterboote auf den kleinen Wellen zum Schaukeln. Gänseblümchen und Veilchen fielen aus Kylies Korb, landeten auf dem Wasser.

»Damit erkläre ich euch zu Mann und Frau«, sagte der alte Priester, zuerst auf Französisch und danach, um das Maß voll zu machen, auf Englisch.

Martin umfasste Mays Gesicht mit beiden Händen und blickte sie lange und innig an. Sie hatte das Gefühl, dass er ihr etwas sagen wollte, eine stumme Botschaft, die zu tief und zu wichtig war, um sie laut auszusprechen. May erging es nicht anders. Sie streckte die Hand aus, zeichnete mit den Fingerspitzen seine Wange, sein Ohr, seinen Hinterkopf nach. In seinen Augen glühte ein Feuer. *Immer und ewig*, dachte sie. *Ich werde dich immer und ewig lieben.*

»Sie dürfen jetzt die Braut küssen«, sagte der Priester genau in dem Moment, als Martin sie in die Arme schloss, sie sanft an sich zog und schließlich die Braut küsste.

*

Die kleine Hochzeitsgesellschaft begab sich auf die Veranda vor dem Haus, wo Torte und Champagner warteten. Kylie erhielt ein Glas Ginger Ale zur Feier des Tages und als die Erwachsenen die Gläser hoben, stieß sie mit ihnen an. Sie hörte zu, wie alle lachten und durcheinander redeten, während aus einer alten Stereoanlage im Wohnzimmer leise Musik ertönte. Die Gardners schienen furchtbar nett zu sein, und Kylie freute sich, als sie immer wieder aufgeregt beteuerten, wie sehr sie sich für Martin freuten und was für eine riesige Überraschung es gewesen sei, als sie von seiner bevorstehenden Heirat erfuhren.

Genny stand neben Mommy, stellte ihr tausend Fragen und meinte, sie sei sehr mutig, weil sie dem Club der Eishockey-Ehefrauen beigetreten sei. Tobin blieb in der Nähe; sie wollte Genny damit wohl zu verstehen geben, dass Mommy bereits eine beste Freundin hatte. Martin machte Ray mit Tante Enid bekannt und erzählte ihr, dass sie seit ihrer Kindheit die besten Freunde waren und an kalten Wintertagen auf Schlittschuhen miteinander zur Schule gefahren waren.

»Und ihr lauft heute noch Schlittschuh miteinander!«, rief Tante Enid in ihrer freudestrahlenden Art, die Kylie so an ihr liebte.

»Wir sind eben Glückspilze«, sagte Ray.

»Ja, das seid ihr. Genau wie May sich glücklich schätzen darf, eine Freundin wie Tobin zu haben. Sie kennen sich seit der ersten Klasse.«

»Wirklich?« Genny lächelte.

»Ja, wir gingen immer gemeinsam heim«, bestätigte Tobin. »Wir waren den ganzen Tag in der Schule zusammen und danach spielten wir miteinander, bis uns unsere Mütter nach Hause riefen.«

»Das ist noch heute so«, warf Tante Enid ein. »Sie arbeiten den ganzen Tag zusammen, und danach verschwinden sie mit ihren Fahrrädern. Stimmt's, Kylie?«

»Stimmt.«

»So ein Glück …«, sagte Genny.

Der Priester war sehr alt und sein schwarzes Gewand roch nach Mottenkugeln. Er musste früher gehen, aber er beugte sich zu Kylie hinab und machte das Kreuzzeichen auf ihrer Stirn. Dabei sah er ihr direkt in die Augen, als könnte er Gedanken lesen.

»Wie alt bist du?«, fragte er.

»Sechs.«

»Das dachte ich mir.« Er nickte.

»Martin und meine Mutter sind jetzt verheiratet«, sagte Kylie, obwohl es eigentlich eine Frage sein sollte.

»Ja, das sind sie.«

»Obwohl das da keine Kirche ist?« Sie blickte zum Pavillon hinunter.

»Ja. Trotzdem«, versicherte der Priester. Er hätte auch über ihre Frage lachen können, aber Kylie fand es sehr nett von ihm, dass er sie ernst genommen hatte.

»Das ist gut.« Kylie war so erleichtert, dass ihr schwindelte. »Für mich und meine Mommy.«

»Ich kenne Martin schon lange«, fuhr der Priester fort. »Er hat in meiner Kirche die Erstkommunion gefeiert. Er kam auch, als … nun, wegen anderer Dinge in meine Kirche. Die Heirat ist nicht nur gut für dich und deine Mommy, sondern auch für ihn.«

Als der Priester zu Martin und May ging, um sich zu verabschieden, schlich sich Kylie davon, die Stufen hinunter und zum Pavillon zurück. Erst als sie sicher war, dass sie von der Veranda aus nicht gesehen werden konnte, griff sie in den Korb und holte Natalies Puppe unter den Blumen hervor. Martin hatte vorhin wütend ausgesehen und sie wollte nicht, dass so etwas noch einmal passierte. Sie drückte der Puppe den Blütenkranz auf den Kopf, dann drehte sie sie mit dem Gesicht zum See.

Die Nacht war stockdunkel. Fische sprangen aus dem Wasser, plätscherten leise. Der Himmel über den Gipfeln der Berge schimmerte vor lauter Sternen. Hier unten blinkten Leuchtkäfer in den Kiefern und hohen Gräsern. Kylie hielt den Atem an, umklammerte die Puppe. Irgendetwas würde passieren, etwas, das noch eindrucksvoller war als die Hochzeit. Sie wusste es, sie wusste es, sie wusste es immer …

Als sie mit den Augen das andere Ufer absuchte, erspähte sie ein kleines Mädchen, ganz in Weiß gekleidet, mit durchsichtigen Flügeln und glänzend weißen Schuhen: der Engel, den sie im Flugzeug gesehen hatte. Als Kylie gebannt zu ihr hinübersah, breitete das Mädchen die Arme aus. Kylie tat es ihr nach, als versuchten sie, sich über das Wasser hinweg zu umarmen. Aber eine Umarmung war nicht das, was das Mädchen wollte.

»Die Puppe?«, fragte Kylie und das kleine Mädchen nickte. Kylie ging in die Hocke, um die Puppe in den Korb zu legen. Eine ausgestopfte Stoffpuppe, mit einem schlicht bemalten Gesicht. Aber Kylie küsste sie trotzdem. Sie hätte die Puppe gerne behalten, aber sie wusste, dass sich das nicht gehörte. Wenn man eine Schwester hatte, durfte man ihr nicht das Spielzeug wegnehmen.

Sie ging mit dem Korb zum Ufer und setzte ihn behutsam auf das Wasser. Der Korb kippte von einer Seite zur anderen, dann richtete er sich von alleine wieder auf und trieb zügig davon, als würde er von einer starken Strömung zu dem Mädchen auf der anderen Seite des Sees getragen. Kylie sah, wie er davondriftete und wie der Engel stillstand, die Arme immer noch ausgebreitet, und auf den Korb wartete.

»Lässt du Spielzeugboote fahren?«, ertönte plötzlich Martins tiefe Stimme hinter ihr.

Kylie war so überrascht, dass sie um ein Haar in den See gefallen wäre.
»Äh … schon. Ich –«
»Father Beaupré hat mir gesagt, dass ich dich vielleicht hier finde.«
»Er ist nett.«
»Er hat mir erzählt, dass du dich über die Hochzeit freust. Dass deine Mutter und ich verheiratet sind.«
»Tue ich«, flüsterte Kylie. Sie war so glücklich, dass sie es nicht einmal laut aussprechen konnte.
»Mach dir keine Sorgen, weil die Trauung nicht in einer Kirche stattgefunden hat.« Martin legte ihr die Hand auf die Schulter. »Das hier ist und war meine Kirche, seit ich denken kann: die Natur, die weite, unberührte Landschaft. Du wirst sie kennen lernen, wenn wir eine Ruderpartie auf dem See machen. Und wenn er zugefroren ist, bringe ich dir das Schlittschuhlaufen bei. Würde dir das gefallen?«
»Ja. Sehr.« Sie blickte zu ihm auf.
»Siehst du die Leuchtkäfer?«
Kylie nickte und erinnerte sich, was er früher darüber erzählt hatte. »Sie sehen wie Sternschnuppen aus.«
»Sie kommen vom Himmel. Hat meine Mutter immer gesagt.«
»Vom Himmel«, wiederholte Kylie.
»Ich habe eine Tochter im Himmel.« Martin starrte auf den See hinaus. Sein Blick war so eindringlich und er schien direkt auf das kleine Mädchen am anderen Ufer zu sehen. Sie hob und senkte gerade ihre Schwingen und Kylie wusste, dass sie sich anschickte, wegzufliegen. Kylies Herz klopfte, weil sie sich so sehr für Martin wünschte, er könnte Natalie sehen: Natalie war dort drüben am Lac Vert, sie war mit den Leuchtkäfer-Sternschnuppen auf die Erde gekommen,

um bei der Hochzeit ihres Vaters dabei zu sein und ihre neue Schwester kennen zu lernen.

»Natalie!«, rief Kylie, aber Martin dachte, sie hätte mit ihm gesprochen.

»Ja, sie hieß Natalie. Deine Mutter hat es dir gesagt.«

»Natalie!« Kylie rief lauter.

»Ich bin der Grund dafür, dass du Engel siehst«, hörte Kylie die Stimme des kleinen Mädchens. »Es gibt etwas, was ich dir sagen muss.«

»Mir?«

»Es hat mit meinem Vater zu tun«, sagte Natalie. »Du musst ihm helfen.«

Wie denn, dachte Kylie.

»Menschen können blind sein, nicht nur mit den Augen«, sagte Natalie. »Sie können auch blind für die Liebe und für die Wahrheit sein.«

»Ich vermisse sie«, sagte Martin und sah dabei so traurig aus, als er den schimmernden weißen Engel auf der gegenüberliegenden Seite des Sees ansah und direkt durch ihn hindurchblickte. »Deshalb war ich vorhin so außer mir.«

»Sie vermisst dich auch.« Kylie versuchte, sich auf beides gleichzeitig zu konzentrieren.

»Deine Mutter hat mir erzählt, dass du wissen möchtest, ob du mich Martin oder anders nennen sollst«, sagte er und ging neben ihr in die Hocke.

»Anders …« Kylies Kehle war zugeschnürt, so dass sie das Wort kaum herausbrachte.

»Pass gut auf und hör aufmerksam zu«, sagte Natalie. »Er braucht dich.«

»Du kannst Daddy zu mir sagen. Wenn du möchtest. Ich wäre sehr glücklich darüber.«

Daddy, dachte Kylie. Das Wort klang wie Musik in ihren Ohren, so richtig und wunderbar. Sie hatte noch nie jemanden Daddy genannt, hatte noch nie einen Daddy gehabt, hatte das Wort nie benutzt, außer wenn sie mit ihren Puppen sprach. Als sie an Puppen dachte, blickte Kylie auf die andere Seite des Sees, zu Natalie hinüber.

Sie war verschwunden.

Alles, was geblieben war, war ein weißer Schimmer auf dem Wasser, als spiegelte sich die ganze Milchstraße darin wider. Ein ganzer Schwarm Leuchtkäfer hatte sich dort gesammelt, flog nun in einer dichten Wolke, einem Schatten auf der Oberfläche des Wassers folgend, zurück über den See. Als der Schatten das diesseitige Ufer erreichte, sah Kylie, dass es der Korb war. Er war leer.

Natalie hatte ihre Puppe mitgenommen. Es war nichts mehr im Korb, außer einer weißen Feder, wie von einem der Schwäne, die auf dem Lac Vert lebten.

»Daddy«, flüsterte Kylie.

Martin hob Kylie auf den Arm, als wäre sie seine eigene Tochter, gerade in dem Moment kam ihre Mutter, um nach ihnen zu sehen, und schmiegte sich in seinen freien Arm. Während sie neben dem alten Pavillon standen, wo gerade die Trauung stattgefunden hatte, beobachtete Kylie die beiden Erwachsenen und wusste, dass sie endlich den lang ersehnten Vater hatte.

8

Während der Flitterwochen verbrachten sie die heißen strahlenden Sommertage faulenzend am Ufer des Lac Vert. Es begann mit der Hochzeitsnacht, nachdem Kylie zu Bett gegangen war und die Gardners sich erboten hatten, Tobin und Tante Enid zum Flughafen zu fahren. Martin lebte hier seit vielen Jahren und seine Nachbarn am Lac Vert achteten wie die Schießhunde darauf, seine Privatsphäre zu schützen. Er versicherte May, dass kein Wort von ihrer Heirat durchsickern und kein Reporter ihnen die Flitterwochen verderben würde.

Es war das erste Mal seit der Trauung, dass sie allein waren, das erste Mal, dass sie das Bett miteinander teilten. May zog sich im Badezimmer aus, ihre Finger zitterten, als sie den Reißverschluss ihres Kleides öffnete. Sie hatte sich für diesen Anlass ein verführerisches pfirsichfarbenes Seidennegligee gekauft, aber plötzlich stellte sie fest, dass sie es im Schlafzimmer vergessen hatte, wo nun Martin wartete. Notgedrungen zog sie sein altes weißes Hemd an, das an der Innenseite der Tür hing.

Als sie durch den Korridor im ersten Stock ging, sah sie, dass die Tür zum Schlafzimmer nur angelehnt war. Schatten tanzten an der Decke. Als sie das Schlafzimmer betrat, lag Martin auf dem alten Eisenbett. Sie hatte vorgehabt, ihr Nachthemd zu holen, das noch in Seidenpapier verpackt war, und sofort ins Bad zurückzukehren, um es anzuziehen, aber als sie am Bett vorüberkam, sah sie seine nackte Brust und Schulter im Schein einer blauen Kerze schimmern. Er packte sie am Handgelenk und hielt sie fest.

»Wo willst du hin?«
»Mich umziehen –«
»Komm her.« Er zog sie zu sich herab. Sie setzte sich auf die Kante, aber er schlug das Laken zurück und machte ihr Platz, nahm sie in die Arme. Sie sahen sich an, mit strahlenden Augen, Gesicht an Gesicht, und er küsste sie sanft.
»Bleib doch hier«, flüsterte er. »Du musst dich nicht umziehen.«
»Doch. Du sollst dich immer daran erinnern –«
»An diese Nacht? Das werde ich auch so, May. Mach dir deswegen keine Gedanken.« Seine Hände streiften über ihre Schultern und Oberarme, streichelten ihren Rücken, während er ihren Hals küsste. May zitterte unter seiner Berührung. Sein Körper fühlte sich so hart und stark unter den Laken an und sie sehnte sich nach mehr. Sie schmiegte sich an ihn und wusste, dass sie ihr Nachthemd in dieser Nacht nicht mehr tragen würde.
»Ich kann es nicht glauben, dass wir hier sind, zusammen, verheiratet ...«
»May Cartier«, sagte er lächelnd und küsste sie. »Oder willst du May Taylor bleiben?«
Sie schüttelte den Kopf, spürte seine Arme, die sie umfingen. »May Cartier. Ich muss mich noch daran gewöhnen. Schließlich war ich ein Leben lang an May Taylor gewöhnt.«
»Und ich möchte mich daran gewöhnen«, sagte er und küsste ihre Kehle, die Grube zwischen ihren Schlüsselbeinen, ihre Brüste. »Mit dir beisammen zu sein.«
Das Kerzenlicht erfüllte den Raum mit Leidenschaft, die loderte und züngelte wie die Flamme. Wer braucht schon hundert Kerzen, dachte May. Eine reicht aus. Genau wie die schlichte Trauung, die eindrucksvoll und feierlich ge-

wesen war. Nun hielt Martin sie umschlungen, während sie sich ihm entgegenwölbte, ihre Arme nach ihm ausstreckte, sein Gesicht berührte.
Sein Gesicht war zärtlich, aber seine Arme umschlossen sie wie Stahlseile. Sein Bauch war flach und hart wie Marmor, und plötzlich dachte sie mit heimlicher Belustigung, dass sie das Privileg hatte zu sehen, was der größte Star der Bruins gewissermaßen unter dem Trikot zu bieten hatte. Sie stützte sich auf einen Ellenbogen, fühlte seinen Bizeps und lächelte, als er die Augen verdrehte. Dann machte sie sich einen Spaß daraus, seinen Arm von unten bis oben zu betasten.
»Der Goldene Vorschlaghammer …« Sie küsste seine Brust. »Jetzt wird mir klar, was damit gemeint ist.«
»May.« Er zitterte unter ihren Lippen, ihrer Zunge.
»Wie bekommt man solche Muskeln? Machst du das ganze Jahr über Krafttraining?«
»Von jetzt an bis September nicht mehr«, lachte er.
Im Kerzenschein sah May seine Narben. Auf dem Kinn, über beiden Augen, an der linken Kopfseite, hinter dem rechten Ohr: sie konnte sich all die fliegenden Pucks und Schläger vorstellen, die seinen gestählten Körper getroffen hatten. Doch die Narben auf seiner Brust sahen anders aus, wie rätselhafte Zeichen: zwei lange senkrechte Linien in der Mitte, und ein x direkt über dem Herzen. Sie hatte gescherzt, aber beim Anblick dieser Narben wurde ihr innerlich eiskalt.
»Wie ist das passiert?«
»Nicht, May.« Seine Augen waren geschlossen.
»Bitte sag es mir, Martin. Sie sehen aus –«
Er gab ihr keine Gelegenheit, den Satz zu beenden. Er rollte sie auf den Rücken und küsste sie leidenschaftlich. Das Begehren, das sich in ihm aufgestaut hatte, loderte auf. Er

flüsterte ihren Namen und presste sie an sich wie ein Ertrinkender.
May hielt ihn umschlungen. Sie spürte ihn in sich; ihre Blicke ineinander versunken, bewegten sie sich im gleichen Rhythmus. Jeder Millimeter seines Körpers war hart wie Elfenbein, während sie gleichzeitig miteinander verschmolzen. Sie blickte ihn an, voller Leidenschaft und Vertrauen, ihren frisch gebackenen Ehemann, und sie wusste, dass er es war, nach dem sie sich in all den Jahren gesehnt hatte.
Nicht weil er ein Eishockeystar war oder der stärkste Mann, den sie jemals berührt hatte, sondern weil er Martin war, ihr Mann, der Mann, auf den sie ihr ganzes Leben gewartet hatte.

*

Martin hielt sein Versprechen und brachte Kylie Rudern und Schwimmen bei. Obwohl sie schon im Swimmingpool und im Meer geschwommen war, hatte sie immer Angst vor dem Gras und den Blättern gehabt, die sich auf dem schlammigen Boden der Seen verbargen. Martin erklärte ihr, wie man am einfachsten in den See hineingelangte: Sie sollte über die Holzleiter am Ende des Stegs ins Wasser steigen, so dass sie gar nicht erst mit dem Schlamm in Berührung kam.
May saß im Pavillon und sah ihnen zu. Die Sonne brannte vom Himmel, deshalb hatte sie sich mit Sonnencreme, einem Hemd von Martin und einem großen Hut geschützt. Sie hatte jede Einzelheit ihrer Hochzeit in Skizzen festgehalten, um die Erinnerung für immer zu bewahren. Nun zeichnete sie ihren Mann und ihre Tochter auf dem Steg, in dem alten Ruderboot und beim Schwimmen, während ihre Köpfe in dem blauen Wasser auf und ab hüpften.

»Ich berühre mit dem Zeh irgendetwas Strähniges!«, rief Kylie.
»Das ist nur Gras. Das tut dir nichts«, erwiderte Martin.
»Es fühlt sich unheimlich an, wie Hexenhaare.« Kylie flüchtete sich in Martins Armen. Er trat auf der Stelle und hielt sie über Wasser.
»Mentale Stärke«, sagte er und sah Kylie in die Augen. »Davon brauchst du noch ein bisschen mehr, genau wie ein Eishockeyspieler. Das bedeutet, dass man sich keine Angst einjagen lassen darf. Sag dir, das ist nur Gras, kein Hexenhaar. Immer wieder. Sag es ruhig laut, damit ich es hören kann.«
»Das ist nur Gras, kein Hexenhaar. Das ist nur Gras, kein Hexenhaar«, wiederholte Kylie gehorsam.
May lachte und machte eine Notiz in ihrem Tagebuch, damit sie nie den Tag vergaß, an dem ihr Mann Kylie den besten Rat gab, den ein Profisportler beim NHL-Training erhalten konnte. Ihre Tochter wiederholte die Worte immer wieder, und May sah, wie sie Martin langsam losließ und wieder zurück in den See glitt.
»Das ist nur Gras, kein Hexenhaar, das ist … Das ist doch HEXENHAAR!«, schrie sie, als ihre Zehen das nächste Mal zottelige Strähnen berührten und sie sich wieder in Martins Arme flüchtete, der in schallendes Gelächter ausbrach.

*

Eines Morgens brachen die drei auf, um zu einer Insel im See zu rudern. Es war ein sonniger, wolkenloser Tag und May hatte zum Mittagessen einen Picknickkorb vorbereitet. Sie saß achtern und Kylie auf ihrem Ausguck im Bug, während Martin in der Mitte Platz genommen hatte und ruderte. Die Ruderblätter schienen das Wasser kaum zu be-

rühren. Sie tauchten ein, ohne dass es spritzte, und das Boot glitt mit jedem Schlag vorwärts.
Hinter jeder Biegung schwammen und dümpelten weiße Seetaucher. Rotwild graste am Ufer und floh beim Anblick des Bootes in die Kiefernwälder. Zwanzig Minuten waren vergangen, dann eine halbe Stunde, aber Martin ruderte unermüdlich weiter. Als die Sonne höher stieg, wurde er langsamer und zog sein Hemd aus. May ließ ihre Finger durch das Wasser gleiten, sah, wie der Schweiß über seine nackte Brust rann, und sehnte sich danach, mit ihm allein zu sein.
Da Kylie im vorderen Teil des Bootes damit beschäftigt war, Tiere zu beobachten, unterhielten sich Martin und May mit leiser Stimme, flirteten schamlos miteinander. May trug einen blauen Badeanzug und hatte die Träger heruntergestreift, um die Schultern zu bräunen. Ihr Blick kehrte immer wieder zu den rätselhaften Narben auf seiner Brust zurück, verborgen in seinen gelockten Haaren, aber er war so attraktiv und sexy, dass sie kaum darauf achtete.
»Hättest du dir jemals träumen lassen, deine Flitterwochen mit einer Sechsjährigen im Schlepptau zu verbringen?«, sagte May neckend.
»Das macht die ganze Sache doch erst interessant«, erwiderte Martin und warf May einen flammenden Blick zu.
»Und die Insel! Eine Privatinsel?«, fragte May. »Fahren wir dorthin?«
»*Mon Dieu,* May. Du siehst atemberaubend im Badeanzug aus.«
»Eine Privatinsel …« May legte den Kopf in den Nacken, schloss die Augen und stellte sich vor, wie sie die Decken ausbreiteten, sich auszogen, sich liebten …
»Ein Fisch!« Kylie war so aufgeregt, dass sie aufsprang und beinahe ins Wasser gefallen wäre. »Ein riesig großer Fisch!

Schaut doch, Mommy, Da –!« Sie brach ab, bevor sie ›Daddy‹ hinzufügen konnte.
»Setz dich wieder hin, Liebes!«, rief May.
»Wir befinden uns direkt über dem alten Forellen-Schlupfwinkel«, sagte Martin. »Dort lebt der Urgroßvater des Sees. Und das da sind seine Soldaten.«
»Eine Forellenarmee?«, fragte Kylie.
»Ja. Angeführt von der größten Regenbogenforelle, die man je gesehen hat. Ein richtiger Methusalem. Ray und ich haben unser ganzes Leben lang versucht, ihn zu fangen.«
»Ihr habt ihn nie erwischt?«
»Doch, ein Mal. Aber er ist uns wieder entwischt.«
»Mir würde er nicht entwischen.« Kylie spähte in das dunkle stille Wasser.
»Irgendwann nehme ich dich zum Fischen mit, morgens. Aber du musst früh aufstehen. Noch bevor die Sonne aufgeht.«
»Kein Problem, ich bin bereit«, sagte Kylie. Doch dann wurde ihre Aufmerksamkeit von einem Schwarzbären am Ufer abgelenkt, der Beeren fraß. Zwei Bärenjunge tauchten aus dem Gestrüpp auf. Kylie schrie auf, deutete in ihre Richtung, und Martin legte den Arm um sie, um ihr zu zeigen, dass sie sicher war. May blickte auf seine nackten Arme, seine breiten Schultern, und dachte an die letzte Nacht.
Aber ihre Gefühle gingen weit über das Körperliche hinaus: Sie liebte Martin wegen der Art, wie er mit Kylie sprach, wie er es genoss, mit ihr zu spielen. Es gefiel ihr, dass sie zu einer richtigen Familie zusammenwuchsen. Als sie die Insel endlich erreichten, waren Martin und Kylie ausgehungert. May packte den Picknickkorb aus und versuchte zu essen, aber sie brachte vor lauter Glück keinen Bissen herunter. Sie begnügte sich damit, sich zu-

rückzulehnen, die Sonne auf ihrem Gesicht zu spüren und sich zu wünschen, dass ihre Flitterwochen niemals enden mochten.

Auf dem Rückweg, als die Sonne hinter dem nördlichen Kamm des Berges unterging, wurde die Luft kühl. May und Kylie hatten mehr Sonne bekommen, als sie gewöhnt waren, und so schlief Kylie auf dem Boden des Bootes, während Martin nach Hause ruderte.

»Soll ich eine Weile rudern?«, fragte May.

Martin schüttelte nur lächelnd den Kopf.

»Glaubst du, das kann ich nicht?«

»Du kannst es, aber du musst nicht. Ich möchte dich beschützen und umsorgen, May. Ist das schlimm?«

»Nein.« Sie spürte einen Kloß im Hals und ihre Augen füllten sich mit Tränen. Es war ein langer Tag gewesen und sie war müde, aber ihre Gefühle waren tief und komplizierter als das.

»Was ist?« Er streckte das Bein aus und berührte ihren Zeh mit seinem Zeh.

»Es ist lange her, dass ich das Gefühl hatte ...« Nun liefen die Tränen über ihre Wangen. »Mein Vater hat mich umsorgt. Er war mein Ein und Alles – für uns beide, meine Mutter und mich. Seit seinem Tod gab es niemanden mehr, der mich wirklich umsorgt hat.«

Nicht einmal Kylies Vater?«, fragte Martin leise.

»Der am allerwenigsten. Er wollte nichts mit uns zu tun haben.«

»Er ist ein Narr.«

May nickte und wischte sich über die Augen, als sie ihre Tochter betrachtete, die auf dem Boden des Bootes schlief. Auf einem Stapel Pullover zusammengerollt, lag sie reglos da. »Er weiß nicht, was er verpasst«, flüsterte May.

»Wo ist er jetzt?«

»In Boston. Die Unterhaltszahlungen kommen per Scheck, direkt aus seiner Anwaltsfirma. Nie ein persönliches Wort oder ein Anruf.«

»Manche Väter haben den Namen nicht verdient.« Martin blickte Kylie liebevoll an.

»Meinst du damit deinen eigenen Vater?«

Martin nickte, während er weiter ruderte. »Er war nicht immer so. Früher war er der beste Vater, den man sich nur wünschen konnte. Er hat mir auf dem See Angeln und Schlittschuhlaufen beigebracht. Und Rudern, in diesem Boot. Aber dann zählten Ruhm und Reichtum plötzlich mehr und waren wichtiger als meine Mutter und ich.«

»In gewisser Hinsicht kann das noch schmerzlicher sein.«

»Wie meinst du das?« Die Ruder plätscherten leise an der Oberfläche des Wassers.

»Wenn man jemanden so sehr liebt und dann verliert.« May sprach aus Erfahrung, sie hatte schließlich ihren eigenen Vater verloren.

»Wir haben ihn nicht verloren. Er hat uns *verlassen*, im Stich gelassen. Es war seine freie Entscheidung. Nicht alle Menschen, denen wir im Leben begegnen, haben edle Motive.«

»Martin.« Sie betrachtete die Narben auf seiner Brust. »Wie ist das passiert? Hat es mit deinem Vater zu tun?«

»Bitte, May. Der Tag war wunderbar, verdirb ihn nicht.« Er runzelte die Stirn, als er nach seinem Hemd griff und es anzog. »Die Geschichte hat in diesem Boot nichts zu suchen, hat nichts mit Kylie und dir zu tun. In Ordnung, May? Lass die Vergangenheit ruhen.«

Die Wärme war aus seinen Augen gewichen und er begann, härter zu rudern, um sie so schnell wie möglich nach Hause zu bringen.

*

An den beiden darauf folgenden Morgen herrschte ein leichtes Unbehagen zwischen ihnen, wenn sie aufwachten. Ihre Leidenschaft war gleichwohl ungebrochen und obwohl May hoffte, dass sich Martin ihr endlich anvertrauen möge, stand er in aller Frühe auf, um sein Lauftraining zu absolvieren. Danach schlug er ihr vor auszuschlafen und nahm Kylie zum Fischen mit: Sie wollten versuchen, die Urgroßvater-Forelle zu fangen. Sie lag im Bett und hörte zu, wie die beiden sich zum Aufbruch bereitmachten. Kylie war so aufgeregt, dass sie ununterbrochen redete.
May war dankbar für die wachsende Bindung zwischen ihrem Mann und ihrer Tochter, hatte aber das Gefühl, dass Martin sie benutzte, um nicht zu viel Zeit mit ihr allein zu verbringen. Mit einer Sechsjährigen angeln zu gehen war einfacher, als sich ihrer Mutter zu offenbaren. Kylie war für ihren Teil vorsichtig: Sie hatte Martin bisher noch nicht ›Daddy‹ genannt.
Nach einem ausgiebigen Bad und zwei Tassen Kaffee unternahm May einen Inspektionsgang durch das Haus. Sie hatte Natalies Puppe seit der Hochzeit nicht mehr gesehen und wollte sich vergewissern, dass Kylie sie an ihren Platz zurückgelegt hatte. Die Puppe schien spurlos verschwunden zu sein, aber jedes Mal, wenn May einen Raum betrat, entdeckte sie etwas darin, was ihr beim vorigen Mal entgangen war. Familienfotos, eine Fossilien-Sammlung, eine alte ledergebundene Bibel, bestickte Kissen auf der Rückenlehne eines Sofas, gerahmte Fotografien vom See und von den Bergen. Heute fand sie einen Korb mit Strickzeug – ein roter, halb fertiger Pullover – neben dem Armsessel im Wohnzimmer. Sie ging in die Hocke, um ihn näher in Augenschein zu nehmen, als eine Stimme sie aufschreckte.
»Das gehörte Agnes«, sagte Genny Gardner. Sie stand auf der Türschwelle, ein Einmachglas in der Hand.

»Oh, hallo!«, rief May und erhob sich.
»Ich habe dir Erdbeermarmelade mitgebracht, die ich gestern eingekocht habe. Du musst wissen, dass die Erdbeeren am Lac Vert das beste Aphrodisiakum sind, das man sich nur vorstellen kann. Ideal für die Flitterwochen! Aber ich will ehrlich sein, das ist nur ein Vorwand, weil ich neugierig bin.«
May lächelte, als Genny die Hände hob, als hätte man sie auf frischer Tat ertappt.
»Ich habe Martin und Kylie auf dem See angeln sehen, deshalb wusste ich, dass du alleine zu Hause bist. Ich habe es nicht mehr ausgehalten, ich musste auf einen kleinen Plausch vorbeikommen! Außerdem habe ich Tobin versprochen, bei dir hereinzuschauen und mich zu vergewissern, dass du zurechtkommst.«
»Ich freue mich, dass du da bist. Es war ein seltsames Gefühl, dass ich Martins beste Freunde erst bei unserer Hochzeit kennen gelernt habe. Wir hätten euch vorwarnen sollen. Tobin meinte, ihr wäre es lieb gewesen, wenn wir ein halbes Jahr vorher mit der Sprache herausgerückt wären. Ray ist bestimmt aus allen Wolken gefallen!«
Genny lachte. »Er war zunächst überrascht, aber er hat sich für Martin gefreut. Ich fand die Hochzeit herrlich. Romantischer geht es nicht.«
»Wirklich? Danke.« May strahlte. »Wie wär es mit einer Tasse Kaffee? Und Toast für die Marmelade?«
»Da sag ich nicht nein.« Genny folgte May in die Küche und holte den Kaffee heraus, während May den Topf ausspülte. Dann stellte sie die Marmelade auf den Tisch und öffnete eine Schublade, um ein Messer herauszunehmen, aber plötzlich hielt Genny inne. Es war offensichtlich, dass sie sich in der Küche auskannte, doch sie wollte May nicht das Gefühl geben, eine Fremde in ihrem eigenen Haus zu

sein. May wusste die Geste zu schätzen und bedankte sich mit einem Lächeln.

»Agnes war Martins Mutter?«, fragte May, als sie es sich am Kieferntisch gemütlich gemacht hatten.

»Ja. Sie war eine wundervolle Frau. Ray liebte sie fast wie seine eigene Mutter, und das will etwas heißen. Schade, dass sie vor deiner Zeit gestorben ist. Sie wäre glücklich darüber, dass Martin endlich sesshaft geworden ist, eine Familie gegründet hat.«

»Ich dachte, Martin hätte gesagt, sie sei schon seit einigen Jahren tot.«

»Ja, schon lange. Oh, du meinst, weil ihr Strickzeug noch daliegt?«

Genny lächelte. Klein und zierlich, mit blonden Haaren und großen grauen Augen, strahlte sie Herzlichkeit und Wärme aus. »Martin kann sich offenbar nicht dazu durchringen, es wegzuräumen. Könnte ich mir zumindest vorstellen. Er hat eine harte Schale, ist ein richtiges Raubein und der größte Raufbold in der NHL, aber er hat einen butterweichen Kern; ich glaube, er vermisst seine Mutter. Sie hatte eine Vorliebe für Handarbeiten aller Art, vor allem Sticken und Stricken, aber sie war auch so etwas wie ein Coach für Martin und Ray, als sie noch Kinder waren und mit dem Eislaufen begannen, und nicht zu vergessen, sie hat ihn wieder aufgerichtet, nachdem – Gott, nach allem, was passiert war.«

»Du meinst, als seine Tochter starb?«

»Vor allem das. Aber in gewisser Hinsicht kam alles zusammen. Die Scheidung, Serges Gefängnisstrafe. Martin war nahe daran, den Verstand zu verlieren. Er verschwand für zwei Wochen von der Bildfläche und Ray machte sich ernsthaft Sorgen, dass er endgültig abtauchen würde.«

May hatte unzählige Fragen. Sie wollte mehr darüber wissen, aber von Martin selbst. Deshalb hielt sie sich zurück, schenkte Kaffee ein und hörte schweigend zu.
»Agnes war wie der sprichwörtliche Fels in der Brandung. Typisch für die Mütter und Ehefrauen von Eishockeyspielern, du wirst sehen.«
»Sie war doch auch mit einem Eishockey-Profi verheiratet, oder?«
»Ja, Serge war Profi. Armer Serge, er hat einiges auf dem Kerbholz und sich selbst und allen anderen geschadet. Martin hasst ihn.«
»Ich weiß.«
»Das war nicht immer so. Als Kind hat Martin ihn geradezu vergöttert. Er war ungeheuer stolz, einen Vater zu haben, der so Eishockey spielen konnte! Er war das große Idol, für Martin und für Ray. Stell dir vor, wie das ist, wenn man hier draußen in der Wildnis lebt, ständig in den Zeitungen von seinen Heldentaten liest und sämtliche Freunde nur noch ein Thema haben.«
»Aber stell dir auch vor, wie das für Martin gewesen sein mag, ständig darauf zu warten, dass er irgendwann wieder nach Hause kam«, sagte May. Sie konnte nachempfinden, wie sehr ihr Mann in seiner Kindheit unter der Abwesenheit des Vaters gelitten hatte.
»Das natürlich auch«, gab Genny zu.
»Gerade weil er seinen Vater so bewundert und geliebt hat, muss die Enttäuschung später umso schlimmer gewesen sein.« May erinnerte sich an das Gespräch im Boot. »Er fühlte sich von Serge im Stich gelassen, verraten.«
»Serge hat den *Eishockeysport* verraten. Seine Mannschaft, die Fans, Kanada. Er hatte schon immer einen fatalen Hang zu Glücksspielen, aber die eigentlichen Schwierigkeiten fingen an, als er gegen sein eigenes Team wettete

und die Sache aufflog. Er hat die ganze NHL verraten und verkauft.«

»Das ist nicht halb so schlimm wie den eigenen Sohn im Stich zu lassen.«

»Martin ist ein Glückspilz, dass er dich hat.« Genny nickte. »Ich bin froh, dass du ihn von dieser Warte aus siehst.«

»Aus welcher Warte?«

»Für dich ist er ein Mensch aus Fleisch und Blut, ein gewöhnlicher Sterblicher, ein Mann, der früher einmal ein empfindsamer kleiner Junge war. Die meisten sehen nur die Fassade – den Goldenen Vorschlaghammer, den großen Starverteidiger, das attraktive Raubein mit Killerinstinkt, einen Raufbold, der sich keine Gelegenheit zum Kampf entgehen lässt. Zumindest haben ihn die meisten seiner anderen Frauen –« Genny hielt abrupt inne. »Oh, tut mir Leid, May.«

»Schon gut.« May reichte Genny einen Teller mit Toast und schraubte das Glas mit der Erdbeermarmelade auf. »Wir sind beide kein unbeschriebenes Blatt. Ich weiß, dass er verheiratet war. Und ich konnte nicht umhin, in dem Sack Fanpost, der gestern kam, die vielen Umschläge mit Frauenhandschrift zu bemerken.«

»Daran wirst du dich gewöhnen müssen«, sagte Genny. »Sogar Ray erhält jede Menge, und dabei wurde er nie zum ›attraktivsten Athleten seiner Zeit‹ gekürt. Und das, obwohl er seit vierzehn Jahren mit mir verheiratet ist!«

»Du überlegst wahrscheinlich, wie es kommt, dass ich so plötzlich in seinem Leben aufgetaucht bin. Und wieso Martin und ich so schnell geheiratet haben.«

»Wir finden es unheimlich spannend. Ich kenne Martin fast so lange wie Ray. Ich bin in Ste-Anne-des-Monts aufgewachsen, einer kleinen Ortschaft im benachbarten Tal. Die beiden waren schon damals herausragende Läufer

auf dem Eis und wir haben oft darüber gelacht, dass ich sozusagen ihr erster ›Groupie‹ war, du weißt schon, die Mädels, die sich wie Kletten an die großen Stars hängen. Aber umgekehrt war es genauso: Ich habe an den Olympischen Winterspielen teilgenommen, als Mitglied der kanadischen Skimannschaft.«
»Noch eine berühmte Hochleistungssportlerin.« May war beeindruckt.
»Das ist schon lange her.«
»Ihr seid schon seit Ewigkeiten befreundet, wie ich sehe.«
»Gerade deshalb bin ich so froh, dass es dich gibt. Ich habe es satt, mir ständig alleine den Kopf über Martin zu zerbrechen. Und bei den Spielen in der Box zu sitzen und zu bibbern, ohne jemanden zu haben, mit dem ich Freud und Leid teilen kann. Warte ab, bis die Presse Wind davon bekommt, dass er verheiratet ist. Die werden dich belagern.«
»Die haben kein Interesse an mir. Ich bin nichts weiter als eine Hochzeitsplanerin, die sich verliebt hat.«
»Ja, in Martin Cartier. Du wirst schon sehen, was du davon hast.«
May lachte, aber sie ging nicht weiter darauf ein, sondern wollte lieber die Gelegenheit nutzen, um mit Genny über Natalie zu sprechen.
In diesem Augenblick hörte sie draußen Stimmen. Die Fliegengittertür öffnete sich quietschend und Kylie stürmte herein. Martin folgte ihr mit den Angeln, seine Miene war besorgt.
»Mommy, ich habe einen Fisch gefangen. Es war nicht der Urgroßvater. Aber er war ziemlich groß.« Kylies Gesicht war blass.
»Und, wo ist er?«, fragte Genny lächelnd.
»Kylie wollte ihn unbedingt wieder ins Wasser zurück-

werfen«, sagte Martin. »Und das haben wir dann auch gemacht.«
»Fische haben auch eine Familie.« Kylies Stimme klang erregt. »Es war nicht schlimm, dass wir ihn gefangen haben, weil wir ihn ja wieder freilassen wollten, oder Mommy?«
»Richtig, Liebes.«
»Sie hat sich die Ohren zugehalten«, erklärte Martin. »Weil der Fisch so laut jammerte und weinte.«
»Aber er hat aufgehört.« Kylie blickte May beunruhigt an. »Sobald wir ihn wieder ins Wasser geworfen haben. Er hatte überall Flecken. Er ist gleich weggeschwommen, zurück zu seinen Kindern.«
»Du hast den Fisch weinen hören?«, fragte Genny lächelnd. »Herrlich, wenn Kinder so viel Fantasie haben!«
Kylie blickte May beschwörend an. »Bring mich nicht wieder zum Doktor. Ich will nicht zu ihm. Er glaubt mir nicht, aber du schon, oder? Du glaubst mir doch, dass der Fisch gejammert und geweint hat?«
»Ja, das tue ich, Liebes.«
May umarmte Kylie, ihr sensibles kleines Mädchen. Auch sie hatte als Kind kein Lebewesen töten können, nicht einmal Käfer oder Mücken. Als sie mit Kylie das letzte Mal bei den Psychologen gewesen war, hatte sie das Gefühl gehabt, dass sie ihre Tochter wie eine seltene Spezies behandelten. Wo lag die Wahrheit?
»Ich bin froh, dass wir den Fisch freigelassen haben.«
»Ich auch«, sagte May.

*

Mays Befürchtungen verflüchtigten sich in der Hitze und im Licht des Sommers am Lac Vert. Charlotte, die Tochter der Gardners, bot sich an, auf Kylie aufzupassen und sie über Nacht dazubehalten, und May war einverstanden. Die drei – Martin, May und Kylie – gingen den ganzen Tag lang angeln und machten ein Picknick auf der Insel. Martin und May freuten sich auf die erste Nacht in den Flitterwochen, die sie alleine verbringen würden. Sie ruderten zur Nordseite des Sees, wo das Haus der Gardners lag, sonnenverbrannt und glücklich.

»Schläft sie?«, fragte Martin mit Blick auf Kylie, die zusammengerollt auf der Picknickdecke im Heck lag.

»Sie ist fix und fertig.« May lächelte. »Sie hat heute so viel erlebt, dass sie völlig erledigt ist.«

»Das ist immer so, wenn man an einem See aufwächst. Alles ist ein Abenteuer. Das heißt, mit sechs.«

»Oder mit sechsunddreißig.« May berührte seine Zehe mit ihrem nackten Fuß.

»Nimm dich in Acht!«, grinste Martin. »Führe mich nicht in Versuchung.«

»Schon gut, schon gut«, sagte May und tat so, als sei sie enttäuscht. »Erzähl mir, wie es ist, wenn man sechs ist und Abenteuer erlebt.«

»Hmm, man entdeckt Schildkröten im Schlamm, eine Fuchsfamilie in einem abgestorbenen Baumstumpf, Pantherspuren, die dem Hund von Rays Vater gehören, wie sich später herausstellt, oder einen Fisch, der jedes Mal ein Stück wächst, wenn er einem entwischt ist …«

»Das ist bestimmt das Exemplar, auf das Kylie es abgesehen hat.«

»Ja, sie angelt gerne – solange wir die Beute wieder vom Haken lassen. Sie hat eine Vorliebe für Anglerlatein. Und eine rege Fantasie, wie ihre Mutter. Es hätte dir gefallen, am Lac Vert aufzuwachsen. Du hättest wunderbar hierher gepasst. Wie hast du mit sechs ausgesehen, May? Lass mich überlegen …«

Sie errötete unter Martins forschendem Blick. Sie senkte den Kopf, aber er klemmte ein Ruder unter den Arm, streckte die Hand aus und hob ihr Gesicht.

»Sommersprossen«, sagte er. »Ganz eindeutig Sommersprossen. Und Zöpfe, richtig?«

»Richtig.«

»Lass sehen.« Sie scheitelte ihr Haar in der Mitte und begann, die linke Seite zu flechten. Sie war zur Hälfte fertig, als er sie mit einem Kuss unterbrach. »Ich liebe dich, May. Ich wünschte, ich hätte dich mein Leben lang gekannt, schon mit sechs.«

»Ich auch«, flüsterte sie und fragte sich, was für Geheimnisse er zu der Zeit gehabt haben mochte. Sie küssten sich, voller Sehnsucht, aber in dem Moment regte sich Kylie. Sie schien zu träumen, denn sie warf sich hin und her, schluchzte auf. Martin lächelte bedauernd und ließ May los, damit sie sich um Kylie kümmern konnte.

»Schmerzt der Sonnenbrand, Liebes?«

»Was ist passiert, was ist passiert?«, murmelte Kylie im Halbschlaf.

»Nichts, Kylie, es ist alles gut«, sagte May beschwichtigend und hoffte, dass Kylie langsam aufwachte.

»Doch, etwas Schlimmes!«

»Liebes ...«

»Natalie!«, rief Kylie weinend und rieb sich die Augen.

Martin sah sie entgeistert an, sein Lächeln war verschwunden, die Farbe aus seinem Gesicht gewichen.

»Schhhhh. Du träumst, Liebes. Es ist nur ein Traum ...« May versuchte sie zu beruhigen.

»Was ist mit ihr passiert?« Kylie schluchzte laut heraus.

»Kylie, nicht weinen. Bitte –«

»Ist sie im See ertrunken?« Kylie blickte Martin an. »Ja?«

»Nein, Kylie.« Martins Stimme klang müde. Seine Schultern sackten nach unten, er ließ die Ruder ruhen, blickte starr auf die Berge. Er schien plötzlich die Kälte zu spüren und griff nach seinem Hemd. Als er es anzog, fiel Mays Blick abermals auf das Labyrinth der Narben, das sich kreuz und quer über seine Brust zog. Schaudernd zog sie Kylie an sich. »Sie ist nicht ertrunken«, sagte Martin.

»Ich möchte gerne Daddy zu dir sagen, aber ich kann nicht, solange du mir nicht erzählst, was mit ihr passiert ist. Ich kann nicht, ich kann nicht«, rief Kylie weinend.

May hielt den Atem an. Einen Moment lang befürchtete sie, dass Martin kein Wort mehr sagen und Kylie in der Ungewissheit lassen würde, was mit seiner Tochter geschehen war. Kylie versuchte, ihrer Tränen Herr zu werden, holte tief Luft, um das Schluchzen zu unterdrücken. May umfing sie mit ihren Armen; Martin musste antworten, nicht nur Kylies, sondern auch ihretwegen.

»Martin! Sag es ihr, bitte!«, drängte May mit einem flehendem Blick.

Er öffnete den Mund, seine Augen waren schmerzerfüllt. Er blickte Kylie an, als suchte er nach Worten für eine Erklärung, aber dann erlosch das Gefühl in seinen Augen.

»Martin?« Mays Herz begann zu hämmern.

»Ich … ich kann nicht über Natalie reden.« Sein Blick war kühl und seine Stimme fest. »Tut mir Leid. Aber sie ist nicht ertrunken. Reicht das, Kylie?«

»Ich sage nicht Daddy zu dir.« Kylie weinte, an Mays Knie geschmiegt. »Sie hat gesagt, ich soll, und dass ich …«

»Wer ist ›sie‹?«, hakte May nach, auch wenn sie Angst vor der Antwort hatte, und drückte Kylie an sich.

»Natalie«, erwiderte Kylie, noch immer völlig aufgelöst.

»Natalie hat dir gar nichts gesagt«, herrschte Martin sie wütend an.

»Hat sie wohl!«

»Erzähl nicht solchen Unsinn! Natalie ist tot!«, brüllte Martin.
»Martin, hör auf damit!« May packte seinen Arm. »Du weißt, sie sieht –«
»Großer Gott ...«, begann Martin, dann schluckte er den Rest herunter.
»Sie hat mit mir gesprochen. Es ist mir egal, ob du mir glaubst oder nicht, aber ich sage nicht Daddy zu dir«, schluchzte Kylie. »Ich sage Martin zu dir, für immer und ewig.«
»Das tut mir Leid«, entgegnete Martin, aber sein Blick war ausdruckslos. Er sah aus wie ein Mann, der nicht aus seiner Haut heraus kann, und er versuchte auch nicht, Kylie umzustimmen. Den Schlag auf der linken Seite verstärkend, änderte er abrupt die Richtung. Das Licht, das durch die Kiefern am Westufer fiel, schien nun in Mays Augen. Martin ruderte nach Hause statt zu den Gardners und für den Rest des Weges sprach keiner mehr ein Wort.

9

Genny rief an, um sich zu erkundigen, wo sie blieben, und May sagte, Kylie habe schlecht geträumt und es sei besser, wenn sie die Nacht zu Hause verbringe. Sie fühlte sich beklommen, als sie daran dachte, wie einsilbig Martin gewesen war, seit Kylie ihn nach Natalie gefragt hatte. Aber sie erklärte Genny nur, sie werde sich morgen melden und mit Charlotte eine andere Zeit zum Babysitten ausmachen.

An diesem Abend war Martin schweigsamer als je zuvor. Er brachte kaum ein Wort über die Lippen. Als May in seine Augen sah, erkannte sie ihn kaum wieder. Sein Gesicht war eine Maske, leer und ausdruckslos. May bereitete Steaks und gebackene Kartoffeln zum Abendessen zu, aber er sagte, er sei nicht hungrig. Sie saß allein mit Kylie am Küchentisch und zwang sich zu essen, damit Kylie auch etwas zu sich nahm.

»Können wir reden?«, fragte sie, als sie den Abwasch gemacht und Kylie ins Bett gebracht hatte. Martin saß im Wohnzimmer, ein Magazin auf dem Schoß, und starrte Löcher in die Luft. Eine Energie ging von ihm aus, eine Kraft, die ausgereicht hätte, um Möbel zu verrücken.

»Es gibt nichts zu reden.«

»Kylie spricht mit Engeln. Erinnerst du dich, im Flugzeug? Als sie wusste, dass wir notlanden mussten?«

»Das hat sie sich eingebildet. Du hast doch selbst gesagt, dass sie das Foto in meiner Brieftasche gesehen und sich deshalb diese verrückte Idee in den Kopf gesetzt hat.«

May nickte. »Natalies Foto, ja. Ich glaube, dass Ereignisse, die wirklich stattfinden, eine Art Sprungbrett für Kylies Träume und Fantasien sind. Hast du das blaue Tagebuch gesehen? Darin geht es im Kylie. Ich schreibe alles auf, was sie mir von ihren ›Visionen‹ erzählt.«

»Ich weiß. Ich habe dich dabei beobachtet.«

»Manche von ihnen handeln von Natalie.«

»Aber sie kennt sie nicht einmal.«

»Das spielt keine Rolle«, sagte May nachdrücklich. »Für Kylie ist sie völlig real. Kylie betrachtet Natalie als ihre Schwester.«

»May, hör auf! Sie hört auch Fische weinen. Sie hat eine lebhafte Fantasie, das ist alles.«

»Es geht dabei immer um das Thema Familie. Es ist stets dasselbe Muster. ›Fische haben auch eine Familie.‹ Genau das hat sie gesagt. Erinnerst du dich?«

»Mach, was du willst, aber ohne mich. Ich will die Vergangenheit ein für allemal begraben, hörst du? Eine Grube ausheben und weg damit! Ich weiß, dass du dich um Kylie sorgst und dass du Tagebuch schreibst. Aber bitte, May, lass mich aus dem Spiel. Und Natalie. Ich habe keine Lust, über sie oder die Vergangenheit zu reden. Die Vergangenheit steht auf einem anderen Blatt, ist ein anderes Kapitel, aus und vorbei.«

May blickte ihn an. »Ich glaube, das siehst du falsch«, entgegnete sie, plötzlich mit kaum verhohlener Wut. »Sie ist keineswegs aus und vorbei, sondern Teil der Gegenwart, unserer Gegenwart.«

Er sprang auf und stürmte hinaus, knallte die Fliegengittertür hinter sich zu und May sah, wie er zum See hinunterlief, um die Kurve bog und verschwand. Sie brauchte jemanden, mit dem sie reden konnte. Sie war immer der Ansicht gewesen, dass die Ehe eine Privatangelegenheit war und Paare ihre Probleme unter sich lösen sollten, aber plötzlich hatte sie den Telefonhörer in der Hand und wählte Tobins Nummer.

»Ich bin's«, sagte sie, als Tobin sich meldete.

»Und, wie sind die Flitterwochen?«

»Vorbei, bevor sie begonnen haben. Ich bin wütend, ich schwöre dir, ich könnte –«

»Ach du liebe Zeit, schieß los.«

»Martin hat sich einfach aus dem Staub gemacht.« Sie holte tief Luft.

»Was ist passiert?«

May erzählte ihr, dass Kylie nach Natalie gefragt und wie Martin reagiert hatte. »Er will die Vergangenheit ein für allemal begraben. Er hat keine Lust, über seine Tochter zu sprechen, und Kylie träumt andauernd von ihr.«

»Typisch Kylie. Sobald ihre Fantasie angeregt wird, nehmen ihre Träume Gestalt an.«

»Du kennst sie in- und auswendig«, sagte May, dankbar, dass es Tobin gab, und immer noch wütend auf Martin. »Ich hätte dich heiraten sollen, verdammt.«

»Das wussten wir doch immer, dass wir beide gut zusammenpassen. Aber Spaß beiseite, Martin wird sie bald besser kennen. Ich weiß, dass du es nicht gerne hörst, aber lass ihm Zeit. Das ist der beste Rat, den ich einer frisch gebackenen Ehefrau geben kann. Ihr müsst euch erst aneinander gewöhnen.«

»Er ist losgerannt wie ein Verrückter, um von mir wegzukommen.«

»Dann solltest du die entgegengesetzte Richtung einschlagen. Erinnerst du dich an die vielen Überstunden, die ich gemacht habe, als John und ich frisch verheiratet waren? Wie lange ich abends im Bridal Barn gearbeitet habe?«

»Aber du hast das Geld doch gebraucht, um die Anzahlung für euer Haus zu leisten, denke ich.«

»Das auch. Aber noch wichtiger war, dass jeder seinen Freiraum brauchte, damit wir uns nicht die ganze Zeit in den Haaren lagen.«

»Und dabei war es doch bei euch auf beiden Seiten die allererste große Liebe.« May wünschte, das gälte auch für Martin und sie. »Keiner von euch beiden war vorher verheiratet oder hatte Kinder mit einem anderen Partner. Du hattest Recht mit der Lebensgeschichte, die schon zur Hälfte geschrieben ist.«

»Inwiefern?«

»Wir haben beide eine Menge Gepäck mit in die Ehe gebracht, Altlasten, die man mit sich herumschleppt. Obwohl ich nicht mit Gordon verheiratet war –«

»Die Narben sind geblieben.«

»Es macht mich verrückt, dass er so stur ist und nicht mit seinem Vater sprechen will«, sagte May, an die sichtbaren Narben denkend.

»Weil du dir wünschst, du könntest mit deinem Vater sprechen.«

»Und dass er mir nichts über Natalie erzählt.«

»Gib ihm Zeit«, wiederholte Tobin mit einer Stimme, die alt und weise klang.

May lachte.

»Ich bin froh, dass du mich angerufen hast, May. Ich hatte schon Angst, dass du mir den Laufpass gegeben hast, wegen Genny Gardner. Sie ist nett, findest du nicht?«

»Ja, sehr.«

»Wird sie mir den Rang ablaufen?«

»Keine Bange, ich habe schon eine beste Freundin.«

»Wenn du meinen Rat hören willst: Du solltest versuchen, alleine mit ihm zu reden. Wenn es nichts bringt, die entgegengesetzte Richtung einzuschlagen, musst du ihm eben ein Stück entgegenkommen. Wie dem auch sei, ich weiß,

dass er dich liebt und tief in seinem Innern darauf brennt, mit dir zu reden.«
»Woher willst du das wissen?«
»Es ist Johns bestgehütetes Geheimnis«, sagte Tobin. »Aber er möchte, dass ich alles weiß.«

*

In dieser Nacht schlief Martin auf der Couch. Als er im Morgengrauen immer noch nicht ins Bett gekommen war, fühlte sich May innerlich hohl.
Sie ging ihrem Tagwerk nach, versuchte sich auf die Arbeiten zu konzentrieren, die anstanden. Da Martin wieder spät aufgeblieben und vor dem Fernseher eingeschlafen war, wusste May, dass sie ein großes Problem hatten. Sie rief Genny an und fragte, ob Charlotte bereit sei, sich um Kylie zu kümmern, damit sie eine Zeit lang mit Martin allein sein könne.
Als sie Kylie zu Genny gebracht hatte und heimkam, traf sie ihn im Garten hinter dem Haus an; die Hände um die Armlehnen des alten Birkenholzstuhls geklammert, starrte er auf den See hinaus. Er sah nicht auf, als sie näher trat, obwohl ihr Schatten über sein Gesicht fiel. May blickte ihn an, hatte Herzklopfen. Die Adern pulsierten an seinen Schläfen. Seine Miene war grimmig, und dabei hatte sie noch kein Wort gesagt.
Er war offenbar wieder gelaufen, Shorts und T-Shirt waren nass geschwitzt. Seine Arme und Beine glänzten vom Schweiß, die Haare waren aus den Augen gestrichen. Seit dem Streit hatte er nichts anderes getan als laufen, rudern und den Sandsack zu bearbeiten, der in der Scheune hing. Sie hatte letzte Nacht gehört, wie er auf den Sack eindrosch, als wollte er ihn in der Luft zerfetzen. Das Ge-

räusch hatte May Angst gemacht und sie hatte wachgelegen, bis es verstummte.
»Du verlässt mich.« Es war keine Frage, und May erstarrte.
»Soll das ein Witz sein?«
»Ich bin ein Scheusal, ich weiß.«
»Dann muss ich es dir ja nicht sagen«, entgegnete sie.
»Lass mich in Ruhe, ja?«
Schweigend sah sie ihn an. Martin starrte über ihren Kopf hinweg, seine Kiefermuskeln und Augen waren in den vergangenen zwei Tagen hart geworden. Grillen zirpten in dem hohen Gras hinter der Scheune. Der Himmel über dem See war purpurfarben, mit einem blaugoldenen Schimmer über den Bergen. Schwalben tauchten in die Schatten ein, fingen Käfer, tauchten wieder auf. Fische sprangen an die Oberfläche des Sees, schnappten nach tief umherschwirrenden Fliegen.
Mays Blick fiel auf Martins Hände. Sie hielten die Armlehnen des Sessels umklammert, jeder einzelne Finger war angespannt, grub sich in das Holz hinein. Die Adern an seinen Händen und Gelenken traten hervor, blau und von goldenem Flaum umgeben. Seine Knöchel waren wund von den Fausthieben, die er dem Sandsack verpasst hatte. Sie beugte sich vor und küsste den Knöchel des Zeigefingers seiner rechten Hand. Dann den Mittelfinger, und den Ringfinger.
»May, hör auf!«, stöhnte er.
Sie achtete nicht auf ihn. Sie küsste den Knöchel des kleinen Fingers und danach den rechten Daumen. Sie spürte, wie die Anspannung aus seinen Händen, aus seinen Armen wich.
»Lass mich«, sagte er abermals.
»Ich kann nicht.«
May war inzwischen zum Ringfinger seiner linken Hand

gelangt, an dem er den Ehering trug. Seinen Knöchel küssend, fuhr ihre Zunge über den goldenen Reif. Sie hörte ihn stöhnen, dann spürte sie seine rechte Hand auf ihrem Hinterkopf.
»Was machst du da?«
»Wir haben Gepäck. Das ist das ganze Problem.«
»Gepäck?«
»Magst du das Wort nicht? Das klingt nach Talkshows im Fernsehen. Wir haben zwei große Koffer, die mit den Altlasten gefüllt sind. Du hast einen, und ich habe einen.«
»Ich würde meinen am liebsten von der nächsten Klippe werfen.« Er blickte auf den See hinaus.
»Ich glaube, das funktioniert nicht. Die Vergangenheit würde dich wieder einholen. Man kann sie nicht ein für allemal begraben, nur weil man es gerne möchte.«
»Was soll ich dann tun?«
Purpurfarbene Schatten hatten sich bis zu den Bergen ausgebreitet, reichten bis zum Horizont. So weit im Norden blieb der Himmel im Sommer bis spät am Abend hell, klar und schimmernd, als wäre er mit Goldstaub gefüllt. Der Abendstern ging am Firmament auf, und auf dem See schrie ein Seetaucher.
»Ich möchte dir helfen«, sagte May.
»Wenn es darum geht, wenn es um sie geht, kann mir niemand helfen«, murmelte Martin an ihrem Nacken.
»Du meinst Natalie«, sagte May, weil Martin ihren Namen nicht ausgesprochen hatte.
May rückte leicht von ihm ab, nur um genug Raum zwischen ihnen zu lassen und ihm ungehindert in die Augen zu blicken. Sie waren schmerzerfüllt und beklommen, einer Panik nahe. Aber die eiskalte Wut war verschwunden.
»Es tut mir Leid, wie ich mich benommen habe«, sagte er.
»Ich weiß, mein Verhalten ist unentschuldbar. Aber ich

habe noch nie einen Menschen so nahe an mich herankommen lassen, zumindest nicht seit ihrem Tod. Wenn ich an sie denke, wenn ihr Name fällt, habe ich das Gefühl, verrückt zu werden. Während der Saison kann ich Dampf ablassen, bei der gegnerischen Mannschaft. Auf dem Eis ist das leicht.«

»Aber jetzt haben wir Sommer. Es gibt kein Eis.«

»Ja. Und es gibt Kylie und dich.«

»So ist es.«

»Im Sommer reagiere ich mich gewöhnlich so ab wie heute, gestern und vorgestern: ich verausgabe mich körperlich, bis zum Umfallen. Ich bin müde, May. Können wir –« Seine Stimme klang besser, als hätte er wieder Mut gefasst, und May wusste, dass er vorschlagen wollte, hineinzugehen, etwas zu essen und dann nach oben zu gehen.

»Lass uns noch einen Moment draußen bleiben«, erwiderte sie.

Der Himmel war hell und dunkel zugleich, und May spürte, wie Martin zitterte. Sie zog den zweiten Stuhl heran und setzte sich.

»Wir waren damals schon geschieden, ihre Mutter und ich«, begann Martin plötzlich. »Trisha lebte – lebt immer noch – in Kalifornien, in Santa Monica, und Natalie kam her, um den Sommer mit mir zu verbringen. Trisha war es Recht. Sie machte mir nie Schwierigkeiten, wenn ich Nat bei mir haben wollte. Dann hatte sie freie Bahn, aber es war nicht nur das. Sie wusste, sie hätte Nat und mich nicht auseinander bringen können, nur weil sie eine andere Sache laufen hatte.«

May hörte zu, den Blick in die endlose Weite des Himmels gerichtet.

»Es war vor sieben Jahren, im Juli, das Wetter war heiß und schwül. Ich hatte mir in der Saison eine Knieverletzung zugezogen, ziemlich schlimm, und war in Detroit operiert worden, bevor ich hierher kam. Eines Tages machten Natalie und ich eine Radtour, idiotisch, wie der Arzt meinte; ich weiß nicht, wie es passierte, aber irgendwie verrutschte die Kniescheibe. Ich musste zurück ins Krankenhaus, direkt unten am See in LaSalle, wenn man das so nennen kann.«

»Natalie war bei dir?« May konnte sich vorstellen, wie viel Angst das Mädchen gehabt hatte; sie erinnerte sich, wie furchtbar es für Kylie gewesen war, als sich May an einer Glasscherbe geschnitten hatte und in der Coastline Clinic genäht werden musste.

»Sie wich nicht von meiner Seite.«

»Töchter! Treu ohne Ende.«

»Geradezu dickschädelig. Sie brachten mich nach Toronto, in eine bessere Klinik mit einem Orthopäden, der zur ersten Garnitur gehört.«

»Die Twigg Universitätsklinik?« May stellte sich das vertraute Backsteingebäude vor.

»In der Nähe. Der Orthopäde ist auf Hockeyspieler spezialisiert. Trisha wollte, dass Nat nach Hause kommt, aber wir wollten nicht. Ich bekam nur eine Woche Schonzeit verordnet und sie las mir vor, wenn mir das Stillsitzen auf die Nerven ging.«

Ein Fisch sprang hoch; die Ringe, die sich im Wasser bildeten, fingen das Sternenlicht ein und ein goldener Schimmer breitete sich vor dem dunkler werdenden Himmel aus. May lauschte, bis das Plätschern verklang, wartete darauf, dass Martin fortfuhr.

»Mein Vater lebte damals in Toronto, unweit der Klinik. Wir waren nicht gerade ein Herz und eine Seele, aber wir hatten wieder Kontakt miteinander. Es hatte lange gedauert, bis ich ihm verziehen und ihm erlaubt hatte, bei meinen Spielen zuzuschauen, obwohl ich es mir mehr als alles in der Welt wünschte. Er hatte meine Mutter wie ein Stück Dreck behandelt, und zum Teufel – ich fühlte mich jedenfalls als Familienvorstand und nahm meine Rolle ernst. Aber er gab nicht auf. Schickte ständig Karten und Briefe, und als er herausfand, dass er eine Enkelin hatte, gab es kein Halten mehr. Er war ganz vernarrt in Natalie. Besuchte sie, so oft sich ihm die Gelegenheit bot.«

»In Santa Monica? Trotz der Entfernung?«

»Ja. Und sie liebte ihn. Sie gab ihm eine zweite Chance, was ich nie konnte. Er war ihr Grandpa, hatte ihr ein Puppenhaus in Lebensgröße gebaut, mit einer richtigen Türglocke und einem Kühlschrank für ihre kleinen Leckereien. In Nats Augen war er unfehlbar.«

»Sie hat euch miteinander versöhnt? Deinen Vater und dich?« So sollte es in einer Familie sein, dachte May: Liebe und verschiedene Generationen, die Brücken schlugen und die Risse der Vergangenheit kitteten.

»Eine Weile.« Martins Stimme klang gefährlich leise.

»Er nahm sie in seine Obhut, als du in der Klinik warst?«

Martin nickte. Eine Mücke schwirrte um seinen Kopf und er fing sie mit einer Hand. Der Seetaucher schrie abermals, doch als Martin mit der Hand auf die Armlehne schlug, verstummte der ganze See. »Er nahm sie in seine Obhut und brachte sie um.«

Mays spürte, wie das Blut in ihren Ohren rauschte und ihr die Haare zu Berge standen. »Nein, das kann nicht sein«, hörte sie sich sagen.

»Doch. Er ist ein notorischer Spieler. Das weißt du doch, oder? Dass er im Gefängnis sitzt, weil er Wetten gegen seine eigene Mannschaft abgeschlossen und Steuern hinterzogen hat!«

»Er hat Natalie nicht umgebracht«, flüsterte May, weil das

undenkbar war, schlimmer als alles, was sie sich vorzustellen vermochte.
Martin zog sein T-Shirt aus.
Der Himmel glühte, als hätte jemand in tiefster Nacht eine Kerze angezündet, die ihr sattes blaues Licht verströmte. Es strahlte von den Bergwänden ab, tauchte die grünen Kiefern in goldenes Licht, überzog die Felsen mit einem hellen Schimmer. Martins Brust war nackt und jeder Muskel zeichnete sich in dem seltsamen Licht klar ab. Die Haare glänzten, und darunter sah May das bizarre Muster der kreuz und quer verlaufenden Narben.
»Spieler haben Schulden«, sagte Martin. »Fast alle, auf die eine oder andere Weise. Sie gewinnen eine Weile, aber die Glückssträhne hält nicht ewig an. Als ich zehn war, bekam mein Vater Besuch von jemandem, dem er Geld schuldete. Er hat mich mit dem Messer bearbeitet. Das da habe ich ihm zu verdanken.«
May strich mit den Fingerspitzen über die Narben, Tränen liefen über ihre Wangen.
»Meine Mutter fand heraus, was passiert war, verbot meinem Vater das Haus und jeden weiteren Kontakt mit mir. Er zog noch am selben Abend aus und hielt sich an sein Versprechen. Wir sahen uns nie wieder, bis ich erwachsen war und als Profi Eishockey spielte.«
»Die Narben sind sehr tief.« May tastete mit den Fingern darüber, spürte, dass sie wie Stricke über Martins breiter Brust verliefen.
»Er behauptete, er habe sich geändert. Das alles gehöre der Vergangenheit an. Er sei älter und klüger geworden, wünsche sich nichts sehnlicher, als Großvater zu sein. Das Einzige, was ihm etwas bedeute, sei seine Familie – Natalie und ich. Wir seien alles, was er noch habe. Er sei ein alter Mann.«

»Als du in der Klinik warst –« May spürte plötzlich, wie kalt die Nacht war, die sich herabsenkte. Das Glühen am Horizont war erloschen und sie hätten überall sein können – in Black Hall oder am Strand – statt an einem von Bergen umgebenen See. Der Himmel war inzwischen pechschwarz, mit gewöhnlichen Sternen gesprenkelt.

»Ich hätte es wissen müssen. Das ist es, was ich nicht vergessen und worüber ich nicht hinwegkommen kann. Ich hatte am eigenen Leib erlebt, dass mein Vater vor Habgier über Leichen ging. Ich wusste, dass er früher Spielschulden gemacht hatte; wie konnte ich mir nur einbilden, das sei anders geworden?«

»Er hatte Spielschulden?«

»Und wie. Ein Vermögen. Er stand so tief in der Kreide, dass er sich keinen anderen Rat wusste, als Geld gegen die Mannschaft zu wetten, die er selber trainierte. Die Summe war hoch genug, um ihm wieder einmal jemanden auf den Hals zu hetzen und –«

May blinzelte und war mit einem Mal froh, dass es stockdunkel war. Sie konnte Martins Narben nicht mehr sehen und auch nicht mehr spüren, als sie ihre Hand fortzog. Sie zitterte, als Martin weitersprach, und hörte am Klang seiner Stimme, dass es ihm nicht anders erging.

»Eishockeystars verdienen viel Geld. Auf die Idee kommt man nicht, wenn man sich dieses Blockhaus anschaut, aber so ist es. Trainer gehören ebenfalls zu den Spitzenverdienern. Mein Vater war ein reicher Mann. Nicht nur in finanzieller Hinsicht, aber an jenem Tag ging es nur um Geld.«

»An welchem Tag?«

»An dem Tag, als sie wieder einmal kamen, um die Schulden meines Vaters einzutreiben.«

»Und Natalie war bei ihm?«

»Er lebte in einem Appartment direkt am Ontariosee. Eine

luxuriöse Gegend, wo auch andere berühmte Leute wohnten. Eine Sehenswürdigkeit, auf die man stets die Touristen hinwies, die eine Tour mit dem Schaufelraddampfer machten. Nat fand es aufregend. Sie spielte oft auf der Terrasse und hörte eine Stimme über Mikrofon sagen: ›Und dort oben lebt Serge Cartier …‹, wenn das Schiff vorbeifuhr.« Er hielt inne, dann fügte er hinzu, als sei ihm der Gedanke nachträglich gekommen: »Sie war auf der Terrasse, an jenem Tag.«

May hörte den Seetaucher weit draußen auf dem Wasser, hörte seinen kehligen, unheimlichen Schrei.

»Der Kerl hat sie an den Beinen gepackt und mit dem Kopf nach unten über die Brüstung gehalten.«

»Oh nein!«, flüsterte May.

»Sie muss Todesängste ausgestanden haben. Aber sie ließ sich nichts anmerken. Auch dann nicht, als er sie wieder hochzog und unbeschadet auf dem Boden absetzte. Sie rannte zu meinem Vater. Klammerte sich an ihn. Trotz allem, was sie ihr angetan hatten, machte sie sich Sorgen um ihn, wusste, dass er in großen Schwierigkeiten war.«

May, die anfangs befürchtet hatte, Natalie sei bei dem Sturz über die Brüstung zu Tode gekommen, fühlte sich unwillkürlich erleichtert. Sie hatte den Atem angehalten, nun holte sie tief Luft.

»Mein Vater wollte sie schleunigst aus der Gefahrenzone haben. Behauptete, er habe Angst gehabt, der Kerl würde beim nächsten Mal Ernst machen. Er warf sich dazwischen und versetzte ihr einen Stoß; nicht heftig, sagte er. Sagt er *immer noch.* Sie sei mit dem Kopf gegen die Tischecke geprallt, aber gleich wieder aufgestanden. Ihr sei nichts passiert.«

»Aber«, May war verwirrt.

»Sie kam mit mir nach Hause. Blieb die letzten beiden Wochen bei mir. Sie erzählte mir von dem bösen Mann und der Brüstung, aber sie erwähnte mit keiner Silbe, dass ihr Großvater sie gestoßen hatte. Ich rief meinen Vater an, sagte ihm, er sei für mich gestorben, dieses Mal für immer, und von ihm erfuhr ich, dass sich Natalie den Kopf angeschlagen hatte. Ich habe damals nicht weiter darüber nachgedacht, war zu sehr damit beschäftigt, ihn zu hassen, diesen Mistkerl.«

Martin atmete schwer, als käme er gerade von einem Wettrennen.

»Ihre Augen waren trübe, aber ich dachte, das käme vom Weinen. Sie weinte immer, wenn der Abschied nahte. Sie sollte am nächsten Tag zu ihrer Mutter zurück, der Flug war bereits gebucht.«

Martins Stöhnen ließ die Nacht erzittern. Es scheuchte die Vögel auf, ihre Schwingen peitschten die Oberfläche des Sees. May hielt seine Hand, weinte lautlos an seiner Seite.

»Sie starb in der Nacht.«

»Oh Martin.«

»Im Schlaf.«

»Gott«, flüsterte May.

»Es fand eine Autopsie statt. Sie hatte einen Schädelbruch, ein Blutgerinnsel hatte sich gebildet. Hirnblutungen, hieß es. Mein Vater rief in der Nacht an, nahm die ganze Schuld auf sich; er weinte und beteuerte immer wieder, das habe er nicht gewollt.«

»Natürlich hat er das nicht gewollt.«

»Es war allein meine Schuld.« Martin umklammerte wieder die Armlehnen des Stuhles. »Weil ich dem Scheißkerl überhaupt vertraut habe, und weil ich nicht gleich mit ihr ins Krankenhaus gefahren bin, zum Nachschauen.«

»Es war nicht deine Schuld.«

»Das habe ich mir lange einzureden versucht. Ich hasse

meinen Vater so sehr, dass ich gerne glauben möchte, dass ihr Tod allein auf sein Konto geht. Manchmal vergesse ich, dass er nicht wegen Mord, sondern wegen seiner unsauberen Geschäfte und der Steuerhinterziehung hinter Gittern sitzt.«

»Schuldzuweisungen und Schuldgefühle helfen nicht.« May dachte daran, wie lange sie den LKW-Fahrer für den Tod ihrer Eltern verantwortlich gemacht und ihn gehasst hatte, weil er ihr Vater und Mutter genommen hatte.

»Mag sein, aber sie sind nun einmal da. Jetzt weißt du, warum ich Kylie nicht erzählen konnte, was passiert ist. Ich konnte ihr nicht sagen, wie ich mein eigenes Kind in Gefahr gebracht und danach auch noch versäumt habe, sie ins Krankenhaus zu bringen, wo ihr geholfen worden wäre. Als sie Natalies Namen sagte, habe ich durchgedreht.«

»Du hast nicht durchgedreht. Du trauerst um sie.«

Sie hatten sich an den Händen gehalten, doch nun klammerten sie sich aneinander, als würden sie in einer Haut stecken, und sie spürte sein Herz an ihrem hämmern. Er weinte, aber er wollte es sich nicht anmerken lassen. Seine Schultern bebten und sie hielt und tröstete ihn, so gut sie es vermochte.

Der Wind frischte auf. Blätter raschelten über ihren Köpfen und das Geäst der Kiefern strich über die kahlen Flanken des Berges. Immer mehr Sterne waren aufgegangen und nun breitete sich die Milchstraße über ihnen aus.

»Kylie würde sich vor mir fürchten, wenn sie wüsste, was mit Natalie geschehen ist.«

»Kylie und ich sagen uns immer die Wahrheit. So haben wir es von Anfang an gehalten.«

»Wir werden ihr die Wahrheit sagen, gemeinsam. Aber sie wird Angst bekommen. Ich mache mir Sorgen um sie, May. Auch wenn du es nicht glaubst, aber ich mache mir große Sorgen. Ich sehe, was du alles in das blaue Notizbuch schreibst.«

»Das Traumtagebuch.«

»Ja. Ich möchte nicht der Anlass für weitere Albträume sein. Ich weiß, dass ihr Natalies Tod nicht mehr aus dem Kopf geht. Und sie starb auf grauenvolle Weise.«

»Es tut mir so Leid. Danke, dass du an Kylie denkst.«

»Sie ist meine Stieftochter. Du hast gestern gesagt, dass die Vergangenheit Teil unserer Gegenwart ist. Jede Begebenheit in unserem Leben und jeder Mensch.«

»Davon bin ich fest überzeugt«, sagte May. Martin hielt sie in den Armen. Aber trotzdem ertappte sie sich dabei, dass sie an die andere Person in der Geschichte dachte, die noch lebte und ebenfalls Teil ihrer gemeinsamen Gegenwart war, der Mann, von dem Martin nie freiwillig sprach: sein Vater.

10

Als sich ihre Zeit am Lac Vert dem Ende zuneigte, schien jeder Tag wichtiger zu sein. Der Sommer kam ihnen in diesem Jahr kürzer vor als jemals sonst. Am letzten Morgen fragte Martin, ob Kylie mit ihm zu den Fischgründen hinausrudern wolle, um ein letztes Mal nach der Urgroßvater-Forelle Ausschau zu halten.

»Ja«, erwiderte Kylie mit einem gewissen Zögern, das auf den Tag mit dem schlimmen Traum zurückzuführen war, draußen im Boot, als Martin so laut gebrüllt hatte. Obwohl sie seither Wanderungen, Picknicks und Bootsfahrten unternommen hatten, hatte Kylie sich meistens vergewissert, dass ihre Mutter mit von der Partie war. Aber heute machte es ihr nichts aus, ihn alleine zu begleiten. In letzter Zeit war er wieder genauso nett gewesen wie zu Anfang.

»Dann komm.« Martin nahm Ruder, Angeln, Eimer und die zugespitzten Haken. Kylie grub Würmer aus und schaufelte sie in den alten Kartoffelsack, während Martin das Boot belud. Sie war barfuß und der Schlamm quoll zwischen den Zehen ihrer nackten Füße hervor.

Sie ruderten direkt hinaus und glitten über das ruhige Wasser. Beim stetigen Heben und Senken der Ruder bildeten die kleinen Wellen hinter ihnen ein V. Kylie lehnte sich in dem alten Boot zurück und nahm den Geruch des Sommers in sich auf: das Seewasser, der getrocknete Schlamm am Boden des Bootes und die funkelnden Nadeln der Kiefern. Seetaucher und Schwäne schwammen am Ufer entlang.

Martin schwieg und Kylie auch. Während sie ihn anblickte, fragte sie sich, wieso sich immer so tiefe Falten um Augen und Mund der Erwachsenen eingruben. Unwillkürlich berührte sie ihr eigenes Gesicht, das glatt war. Martin sah es und lächelte. Aber er ruderte stumm weiter.
An der Stelle angekommen, an der sich der Fischgrund befand, befestigte Martin die Köder und sie warfen ihre Angeln aus. Als die Sonne hinter den Bäumen hervorkam, holte Martin zwei Kappen aus dem Eimer. Er setzte sich die eine auf und reichte Kylie die andere.
»Hier, für dich.«
»Für mich?« Sie hielt die Kappe in der Hand. Marineblau, mit einem jadeblauen Emblem, glich sie Martins aufs Haar, nur kleiner. Sie fühlte sich getragen an, das Lederband im Nacken ringelte sich leicht. Während Kylie sie hielt, ging ein Zittern durch ihre Finger und sie wusste, dass sie Natalie gehört hatte.
»Ja, für dich. Das ist eine Baseballkappe.«
»Aber du spielst doch Eishockey.«
»Stimmt, aber ein Eishockey-Helm wäre auf dem Wasser viel zu heiß. Im Sommer tragen wir hier Baseballkappen.«
»War das Natalies?« Kylie blickte ihn an.
»Ja.« Martin kniff die Augen zusammen, als er seine Angel einholte und abermals auswarf.
Kylie dachte an den Tag zurück, als er sie im Boot angeschrien hatte. Kurz danach hatten Mommy und Martin ihr erklärt, warum: Er vermisste Natalie so sehr, dass er manchmal völlig außer sich war, wenn er an sie dachte. Dann hatte Mommy ihr erzählt, wie Natalie gestorben war: dass sie ausgerutscht war und sich den Kopf angeschlagen hatte, als sie ihren Großvater besuchte, dass Martin nicht geahnt hatte, wie schlimm die Verletzung gewesen war, und sie nicht rechtzeitig zum Arzt gebracht hatte, um sie

zu retten. Und deshalb mache er sich schreckliche Vorwürfe.

»Warum darf ich sie tragen?«, fragte Kylie nun.

»Damit dir die Sonne nicht in die Augen scheint«, sagte er schließlich.

»Oh.« Kylie nickte, als sie die Kappe aufsetzte. Seine Antwort leuchtete ihr ein. Die Sonne stand zunehmend höher am Himmel und Mommy mochte es nicht, wenn sie einen Sonnenbrand bekam. Martin lächelte, als er sie ansah. Er streckte die Hand aus und rückte ihr den Schirm zurecht.

»*Voilà*.«

»Danke, D–« Zum ersten Mal, seit er sie angebrüllt hatte, hätte sie beinahe Daddy zu ihm gesagt. Aber sie biss sich auf die Lippen. »Danke, Martin.«

»Keine Ursache, Kylie.«

Bildete sie sich das ein oder sah Martin enttäuscht aus? Wie dem auch sei, sie angelten wieder miteinander und Martin war nicht mehr wütend. Kylie spürte den Frieden im Boot, der von Martin ausging, vor allem, wenn er die Baseballkappe auf ihrem Kopf anblickte. Es war beinahe so, als könnte er dabei Natalie vor sich sehen.

»Oh!«, rief Kylie plötzlich.

»Was ist?«

Natalie stand am Ostufer des Sees, in einem kühlen weißen Kleid und fächelte sich Luft mit ihren Flügeln zu. Kylie rutschte auf die linke Seite des Bootes hinüber, den Blick unverwandt auf Natalie gerichtet.

»Ich liebe meinen Vater«, sagte Natalie mit zitternder Unterlippe.

»Ich weiß«, flüsterte Kylie.

»Jedes Mal, wenn ich ihn sehe, erinnere ich mich daran, wie sehr.«

Kylie lauschte und blickte zu ihr hinüber, aber sie konnte

nicht mit normaler Stimme sprechen, weil Martin da war und auf der anderen Seite des Bootes angelte. Dennoch ließ sie Natalie keine Sekunde aus den Augen.
»Er hat dir meine Kappe gegeben.«
»Möchtest du sie wiederhaben?«
Natalie senkte den Kopf und begann zu weinen. Ihre Antwort schien nicht Ja zu sein, aber auch nicht Nein.
»Bitte sag es mir.«
»Er hat mir so viele Sachen geschenkt«, sagte Natalie. »Es war einfacher für mich, damals, als ich dachte, dass sie wichtig wären.«
»Sind sie das nicht?«
Natalie schüttelte den Kopf. »Ich versuche es dir klar zu machen … und ich sehe, du lernst dazu. Aber Boote und Spielsachen, ja nicht einmal die Kappe sind besonders wichtig, verglichen mit Liebe.«
Kylie lachte. »Natürlich sind sie wichtig. Ich kann sie berühren und sehen.«
»Manche Dinge kann man nicht mit den Augen sehen.« Natalie begann zu verblassen. »Hilf Daddy, zu verstehen.«
»Was denn?«, fragte Kylie, als Natalie verschwand. Wie konnte sie behaupten, die Kappe sei nicht wichtig? Hatte sie deswegen nicht geweint?
Kylie fragte sich, ob die Kappe wohl auf dem Wasser schwimmen könnte, ans andere Ufer des Sees. Sie nahm sie vom Kopf, tauchte sie ins Wasser. Sie ließ probeweise los und sah, dass sie zur Seite kippte, wie ein kleines Boot, dann füllte sie sich blitzschnell mit Wasser und begann zu sinken.
»Hoppla«, sagte Martin, »du hast deine Kappe verloren.« Er erwischte die Kappe im letzten Moment.
»Es tut mir Leid.«
»Ich habe gar nicht gemerkt, dass es windig geworden ist.«

Er trocknete die Kappe ab und setzte sie ihr wieder auf. Er sah sie merkwürdig an, als vermute er etwas.
»Mein Kopf war heiß. Ich wollte ihn nass machen«, sagte Kylie und suchte mit den Augen das Ufer ab.
»Wir gehen ein letztes Mal schwimmen, wenn wir wieder an Land sind.« Martin begann, nach Hause zu rudern. Natalie tauchte plötzlich wie aus dem Nichts wieder auf, stand unter den Kiefern. Kylie dachte daran, was sie über Dinge gesagt hatte, die man nicht mit den Augen sehen kann. In dem Moment warf Natalie ihr eine Kusshand zu und Kylie tat es ihr verwirrt nach.

*

Lac Vert in diesem Sommer zu verlassen bedeutete, nach einem letzten gemeinsamen Abendessen bei den Gardners von Genny und Ray, Charlotte und Mark Abschied zu nehmen. Den Cartiers fiel es schwer zu gehen, und die Gardners ließen sie nur ungern ziehen. Auch wenn Tobin und Tante Enid in ihrer Abwesenheit die Stellung gehalten hatten, wusste May, dass sie an die Arbeit zurück musste.
Martin hatte beschlossen, sie nach Toronto zu begleiten, weil Kylie im Juli dort den nächsten Arzttermin hatte, und dann weiter nach Connecticut zu fahren.

*

Sie ließen sich Zeit während der Fahrt, die am St. Lawrence River entlangführte, übernachteten in kleinen Ortschaften, die an der Strecke lagen. In Toronto zeigte ihnen Martin die Eishockey- und Baseballstadien. Er erzählte ihnen von der Hockey Hall of Fame, in der alle großen Spieler verewigt waren. May versuchte zuzuhören, aber ihre Gedanken waren bei dem kleinen blauen Notizbuch in ihrer Handtasche.

Schließlich erreichten sie die Twigg University, ein riesiges Anwesen mit weitläufigen Grünflächen und efeubewachsenen Backsteingebäuden im Norden der Stadt.

Dr. Ben Whitpens Büro befand sich in der Psychologischen Fakultät, in einem alten Gemäuer mit Bleiglasfenstern. Die Gänge waren dunkel und kühl, die schweren Türen zu den Hörsälen aus Eiche. Martin blieb stehen und blinzelte, versuchte, im Halbdunkel etwas zu erkennen.

»Du brauchst keine Angst zu haben.« Kylie hielt Martins Hand. Der Wunsch, ihm zu helfen, bewirkte offenbar, dass sie ihr eigenes Unbehagen in dieser Umgebung vergaß. »Ich hatte auch welche, aber nur beim ersten Mal.«

»Ich habe keine Angst, aber hier drinnen ist es stockdunkel.«

»So dunkel auch wieder nicht«, erwiderte Kylie.

»Alles in Ordnung?« May sah, wie er sich die Augen rieb.

»Meine Augen jucken. Ich sehe alles verschwommen. Vielleicht ist etwas hineingeflogen.«

»Möchtest du lieber draußen warten? Wir treffen dich dann später.«

»Keine schlechte Idee. Ich werde das Eisstadion in Augenschein nehmen. Wir treffen uns wieder hier, ja? Sagen wir, in einer Stunde?«

»Besser in zwei.«

Es kam May merkwürdig vor, an einem strahlenden Sommertag einen derart düsteren Ort zu betreten, mit einem Notizbuch, in dem die Albträume ihrer Tochter aufgezeichnet waren. Als Martin hinausging, stiegen May und Kylie eine Treppe höher, in das Dream Research Lab, und öffneten die Tür.

Dr. Whitpen begrüßte sie. In Jeans und lose darüber fallendem Polohemd, glich er eher einem graduierten Studenten als einem Arzt, der an einem hoch dotierten Traumforschungsprojekt arbeitete. Er brachte Kylie sofort in die Spielecke und sagte, sie solle sich ganz wie zu Hause fühlen, er wolle sich noch kurz mit ihrer Mutter unterhalten. Andere Ärzte saßen in abgeteilten winzigen Büros, arbeiteten am Computer oder telefonierten.

May folgte Dr. Whitpen in sein Büro. Sie beobachtete Kylie durch die Glastür und reichte ihm das Notizbuch.

»Wieder Träume von Engeln«, las er laut. »Gut, Sie haben die Ereignisse im Flugzeug aufgeschrieben. Sie hörte Geräusche und roch den Rauch, vor allen anderen. Sprach einen Mann an und bat ihn um Hilfe, wenn es an der Zeit wäre. Sagte, seine Tochter habe es ihr aufgetragen – seine Tochter?«

»Sie ist tot.«

»Aha.« Dr. Whitpen hob die Augenbrauen. Er las weiter. »Stumme Engel in Träumen, die ihren Kopf umschwirrten wie Motten. Interessant. Natalies Puppe, wollte die Puppe zur Hochzeit mitnehmen. Hochzeit?« Er sah hoch.

»Ich habe Ihnen doch gesagt, dass ich geheiratet habe.«

»Oh, ja, das freut mich sehr. Herzlichen Glückwunsch.«

»Ich habe den Mann aus dem Flugzeug geheiratet.«

»Den Mann, den Kylie angesprochen hat?« Dr. Whitpen sah verdutzt aus.

»Ja. Wir haben uns ineinander verliebt. Aber wir sind hier, um über Kylie zu sprechen.« May hatte plötzlich das Bedürfnis, ihre Beziehung zu Martin vor den Fragen des Forschers zu schützen. »Wie ich Ihnen bereits am Telefon sagte, mache ich mir ihretwegen nicht mehr so große Sorgen wie früher. Vielleicht war es ein Fehler, sie von einem Arzt zum anderen zu schleppen. Als wäre sie jemand Sonderbares, mit dem irgendetwas nicht stimmt.«

»Sie waren völlig aufgelöst bei unserer ersten Begegnung«, erinnerte er sie.

»Ich weiß.« May erinnerte sich, wie verzweifelt sie gewesen war. »Ich hatte sie zu dieser Gruppe von Ärzten in New York gebracht und jemand hatte das Wort Schizophrenie erwähnt ...«

»Kylie ist nicht schizophren«, erwiderte Dr. Whitpen mit Nachdruck. »Aber es gab auch noch andere Dinge, die Ihnen Kopfzerbrechen bereiteten.«

»Wir hatten gerade die ... Leiche gefunden.« May erschauerte. »Eigentlich nur noch ein Knochengerüst. Ein Skelett, das von zerlumpten Stofffetzen zusammengehalten wurde und im Wind klapperte, wie eine Vogelscheuche. Ich werde den Anblick nie vergessen. Und Kylie auch nicht, da bin ich mir sicher.«

»Sie träumte zunächst jede Nacht davon und danach begann sie, Engel zu sehen«, sagte Dr. Whitpen und las in seinen Aufzeichnungen. »Ihre zweite Begegnung mit dem Tod, kurz nachdem ihre Urgroßmutter gestorben war.«

»Sie ist sehr sensibel und einfühlsam. Sie kann es nicht ertragen, dass irgendein Lebewesen leidet. Als mein Mann und sie im Sommer einen Fisch fingen, sagte sie, sie habe ihn weinen hören. Wenn sie ein überfahrenes Tier am Straßenrand liegen sieht, ist sie untröstlich und fragt nach den Eltern und Kindern, die es hinterlässt.«

»Das war auch ihre Sorge, was den Erhängten anging – Richard Perry«, sagte Dr. Whitpen, mit einem Blick auf das Patientenblatt. »Die Sorge um die Familie, die er hinterließ.« Er blickte auf. »Die polizeilichen Ermittlungen ergaben, dass er Selbstmord begangen hatte, oder? Ein Einzelgänger, der mit dem Gesetz in Konflikt geraten war. Die Eltern weit weg, im Westen des Landes, keine Frau, keine Kinder.«

May nickte. »Kylie schrieb seinen Eltern eine Beileidskarte.«
»Ich erinnere mich.«
»Sie ist sehr zartfühlend«, begann May, »und hat eine erstaunliche Fantasie. Ich bin geneigt, zu glauben, dass sich damit der Rest erklärt. Oder zumindest genug vom Rest. Ich denke, das wird heute unser letzter Besuch sein.«
»Wenn das Ihr Wunsch ist, respektiere ich ihn natürlich. Obwohl ich hoffe, dass Sie weitermachen. Lassen Sie mich mit ihr reden, ja? Um ein Gefühl für ihre Perspektive zu bekommen. Ich möchte sie nach den stummen Engeln in ihrem Traum fragen.«
Dr. Whitpen nahm das blaue Notizbuch und ging May voran zur Spielecke. Er holte das Kartenspiel heraus, während Kylie ihn beobachtete. Zuerst mischte sie die Karten, danach er. Er legte den Stapel auf den Tisch, dann teilte er ihn in zwei Hälften, die er übereinander legte.
»Die oberste Karte.«
»Rot.«
Er sah nach: Rot.
»Die Nächste.«
»Blau.«
Dr. Whitpen zeigte ihr, dass sie richtig getippt hatte, und sie klatschte in die Hände. Als die letzte Karte auf diese Weise erreicht war, hatte Kylie nur drei Mal die falsche Farbe angesagt. Er wollte wieder mit der obersten Karte des Stapels anfangen, aber Kylie langweilte sich und ging zum Puppenhaus.
Er kauerte sich auf die andere Seite und sah zu, wie Kylie die Puppenfamilie, Haustiere und Möbel aufstellte. May lehnte sich zurück, während Kylie das kleine Puppenmädchen durch das Puppenhaus fliegen ließ, als sei es ein Vogel.

»Wer ist das?«, fragte Dr. Whitpen.
»Natalie.«
»Ihre Puppe, meinst du?«
»Nein, Natalie. Meine Schwester.«
»Was macht sie da?« Dr. Whitpen sah, wie Kylie die Arme der Puppe auf und ab schwenkte.
»Sie redet.«
»Mit den Armen?«
»Vielleicht.«
»Kann sie nicht sprechen?«, fragte Dr. Whitpen und May wusste, dass er auf die stummen Engel anspielte.
Kylie lächelte ihn an, als hätte er gerade einen Witz gemacht. »Bei mir braucht sie keine Worte. Ich verstehe sie auch so.«
»Was sagt sie?«
»›Hilf mir‹«, Kylie sprach in einem fremden Tonfall.
»Was für eine Art Hilfe braucht sie denn?« Dr. Whitpen beugte sich näher zu ihr hinüber.
»Ich bin mir nicht sicher. Sie will ihre Baseballkappe nicht wiederhaben. Und manche Leute können mit den Augen nicht sehen.« Kylie sah aus, als würde sie jeden Moment in Tränen ausbrechen. Sie legte die Puppe ins Haus zurück, ein Zeichen, dass das Spiel zu Ende war. Sie lief zu dem niedrigen Tisch, auf dem Papier und Wachsmalkreiden lagen, und begann zu malen.
»Deine Mutter hat geheiratet«, sagte Dr. Whitpen, der ihr gefolgt war.
»Ich habe jetzt einen Vater.« Kylie malte, schnell und angestrengt. »Und eine Schwester.«
»Natalie.«
»Richtig!« Kylie hielt inne und strahlte vor Freude, als sie hörte, wie er ihren Namen aussprach.
»Wie sieht sie aus?«

»Hübsch.« Sie begann wieder zu malen. »Sie hat Flügel und trägt ein weißes Kleid.«
»Wie die anderen Engel, die du gesehen hast?«
Kylie schüttelte den Kopf. »Niemand sieht wie Natalie aus. Sie ist wirklich.«
»Die anderen nicht?« Dr. Whitpen lächelte.
»Nein, aber sie hab ich lieb und das macht alles *wirklicher.*« Kylie blickte ihm in die Augen. »Ich weiß nicht, wie die anderen heißen, aber ihren Namen kenne ich: Natalie Cartier.«
May sah, wie sie sich wieder darauf konzentrierte, Bilder auf das weiße Papier malen. Dr. Whitpen stand auf und gesellte sich zu ihr. Er hob die Brauen. »Natalie Cartier? Sie haben Martin Cartier geheiratet?«
»Ja.« May hatte gewusst, dass Martin berühmt war, aber sie hatte irgendwie nicht erwartet, dass ein Wissenschaftler den Namen kannte. »Sind Sie Eishockeyfan?«
»Eigentlich nicht. Ich kenne den Namen aus anderen Gründen. Seine Tochter starb bei einem tragischen Unfall.«
»Sie wissen davon?«
»So ziemlich jeder in Kanada kennt die Geschichte. Ihr Großvater war für ihren Tod verantwortlich. Er war früher selbst ein bekannter Eishockeyspieler, bevor er auf die schiefe Bahn geriet; ließ sich mit Kriminellen ein, soweit ich weiß. Er war indirekt schuld an Natalies Tod und musste später ins Gefängnis, wegen Manipulation der Eishockeyspiele und Steuerhinterziehung. Es war ein Skandal, der die ganze Nation erschütterte.«
May sah zu Kylie hinüber, um festzustellen, ob sie zuhörte, aber sie malte wie besessen und führte dabei laut Selbstgespräche. Das Bild nahm Gestalt an: der See, der Pavillon, Kiefern, ein Mädchen, eine Kappe, die auf dem Wasser trieb.

»Martin redet nicht über ihn. Und auch nicht über Natalie.«
»Nie?«
»Kaum. Das Thema ist zu schmerzlich für ihn. Warum?«
»Das könnte erklären, warum sich Kylie Martin ausgesucht hat; möglicherweise besteht da eine Verbindung.« Er klang aufgeregt.
»Was für eine Verbindung?« May widerstrebte die Richtung, die die Unterhaltung angenommen hatte.
»Der schreckliche Tod des Mädchens, die Unfähigkeit des Vaters, sich der Tatsache zu stellen –«
»Was wollen Sie damit sagen? Dass Martin mich geheiratet hat, weil Kylie hellsichtig ist?« May stand auf. »Da sind Sie aber auf dem Holzweg! Er wollte nicht einmal mit hereinkommen. Er vertreibt sich jetzt irgendwo draußen die Zeit, auf dem Campus – er hat uns nur hergebracht und ist gleich wieder weg. Er will nichts mit dieser Sache hier zu tun haben.«
»Ms. Taylor – ich meine, Mrs. Cartier. Bitte setzen Sie sich. Verzeihen Sie, aber das meinte ich nicht damit. Bitte!«
May wollte Kylie nicht beunruhigen und nahm wieder Platz. Sie sah, wie Kylie Berge um den See malte, Wolken in den blauen Himmel, einen großen Fisch unter der Oberfläche des Wassers.
»Was meinten Sie dann?«, sagte May.
»Ihr Mann ist sich dessen vielleicht gar nicht bewusst. Vermutlich nicht. Ich denke an Kylie.«
»Kylie?«
»Ihre Tochter besitzt eine ganz besondere Gabe.«
»Das wussten wir bereits.« Mays Herz klopfte. Sie wollte auf der Stelle gehen und nie mehr wiederkommen. Martin wartete unten. Sie würde Dr. Whitpen das Notizbuch überlassen, mochte er damit tun, was er wollte.

»Natürlich, aber –«

»Mir reicht es! Karten, Puppen, Traumtagebuch. Kylie hat eine besondere Gabe, das gebe ich zu. Unsere ganze Familie glaubt an Magie – jedenfalls auf eine gewisse Weise. So lange Kylie nicht krank, nicht schizophren ist ...«

»Das ist sie nicht. Aber sie ist auch nicht wie andere Mitglieder Ihrer Familie. Sie kann durch den Schleier sehen.«

»Was für einen Schleier?« May hatte noch nie etwas davon gehört.

»Den Schleier zwischen den Welten. Dieser Welt und der nächsten«, erklärte ihr Dr. Whitpen.

May saß reglos da.

»Warum haben Sie ausgerechnet diesen Weg im Lovecraft-Naturpark gewählt, ich meine an dem Tag, als Kylie und Sie den Erhängten fanden? Sie mussten mitten durchs Unterholz, um an die Stelle zu gelangen. Der Tote hing dort schon lange. Er wollte gefunden werden, hat auf Sie gewartet.«

»Unsinn.«

»Kylie hat es Ihnen gesagt, stimmt's? Sie hat gesagt, dass sie den Pfad entlanggehen möchte.«

May schloss die Augen, erinnerte sich an den Tag. Es war kühl gewesen, überall fiel das Herbstlaub von den Bäumen. Kylie hatte ihre Hand ergriffen und sie durch das dichte Gestrüpp gelotst, einen schmalen gewundenen Pfad entlang bis zu einer Lichtung, und dort waren sie auf das Skelett gestoßen. Richard Perry, ein Einzelgänger aus Kalifornien, der in Worcester mit Drogen gehandelt hatte, ohne Familie, die sich Gedanken machte, wo er stecken mochte, oder Sorgen, als er nicht nach Hause kam.

»Kylie fühlte sich auf Anhieb zu Martin hingezogen, weil Natalie ihr etwas Wichtiges zu sagen hat«, fuhr Dr. Whitpen fort. »Etwas, von dem sie möchte, dass ihr Vater es weiß.«

»Das glaube ich einfach nicht.«

»Vielleicht hat es mit Natalies Großvater zu tun. Oder mit ihrem Tod. Es könnte sich um eine Botschaft handeln, oder eine Warnung für die Lebenden – für Martin selbst.«

»Ich war immer offen für Ihre Ideen. Aber das ist mir zu verschroben.« May erhob sich und winkte Kylie. »Komm, Liebes. Wir fahren jetzt nach Hause.«

»Der Schleier ist dünn, Mrs. Cartier«, sagte der Doktor. »So dünn, dass jeder von uns hindurchsehen könnte. Aber die meisten Menschen haben Angst davor und deshalb schauen sie lieber weg. Kylie nicht; sie wird weiter hinschauen, ob Sie ihr nun helfen oder nicht.«

»Komm, Kylie.« Das Blut rauschte in Mays Ohren, als sie ihre Tochter an die Hand nahm. Plötzlich kam ihr Ben Whitpen wie ein verrückter Professor vor. Seine Erklärung für ihre Begegnung mit Martin war völlig an den Haaren herbeigezogen. Ihr Ego war angeschlagen. Sie nahm ihre Handtasche und ging zur Tür. Kylie machte ein überraschtes Gesicht, aber sie leistete keinen Widerstand. May sah das Notizbuch auf dem Fußboden neben ihrem Stuhl liegen. Zögernd hob sie es auf und verstaute es in ihrer Handtasche.

*

Das Geschäft lief auf Hochtouren, kaum dass sie wieder zu Hause war. Tobin brachte May auf Trab, als sie ihr die Ordner von sechs neuen Kundinnen überreichte.

»Ach du liebe Zeit, du hattest ja alle Hände voll zu tun«, sagte May.

»Ich wollte nur beweisen, dass wir es notfalls auch ohne dich schaffen.«

»Jetzt bin ich ja wieder da.«
»Und, wie fühlst du dich als verheiratete Frau?«
»Fantastisch.« May lachte, versuchte zu zeigen, dass alles in bester Ordnung war. Natalie, Martins Vater oder die Studie in Toronto erwähnte sie mit keiner Silbe. Nach dem letzten Anruf hatte sie ein schlechtes Gewissen, weil sie zu viel preisgegeben hatte. Sollten bestimmte Dinge in einer Ehe nicht vertraulich bleiben? Nun würde Tobin Martin womöglich verurteilen und ihr alles unter die Nase reiben, was sie ihr über den Streit erzählt hatte.
»Wirklich?«
»Ja. Wir werden bis zum Beginn der Eishockeysaison in Black Hall bleiben, und dann ziehen wir nach Boston, in Martins Haus. Auf dem Beacon Hill.«
»Beacon Hill, soso. Da gehörst zu ja zu den oberen Zehntausend.«
May runzelte die Stirn.
»Das sollte ein Scherz sein, May.«
»Ich weiß«, sagte sie abwinkend. »Es ist nur ... wir sind so glücklich. Die Flitterwochen am See waren himmlisch. Und jetzt kann ich es kaum erwarten, nach Boston zu ziehen.«
»Auf den Beacon Hill.«
May ging zu ihrem Schreibtisch, um die liegen gebliebene Arbeit nachzuholen und dem beklemmenden Gefühl zu entkommen, das sie plötzlich in der Gegenwart ihrer besten Freundin empfand. Sie fühlte sich verunsichert, wusste nicht, wo die Grenze lag zwischen dem, was sie ihr anvertrauen durfte und was sie lieber für sich behalten sollte. Konnte sie ihr erzählen, was Dr. Whitpen gesagt hatte, ohne allzu viel über die Cartiers auszuplaudern?
Später am Vormittag rief eine Sprechstundenhilfe aus Dr. Halls Praxis an, um Martins Termin für den folgenden

Dienstag zu bestätigen und ihn daran zu erinnern, seine Röntgenbilder mitzubringen. Verwirrt versprach May, es ihm auszurichten. Tobin sah zu ihr herüber, aber May schwieg.

Als Martin an diesem Abend vom Training nach Hause kam, erzählte ihm May von dem Anruf.

»Ach ja! Nur die übliche Generaluntersuchung. Die Mannschaft möchte wissen, ob ich mein Geld noch wert bin.«

»Mehr nicht?«

»Eine Generaluntersuchung, *c'est tout.*«

»Aber sie hat Röntgenbilder erwähnt.«

Martin lachte. »Die muss ich immer mitbringen. Ich spiele Eishockey. Ich wurde so oft geröntgt, dass ich ihm Dunkeln glühe. Komm, lass uns nach oben gehen, dann werde ich es dir zeigen.«

»Habe ich schon gesehen –« May schmiegte sich in seine Arme. Sie küssten sich und er zog sie auf das Sofa.

»Ich werde dir verraten, worüber wir uns wirklich Sorgen machen müssen«, sagte er, ihren Hals liebkosend. »Die Reporter. Sie werden wie die Geier über uns herfallen – die Neuigkeit ist durchgesickert und die Geschichte von unserer Hochzeit wird Schlagzeilen machen. Wir können uns glücklich schätzen, dass die Leute am See unsere Privatsphäre respektieren. Ihnen haben wir unsere wunderbaren, ungestörten Flitterwochen zu verdanken.«

May hatte das seltsame Gefühl, dass er ihr nicht die ganze Wahrheit sagte, dass er sie von der Sache mit dem Arzt ablenken wollte. Aber er hatte keinen Grund, sie wegen der Röntgenaufnahmen oder der Generaluntersuchung, der sich die gesamte Mannschaft unterziehen musste, anzulügen. Er war Eishockey-Profi. Verletzungen und Arztbesuche waren an der Tagesordnung.

Trotzdem spürte sie tief in ihrem Innern, dass Martin ihr

irgendetwas verschwieg. Sie hätte am liebsten Tobin angerufen, um mit ihrer Freundin über ihre Befürchtungen zu sprechen, hatte aber Angst, dass sie das Unheil damit geradezu heraufbeschwor. Stattdessen ging sie hinauf, um nach Kylie zu sehen, und stand lange da, betrachtete ihr schlafendes Kind.

*

Später, als er neben May lag, lauschte Martin ihren gleichmäßigen Atemzügen. Sie wirkte angespannt seit dem Arztbesuch in Toronto. Er hatte gehofft, die Heimkehr würde sie beruhigen, aber sie wirkte seither noch besorgter. Heute Abend hatten sie sich geliebt und danach war sie endlich in seinen Armen eingeschlafen. Um sicherzugehen, beobachtete er, wie sich ihr Brustkorb hob und senkte. Dann stieg er leise aus dem Bett.

Er ging ins Bad und schloss die Tür. Dann knipste er das Licht an und musterte sich im Spiegel. So viele Narben, so viele Male, wo er von Schlägern und Pucks getroffen worden war. Er beugte sich vor und legte den Kopf schief, um die verletzte Seite zu inspizieren. Er hatte eine leichte Delle, direkt über und hinter dem rechten Ohr.

Die Röntgenaufnahmen, an die ihn die törichte Sprechstundenhilfe erinnern wollte, waren im Sommer gemacht worden.

Während der letzten Saison, in einem Spiel gegen Chicago, hatte ihn ein Puck mit voller Wucht am Kopf getroffen. Die Platzwunde und die Gehirnerschütterung waren offenkundig, und er musste die nächsten beiden Spiele aussetzen. Beim dritten war er wieder dabei gewesen, gegen den Rat des Arztes. Keine Probleme für den Rest der Saison. Aber dann, an dem Morgen, als er mit Kylie beim Angeln gewesen war, hatten die Kopfschmerzen angefangen. Stechende, hämmernde Kopfschmerzen, so dass er alles doppelt sah. Er hatte es auf die grelle Sonne geschoben, auf die Tatsache, dass er nicht gefrühstückt hatte, auf den Stress – auch wenn er wunderbar war – als frisch gebackener Ehemann. An jenem Abend hatte May über irgendetwas mit ihm sprechen wollen, über Natalie oder seinen Vater, und Martin hatte sie angefahren. Am nächsten Tag hatte er seine Kopfschmerzen für sein unmögliches Benehmen verantwortlich gemacht.

Dann waren sie nach Toronto gefahren. Er hatte vorgehabt, May und Kylie zum Arzt zu begleiten, hinauf in den ersten Stock, um ihnen den Rücken zu stärken. Doch beim Betreten des Gebäudes war plötzlich alles dunkel gewesen. Er hatte nichts mehr gesehen und befürchtet, ohnmächtig zu werden. Dort, in Eingangshalle des altehrwürdigen Gebäudes, hatte er das Gefühl gehabt, sterben zu müssen.

Deshalb hatte er das Naheliegende getan und war ins nächste Krankenhaus gefahren, um sich auf die Schnelle untersuchen zu lassen. Da er sein Leben lang Eishockey gespielt hatte, war er an Notaufnahmen, Röntgengeräte, Ärzte und Krankenschwestern gewöhnt. Es war ihm nicht in den Sinn gekommen, May davon zu erzählen – oder vielleicht doch. Aber sie hätte sich Sorgen gemacht, hätte darauf bestanden mitzukommen und die Angelegenheit damit nur unnötig aufgebauscht.

Merkwürdig, dieser Zufall: Das Krankenhaus in Toronto war dasselbe gewesen, in dem er mit seiner Knieverletzung gelegen hatte, als Natalie bei seinem Vater gewohnt hatte. *Déjà vu*, hatte er während der Untersuchung immerfort gedacht.

Dieses Mal hatte man eine Schädelfraktur am Haaransatz entdeckt. Keine große Sache, nur eine Verletzung von vie-

len. Die Ärzte hatten ihn nach Hause geschickt und empfohlen, das Röntgenbild dem Mannschaftsarzt zu geben – dessen dumme Sprechstundenhilfe beschlossen hatte, seinem Gedächtnis auf die Sprünge zu helfen, und May die Nachricht an ihn hinterlassen hatte.
Seltsam war, dachte er, als er das Licht ausschaltete, dass seine Kopfschmerzen sich kaum noch bemerkbar machten. Er hatte die Zähne zusammengebissen und der Schmerz war vergangen. So war es immer gewesen, mit allem. Jammern hatte ihm noch nie gut getan. Er hielt nichts davon, andere mit seinen Problemen zu behelligen, hatte sie immer alleine in den Griff bekommen. Die Ehe hatte daran nichts geändert, er wollte May nicht mit jeder Lappalie belasten.
Vergangenheit oder Gegenwart, das war gleich. Seit May die Wahrheit über Natalie und seinen Vater kannte, schien sie gewillt zu sein, alles auf sich beruhen zu lassen. Das war gut so. Je mehr Gras darüber wuchs, desto besser. Die alten Geschichten über seine Familie wieder aufzuwärmen würde niemanden glücklich machen.

*

Im Sommer hatten viele Verlobungen stattgefunden. May hörte sich den ganzen Tag über jede Geschichte geduldig an. Sie machte sich gewissenhaft Notizen. Oft kamen ihr nach den Schilderungen über den Heiratsantrag oder die Verlobung die besten Ideen für die Hochzeit. Eine Frau hatte erzählt, dass sie mit ihrem Freund eine Woche in Italien, in Positano, Urlaub machen wollte. Sie hatten das Gepäck aufgegeben und die Sicherheitskontrolle am Flughafen passiert, als plötzlich der Alarm losgegangen war. Als ihr Freund gebeten wurde, seine Taschen auszuleeren, hatte er sich geweigert. Im Nu wimmelte es von Sicherheitsbeamten und als sie die Handschellen herausholten und die junge Frau in Panik geriet, hatte er sich auf ein Knie herabgelassen und eine kleine Schachtel aus der Tasche gezogen.

Die anderen Passagiere hatten sie umringt. »Er macht ihr einen Heiratsantrag, er macht ihr einen Heiratsantrag«, hatten sie sich zugeraunt. Ihr Freund hatte einen Brillantring aus der Schachtel genommen und sie gebeten, seine Frau zu werden.

»Ich habe Ja gesagt«, hatte die Frau, deren Name Jean Wesley war, May erzählt. »Ich konnte es nicht fassen, war wie im Schock. Er hatte warten wollen, bis wir in Italien waren, aber der Ring hatte den Alarm ausgelöst. Wir würden gerne am Valentinstag heiraten.«

Während sie sich lächelnd Notizen machte, läutete plötzlich das Telefon. Tobin ging ran und May hörte, wie sie sich in freundschaftlichem Ton mit jemandem unterhielt. Sie lachte, dann legte sie auf. Sie winkte May zu sich ans Fenster.

»Das war dein Mann.«

»Wollte er nicht mit mir sprechen?«

»Er kommt her – die Schlacht hat begonnen.«

»Die was?«

»Die Presse hat Wind von dir bekommen. Sie sind auf dem Weg hierher.«

*

Die Übertragungswagen standen in respektvoller Distanz, das heißt, sie hielten sich von den Rosenbeeten und dem Kräutergarten fern. Die Reporter schwärmten aus, während die Techniker mit Kameras, Mikrofonen und Beleuchtung die Gegend unsicher machten. Anweisungen wurden

gebrüllt, Kabel über die grünen Rasenflächen und Steinmauern geschleift.
Wie an jedem anderen Tag im Fleet Center, Madison Square Garden oder Maple Leaf Gardens, dachte Martin. Aber das war Mays und Enids Wiese, ihr friedvolles Heim. Die Pressekonferenz hätte anderswo stattfinden sollen, aber die Geier hatten sie ausfindig gemacht und belagerten sie nun.
»Und das alles nur, weil wir geheiratet haben?«, fragte May mit einer kleinen Sorgenfalte auf der Stirn.
»Falls du irgendwelche Geheimnisse hast, wäre es jetzt an der Zeit, sie mir zu beichten«, sagte Martin.
»Ich kenne sie alle«, lachte Tobin.
»Erzähl sie mir nachher, ja?«
»Ich kann nicht glauben, dass die Geschichte eine Schlagzeile wert ist. Ich meine, unsere Hochzeit. Schließlich hat sie in aller Stille stattgefunden.«
»Es gibt eben noch andere Frauen, die ihn gerne hätten«, sagte Kylie.
»Sie kriegen ihn aber nicht.« Tobin sah May über Kylies Kopf hinweg mit Verschwörermiene an, während alle lachten.
»Sie würden dankend verzichten, wenn sie mich näher kennen würden«, sagte Martin zu Kylie. »Nur deine Mutter war blind genug, um mich zu heiraten.«
»Blind wie ein Maulwurf.« May schloss die Augen und beugte sich vor, um Martin zu küssen. Obwohl die Pressekonferenz erst in zehn Minuten beginnen sollte, brach ein Blitzlichtgewitter los und die Kameras klickten unaufhörlich.
»Seid ihr böse auf mich, weil ich das Geheimnis verraten habe?«, fragte Kylie bang.
Sie war so stolz auf ihren Stiefvater gewesen, dass sie je-

dem erzählt hatte, ihr Name sei ›Kylie Cartier‹. Außerdem hatte sie Mickey und Eddie beweisen wollen, dass sie keine Ahnung hatten, als die beiden sie im Mai eine Lügnerin genannt hatten. Die Schwester der Frau, die ehrenamtlich bei der Essensausgabe in der Schule half, war beim Fernsehsender WBTR beschäftigt und hatte die Neuigkeit herausposaunt. Sie hatte sich wie ein Lauffeuer verbreitet.

Martin lächelte auf Kylie herab. Während sich die Erwachsenen an eine Steinmauer lehnten, saß Kylie im Schneidersitz zu ihren Füßen. Sie trug Natalies alte blaue Blue-Jays-Kappe, die er ihr am letzten Tag auf dem See geschenkt hatte, und ihr Anblick war nicht mehr ganz so schmerzhaft für ihn. »*Mais non.* Wir sind nicht böse. Nicht die Bohne.«

»Und wer hat dir gesagt, dass andere Frauen ihn gerne hätten?«, fragte May.

»Die anderen im Bus. Dass ihr geheiratet habt, kam im Radio, auf der Heimfahrt von der Schule. Die großen Mädchen haben es gesagt, und dann hat unsere Busfahrerin, Mrs. Patterson, so getan, als würde sie Krokodilstränen vergießen. Sie hat gemeint, das Einzige, was ihr das Leben versüßt, ist Martins Poster an der Wand in ihrem Schlafzimmer.«

»Wenn ich ihr Mann wäre, würde ich es in Fetzen reißen«, erklärte Martin.

»Ich musste versprechen, ein Autogramm für sie zu besorgen. Und für Mickey, Eddie, Jeff und Austin.«

»Kann ich auch eins haben?«, fragte Tobin.

Martin schüttelte lächelnd den Kopf.

Inzwischen hatte Pete McMahon, der Pressesprecher der Bruins, die offizielle Verlautbarung beendet und der große Augenblick war gekommen. Grelles Scheinwerferlicht flammte über ihnen auf, obwohl der Himmel blau und wolkenlos war. Martin legte den rechten Arm um May und

die linke Hand auf Kylies Kopf. Er schluckte, seine Kehle war jetzt schon trocken. Tausend Mal hatte er sich den Medien schon gestellt, doch er war noch nie so nervös und unruhig gewesen.
»Alles klar, Martin?«, fragte Pete und kam zu ihnen herüber. »Bei Ihnen auch, May?«
»Könnte sein, dass ich Ihnen nachher den Hals umdrehe«, knurrte Martin.
Pete lachte. Martins Schultermuskeln spannten sich, genauso wie in dem Moment, wenn er den Drang verspürte, seinen Gegner auf dem Eis mit einem Slam in die Bande zu donnern. Aber Pete war ein netter Kerl. Es war nicht sein Verschulden, sondern seine Aufgabe, Öffentlichkeitsarbeit zu leisten.
Folglich hatten sie die Köpfe zusammengesteckt und gemeinsam eine Strategie ausgeheckt, wie man den Medien begegnen sollte. In einem Stanley-Cup-Jahr schirmte Boston seine Eishockeystars nach allen Regeln der Kunst ab. Pete hatte Martin erzählt, dass eine Illustrierte May als »Goldgräberin« bezeichnet hatte. Daraufhin hatte Martin vorgeschlagen, Pete solle den Herausgeber warnen und ihn dazu veranlassen, diese Bezeichnung zurückzunehmen, oder der Betreffende könne sich nach einem neuen Gesicht umsehen. Martin wollte, dass Pete alleine mit den Reportern redete, aber Pete war der Meinung, dass sich künftige Übergriffe am besten vermeiden ließen, wenn man ihnen die Möglichkeit gab, May und Kylie in aller Fairness unter die Lupe zu nehmen.
Deshalb hatte Martin der Pressekonferenz zugestimmt.
»Bist du bereit, Liebste?«
May nickte, nervös und angespannt. Martin sah Pete finster an und gab das Startzeichen. Als Pete vor die Kamera trat, rückte er seine Krawatte zurecht und strich sein Haar

zurück. Die Reportage sollte von einigen Bostoner Sendern live übertragen werden und einer der Aufnahmeleiter begann mit dem Count-down. »Vier, drei, zwei …«

»Am siebzehnten Juni 2000 gaben sich Martin Cartier und May Taylor das Jawort. Die Hochzeit fand im engsten Familien- und Freundeskreis am Lac Vert, in der idyllischen Bergwelt der Laurentides, nördlich von Quebec in Kanada, statt. Die beiden möchten Sie nun, gemeinsam mit Ms. Taylors Tochter Kylie, begrüßen und stehen Ihnen gerne für weitere Fragen zur Verfügung.«

»Cartier, Mommy«, sagte Kylie.

»Ich weiß, Liebes«, flüsterte May erschrocken. Sie starrte auf die geschlossene Front der Kameras wie ein Reh, das vom Scheinwerferlicht gelähmt war.

»Aber er hat Taylor gesagt, und dabei sind wir jetzt Cartiers!«

»Richtig, Kylie«, sagte Martin mit Nachdruck, als die Meute der Reporter zu lachen begann, Pete verzweifelt den Kopf schüttelte und lautlos die Worte »Entschuldigung« murmelte.

»Ich finde das nicht komisch«, erwiderte Kylie stirnrunzelnd.

Doch nun kamen die Fragen, unerbittlich, Schlag auf Schlag.

»Martin, wie haben Sie sich kennen gelernt?«

»Mrs. Cartier, wie haben Sie ihn auf sich aufmerksam gemacht?«

»Um welche Uhrzeit haben Sie geheiratet? Wer genau waren die Gäste?«

»Apropos engster Familienkreis – wusste Serge Cartier von der Hochzeit? Wie hat Ihr Vater reagiert? Hat er Ihnen Glückwünsche geschickt? Haben Sie ihm Ihre Frau schon vorgestellt?«

»Glauben Sie, dass Ihre Leistung in den Stanley Cup Finals unter Ihren Heiratsplänen gelitten hat?«
»Für eine Hochzeitsplanerin muss das doch der Coup des Jahrhunderts gewesen sein! Wie haben Sie das geschafft?«
»Warum die überstürzte Hochzeit? Warum die Geheimniskrämerei?«
»Mrs. Taylor, haben Sie das Gefühl, dass er Ihretwegen den Stanley Cup verloren hat?«
»Es gehen Gerüchte um, was diese seltsamen Rosenblätter betrifft, May. Können Sie erklären –«
»Ihr Name ist ›Mrs. Cartier‹«, sagte Martin so laut und schneidend, dass sich etliche Tontechniker fluchend die Kopfhörer herunterrissen.
»Entschuldigung«, erwiderte der Reporter, ein widerlicher Mistkerl mit Haaren, die zu dunkel waren für sein Alter und bei dem Wind zu perfekt saßen. Mit einem süffisanten Lächeln fuhr er fort, sie ins Kreuzverhör zu nehmen. »Mrs. *Cartier,* können Sie uns die Geschichte erklären, die derzeit in Boston die Runde macht – dass Sie Martin *Rosenblätter* vor den Playoffs gegeben haben?« So wie er das Wort Rosenblätter aussprach, hätte er genauso gut »Spanische Fliege« sagen können.
Martin fragte sich, wer der Presse den Tipp mit den Rosenblättern gegeben haben mochte; es musste jemand aus seiner eigenen Mannschaft sein. Seine Rückenmuskeln zitterten vor Anspannung, als er sich innerlich wappnete, dem Reporter die Zähne einzuschlagen. »Wenn man jemanden liebt, tut man alles, um zu helfen«, erwiderte May scharf.
»Nachzuhelfen, meinen Sie? Damit er sich in Sie verliebt?«, fragte der Reporter.
»Nein, das meinte ich nicht, obwohl ich natürlich glück-

lich über dieses Ergebnis war«, antwortete May ohne Umschweife und mit einem strahlenden Lächeln.
»Also hatten Sie *beabsichtigt* –«
»Sie hat die Frage gerade beantwortet«, zischte Martin mit zusammengebissenen Zähnen, Petes Warnung ignorierend, der mit weit aufgerissenen Augen am Rande des Schlachtfelds stand.
»Ihn mit Ihrem Liebeszauber zu verhexen«, fuhr der Reporter ungerührt fort.
»Meine Mommy kann wirklich hexen!«, rief Kylie stolz. »Sie macht immer, dass sich die Leute verlieben und heiraten.«
Ein Blitzlichtgewitter flammte auf, die Reporter grinsten und machten sich Notizen. Für sie war das ein gefundenes Fressen. Sie hatten nach einer Möglichkeit gesucht, May und Kylie eins auszuwischen, und die beiden hatten ihnen ahnungslos Gelegenheit dazu gegeben. May strahlte, ohne sich dessen bewusst zu sein. Sie stand hinter Kylie, hatte die Arme um sie gelegt und wiegte sich mit ihr hin und her.
»Das war's, meine Herrschaften«, sagte Pete. »Danke, dass Sie gekommen sind.«
»Ja, danke«, sagte May wohlerzogen.
Die Reporter schenkten ihr keine Beachtung. Sie lachten sich ins Fäustchen und machten sich eilends aus dem Staub, um ihre Geschichte noch vor Redaktionsschluss unterzubringen. Martin sah, wie sich May und Kylie an den Händen hielten, überzeugt davon, dass sie ihre Sache gut gemacht hatten. So war es auch, aber ihnen war nicht klar, dass nun alle Welt nur darauf wartete, dass die Ehe scheiterte. Niemand hatte Interesse daran, zu erfahren, dass Sportidole die große Liebe ihres Lebens fanden: Sie sollten ein rasantes Leben führen, mit Filmstars ausgehen, auf die Nase fallen, ausbrennen.

»Wir haben es geschafft!« May schlang die Arme um Martin. »Das war längst nicht so schlimm, wie ich dachte.«
»Du warst wunderbar«, sagte er und blickte ihr tief in die Augen.
»Und Kylie erst. War sie nicht komisch?« May lachte.
»Urkomisch.«
Kylie war zu Tante Enid gelaufen und Pete versuchte, die beiden samt May ins Haus zu lotsen, sie vor den Reportern in Sicherheit zu bringen. Martin mochte gar nicht daran denken, wie schlimm sich May fühlen würde, wenn morgen die Schlagzeile erschien, der sie Tür und Tor geöffnet hatte.
»Wie ist es gelaufen?«, fragte Tobin.
»Sie war bezaubernd«, sagte Martin. »Die Presse nicht, und das ist das Problem.«
»Wehe, wenn sie sie verletzen«, sagte Tobin und funkelte die Reporter an. »Ich weiß, dass sie den Leuten ständig das Wort im Mund verdrehen. May hatte es nie darauf abgesehen, dich einzufangen.«
»Das weiß ich.«
»Sie hatte überhaupt nie vor, sich zu verlieben. Sie hatte genug damit zu tun, sich um Kylie zu kümmern und ein richtiges Zuhause zu schaffen, in dem es ihrer Tochter an nichts fehlte. Ich kann den Gedanken nicht ertragen, dass die Presse sie verunglimpfen könnte.« Tränen glänzten in Tobins Augen. Sie blickte Martin eindringlich an.
»Mir geht es genauso.«
Tobin nickte. Sie wischte sich die Tränen ab und tätschelte ihm den Arm; dann drehte sie sich um und ging. Martin sah ihr nach, bevor er seine Aufmerksamkeit wieder den Übertragungswagen zuwandte.
Er hatte vorgehabt, morgen in aller Frühe nach Boston zu fahren, zum Arzt, aber nun änderte er seine Pläne. Er

würde hier bleiben, an Mays Seite, den ganzen Tag. Seine Frau würde Unterstützung brauchen, wenn sie sah, was man über sie schrieb. Es war ihm noch lebhaft in Erinnerung, wie sie mit dem Tod seines Kindes und der Inhaftierung seines Vaters umgegangen waren. Martin Cartier wusste, dass den Pressefritzen nichts heilig war, schon gar nicht seine zweite Ehe.

11

He, alter Mann«, fragte der kahl geschorene junge Bursche. »Hast du das gesehen?«
Serge stand da und las die Renntabelle, die er sich klammheimlich unter den Nagel gerissen hatte. Am Sonntag war es zu einer Messerstecherei gekommen, als sie sich nicht über das Fernsehprogramm einigen konnten. Danach war das Kabel des Zellenblocks abgeklemmt worden und es war schwer, an Zeitungen heranzukommen. Er blickte nicht auf, aber er wusste auch so, wer ihn angesprochen hatte. Ein Neuzugang in ihrem Block, eingebuchtet, weil er Drogen verkauft hatte – nichts Neues also. Serge spannte seinen Bizeps an und setzte eine gleichgültige Miene auf.
»Hab genug gesehen, vor allem von dir. Schwirr ab«, sagte Serge.
»Nee, Mann«, erklärte der junge Bursche, dessen Name Tino war, beharrlich. »Das interessiert dich bestimmt.«
Serge sah sich gerade die Ergebnisse von Talisker an, einem vielversprechenden Zweijährigen, der nach seiner Niederlage bei den Burnham Stakes abgeschrieben worden war. Pferderennen waren nicht gerade seine Leidenschaft, aber hier drinnen konnte man nicht wählerisch sein. Er überflog die Seite und versuchte den Burschen zu ignorieren, um ein wenig Ruhe und Frieden zu haben. Aber dann sprang ihm die Schlagzeile des Klatschmagazins in die Augen:

**CARTIERS HEIMLICHE HEIRAT –
EIN TRAUERSPIEL**

»Was zum Teufel willst du?«, Serge ließ die Seite mit den Rennergebnissen fallen.
»Dein Sohn hat geheiratet«, sagte Tino. »Eine Goldgräberin, so ein richtiges Miststück, das ihn verhext hat.« Er ratterte seinen Text herunter, als wäre er selbst Reporter, und es ging ausschließlich um die Frau, die Martin mit Rosenblättern und irgendeinem Liebeszauber dazu gebracht hatte, sie zu heiraten, und dass die Fans ihr die Schuld an der Niederlage im Stanley Cup gaben, weil sie Martin abgelenkt hatte.
»Ist er also schon wieder auf so ein Weibsbild wie Trisha hereingefallen«, murmelte Serge, als er den Artikel zu lesen begann.
»Der wird zu Unterhaltszahlungen für die Alte verdonnert, und für das Kind auch, warte ab«, meinte Tino. »Hab ich mir zur Genüge eingehandelt. Ich kenn mich da aus.«
»Halt die Klappe«, sagte Serge. »Hau ab.«
»Wie redest du denn mit mir? Du solltest mir dankbar sein, schließlich hab ich dir gute Neuigkeiten gebracht, oder?«
»Nimm ne Prise Crack und verdufte!« Serge war sein ganzes Leben lang Hochleistungssportler gewesen und hatte keine Geduld mit starken jungen Männern, die Körper und Geist mit Chemie zerstörten. Jeder, der Drogen nahm, war bei ihm unten durch und die meisten waren gerade deswegen hier.
»Ich bin clean, ich nehme nichts mehr!«, protestierte der junge Mann gekränkt.
»Ja, seit zehn Minuten. Und jetzt lass mich in Ruhe.«
Serge faltete das Magazin zusammen und ging in seine Zelle. Er war im ›Vergnügungsviertel‹ untergebracht, in dem die schweren Jungs zu Hause waren, die bei Schlägereien jemandem sämtliche Knochen im Leibe gebrochen,

ihre Frauen erdrosselt oder mit dem Messer Reisende in der Untergrundbahn abgestochen hatten. Es interessierte hier niemanden, dass er als gefeierter Eishockeystar dreimal den Stanley Cup geholt hatte oder dass er von Senatoren und Ministerpräsidenten gehätschelt und zum Essen eingeladen worden war. Es interessierte nicht einmal mehr ihn selbst. Er saß im Gefängnis, mit den Gewalttätigen und Unverbesserlichen, war genau da, wo er hingehörte.
Als er auf seiner Pritsche lag, schlug er das Blatt erneut auf. Seine Hände zitterten, als er das Foto betrachtete, das neben dem Bericht abgebildet war. Da war Martin. Jesus, dachte Serge. Mein Sohn, mein Sohn. Er war älter geworden, sah aber trotzdem noch jung aus. Blonde Haare, die langsam grau wurden – grau! –, und Falten im Gesicht. Verdammt noch mal zu alt, um Hockey zu spielen und seine Gesundheit zu ruinieren, aber trotzdem, jugendlich und robust sah er aus, und das Feuer in den blauen Augen war noch nicht erloschen.
Martin hatte den Arm um eine Frau gelegt. Hübsch, sehr hübsch. Nicht wie Trisha, sondern überall dort weich, wo Trisha hart gewesen war. Sah beinahe scheu aus, wie sie da in die Kameras blickte, als gefiele ihr das alles nicht. Doch wahrscheinlich war dieser Eindruck Teil der Lüge, eine Rolle, die sie spielte. Doch je länger Serge sich das Bild seiner neuen Schwiegertochter – May war ihr Name – ansah, desto unsicherer wurde er.
Später, im Speisesaal, blickte ein Mithäftling namens Buford Durham über seine Schulter. Buford lachte, als er das Foto betrachtete.
»Was ist daran so komisch?«
»Ich frag mich nur, was das für ein Spielchen sein soll.«
»Sie treibt kein Spielchen. Was Spielchen angeht, bin ich Fachmann.« Serge ignorierte Bufords Bemerkung, wäh-

rend er Mays offenes Gesicht musterte, ihre glücklichen Augen.

»Das kann man wohl sagen. Schließlich hast du lange genug allen anderen etwas vorgemacht. Aber auch ein Eishockeyspieler ist für die Kredithaie nichts weiter als ein Arschloch wie alle anderen. Die Presse kriecht dir in den Hintern und nebenan droht Joey the Cheese, dir die Beine zu brechen.«

Serge schwieg. Buford hatte für das organisierte Verbrechen gearbeitet und wusste, wovon er redete. Sein Lieblingssatz war: »Wenn ich komme, dann zahlst du, und zwar rechtzeitig.« Er sagte ihn bei jeder Gelegenheit, sei es bei der Morgenzeitung oder beim letzten Kaffee am Abend.

»Sie haben in aller Stille geheiratet. Die wahre Liebe, wie rührend«, sagte Buford.

Aber Serge hörte kaum hin. Er starrte das kleine Mädchen auf dem Foto an. Mays Tochter Kylie, hieß es in dem Artikel. *Kindermund tut Wahrheit kund,* schrieb der Reporter. *Wie von ihrer eigenen Tochter zu hören war, hatte die Mutter die Heirat seit einiger Zeit geplant und den Goldenen Vorschlaghammer mit New-Age-Methoden eingefangen.*

Kylie trug Natalies Baseballkappe. Serge legte den Finger auf das Bild. Die alte Kappe hätte er überall wiedererkannt. Er hatte zwei Kappen seinem Freund John LeGrange, dem Coach der Blue Jays, aus dem Kreuz geleiert. Als die Baseballsaison eröffnet wurde, hatte er sie ihnen geschickt, eine für Natalie und eine für Martin. Martin musste sie Kylie gegeben haben.

»Sie treibt kein Spielchen«, wiederholte Serge.

»Was?«

»Er hätte dem Kind die Kappe nicht gegeben, wenn die Mutter eine falsche Schlange wäre.«

»Was ist los mit dir, wirst du sentimental auf deine alten Tage? Sollen wir uns heute Abend vielleicht ein Herz-Schmerz-Video mit James Steward reinziehen? Ich mach das Popcorn, du mixt die Martinis.«
Serge konnte seine Augen nicht von dem Familienfoto abwenden. Er blickte es an, bis seine Augen tränten. Er wünschte, die Aufnahmen wären nicht so körnig, dann könnte er die Gesichter besser erkennen. Natalies Kappe, dachte er. Eine schöne Kappe. Sie passte Kylie wie angegossen. Sie stand ihr.
»Sieht nett aus«, sagte Serge laut. »Passt wie angegossen.«
»Entweder hörst du mit dem Alzheimer-Gesülze auf, oder du hältst die Klappe.«
»Halt doch selbst die Klappe«, murmelte Serge, aber so, dass niemand ihn hören konnte. Er hatte einen gesunden, wenn auch unguten Respekt vor diesem Insassen. Buford war im gleichen Metier tätig gewesen wie der Mann, der Serge einen Besuch abgestattet hatte, als er seine Enkelin das letzte Mal gesehen hatte.
Das letzte Mal, das letzte Mal, dachte Serge. Wenn er nur die Zeit zurückdrehen könnte. Wenn er nur dieses letzte Mal ungeschehen machen könnte. Er starrte das Foto an, bis es vor seinen Augen verschwamm. Natalie war tot. Das war eine Tatsache, an der sich nichts ändern würde, und Serge wusste, dass es seine Schuld war. Nun hatte Martin eine neue Familie, die er nie kennen lernen würde.
Und Serge wusste, dass er sich das ebenfalls selbst zuzuschreiben hatte.

*

Das Eishockeytraining hatte bereits begonnen, aber die Cartiers blieben sicher und unbehelligt in Black Hall, bis die reguläre Saison begann. Die Presse war sensationsgierig und May wollte deshalb der Arena so lange wie möglich fern bleiben. Ihr Telefon klingelte nun häufiger – neue Kundinnen, Fremde mit Ermutigungen oder Hasstiraden, Reporter, die um ein Interview baten. Schließlich schaltete sie einen Auftragsdienst ein, der die Nachrichten für sie entgegennahm.

Von Genny kam ein ermutigender Brief, zusammen mit einem großen Korb Äpfel vom Lac Vert und einem Glas mit Apfelgelee. May backte einen Apfelkuchen und stellte jeden Tag das Apfelgelee zusammen mit englischen Muffins auf den Frühstückstisch. Allein das Wissen, dass Genny die gleiche Erfahrung mit dieser Art von öffentlicher Aufmerksamkeit gemacht hatte, ließ sie diese Tortur leichter ertragen.

Kylies Mitschüler begannen, sie anders zu behandeln. Einige Mädchen, die sie vorher nie beachtet hatten, rissen sich nun darum, ihre Freundin zu sein. Sie wurde zu Geburtstagsfeiern von Kindern aus der dritten, vierten und fünften Klasse eingeladen, alles Jungen und Mädchen, die sie nicht einmal kannte. Andere Kinder hänselten sie, weil sie May dabei geholfen hatte, dass Martin sie heiratete.

Es wurde so schlimm, dass sie eines Tages aus dem Schulbus stieg, in die Scheune lief und sich ihrer Mutter schluchzend in die Arme warf. Es war ein goldener Herbsttag, von der Farbe getrockneten Weizens, und noch sommerlich genug, um kurze Ärmel und Jeans zu tragen.

»Wir haben Martin nicht verhext, oder, Mom?«, weinte Kylie, die Arme um Mays Taille geschlungen, während Tobin fassungslos zusah.

»Nein, Liebes, das haben wir nicht.«

»Er hätte dich auch so geheiratet.«

»Ja, hätte er.«

»Was ist Bast?«

»Bast? Das weißt du doch.« May lächelte verwirrt. »Aus dem machen wir unsere Blumenkörbe.«

»Aber wenn ein Mensch damit gemeint ist? Wenn ich gemeint bin?«

»Wovon redest du?« May wurde plötzlich eiskalt. »Was haben sie gesagt?«

»Dass ich ein Bast bin und gar keinen richtigen Vater habe.« Kylies Lippe zitterte und May hörte, wie Tobin nach Luft schnappte. »Und dass du nur Martins Geld haben wolltest.«

»Wer hat das gesagt?«

»Einer von den großen Jungen, Joseph Newton. Er geht in die fünfte Klasse und hat gesagt, dass er es von seinem Vater weiß.«

»Das stimmt nicht, Kylie. Alles erstunken und erlogen.« May nahm Kylie auf den Schoß, bis sie aufgehört hatte zu weinen und sich auf die Suche nach Tante Enid machte. Tobin trat näher, rückte einen Stuhl zu May heran.

»Er hat sie einen Bastard genannt.« May zitterte.

»Ich hab sie schon verstanden«, sagte Tobin ruhig. »Alles in Ordnung mit dir?«

»Ich habe sie immer beschützt. Niemand kannte unsere Geschichte, und nun steht sie überall in den Zeitungen, schwarz auf weiß. Sie wissen von Gordon, wissen, dass ich nie verheiratet war …«

»Sie sollten wissen, dass du die beste Mutter bist, die man sich nur vorstellen kann. Dass Kylie für dich immer an erster Stelle stand und dass Martin Cartier sich glücklich schätzen darf.«

»Danke, Tobe.« May wischte sich über die Augen. Sie schluckte, bemüht, ihre Empfindungen, Ängste und Sorgen abzuschütteln. Ihr Leben veränderte sich rasant: Plötzlich war alles über sie bekannt und Wildfremde maßten sich das Recht an, sie nach ihrer Vergangenheit und Gegenwart zu beurteilen.

»Einen Silberstreifen gibt es trotzdem am Horizont.« Tobins Augen glitzerten boshaft.

»Und das wäre?«

»Nun, wenn die Presse Jagd auf dich macht, dann vermutlich auch auf Gordon. Ich sehe die geheiligten Hallen von Swopes and Bray geradezu vor mir, und die Reporter, die mit Kameras und Mikrofonen wie ein Heuschreckenschwarm in der Kanzlei einfallen.«

»Das wäre wirklich ein Bild für die Götter«, sagte May und schloss die Augen. Sie war froh, dass Tobin das Thema ins Lächerliche gezogen hatte. Sie war immer noch außer sich und wusste nicht, was sie tun sollte.

Später am Abend hielt May Kylie in den Armen, wartete darauf, dass sie einschlief und der Mond aufging. Sie saß im Dunkeln auf der Bettkante und die Stallkatzen hatten es sich auf der Steppdecke gemütlich gemacht, als sie Martins Wagen in der Auffahrt hörte. Er wechselte ein paar Worte mit Tante Enid, dann kam er zwei Stufen auf einmal nehmend die Treppe hinauf und stürmte ins Zimmer.

»Was ist heute passiert?«, wollte er wissen, noch auf der Türschwelle.

May glitt von Kylies Bett und gemeinsam gingen sie den Gang entlang in ihr Schlafzimmer.

»Jemand hat sie einen Bastard genannt. Kylie kannte das Wort nicht, aber sie hat die Bedeutung begriffen.«

»Wer?«

»Irgendein Fünftklässler. Er hat es von seinem Vater, und du kannst dir vielleicht vorstellen, was ich am liebsten mit dem Kerl machen würde.«

»Ich mache ihn platt!« Martin drückte sie aufs Bett. »Ich werde diesen Mistkerl in die Bande donnern, dass er seine

Zähne einzeln herausklauben kann. Im Ernst, wie heißt er?«
»Der Junge heißt Joseph, und sein Vater ist Patrick Newton.«
»Na warte.« Martin schnappte sich das Telefon und blätterte im Telefonbuch. Er drückte die Tasten, atmete tief aus. Als der Hörer am anderen Ende der Leitung abgenommen wurde, hielt er sich nicht mit langen Vorreden auf. »Patrick Newton? … Hier spricht Martin Cartier … Ja, sind Sie ein Fan? … Gut, dann werde ich Ihnen sagen, warum ich anrufe. Ich habe ein Kind, das in die gleiche Schule geht wie Ihr Sohn, und mir ist zu Ohren gekommen, dass Joseph sie einen Bastard genannt hat … Ja, das ist richtig, Bastard … Kinder sind eben Kinder, sagen Sie?« Martins Stimme wurde immer lauter vor Wut. »Hören Sie zu, Mr. Newton! Da, wo ich herkomme, lernen Kinder solchen Müll von ihren Eltern … Sie lernen, sich wichtig zu machen auf Kosten anderer, die zu schwach sind, um sich zu wehren … Ja, das ist richtig, ich gebe Ihnen die Schuld. Und wenn ich höre, dass so etwas noch einmal vorkommt, wird es nicht dabei bleiben, das schwöre ich Ihnen … Gut, dann wäre das geklärt. Ich warne Sie, ich möchte nie wieder hören, dass Kylie verletzt wird.«
Er legte den Hörer auf und sah May an.
»Danke«, sagte May.
»Trotz allem ein einsichtiger Mann.«
»Einen Moment lang dachte ich, du fährst hin und prügelst ihn windelweich.«
»Das hat er auch gedacht.« Martins Augen waren hart.

*

Binnen weniger Wochen, nachdem die Überraschung über Martin Cartiers Blitzhochzeit abgeklungen war, konzen-

trierte sich die Aufmerksamkeit der Presse und der Stadt wieder auf die Aussichten der Boston Bruins, beim nächsten Mal den Stanley Cup zu holen. Martin kam jeden Abend mit schmerzenden Knöcheln nach Hause. Er wusste, dass ihm nicht mehr viel Zeit blieb, vielleicht noch eine Saison oder zwei. May massierte ihm den Rücken und sagte, eine Saison reiche völlig aus.
Die Zeitungen begannen, die Rivalität zwischen Boston und Edmonton, zwischen Martin Cartier und Nils Jorgensen hochzuspielen. Eines Nachmittags wurde Martin beim Training vom Puck am Auge getroffen, er trug ein Veilchen und sechs neue Stiche davon. Der Mannschaftsarzt untersuchte ihn. Er riet Martin, weitere Untersuchungen von einem Augenspezialisten durchführen zu lassen.
Aber Martin ignorierte die Empfehlung. Eishockey war ein raues Spiel, Verletzungen waren gang und gäbe. Seine Sehstärke war nicht mehr gut, das wusste er auch so, und er wollte keine weiteren Hiobsbotschaften hören. Es reichte, wenn er genug sehen konnte, um Schlittschuh zu laufen. Seine Verdrängungsmechanismen funktionierten hervorragend, hatten ihm gute Dienste bei Gehirnerschütterungen, Rissen in der Netzhaut und Knochenbrüchen geleistet. Dennoch strengte ihn das Lesen an und so bat er May am nächsten Morgen, ihm den Artikel über die persönliche Feindschaft zwischen Cartier und Jorgensen vorzulesen, der im *Globe* erschienen war.
»Du hasst ihn doch nicht wirklich, oder?«, fragte May über den Frühstückstisch hinweg. »Furchtbar, diese Schreiberlinge müssen immer alles aufbauschen.«
Martin trank einen Schluck Orangensaft. »Dieses Mal nicht. Es stimmt.«
»Aber wieso denn?«
»Mal sehen, ich werde versuchen, die Gründe auf einen

Nenner zu bringen. Wie wäre es damit: weil wir beide unerbittliche Konkurrenten sind und es beide hassen zu verlieren?« Grinsend kniff er sein purpurfarbenes Auge zu, wobei er aussah wie ein Pirat. »Uuups, da wäre noch ein Grund: Ich habe einmal sein Gesicht mit dem Eishockeyschläger umgemodelt.«

»Martin!« May erschauerte.

Tatsache war, dass sie bisher noch keine Eishockeysaison an Martins Seite miterlebt hatte und sich nicht vorstellen konnte, welche Folgen die Brutalität auf dem Eis hatte, mit der er in einem Spiel nach dem anderen konfrontiert war. Sie blickte auf seine Hände und in sein Gesicht, zählte die Narben, verweilte bei seinem geschwollenen rechten Auge.

»Ich bin eben ein Hai und habe Hackfleisch aus ihm gemacht, aus diesem Würstchen.« Martin strich Apfelgelee auf seinen Toast.

»Ist das eine persönliche Sache zwischen euch beiden?«

»*Mais oui.*«

»Auch mit den anderen Spielern oder nur mit Jorgensen?«

»Vor allem mit Jorgensen.«

»Du hasst ihn *wirklich*?« May wollte es nicht glauben.

Martin wischte sich die Finger an der Serviette ab und nahm ihre Hand. »May, die Eishockeysaison beginnt bald.«

»Ich weiß. Ich habe Angst und weiß nicht, warum. Hass ist ein starker Begriff.«

»Ich hasse ihn, mehr als ich sagen oder erklären kann, aber so ist es nun mal. Ich hasse ihn fast so sehr wie meinen Vater.«

May erschauerte bei seinen Worten. Sie dachte an ihren eigenen Vater, der ohne einen Abschiedskuss oder ein liebevolles Wort von ihr aus dem Haus gegangen war.

Ob Martin das Wort Hass auch so leicht über die Lippen käme, wenn sein Vater nicht mehr am Leben wäre, wenn es keine Gelegenheit mehr gäbe, Frieden mit ihm zu schließen?
»Ich wünschte, es wäre anders«, sagte May und betrachtete sein blaues Auge. »Und das kann ich nicht erklären. Ich möchte, dass du gewinnst, deine sämtlichen Spiele, den Stanley Cup, alles. Aber ich wünschte, das wäre nicht mit so viel Gewalt verbunden.«
»Das gehört aber mit zu meinem Beruf. Zum Eishockeyspielen.«
»Und dabei hat die Saison noch nicht einmal begonnen. Würdest du mich für die größte Närrin aller Zeiten halten, wenn ich dich darum bitte, vorsichtig zu sein?«
Martin schob Toast und Kaffee beiseite, zog May auf seinen Schoß und begann, sie im goldenen Licht der Herbstsonne zu küssen. Er ließ oft alles stehen und liegen, um sie zu küssen und in die Arme zu nehmen, aber heute tat er es mit einer größeren Inständigkeit als sonst. Er strich ihr über die Haare, ließ seine Hände über ihren Rücken gleiten. »Darum hat mich noch nie jemand gebeten. Kein einziges Mal in meinem ganzen Leben«, flüsterte er ihr ins Ohr.

*

Als die Saison mit dem Eröffnungsspiel gegen Montreal begann, stand May mitten im Geschehen neben Genny, verblüfft über die atemberaubende Spannung, die sie empfand. Sie schrien sich die Lungen aus dem Leib, saßen auf einer besonderen Bank direkt am Eis und waren den Spielern so nahe, dass sie ihren Atem hören konnten, wenn sie vorbeifuhren. Kylie war mit Tante Enid zu Hause geblieben, um die Übertragung im Fernsehen zu verfolgen, und als die Kamera herüberschwenkte, um die Reaktion der Ehefrauen in Großaufnahme festzuhalten, erinnerte Genny May daran, zu winken.

Als die Fahne der Eastern Conference Championship aufgezogen wurde und über dem Eisstadion wehte, als Zeichen der spektakulären Leistungen während der letzten Saison, hatten Genny und May vor Stolz Tränen in den Augen. May versuchte, Martins Blick zu erhaschen, aber er blickte hartnäckig auf seine Füße.

»Er weigert sich, sie zur Kenntnis zu nehmen«, erklärte Genny. »Er ist offenbar immer noch enttäuscht, dass sie den Cup nicht gewonnen haben, und er wird erst wieder froh sein, wenn er ein Stanley-Cup-Banner dort oben hängen sieht.«

»Ray scheint ganz zufrieden zu sein«, meinte May, die beobachtete, wie Gennys Mann lächelte und in Hochrufe ausbrach.

»Ray ist anders als Martin.«

May kannte die grundlegenden Begriffe im Eishockey, wie Puck, Schuss, Tor, und sie hatte während der Playoffs in der letzten Saison ein paar dazugelernt. Aber ihr waren viele Begriffe immer noch fremd und Genny erklärte ihr, was man unter Schlagschuss, Strafbank und Penalty, Redline und Blueline, Slot und Hattrick verstand.

»Hattrick?«

»Drei Tore in Folge durch denselben Spieler. Die dein Mann bald erzielen wird, wenn er so weitermacht. Auuuu!« Genny zuckte zusammen, als Martin einen Gegner mit einem Slam direkt in die Bande vor ihnen katapultierte und May zuzwinkerte, als wäre er eine Katze und lege ihr eine Maus zu Füßen.

Als ein Spieler des gegnerischen Teams Martin den Stock in die Seite rammte, schnappte May entrüstet nach Luft.

»Wieso geht der Schiedsrichter nicht dazwischen! Oder heißt der nicht so?«

»Schon. Aber im Eishockey ist das komplizierter: Es gibt es einen Schiedsrichter und zwei Linienrichter, einen Spielzeitnehmer, einen Strafzeitnehmer, einen offiziellen Punktrichter und zwei Torrichter, und darüber hinaus die so genannten ›Offiziellen‹, zu denen auch Manager, Coach und Trainer gehören«, erklärte ihr Genny lächelnd. »Aber mach dir keine Sorgen. Martin wird es ihm schon heimzahlen.«

Was er gleich darauf mit einem Bodycheck tat. Er rempelte den Mann mit voller Wucht an, als dieser gerade zum Torschuss ausholte. Der Spieler der Montreal Canadians knallte auf das Eis und legte eine Rutschpartie rückwärts auf seinem Hosenboden hin, wie ein Kind auf einem zugefrorenen Weiher. May riss die Fäuste hoch und jubelte genauso laut wie alle anderen Boston-Fans.

Martin Cartier wuchs an diesem Tag über sich selbst hinaus. Er war ein Komet auf Kufen, schnell wie ein Feuerball. Blockte Schüsse ab, nahm den Gegnern den Puck ab, legte sensationelle Pässe vor und brachte kurze, harte Schlagschüsse aus dem Handgelenk ins Netz, die sämtliche Zuschauer von den Bänken riss. May hatte gewusst, dass sie mit einem Profi verheiratet war, aber bis zum heutigen Abend war ihr nicht klar gewesen, was das bedeutete. Hier, in seinem Metier, war ihr Mann kein gewöhnlicher Sterblicher, sondern ein Zauberer, dessen Schlittschuhe kaum den Boden berührten und der über das Eis zu fliegen schien.

Martin erzielte gleich in der ersten Minute ein Tor, wurde vier Minuten später wegen einer Rauferei auf die Strafbank geschickt, brachte einen *Penalty shot* ins Ziel – und das alles im ersten Drittel der Spielzeit. Im zweiten Drittel holte er sich eine blutige Nase und wurde wieder wegen eines Fouls auf die Strafbank verbannt. Als Martin vom Eis war, erzielte Montreal in schneller Folge zwei Tore hintereinander. Nach seiner Rückkehr auf das Spielfeld blockte er seinen dreißigsten Schuss im Spiel ab, unmittelbar bevor die Uhr das Ende des zweiten Drittels ankündigte.

Als die Bruins das Eis verließen, war May völlig außer Atem. Ihre Handflächen waren wund, so tief hatte sie vor lauter Aufregung ihre Nägel hineingegraben, und sie war heiser vom Schreien.

Die *Zamboni* erschien, um das Eis zu glätten. Während laute Musik aus den Lautsprechern hoch über ihren Köpfen ertönte, sah May zu, wie die große eckige Maschine über die zerfurchte Eisfläche glitt, die Rillen schmolz und zu glasklarem Eis gefrieren ließ. Halbwüchsige Fans grölten und kreischten, versuchten die Aufmerksamkeit der Spieler auf sich zu ziehen. Diese hatten sich um Coach Dafoe geschart, besprachen die Strategie, um das 2:2-Unentschieden in einen Sieg für Boston zu verwandeln.

»Er predigt ihnen mal wieder, dass sie Martin den Puck zuspielen sollen«, sagte Genny, während sie die Szene beobachtete. »Er sagt, der Puck geht an Martin, wie auch immer und von wem auch immer.«

»Du weißt viel über Eishockey.«

Genny brach in schallendes Gelächter aus. »Nein, das ist sein üblicher Spruch. Den lässt er bei jedem Spiel ab! Martin ist unser Star, aber heute Abend übertrifft er sich selbst. Deinetwegen. Wie fühlt man sich, wenn sich der Ehemann derart ins Zeug legt, um einem zu imponieren?«

»Nicht schlecht.« May war so glücklich, dass sie nicht aufhören konnte zu lächeln.

»Aber jetzt!«, rief Genny und trampelte mit den Füßen. »Zeigt es ihnen, Jungs! Raus mit euch, holt euch den Sieg, zeigt diesen Memmen, was eine Harke ist.«

»Los! Los! Zeigt es ihnen, Bruins!«, fiel May in gleicher Lautstärke ein.
In diesem Moment näherte sich eine Gruppe junger Frauen der Box, wo May und Genny mit anderen Ehefrauen und Freundinnen der Spieler saßen. Sie spürte, wie sich ihr Magen verkrampfte. Martin hatte sie vor gehässigen Kommentaren gewarnt und ihr gesagt, sie solle solche Bosheiten von sich abprallen lassen und ignorieren, und bisher war es ihr ganz gut gelungen. Aber die vier Frauen, die nun unbeirrt auf die Box zusteuerten, waren Model-Typen, wie die Blonde, die Martin bei ihrer ersten Begegnung im Flugzeug angesprochen hatte.
»Hart bleiben. Angriff. Wir schaffen das schon«, murmelte Genny.
»Entschuldigung«, sagte die größte Blonde und klopfte gegen die Plexiglasscheibe.
»Ja?« Genny öffnete die Tür einen Spaltbreit, spielte den Wachposten im Schilderhäuschen mit einer Frostigkeit, die May ihr nie zugetraut hätte.
»May Cartier?«, fragte die Blonde.
»Die Box ist privat.« Genny postierte sich zwischen May und den ungebetenen Besucherinnen.
»Ich weiß, entschuldigen Sie.« Die Blonde lächelte verlegen und reichte ihr eine Karte. »Ich wollte ihr nur das da geben. Das ist … ein Gruß von meinen Freundinnen und mir. Wir sind Bruins-Fans, und wir dachten –«
»Ich gebe sie ihr.« Genny schloss mit Nachdruck die Tür. Sie drehte sich zu May um und reichte ihr den großen weißen Umschlag. May hielt ihn einen Moment lang unschlüssig in der Hand. Sie hatte Herzklopfen und Angst davor, ihn zu öffnen.
»Ich glaube, das kann warten«, sagte May. Das Spiel würde gleich weitergehen und sie wollte sich nicht den Rest die-

ses großartigen Tages mit etwas verderben, was sie vielleicht aufregen würde.

»Mach den Brief doch jetzt auf, dann können wir gemeinsam darüber lachen.«

May nickte. Sie riss den Umschlag auf und zog eine Grußkarte heraus. Auf der Vorderseite waren goldene Hochzeitsglocken und ein weißer Kirchturm abgebildet, und darunter stand: *Herzlichen Glückwunsch und alles Gute zur Hochzeit.* Unterschrieben war der Gruß mit *Mary Truscott, Doreen O'Malley, Amy Jenckes* und *Carolina Grannato.* Und danach folgte in kleiner, perfekter Handschrift ein P.S.: *Liebe Mrs. Cartier, ich habe mich im August verlobt. Da ich las, dass Sie Hochzeiten planen, würde ich gerne Ihre Dienste in Anspruch nehmen. Als Termin schwebt uns der April vor. Ich werde in Kürze persönlich im Bridal Barn vorbeischauen. Meine Tante hat vor fünfzehn Jahren ihre Hochzeit ebenfalls von Bridal Barn ausrichten lassen. Wie klein die Welt doch ist! Nochmals, herzlichen Glückwunsch zu Ihrer Hochzeit – Und ich drücke den Bruins die Daumen!*

»Wow!«, sagte Genny, die über Mays Schulter mitgelesen hatte.

»Das war mir wieder einmal eine Lehre«, erwiderte May lächelnd. »Wie heißt es gleich, ›im Zweifelsfall für den Angeklagten‹?«

»Nein, ich dachte, wow, May ist ein Glückspilz! Sie hat Bridal Barn.«

»Du meinst einen Beruf«, half May ihr auf die Sprünge.

»Eigentlich wollte ich sagen, sie hat ›ein eigenes Leben‹, auch wenn das traurig klingt. Vielleicht meinte ich auch ›eine eigene Identität‹. Ich weiß nicht …«

»Das alles hast du doch auch!«, sagte May, erstaunt über Gennys ernsten Ton.

Genny blickte angestrengt auf das Eis, wo die Spieler gerade einliefen. Doch ihre Miene war versonnen und geistesabwesend, als wäre sie in Gedanken weit weg vom Fleet Center. »Ich bin in erster Linie Ray Gardners Frau. Mrs. Rechter Flügel bei den Boston Bruins. Ich liebe meinen Mann, ich habe ein sorgenfreies Leben. Ich beschwere mich nicht – ich möchte das alles nicht missen.«

»Und ich bin jetzt Mrs. Goldener Vorschlaghammer.«

Genny schüttelte den Kopf. »Du bist mehr als das. Das sieht man auf den ersten Blick. Kein einziger Groupie ist jemals zur Box gekommen, um mir eine Karte mit einem Glückwunsch oder netten Gruß zu überreichen …«

»Das würden sie bestimmt, wenn sie dein sagenhaftes Apfelgelee probieren könnten. Und deine Erdbeermarmelade. Oder wenn sie wüssten, was für ein wunderbarer Mensch du bist.«

Genny lachte. Die Spieler liefen sich warm, die Atmosphäre war aufgeheizt und die Zuschauer standen unter Hochspannung. Als Genny ihre Aufmerksamkeit auf die neutrale Zone in der Mitte der Eisfläche richtete, wo die Mannschaften jetzt zu beiden Seiten der roten Mittellinie Aufstellung nahmen, musterte May sie verstohlen.

Es war schön, jemanden zu haben, mit dem man das Interesse am Eishockey teilte. Es war für May eine neue und ganz besondere Erfahrung, und Genny schien Spaß daran zu haben, sie in die Feinheiten des Spiels einzuweihen. Doch gleichzeitig hatte May ein schlechtes Gewissen, weil sie spürte, dass sie sich zunehmend von Tobin entfernte. Ihr Leben änderte sich mit Lichtgeschwindigkeit und sie hatte keine Ahnung, wie sie alles unter einen Hut bringen sollte.

»Hättest du Lust, diese Woche auf einen Sprung vorbeizukommen?«, fragte May. »Ich meine, im Bridal Barn? Ich würde dir gerne alles zeigen, und vielleicht kann ich dich ja

überreden, uns zu beliefern. Deine Produkte würden gut in unser Sortiment passen. Außerdem würden meine Tante und Tobin dich gerne wiedersehen.«
»Im Bridal Barn? Ja, gerne!« Genny strahlte, gerade als die beiden Mannschaften für den Einwurf bereit waren.
»Gut.« May wandte sich wieder dem Eis zu.
Ein Horn erklang, der Puck fiel und mit dem Anpfiff begann das letzte Drittel des Spiels. Boston erwischte die Scheibe, Ray spielte sie Martin zu und peng – Martin erzielte seinen nächsten Hattrick. May schrie sich die Seele aus dem Leib, als Martin an der Box vorbeifuhr und einen dicken Kuss auf die Plexiglasscheibe pflanzte.
Der Kussmund wurde während der restlichen Spielzeit immer wieder erneuert. Martin schoss ohne Unterlass, erzielte auch das vierte und fünfte Tor. Auf dem *Scoreboard* flammten Martins Name nebst den technischen Einzelheiten auf, und – zu Mays grenzenloser Verblüffung – Hochzeitsglocken! Und dann, mitten im letzten Drittel, als nur noch sechs Minuten zu spielen waren, leuchteten die beiden Worte MAY! MAY! auf der elektronischen Tafel auf.
»Hör doch!« Genny packte Mays Arm, als die Zuschauer die Anregung aufgriffen und Sprechchöre anstimmten: »May! May!«
»Oh nein!« May lachte und wurde rot, als der Tumult immer lauter wurde. Sie zog den Kopf ein, aber die Menge skandierte immer wieder ihren Namen »May, May Cartier …«
»Du hast ihre Herzen im Sturm gewonnen«, sagte Genny.
»Ich kann es nicht glauben … nach all den Beschimpfungen, die ich mir letzten Monat anhören musste.« May hoffte inständig, dass Tobin vor dem Fernseher saß und zuschaute.
Die Menge hielt nichts mehr auf den Bänken, als Martin

das unglaubliche sechste Tor schoss, das die Zuschauer mit tosendem Gebrüll quittierten.
»Unfassbar!«, keuchte Genny.
Dieses Mal verbeugte sich Martin, als er an der Box vorbeiglitt, und May verneigte sich ebenfalls, während Genny ihre Hand hielt und sie im wirklichen und brandheißen Leben einer NHL-Spielerfrau willkommen hieß. Tief bewegt dachte sie an ihre Eltern, was sie empfinden würden, wenn sie ihre Tochter jetzt sehen könnten. Und sie fragte sich, wenn auch nur einen Augenblick lang, was Serge jetzt tun mochte: ob er die Möglichkeit hatte, das Spiel im Gefängnis anzuschauen, ob er stolz auf seinen Sohn war.
May blickte auf das Eis, bemüht, sich auf die letzten Minuten des Spiels zu konzentrieren, aber ihre Augen kehrten immer wieder zu den Lippenabdrücken ihres Mannes auf der alten, zerkratzten Plexiglasscheibe zurück. Sie wünschte sich, dass alles, was sie in diesem Augenblick besaß – das Vertraute und das Neue – für immer andauern möge.

12

Der Tag war kalt und bewölkt, Dächer und Felder waren mit einer feinen Schneeschicht bestäubt. May, in alten Lederstiefeln und Daunenjacke, machte mit Genny einen Rundgang über das Anwesen. Es war Mitte November und da ergab es sich von selbst, dass sie über das bevorstehende Weihnachtsfest sprachen, über Traditionen, Eltern und Schwiegereltern.

»Erzähl mir von Serge«, bat May.

»Serge. Ein vielschichtiger, komplizierter Mann.«

»Hast du ihn gut gekannt?«

»Seit ich ein junges Mädchen war. Er liebte Martin über alles, erkannte von Anfang an sein außergewöhnliches Talent. Er trainierte ihn von morgens bis abends, und oft mussten Ray und ich mitspielen. Er war Martins großes Vorbild.«

»Wirklich?«

»Ja. Das war in der Zeit, als Serge noch zu Hause wohnte und pendelte, zum Spielen nach Montreal fuhr. Aber dann kam der Transfer nach Toronto, zu den Maple Leafs, und kurz darauf änderte sich alles. Martin wurde von dem Schuldeneintreiber verletzt und die Ehe von Serge und Agnes ging in die Brüche. Serge verschwand einfach und kehrte nie mehr zurück. Er ließ Martin im Stich.«

»Aber es war nicht Martins Schuld.« May dachte an die Beziehung zu Kylies Vater und dass letztlich immer die Kinder unter den Problemen der Eltern zu leiden hatten.

»Natürlich nicht. Aber das glaubte Martin nicht. Er begann, noch ehrgeiziger Eishockey zu spielen, mit einer

Verbissenheit, als könnte er seinen Vater dadurch zurückholen. Er überredete Ray, mit ihm zu üben, und Agnes trainierte die beiden auf dem See …«

»Serge hat das alles verpasst.«

»Verschwende dein Mitleid nicht an Serge. Er war schon eine Berühmtheit, bevor man Eishockeyspieler zu Nationalhelden erhob. Außerhalb der Saison ließ er es richtig krachen, in Los Angeles, Las Vegas – wir sahen sein Bild andauernd in den Klatschmagazinen, immer irgendein Model im Arm. Er tauchte erst wieder aus der Versenkung auf, als Martin aus dem Haus ging und selbst in der NHL spielte.«

»Sobald er Agnes' Fittiche verließ.«

»Genau. Serge ist eine Legende am Lac Vert, trotz alledem. Die Jugendlichen sehen auch heute noch ein Idol in ihm, weil er ein fantastischer Spieler war und einen Sohn wie Martin hat.«

»Martin spricht nie von ihm.« May dachte an den Sommer, an die furchtbaren Nächte, als Martin auf dem Sofa geschlafen hatte. »Bis auf ein einziges Mal.«

»Kann ich mir denken. Martin hat ihn an dem Tag ein für allemal abgeschrieben, als Natalie starb.«

»Ich frage mich, ob jemand wirklich den eigenen Vater einfach abschreiben kann«, sagte May leise und nachdenklich. »Auch wenn er fest überzeugt ist, dass er es möchte.«

Sie setzten den Rundgang fort. May ertappte sich bei dem Versuch, Bridal Barn mit Gennys Augen zu sehen, und wünschte sich, sie wäre früher gekommen, als die Kräuter und Blumen noch in voller Blüte standen und die alten weißen Kletterrosen an der Seitenwand der Scheune ihre ganze Pracht entfalteten.

Sie betraten die Scheune, die mit stämmigen Lorbeerzweigen und bittersüßem Nachtschatten herbstlich geschmückt

war. Knorrige, flach gedrückte und leuchtend gelbe Kürbisse säumten die alten Pferdeboxen und Querbalken. Eulen schliefen in den Dachsparren, im Schatten des blassen weißen Lichtes, das schräg durch die Dachluken fiel.
Tobin, die gerade mit der Beratung einer neuen Kundin fertig war, blickte von ihrem Schreibtisch auf.
»Oh, da bekomme ich gleich Heimweh nach Kanada, wenn ich das Holz rieche.« Genny winkte Tobin zu. »Und mollig warm habt ihr es hier drinnen mit dieser schönen Heizung, obwohl es draußen so kalt ist.«
»Unsere größte Ausgabe«, erzählte May ihr. »Es ist nicht billig, die Scheune den ganzen Winter über zu beheizen.«
»Martin fühlt sich hier bestimmt wie zu Hause.«
»Ich denke schon.«
Während sie durch den weitläufigen Raum schlenderten, berührte Genny die vom Alter silbrigen Holzwände und die mattierten Messinghaken, inspizierte den Fußboden aus breiten Planken und entdeckte das Ein- und Ausschlupfloch der Eulen in der Wand. Tobin kam zu ihnen herüber, als sie an der Leiter zum Heuboden standen, einen Stapel Manila-Umschläge in der Hand.
»Hallo. Ich habe dich im Fernsehen bei den Spielen gesehen«, sagte Tobin zu Genny. »Aber ich freue mich, dass ich dich jetzt höchstpersönlich vor mir habe.«
»Und ich freue mich, *dich* wieder zu sehen«, sagte Genny und umarmte Tobin.
»Ihr seid ja richtig berühmt, du und May.«
»Gegen unseren Willen«, lachte Genny.
»Was ist, trinkst du Tee mit uns?«, erkundigte sich May.
Tobin schüttelte den Kopf, blickte auf die Umschläge. »Nein, danke. Ich bin mitten bei der Arbeit und weiß nicht, wie lange ich noch brauche. Also dann, bis später. Hat mich gefreut, dich wieder zu sehen, Genny.«

»Ganz meinerseits.«
Als sie die Leiter zum Heuboden hinaufstiegen, tippte Genny May auf die Schulter.
»Alles in Ordnung mit Tobin?«
»Ich denke schon.« Aber May spürte eine gewisse Distanz auf Tobins Seite. Tobin und May waren immer eifersüchtig auf Außenstehende gewesen, auf andere Frauen, die eine Bedrohung für ihre Freundschaft zu sein schienen. Doch darüber hinaus veränderte sich ihre Beziehung auch auf andere Weise, und sie wussten es beide.
»Es ist eine ziemlich große Umstellung für sie, ihre alte Freundin plötzlich im Fernsehen und in den Zeitschriften zu sehen.«
»Für mich ist es das auch.«
»Die NHL wirkt auf Außenstehende glamourös. Wenn die wüssten!«, sagte Genny.
»Das kann ich noch nicht beurteilen. Martin ist die Hälfte der Zeit weg, und während der restlichen Zeit kuriert er seine Verletzungen aus. Wir hatten kaum Gelegenheit, uns besser kennen zu lernen.«
»Manchmal kann man in einer Ehe einsamer sein, als wenn man unverheiratet ist«, seufzte Genny. »Man liebt jemanden, aber man bekommt ihn viel zu selten zu Gesicht. Und wenn er zu Hause ist, kreisen seine Gedanken ständig um das letzte oder das nächste Spiel.«
»Du sagst es.« May war froh darüber, dass sie Genny hatte und sich mit ihr austauschen konnte, aber gleichzeitig hatte sie ein schlechtes Gewissen, weil sie Tobin damit ausschloss.
Sie schlenderten über den Heuboden, der voll war mit alten Hochzeitsgewändern, die von den niedrigen Dachsparren hingen. Organza, Taft, Seide und Satin knisterten, als sie die Stoffe bei ihrem Rundgang streiften. Manche waren

beinahe Museumsstücke, aber weiter hinten befanden sich Brautkleider neueren Stils und eine Kollektion von Kleidern für die Brautjungfern. Wie zu Emilys Zeiten wurden sie auf dem Heuboden eingelagert und nur ein einziges Mal im Jahr im Rahmen einer Modenschau vorgeführt. Aber May wollte sie Genny zeigen.

»Oh, Genny, das ist aber ein Überraschung! Wir haben uns seit der Hochzeit nicht mehr gesehen.« Tante Enid kam herbei, als sie die Leiter herunterkletterten, und umarmte Genny. »Willkommen im Bridal Barn. Wie geht es dir? Was machen Ray und die Kinder?«

»Alles bestens, Enid.« Genny erwiderte die Umarmung. »Bei uns dreht sich im Moment alles um die Eishockeysaison, genau wie bei May.«

»Ich wollte gerade Tee kochen, bevor die Kundinnen eintrudeln, die für drei Uhr bestellt sind. Trinkst du eine Tasse mit, Tante Enid?«

»Nein, danke, aber macht ihr nur ohne mich, Mädels. Ich muss die Post erledigen und es mir mit dem Heizkörper warm machen, dabei haben wir erst November. Schaut euch nur meinen Aufzug an – ich hoffe, dass ich die Bräute nicht abschrecke.«

Tante Enid erkältete sich leicht und trug ihre übliche Herbst-Winter-Kleidung: Hosen aus Schurwolle und einen dicken Rollkragenpullover unter einer grauen Flanelljacke. Als May ihre eigenen zerknitterten Jeans und abgewetzten Stiefel ansah, musste sie lächeln: Es war ein Wunder, dass Bräute, die Wert auf eine stilvolle Hochzeit legten, sich auch nur in die Nähe von Bridal Barn wagten.

»Bei uns geht es ziemlich zwanglos zu«, sagte May, als sie mit Genny den kleinen Raum hinter der Scheune betrat.

»Das mögen deine Kundinnen, möchte ich wetten. Du hast so eine lässige, natürliche Eleganz.«

»Danke für das Kompliment, aber nachlässig wäre zutreffender.« May zupfte an dem ausgefransten Ärmel ihrer Segeltuchjacke.
»Nein, du bist *natürlich und elegant*. Wie eine Schönheit vom Lande mit einem großen Geheimnis. Martin hat Ray erzählt, dass ihn dein Lächeln an die Mona Lisa erinnert.«
»Das soll wohl ein Witz sein.« May stellte den Teekessel auf den Ofen.
»Nein. Am Lac Vert, gleich zu Beginn.«
»Mona Lisa ist so rätselhaft. Das bin ich nicht.«
»Glaubst du!« Genny musterte sie. »Du siehst so … wie soll ich sagen, ›wissend‹ aus. Weise und reif für dein Alter. Aber es gibt kaum jemanden, der sich so sieht, wie andere ihn sehen.«
May dachte über Gennys Worte nach, während sie den Tisch deckte. Von einem Kiefernregal nahm sie eine hauchdünne Porzellankanne mit Hundertblättrigen Rosen und zwei Tassen, die mit Veilchen und blauen Schmuckbändern dekoriert waren. Sie stellte einen Teller mit Zwieback und den Rest von Gennys Apfelgelee auf den Tisch.
Während sie Tee tranken, zeigte May Genny das berühmte Sammelalbum ihrer Großmutter, mit Bildern von Hochzeiten in Kathedralen, Kirchen, Leuchttürmen, Yachtclubs, exklusiven Penthouse-Wohnungen, Rosengärten, Schindeldachhäusern und auf der Bühne des Silver Bay Playhouse.
Genny erzählte von ihrer eigenen Hochzeit mit Ray, in der kleinen Gemeindekirche am Lac Vert.
»Wo er getauft worden und zur Erstkommunion gegangen ist. Langweilig und konventionell.«
»Keine Hochzeit ist langweilig«, entgegnete May. »Und mit einem Eishockeyspieler verheiratet zu sein schon gar nicht.«

»Stimmt. Und, hast du dich daran gewöhnt?«
»Ich vermisse ihn schon jetzt, dabei haben wir erst November und die Saison hat gerade erst begonnen. Aber zum Glück steht die Weihnachtszeit vor der Tür, und die haben wir für uns.«
»Mach dir keine falschen Hoffnungen. Weihnachten fällt mitten in die Eishockeysaison.«
»Ich weiß. Ich tue mein Bestes, nicht daran zu denken. Die Arbeit lenkt mich Gott sei Dank ab.«
»Wenn Leute über ihre Arbeit sprechen, dann beneide ich sie oft und wünschte mir, ich könnte mitreden. Beim Gang durch eine Galerie stelle ich mir vor, ich wäre Malerin. In einem Buchladen frage ich mich, wie es wohl sein mag, ein Buch zu schreiben. Ich möchte irgendetwas tun, eine Tätigkeit, von der ich etwas *verstehe*.«
»Du weißt ja, was mir dazu auf Anhieb einfällt.« May sah, dass Tobin sie von der anderen Seite der Scheune beobachtete. Warum hatte sie es abgelehnt, Tee mit ihnen zu trinken?
»Meine Marmeladen?«
»Ich meine es ernst, Genny. Meine Bräute lieben es, Geld auszugeben. Wir verkaufen hier unsere eigenen Kräuter. Wir haben Kerzen, Seifen, eben lauter Produkte mit unserer eigenen Marke im Sortiment. Was mir vorschwebt, wäre eine Art Präsentkorb mit deinen Marmeladen und Gelees. Wir könnten ihn ›Hochzeitsfrühstück‹ nennen.«
»Und ich könnte dazu kleine handgeschriebene Kärtchen machen, auf denen steht, dass die Früchte vom romantischsten See Kanadas kommen, dem Lac Vert.«
»Die Präsentkörbe wären ein Renner.«
»Ich weiß nicht.« Genny lächelte. »Es klingt aber, als würde es Spaß machen.«

»Bestimmt. Erdbeeren im Juni, Blaubeeren im Juli – was kommt danach?«
»Pfirsiche, Nektarinen, Kirschen. Brombeeren. Dann die Äpfel … du hast unseren Obstgarten ja gesehen. Aber jetzt haben wir November. Vor dem nächsten Sommer geht nichts.« Genny lachte. »Was gut ist. Ich komme nämlich schwer in die Gänge, normalerweise bleibt es dann beim Träumen.«
»Mach dich nicht kleiner, als du bist.« May erinnerte sich daran, was ihre Großmutter zu ihren Kundinnen zu sagen pflegte: »Man sollte nie den eigenen Wert schmälern, nicht einmal im Scherz, sonst glaubt es am Ende noch jemand.«
»Mmmm …« Gennys Stimme klang, als habe sie das Thema Genny Gardner fürs Erste abgehakt.
»Hat Trisha eigentlich gearbeitet?«, fragte May plötzlich. Ihre Mutter hatte den Bräuten, die eine Zweitehe eingingen, stets geraten, nie Fragen über ihre Vorgängerin zu stellen und die Vergangenheit ruhen zu lassen, weil man damit den Ärger vorprogrammierte, aber May konnte nicht widerstehen.
»Sie hat ein Leben geführt, das in Arbeit ausartete«, lachte Genny. »Wenn du verstehst, was ich meine. Sie war ständig auf Achse: Urlaub an den mondänsten Orten machen, reisen, ›Freunde‹ besuchen. Und wenn man Ray Glauben schenken darf, hat sie dabei nichts anbrennen lassen. Serge machte Martin mit Trisha bekannt, weißt du.«
»Wirklich?«
»Trisha war eher Serges Typ als Martins. Designerfassade, immer braun gebrannt, makelloser Körper.«
»Wie schön.« May blickte auf ihre abgewetzten Stiefel.
»Nein, sie war weiß Gott nicht die Richtige für Martin. Ray und ich wussten das von Anfang an. Sogar Serge erkannte ziemlich bald, dass die beiden nicht zusammenpassten. Sie

ist ein L.A.-Mädel und hat nur eines im Kopf: Partys, Show und Glamour.«

»Martin muss das aber doch irgendwie gefallen haben.«

»Eine Weile schon.« Genny sah May in die Augen. »Als er jünger war, hat er sich das wenigstens eingebildet.«

»Ich hoffe, das stimmt. Denn das kann ich ihm nicht bieten.« May spürte einen kalten Lufthauch, der durch das Eingangsloch der Eulen zog.

»Du brauchst so etwas nicht.« Genny lächelte. »Du hast eine natürliche, lässige Eleganz, falls du dich erinnerst.«

May zuckte lächelnd die Schultern. »Ach ja! Hatte ich ganz vergessen.«

»Sogar Serge bedauerte, dass er die beiden zusammengebracht hatte, als er sah, was sich da abspielte. Er gestand mir einmal, er wünsche sich, Martin hätte ein Mädchen wie mich kennen gelernt. Eine Frau, die ihn um seiner selbst willen liebt. Er wäre sehr glücklich, wenn er wüsste, dass Martin dich gefunden hat.«

May hörte schweigend zu.

»Es ist traurig«, fügte Genny nachdenklich hinzu. »Ich weiß, dass Serge einiges auf dem Kerbholz hat. Aber auf seine Weise hat er Martin geliebt. Du hättest seinen Blick sehen sollen, wenn Martin auf dem Eis war – voller Stolz.«

»Ich würde ihn gerne kennen lernen.«

»Vergiss es. Dazu hasst Martin ihn viel zu sehr.«

»Ich dachte auch einmal, dass ich meinen Vater hasse. An dem Tag, als er starb.«

»Das tut mir Leid.«

»Die Umstände waren allerdings ganz anders. Ich war erst zwölf. Wenn er bei dem Unfall nicht ums Leben gekommen wäre, hätte ich den Streit bestimmt schnell wieder vergessen. Aber er starb.« May erinnerte sich, was Dr. Whitpen über den Schleier gesagt hatte, der die Lebenden von den Toten trennt.

»Das ist lange her.«

»Manchmal kommt es mir vor, als sei es erst gestern gewesen. Ich wünschte, diese Auseinandersetzung stünde nicht zwischen uns. Mein ganzes Leben lang hatte ich das Gefühl, die Situation bereinigen zu müssen. Ich wünschte, ich könnte die Uhr zurückdrehen, das Ganze ungeschehen machen.«

»Ich kann mir nicht einmal vorstellen, so etwas durchzumachen.« Genny berührte Mays Schulter.

May nickte, sie dachte an Tobin, die an ihrem Schreibtisch saß und arbeitete. Tobin hatte ihren Vater gekannt und ihr in den vielen Jahren der Trauer hilfreich zur Seite gestanden. Während May die Eulen in den Dachsparren betrachtete, dachte sie an ihren Vater und Serge, an das wachsende Gefühl der Entfremdung zwischen Tobin und ihr, und daran, was das alles zu bedeuten hatte.

*

Im Gefängnis wurde es im November immer eisig kalt. Wenn in den Häusern die Heizungen aufgedreht wurden, die Familien Truthähne brieten, Kastanien rösteten und das taten, was eben gute Familien sonst noch um diese Jahreszeit machten, gaben die Boiler im Zellentrakt ihren Geist auf. Deshalb wärmte sich Serge im Gefängnishof mit seinen Freiübungen auf, sah zu, wie sein Atem in der Kälte gefror, und wurde von Erinnerungen an die Zeit geplagt, als er selbst noch eine Familie gehabt hatte.

»Kalt draußen, Serge«, sagte Jim, einer der Wärter.

»Nur für Leichtgewichte.« Serge machte seine Liegestütze auf dem Teerboden.

»Stimmt. Du müsstest in deinem Element sein, hast ja damals einige Jahre Eishockey gespielt.«
»Damals.«
»Wie viele Liegestütze hast du schon?«
»Zweihundertvierzig, einundvierzig.« Serges Bewegungen wurden verkrampfter.
»Dann will ich dich beim Zählen nicht stören«, sagte Jim und ließ ihn allein.
Serge tat es beinahe Leid, ihn gehen zu sehen. Jim war etwa in seinem Alter. Er sah fit aus, als würde er laufen und hin und wieder Gewichte heben. »He!«, rief Serge ihm nach, während er weiter Liegestütze machte. »Hast du mal gespielt?«
»Was gespielt?« Jim drehte sich halb zu ihm herum.
»Eishockey.«
»Nein. Aber Football, in der Highschool. Und Baseball.«
Serge beugte den Kopf und stieß sich kraftvoll nach oben. Er steigerte sein Tempo um die Hälfte. »Martin spielte im Frühjahr Baseball. Sobald der See aufgetaut war«, murmelte er.
»Was hast du gesagt?«, rief Jim.
»Nichts.« Er sprach immer noch zu leise und Jim konnte ihn nicht verstehen, also setzte der Wärter seinen Kontrollgang fort. Nach der dreihundertsten Liegestütze stand Serge auf. Er lehnte sich gegen die Wand und machte Dehnübungen.
Martin hatte gestern Abend Detroit und vorgestern Chicago platt gemacht. Er war in diesem Jahr zur Höchstform aufgelaufen. Die Zeitungen schrieben, das sei die beste Saison seines Lebens und dass seine Heirat offenbar der Grund dafür sei. Die Ehe hatte den Goldenen Vorschlaghammer nicht zahm gemacht, sondern gelöster und kraftvoller. Serge hatte besonders auf Martins Augen, Knö-

chel und Knie geachtet. Sobald man die dreißig überschritt, konnten einen Verletzungen gleich für eine ganze Saison aus dem Rennen werfen.

»He, Alter«, rief Tino, der junge Bursche mit dem kahl geschorenen Kopf. Er stieß eine Rauchwolke aus.

»Was rauchst du da? Eine Zigarette?«

»Ja, willst du eine?«

»*Merde*, nein. Ich fasse so was nicht an. Bist du sicher, dass du kein Gras rauchst?«

»Kein Gras, kein Crack. Ich bin clean, wie oft soll ich das noch sagen.«

»*Bien*. Für heute Morgen.«

Tino lachte. Serge machte ein strenges Gesicht, aber er konnte nicht verhindern, dass seine Mundwinkel zuckten.

»Kalt draußen, Mann«, sagte der junge Bursche.

»Wenn man ein Weichei ist, schon.«

»Ich bin kein Weichei.«

»Wirst du aber, wenn du so weiterqualmst.«

»Aaaah.« Der Bursche zog abermals, dann verbarg er die Zigarette hinter seinem Oberschenkel, als ob er beschämt wäre.

»Wie alt bist du?«, fragte Serge.

»Vierundzwanzig.«

»Hat dich dein Vater nie beim Rauchen erwischt und dir die Hölle heiß gemacht?« Serge war inzwischen nicht mehr über das Alter der jungen Männer schockiert, die hier eine Haftstrafe verbüßten.

Der Bursche blies den Rauch durch die Nase und grinste schief. »Was für ein Vater? Er ist abgehauen, bevor ich zur Welt kam. Bis später, Serge. Ich bin kein Weichei, aber mir ist saukalt. Abgesehen davon kommen meine Kinder zu Besuch. Muss mich in Schale werfen.«

Serge sah dem jungen Mann nach, der in seine Zelle zurückging. Der Gefängnishof kam ihm plötzlich leer vor; er fühlte, dass die Einsamkeit wie eine Welle über ihm zusammenschlug. Der Winter weckte immer solche sentimentalen Gefühle in ihm. Schon bevor er ins Gefängnis gekommen war. Wenn es draußen schneite und stürmte, brauchten die Menschen die Geborgenheit der Familie.

»Mein Sohn kommt mich bald besuchen«, sagte Serge zu der Tür, durch die der junge Mann gerade verschwunden war. Er klopfte auf seine Hosentasche, wo er das Bild von Martin, May und Kylie aufbewahrte, das Hochzeitsfoto, das die Zeitungen vor Beginn der Saison gebracht hatten.

Ein Pfeife ertönte und kündigte den Beginn der Besuchszeit an. Serge schenkte ihr keine Beachtung, blieb draußen in der Kälte. Hier fühlte er sich wenigstens ein bisschen lebendig. Er schloss die Augen, stellte sich seinen See vor: in die Bergmulde geschmiegt, das gefrorene Eis von einer Schwärze, wie man sie bei keinem anderen See in Kanada fand. Er hatte Martin auf diesem See Schlittschuhlaufen beigebracht. Sie hatten davon geträumt, eines Tages im gleichen Team zu spielen. Große Träume, und Serge hatte versprochen, sie wahr zu machen.

»Wenn ich meinen Jungen beim Rauchen erwischt hätte«, sagte Serge laut, »dann hätte ich ihm das schon ausgetrieben.« Das war es, was man von verantwortungsbewussten Vätern erwartete: dass sie ihren Kindern halfen, das Richtige zu tun, das, was für sie am Besten war.

»Serge!« Jim rief nach ihm. »Ist dir immer noch nicht kalt?«

»Wir laufen Schlittschuh, mein Sohn und ich«, sagte Serge mit offenen Augen und sah immer noch den schwarzen See vor sich.

Er wusste, dass es verrückt war, in der Kälte zu bleiben, während es drinnen wärmer war und es obendrein bald etwas zu essen geben würde. Aber hier bekam er frische Luft, dieselbe Luft, die Martin irgendwo einatmete. Falls Martin ihn jemals besuchen sollte, würde er durch das große Tor auf der Ostseite kommen. Serge wandte den Blick in die Richtung.

Durch dieses Tor würde er kommen.

Serge schloss erneut die Augen. Der See mit dem schwarzen Eis war verschwunden, aber er stellte sich vor, wie Martin durch das Tor kam. Mit seiner Frau und dem kleinen Mädchen.

Serge ging hinein, den langen Weg zu seiner Zelle zurück. Vor dem Besucherraum hielt er eine Weile inne, lauschte den Stimmen der Frauen und Kinder. Sie zogen ihn an wie ein Magnet, fast direkt durch die Tür.

Tino saß an einem langen Tisch. Eine zierliche dunkelhaarige Frau beugte sich zu ihm herüber und ein kleines Kind saß auf seinen Knien, kletterte an ihm hoch, während sich ein zweites an ihn schmiegte, so eng, als wollte es nach der schrecklichen Trennung in ihn hineinkriechen.

Tinos Augen glänzten, er lächelte, und so etwas wie Freude breitete sich auf seinem Gesicht aus. Der kleine Junge hatte sein Lachen, seine Statur. Serge hielt den Atem an, während er beobachtete, wie der Junge seinen Vater an den Ohren packte und ihn mitten ins Gesicht küsste.

Serge wusste, welche Gefühle mit solchen Trennungen einhergingen, dass die Bindung zwischen Vater und Sohn und das Verlangen danach bei beiden nicht weniger ausgeprägt waren. Serge machte auf dem Absatz kehrt und entfernte sich hastig.

*

May bekam neuerdings eigene Fanpost. Sie war erstaunt, aber Frauen in ganz Amerika und Kanada waren fasziniert von ihrer Liebesgeschichte und von der Tatsache, dass sie als Hochzeitsplanerin erst so spät geheiratet hatte. »Das macht mir Hoffnung, dass ich vielleicht auch noch jemanden finde, der zu mir passt«, schrieb ihr eine Frau. Andere baten um einen Liebestrank für den Mann ihrer Träume oder wollten sie für ihre Hochzeitsplanung engagieren. May versuchte, alle Briefe zu beantworten, aber sie war mit ihrer Arbeit im Bridal Barn und im Haushalt mehr als ausgelastet.

An einem kalten Abend zwischen den Spielen, als draußen alles gefroren war, brachte Martin zwei Paar Schlittschuhe mit nach Hause und ging mit ihnen auf den Weiher hinter dem Bridal Barn Eis laufen.

May hatte seit Jahren nicht mehr auf Schlittschuhen gestanden. Sie fühlte sich unsicher, ließ sich von Martin den Arm um die Taille legen und glitt mit ihm gemeinsam über das Eis. Er bewegte sich wie der Wind, schnell und sicher, hielt sie und flüsterte ihr Anweisungen ins Ohr, bis sie wieder ein Gefühl für die Balance hatte. Atemlos nahm sie auf einem Baumstumpf Platz, um zuzuschauen, wie er mit Kylie übte. Vor Freude quietschend, wäre Kylie am liebsten die ganze Nacht weiter gelaufen, und so blieben sie auf dem Eis, bis die Sterne aufgingen und die Temperatur unter fünf Grad minus gefallen war.

Die erste Postkarte traf mit einem Stapel Weihnachtskarten ein. May saß gerade an ihren Schreibtisch, blickte aus dem Fenster auf den Weiher hinaus und wünschte, Martin wäre zu Hause statt in Montreal, so dass sie am Abend wieder Schlittschuh laufen konnten.

»Für dich.« Tobin legte die Karte auf Mays Schreibtisch.

»Was ist das?«

»Ein Geheimnis. Eigentlich gehört es sich nicht, aber ich habe sie trotzdem gelesen.«

May blickte die Postkarte lange an, das Herz schlug ihr bis zum Hals. Auf der Karte war eine Abbildung von einem See im Sommer und auf der Rückseite stand: »Passen Sie gut auf ihn auf.« Es gab keine Unterschrift. Die Karte war an sie adressiert und trug den Poststempel von Estonia, N.Y.

»Wen kennst du denn in Estonia?«, fragte Tobin.

May wusste es auf Anhieb: Serge Cartier. Dort befand sich das Gefängnis, in dem er seine Strafe verbüßte. Sie hatte es oft genug in den vielen Berichten über ihn gelesen. Sie warf Tobin einen verstohlenen Blick zu, hätte ihr gerne von ihm erzählt. Aber da sie wusste, was Martin für seinen Vater empfand, hatte May in Tobins Gegenwart nie etwas Genaues über ihn erzählt, und nun zögerte sie.

»Keine Ahnung.« May errötete angesichts der Lüge. Der Wunsch, mit der Wahrheit herauszurücken, quälte sie. Tobin stand reglos da und wartete, skeptisch, verletzt. Sie hatten sich in den letzten Monaten wirklich entfremdet. May öffnete den Mund, aber sie brachte keinen Ton über die Lippen. Stattdessen steckte sie die Karte in ihre Handtasche, als Tobin schließlich wieder an ihre Arbeit ging.

Ganz unten in ihrer Tasche erspähte May das blaue Notizbuch, das Tagebuch, in dem sie Kylies Visionen und Träume vermerkte. Sie hatte sich seit dem Sommer weder bei Dr. Whitpen gemeldet noch hatte es Ereignisse gegeben, die der Aufzeichnung bedurften. Keine Engelsträume mehr, keine Fragen mehr über Natalie.

Doch als ihre Fingerspitzen das Tagebuch streiften, dachte May daran, was Dr. Whitpen über den Schleier gesagt hatte: dass Kylie durch ihn hindurchsehen konnte und sich vielleicht zu Martin wegen seiner Beziehung zu seinem Vater und seiner Tochter hingezogen gefühlt hatte. Sie schob das Notizbuch tiefer in ihre Handtasche und zog den Reißverschluss zu.

*

May zeigte Martin die Karte nicht, aber der Gedanke an sie ließ sie nicht los.

Im Dezember, als die Bruins ein Heimspiel gegen die Rangers verloren hatten, fuhren Martin und May spätabends aus der Garage, die für die Spieler reserviert war. Als die Fans den schwarzen Porsche erkannten, umringten sie ihn, um ein Autogramm zu ergattern. Martin kurbelte die Fensterscheibe herunter und schrieb. Meistens waren es Väter und Söhne, aber May sah auch einige gut aussehende Frauen unter den Fans. Martin schrieb schweigend, mit angespanntem Gesicht.

Er sprach auch dann nicht, als sie losfuhren. May wusste aus Erfahrung, dass dieses Verhalten nach einer Niederlage typisch für ihn war. Er analysierte das Spiel in Gedanken, ließ die Fehler, die ihm unterlaufen waren, immer wieder Revue passieren, brütete über Taktiken, die eine Veränderung bewirkt hätten. Boston war weihnachtlich geschmückt, überall waren weiße Lichterketten und trotz Martins Schweigsamkeit war May von Vorfreude erfüllt.

»Unser erstes gemeinsames Weihnachtsfest«, sagte sie.

»Bedauerst du es noch nicht, dass du von Black Hall nach Boston gezogen bist?«

»Nein, ich liebe dein – unser Haus«, verbesserte sie sich. »Ich kann den Großteil meiner Arbeit hier erledigen und es stört mich nicht, an zwei Tagen in der Woche die 395er Route hin und her zu fahren.«

»Gut.« Er nahm ihre Hand und legte sie auf sein Knie. »Ich möchte nicht, dass du Heimweh hast. Und deine Tante und Tobin zu sehr vermisst.«

»Apropos Familie, Martin«, begann sie, als sie auf die Bostoner Hauptstraße fuhren. Sie hatte ihre Handtasche auf dem Schoß, das blaue Notizbuch und Serges Karte darin brannten ihr unter den Nägeln. »Ich würde gerne deinen Vater kennen lernen.«

Er antwortete nicht. Sie kamen an eine rote Ampel und Martin hielt, rührte sich auch dann nicht, als sie auf Grün umschaltete. Der Fahrer hinter ihnen drückte auf die Hupe und Martin fuhr los, mit Vollgas über die Kreuzung.

»Nein, May.« Er blickte unverwandt in den Rückspiegel, um zu sehen, ob der Mann noch hinter ihm war.

»Er ist dein Vater. Ich weiß, was er getan hat, aber er ist alt. Er sitzt im Gefängnis, ist ganz alleine, und ich finde –«

»Du kennst ihn nicht.«

»Ich würde ihn aber gerne kennen lernen.« Dr. Whitpens Theorie ging ihr nicht aus dem Kopf.

»Du kennst ihn nicht«, wiederholte Martin.

Sie fuhren die alten kurvigen, mit Kopfstein gepflasterten Straßen hinauf und hielten vor ihrem Haus am Marleybone Square. Es war ein imposantes altes Backsteinhaus im Kolonialstil, das sichtbare Holzwerk ganz in Weiß und die Fensterläden in Schwarz gehalten. May hatte einen Kranz für die vordere Eingangstür gebunden und gemeinsam mit Tante Enid eine Girlande aus Lorbeerranken geflochten, die von oben herabhing. Tante Enid war für ein paar Tage zu Besuch gekommen und kümmerte sich an diesem Abend um Kylie.

»Hör zu.« Martin rieb sich die Augen. Er sah abgespannt und erschöpft vom Spiel aus, seine Kiefermuskulatur war angespannt, die Stirn gerunzelt. »Du glaubst, alle Menschen wären gut und gerecht. Das ist deine Weltsicht, May. Dafür liebe ich dich.«

»Ich weiß, dass Menschen Fehler machen.«

»Fehler gibt es in jeder Form und Größenordnung. Dass ich heute Abend Rays Pass nicht erwischt habe, war ein Fehler. Dass du deinem Vater keinen Abschiedkuss gegeben hast, war ein Fehler. In meinen Augen nicht, aber in deinen. Die so genannten Fehler meines Vaters stehen auf einem ganz anderen Blatt.«

»Glaubst du nicht an Vergebung?«

»Stell mir die Frage noch einmal, wenn Kylie etwas passiert«, sagte Martin und blickte sie kalt an, als er die Haustür aufschloss.

Er trat ein, ließ May einfach stehen. Sie war verletzt und schockiert, fand keine Worte. Sie folgte Martin ins Haus, sah sich um. Tante Enid war in einem der Gästezimmer einquartiert, aber Kylie und sie schienen oben eingeschlafen zu sein. Die Zimmer waren spärlich möbliert, die Einrichtung glich eher der von Hotelzimmern als der eines prachtvollen Bostoner Stadthauses. In seiner langen Junggesellenzeit hatten sich lediglich ein ausladender Ledersessel, eine Ausziehcouch und mehrere Kisten mit Eishockey-Trophäen angesammelt.

Martin hatte sie aufgefordert, alles auf den Kopf zu stellen, das Haus nach Lust und Laune umzugestalten. Bisher hatte May noch keine Zeit dafür gefunden – sie hatte genug damit zu tun gehabt, die liegen gebliebene Arbeit im Bridal Barn zu erledigen und Kylie zu helfen, sich in ihrer neuen Schule einzugewöhnen. Im Augenblick fühlte sie sich von der maskulinen Ausstrahlung der Räume erdrückt.

May fand ihn in der Küche, er schenkte sich gerade ein Glas Milch ein.

»Es tut mir Leid«, sagte er. »Das mit Kylie hätte ich nicht sagen sollen. Ich habe es nicht so gemeint.«

»Ich weiß.«

»May, du kannst dir nicht vorstellen, wie es ist, wenn man

ein Kind verliert. Ich bete, dass dir diese Erfahrung erspart bleibt.«
»Ich auch.«
»Es ist die Hölle. Ich übertreibe nicht.«
»Das nehme ich auch nicht an.«
»Ich war bei ihrer Geburt dabei. Ich habe sie im Kreißsaal in den Armen gehalten. Ihre Lieblingsfarbe war rosa. Sie spielte gerne Fußball. Sie konnte wunderbar malen und tanzen, sagten ihre Lehrer. Sie war hübsch … bezaubernd … *mein* eigen Fleisch und Blut. Sie hatte das ganze Leben noch vor sich, May. Und er hat sie auf dem Gewissen.«
»Er ist im Gefängnis, Martin.«
»Aber nicht, weil er ihren Tod verschuldet hat. Ich hoffe, dass er da drinnen verreckt.«
»Solche Rachegefühle hast du aber nicht immer.«
»Wovon redest du?«
»In der letzten Saison wolltest du ihn nicht enttäuschen. Das hast du mir selbst erzählt – du dachtest, er würde sich das Spiel vielleicht im Gefängnis anschauen.«
»Mon Dieu.« Martin stützte sich auf den Spülstein, schüttelte den Kopf. »Mein Pech, dass du so ein gutes Gedächtnis hast. Ich werde dir demnächst nichts mehr erzählen, wenn du alles, was ich sage, irgendwann gegen mich verwendest.«
May starrte aus dem Küchenfenster; es schneite. Früher hatte der Anblick des Schnees immer ein Gefühl des Friedens in ihr geweckt, aber im Augenblick setzte das Wetter ihr hart zu. Martin verdrehte ihr die Worte im Mund und sie wusste nicht, wie sie wieder alles richtig stellen sollte.
»Du sagtest, dass die Leute denken, du hättest ihn abgeschrieben, aber –«

»Lass es dabei bewenden. Ich habe ihn abgeschrieben und damit basta.«
»Das glaube ich dir nicht.«
»Hör zu, May.« Martin drehte sich zu ihr um. Sein Blick war angespannt und kalt, die Schultern fast bis zu den Ohren hochgezogen. »Eishockey wird immer mit meinem Vater verbunden sein. Wenn ich aufs Eis hinaustrete, ist er da. Ich höre seine Stimme, die mir sagt, was ich tun soll. Wie ich Schlittschuh laufen, wie ich den Puck schlagen soll. Er ist einfach da, ob ich will oder nicht.«
»Er war dein erster Lehrer?«
»Der große Serge Cartier«, erwiderte Martin voller Hass. »Mein Vater.«
May sah, wie die Wut in ihm aufstieg. Sie erinnerte sich an den Sommer und ihr Magen verkrampfte sich. Sein Gesicht war gerötet und die Sehnen an seinem Hals traten hervor. Hoch aufgerichtet stand er auf der Schwelle der Küchentür, die Arme gegen den Rahmen gedrückt, den Bizeps angespannt, als wollte er das Haus niederreißen.
»Manchmal denke ich, dass ich den Stanley Cup nur gewinnen will, um es ihm zu zeigen. Damit ich zur Ruhe komme und ihn ein für allemal aus meinem Gedächtnis streichen kann. Weißt du eigentlich, wie oft er den Cup gewonnen hat? Ganze dreimal. Er hat sich dabei eine goldene Nase verdient und alles durchgebracht. Er hat ein Vermögen verspielt, während meine Mutter und ich uns mit knapper Not über Wasser halten konnten. Wir haben am Lac Vert gehungert und gefroren, während er sich in den Staaten herumgetrieben und sein Leben in vollen Zügen genossen hat.«
»Er hat euch kein Geld geschickt?«
»Geld?« Martin fragte, als hätte er plötzlich vergessen, was dieses Wort bedeutete. »Er schickte genau das, was er an

Unterhaltszahlungen leisten musste. Es reichte hinten und vorne nicht.«
May hörte zu und fragte sich, wie er sich dabei gefühlt haben mochte, den Vater in Saus und Braus leben zu sehen, während er mit seiner Mutter um das nackte Überleben kämpfen musste. Bis heute hat sich nichts an diesem gestörten Verhältnis zu seinem Vater geändert, dachte May, als sie zusah, wie er rastlos hin und her ging.
»Spielsucht hat im Grunde nicht viel mit Geld zu tun.« Martins Stimme wurde leiser. Sie klang rau und abgehackt, erinnerte May an ein Tier in der Falle. »Das Wichtigste ist dabei der Nervenkitzel. Das Gefühl, am Rande des Abgrunds zu stehen, sich noch einen Schritt weiter nach vorne zu wagen und zurücktreten, bevor man fällt. Solche Spielchen hat er mit mir gemacht.« Martin berührte seine Brust. »Und mit Nat. Aber er hat den Schritt zurück nicht mehr rechtzeitig geschafft. Er hat das Leben meiner Tochter verspielt!«
»Oh Martin!« May streckte die Arme aus, aber Martin ließ nicht zu, dass sie ihn berührte. Er wich zurück in die Ecke und schlang die Arme um seinen Körper, als hätte er Angst, die Beherrschung zu verlieren und mit einem Fausthieb die Wand zu zertrümmern.
»Es tat ihm Leid. Hinterher. Behauptete er zumindest.«
»Er muss sich schreckliche Vorwürfe machen.«
Martin stieß heftig den Atem aus, hart und gnadenlos wie ein arktischer Sturmwind.
»Ich will ihn nicht mehr in meinem Leben haben, May, sondern ihn ein für allemal raushalten. Die Begegnung mit dir und Kylie war wie ein Segen für mich. Ich hätte nie gedacht, dass ich jemals wieder eine Frau und ein Kind haben würde. Lass ihn dort, wo er ist, wo er uns nicht schaden kann.«

May hörte, wie seine Stimme zitterte. Sein Gesicht war immer noch gerötet vor Zorn, aber er senkte die Arme, als wollte er dem Haus noch einmal eine Chance geben. Und doch hatte May das Zittern in seiner Stimme bemerkt. Ihr raubeiniger Ehemann, der beim Hockey so furchtlos auf dem Eis war, muskelbepackt und stets der Erste bei einer Auseinandersetzung, zitterte vor Angst.

»Er kann dir nichts anhaben, Martin. Er kann dich nicht mehr verletzen.«

»Ich möchte *dich* beschützen, May. Dich und Kylie. Verstehst du das nicht?«

»Ich brauche keinen Schutz vor ihm. Der Kontakt zu ihm ist wichtig für mich! Ich möchte nicht, dass unsere Familie derart zerrissen ist. Ich möchte nicht, dass du in deinem Innersten so zerrissen bist. Willst du nicht wenigstens darüber nachdenken –«

»Herrgott noch mal!«, explodierte Martin. »Ich will ihn nicht in unserem Leben haben. Und damit basta! Ob es dir gefällt oder nicht, ich werde dich vor ihm beschützen, weil ich glaube, dass es nötig ist. Mach dir um mich keine Sorgen.« Er blickte sie wütend an, schüttelte den Kopf. Dann warf er einen Blick auf seine Uhr. »Ich muss morgen in aller Frühe nach St. Louis. Ich gehe nach oben, ich brauche Schlaf. Kommst du?«

May stand am Fuß der Treppe, atmete schwer. Wovon redete Martin, *sie schützen?* Das war der Gipfel, eine lahme Ausrede, um sich seinen eigenen Gefühlen nicht stellen zu müssen. Wenn er sich so von seinem Vater entfremden konnte, wer sagte ihr, dass er sich eines Tages nicht auch gegen sie wenden würde? Wenn Kylie ihn enttäuschte, wäre er im Stande, ihr dann die kalte Schulter zu zeigen? Seine Wut war maßlos und zerstörerisch. May war aufgewühlt, ihr Herz hämmerte gegen ihre Rippen, getrieben von einer Angst, die ihr tief in den Knochen saß.

»Er gehört zu deiner Familie, genau wie Kylie und ich!«

Martin atmete aus und ging kopfschüttelnd die Treppe hinauf. Sein Gang war schwer.

»Ja, lauf nur wieder weg«, rief sie ihm nach. Draußen wehte der Schnee über die gepflasterten Bürgersteige und schmalen Kopfsteingassen, heftete sich an die Schindeldächer, wirbelte um die rauchenden Schornsteine von Beacon Hill.

Sie wollte, dass Martin sich umdrehte und mit ihr redete, aber er tat es nicht. Stattdessen hörte sie, wie er in das unbenutzte Gästezimmer ging.

Wieder tat May etwas, was sie sich in den letzten zwanzig Jahren geschworen hatte, nie zu tun: unversöhnt zu Bett gehen. In der kurzen Zeit ihrer Ehe war sie diesem Grundsatz bereits mehr als einmal untreu geworden. Sie hatte ein Engegefühl in der Brust, als würde sie jeden Moment explodieren, und Tränen strömten über ihr Gesicht, als sie im Vestibül stand.

Sie hatte das Bedürfnis, mit Tobin zu sprechen. Sie nahm den Hörer und wählte die Nummer ihrer Freundin. Doch als sie Tobins Stimme am anderen Ende der Leitung hörte, legte sie wortlos auf. Stattdessen wählte sie eine Nummer in Kanada, die sie lange nicht mehr angerufen hatte. Sie hörte Ben Whitpens Stimme auf dem Anrufbeantworter.

Sie legte noch vor dem Piepton auf.

*

Bevor der Morgen dämmerte, ging Martin den Flur entlang zu seinem und Mays Schlafzimmer. Er musste in wenigen Stunden los, war völlig übermüdet und erschöpft. Er hatte sich mit May versöhnen wollen, konnte aber nicht über seinen Schatten springen. Die Wut hatte ihn die ganze Nacht wach gehalten. Zuerst war er auf May wütend gewesen, weil sie sich weigerte, etwas auf sich beruhen zu lassen, was sie nie verstehen würde. Doch schon bald hatte er seine Wut an die richtige Adresse gerichtet, gegen seinen Vater, der ihn in seiner Kindheit verlassen hatte und nur in sein Leben zurückgekehrt war, um das Leben seiner Tochter zu zerstören.

May verstand das nicht.

Als er gesagt hatte, er müsse sie schützen, war es ihm ernst damit gewesen. Er hatte gelobt, sie zu lieben, zu ehren und zu behüten, und nach seiner Auffassung bedeutete das, sie von seinem Vater fern zu halten – ob er nun im Gefängnis war oder in Freiheit. Sie war zart und zerbrechlich, so mitfühlend und idealistisch. Sie glaubte tatsächlich, es bestünde eine Parallele zwischen einem zwölfjährigen Mädchen, das sich geweigert hatte, seinem Vater einen Abschiedskuss zu geben, und einem kampferprobten NHL-Veteranen wie ihm, der seinen Vater bis aufs Blut hasste.

Wenn Serge starb, würde er ihm keine Träne nachweinen. Ganz im Gegenteil, er wäre erleichtert, endlich von dieser Last befreit zu sein. Hass und Schuldgefühle waren eine schwere Bürde, die er jeden Tag mit sich herumschleppte.

Martin hatte an die Decke des Gästezimmers gestarrt und sich gewünscht, dass May die Situation so akzeptierte, wie sie war. Er verlangte nicht, dass sie darüber glücklich war; es reichte, wenn sie ihn nicht mehr damit bedrängte.

Da ihn der Gedanke an sie nicht mehr losließ, hatte er schließlich den Mut aufgebracht, in ihr gemeinsames Schlafzimmer zu gehen. Er hoffte, dass sie nicht wieder von vorne anfing und wissen wollte, ob er seine Meinung geändert hatte. Weihnachten stand vor der Tür und ver-

mutlich hatte sie die fixe Idee, den alten Mann im Gefängnis zu besuchen; aber das konnte sie sich aus dem Kopf schlagen, eher würde die Hölle gefrieren! Zitternd schlich Martin auf Zehenspitzen zum Bett.
Im Licht der Straßenlaterne, das durch das Fenster schien, sah er, dass sie das Gesicht zur Wand gedreht hatte. Ihre Schultern sahen angespannt aus und ihr Atem ging in kurzen Stößen, als sei sie wach.
»May?«, flüsterte er.
»Hallo.«
»Ich konnte nicht schlafen.«
»Ich auch nicht.«
Er stand reglos da, berührte ihr Haar. Sein Herz klopfte und er wartete darauf, dass sie fragte, ob er es sich anders überlegt hatte. Aber sie sagte nichts.
Sie drehte sich herum und breitete die Arme aus. Ihr Körper war warm, warm wie das Bett, als Martin unter die Laken schlüpfte. Er hielt ihre Hand, wusste, dass er bald los musste, eine ganze Woche weg sein würde, und fragte sich, warum sie ihre letzte gemeinsame Nacht wegen eines dummen Streits vergeudet hatten.
»Ich möchte nicht weg.«
»Ich bin trotzdem froh, dass du ins Bett gekommen bist.«
»Es schneit. Vielleicht wird der Flug ja gestrichen.«
»Hoffentlich.« Ihre Lippen brannten, als sie ihn küsste.

13

Das All-Star-Spiel war für den 10. Februar in Calgary angesetzt und Martin war als rechter Flügelstürmer für die East Conference aufgestellt. Kylie und May hätten ihn in den Nordwesten Kanadas begleiten sollen, aber Kylie war an einer Halsentzündung erkrankt, so dass sie zu Hause in Boston bleiben mussten.

In ihr Bettzeug eingemummelt, verfolgte Kylie das Spiel im Fernsehen. Mommy saß im Sessel auf der anderen Seite des Raumes und feuerte Martin an, als befände sie sich direkt neben der Eisbahn.

»Wo ist Ray?«, fragte Kylie. »Wo sind die anderen Bruins?«

»Martin ist der einzige Bruin, der für das All-Star-Team aufgestellt wurde. Das ist etwas ganz Besonderes, denn nur die besten Spieler aus den verschiedenen Clubs werden in das Team aufgenommen.«

»Bist du böse, dass ich krank geworden bin?«

»Warum sollte ich böse sein?«, fragte Mommy lächelnd.

»Weil du lieber dort wärst.«

»Ich möchte hier sein, bei dir, und dich pflegen.«

Kylie nickte. Das Sprechen tat weh, deshalb schonte sie ihre Stimme. Sie war nicht daran gewöhnt, zwei Elternteile zu haben, und manchmal hörte sie wütende Stimmen am anderen Ende des Flurs. Martin konnte so laut brüllen, dass das ganze Haus wackelte. Mommy wurde auch manchmal laut, aber meistens schluckte sie ihre Wut herunter, verschränkte die Arme über der Brust und presste die Lippen zu einem dünnen Strich zusammen. Kylie konnte ihre wechselnden Stimmungen spüren und hatte

Angst, dass sie aufhören könnten, sich lieb zu haben, und sich scheiden ließen, wie die Eltern anderer Kinder.
»Ist Martin böse, dass wir bei diesem All-Star-Dings nicht bei ihm sind?«, fragte sie.
»Natürlich nicht. Kylie, warum stellst du all diese Fragen?«
»Weil ich möchte, dass wir zusammenbleiben.« Kylies Kehle brannte.
»Wir *sind* zusammen.«
»Warum trennen sich Familien?«
»Oh, ich weiß nicht, Liebes. Manchmal klappt es einfach nicht, auch wenn sich die Leute noch so viel Mühe geben. Zwei Menschen wünschen sich mitunter ganz andere Dinge vom Leben, oder ihre Wertvorstellungen sind zu verschieden, oder sie stellen fest, dass sie nicht miteinander reden können.«
»Können sie nicht wenigstens so tun als ob?«
Kylies Frage hatte Mommy traurig gemacht, denn ihre Augen füllten sich mit Tränen. Sie senkte den Kopf, aber als sie ihn wieder hob, lächelte sie. »Das ist nie der richtige Weg. ›Man muss sich selbst treu bleiben‹, heißt ein altes Sprichwort. Weißt du, was das bedeutet?«
»Nein, was?«
»Es bedeutet, dass deine eigenen Gefühle genauso wichtig sind wie die jeder anderen Person. Du solltest dich selbst nie kleiner machen, als du bist.«
»Auch nicht, um besser mit jemandem auszukommen?« Ihr Hals war rau und schmerzte, und sie hielt die Hand ihrer Mutter.
»Nicht einmal dann. Man kann Kompromisse eingehen, aber man sollte nie etwas vortäuschen.«
»Kom-pro-misse?«
»Ein bisschen nachgeben.«
Kylie schloss die Augen. Sie wusste, dass Martin geschie-

den war, dass er weit von Natalie entfernt gelebt hatte und dass er bis heute kein einziges Wort mit seinem Vater sprach. Was war, wenn er wirklich wütend wurde und beschloss, auch nicht mehr mit Mommy und ihr zu reden?

Im Raum war es dunkel, bis auf den Fernseher. Draußen schneite es und sie hörte einen großen Schneepflug vorbeifahren. In Boston war es lauter als in Black Hall, aber das störte Kylie nicht. Seit sie in einer Stadt lebte, kam sie sich vor wie im Märchen. Sie bewohnte ein großes, prunkvolles Haus, und letzte Woche war ein riesiger Lastwagen gekommen, voller Möbel, die Mommy bestellt hatte, um die großen Zimmer einzurichten. Martin brachte Kylie von jeder Reise Spielsachen mit. Das Einzige, was ihr nicht gefiel, war, wenn sie sich zankten.

Doch das Beste war, dass sie Martin hatten. Nicht wegen der Spielsachen oder wegen des Hauses, sondern weil sie sich immer einen Vater gewünscht hatte. Manchmal schickte er ihnen ein Fax aus seinem Hotel, und wenn sie nachsahen, war immer auch eines für Kylie dabei. Manchmal zeichnete er für sie einen Bären auf Schlittschuhen, weil ein *bruin* das französische Wort für Bär war. Auf ihrer Lieblingszeichnung war eine Bärenmutter und ein kleines Bärenmädchen zu sehen, und auf ihrer Porridge-Schüssel stand der Name ›Kylie‹.

Obwohl sie ihn immer noch nicht ›Daddy‹ nennen konnte, hatte Kylie das Gefühl, endlich einen Vater zu haben. Er deckte sie zu und erzählte ihr Gutenachtgeschichten, wenn er zu Hause war. Gemeinsam träumten sie davon, über den ganzen Lac Vert zu rudern und eines Tages die Urgroßvater-Forelle zu sehen. Wenn sie zur Schule ging, war Kylie stolz, nicht weil sie im Haus von Martin Cartier lebte, der ein berühmter Eishockeystar war, sondern weil sie einen Vater hatte.

»Vater, Vater, Vater«, sagte Kylie laut.
»Was ist, Liebes?« Mommy sah vom Fernseher hoch und zu ihr hinüber.
»Ach nichts«, murmelte Kylie. Ihr Kopf fühlte sich heiß an und sie wusste, dass sie einen Fiebertraum hatte. Ihre Gedanken schweiften ab, sie vermisste ihre alte Schule. Kylie vermisste alle, sogar Mickey und Eddie, ein bisschen wenigstens.
Die Kinder in Boston waren anders. Sogar am Samstag nahmen sie Unterricht und lernten alles Mögliche: ein Musikinstrument, malen, Gymnastik, Eis laufen, reiten oder Kunstgeschichte im Bildermuseum.
Manchmal fragten die Mütter Mommy, ob Kylie nicht Lust hätte, auch an einem der Kurse teilzunehmen, aber sie wollte nicht und Mommy zwang sie nicht dazu. Sie verstand, dass Kylie lieber spielen als ständig etwas dazulernen wollte.
Sie hatte nicht oft Fieber, aber wenn, fiel sie manchmal in eine Art Wachschlaf. Dinge, die gar nicht wirklich sein konnten, kamen ihr dann wirklich vor. Dinge, von denen sie Dr. Whitpen erzählte.
Wie der Wäschekorb auf der anderen Seite des Raumes. Er sah aus wie ein Gnom, der sich hingekauert hatte und alle schmutzigen Hemden, Socken und Kopfkissen bewachte, als hüte er einen kostbaren Schatz, den er sich einverleibt hatte. Und der Wecker auf Martins Seite des Bettes sah mit seinem flachem Kopf und den rot glühenden Augen aus wie ein Gespenst.
»Versprich mir, dass du mich nie verlässt«, flüsterte Kylie und klammerte sich an ihre Mutter.
»Das verspreche ich dir.« May strich ihr die Haare aus der verschwitzten Stirn.
»Warum müssen sich die Dinge verändern?«, fragte Kylie

mit brennender Kehle. »Warum können die guten Dinge nicht so bleiben, wie sie sind? Für immer und ewig.«
»Ich liebe dich, Kylie. Für immer und ewig.«
Mommys weißes Nachthemd auf dem Schaukelstuhl bewegte sich und einen Moment lang dachte Kylie, es sei Natalie. Plötzlich spürte sie eine Botschaft in ihrem Herzen, als käme sie direkt von Martins Tochter: Zusammenbringen, bring sie zusammen.
»Wen zusammenbringen, Mommy?«, fragte Kylie.

*

An dem Tag, als Kylie wieder so weit genesen war, dass sie zur Schule gehen konnte, traf eine weitere Postkarte ein. Auf dieser war ein Stadtpark im Winter abgebildet, und Kinder, die auf einem zugefrorenen Weiher Schlittschuh liefen. Als May sie umdrehte, sah sie, dass es sich um ein Ansicht aus dem Dexter Park in Estonia handelte. Die Nachricht lautete: »Er spielt in diesem Jahr besser als je zuvor. Das muss daran liegen, dass Sie ihm viel Liebe entgegenbringen. Ich auch.«
Wie die anderen war auch diese Karte nicht unterschrieben. May fragte sich, ob Serge sie im Laden des Gefängnisses gekauft oder ob sie ihm jemand geschenkt hatte. Der Mann saß hinter Gittern, aber er war ihr Schwiegervater. Sie dachte an die Dinge, die ihn dorthin gebracht hatten, an die Lügen, die er erzählt, an die Menschen, denen er Schaden zugefügt hatte.
Gestern Abend hatte sie sich das blaue Notizbuch wieder vorgenommen. Sie hatte alles aufgeschrieben, was während Kylies Fiebertraum geschehen war, wie sie aufgeschrien und »Zusammenbringen« gemurmelt hatte. May hielt das Tagebuch in der Hand und blickte die Postkarte

an, dann nahm sie den Hörer ab und wählte die Nummer in Toronto.
»Ich hatte gehofft, wieder von Ihnen zu hören«, sagte Ben Whitpen.
»Es hat wieder angefangen«, sagte May. »Lange Zeit dachte ich, die Träume wären ein für allemal vorbei. Aber neulich Abend –«
Dr. Whitpen schwieg, während sie ihm alles erzählte. Zu guter Letzt erwähnte sie die Postkarten, die Serge ihnen schickte.
»Hat Kylie sie gesehen?«
»Ich glaube nicht.«
»Hat sie gehört, wie Sie zu Martin gesagt haben, dass Sie seinen Vater kennen lernen wollen?«
»Nein. Er wird wütend, wenn ich das Thema anspreche, und ich achte darauf, nicht vor ihr mit ihm zu streiten.«
»Sie sagten, dass Kylie während ihres Fiebers geglaubt hatte, dass Natalie sprach.«
»Ja.« Mays Herz klopfte. »›Zusammenbringen‹, hat Kylie immer wieder gesagt. ›Wir müssen sie zusammenbringen, Mommy.‹«
Der Doktor schwieg und May hörte, wie die Tastatur seines Computers im Hintergrund leise klickte.
»Hat sie Ihnen gesagt, wen sie denn zusammenbringen möchte?«
»Nein. Das war die ganze Botschaft.«
»Kylies Botschaft oder Natalies?«
»Kylie sagte, sie sei von Natalie gekommen. Aber es war niemand außer uns beiden im Raum«, erwiderte May hastig.
»Für Kylie schon.«
»Ich war doch dabei, hätte doch etwas bemerken müssen!«
»Sie sehen nicht, was Kylie sieht.«

»Wollen Sie sagen, dass sie Natalie sieht?«

»So einfach ist das nicht«, sagte er nach einer Pause.

»Das klingt nach Hirngespinsten. Aber sie ist nicht verrückt. Bestimmt ist die Fantasie wieder einmal mit ihr durchgegangen. Sie hat ein großes Herz und viel Einfühlungsvermögen gegenüber Menschen, die leiden.«

»Sprechen Sie von Natalie?«

»Ja.«

»Ich glaube eher, dass es an etwas anderem liegt ...«, begann Dr. Whitpen, dann wechselte er abrupt das Thema. »Die metaphysische Erklärung steht in Zusammenhang mit der Ankunft dieser Postkarten. Sie haben etwas ausgelöst, Mrs. Cartier.«

»In Kylie?«

»Nicht in ihr, nein. In ihrem *Umfeld*.«

May holte tief Luft und bedeckte die Augen mit ihrer Hand.

»Aber ich habe keiner Menschenseele etwas von den Postkarten erzählt. Ich kann mir nicht vorstellen, dass Kylie sie gesehen hat.«

»Sie spürt, dass etwas in der Luft liegt, zum Beispiel die Gefühle, die sie bei Ihnen in Gang gesetzt haben. Oder die Macht der Sehnsucht, die Serge empfindet.«

»Aber wie kann das sein?«

»Der Schock beim Anblick dieses Gehängten, dieses Richard Perry, hat damals wie ein Katalysator gewirkt, um Kylies Gabe zum Vorschein zu bringen; und mit den Postkarten ist es nun das Gleiche: Sie haben etwas an die Oberfläche befördert, was Kylie gespürt hat.«

»Wovon reden Sie?«

»Es hat mit Martin und seinem Vater zu tun, wie ich aus Ihren Worten schließe«, sagte Dr. Whitpen. »›Zusammenbringen‹ lautete die Botschaft, oder?«

»Ja, aber –«
»Ich bin überzeugt, dass es um Martin und seinen Vater geht.«
»Das ist unmöglich.«
»Das sind viele Dinge in der metaphysischen Welt«, sagte Dr. Whitpen.
»Das geht über Kylies Begriffsvermögen hinaus. Die Probleme zwischen Martin und seinem Vater sind viel zu tiefgründig, als dass jemand in ihrem Alter sie verstehen könnte.«
»Wirklich?«, fragte Dr. Whitpen mit sanfter Stimme. »Es wäre nicht das erste Mal, dass ein junger Mensch in einer krisengeschüttelten Situation Veränderungen bewirkt. Mir kommt auf Anhieb David in den Sinn. Oder Hamlet.«
»Das ist doch absurd. Das sind Gestalten aus der Bibel, aus der Literatur. Ich rede über meine Tochter. Sie hatte Fieber, sie war krank.«
»Ich weiß, dass es schwer zu begreifen ist, Mrs. Cartier. Aber Sie tun das Richtige. Notieren Sie alles.«
»Ich habe gar keine andere Wahl. Sonst würde ich selbst den Verstand verlieren.«
»Wenn Sie dazu bereit sind, hoffe ich, dass Sie Kylie wieder zu mir bringen. Ich glaube, dass ihr die Besuche gut tun. Kindern wie Kylie hilft es, zu wissen, dass man sie versteht.«
May bedankte sich und legte auf.
Am Nachmittag besuchte May das Grab ihrer Eltern, ohne Tobin oder Tante Enid Bescheid zu sagen, wohin sie ging. Sie waren auf einem kleinen Friedhof am Ufer des Ibis River in Black Hall bestattet, umgeben von Kiefern und einer Steinmauer. Der Schnee war geschmolzen und Krokusse lugten aus dem braunen Gras hervor.
May ging den Steinweg entlang. Sie war nervös, kam sich

vor, als würde sie Leute besuchen, die sie kaum kannte. Sie war früher oft mit ihrer Großmutter auf den Friedhof gekommen. Emily pflegte die Gräber ihrer Tochter und ihres Schwiegersohnes, rechte das Laub im Herbst, pflanzte Blumen im Frühjahr und erzählte May Geschichten über ihre Eltern. Tobin hatte sie manchmal begleitet. Aber als May älter wurde und damit beschäftigt war, sich ein eigenes Leben aufzubauen, war sie nicht mehr oft hier gewesen.

Das war ihr erster Besuch seit Jahren. Das Laub war gegen die Grabsteine geweht und das Einzige, was hier noch wuchs, war Unkraut. May senkte den Kopf, um sich gegen den Märzwind zu schützen, und legte die Hand auf den Grabstein. Er fühlte sich kalt an.

Die Namen ihrer Eltern waren in den Stein gemeißelt, und die Geburts- und Sterbedaten. *Samuel und Abigail Taylor.* Während sie die Buchstaben berührte, wünschte sich May, sie wüsste, warum sie hierher gekommen war. Ringsum breiteten sich Hügel und Wälder aus, still und menschenleer. Der Ibis River, ein schmaler Fluss, der in den mächtigen Connecticut mündete, trug eine dünne Eisschicht am Ufer. Braune Blätter und abgestorbenes Gras, vom Frost zusammengeschweißt, lagen auf dem Grab. Sie kniete sich hin und begann, die Blätter aufzusammeln.

Dabei berührte ihr Kopf den Grabstein. Sie dachte voller Liebe an ihre Mutter und ihren Vater. So viel Zeit war vergangen, seit sie ihre Eltern zum letzten Mal gesehen hatte! Sie war erwachsen geworden, hatte selbst ein Kind bekommen, hatte geheiratet.

Ein Wind kam auf, verwehte die Blätter.

May senkte den Kopf und weinte.

Sie dachte an all die gemeinsamen Jahre, die ihnen entgangen waren. Es war grausam und unfair. Ihre Eltern lagen unter der Erde, nur wenige Meilen von Bridal Barn

entfernt, während andere Leute lebten und die Tage, Jahreszeiten und Jahre als selbstverständlich hinnahmen. Sie dachte an Martin und seinen Vater, die Zeit mit ihrem Zwist vergeudeten, wie schrecklich auch immer die Dinge sein mochten, die zwischen ihnen geschehen waren.
Mit geschlossenen Augen versuchte May, das Bild ihres Vaters heraufzubeschwören. Sie erinnerte sich an ihn, an seine haselnussbraunen Augen und sein schnelles, strahlendes Lächeln. Sein Gesicht war voller Liebe. Dann sah sie wieder seine verletzte Miene vor sich, als sie ihm wütend den Rücken zugedreht hatte.
Was hatte Dr. Whitpen gesagt? Dass es Kindern wie Kylie half, zu wissen, dass man sie verstand. May dachte vierundzwanzig Jahre zurück und erinnerte sich daran, wie sie sich gefühlt hatte, als ihr Vater starb und sie nicht mehr hören konnte.
»Ich liebe dich, Dad«, flüsterte May nun und berührte den Stein. »Das wollte ich dir sagen.«
Er antwortete nicht. Im Gegensatz zu Kylie konnte sie nicht durch den Schleier sehen oder hören. Aber seltsam war, dass sie fest daran glaubte, dass er sie nun zu hören vermochte. Ein Schauder lief über ihren Rücken, als hätte er ihren Scheitel berührt.
May spürte die Liebe ihres Vaters; sie zweifelte plötzlich nicht mehr daran, dass er bei ihr war. Er hätte ihr gesagt, dass er sie ebenfalls liebe, dass er ihr schon lange verziehen habe, und ihr war, als könne sie seine Stimme hören. Der Märzwind wehte durch das Geäst der Bäume, die Zweige rieben sich raschelnd aneinander. May blieb noch ein paar Minuten vor dem Grab auf ihren Knien sitzen, dann fuhr sie nach Hause. Sie hatte das Gefühl, als sei eine Bürde von ihr genommen, und sie wusste nun, was sie zu tun hatte.

14

Eines Abends, als der Winter in den Frühling überging und Martin zu Hause war, machten sie alle zusammen einen Spaziergang den Beacon Hill hinunter zum Public Garden. Die untergehende Sonne tauchte Bostons alte Backsteingebäude in rosiges Licht, und vor dem hellen Horizont griffen die kahlen Zweige der Bäume im Stadtpark ineinander wie ein schwarzes schmiedeeisernes Gitter. Kylie lief voraus, um sich die Enten anzuschauen, und May und Martin folgten ihr langsam.

»Martin Cartier!«, rief eine Schar junger Burschen begeistert und umringte ihn. Er gab ihnen Autogramme in ihre Notizbücher oder was immer sie hatten, doch als ein Paar, dreißig oder darüber, sich ihm näherte, schüttelte er stumm den Kopf und zog May schnell mit sich fort.

Während sie dahinschlenderten, hatte er den Arm um ihre Schultern gelegt. Er konnte die Hände nicht von ihr lassen. Als sie an einem Fliedergebüsch vorüberkamen, hielten sie an, um sich zu küssen, und May spürte sein Begehren. Die Zeit der Trennung bewirkte stets, dass ihr Beisammensein umso inniger und leidenschaftlicher war. Er versuchte, sie in Richtung Gebüsch zu ziehen, und sie wehrte sich lachend.

»Komm, lass uns nach Hause gehen.«

»Gute Idee.«

»Ich wünschte, die Saison wäre schon vorbei.«

»Ist sie ja auch fast. Ihr werdet euch für die Playoffs qualifizieren.«

»Und danach gewinne ich den Cup. Für dich.«

»Ich nehme ihn gerne mit nach Hause.« May lachte. Sie dachte an das Gespräch, das sie vorhin mit Kylie gehabt hatte. Sie hatte sich vorsichtig bei ihr erkundigt, ob sie seit dem Abend, als sie krank gewesen war, noch einmal von Natalie geträumt hatte. Kylie war nicht darauf eingegangen, sondern hatte ihr mit einer Gegenfrage geantwortet.

»Warum spricht Martin nicht mit seinem Vater?«

»Er ist sehr böse auf ihn«, hatte May ruhig, aber mir schweißnassen Handflächen erwidert, als Kylie selbst die Verbindung herstellte, die Dr. Whitpen in seiner Theorie erwähnt hatte.

»Manchmal wird er böse auf dich.«

»Ich weiß, Liebes, aber das ist etwas anderes. Verheiratete Paare sind manchmal wütend aufeinander, und dann vertragen sie sich wieder.«

»Aber was ist, wenn er auch nicht mehr mit dir spricht? Was ist, wenn er will, dass wir ausziehen?« Kylies Gesicht verzog sich sorgenvoll.

»Wir lieben uns, Kylie. Ich vertraue ihm und bin sicher, dass er nicht aufhören wird, mit uns zu sprechen, und dass er mit seinem Vater sprechen wird, wenn er so weit ist.«

»Ich wünschte, ich könnte die beiden wieder zusammenbringen, bevor etwas Schreckliches passiert.«

»Etwas Schreckliches? Was meinst du damit?« Die Worte ›wieder zusammenbringen‹ hallten in Mays Gedanken nach.

»Ich weiß nicht.«

Eine Stunde später, als sie Martin von Toronto zurückerwartete und Kylie draußen spielte, hatte May in Estonia angerufen. Sie wusste nun, dass sich Serge Cartier in Block C, Zelle 62 befand. Dass er jeden zweiten Montag Besuch haben durfte, dass sie keine Besuchserlaubnis brauchte,

und dass sie ihm nicht einmal mitteilen musste, dass sie ihn besuchen wollte.
Jetzt, beim Spaziergang durch den Public Garden hatte May nun das Gefühl, sich in einem Netz von Lügen verfangen zu haben, auch wenn sie ihr noch nicht über die Lippen gekommen waren. Sie wusste, dass sie Martin von dem Anruf erzählen sollte, aber sie brachte es nicht über sich. Sie hätte ihm die Postkarten zeigen, ihm gestehen sollen, dass sie in den Schubladen seiner Kommode gewühlt und ganz hinten einen Umschlag mit Fotos gefunden hatte.
Dass sie endlich ein Bild von Trisha gesehen hatte, aber nicht auf die atemberaubende Schönheit der Frau vorbereitet gewesen war. Sie wirkte so selbstbewusst in ihrem eng anliegenden ärmellosen Sommerkleid, sah nach Kalifornien, Designermode und Charme aus, alles zur gleichen Zeit. Das Baby auf ihrem Arm zerrte an ihrem tiefen Dekolletee, als versuchte es, an die große, perfekte, halb sichtbare Brust der Mutter zu gelangen.
Er hat das Bild wegen Natalie aufgehoben, sagte sich May. Er betete seine Tochter an, die Augen und Mund ihrer Mutter geerbt hatte; wie hätte er ein Foto von ihr wegwerfen können? Aber Mays Aufmerksamkeit war immer wieder zu Trisha zurückgekehrt. Zu ihrem verhangenen Blick, den vollen Lippen, der cremigen Haut.
Es gab noch andere Bilder.
Von Trisha und Natalie, und viele, auf denen Natalie allein oder mit Martin zu sehen war, und eines mit Serge in einem Ruderboot. Auf der Rückseite stand: »Dad und Nat, Sommer am See.«
May hatte Martins Handschrift lange betrachtet. Es war das einzige Foto, das er beschriftet hatte: Die Buchstaben waren sorgfältig, präzise und gaben viel über seine wahren Gefühle, seine Liebe preis.

Kylie war zum Ufer des Weihers gelaufen, um die Enten mit einem Brötchen zu füttern, das sie von zu Hause mitgebracht hatte. Als sie zurückkam, erzählte sie Martin von der Geburtstagsfeier, die sie am vergangenen Samstag besucht hatte. Martin beugte sich zu ihr hinab und hörte aufmerksam zu.

»Wir haben im Eisstadion gefeiert«, sagte sie. »Ellen Linder kann rückwärts Schlittschuh laufen.«

»Wirklich?«, sagte Martin. »Wie alt ist sie?«

»Sieben.«

»So alt wirst du doch beim nächsten Geburtstag, oder? Ich finde, wir sollten dieselbe Eisbahn mieten und die größte Schlittschuhparty feiern, die Boston je gesehen hat.«

»Eine Schlittschuhparty?« Ihre Stimme klang zweifelnd.

»*Bien sûr.*«

»Aber so gut kann ich nicht Schlittschuh laufen. Und Ellens Freundinnen sind viel zu gut für mich. Sie haben alle Unterricht im Eistanz, und ich falle immer nur hin.«

»Hinfallen ist wichtig, damit man lernt, wieder aufzustehen«, sagte Martin. »Du machst das ganz prima auf dem Weiher.«

»Wenn du dabei bist.«

»Ich komme mit dir zu deiner Party.«

»Ehrlich?«

»Wenn ich in Boston bin.« Er hielt inne. Dann sagte er nachdenklich: »Als ich sechs war, bekam ich von meinem Vater neue Schlittschuhe zum Geburtstag. Richtige Eishockey-Schlittschuhe, mein erstes Paar; ich sag dir, die fuhren sich völlig anders. Ich bin damit aufs Eis und nur hingefallen. Meine Beine waren so wackelig wie bei einem Fohlen, das gerade geboren wurde.«

»Aber dein Vater hat dir geholfen?«

»Kann sein. Ich werde dir jedenfalls helfen.«

»Schön, dass Väter so etwas tun«, sagte Kylie mit glänzenden Augen.

»Dazu sind Väter da.«

Kylie blickte Martin lange an, dann legte sie die Hände um sein Gesicht. Ihre Miene war besorgt, als versuchte sie zu entscheiden, wie sie es ihm am besten beibringen könnte.

»Natalie hat Recht«, sagte sie, und Mays Herz begann zu hämmern.

»Kylie, Liebes –«

»Was meinst du damit?« Martin wollte sich aufrichten, aber Kylie hielt ihn am Mantelkragen fest. Sie blickte ihm in die Augen. »Jeder braucht einen Vater. Sogar Väter, Daddy.«

»Was?«, fragte Martin.

»Daddy«, sagte Kylie abermals und schlang die Arme um seinen Hals. »Jeder braucht einen Vater, ganz doll.«

May hatte schon befürchtet, dass Kylie weitere Fragen über Serge stellen würde, aber das Kind hielt sich zurück. Für May wäre das eine gute Gelegenheit gewesen, Martin zu erzählen, dass sie im Gefängnis angerufen hatte und Serge besuchen wollte, aber sie hielt sich ebenfalls zurück. Kylie hatte Martin ›Daddy‹ genannt, und alle drei waren stumm vor Glück.

*

Seit Kylie angefangen hatte, ›Daddy‹ zu sagen, gab es kein Halten mehr. May hatte nicht gewusst, dass es so viele Sätze mit dem Wort ›Daddy‹ gab. Wie: »Gestern hat meine Lehrerin ein blaues Kleid in der Schule angehabt, aber Martha Cole hat rote Farbe auf den Fußboden gekleckert und als Miss Gingras sich hinkniete, um sie aufzuwischen, hatte sie vorne zwei purpurrote Flecke, wo ihre Knie waren – *Daddy*!« Oder: »Charlotte hat mir jetzt schon eine

Karte zum Geburtstag geschickt, *Daddy*, mit einem Bild von einem Kanu, und sie sagt, im nächsten Sommer nimmt sie mich auf eine Kanufahrt mit, und dann zelten wir über Nacht. Aber ich muss eine Schwimmweste tragen, oder *Daddy*?«

Martin schien Kylies überschwängliche Zuneigung zu genießen. Er strahlte jedes Mal über das ganze Gesicht, wenn sie ihn Daddy nannte, und wenn er unterwegs war, rief er jeden Abend zu Hause an und wollte kurz mit ihr sprechen, bevor er auflegte. Die Bruins hatten es wieder geschafft, sich für die Playoffs zu qualifizieren, und aufgrund der Termine konnte Martin an ihrem Geburtstag nicht dabei sein.

»Ist sie gekränkt?«, fragte er.

»Enttäuscht.«

»Es ist verrückt, einerseits möchte ich unbedingt gewinnen, du weißt, wie sehr, andrerseits wäre ich beinahe lieber zu Hause. Es tut mir so Leid, dass ich ihre Geburtstagsfeier verpasse. Ist sie immer noch so aufgeregt?«

»Sie hat Angst, sich zu blamieren. Einige dieser Bostoner Kinder haben seit zwei Jahren Unterricht im Eiskunstlaufen. Sie sind wesentlich besser als sie.«

»Eiskunstlaufen«, schnaubte Martin. »Ballett auf dem Eis – lächerlich.«

»Es sind kleine Mädchen«, lächelte May.

»Mädchen können auch Hockey spielen. Kylie ist ein Naturtalent, das sehe ich. Genau wie Nat und Genny, das steht fest. Ich werde mit ihr trainieren, sobald die Saison vorbei ist. Wir werden die grundlegenden Techniken üben, und dann bringe ich ihr bei, wie man Tore schießt. Eiskunstlaufen!« Er lachte.

May, die wusste, dass Kylie vor dem Spiegel Pirouetten übte, lächelte. Hinter der Ecke verborgen, hatte sie un-

bemerkt zugeschaut, wie Kylie tat, als würde sie wie in *Schwanensee* über das Eis gleiten. Sie hatte sich auf den Zehenspitzen um die eigenen Achse gedreht, war auf imaginären Kufen durch den Raum gelaufen. Eishockey war gewiss nicht das, wovon Kylie träumte, und deshalb fragte May lächelnd: »Hat Natalie gerne Eishockey gespielt?«
»Sie war verdammt gut.«
»Aber hat es ihr gefallen?«
Am anderen Ende der Leitung herrschte Schweigen. May wartete. Sie sah ihn direkt vor sich, wie er da saß und an seine Tochter dachte, und May wünschte sich, sie könnte bei ihm sein.
»Ähm.« Martin räusperte sich. »Ich schätze, Eiskunstlaufen wäre ihr lieber gewesen. Obwohl sie es mit keinem Wort erwähnte.«
»Wie hast du es herausgefunden?«
»Ihre Mutter gab mir einen Wink. Sie erzählte mir, dass Natalie davon träumen würde, eines Tages in der berühmten Eisrevue der Ice Capades aufzutreten. Und ihr großes Vorbild sei Michelle Kwan.«
»Das hat Trisha dir erzählt?«
»Ja. Wir haben eine Weile versucht, unsere Ehe zu kitten, aber es funktionierte nicht. Sie rieb mir ständig unter die Nase, dass ich keine Beziehung zu Natalie hätte. Ich wüsste nichts über ihre Vorlieben und Abneigungen, wüsste überhaupt nichts über meine Tochter. *Merde!*«
May schwieg, verdaute die Neuigkeit, dass Martin und Trisha einen Versöhnungsversuch gemacht hatten.
»He, komm ja nicht auf dumme Gedanken wegen Trisha, okay?«
»Was für Gedanken?«
»Dass ich mir wünschen könnte, wir wären noch zusammen. Dass uns auch nur das Geringste miteinander ver-

band. Die Beziehung war zu Ende, bevor sie wirklich begonnen hatte – das weißt du doch, oder? Das ist eine Ewigkeit her! Mein Vater lebte damals in Kalifornien und ich hatte noch die Vorstellung, es sei nicht schlecht, eine große Familie zu haben.«

»Ich finde diese Vorstellung auch nicht schlecht.«

»Was bedeuten soll?«

»Dein Vater hat mir eine Postkarte geschickt, Martin.«

»Das soll wohl ein Scherz sein!«

»Mit so etwas mache ich keine Scherze. Ich möchte ihn kennen lernen.«

»Herrgott! Wann hörst du endlich damit auf? Wie oft muss ich dir noch sagen – er wird dich nicht zu Gesicht bekommen, nur über meine Leiche! Lass das Thema auf sich beruhen, um Himmels willen. Willst du alles kaputtmachen, was zwischen uns ist? Darauf läuft es nämlich hinaus, wenn du so weitermachst.«

»Vielleicht bist du es, der alles kaputtmacht«, brach es aus May heraus. »Meine Gründe, ihn kennen zu lernen, sind genauso wichtig wie deine, ihn nicht –«

Er legte mitten im Satz auf. Zitternd ging May zur Kommode hinüber. Sie betrachtete lange das Foto von Martin und seinem Vater. Als sie zum Telefon ging, um die Fluggesellschaft anzurufen, dachte sie an die Worte ihrer Tochter, die ihr noch in den Ohren klangen.

Wir müssen sie zusammenbringen.

15

Mitte April, als Martin zu seinem nächsten Auswärtsspiel fuhr, bat May Tante Enid, nach Boston zu kommen und über Nacht bei Kylie zu bleiben. Sie flog mit dem Zubringer nach New York, mietete einen Kleinwagen und fuhr nach Norden, in Richtung Catskills. Es war die gleiche Strecke über die Berge wie mit dem Flugzeug, wenn sie mit Kylie zu Dr. Whitpen geflogen war.

Estonia entpuppte sich als eine kleine Ortschaft mit alten, stillgelegten Ziegelhütten. Über einem Wasserfall an einem breiten Fluss gelegen, war es einst ein wohlhabendes Manufakturzentrum gewesen. Im Stadtpark zeugten ein muschelförmiger Musikpavillon, ein Kriegerdenkmal aus Granit und ein spiegelnder Weiher, der inzwischen verstopft und mit Schutt angefüllt war, von vergangener Größe. Die malerischen viktorianischen Häuser waren unaufhaltsam dem Verfall preisgegeben, und die stattlichen Herrensitze an der Main Street in Appartments und Büros aufgeteilt worden.

Das Gefängnis befand sich auf dem Gipfel eines Hügels im Westen der Stadt. May erspähte es bereits aus weiter Entfernung. Als sie die Straße entlangfuhr, sah sie Leute auf dem Bürgersteig, die das gleiche Ziel wie sie hatten. Sie stellte den Wagen auf dem Besucherparkplatz ab und folgte dem Menschenstrom zum Eingang. Stacheldrahtrollen glänzten in der Sonne. Die Backsteinmauern wirkten dick und undurchdringlich, und beim Anblick der Dellen in dem grauen Metalltor dachte sie unwillkürlich an Wut und Frustration.

Als sie den Warteraum betrat, schlug ihr der Geruch nach Schweiß, abgestandenem Zigarettenrauch und Fastfood entgegen. Es wimmelte von Menschen, vor allem von Frauen und Kindern, die durcheinander redeten und lachten. Im Gedränge eingekeilt, hatte May das Gefühl, am Ruder eines Schiffes zu stehen, auf einer Reise in ein unbekanntes Land.

Ein Wärter an einem Schreibpult notierte ihren Namen und fragte, wen sie besuchen wolle.

»Serge Cartier. Block C, Zelle 62.«

»Warten Sie dort drüben«, sagte er, ohne sie auch nur ein einziges Mal anzublicken.

May nahm neben zwei Frauen Platz, die offenbar schon öfter hier gewesen waren; sie hörte, wie sie sich über die Gerichtsverhandlungen ihrer Männer unterhielten, über ihre Anwälte und die Chancen, einen Freispruch wegen erwiesener Unschuld zu erzielen. Dann kamen sie auf die Gewalttätigkeit im Gefängnis zu sprechen, und dass einer der Häftlinge in der vergangenen Woche wegen Drogen erstochen worden war, mit einem scharfkantigen Rasiermesser oder einem Löffelstiel.

Zwanzig Minuten vergingen. Dann sperrte ein anderer Wärter die doppelwandigen Innentüren auf und ließ die Besucher eintreten. In dem grauen Korridor hallten aufgeregte Stimmen und eilige Schritte wider. May blieb zurück. Ihr war plötzlich beklommen zumute bei dem Gedanken, worauf sie sich eingelassen hatte. Ihr Herz klopfte schneller, als sie an die Waffen dachte, von denen die Frauen gesprochen hatten. Sie war unruhig, weil sie hinter Martins Rücken gehandelt hatte und sich ihr nun die letzte Gelegenheit zur Umkehr bot.

Aber sie setzte ihren Weg fort. Sie ging durch eine weitere Metalltür und betrat den großen Besucherraum. Überall waren Wärter postiert, um zu verhindern, dass zwischen Gefangenen und Besuchern Küsse oder Umarmungen bei der Begrüßung ausgetauscht wurden. May stand wie gelähmt da, sah sich um. Gerade als sie einen Wärter um Auskunft bitten wollte, sah sie einen Mann auf sich zukommen.

Er sah aus wie Martin. Er war älter, dünner und leicht gebeugt, aber er hatte die strahlend blauen Cartier-Augen. Seine Miene war wachsam und er zögerte, als er sich May näherte. Wie die anderen Häftlinge trug er einen ausgebeulten orangefarbenen Gefängnis-Overall, der gleichwohl nicht verbergen konnte, dass er ein gut aussehender Mann war, der die Blicke auf sich zog. Er stand reglos da, sah sie nur an, und May spürte, wie der Druck in ihrer Brust wuchs. Doch dann leuchteten seine Augen auf und das Cartier-Lächeln huschte über sein Gesicht.

»Sie haben meine Postkarten erhalten.«

»Ja.«

»Die Fotos werden Ihnen nicht gerecht. Ich habe Sie in den Zeitungen gesehen –«

»Sie sehen genau wie Martin aus. Sie haben die gleichen Augen.«

»Ich freue mich, Sie kennen zu lernen. Ich bin Serge Cartier.«

»May Cartier.«

»Meine Schwiegertochter.« May hörte die Rührung in seiner Stimme, bevor er sich abrupt umdrehte und nach einer Sitzgelegenheit Ausschau hielt. Sämtliche Stühle waren von anderen Häftlingen und ihren Familien besetzt, aber Serge ging auf einen jungen Hispano und seine Besucherin zu, wechselte ein paar Worte mit ihm und kam mit zwei harten Plastikstühlen zurück.

»Das ist einer der Vorteile, wenn man alt ist«, sagte er. »Gelegentlich beschließt jemand, das Alter zu ehren, wie es so schön heißt.«

May nickte und nahm Platz. Sie hatte gesehen, wie die beiden Männer ein Lächeln und ein paar Worte ausgetauscht hatten und dass Serge auch mit der jungen Frau gesprochen hatte. Jetzt, da sie hier war, wusste sie nicht, was sie sagen sollte, was sie sich von dem Besuch erhofft hatte.

»Ich war überrascht, als man mir sagte, ich hätte Besuch.« Serge hatte denselben franko-kanadischen Akzent wie Martin.

»Bekommen Sie sonst keinen Besuch?«

»Oh, Anwälte. Manchmal Reporter. Hin und wieder auch mal ein paar Eishockeyspieler. Aber niemand, der wichtig wäre. Nicht von der Familie.«

May nickte.

»Wie geht es meinem Sohn?«

»Gut. Die Bruins gewinnen ein Spiel nach dem anderen. Es sieht ganz so aus, als ob sie die Playoffs –«

Serge schüttelte den Kopf. »Hat er Ihnen weisgemacht, das sei ein und dasselbe? Leben und Eishockey?«

»Nein.« May lachte. »Aber er versucht es.«

»Sie haben es durchschaut?«

»Ich versuche ihn zu verstehen«, sagte sie langsam. »Eishockey war immer ein wichtiger Teil seines Lebens. Ich selbst habe nie gespielt, und auch erst zugeschaut, als wir uns kennen lernten.«

»In den Zeitungen heißt es, dass Sie Hochzeiten planen.«

»Ja.« May lachte nervös. »Das ist etwas ganz anderes als der Profisport.«

»Wichtiger, auf lange Sicht? Was hat euch zwei zusammengebracht?«

May erzählte ihm von der Notlandung, wie Kylie Martin gebeten hatte, ihnen zu helfen, und wie aus der Begegnung

Liebe geworden war. Und dass sie einen Monat danach geheiratet hatten und zusammengezogen waren, obwohl sie sich erst so kurz kannten. Kylies Visionen, Dr. Whitpen und das blaue Notizbuch ließ sie aus.

»Und, wie läuft es? Seid ihr glücklich miteinander?«

»Meistens.« May spürte, wie der Druck in ihrem Innern wuchs. »Es gibt hin und wieder Meinungsverschiedenheiten.«

»Das kommt doch überall vor, *non?* Der Trick ist, wie man damit umgeht. Vielleicht ist es deshalb so voll in diesem Raum. Hier gibt es viele, sehr viele Meinungsverschiedenheiten. Weiß Martin, dass du hier bist – ich darf doch du sagen?«

»Ja natürlich. Genau das ist eine unserer Meinungsverschiedenheiten.«

»Sag nicht, dass ich die Ursache für euren Streit bin.«

May schluckte.

»Das ist es nicht wert«, sagte Serge. »Martin hat mich lange vor eurer Heirat abgeschrieben. Er hat schon seine Gründe.«

»Ich kenne sie. Er hat mir davon erzählt«, flüsterte May.

Serge blickte zur Tür, seine Augen folgten einem kleinen Mädchen, das ständig im Kreis um seine Eltern herumlief.

»Er gibt mir die Schuld an Natalies Tod.«

»Ich weiß. Aber Sie hätten ihr nie absichtlich ein Leid zugefügt.«

»Nie im Leben«, beteuerte Serge leidenschaftlich.

May glaubte ihm. Sie wusste aus eigener Erfahrung, wie es war, wenn man ein Leben lang für einen Fehler büßte, den man begangen hatte.

»Warum bist du gekommen?« Tränen schimmerten in seinen Augen.

»Weil Sie Martins Vater sind. Weil Sie wichtig für ihn sind.«

Das blaue Notizbuch deutete auf einen anderen, tieferen Grund hin, aber den konnte sie ihm nicht nennen.

»Hat er das gesagt?«

»Das muss er nicht.«

»Er hasst mich.«

May blickte seine Hand an. Wenn die Wärter nicht gewesen wären, hätte sie jetzt seine Hand gehalten. Sie räusperte sich. »Früher dachte ich auch, ich würde meinen Vater hassen. Ein paar Minuten lang war das vermutlich auch der Fall. Als ich merkte, dass ich einen Fehler begangen hatte, war es zu spät; ich hatte meine Chance verpasst. Aber das erkannte ich erst, als er nicht mehr da war. Ich möchte nicht, dass Martin das Gleiche passiert.«

»Was verpasst er? Was sieht *er* nicht?«

»Ich bin mir noch nicht sicher.« May war verblüfft über die Frage, die sie an etwas erinnerte, was Kylie zu Dr. Whitpen gesagt hatte. »Er spricht nicht darüber. Vielleicht im Sommer, wenn die Saison zu Ende ist.«

»Martin ist verschlossen. So war er schon immer. Als er noch ein kleiner Junge war, traf ihn einmal ein Puck am Kopf. Er sagte kein Wort, weder zu mir noch zu seiner Mutter. Als wir ihn abends ins Bett brachten, sahen wir, dass er aus dem Ohr blutete. Später gestand er uns, dass er Angst gehabt hatte, wir könnten auf Ray Gardner, seinen besten Freund, wütend sein, weil er ihn mit dem Puck getroffen hatte, oder ihm verbieten, am nächsten Tag wieder Eishockey zu spielen.«

»Und, waren Sie wütend auf Ray?«

Serge schüttelte den Kopf. »Natürlich nicht. Ray war wie ein Bruder für Martin. Ist er noch heute, soweit ich es beurteilen kann. Aber Martin hatte eine schwere Gehirnerschütterung.«

»Eine Gehirnerschütterung?«

Serge seufzte. »Die Erste von vielen. So ist das im Eishockey. Sie haben seine Narben gesehen, das Narbengewebe um seine Augen. Aus den Zeitungsberichten schließe ich, dass er bei jedem Spiel in der Schusslinie steht. Vor ein paar Jahren hätte er beinahe ein Auge verloren, bei einem Kampf mit Jorgensen. Hat er darüber gesprochen?«

»Nils Jorgensen? Ja – sein Erzfeind.«

»Sie hassen sich wie die Pest, die zwei. Ich weiß, wie das ist. Als sich Martins Mutter von mir scheiden ließ, habe ich meinen Frust an einem Kerl ausgelassen, der damals für Boston spielte. Ich konnte es kaum erwarten, gegen die Bruins anzutreten. Damit ich ihren rechten Flügelstürmer zu Brei schlagen konnte. Die Scheidung war meine Schuld, *bien sûr,* aber damals sah ich das anders.«

»Ist es nicht bequem, anderen die Schuld zuzuschieben?«

»*Non!* Damals war ich wirklich überzeugt, dass es Agnes' Fehler war, dass ihr Vater, ja sogar Martin Schuld an der Misere hatten. Alle, nur ich nicht. Ich sah nur noch rot. Der Spieler der Boston Bruins kam mir als Zielscheibe für meine Wut gerade recht, und für den Rest der Zeit versuchte ich am Roulettetisch oder beim Würfeln zu beweisen, dass ich etwas taugte. Ich dachte, wenn ich dort Glück habe, kann Hopfen und Malz noch nicht verloren sein.«

»Wie meinen Sie das?«

»Ich glaube an *le bon Dieu,* May. Ich war überzeugt, wenn ich beim Glücksspiel gewinne, hat Gott die Hand im Spiel und wendet das Schicksal zu meinen Gunsten. Für einen Schurken würde er sich nicht die Mühe machen.«

May lächelte.

»Ich war ein schlechter Ehemann. Und ein schlechter Vater. Aber ich habe versucht, mich zu ändern. Als Natalie auf die Welt kam …« Seine Stimme brach. »Ich nahm mir vor, der beste Großvater zu sein, den man sich nur wünschen kann. Für Martin da zu sein, ihm zu helfen, nicht die gleichen Fehler zu machen wie ich. Ich wollte für sie da sein. Ich wollte dieses kleine Mädchen lieben.«

»Sie haben sie geliebt«, sagte May. »Das höre ich.«

»Ich habe sie sterben lassen.« Serges Augen waren von Trauer und Schmerz erfüllt. »Egal was ich auch sonst empfunden oder getan haben mag, das ist Wahrheit.«

»Aber Sie wollten es nicht.«

»*Non.* Ich wollte es nicht.« Er senkte den Kopf.

Eine Glocke ertönte und die Besucher standen nach und nach auf. »Die Zeit ist um!«, brüllte ein Wärter. Die Leute wurden unruhig, wirkten angespannt. Menschen, die sich zum Abschied umarmen wollten, wurden von den Wärtern auseinander gerissen. May hätte gerne Serges Hand gehalten, ihn auf die Wange geküsst. Er war ihr Schwiegervater und sie spürte die Liebe, die er für Martin und Natalie empfand, über den Raum hinweg, der sie voneinander trennte.

»Ich wünschte, du müsstest nicht gehen.« Er wischte sich über die Augen.

»Ich auch.«

»Du hast eine hübsche Tochter, *très jolie.* Ich habe Bilder von ihr gesehen. Ich bin sicher –« Er verlor den Faden.

»Was?«, fragte sie, als ein Wärter sie mit einer Geste zum Gehen aufforderte.

»Ich bin sicher, dass sie Martin viel Freude bereitet. Er fand es wunderbar, eine Tochter zu haben.«

»Danke, dass Sie mir das gesagt haben.« Sie blickte ihm in die Augen. Sie dachte an ihren eigenen Vater, der etwa im gleichen Alter wie Serge wäre. Wenn sie nur noch eine letzte Minute mit ihm hätte, ihm sagen könnte, was sie wollte ... was hätte sie ihm gesagt?

»Ist mit Martins Gleichgewichtssinn alles in Ordnung?«,

fragte Serge plötzlich. »Ich habe ihn im Fernsehen beobachtet und manchmal kam es mir vor, als sei sein Spiel ein wenig unausgeglichen – als würde er seine rechte Seite bevorzugen und Probleme mit seiner linken haben.«

»Mir ist nichts aufgefallen.« May war überrascht.

»Vielleicht braucht er eine Brille; wäre ja kein Wunder bei den vielen Kopfverletzungen.«

May nickte. Der Abschied fiel ihr schwer, aber die Wärter forderten sie nun mit Nachdruck zum Gehen auf. Seine Postkarten und das blaue Notizbuch befanden sich in ihrer Handtasche. Sie konnte nicht glauben, dass die Besuchszeit schon vorbei war.

»Richte ihm etwas von mir aus, ja?«, sagte Serge.

»Natürlich.«

»Sag ihm, dass ich ihn liebe.«

»Das werde ich«, versprach May mit bebender Stimme. Ihr Schwiegervater hatte ihr das Wort aus dem Mund genommen. Da ihr nichts Besseres einfiel, beugte sie sich zu ihm und küsste ihn auf die Wange. Ein Wärter trat vor, um sie hinauszuscheuchen. Serge protestierte lautstark, aber ohne Erfolg.

Er drehte sich um, verschwand hinter einer dicken Stahltür, und May sah ihm über ihre Schulter nach, als sie befreit durch die andere Tür trat. Sie hatte vorgehabt, in dem Notizbuch nachzuschlagen, was Kylie im Sommer zu Dr. Whitpen gesagt hatte, aber in diesem bewegten Moment vergaß sie es.

*

May flog zurück. Die vier Tage, bis Martin von den Auswärtsspielen nach Hause kam, kamen ihr wie eine Ewigkeit vor. Wenn sie nach Black Hall fuhr, machte sie Überstunden, half Tobin, eine aufwändige Postwurfsendung von Bridal Barn vorzubereiten und versandfertig zu machen. Während Tante Enid Kylie betreute, arbeiteten sie gemeinsam bis Mitternacht und sahen sich anschließend Martins Spiel im Fernsehen an.

»Tante Enid hat mir gestern erzählt, dass du verreist warst«, sagte Tobin. Sie nahm Broschüren von einem Stapel und steckte sie in einen Umschlag.

»Ich war nur in Upstate New York.«

»Hatte das mit Kylie zu tun?«

»Warum?«, fragte May überrascht.

»Mir ist neulich aufgefallen, dass du wieder einen Blick in das Tagebuch geworfen hast. Das Traumtagebuch. Ich dachte, das Kapitel Dr. Whitpen gehört der Vergangenheit an!«

»Tut es auch.« May blickte zu Tobin hinüber. Sie hatte im Notizbuch den Eintrag vom letzten Juli nachgeschlagen: »Manche Leute können nicht mit den Augen sehen«, hatte Kylie zu Dr. Whitpen gesagt. Was mochte das mit Serges Frage »Was sieht er nicht?« zu tun haben? Vermutlich bestand überhaupt kein Zusammenhang, aber die Worte gingen May nicht mehr aus dem Kopf. Sie hätte sich Tobin gerne anvertraut. Die Scheune war dunkel, bis auf einen einzigen Lichtkreis über dem Arbeitsplatz und das violette Leuchten des Fernsehgeräts. Die Eulen waren beschäftigt, jagten draußen auf den Feldern. May stützte sich auf den Tisch, fühlte sich müde und ausgelaugt.

»Du kannst dich bei mir aussprechen, May.«

»Ich weiß.«

»Haben sich die Dinge zwischen uns so verändert? Wir reden nie mehr miteinander wie früher.«

»Kylie hat noch immer diese Träume«, sagte May endlich. »Sie spricht nach wie vor von Engeln.«

»Sie hat eben viel Fantasie«, erwiderte Tobin herzlich.

»Dr. Whitpen meint, dass zwischen Kylies Visionen ein Zusammenhang besteht. Das Problem ist, dass einige Martin und seine Familie betreffen.«

»Und nun denkst du vermutlich, du solltest nicht mit mir über Martin sprechen, aber mach dir deswegen keine Gedanken. Ich schwöre dir, das ist in Ordnung. Meine Ehe hatte früher auch ihre Höhen und Tiefen. Vielleicht hätte ich öfter mit dir darüber reden sollen.«

»Bei uns gibt es keine Tiefen«, sagte May schnell.

»So habe ich es auch nicht gemeint.«

»Es klang aber so.«

»Du sollst nur wissen, dass du mir vertrauen kannst.«

Die Worte der beiden überstürzten sich in der Eile, ihre Gedanken zu äußern.

»Ich vertraue dir«, sagte May schließlich und holte tief Luft. »Du weißt, dass ich Tagebuch führe; ich schreibe Kylies Träume und Visionen auf, schon seit langem.«

»Seit du dir ihretwegen Sorgen machst.«

»Stimmt.«

»Was hat Dr. Whitpen gesagt?«

»Dass sie Martin und seinen Vater wieder zusammenbringen möchte.«

»Der Vater, der im Gefängnis sitzt.« Tobin erschauerte. »John hat mir einen Artikel in *Sports Today* gezeigt. Es muss schrecklich sein, ständig von der Vergangenheit eingeholt zu werden. Für Martin *und* für Kylie und dich.«

May verstummte. Sie wusste, dass Tobin ihr eine Hilfe sein wollte, aber plötzlich hatte sie das Gefühl, die Cartiers in Schutz nehmen zu müssen. Sie wollte ihrer besten Freundin gerne von ihrer Begegnung mit Serge und der unweigerlich bevorstehenden Auseinandersetzung mit Martin erzählen, aber sie fand nicht die passenden Worte.

Genau in diesem Moment richtete sich die Kamera auf

Martin und May sah sein Gesicht auf dem Bildschirm. Sie hielt in ihren Überlegungen inne und kniff die Augen zusammen, versuchte zu erkennen, ob es stimmte, was Serge über Martins bevorzugte rechte Seite gesagt hatte.

Als die Kamera Martins Gesicht in Großaufnahme zeigte, sah sie die lodernde Wut in seinen Augen, und sie zitterte bei dem Gedanken, wohin sie noch führen mochte. Tränen traten in ihre Augen; sie wusste, dass sie nicht mehr über die Dämonen sprechen konnte, die ihn insgeheim quälten. Es wäre ihr wie Verrat vorgekommen, wie ein schwerer Vertrauensbruch.

Tobin seufzte und May sah, dass sie den Kopf hängen ließ.

»Tobe.« May wusste, dass sie ihre Freundin tief verletzt hatte.

»Ich bin immer für dich da, wenn du mich brauchst«, sagte Tobin mit erstickter Stimme.

»Ich weiß.« May drehte sich um, sah ihrem Mann beim Spielen zu und spürte, wie ihre Beklemmung wuchs.

*

Vier Tage und Nächte waren seit ihrem Besuch in Estonia vergangen. Nach Mitternacht, als sie bei offenen Fenstern im Bett lag und eine Frühlingsbrise durch den Raum wehte, hörte May den Schlüssel in der Haustür. Sie zog ihren Bademantel an und ging nach unten. Er hatte an diesem Abend ein Spiel in Montreal gehabt, war etliche Stunden unterwegs gewesen und sah erschöpft aus.

»Martin.« Sie warf sich in seine Arme.

»*Je t'aime, je t'aime.*«

Er ließ seine Eishockeytasche fallen und küsste sie, bis sie beide außer Atem waren, hielt sie in den Armen, als wollte er sie nie mehr loslassen. Sein Blick zeigte ihr, wie sehr er

sie vermisst hatte. Er sah müde aus, tiefe Linien hatten sich in sein Gesicht und um seinen Mund gegraben und sie nahm ihn bei der Hand.
»Hast du Hunger? Soll ich dir ein Sandwich machen? Oder möchtest du eine Suppe?«
»Ich möchte dich nur anschauen.«
»Warum?« Sie lachte.
»Ich war lange weg. Wir haben alle Spiele gewonnen, und ich wünschte, du wärst dabei gewesen.«
May schluckte, wandte den Blick ab. Sie wusste, sie wäre zu allen oder zumindest einigen Spielen gegangen, wenn die Reise nach Estonia nicht gewesen wäre. Ihre Geheimniskrämerei lag ihr wie ein Stein im Magen.
»Komm, setz dich. Ich muss mit dir reden.«
»Es ist schon spät.« Er lachte und zog sie wieder an sich. »Es gibt Wichtigeres als reden. Lass uns nach oben gehen.«
Sein Kuss war leidenschaftlich und ungestüm, und May spürte, wie seine Hände ihren Rücken hinabglitten, seine Arme sie umfingen. Ihre Heimlichtuerei bedrückte sie, aber sie wusste, dass ihr Geheimnis noch bis morgen warten konnte.
»Ich kann schon seit Tagen an nichts anderes mehr denken«, sagte er.
»Ich auch nicht«, flüsterte sie.
Er nahm seine Tasche auf und blieb am Tisch im Vestibül stehen, um seine Auto- und Hausschlüssel abzulegen. Dabei bemerkte er Mays Reisetasche, die auf einem Stuhl stand. Sie hatte sie auch bei ihrer ersten Begegnung dabeigehabt, nahm sie immer auf Reisen mit, weil sie klein war, aber trotzdem genug Stauraum für Flugscheine, Reiseführer und Kartenmaterial bot.
»Willst du verreisen?« Er lächelte, als er aufsah.
»Nein.« Er umarmte sie ungeduldig, und ihre Beklem-

mung wuchs. Ihm etwas zu verschweigen war eine Sache, ihn anzulügen eine andere. »Ich bin gerade von einer Reise zurückgekommen.«

»Aha.«

May nickte und Martin las die Wahrheit in ihren Augen. Sie hatte zwar ein schlechtes Gewissen, weil sie hinter seinem Rücken gefahren war, hoffte aber immer noch, dass er sich mit seinem Vater versöhnen würde. »Martin.«

Er rückte von ihr ab, schüttelte den Kopf. »Ich will es nicht wissen.«

»Ich soll dir ausrichten –«

»Ich bin müde, May. Es ist Zeit, schlafen zu gehen.«

May ergriff seine Hände und schüttelte ihn, zwang ihn, ihr in die Augen zu sehen. Sein Blick irrte durch das Vestibül: über die Bilder an der Wand, die Schlüssel auf dem kleinen Tisch, einen Stapel Einladungen zu Kylies Geburtstagsparty. May zitterte, aber sie umklammerte Martins Hände, ließ ihn nicht gehen.

»Hör mir zu!«

»*Non!*« Seine blauen Augen waren kalt. »*Ecoutez*! Du hörst *mir* zu. Verbrenn diese Postkarten, schlag dir jeden Gedanken an ihn aus dem Kopf. Verschone mich damit. Ich will kein Wort mehr hören.«

Die Wahrheit lag auf der Hand. Das Schicksal hatte sie vor einem Jahr zusammengeführt, auf jenem verhängnisvollen Flug. Sie waren füreinander bestimmt, liebten sich, und es gab Dinge, die sie voneinander lernen konnten. Der Bruch zwischen Martin und seinem Vater hatte May ihrer eigenen Vergangenheit näher gebracht und sie spürte die heilende Kraft der Liebe, Wahrheit und Vergebung. Sie musste nur die richtigen Worte finden, musste Martin die Augen öffnen. *Es ist so einfach*, hätte sie gerne gesagt, *so unglaublich einfach!*

Aber sie zwang sich, ihre Gedanken im Zaum zu halten, leise und mit fester Stimme zu sprechen. »Ich soll dir etwas ausrichten. Von deinem Vater.«
»Behalte es für dich.« Martins Augen funkelten.
»Er hat mich gebeten, dir zu sagen, dass er dich liebt. Er –«
Aber Martin hörte nicht mehr zu. Er hatte seine Eishockeytasche und die Schlüssel gepackt und stürmte hinaus. Die Tür fiel hinter ihm ins Schloss, so laut wie die Stahltüren im Gefängnis. »Das ist es, was du nicht siehst!«, rief sie ihm nach, den Tränen nahe. »Dass man lernen muss, zu verstehen und zu verzeihen!« May lauschte dem Echo ihrer eigenen Stimme und fragte sich, ob Kylie sie im Schlaf gehört hatte. Sie stand reglos da, wäre ihm am liebsten nachgelaufen, aber sie wusste, dass sie bei ihrem Kind bleiben musste.

*

May war überzeugt gewesen, dass Martin zur Besinnung kommen und kehrtmachen würde. Aber er kam nicht, und auch das Telefon blieb die ganze Nacht stumm. Sie verbrachte die Nacht unten im Vestibül, wartend und zitternd, in Nachthemd und Bademantel. Als die Sonne aufging, machte sie für Kylie Frühstück, legte ihr Kleidung für die Schule heraus und versuchte den Anschein zu erwecken, als sei alles in bester Ordnung. Sie redete sich ein, dass Martin nach Hause kommen würde, sobald seine Wut verpufft war.
Sie zwang sich, zur Arbeit zu fahren. Tante Enid erkundigte sich sofort, ob sie krank sei oder etwas ausbrüte, und als May ins Bad ging und sich im Spiegel betrachtete, entdeckte sie dunkle Ringe unter den Augen. Sie sah aus, als sei sie durch die Hölle gegangen.
Der Tag ging vorüber ohne das geringste Lebenszeichen

von ihm. Als sie nach Boston zurückfuhr, war sie sicher, eine Nachricht auf dem Anrufbeantworter vorzufinden, oder Martin selbst, der im Schlafzimmer auf sie wartete. War es denn so unverzeihlich, was sie getan hatte? Konnte Martin nicht endlich einsehen, dass sie in seinem Interesse, im Interesse aller Beteiligten gehandelt hatte?

Aber er war nicht da, und er rief auch nicht an. May bereitete das Abendessen für Kylie zu, las ihr eine Gutenachtgeschichte vor. Sie blieb auf dem Bett ihrer Tochter sitzen, noch lange nachdem das Kind eingeschlafen war, es draußen dunkel wurde und überall in der Stadt die Lichter aufflammten. Ihr Herz klopfte und sie sprang jedes Mal auf, wenn sie eine Autotür hörte.

Als das Telefon um ein Uhr morgens läutete, wusste sie, dass es Martin war. Eine dunkle Vorahnung beschlich sie. Sie hoffte inständig, dass sie sich täuschte.

»Hallo?«

»Ich bin's.«

»Wo steckst du?«

»Ich bin –« Er zögerte. »Ich bin in einem Hotel.«

»In Boston?« Der Druck in ihrer Brust schnürte ihr die Luft ab und ihr war, als müsste ihr Herz aussetzen.

»Ja.«

»Komm nach Hause«, flüsterte sie.

»Nein, May.«

Sie blickte auf das Lichtermeer vor dem Fenster. Unterhalb von Beacon Hill lag die Common Avenue, wo Abertausende von Lichtern in Wohnhäusern, Büros und Hotels brannten. Martin war irgendwo dort unten, in Sichtweite, zu Fuß vielleicht nur einen Steinwurf entfernt. Ihre Augen füllten sich mit Tränen.

»Du wolltest nicht auf mich hören«, sagte er. »Ich habe versucht dir klar zu machen, was ich für meinen Vater empfinde. Was er getan hat, war unverzeihlich, aber trotzdem bist du entschlossen, eine Versöhnung zu erzwingen.«

»Erzwingen?« May hätte am liebsten gelacht. Das Wort war hart und völlig verfehlt. Erleichtern wäre zutreffender gewesen; heilen, verhärtete Fronten aufweichen.

»Egal. Ich bleibe hier. Ich halte es für besser, wenn wir uns trennen. Du würdest nicht glücklich mit mir sein, so wie die Dinge liegen.«

»Du täuschst dich. Wir versuchen es, lernen gemeinsam –«

»Wozu? Du hast dich geweigert, mich so zu akzeptieren, wie ich bin. Du musstest ihn unbedingt besuchen. Du wolltest mir nicht glauben, als ich sagte, dass einige Dinge in meinen Augen absolut unverzeihlich sind.«

»Das ist mir heute Abend klar geworden«, sagte sie, die Tränen zurückdrängend.

»Heute Abend?«

»Ja. Du kannst mir nicht verzeihen, dass ich deinem Vater die Hand zur Versöhnung gereicht habe, deshalb bist du gegangen. Du hast mich abgeschrieben, genau wie ihn, hast einen Schlussstrich gezogen.«

»May –«

»Das stimmt doch, oder?«

»Ja«, sagte er. »Ich werde morgen vorbeikommen und meine Sachen holen, während du weg bist. Leb wohl.«

May schluchzte auf, aber Martin hatte bereits aufgelegt. Den Hörer in der Hand, starrte sie auf die Lichter von Boston und fragte sich, hinter welchem sich Martin verbarg. Warum hatte sie nicht auf ihn gehört? Wie hatte sie es so weit kommen lassen können? Vielleicht hatte er Recht gehabt, vielleicht hatte sie wirklich etwas *erzwingen,* das Schicksal auf die Probe stellen wollen.

Ihre größten Befürchtungen, und Kylies, hatten sich bewahrheitet.

Martin hatte sie verlassen, hatte sie abgeschrieben. Das Gefühl der Zusammengehörigkeit, das sie beide von Anfang an gespürt hatten, das sie beschützen sollte, ihre Liebe beschützen sollte, gab es nicht.
Sie hatte sich etwas vorgemacht.

16

Martin fegte wie ein Tornado durch die nächsten Spiele, eine geballte Ladung menschlicher Wut. In jedem einzelnen erzielte er Hattricks, und die Zeitungen verglichen ihn mit einem Roboter, der auf Sieg programmiert war. Zerfetzte Gesichtsmasken, Stockschläge, mit denen er seine Gegner erbarmungslos in die Bande prügelte – er spielte ohne Rücksicht auf Verluste, führte sich auf wie ein Berserker, der nach Blut lechzte.

Er glitt nicht mehr über das Eis, sondern rannte. Während des Trainings erzählte der Torhüter der Bruins jedem, der es hören wollte, Martin sähe gespenstisch aus, wie ein Monster in einem Horrorfilm: Das eine Auge zugeschwollen, das andere weit aufgerissen, funkelnd und glühend, stürmte er mit dem Puck vor der Stockschaufel in rasender Geschwindigkeit auf das Netz zu.

Ray versuchte mit ihm zu reden, aber Martin fauchte ihn nur an. Der Coach nahm ihn sich zur Brust, weil er wegen seiner Regelverstöße immer mehr Zeit auf der Strafbank abbrummte, aber Martin ließ ihn einfach stehen. Er verpasste einem Reporter einen Fausthieb, als der es wagte, Mays Abwesenheit bei den letzten Heimspielen zu erwähnen. Sein Bild erschien am nächsten Tag in der Zeitung und er sah aus wie ein Killer.

Kylie rief ihn im Fleet Center an, sagte ihm, sie hoffe, dass er zu ihrer Geburtstagsparty kommen könne. Beim Klang ihrer Stimme brachte Martin kaum ein Wort heraus.

»Kylie, du weißt, wie gerne ich kommen würde. Aber die Termine …«

»Trotzdem wünsche ich mir, dass du dabei bist.«
»Ich fürchte, meine Mannschaft hat andere Pläne.«
»Lasst ihr euch scheiden, du und Mommy?«
»Darüber redest du besser mit deiner Mutter, Kylie. So, jetzt muss ich aber los, aufs Eis.«
»Du fehlst mir, Daddy«, sagte sie.
Martin legte auf, knallte den Hörer mit solcher Wucht auf die Gabel, dass er zerbrach. Ihre Stimme und ihre Worte erinnerten ihn an ähnliche Gespräche mit Natalie, vor langer Zeit. Er hatte seiner eigenen Tochter das Herz gebrochen; wie war er auf die Idee gekommen, dass er den gleichen Fehler nicht wieder machte, bei einem anderen kleinen Mädchen?
Die Aprilnächte waren lau, und Martin verbrachte sie in seinem Hotelzimmer allein vor dem Fernseher, in Boston oder wo immer er gerade spielte. Er ließ sich das Essen auf sein Zimmer bringen und sah sich Spielfilme an, während seine Teamkameraden anklopften und ihn zu überreden versuchten, mit ihnen die Stadt unsicher zu machen.
»Der Goldene Vorschlaghammer, wieder ganz der Alte«, sagten einige der Junggesellen, um ihn in Versuchung zu führen, mit ihnen um die Häuser zu ziehen.
»Verpisst euch!«, knurrte Martin, bereit, handgreiflich zu werden, wenn sie keine Ruhe gaben.
Das Telefon läutete oft, aber es war nie May. Was hätte er ihr auch sagen sollen, wenn sie angerufen hätte? Er konnte sich nicht von seiner Vergangenheit lösen, sie war in ihm erstarrt wie ein zugefrorener See, dessen Eis nie schmolz. Was mit Natalie geschehen war, war noch so klar in seiner Erinnerung, als wäre es gestern gewesen, unberührt von Zeit und Worten.
May verstand nicht – konnte nicht verstehen –, dass nichts sie jemals zurückbringen würde. Sich mit seinem Vater zu

versöhnen, sich vor Augen zu halten, dass er ihren Tod nicht gewollt hatte, ihr nie absichtlich wehgetan hätte, änderte nichts daran, würde seine Tochter nicht wieder zum Leben erwecken.

Wie sehr er May auch liebte und wie gerne er die Zeit auch zurückgedreht hätte bis zu dem Tag vor dem Verrat, er konnte ihr nicht verzeihen, was sie getan hatte.

›Verrat‹ war ein starkes Wort, harsch und messerscharf wie der Stich, den es ihm versetzt hatte, als sie ihm in den Rücken gefallen war. Durch den Besuch bei seinem Vater hatte sie ihn verraten. Martin lag auf dem Hotelbett, zusammengekrümmt auf der Seite, und wünschte, es täte nicht so weh. Seine Wange war mit blauen Flecken übersät, seine Lippe aufgeplatzt, aber das waren Verletzungen, die er nicht einmal spürte.

Der Schmerz saß tief in seinem Körper, in seinem Herzen, wo Natalie ihren Platz hatte. Der einzige Mensch, der diese Wunde jemals berührt hatte, war May. Sie hatte den Schmerz mit ihrer Liebe und Zärtlichkeit gelindert, und deshalb fühlte er sich nun, als hätte sie ihm den Todesstoß versetzt.

Doch vielleicht war es so einfacher, als sich etwas anderes einzugestehen. Wenn er May aus dem Weg ging, musste er ihr nicht sagen, was mit ihm geschah. Er deckte zuerst das eine, dann das andere Auge mit der Hand ab, fixierte das Bild an der Wand. Seine Sehstärke prüfend, lag Martin auf dem Bett und versuchte, jeden Gedanken auszuschalten.

*

Als Martin zwei Wochen weg war, kam Genny eines Tages ins Bridal Barn, unter dem Vorwand, May ein paar Gläser Ananasmarmelade vorbeizubringen. Sie ließen den Korb

auf Mays Schreibtisch stehen und machten einen Spaziergang durch den Rosengarten.
»Wie geht es dir?«, fragte Genny.
»Schlecht. Ich mache mir Sorgen um meine Tochter. Kylie weint und weint. Sie vermisst ihn schrecklich.«
»Und du?«
May zuckte die Achseln und wandte sich ab, um nicht in Tränen auszubrechen. Sie fühlte sich wie betäubt. Sie hatte keinen Appetit mehr und stark abgenommen. In der Nacht konnte sie nicht schlafen und am Tag wünschte sie sich, nicht wach sein zu müssen. Die Stunden ohne ein Wort von Martin kamen ihr endlos vor, wie eine einzige Qual, und sie fragte sich immer wieder, was er gerade tun mochte.
»Willst du mir nicht erzählen, was dich bedrückt, May?« Genny legte ihr den Arm um die Schultern.
Zitternd schlug May die Hände vors Gesicht. »Zuerst dachte ich, er hätte es vielleicht nicht ernst gemeint. Dass er nach Hause kommen würde, wenn er sich wieder beruhigt hätte.«
»Ich weiß.«
»Das ist jetzt zwei Wochen her. Er hat die ganze Zeit nicht ein einziges Mal angerufen.«
»Die Playoff-Termine …«, sagte Genny hilflos.
»Sie gewinnen, und ich kann ihm nicht einmal gratulieren.«
»Das hat er auch gar nicht verdient!«, schäumte Genny. »Am liebsten würde ich ihm den Hals umdrehen.«
»Ich wünschte nur, er wäre nicht so stur.«
»Das ist typisch für Martin. Ich kann nicht aufhören, mich darüber zu wundern, und Ray genauso. Er ist richtig verbissen in seinen Groll, hält daran fest wie ein Hund an seinem Knochen.«
»Dieses Mal bin ich der Knochen.« Mays Stimme brach.

Aber das Problem mit Gennys Vergleich war, dass Martin nicht festhielt, sondern losließ. Sie fühlte sich leer und ausgebrannt. Nachts rollte sie sich zu Martins Seite herüber, um ihn zu spüren, aber das Bett war leer. Wenn sie auf die Uhr sah, machte ihr Herz einen Sprung, weil sie dachte, dass er gleich nach Hause kommen musste, doch dann fiel ihr wieder ein, dass er ausgezogen war.

»Ray sagt, er sei völlig unerträglich«, erzählte Genny.

»Spricht er von mir?«

»Nein. Er scheint den Mund überhaupt nicht mehr aufzumachen.«

»Ob du es glaubst oder nicht, ich habe nur das Beste gewollt«, sagte May und wischte sich die Augen, während sie sich einen Weg durch die Rosenbüsche bahnte. »Ich wollte Klarheit schaffen, wollte helfen, die Beziehung zwischen Serge und Martin zu kitten.«

Genny schüttelte den Kopf. »Ich weiß, wie sehr Martin seinen Vater geliebt und bewundert hat. Auch wenn er das heute nicht mehr wahrhaben möchte. Er hat sich im Stich gelassen, von ihm verraten gefühlt und, als Natalie starb, nur noch Mordgelüste empfunden. Schlimmere, als wir beide das jemals nachvollziehen könnten. Seine Wut auf Serge kennt keine Grenzen, sie ist eine Triebfeder für sein unmögliches Verhalten, auf dem Eis und wo auch immer.«

»Das glaube ich auch.« May schloss die Augen, stellte sich Martins Gesicht vor. Sie hatte ihn unlängst im Fernsehen und in den Zeitungen gesehen, wie ein Bär, der sich auf seine Beute stürzt, als hätte sich seine sanfte, menschliche Seite in nichts aufgelöst.

»Gib nicht auf, May.«

»Ich bin nicht diejenige, die aufgegeben hat.« Sie standen an der Stelle, an der Martin ihr im vergangenen Jahr den Heiratsantrag gemacht hatte. Sie roch die frische Erde,

Kaffeesatz, Rosenknospen. Der Duft brachte die Erinnerungen zurück und sie spürte, wie Tränen in ihren Augen brannten.
Genny nahm ihre Hand. »Als er uns von dir erzählte, konnten wir sehen, wie verändert er war, wie glücklich. Wir hofften so sehr, dass er es endlich zulassen würde, geliebt zu werden, dass er den Kampf aufgeben würde.«
»Ich wollte ihm dabei helfen.« Mays Kehle brannte.
»Manche Menschen leben für den Kampf.« Genny drückte Mays Hand. »Er treibt sie mehr an als die Liebe oder alles andere. Die Eishockeywelt liefert uns dafür die besten Beispiele.«
May umarmte sie. »Ich bin so froh, dass du gekommen bist.«
»Ich auch. Und ich wünschte, das wäre alles mein Verdienst. Du hast eine wunderbare Freundin.«
May blickte sie verdutzt an.
»Tobin macht sich große Sorgen um dich.«
»Sie hat dich angerufen?«
Genny nickte. »Ja. Sei nicht böse auf sie.«
May blickte zur Scheune. Tobin stand neben dem Teetisch und bediente Kundinnen, Mutter und Tochter, denen sie die alten Sammelalben zeigte. Sie war sechsunddreißig, genau wie May, verheiratet und Mutter zweier Kinder. Aber ihre Augen strahlten wie früher und ihre Gesten waren noch genauso lebhaft wie in der Zeit, als sie Kinder gewesen waren und Freundschaft geschlossen hatten.
»Danke.« May umarmte Genny, war ihr zutiefst dankbar, für die Ananasmarmelade und mehr.
Sobald die Kundinnen gegangen waren und sie für diesen Tag keine anderen Termine mehr hatten, ging May zum Schuppen. Licht drang durch zerbrochene Bretterwände, verlieh den Spinnweben einen silbernen Glanz.

May spürte die Fäden auf Gesicht und Haar, aber sie war auf dem Land aufgewachsen und wischte sie achtlos beiseite. Die beiden Fahrräder lehnten an der Wand, die Reifen platt, nachdem sie lange nicht benutzt worden waren. May holte zuerst ihr Fahrrad, dann Tobins heraus und blies die Reifen mit einer alten Luftpumpe auf. Sie konnte sich kaum noch erinnern, wann sie das letzte Mal zusammen Rad gefahren waren. Als sie zur Scheune hinüberblickte, sah sie, dass Tobin sie beobachtete. May lehnte die Räder gegen die Wand, ging zur Scheunentür und reichte Tobin ihre Jacke.

»Komm, lass uns fahren.«

»Ich muss noch die Aufträge bearbeiten«, sagte Tobin und machte sich an dem Stapel Papiere auf ihrem Schreibtisch zu schaffen.

»Keine Sorge«, sagte Tante Enid. »Nehmt eure Räder und fahrt los. Ich halte die Stellung.«

Wortlos folgte Tobin May nach draußen. Die Handgriffe an den Lenkstangen waren mit Staub und Spinnweben überzogen, und Tobin wischte sie mit bloßen Händen weg. May schob ihr Rad an, stieg auf und fuhr die Zufahrt entlang, über den knirschenden Kies, dann sauste sie den kleinen Hügel hinunter, der durch die Wiesen führte.

Das frische Grün der Blätter schimmerte im Wind und dem Sonnenlicht, beschattete die schmale Landstraße. May trat kräftig in die Pedale, wurde immer schneller, die körperliche Bewegung tat ihr gut. Tobin folgte ihr schweigend. Sie fuhren eine Strecke, die sie seit dreißig Jahren kannten: den Feldweg an dem kleinen, versteckten Bach entlang, der meistens ausgetrocknet war, über die Brücke und am Wasserfall vorbei, über den Crawford Hill.

Mays Augen tränten vom Wind. Sie überlegte, wie oft sie durch diese Landschaft gefahren waren, was sich verändert hatte und was geblieben war. Sie dachte an die Geheimnisse, die sie teilten, an die Dinge, die sie voneinander wussten, Dinge, die keine Menschenseele auch nur ahnte. Sie kamen an dem umgestürzten Baum vorbei, auf dem sie früher heimlich geraucht hatten, an dem leer stehenden Farmhaus, in dem sie ihr Blut vermischt und sich ewige Freundschaft geschworen hatten, an dem Feld mit den Heuballen, wo May zum ersten Mal geküsst worden war, an die Sackgasse, wo Tobin ihre Unschuld an John verloren hatte. Als sie zum Eisstand kamen, gab May Tobin ein Zeichen und bog mit Volldampf auf den unbefestigten Parkplatz ein. Sie fuhr gegen einen Sandhaufen, schlitterte noch ein paar Meter weiter und stürzte.

»May, alles in Ordnung?« Tobin ließ ihr Rad fallen und lief zu ihr.

»Ich denke schon.« May inspizierte ihre aufgeschürften Handgelenke. Sie hatte einen Riss in ihrer Jeans und Abschürfungen an Knien und Schienbeinen, als sie in den Sand geraten war. »Autsch.«

»Du blutest.« Tobin zog ein Papiertaschentuch aus ihrer Hosentasche.

»Das mache ich schon.« May wollte ihr das Taschentuch aus der Hand nehmen. Aber Tobin ließ es nicht zu. Sie nahm Mays Handgelenke in Augenschein, kniete sich neben sie und tupfte sorgfältig die Schnitt- und Schürfwunden ab.

»So. Gleich ist es vorbei.«

»Du hast Genny angerufen«, sagte May.

»Ich habe mir Sorgen um dich gemacht. Du wolltest nicht mit mir reden und ich dachte, du brauchst jemanden.«

May blickte auf den gesenkten Kopf ihrer Freundin. Das dunkle Haar war kurz geschnitten und voll, und im Sonnenlicht entdeckte May die ersten silbergrauen Fäden. Sie dachte daran, wie die Zeit verflog, es kam ihr vor wie gestern, dass sie beide zwölf gewesen waren. Noch im Schock nach dem Sturz und allem, was geschehen war, spürte May, wie ein Damm in ihr brach, und sie begann zu weinen.

»Es wird alles wieder gut.« Tobin legte die Arme um May.

»Das Gefühl habe ich nicht.«

»Das ist nicht der erste Sturz in deinem Leben«, versuchte Tobin zu scherzen. »Du hast schon mehr Schürfwunden an den Knien überlebt, als –«

»Mein Mann hat mich verlassen, Tobin. Ich bin hinter seinem Rücken zu dem Gefängnis gefahren und deshalb ist er gegangen.«

»Er kommt zurück, du wirst schon sehen. Er liebt dich. Was ja kein Wunder ist. Er hat das Herz auf dem rechten Fleck, sonst hättest du dich nicht in ihn verliebt.«

»Ich habe mich auch in Gordon Rhodes verliebt«, erinnerte May sie.

»Geheiratet, hätte ich sagen sollen. Sonst hättest du Martin nicht *geheiratet.* Ansonsten gebe ich dir Recht, deine Liebesbilanz enthält einige Nieten.«

»Und das weißt nur du.«

»Aber jetzt hast zu Genny zum Reden.«

»Sie kennt ihn schon von Kindesbeinen an«, versuchte May ihr zu erklären, »kennt seine ganze Lebensgeschichte, seinen Vater, seine erste Frau, Natalie … Bei ihr muss ich kein schlechtes Gewissen haben, dass ich Familiengeheimnisse ausplaudere. Martin ist furchtbar verschlossen, was solche Dinge angeht.«

»Woher soll ich das alles wissen, wenn du nicht mit mir darüber redest? Dich deiner besten Freundin anzuvertrauen bedeutet nicht, deinen Mann zu verraten.«

»Das ist alles noch so neu für mich. Und ich habe ei-

nen Mann geheiratet, der ziemlich viel mit sich herumschleppt.«
»Jeder von uns hat sein Päckchen zu tragen,« stimmte Tobin ihr zu.
May nickte, tupfte das blutende Knie ab. Sie blickte Tobin an. »Ich will deine Freundschaft nicht verlieren, nie.«
»Ich auch nicht.« Tobin erwiderte Mays Blick. »Gestattest du mir noch eine Bemerkung?«
»Natürlich.«
»Er möchte dich zurückhaben. Was immer auch passiert sein mag.«
»Woher willst du das wissen?«
»Weil ich bei deiner Hochzeit dabei war, May. Ich habe seine Stimme gehört, als er dir ewige Treue gelobt hat. Das war aufrichtig gemeint. Ich weiß es. Hol ihn nach Hause und wenn nötig, schleif ihn an den Haaren zurück.«
Sie umarmten sich, dann fiel ihr Blick auf den kleinen weißen Stand, Paradise Ice Cream, der dort seinen Platz hatte, solange sie denken konnten. Er war immer im Besitz derselben Familie gewesen, die schon vor der Geburt der beiden Freundinnen ihre eigene Eiscreme hergestellt hatte.
»Wie wär's?«, sagte Tobin.
»Das erste Eis in diesem Jahr.«
»Dann komm.« Tobin half May beim Aufstehen. Sie humpelte zum Stand, spürte den Arm der Freundin um ihre Taille und blieb vor der Theke stehen. Das Leben war plötzlich wieder lebenswert, angefüllt mit Hoffnung und Chancen. Tobin bestellte eine Kugel Vanilleeis, May nahm Maple Walnut mit Schokostreuseln. Manche Dinge änderten sich nie. Andere schon, zum Glück, dachte May.

*

Das Fleet Center mit all den Spielern, Ordnern und Groupies hatte sie immer eingeschüchtert, aber zwei Tage nach dem Eisessen fuhr May entschlossen auf den Parkplatz und holte tief Luft. Sie sperrte den Van zu und ging langsam zum Stadion hinüber. Martins Porsche stand an der üblichen Stelle. Bei dem Anblick schwindelte ihr, aber sie setzte ihren Weg unbeirrt fort.

Der Ordner nickte ihr zu, nicht besonders freundlich, aber zumindest wimmelte er sie nicht ab. Bedeutete dies, dass Martin ihre Trennung noch nicht bekannt gegeben hatte? May lächelte und erwiderte den Gruß.

Die Ähnlichkeit mit ihrem Besuch im Gefängnis von Estonia war verblüffend. Nachdem sie sich in die Besucherliste eingetragen hatte, durfte sie den Mannschaftseingang benutzen, der zu den Umkleidekabinen führte. Als sie den langen Korridor durchquerte, kam sie sich verloren vor und war nervös. Noch einmal dachte sie an alles, was sie ihm sagen wollte: *Es tut mir Leid, Martin. Ich hätte nicht hinter deinem Rücken fahren sollen. Ich wollte dir nicht wehtun.* Sie fragte sich bang, wie er reagieren mochte. Würde er sich weigern, ihr zu verzeihen? Was war, wenn er bereits eine andere hatte? Doch bei dem Gedanken an Tobins Beteuerung, dass er sie zurückhaben wolle und sein Treuegelöbnis aufrichtig gewesen sei, fühlte sie sich gestärkt.

Als sie um die Ecke bog, sah sie die Bruins vom Eis kommen, Ray Gardner mitten unter ihnen. Verschwitzt und in voller Schutzkleidung, sah er sie überrascht an.

»May!«

Musik dröhnte aus den Lautsprechern über ihren Köpfen und sie konnte ihn kaum verstehen.

»Ist er hier?« Ihr Mund fühlte sich trocken an.

»Da draußen.« Er deutete auf das Eis. »Bist du sicher, dass du hier so zwischen Tür und Angel mit ihm reden willst?

Ich kann ihm sagen, dass du irgendwo auf ihn wartest, wo ihr mehr Ruhe habt, vielleicht in einem der Konferenzräume.«

»Ich bin sicher. Ich warte hier.« Sie schlang die Arme um ihre Schultern.

Ray nickte und küsste sie auf die Wange. Als er in die Umkleidekabine ging, sank May zurück gegen die Wand und wartete. Andere Spieler kamen heraus, nickten ihr im Vorübergehen zu. Ein paar begrüßten sie herzlich und May winkte und versuchte zu lächeln. Eisige Luft stieg vom Eis auf und sie zitterte in ihrem Frühlingskleid aus dünner Baumwolle.

Martin war der letzte Spieler, der durch die Tür kam. Im Schatten stehend, sah May ihn kommen. Seine Schultern wirkten mächtig, sein Gesicht war grimmig und starr. Er hatte das linke Auge zugekniffen, erinnerte May wieder an einen wutentbrannten Piraten. Mit klopfendem Herzen streckte sie ihre Hand aus.

»Martin.« Die laute Musik übertönte ihre Stimme.

Er ging wortlos an ihr vorüber, verschwand in der Umkleidekabine, ohne sie eines Blickes zu würdigen. May starrte ihm ungläubig nach. Es war alles so schnell gegangen. Von einer Sekunde zur anderen war er einfach verschwunden. Sie stand da, wie zur Salzsäule erstarrt, dann rannte sie hinter ihm her, geradewegs in die Umkleidekabine.

»Martin Cartier!«, schrie sie.

»Entschuldigung«, sagte ein Ordner und ergriff ihren Arm. »Wie sind Sie hier hereingekommen?«

Spieler umringten sie, manche im Trikot, andere mit bloßem Oberkörper, im winzigen Jockstrap-Slip oder völlig nackt. Ihr Blick irrte durch den Raum, sie schenkte weder dem Ordner noch den anderen Beachtung.

»Wo ist Martin?«
»Mrs. Cartier!«, sagte der Ordner. »Ehefrauen haben hier keinen Zutritt. Ich richte ihm gerne etwas aus und –«
May hörte nicht mehr zu. Sie riss sich los und machte auf dem Absatz kehrt. Martins Teamkameraden lachten nervös, riefen ihr etwas nach, sagten ihr, dass Martin bereits im Duschraum sei. Mays Ohren klingelten. Sie dachte an Tobin, die überzeugt davon gewesen war, dass er sie zurückhaben wollte, und schüttelte den Kopf. Auch beste Freundinnen waren nicht allwissend.

*

Am dritten Samstag im Mai hatte May die Hoffnung aufgegeben, jemals wieder von Martin zu hören. Er wollte nichts mehr mit ihr zu tun haben, das war ihr nun klar. Sie fuhr mit Kylie zum Haus der Gardners in New Hampshire. Sie lebten weit draußen auf dem Lande, hatten ein dreißig Morgen großen Anwesen in einer Landschaft, die an den Lac Vert erinnerte, und der Geruch nach frischen Blättern und Frühlingsblumen lag in der Luft.
»Es ist so friedlich hier draußen.« May stand mit Ray auf der Veranda vor dem Haus, während Genny mit den Kindern hinten war und Drachen steigen ließ.
»Genny und ich sind Landmenschen. Waren wir immer.«
»Wie Martin.«
»Er ist wie ein Bruder für mich«, sagte Ray. »Aber im Moment benimmt er sich wie ein Vollidiot. Ich weiß nicht, was in ihn gefahren ist; er ist nicht mehr er selbst.«
»Weil er mich verlassen hat?«
»Vor allem deshalb. Aber auch in anderer Hinsicht. Es scheint völlig verändert.«
Die Erinnerung an Martin war immer noch so frisch und

schmerzhaft, dass May bei dem Gedanken daran zusammenzuckte, wie er im Fleet Center an ihr vorbeigegangen und sie ihm in die Umkleidekabine nachgerannt war. Der Mann, den sie geheiratet und ein Jahr lang geliebt hatte, hätte ihr so etwas nicht angetan.

»Er kann mir nicht verzeihen«, sagte sie.

»Weil du seinen Vater besucht hast?«, schnaubte Ray. »Sein Vater war lange sein Ein und Alles. Ich werde dir jetzt einmal etwas erzählen.«

Der Frühling ging langsam in den Sommer über, und als sich die Nacht über den Hügeln von New Hampshire herabsenkte, lauschte May den Laubfröschen, sah zu, wie die Sterne am Himmel aufgingen, und wartete darauf, dass Ray begann. Er war kleiner als Martin, aber sein Rücken und seine Schultern waren nicht weniger mächtig. Mit beinahe schwarzen Augen und Haaren war Ray eher ein dunkler Typ. Er war sanftmütig, aber wenn er in Gedanken war, wirkte seine Miene düster, und nun verfinsterte sie sich zusehends, als er zu erzählen begann.

Martin und er waren fünfzehn gewesen, als sie beschlossen hatten, per Anhalter sechshundert Meilen nach Toronto zu fahren, um Serge Eishockey spielen zu sehen. Martin hatte seinen Vater seit fünf Jahren nicht mehr zu Gesicht bekommen und Serge war auf dem Gipfel seines Ruhms. Toronto war die Nummer eins in der Profiliga und Martin war überzeugt, wenn sie es bis zum Spielereingang in Maple Leaf Gardens schafften, würde er jemanden finden, der ihn zu Serge brachte.

»Agnes wollte kein Wort davon hören«, sagte Ray. »Wer hätte es ihr auch verdenken können? Du hast die Narben auf seiner Brust gesehen. Martin spricht nie darüber, aber ich kann mir gut vorstellen, wie sie entstanden sind.«

May nickte.

»Sie verachtete Serge. Martin wollte sich ihr nicht widersetzen, aber …«
»Er war fünfzehn.«
»Ja, und sein Vater war der Torjäger Nummer eins in der NHL. Also machten wir uns auf den Weg, zwölf Stunden vom Lac Vert nach Toronto, per Anhalter, Mitte Januar, als das Tauwetter eingesetzt hatte.«
»Zwölf Stunden!«, rief May ungläubig aus.
»Der Schnee lag noch hoch, aber die Sonne schien, uns war warm und wir fühlten uns prächtig. Wir erwischten einen LKW-Fahrer, der von Quebec City nach Montreal fuhr, der Nächste nahm uns dann bis Ottawa mit, und zu guter Letzt landeten wir nach ein paar weiteren Etappen in Toronto. Erst nach unserer Ankunft wurde es richtig haarig.«
Ray erzählte ihr, wie sie ins Stadion gelangt waren, mit jemandem am Kartenschalter gesprochen und eine Abfuhr erhalten hatten. Sie hatten versucht, sich durch den Spielereingang hereinzuschmuggeln, und dem Ordner gesagt, Martin sei Serges Sohn, hatten ihm den Schulausweis gezeigt und sich den Mund fusselig geredet.
»Niemand hat uns geglaubt. Serge stand in dem Ruf, ein Schwerenöter zu sein, ein notorischer Junggeselle, der sich ständig in Las Vegas herumtrieb. In keinem einzigen Zeitungsartikel war die Rede von einem Sohn, weil Serge wusste, Agnes hätte ihn umgebracht, wenn er die Aufmerksamkeit auf Martin gelenkt hätte. Sie wollte ihren Sohn anständig erziehen, ohne Glanz und Gloria …«
May nickte, konnte das Bestreben ihrer Schwiegermutter, die sie nie kennen gelernt hatte, gut nachfühlen.
»Das Personal im Eislaufstadion wusste also nicht einmal, dass Martin überhaupt existierte. Später stellte sich heraus, dass Serge dafür gesorgt hatte, dass zwei Leute fristlos entlassen wurden, weil sie uns nicht in die Umkleidekabinen

gelassen hatten. Aber wie dem auch sei, wir kamen nicht zum Zug.«

»Ich weiß, was für ein Gefühl das ist. Martin war bestimmt am Boden zerstört.«

»Das ist noch gelinde ausgedrückt. Nachdem wir von zu Hause aufgebrochen waren, hatte es dort einen Wetterumschwung gegeben. Wir fanden eine Mitfahrgelegenheit bis Belleville, wo der Wind über den Ontariosee peitschte und sich der Sturm schließlich in einen Blizzard verwandelte.«

»Einen Blizzard?«

Ray nickte. »Einen Schneesturm von der schlimmsten Sorte. Das Schneetreiben war so dicht, dass wir kaum die Hand vor Augen sahen. Wir waren völlig durchgefroren. Uns war in unserem ganzen Leben noch nie so kalt gewesen. Nie.«

May schloss die Augen, dachte an die Strapazen, die Martin auf sich genommen hatte, um seinen Vater zu sehen. So weit zu kommen und dann kurz vor dem Ziel umkehren zu müssen!

»Wir hatten Jacken und Stiefel an, aber der Schnee reichte uns bis über die Knie. Die Straßen waren menschenleer, kein einziges Auto kam vorbei. Es wurde dunkel. Unsere Finger und Zehen waren taub, die Gesichter an den Reißverschlüssen der Jacken festgefroren. Wir bluteten, und das Blut gefror. Ich dachte, unser letztes Stündlein hätte geschlagen.«

»Was habt ihr gemacht?«

»Martin hat nicht zugelassen, dass ich die Hoffnung aufgab. Ich bin sicher, dass sein Glaube uns in jener Nacht beide am Leben erhalten hat.«

May spürte Rays Blick, aber sie konnte ihn nicht ansehen.

»Er hat mir das Leben gerettet.« Ray blickte zu den niedrigen Hügeln hinüber. »Wir haben aufeinander eingedroschen, damit uns warm wurde, dann haben wir ein Iglu gebaut und uns eingegraben, bis der Schneesturm vorüber war.«

May schloss die Augen, stellte sich einen schützenden Kokon aus gefrorenem Eis und Schnee vor. Martin lebt immer noch in einem, dachte sie und fragte sich, wie weit der Glaube ihres Mannes heute reichen mochte.

»Gib ihn nicht auf.« Ray berührte Mays Hand. May kniff die Augen zusammen, versuchte, gleichmäßig zu atmen. Martin hatte *sie* aufgegeben.

»Was hat er dazu gesagt, dass ich neulich Abend im Eisstadion aufgekreuzt bin? Er ist wortlos an mir vorbeigegangen.«

»Nichts hat er gesagt.«

»Du nimmst ihn in Schutz«, funkelte May ihn an.

»Nein, tue ich nicht. Ich habe ihm gesagt, er sei ein Arschloch, und er hat mir beigepflichtet. Einer von den Jungs hat ihn damit aufgezogen, dass du schnurstracks in die Umkleidekabine marschiert bist, daraufhin ist er ihm an die Gurgel gegangen.«

»Was ist bloß los mit ihm?«

»Ich weiß es nicht.« Ray betrachtete Genny, die gerade den Drachen einholte. Er hob sich dunkel gegen den Abendhimmel ab und taumelte zur Erde wie eine Fledermaus. »Martin ist mein bester Freund, aber ich habe keine Ahnung.«

Genny und die Kinder näherten sich dem Haus. Kylie erzählte von ihrer morgigen Geburtstagsfeier im Eisstadion. Sie war bedrückt, weil sie nicht besonders gut Schlittschuh laufen konnte, und die Gardner-Kinder machten ihr Mut, dass sie es den anderen schon zeigen werde.

»Wollt ihr nicht auch kommen?«, fragte Kylie.

»Ich kann nicht. Ich muss den Saal für den Schulball schmücken«, sagte Charlotte.

»Und ich habe ein Baseballspiel. Tut mir Leid, Kylie«, sagte Mark.

May hüllte Kylie in ihre Strickjacke und nahm sie auf den Schoß. Kylie verbarg ihre Enttäuschung. Sie würde sich erst in der Nacht ihre Bahn brechen, im Schlaf, wenn sie, wie so häufig, Martins Namen rief. Dann wachte sie auf, schweißgebadet und tränenüberströmt, und murmelte die Worte, mit denen alles begonnen hatte: »Zusammenbringen. Natalie hat gesagt, wir müssen …« May notierte alles in dem kleinen blauen Notizbuch.

»Die erste Sternschnuppe!« Charlotte deutete auf den Himmel.

»Wünscht euch was«, sagte Genny.

»Ich wünsche mir, dass die Bruins den Stanley Cup gewinnen«, sagte Mark.

»So ist's recht!«, lachte Ray.

»Ich wünsche mir …«, begann Charlotte, dann vollendete sie, typisch für Mädchen im Teenageralter, lautlos ihren Wunsch.

May drückte Kylie an sich und küsste sie aufs Haar. Sie beugte sich herab, um zu fragen, was sich Kylie am Abend vor ihrem Geburtstag wünsche, als sie das eindringliche, kaum hörbare Flüstern ihrer Tochter vernahm, das nicht für menschliche Ohren bestimmt war: »Ich wünsche mir, dass Daddy nach Hause kommt.«

*

Seit er in Bosten war, tat Martin jeden Abend das Gleiche. Entweder verließ er das Eisstadion oder das Hotel, setzte sich in seinen Wagen und fuhr ziellos durch die Gegend. Er redete sich ein, dass er Luft und seinen Freiraum brauche, aber in Wirklichkeit brauchte er nur eines, May.

Er fuhr an seinem Haus in Boston vorbei, und wenn er ihren Wagen dort stehen und Licht hinter den Fenstern sah, war er beruhigt. Dann parkte er am Ende der Straße, im Schatten, und hielt Wache, bis die Lichter erloschen. An den Wochenenden, wenn Kylie schulfrei hatte, war sie nicht da, und deshalb fuhr er die ganze Strecke nach Black Hall, folgte ihnen mit abgeblendeten Scheinwerfern durch die Felder und vergewisserte sich, dass sie sicher im Farmhaus angekommen war.

Die Fenster zu beobachten und zu wissen, dass May und Kylie im Haus waren, vermittelte Martin in den Wochen des Alleinseins ein Gefühl, das Seelenfrieden am nächsten kam. Manchmal erhaschte er einen Blick auf sie, wenn sie die Vorhänge schloss oder von einem Zimmer ins andere ging; dann war er nahe daran, auf die Tür zuzugehen, sie in die Arme zu schließen und ihr zu gestehen, dass er den größten Fehler seines Lebens begangen hatte und sich nichts sehnlicher wünschte, als noch einmal von vorne zu beginnen.

Aber er war zu stolz dazu. Er wusste nicht, was er ihr sagen sollte. May in die Arme zu schließen war eine wunderbare Vorstellung, aber wie er seine Frau kannte, wäre das erst der Anfang. Sie würde bis zum frühen Morgen und darüber hinaus aufbleiben und ihm auf den Zahn fühlen. May liebte es, zu diskutieren, Schlüsse zu ziehen und den Geheimnissen des Lebens auf den Grund zu gehen. Es war besser, sich von ihnen fern zu halten, vor allem jetzt: Er brauchte Zeit, um etwas zu verarbeiten, was ihm verwirrender und rätselhafter erschien als alles, was er jemals zuvor erlebt hatte.

Ray hatte ihm von Mays Besuch im Stadion erzählt. Wie er

ihr vor der Tür zur Umkleidekabine begegnet war, als er das Eis verlassen hatte. Sie hatte ein gelbes Kleid getragen, war mutig und zu allem entschlossen gewesen. Ray hatte ihr angeboten, sie in einen der Konferenzräume zu bringen, aber May hatte abgelehnt, wollte an Ort und Stelle warten, um mit Martin zu sprechen.

Er war an ihr vorübergegangen, ohne sie zu sehen. Eine andere Erklärung gab es nicht.

Sie war ihm offenbar bis in die Umkleidekabine gefolgt. Als er unter der Dusche stand, hatte er Gelächter und anzügliche Bemerkungen gehört, und einige Jungs waren so unvorsichtig gewesen, ihn damit aufzuziehen.

Er war in Gedanken gewesen, in Gedanken an sie, anders konnte es nicht sein. Hatte sich nach ihr gesehnt, sie gebraucht, hatte überlegt, was er ihr sagen könnte, und dabei war sie die ganze Zeit zum Greifen nahe gewesen! Er sah sie direkt vor sich: lächelnd, klein und zierlich, entschlossen und zaghaft zugleich streckte sie die Hand aus, um ihn zu berühren.

Aber was sie nicht wusste, was Martin ihr nicht erzählen konnte, ja noch nicht einmal sich selbst eingestehen wollte, geschweige denn Ray oder einem anderen Bruin anvertrauen konnte, war: Er hatte sie einfach nicht gesehen.

Während er nun dasaß und in die Dunkelheit spähte, war ihm, als hingen dichte Spinnweben von den Bäumen. Er deckte zuerst das eine, dann das andere Auge ab, prüfte seine Sehschärfe. Der Nachthimmel war klar, aber er selbst saß im Nebel. Seine Sicht, vor allem auf dem rechten Auge, war seit einigen Wochen immer verschwommener geworden. Er hatte es dem Mannschaftsarzt verschwiegen, hatte sogar Angst gehabt, sich May anzuvertrauen. Als sie ihm ihren Besuch in Estonia gestanden hatte, war dies für Martin ein willkommener Vorwand gewesen, überhaupt

nicht mehr mit ihr reden zu müssen. Er war einfach fortgegangen.
Heute Abend war sie weder in Boston noch in Black Hall. Voller Sorge war er von Boston an die Küste von Connecticut und zurück gefahren. Ihr Van war nirgendwo zu sehen. Tante Enid war allein im Farmhaus gewesen, hatte vor dem Fernseher gesessen und Solitär gespielt, und das Haus in Boston war dunkel und leer.
Martin war einer Panik nahe. Er brannte darauf, mit ihr zu reden. Diese wahnwitzige Trennung musste ein Ende haben. In letzter Zeit kreisten seine Gedanken ständig um den Moment, als er sie zum ersten Mal gesehen hatte, im Flugzeug nach Boston, mit Kylie. Er erinnerte sich wieder, wie sie sich schützend über Kylie gebeugt und ihn argwöhnisch angeblickt hatte, als ahnte sie, dass mit ihm irgendetwas nicht stimmte und sie ihr Kind vor ihm beschützen musste.
Welche Art Mann würde seine Familie einfach so sang- und klanglos verlassen?
Martin hatte es sogar zweimal fertig gebracht. Anscheinend war Mays Intuition bei ihrer ersten Begegnung richtig gewesen. Sie wusste, wie man liebte, Martin kannte jedoch nur Wut und Hass. Als er seinen Wagen am Beacon Hill geparkt hatte, starrte er zu dem leeren Haus hinauf, prüfte erneut seine Sehschärfe. Wo mochte sie sein, wenn nicht hier und nicht im Bridal Barn? Morgen war Kylies Geburtstag. Hatten sie die Geburtstagsparty im Eisstadion abgesagt, um weit wegzufahren und irgendwo anders zu feiern?

17

Das Back-Bay-Eisstadion hallte von Gelächter und Musik wider. Viele Kinder nahmen hier freitags abends am Eislaufunterricht teil und hatten ihren eigenen Spind, in der sie ihre Ausrüstung verwahrten. An diesem Sonntag im Mai, dem Tag ihrer Geburtstagsparty, stand Kylie hinter der halbhohen Trennwand und sah zu, wie die Mädchen in ihren kurzen Eislauföckchen anmutig auf ihren weißen Schlittschuhen über die Eisbahn glitten, während die Jungen in eng anliegenden Stretchhosen auf schwarzen Schlittschuhen über das Eis fegten.

Kylie wünschte, sie wäre unsichtbar.

Martin war aus ihrem Leben verschwunden. Er wohnte nicht mehr bei ihnen und kam auch nicht zu ihrer Party. Er war ›weg‹, musste Eishockey spielen. Das hatten ihr Mommy und Genny erzählt, damit sie denken sollte, er wäre gekommen, wenn er gekonnt hätte.

»Hallo Kylie, los, versuch's doch auch!«, rief der Trainer, der die Party auf dem Eis betreute.

»Alles Gute zum Geburtstag!«, rief sein Assistent.

Kylie nickte und winkte. Ihre Mutter stand abseits, an der Seite, und unterhielt sich mit dem Mann, der die Geburtstagspartys organisierte. Kylie hatte Bauchweh vor Angst. Sobald sie das Eis betrat, würde sie mit Sicherheit hinfallen, genau wie bei Ellens Party.

»Martin Cartier ist nicht hier?«, fragte Jimmy Vance und kam mit einer eleganten Drehung direkt vor ihr zum Stehen.

Kylie schüttelte den Kopf. Alle hatten ihr wegen Martin

Löcher in den Bauch gefragt, letzte Woche hatten ihr Mitschüler sogar Süßigkeiten, Kaugummi und Pokémon-Karten geschenkt, in der Hoffnung, zu ihrer Geburtstagsparty eingeladen zu werden, damit sie Martin treffen und mit ihm Schlittschuh laufen konnten.

»Dachte ich mir schon«, sagte Jimmy.

»Er hat ein Eishockeyspiel …«

»Sie haben vor zwei Tagen gewonnen«, sagte Jimmy ihr. »Die Bruins haben gestern Abend nicht gespielt, und heute spielen sie tagsüber auch nicht. Erst wieder heute *Abend*. Er könnte also hier sein, wenn er *wollte*.«

»Oh.« Kylie ließ die Schultern hängen.

»Sie hat uns weisgemacht, dass er hier ist, damit wir alle kommen«, sagte Ellen und wirbelte vorbei. »Heute wäre ich normalerweise reiten gegangen. Ich könnte längst in Chestnut Hill sein und auf Silver Star sitzen, wenn ich nicht zu der Geburtstagsparty gekommen wäre.«

»Sie hat nicht mal ihre Schlittschuhe an«, sagte Jimmy, der über das Geländer auf Kylies Straßenschuhe spähte.

»Meine Mutter bringt sie her. Sie muss mir beim Anziehen helfen.«

Kylies Herz klopfte wie verrückt und sie wünschte, sie hätte Fieber, damit Natalie käme. Wenn nur die Party schon vorbei wäre, damit sie nicht vor den anderen Kindern Schlittschuh laufen musste. Sie würden sich darüber lustig machen, dass sie nicht einmal alleine aufstehen konnte, und dass Martin nicht da war.

Kylie schloss die Augen. Manchmal wurden Wünsche wahr, wie sie wusste. Sie hatte sich einen Vater gewünscht und Martin war in Mommys und ihr Leben getreten. Aber nun war er weg und sie fragte sich dauernd, was sie getan hatte, um ihn aus dem Haus zu treiben.

Ihre Mutter sah immer so traurig aus. Sie wurde zusehends

dünner, weil sie nichts aß, und statt zu schlafen las sie die ganze Nacht. Kylie hatte sie dabei ertappt. Sie war aus dem Bett gestiegen und auf Zehenspitzen den Gang entlanggeschlichen, dann hatte sie vor dem Schlafzimmer ihrer Mutter gestanden und durch die Tür gespäht, die einen Spalt breit offen stand.

Plötzlich hörte sie, wie Jimmy und Ellen nach Luft schnappten und die Augen aufsperrten. »Wow! Das ist er!«, schrie Jimmy.

Die anderen Kinder und Eltern hörten auf, ihre Runden auf dem Eis zu drehen, und kamen herüber, zuerst langsam, dann mit großer Geschwindigkeit, um einen Blick durch die Lücke in der Trennwand zu werfen, hinter der Kylie stand. Als Kylie über ihre Schulter blickte, sah sie Martin auf sich zukommen, er hatte ein Paket unter den Arm geklemmt.

»Hallo, ich bin Tally Vance, Jimmys Mutter.« Eine Dame im roten Eislauftrikot streckte ihm die Hand entgegen. »Mein Sohn ist ein großer Fan von Ihnen, wir alle! Vielen Dank, dass Sie –«

»Nett, Sie kennen zu lernen«, erwiderte Martin, schüttelte ihr kurz die Hand und wandte sich sofort wieder ab. »Wenn Sie mich bitte entschuldigen wollen. Ich muss zu meiner Tochter.«

Kylies Herz machte einen Sprung. Sie presste die Hand auf den Mund, als Martin vor ihr in die Hocke ging. Er blickte sie an.

»Du bist gekommen!«, flüsterte sie.

»Ich konnte mir doch deine Geburtstagsparty nicht entgehen lassen.«

»Ich dachte, du hättest uns nicht mehr lieb.«

Martin schüttelte den Kopf. Seine Augen sahen so traurig aus, als hätte sie etwas furchtbar Schlimmes gesagt. »Es tut mir Leid, dass du das dachtest.« Er überreichte Kylie sein

Geschenk, eine Schachtel, in glänzendes rosafarbenes Papier gewickelt. Als er den Blick hob, veränderte sich mit einem Mal sein ganzes Gesicht und Kylie wusste, dass er ihre Mutter ansah.
»May«, hörte Kylie ihn sagen.

*

May hatte sich einen Weg durch das Getümmel gebahnt, Kylies und ihre eigenen Schlittschuhe in der Hand. Sie hatten sie zuletzt auf dem Weiher hinter dem Bridal Barn getragen, als es gefroren hatte und sie mit Martin Schlittschuh gelaufen waren. Sie würde ihrer Tochter und sich selbst die Schlittschuhe anschnallen, aufs Eis hinausgehen und alles tun, was in ihrer Macht stand, damit Kylie eine schöne Geburtstagsparty hatte.
»May.«
Als sie ihren Namen hörte, sah May sich suchend in der Menschenmenge um. Eltern und Kinder hatten sich um die Bank geschart, auf der Kylie saß, und plötzlich entdeckte sie mitten unter ihnen Martin, der sie ansah.
»Oh!« Ein Schlittschuh fiel ihr aus der Hand.
Martin kam auf sie zu, bückte sich, um ihn aufzuheben. Er war ihr so nahe, dass seine Hand ihren rechten Schuh streifte. Ihr Herz klopfte, als käme sie gerade von einem Dauerlauf. Als er sich aufrichtete, um ihr den Schlittschuh zu reichen, berührten sich fast ihre Gesichter und sie spürte seinen Atem auf ihrer Wange.
»May«, sagte er, »es war meine Schuld, ich habe einen Fehler gemacht.«
Sie blickte in seine Augen, zitternd vor Verlangen, ihn zu umarmen, unfähig, auch nur eine Silbe über die Lippen zu bringen.

Ich auch, wollte sie sagen.
»Ich bin abgehauen, weil ich die Wahrheit nicht ertragen konnte. Ich bin weggeblieben, weil ich zuerst mit allem allein ins Reine kommen musste.«
Sie fühlte sich schwach, als sie ihm in die Augen sah. Sie waren sehr blau, von mehr Linien umgeben als noch vor einem Monat. Martin war während ihrer Trennung gealtert, und May war sicher, sie auch.
»War es besser ohne mich?«, fragte sie ihn.
»Es war die Hölle.«
Das Lachen blieb ihr in der Kehle stecken.
»Ich habe dir etwas mitgebracht.« Er griff in seine Tasche. Überall ringsum hüpften und schrien die Kinder vor Vergnügen. Die Eltern eilten geschäftig hin und her, nur Kylie saß allein auf ihrer Bank. May wollte zu ihr, aber Martin hielt sie am Arm fest. Er reichte ihr einen kleinen Gegenstand, in Seidenpapier verpackt.
Mit zitternden Händen öffnete May das Päckchen. Es war der kleine Lederbeutel, den sie ihm in der letzten Saison geschenkt hatte, als sie sich zum ersten Mal begegnet waren, der Glücksbringer für die Playoffs. Sie zog die Schnur auf und entdeckte darin die Rosenblätter und Knochen. Ihre Kehle brannte, als sie sich daran erinnerte, wie viel Hoffnung sie beim Präparieren gehabt hatte.
Martin schloss sie in die Arme. »Verzeih mir, May«, flüsterte er, den Mund an ihrem Ohr.
»Oh Martin.«
Kylie beobachtete sie, und deshalb musste sie einen kühlen Kopf bewahren, musste ganz sicher sein. Es hatte Augenblicke gegeben, in denen sie bereit gewesen wäre, alles zurückzunehmen, was sie je über seinen Vater gesagt hatte, ihre Prinzipien über Bord zu werfen, nur um Martin zurückzugewinnen. Und es hatte andere Zeiten gegeben, als

sie sich gewünscht hatte, ihn nur noch ein letztes Mal zu sehen, um ihm ein ›Komm mir nie wieder unter die Augen‹ ins Gesicht zu schleudern, für alles, was er Kylie und ihr angetan hatte.
»Bitte verzeih mir noch einmal, wenn du kannst«, sagte er abermals.
»Ja, Martin. Ich kann.«
»Wir gehören zusammen.«
»Ich habe nie aufgehört, daran zu glauben«, sagte sie mit klarer Stimme, während Worte aus dem blauen Notizbuch in ihren Gedanken widerhallten: Bring sie zusammen, zusammen, zusammen.

*

Kylie beobachtete ihre Eltern mit angehaltenem Atem. Mommy hatte zunächst ziemlich erregt ausgesehen. Sie hatte sich mühsam zurückgehalten, kein Wort, keine Umarmung, und sie hatte Tränen in den Augen. Aber Martin hatte einfach weitergeredet, ihre Hand berührt, über ihr Haar gestrichen, bis sie sich schließlich mit ausgebreiteten Armen an ihn geschmiegt, ihn geküsst und umarmt hatte. In dem Moment konnte Kylie wieder Luft holen.
Jimmy und Ellen hatten sie gedrängt, Martins Geschenk auszupacken, und die Frau, die Tally Vance hieß, hatte angefangen, die Schleife für sie aufzuknüpfen. Aber Kylie hatte sich geweigert und die Schachtel mit ihrem ganzen Körper abgeschirmt, damit niemand herankam.
»*Ça va*, Kylie?«, fragte Martin, als er mit ihrer Mutter zu ihr herüberkam.
»Daddy.« Kylie legte die Arme um ihn, als er sie hochhob. Mommy war gleich daneben und sie bildeten eine Gruppe für sich, standen eng beisammen, so wie es sich für

eine kleine Familie gehörte. Kylie spürte, wie ihr Herz vor lauter Freude hüpfte, als würde am Ende doch noch alles gut.

»Herzlichen Glückwunsch zum Geburtstag, Kylie«, sagte Martin.

»Danke.«

»Und, was ist mit deinem Geschenk?« Seine blauen Augen waren ernst, als er auf die Schachtel klopfte. »Willst du es nicht aufmachen?«

»Ich habe auf dich gewartet.«

Kylie nahm das Päckchen auf den Schoß. Die Schachtel war groß und viereckig, akkurat in rosa Papier eingewickelt. Als sie an dem Band zog und die Schleife öffnete, hatte sie Herzklopfen.

»Schlittschuhe«, sagte Jimmy, der ihr über die Schulter blickte. »Er hat ihr Eishockey-Schlittschuhe geschenkt.«

Kylie zitterte vor Aufregung, aber ihr war auch ein bisschen bange zumute. Die Schachtel schien sich verklemmt zu haben, als sie den Deckel hochheben wollte. Sie stellte sich Eishockey-Schlittschuhe vor, eine Miniaturausgabe von denen, die Martin immer trug, braun und schlicht und … hässlich, mit ihren stromlinienförmigen Kufen. Aber sie kamen von Martin, und allein deshalb freute sie sich darüber. Als die Schachtel endlich offen war, verschlug es ihr den Atem.

»Ein Rock! Wie im Eistanz!«

»Für das hübscheste Mädchen in ganz Boston«, sagte er. Es war silberweiß, wie Engelsschwingen, mit vielen Tüllschichten, die glitzerten. Kylie schlang die Arme um Martins Hals und er hielt ihr den Rock hin, damit sie hineinstieg.

Nun konnte sie es kaum erwarten, ihre Schlittschuhe anzuschnallen. Mommy zog sich und Kylie die Laufschuhe aus,

und während sich Mommy die Schlittschuhe zuschnürte, bückte sich Martin und half Kylie mit ihren.
Kylie hatte nie bemerkt, wie schön sie waren: weißes Leder mit silbernen Kufen, vorne aufgebogen und mit sägeartigen Zähnen, damit man sich auf dem Eis abstoßen konnte. Sie passten genau zu ihrem Rock. Während er die Schlittschuhe zuband, fest, aber nicht zu fest, betrachtete Kylie seinen Scheitel. Seine Haare waren braun mit grauen Sprenkeln, und sie konnte nicht anders als ihm einen Kuss darauf geben und »Danke, Daddy« flüstern.
»Gern geschehen, Kylie.« Er zog seine Eishockeystiefel aus seiner Sporttasche und hatte sie schon an den Füßen, bevor Kylie sich versah.
»Du läufst mit?«
»Bei deiner Geburtstagsparty? Natürlich, was denkst du denn! Aber nur mit deiner Mutter und dir. Bist du fertig?«
Kylie schluckte und nickte.
Die Eisfläche war leer. Alle standen am Rand, um zu sehen, wie Martin Cartier lief – oder Kylie hinfiel.
»Schau einfach nach vorne«, sagte Martin ruhig, als Kylies Knöchel wackelten. Mommy fuhr davon, versuchte ein Gefühl für das Eis zu bekommen. Kylie sah ihr nach und wünschte sich, sie hätte auf beiden Seiten eine Stütze.
»Mommy läuft gut«, sagte Kylie, als sie sah, wie ihre Mutter vorsichtig über die Eisfläche glitt.
»Ja. Und du auch.« Ihre Füße verdrehten sich nach innen und sie stolperte, als sie auf das Eis hinaustraten. Martin fing sie auf, hielt sie aufrecht und half ihr, auf den Füßen zu bleiben. Ein paar Kinder lachten, und sie hörte Ellens Stimme heraus.
»Ich kann nicht«, flüsterte sie, Tränen in den Augen.
»Nur Mut, du kannst es! Erinnerst du dich an den Weiher?

Denk dir die anderen einfach weg. Tu so, als wären wir ganz alleine hier, nur du und ich und deine Mutter.«
»Prima machst du das«, sagte Mommy und fuhr neben sie.
»Nein!« Sie versuchte anzuhalten.
Aber Martin ließ sie nicht. »Auf neuen Schlittschuhen fühlt man sich so unsicher wie ein neugeborenes Fohlen«, sagte er. Er hatte einen Arm um sie gelegt und hielt sie an der Hand.
»Das hast du schon einmal gesagt«, erinnerte Kylie ihn.
»Das hat mir mein Vater eingebläut, als ich es zum ersten Mal versucht habe. Mit wackeligen Beinen und allem, was dazugehört«, sagte er und sah Mommy bedeutungsvoll an.
»Dein Vater.« Kylie dachte an ihre Träume, an die Botschaft, die ihr Natalie immer wieder zukommen ließ, und stolperte aufs Neue. »Ich schaffe es nicht«, sagte sie und konnte die Blicke der anderen spüren.
»Aber das Gute bei Fohlen ist, dass sie schnell lernen«, fuhr Martin unbeirrt fort. Er hielt sie fest und fuhr mit ihr so mühelos über das Eis, dass sie kaum merkte, wie sie Mommy, Mrs. Vance, Jimmy, Ellen und alle anderen überholten. »Sobald sie spüren, wie es ist, festen Boden unter den Füßen zu haben, laufen sie los, können nicht mehr aufhören. Beim Gehen ist es genauso, Kylie. Zuerst muss man die Füße bewegen, dann folgen die Beine von alleine. Genauso, prima machst du das!«
Kylie schluckte, konzentrierte such auf ihre Beine. Zuerst das eine bewegen, dann das andere. Das eine Bein, das andere Bein. Martin wurde langsamer, und plötzlich merkte Kylie, dass er sie nicht mehr hielt. Er stützte sie noch, das ja, aber ihre Beine bewegten sich von alleine. Hin und her, in kurzen Schritten.
»Nicht laufen, sondern gleiten«, sagte er. »So ist es richtig –

lange Bewegungen. Schau nach vorne, nicht auf deine Füße.«

»Perfekt!«, rief Mommy. »Ich bin stolz auf dich!«

Kylie versuchte zu lächeln, aber sie musste sich darauf konzentrieren, nicht hinzufallen. War Mommy wirklich so glücklich, wie es schien, beinahe wie früher, lächelnd und strahlend?

»Ich kann Schlittschuh laufen, Daddy!«

»Richtig, das kannst du.«

»Ich kann Schlittschuh laufen!«

»Jetzt machen wir Eistanz.«

Nun hörte Kylie zum ersten Mal die Musik. Hatte sie die ganze Zeit gespielt? Sie war schön, Ballettmusik. Kylie sah die Ballerinas direkt vor sich, wie sie tanzten und auf ihren Kufen Geschichten erzählten. Sie sah die Märchenschlösser, Prinzen und Prinzessinnen, die bösen Zauberer. Die Gestalten tanzten um sie herum, und Kylie, Mommy und Martin waren die einzigen Menschen auf dem Eis.

Nun ließ Martin ihre Taille los und Kylie hielt vor Angst die Luft an. Aber sie lief weiter. Er hielt ja noch ihre Hand und sie fiel nicht hin. Sie fühlte sich wie das Füllen, das seine Beine entdeckt hatte, und wäre am liebsten losgerannt. Aber Martin drehte sich um, mit dem Rücken zur Fahrtrichtung, und nahm ihre andere Hand.

»Schau hoch, schau mich an, ja?«, sagte er. »So ist es gut, prima. Wir werden deinen Freunden mal eine Vorstellung geben, dass ihnen die Spucke wegbleibt.«

»Ich falle nicht hin, wenn ich dich anschaue?«, fragte sie und wagte nicht zu zwinkern.

»Das verspreche ich dir.«

»Du läufst ja rückwärts.«

»Das kannst du auch eines Tages.«

»Das gefällt mir.« Sie fand es herrlich, so über das Eis zu

gleiten, stellte sich vor, wie sie rückwärts lief in ihrem glitzernden Rock, vor der ganzen Ice-Capades-Truppe.

»Mir auch.«

»Mache ich es richtig?«

»Besser als Michelle Kwan.«

Kylie hielt sich an seinen Händen fest und folgte ihm, während er rückwärts lief und sie langsam im Kreis drehte, einmal rund um die Eisfläche. Die Musik spielte und alle im Stadion sahen Vater und Tochter bei ihrem Tanz auf dem Eis zu.

Kylie war so glücklich, dass sie beinahe vergaß, dass sich ihre Eltern jemals getrennt hatten, dass Martin lange weg gewesen war und sie sich jeden Abend in den Schlaf geweint hatte. Sie vergaß auch beinahe ihre Träume, von Natalie, die sie bat, ihr zu helfen, obwohl sie nicht wusste, wie.

Dann gab Martin jemandem in der Uniform des Eislaufstadions ein Zeichen, und nun durften alle anderen Kinder auf das Eis. Kylie war unsäglich stolz. Mommy schloss sich ihnen an und nahm ihre Hand. Martin hielt sie auf der anderen Seite. Die Kinder und einige Eltern umringten sie, nur damit sie damit angeben konnten, dass sie mit Martin Cartier Schlittschuh gelaufen waren, aber Kylie wusste: Er gehörte zu ihnen – zu ihr und ihrer Mutter und Natalie. Sie waren eine Familie, und Martin war ihr Vater, und jeder hatte wieder den Platz, an den er gehörte.

18

Eine Stunde vor dem ersten Spiel in den Stanley Cup Finals – im Grunde ein Rückspiel gegen Edmonton – saß Martin Cartier in der Umkleidekabine und ließ sich die Knöchel bandagieren. Er wusste, dass sich May und Kylie bereits auf den Tribünenplätzen befanden. Die Musik spielte, die Mannschaft war bereit und Martin konnte Jorgensens Gegenwart spüren, hier, im Stadion.

Er fühlte sich wie elektrisiert, hatte das Gefühl, dass sein großer Augenblick nahte. May und er hatten sich versöhnt. Er würde Jorgensen wie Ungeziefer zertreten, das Spiel, die Serie und den Stanley Cup gewinnen und gerade, als er dachte, dass er das alles nur für sie tat, wurde ihm mit einem Mal schwarz vor Augen.

In der einen Minute hatte er noch das gleißende Licht gesehen, seine Teamkameraden, die nervös hin und her gingen, und Coach Defoe, der einen Fuß auf die Bank gestellt hatte, in der nächsten versank alles in Dunkelheit. Martin hörte Stimmen, aber er sah nichts mehr.

»Okay, Martin, wir werden dir den Puck bei jeder Gelegenheit zuspielen«, sagte in diesem Moment der Coach. »Das ist alles, was du wissen musst. Auf den Puck warten und tun, was du am besten kannst. Letztes Jahr hast du uns durch sämtliche Qualifikationsrunden gebracht. Das wird dir auch dieses Mal gelingen, Martin. Was die Verteidigung angeht –«

»Machen Sie sich wegen der Verteidigung keine Sorgen, Coach«, sagte Ray. »Martin und ich werden uns schon darum kümmern.«

»Ja«, sagte Martin, und es war, als würde das Wort ›ja‹ einen Schalter in seinem Gehirn umlegen: Das Licht war wieder da. Er sah wieder klar und alle waren noch an ihrem alten Platz – Coach Dafoe, Ray, der Trainer, seine Teamkameraden –, taten das Gleiche wie zuvor. »Die Verteidigung ist kein Problem.«

»Du bist jetzt ein verheirateter Mann«, fuhr Coach Dafoe fort. »Diese Neuigkeit hat mich letztes Jahr ganz schön gebeutelt, wie ich zugeben muss. Ich dachte, wir hätten verloren, weil Martin abgelenkt war. Aber was weiß ich schon davon? Wer bin ich, zu entscheiden, was gut und was schlecht ist?«

»Sie könnten sagen, dass mir die Ehe gut tut«, meinte Martin.

»Zugegeben, letztes Jahr hast du dich selbst übertroffen.«

»Dann sagen Sie schon, dass sie mir gut tut!«, wiederholte Martin. Er war aufgewühlt von der Dunkelheit, die sich gerade auf ihn herabgesenkt hatte. Aber es war leicht, sie zu vergessen, denn seine Sicht war wieder klar.

»Sie tut dir gut«, bestätigte Coach Dafoe widerwillig. »Wir sind schließlich in den Finals, oder?«

»Da bin ich aber froh, dass Sie es bemerkt haben«, konterte Martin.

»Wo war sie übrigens? Bei den letzten Spielen, meine ich. Ich habe sie nicht gesehen.«

»Sie ist heute Abend hier«, erwiderte Ray brüsk. »Direkt am Eis mit Genny und den Kindern.«

Martin schloss die Augen. Er dachte an sein erstes Jahr in Boston zurück. Kurz nach Natalies Tod waren seine spielerischen Leistungen weit hinter seinen eigenen und den Erwartungen des Teams zurückgeblieben. Selbst die stärksten Batterien schaffen es nicht, ein Licht zum Leuchten zu bringen, wenn die Verbindungen eingerostet sind,

und Martin war ausgebrannt, reagierte nur noch wie ein Automat. Die Begegnung mit May hatte ihn verändert, selbst während ihrer Trennung hatte sie ihm Antriebskraft für sein Spiel gegeben.
»Wir werden gewinnen«, sagte der Coach und schüttelte ihm die Hand.
»Gebt mir Jorgensen, mehr verlange ich nicht«, brauste Martin auf.
»Auf dem Silbertablett«, lachte Pete Bourque.
Martin senkte den Kopf. Er sah plötzlich doppelt. Nur leicht, als ob jeder Gegenstand in seinem Gesichtsfeld einen Schatten hätte. Einen Schatten mit den Konturen des Coachs, mit Rays Konturen. Martin schüttelte den Kopf und die Schatten verschwanden. Alles sah normal aus.
»Alles in Ordnung?«, fragte Ray.
»Alles bestens.« Martin wünschte, Ray würde etwas über die flackernden Lichter sagen, irgendetwas, womit er die unerklärlichen Vorgänge in seinem Gehirn und seinen Augen fern halten konnte, aber er erkannte an Rays Reaktion, dass die Beleuchtung in der Umkleidekabine unverändert geblieben war.
»Was ist los?« Rays Augen verengten sich und Martin starrte ihn an. Ray war dunkel für einen Kanadier. Seine Augenbrauen waren dicht und wirkten bedrohlich, und wenn er sich konzentrierte, dann sah er so aus, als wollte er einem gleich ein Messer in den Leib rammen. Doch immer wenn Martin sein Gesicht betrachtete, sah er den Jungen vor sich, mit dem er schon als Kind Schlittschuh gelaufen war.
»Hast du es jemals in Betracht gezogen, dir die Augenbrauen zu rasieren? Du siehst ziemlich furchteinflößend aus.«
»Wirkt sich auf dem Eis zu meinem Vorteil aus.«

»Da draußen schaut sicher niemand in dein Gesicht, mein Freund.«

»Nein, die sind dank meiner sagenhaften Stocktechnik damit beschäftigt, zu erraten, wie ich sie als Nächstes austrickse. Ich muss doppelt so hart arbeiten, damit du eine gute Figur machen kannst.«

»Spar dir deine Kräfte, Bruder.« Martin grinste und schlug Ray auf die Schulter. »Das kann ich schon alleine.«

»Werden wir ja sehen. Schließlich muss ich jetzt May Rede und Antwort stehen.«

»Ach ja, sie hat mir das da für dich mitgegeben.« Martin reichte Ray einen kleinen Lederbeutel mit Rosenblättern. Er sah, wie Ray ihn in seinem Hosenbund verstaute, und Martin tat das Gleiche mit seinem eigenen Beutel. Andere Bruins kamen an ihnen vorüber, und wortlos reichte Martin ihnen die Glücksbringer, die May für jeden einzelnen Spieler gemacht hatte. Er hatte wohl wieder den Kopf geschüttelt, denn Ray trat näher.

»Hast du Kopfschmerzen?«

»Nein. Nur Hummeln im Hintern. Und jetzt hör auf mich zu nerven und lass uns den Stanley Cup gewinnen. *D'accord?*«

»*D'accord.*« Sie boxten sich gegenseitig in die Schulter.

»Was ist denn das?«, fragte Coach Dafoe, der den Lederbeutel in Rays Hand gesehen hatte.

»Ein Talisman«, antwortete Ray.

»Von deiner Frau?« Der Coach blickte Martin mit funkelnden Augen an.

»Ja.« Martin spannte seinen Bizeps an. In dem hautengen Trikot war jeder Muskel seines Körpers zu sehen, und falls Dafoe auf die Idee kommen sollte, ihn zu provozieren, würde er sein blaues Wunder erleben.

»Rosenblätter, hieß es in den Zeitungen.« Coach Dafoe

lächelte spöttisch. »Rosenblätter von der Farm, wo sie Hochzeiten plant. Ist das euer Talisman? Ein kleiner Lederbeutel mit Rosenblättern?«

»May hat ihn gemacht«, sagte Martin.

»Sie hat welche für die ganze Mannschaft gemacht«, sprang Ray in die Bresche. »Das nennt man Solidarität, Coach.«

»Aha. Und wo ist meiner?«

Martins Kopf pochte, aber er grinste. Er griff in seinen Matchsack und holte einen weiteren Glücksbringer hervor. »Ich hätte nie gedacht, dass Sie auch einen wollen.«

»Das nennt man Solidarität«, erwiderte Coach Dafoe mit strenger Miene und steckte den Beutel in seine Brusttasche, als er davonging.

*

Mit großer Spannung und heimlichem Bangen traten die Boston Bruins in den Stanley Cup Finals gegen die Oilers an, bereit, die Niederlage im siebten Spiel des vergangenen Jahres wettzumachen. May und Genny saßen mit den Kindern in ihrer Box und konzentrierten sich auf jeden Schachzug, als wären sie Coachs und nicht die Ehefrauen.

Nach einem torlosen ersten Drittel konnte May kaum noch stillsitzen. Sie fühlte sich Martin nach der schrecklichen Trennung enger verbunden als je zuvor. Sie konnte seinen Unmut spüren, jedes Mal, wenn Jorgensen einen seiner Schüsse abblockte.

»Die alte Rivalität ist noch quicklebendig.« Genny sah, wie Jorgensen eine obszöne Geste machte, als Martin wieder nicht zum Zuge kam.

»Sie hassen sich«, sagte May. »Schau dir nur ihre Blicke an.« Es war erschreckend zu sehen, wie Martin das Tor an-

griff und dabei seinen Erzfeind mit funkelnden Augen ins Visier nahm.
»Das kann man wohl sagen«, pflichtete Genny ihr bei und feuerte Martin an, der gerade vorbeifuhr.
»Schieß, Schatz, schieß!«, brüllte May.
Die Zuschauer schrien nach einem Tor und Martin tat ihnen den Gefallen mit einem atemberaubenden Schuss, aber Jorgensen blockte ihn mit einem blitzschnellen Tiefschlag ab. Die Fans buhten und Martin fluchte.
»Glaubst du, dass mit Martin alles in Ordnung ist?«, fragte May.
»Er ist nervös. Genau wie Ray. Es spielt keine Rolle, wie oft sie schon in den Finals waren. Sie behaupten zwar, es ginge ihnen glänzend und sie wären in Topform, aber sie haben jedes Mal Schmetterlinge im Bauch.«
»Ich frage mich, ob er eine Grippe ausbrütet.« May beobachtete, wie ihr Mann sich mit dem Handschuhrücken den Schweiß von der Stirn wischte.
»Er hat Lampenfieber, wie immer beim ersten Spiel, das ist alles.«
May nickte, versuchte, ruhig zu werden. Martin war wieder im Besitz des Pucks und als er schoss, befanden die Linienrichter, er sei im Abseits. Der Puck prallte gegen Jorgensens rechte Wange und er knallte aufs Eis, Blut lief über sein Gesicht. Er sprang auf und raste auf Martin zu. Sie rollten ineinander verknäuelt über das Eis, die Fäuste flogen, Schlittschuhkufen blitzten auf.
May sprang auf, wollte zu Martin laufen. Die Männer kämpften direkt vor ihrer Box und sie hörte Ächzen und Hiebe, sah Martins wutverzerrtes Gesicht, spürte die Energie, die er verströmte. Als die Schiedsrichter die beiden Streithähne trennten, war Martin genauso blutig wie Jorgensen: Er hatte eine Platzwunde über dem linken Auge,

eine klaffende Schnittwunde an Unterlippe und Kinn, und an seinem Vorderzahn war eine neue Ecke abgesplittert.
»Oh Martin!«, stöhnte May verzweifelt.
Genny legte die Arme um May, versuchte sie zu trösten. Gemeinsam sahen sie zu, wie die beiden Männer vom Eis geführt wurden. Sie würden ihre Zeit auf der Strafbank absitzen, von ihren Mannschaftsärzten betreut werden. Die Fans waren aufgesprungen, buhten, warfen Erdnüsse und Popcorn aufs Eis, schrien ›Auge um Auge‹.
»Was soll das bedeuten?«
»Vor vier Jahren hat Martin beinahe das Auge eingebüßt, durch einen Schlag von Jorgensen. Sie meinen, mit dem Schuss habe er es ihm heimgezahlt.«
»Martin würde so etwas doch nicht absichtlich tun!«, sagte May aufgebracht und erinnerte sich, dass Serge ihr die gleiche Geschichte erzählt hatte.
»Nein, natürlich nicht. Und abgesehen davon ist Jorgensen ja nichts Schlimmes passiert«, sagte Genny beschwichtigend. »Jetzt sind die beiden quitt und Martin kann sich aufs Spielen konzentrieren.«
May ballte die Fäuste. Sie spürte die Gewalt am eigenen Leib, als hätte sie selbst Schläge einstecken müssen. Martin saß auf der Strafbank, den Kopf verärgert gesenkt, während der Arzt versuchte, sein Kinn zusammenzuflicken. May starrte ihn an, aber er wich ihrem Blick aus.
Die Oilers erzielten zwei Tore, während Martin seine Bankstrafe absaß, und gewannen Spiel eins mit 2:0.

*

Die Oilers entschieden auch das zweite und dritte Spiel für sich, und dann ging es weiter in Edmonton. Martin weigerte sich, über den Kampf mit Jorgensen zu reden, was sich ohnehin als überflüssig erwies, da mit Sicherheit zahllose Raufereien mit Jorgensen – und anderen Spielern – folgen würden. Es war, als sei die Gewalttätigkeit ein Teil seiner Natur, die er von May fern halten wollte.

Vor Beginn des vierten Spiels lag Martin auf dem Hotelbett, ein Kissen über den Augen. May setzte sich zu ihm und nahm seine Hand. Sie hielt sich wieder ihr Gelöbnis vor Augen, geduldig zu sein, aber ihre Geduld wurde auf eine harte Probe gestellt.

»Lass mich, May.« Er zog seine Hand weg.

»Was ist los mit dir?«

»Nichts.«

»Kylie hat angerufen. Sie wünscht dir viel Glück.«

Martin murmelte etwas Unverständliches.

May blickte auf ihn herab. Nur Kinn und Hals waren unter dem Kissen sichtbar. Sie betrachtete die Platzwunden an Lippe und Kinn, die genäht worden waren, die Prellungen am Hals. Sein Körper war angespannt und steif wie ein Brett, aber als sie ihn in der letzten Nacht massieren wollte, war er zusammengezuckt und hatte sich ihrer Berührung entzogen. Er litt in letzter Zeit offenbar ständig unter Kopfschmerzen; er nahm ein Aspirin nach dem anderen, und manchmal war er mitten in der Nacht aufgestanden und hatte sich einen Eisbeutel für sein Auge gemacht.

»Martin?«

Er antwortete nicht gleich. Doch dann riss er sich das Kissen vom Kopf und fuhr mit einem Ruck hoch. »Ich bin mir nicht sicher, dass es gut ist, wenn du hier bist.«

»Warum?«

»Weil Eishockey zu hart für dich ist. Du kannst nicht sehen, wenn ich in eine Rauferei verwickelt werde, hast Angst, dass ich verletzt werde, und du weißt, dass ich am liebsten Kleinholz aus Jorgensen machen würde.«

»Wohl wahr.«
»So ist das aber nun einmal im Eishockey, May. Deshalb wollte ich dich letztes Jahr nicht dabeihaben. Die Finals sind anders als die regulären Spiele. Da geht es ums Ganze.«
»Du glaubst, ich kann das nicht ertragen? Soll ich dir was verraten? Du täuschst dich gewaltig, ich kann.«
»Sieht aber nicht so aus«, brummte er.
»Ach, ich mache mir nur Sorgen, weil du ständig die Augen zusammenkneifst. Hast du etwa wieder Kopfschmerzen?«
»Wieso fragt mich jeder, ob ich Kopfschmerzen habe? Du, Ray, der Coach. Lass mich in Ruhe, May.«
Sie dachte an Serge, der sich ebenfalls Sorgen gemacht und gefragt hatte, ob Martin unter Gleichgewichtsstörungen leide, da er beim Spielen die rechte Seite bevorzuge. In der Postkarte, die letzte Woche angekommen war, hatte er sie erneut darauf aufmerksam gemacht und gesagt, dass er Martins Rückhandschuss vermisse, mit dem er früher die Torhüter seiner Gegner zu täuschen pflegte.
»Du hast also keine Kopfschmerzen?«
»Nein. Habe ich nicht.« Er seufzte.
»Dann ist es ja gut.«
»Es ist nur der Druck, unter dem wir stehen.« Er senkte den Kopf, hielt ihr den Nacken hin. Sie massierte, lockerte einige Stellen, die völlig verhärtet waren, spürte die Verspannungen in Nacken und Schultern. »Wir müssen gewinnen, May. Ich muss gewinnen. Unbedingt. Und wir sind im Rückstand, mit drei zu null.«
»Du hast schon früher einen Drei-null-Rückstand aufgeholt und in einen Sieg verwandelt.«
Er zuckte die Achseln. »Ja, aber da hatte ich ein anderes Gefühl, als …«

»Hattest du jemals das Gefühl, es sei ein Kinderspiel? Dass dir der Sieg in den Schoß fällt?«
Er blickte unentwegt zu Boden, hatte die Augen auf den beigefarbenen Teppichboden des Hotels fixiert. Aber er hörte zu, wie May an der Neigung seines Kopfes sah, und weil er sich dem Gespräch nicht wieder entzog. Das ist ein Fortschritt, dachte sie. Sie liefen beide nicht mehr davon.
»Manchmal muss man mit dem Rücken zur Wand kämpfen, bevor man einen Ausweg finden kann«, sagte May.
»Einen Ausweg?«
»Den Weg zum …«
»Sieg«, sagte Martin und zog sie neben sich.
Nicht nur auf dem Spielfeld, dachte May, sagte aber nichts, sondern umarmte stumm ihren Mann und dachte an die Karte, die heute Morgen gekommen war. »Er kämpft mit seinen inneren Dämonen und muss sie besiegen.« Jorgensen, seine Vergangenheit, seine unausgesprochenen Ängste, sein Bedürfnis, sich zu entziehen. Sein Vater kannte ihn weit besser, als Martin es sich vorstellen konnte.
»Bist du sicher, dass alles in Ordnung bei dir ist?«, hakte sie ein letztes Mal nach.
»Alles bestens. Ist das Kreuzverhör jetzt vorbei oder hast du noch Fragen?«
»Nur noch eine.« Sie schlang die Arme um seinen Hals. »Liebst du mich?«
»*Bien sûr,* ich liebe dich.« Er grinste unmerklich, als er sie an sich zog, dann strich er ihr die Haare aus der Stirn und küsste sie auf den Mund. »Aber jetzt ist Schluss mit Fragen.«

*

Am Abend besiegte Boston Edmonton mit 3:0, dank eines Hattricks von Martin Cartier. Die Fans im Eisstadion von

Edmonton rasteten aus und alle fragten sich, was in Martin gefahren war. Er kämpfte wie ein Tiger, den man von der Leine gelassen hatte, nahm jeden Puck, der ihm zugespielt wurde, sicher an und verwandelte ihn aus jeder Position in einen Torschuss. Als Boston das dritte Spiel gewann und damit ein Unentschieden in der Serie erzielte, verließen die Bruins Edmonton in euphorischer Stimmung.
Beim nächsten Spiel würde dann die Entscheidung fallen. In den Zeitungen erschienen Artikel über den großen Serge Cartier, und wie die Nachwelt Vater und Sohn vergleichen würde. Klatschgeschichten wurden verbreitet, über Serges Spielsucht und Martins Jähzorn, wie die Liebe Martin verändert hatte, und dass Boston tief in die Tasche gegriffen hatte, um so einen Eishockeystar einzukaufen, und nun wollte man mit einem Sieg im Stanley Cup sehen, dass er sein Geld auch wert war.
Nils Jorgensens Ruf als einer der besten Torhüter aller Zeiten war unerschütterlich. Martin Cartiers Name stand bereits im Buch der Rekorde: Als rechter Flügelstürmer hatte er die meisten Punkte – Tore und Vorlagen – zu verzeichnen und er hatte fast jede Trophäe im Eishockey geholt. Aber von den beiden Erzrivalen hatte bisher nur einer den Stanley Cup gewonnen.
Das wird sich heute Abend ändern, schwor sich Martin, *und koste es mein Leben.* Die Muskeln anspannend, dachte er an alles, wofür es sich zu kämpfen lohnte: für May, Kylie, seine verstorbene Mutter und Natalie, die Bruins, seine Teamkameraden und seinen besten Freund Ray.
Tief in seinem Innern dachte er dabei an einen weiteren Menschen, auch wenn er es nur selten und nicht gerne zur Kenntnis nahm: an seinen Vater. Seine Frau hatte den Zugang zu seinem Herz gefunden, hatte es berührt und wie von Zauberhand geöffnet.

Unfähig, May seine Gedanken zu offenbaren, stellte er sich das Gesicht des Mannes vor, hager und jung, noch nicht gezeichnet von seinen Ausschweifungen, den Siegen und Niederlagen in seinem Leben. Er hatte ein sanftes, freundliches Gesicht, und Martin konnte es nun vor sich sehen, wie Serge ihm zurief, schneller zu laufen, sich sein Gespür für das Verhalten des Gegners zu bewahren und mit dem Puck auf den Käfig zu zielen, als gelte es, einen Pfeil abzuschießen.

»Heute Abend werde ich siegen«, flüsterte Martin seinem Vater zu. »Ich werde den Stanley Cup holen.«

Serge Cartier antwortete nicht, aber das spielte keine Rolle; Martins Augen waren geschlossen und er konnte die Stimme seines Vaters auch so hören. Nicht die harsche Stimme eines abgebrühten Glückspielers, in den sich sein Vater verwandelt hatte, sondern eine Stimme voller Hoffnung, Liebe und Schlichtheit, wie sie für Menschen auf dem Lande typisch war. Martin hatte die Stimme seines Vaters einst geliebt, und sie verlieh ihm auch heute noch Stärke.

»Du schaffst es, mein Sohn«, sagte diese Stimme. Es war eine Stimme, die für Kanada, die Berge, das schwarze Eis, den Lac Vert stand. Es war die Stimme seines Vaters, aus den tiefsten Tiefen seiner Erinnerung. Doch das spielte keine Rolle, wie Martin wusste. Heute Abend würde er siegen.

*

»Hast du gewettet?«

»Cartier hat die ersten drei Spiele versaut.«

»Hoffentlich hast du auf Edmonton gesetzt, die werden Boston heute Abend platt machen.«

»Serge, Mann – seit zwei Jahren das Gleiche, und heute Abend wird Martin das letzte Spiel wieder versauen.«

»Spiel sieben, Alles oder Nichts ...«
»Lasst den alten Mann in Ruhe«, sagte Tino. »Lasst ihn einfach das Spiel anschauen, okay?«
Serge saß reglos da, unberührt von allem, was ringsum geschah. Der Fernseher war eingeschaltet und lief ohne Störung, das war alles, was ihn interessierte. Er blickte ohne mit der Wimper zu zucken auf den Bildschirm. Lärm, dummes Geschwätz, Zellentüren, die laut ins Schloss fielen, nichts zählte. Nur das Spiel, nur die Kamera, die über die Zuschauer schwenkte.
In der Box der Ehefrauen erkannte er die kleine Genevieve LeMay. Genny Gardner hieß sie nun. Die beiden Kinder an ihrer Seite, Charlotte und Mark, waren fast erwachsen. Serges Blick fiel auf die beiden anderen in der Box, May und Kylie Cartier. Eine tiefe Zuneigung wallte in ihm auf, der Drang, sie vor den Blicken und Kommentaren der anderen Häftlinge zu schützen.
»Heiße Mutter«, sagte Buford.
»Halt die Klappe«, zischte Serge.
»Echt heiß. Kriegt man solche scharfen Weiber, wenn man Eishockey spielt?«
»Ist das deine Enkelin?«
»Quatsch, Serge hat doch keine Enkelin.«
»Trotzdem, hübsch die Mädels.«
Nicht einmal das boshafte Gerede konnte Serges Aufmerksamkeit vom Fernseher ablenken. Es gab ohnehin keinen Grund, darauf einzugehen. Weder, um sich oder Martin zu verteidigen, noch, um jemanden die Geschichte mit Natalie zu erzählen. Das ging hier drinnen niemanden etwas an.
Spiel, Sohn, dachte er. *Entspann dich. Atme. Konzentriere dich beim Zielen.*
Am Scoreboard wurden Stationen aus Martins Spielerkarriere eingeblendet. Nun flimmerte ein Bild von Martin und

Ray über den Fernsehschirm; damals waren sie sieben Jahre alt und hatten ihr erstes Eishockeyturnier in Kanada gewonnen. Serge stand neben Martin, half ihm, die riesige Trophäe hochzuhalten, die zu schwer war für einen kleinen Jungen.

»Spiel, Sohn«, dachte Serge, aber er musste es laut ausgesprochen haben, denn die Hälfte der Häftlinge lachte.

Spiel Sohn, spiel Sohn, äfften sie ihn nach.

Serge scherte sich nicht drum. Er sah über sie hinweg, konzentrierte sich auf den Bildschirm. Die Worte gingen ihm immer wieder durch den Kopf, aber er achtete darauf, dass sie ihm nicht wieder laut herausrutschten. *Spiel Sohn, du schaffst das, du hast ihn so gut wie in der Tasche, der Cup gehört dir …*

Und dann: *Danke, May.*

*

Die Spieler nahmen Aufstellung zum Einwurf, die Pfeife schrillte, der Puck fiel, das siebte Spiel hatte begonnen. Das sachkundige Publikum im Bostoner Fleet Center brüllte, stampfte mit den Füßen. Polizeibeamte schirmten die Spielfläche ab, bildeten eine Sicherheitskette mit dem Rücken zum Eis, behielten die tobende Zuschauermenge genau im Blick. Sowohl Martin Cartier als auch Nils Jorgensen hatten Morddrohungen erhalten und man wollte kein Risiko eingehen.

Nach zwei Minuten im ersten Drittel konnte Ray Gardner dank Martins Vorlage ein Tor erzielen. Ray revanchierte sich für die Gefälligkeit und das nächste Tor ging auf Martins Konto. Als der Puck an Jorgensen vorbei mit mörderischer Geschwindigkeit im Kasten landete, riss Martin siegestrunken die Arme über den Kopf und die Zuschauer spielten verrückt.

Er sah, dass May und Kylie aufgesprungen waren und winkten, als er an ihnen vorbeifuhr. Grinsend tippte Martin gegen die Schutzscheibe aus Plexiglas. Kylie versuchte, seine Finger zu berühren. Aber es blieb keine Zeit, das Spiel ging weiter. Ein Meute Oilers kesselte Martin ein, provozierte ihn, und als er mit dem Stock nach ihnen schlug, wurde eine Zwei-Minuten-Strafe gegen ihn verhängt.

Edmonton nutzte die Chance und erzielte kurz darauf ein Tor gegen Boston; am Ende des ersten Drittels lagen die Bruins mit 2:1 vorne.

Martins Herz hämmerte. Er hörte den Tumult in den Reihen der Zuschauer, erinnerte sich an das letzte Jahr um diese Zeit, als die Bruins eine Siegeschance im Cup gehabt hatten. Martin hatte jede Gelegenheit genutzt und Tore wie ein Champion geschossen, aber zuletzt trotzdem kläglich versagt. Dieses Mal waren May und Kylie dabei, und das änderte alles. Als er an ihrer Box vorbeifuhr, konnte er ihre Zurufe hören, die alle anderen Stimmen im Stadion übertönten.

»Los Martin!«

»Los, Daddy, los!«

Beim *Face-off,* dem Einwurf im zweiten Drittel, erwischte Ray die Scheibe und spielte sie Martin in dem Augenblick zu, als dieser die blaue Linie überquerte. Martin nahm den Puck an, schoss und traf. Als er um das Tor herumkam, sah er wieder Schatten: Jeder einzelne Spieler auf dem Eis hatte einen Doppelgänger hinter sich.

»*Merde*«, fluchte Martin, senkte den Kopf und bedeckte seine Augen. Edmonton nutzte die Gunst des Augenblickes: Der Mittelstürmer holte sich die Scheibe und raste auf den Slot am anderen Ende des Spielfeld zu. Ray versuchte, ihn mit seinem Schläger am Torschuss zu hindern, aber die

Mühe war vergebens und Ray wurde auf die Strafbank verdonnert.
Ein Raunen ging durch das Stadion. Martin hörte es, konnte sich vorstellen, wie sich alle fragten, ob Cartier eingeschlafen sei, und Coach Dafoe verlor keine Zeit, ihn auszuwechseln.
»Was ist los?«
»Nichts. Ein kurzer Schwindelanfall.«
»Was für ein Schwindelanfall? Hierher, Doc!«
Der Lautsprecher dröhnte, als angesagt wurde, dass Edmonton gerade mit 3:3 ein Unentschieden erzielt hatte. Die Zuschauer buhten, warfen Gegenstände aufs Eis. Sicherheitsbeamte mit Schutzschild und Schlagstöcken bildeten einen Ring um die Box mit den Spielerbänken. Martin blinzelte, in der Hoffnung, wieder klar zu sehen. Der Doktor versuchte, mit einer schmalen Lampe seine Augen zu begutachten, aber Martin konnte nicht mehr stillsitzen.
»Wechseln Sie mich wieder ein, Coach!«
»Nicht, wenn dir schwindlig ist.«
»Schwindlig, Blödsinn. War nur ein kurzer Moment. Das ganze Jahr liegen Sie mir mit den Finals in den Ohren. Jetzt sind wir drin, das ist unser letztes Spiel. Wechseln Sie mich wieder ein.«
Das letzte Drittel begann und die Zeit wurde knapp. Martin raste über das Eis, nutzte jede Torchance, doch Nils Jorgensen wehrte mit vollem Körpereinsatz ab, jedes Mal. Die Schatten waren verschwunden, so dass Martin es nicht auf seine Augen schieben konnte. Der Verteidiger kämpfte verbissen, als ginge es um Leben oder Tod. Beide Männer hatten innerlich und äußerlich Narben von ihren zahlreichen Duellen davongetragen.
Die Spannung stieg ins Unerträgliche. Die Uhr tickte unerbittlich und jedes Mal, wenn Edmonton in den Besitz des

Pucks gelangte, lief Martin ein eisiger Schauer über den Rücken. Dann nahm ihnen Ray den Puck ab, brachte ihn in die Angriffszone und hielt ihn dort, während Edmonton zu jedem Trick griff, ihm die Scheibe wieder abzuluchsen.

Die Zeit wurde knapp. Die Edmonton-Fans hatten Sprechchöre angestimmt: »CARTIER-FLUCH, CARTIER-FLUCH …« Das Spiel würde mit großer Wahrscheinlichkeit in die Verlängerung gehen, und wieder dachte Martin an das letzte Jahr. *Was ist dieses Mal anders*, fragte er sich, um noch einmal alles aus sich herauszuholen. *Ich bin ein Jahr älter und müder geworden. Aber dieses Jahr habe ich May. Wir schaffen es, gemeinsam, wir sind zusammen, sie liebt mich.* Er spürte seinen Ehering unter dem Handschuh, dachte an die Rosenblätter in seinem Hosenbund.

May und Kylie waren aufgesprungen, feuerten ihn aus Leibeskräften an. Martin fuhr dicht an ihrer Box vorbei, sah die Liebe in ihren Augen. Seine Kehle war wie zugeschnürt, auch wenn er sich nicht erklären konnte, warum, er hörte die Zurufe der anderen Zuschauer nicht mehr. Die Uhr tickte, aber für Martin stand die Zeit plötzlich still.

Ray spielte Martin den Puck zu und die Jagd auf das Tor des Gegners begann.

Die Menge sprang wie auf Kommando auf, brüllte und tobte. Ihre Anfeuerungsrufe ließen das Stadion erbeben, aber Martin nahm sie kaum wahr. Er dachte an seine Mutter und seinen Vater, an seine Frau und die zwei kleinen Mädchen. Gedanken, die ihn beflügelten. Mit neuer Energie preschte er vom linken Flügel los, rannte, statt zu gleiten. Ein vielstimmiger Chor hallte um die Eisbahn wider, stieg zu einem endlosen Crescendo an: »LOS, LOS, LOOOOS!«

Es geschah in dem Moment, als er den Slot erreichte: Eine dunkle Wolke senkte sich herab, nahm ihm die Sicht. Mar-

tin holte zum Schlag aus, aber der Puck war weg. Einer seiner Gegner hatte ihn erwischt, ohne dass Martin ihn kommen sah, und er lief damit über das Eis, zum Tor der Bruins.
Er hatte ihn nicht gesehen! Der Schluss-Buzzer ertönte. 4:3. Der Cartier-Fluch hatte gesiegt, die Edmonton Oilers hatten abermals den Stanley Cup gewonnen.

*

Serge schrieb eine weitere Postkarte und schickte sie an seine Schwiegertochter. »Er hat fantastisch gespielt, sein Bestes getan. Du auch. Lass nicht zu, dass er in Trübsal versinkt.« Er wusste, wie schwer Martin die Niederlage nehmen würde.
»He Serge!« Tino kam im Gefängnishof auf ihn zu. Er sprach den Namen auf französische Weise aus: Särsch. Es war ein sonniger Tag und der junge Mann blinzelte.
»Hallo Tino.« Serge blinzelte zurück.
»Dein Sohn hat das Eishockeyspiel verloren.«
»Er hat mehr gewonnen als verloren. Seine Mannschaft hat ihm zu verdanken, dass sie überhaupt bis zu den Stanley Cup Finals gekommen sind.«
»Ja, was auch immer. Ich verstehe nicht viel von Eishockey. Aber ich habe ihn spielen sehen.«
»Schon mal was von den World Series gehört?«
»Ja, kenne ich.«
»Kennst du auch den Super Bowl?«
»Football, ja.«
»Nun, der Stanley Cup ist die World Series und der Super Bowl im Eishockey. Die begehrteste Trophäe im Profisport, der absolute Gipfel. Und Martin hat seine Mannschaft in die Endrunde der Meisterschaften gebracht.«

»Tatsächlich? Das ist ja super.«
»Das hat er von mir geerbt. Das Talent zum Eishockeyspielen. Ich hoffe nur, dass er heute Abend nicht zu hart mit sich ins Gericht geht.«
Der junge Mann nickte. Er schien sich gerne mit Serge zu unterhalten, wenn der alte Mann friedlich gestimmt war; er trug zwar sichtbar ein Päckchen Zigaretten in der Hemdtasche, hatte aber bisher noch keine geraucht.
»Du hast Kinder«, sagte Serge. »Hab sie im Besucherraum gesehen.«
Der junge Mann nickte. »Ricky liebt Baseball; vielleicht wird er eines Tages ein berühmter Pitcher. Ich bin bin auch ein ganz passabler Werfer: Wenn ich richtig loslege, müssen sich sechs Männer hintereinander die Seele aus dem Leib rennen. Du hast deinem Sohn das Talent zum Eishockey mitgegeben, und Ricky hat meine Liebe zum Baseball geerbt.«
Serge dachte an Martin. Er erinnerte sich an die endlosen monotonen Übungen, an eisige Abende auf dem See, während Agnes mit dem Essen wartete, der Mond über dem Berg aufging und das Eis hell erleuchtete. Ray und Martin hatten Schusstechniken geübt, und Serge hatte ihnen beigebracht, harte und gerade Schlagschüsse auf das Tor aus Fichtengeäst abzufeuern. Doch dann hatte Serge einen Vertrag mit einem auswärtigen Club abgeschlossen, hatte sich aus dem Staub gemacht und nicht mehr mit Martin trainiert.
»Ich werde ihm alle Tricks beibringen«, sagte der junge Mann. »Schnelle Würfe, Bogenwürfe, Flatterwürfe –« Er war in Fahrt und feuerte einen imaginären Fastball ab, direkt auf den Wärter.
Serge empfand plötzlich ein grenzenloses Bedauern, als er an seine Frau und seinen kleinen Sohn dachte, die er

im Stich gelassen hatte, eingetauscht für eine fragwürdige Freiheit, Hotels und Frauen, den Nervenkitzel, in einer Saison nach der anderen zu siegen. Glückssträhnen, das schnelle Geld beim Wetten, gute Karten, schlechte Karten: eine Berg- und Talfahrt, die in den sonnigen Innenhof eines Gefängnisses geführt hatte. Er hatte die Chance verpasst, für Martin da zu sein, ihm Mut zu machen, dass er den Cup nächstes Jahr immer noch gewinnen konnte.
Als er dem jungen Häftling zuhörte, der davon träumte, ein besserer Vater zu sein, etwas Gutes im Leben seines Sohnes zu bewirken, wurde Serge von Selbsthass ergriffen.
»Hör auf damit!«, knurrte er.
»Ich tue dem Kerl doch nichts, werfe doch nur.« Tino senkte den nackten Arm, den unsichtbaren Baseball gegen die Brust gedrückt. »Ich werde Ricky alles beibringen, was ich weiß, damit er einmal ein erstklassiger Pitcher wird.«
»Kannst du nicht, wenn du hier eingebuchtet bist«, erwiderte Serge harsch.
»He, was soll das!« Der junge Mann sah verletzt aus.
»Du machst dir doch nur selber etwas vor, wenn du meinst, du kannst ihm etwas beibringen.«
»Ich kann spielen –«
»Du sitzt im Gefängnis.«
Der junge Mann schüttelte den Kopf, grinste verunsichert. Er wollte gehen, aber Serge packte ihn am Arm.
»Du nimmst Drogen und klaust Autos – das ist es, was du deinem Sohn beibringst.«
»Halt den Mund –«
»Mag sein, dass du ein Naturtalent im Baseball bist, aber daraus gemacht hast du nichts. Sonst wärst du nicht hier drinnen, mit Mördern und Dieben. Mit Leuten wie mir.«
»Ja, mit Leuten wie dir«, sagte der Junge.
»Ich bin keinen Deut besser als der Rest.« Der Himmel über

ihren Köpfen war strahlend blau. Serge sah nur ein kleines Geviert, wie ein Fenster zwischen Gefängnismauern und Stacheldraht. »Sonst wäre ich nicht hier gelandet.«
»Ich habe nicht lebenslänglich gekriegt.«
»Aber deinem Sohn könnte es so vorkommen. Wen hat er denn sonst, der ihm da draußen die Bälle zuwirft?«
»Halt den Mund«, sagte der junge Mann und drehte sich um.
Serge machte ein finsteres Gesicht. Er hätte sich gar nicht erst auf die Unterhaltung einlassen sollen. Reden tat hier drinnen nie gut. Man verlor seinen Stolz, wenn die anderen einem die Worte im Mund herumdrehten. Es war besser, stumm an Martins Schmerz zu denken. Worte brachten hässliche Wahrheiten ans Tageslicht, machten aus guten Erinnerungen einen Witz. Serge dachte an Väter und Söhne, Geheimnisse, so tief und aufgewühlt wie das Nordmeer bei hoher See.
»Anstand, Junge«, rief Serge. »Das ist es, was man seinen Kindern beibringen sollte. Vergiss deine schnellen Würfe und das schnelle Geld. Anstand und die Fähigkeit, mit dem zufrieden zu sein, was man hat, das ist wichtig im Leben. Also sieh zu, dass du hier herauskommst.«
Aber Tino war bereits gegangen.

19

Auf der Fahrt zum Lac Vert erkannte May charakteristische Merkmale der Landschaft wieder – Straßenschilder, die alte leer stehende Texaco-Tankstelle, die schmale Hängebrücke, die Hügel am Horizont. Sie legten an den gleichen Orten wie letztes Jahr eine Rast ein, füllten ihre Vorräte an Säften und Wegzehrung auf. An der kanadischen Grenze wurde dieses Mal nicht nur Martin, sondern auch May und Kylie mit großem Hallo begrüßt.

May hielt Martins Hand, während er fuhr; er hatte sich nach dem letzten Spiel innerlich zurückgezogen, war immer noch wortkarg und verschlossen. Auch beim Fahren schien er nicht ganz bei der Sache zu sein. Auf dem Weg zum Highway hatte er eine rote Ampel übersehen. Und er hatte gerade ein Eichhörnchen überfahren, das über die Straße gelaufen war, ohne mit der Wimper zu zucken, als hätte er überhaupt nichts bemerkt.

»Bist du müde?«, fragte May. »Soll ich dich ablösen?«

»Mir geht's prima.«

»Das Eichhörnchen –«

»Es tauchte plötzlich aus dem Nichts auf.« Martin warf einen Blick in den Rückspiegel, um sich zu vergewissern, dass Kylie schlief und nichts davon mitbekommen hatte.

»Du hast es *überhaupt* nicht gesehen.«

Martin schwieg. Er zog seine Hand weg, um mit beiden Händen das Lenkrad zu ergreifen und sich auf die Straße zu konzentrieren.

Bei der Fahrt im letzten Jahr war alles neu für sie gewesen. Sie hatte nicht gewusst, was sie erwartete, wie sich der Sommer entwickeln würde. Nun kannte sie das kleine Blockhaus, konnte sich vorstellen, wie es sich in die Berglandschaft schmiegte, sah den glitzernden See, die sternenklaren Nächte vor sich. Die Gardners würden auf der anderen Seite des Sees auf ihre Ankunft warten. In diesem Sommer hatte May das Gefühl, nach Hause zurückzukehren. Aber statt sich zu freuen, verspürte sie eine leise Unruhe.

Sie verbrachten die ersten Tage mit schlafen, spielen und essen, spannten richtig aus. Martin und Kylie ruderten auf dem See, während May im Pavillon lag, las und schrieb. Sie gingen gemeinsam schwimmen und an den Abenden machten sie es sich in den Liegestühlen bequem und erzählten sich Geschichten über die Sterne.

Nach Mitternacht, am dritten Abend ihres Aufenthalts, kam Kylie schlaftrunken in ihr Zimmer. May und Martin hatten sich gerade geliebt und entdeckten Kylie plötzlich neben ihrem Bett. Sie schien nicht ansprechbar zu sein. Während sich Martin rasch mit dem Laken zudeckte, beugte sich May zu Kylie.

»Schatz?«

»In den Sternen.« Kylie deutete auf das Fenster.

»Was ist da?«

»Der blinde Mann.« Kylies Blick war auf die Sterne gerichtet. »Er kann nicht sehen.«

»Ist sie wach?«, fragte Martin.

»Ich glaube nicht, sie schlafwandelt.«

»Ich soll ihm sagen ...« Kylies Gesicht war ausdruckslos.

»Was?«, sagte May.

»Wo er suchen soll.« Damit machte Kylie auf dem Absatz kehrt und ging in ihr Zimmer zurück. May stand schweigend auf, um sich zu vergewissern, dass sie wohlbehalten in ihrem Bett angekommen war. Als sie sich überzeugt

hatte, dass Kylie tief und fest schlief, kehrte sie zurück, um den Zwischenfall in dem blauen Tagebuch zu notieren.
»Was hatte das zu bedeuten?«
»Ich bin mir nicht sicher.« May versuchte, sich an jede Einzelheit zu erinnern.
»Du führst immer noch Tagebuch?«
»Ja.« May legte den Kugelschreiber nieder.
»Wozu soll das gut sein?«
May blickte ihn an. Sie dachte an Dr. Whitpens Theorie, dass Kylies Träume in Verbindung mit Martins Geschichte standen, aber das behielt sie für sich. »Die Ärzte können sich dadurch ein besseres Bild über die Vorgänge machen.«
»Was war das für eine Sache mit dem blinden Mann? Es gibt keine Sternenkonstellation, die so heißt.«
»Ich weiß.« May starrte aus dem Fenster.

*

Charlotte rief an, ob Kylie bei ihr übernachten dürfe, und May stimmte nach einigem Nachdenken zu. Martin und sie brauchten Zeit für sich. Sie nutzten den Abend, um über ihre Trennung, die Niederlage im Stanley Cup, ihre Hoffnungen und Erwartungen für den Sommer zu sprechen.
»Wieso bist du schon wach?«, fragte Martin am nächsten Morgen, als er sah, dass sie aufstand. Sie hatten versucht, die im Frühjahr versäumten Stunden nachzuholen, und der Spätnachmittag und Abend waren angefüllt gewesen mit Berührungen, Schwimmen und unvorstellbarer Zärtlichkeit. Nun streckte er die Arme aus und packte ihr Bein, als sie an ihm vorbeiging, um die Vorhänge zu öffnen.
»Es ist halb zehn! Weißt du, wann ich das letzte Mal so lange geschlafen habe? Das war –«
Aber Martin hatte einen festen Griff, zog sie aufs Bett zu-

rück und rollte sich über sie, als sie strauchelte. »Dann lass es halb zehn sein. Wir sind endlich allein und du stehst nicht vor zwölf Uhr mittags auf, dafür werde ich schon sorgen.«

»Aber es ist herrlich draußen.« Sie deutete auf das Fenster, wo das Sonnenlicht durch den Spalt im Vorhang fiel. »Wir sollten –«

»Wir sollten gar nichts.« Er strich ihr das Haar aus der Stirn und küsste sie glutvoll.

»Ich kann nicht bis zwölf Uhr mittags schlafen«, flüsterte sie und spürte, wie seine Hände über ihre Schultern, an ihrem Körper hinabglitten.

»Wer hat etwas von Schlafen gesagt?« Martin küsste ihren Hals.

Sie liebten sich, dann brachte Martin ihr den Kaffee ans Bett und sie öffnete die Vorhänge, die Martin prompt wieder zuzog. Als er ins Bett zurückkehrte, bemerkte May, dass er blinzelte und die Augen mit der Hand bedeckte.

»Was ist los?«

»Es ist noch zu früh für Tageslicht.« Er packte sie. »Ab marsch unter die Decke, Weib.«

May hätte ihm gerne weitere Fragen gestellt, aber sein Begehren raubte ihr die Sinne. Martins Feuer drohte sie zu verbrennen. Seine Umarmungen waren stürmisch, seine Hände sanft, und May verlor sich in Empfindungen, die sie sich nie erträumt hätte. Er küsste sie leidenschaftlich, flüsterte ihr ins Ohr: »Ist das gut? Gefällt es dir so?« May schrak bei seinen Worten zusammen. Ihre Hingabe war so grenzenlos gewesen, dass sie das Gefühl hatte, ihre Körper, Stimmen, Gedanken und Gefühle wären miteinander verschmolzen.

»Es ist wunderbar.«

»Sag's mir!«

»Mit meinem Körper, nicht mit meiner Stimme.«
Das Licht war heller geworden, drang durch die geschlossenen Vorhänge, als die Sonne am Himmel entlangwanderte, und May ging zum Fenster, um die Jalousien herunterzuziehen und den Raum abzudunkeln.
»Ich dachte, du willst Sonne«, neckte er sie.
»Ich will nichts sehen oder hören, nur dich spüren«, erwiderte sie, zitternd vor Erregung.
»Du bist ja richtig verrucht.«
»Nur mit dir.« Sie schmiegte sich an ihn. Die Trennung hatte die Atmosphäre gereinigt, sie fühlte sich ihm näher als je zuvor. Er küsste ihre Lippen, legte seine Hand über ihre Augen. Sie sah nichts, spürte nur seinen Atem auf ihrer Wange, seine Arme, die ihren Körper umfingen, die Berührung seiner Finger auf ihrer Haut, seine Lippen auf ihrem Mund, mit einer nie erlebten Intensität.
May fühlte sich überwältigt von dieser neuen Erfahrung, mit Martin Liebe zu machen. Sie hätte so viel Intimität und Nähe nie für möglich gehalten. Sie sprachen nicht, und sie konnte nichts sehen; sie hatte Sehen und Hören gegen die Berührung eingetauscht, gegen eine ganz neue Ebene des Vertrauens und Risikos, die sie in ihrem eigenen Bett und mit ihrem eigenen Ehemann erlebte.

*

Im Laufe der Zeit gelang es Martin und May eine Art von Alltag einkehren zu lassen. Die Reporter verlangten keine Interviews mehr und ließen sie in Ruhe. Die Erinnerung an die schrecklichen letzten Sekunden im Spiel begannen zu verblassen. Ray kam auf einen Sprung vorbei und die beiden Männer saßen auf der Veranda, tranken Bier und sezierten das letzte Spiel wie einen Leichnam.

Während sie in Boston war, hatte May mit Tobin ein gut funktionierendes Kommunikationssystem entwickelt, einschließlich Telefon und Faxgerät, das sie in diesem Sommer von Kanada aus perfektionierten. Sie kamen überein, dass Tobin die neuen Kundinnen von Juni bis September betreuen sollte, während May die bereits angelaufenen Hochzeitsvorbereitungen vom Lac Vert aus überwachte.

Eines Tages, als Martin und Ray beim Angeln waren, lud May Genny und Charlotte ein. Während die Mädchen hinten im Garten spielten, saßen ihre Mütter auf der Veranda vor dem Haus und unterhielten sich.

»Wie verdaut Ray die Niederlage?«, fragte May.

»Jeden Tag ein bisschen besser. Der Name Martin Cartier war in den ersten vierundzwanzig Stunden ein rotes Tuch für ihn.«

»Er macht Martin dafür verantwortlich?«

»Wie alle anderen auch. Er hat den Puck verloren, statt ihn ins Tor zu bringen.«

May runzelte die Stirn; sie wünschte sich, ihre Freundin würde über den Dingen stehen und nicht ihren Mann verurteilen.

»Hochleistungssportler brauchen immer einen Sündenbock. Bestimmt hast du das inzwischen bemerkt. Ray musste häufig herhalten, und die anderen haben auch ihr Fett abbekommen. Jeder macht Fehler. Aber das …«

»War ein großer.« May erinnerte sich an die schrecklichen letzten Sekunden.

»Er sah aus, als wäre er weggetreten, mitten auf dem Eis. Ray sagt, wenn er nicht so wütend wäre, würde er langsam anfangen, sich Sorgen um ihn zu machen.«

»Sorgen? Weswegen?«

»Nun … Martin wirkte wie gelähmt. Als sei er plötzlich zur Salzsäule erstarrt.«

»Das dachte ich auch.« In Gedanken sah May Martin auf dem Eis dahinpreschen, dann stand er mit einem Mal reglos da – den Arm gebeugt, um zum Schlagschuss auszuholen, der Puck so gut wie im Tor der Edmonton Oilers. »Sein Vater hat auch so etwas erwähnt bei meinem Besuch. Er meinte, Martin könnte Gleichgewichtsprobleme haben, gäbe der rechten Seite beim Spielen den Vorzug.«

»Das geht hin und her«, lachte Genny. »Je nachdem, welche gerade verletzt ist. Und Verletzungen haben sie immer.«

»Ich muss mir also keine Sorgen machen.«

»Erst wenn er eines Morgens aufwacht und sich nicht mehr rühren kann. Das ist so ungefähr die einzige ernsthafte Sache, die Martin vom Eis fern halten könnte.«

»Okay.«

May bot Genny Tee an und ging in die Küche. Genny folgte ihr langsam, schaute sich ein paar alte Fotos an. Dann fiel ihr Blick auf die Sammlung mit den Kissen, die Martins Mutter gestickt und auf dem Sofa aufgereiht hatte.

»Agnes musste immer irgendeine Beschäftigung haben. Stricken, Nähen, Kreuzstickerei. Sie hat mir einmal gezeigt, wie man ein Sticktuch mit verschiedenen hübschen Mustern macht.«

»Und? Hast du eins gemacht?«

»Ich habe angefangen.« Genny sah sich um. Ihr Blick wanderte über die Wände, den Kaminsims und die Bücherregale. »Hhmmm. Merkwürdig.«

»Was?«

»In diesem Raum hing früher ein Stickbild. Dunkelblauer Kreuzstich auf Musselin, wenn ich mich recht erinnere. Das Motiv waren zwei kleine Tiere; ich habe dieses Bild geliebt! Es hat mich angespornt, es selbst mit dem Sticken zu versuchen. Agnes hat es gemacht, als Martin geboren wurde.«

»Ich wüsste gerne, wo es ist.«
»Ich auch.« Genny musterte die Wände so eindringlich, als könnte es jeden Moment wieder auftauchen. »Es hing hier seit Ewigkeiten.«

*

Martin lieh sich den Truck von Rays Onkel und fuhr zur nahe gelegenen Baumschule, wo er sämtliche Rosenbüsche aufkaufte. May sollte am Lac Vert ihren eigenen Rosengarten bekommen, genau wie in Black Hall. Die Blütezeit war hier einen Monat später als in Connecticut, so dass die meisten Büsche, die er aussuchte, voller Knospen waren. Kylie hatte ihn begleitet. Während Martin sechzig Rosenbüsche auf die Ladefläche hievte, spielte Kylie mit einem alten Basset, der im Schatten lag.
»Vorsichtig, er beißt!«, rief der Besitzer der Baumschule, Jean-Pierre Heckler.
»Mich beißt er nicht.«
»Mich schon«, sagte Jean-Pierre und deutete auf seinen Fuß. »Gestern Abend hat er derart gestunken, dass ich ihn vor die Tür setzen musste. Und da hat er meinen Fuß gepackt –«
»Wieso hältst du dir einen Hund, der beißt?«, fragte Martin. Der Basset war an einen Zaunpfahl gebunden und lag in einer Kuhle, die er sich gescharrt hatte, das Gesicht in die für seine Rasse typischen Kummerfalten gelegt. Sein Fell war weiß um Augen und Schnauze, und seine lange Zunge hing bis auf die Erde, wenn er hechelte.
»Er gehörte früher Annes Vater«, sagte Jean-Pierre. Martin war mit Hecklers Frau, vormals Anne Duprée, zur Schule gegangen und erinnerte sich vage, dass der Vater eine kleine Farm auf der Südwestseite des See gehabt hatte.
»Ist Mr. Duprée gestorben?«

»Ja, letzten Winter. Wir haben die Farm verkauft, aber natürlich wollten die neuen Besitzer keinen alten, bissigen Hund übernehmen. Ich kann ihn auch nicht brauchen: ist schlecht fürs Geschäft, wenn er die Kunden anknurrt.«
»Armer alter Hund.« Kylie versuchte, Martins Hand abzuschütteln. Er konnte zwar nicht glauben, dass der Basset mit seinen treuherzigen Augen jemanden biss, aber er wollte lieber kein Risiko eingehen.
»Was bin ich schuldig?« Martin zückte seine Brieftasche.
»Ich gebe dir zehn Prozent Rabatt«, sagte Jean-Pierre. »Schließlich hast du Lac Vert große Ehre gemacht. Anne ist stolz auf dich. Nächstes Jahr setzt du noch eins drauf und gewinnst den Stanley Cup, da bin ich mir sicher.«
»Nächstes Jahr!«, sagte Martin und ließ Kylie los, um das Geld herauszuholen.
Prompt streckte sie den Arm nach dem Hund aus, und der Basset leckte ihr die Hand. Der Baumschulen-Besitzer packte den Strick und riss ihn zurück. »Fehlt nur noch, dass der verdammte Köter deine Kleine beißt.«
»Er beißt mich nicht«, wiederholte Kylie beharrlich.
»Er ist alt. Zu alt. Der Tierarzt muss bald kommen, wenn du weißt, was ich meine.« Martin spürte, wie das Blut in seinen Adern erstarrte.
»Sie meinen, Sie lassen ihn einschläfern?«, fragte Kylie.
»Er hat Arthritis, verfaulte Zähne und ist dauernd krank«, sagte Jean-Pierre Heckler. »Für ihn ist es so am besten.«
»Können wir ihn nehmen?«, fragte Kylie.
»Der Hund ist nichts für dich«, antwortete Jean-Pierre. »Glaub mir. Wenn du ein nettes Haustier haben möchtest, schenke ich dir ein kleines Kätzchen. Unsere große getigerte Katze hat gerade Junge bekommen –«
Martin sah, wie Kylie vorsichtig auf den Basset zuging. Er konnte den fauligen Atem des Tieres schon von weitem rie-

chen. Kylie streckte die Hand aus und der Hund verdrehte den Hals, um sich von ihr den Kopf tätscheln zu lassen. Er rollte sich auf den Rücken wie ein verspielter Welpe, und Martin hörte sich fragen: »Wie heißt der Hund?«

»Thunder.«

»Hallo Thunder«, sagte Kylie.

»Die Kätzchen –«

»Sie will Thunder.« Martin sah, wie der alte Hund Kylies Hand ableckte. Kylie lachte und streichelte seine langen Ohren.

»Er ist nicht stubenrein«, sagte Jean-Pierre leise, so dass Kylie ihn nicht hören konnte. »Kann die Blase nicht mehr kontrollieren, macht überall hin, im Haus. Wir haben ihn draußen schlafen lassen und da jault er die ganze Nacht. Er war auf sein Herrchen fixiert und ist nach seinem Tod bösartig geworden. Glaub mir, Martin, lass den Tierarzt seine Arbeit verrichten. Das ist für alle das Beste.«

Martins Gedanken schweiften zurück. Eines Tages war Genny mit Natalie und ihren Kindern ins Tierheim von Lac Vert gefahren, das hinter dem städtischen Parkhaus an der Mountain Road lag. Die Gardners hatten einen jungen Schäferhund adoptiert und Natalie hatte einen Beagle in ihr Herz geschlossen, der ausgesetzt worden war. Sie hatte der Leiterin des Heims gesagt, sie werde noch vor dem Wochenende mit ihrem Vater kommen, um ihn abzuholen.

Sie hatte Martin angefleht, den Hund aus dem Heim zu holen. Sie würden ihn gemeinsam abrichten und er sollte Martin Gesellschaft leisten, wenn sie nach Kalifornien zurück musste. Martin hatte sich geweigert. Die Eishockeysaison war lang; der Hunde wäre allein gewesen, wenn Martin unterwegs war. Bei den Gardners lag der Fall anders: Dort war immer jemand da, der mit ihm spielte.

Natalie war am Boden zerstört gewesen. Eines Morgens hatte sie sich aus dem Haus geschlichen und war mit dem Fahrrad zum Tierheim gefahren. Sie hatte den Hund ›Archie‹ genannt und Martin den ganzen Sommer bekniet, sich die Sache doch noch einmal zu überlegen. Eines Morgens hatte er einen Anruf von der Leiterin des Tierheims erhalten. Offenbar kein Eishockey-Fan, hatte sie ihn mit giftiger Stimme aufgefordert, seine Tochter abzuholen.

»Wie können Sie zulassen, dass sie ganz alleine hierher fährt, bei dem Verkehr auf den Straßen!«

»Ich hole sie sofort ab.«

»Und sorgen Sie dafür, dass sie nicht wiederkommt. Der Hund war den ganzen Sommer hier und wird morgen eingeschläfert.«

Als Martin Nat abgeholt hatte, hatte sie sich weinend an Archies Hals geklammert. Martin hatte sie mit Gewalt von ihm trennen müssen, und dabei hatte ihn der Hund in die Hand gebissen. Natalie weinte unaufhörlich, und als Martin losfuhr, spürte er noch den kalten Blick im Nacken, mit dem die Frau ihm nachgeschaut hatte.

Martin erinnerte sich an Natalies Kummer und ihre Wut, als er Kylie nun beobachtete. Sie küsste den Basset auf das Ohr und der Hund blickte sie mit seinen großen, treuherzigen Augen an. Der Hund leckte Kylies Gesicht und enthüllte dabei graurosa Kiefer, die unteren Zähne waren ihm ausgefallen.

»Wie wäre es mit einem Welpen, Kylie? Oder mit einem kleinen Kätzchen?«, fragte er.

Kylie schüttelte den Kopf. »Ich möchte Thunder.«

»Na gut.« Martin wandte sich an Annes Mann. »Hast du was dagegen? Ich hatte den Eindruck, als wolltest du den Hund ohnehin nicht behalten.«

»Wollen wir nicht, aber lass lieber die Finger davon. Ehrlich, es würde ein schlechtes Licht auf uns werfen, wenn wir dir diesen Straßenkö–«

»*Er ist kein Straßenköter!*« Kylie war entrüstet, und Martin hätte Stein und Bein geschworen, dass sie sich anhörte wie Natalie.

»Ich würde ihn gerne bezahlen«, sagte Martin.

»Das ist nicht nötig.« Jean-Pierre schüttelte den Kopf. Er half Martin, die letzten Rosenbüsche auf den Lastwagen zu laden, während Kylie mit Thunder in die Fahrerkabine kletterte.

»Warum heißt er Thunder?«, fragte Kylie.

»Er hatte einen Bruder, Lightning«, sagte Jean-Pierre. »Das war ein Scherz, denn die beiden waren alles andere als Blitz und Donner. Sie taten nichts weiter als fressen und schlafen. Schlafzimmerblick und Stummelbeine, so was soll ein Wachhund sein! Sie lagen auf der Veranda herum, so lammfromm, dass sie sich von den Vögeln das Futter stibitzen ließen. Und die Tauben setzten sich auf ihre Köpfe.«

»Was ist aus Lightning geworden?«

»Mein Schwiegervater musste ins Krankenhaus und kam nie mehr nach Hause; der alte Lightning weigerte sich, zu fressen oder zu trinken. Wurde immer weniger und starb. Thunder und Lightning. Ja, das war schon ein Paar!«

»Bestimmt vermisst du deinen Bruder«, sagte Kylie zu dem alten Hund. »Und dein Herrchen. Deshalb bist du so schlecht gelaunt.«

»Die Kleine hat viel Fantasie«, sagte Jean-Pierre.

»Sie hat ein großes Herz«, sagte Martin betont gleichmütig, als er in den Lastwagen stieg; dann fuhr er rückwärts die Einfahrt entlang. Das nächste Mal würde er seine Rosenbüsche im Green Garden kaufen, nördlich an der Straße gelegen, die den See entlangführte. Anne Duprée

war während der Schulzeit ein nettes Mädchen gewesen. Martin konnte sich nicht vorstellen, dass sie jemanden geheiratet hatte, der dem Hund ihres Vaters einen Fußtritt versetzte. Kein Wunder, dass der alte Basset ihn gebissen hatte.
Aber er sollte lieber still sein, schließlich war er auch schon einmal gebissen worden.

*

Über Nacht hatte May einen neuen Rosengarten und einen alten Hund. Als sie ihren Kaffee mit nach draußen nahm, um den Sonnenaufgang zu beobachten, und durch die frisch eingepflanzten Rosenbüsche schlenderte, dachte sie über die Unwägbarkeiten des Lebens nach: Hinter jeder Ecke wartete etwas Unvorhergesehenes und jeder Tag war mit Überraschungen angefüllt.
»Na komm, alter Junge«, sagte sie zu ihrem Begleiter, dem betagten und noch unbekannten Basset namens Thunder.
Thunder tappte durch die frisch umgegrabene Erde, steckte seine beachtliche Nase in die Erdfurchen und unter das Laub; schniefend und schnaufend ging er an ihrer Seite.
Die Sonne lugte hinter dem Berg hervor, breitete ihr funkelndes Licht über den Felsen und auf der spiegelglatten grünen Oberfläche des Sees aus. Rehe ästen in den Schatten am gegenüberliegenden Ufer, von Thunder unbemerkt. May ging langsam, um sie nicht aufzuscheuchen. Kaninchen flüchteten ins Gebüsch und sie dachte an das verschwundene Stickbild, fragte sich, was für Tiere Agnes als Motiv gewählt haben mochte.
May setzte sich in den Pavillon. Der alte Hund stand am Ufer, als zöge er in Betracht, schwimmen zu gehen. Martin hatte befürchtet, dass sie sich gegen den Hund sträuben

würde: Er hatte Blasenprobleme, Mundgeruch, Schuppen, kaum noch Zähne und brauchte Schonkost.

Aber für sie zählte nur Kylies Liebe zu ihrem neuen Spielgefährten und Martins großzügige Geste, die sie über alle Maßen berührt hatte. Er hatte ihr von Natalie und Archie erzählt, von der Chance, die er vertan hatte, als er seiner Tochter verboten hatte, den Hund zu behalten. Thunder war ein gutmütiges altes Tier, das Martin vor dem Einschläfern gerettet hatte, aber noch schöner war, dass ihr Mann und ihre Tochter Verbündete geworden waren.

»Na komm«, rief May leise. »Thunder … komm her.«

Thunder blickte über seine Schulter, die treuherzigen Augen blutunterlaufen. Er war im Schlamm stecken geblieben. Seine Pfoten waren im Morast eingesunken, er stand nun schon knietief darin und sah die Mutter seines Frauchens hilflos an.

»Du schaffst das, Thunder«, spornte May ihn an und stellte ihre Kaffeetasse auf der Bank im Pavillon ab.

Der Hund winselte, dann schluckte er Seewasser. Er schüttelte verzweifelt seine langen Ohren und Leftzen, durchnässte May, die in drei Metern Entfernung stand. Sie zog ihre Laufschuhe aus und überlegte, wie schwierig es sein mochte, einen dreißig Kilo schweren Basset, der in dem Ruf stand, bissig zu sein, aus dem Morast zu ziehen. Als sie sich suchend umsah, fiel ihr Blick auf den Rosengarten.

Die Sonne, halb verdeckt von den Fichten auf den Bergen, schien auf die Rosenbüsche. Tausende neuer Knospen in Scharlachrot, Karmesinrot, Zinnoberrot, Pink, Pfirsich und Perlweiß strebten dem Licht zu. Sie glichen winzigen Flammen, die himmelwärts züngelten, bereit, jeden Augenblick aufzuplatzen und voll zu erblühen. Martin hatte gleich nach seiner Rückkehr damit begonnen, sie ein-

zupflanzen, und war erst nach Einbruch der Dunkelheit fertig geworden.
Es roch nach Erde, Kaffee, nassem Hund. May war überglücklich. Tau lag auf den Zweigen und Gräsern. Sie krempelte die Hosenbeine ihrer Jeans hoch, doch dann zog sie sie ganz aus. Sie schälte sich aus Sweatshirt und Bluse, stand in ihrer Unterwäsche auf den Stufen des Pavillons, in dem Martin und sie geheiratet hatten.
Als sie zum See hinunterging, spürte sie den kühlen Schlamm zwischen ihren Zehen. Thunder wedelte mit dem Schwanz, als sie näher kam. Sie schlang ihre Arme um seinen Körper, der wie ein Torpedo gebaut war, und zog ihn aus dem Morast. May wollte sich gerade umdrehen, um ihn ins Gras zu setzen, als er zu winseln begann und die Nase zum Wasser drehte.
»Willst du schwimmen?«
Statt einer Antwort machte Thunder Paddelbewegungen mit den Vorderpfoten. May ließ ihn in den See herab, und er glitt mit der Geschmeidigkeit eines Seeotters, Segelbootes oder jungen Welpen davon. May folgte ihm.
Sie schwamm vom Ufer weg, direkt zu der Stelle, an der das Sonnenlicht wie Diamanten funkelte. Das Wasser des Bergsees war seidenweich und kalt, ungetrübt wie der junge Tag. Thunder paddelte hin und her, hielt sich dicht am Ufer. Als May sich umdrehte, um das Haus, die Scheune und den Rosengarten zu betrachten, sah sie ihren Mann den Weg hinunterkommen.
Sie winkte, aber er winkte nicht zurück. Als er an ihrem Bündel Kleider vorbeikam, hob er es auf und drückte es an seine Brust. Sie sah, wie er den Kopf drehte und nach allen Seiten Ausschau nach ihr hielt, als versuchte er herauszufinden, wohin sie gegangen sein mochte. Als er Martins ansichtig wurde, watschelte Thunder in das seichte Wasser

und Martin hob ihn heraus. Seine Schultern wirkten angespannt und er suchte fortwährend den See mit seinen Blicken ab.
»May!«
»Hier bin ich!«
Er nickte und sie sah, dass er sich entspannte. Er war barfuß, und nun zog er seine Shorts aus und das T-Shirt über den Kopf. Er legte alle Kleidungsstücke fein säuberlich auf die Stufen des Pavillons. In seinen engen Shorts glich er einer Marmorstatue. Die Sonne schimmerte auf seiner Haut, offenbarte jede Narbe, jeden Muskel, seinen flachen Bauch. Er ging zum Ufer hinab und stand einen Moment reglos da.
Dann machte er einen Kopfsprung in den See, schwamm zu ihr heraus. Konnte man von Nacktbaden sprechen, wenn sie Unterwäsche trugen? Sie breitete die Arme aus. Er packte sie so wild, dass es ihr den Atem verschlug.
»Ich dachte schon, dir sei etwas passiert«, sagte er, den Mund an ihrem Hals. »Ich sah nur die Kleider und den Hund, aber von dir keine Spur.«
»Ich wollte dich nicht ängstigen«, sagte sie, verdutzt über die Heftigkeit in seiner Stimme. »Aber Thunder war im Morast stecken geblieben und nachdem ich ihn befreit hatte und ohnehin schon nass war, beschloss ich, eine Runde schwimmen zu gehen.«
Martin nickte. Er bewegte den Kopf, dann ließ er sie los und sah sie an, Wasser tretend. Ihre Gesichter waren nahe beieinander, sie schwammen im Sonnenlicht. Sie versuchte, seinen Blick zu deuten: Sie erkannte Verwirrung und Erleichterung darin, und etwas anderes.
»Du konntest mich nicht sehen?«, fragte sie.
»Nein.«
»Aber ich war genau hier.« Sie waren nicht weiter als fünf-

zehn Meter vom Ufer entfernt, also leicht von dort auszumachen.
»Die Sonne hat mich geblendet.«
Sie nickte und fühlte sich auf seltsame Art erleichtert. Aber was hatte sie befürchtet? An der Stelle, an der sie schwammen, war das Licht so grell, dass sie die Augen zusammenkneifen und den Blick abwenden musste. Ihre nackten Beine berührten sich und May glitt in seine Arme. Sie küssten sich, tauchten dabei unter. Als sie wieder an die Oberfläche kamen, hörten sie Thunder bellen. Er stieß ein langes freudiges Fiepen aus und Martin flüsterte May ins Ohr: »Er ist froh, dass er lebt.«
Als sie sich küssten, verschwand die Sonne hinter einer hohen Kiefer und tauchte den See für kurze Zeit in Schatten. May schmiegte sich zitternd an ihren Mann, bis die Sonne sich wieder ihre Bahn brach.
Thunder begrüßte ihre Rückkehr mit Gebell. Martin und May hielten inne und blickten zu ihm hinüber. Er war die Stufen zum Pavillon hinaufgetappt und drehte sich einmal um die eigene Achse, bevor er sich nach dem anstrengenden Bad auf dem Haufen sauberer Kleider zu einem Schläfchen niederließ.
»Er ist in Schwierigkeiten«, sagte May.
»Weswegen?«
May sah ihren Mann an. Lächelnd blickte er in die Richtung, aus der das inbrünstige Gebell des alten Hundes erklang, seine Augen waren starr auf den Pavillon gerichtet. Plötzlich wurde ihr trotz der Sonne eiskalt und sie dachte an den fatalen Ausgang des letzten Spieles.
Martin konnte nichts sehen.

20

Im Garten, mit Blick auf den See und die Berge, standen zwei alte weiße Stühle. Die Kissen, vom Zahn der Zeit und von der Witterung verschlissen, waren früher einmal dunkelblau gewesen. May deckte den niedrigen Tisch mit Brötchen, Butter, Weintrauben, einem Krug mit Saft, und Kaffee. Nachdem er sich in der Außendusche das Seewasser abgespült hatte, nahm Martin neben ihr Platz, um mit ihr am See zu frühstücken.

Während sie aßen, blickte Martin starr auf den See hinaus. Ein Reiher fischte in dem seichten Wasser, stolzierte auf seinen gelben streichholzdünnen Beinen durch das hohe Schilf. Ein einsamer Elch stand inmitten der schwimmenden Seerosenblätter, sein Geweih schimmerte in der Sonne. Als May stumm auf ihn deutete und Martin nicht reagierte, wurde ihr Herz schwer.

»Ich mache mir Sorgen wegen deiner Augen.«

»Warum?«

»Weil du manche Dinge nicht siehst.«

»Zum Beispiel?«

»Zum Beispiel Thunder, der es sich den ganzen Morgen auf unseren Kleidern bequem gemacht hat. Oder den Elch.«

»Ich sehe ihn.«

»Bist du sicher?«

»May.« Er berührte ihren Arm. »Ich bin nicht mehr so jung wie früher. Ich hatte ein paar schlimme Kopfverletzungen. Irgendwann wird auch der Tag kommen, wo ich eine Brille brauche. Aber das bedeutet das Aus für einen Eishockey-

spieler, und damit kann und will ich mich jetzt noch nicht auseinander setzen.«
»Hast du mit dem Mannschaftsarzt gesprochen?«
Er nickte. »Glaubst du, die würden mich mit irgendeinem körperlichen Gebrechen aufs Spielfeld lassen? Beim ersten Anzeichen einer Krankheit schicken sie mich zum Röntgen. Ich brauche nur eine kleine Ruhepause im Sommer, um meine Verletzungen auszukurieren. Es ist herrlich hier. Wir sind zusammen, haben ein paar Stunden für uns. Genieß es einfach. Einverstanden?«
»Einverstanden.« Wenig überzeugt, biss May in ihr Brötchen. Ihr war der Appetit vergangen und deshalb brach sie Krumen ab und streute sie auf den Boden. Im Nu stürzte eine Horde Spatzen aus den Bäumen herbei und verschlang sie gierig.
Sie hatte das blaue Tagebuch mit nach draußen genommen, um die Eintragungen in diesem Sommer noch einmal nachzulesen und einen Brief an Dr. Whitpen zu schreiben. Besorgt um Martin, schrieb sie zwei Seiten, fand ein Ventil in den Berichten über die Ereignisse der letzten Wochen.
»Was ist das?« Martin blickte zur ihr hinüber.
»Ein Brief an Dr. Whitpen.«
»Scheint, als hättest du ihm eine Menge zu sagen.«
»Auch wenn ich es manchmal lieber gelassen hätte, war es wichtig, in Kontakt mit ihm zu bleiben. Ich denke, es ist das Beste, wenn ein Psychologe sich mit Kylies Fall befasst, und wenn auch nur aus der Ferne.«
Martin sah sie lange an, als hätte er soeben etwas verstanden. Er streckte den Arm aus und nahm ihre Hand.
»Es muss schwer für dich gewesen sein, das alles alleine zu bewältigen.«
»Nun, ich hatte Tobe und Tante Enid.«

»Ich hasse ihren Vater, weil er sie im Stich gelassen hat. Spricht sie manchmal über ihn?«
May schüttelte den Kopf. »Nein, früher träumte sie ab und zu, dass er sie zum Reiten mitnahm oder zum Eis einlud, solche Dinge. Aber nach dem Schock in dem Naturschutzpark änderten sich ihre Träume grundlegend.«
»Und wie?«
»Sie träumte nur noch von Toten.«
»Und deshalb bist du mit ihr zu Dr. Whitpen?«
May nickte. »Ich fand es seltsamer, dass sie von Geistern träumte anstatt von Gordon, der sie zum Eisessen abholte. Obwohl ich nicht weiß, warum. Der Gedanke, dass Gordon jemals auf die Idee kommen könnte, Zeit mit ihr zu verbringen, ist völlig abwegig.«
»Glaubst du, dass sie ihn kennen lernen möchte?«
»Ja. Vermutlich. Wenn sie älter ist.«
Martin schüttelte heftig den Kopf. »Wir werden es ihr ausreden. Notfalls ins Ausland ziehen, wenn es nicht anders geht.«
»Das sehe ich anders, Martin«, erwiderte sie ruhig. »Eines Tages wird Kylie den Kontakt zu ihrem leiblichen Vater herstellen wollen. Und ich werde sie dabei voll und ganz unterstützen. Ungeachtet dessen, was ich für ihn empfinde, möchte ich, dass Kylie ihren Vater kennen lernt.«
»Ich möchte sie großziehen. Hilf mir, dass ich ihr ein guter Vater werde.«
»Dann sieh zu, dass du auf dich selbst Acht gibst.«
»Wie meinst du das?«
»Du solltest ihr mit gutem Beispiel vorangehen.« May blickte auf das blaue Notizbuch. »Ich bringe sie zu Dr. Whitpen, weil ich glaube, dass er ihr helfen kann. Und ich möchte, dass du einen Arzt aufsuchst, weil ich mir Sorgen um deine Augen mache.«

Martin nickte, aber er zog seine Hand weg. Er blickte wieder auf den See hinaus, durch den goldenen Schleier aus Pollen und Morgenlicht, auf den Reiher und den Elch, die er nicht sehen konnte, wie sie gemerkt hatte.

*

In dieser Nacht, als ihre Eltern zu Bett gegangen waren, konnte Kylie nicht schlafen. Der Mond, beinahe voll, wob ein silbernes Netz, das sich im Geäst der Kiefern, auf dem Bergpfad und über dem See ausbreitete. Kylie verspürte ein Gefühl der Aufregung wie am Weihnachtsmorgen, vermischt mit der Unruhe, die sich ihrer bemächtigte, wenn ein Sturm nahte. Sie schlich auf Zehenspitzen die Treppe hinunter, Thunder im Schlepptau.

Lautlos betrat sie das Esszimmer. Neben dem offenen Kamin befand sich ein riesiger Wandschrank, tief und dunkel, groß wie eine Rumpelkammer. Kylie hatte ihn letzten Sommer entdeckt, als sie zum ersten Mal nach Lac Vert gekommen waren. Er hatte eine Geheimtür, die nahtlos in die Wandtäfelung überging. Wenn man nicht wusste, wo sie sich befand, übersah man sie leicht.

Kylie drehte den Messingknauf und trat ein. Die Luft war trocken und roch schimmelig, und ihr Herz klopfte, als sie über ihrem Kopf nach der langen Schnur tastete, mit der man das Licht anknipsen konnte. Thunder wartete draußen, hatte Angst, ihr zu folgen.

Kylie machte Licht. In der Kammer fühlte sie sich anders als in den übrigen Zimmern des Hauses. Hier waren Familiengeheimnisse verborgen, und wenn es am Lac Vert Geister oder Engel gab, lebten sie hier. Kylie blinzelte im grellen Licht der nackten Glühbirne und war sicher, dass sie plötzlich durchscheinende weiße Flügel aufblitzen sah.

»Natalie?«, flüsterte sie.
Aber sie hörte nur, wie Thunder schniefte, sein Atem ging schwer und angestrengt, als sei ihm das Ganze zu viel. Kylie blickte sich um. Spinnweben hingen in jeder Ecke, schwankten sanft in der Luft.
Kylie dachte an Richard Perry, wie schon so oft sah sie seinen Leichnam vor sich, wie er am Geäst des Baumes hing, im Wind hin und her schaukelte. Seine blanken Knochen waren schneeweiß gewesen, die Überreste seiner Kleidung und Haut und Muskeln braungrau. Kylie hatte indessen nur einen Mann gesehen, der sie anflehte, abgeschnitten zu werden. Seine Lippen hatten sich bewegt, seine Augen waren wild vor Verzweiflung.
Die Polizei war gekommen. Während sie ihre Fragen beantwortete, hatte Kylie Richard Perrys Leichnam im Auge behalten. Als sie mit den Aufnahmen vom Fundort fertig waren, hatte sich der Leichenbeschauer dem Baum näherte, entschieden, wie er vorgehen sollte, eine Leiter angelegt und war auf den Ast geklettert. Mit einer riesigen Zange hatte er das dicke Seil glatt durchtrennt und eine Gruppe von Leuten hatte die Leiche von unten aufgefangen.
»Danke«, hatte der Mann Kylie zugerufen. »Danke, dass du mich befreit hast.«
Kylie war in die Rumpelkammer gekommen, weil sie etwas suchte. Sie hatte gehört, wie ihre Mutter Martin nach einem alten Bild gefragt hatte, und sie wusste, wo es war. An einem Regentag im letzten Sommer hatte sie das Haus erkundet und mehrere Dinge gefunden, die jemand hier versteckt hatte. Eine silberne Babytasse, einen Puppenwagen, einen Stapel Kinderbücher und ein Stickbild.
Kylie kletterte an dem Regal hoch, als wäre es eine Leiter, bis sie das oberste Brett erreichen konnte. Dort, in der

hintersten Ecke, ertastete sie den Rahmen. Sie schob ihre Finger Stück für Stück weiter nach hinten, bekam ihn zu fassen und zog ihn vor. Sie klemmte sich das Bild unter den Arm und sprang auf den Boden.

Das Glas war mit einer dicken Staubschicht bedeckt. Kylie wischte sie weg und betrachtete das Bild. Der Hintergrund bestand aus weißem Musselin, vom Alter vergilbt wie die antiken Brautgewänder im Bridal Barn. Er war in einen Rahmen gespannt und mit winzigen blauen Kreuzen bestickt; zusammengenommen ergaben die Kreuzstiche zwei Tierjunge: ein Lämmchen und ein Leopard, die Seite an Seite schliefen.

Rund um die Außenkante stand ein Spruch. Kylie hatte erst im letzten Jahr lesen gelernt, aber dieses Jahr ging es schon ganz flott: »Der Wolf wird bei dem Lamm weilen und der Leopard bei dem Böckchen lagern … und ein Kind wird sie führen.«

Kylie wusste nicht, was das bedeuten sollte, deshalb las sie die Worte noch einmal. Da sich immer noch Staub auf dem Glas befand, wischte sie es gründlicher ab. Unter dem Staub war noch etwas anderes, das funkelte wie Glimmer. Er blieb überall an ihren Finger kleben, so dass sie schimmerten.

Ihr Herz klopfte zum Zerspringen. Sie hatte das Gefühl, dass gleich etwas Aufregendes passieren, dass Natalie auftauchen würde. Sie spürte ihre Gegenwart in der verborgenen Kammer und wusste irgendwie, dass der Glimmer ein Beweis war, dass es sie gab.

»Natalie, zeig dich, ich möchte dich sehen.«

Thunder winselte draußen vor der Tür, flehte Kylie an, herauszukommen.

»Ich weiß, dass du hier bist.« Kylie blickte abermals das Bild an, las den Spruch immer wieder. Es war eine Botschaft, und Natalie hatte gewollt, dass sie von ihr gefunden wurde, dessen war sie sich sicher. Sie hatte geschlafen und im Traum den Drang verspürt, hierher zu kommen und nach dem alten Bild zu suchen.

»Bist du das Kind?«, fragte sie laut.

Du bist es, hörte sie eine Stimme. *Du musst sie zusammenbringen.*

Kylie fuhr herum. Sie sah niemanden.

Ein Rascheln über ihrem Kopf ertönte und sie blickte hinauf. Sie sah eine Phalanx von Fledermäusen, die kopfunter in den Dachsparren hingen und sie beobachteten. Kylie zitterte vor Angst und Thunder begann wieder zu bellen.

Plötzlich hörte Kylie Schritte auf den Treppenstufen.

»Kylie?«, hörte sie ihre Mutter rufen.

»Natalie ist hier, ich weiß es«, rief Kylie.

»Sie träumt wieder«, hörte sie Martin sagen. »Schlafwandelt.«

»Natalie«, flüsterte Kylie und ließ sich von ihrer Mutter auf die Arme nehmen.

Was immer auch da gewesen sein mochte, war mit einem Mal verschwunden. Thunder hatte aufgehört zu bellen, blickte friedvoll und behaglich auf das offene Fenster. Sein Fell glänzte mit seinen Augen um die Wette.

Ihre Mutter trug sie zum Fenster. Sie standen da, atmeten tief die frische Luft ein, und Kylie spürte, wie das Engegefühl von ihr wich; es kam ihr vor, als wären die letzten Minuten nur ein Traum gewesen. Die Berge erhoben sich majestätisch rund um den See. Das Mondlicht tanzte durch die Bäume, fiel auf das silberne Felsgestein, rundete die weichen Kuppen. Die Landschaft sah lebendig aus, wie verzaubert.

»Du bist in Sicherheit«, flüsterte ihre Mutter. »Du bist jetzt wach. Ich bin bei dir.«

»Ich habe ihn gerettet, oder?«, sagte Kylie aufschluchzend. »Den Mann, der in den Bäumen hing. Ich habe getan, worum er mich gebeten hat …«
»Das hast du, Liebes.« Die Augen ihrer Mutter sahen verzweifelt aus. Kylie wusste, dass sie nach oben gehen und in dem blauen Buch schreiben würde, und morgen Früh würde sie wahrscheinlich Dr. Whitpen anrufen; der Gedanke stimmte sie so traurig, dass die Tränen noch schneller flossen.
»Was hast du da?«, fragte Martin und griff nach dem Rahmen, den Kylie unter dem Arm hielt. Er wischte mit der Hand über das Glas und Kylie sah, dass seine Fingerspitzen mit Glimmer überzogen waren. Er glitzerte wie Diamantsplitter, wie Mondstaub, und plötzlich wusste Kylie, dass er von Engelstränen stammte.
»Das Stickbild«, sagte ihre Mutter.
»Meine Mutter hat es bei meiner Geburt gemacht. Ich habe es weggetan …«
»Warum?«, fragte Kylie.
»Weil es mich an Natalie erinnerte. ›Und ein Kind wird sie führen.‹ So war sie. Sie hat uns allen den Weg gewiesen.«
»Das tut sie noch immer.« Kylie wusste, sie musste Martin begreiflich machen, dass die Zeit knapp wurde, dass er den Weg zu seinem Vater finden musste. Natalie hatte sie in die verborgene Kammer geführt, um ihr zwei Botschaften zu geben: das Bild und die glimmernden Funken. Aber nun war Kylie an der Reihe: *Du bist das Kind; bring sie zusammen.*
»Es wird etwas passieren«, flüsterte Kylie.
»Lasst uns alle zu Bett gehen«, sagte ihre Mutter. »Es ist schon spät.«
»Das ist eine gute Idee.« Martin betrachtete das Bild mit gerunzelter Stirn.
Kylie antwortete nicht. Sie blickte lange und angestrengt in

seine blauen Augen und streifte mit den Fingerspitzen seine Lippen, als er sie auf die Stirn küsste. Als sie von ihm abrückte, sah sie, dass sie silberne Sprenkel auf seinem Mund hinterlassen hatte, Natalies Tränen.

*

Serge konnte nicht schlafen. Ein paar Idioten am Ende des Ganges versuchten, sich gegenseitig umzubringen, und brüllten wie am Spieß. Er zog sich das Kissen über den Kopf, aber der Krach drang sogar durch den harten Schaumgummi. Er setzte sich auf und sah auf seine Uhr: zwei Uhr morgens.

Er gab den Gedanken an Schlaf auf und hockte sich auf die Kante seiner Pritsche, den Kopf in den Händen vergraben. Sein Mund war trocken und sein Herz hämmerte, als hätte er einen Kater, und dabei hatte er seit Jahren keinen Alkohol mehr angerührt. Laster wie dieses hatten seit dem Tag, als seine Enkelin starb, jeden Reiz für ihn verloren.

Seine Augen brannten. Irgendjemand rauchte in der Nähe, aber es war keine Zigarette. Die Mauern des Gefängnisses rochen nach Drogen, Urin, Einsamkeit und Tod. Seine eigenen Zellenwände zeugten von Gier, Schuldgefühlen und einer endlosen Zeit ohne ein Wort von seinem Sohn. Der Tumult am anderen Ende des Ganges wurde immer größer und Serge wurde mit einem Schlag klar, dass es sich nicht um die üblichen Raufereien handelte.

»He!«, brüllte er aus voller Kehle.

»Halt die Schnauze!«, schrie jemand zurück.

»Hilfe! Wärter, Hilfe!« Serge rief nach der Wache.

»Halt die Schnauze, verdammt!«

»Hilfe! Herrgott, warum hilft denn keiner!«

Die Zeit verging, mehrere Minuten verstrichen, wie er auf

seiner Armbanduhr sah. Obwohl es nirgendwo ein Fenster gab, spürte er einen eisigen Hauch durch seine Zelle wehen. Ein Schauer rann über seinen Rücken, die Haare auf seinen Armen standen zu Berge. Er dachte an die kalten Winde in Kanada, angefüllt mit dem Geruch der Kiefernwälder am Lac Vert.
Vielleicht war jemand gestorben. Serge war als Kind gläubig gewesen, und bei dem Gedanken, dass bei dem Streit am anderen Ende des Ganges jemand zu Tode gekommen sein könnte, bekreuzigte er sich. Endlich hörte er eilige Schritte auf dem Gang, weitere folgten. Wärter, die erregt miteinander sprachen, Kollegen zur Verstärkung herbeiriefen. Tragen wurden herbeigeschafft, nach ein paar Minuten weggebracht.
Auf seiner Pritsche kauernd, versuchte Serge zu erkennen, wen es erwischt hatte. Die beiden Körper waren mit Laken zugedeckt, so dass er nicht sagen konnte, ob die Männer nur verletzt oder tot waren. Aber er erhaschte einen Blick auf einen kahl rasierten Schädel.
»Tino«, rief er, dann lauter: »Tino!«
Die Wärter setzten ihren Weg wortlos fort.
»He!«, brüllte Serge. »Ist alles in Ordnung mit ihm? Lebt der Junge?«
Niemand antwortete.
Serge dachte an Tinos Kinder und fiel auf die Knie, ohne dass er wusste, wie ihm geschah. Er hatte seit Jahren nicht mehr gebetet, aber er erinnerte sich an die Worte. Er kannte sie in- und auswendig: *Vater unser …*
Als er fertig war, langte er unter sein Bett. Er zog die Schachtel mit Papier und Kugelschreibern heraus und legte ein Blatt vor sich hin. Die leere Seite erschreckte ihn, er hatte Angst, ihm könnten die Worte fehlen, um zum Ausdruck zu bringen, was er zu sagen hatte.

Der Duft der Kiefern war stärker als der Gefängnisgeruch und er dachte an einen kleinen Jungen und einen grünen See, an uralte Hügel und verschlungene Pfade. Er dachte an schwarzes Eis und Eishockeyschläger, und er dachte an Martin.

Es war die ultimative Niederlage, im siebten Spiel der Meisterschaften in den Playoffs zu verlieren, und sich den Puck von der Schaufel stehlen zu lassen. Doch andrerseits, was bedeutete der Sieg? Serge hatte den Cup dreimal in seinem Leben geholt, hatte ihn auf dem Tisch in seinem eigenen Haus stehen sehen, hatte mit dem glänzenden Wanderpokal neben seinem Bett geschlafen. Aber was für eine Rolle spielte das heute?

Es waren andere Dinge, die zählten: In der Schachtel unter dem Bett befand sich ein Bild von Natalie, ein Bild von Martin und das verwischte Foto aus der Zeitung von May und Kylie. Serge breitete sie auf dem zerwühlten Bett vor sich aus. Noch immer auf den Knien, dachte er an Tino und seine Kinder. Er räusperte sich, als wollte er sprechen statt zu schreiben. Dann fing er an:

»Lieber Martin …«

Die Worte erschienen auf dem blauen Papier, das vor ihm lag, obwohl Serge geschworen hätte, dass er sich nicht erinnerte, den Stift in die Hand genommen zu haben.

21

Martin hatte sich einverstanden erklärt, bei einem Schaukampf mitzumachen und, gemeinsam mit Ray, ein zweitägiges Eishockey-Nachwuchstraining in Toronto zu leiten. Sie wurden von ihren Familien begleitet, und die Cartiers und die Gardners hatten aneinander grenzende Suiten im prachtvollen, eleganten King Edward Hotel gebucht.

»Was könnte sie gemeint haben mit ›Es wird etwas passieren‹?«, fragte May und sah zu Martin hinüber, als sie ihre Reisetaschen packten.

»Ich glaube, sie hat nur geträumt. Sprich mit den Ärzten von der Twigg University, damit sie dir sagen, dass es ihr gut geht und du beruhigt sein kannst.«

»Ich hatte gehofft, jetzt wäre endlich Ruhe.« May überprüfte, ob sie das Tagebuch in ihre Handtasche gesteckt hatte. »Ich hatte Dr. Whitpen in dem Brief geschrieben, dass ich diesen Sommer keinen Besuch bei ihm geplant habe.«

Sie blickte aus dem Fenster, auf den See hinaus. Martin war hinter sie getreten und ihre Augen füllten sich mit Tränen.

»Was ist los?«, fragte er.

»Es tut mir Leid. Ich kann es einfach nicht ertragen, dass es ihr schlecht geht und ich nicht weiß, wie ich ihr helfen kann. Sie ist so angespannt. Sie scheint fest überzeugt zu sein, dass etwas Schreckliches passieren wird.«

»Nichts wird passieren, keine Bange. Wir sind zusammen. Es ist ein herrlicher Sommertag und wir fahren gleich mit unseren Freunden nach Toronto. Wir haben einen harten Winter durchgestanden und jetzt ruhen wir uns aus, hier an unserem See.«

»Wir sind ja auch nur zwei Tage weg«, sagte May, als ob sie sich selbst damit beruhigen wollte. Martin hielt sie in den Armen. Er roch nach Seife und Rasierwasser. Sie schloss die Augen, ihr Herz klopfte.

Als sie das Gepäck einluden, wurde May nervös bei dem Gedanken, dass er hinter dem Lenkrad sitzen würde. Was war, wenn er plötzlich nichts mehr sah? Deshalb nahm sie auf dem Fahrersitz Platz und sagte scherzhaft, er sei dazu verdonnert, den stinkenden Thunder auf dem Weg zur Hundepension auf den Schoß zu nehmen. Martin gehorchte lachend. Drei Stunden später, nach einem problemlosen Flug, kamen sie im King Edward Hotel im Zentrum von Toronto an. Das Personal, angefangen vom livrierten Türsteher bis zum Manager, begrüßten Martin wie einen Freund, den man nach langer Zeit wieder sieht, und hießen May und Kylie mit einem Blumenstrauß willkommen.

»Das King Eddie«, sagte Martin und blickte zu dem herrlichen Kuppelgewölbe in der Lobby empor.

»Eddie?«, fragte Kylie.

»So heißt es bei uns in Kanada. Wer hier absteigt, hat eine Schwäche für den alten Kasten.«

May hörte, wie der Türsteher Kylie eine Nachhilfestunde in kanadischer Geschichte erteilte. Als Martin fragte, ob sie ihn mit Kylie ins Stadion begleiten wolle, schüttelte May den Kopf.

»Ich bringe Kylie gleich zu Dr. Whitpen. Er wird sicher Zeit für uns haben, auch ohne Termin.«

»Soll ich mitkommen?«

»Nein, aber trotzdem vielen Dank.« May erinnerte sich an

den letzten Besuch in der Twigg University, als er sie nicht einmal bis nach oben begleiten wollte. Abgesehen davon hatte er heute etwas Wichtiges zu tun.

Jedes Jahr, seit er Profi war, hatte Martin ein Training für den Nachwuchs abgehalten, Kinder und Jugendliche, die sich für Eishockey interessierten. Geld spielte dabei keine Rolle – Martin bezahlte die Miete für das Eisstadion aus eigener Tasche, widmete ihnen seine Zeit und stiftete seine alte Ausrüstung. Er hatte seine Liebe zum Eishockey schon früh entdeckt und wollte Jugendlichen helfen, die nicht so viel Glück im Leben gehabt hatten wie er. Das war seine Art, ein wenig von dem zurückzugeben, was er selbst erhalten hatte.

Im letzten Jahr, in der Aufregung um seine unverhoffte Heirat mit May, hatte er das Nachwuchstraining zum ersten Mal ausfallen lassen. Vielleicht wäre es möglich gewesen, alles unter einen Hut zu bringen – heiraten, Flitterwochen, Umzug von May und Kylie nach Boston, Nachwuchstraining – aber irgendwie hatte er es versäumt, Letzteres in die Tat umzusetzen.

Etliche Briefe waren an ihre Privatadresse nachgeschickt worden, von enttäuschten Jugendlichen, die schon früher an dem Training teilgenommen oder sich auf das erste Mal gefreut hatten, aber keine Gelegenheit bekamen, mit dem berühmten Martin Cartier Schlittschuh zu laufen.

May empfand große Zärtlichkeit für ihn, als sie sah, wie er die Tasche mit seiner Ausrüstung überprüfte. Er opferte seine Zeit, um wildfremde Kinder und Jugendliche zu trainieren, die aus allen Teilen Kanadas angereist waren, nur um ein paar Stunden mit ihm zu verbringen.

Er hatte ein großes Herz, war immer bereit zu helfen. Eine Familie näherte sich ihm, bat um Autogramme. Martin unterschrieb, ließ Platz neben seinem Namen, für Kylie, die ebenfalls ein Autogramm geben sollte. Kichernd kam sie der Bitte nach.

Ihr Leben hatte sich dramatisch verändert, aber der Glamour verblasste angesichts der Tatsache, dass Kylie einen Vater hatte, der sie liebte und Zeit mit ihr verbringen wollte. May umarmte Martin und gab ihm einen Abschiedskuss; sie schloss die Augen und versuchte, der Faust, die sie in ihrer Magengrube verspürte, keine Beachtung zu schenken.

Die Fahrt mit dem Taxi dauerte ungefähr vierzig Minuten und als Kylie den vertrauten Eingang der Twigg University sah, duckte sie sich auf ihrem Platz. May zahlte und betrat mit Kylie an der Hand das Gebäude. Sie gingen die dunkle Eingangshalle entlang und die Steintreppe hinauf. Als sie Dr. Whitpens Büro erreichten, hatte May Herzklopfen.

»Mein Auftragsdienst hat mir ausgerichtet, dass Sie angerufen haben.« Er kam ihnen an der Tür entgegen. Eine Haarsträhne fiel ihm in die Augen. Er trug kakifarbene Hosen, ein blaues Oxford-Hemd und Laufschuhe ohne Socken. Er lächelte nicht, aber er wirkte aufgeregt.

»Kylie, warum spielst du nicht mit dem Puppenhaus?«, sagte May und deutete auf das Spielzimmer.

»Ich möchte bei dir bleiben.«

»Bitte, Liebes.« May blickte ihr in die Augen. »Ich komme gleich. Ich möchte kurz mit dem Doktor alleine sprechen.«

Kylie zuckte die Achseln und gehorchte schließlich.

»Ist etwas passiert?«, fragte der Doktor ruhig. »Seit Ihrem Brief?«

»Ja.« May holte das Tagebuch aus ihrer Handtasche.

Dr. Whitpen schob die Nickelbrille vom Kopf auf die Nase, nahm das Notizbuch mit an seinen Schreibtisch und vertiefte sich darin.

»Sie sagt, Natalie versteckt sich in einem Wandschrank neben dem offenen Kamin. Natalie hinterlässt dort Spuren, Tränen als Beweis.«

»Tränen? Weswegen?« Dr. Whitpen überflog einige Seiten des Tagebuchs.

»Sie weint, weil sie sich ihrem Vater nicht verständlich machen kann. Oder vielmehr, weil Kylie sich ihm nicht verständlich machen kann. Wir scheinen alle zu wissen, was geschehen soll, außer Martin. Er muss einen Weg finden, um sich mit seinem Vater zu versöhnen. Ich habe Serge im Gefängnis besucht.«

Dr. Whitpen senkte das Notizbuch. »Was hat er gesagt? Hat er über Natalie gesprochen?«

»Er macht sich die größten Vorwürfe. Die Schuld lastet schwer auf ihm und er möchte mit Martin ins Reine kommen, bevor es zu spät ist.«

»Das würde mit Kylies Dringlichkeitsgefühl übereinstimmen.« Er las bis zum Ende der Eintragungen, machte sich Notizen bei bestimmten Passagen.

»Aber ich habe Kylie nichts von dem Besuch erzählt«, fügte May hinzu.

»Ich denke, das spielt keine Rolle.«

»Nein?«

»Sie haben mit Kylie nie über diese Dinge gesprochen, die sie sieht. Sie ...« Er hielt inne und nahm Klemmbrett, Kassettenrekorder und Notizbuch. »Sie sieht sie auch so.«

»Sie meinen, ich habe sie ihr nicht suggeriert?«

»Nicht, soweit ich es beurteilen kann. Aber kommen Sie, jetzt werden wir uns mit ihr darüber unterhalten.« Sie gingen in das Spielzimmer, um nach Kylie zu sehen.

*

Kylie sah ihre Mutter und Dr. Whitpen kommen, dann wandte sie ihre Aufmerksamkeit wieder den Puppen zu. Sie blickten sie stumm an, die kleinen Wesen, die bei anderen Besuchen quicklebendig gewesen waren. Sie hatten ihr Witze und Geschichten zugeflüstert, hatten gelacht, wenn ihre großen Hände durch die kleinen Fenster kamen. Aber jetzt waren es nichts weiter als Puppen.
»Hallo Kylie«, sagte der Doktor.
»Hallo.«
»Deine Mutter hat mir erzählt, dass ihr den Sommer am Lac Vert verbringt.«
Kylie nickte. »Ich habe einen Hund.«
»Thunder«, sagte er, das blaue Notizbuch zur Hilfe nehmend.
»Ich kann jetzt lesen«, fügte Kylie hinzu und erinnerte sich an den Kreuzstich-Spruch. Ihre Nackenhaare sträubten sich, aber als sie ins Puppenhaus schaute, waren die kleinen Wesen immer noch nur Puppen. Irgendetwas fehlte.
»Erzähl mir von dem Wandschrank im Esszimmer«, sagte er und ging neben ihr in die Hocke.
»Natalie war da drinnen«, flüsterte Kylie. »Ich bin ganz sicher.«
»Natalie hat geweint«, sagte er. »Du hast ihre Tränen gesehen.«
»Sie sind an meinen Fingern kleben geblieben.«
»Warum hat sie geweint?«
»Weil etwas Schlimmes passieren wird.« Kylie hatte sich den ganzen Morgen so komisch gefühlt, so als wäre ihr schwindelig.
»Was glaubst du, was passieren wird?«
Kylie zuckte die Schultern. Sie mochte dieses neue Gefühl in ihrem Inneren nicht. Irgendetwas fehlte. Sie hatte ihrer

Mutter noch nichts davon erzählt und sie wollte es dem Doktor auch nicht verraten.

»Weiß jemand anderer, was passieren wird? Kannst du mir wenigstens das sagen?«

Kylie schüttelte den Kopf. »Lass uns lieber Karten spielen«, sagte sie.

Er nickte. Er hatte komische Haare, die ihm über die Augen fielen, und dann sah sie nicht, was er dachte. Wenn sie in die Augen eines Menschen blickte, ganz tief hineinschaute, konnte sie meistens seine Gedanken lesen. Aber im Moment versteckte er seine Augen. Er reichte ihr die Karten und sie teilte sie in zwei Stapel. Dann mischte zuerst er, danach sie, und sie begannen zu spielen.

»Blau«, sagte sie.

Er hielt die erste Karte hoch, überrascht. »Rot.«

»Nächste Karte: blau.«

»Rot.«

»Nächste Karte: rot.« Aber sie war blau.

Falsch, falsch, falsch. Kylie hatte alle falsch angesagt, bis auf eine. Sie warf abermals einen Blick auf das Puppenhaus: es waren nichts weiter als Puppen darin. Und was draußen vor dem Fenster sang, waren nichts weiter als Vögel. Sie spürte keine Zauberkräfte mehr in sich – nirgendwo mehr.

*

Als Martin das Air Canada Centre betrat, kreischten die Kinder und Jugendlichen vor Begeisterung. Zwar hatte er mit den Bruins hier gespielt, aber das war sein erstes Nachwuchstraining im neuen Eisstadion; früher hatte er es im alten Maple Leaf Gardens abgehalten, geheiligte Hallen für jeden Eishockeyspieler, gleich ob Veteran oder Grünschnabel.

Während er die moderne Glasarchitektur musterte, sann er über Geschichte und Traditionen nach und fragte sich, was sein Vater von dem Neubau halten würde. Die Rufe »Martin!« und »Goldhammer« erwiderte er mit einem Winken und Lächeln.
Es waren vor allem Jungen gekommen, im Alter zwischen acht und fünfzehn, obwohl Martin von Anfang an klar gemacht hatte, dass Mädchen gleichermaßen willkommen waren. Er hatte selbst eine Tochter gehabt und war lange von seiner Mutter trainiert worden.
Martin war allein in der Umkleidekabine, weit und breit keine Spur von Ray, und er war froh darüber. Seine Hände zitterten, als er seine Schlittschuhe zuschnürte. Er war seit dem letzten Stanley-Cup-Spiel nicht mehr auf dem Eis gewesen, und May hatte mit ihrer Vermutung richtig gelegen: Seine Sehschärfe hatte seit Beginn des Sommers immer mehr abgenommen.
Am Lac Vert spielte das keine große Rolle. Er stand nicht unter Druck, konnte seine Arbeit langsam verrichten und zwischendurch immer wieder Ruhepausen einlegen. Beim Anpflanzen des Rosengartens und Wegräumen der Steine sah Martin hervorragend. Er konnte so tun, als sei alles in bester Ordnung. Aber hier, im Eisstadion, wo jede Bewegung präzise sein musste und jeder Schatten etwas zu bedeuten hatte, befielen Martin plötzlich Beklemmungen.
»Du hast es dieses Jahr tatsächlich geschafft!« Ray schüttelte ihm die Hand, als er die Umkleidekabine betrat.
»Letzten Sommer hatte ich ein bisschen viel um die Ohren, mit Heiraten und so.«
»Kaum zu glauben.«
»Dass mich jemand haben wollte oder dass ich häuslich geworden bin?«
»Beides, mein Freund«, lachte Ray.

»Jetzt reicht's aber.«
»Ich hatte schon befürchtet, dass du dieses Jahr aus einem anderen Grund wegbleiben könntest. Noch fünf Sekunden, die Uhr tickt ...«
»Es reicht, sagte ich.« Martin schloss die Augen. Es spielte keine Rolle, dass Ray scherzte und sie bereits ausgiebig über das Debakel im letzten Spiel palavert hatten. Martin wollte nichts mehr davon hören.
Als sie auf das Eis kamen, brach die kleine Schar der Zuschauer in Jubel aus. Martin hatte eine Bedingung für das Nachwuchstraining gestellt, an die sich alle strikt zu halten hatten: keine Presse, Kameras oder Fans, die Eintritt zahlten. Die Tribünenplätze waren nur teilweise besetzt, mit Eltern, Großeltern, Freunden der Familie und ein paar anderen. Das Licht war sehr hell. Martin blinzelte, Dunkelheit sammelte sich in der Mitte seines Blickfeldes.
Während er sich auf dem Eis warm lief, bildete sich Nebel und verschwand. In einem Moment war seine Sicht klar, im nächsten war sie getrübt, als würde er durch einen Filter blicken. Er blinzelte mehrmals, als wäre ihm ein Staub- oder Sandkorn in die Augen geraten. Die Jungen feuerten ihn beim Laufen an und Martin wusste, dass er seine Bewegungen blind beherrschte.
»Pass auf!«, sagte Ray, als Martin beinahe über seinen Stock gestolpert wäre.
»Entschuldigung.«
Die Jugendlichen waren in fünf Zehner-Riegen eingeteilt worden: Blau, Rot, Grün, Gelb und Orange. Sie versammelten sich auf dem Eis, und Martin hielt eine kleine Ansprache und bedankte sich für ihr Kommen. Während seiner Rede war es mucksmäuschenstill. In dem riesigen Kuppelbau, der einer Eishöhle glich, hörte Martin den Widerhall seiner eigenen Stimme.

»Ich weiß, warum ihr gekommen seid«, sagte er, und obwohl er leise sprach, dröhnte ihm seine Stimme in seinen eigenen Ohren. »Jeder von euch, gleich ob ihr in Saskatschewan, Quebec oder hier lebt, in Toronto. Ihr seid gekommen, weil ihr einen Traum habt.
Und dieser Traum lässt euch nicht los«, fuhr Martin fort. »Im Juli, wenn es heiß draußen ist und eure Freunde im See baden gehen, träumt ihr vom Winter, wenn es friert, wenn ihr die Schlittschuhe anschnallen und aufs Eis hinaus könnt. Abends, wenn ihr eigentlich schlafen solltet, träumt ihr davon, in aller Herrgottsfrühe von allein aufzuwachen, als Erste auf dem Eis zu sein, wenn es noch glatt und schwarz ist.
Wenn ihr in Nova Scotia oder Vancouver Island lebt, wo es Salzwasser in rauen Mengen gibt, schaut ihr auf den Atlantischen oder Pazifischen Ozean hinaus und träumt, er sei zugefroren, ein riesiges Spielfeld, mit den Klippen als Tore. Wenn ihr hier in Toronto wohnt, mitten in der Großstadt, träumt ihr, dass ihr Schlüssel zum Eisstadion besitzt, zum Air Canada Centre oder besser noch, zum Maple Leaf Gardens. Dass ihr besser seid als jeder andere, der hier jemals gespielt hat – Wayne Gretsky oder Mario Lemieux – Ray Gardner, mit Spitznamen die ›Rakete‹, eingeschlossen.«
Alle jubelten und lachten, und Martin hatte einen Kloß im Hals vor Rührung. Die Jugendlichen waren außer Rand und Band, konnten es kaum erwarten, mit Ray und ihm zu spielen.
Beim Anblick der aufgeregten Menge dachte er daran zurück, wie er selbst in diesem Alter gewesen war. Er erinnerte sich, wie er davon geträumt hatte, einen Eishockeyspieler aus Fleisch und Blut kennen zu lernen. An seine Träume, mit einem Profi zu spielen, von seinem Vater trai-

niert zu werden. Mit seinem großen Vorbild zu spielen, Serge Cartier.

»Und deshalb sollten wir alles tun, um unsere Träume zu verwirklichen«, sagte er mit leiser, belegter Stimme. »Jetzt. Also: Los geht's.«

Die Jungen fuhren in einer Linie über das Eis, übten schnelle Wendungen und Stocktechniken, unter der Anleitung von Martin Cartier und Ray Gardner. Martin erzählte ihnen, wie wichtig Selbstdisziplin und Konzentration dabei waren. Er verbesserte Grifftechnik und Körperhaltung. Er sprach über Pässe und Verteidigung und beantwortete ihre Fragen altersgemäß und einfühlsamer als die jedes versierten Reporters.

Dann verließen die Jugendlichen das Eis, um Martin und Ray zuzusehen, die ihnen Schusstechniken zeigten. Martins Herz klopfte, als er über das Eis raste und darauf wartete, dass Ray seinen ersten Schlagschuss abfeuerte. Die beiden waren seit Jahrzehnten aufeinander eingespielt, hatten auf dem Lac Vert begonnen, im Dezember, sobald das Eis klar war.

Peng! Der Puck prallte wie eine Kanonenkugel gegen seinen Stock und Martin feuerte mit voller Wucht zurück. Die beiden Freunde fuhren vorwärts und rückwärts, schnell wie der Blitz, spielten sich abwechselnd Pässe zu, landeten atemberaubende Schlagschüsse ins Netz, schickten den Puck auf den Weg und jagten ihm nach. Die Jungen lachten und schrien. Martin kannte Rays Stil so gut, dass er kaum hinschauen musste. Er musste nur den Schläger ausstrecken und den Puck annehmen. Dann wirbelte er herum und Ray hatte ihn.

Augen im Hinterkopf …

Sein Vater, der sich über Martins Rundumsicht gewundert hatte, über seine geradezu übernatürliche Fähigkeit, Pässe von hinten vorauszuahnen, hatte die Theorie entwickelt, sein Sohn müsse Augen im Hinterkopf haben.

Er kann blind Schlittschuh laufen, hatte sein Vater einmal gesagt, was als großes Kompliment gemeint war. Seine Sinnesorgane waren derart geschärft, dass er seinen Gegner erspürte, ohne ihn sehen zu müssen, und blind ins Tor traf.

»Wichtig ist, dass ihr ständig übt«, schärfte Martin den Jungen ein, nachdem er nach einem perfekten Pass von Ray locker ein Tor geschossen hatte. »Sucht euch einen Freund, einen richtigen Kumpel, und nehmt jede Gelegenheit wahr, um miteinander zu üben.«

»Kumpel«, sagte Ray über seine Schulter, als er an Martin vorüberfuhr, auf der Suche nach seinem Sohn.

»Jede Gelegenheit.« Martins Stimme füllte abermals das Stadion, als alle verstummten, um ihm zuzuhören. »Andere fahren vielleicht schneller Schlittschuh oder schießen besser. Aber wenn ihr euren Traum im Auge behaltet, wenn ihr jeden Tag zwei Stunden opfert, wenn ihr euch wirklich konzentriert, wird Eishockey euch irgendwann in Fleisch und Blut übergehen. Ihr habt nichts zu verlieren, sondern könnt nur gewinnen, nämlich einen guten Freund.«

Martin hielt inne, ihm war bewusst, dass Ray ihn vom Spielfeldrand beobachtete.

»Und wenn ihr bei jeder Gelegenheit übt, wenn ihr ein Gespür dafür entwickelt, wo euer Platz ist – in der Welt, auf dem Eis, im Verhältnis zu eurem Puck, eurem Freund und jedem anderen Menschen, dem ihr begegnet –, dann entwickelt ihr eines Tages vielleicht die Fähigkeit, blind zu spielen.«

»Was?«, rief jemand.

»Blind, mit Augen im Hinterkopf«, sagte Martin und starrte durch den dunklen Nebel in die jungen Gesichter.

Der SkyDome war brechend voll, das Baseballspiel spannend und die Toronto Blue Jays schlugen die Chicago Cubs 4:2. Von dort aus ging es weiter zur Hockey Hall of Fame. Sie befand sich im Herzen von Toronto, an der Ecke Yonge und Front Street, in einem imposanten Jugendstil-Gebäude, das früher eine Bank beherbergt hatte.
Anfangs wurde Martin von Touristen umringt, die um ein Autogramm baten. Einige wollten unbedingt mit ihm fotografiert werden. Obwohl er ihnen den Gefallen tat, war seine Körperhaltung so steif und seine Miene so düster, dass er die meisten bald abschreckte.
»Alles in Ordnung?«, fragte May.
»Es ist eine Sache, mich zu behelligen, wenn ich alleine bin. Aber wenn ihr beide bei mir seid, möchte ich in Ruhe gelassen werden.«
»Mir gefällt es«, meinte Kylie.
Sie besichtigten die ›Torschützen-Arena‹, wo sich die Besucher mit den größten Eishockeyspielern aller Zeiten messen konnten. Martin war wortkarg, als er May und Kylie durch die Ausstellungsräume führte und ihnen die Fotos, Archive und das Handwerkszeug seines Metiers zeigte: ausgemusterte Trikots, Schläger und Schlittschuhe berühmter Spieler. In der Ausstellung wurde auch vorgeführt, wie die Masken gefertigt wurden. Vor der Honored Members Wall, wo die Namen berühmter Spieler verewigt waren, blieben sie stehen, um die Glasplaketten anzuschauen.
»Steht dein Name auch da oben?«, fragte Kylie.
»Nein.«
»Noch nicht«, sagte May lächelnd und hakte sich bei ihm unter.
»Ehrenmitglied kann man erst werden, wenn man sich drei Jahre im Ruhestand befindet, falls mir diese Ehre über-

haupt jemals zuteil wird. Außerdem habe ich noch lange nicht vor, mich zur Ruhe zu setzen.«
»Steht der Name von deinem Vater hier?«, fragte Kylie plötzlich.
»Ja.« Martin wandte sich zum Gehen.
»Wo denn?«, hakte Kylie nach.
Ohne hinzuschauen deutete Martin auf eine Plakette in der Mitte.
»Serge Cartier«, las Kylie.
»Es wurde gemunkelt, dass man ihn hochkant rausschmeißen würde.« Martin blickte den langen Gang hinunter. »Wäre auch besser gewesen.«
»Warst du auch mal mit ihm hier?«
»Ein- oder zweimal. Wir hatten Natalie dabei, als sie noch klein war. Sie stand genau hier, an dieser Stelle.« Er starrte auf den Boden, als könnte er ihre kleinen Fußabdrücke erkennen.
»Ihr wart alle zusammen hier?«, fragte Kylie.
»Ja.«
»Komisch«, bemerkte Kylie. »Der Stanley Cup wurde 1893 von dem kanadischen Generalgouverneur Lord Stanley gestiftet, und der hat sich kein einziges Cup-Spiel angeschaut.«
»Das klingt ja wie aus dem Lexikon; woher weißt du das?«, fragte May lachend.
»Ich habe davon geträumt, als Martin im Endspiel war. Jemand hat es mir in meinem Traum erzählt.«
»Und wer war das?«, fragte May, aber Kylie schüttelte den Kopf.
»Interessierte sich Lord Stanley nicht für Eishockey?«, hakte May nach.
»Nein«, sagte Martin. Wie es schien, kannte er die Geschichte.

»Aber seine Söhne«, sagte Kylie. »Er hat den Stanley Cup gestiftet, weil er seine Söhne liebte.«
»So ist es.« Martin warf ihr einen raschen Blick zu. »Wer hat dir die Geschichte erzählt, Kylie? Es gibt nicht viele Leute, die sie kennen.«
»Manche Leute schon.«
»Aha ...«
»Du weißt, wer die Geschichte am liebsten mochte. Dein Vater hat sie ihr erzählt, als ihr alle hier wart, an dieser Stelle.«
»Natalie ...« Martin starrte Kylie an, als hätte er gerade ein Gespenst gesehen.

*

Für den letzten Ausflug vor der Rückkehr zum Lac Vert hatte sich Ray eine Überraschung ausgedacht und einen Minivan gemietet.
»Wir fahren zu den Niagara Falls«, verkündete er, als die Cartiers ins King Edward zurückkehrten. »Holt eure Kameras und beeilt euch, der Bus geht in zehn Minuten.«
Die Fahrt selbst dauerte eineinhalb Stunden und das Ganze hatte mehr Ähnlichkeit mit einer Pilgerreise als mit einem Tagesausflug. Überall machten sie Station: im Butterfly Conservatory, weil Charlotte Schmetterlinge liebte; in Kurtz Orchards, damit Genny Erkundigungen über alternative Obstlieferanten für ihre Marmeladen einziehen konnte; in Inniskillin Winery, da Ray ein paar Flaschen Wein aus erster Hand kaufen wollte; und im Marine Land, weil Kylie Fische und Seegetier liebte.
An den Niagara Falls angekommen, wollte Martin mit May und Kylie die Besichtigungstour »Journey Behind the Falls« machen: Dabei ging es mit dem Aufzug im Table Rock House nach unten, hinter die Wasserfälle. Es war die

letzte Fahrt, bevor der Aufzug den Betrieb für diesen Tag einstellte, und somit ihre letzte Chance, das Spektakel zu sehen. Die untergehende Sonne glitt langsam in die tief hängenden, purpurfarbenen Wolken über dem Horizont. Sie tauchte Felsen und Brüstungen, Gebäude und die Wasserfälle selbst in goldgelbes Licht.

Martin schob seine Familie durch die Absperrung. Während der rasanten Fahrt, fünfzig Meter den Felsen abwärts, lachte Kylie über den Druck in ihren Ohren. Sie konnte nicht fassen, dass es einen Aufzug im Inneren der Erde gab, und May staunte nicht minder. Martin freute sich, ihnen etwas Unvergleichliches zeigen zu können, spürte ihre Aufregung. Er wollte die Schmerzen in seinen Augen vergessen, und den Schock, als Kylie beinahe wörtlich die Unterhaltung wiederholte, die er vor vielen Jahren mit seinem Vater und Nat geführt hatte.

»Fertig?«, fragte er.

May und Kylie nickten und sie zogen die gelben Regenmäntel an, die ihnen der Ordner gegeben hatte. Gemeinsam traten sie auf die Aussichtsplattform. Eine Wasserwand umschloss sie, und Martin hielt den Atem an.

»Wir stehen mitten in den Niagara-Fällen!«, staunte May.

»Wie in einer Welle«, erklärte Kylie.

Das Wasser toste ringsum, ihre Gesichter und Haare waren nass von der Gischt. Martin kniff die Augen zusammen, um wieder klar zu sehen. Es waren nur noch wenige Besucher da, die meisten waren schon wieder nach oben gefahren.

»Was ist los?«, fragte May.

»Ich weiß, es ist nicht Kylies Schuld, aber diese Geschichte von Lord Stanley, die mein Vater Natalie und mir erzählt hat … Als wäre sie selbst dabei gewesen …«

May nickte.

»Sie muss die Geschichte irgendwann einmal von mir gehört haben.«
»Vermutlich.«
»Aber ich wüsste nicht, wann.« Dann blickte er sie an. »Hat sie sich inzwischen beruhigt, ich meine, nach dem Besuch in der Universität?«
»Sie ist immer noch ziemlich durcheinander, weil sie so viele Karten falsch angesagt hat. Von fünfzig hatte sie nur eine richtige.«
»Was bedeutet das?«
»Wie es scheint, hat sie ihre Gabe verloren.«
»Ich weiß nicht.« Er starrte vor sich hin. »So wie sie über meinen Vater gesprochen hat, als wäre sie dabei gewesen ...«
»Sie hat oft geträumt, dir zu helfen, wieder einen Weg zu ihm zu finden«, sagte May.
»Das wäre kein Traum, sondern ein Albtraum.«
»Für sie war es wichtig. Für mich auch.«
»Ich weiß.«
»Ich bin ein Fluss«, sang Kylie laut.
»Sei vorsichtig, Liebes«, sagte May warnend und ging zu ihr hinüber. »Geh nicht zu nah heran.«
Ihre Stimmen entfernten sich, befanden sich links von ihm. Martin trat einen Schritt zurück und trocknete sich das Gesicht. Er blinzelte, aber alles war dunkel in dieser unterirdischen Kammer. Er lehnte sich mit dem Rücken an das Felsgestein und spürte das Kondenswasser.
»Hier ist es glitschig!«, rief Kylie erschrocken.
»Nimm meine Hand«, sagte May.
»Mommy!«, schrie Kylie, Panik in der Stimme.
Martin machte einen Satz in die Richtung, aus der ihre Stimmen kamen. Seine Hände griffen ins Leere. Die Planken schienen hier zu enden, und er prallte gegen das Ge-

länder. Das Tosen des Wassers wurde lauter, als trennte ihn nur noch ein Schritt von den Wasserfällen. Es donnerte und dröhnte in seinen Ohren, so laut, dass er Mays und Kylies Stimmen nicht mehr hören konnte. Gischt bedeckte sein Gesicht und je mehr er sich die Augen wischte, desto schlechter wurde seine Sicht.

Er stieß gegen eine Ecke, gegen die Wand, rief ihre Namen. Direkt in der Mitte seines Blickfeldes befand sich ein schwarzes Loch. Wohin er auch schaute, er sah nur noch das schwarze Loch, das an den Außenrändern verschwommen und trübe war, und es schien, als wären May und Kylie in seinem Sog verschwunden. Er spürte, wie ein Schluchzen in seiner Brust aufstieg und ihn erfüllte, bis er vor lauter Panik zu explodieren drohte, aus Angst, in der Falle zu sitzen und nicht fähig zu sein, die einzigen beiden Menschen zu retten, die er liebte.

Er war mutterseelenallein, während die ganze Welt ringsum aus den Fugen geriet. Dann spürte er, wie May seine Hand ergriff.

»Es ist alles gut, wir sind hier«, flüsterte sie. »Uns ist nichts geschehen.« Er spürte ihren Atem auf seiner Haut, ihre Wange an seiner, spürte, wie sie ihren Arm um seine Taille schlang. Er versuchte, der Panik Herr zu werden, aber er wusste, dass sie das Grauen, das ihn ergriffen hatte, in ihrem eigenen Körper spürte.

»Ich dachte, ich hätte dich verloren«, flüsterte er.

»Das wird nie geschehen.«

22

Die Heimfahrt zum Lac Vert schien endlos. Martin weigerte sich, über die Geschehnisse an den Niagara-Fällen zu sprechen, und die Fahrt verlief buchstäblich schweigend.

Als sie zu Hause ankamen, leerten sie als Erstes den Briefkasten, der vor Post überquoll. Dann holten sie Thunder aus der Tierpension ab, der am liebsten schnurstracks zurückgekehrt wäre: Er hatte sich in eine französische Pudeldame im Nachbarkäfig verliebt und bellte sich in der ersten Nacht zu Hause das Herz aus dem Leibe. Bis zum Morgengrauen hatte er ein Loch unter der Fliegengittertür ausgebuddelt und sich aus dem Staub gemacht.

Ein Nachbar, der zur Arbeit fuhr, entdeckte ihn, wie er an der Straße entlangrannte, und brachte ihn zurück. Kylie war überglücklich und May fand ein Stück Wäscheleine, mit der sie ihn an der Veranda festbanden. Sie saß mit Martin auf den Stufen und gemeinsam sahen sie zu, wie der Hund an seinem Halsband zerrte und vor Liebeskummer heulte.

»Er ist verrückt nach ihr.« Martin drückte Mays Schulter. »Ich weiß, was das für ein Gefühl ist.«

»Flirte nicht mit mir, solange du mir nicht sagst, was passiert ist.«

»Jetzt sofort? Komm schon, Kylie spielt im Pavillon und wir sind alleine. Komm mit nach oben, ja? Hast du Lust?«

»SAG MIR, WAS LOS IST! Ich weiß, dass du mich an den Wasserfällen nicht sehen konntest.«

»Ich hatte ein kleines Problem mit meinen Augen, *c'est vrai.*

Aber inzwischen ist es besser geworden. Es liegt daran, dass ich ständig unterwegs bin, May. Und an der Gischt. Wenn ich Stress habe, bekomme ich Kopfschmerzen und dann sehe ich nicht mehr so gut. Vielleicht brauche ich eine Brille. Ich werde eben langsam alt! Ich bin der Methusalem auf dem Eis, frag die Jungs. Mach dir keine Sorgen, es ist nichts Ernstes.«

»Du hattest Angst, ich weiß es.«

»Erinnere mich nicht daran.« Er drückte sie fester an sich. »Ich hatte Wasser in den Augen, das ist alles.«

»Du hattest Angst, Martin.«

»Komm. Lass uns endlich nach oben gehen. Kylie merkt nichts; sie ist mit ihrer Puppe beschäftigt, oder womit sie sich auch immer da unten die Zeit vertreibt.«

»Bitte versprich mir, dass du zum Arzt gehst.«

»Ich brauche keinen Arzt, nur dich.« Er küsste ihren Hals, streichelte ihre Brust. »Da hilft nur eines, mit dir ins Bett gehen. Komm –«

Der Tag war wolkenlos. Das Sommerlicht flimmerte über dem See, verlieh ihm einen dunkelgrünen Schimmer. Fliegen summten über den Untiefen und ein Barsch durchbrach die Oberfläche, um nach ihnen zu schnappen. Die konzentrischen Kreise, die er aufwarf, verschmolzen wieder mit dem See, einer nach dem anderen, Ringe um Ringe der Ruhe. Kylie war damit beschäftigt, sich mit ihrer Puppe zu unterhalten.

»Kommst du jetzt mit?«, flüsterte Martin in Mays Ohr.

Sie holte tief Luft, rührte sich nicht von der Stelle. Als er merkte, dass er sie auch mit höheren Verführungskünsten nicht vom Thema abzulenken vermochte, stürmte er davon. Aber er redete nicht.

*

Thunder ergriff am darauf folgenden Tag erneut die Flucht. Sie fanden den durchgekauten Strick, sahen die Spuren, die an der Zufahrt entlangführten. May nahm den Wagen, suchte die Straßen nach dem alten Basset ab. Während sie auf dem Weg zur Tierpension die Wiesen und Hügel mit den Augen absuchte, bemerkte sie ihre innere Anspannung und ihr wurde klar, dass sie versucht hatte, Martin vom Fahren abzuhalten. Sie hatte Angst gehabt, dass er vor ihr am Wagen sein könnte.

»Glück gehabt?«, fragte er nach ihrer Rückkehr.

»Nein. Er war nicht in der Tierpension. Dort habe ich nachgesehen.«

»Wo kann er denn sein?«, fragte Kylie.

»Irgendwo unterwegs, auf Abenteuer aus«, sagte May, um sie zu beruhigen.

Als die Post eintraf, enthielt sie auch eine Postkarte, die an Thunder gerichtet war. Kylie hatte sie offenbar aus dem King Edward Hotel geschrieben und mit »Eddy« unterzeichnet. Als May sie Martin zeigen wollte, rang er sich ein Lächeln ab.

Auch ein blauer, an Martin adressierter Umschlag kam mit der Post. May sah, dass er ihn dicht vor seine Augen hielt, die Handschrift begutachtete und ihn dann ungeöffnet in den Papierkorb warf. Sie wollte den Brief gerade wieder herausklauben, als das Telefon läutete.

Es war ihr nächster Nachbar, Vincent Dufour: Er hatte gesehen, wie ein Streifenwagen einen streunenden Hund aufgegriffen hatte, der genau wie Thunder aussah; vielleicht hatten sie ihn ins Tierheim gebracht.

»Man sollte doch meinen, dass in einem so kleinen Ort wie Lac Vert jeder weiß, welcher Hund zu wem gehört«, sagte Martin gereizt.

»Thunder ist neu in der Gegend«, sagte May. »Bestimmt

hätten sie ihn hergebracht, wenn sie gewusst hätten, wem er gehört.«
»Er ist jetzt also im Tierheim?«
»Das glaubt Vincent zumindest.«
»Gib mir das Telefon.« Martin riss May den Hörer aus der Hand.
Es tat ihr weh, zuzuschauen, wie er sich das Telefonbuch schnappte und versuchte, die Nummer zu finden. Er blätterte wild die Seiten um, zerriss eine. Er beugte sich dicht über die Einträge, um die Namen zu entziffern, fluchte dabei laut vor Wut.
»Soll ich –«, wollte May sagen, aber Martin hatte bereits die Auskunft angerufen. Erst beim zweiten Versuch hatte er die Nummer richtig eingetippt, die man ihm gegeben hatte. May hörte, wie er tief Luft holte; dann erklärte er dem Teilnehmer am anderen Ende der Leitung, dass sein Hund, ein Basset, verschwunden sei und er Grund zu der Annahme habe, er sei im Tierheim gelandet.
»Mein Name? Martin Cartier.« Sie sah, wie sich seine Augen vor Wut verengten.
»Er ist dort.« Er knallte den Hörer auf die Gabel. »Und dieses Weibsbild rückt ihn nicht heraus.«
»Aber warum?«, fragte May.
»Thunder hat sie gebissen, als sie ihn in den Käfig gesteckt hat, und morgen bringt sie ihn zum Einschläfern.«
»Das darf doch nicht wahr sein!«
»Er hat keine Hundemarke, sagte sie, und somit keinen Nachweis, dass er gegen Tollwut geimpft ist.«
»Er hat sie gebissen? Wie denn, er hat ja nicht einmal Zähne!« May beobachtete Kylie durch das Fenster. »Und Tollwut hat er auch nicht.«
»Ich weiß. Sie hat auch vorher kein Wort darüber gesagt, bis ich ihr meinen Namen genannt habe.«

»Martin Cartier? Ich dachte, der öffnet überall in Kanada die Türen, ohne große Bürokratie!«
»Nicht bei ihr. Sie erinnert sich garantiert noch an die Geschichte mit Nat. Seit dem Tag habe ich es mir bei ihr verscherzt. Sie denkt wohl, ich sei nur ein selbstsüchtiger Eishockeyspieler, der nicht einmal Zeit für seine eigene Tochter erübrigen konnte.«
»Das stimmt doch gar nicht.«
»Du warst nicht dabei. Was mich angeht, liegt sie richtig. Sie ist ein Miststück und hat kein Recht, Thunder zu behalten, aber sie hat es auf mich abgesehen.«
»Ich sehe doch, was du für Kylie empfindest, und ich kenne deine Gefühle für Natalie.«
In eben diesem Moment wurde die Fliegengittertür mit einem Quietschen geöffnet und sie hörten Kylies Schritte auf dem Küchenfußboden. Beim Anblick der Erwachsenen erlosch die Hoffnung in ihrem Blick.
»Der alte Thunder treibt es ganz schön bunt«, sagte Martin, um ihr zuvorzukommen, und blickte aus dem Fenster. »Bestimmt klappert er die ganze Gegend ab, auf der Suche nach der hübschen kleinen Pudeldame.«
»Glaubst du, dass er in Ordnung ist?«
»Der alte Haudegen?«, lachte Martin. »Aber natürlich. Ein Basset ist ein Jagdhund. Ich mache mir vielmehr Sorgen um die armen Tiere, die ihm über den Weg laufen. Wahrscheinlich ist er bereits oben auf dem Berg und vertreibt einen Dachs aus seinem Bau. Oder scheucht einen Fuchs auf den Baum, um seinen Schwanz als Souvenir zu ergattern, für Fifi.«
»Wer ist Fifi?«, kicherte Kylie.
»Seine Angebetete«, sagte Martin. »Die französische Pudeldame.«
Kylie lachte, stand neben Martin und versuchte, einen

Blick auf Thunder zu erhaschen, wie er über einen Bergpfad auf der anderen Seite des Sees flitzte.

*

Nach Einbruch der Dunkelheit, sobald May Kylie nach oben gebracht hatte, um ihr eine Gutenachtgeschichte vorzulesen, brach Martin auf. Er hatte die Schlüssel in der Tasche und ging zu der Stelle hinter dem Haus, wo sie gewöhnlich den Wagen parkten. Obwohl er jede Handbreit des Weges in- und auswendig kannte, stolperte er über eine Wurzel. Er hielt sich immer geradeaus, in dem Wissen, dass es hier keine Hürden und Fallen gab, die er überwinden musste, doch am Ziel angekommen, beschloss er, auf das Auto zu verzichten.

Er fühlte sich heute Abend nicht im Stande, ins Tierheim zu fahren.

Gestern waren seine Augen besser gewesen, gut genug, um sich ans Steuer zu setzen. Aber gestern war Thunder noch zu Hause gewesen, an der Veranda angebunden, und hatte sechs Stunden ohne Unterlass nach Fifi geheult. Genau das war das Problem mit seinen Augen. Auf sie war kein Verlass. An einem Tag sah er hervorragend, am nächsten Tag kaum mehr die Hand vor Augen. Bedauerlicherweise konnte er weder im Voraus sagen, wann sich das Problem zuspitzte, noch den Lauf der Dinge beeinflussen.

Das Tierheim lag hinter dem städtischen Parkhaus – einem bunkerähnlichen Zementklotz mit einem Fuhrpark aus alten LKWs und Schneepflügen der Gemeinde –, ungefähr sechs Meilen nördlich die Uferstraße entlang. Martin kannte diese Strecke wie seine Westentasche, war sie schon tausendmal gefahren, auf dem Weg von oder zu Rays Haus. Die Nacht war lau und es wehte ein leichter

Wind. Er marschierte los, zunächst verhalten, aber bald im Laufschritt.
Seine Beine waren durchtrainiert. Beim Laufen fühlte er sich in seinem Element. Seine Arme fanden wie von selbst zu einem gleichmäßigen Rhythmus und er dachte an das Training, das im Herbst für die ganze Mannschaft begann. Sobald er wieder in Boston war, würde er mit den Übungen beginnen, die ihn in all den Jahren als Profisportler in Topform gehalten hatten.
»*Merde*«, fluchte er, als er wegen eines Schlaglochs ins Straucheln geriet.
Vielleicht war es auch eine Bodenwelle oder etwas in der Art gewesen – er hatte sie jedenfalls nicht kommen sehen. Die Straßenbau-Trupps der Gemeinde waren träge, es gingen bisweilen drei oder vier Sommer ins Land, bevor die Frostschäden beseitigt waren, die von den verheerenden Schneestürmen angerichtet wurden. Martin erinnerte sich, dass sie nach einem Blizzard einmal drei Wochen eingeschneit waren; zwölf Jahre war er damals gewesen. Seine Mutter und er waren von der Welt abgeschnitten, hatten weder frische Nahrungsmittel noch Zentralheizung im Haus. Sie hatten neben dem offenen Kamin kampiert, von Bohnen aus der Dose und gerösteten Kartoffeln gelebt, während sein Vater es sich in den Vereinigten Staaten gut gehen ließ.
»Nicht daran denken«, ermahnte sich Martin laut, während er die Straße entlanglief. Mentale Disziplin: eine der wichtigsten Tugenden im Hochleistungssport. Er beherrschte sie meisterhaft, die Kunst, alles Störende aus seinen Gedanken zu verbannen: den blauen Umschlag, den er mit der Post erhalten hatte, dass Thunders Todesurteil gefällt war und dass er nur verschwommen sah, wohin er trat.

Seine Füße folgten dem Pflaster und hin und wieder flammte etwas Helles auf, vielleicht Sternenlicht, das durch das Geäst der Bäume fiel. Die Sterne waren herrlich, berührten ihn tief. Was wäre, wenn er sie nicht mehr sehen könnte? Wenn er nie mehr den dunklen Nachthimmel betrachten könnte, an dem unzählige Sterne flimmerten? Mentale Disziplin, ermahnte er sich. Nicht darüber nachdenken.

Das Tierheim lag nun vor ihm, direkt hinter der Kurve. Er hörte schon von weitem das Hundegebell, das die friedliche Sommernacht füllte. Thunders Stimme übertönte alle anderen, klang wild, flammend, sehnsuchtsvoll. Martin lief über den unbefestigten Parkplatz und verlangsamte seinen Schritt, als er sich dem massiven Backsteinbau näherte. Er rüttelte an jeder der beiden Stahltüren, aber sie waren verschlossen.

Bis zu seiner Ankunft hatte er sich keinen Plan zurechtgelegt. Er hob einen dicken Stein auf und ging zur vorderen Eingangstür. Sie war aus Stahl, hatte aber ein Fenster, das innen mit Maschendraht versehen war. Er holte aus, schlug mit voller Wucht gegen die Scheibe, die sofort in Scherben ging. Drei weitere Schläge waren nötig, um den Maschendraht zu zerreißen, dann griff er durch das Loch und schloss die Tür von innen auf.

Als er das Gebäude betrat, rauschte das Blut in seinen Ohren. Er war noch nie in seinem ganzen Leben irgendwo eingebrochen. Er hatte soeben eine Straftat begangen, auf die Gefängnis stand. Schweißgebadet und schwer atmend stand er da und versuchte, sich zu orientieren.

Genau hier, dachte er. *Genau hier hatte Natalie gestanden. Dort drüben befindet sich der Schreibtisch der alten Frau, hier habe ich gestanden und Natalie gesagt, sie solle sich den Hund aus dem Kopf schlagen. Archie hieß er.* Am anderen Ende des Korridors bellten die Hunde wie verrückt, als sie seinen Menschengeruch wahrnahmen. Thunders Gebell wechselte zu einem Winseln, und er bettelte, als wäre er ein kleiner Welpe.

»Komme schon«, sagte Martin laut.

Er prallte gegen den Schreibtisch und einen Stuhl, dann stand er vor einer weiteren verschlossenen Tür. Sie war nicht aus Stahl, aber er hatte nicht vor, Zeit mit der Suche nach dem Schlüssel zu vertrödeln, der möglicherweise sowieso nicht da war, und so rammte er seine Schulter in das Holz und hörte es splittern. Noch ein Stoß, und er hatte die Tür aus den Angeln gehoben.

Du bist keinen Deut besser als dein Vater. Ein Krimineller, der im Stande ist, über Leichen zu gehen. Du läufst Schlittschuh wie dein Vater, spielst Eishockey wie dein Vater, bist im Stande, über Leichen zu gehen, genau wie dein Vater.

»Ich bin nicht wie er«, sagte Martin zu den Hunden. Er befand sich in einem langen Raum, dessen Wände mit Käfigen gesäumt waren. Trotz des Radaus waren nur drei belegt. Von Thunder, der ihn schwanzwedelnd begrüßte, einem Schäferhund, der nach Promenadenmischung aussah, und einem schlammverkrusteten Retriever, der ebenfalls nicht reinrassig war. Ohne nachzudenken öffnete Martin alle drei Käfige.

Die beiden fremden Hunde stürmten an ihm vorbei in die Freiheit. Thunder bellte vor Freude und sprang an ihm hoch, so weit es seine kurzen Stummelbeine erlaubten. Martin bückte sich und ließ sich das Gesicht lecken. Er dachte daran, wie wenig es bedurfte, um einen alten Hund glücklich zu machen und einem kleinen Mädchen einen Herzenswunsch zu erfüllen. Kylie würde selig sein, ihren Hund wiederzuhaben.

Natalie wäre stolz auf ihn. Sie würde ihm sagen, dass er

richtig gehandelt hatte, als er halbblind den See entlanggelaufen war, um Kylies Hund zu retten. Er hätte ihr erlauben sollen, Archie zu behalten. Das war ihm schon seit Jahren klar, aber jetzt, in eben diesem Augenblick, in diesem Gebäude, wo er sie enttäuscht hatte, spürte er es bis in die Knochen.

Thunder trottete zur Tür, führte ihn nach draußen. Martin holte den Strick heraus, den er in weiser Voraussicht mitgebracht hatte, damit Thunder nicht wieder türmte, um Fifi zu suchen, und erneut von den Polizisten aufgegriffen würde. Thunder streckte die Nase in die Luft, atmete in vollen Zügen die frische Nachtluft ein.

Martin tat das Gleiche. Er fühlte sich wie befreit, hielt den Hund an der langen Leine. Er holte seine Brieftasche aus der Tasche und fand darin einen einzelnen Scheck. Er schrieb ihn auf den Betrag von fünfhundert Dollar aus und legte ihn auf den Schreibtisch der Frau. Da der Scheck mit seinem Namen unterzeichnet war, wusste er, dass morgen Früh vermutlich die Polizei vor seiner Tür stehen oder zumindest anrufen würde, aber es war ihm egal.

Die Hunde zu befreien und Thunder zu Kylie zurückzubringen, war es ihm wert. Als er ins Freie trat, hatte er plötzlich das Gefühl, dass es dunkler geworden war. Oder dass Nebel aufgekommen war. Thunder zerrte am Strick, aber Martin hatte die Orientierung verloren. Er war alleine, von pechschwarzer Finsternis umgeben, und konnte nicht sehen, welchen Weg er einschlagen musste.

*

Martin war draußen, aber wenigstens nicht mit dem Auto unterwegs. May saß auf dem Sofa und überlegte, wohin er gegangen sein mochte. Sie versuchte, sich auf die Erledigung des Papierkrams zu konzentrieren: Tobin hatte ihr die Rechnungen des letzten Monats geschickt und May machte sich mit Taschenrechner und Kugelschreiber an die Arbeit. Doch je mehr sie sich um Konzentration bemühte, desto mehr schweiften ihre Gedanken ab.

Als sie zum Fenster ging, um zum hundertsten Mal in die Dunkelheit hinauszublicken, erspähte sie das blaue Kuvert. Es lag im Papierkorb, zwischen Werbezetteln und alten Tageszeitungen, und May wusste, dass es besser gewesen wäre, keinen weiteren Gedanken mehr daran zu verschwenden. Aber sie konnte nicht. Vielleicht hätte ihr dieser elende blaue Umschlag weniger Kopfzerbrechen bereitet, wenn ihr Mann zu Hause gewesen wäre, wo er hingehörte, und sie sich um ihn nicht zu Tode ängstigen müsste.

Sie fischte ihn nicht nur aus dem Papierkorb, sondern öffnete ihn auch. Dann faltete sie das einfache blaue Briefpapier auseinander, legte es neben sich auf den Fenstersitz aus und las.

Lieber Martin,

Du hättest verdient, zu gewinnen, mein Sohn. Gewinnen ist nicht das Einzige, was im Leben zählt, aber wir besitzen beide Kampfgeist und den Willen, zu siegen. Du hast es wieder in die Finals geschafft. Das ist an sich schon eine fantastische Leistung. Und nächstes Jahr kannst du einen neuen Versuch wagen, wenn du eine Mannschaft hast, die hinter dir steht. Die Bruins sollten wissen, was sie an dir haben; ich kenne nämlich viele Teams, die sich ein Bein ausreißen würden, um dich zu bekommen.

Es ist viel Zeit vergangen, Martin. In der du darauf gewartet hast, den Stanley Cup zu gewinnen, aber auch in anderer Hinsicht. Seit wir zuletzt miteinander gesprochen, uns gesehen haben. Ich weiß durch Zeitung und Fernsehen, wie es dir ergangen ist, und dass du inzwischen verheiratet bist. Herzlichen Glückwunsch. Sie ist ein wunderbarer Mensch, und sehr mutig. Sie hat sich hervorragend gehalten, als die Presse versuchte, ihr eins auszuwischen. Und sie hat ein Kind, hat eine kleine Tochter mit in die Ehe gebracht. Das freut mich für dich. Erinnert sie dich an Natalie? Aus dem Foto in der Zeitung schließe ich, dass sie die gleichen strahlenden Augen hat.

Ich vermisse Nat. Ich weiß, du denkst, ich sei schuld an ihrem Tod und hätte sie nicht geliebt. Glaube mir, das ist nicht wahr. Ich habe sie über alle Maßen geliebt, bei Gott. Fast so wie dich.

Ich war ein schlechter Vater, ein schlechter Großvater. Menschen machen Fehler, Martin. Ich war nicht oft genug da für dich und deine Mutter. Ich habe mich nicht so um dich gekümmert, wie du es gebraucht hättest. Um sie auch nicht. Ihr habt nicht verdient, was ich euch angetan habe. Darf ich dir das persönlich sagen?

Was ich damit sagen will, ist: ich würde dich gerne noch einmal sehen. May hat es dir vermutlich schon erzählt. Ich bat sie bei ihrem Besuch, es dir auszurichten. Sie ist ein Mensch, der zu seinem Wort steht, und daher kennst du meine Bitte gewiss. Du hasst mich für das, was ich dir angetan habe. Aber wirst du wenigstens hören, was ich dir sagen möchte?

Heute Abend ist hier ein Mann gestorben. Er war noch sehr jung, ungefähr in dem Alter, in dem du warst, als du anfingst für Vancouver zu spielen. Er wurde bei einem törichten Streit erstochen. Zuerst dachte ich, er sei nur verletzt, aber ich erfuhr gerade von einem der Wärter, dass er tot ist. Ich mochte ihn. Ich hatte mir gewünscht, dass er seinen Kindern ein besserer Vater sein würde als ich.

Wie immer deine Entscheidung auch ausfallen mag, ich muss damit leben. Aber ich hoffe, dass du dich entscheidest zu kommen.

In Liebe

Dad

Als May den Brief zu Ende gelesen hatte, merkte sie, dass sie die Fäuste geballt hatte. Ihre Wangen glühten und waren nass. Sie las die Worte wieder und wieder. Sie fragte sich, ob Martin es sich nach der Lektüre des Briefes nicht doch noch einmal überlegen und seinen Vater im Gefängnis besuchen würde. Falls er überhaupt in der Lage war, die Worte zu lesen.

»Mommy!«

May schob den Brief hastig in den Umschlag und legte ihn in die Schreibtischschublade. Dann eilte sie die Treppe hinauf.

»Was ist, Liebes?«

»Ist Thunder wieder da?«

»Noch nicht.«

»Wo mag er nur stecken?«

»Streunt durch die Gegend, nehme ich an. Kannst du nicht schlafen?«

»Nicht richtig. Ich versuche es, aber –« Sie hielt inne, als das Telefon läutete.

May rannte nach unten, ohne Kylie zu sagen, dass sie gleich zurück sei oder was auch immer. Noch bevor sie abhob, wusste sie, dass es Martin war.

»May, ich bin's. Ich bin im Tierheim. Ich habe Thunder gefunden.«

»Ich hatte keine Ahnung, wo du steckst. Ich habe mir Sorgen gemacht!«

»Ich brauche deine Hilfe.«

Ihre Kehle war wie zugeschnürt.

»Ich kann nichts mehr sehen. Ich kann nicht sehen, wo ich bin.«

»Ich hole dich ab. Ich bin gleich da!«

May rief zu Kylie hinauf, sie solle sich Laufschuhe und Strickjacke anziehen, und lief voraus zum Wagen, in die warme, sternenhelle Nacht, um ihren Mann und den Hund nach Hause zu holen.

Die kurze Fahrt kam ihr wie eine Ewigkeit vor. Kylie war hellwach und dachte nur noch daran, dass Martin Thunder gerettet hatte. Als sie das Tierheim erreichten, öffnete sie die Tür und Thunder sprang hinein. May stieg aus, ihre Hände zitterten, als sie zu Martin ging und ihre Arme um ihn legte.

»Wir sind da.«

»Ich kann nichts sehen.« Seine Stimme war leise, voller Panik.

23

In Lac Vert und den umliegenden Ortschaften gab es keinen Augenarzt, aber May fand einen Optometriker im Zentrum von LaSalle, der Sehtests und Augenuntersuchungen durchführte. Die Fahrt über die schmalen kurvenreichen Landstraßen, teilweise von einem Spalier aus Kiefern und Eichen überschattet, dauerte fast eine halbe Stunde. Genny hatte Kylie ohne Fragen zu stellen abgeholt und mit zu sich nach Hause genommen, und Thunder war ausbruchsicher in der Küche eingesperrt. Die Polizei war da gewesen, um Martin zu dem Einbruch zu befragen, und ihn, mit pflichtschuldiger Miene, zu verwarnen.

»Meine Augen sind besser«, sagte Martin.

»Tatsächlich?«

»Die Fahrt können wir uns sparen.«

»Wir sind bereits auf dem Weg.«

»Der Tag ist zu schön, um ihn in der Stadt zu vergeuden. Lass uns umkehren und zur Insel rudern.«

»Bitte, Martin.«

»Noch zehn Kilometer bis LaSalle«, las Martin.

May war erleichtert, obwohl er vermutlich jedes Straßenschild in- und auswendig kannte. Sie klammerte sich an den Gedanken, dass sein Sehvermögen nur zeitweilig durch eine Migräne oder eine Infektion beeinträchtigt gewesen war und sich nun wieder von allein geklärt hatte.

»Ich weiß auch so, was er sagen wird: dass ich eine Brille brauche.«

»Das ist doch nicht schlimm.«

»Wie soll ich mit Brille Eishockey spielen?«
»Es gibt Kontaktlinsen.«
»Gottlob bin ich davon verschont geblieben. Ich habe die Jungs immer bedauert! Abgesehen davon, dass man sie ständig reinigen und richtig einsetzen muss, lassen sie sich mit gepolsterten Handschuhen und Gesichtsmaske nur schwer wieder zurechtrücken, wenn sie bei einer Rauferei auf dem Eis verrutschen. Kennst du den Unterschied zwischen einem guten und einem erstklassigen Spieler?«
»Der wäre?«
»Erstklassige Spieler haben ein erstklassiges Sehvermögen. Daran gibt es nichts zu rütteln.«
»Du bist ein erstklassiger Spieler.«
»Der möglicherweise Kontaktlinsen braucht.«
»Vielleicht brauchst du sie ja gar nicht.«
»Ich hoffe es.«
LaSalle war eine kleine Stadt, die auf einem Hügel lag. Man konnte von dort aus Lac Vert, den Ste. Anne River und hunderte von Hügeln und Tälern, Ausläufer der Laurentider Berge, überblicken. An den beiden Enden der Main Street befanden sich zwei katholische Kirchen, die eine mit Ziegeln, die andere mit weißen Schindeln gedeckt. Der Immobilienboom war an der Stadt mit ihren viktorianischen Häusern, einem alten Lichtspielhaus und einer langen Reihe zweigeschossiger Bürogebäude spurlos vorübergegangen.
Maurice Pilote, der Optometriker, hatte seine Praxis im zweiten Stock, direkt über dem Büro des Wirtschaftsprüfers Pierre Pilote. Als May und Martin eintraten, war er in ein Gespräch mit seiner Rezeptionistin und einem älteren Kunden vertieft. Die Unterhaltung erstarb, als sie Martin erkannten.

»*Mon Dieu!* Martin Cartier! Es ist mir eine Ehre!«, rief Pilote und verbeugte sich tief, die Hand vor der Brust.
»Wir haben keinen Termin«, begann May.
»Für Sie?«
»Nein, für mich«, sagte Martin.
»Kommen Sie bitte mit.« Pilote trat zur Seite.
Gemeinsam betraten May und Martin ein kleines Hinterzimmer. Martin erklärte ihm, er habe beobachtet, dass sein Sehvermögen zeitweilig zu wünschen übrig lasse und dass er gestern Abend – in stockdunkler Nacht und bei diesigem Himmel – zeitweilig überhaupt nichts mehr gesehen hatte. Der Optometriker hörte aufmerksam zu und machte sich Notizen auf seinem Klemmbrett. Dann führte er Martin in einen verdunkelten kleinen Raum und bat ihn, auf einem Stuhl gegenüber den Tabellen mit den Buchstabenreihen Platz zu nehmen, um einen Sehtest durchzuführen.
»Ich hatte immer 6/6«, sagte Martin. Und zu May gewandt: »In Kanada; das entspricht 20/20.«
»Perfekte Sehschärfe«, sagte Pilote. »Das würde Ihre perfekten Schüsse erklären. Machen Sie sich keine Sorgen. Ich kann eine exzellente Brille für Sie anfertigen. Mein Gott, Martin Cartier, in meinem Stuhl! Sind Sie bereit? Bitte fangen Sie mit der ersten Zeile an.«
Martin las die großen Buchstaben in der ersten Zeile ohne zu zögern: »E N Y I Z X.« Dann die nächste: »H L B T D A«, und die dritte: »Q F R M C.«
May war abgrundtief erleichtert. Vielleicht fehlte ihm wirklich nichts mehr. Vielleicht waren sie im Nu wieder draußen und konnten zur Insel rudern, bevor der Vormittag um war.
»Sehr gut. Nun werde ich Ihr rechtes Auge abdecken. Die erste Reihe bitte.«

May wartete, dass Martin anfing. Sie las die Buchstaben stumm: E N Y I Z X. Im Raum herrschte Stille, bis auf das leise Summen einer Wanduhr. Der Optometriker räusperte sich. Für den Fall, dass Martin ihn nicht gehört hatte, sagte er abermals: »Die erste Zeile, bitte.«
»Fangen wir mit dem anderen Auge an«, sagte Martin, ohne einen einzigen Buchstaben gelesen zu haben.
»Sagen Sie mir einfach, was Sie mit dem linken Auge sehen, um den Rest kümmern wir uns später –«
»Wir können genauso gut mit dem anderen Auge anfangen«, entgegnete Martin scharf.
»Also gut.« Maurice Pilote deckte Martins linkes Auge ab.
»E N Y I Z X«, las Martin. »H L B T D A. Q F R M C.«
»Ausgezeichnet. Und jetzt mit dem anderen Auge.«
Martin starrte auf die Tabelle, das rechte Auge abgedeckt, und versuchte, die Buchstaben mit dem linken zu entziffern. May sah, wie er sich konzentrierte, als rüste er sich für einen Schuss gegen Nils Jorgensen. Er blinzelte, beugte sich vor, runzelte die Stirn.
»Nichts.«
»Nur die oberste Zeile.«
»Ich sagte, nichts.«
Pilote hielt inne. Er überprüfte selbst die Tabelle, vergewisserte sich, dass Martins Auge richtig abgedeckt war. Er nahm den Pappendeckel weg, bat Martin, die Buchstabenkolonne mit beiden Augen zu lesen, danach mit dem rechten Auge. Als das das linke Auge wieder an die Reihe kam erhielt er die gleiche Antwort wie zuvor. »Nichts.« Maurice Pilotes Gesicht war blass und ernst.
»Hatten Sie irgendwann einmal eine Augenverletzung?«
Martin rang sich ein Lächeln ab. »Ich spiele Eishockey.«
»Eine größere Verletzung, meine ich.«
»Eine. Vor drei Jahren.«

»Wann wurde die bei Ihnen letzte Augenuntersuchung durchgeführt?«
»Im vergangenen Jahr. Während der routinemäßigen Untersuchung der gesamten Mannschaft.«
»War der Sehtest ähnlich wie dieser oder umfassender?«
»Es wurde nur das Nötigste gemacht.«
»Ich möchte, dass Sie einen Spezialisten aufsuchen«, sagte der Optometriker.
»Aber ich lese bestens mit beiden Augen.«
»Auf dem rechten Auge ist Ihre Sehschärfe normal, oder beinahe«, räumte Pilote ein. »Es arbeitet für das andere mit.«
»Aber ich sehe auf beiden Seiten ausgezeichnet. Sie haben es doch selbst gehört.«
Pilote schüttelte den Kopf. »Sie sehen nichts mit dem linken Auge. Es ist buchstäblich blind.«
Blind ... das Wort war ausgesprochen. May hatte das Gefühl, als ob es im Raum mit einem Mal eiskalt wurde, und Martin sah aus, als sei er zur Salzsäule erstarrt.

*

Der erste Schritt bestand darin, den besten Arzt zu finden, den es gab. Maurice Pilote empfahl einen Augenspezialisten in Montreal, doch als May dort anrief, war dieser gerade in Urlaub. Martin war ihr keine Hilfe: Er wollte weder darüber reden noch daran denken. Da sie sich keinen anderen Rat wusste, schlug sie im Branchenverzeichnis nach, aber woher sollte sie wissen, wer gut war?
»Völlig überflüssig«, sagte er. »Ich werde Augentraining machen. Mein Sehvermögen auf diese Weise verbessern.«
»Martin, können wir deinen Mannschaftarzt anrufen und fragen, ob er uns jemanden empfehlen kann?«

»Wozu? Augen sind ein Teil des Körpers wie jeder andere. Verletzungen muss man ausheilen lassen. Ich mache ein Spezialtraining für meine lädierten Knöchel und Knie, und jetzt suche ich mir eben jemanden, der ein Augentraining mit mir macht.«

May starrte auf die Fülle der Eintragungen im Branchenverzeichnis, bis auch ihr die Buchstaben vor den Augen verschwammen. Martin und sie sahen das Problem auf zwei verschiedene Weisen. Aber sie musste ihn dazu bringen, so schnell wie möglich einen Spezialisten aufzusuchen, Augentraining hin oder her!

»Ich könnte Genny anrufen. Vielleicht kennt sie einen guten Arzt oder weiß, an wen man sich wenden kann.«

»Kommt nicht in Frage, May!«, erwiderte Martin brüsk. »Ich will nicht, dass irgendjemand erfährt, dass ich ein Problem habe. Dann pfeifen es bald die Spatzen von den Dächern.«

»Martin, Genny kann schweigen wie ein Grab! Wir sind Freunde. Wir müssen es den beiden sagen –«

»Nein!«, brüllte Martin so laut, dass sie erschrak.

Sie starrte ihn wortlos an. Er schüttelte den Kopf, rang um Fassung. Dann kam er herüber, nahm neben ihr auf dem Sofa Platz und schloss sie in die Arme. »Es tut mir Leid«, flüsterte er zerknirscht an ihrem Ohr. »Es tut mir Leid, May. Ich wollte dich nicht anschreien. Aber ich möchte nicht, dass irgendjemand etwas erfährt, bevor die Sache spruchreif ist. Das gilt auch für Ray und Gen.«

»Sie würden nichts verraten. Wir können ihnen vertrauen.«

»Ich weiß. Aber lass uns abwarten, bis ich bei einem Spezialisten war, mein Augentraining gemacht habe oder was auch immer er mir rät. Das wird schon wieder.«

Er deckte sein rechtes Auge ab und blickte mit dem linken vom Fußboden zur Decke. Er kniff das Auge zusammen,

blinzelte, versuchte es abermals, als könnte er das linke Auge durch reine Willenskraft zwingen, zu funktionieren.
»Ich schaffe es. Ich weiß, dass ich es schaffe. Bis zum Saisonbeginn ist wieder alles im Lot.«
May sah zu Boden.
»Ganz bestimmt«, sagte er, umarmte sie und strich ihr über das Haar, als sei sie verletzt und brauche Trost. Oder als befürchte er, ihre Liebe zu verlieren, wenn er nicht mehr Eishockey spielte.
»Saisonbeginn.« Sie dachte an das Training im August und September, an das erste Spiel am ersten Oktober.
»Sag also niemandem etwas bis dahin, ja?«
»Jemand muss auf Kylie aufpassen, wenn ich mit dir zum Arzt fahre.«
»Ich möchte nicht, dass Genny und Ray es wissen.«
May starrte auf das Telefon und überlegte krampfhaft, wie sie sich informieren und einen guten Spezialisten aus dem Branchenverzeichnis herauspicken könnte, als ihr plötzlich eine Idee kam.
»Ich glaube, ich kenne da jemanden.« Sie griff nach dem Hörer.
»Wen?«
»Eine Augenärztin in Boston. Sie ist bekannt, fast schon berühmt. Sie muss inzwischen ziemlich alt sein, aber – ich würde gerne herausfinden, ob sie noch praktiziert. Dr. Theodora Collins.«
»Und woher kennst du sie?«
»Sie war eine der Bräute, für die meine Mutter gearbeitet hat«, sagte May.

*

Dr. Theodora Collins hatte eine Praxis in ihrem Haus auf dem Gipfel des Beacon Hill, ganz in der Nähe, mit Blick auf den Public Garden und die gesamte Back Bay von Boston. Die Cartiers waren sofort nach Haus geflogen und hatten Kylie bei Tobin und Tante Enid abgeliefert. Es war ein heißer Tag, und in der Sonne wirkten die roten alten Backsteingebäude im Kolonialstil wie ausgetrocknet. Doch auf der Kuppe des Hügels ging ein leichter Wind, in dem sich die Fahnen sanft bewegten.

Martin saß im Wartezimmer, schweißgebadet. Die Klimaanlage lief, aber er spürte, wie Schweißtropfen zwischen seinen Schulterblättern hinabrannen. Beim Rasieren heute Morgen hatte er sich an vier Stellen geschnitten. Im Hochsommer nach Boston zu kommen war der helle Wahnsinn. Er wollte keinen einzigen Tag verschwenden, den er am Lac Vert verbringen konnte. Die Eishockeysaison stand vor der Tür, und bis zu ihrer Rückkehr würde ein weiteres Jahr vergehen.

»Sie ist spät dran«, sagte Martin.

»Wir haben einen Termin für zwei Uhr. Jetzt haben wir fünf nach.«

Martin nahm eine Ausgabe des *Boston Magazine* in die Hand. Das Lesen fiel ihm schwer, aber als er die Zeitschrift aufschlug, sah er sein Foto. Er trug das Trikot der Boston Bruins, hatte den Arm um Ray gelegt, grinste in die Kamera. Er dachte an den Stanley Cup, der dem Team durch seine Schuld entgangen war. Er hoffte, dass er die Chance bekam, noch eine weitere Saison zu spielen, den Cup im nächsten Jahr endgültig zu gewinnen.

»Das bist ja du«, sagte May, ihm über die Schulter blickend.

Martin nickte. Er starrte das Bild an, aber es blieb verschwommen. Der Druck in der Magengrube wurde immer größer. Was würde ihm diese Ärztin, der er nie zuvor begegnet war, erzählen? Er nahm zu Gedankenspielen Zu-

flucht. Wenn sie bis Viertel nach zwei erscheint, bedeutet das, alles ist in Ordnung. Oder wenn sie lächelt.
Er versuchte, sich anhand des Wartezimmers ein Bild von ihr zu machen. Er sah Lederstühle, einen bunten, mit Kettenstich bestickten Teppich, einen niedrigen Beistelltisch mit Zeitschriften. Eine blaue Vase mit gelben Blumen. Große Schwarz-Weiß-Fotos von Leuchttürmen an jeder Wand. Der Raum wirkte anheimelnd, weniger nüchtern und geschäftsmäßig als die Praxis des Optometrikers in LaSalle. Was konnte sie ihm anderes sagen als er? Er war hier, weil May Dr. Collins vorgeschlagen hatte, aber er fragte sich, ob er auf ein Karussell aufgesprungen war, das eine Runde nach der anderen drehte und ihn von einem Spezialisten zum nächsten führte.
Die Tür öffnete sich und eine ältere Frau betrat das Wartezimmer. Jede Hoffnung, es möge sich um die Sprechstundenhilfe der Ärztin handeln, zerschlug sich, als Martin den weißen Kittel und die ehrfurchtgebietende Haltung wahrnahm, mit der sie den Raum durchquerte – lächelnd, wie er merkte, während er ein Flattern im Magen verspürte.
»May, bist du es wirklich oder träume ich?«
»Dr. Collins?«
»Ja. Ach meine Liebe. Du bist ja richtig erwachsen geworden! Es ist so lange her …« Die Ärztin umarmte May lange. Martin nutzte die Gelegenheit, sich auszurechnen, wie lange es dauern mochte, bis er ihr vorgestellt, flüchtig untersucht und höflich verabschiedet würde.
»Wie geht es Ihrem Mann?«, fragte May, als sie sich schließlich voneinander lösten. »Ich erinnere mich noch an die Hochzeit. In der Old North Church, Sie hatten Lichter im Glockenturm aufgehängt, genau wie Paul Revere. Der große amerikanische Revolutionsheld«, fügte sie an Martin gewandt hinzu.

»William ist gestorben. Letztes Jahr. Wir hatten dreißig wundervolle Jahre miteinander. Ich vermisse ihn sehr …«, sagte die Ärztin. Sie hatte große, ruhige Augen.
»Das tut mir Leid. Ich erinnere mich noch, wie liebevoll er Sie immer angesehen hat. Ich war erst sieben, aber so etwas vergisst man nicht.« Martin wusste von May, dass ihre Familie zahlreiche Hochzeiten in Neuengland organisiert hatte, von Greenwich in Connecticut bis Bar Harbor in Maine, und einige länger als andere im Gedächtnis haften blieben.
»Und Sie sind Martin.«
»Ja. Martin Cartier.«
»Ich freue mich sehr, Sie kennen zu lernen. William war ein großer Eishockeyfan. Wir haben Sie oft spielen sehen. Und nun sind Sie mit May verheiratet.«
»Die Freude ist ganz meinerseits, Dr. Collins.«
»Sagen Sie bitte Teddy zu mir. May, du natürlich auch. So hat mich deine Mutter genannt. Deine Großmutter hat sich geweigert, für sie war und blieb ich Theodora, aber das passte zu ihr. Sie war immer korrekt und förmlich, in jeder Situation. Aber lasst uns hier nicht herumstehen wie bei einer Empfangszeremonie. Okay?«
»Okay«, sagte May.
Martin musterte sie verstohlen. Er schätzte sie auf etwa fünfundsechzig. Ihre Haare waren schlohweiß, hochgesteckt und auf dem Hinterkopf zu einem lockeren Knoten geschlungen. Sie trug eine Halskette und dazu passende Ohrringe. Ihre Augen waren strahlend blau, weise vom Alter und jugendlich zugleich. Sie erinnerte ihn an seine eigene Mutter. Aber wäre eine junge Augenärztin nicht besser, ehrgeizig und auf dem neuesten Wissensstand in einem medizinischen Bereich, der sich vermutlich ständig veränderte?

»Bitte.« Sie hielt die Tür zum Sprechzimmer auf.
Hinter der weißen Tür lag eine völlig andere Welt. Überall befanden sich Instrumente und Geräte. Auf einem Tisch stand ein wuchtiges Mikroskop, auf einem anderen ein Computer-Terminal. Martin kam sich vor, als hätte er das innerste Heiligtum eines Spitzen-Wissenschaftlers betreten, und nicht das Sprechzimmer einer netten alten Dame, die angeboten hatte, sie ›Teddy‹ zu nennen.
»Mein privates Forschungslabor«, sagte sie. »Ich schreibe meine wissenschaftlichen Arbeiten überwiegend zu Hause und habe die Ausrüstung, die ich brauche, gerne an Ort und Stelle.«
»Sie sind auch in der Forschung tätig?« May war erleichtert.
»Ja. Ich lehre in Harvard und muss meinen Studenten immer voraus sein, was die neuesten Erkenntnisse in meinem Metier angeht. Meine Praxis ist eine Art Außenstelle der Bostoner Augenklinik, wo ich die meisten Patienten behandle. Aber angesichts Ihres Bekanntheitsgrades, Martin, hielt ich es für besser, den ersten Termin unter Ausschluss der Öffentlichkeit wahrzunehmen.«
»Ich bin sicher, damit wird es auch getan sein«, sagte Martin.
Teddy antwortete nicht, sondern forderte ihn mit einer Geste auf, sich zu setzen. May und Martin nahmen nebeneinander Platz, Teddy gegenüber. Sie legte ein Patientenblatt an, mit einer ausführlichen Aufzeichnung seiner medizinischen Vorgeschichte, angefangen von Kinderkrankheiten bis zu Sehnenrissen. Sie ging dabei besonders auf Allergien, medikamentöse Behandlungen und chirurgische Eingriffe ein, wie die Entfernung der Mandeln und Knöcheloperationen.
»Hatten Sie Kopfverletzungen?«

»Ungefähr zehntausend.«
»Können Sie sich an alle erinnern?«
»An jede einzelne.«
»Dann schießen Sie los.« Sie lächelte, fing ein neues Blatt an.
Gehirnerschütterungen, Schädelfraktur, Kiefernbrüche, zertrümmerte Augenhöhle, Netzhautablösung, ein ausgerenkter Kiefer, Platzwunden am Kopf, an der Stirn, am Kinn und an den Wangen. Er zeigte ihr seine Narben, die sie, aus der professionellen Warte, zu bewundern schien. Mit jeder einzelnen war eine Geschichte verbunden, die Erinnerung an verschiedene Gegner in verschiedenen Städten. Besonders seine Augen sagten alles über sein Verhältnis zu Nils Jorgensen aus.
»Und was führt Sie zu mir?«
»Nun, ich sehe in letzter Zeit ein wenig verschwommen.«
»Verschwommen?«
»Ja. Nicht immer. Meistens ist alles in Ordnung. Aber manchmal ist es so, als würde ich durch ...« Er suchte nach dem richtigen Wort, als könnte sich das Problem durch die falsche Bezeichnung verschlimmern, »... durch eine Nebelwand blicken. Oder einen Vorhang.«
»Auf beiden Augen?«
»Auf dem linken ist es schlimmer«, gestand er, ohne May anzuschauen.
»Wann haben Sie die Symptome zum ersten Mal bemerkt?«
»Das ist schon eine Weile her.« Er vermied immer noch krampfhaft, in Mays Richtung zu blicken.
»Wie lange ist das her? Ein Monat, zwei Monate?«
»Ein Jahr. Es ist schon ein Jahr her.«
Die Symptome waren zum ersten Mal im letzten Jahr aufgetreten, unmittelbar vor den Playoffs, während eines regulären Spiels in der Saison gegen die Rangers, wenige

Wochen bevor er May begegnet war. Sie waren kaum der Rede wert, vor allem im Vergleich zu der Augenverletzung vor drei Jahren, als Nils Jorgensen ihm einen Fausthieb versetzt hatte und die Welt in Finsternis versunken war.
Martin hatte eine zerschmetterte Augenhöhle und eine Netzhautablösung davongetragen. Er war die Hälfte der Saison außer Gefecht gesetzt, aber der Schaden konnte operativ behoben werden und bis zum nächsten Jahr war er so gut wie neu. Anfangs hatte er regelmäßig Augenuntersuchungen durchführen lassen, aber sobald sein Sehvermögen hundertprozentig wiederhergestellt war, hatte er es schleifen lassen.
Bis vor einem Jahr hatten seine Augen tadellos funktioniert. Doch eines Tages sah er alles nur verschwommen. Ganz plötzlich, ohne ersichtlichen Grund, und zuerst hatte er angenommen, er hätte etwas im Auge. Vom Spielgeschehen abgelenkt, hatte ihn ein Stock an der Schläfe erwischt, Levebre war es gelungen, ein Tor für New York zu erzielen, und Martin hatte eine wichtige Lektion gelernt: konzentriert weiterspielen, gleich ob mit oder ohne klare Sicht.
Das war kein großes Problem für ihn. Martin hatte schon vor langer Zeit entdeckt, dass er auf dem Eis viele Krisen zu bewältigen vermochte. Auf Schlittschuhen zu stehen hatte ihm geholfen, den Auszug seines Vaters, die Scheidung, den Tod seiner Mutter und dann Natalies zu verkraften. Jeden Tag betrat er mit Schmerzen in den Knöcheln und Knien das Eis, Schmerzen, die laut Auskunft seiner Ärzte andere zum Krüppel gemacht hätten. Eine verschwommene Sicht war also keine große Sache; sie hatte seine Bewegungen nur eine Weile verlangsamt, bis er gelernt hatte, sie zu kompensieren.
Doch als Martin sich nun sagen hörte, er habe die Beschwerden bereits seit einem Jahr, erschrak er selber. Wa-

rum hatte er ein offensichtliches Problem so lange ignoriert? Was wäre, wenn es damals noch zu beheben gewesen wäre, jetzt aber nicht mehr? Teddy machte sich Notizen, äußerte weder Besorgnis noch eine Meinung. Martin konnte May nicht anschauen, wollte die Bestürzung in ihren Augen nicht sehen, aber sie streckte die Hand aus und berührte sein Knie, und als er den Blick hob, lächelte sie ihm ermutigend zu.

Teddy machte den gleichen Sehtest mit ihm wie Maurice Pilote. Beide Augen in Ordnung, rechtes Auge in Ordnung, linkes Auge nichts.

»Das war's«, sagte Teddy. »Kommen Sie jetzt bitte zu mir, ich möchte Ihre Augen untersuchen.«

»Ich werde ein Augentraining machen«, sagte Martin, als er den Raum durchquerte. »Was immer Sie sagen. Ich weiß, ich hätte früher damit anfangen und schon bei der letzten Generaluntersuchung den Mund aufmachen sollen. Vermutlich habe ich mir eingeredet, erst wenn der Doc von sich aus etwas merkt, habe ich ein Problem. Wenn nicht, muss alles Ordnung sein. Ich hatte immer Sehstärke 6/6.«

»Ach ja richtig, Sie sind ja Kanadier.« Teddy lächelte, als sie ihn mit einer Geste aufforderte, auf der anderen Seite des Untersuchungstisches Platz zu nehmen.

Sie saßen sich gegenüber, das Haag-Streit-Spaltlampen-Biomikroskop zwischen ihnen. Teddy forderte ihn auf, sich nach vorne zu beugen und das Gesicht in eine maskenähnliche Vorrichtung zu legen. Sie erklärte, sie werde nun einen Lichtstrahl auf und in sein Auge projizieren und dadurch einen stark vergrößerten optischen Querschnitt erhalten.

»Stimmt etwas nicht?«, fragte er, nachdem sie eine Weile in das Mikroskop geschaut hatte.

Sie lachte. »Geduld, junger Mann.«

»Gehört nicht gerade zu meinen Stärken.«

»Das kann ich mir denken. Ich habe Sie spielen sehen, wenn Sie sich erinnern.«

»Ja, richtig.«

Die Klimaanlage summte. Martin versuchte, Ruhe zu bewahren, aber er spürte, wie ihn eine Welle der Angst ergriff. Er wäre am liebsten aufgesprungen, hätte May an der Hand genommen, und dann nichts wie weg. Er hatte kein ›Sitzfleisch‹, sei es auf seinem Platz im Flugzeug, in einem bequemen Armsessel oder auf der Spielerbank. Seine Muskeln schmerzten und er hatte das unwiderstehliche Verlangen davonzulaufen.

Teddy sagte ihm, er solle sich entspannen. Das Panikgefühl begann zu verblassen.

»Sie haben etliche Narben.«

»Wirklich?«

»Ja. Ich sehe die Stelle in Ihrem linken Auge, wo sich die Netzhaut abgelöst hat. Das stumpfe Trauma, das Sie erlitten haben.«

»Madame, die Art, wie ich meinen Lebensunterhalt verdiene, bringt ein stumpfes Trauma nach dem anderen mit sich.«

»Kann ich mir gut vorstellen«, erwiderte Teddy.

Nun erklärte sie ihm, dass sie Tropfen in seine Augen träufeln werde, um die Pupillen zu erweitern. Die Tropfen brannten, aber er zuckte mit keiner Wimper. Mit dem Goldmann-Nonkontakt-Tonometer maß sie den Augendruck, um den grünen Star auszuschließen. Zu guter Letzt machte sie mit einer hochleistungsfähigen Kamera, die auf eine Spaltlampe montiert war, eine Reihe von Aufnahmen.

Dann setzte sie sich aufrecht hin und lächelte, womit sie andeutete, dass die Untersuchung vorüber war. Während sie sich Notizen machte, spähte er über seine Schulter zu

May hinüber. Sie hatte schweigend auf der anderen Seite des Raumes gesessen und Martin versuchte, sie scharf zu sehen. Die Tropfen und das seltsame Licht in seinen Augen hatten seine Sicht vorübergehend noch mehr getrübt und alles, was er wahrnehmen konnte, war ein dunkler Schatten, der in der Nähe des Fensters saß.
»Was haben Sie herausgefunden, Teddy?«, hörte er May fragen.
»Nun, es gibt Anzeichen der Netzhautablösung, von der Martin berichtet hat.«
»Das ist also das Problem.« Martin fühlte sich irgendwie erleichtert. »Das ist vor ungefähr vier Jahren passiert, Nils Jorgensens Rache für irgendeine Verletzung, die ich ihm beigebracht hatte. Damals spielte ich für Vancouver, und dort wurde ich mit Laser-Chirurgie behandelt. Der Arzt sagte, er werde die Netzhaut ›punktuell zusammenschweißen‹ und danach sei alles in Ordnung. War es auch, ich hatte keinerlei Probleme. Ich habe es Jorgensen heimgezahlt, und das nächste Mal hat er sich wieder bei mir revanchiert.«
»Ein endloser Kreislauf«, sagte Teddy.
»So ist das im Eishockey.« Martin zuckte die Schultern.
Teddy nickte. Sie hatte die Händen vor dem Körper verschränkt wie seine Mutter in der Küche am Lac Vert, wenn sie sich wieder einmal eine seiner weit hergeholten Ausreden anhörte, warum er mit Ray Eishockey gespielt hatte, statt seine Pflichten im Haushalt oder seine Hausaufgaben zu erledigen.
»Ist das wirklich die Ursache des Problems?«, sagte May.
»Das kann ich erst mit Sicherheit sagen, wenn ich weitere Tests durchgeführt habe, aber hier fehlt mir leider die benötigte Ausrüstung. Könnten Sie in die Klinik kommen?«

»Natürlich. Ich hoffe nur, dass der GM nichts davon erfährt.«
»Der GM?«
»Übersetzen, Martin!«, meinte May.
»Oh, tut mir Leid. Der Manager der Bruins. Mein Vertrag läuft dieses Jahr aus, und es hätte mir gerade noch gefehlt, wenn sie herausfinden, dass ich Augenprobleme habe. Sie machen mir schon genug Ärger wegen meiner Knöchel. Ich möchte ihnen keine weitere Munition für den Verhandlungstisch liefern.«
»Von mir und meinen Mitarbeitern erfahren sie nichts«, versicherte Teddy. »Aber ich kann natürlich nicht für das gesamte Klinikpersonal die Hand ins Feuer legen. Ich mache Ihnen einen Vorschlag: Kommen Sie nach der Sprechstunde, gleich morgen Abend. Gegen neun? Dann nehme ich Sie gleich dran.«
»Vielen Dank«, sagte May.
»*Merci bien.*«
Er wünschte, die Tropfen würden sich endlich auflösen. Er erinnerte sich an die Fotos im Wartezimmer, und wieder dachte er an seine Mutter. Sie hatte meisterhaft fotografiert.
»Wer hat die Fotos aufgenommen, die an den Wänden hängen?« fragte er.
»Mein Mann.«
»War er Fotograf?«
»Nein, das war sein Hobby. Wir haben viele Reisen unternommen, vor allem auf Inseln. Inseln waren unsere große Liebe. Und überall besichtigten wir als Erstes den Leuchtturm, und William machte Fotos.«
»Warum ausgerechnet Leuchttürme?«, fragte Martin.
»Weil sie schön sind, und weil William meine Arbeit mit Blinden würdigen wollte.«
Blind: Das Wort erfüllte Martin mit Furcht. Aber Teddy re-

dete unbekümmert weiter, erzählte von dem Backstein-Leuchtturm auf der schroffen Klippe von Gay Head, dem gestreiften Leuchtturm auf Cape Hatteras, dem aus Naturstein errichteten Leuchttum auf Block Island, der dunklen Säule auf Gull Island.

»Fotografieren war seine große Leidenschaft«, fügte Teddy hinzu.

»Meine Mutter fotografierte auch gerne«, sagte Martin.

»Vielleicht haben Sie ihr Talent geerbt.«

Martin schüttelte den Kopf. »Nein, ich bin meinem Vater nachgeraten. Der spielte auch Eishockey. Wir haben nur eine Gabe für Aktivitäten, bei denen es rau zugeht.«

»Vielleicht wären Sie überrascht, was Sie in sich entdecken, wenn Sie eine Kamera in die Hand nehmen.«

Martins Kehle war wie zugeschnürt. Sein Sehvermögen, getrübt durch Augentropfen und was auch immer, würde es ihm verwehren, zu fotografieren. Er schüttelte stumm den Kopf.

»Also, dann bis morgen in der Klinik«, sagte Teddy abschließend.

»Danke für Ihr Entgegenkommen«, sagte May.

»Das ist doch wohl das Mindeste. Martin ist in Boston bekannt wie ein bunter Hund. William würde es nicht anders wollen.«

»Nochmals danke, auch im Namen meiner Mutter«, sagte May und umarmte Martin. »Ich wünschte, sie hätte Martin kennen gelernt.«

»Ich habe das Gefühl, sie weiß alles über ihn«, sagte Teddy.

24

Eine Sommerbrise wehte durch den Hof des Gefängnisses und verschaffte den Häftlingen ein wenig Erleichterung von der Hitze. Als Serge durch die Gitterstäbe nach draußen blickte, sah er einen kleinen Jungen mit einem Baseballhandschuh dort stehen. Heute war kein Besuchstag, doch selbst wenn, wäre der Junge vergebens gekommen. Serge erkannte ihn: Es war Ricky, Tinos Sohn.

»Was macht denn der Junge hier?«, fragte Serge Jim, den Wärter.

»Trauriger Fall. Er treibt sich ständig hier herum.«

»Sein Vater ist doch tot.«

»Das sagen Sie ihm mal.«

»Weiß er das nicht?«

Jim schüttelte den Kopf. »Es gab eine Beerdigung und alles, was dazugehört, aber der Junge weigert sich, die Tatsache zu akzeptieren.«

»Und was macht er da?« Serge blickte durch die Gitterstäbe. Der Junge war etwa acht Jahre alt, klein und drahtig, trug ein blaues T-Shirt und eine Baseballkappe der Yankees. Er warf mit einer Hand den Ball und fing ihn mit dem Handschuh auf, wie ein Pitcher, der ungeduldig darauf wartet, dass der Schlagmann endlich seine Position einnimmt.

»Keine Ahnung. Steht da rum. Wirft den Ball gegen die Wand, bis ich ihn nach Hause scheuche.«

»Was ist mit seiner Mutter?«

»Die hat selber genug Probleme.«

»Was will er hier?«

»Keine Ahnung.« Jim beobachtete den Jungen. »Sich anschauen, wo er vielleicht selbst eines Tages landen wird. Der Apfel fällt bekanntlich nicht weit vom Stamm.«
»So was zu behaupten ist mies.«
»Ich sauge mir die Statistiken nicht aus den Fingern«, erwiderte Jim. Ein Wortgefecht auf der anderen Seite des Gefängnishofes weckte seine Aufmerksamkeit und er eilte davon, um nach dem Rechten zu sehen.
Serge starrte den Jungen an. Wieso hatte er sich überhaupt die Mühe gemacht, Jim zu fragen? Serge wusste, was er dort tat: Er wartete darauf, dass sein Vater kam und mit ihm Baseball spielte. Auf Vernunft kam es hier nicht an. Selbst nachdem Agnes ihn rausgeschmissen und er begonnen hatte, in Saus und Braus zu leben, war er entschlossen gewesen, zurückzukehren und das Wiedersehen mit seinem Sohn groß zu feiern.
Aber irgendetwas war immer dazwischen gekommen: das nächste Spiel, die nächste Party, das nächste Pferderennen, die nächste Frau. Sein Sohn hatte es nicht verdient, im Stich gelassen zu werden. Martin hatte nie aufgehört, zu warten und zu hoffen, hatte aus dem Fenster auf das Eis geschaut und sich gewünscht, sein Vater möge um die Ecke biegen. Serge wusste es; niemand musste es ihm erzählen.
»Hallo, Kleiner!«, rief Serge.
Der Junge stand auf der gegenüberliegenden Seite der schmalen Straße und tat, als hätte er ihn nicht gehört. Er fuhr fort, den Ball zu werfen und zu fangen, mit verbissener Konzentration.
»Ricky!«
Der Junge spitzte die Ohren, aber er würdigte Serge keines Blickes. Der Ball prallte gegen den Lederhandschuh, härter und härter.

»Braver Junge. Redet nicht mit Fremden, vor allem nicht mit solchen, die im Knast sitzen.«

Nun drehte ihm der Junge den Rücken zu, damit er Serge nicht ansehen musste. Die Würfe wurden noch intensiver.

»Du vermisst deinen Dad. Ich auch.«

Der Junge warf und verfehlte den Ball beim Auffangen, so dass er auf dem Bürgersteig auf und ab sprang und gegen einen Baum prallte. Der Junge rannte ihm nach, als gelte es, bei einem Baseballspiel gegen den Uhrzeigersinn um das Innenfeld zu laufen. Er bremste, schlitterte, hob den Ball auf. Dann kehrte er zu der Stelle zurück, an der er gestanden hatte, und begann wieder, den Ball zu werfen und mit dem Handschuh zu fangen.

»Dein Dad war ein anständiger Kerl«, sagte Serge.

Der Junge murmelte etwas vor sich hin, und obwohl Serge nicht in der Lage gewesen wäre, es zu beschwören, meinte er zu hören: »Ist.«

»Er hat mir erzählt, dass du ein guter Baseballspieler bist. Stimmt das?«

Statt einer Antwort warf Ricky den Baseball, so hoch er konnte. Er schoss wie eine Rakete in den Himmel, in einer geraden Linie, dann landete er mit einem perfekten dumpfen Aufprall im Handschuh.

»Ausgezeichnet«, sagte Serge.

Ricky nahm sein Ein-Mann-Fangspiel wieder auf. Es war warm draußen, ein herrlicher Sommertag. Serge dachte an Lac Vert und fragte sich, ob es irgendwo in der Nähe einen See oder Weiher gab. Jungen sollten an schönen Sommertagen schwimmen gehen oder mit ihren Freunden spielen und nicht vor den Toren eines Gefängnisses herumlungern, um auf einen Vater zu warten, der ermordet worden war.

Serge sah den Jungen an und dachte an Tino. Die Ähnlich-

keit war groß: die drahtige Statur, die hohen Wangenknochen, die eindringlichen dunklen Augen, das kurz geschnittene Haar. Wie alt war Tino gewesen, als er auf die schiefe Bahn geraten war und begonnen hatte, sich mehr für die Straße als für Fangspiele zu interessieren?
»Mein Sohn hat auch schon einige Bälle geworfen«, sagte Serge.
Der Junge gab vor, nicht zuzuhören.
»Er hat nie aufgehört, an sich zu arbeiten und zu üben, tagein, tagaus. Heute ist er Profisportler.«
Ricky bedachte ihn mit einem flüchtigen Blick. Er kam aus dem Rhythmus und der Ball rollte weg. Als er ihn dieses Mal aufhob, trat er unauffällig einen Schritt näher an die Gitterstäbe heran, bevor er sein Spiel wieder aufnahm.
»Er ist einer von den ganz Großen. Nächstes Jahr wird er den Stanley Cup gewinnen; er spielt Eishockey für die Boston Bruins.«
Ricky sah herüber, als versuche er zu erkennen, ob Serge die Wahrheit sagte. Er hatte von seinem Vater im Laufe der Zeit vermutlich viele Lügen zu hören bekommen. Serge war selbst ein Experte für Halbwahrheiten und Lügen, hatte sich eingeredet, es spiele keine Rolle, gehe niemanden etwas an, und er hatte immer eine Rechtfertigung für sein Verhalten gefunden.
Er war ein notorischer Lügner und verdiente den misstrauischen Blick des Jungen.
»Vielleicht kennst du ihn. Martin Cartier. Der Goldene Vorschlaghammer.«
Ricky hob die Augenbrauen, als wollte er sagen: »Kann sein, kann aber auch nicht sein.« Dann begann er den Ball gegen die Wand zu werfen und ließ ihn einmal aufspringen, bevor er ihn fing.
»Er hat nie aufgehört zu üben. Er hat den Ball nicht eine Se-

kunde aus den Augen gelassen, genau wie du. Behalte den Ball und dein Ziel im Auge, Ricky. Damit dein Vater stolz auf dich sein kann.«

Werfen, aufspringen, fangen. Werfen, aufspringen, fangen.

Der Wachmann kam von dem Handgemenge zurück und bezog Stellung am Tor, klatschte in die Hände, versuchte, Ricky zu verscheuchen. Der Junge fing den Ball und sah dem Wärter mit einer Mischung aus Angst und Angriffslust in die Augen.

»Hau endlich ab«, sagte Jim. »Bring mich nicht dazu, dass ich jemanden rufe, der dich hier wegholt.«

»Ich warte auf meinen Dad.«

»Erzähl keinen Unsinn. Du weißt doch, dass dein Vater tot ist. Das tut mir zwar Leid, aber deshalb kannst du trotzdem nicht stundenlang hier herumlungern.«

»Ich warte auf ihn.«

Jim schüttelte den Kopf. »Zwing mich nicht, die Polizei zu rufen und dich abführen zu lassen.«

Rickys Augen weiteten sich vor Schreck. Damit hatte der Wärter die erwünschte Wirkung erzielt: Das Wort Polizei hatte ausgereicht. Acht Jahre alt, und schon Angst vor den Gesetzeshütern. Serge bedauerte, dass Tino straffällig geworden war und seinem einzigen Sohn ein solches Erbe hinterlassen hatte. Wenn Väter nur in der Lage wären, die Uhr zurückzudrehen, ihre armseligen Lektionen zu lernen und noch einmal von vorne anzufangen, solange ihre Söhne klein waren und genug Zeit blieb, es besser zu machen.

Mit finsterer Miene trat Ricky den Rückzug an.

»Junge, vergiss nicht, weiter zu üben. Hör nicht damit auf!«, schrie Serge ihm nach.

»Wozu? Macht doch sowieso keinen Unterschied«, murmelte der Wärter.

Ricky legte den Kopf schief, als hätte er die Worte gehört. Er setzte seinen Weg schweigend fort, rückwärts, Schritt für Schritt, warf den Baseball und fing ihn mit dem Handschuh.

»Bist du Yankee-Fan? Wer ist dein Lieblingsspieler?«, rief Serge ihm nach.

Ricky öffnete den Mund, als wollte er antworten. Doch stattdessen drehte er sich um und hielt ihm die Rückseite seines T-Shirts hin, wo der Name MARTINEZ aufgedruckt war. Serge war stolz, dass sich der Junge auf kein Gespräch einließ.

»Tino Martinez. Guter Mann«, rief Serge.

Ricky nickte: Serge sah, wie sein Kopf bestätigend auf und ab hüpfte. Er ging schneller, dann begann er zu laufen.

»Lass dich hier ja nicht wieder blicken!«, sagte Jim.

»Übe, so oft es geht!«, rief Serge ihm nach. »Und sprich nicht mit Fremden!«

Er fragte sich, ob die Post schon da war. Er sah jeden Tag nach. Seit er Martin den Brief geschrieben hatte, gab es etwas, wovon er träumen, worauf er hoffen konnte. Es gab einen Grund, jeden Morgen aufzustehen, und dazu hatte es nicht mehr bedurft als einer Briefmarke und eines Umschlags. Er ging durch den Hof, sah nach, ob er Post hatte, und dann begann er zu laufen.

*

Die Cartiers hatten beschlossen, vorerst in Black Hall zu bleiben, statt in das Stadthaus zurückzukehren, weil die Luft auf dem Lande kühler, frischer und mehr wie am Lac Vert war; außerdem war es einfacher, tagsüber eine Betreuung für Kylie zu finden.

»Sag, wie ich dir helfen kann«, hatte Tobin gesagt, nachdem May sie über den neuesten Stand der Entwicklung aufgeklärt hatte. »Ich meine es ernst, May. Frag einfach. Ich halte die Daumen, dass alles wieder gut wird. Ein Sportler wie Martin …«

»Ich weiß.« May ließ ihren Tränen freien Lauf. Sie hatte nicht vor Martin weinen wollen. Es bestand immer noch Hoffnung. Teddy hatte noch keine endgültige Diagnose gestellt. »Das ist so unfair«, schluchzte May. »Er hat Angst, Tobin. Und ich kann nicht mit ansehen, wie er sich quält.«

»Er hat dich. Ihr steht das gemeinsam durch.«

Sie fuhren die weite Strecke nach Boston, und dieses Mal hatte er nicht einmal Anstalten gemacht, sich hinter das Steuer zu setzen. Sie wusste, dass sich sein Sehvermögen seit Beginn des Sommers dramatisch verschlechtert hatte. Keiner von beiden hatte in der Nacht ein Auge zugetan. May hatte im Bett gelegen, an die Decke gestarrt und gewusst, dass Martin ebenfalls wach war und die Wand anstarrte. Sie beobachtete, wie die Sterne am nächtlichen Himmel aufgingen, einer nach dem anderen. Als der Hahn des Nachbarn in der Morgendämmerung krähte, hatte sie nicht eine Minute geschlafen. Serges Brief war ihr immer wieder durch den Kopf gegangen. Sie hatte ihn vom Lac Vert mitgebracht und sich gewünscht, Martin hätte ihn gelesen. An etwas anderes zu denken hatte sie nicht gewagt. Der heutige Tag war ihr endlos vorgekommen. Weder Martin noch sie hatten Hunger gehabt und auf das Abendessen verzichtet; sie waren auf der Route 395 nach Nordosten gefahren, zu seinem Termin mit Teddy, der nach der offiziellen Sprechstunde anberaumt war.

»Alles in Ordnung?«, fragte sie nun und bog auf die Route 90 nach Osten ab. Die Silhouette von Boston tauchte vor ihnen auf, die hell erleuchteten Türme des Prudential- und John-Hancock-Gebäudes ragten hoch über der Stadt auf,

und sie fragte sich beklommen, was sie wohl erwarten mochte.
»Alles bestens. Und was ist mit dir?«
»Auch alles bestens.« Sie wusste, dass sie sich gegenseitig etwas vormachten.
Es war seltsam, Martin zu fahren. May hatte mit sechzehn ihren Führerschein gemacht, war seither immer und gerne Auto gefahren. Aber wenn sie zusammen waren, pflegte Martin am Steuer zu sitzen.
Um die Stille zu durchbrechen, schaltete sie das Radio ein. Sie fand einen Sender mit guter Musik, und sie hörten eine Weile schweigend zu. Sie merkte, dass sie sich entspannte und die Hoffnung wuchs, dass am Ende doch noch alles gut würde. Martin empfand vermutlich das Gleiche, denn er legte seine Hand auf ihren Oberschenkel.
»Danke, dass du mich fährst.«
»Ich bitte dich, das ist doch das Mindeste –«
»Und für alles andere. Dass du für mich da bist, May.«
»Danke, dass du für mich da bist, Martin.« May hörte Tobins Worte, die ihr Mut und Stärke einflößen sollten. Sie warf ihm einen flüchtigen Blick zu: Er deckte gerade das eine, danach das andere Auge ab, prüfte sein Sehvermögen mit den Händen, als ob sich das Problem während der langen Fahrt von selbst beheben würde.
Teddys Wegbeschreibung folgend, fuhren sie in die Parkgarage der Klinik und gingen durch einen gläsernen Skyway zum Büroturm hinüber. Darunter sah sah man das dunkle Wasser des Hafens, wo reger Schiffsverkehr herrschte. Fähren, Tanker fuhren vorüber und Ausflugsdampfer, auf denen gefeiert wurde, Orchestermusik drang gedämpft durch das Glas. Die Menschen genossen die Freuden eines Sommerabends an der frischen Luft, während die Cartiers die Welt der Medizin betraten, vollkli-

matisiert und desinfiziert, in der eine angespannte Atmosphäre herrschte.
Im Gegensatz zu den Praxisräumen in ihrem Wohnhaus war Teddy Collins' Arbeitsplatz in der Bostoner Augenklinik elegant und hochmodern, ganz in Weiß gehalten und chromblitzend. Sie waren gerade angekommen, als Teddy sie schon zu sich hereinrief, damit ihr Besuch keine Aufmerksamkeit erregte.
Als May Martin in das Untersuchungszimmer folgen wollte, hielt Teddy sie an der Tür zurück.
»Ich möchte Martin alleine untersuchen. Bitte warte in meinem Büro.«
»Natürlich«, erwiderte May gekränkt. Sie wollte es nicht persönlich nehmen, aber es versetzte ihr trotzdem einen Stich.
»Gehen Sie schon rein, Martin. Nehmen Sie auf dem Stuhl an dem Tisch dort hinten Platz. Ich möchte May etwas zeigen.«
Martin nickte. Teddy brachte May in ihr Allerheiligstes. Sie legte ein weißes Lederalbum auf den Tisch, ihre Hand ruhte auf dem Einband.
»Meine Hochzeitsfotos. Mit vielen Aufnahmen von dir und deiner Mutter. Ich dachte, du würdest sie dir gerne anschauen.«
»Danke.« May betrachtete das aufwändig geprägte Leder, die Initialen »T & W« in verschlungenen, fließenden Schriftzügen, und sah Teddy zweifelnd an. War es ein Fehler gewesen, Teddy als Martins Ärztin auszuwählen? Sie ausgerechnet zu einer Zeit aufzusuchen, wo sie beide gelähmt waren vor Angst, und Hochzeitsfotos vorgelegt zu bekommen?
Doch beim Anblick von Teddys zerfurchtem und einfühlsamem Gesicht, das einen höchst konzentrierten und auf-

merksamen Eindruck machte, füllten sich Mays Augen mit Tränen.
»Ich liebe ihn so sehr«, sagte May.
»Ich weiß.«
May senkte den Kopf, wischte sich verstohlen die Augen.
»Ich habe erfahren, dass er sich auf etwas sehr Ernstes gefasst machen muss«, sagte Teddy.
»Sie wissen also schon –«
»Na ja, es gibt da bestimmte Anhaltspunkte, ich kann Ihnen aber leider noch nicht sagen, inwieweit sie stichhaltig sind. Nach der Untersuchung werden wir in jedem Fall mehr wissen.«
»Ich mache mir solche Sorgen um Martin. Bitte helfen Sie ihm, Teddy. Bitte …«
»Ich werde alles tun, was in meiner Macht steht.« Dann umarmte sie May und ließ sie in dem weitläufigen Eckbüro allein. Der Raum bot einen Ausblick auf den Logan Airport am anderen Ufer des schwarzen Wassers, auf dem ständig Flugzeuge starteten und landeten. An den Wänden hingen dicht an dicht Williams meisterhafte Fotos von Leuchttürmen aus aller Welt.
Doch May hatte keinen Blick für sie. Sie blätterte in dem Hochzeitsalbum. Es enthielt zahlreiche Aufnahmen von Teddy und William, Emily und Lorenzo Dunne, Tante Enid und der kleinen May, aber vor allem von Samuel und Abigail Taylor. Gebannt betrachtete sie die Fotos, auf denen ihr Vater abgebildet war.
Er sah genauso aus, wie sie ihn in Erinnerung hatte. Hochgewachsen und stark, mit braunen Locken und haselnussbraunen Augen. Er trug einen grauen Anzug mit einer blauen Krawatte; May kniff die Augen zusammen und meinte, ein Seemöwen-Muster darauf zu erkennen. Sie hatte ihm einmal zum Vatertag eine Krawatte mit See-

möwen geschenkt. Er lächelte in die Kamera, eine Hand auf Mays Schulter gelegt.
Mays Augen schwammen in Tränen, als sie das Bild betrachtete. Sie war damals sechs oder sieben Jahre alt gewesen, im gleichen Alter wie Kylie. Auf den Fotos war sie nie weiter als zwei Schritte von ihrem Vater entfernt. Sie hatte ihn vergöttert, und das Gefühl hatte auf Gegenseitigkeit beruht.
Liebe war ungeheuer wichtig. Familie und alte Freunde waren eine Stütze, selbst wenn sie nicht präsent waren. May schloss die Augen, beschwor die Gesichter ihrer Eltern herauf. Sie sah ihren Vater vor sich, der ihr zulächelte. Seit dem Besuch bei Serge hatte May den Weg zu ihrem Vater gefunden.
Sie dankte Gott für Martin, der Kylie ein Vater sein wollte. Tränen liefen über ihre Wangen, und sie wünschte, Martin wäre ebenfalls in der Lage, einen Weg zu seinem Vater zu finden. Er könnte auf seine Stärke und Liebe bauen, ungeachtet dessen, was die Untersuchung ergeben würde.

*

Martin hatte Arztbesuchen noch nie etwas abgewinnen können. Als er klein war, musste seine Mutter ihn bestechen, um ihn zum Kinderarzt zu bringen. Als Erwachsener waren seine Kontakte zu Ärzten auf die regelmäßigen Generaluntersuchungen der Mannschaft und die Nachsorge bei Verletzungen beschränkt, die er sich bei einem Eishockeyspiel zugezogen hatte.
Er hatte folglich Schmetterlinge im Bauch, als er nun in dem mit Hochtechnologie ausgestatteten Untersuchungszimmer der Ärztin saß. Er wünschte, May wäre an seiner Seite. Die Ausrüstung erinnerte an Folterinstrumente.

»Wie geht es Ihnen, Martin?«, fragte Teddy.
»Bestens«, flunkerte er.
»Das ist gut. Ich werde heute nämlich einige Tests machen, die umfassender sind als gestern, und ich möchte, dass Sie versuchen, sich zu entspannen.«
»Ich bin entspannt«, sagte er, die Muskeln in Nacken und Schultern verkrampft und angespannt wie nasse Schnürsenkel.
»Gut, mein Lieber.« Trotz ihrer mütterlichen Art waren die Bewegungen der Ärztin nüchtern und sachlich. Sie überprüfte die Skalenanzeiger der Instrumente, machte sich Notizen.
»Ich werde als Erstes ein Fluoreszin-Angiogramm machen. Auf diesem Röntgenkontrastbild erkennt man Veränderungen in der Netzhaut, aber um einwandfreie Ergebnisse zu erzielen, muss ich ein Kontrastmittel spritzen. Sie haben keine Allergien, oder?«
»Nein.« Da vor fünf Jahren nach einem heftigen Gerangel mit mehreren New Jersey Devils ein Rückenmark-Röntgenbild gemacht werden musste, waren ihm Kontrastmittel nicht fremd. Aber beim Gedanken daran wurde ihm unbehaglich, wie Teddy bemerkte.
»Es ist nicht gerade angenehm. Manchen Leuten wird davon übel.«
»Ich erinnere mich.«
»Trotzdem erfahren wir auf diese Weise am zuverlässigsten, was los –«
»Dann machen Sie das«, unterbrach Martin sie. »Und alles andere, was nach Ihrer Meinung nötig ist. Ich werde tun, was Sie sagen, um es hinter mich zu bringen. Führen Sie Ihre Untersuchungen durch, stellen Sie die Diagnose, verordnen Sie mir die erforderlichen Medikamente. Ich werde mich strikt an Ihre Anweisungen halten, damit ich nächs-

ten Monat für das Training fit bin. Augentraining, Operation, was auch immer.«

»Martin –«

Martin hasste es, zu flehen oder zu betteln, aber er wollte die Situation absolut klarstellen, damit sie verstand. Sie war Eishockeyfan, hatte vermutlich auch schon andere Spieler behandelt. »Ich muss schnell wieder auf dem Damm sein. Unter Umständen habe ich nur noch dieses eine Jahr.«

»Ein Jahr?«

»Um in der Profiliga Eishockey zu spielen.« Seit sich ihm die Zunge gelöst hatte, überstützten sich die Worte geradezu. »Ich werde langsam zu alt für diesen Sport. Verschleißerscheinungen, vor allem an den Gelenken; das passiert eben, wenn man so lange spielt wie ich. May weiß nichts davon, aber eigentlich hatte ich geplant, mich in diesem Jahr aus dem Profisport zurückzuziehen.«

»Sie meinen, nach der nächsten Saison?«, fragte Teddy stirnrunzelnd.

Martin schüttelte den Kopf. »Ich meinte, nach der *letzten* Saison.«

»Aber Sie haben es nicht getan.«

»Ich konnte nicht. Ich muss erst den Stanley Cup gewinnen.«

»Sie sind ein fantastischer Spieler, Martin. Mit oder ohne –«

Er schüttelte erneut den Kopf. Vielleicht hatte er sie falsch eingeschätzt, vielleicht verstand sie doch nicht, worum es ging. »Der Cup bedeutet mir alles. Ich habe mein ganzes Leben lang gekämpft, um diese Trophäe zu erringen, die größte im Eishockey. Mein Vater hat sie dreimal gewonnen. In den letzten beiden Jahren, seit ich May kenne, war ich so nahe am Ziel. Es war zum Greifen nahe …«

»Ich habe Sie im Fernsehen gesehen.«

»Wenn ich Spiel sieben gewonnen hätte, wäre ich bereits im Ruhestand. Das war mein Plan, aber daraus wurde nichts. Noch ein Jahr, Doktor. Das ist alles, was ich brauche. Ich weiß, dass ich dieses Mal gewinnen kann. Ich werde alles tun, was erforderlich ist, um dieses eine Jahr in der Mannschaft zu bleiben.«

Teddy stand vor ihm, die Arme an den Seiten. Martins Sicht war so getrübt, dass er sie nur schemenhaft wahrnehmen konnte. »Meine Augen werden schlimmer statt besser.« Er zögerte. »Ich wache morgens auf und kann kaum noch etwas sehen.«

»Ich weiß.«

»Helfen Sie mir. Geben Sie mir nur noch eine Chance zu gewinnen –«

»Martin«, sagte sie sanft. »Wir wissen nicht, was bei der heutigen Untersuchung herauskommt. Ich verspreche Ihnen, mein Bestes zu tun, um Ihnen zu helfen, und es ist für eine Ärztin wunderbar zu wissen, dass ihr Patient so willig ist. Sie glauben kaum, wie wichtig so etwas ist.«

»Ich werde alles tun, was Sie verlangen.«

Als sie nicht antwortete, verstummte auch Martin. Sein Gesicht war rot und seine Stimmbänder schmerzten, als hätte er gebrüllt. Er schloss die Augen, riss sich zusammen, so wie bei Spielen, in denen es hart zuging. Die Ärztin würde ihr Bestes tun. Er spürte ihre Hand auf seiner Schulter und blickte hoch, ohne zu blinzeln oder zu lächeln.

»Ich bin bereit.«

Die Untersuchung begann.

Mittels Keratoskopie, einer Methode zur Bestimmung der Hornhautkrümmung, wurden konzentrische Lichtkreise auf die Hornhaut projiziert. Teddy erklärte, dass sie dazu die technisch neueste Ausrüstung benutze, die ein Diagramm selbst der kleinsten Strukturschäden ermögliche.

Um die Dicke der Hornhaut und mögliche Schwellungen zu messen, verwendete sie einen so genannten Pachometer.

Martin zwang sich, reglos dazuzusitzen, keinen Muskel zu bewegen. Er konzentrierte sich auf die Untersuchung wie auf einen *Drive*, als müsste er sich in Geduld üben und den Puck über die ganze Länge des Spielfelds auf das Tor zutreiben.

Es war für ihn das wichtigste Spiel, an dem er jemals teilgenommen hatte, und wenn es überstanden war, würde er es auch im nächsten Frühjahr in die Finals schaffen und eine weitere Chance erhalten, den Cup zu gewinnen. Sein Magen rebellierte, seine Augen brannten und schmerzten.

Teddy erklärte, dass sie nun eine Gonioskopie vornehmen werde, eine Augenkammerwinkelspiegelung, und danach eine Ophthalmoskopie, eine Augenhintergrundspiegelung, um Sehnerv, Netzhaut, Blutgefäße, Aderhaut und einen Teil des Ziliarkörpers zu untersuchen – wo die Sehnen der Linse und die Zellen zusammentrafen, die das Augenkammerwasser ausscheiden.

»Das Auge funktioniert wie eine Kamera«, sagte sie. »Aber eigentlich sehen wir mit dem Gehirn.«

Sie erklärte, dass der vordere Teil des Auges durchlässig sei, so dass Licht durch Hornhaut, Pupille und Linse gelangte. Die Netzhaut funktioniere wie ein Film, nahm die Lichtreize auf. In der Netzhaut lagen die Zapfen und Stäbchen, die das Licht in elektrische Impulse umwandelten, und diese leiteten die Informationen über den Sehnerv zum Gehirn weiter. Aus diesen Informationen forme das Gehirn die Bilder.

»Mein rechtes Auge funktioniert perfekt«, sagte Martin und umklammerte die Stuhllehne. »Ich weiß, dass mein

Sehvermögen auf dem linken Auge schwach ist, aber es wird durch das rechte kompensiert –«

Teddy fordert ihn auf, tief durchzuatmen, als sie das Kontrastmittel einspritzte. Martin spürte, wie eine Welle der Übelkeit in ihm aufstieg. Er stellte sich Jorgensen vor, der schadenfroh grinste, und das stählte ihn, als Teddy nun die Netzhautveränderungen mit einer Spezialkamera aufzeichnete. Das Blitzlichtgewitter erschreckte ihn, genau wie die Fotografen, die draußen immer vor der Umkleidekabine lauerten, wenn er sie am wenigsten erwartete.

Eine alte Erinnerung kam wieder in ihm hoch: Martin mit vier oder fünf, er ging mit seinem Vater durch einen langen Korridor. Es war nach einem Spiel, und die Mannschaft seines Vaters hatte gewonnen. Martin erinnerte sich, dass er ungeheuer stolz auf seinen Vater gewesen war, den besten Eishockeyspieler in ganz Kanada. Martin hatte die Schlittschuhe seines Vaters getragen und das Gefühl gehabt, nichts könne sie jemals trennen. Seine Mutter hatte einen Schnappschuss von ihnen gemacht.

Martin besaß die Aufnahme noch heute. Jahre später, als Serge zum ersten Mal den Stanley Cup gewonnen hatte, war Martin auf das Foto gestoßen, ganz hinten in der Schreibtischschublade vergraben. Damals war ihm sein Vater bereits entfremdet, und er hatte eine unheilvolle Mischung aus Wut und Stolz empfunden.

Nun fiel ihm sein letztes Spiel der Finals wieder ein, und wie sehr er sich gewünscht hatte, sein Vater möge ihn gewinnen sehen. Er dachte an Mays Besuch bei Serge, an den Brief, den er von ihm erhalten und nicht geöffnet hatte. Martin atmete tief aus, um sich von seinen Gedanken zu befreien.

Bilder blitzten auf einem Computer auf und Teddy druckte sie aus. Martin musste die Toilette benutzen und sie deutete auf das andere Ende des Ganges, fragte, ob er Hilfe brauche, und bat ihn, anschließend in ihrem Sprechzimmer zu warten, sie werde gleich nachkommen. Er konnte es kaum noch erwarten, die Ergebnisse zu erfahren, um sofort einen Aktionsplan zu entwickeln. Und mit der Behandlung seiner Augen zu beginnen.

*

Während der Wartezeit hatte May die übrigen alten Fotos in Teddys Album angeschaut. Ihre Hochzeit hatte an einem Junimorgen in der Old North Church stattgefunden, und da es in ihrem und Williams Leben keine Freunde oder Anverwandte mit Kindern gab, hatte May die Blumen gestreut.

»Deine Familie war ein Geschenk des Himmels«, sagte Teddy, als sie das Wartezimmer betrat.

Mays Herz sank angesichts der Begrüßung. Warum hatte sie Martin nicht erwähnt? Wäre sie nicht sofort mit der Sprache herausgerückt, wenn es gute Neuigkeiten gab?

»Sie meinen meine Mutter und Großmutter, die Ihre Hochzeit organisiert haben?«, fragte May langsam.

»Alle. Euch alle. Ihr wart ein wichtiger Teil meines Hochzeitstages.«

»Danke. Wir haben nur selten an den Hochzeiten teilgenommen, die wir geplant haben. Ihre gehört zu den wenigen Ausnahmen, an die ich mich erinnere.«

»Vielleicht bin ich deshalb so froh, dass du zu mir gekommen bist«, erwiderte Teddy mit fester Stimme. »Wegen dieser Sache, meine ich. Damit ich mich revanchieren und dir und Martin helfen kann.«

Wegen dieser Sache. Drei Worte. Teddy lächelte nicht, als sie fielen. Ihre Stimme klang hart, als wolle sie May auf etwas aufmerksam machen, was getan werden musste. Ein lautloses Stöhnen stieg in Mays Kehle auf, ihr Mund war trocken. Sie sah Teddy durchdringend an, aber die Ärztin nahm an ihrem Schreibtisch Platz, legte einen Stapel Papiere und Ausdrucke zurecht und blickte erst auf, als Martin zur Tür hereinkam.

*

Dr. Theodora Collins saß an ihrem Schreibtisch, vor dem zwei Windsor-Stühle standen, und auf einem hatte May Platz genommen. Martin durchquerte den Raum und setzte sich neben sie. Er drückte ihre Hand und hörte, dass sein Atem so schwer ging, als hätte er gerade einen steilen Hügel erklommen. Tausend Fragen gingen ihm durch den Kopf, allesamt wohldurchdacht und doch verwirrend. Teddy setzte eine Lesebrille auf, bereit zu beginnen.

»Ich sage es Ihnen rundheraus. Die Situation ist kompliziert.«

Kompliziert, dachte Martin, sich an dem Wort fest klammernd. Das musste nicht schlimm bedeuten, oder schlecht. Nur kompliziert. Teddy hielt eine der Aufnahmen hoch, die sie während der Untersuchung gemacht hatte, und Martin erkannte darauf nichts weiter als einen großen roten Klecks mit dunklen Flecken, durch den Zackenlinien verliefen.

»Ihr linkes Auge zeigt starke Vernarbungen. Als das Loch oder der Riss in der sensorischen Netzhaut entstand, trat Glaskörperflüssigkeit aus und löste die Netzhaut von dem ab, was wir als Netzhautpigmentepithel bezeichnen. Obwohl ich sehe, dass eine Kältetherapie durchgeführt wurde – die Laser-Schweißnaht, die Sie erwähnten –, bildete sich Narbengewebe, so dass die Naht aufplatzte.«

»Die Netzhaut hat sich wieder abgelöst?«, fragte Martin. Er

überschlug bereits die Zeit, die er beim letzten Mal gebraucht hatte: einen Tag für die Operation, eine Woche, in der er den Verband tragen musste, zwei Monate, bevor er wieder spielen konnte.
»Ist das etwas Ernstes?«, fragte May.
»So schlimm war das damals auch wieder nicht.« Martin drückte ihre Hand und fühlte sich rundum erleichtert.
Aber Teddy lächelte nicht. »Die Makula – das ist der mittlere Teil der Netzhaut in Ihrem linken Auge – scheint seit einiger Zeit abgelöst zu sein. Sie hatten vermutlich eine Infektion, möglicherweise im gleichen Zeitraum, die einen Netzhautvenenverschluss verursachte. Die Sehfähigkeit Ihres linken Auges ist gleich null.«
Martin ließ die Worte einsinken. Er hörte, wie May leise aufschluchzte; ihre Hand war so schweißnass, dass sie ihm fast entglitt. Martin räusperte sich, versuchte sein Herzklopfen in den Griff zu bekommen. »Das wussten wir alles schon. Das konnte uns sogar der Optometriker in LaSalle sagen. Zum Glück sehe ich mit dem rechten Auge sehr gut. Ich sehe mit beiden Augen – nur nicht mit dem linken alleine.«
»Martin«, sagte Teddy. »Ihr rechtes Auge ist ebenfalls betroffen.«
»Aber auf dem rechten Auge hatte ich keine Verletzung.«
»Nie?«
»Keine schlimme. Nichts, was operiert werden musste.«
»Wurde das rechte Auge jemals mit Kortison behandelt, in hoher Dosierung?«
»Kortison? Ja. Beide Augen. Ich erinnere mich, dass ich damals Spritzen bekommen habe. Direkt neben die Augen … das war kein Zuckerschlecken.«
»Wegen einer Entzündung in den Knien und Knöcheln«, sagte May. »Und wegen seiner Hüften und Schultern …«

Martin hörte ihre Stimme und wünschte, er könnte mehr erkennen. Er versuchte zu schlucken, aber sein Mund war zu trocken.

»Was ich in Ihrem rechten Auge sehe …«, begann Teddy.

»In meinem guten Auge.«

»Ja, Ihrem guten Auge. Was ich dort sehe, ist eine so genannte Ophthalmia sympathica.«

»Sympathica …«, sagte May, und Martin wusste, dass sie sich an ein Wort klammerte, das sanft und freundlich anmutete.

»Unter Ophthalmia sympathica versteht man eine seltene, von einem Auge zum anderen übertragene Entzündung«, sagte Teddy. »Sie entsteht manchmal nach einer Penetrationsverletzung des Nachbarauges. Zu den Symptomen gehören hochgradige Lichtempfindlichkeit, Schwierigkeiten beim Fokussieren und deutliche Schwellung, und zwar nicht in dem Auge, das verletzt wurde, sondern in dem anderen Auge.«

»Aber das ist lange her!«, sagte Martin. »Fast vier Jahre, als Jorgensen mich in Vancouver am Auge erwischt …«

»Die Symptome können binnen einer Woche oder vierzehn Tagen auftreten, oder aber jahrelang im Verborgenen schlummern.«

»Aber wie das?« May hielt Martins Hand. »Das kann doch nicht wahr sein!«

»Wenn innere Bestandteile des verletzten Auges ungeschützt sind, wird ein immunologischer Prozess in Gang gesetzt, der die gleiche Gewebeart im entgegengesetzten Auge in Mitleidenschaft zieht. Das Nachbarauge.«

»Aber Kortison hilft, oder? Deshalb wollten Sie doch wissen, ob ich damit behandelt wurde?«

»Mit einer Kortikosteroidbehandlung erzielt man bisweilen ganz gute Erfolge. Aber bei längerer Behandlung ist der

Körper nicht mehr in der Lage, dieses Nebennierenhormon selbst zu bilden, und wird in manchen Fällen resistent.«
»Und dann passiert was?«, fragte Martin.
Er spürte, dass Teddy ihn musterte, und hörte May leise schluchzen. Es klang so gequält und verängstigt, dass er sie am liebsten in die Arme genommen und ihr versichert hätte, alles würde wieder gut. Aber er war wie gelähmt, und das Einzige, was er zu sagen vermochte, war an Teddy gerichtet.
»Werde ich erblinden?«
»Ja«, erwiderte sie.

25

Die Diagnose war nicht ganz hoffnungslos. Teddy hatte Martin Kortison rund um das Auge gespritzt, nachdem sie den Bereich vorher örtlich betäubt hatte. Dann hatte sie für kurze Zeit Prednison in hoher Dosierung verordnet. Nach einer Woche wollte sie die Entzündung erneut überprüfen und entscheiden, wie es weitergehen sollte.

Ein chirurgischer Eingriff war höchstwahrscheinlich angeraten. Teddy beschrieb eine Methode namens ›Skleraeindellung‹, bei der Silikonmaterial auf das Weiße des Auges hinter den Lidern aufgenäht wurde. Eine andere Möglichkeit waren intraokulare Gasinjektionen: Ein mikroskopisch kleiner aufblasbarer Ballon anstelle der aufgenähten Silikonplombe. Verlief der Eingriff erfolgreich, würde der Ballon entfernt werden, sobald sich die Netzhaut wieder anheftete.

May und Martin hatten wie betäubt zugehört. Martins Hand war eiskalt und seiner Miene nach zu urteilen war er völlig abwesend. May wusste, dass sie sich eigentlich Notizen machen sollte, als Erinnerungshilfe. Der Taschenkalender, den sie für die Hochzeitsplanungen benutzte, befand sich in ihrer Strohtasche, sie musste ihn nur herholen und mitschreiben.

»Die Erfolgsquote für eine anatomische Wiederanlegung der Netzhaut ist ziemlich hoch«, sagte Teddy. »Aber was die Makula angeht, müssen wir abwarten.«

»Die Makula?«, fragte May benommen. Hatte Teddy nicht gerade erst erklärt, was das war? Wenn sie alles aufgeschrieben hätte, dann hätte sie Teddy unnötige Wiederholungen ersparen können.

»Der mittlere Bereich der Netzhaut, die Stelle des schärfsten Sehens. Wenn die Makula zu lange abgelöst war, kann die Prognose für ein gutes zentrales Sehen schlecht sein.«

»Welche Aussicht kann noch schlechter sein«, sagte Martin. »Vergessen Sie das. Sagen Sie mir, was hilft.«

»Bei derart komplizierten Ablösungen stehen uns mehrere Verfahren zur Verfügung, zum Beispiel die Vitrektomie, die Glaskörperentfernung. Ich muss mich ein wenig länger mit Ihrem Fall befassen, bevor ich sagen kann, was wirklich am besten ist. Lassen Sie uns sehen, was das Prednison bringt, und wenn Sie in einer Woche wiederkommen –«

»In einer Woche!«, explodierte Martin. »Ich habe keine Woche mehr. Das Training beginnt in Kürze, und bis dahin muss ich auf dem Weg der Besserung sein.«

»Martin, ich weiß, das ist ein Schock für Sie. Aber denken Sie daran, dass wir versuchen wollen, Ihr Augenlicht so weit wie möglich zu retten. Wir reden nicht über eine Wiederherstellung Ihrer Sehkraft, sondern vielmehr davon, eine weitere Verschlechterung aufzuhalten und –«

»Wollen Sie damit sagen, dass ich nicht mehr Eishockey spielen werde? Nie mehr?«

»Ja.« Teddy hatte die Arme auf dem Schreibtisch verschränkt und sah ihn mitfühlend an. May zitterte; die Worte gingen ihr durch Mark und Bein, trafen sie bis in ihr Innerstes, und sie spürte, wie Martin seine Hand von ihrer losriss.

»Komm, May.« Er sprang auf. »Lass uns gehen.«

»Martin.« May versuchte, ihn zu beruhigen. »Bitte hör ihr zu.«

»Ich habe alles gehört, was ich hören muss. Wir gehen.«

»Die Behandlung sollte gleich beginnen«, sagte Teddy so

ruhig, als säße Martin immer noch auf seinem Platz. »Wir dürfen keine Zeit verschwenden.«

»Genau«, erwiderte Martin barsch. »Deshalb gehe ich auch.« Er ergriff seine Jacke, ließ sie fallen, hob sie wieder auf. Dann eilte er zur Tür, schlug die falsche Richtung ein und prallte gegen ein Bücherregal. Er machte auf dem Absatz kehrt und ging mit weit ausholenden Schritten auf den Ausgang zu. »May?«

»Setz dich, Martin!«, sagte sie flehentlich. »Bitte, wir reden schließlich über dein Augenlicht.«

»Meine Augen sind gut genug. Ich habe die Karte in LaSalle doch gelesen, oder? Kommst du endlich?«

»Hör zu, Martin«, erwiderte May heftig, mit Tränen in den Augen. »Bisher habe ich alles getan, was du wolltest. Ich habe mich deinem Zeitplan angepasst, nicht meinem. Wir können nicht mehr so tun als ob. Das lasse ich nicht zu. Dazu liebe ich dich zu sehr.«

»Ich warte am Auto auf dich«, sagte Martin kalt und knallte die Tür hinter sich zu.

May barg das Gesicht in ihren Händen und schluchzte. Teddy kam hinter dem Schreibtisch hervor und tätschelte ihren Rücken.

»Die Reaktion ist ganz normal für ihn. Genau, wie ich es von Martin erwartet habe. Eine solche Hiobsbotschaft ist nur schwer zu verkraften.«

»Eishockey ist sein Leben.«

»Für dieses Problem habe ich keine medizinische Lösung«, sagte Teddy. »Aber ich werde alles Menschenmögliche tun, um sein Augenlicht so weit wie es geht zu erhalten.«

»Er wird wirklich nie wieder Eishockey spielen können?«

»Nein.«

»Sind Sie sicher?«

Teddy zögerte, so lange, dass May ihre Augen trocknete

und sie ansah. Die Beleuchtung schmeichelte der älteren Frau, sie sah attraktiv und nachdenklich aus. In ihren Augen spiegelte sich menschliche Wärme und Humor wider, ihre Miene hatte nichts Tragisches.

»Ich würde niemals das Wort ›nie‹ in Zusammenhang mit Martin Cartier benutzen«, sagte sie. »Als behandelnde Ärztin würde ich ihm abraten, weil es seinen Augen schadet und ich ehrlich gestanden nicht glaube, dass er auf dem Eis genug sehen kann. Aber du hast ihn ja gerade gesehen, und du kennst ihn besser als ich. Er ist aus einem ganz besonderen Holz geschnitzt, dieser Mann.«

»Ja, das ist er.«

»William war genauso. Er war Erfinder, und wir haben die ganze Welt bereist, auf der Suche nach neuen Ideen. Überall, wo wir hinkamen, entdeckte er Dinge, für die er sich begeistern konnte. Der Leuchtturm auf der Isle de Ré beispielsweise.« Sie deutete auf das Foto. »Und der da auf Korfu. Und dieses Nachmittagslicht hat ihn auf Block Island in der Bretagne fasziniert. Eines Tages eröffnete ihm der Kardiologe, dass solche Reisen ein Risiko für sein Herz sind, und empfahl ihm, künftig zu Hause zu bleiben.«

»Hat er sich daran gehalten?«

Teddy schüttelte den Kopf. »Nein. Als er vom Arztbesuch nach Hause kam, buchte er postwendend eine Kreuzfahrt auf der Queen Elizabeth für uns beide. Einmal quer über den Atlantik und anschließend zwei Wochen im Mittelmeer.«

»Haben Sie versucht, ihn davon abzuhalten?«

»Habe ich, aber nicht lange.«

»Warum?«

»Weil ich William so liebte, wie er war. Sogar seine halsstarrige, sture Seite.« Sie senkte den Kopf, dann spielte der Anflug eines Lächeln um ihre Lippen. »Zumindest rede ich mir das heute ein. Damals … nun, es war nicht einfach.«

»Haben Sie ihn auf der Kreuzfahrt begleitet?«
»Ja.«
May holte tief Luft. Bei der Heimfahrt würde Martin wegen der Diagnose aufgebracht sein und darauf bestehen, eine zweite fachliche Meinung zu hören, von einem Arzt, der ihm genau das sagte, was er hören wollte.
»Er möchte unbedingt den Stanley Cup gewinnen«, sagte May. »Mehr als alles in der Welt. Er meint, das braucht er noch zu seinem Glück, aber ich denke –«
Teddy wartete.
»Ich denke, dass er gewinnen will, um seinem Vater zu beweisen, was in ihm steckt.«
»Er wird deine Unterstützung brauchen, wie auch immer. Ich habe schon mit Profisportlern gearbeitet. Das Gefühl des Kontrollverlusts, das für sie mit dem Verlust des Sehvermögens einhergeht, ist schrecklich. Er wird seine gesamte Identität in Frage stellen, also versuche, geduldig zu sein, wenn es geht. Aber vergiss nicht: Er hat keine Zeit zu verlieren. Die Behandlung sollte sofort beginnen.«
»Ich weiß.« May trocknete ihre Augen.
»Auf dich wird ein hartes Stück Arbeit zukommen. Aber ich weiß, du schaffst es.«
»Hatten Sie eine schöne Zeit miteinander?«
»Entschuldigung? Ich verstehe nicht …«
»Während der Kreuzfahrt. Die William gebucht hatte …«
»Er starb während der Überfahrt, meine Liebe«, sagte Teddy leise. »In der dritten Nacht an Bord.«

*

Martin war ohne Autoschlüssel aus Teddys Praxis gestürmt und deshalb lehnte er wartend am Wagen, als May kam. Die Nacht war schwül und in der Parkgarage stank es nach Öl und Abgasen. Unten auf der Schnellstraße, die nach Südosten führte, ertönte ein lautes Hupkonzert. Das Fleet Center war nur wenige Blocks entfernt und Martin stellte sich vor, wie sich seine Mannschaft für die Saison rüstete.

»Tut mit Leid, dass es so lange gedauert hat.«

»Schon in Ordnung.« Er wartete, bis sie die Tür aufsperrte. Sie waren beide darauf bedacht, sich nicht anzuschauen oder sich versehentlich zu berühren. Als sie auf dem Fahrersitz Platz genommen hatte und losfahren wollte, fiel der Schlüsselbund zu Boden. Sie hob ihn auf, steckte den Schlüssel ins Zündschloss, aber er ließ sich nicht umdrehen. Martin griff zu ihr hinüber und startete den Wagen.

»Ich bin nervös«, sagte sie.

»Warum? Um diese Zeit herrscht kaum Verkehr.«

»Das ist nicht der Grund.« Er hörte, wie ihre Stimme brach. Martin schob seinen Sitz zurück und holte eine Baseballkappe heraus, die über der Sichtblende verstaut war. Er setzte sie auf. Abgesehen von dem Spiel der Blue Jays in Toronto hatten sie in diesem Jahr kaum Gelegenheit gehabt, Baseball zu sehen. Normalerweise pflegte er sich einige Spiele der Montreal Expos anzuschauen und wenn er im Sommer in Boston war, was selten vorkam, ging er ins Stadion, um die Red Sox spielen zu sehen.

»Weißt du, was mir am Sommer so gut gefällt?«, fragte er.

»Nein.« Sie bog in den Storrow Drive ein.

»Baseball und Angeln. Ich denke, von beidem hatten wir in diesem Jahr nicht genug.«

»Du warst doch einige Male mit Kylie beim Angeln«, sagte sie, sorgfältig darauf bedacht, ihre Stimme im Zaum zu halten. »Und wir haben uns dieses Spiel mit den Gardners angeschaut.«

»Was ist das schon! Wir sollten jeden Tag bei Morgengrauen aufstehen und auf den See hinausrudern, damit Kylie die Chance hat, endlich den Urgroßvater kennen zu lernen. Auch wenn sie nur die Angel mitsamt dem Köder auswirft, Hallo sagt und ihn wieder vom Haken lässt.«
»Sie wird noch oft genug Gelegenheit dazu haben. Ich denke im Moment an dich.«
»Mach dir meinetwegen keine Sorgen. Mir geht es blendend.«
»Du hast Teddy gehört. Es geht dir nicht blendend.«
Als sie am Charles River entlangfuhren, kurbelte Martin seine Fensterscheibe herunter. Die Brise kühlte sein Gesicht und er fragte sich, ob die College-Bootsmannschaften bereits für die Saison trainierten. Im letzten Jahr, als er vom Bridal Barn zum Training gefahren war, hatte es ihm großen Spaß gemacht, die Mannschaften von Harvard, MIT und der Boston University auf dem träge dahinfließenden Fluss zu beobachten, wie ihre schlanken weißen Rennruderboote, viele von ihnen Einer, durch das Wasser pflügten.
»Die Eishockeysaison beginnt –«
»Die Eishockeysaison ist mir egal!«, rief May aufgebracht.
»Mir aber nicht!«
»Jetzt werde ich dir mal etwas sagen!«, schrie May. »Ich mache mir Sorgen um dich. Ich liebe dich. Du hast jetzt die Chance, das Richtige zu tun, dein Augenlicht zu retten. Dein Augenlicht, Martin. Was willst du mir sagen? Dass du rausgehen willst auf das Eis, um über den Haufen gefahren und verletzt zu werden von jedem –«
»Niemand fährt mich über den Haufen.«
»Du siehst nichts! Ich weiß, dass du unbedingt spielen willst, Martin, aber du siehst nichts.«
»Ich habe ein gesundes Auge, das die Arbeit für zwei über-

nehmen wird«, sagte Martin beharrlich, sich an die Worte von Maurice Pilote klammernd.

»Hast du nicht zugehört? Teddy sagte, dass dir auch das nichts mehr nutzen wird. Du wirst erblinden …«

Martin knirschte mit den Zähnen. Erblinden. Er wollte nichts mehr davon hören, ein für allemal.

»Sei endlich still.«

»Martin –«

»Zuerst willst du mich zwingen, mich mit meinem Vater zu versöhnen, und nun soll ich mir auch noch solche Lügenmärchen anhören.«

»Du kannst nicht einmal zuhören! Der Besuch bei deinem Vater ist nur in deinem eigenen Interesse, aber darum geht es jetzt nicht. Teddy sagt –«

»Ich bin keiner von diesen Krüppeln mit weißem Krückstock und dunkler Brille, werde nicht den Rest meines Lebens in Dunkelheit verbringen! Glaubst du das? Glaubst du, ich würde so weiterleben wollen? Ich spiele Eishockey und werde verdammt noch mal nicht blind, und damit basta!«

Er schmetterte die Faust mit solcher Wucht gegen das Armaturenbrett, dass er das Handschuhfach aus den Angeln hob, und brüllte so laut, dass es sogar in seinen eigenen Ohren dröhnte.

May schluchzte, der Wagen geriet ins Schlingern, fuhr im Zickzack über den Highway. Hupen ertönten. Martins Herz klopfte wie verrückt. Er wäre am liebsten aus dem Wagen gesprungen. Sie fuhren ungefähr hundert, und der Aufprall auf dem Straßenpflaster konnte nicht schlimmer sein als ein Schlag auf den Kopf mit dem Stock eines zentnerschweren Spielers.

»Fahr rechts rüber und halt an.«

»Nein, ich werde dich nach Hause fahren.«

»Blind sein wäre schlimmer als im Gefängnis landen. Ich bin kein Invalide.«
»Das musst du mir nicht erzählen!«, schrie sie.
Sie umklammerte das Lenkrad mit beiden Händen, Tränen liefen über ihre Wangen. Er bemerkte sie, als er durch das grelle Scheinwerferlicht blinzelte. Martin streckte die Hand aus und berührte ihre Wange.
»May.«
»Ich will nicht, dass du blind wirst«, schluchzte sie.
»Fahr rechts rüber«, wiederholte er mit zugeschnürter Kehle, übermannt von seinen Gefühlen. »Bitte! Ich möchte dich nur in den Armen halten. Bitte, May. Es tut mir Leid, dass ich dich angebrüllt und erschreckt habe. Ich wollte dir keine Angst machen.«

*

»Wir fahren zum See«, sagte Martin am nächsten Morgen. Sie hatten sich die ganze Nacht in den Armen gehalten und geliebt, May konnte nicht mehr zählen, wie oft. Dazwischen hatten sie nur kurz geschlafen. Es war, als fürchteten beide die Dunkelheit, hatten Angst, sich in ihren Träumen aus den Augen zu verlieren.
»Teddy ist die Beste«, sagte May. »Wir können nicht weg. Dort oben finden wir niemanden, der ihr das Wasser reichen könnte. Sie will dich in einer Woche sehen, um zu überprüfen, wie das Prednison angeschlagen hat.«
»Das kann ich auch so nehmen. Und in einer Woche komme ich wieder her. Aber ich brauche den See.«
»Versprichst du mir das?«, fragte sie zweifelnd.
»Ja!«
Sie wusste nicht, ob sie ihm glauben konnte. Er sah schuldbewusst aus, mied ihren Blick.
»Ich soll geduldig sein, hat sie gesagt, und dafür sorgen,

dass du sofort mit der Behandlung beginnst, beides gleichzeitig. Wie soll ich das machen?«

»Es ist Sommer. Zeit zum Angeln und Schwimmen. Wir fahren nach Hause.«

»Na gut.« May gab nach. »Aber nur, wenn wir zurückkommen.«

*

Der See und die Berge hießen sie willkommen und May wusste, dass Lac Vert der Ort war, an dem sie zu Hause waren und an den sie gehörten. Stundenlang betrachtete sie das Wasser, das still war und geheimnisvoll, und fragte sich, was die Zukunft bringen mochte. Die Sonne, die über den Bergen auf- und unterging, und die Nachmittage mit ihrem diesigen Licht, golden flimmernd von der hohen Luftfeuchtigkeit und den umherschwirrenden Pollen, bestärkten May in dem Glauben, dass am Ende doch noch alles gut werden würde, dass es noch Wunder gab und die Liebe alles zu heilen vermochte.

Sie gingen jeden Tag schwimmen und May dachte, das Wasser des Lac Vert könne eine heilsame Wirkung auf Martins Augen haben. Sie entdeckte die Bibel ihrer Schwiegermutter und las das Gleichnis von Jesus nach, der den Blinden heilte. Sie hängte Agnes' Stickbild im Wohnzimmer auf. Während sie durch das helle Sommerlicht starrte und beobachtete, wie sich Martin und Kylie im Wasser vergnügten, wünschte sie sich, die Zeit möge stillstehen.

Nachts hielt Martin sie in den Armen. Sie waren stillschweigend übereingekommen, das Thema nicht mehr zu erwähnen. Sie hatten eine Woche, um zu sehen, wie das Kortison anschlug, dann würden sie Teddy erneut aufsuchen und mit ihr die weiteren Behandlungsmöglichkeiten erörtern. Wenn Martin über die Transfers in der NHL sprach, die gerade stattfanden – welche Spieler zurückgekauft oder an andere Clubs verkauft wurden –, oder über die Chancen der Bruins in der nächsten Weltmeisterschaftsrunde spekulierte, hörte sie geduldig zu.

Genny und Ray luden sie zum Grillen ein, aber Martin bat sie abzusagen. Genny schien Lunte gerochen zu haben, und sie hatten sich diesen Sommer kaum gesehen. Das war auch gut so, wie May fand. Verdrängungsmechanismen funktionierten dann am besten, wenn man Geheimnisse für sich bewahrte, Ängste unausgesprochen blieben, wenn man alle anderen im Unklaren ließ. Nur eine einzige Person wusste Bescheid, Tobin, aber sie war weit weg, in Black Hall.

Als Kylie ins Haus gerannt kam, um May zu sagen, dass sie mit Martin angeln wolle, um die große Forelle in ihrem Schlupfwinkel unweit der Insel zu fangen, wurde ihr eiskalt und das Leugnen half nicht mehr. Ihr Mann konnte kaum die Hand vor Augen erkennen, und ihre Tochter mit ihm alleine auf den See hinaus zu lassen wäre unverantwortlich gewesen.

»Ich komme mit«, verkündete sie.

Sie packten einen Imbiss zum Mittagessen ein und ruderten hinaus, bevor die Sonne über den Gipfel des Berges stieg. May liebte diese Tageszeit. Der See war saphirblau und die Luft so klar, dass man die Adler hoch droben kreisen sah. Kylie beobachtete vom Bug aus die Fische, die unter dem Boot schwammen. Martin und May saßen sich gegenüber, sie im Heck, er auf der Ruderbank in der Mitte.

Sie fühlte sich entspannt und sicher, und plötzlich wurde ihr klar, dass Martin beim Rudern nichts sehen musste: Er wusste instinktiv, welche Richtung es einzuschlagen galt. Das war sein See, er kannte jeden Felsen, jede Biegung in- und auswendig. Er ruderte mit dem Rücken zur

Fahrtrichtung, ohne sich auch nur ein einziges Mal umzudrehen, und blickte May unverwandt an, die Hände auf den Riemen.

Ob er sie überhaupt noch sehen konnte? Wenn sie ihn anlächelte, blieb sein Gesicht unbewegt.

»Treibholz voraus«, rief Kylie. »Mehr nach links.«

Martin schien kaum hinzuhören, aber er pullte kräftiger auf der linken Seite des Bootes und sie kamen haarscharf an dem knorrigen Wurzelgeflecht einer alten Kiefer vorbei. Als sie weiterfuhren, sahen sie eine Rotwildfamilie zur Insel schwimmen. May hörte, wie Kylie lachte und Martin beschrieb, was sie sah: »Vater, Mutter und zwei Rehkitze.«

»Du bist mein Rehkitz«, erwiderte Martin.

»Natalie und ich.«

»Das stimmt. Du und Nat.«

An den Fischgründen angekommen, half Martin Kylie beim Befestigen des Köders. Sie warf die Angel aus, absolut sicher, dass sie heute die große alte Forelle fangen würde. Martin bedeutete May, vor ihm auf der Ruderbank Platz zu nehmen. Sie war nie eine passionierte Anglerin gewesen, aber es gefiel ihr, wie er von hinten die Arme um sie legte und ihr zeigte, wie man Leine nachlässt und die Rute auswirft.

»Du musst sie in hohem Bogen auswerfen. Die Fliege, die wir als Köder verwenden, soll der echten Nahrung der Fische täuschend ähnlich sein.«

»Und was fressen Fische?«, fragte May.

»Schwarze Fliegen, oder?«

»Richtig, Kylie. Der Urgroßvater wartet schon darauf.«

Sie nickte, legte den Kopf schief. May überlegte, ob ihre Tochter lauschte, ob sie den Fisch wieder zu hören meinte. Das blaue Notizbuch war seit dem Abend, als die Träume und Stimmen verschwanden, unbenutzt geblieben. Kylie

hatte keine neuen Visionen gehabt, und seltsamerweise vermisste May sie.
Sie dümpelten auf dem See vor sich hin. Als die Sonne höher stieg, zogen sie ihre Kappen tiefer in die Stirn. May vergaß ihre Sorgen, ließ sie ziehen mit dem Wasser, das sanft die grauen Felsen umspülte, und wünschte sich, dieser herrliche Sommertag möge nie enden. Als sie das mitgebrachte Mittagessen verzehrten, wurde das Licht diesig, die Luft nahm einen goldenen Schimmer an, der die Cartiers mit ihrem Zauber umfing und mit Hoffnung erfüllte. Kylie fing zwei kleine Forellen und Martin drei. Sie warfen alle ins Wasser zurück. Als Martin nach Hause zurückruderte, hatte May das Gefühl, alles sei wieder im Lot: Er konnte rudern, Auto fahren, Schlittschuh laufen.
»Felsen voraus, auf der rechten Seite!«, rief Kylie. Und gleich darauf: »Toll, wie der Seetaucher Fische fängt!«
Vielleicht besaß der Lac Vert wirklich Heilkräfte. Vielleicht war ein Wunder in dem himmlischen goldenen Licht geschehen und Martin würde wieder sehen. Sie würden noch viele, viele Angelausflüge in den kommenden Sommern erleben. Sie würden im Winter auf dem See Schlittschuh laufen und sich fragen, ob die Urgroßvater-Forelle im Schlamm unter ihnen schlief.
Doch zu Hause angekommen, war es aus mit dem Gefühl des Friedens und der Abgeschiedenheit. Das Telefon läutete, und May lief hin.
»Hallo?«
»Hallo May. Jacques Dafoe am Apparat.«
»Oh, hallo Coach.« Einen Moment lang befürchtete sie, er habe Wind von Martins Besuch bei Dr. Theodora Collins bekommen, aber dafür war sein Tonfall zu locker. Sie tauschten Nettigkeiten über den Sommer, die Kinder und die Eishockeysaison aus, die sich rasch näherte. Martin

stand neben ihr, wartete darauf, dass sie ihm den Hörer reichte, und ihr war elend zumute, als sie die Anspannung ihres Mannes spürte. »Ich gebe weiter an Martin.«
»Hallo Coach. *Ça va?*«
Während Martin telefonierte, packte May den Picknickkorb aus. Sie spülte die Thermoskannen und Plastikbehältnisse aus, legte die unangetasteten Pfirsiche und Weintrauben in den Kühlschrank. Martin schien mehr zuzuhören als zu reden, und Mays Herz begann zu klopfen. Als Martin auflegte, lehnte er den Kopf an die Wand und schwieg.
»Martin, was ist?« Sie hatte Angst vor seiner Antwort.
»Der Coach wollte, dass ich es von ihm erfahre«, sagte Martin schließlich. »Er beruft eine Mannschaftsbesprechung ein; wir treffen uns nächsten Dienstag, mit unserem neuen Goalie.«
»Du meinst, ihr habt einen neuen Torhüter?« May runzelte die Stirn und dachte an Martins Freund Bruno, der in den letzten sieben Jahren Torhüter der Bruins gewesen war.
»Das Management hat Bruno plus zwei weitere Spieler, die noch im Kommen sind, gegen ihn eingetauscht. Unser neuer Goalie ist ein Schwergewicht, hat bereits zweimal den Stanley Cup gewonnen. Nils Jorgensen.«
»Das ist doch ein Scherz!«
»Mit so etwas mache ich keine SCHERZE!«, brüllte er und hämmerte mit solcher Wucht gegen die Wand, dass er mit der Faust die Holzpaneele durchschlug. Thunder, der auf seinem Stammplatz unter dem Küchentisch gelegen hatte, bellte. Kylie stand mit offenem Mund daneben, beide Hände gegen die Tür hinter ihr gepresst.
May ging auf ihn zu, um ihn zu berühren und wissen zu lassen, dass sie bei ihm war, aber er stürmte an ihr vorbei. Er lief den Weg zum See hinunter, immer schneller, legte ein mörderisches Tempo vor. May beobachtete mit Kylie

und Thunder an ihrer Seite, wie ihr Mann sich entfernte, bis er nur noch ein verschwommener Fleck war und hinter dem Ausläufer des Berges verschwand.

Als sie sich umdrehte, war Kylie in den Anblick des Stickbildes vertieft, das neben dem Fenster hing. Gemeinsam betrachteten sie die Tiere, die einträchtig schliefen, und May las noch einmal den Bibelspruch, der in fein säuberlich gestickten Buchstaben das Motiv umrahmte: »Der Wolf wird bei dem Lamm weilen und der Leopard wird bei dem Böckchen lagern … und ein Kind wird sie führen.«

Kylie hatte ihn wohl auch gelesen, denn sie sah May stirnrunzelnd an. »Ich war das Kind«, sagte sie. »Natalie hat es mir gesagt. Ich sollte ihn irgendwohin führen, aber ich bin zu spät gekommen.«

»Nein, das bist du nicht«, erwiderte May.

26

Die Bruins hatten mit dem Transfer den größten Coup aller Zeiten gelandet: Nils Jorgensen gehörte nun zu ihrem Team. Mit den beiden Superstars Nils und Martin an Bord war der Stanley Cup den Bruins so gut wie sicher. »Da wird es krachen«, prophezeiten die Sportreporter. »Die Rivalität zwischen Jorgensen und Cartier ist lang und erbittert, sie wird sich nicht einfach in Luft auflösen, nur weil sie das gleiche Trikot tragen.«

Da die Abreise nach Boston bevorstand, wusste May, dass es zwischen Martin und ihr noch etwas zu klären gab. Martin redete ständig davon, den Termin bei Teddy abzusagen, aber die Mannschaftsbesprechung hätte er um keinen Preis der Welt verpasst. Er wollte immer noch mit dem Kopf durch die Wand.

Als sie packte, holte sie den Brief, den Martin in den Papierkorb geworfen hatte, aus der Schreibtischschublade und glättete ihn. Sie ging damit zu Martin und hielt ihn hoch.

»Den hast du weggeworfen.«

»Ich weiß.«

»Ich habe ihn geöffnet.«

Sein Gesicht rötete sich vor Zorn und er schüttelte den Kopf, seine Augen verengten sich, und sie verspürte einen Anflug von Angst. Vielleicht hatte er wieder vor, sang- und klanglos zu verschwinden. Sie packte sein Handgelenk, hielt ihn fest.

»Das hättest du lassen sollen.« Er versuchte, seine Hand wegzuziehen.

»Es war mir klar, dass du so reagieren würdest, aber ich bin anderer Meinung. Du solltest ihn lesen.«

»Es gibt im Moment wichtigere Dinge, die mir im Kopf herumgehen.«

»Das meinst du, aber du täuschst dich.« May versuchte zu lächeln und Martin explodierte: »Mein verdammter Erzfeind spielt jetzt in meinem Team mit, und das soll nicht wichtig sein?«

»Martin, lies den Brief deines Vaters.«

»Ich werde vergessen, dass du ihn geöffnet hast. Wirf ihn weg, auf der Stelle.«

»Du hast mich schon einmal deswegen verlassen.« May hielt sein Handgelenk weiter umklammert. »Es hat mir das Herz gebrochen, es war die Hölle, Martin! Es war so schlimm, dass ich den ganzen Sommer geschwiegen und das Thema nicht erwähnt habe, obwohl es für uns alle ungeheuer wichtig ist. Du musst diesen Brief lesen. Bitte –«

»Vergiss es, May«, sagte er, gefährlich leise.

»Das kann ich nicht.«

Er zuckte die Achseln und begann, ihr Gepäck in den Wagen zu laden.

*

Am nächsten Tag betrat Martin das Fleet Center, vorbei an einer Horde Reporter und Fotografen. Blitzlichter flammten auf. Sie bestürmten ihn mit Fragen, aber er ignorierte sie. Einen Schritt nach dem anderen. May hatte ihn vor dem Stadion abgesetzt. Sie hatte sich erboten, ihn zu begleiten, aber das hätte verdächtig ausgesehen. Er bewegte sich langsam und mit Bedacht, achtete darauf, nicht über die Kabel der Fernsehcrew zu stolpern.

»Martin, ist jetzt Schluss mit der Rivalität?«

»Werden Sie sich die Hand zur Versöhnung reichen?«

»Alles vergeben und vergessen?«
»Martin, werden Sie Nils heute eine frische Narbe verpassen?«
Martin schenkte den Journalisten keine Beachtung und verschwand in der Umkleidekabine. Das Licht hier drinnen war dämmrig, aber er konnte Stimmen hören. Die vertrauten Frotzeleien seiner Teamkameraden, die Scherze über die letzte Saison machten und sich gegenseitig mit ihren Prahlereien über Saufgelage und die Frauen während der spielfreien Zeit zu übertreffen versuchten. Ray lachte und Martin und schlug die Richtung ein, aus der seine Stimme kam.
Sein Mund war trocken. Er sah die eigene Hand vor Augen nicht und befürchtete, dass sie ihm auf die Schliche kommen würden. Ein dunkler Schleier bedeckte alles, was sich sich vor ihm befand. Die Männer standen in Grüppchen beieinander, aber er konnte ihre Gesichter nicht erkennen. Doch alles, was sich sonst noch im Raum befand, war in sein Gedächtnis eingebrannt: die Spinde, die Wasserspender, die Bänke. Als er eine Bank umrundete, prallte er mit jemandem zusammen, der seinen Weg kreuzte.
»Was soll das, zum Teufel!«
»Tut mir Leid«, sagte Martin.
Aber seine Entschuldigung wurde nicht angenommen. Eine Schulter prallte gegen sein Brust, Hände umschlossen seine Kehle und er wurde in die Spinde gerammt. Metall krachte, und seine Teamkameraden ächzten. Martin holte instinktiv aus und landete einen Fausthieb, der sich anhörte, als gingen Teller zu Bruch. Die beiden Männer rollten ineinander verkeilt über den Boden, und obwohl Martin das Gesicht nicht ausmachen konnte, spürte er an dem Hass, der zwischen ihnen aufflammte, dass er sich mit seinem neuen Teamkameraden Nils Jorgensen prügelte.

»Auseinander!«, brüllte Coach Dafoe.
»Martin!« Ray riss ihn zurück.
»Lass ihn los.«
Die eine Hälfte der Bruins zerrte an Jorgensen, die andere an Martin. Er spürte, dass er aus einer Platzwunde an der Wange blutete, die nun zu schwellen begann. Jemand reichte Jorgensen ein Handtuch und der Trainer ging los, um Eisbeutel zu besorgen. Martin saß auf einer Bank, Jorgensen ihm gegenüber, durch einen schmalen Gang getrennt. Coach Dafoe stand zwischen den beiden Kampfhähnen und die restliche Mannschaft umringte sie.
»Also Jungs, war's das jetzt?«, fragte er.
»Er hat mich fast über den Haufen gerannt!«, beschwerte sich Jorgensen.
»Rau, aber herzlich!«, erwiderte Martin. »So ist das bei uns, wenn wir einen Neuen im Team begrüßen. Bist du aus Zucker?«
»Nichts weiter als eine freundliche Geste, um vor Saisonbeginn das Eis zu brechen«, versuchte Ray zu schlichten.
»Eigentlich sollte ich euch beide zur Kasse bitten«, sagte Coach Dafoe. »Aber ich habe keine Lust, mir die gute Laune zu verderben. Jungs, alle mal herschauen. Holt tief Luft und prägt euch diesen Augenblick gut ein.«
Martin spürte den Eisbeutel in seiner Hand und hielt ihn gegen die Wange. Er nahm Schatten in der weitläufigen, widerhallenden Umkleidekabine wahr. Er konnte das Adrenalin spüren, die Nachwirkungen des Kampfes, die Spannung, während er darauf wartete, was der Coach ihnen zu sagen hatte. Martin hatte an tausenden von Mannschaftsbesprechungen teilgenommen, aber bei keiner war die Atmosphäre derart geladen gewesen.
»Das ist ein großer Augenblick. Ein unvergesslicher Augenblick. Dieses Mal werden wir den Weg bis zum En-

de gehen. Wir werden den Stanley Cup nach Hause mitnehmen.«

»Ein irres Gefühl«, sagte Jorgensen. »Glaubt mir, ich spreche aus Erfahrung.«

Martin spürte, wie sich der Güterzug in seiner Brust wieder in Bewegung setzte, und hätte den Coach am liebsten umgenietet, um die Selbstgefälligkeit aus der Stimme des Torhüters zu prügeln. Andere Bruins buhten, aber ein paar lachten. Martin hörte Ray glucksen und konnte sich vorstellen, wie sein Freund in seiner besonnenen Art nur mit dem Kopf schüttelte.

»Die größte Herausforderung ist, wie wir gerade gesehen haben, nicht der Kampf gegen die Edmonton Oilers, sondern die Unstimmigkeiten im eigenen Team«, fuhr Dafoe fort.

»Er hat angefangen«, zischte Jorgensen. »Nicht ich.«

»Eishockey ist ein Sport, der Kampfgeist verlangt, und ihr habt euch gegenseitig die größten Zweikämpfe der Geschichte geliefert. Die Rivalität zwischen Cartier und Jorgensen wird in die Annalen eingehen, nachzulesen in kommenden Generationen, wenn ihr beide längst nicht mehr unter den Lebenden weilt. Zwei Superstars, Jorgensen versus Cartier. Unauflöslich miteinander verbunden, mehr noch als mit einer Ehefrau.«

»Über den Tod hinaus, wie Romeo und Julia«, lachte Jack Delaney.

Martin kniff die Augen zusammen. Er machte die verschwommene Silhouette von Nils Jorgensen aus und konnte den Hass schmecken. Jorgensen hatte sein Augenlicht zerstört, ihm zweimal die Chance auf den Sieg im Stanley Cup genommen. Bei dem Gedanken, dass ihre beiden Namen für immer miteinander verknüpft sein würden, wurde ihm speiübel.

»Was ich damit sagen will, ist, dass ihr endlich einen Schlussstrich unter die Vergangenheit ziehen sollt«, fuhr Coach Dafoe fort. »Wie ihr das macht, interessiert mich nicht. Geht raus und schlagt euch gegenseitig die Köpfe ein, geht aufs Eis und liefert euch einen ganzen Tag lang ein Wettschießen mit dem Puck, oder geht miteinander zum Essen, nehmt eure Frauen mit und amüsiert euch – zum Teufel, von mir aus könnt ihr sogar ins Ritz! Die Rechnung übernehme ich.«

»Nur über meine Leiche«, murmelte Martin.

»Da sind wir das erste Mal einer Meinung«, erwiderte Jorgensen mit seinem schwedischen Akzent. »Eher gefriert die Hölle, bevor wir miteinander speisen.«

»Speisen!«, spottete Martin, sich über die Wortwahl des Schweden mokierend.

»Schluss jetzt!«, brüllte Coach Dafoe. »Mir reicht's. Ich habe mir genug von euch bieten lassen. Von euch beiden! Nils, du bist zwar noch neu bei uns, aber wenn ich meinen Spielern einen Vorschlag mache, erwarte ich, dass er angenommen wird; schreib dir das hinter die Ohren! Und was dich angeht, Martin, du solltest es eigentlich besser wissen. Du führst dich auf wie ein dummer Junge, aber du bist nicht dumm und schon gar kein Junge mehr. Muss ich dir sagen, dass es deine letzte Chance sein könnte, den Cup zu holen?«

»Das weiß ich auch so«, grollte Martin.

»Du wirst langsam alt«, erwiderte Jorgensen hämisch.

»He!«, sagte Ray warnend.

»Das Ritz«, sagte der Coach nachdenklich. »Mir gefällt die Idee. Also Männer, abgemacht: Ich werde dort für euch am Samstagabend einen Tisch für vier Personen reservieren. Auf meinen Namen, Dafoe, damit die Streiterei nicht schon wieder losgeht.«

»Das soll wohl ein Witz sein«, sagte Martin.

»Das ist mein Ernst.«
»Coach –«, begann Jorgensen.
»Ruhe!«, sagte Dafoe. »Ein hübscher Tisch am Fenster. Mit Blick auf den Public Garden, das Grün beruhigt ja bekanntlich, und einem guten Tropfen Bordeaux, um Brüderschaft zu trinken. Und dann könnt ihr meinetwegen nach dem Essen eine gemeinsame Bootspartie mit den Schwanenbooten machen.«
»Kommt nicht in Frage«, entrüstete sich Martin.
»Ihr werdet eure Feindschaft begraben«, sagte der Coach. »Auch wenn ihr es noch nicht glauben wollt. Und da ich meine Zweifel habe, dass ihr das in eigener Regie schafft, werde ich euch auf die Sprünge helfen. Und ich setze großes Vertrauen in May und Britta. Sie haben den Verstand, den ihr zwei euch gegenseitig aus dem Leib geprügelt habt.«
Martin stand auf. May wartete draußen im Wagen, neben dem Spielereingang. Seine Handflächen waren feucht, sein Magen rebellierte.
»Gebt euch die Hand«, befahl Coach Dafoe. »Wir fangen eine Woche früher mit dem Üben an, damit ihr euch aneinander gewöhnt. Also: worauf wartet ihr?«
Martin spürte das Energiefeld auf der gegenüberliegenden Bank. Tausende von Empfindungen wallten in ihm auf und er wusste, wenn er die Umkleidekabine nicht gleich verließ, würde der Schaden nicht mehr gutzumachen sein. Er stand auf und begann auf die Tür zuzugehen.
»Ich sagte, gebt euch die Hand!«, brüllte Dafoe.
Martin ging schneller. Er prallte gegen das Ende der Bank, dann gegen eine Sporttasche, die auf dem Boden stand. Er strauchelte, fiel auf die Knie. Es war totenstill, wahrscheinlich schauten alle zu, wie er versuchte, wieder Tritt zu fassen.

»Habt ihr ein Problem?«, fragte Martin und blickte sich mit funkelnden Augen um. »Was gafft ihr so?«
»Martin, Mann«, sagte einer der Spieler, der noch nicht lange dabei war. »Alles in Ordnung?«
»Keine Manieren«, sagte Jorgensen spöttisch. Martin nahm verschwommen wahr, dass der Schwede ihm die Hand entgegenstreckte. Martin schlug sie beiseite.
»Cartier!«, polterte der Coach.
Martin ignorierte ihn. Sein Name und das Schweigen seiner Teamkameraden gellte in seinen Ohren, als er die Umkleidekabine verließ. Am liebsten wäre er gelaufen, aber er hatte Angst hinzufallen. Er zwang er sich, langsam zu gehen, geradeaus den Korridor entlang, den er so gut kannte. May wartete draußen, mit laufendem Motor, startbereit. Ray rief seinen Namen, aber Martin setzte seinen Weg unbeirrt fort.

*

»Was war denn das?«, fragte Ray, als er Martin am Abend anrief.
»Keine Ahnung, wovon du redest.« Martin hatte keine Lust, das Thema zu erörtern. Er wäre gar nichts ans Telefon gegangen, wenn May ihm nicht den Hörer in die Hand gedrückt hätte, bevor er Nein sagen konnte.
»Was ist los mit dir?«
»Nichts. Warum?«
»So wie du alles umgerannt hast, könnte man meinen, du wärst betrunken gewesen. Warst du doch nicht, oder?«
»Du müsstest mich eigentlich besser kennen. Ich komme nicht betrunken zur Arbeit.«
»Und normalerweise führst du dich auch nicht wie ein Arschloch auf. Gegenüber dem Coach. Und der Mannschaft.«

»Tut mir Leid.«
»Ich weiß, dass der Transfer hart für dich ist. Jorgensen ist gewöhnungsbedürftig, für uns alle.«
»Er ist ein arroganter Scheißkerl.«
»Ja, eine richtige Primadonna. Protzt mit seinem Marktwert, seinem Ruhm und Reichtum und reibt uns unter die Nase, wie es ist, wenn man zwei Jahre in Folge den Stanley Cup gewonnen hat.«
»Vor unserer Nase weggeschnappt.«
»Wohl wahr. Aber in einer Hinsicht hat der Coach Recht – wir müssen die Vergangenheit begraben. Jorgensen ist der beste Goalie in der NHL, und er gehört jetzt zu uns. Sieh es doch einfach aus der Warte.«
»Das fällt mir schwer.«
»Mag sein, aber das ist für alle besser.« Ray hielt inne. »Bist du sicher, dass alles in Ordnung mit dir ist?«
»*Bien sûr.* Mir geht es blendend.«

*

May suchte Unterstützung bei Tobin. Sie telefonierten fünfmal am Tag, als Ausgleich dafür, dass May Urlaub genommen hatte und sie sich nicht jeden Tag im Bridal Barn sahen.
»Ich mache mir Sorgen«, sagte sie. »Er schottet sich immer mehr ab. Schläft ständig, als würde es dadurch besser.«
»Ich glaube, er schämt sich der Situation«, fuhr sie fort. »Das ist das Schlimmste daran. Er kann nichts dafür, aber er versteckt sich, als ob er seinen Freunden nicht ins Gesicht sehen könnte.«
»Genauso wie bei John, als er arbeitslos wurde.«
»Manchmal möchte ich die Schuld auf das Eishockey schieben. Weil es so rau dabei zugeht und Verletzungen einfach

hingenommen werden. Ich frage mich, wie Serge und Agnes zulassen konnten, dass er sich so eine Sportart aussucht; Serge wusste doch, wie brutal sie sein kann. Er wusste es aus eigener Erfahrung, Tobin.«

»Wie John und Michael mit ihrem selbst gebauten Rennwagen. Ich denke oft darüber nach. Aber Väter und Söhne … das ist ihre Art, eine Beziehung zueinander aufzubauen. Zu kommunizieren. Manchmal glaube ich, dass es die einzige Art ist, ihre Liebe zueinander zu zeigen. So ein gefährlicher Sport schafft Gemeinsamkeit, und dafür gehen sie das Risiko ein, verletzt zu werden.«

»Mag sein.« May sah Serge im Gefängnis vor sich, das Gesicht von den Verletzungen mit Pucks und Stöcken vernarbt, genau wie Martins.

*

»Dein Coach hat wieder angerufen«, sagte May einige Tage später. Sie war nach oben gegangen und hatte Martin am helllichten Tag schlafend im Bett vorgefunden. Genau wie sie Tobin erzählt hatte. In letzter Zeit verkroch er sich ständig unter der Bettdecke, um den Tag herumzubringen.

»Lass mich in Ruhe. Ich bin müde.«

»Du hast vierzehn Stunden am Stück geschlafen.« May nahm auf der Bettkante Platz. Thunder schlief neben Martins Bein und sie musste ihn beiseite schieben. »Da kann man nicht müde sein.«

Martin drehte ihr wortlos den Rücken zu.

»Er hat mich daran erinnert, dass wir Samstagabend mit Nils und Britta Jorgensen zum Essen verabredet sind. Wir treffen uns um Punkt acht, im Ritz. Soll ich Tante Enid fragen, ob sie bei Kylie bleibt?«

»Du kennst meine Antwort.«

»Er sagt, das sei ein Befehl.«
»Sag ihm, er kann mich am Arsch lecken.«
May warf einen Blick auf die Uhr. Es war fast zwölf. Martin hatte um drei einen Termin bei Teddy. Er hatte die beiden letzten Termine abgesagt und seit Beginn der Kortisonbehandlung waren fünfzehn Tage vergangen.
»Teddy hat angerufen. Sie sagt, sie muss dich dringend sehen, sonst ...«
»Sonst was?«
»Sonst wird sich dein Zustand rapide verschlechtern.«
»Glaubst du wirklich, dass es noch schlimmer sein könnte?«
»Tu es für mich, wenn schon nicht für dich selbst. Du hast es mir versprochen.« Sie begann, seinen Rücken langsam und kreisförmig zu massieren.
»Ich will aber nicht.«
»Ich weiß«, flüsterte sie und küsste ihn auf die Schläfe. »Aber tu es trotzdem, für mich und Kylie. Deiner Familie zuliebe.«

*

Sie betraten die Bostoner Augenklinik, dieses Mal am Nachmittag. Martin hatte sich bei ihr untergehakt und sie lotste ihn unauffällig durch den Gang. Der Pförtner begrüßte ihn mit Namen, und einige Patienten und Ärzte starrten ihn sprachlos an, als sie ihn erkannten. Ein Junge bat um ein Autogramm und Martin kam der Bitte schweigend nach.
In Teddys Praxis angekommen, nahm May im Wartezimmer Platz, während Martin untersucht wurde. Teddy war herzlich und freute sich, sie zu sehen; sie machte Martin keine Vorhaltungen, weil er sich so lange Zeit gelassen hatte, und May war ihr dankbar. Martin stand unter Hoch-

spannung, ging bei der geringsten Kleinigkeit in die Luft und verkroch sich im Bett, in seinem Refugium.

Die Untersuchung dauerte nicht lange. May stand auf, als Teddy sie in ihr Sprechzimmer winkte, wo Martin bereits wartete. In ihrem weißen Laborkittel sah sie heute sehr professionell aus, als sie auf der gegenüberliegenden Seite des Schreibtisches Platz nahm. Aber der Eindruck wurde aufgelockert durch das weiße Haar, das sie hoch auf dem Kopf aufgetürmt hatte, und die baumelnden Brillantohrringe. Ihre Miene war teilnahmsvoll und May brach das Herz.

»Das Kortison schlägt nicht an. Nicht so, wie wir hofften.«

»Nein«, flüsterte May.

Martin blickte starr geradeaus. Er war attraktiv und seine blauen Augen wirkten so lebendig wie an dem Tag, als sie sich in ihn verliebt hatte: Als er Kylie aus dem mit Rauch angefüllten Flugzeug getragen hatte.

»Komplizierte Abhebungen, große Risse in der Netzhaut und Traktionsablösungen verlangen bisweilen eine andere Behandlungsmethode. Die Beste ist eine Vitrektomie.«

Während es in ihrem Kopf summte wie in einem Bienenkorb, hörte May zu, wie Teddy die Operation beschrieb: Entfernung der Glaskörperflüssigkeit, um das Blut aus dem rechten Auge abzuleiten – dem guten Auge –, bevor der Sehnerv weiter geschädigt würde, so dass die noch vorhandene Sehkraft nach Möglichkeit erhalten blieb.

»Mein linkes Auge –« Martin stockte.

»Für das linke Auge kann man nichts mehr tun«, sagte Teddy leise.

»Wird das Sehvermögen auf dem rechten Auge durch die Operation besser?«

»Nein.«

Mays Augen füllten sich mit Tränen. Sie sah nun selbst

nichts mehr und hörte nur, wie Teddy eine Schachtel mit Papiertüchern herüberschob. Martin saß reglos da. May sah, dass sein Rücken kerzengerade und seine Miene gefasst war. In seinen Augen war keine Spur von Angst zu entdecken, als er sich zu ihr umwandte.

»Es tut mir Leid, May.«

»Oh Martin –« Sie versuchte krampfhaft, ihre Stimme unter Kontrolle zu bringen.

»Ich möchte die Operation so bald wie möglich durchführen«, sagte Teddy.

»In Ordnung.« Martin war einverstanden.

»Nächsten Dienstag. Gleich in der Früh.«

»Gut.«

May nahm Handtasche und Jacke. Teddy gab Martin Anweisungen, wohin er kommen und ab wann er am Abend vor dem Eingriff nüchtern bleiben sollte. Ihre Stimme klang zuversichtlich.

May sah sich im Raum um. Williams Leuchtturm-Fotos glänzten an der Wand. May erinnerte sich, wie ihr die Bilder beim ersten Mal erschienen waren: wie ein leuchtendes Fanal der Hoffnung und Inspiration in dunkler Nacht. Martin betrat nun das Reich der Dunkelheit und sie betete um Kraft, damit er alles durchstand und ertrug, was immer auch folgen sollte. Sie schloss die Augen und stellte sich den Lichtstrahl des Leuchtturms vor, der den Horizont erhellte und ihnen den Weg wies.

27

Vorher hatte er nur schlafen wollen, jetzt war sein einziger Wunsch, wach zu bleiben. Martin hielt May in den Armen, betrachtete ihr liebreizendes Gesicht, die sanften Rundungen ihres Körpers, den zärtlichen Blick in ihren Augen. Würde er ihre Liebe auch dann noch spüren können, wenn er sie nicht mehr sah?

Boston war nur noch ein verschwommenes Lichtermeer, das ihn an den See erinnerte. Er stellte sich die Berge vor, die sich klar gegen den Himmel abzeichneten. Das Mondlicht, das sich wie ein hauchdünner weißer Schleier über Felder und Scheune und den Lac Vert breitete. Er dachte daran, dass das Mondlicht am Lac Vert für ihn das Schönste auf der ganzen Welt war.

»Woran denkst du?«, fragte May, als sie neben ihn ans Fenster trat.

»Ich möchte mein Augenlicht nicht verlieren.« Sie waren nackt, sahen sich an. Er blickte auf den feuchten Schimmer ihrer weichen Haut, dann nahm er ihr Gesicht in beide Hände und küsste sie.

»Komm ins Bett.« Sie zog an seiner Hand.

»Ich möchte nicht vergessen. Ich möchte alles in meiner Erinnerung bewahren.«

»Erinnerung ...«, erwiderte sie fragend.

»Wie alles aussieht.« Seine Kehle brannte. »Wie herrlich die Welt in Wirklichkeit ist.« Er fühlte sich beflügelt, ging zum Sekretär, in dem er seine Brieftasche verwahrte, und wühlte darin herum, auf der Suche nach den Fotos. Von Natalie, Kylie und May.

Als er die Fotos betrachtete, konnte er die Gesichtszüge nicht mehr klar erkennen. Wie eine Erinnerung, die bereits zu verblassen begann: Wie war sie gewesen, die Gesichtsform seiner Tochter, die Farbe ihrer Haare und Augen, ihr Lächeln?
»Ich kann sie nicht sehen«, sagte er, einer Panik nahe.
»Martin.« May versuchte, ihn zu umarmen, aber er riss sich los.
Er starrte das Bild seiner Tochter an, deren Züge verschwommen waren. Selbst wenn er es dicht vor sein Gesicht hielt, konnte es nicht klar erkennen. Das blanke Entsetzen durchfuhr ihn und er wusste, dass es kein Entrinnen gab. Es war, als bräche man im Eis ein, unfähig, sich wieder hochzuziehen. Dazu verdammt, zu erfrieren, zu ersticken, zu ertrinken. Lebendig begraben.
»Ich kann ihr Gesicht nicht mehr erkennen«, sagte Martin zitternd.
»Ich weiß.« Mays Stimme brach. Sie verzichtete darauf, ihn zu trösten. Er war froh darüber, denn es gab nichts, was ihn trösten konnte.

*

Am Freitag, der Tag bevor er mit May ins Ritz-Carlton gehen sollte, rief Martin Jorgensen an.
»Was willst du?«, sagte Jorgensen unwirsch.
»Klartext reden.« Martins Mund war trocken.
»Kann das nicht bis morgen warten?«
»Vergiss das Abendessen. Wir machen die Sache unter uns, im Fleet Center, aus.«
»Wo?«, fragte Jorgensen ungläubig.
»In dem Eisstadion, in dem künftig deine Heimspiele stattfinden. Für den Fall, dass du es vergessen haben solltest.«
Die Fahrt nach Boston schien Ewigkeiten zu dauern. May

war dagegen, aber sie fuhr ihn trotzdem. Sie schaltete das Radio ein, damit sie nicht in Versuchung geriet, ihm das Vorhaben auszureden, und er sich nicht gedrängt fühlte, sein Verhalten zu rechtfertigen. Vor dem Fleet Center verabschiedete er sich mit einem Kuss und nahm seinen Schläger und die Schlittschuhe vom Rücksitz.

»Darf ich wenigstens sagen, sei vorsichtig?«

»Heute nicht.« Er grinste.

»Ich sage es trotzdem.«

»Na gut, ich werde mein Bestes tun.«

Obwohl beide das Duell auf dem Eis nicht an die große Glocke gehängt hatten, waren etliche Teammitglieder auf der Bildfläche erschienen. Sie trieben sich in der Umkleidekabine herum und sagten Hallo, als Martin seine Schutzkleidung anlegte. Als sich Ray zu ihm gesellte, spürte Martin seine Missbilligung, noch bevor er den Mund aufmachte.

»Sag es nicht.«

»Sei kein Narr«, sagte Ray. »Was immer du damit auch glaubst, beweisen zu müssen, lass es. Er spielt jetzt in deinem Team.«

»Vielleicht.«

»Da gibt es kein Vielleicht. Er verdient mehr Kohle als jeder andere von uns, und die Fans lieben ihn. Also schluck's runter und schlag ein neues Kapitel auf. Und morgen Abend geht ihr groß feiern.«

»Es gibt nichts zu feiern.« Martin hatte zum ersten Mal in diesem Jahr sein Bruins-Trikot angezogen und seine Schlittschuhe zugeschnürt. Er spürte den gleichen Adrenalinschub wie vor einem Spiel, und es machte nichts, dass er nicht sah, wohin er seinen Fuß setzte. Auf dem Eis war er in seinem Element, konnte blind Schlittschuh laufen. Hatte ihm sein Vater das nicht immer gesagt?

Doch als er von der Bank aufstand, prallte er gegen Rays Arm.
»Das wird ja langsam zur Gewohnheit«, sagte Ray.
»Was?«
»Alles umzurennen, als wärst du betrunken.«
»Bin ich doch auch. Hab mir auf dem Weg hierher Mut angetrunken.«
Ray schwieg schockiert.
»Martin, er wartet auf dich«, rief Jack.
»*Bien,* komme schon.« Martin bewegte sich durch den Raum, als sei der Autopilot eingeschaltet. Der Gummibodenbelag unter den Kufen war noch immer derselbe, wie für die Ewigkeit gemacht. Als er auf das Spielfeld hinaustrat, fühlte er sich wieder lebendig und stark, unbesiegbar. Er flog über das Eis, blind für alles, was seinen Weg kreuzte. Aber er wusste, dass Jorgensen und er allein dort draußen waren, dass ihnen heute niemand in die Quere kommen würde.
»Fertig?«, schrie Martin, als er am Tor vorbeipreschte.
»Ich mach *dich* fertig!«, brüllte Jorgensen.
»Versuch's!«
Er nahm den verwischten Fleck im schwarz-gelben Trikot wahr und erbebte innerlich, als ihm bewusst wurde, dass sein Erzfeind die Farben der Bruins trug. Die beiden Männer hatten sich auf einen privaten Einwurf geeinigt, eine Art *Sudden Death* oder ›Goldenes Tor‹, nach dem ein Spiel in der Verlängerung entschieden wird. Coach Dafoe hatte ihnen einen Freibrief ausgestellt, die Fehde wie auch immer zu beenden, sei es durch eine Rauferei, auf dem Eis oder beim Abendessen. Es gab nur einen Ort auf der Welt, an dem Martin zum Kräftemessen gegen Nils Jorgensen antreten wollte, und das war ganz sicher nicht das Ritz-Carlton.

»Was ist? Machst du eine Besichtigungstour?«, brüllte Jorgensen.
»Ich geb dir bloß die Chance, dich aus dem Staub zu machen«, schrie Martin ihm zu. Sein Herzschlag war gut und regelmäßig. Er fühlte sich auf dem Eis zu Hause, das Schlittschuhlaufen war seine große Liebe, und der Stock in der Hand gab ihm Selbstvertrauen. Er würde weder über jemanden stolpern noch das Tor verfehlen.
»He Martin!«, rief Ray und Martin folgte dem Klang seiner Stimme.
»Was ist?«
»Setz die verdammte Gesichtsmaske auf.«
»Was bist du, meine Mutter?«
»Nein, das Bemuttern hat May übernommen. Sie ist oben auf der Tribüne und schaut zu. Aber setz sie trotzdem auf –«
»Sie ist hier?«
»Ja, sieht dir zu, von den Rasiersitzen aus.«
Martin war froh darüber, auch wenn er es sich nicht anmerken ließ. Er hatte das Gefühl, einen Wendepunkt erreicht zu haben, als sei es das letzte Mal, dass er auf dieser Eisbahn Schlittschuh lief. Es war nur recht und billig, dass seine Frau dabei war, falls es seine Abschiedsvorstellung sein sollte. Ray lief zu ihm, um ihm die Gesichtsmaske zu bringen, und Martin setzte sie sorgfältig auf.
Ray drückte auf die Stoppuhr. Martin Cartier und Nils Jorgensen hatten zehn Minuten, um zu zeigen, wer der Beste war. Wenn Martin auch nur ein Tor gelang, hatte er gewonnen. Wenn der Goalie sämtliche Torschüsse hielt, ging er als Sieger aus dem Duell hervor, ähnlich wie im Fußball beim Elfmeterschießen.
Gefährlich in gleich welcher Position auf dem Eis, übertraf sich Martin Cartier heute selbst, glich einem Scharfschüt-

zen. Er feuerte seine Schüsse wie Kanonenkugeln innerhalb der blauen Linie ab, hielt Jorgensen fortwährend auf Trab. Jorgensen brauchte vollen Körpereinsatz, um den Puck abzuwehren, und Martin war wild entschlossen, das Goldene Tor zu erzwingen. Die erste Minute war ein einziges, rasantes Hin und Her. Martin griff immer wieder an. Zweimal schlenzte er die Scheibe, versetzte sie in eine Drehbegung, direkt in Richtung Jorgensens Kopf, und beide Male wurde sie gehalten.

Er hörte Mays anfeuernde Rufe von der Tribüne.

Martin stählte sich, wirbelte über die rote Linie. Sein Herz hämmerte, er erinnerte sich an das Training mit seinem Vater, als er den ganzen Tag bis zum Einbruch der Dunkelheit *Penalty shots* geübt hatte. So war es auch jetzt, im hellen Bostoner Eisstadion, wo schwarze Schatten ihm die Sicht nahmen. Er rutschte weg, wäre beinahe vom Eis abgekommen.

»Du schaffst es!«, brüllte May.

»Los, zeig, was du kannst!«, höhnte Jorgensen.

Martin dachte an seinen Vater, der auf dem Bergsee das Gleiche gesagt hatte: *Los, zeig, was du kannst.* Sein Vater hatte ihm alles beigebracht, was man über Kampfgeist wissen musste. Hockey war ein blutiger Sport, der die besten Freunde, Vater und Sohn in erbitterte Feinde verwandeln konnte, wenn sie der gegnerischen Mannschaft angehörten.

»Na los, komm schon!«, knurrte Jorgensen, und dieses Mal dachte Martin an ihren schlimmsten Kampf, Jorgensens Stock an seinem Auge, die zerschmetterte Augenhöhle. Er spürte das Brüllen tief in seinen Eingeweiden aufsteigen, bevor es aus seinem Mund hervorbrach, als er über das Eis raste.

Martin Cartier preschte vor wie eine Rakete, mit beispiel-

loser Geschwindigkeit, und holte blind und mit voller Wut aus. Er sah das Tor nicht, aber als er den Puck abfeuerte, spürte er, dass er ins Schwarze getroffen hatte.
»Tor!«, brüllte Ray Gardner im Bruchteil von Sekunden, nachdem der Puck an Jorgensens Handschuh vorbeizischte und im Netz landete. Die wenigen Zuschauer brachen in Jubelrufe aus und Mays Stimme war lauter als alle anderen. Grinsend streckte Martin die Faust in die Luft. Sein Stock wedelte hin und her und er hörte am Klicken, wie seine Teamkameraden auf Schlittschuhen kamen, um ihm zu gratulieren. Als sie ihn umringten, verspürte er einen Anflug von Panik, weil er nichts sah. Sie schüttelten ihm die Hand, boxten ihm anerkennend in die Schulter.
Er beugte sich vornüber, schützte sich vor dem, was er nicht sehen konnte. Ray umarmte ihn stürmisch, dann brauste er davon. Die anderen Spieler fuhren im Zickzack auf ihn zu, Fäuste berührten seine, um das Siegeszeichen zu machen. Martin fühlte sich benommen von dem Wirbel, der ringsum herrschte, und spürte am Adrenalinstoß, dass sich Jorgensen näherte. Mit einem Mal erstarb jede Bewegung und Martin spürte, dass Jorgensen auf etwas wartete.
»Was ist? Weißt du immer noch nicht, wie man sich benimmt? Kein Handschlag, nichts? Was willst du denn noch? Du hast gewonnen! Ist es das, was du hören möchtest?«
Martin hörte ihn, konnte ihn aber nicht sehen.
»Martin …«, kam Rays Stimme.
Martin drehte sich herum, in die Richtung, aus der Jorgensen gesprochen hatte, aber der Goalie war weg, fuhr wütend auf und ab, fluchte über Martins schlechte Manieren.
»Jorgensen.« Martin streckte die Hand aus.
»Ja?« Der Torhüter hielt abrupt an.
Martin hatte ihn nun ausgemacht. Er stand mit dem Rü-

cken zur Umkleidekabine, das Licht der Eisbahn beleuchtete seine Silhouette von hinten wie ein Heiligenschein. Der Goalie lachte, wich zurück, machte es Martin schwer, seine Hand zu ergreifen. Martin fuhr schneller, um es hinter sich zu bringen, aus dem Stadion herauszukommen.

Er stolperte über Mark Esposito, der sich gebückt hatte, um seine Schlittschuhe fester zu schnüren. Die Männer fielen übereinander, und als Martin hochsah, war die Eisbahn so schwarz, als hätte sich eine stockfinstere Nacht über den See hinabgesenkt, ohne Mond oder Sterne, um seinen Weg zu beleuchten. Mark rappelte sich hoch, aber Martin rührte sich nicht.

»Martin?« Rays Stimme.

»Ich brauche Hilfe«, hörte Martin sich sagen.

Eine Hand kam aus der Dunkelheit. Martin ergriff sie, spürte, wie er hochgezogen und auf die Füße gestellt wurde. Plötzlich kamen ihm seine Schlittschuhe wie Fremdkörper vor und er fürchtete, erneut die Balance zu verlieren.

»Ganz ruhig, Cartier«, sagte Jorgensen und Martin spürte den Arm des Goalies um seine Hüfte. »Geht's wieder?«

»Martin!« Ray stand so dicht neben ihm, dass Martin seinen Atem auf der Wange spürte. »Alles in Ordnung mit dir?«

»Nein«, hörte sich Martin in der endlos weiten, leeren Dunkelheit des Eisstadions flüstern, das einst sein Zuhause gewesen war.

*

»Wie lange wusstet ihr es schon?«, fragte Genny am Abend vor Martins Operation. Die Gardners waren nach Black Hall gekommen und als die Sonne unterging, machten May und sie einen Spaziergang durch den Rosengarten.

»Fast den ganzen Sommer«, gestand May.
»Warum hast du mir nie etwas gesagt?«, erwiderte Genny verletzt.
May ließ sich Zeit mit der Antwort. Es wehte ein kühler Wind und sie hatte die Hände in den Taschen ihrer Jacke vergraben. Der Herbst stand vor der Tür. Heute Morgen hatten Kylie und sie die ersten Vorboten entdeckt, eine dunkelrote Weinrebe, die sich ihren Weg durch das Geäst einer Kiefer hinter der Scheune gebahnt hatte. Die Schule würde bald beginnen, und Martin würde sich von der Operation erholen.
»Ich könnte jetzt behaupten, weil Martin mich darum gebeten hat, aber das ist nicht der eigentliche Grund.«
»Sondern?«
»Weil ich mir die Wahrheit selbst nicht eingestehen wollte. Dass er erblinden wird. Wenn ich es dir erzählt hätte, hättest du es Ray gesagt und wir wären gezwungen gewesen, uns damit auseinander zu setzen. Wir wollten, trotz der Unfälle und Arzttermine, den Sommer noch ein wenig länger festhalten.«
»Ich kann es immer noch nicht glauben. Ich mag Martin sehr gerne, kenne ihn von Kindesbeinen an. Unfassbar, dass er nicht mehr richtig sehen kann.«
»Ich weiß.«
»Er ist mit Leib und Seele Eishockeyspieler. Er ist der Beste in seinem Metier, es gibt niemanden, der sich mit ihm messen könnte. Damals, als uns sein Vater trainierte, sagte er oft, es gäbe niemanden, der mehr Talent hätte als Martin.«
»Das hat Serge gesagt? In Martins Beisein?«
»Keine Ahnung. Aber auf jeden Fall zu Ray und mir, und den anderen. Warum?«
»Weil ich nicht sicher bin, ob Martin das weiß.«

»Haben die beiden denn noch Kontakt?«
»Serge hat ihm einen Brief geschrieben. Martin war wütend, dass ich ihn überhaupt geöffnet habe.«
»Kann ich mir vorstellen.«
Die ersten Sterne waren am Abendhimmel aufgegangen und die letzten Leuchtkäfer des Sommers schwirrten durch den Rosengarten. May pflückte eine einzelne, makellos weiße Rose, als Ergänzung zu der anderen, die sie vom Lac Vert mitgebracht hatte, als sie vor zwei Wochen von dort aufgebrochen waren. Sie steckte sie in ihre Tasche und dachte an den morgigen Tag.
»Warum glaube ich, dass er die Augen öffnen und sehen könnte, wenn er seinem Vater verzeihen würde?«, fragte May ihre Freundin.
»Weil du eine Heilerin bist. Du weißt um die Zusammenhänge im Leben. Du hast Martin geholfen, wieder zu sich selbst zu finden, sich ganz zu fühlen.«
May blickte zu den Sternen empor, auf die Konstellationen, die sie erkennen konnte. Sie dachte an die vielen Legenden von den tragischen Liebenden, die durch Zeit und Raum voneinander getrennt waren. »Das ist es, was für mich die Ehe ausmacht«, sagte sie. »Ich glaube, dass zwei einzelne Menschen, die zusammengehören, ein harmonisches Ganzes bilden. So empfinde ich es bei Martin und mir.«
»Ich weiß, wie sehr du an die Macht der Liebe glaubst. Du hast sie zu deiner Lebensaufgabe, zu deinem Lebenswerk gemacht.«
»Ich weiß.«
»Du hast Martin mehr geholfen, als du ahnst. Und jetzt lass dir helfen, May, von uns. Dafür sind Freunde da.«
»Das wusste ich immer.« May umarmte ihre Freundin und schluchzte, ließ ihren Tränen freien Lauf. »Ich wollte einfach nicht glauben, dass wir Hilfe brauchen. Ach Genny,

warum muss der Sommer enden? Warum kann er nicht ewig währen? Warum muss Martin so viel durchmachen?«

*

May blieb in der Klinik, solange es ging, an Martins Seite, bevor er in den Operationssaal gebracht wurde. Sie hielten sich an den Händen, bis zur letzten Minute. Martin lagauf der Rollliege, mit einem weißen Laken zugedeckt, und seine Arme und Schultern wirkten so stark und wuchtig, dass ihr das Ganze wie ein schlechter Scherz vorkam.

Zwei Pfleger betraten den Raum, um ihn mitzunehmen. Beide waren Bruins-Fans und versprachen, ihn wie ihren Augapfel zu hüten. May bedankte sich bei ihnen, aber Martin bat sie, noch eine Minute zu warten. Respektvoll zogen sie sich zurück und ließen den Cartiers noch einen letzten Augenblick der Zweisamkeit.

»Ich komme mir vor, als müsste ich vor ein Erschießungskommando«, scherzte Martin. »Mein Mund ist so trocken, dass ich kaum etwas herausbringe.«

»Teddy ist eine Koryphäe. Alles wird gut werden«, sagte May und versuchte, selbst daran zu glauben.

»Was immer auch geschehen mag, ich habe jeden Augenblick mit dir genossen.« Martin blickte ihr mit einer Intensität in die Augen, die sie zittern machte.

»Und ich mit dir.« May war verwirrt über seinen Ausdruck.

»Jede einzelne Minute.« Er strich ihr das Haar zurück, als wollte er sich ihr Gesicht bis in den letzten Winkel einprägen, um die Erinnerung für immer in seinem Gedächtnis zu bewahren.

»Es wird viele weitere geben.«

Er schloss die Augen, sah aus, als sei er nicht davon überzeugt.

»Ganz bestimmt«, sagte May fest.

»Ich weiß.« Seine Stimme klang tonlos. Aber plötzlich öffnete er die Augen. Sie strahlten, wie früher, als sich nun langsam ein Lächeln auf seinem Gesicht ausbreitete. »Ich habe gesiegt, trotz allem.«

Sie sah ihn fragend an, und sein Lächeln wurde breiter.

»Ich habe Jorgensen besiegt.«

»Und ich hab zugesehen«, sagte sie, bemüht, sein Lächeln zu erwidern.

*

Serge erfuhr aus der Zeitung von der Operation seines Sohnes. Martin hatte ein stumpfes Kopf- und Augentrauma erlitten, Ursache einer Netzhautablösung und Augenbindehautentzündung, so dass ein chirurgischer Eingriff unerlässlich und am Dienstag durchgeführt worden war.

»Oh Gott«, stöhnte Serge leise.

In dem Artikel wurde Dr. Theodora Collins erwähnt, die renommierte Augenspezialistin aus Harvard, die an der Bostoner Augenklinik praktizierte. Sie hatte mit Hilfe der neuesten mikrochirurgischen Techniken eine Glaskörperextirpation durchgeführt.

»Die Ergebnisse, die man damit erzielt, sind von Fall zu Fall verschieden und lassen keine Verallgemeinerungen zu«, so zitierten die Zeitungen ihre Prognose.

Es hieß auch, ein Erfolg sei unwahrscheinlich, trotz spektakulärer Fortschritte in der Medizin. Ein Chirurg aus New York, ein ehemaliger Student von Dr. Collins, erklärte den Reportern: »Viele Ärzte würden Martin Cartier als hoffnungslosen Fall betrachten. Aber Teddy Collins ist eine

Vorreiterin in diesem Forschungsfeld. Und ein Bruins-Fan.«
Der Artikel schloss mit Kommentaren von Martins Coach und seinen Teamkameraden: »Wir beten für ihn«, hatte Dafoe gesagt. »Wir brauchen ihn auf dem Eis, sobald er so weit ist.«
»Niemand wird Martin Cartier jemals das Wasser reichen können«, hatte Alain Couture, ein junger Flügelstürmer, erklärt.
»Kein Kommentar«, hatte Ray Gardner gesagt.
»Er war ein wirklich harter Gegner und ich bin sehr froh, dass ich jetzt in seinem Team bin«, hatte Nils Jorgensen gesagt.
Serge zerknüllte die Zeitung und feuerte sie gegen die Wand seiner Zelle. Er saß lange auf seiner Pritsche, den Kopf in den Händen vergraben. Als die Glocke ertönte, die den Hofgang ankündigte, ging er mit Furcht im Herzen den kahlen langen Gang entlang.
Draußen war die Luft kühl und frisch. Es roch nach Äpfeln, der säuerliche Duft stieg aus sämtlichen Obstgärten im Tal den Hügel hinauf. Serge schlenderte zur Außenmauer des Hofes. Sie war zu dick und zu hoch, vereitelte jeden Gedanken an einen Ausbruch, aber er hatte trotzdem nur eines im Sinn: zu fliehen, um Martin beizustehen. Sein Sohn litt, und Serge konnte nichts tun, um ihm zu helfen. Er musste mindestens noch weitere drei Jahre verbüßen, bei guter Führung.
Als er einen dumpfen Aufprall vernahm, bemerkte er den Jungen, der außerhalb der Mauer stand. Ricky, Tinos Sohn; er warf den Ball gegen die Wand des Gebäudes und fing ihn mit seinem Baseballhandschuh. Er trug seine Yankees-Kappe und eine dunkelblaue Jacke, sein Gesicht wies Schmutzstreifen auf. Serge beobachtete seine Grifftechnik,

wie er den Arm beim Werfen hielt. Als der Junge aufblickte und Serge entdeckte, lächelte er.

»Du sollst nicht mit mir reden«, sagte Serge schroff.

»Ich weiß.« Das schmutzige Gesicht des Jungen strahlte.

»Du musst den Arm beim Werfen ausstrecken.«

»Häh?«

»So wie es die Pitcher machen. Schau her.«

Der Junge versuchte es.

»Noch mal. Den Arm richtig durchstrecken.«

Er versuchte es wieder.

»So ist es besser.«

Ermutigt streckte sich der Junge dem Ball nach und fing ihn sicher wieder auf. Er versuchte es wieder, und Serge hätte schwören mögen, dass sich seine Haltung verbesserte.

»Sieht aus, als hättest du das Zeug, einer von den ganz Großen zu werden. Wie Tino Martinez.«

Der Junge grinste, und Serge fühlte sich um Jahrzehnte zurückversetzt. Er sah Martin auf dem Eis vor sich, der strahlte, als er ihm erzählt hatte, er werde eines Tages genauso gut sein wie Bobby Orr, Maurice Richard, oder Doug Harvey. Bei dem Gedanken an seinen Sohn hatte er ein Engefühl in der Brust.

Ricky spielte unentwegt weiter, verbesserte seine Wurftechnik mit jedem Versuch. Serge kommentierte, korrigierte, spornte ihn an. Er wusste nicht, warum, aber Tinos Sohn etwas beizubringen war für ihn wie ein Gebet mit der Bitte, Martins Augenlicht zu erhalten, ihm die Chance zu geben, irgendwann wieder Eishockey spielen zu können.

»Sieht gut aus«, sagte Serge durch die Gitterstäbe. »Sieht wirklich gut aus, Junge.«

28

Als der Verband entfernt wurde, merkte Martin, dass er weniger sah als vorher. Teddy hatte ihn vor dieser Möglichkeit gewarnt, aber die Realität verursachte Schockwellen, die alle Mitglieder des Haushalts zu spüren bekamen. Martin behielt seine Gefühle meistens für sich, unwillig oder unfähig, mit May darüber zu sprechen, und sie vermisste den Austausch mehr, als sie glauben konnte.

Im September kehrten sie nach Boston zurück, da die Schule wieder begann. Martin verbrachte die Tage damit, im Dunkeln zu sitzen und Löcher in die Luft zu starren. Wenn May einen Spaziergang am Charles River vorschlug, sagte er ihr, sie solle allein gehen. Als in Kylies Klasse ein Rechtschreibwettbewerb abgehalten wurde, behauptete er, er sei zu müde, um mitzukommen. Thunder wurde zu seinem ständigen Begleiter und saß die meiste Zeit zu seinen Füßen.

Als die Eishockeysaison begann, war es das erste Mal seit vierzehn Jahren, dass Martin nicht mehr in der einen oder anderen NHL-Profimannschaft mitmischte. Er lehnte es ab, die Spiele im Radio oder auf seinem Fernseher zu verfolgen. May erbot sich, ihm die einschlägigen Artikel aus der Zeitung vorzulesen, aber er wollte nichts davon hören. Eishockey gehöre ein für allemal der Vergangenheit an, sagte er, und dass sie ihn inzwischen gut genug kennen müsse, um es dabei bewenden zu lassen.

Die Gardners wollten ihn sehen, aber er sagte ab. May traf sich mit Genny zum Mittagessen oder Kaffeetrinken, aber immer außer Haus. Martin wollte keinen Besuch und verbot May, mit irgendjemandem über seinen Genesungsprozess zu sprechen, aber in einem Fall widersetzte sie sich seinen Wünschen.

»Es ist keinerlei Besserung festzustellen«, sagte May. Tobin war an einem der ersten Novembertage nach Boston gekommen, und sie fuhren mit den Rädern am Fluss entlang. Das Herbstlaub raschelte auf dem Gehweg und die College-Rudermannschaften glitten in ihren schlanken weißen Booten durch das dunkle, stählern glänzende Wasser.

»Überhaupt keine?«

»Er kann uns gar nicht mehr sehen. Und er spricht mit niemandem, auch nicht mit mir. Ich glaube, dass er mir einen Grund geben will, ihn zu verlassen.« Dann brach die ganze Wahrheit aus ihr heraus. »Er schläft nicht mehr mit mir. Wir haben getrennte Zimmer. Er behauptet, das läge daran, dass seine Augen schmerzen, aber das ist nur ein Vorwand. Er will mich nicht.«

»Das muss immer noch ein Schock für ihn sein«, sagte Tobin.

»Für mich ist es das auch.«

»Du darfst ihm aber nicht alles durchgehen lassen.«

»Ich versuche es. Aber Martins Willenskraft ist unglaublich. Wenn er sich etwas vornimmt, macht er es wahr.«

»Du aber auch. Ich kenne dich. Oder hast du das vergessen?«

Sie waren seit Ewigkeiten gemeinsam durch dick und dünn gegangen und sie wusste, dass ihre Freundin Recht hatte. Während sie in die Pedale trat, streckte sie den Arm zu Tobin herüber und sie fuhren Hand in Hand weiter. Der Wind frischte auf, so dass sie ihre Mäntel enger um sich zogen.

»Was soll ich bloß machen?«, fragte May.

»Egal was, aber es muss etwas geschehen!«

In einer Dezembernacht, als Schnee auf dem Beacon Hill lag, klopften Engel an Kylies Fensterscheibe und baten um Einlass. Kylie rieb sich schlaftrunken die Augen. Sie glaubte, Schneegestöber über dem Louisburg Square zu erkennen – oder war das etwas anderes?
Sie sprang aus dem Bett und tappte zum Fenster: Da flogen wirklich Geister und Engel durch den Schnee. Die Hände gegen die Mittelstrebe des Fensters gepresst, spürte sie, wie die Kälte ihre Finger hinaufkroch, in ihren Körper hinein. Die Wesen riefen ihr etwas zu, als sie vorbeiflogen, aber sie waren zu schnell.
»Was habt ihr gesagt?«, rief sie verzweifelt und wünschte sich, dass sie anhielten.
Und dann entdeckte sie Natalie.
Kylie schnappte nach Luft, drückte ihre Stirn an das Glas, um besser sehen zu können. Das kleine Mädchen hielt vor ihrem Haus an, direkt vor dem Fenster. Obwohl sie sich lange nicht mehr gesehen hatten, hätte sie Natalie überall wiedererkannt. Sie nickte Kylie lächelnd zu, forderte sie mit einem Kopfwinken auf, ihr zu folgen.
Kylie war hellwach, und plötzlich waren alle Engel spurlos verschwunden. Wie von Zauberhand. Hatte sie geträumt? Sie blickte angestrengt nach draußen, und plötzlich sah sie etwas an der Fensterscheibe glitzern. Es waren weder Eiszapfen noch Schneeflocken, sondern etwas anderes. Es sah aus wie der Glimmer, den sie in der Kammer am Lac Vert gefunden hatte … Natalies Tränen.
In welche Richtung waren die Engel geflogen? Kylies Blick wanderte über die Schindeldächer, an den Backsteingebäuden und weißen Kirchtürmen von Boston vorbei. An der Old North Church erspähte sie eine wundersame weiße Wolke. Es konnte Schneegestöber, oder aber Engel auf ihrem Flug sein: über die Kirche, aus Boston hinaus, in Rich-

tung Norden, in das Land der Berge und Seen. Nach Hause, zum Lac Vert.
»Mommy!«, schrie Kylie und rannte den Gang entlang.

*

May starrte das blaue Tagebuch an. Nachdem es viele Monate unangetastet geblieben war, hatte sie soeben etliche Seiten mit Beschreibungen von Kylies neuesten Visionen gefüllt. Als sie die Zeilen noch einmal überflog, erinnerte sie sich, wie besorgt sie gewesen war.
»Es waren Engel, und sie sind zum Lac Vert geflogen«, hatte Kylie erzählt, ganz unruhig vor Aufregung. »Sie wollen, dass wir ihnen folgen. Dort wird irgendetwas passieren.«
»Was denn, Liebes?«
»Das weiß ich nicht. Aber ich glaube, es hat damit zu tun, Martin zu helfen.«
Es hatte eine Weile gedauert, bis sie das Ganze verdaut hatte. May erinnerte sich nun daran, und auch an das, was Tobin bei ihrer Radtour im November gesagt hatte: *Etwas muss geschehen.*
In der Vorweihnachtszeit war die Bostoner Innenstadt in ein Lichtermeer getaucht. Die Boston Bruins hatten ein wechselhaftes Jahr gehabt und ohne Martin Cartier nicht zu ihrer alten Form gefunden. Entmutigt vom enttäuschenden Verlauf der Saison, hatte Ray beschlossen, mit der Familie über die Feiertage an den Lac Vert zu fahren. Normalerweise blieben die Cartiers bis zum Frühjahr in Boston, aber Kylies Vision hatte May nachdenklich gestimmt.
»Martin. Ich möchte, dass wir Weihnachten wegfahren«, sagte sie.

»Wohin?«
»Zum Lac Vert.«
Bleierne Stille lag im Raum.
»Hast du gehört?«
»Die Antwort lautet Nein.«
»Aber Martin –«
»Nein!«, brüllte er.
Er saß in seinem Sessel am Fenster und tat das, was er den ganzen Tag tat: nichts. Er starrte ins Dunkel, knurrte jeden an, der ihm zu nahe kam, und rannte gegen die Möbel, wenn er sich den Weg ins Badezimmer bahnte.
Teddy hatte vorgeschlagen, einen Physiotherapeuten aufzusuchen, aber Martin hatte sich geweigert. »Kein weißer Stock, keine dunkle Brille«, hatte er damals geschworen und er hielt sich stur daran.
»Wie sehr liebst du mich?«, fragte sie am Heiligen Abend.
Er antwortete nicht. Er lag reglos da, während sich der Hund in den zusammengeknüllten Bettlaken neben ihm ein Nest gebaut hatte und schlief. Thunder roch nach nassem Schnee und dem Wasser des Charles River. Er hatte vermutlich, wie es seiner Rasse entsprach, von einer erfolgreichen Jagd geträumt, denn er bellte im Schlaf, ein einziges Mal, dumpf und klagend. Davon aufwachend, blickte er zwischen Martin und May hin und her.
»Sag es mir. Sag mir, wie sehr?«
»May. Hör auf.«
Die Sonne schien durch das Fenster des Schlafzimmers. Sie blitzte im Spiegel auf, verlieh der Ahorntruhe und dem geschnitzten Bett einen goldenen Schimmer. Sie bündelte sich in Mays Brillantring und versprühte Millionen Funken in allen Farben des Regenbogens, die über die Decke tanzten. Der Hund beobachtete die Lichtreflexe, als wären es Vögel, auf die er Jagd zu machen gedachte.

Martin streichelte den Rücken des Hundes mit seinen großen, breiten Händen; er blinzelte nicht, als ihm die Sonne voll ins Gesicht schien. May fand es schmerzlich, mit ihm zu reden.

»Ich kann nicht aufhören.« Sie nahm Martins Hand von Thunders Rücken und hielt sie fest. Der Hund trottete zum Fenster, und Martins Miene verriet, dass er sich von seinem vierbeinigen Freund im Stich gelassen fühlte. »Antworte mir.«

»Wie war die Frage?«, sagte er bitter. »Ich kann mich nicht daran erinnern.«

Du hörst mir nicht mehr zu, hätte May am liebsten geschrien. *Wir sind dir gleichgültig, du hast uns aufgegeben, du hast dich selbst aufgegeben.* Doch stattdessen atmete sie tief ein und wiederholte geduldig die Frage. »Wie sehr liebst du mich?«

»Du weißt, dass ich dich liebe. Genug.«

»Genug, um dein Wort zu halten?«

»Mein Wort?«

»Das Treuegelöbnis … In Reichtum und Armut, in Krankheit und Gesundheit.«

»May.« Die Wut brodelte in ihm wie in einem Geysir. »Ich bin derjenige, der blind ist. Kapierst du das nicht? Es reicht, wenn mein Leben zerstört ist, ich möchte nicht auch noch deines zerstören. Sei dankbar, dass ich dich freigebe, dann musst du dein Leben nicht damit verschwenden, mich zu pflegen. Du wirst es hassen, du wirst mich hassen, wenn du das nicht bereits tust. Geh May, du bist frei.«

Die Sonne schien besonders hell an diesem Wintertag, sie strahlte ungehindert durch die kahlen Äste der Eichen. Das Licht überflutete jede Handbreit des Raumes, zeigten deutlich die Furchen und Narben in Martins Gesicht. May blickte in den Spiegel und sah, dass sie selbst gealtert war, sah sternenförmige weiße Linien um Augen und Mund. Eine bleibende Erinnerung an die Zeit, die sie lächelnd mit Martin in der Sonne verbracht hatte. Sie hatten ein Leben geführt, das so glücklich gewesen war, wie sie es sich nicht einmal in ihren wildesten Träumen vorgestellt hätte.

Auf dem Sekretär stand ein großer silberner Pokal, der noch immer erstaunlich glänzte. Martin hatte viele Auszeichnungen, Cups und Trophäen gewonnen, aber dieser stammte aus Martins Kindheit: Es war sein erster Eishockey-Pokal. Er hatte ihn in seiner allerersten Saison erhalten, als rechter Flügelstürmer in einer Nachwuchsmannschaft, die auf entlegenen Bergseen in Kanada spielte. Das Sonnenlicht explodierte auf der silbernen Oberfläche, traf direkt in Martins Gesicht.

»Ich möchte, dass wir Weihnachten am Lac Vert feiern. Kylie braucht das, und wir auch. Aber ich muss es wissen. Wie sehr liebst du mich?«

Ihre Taschen waren bereits gepackt, ohne dass Martin davon wusste. Er begriff es einfach nicht: Ihre Frage war kein leeres Geschwätz. May wartete.

»Sag es mir.« Ihre Hände zitterten.

Er stöhnte, so abgrundtief, dass der Hund aus dem Zimmer floh. »Also gut, ich werde es dir sagen. Bist du sicher, dass du es hören willst?«

»Absolut sicher.« Ihre Zähne klapperten. »Sag es mir.«

»Du weißt nicht, was du dir da zumutest, May. Ich kann nicht alleine gehen, nicht alleine essen, nicht einmal alleine ins Bad, um zu pinkeln.«

»Das ist mir egal.«

»Das sollte dir aber nicht egal sein! Du hast dich schließlich nicht in einen Krüppel verliebt!«

»Nein, ich habe mich in *dich* verliebt.« May packte ihn und setzte sich auf seinen Schoß. Seine starken Arme zu spüren,

die sie umfingen, war so unerwartet – und so lange her –, dass sie an seinem Hals aufstöhnte.
»Ich bin nicht mehr derselbe.«
»Doch, das bist du, Martin.«
Er schüttelte den Kopf und sie konnte seinen Kummer und seine Scham spüren. »Wenn ich hier drinnen sitze und nichts sehe, habe ich das Gefühl, dass es mich gar nicht mehr gibt. Ich spüre, dass du mich jetzt in den Armen hältst, aber das bin nicht ich, sondern ein Geist, ein Schatten meiner selbst – Luft.«
»Ich umarme dich.« May küsste seinen Hals, seine Stirn, seine Lippen. »Du bist hier, bei mir. Du bist real und lebendig, derselbe Martin Cartier, der du immer warst. Und wir fahren an den Lac Vert. Und zwar jetzt.«
»Nein«, sagte er, aber sie hörte, wie halbherzig es klang. Seine Stimme klang, als hoffte er, sie möge ihn überreden.
»Doch«, sagte sie. »Ich sitze hier nicht mehr herum. Ich tue was.«

*

Und so fuhren sie schließlich.
Sie kamen spät in der Nacht an, Kylie schlief bereits seit Stunden. May hatte sich beklommen gefragt, wie sie bei dem tiefen Schnee die Auffahrt zu ihrem abgelegenen Haus in den kanadischen Wäldern hinaufkommen sollte, aber ihre Sorge erwies sich als unbegründet. Genny hatte Ray in weiser Voraussicht gebeten, die Auffahrt mit dem Schneepflug und den Gehweg mit der Schaufel zu räumen.
May weckte Kylie auf und bat sie, ins Haus zu gehen. Es waren kleine Dinge wie diese – Martin hätte Kylie ins Haus getragen, ohne dass sie aufgewacht wäre –, die bewirkten, dass May die Vergangenheit schmerzlich vermisste. Aber

sie spürte, wie Martin ihren Arm nahm, und als sie ihn den schneebedeckten Weg hinaufführte, ermahnte sie sich, dankbar zu sein.
Das Haus war warm und gemütlich. Genny hatte eine Girlande an der Tür aufgehängt und einen kleinen Weihnachtsbaum aufgestellt. Als gute Freundin, die sie war, hatte sie das Bäumchen nicht geschmückt und es Kylie überlassen, es später selbst zu tun. Sie hatte auch einen Korb mit frisch gebackenen Muffins und ein Glas Ingwermarmelade für das Weihnachtsfrühstück hinterlassen.
In den letzten Tagen hatte es kräftig geschneit, und draußen war alles weiß. May wünschte sich, der Mond würde scheinen, so dass sie die Berge und den See sehen konnte, aber sie entdeckte nur einen einzigen Stern am Himmel. Er stand über den Hügeln im Norden, funkelte hell am nächtlichen Firmament.
Kylie spähte auf den See hinaus, als suche sie etwas.
»Sind sie da?«
»Wer?«, fragte Martin.
Aber Kylie antwortete nicht. Sie hielt noch immer nach den Engeln Ausschau, denen sie in den Norden gefolgt waren, wollte zum See laufen, kam aber vom Weg ab und blieb im tiefen Schnee stecken. May nahm sie auf den Arm und trug sie ins Haus.
»Sie sind nicht gekommen. Das war nicht der richtige Weg«, sagte Kylie weinend.
»Warte bis morgen. Ich bin so froh, dass wir hier sind, und es war allein deine Idee.«
»Wirklich?«
»Ja.« May gab ihr einen Gutenachtkuss und deckte sie mit der warmen Winter-Steppdecke zu. May war erschöpft von der langen Fahrt. Sie wäre gerne noch eine Weile aufgeblieben, um den Duft der immergrünen Zweige einzu-

atmen, mit denen Genny das Haus geschmückt hatte, und die friedliche Stimmung in ihrem Heim zu genießen, aber sie konnte die Augen kaum noch offen halten. Martin und Thunder saßen unten im Wohnzimmer.

»Wer ist nicht gekommen?«, fragte Martin, als er sie eintreten hörte. »Wovon hat Kylie geredet?«

»Über einen Traum, den sie letzte Woche hatte. Von Geistern, die der Vergangenheit angehören.«

»Davon gibt es hier viel zu viele«, sagte Martin bitter. »Wir hätten nicht herkommen sollen.«

»Vielleicht denkst du morgen anders darüber.«

Er brummte etwas. Lag es daran, dass er sie immer noch freigeben wollte, oder war er nur müde nach der langen Fahrt? Sie küsste ihren Mann heftig auf die Lippen und zog es vor, Letzteres zu glauben. »Komm bald ins Bett, ja?« Er antwortete nicht, und sie ließ es dabei bewenden.

*

Martin wusste nicht, wie viel Zeit inzwischen vergangen war. War er eingeschlafen? Und wenn ja, was hatte ihn aufgeweckt? Die Uhr seiner Mutter tickte auf der anderen Seite des Raumes. Sein Ellenbogen lag auf einem kleinen Tisch aus Kiefernholz, ein Geschenk von der Großmutter seines Vaters in Alberta. War May oder Kylie etwas passiert?

Kylies Träume von Geistern, die der Vergangenheit angehörten. Irgendwie hatten sie sich in Martins Kopf geschlichen und er hatte von früher geträumt. Von anderen Weihnachtsfesten, vor langer Zeit, im selben Haus. Das Klappern der Stricknadeln seiner Mutter, das Gefühl, ein Kind im Arm zu halten.

»Natalie«, sagte er laut.

Irgendetwas bewegte sich auf der anderen Seite des Raumes. Ein Gewand, das raschelnd über den Fußboden glitt, ein Tier, das im Vorübergehen den Tisch streifte. Er beugte sich vor, bereit, aufzuspringen. Er lauschte aufmerksam, vernahm aber nur seinen eigenen Herzschlag. Oder war das Thunders Schwanz, der dumpf auf den Boden schlug?
»Ist da jemand?«, rief er.
Thunder winselte. Es klang, als hätte er Angst, und er gab abermals Laut; Martin spürte, dass sich jemand im Raum befand.
»Wer ist da?«
»Schau mich an!«, sagte eine Stimme.
Er träumte von Geistern, eine andere Erklärung gab es nicht. Er schüttelte den Kopf. Er hatte die Stimme seit Jahren nicht gehört. Kylies Fähigkeit, von Toten zu träumen, schien auf ihn abgefärbt zu haben, und er lauschte angestrengt. Diese Stimme, leicht, voller Liebe und Freude. Er kannte sie wie keine andere, als sei sie nicht seit Jahren verstummt, als sei sein Kind nicht gestorben.
»Ich träume.« Er wünschte sich, nie mehr aufzuwachen.
»Tust du nicht«, flüsterte Natalie.
»Aber ich muss träumen; das kann doch nicht wirklich sein.«
»Ist es aber. Schau mich an.«
»Ich bin blind.«
»Daddy.«
»Ich kann dich nicht sehen. Nicht einmal in meinem Traum.«
Dann spürte er ihre Finger auf seinem Gesicht. Sie hatte ihn zu ihren Lebzeiten Hunderte von Malen berührt, hatte seine Nase oder Ohren gepackt, ihn gekitzelt oder war mit ihren kleinen Händen über seinen kratzigen Bart gefahren: Er hätte die Berührung überall wiedererkannt.

»Mach die Augen auf«, sagte sie.
Martin gehorchte, und er konnte sehen. Seine Tochter stand vor ihm, ganz in Weiß gekleidet, und blickte ihn an.
»Oh mein Liebes«, sagte er und spürte, wie Tränen in seine Augen traten.
Ihr Gewand glich einem Kleid, wie es Mädchen bei der Erstkommunion tragen, und sie hatte Flügel, die bei jeder Bewegung schimmerten. Ihr Gesicht strahlte vor Freude über das Wiedersehen. Die Arme nach ihm ausstreckend, trat sie näher.
»Wie konnte ich ohne dich leben?« Er wollte sie umarmen, aber sie wich zurück.
»Genauso wie ich ohne dich.«
»Ich vermisse dich so sehr«, flüsterte er mit brechender Stimme.
»Zu viel, denke ich.«
»Das ist unmöglich. Du bist mein Kind, das Liebste, was ich hatte. Mein Leben hat sich verändert an dem Tag, als ich dich verlor.«
»Daddy, es verändert sich jeden Tag. So ist das Leben. Eine Million Veränderungen, eine nach der anderen.«
Thunder bellte dumpf und trottete zu Natalie. Martin sah den Hund, dann das Mädchen an. Sie erwiderte seinen Blick, als sei sie im Stande, seine Gedanken zu lesen.
»Archie«, sagte sie.
»Ich hätte dir erlauben sollen, ihn zu behalten.« Seine Augen schwammen in Tränen. »Es war eine kleine Bitte und hätte dich glücklich gemacht. Ich bedaure es jeden Tag.«
»Aber du hast Kylie erlaubt, Thunder zu behalten. Das ist genauso, als hättest du mir Archie geschenkt, weißt du? Du hast uns eine zweite Chance gegeben.«
»Ich verstehe nicht.«

»Ich denke doch«, flüsterte sie, viel zu weise für ein kleines Mädchen.

»Ich habe dich mehr geliebt, als ich sagen kann.«

»Sag nicht ›habe‹, Daddy. Liebe stirbt nicht.«

»Ich hätte nie gedacht, dass ich dich jemals wieder sehe.«

»Ich musste es dir doch beweisen. Dass Liebe niemals stirbt.«

Sie streckte ihre Hand aus und er wollte sie ergreifen. Doch sie wich zurück. »Nicht, dann wäre alles zu Ende. Sobald ich deine Hand halte, kann ich nie mehr zurückkommen. Das wird meine letzte Nacht auf der Erde sein.« Ihre Worte ließen ihm das Herz frieren.

»Nein, Natalie –«, begann er. Aber er konnte nicht an sich halten. Er nahm die Hand seiner Tochter, genau wie früher, zu ihren Lebzeiten. Er schloss sie in seine Arme, konnte nicht glauben, dass es jemals zu Ende sein würde. »Sag mir, was ich tun soll. Natalie. Ich werde alles tun, was du verlangst.«

»Hol unsere Schlittschuhe und Handschuhe, Daddy. Bitte«, sagte sie und er hörte in ihren Worten seine eigenen und die seines Vaters vor ihm – Worte, die Kinder am Lac Vert seit Generationen zu ihren Eltern gesagt hatten. Und so ging Martin in den Windfang hinter der Küche und holte seine alten braunen und Kylies neue weiße Schlittschuhe, zog seine Handschuhe und eine Jacke an, die dort hing.

Sie traten in die kalte Nacht hinaus, Thunder auf ihren Fersen. Natalie führte ihn auf dem schneebedeckten Weg, direkt zum See hinunter. Sie hielten am Pavillon, um die Schlittschuhe anzuziehen. Ein Teil des Sees war blankes Eis, als ob Ray den Bereich mit dem Schneepflug geräumt hätte, und Martin folgte Natalie auf das Eis. Dann hielten sie sich an den Händen, glitten über den See.

Es war finster, bis auf einen einzigen Stern, der am samtschwarzen Himmel leuchtete. War er blind oder konnte er sehen? Während er die Hand seiner Tochter hielt, verlor die Frage jegliche Bedeutung. Sie fuhren in Richtung Norden, zu dem Fischgründen, wo er in den vergangenen beiden Sommern oft mit Kylie gewesen war, und der Gedanke, wie lieblos er sie in letzter Zeit behandelt hatte, schmerzte ihn zutiefst.

»Ich habe sie dir geschickt«, sagte Natalie, als könnte sie seine Gedanken lesen. »Ich wusste, dass du eine Tochter brauchst, die du lieben kannst. Ich habe Kylie ausgewählt; sie konnte mich sehen und hören, und sie half mir, dich wiederzufinden. Wie du siehst, Daddy, ist diese Nacht für mich genauso wichtig wie für dich.«

»Warum, Nat?«

»Ich muss einen Weg finden, Lebewohl zu sagen.«

»Schhhh.«

Sie gelangten zur Insel, liefen einmal ringsherum bis zu der Stelle, die Green Cove genannt wurde, wie Martin sich erinnerte. Hier hatte er Eishockeyspielen gelernt. Martins Vater hatte ein Tor aus Kiefernzweigen errichtet und Martin, Ray und Genny beigebracht, den Puck präzise, kraftvoll und genau ins Tor zu schießen.

Plötzlich sah Martin sie spielen, so deutlich, als wäre sein Sehvermögen nicht nur zurückgekehrt, sondern geschärft. Ein trüber Wintertag vor dreißig Jahren, es dunkelte, sein Vater hatte ihm Anweisungen und Ermutigungen zugerufen. Und erst der Blick in den Augen seines Vaters! Martin konnte es kaum glauben: Er strahlte vor Liebe und Bewunderung für seinen einzigen Sohn.

»Und im Jahr darauf verließ er uns«, sagte Martin bitter.

»Es schmerzt, wenn man verlassen wird«, entgegnete Natalie.

»Ich hasse ihn für das, was er dir angetan hat.« Als Martin das Wort ›Hass‹ aussprach, verschwand das Bild aus der Vergangenheit und er kehrte in die Gegenwart zurück, in die Finsternis einer Weihnachtsnacht, dreißig Jahre später. Natalies Silhouette leuchtete neben ihm, hielt seine Hand.

»Er hasst sich auch dafür«, sagte Natalie. »Er hätte es nie absichtlich getan, um keinen Preis der Welt.«

»Verzeih mir, dass ich dich bei ihm gelassen habe, dass ich dich nicht beschützen konnte. Bitte verzeih mir, Nat.«

»Es gibt nichts zu verzeihen, Daddy.«

»Das kann ich nicht glauben.«

Sie traten den Heimweg an, liefen langsam über das Eis, und Martin spürte, wie ihm Angst und eine bange Vorahnung die Brust zuschnürten. Sie würde ihn verlassen. Der Traum würde zu Ende sein, er würde Natalie nie wieder sehen, würde wieder blind sein. Als sie in Sichtweite des Hauses kamen, sahen sie, dass Thunder auf dem Eis wartete.

»Geh nicht,« flüsterte er. »Lass mich nie mehr allein.«

Sie antwortete nicht, aber sie drückte seine Hand. Er erinnerte sich an die Zeit, als sie ein Baby gewesen und er auf Schlittschuhen zu Rays Haus gefahren war, seine Tochter im Rucksack, um sie stolz seinem Freund zu präsentieren.

»Meine Zeit ist fast um.«

»Sag das nicht.«

»Ich muss wissen, was du gelernt hast«, sagte sie. »Deshalb bin ich zurückgekommen, zu den Lebenden.«

»Was ich gelernt habe?« Er war verwirrt.

»Du bist zwar mein Vater«, sagte sie ernst, »aber ich weiß einiges, was die meisten Menschen, auch die Erwachsenen, erst dann lernen, wenn –«

»Wenn es zu spät ist«, vollendete Martin ihren Satz.

Und dann hörte er ihre Stimme, die so unfassbar sanft war, dass ihm die Tränen in die Augen schossen.
»Wenn ihnen die Wahrheit klar wird.«
Martin spürte, wie die Bitterkeit aus seinem Herzen wich, aus ihm herausströmte wie ein aufgestauter Fluss, wenn der Damm bricht.
»Du hast sie gesehen, die Wahrheit, Daddy. Vorhin, an dem alten Tor auf dem Eis.«
»Ich habe meinen Vater gesehen, meine Freunde und mich, als wir jung waren«, sagte Martin mit brechender Stimme.
»Nicht nur die Menschen«, sagte Natalie liebevoll. »Was noch?«
»Liebe«, antwortete Martin und sah wieder den Blick seines Vaters. Das Wort verweilte in seinen Gedanken und tausend Bilder zogen an seinem inneren Auge vorüber: die Arme seiner Mutter, die Augen seines Vaters, Mays Umarmung, Kylies stetige Wärme.
»Gefängnisse sehen nicht alle gleich aus«, sagte Natalie. Ihre Worte klangen so weise, dass Martin zweimal hinschauen musste, um sich zu vergewissern, dass sie wirklich von ihr stammten. Ein riesiger Eiszapfen löste sich vom Dach der Scheune, krachte zu Boden, und es klang wie Glockengeläut. Die Glocken wurden lauter und Thunder bellte.
»Gefängnisse sehen nicht alle gleich aus«, sagte Natalie abermals, mit Nachdruck. Sie weinte, aber ihre Miene war voller Liebe und Glück. Als sie Martin küsste, sah er Tränen auf seinem Kinn glänzen, und er erinnerte sich an den Sommerabend, als Kylie Glimmerspuren auf seinen Wangen hinterlassen hatte.
»Mein Liebes.«
»Geh zu deinem Vater«, sagte Natalie.
Martin fühlte, dass er nickte und sich mit etwas einver-

standen erklärte, was er nicht ganz begriff. Sie umarmten sich ein letztes Mal. Sein Herz klopfte und obwohl er den Wunsch verspürte, sie nie mehr loszulassen, wusste er, dass es der einzige Weg für sie war, jemals frei zu sein.

»Ich liebe dich, Daddy, auf immer und ewig. Und sag Kylie danke.«

»Nat …«

»Für alles. Für alles!«

»Natalie …«, flüsterte er.

Aber sie war verschwunden. Die geheimnisvollen Eisglocken läuteten noch immer und das erste Licht des Weihnachtsmorgens erhellte den Himmel. Er war dunkelgrau, aber als Martin genauer hinsah, verwandelte er sich in Silber. Der Stern stand über den Hügeln und Thunder bellte, bis er heiser war.

Immer noch klar sehend, kehrte Martin ins Haus zurück. Er wünschte sich, Natalie würde drinnen auf ihn warten. Er sah sich suchend im Raum um, und sein Blick fiel auf das alte Stickbild, das seine Mutter vor seiner Geburt gemacht hatte.

Sie hatte es für Martin gemacht, als ihr Mann noch an ihrer Seite war. Martin betrachtete die Tiere, die einträchtig in der Krippe beieinander lagen, und las: »Der Wolf wird bei dem Lamm weilen und der Leopard wird bei dem Böckchen lagern … und ein kleines Kind wird sie führen.«

Martin war dieses Kind gewesen, und danach Natalie, und nun Kylie. Sie hatte die ganze Zeit versucht, ihn zu führen, ihm den Weg zu weisen. Seine Augen füllten sich mit Tränen und er sah sich ein letztes Mal in dem vertrauten Raum um. Er ging zum Fenster, blickte auf den See; ihn wollte er als Letztes sehen, wenn es so weit war.

Als die Sonne aufging und die Welt hell wurde, versank Martin wieder in Dunkelheit, aber er war bereit.

Blind ertastete er sich seinen Weg nach oben. Das Treppengeländer wies ihm den Weg, auch wenn er jeden Schritt auswendig kannte. May bewegte sich, als er sich neben sie ins Bett legte. Seine Hände und Füße waren kalt von der Schlittschuhfahrt auf dem See, aber ihr Körper wärmte ihn.

»Ich liebe dich«, flüsterte er seiner schlafenden Frau zu. »Ich liebe dich.«

»Und ich liebe dich«, flüsterte sie zurück.

»Es ist etwas geschehen. Genau wie Kylie sagte.«

»Was?«, fragte sie schlaftrunken.

Aber Martin war noch nicht bereit, es ihr zu erzählen. Er spürte sein Herz klopfen, dachte an die Schlittschuhfahrt über den See, mit seiner Tochter. Er musste eine weitere Reise unternehmen, mit seiner Familie. Aber jetzt wollte er sich ausruhen und sich erinnern.

Und so schliefen sie gemeinsam wieder ein, bis Kylie sie mit einem lauten »Fröhliche Weihnachten« weckte.

29

Ein weiteres Weihnachtsfest war in Estonia vergangen, ohne ein Wort von Martin. Serge hatte die Hoffnung so gut wie aufgegeben, jemals wieder von ihm zu hören. Er lag auf seiner Pritsche, die Arme hinter dem Kopf verschränkt, und starrte auf die nackte Betonwand. Lesen lenkte ihn nicht mehr ab, und er hatte seit Wochen auf sein Krafttraining verzichtet. Wozu sollte er sich auch fit und gesund halten? Seit neuestem ging ihm immer wieder der Gedanke durch den Kopf, es wäre besser zu sterben.

Beim Hofgang blieb er dem Westtor so weit wie möglich fern. Da der Winter hart war, kam Ricky nur selten. Serge hatte zwiespältige Gefühle, was dieses Thema betraf: Er machte sich Sorgen, wenn der Junge nicht auftauchte, fühlte sich aber besiegt, wenn er auf der Bildfläche erschien. Die Wärter hatten vermutlich Recht: Was für Chancen hatte ein Junge wie er? Was er von seinem Vater auf den Weg mitbekommen hatte, waren Drogen und Gewalt.

Bisweilen erinnerte sich Serge an seine eigenen Gespräche mit Tino und an den Stolz, den der junge Mann auf seinen Sohn empfunden hatte. Genau wie bei ihm, auch wenn ihm die Erinnerung einen Stich versetzte. Jahrelang hatte er Martin versprochen, ihn nächste Woche zu besuchen, ihn nächsten Monat nach Detroit oder L.A. mitzunehmen oder wo auch immer das nächste Spiel stattfand.

Er hatte seinen Teamkameraden Martins Foto gezeigt und ihnen von seinem fantastischen Sohn vorgeschwärmt. Er hatte eine Locke von Martin bei sich getragen, als er noch ein Baby gewesen war, als Glücksbringer in den Spielkasi-

nos: Er hatte stets auf seine Tasche geklopft, bevor er würfelte, und hätte schwören mögen, dass sie ihm wirklich Glück brachte.
Aber nicht, was seine Familie betraf.
An dem Tag, als sie in seine Wohnung eingedrungen waren und Natalie in Todesangst versetzt hatten, hatte Serge seinen Glücksbringer berührt, als sei eine Haarlocke wichtiger als ein Kind aus Fleisch und Blut. Serge senkte den Kopf, als er an Natalie dachte. Die Weihnachtstage waren in dieser Hinsicht am schlimmsten. Schuldgefühle und Trauer quälten ihn, und der Gedanke an alles, was ungetan und ungesagt geblieben war.
Er hatte es sich selbst zuzuschreiben, wenn sein Sohn nichts mehr mit ihm zu tun haben wollte. Wo immer er auch sein mochte und was er auch durchmachte, Serge hatte sich selbst der Chance beraubt, ihm zu helfen. Er konnte ihn aus der Ferne lieben, aber wenn Martin schlau war, verzichtete er darauf, seinem Vater eine zweite Chance zu geben.
Als Serge nun im Hof des Gefängnisses stand, fiel sein Blick auf das Tor. Der Junge war da. Er trug eine viel zu dünne Baseballjacke, warf den Ball in die Luft und fing ihn wieder, vergewisserte sich verstohlen, ob Serge ihn sah.
Serge kniff die Augen zusammen; die Sonne schien grell auf die schmutzigen Schneehaufen. Der Junge war gut in Form, als hätte er fleißig geübt. Er trat einen Schritt näher. Der Junge tat, als bemerke er es nicht, aber er gab sich bei seinem nächsten Wurf noch mehr Mühe.
Kinder haben vor den Toren eines Gefängnisses nichts verloren, dachte Serge bitter. Menschen, die Unheil angerichtet hatten, zogen das Unheil geradezu an; Natalie war der beste Beweis.
»Wo ist deine Mutter?«, fragte Serge.

Ricky antwortete nicht, spielte stumm weiter.
»Es ist kalt hier draußen. Du solltest zu Hause sein, wo du hingehörst.«
Der Junge zuckte die Achseln. Serge sah sein ungewaschenes Gesicht, seine schmutzigen Laufschuhe. Er trug sie seit dem Sommer, war mit ihnen durch Schlamm, Regen und Schnee gelaufen. Er hatte noch immer denselben alten Handschuh und sein Baseball war inzwischen braun. Niemand hatte ihm an diesem Tag die Haare gekämmt.
Das Wohl des Jungen lag ihm am Herzen, und das war bedauerlich, wenn er daran dachte, was aus dem letzten Kind geworden war, das sich in seiner Obhut befunden hatte. Bei dem Gedanken an Natalie verkrampfte sich alles in ihm.
»Hau ab, geh nach Hause!«, brüllte er.
Ricky erschrak, hörte abrupt mit dem Werfen auf.
»Such dir einen besseren Umgang. Du braucht einen Lehrer, einen Trainer. Keine Bande von Kriminellen. Hast du gehört?«
Rickys Lippen waren zusammengepresst, die Augen weit aufgerissen.
»Ich bin ein Mörder, Junge. Von mir kannst du nicht lernen, wie man Baseball spielt, und dein Vater ist nicht hier. Hat sich aus dem Staub gemacht, kapiert? Such dir einen Trainer. Lern was, Ricky. Jetzt –«
Die Augen des Jungen füllten sich mit Tränen, als er zurückwich. Er stolperte in seinen schmutzigen Laufschuhen und ließ den Ball fallen. Dieser rollte zum Tor, und als Ricky sich bückte, um ihn aufzuheben, berührte seine Hand beinahe Serges Schuh. Er blickte Serge erschrocken an.
»Geh und komm nie wieder«, sagte Serge.
Der Junge nahm seinen Ball und lief davon.
Eine lange Reihe Eiszapfen hing an der Westwand des Zel-

lenblocks und ein Windstoß, der plötzlich aufkam, blies sie herunter. Sie fielen klirrend auf das Pflaster, einer nach dem anderen, und das Geräusch hörte sich an wie Kirchenglocken.

Während er Ricky nachsah, der den Hügel hinunterlief und verschwand, umklammerte er die Gitterstäbe und lauschte. Die Glocken erinnerten ihn an zu Hause, an die alte Kirche in Lac Vert, und wie geheimnisvoll sie an Weihnachten klangen. Wie ein Glockenspiel, mit Weihnachtsliedern und Hymnen. Serge hatte sie gehört, mit seiner Frau und seinem Sohn, wenn sie am Weihnachtsmorgen in ihrer Kirchenbank saßen, zu Ehren der Geburt des Jesuskindes.

Ich hätte mehr tun sollen, dachte Serge nun: Ich hätte die Kinder in meinem Leben in Ehren halten sollen. Er hatte Ricky Angst gemacht und ihn verjagt, und darüber war er froh. Er hoffte, dass der Junge nie mehr zurückkommen würde.

*

Irgendetwas war mit Martin geschehen, er war wie ausgewechselt. May wusste nicht, was die Veränderung herbeigeführt hatte, aber sie war zutiefst dankbar dafür. Am Weihnachtsmorgen war er zu ihr ins Bett gekommen. Nachdem er sich Monate von ihr fern gehalten hatte, hatte er sie endlich wieder in den Armen gehalten, ihr Zärtlichkeiten ins Ohr geflüstert, sie geliebt, mit jeder Faser seines Seins.

Er war unvorstellbar zärtlich gewesen. Er hatte ihr im Flüsterton gesagt, dass er sie verletzt habe, sie unendlich liebe und Kylie Recht gehabt habe, es sei etwas geschehen. »Was ist geschehen, Martin? Sag es mir«, hatte May ebenfalls im Flüsterton gesagt.

»Wir stehen es gemeinsam durch«, hatte Martin erwidert, aber mehr hatte er nicht gesagt.
Und so war es in den nächsten Tagen: Plötzlich taten sie alles gemeinsam. Kein Weihnachtsgeschenk hätte sie glücklicher machen können. Martin bat um ihre Hilfe, wenn er ein Bad nehmen wollte oder etwas zum Anziehen brauchte. Er hatte zugelassen, dass sie ihm die Schuhe zuband. Als er gegen einen Stuhl gelaufen war, hatte er sie gebeten ihm zu helfen, seinen Weg zu finden. Beim Frühstück hatte er sich von ihr zeigen lassen, wo was auf dem Tisch stand. May hatte seine Hand geführt.
»Hier ist dein Kaffee, dein Teller. Muffins sind dort drüben, in dem Korb.«
»Da drinnen ist die Butter«, hatte Kylie gesagt und die geschlossene Dose näher geschoben. »Und hier ist ein Messer …«
Sie hatten den Weihnachtsbaum geschmückt. Genny war auf den Dachboden gestiegen und hatte Kartons heruntergeholt, gefüllt mit Agnes' altem Christbaumschmuck. Martin hatte sich in seinem Sessel zurückgelehnt und zugehört, als Kylie ihn beschrieb: »Eine rote Kugel mit einem Glitzer-Schneemann, ein goldenes Rentier, vier weiße Schneeflocken.«
»Aus Papier?«
»Ja.«
»Die habe ich gebastelt, als ich in der zweiten Klasse war.«
Kylie hatte sie ganz vorne aufgehängt, auf einem Ehrenplatz. Sie hatte auch Christbaumschmuck in Form von Eishockey-Schlittschuhen, Puck und Schläger gefunden. Und sechs kleine Engel aus Glas. Aber was ihre Aufmerksamkeit am meisten fesselte, war eine kleine silberfarbene Glocke.
Sie war aus Pappmaschee, schief und mit ungleichmäßigen

Rändern. Kylie inspizierte sie von innen und außen. Sie war mit grünen Girlanden verziert und trug die Initialen »N.C.«. Als Kylie die Glocke hochhielt, klingelte sie.
»Natalies Glocke«, sagte Martin.
»Hab ich schon gesehen. Sie hat ihre Anfangsbuchstaben darauf gemalt.«
»Sie hat sie mir zu Weihnachten geschickt, als sie fünf war«, sagte Martin. »Ich konnte damals nicht bei ihr sein.«
»Wo war sie?«
»Bei ihrer Mutter, weit weg.« Martin lächelte.
»Du hast sie gesehen, oder?« Kylie blickte ihn an. »Sie war hier.«
»Ja, sie war hier.«
May hielt den Atem an. Martins Augen leuchteten, genauso blau wie früher, als sähe er etwas in dem Raum und darüber hinaus. Und Kylie konnte vor Aufregung kaum stillsitzen.
»Was hat sie gesagt?«
»Dass du von Anfang an Recht hattest. Dass –«
»Glaubst du mir jetzt? Dass ich sie wirklich gesehen und mir das Ganze nicht ausgedacht habe?«
»Ja, ich glaube dir.«
Mays Blick fiel auf das blaue Tagebuch. Sie hätte das Gespräch aufschreiben, die Aufzeichnungen durch Martins Erfahrungen erhärten können. Aber stattdessen blickte sie von Martin zu Kylie, von einem Vater, der eine Tochter brauchte, zu einer Tochter, die einen Vater brauchte.
»Stimmt was nicht, Mom?«, fragte Kylie, als sie Mays Gesicht sah.
May wischte sich über die Augen. »Ich hätte sie auch gerne gesehen. Ich hätte Natalie gerne kennen gelernt.«
»Ja, das wäre schön gewesen«, sagte Martin und streckte die Hand so lange aus, bis May sie ergriff.

Kylie lachte, als sie die alte Glocke läutete: Der Klöppel war nichts weiter als eine gedrehte Heftklammer und die Glocke aus Zeitungspapier geformt, in Wasser und Leim eingeweicht und bemalt. Doch plötzlich wehten die Klänge anderer Glocken zum Fenster hinein.
Sie trugen weit, über die Hügel und den See. Sie hallten von den Bergen wider, raunten im kahlen Geäst der Platanen, Ahornbäume und Kiefern. Sie drangen über das Eis, um ein Vielfaches verstärkt durch die tiefen Schlupfwinkel und gedämpft durch die seichten Buchten im See.
»Hört doch!«, rief Kylie.
»Was ist das?«, fragte May.
»Das Glockenspiel von Sainte Anne«, sagte Martin.
»Das ist ein Weihnachtslied.« May lauschte den klaren Tönen. Aber es war kein Weihnachtslied, sondern eine Hymne, und Martin erkannte sie noch vor ihr.
»*Amazing Grace*«, sagte er.
May erinnerte sich vage an die Worte. Sie hatten die Hymne beim Begräbnis ihres Vaters gesungen, und in der letzten Zeile ging es um Blinde, die wieder sehen konnten – nicht mit den Augen, sondern mit den Herzen. »Was für ein schöner Klang«, flüsterte May.
Sie lauschten, bis die Glocken verklangen und nur noch das Klirren der Eiszapfen in den Bäumen die Stille durchbrach. Ein Windstoß fegte über den zugefrorenen See, fuhr den Kamin hinab. Thunder sprang auf und lief zum Ofenschirm, um nachzusehen, wedelte mit dem Schwanz. May zitterte in banger Erwartung dessen, was als Nächstes geschehen mochte.
Was immer sie auch erwartet hatte, es kam nicht von außen: Martin zog sich aus seinem Sessel hoch. May und Kylie sahen ihn an, fragten sich, was er vorhatte.
»Ist da auch ein Stern in der Schachtel?«, fragte er.

»Ja.« Kylie griff in die Schachtel mit dem Christbaumschmuck, holte einen verbogenen, abgegriffenen Stern aus Pappkarton hervor, mit Folie beklebt und rotem und goldenem Glitzerstift bemalt. Der Glimmer blieb an ihren Fingern haften, als sie den Stern hochhielt.

»Komm«, sagte Martin, bückte sich und breitete die Arme aus.

Kylie wusste genau, was zu tun war. Sie schlang einen Arm um seinen Hals, hielt den Stern in der anderen. Martin hob sie hoch und ging mit ihr zum Baum. May hielt seine Hand, führte ihn näher heran, bis er die Zweige spürte und wusste, wo er stand. Sie sah, wie Kylie den Stern musterte, nach Initialen suchte.

»Ist der von Natalie?«, fragte sie.

»Nein, von mir«, sagte Martin. »Ich habe ihn gemacht, mit meinem Vater, vor langer, langer Zeit. Als ich ungefähr in deinem Alter war.«

»Er hat dir dabei geholfen?«

»Ja.«

Dann hob er Kylie noch höher und beugte sich vor, so dass sie den Stern auf den obersten Zweigen des Baumes anbringen konnte. Kylie achtete darauf, ihn sicher zu befestigen. Martin zuckte mit keiner Wimper, ließ ihr alle Zeit, die sie brauchte. Dann sagte sie »fertig«, und er ließ sie herunter.

»Wie sieht er aus?«, fragte er.

»Perfekt.«

»Er hat mir dabei geholfen«, sagte Martin abermals.

»Das habt ihr gut gemacht«, lobte May. »Ein Stern wie aus dem Bilderbuch.«

»Ich möchte meinen Vater sehen.«

Mays Herz klopfte, als Martin ihre Hände nahm. »Auf dem Heimweg«, sagte er. »Glaubst du, es wäre ein großer Umweg, wenn wir über den New York Thruway zurückfahren? Wir könnten einen Abstecher im Gefängnis machen und danach auf dem Connecticut Turnpike nach Hause fahren.«

»Ich glaube, das ist kein großer Umweg«, sagte May fest.

»Nein«, meinte Martin, als hätte er eine Straßenkarte vor sich ausgebreitet. »Das glaube ich auch nicht.«

30

Als sie das Haus am See bereits zugesperrt hatten, kehrte May noch einmal zurück, weil Martin seine Tasche vergessen hatte. Sie stand direkt neben der Haustür. May ging vorsichtshalber noch einmal durch sämtliche Räume, um sich zu vergewissern, dass die Heizungen leicht aufgedreht waren, damit die Wasserleitungen nicht einfroren. Aber das war nur ein willkommener Vorwand: Sie brauchte noch einen Augenblick, um Abschied zu nehmen.

Sie blickte über den schneebedeckten Garten zum Pavillon hinüber und sah den Sommertag wieder vor sich: Martin, Kylie und sie, im Kreise von Freunden und Familienangehörigen, die einander verbunden waren. Sie hatten durchbrennen und in aller Stille heiraten wollen, aber wie konnten sie, wenn es Menschen gab, die sie mit so viel Liebe umgaben?

In all den Jahren, die sie mit Kylie allein verbracht hatte, und trotz des Gefühls, kein Glück in der Liebe zu haben, hatte sie nie aufgehört zu glauben, dass andere mehr Glück hatten. Ihre Mutter, ihre Großmutter und ihre Tante hatten Hochzeiten für Frauen geplant, die die große Liebe ihres Lebens gefunden hatten. Sie war Tobins Brautjungfer gewesen und hatte die Familie ihrer besten Freundin wachsen sehen, Dinge, die May tief in ihrem Innern für sich selbst niemals erwartet hatte, auch wenn Tobin immer das Gegenteil behauptet hatte.

Und dann war sie Martin begegnet. Der Treueschwur bei der Trauung war das größte Versprechen, das sie jemals einem Menschen gegeben hatte. Die Worte bedeuteten ihr viel, und jetzt, wo sie am meisten zählten, waren sie ihr sogar noch wichtiger. Martin brauchte sie, aber sie brauchte ihn ebenfalls.

Sie griff in die große Tasche ihrer Wolljacke und holte das blaue Notizbuch heraus. Manchmal war sie versucht, es an Ben Whitpen zu schicken, damit er es bei seinen Forschungsunterlagen aufbewahren konnte und sie es nie wieder anschauen musste. Aber in diesem Tagebuch war ihre Geschichte aufgeschrieben. Wenn Kylies Visionen und Träume ausblieben, wusste May, dass jede Seite darin Etappen darstellten, die zu diesem Moment führten.

Sie schlug es auf, las ein paar Worte und spürte, wie ihr Herz ihrem Mann und ihren beiden Töchtern entgegenflog, den Irrungen und Wirrungen der Liebe und den Geheimnissen des Lebens. Ihre Tochter hatte durch den Schleier zwischen den Welten gesehen, hatte Menschen gelauscht, die sich im Reich der Toten befanden, und ihnen vor Augen geführt, dass man sich nicht vor der Vergangenheit fürchten musste. May dachte mit Dankbarkeit an Richard Perry, und an Natalie Cartier mit Liebe.

Nun hob May Martins Reisetasche vom Fußboden auf. Genau das war mit dem Treuegelöbnis gemeint: sich lieben und ehren, in Krankheit und Gesundheit, Reichtum und Armut, in guten und in schlechten Tagen. Die Kinder des Partners lieben und seine Eltern ehren, selbst wenn dieses Unterfangen unmöglich erscheint.

Und das Gepäck tragen, das der andere mit in die Beziehung einbringt. Und so schlang May den Riemen über die Schulter, sperrte die Tür ihres Seehauses zu und trug die Reisetasche ihres Mannes zum Auto. Das Licht war im Dezember schwach und fahl, aber bei ihrem nächsten Be-

such im Sommer würde das Licht angefüllt sein mit Gold, Blütenstaub und Hoffnung.
Sie machten sich auf den Weg.

*

Martin saß im Besucherraum, May auf der einen und Kylie auf der anderen Seite. Er nahm das Klappern von Türen und schlurfende Schritte wahr, und den Geruch nach Essen, Qualm und Schweiß. Das Gefängnis erinnerte ihn an bestimmte Umkleidekabinen, in denen er gewesen war, ein höhlenartiges Labyrinth aus Beton, in dem Gewalt und Aggression einen Widerhall fanden.
»Kylie, alles in Ordnung mit dir?«, fragte er.
»Mir geht es prima.«
»Ich frage mich, wo er bleibt«, sagte May.
Martin nickte. Vielleicht hätten sie ihren Besuch ankündigen sollen. Oder gar nicht herkommen sollen. Sein Herz klopfte zum Zerspringen, seine Nerven lagen blank. Wahrscheinlich war das der größte Fehler seines Lebens. In Lac Vert hatte er es für eine gute Idee gehalten, seinen Vater zu besuchen, aber im Moment kam sie ihm töricht und rührselig vor.
Aber Martin hatte es Natalie versprochen. Nicht eine einzige Minute hatte er daran gezweifelt, dass sie beisammen gewesen waren, das Ganze als Traum abgetan. Er war seiner Tochter begegnet. Sie hatte ihm ermöglicht, wieder zu sehen, auf eine Weise, wie es Teddy Collins, der renommiertesten Augenspezialistin in Boston, nie gelingen würde. Natalie hatte ihm Dinge gezeigt, die tief in seinem Innern verborgen waren, das Geheimnis des Lebens, für das er blind gewesen war.
Als sich nun die Innentür öffnete und sein Vater den Raum

betrat, spürte Martin seine Gegenwart, auch wenn er ihn nicht sehen konnte.

»Dad.« Martin stand hoch aufgerichtet da.

»Martin«, sagte Serge.

Sie waren nur noch wenige Schritte voneinander entfernt. Andere Häftlinge saßen in der Nähe, sprachen mit ihren Frauen, spielten mit ihren Kindern. Martin hörte ihre Stimmen, aber die Worte verklangen, traten in den Hintergrund. Der Atem seines Vaters war dagegen laut, wie Trommelschläge.

»Ich freue mich, dich zu sehen.«

»Mein Sohn«, sagte Serge und schloss Martin in seine Arme. Ein Wärter trat vor, um sie zu trennen, aber Serge ließ nicht los. Martin spürte den starken Rücken seines Vaters unter seinen Händen und erinnerte sich daran, wie er als Kind von ihm hochgehoben und getragen worden war.

»Dad, May kennst du ja.«

»Hallo, meine Liebe.«

»Serge, ich freue mich sehr, Sie zu sehen.«

»Mommy liebt deine Postkarten«, erzählte Kylie ihm.

»Das ist gut. Das freut mich sehr.«

Sie plauderten eine Weile, um das Eis zu brechen, über das Weihnachtsfest am See, das Weihnachtsessen, das Leben im Gefängnis, den Verkehr in der Innenstadt von Estonia und Kylies Schule. Sein Vater wollte wissen, ob Kylie sich für Sport interessierte, und sie sagte ja, besonders für Eiskunstlaufen, Schwimmen und Angeln.

»Angeln auf dem Lac Vert«, sagte Serge. »Ist die große alte Forelle noch da?«

»Der Urgroßvater«, sagte Kylie.

»Muss inzwischen der Urenkel des Urgroßvaters sein«, erwiderte Serge. »Meine Güte, ich erinnere mich, wie er sich unter dem flachen Stein versteckte, der alte Halunke, und gerade mal so weit die Nase herausstreckte, dass ich sehen konnte, wie er mich auslachte.«

»Und bestimmt hat er gesagt ›Ätsch, mich kriegst du nicht!‹«, fügte Kylie hinzu.

»So war es. Schlicht und ergreifend. Er lässt sich nicht fangen.«

»Ich habe einen Hund«, sagte Kylie stolz.

»Tatsächlich? Und war für eine Rasse?«

»Ein Basset. Sein Name ist Thunder. Sein Bruder ist tot.«

»Sein Bruder hieß Lightning, stimmt's?« Kylie lachte und Martin erinnerte sich, wie viel Spaß Natalie mit ihrem Großvater gehabt und wie sehr sie ihn geliebt hatte.

»Stimmt. Woher wusstest du das?«

»Intuition«, sagte Serge, an seinen Kopf klopfend.

»Toll«, staunte Kylie.

»Das ist es, was einen herausragenden Eishockeyspieler ausmacht. Wie Martin.«

»Dad«, sagte Martin, bemüht, das Gespräch in andere Bahnen zu lenken.

»Diese Gabe hatte er schon als Kind«, fuhr Serge fort, den Wink mit dem Zaunpfahl ignorierend. »Einfach brillant, in jeder Sportart. Ich wusste, dass er einer von den ganz Großen werden würde. Eishockey war seine große Leidenschaft.«

Martin öffnete den Mund, um ein anderes Thema anzuschneiden, aber sein Vater kam ihm zuvor. Er brachte das Gespräch auf einen Jungen, der sich oft draußen vor dem Tor herumgetrieben hatte, den Sohn eines Mithäftlings, der im Gefängnis ums Leben gekommen war.

»Der Junge liebt Baseball, genau wie du in seinem Alter. Er ist mit großer Begeisterung dabei.«

»Warum kommt er her, wenn sein Vater tot ist?«, fragte Martin.

»Weil er ihm so nahe wie möglich sein will«, flüsterte ihm Kylie ins Ohr, und Martin erschauerte.
»Er erinnert mich daran, wie es bei dir früher war.« Serges Stimme war leise und rau. Martin spürte, wie sein Vater seine Hand nahm, und musste den Drang bekämpfen, sich loszureißen und wegzulaufen, so schnell er konnte.
»Im Sport, nehme ich an.«
»Nicht nur. Er ist mit Leib und Seele dabei.«
Die kleine Gruppe verfiel in Schweigen, und nach ein paar Minuten verkündete May, sie werde mit Kylie schon einmal vorausgehen. Sie dankte Serge für die Karten und sagte, dass es schön gewesen sei, ihn wieder zu sehen. Martin hörte, wie sie seinen Vater zum Abschied auf die Wange küsste, und spürte ihre Hand auf der Schulter. »Ich warte draußen, ganz in deiner Nähe«, flüsterte sie.
»Eine wunderbare Frau«, sagte Serge, als sie gegangen war.
»Die Beste, die man sich wünschen kann«, pflichtete Martin ihm bei.
Als May und Kylie weg waren, schien es, als hätten sich die beiden Männer nichts mehr zu sagen. Sie kehrten wieder zu unverfänglichen Themen zurück: die Kälte, die Wettervorhersage für morgen, Eishockey. Martin verkrampfte sich innerlich, als sein Vater erzählte, er habe sich das letzte Spiel im Radio angehört, aber er war neugierig, wie es ausgegangen war. Soweit er wusste, hatten die Bruins in diesem Jahr noch kein Spiel gewonnen, und er war enttäuscht, als er hörte, dass sie nach eineinhalb Spielperioden einen Rückstand von 4:2 hatten.
»Du fehlst ihnen, Sohn.« Dann, als sei ihm erst jetzt aufgefallen, was er da gesagt hatte, holte er tief Luft. »Tut mir Leid, Martin.«
»Schon gut.« Martin senkte den Kopf.

»Martin, du verdienst –«
Martin unterbrach ihn. »Lass es gut sein. Ich habe eine hervorragende Ärztin. Sie tut alles, was in ihrer Macht steht. Es ist nicht einfach, aber ich habe May, sie ist ein Geschenk des Himmels. Auch wenn ich es oft nicht verdiene.«
»Ja, das haben die Männer in unserer Familie so an sich.«
»Sprich bitte für dich selbst«, sagte Martin scharf.
»Entschuldige. Ich hatte kein Recht, zu sagen –«
»Ich würde sie nicht einfach im Stich lassen. Oder Kylie. Einmal und nie wieder. Ich würde sie nicht einfach vergessen und es mir gut gehen lassen, ein Vagabundenleben führen und das Geld mit vollen Händen zum Fenster hinauswerfen.«
»In Vegas, L.A., New York, Chicago.«
»Während sie die Hälfte der Zeit allein in ihrem einsamen Blockhaus am See hungern und frieren.«
»Nein, das ist nicht deine Art.«
»Und ich würde mein Kind nie in Gefahr bringen.« Martin verspürte wieder das vertraute Engegefühl in der Brust. Wut und Jähzorn stauten sich in ihm auf, und er hätte am liebsten auf seinen Vater eingeprügelt, auch wenn er ihn nicht sehen konnte. »Ich würde nie zulassen, dass jemand sie verletzt.«
»Das ist alles meine Schuld«, flüsterte Serge. »Ich weiß es. Oh Gott, Martin – es tut mir Leid, es tut mir so Leid. Ich würde mein Leben für sie geben. Weißt du das? Ich meine es ernst. Ich bereue das alles zutiefst. Glaubst du mir?«
Martin schüttelte abwehrend den Kopf. Er zitterte am ganzen Körper. Doch dann erinnerte er sich, was Natalie gesagt hatte: dass Serge sich selbst am meisten hasse und es nicht nur eine Art von Gefängnis gebe.

»Martin«, sagte Serge bittend. »Antworte mir.«
»Ich weiß, dass du es ernst meinst.« Martin wischte sich über die Augen.
»Ich würde mit Freuden sterben, auf der Stelle, wenn sie dadurch wieder lebendig würde. Ich bin bereits gestorben, tausendmal, in meinen Gedanken. Die Schuldgefühle werden mich ein Leben lang begleiten.«
»Du solltest lernen, dir selbst zu verzeihen.«
»Das kann ich nicht«, sagte sein Vater rau und schmerzvoll. »Was ich getan habe, ist unverzeihlich.«
Martin holte tief Luft. »Ich verzeihe dir, Dad.«
Martin hörte, wie Serge zu weinen begann, während sein eigenes Herz hämmerte und Tränen über seine Wangen liefen. Er sah das Gesicht seiner Tochter vor sich, spürte das Eis unter seinen Schlittschuhen, als sie über den See fuhren, dachte an eine ähnliche Szene aus seiner Kindheit zurück. Er sah seinen Vater so deutlich vor sich, als könnte er ihn sehen, und erinnerte sich, wie aufregend das Beisammensein mit seinem Vater gewesen war, den er über alle Maßen geliebt hatte.
»Du musst dir selbst verzeihen, Dad«, sagte er noch einmal.
Serge putzte sich laut die Nase und einige der Häftlinge lachten.
»Natalie würde es so wollen.«
»Das wusste ich immer«, sagte Serge nach einer Weile. »Sie war ein Engel. Aber zu wissen, dass du mich hasst, war eine schwere Bürde. Nicht, dass ich es dir verdenken könnte.«
»Ich hasse dich nicht mehr.«
»Danke, mein Sohn.«
»Das habe ich May zu verdanken. Ich bin ein Glückspilz, Dad.«

»Ich weiß.«
»Wann wirst du entlassen?«
»In drei Jahren. Das ist in Ordnung. Es wird mir leichter fallen, den Rest meiner Strafe zu verbüßen, jetzt, wo ich weiß, wie du empfindest.«
Sie saßen schweigend da, lauschten dem Stimmengewirr der Leute ringsum. Da waren Kinder, die ihre Väter besuchten, Väter ihre Söhne, Ehefrauen ihre Männer und Schwestern besuchten ihre Brüder. Die Stimmen brandeten wie eine Welle über Martin hinweg und er wusste, dass es richtig gewesen war herzukommen. Als der Wärter das Ende der Besuchszeit ankündigte, spürte Martin eine Faust in seiner Magengrube.
»Ich bin froh, dass du da warst«, sagte Serge.
»Ich komme wieder«, versprach Martin.
»Kann ich irgendetwas für dich tun? Ich würde dir mein Augenlicht geben, wenn ich könnte.«
»Danke.« Martin versuchte zu lächeln.
»Was ich zu Kylie gesagt habe, war ernst gemeint. Du warst einer der Besten, Martin. *Einer der ganz Großen*.«
»Ich weiß nicht. Ich habe den Stanley Cup nicht gewonnen.«
»Glaubst du, das sei wichtig?« Serge flüsterte fast.
Martin nickte. »Ja.«
»Ist es aber nicht. Nicht die Bohne. Wenn ihn jemand verdient hat, dann du. Mit dir kann sich keiner der Eishockeyspieler von heute messen. Der Cup ist nichts weiter als ein dicker Brocken Metall.«
»Zwei Jahre in Folge war das Ziel zum Greifen nahe – und ich vermassele es in Spiel sieben, ein paar Sekunden vor Spielende. Ich habe meine Mannschaft enttäuscht.«
»Niemals. Sag so etwas nicht.«
»So ist es aber.«

»Schau sie dir doch an! Ohne dich werden sie es dieses Jahr nicht einmal bis zu den Playoffs schaffen. Jorgensens Leistungen als Torhüter sind seither katastrophal, und das ist sein Ende bei den Bruins. Dieses Mal hat der Cartier-Fluch ihn getroffen.«

Die beiden Männer lachten unter Tränen, doch dann schüttelte Martin den Kopf. »Ich möchte nicht, dass er verliert.«

»Ob du es willst oder nicht, du kannst es nicht verhindern.«

»Ich glaube, ich werde ihn heute Abend anrufen. Ihm sagen, dass er endlich in die Gänge kommen und zeigen soll, was in ihm steckt. Die Bruins können es schaffen und endlich den Stanley Cup holen. Auch dieses Jahr. Ray hat es verdient.«

»Ray Gardner.« Serge schüttelte den Kopf. »Du hast ihn mitgezogen, sonst hätte er den Sprung in die NHL-Profiliga nie geschafft.«

»Und du uns. Weil wir so stolz auf dich waren«, sagte Martin und wischte sich ungeschickt die Tränen aus den Augen. »Als du den Stanley Cup gewonnen hattest, war das ein Ansporn; wir hatten die Hoffnung, dass wir das eines Tages auch schaffen könnten.«

»Für euren Stolz habt ihr euch den Falschen ausgesucht.«

»Nein, Dad. So sehe ich das nicht.«

Sein Vater trat vor und umarmte ihn fest. Die Wärter hielten sich wohlweislich zurück. Martin spürte, wie sich der Brustkorb seines Vaters hob und senkte, und er hätte schwören mögen, dass seine Haare nach Kiefern und See rochen.

»Pass gut auf dich auf«, sagte Martin.

»Du auch. Und auf deine Familie.«

»Mach ich.« Er wollte sich umdrehen und gehen, doch

plötzlich hielt er inne. »Und was ist mit dir? Kann ich etwas für *dich* tun?«

»Wenn du schon danach fragst – ja, das kannst du«, sagte Serge.

Epilog

Ende Mai war Boston wie elektrisiert: Die Eishockeyfans trauten ihren Augen nicht, als sich die Bruins nur mit knapper Not für die Playoffs qualifizierten, New Jersey im siebten Spiel der Serie mit Ach und Krach schlugen und – eine geradezu unheimliche Wiederholung der letzten beiden Jahre – in der Endrunde der Meisterschaft wieder gegen die Edmonton Oilers antreten mussten.

Da es ums Ganze ging, stand die Mannschaft unter Hochspannung. Wieder einmal wurden die Finals im Fleet Center ausgetragen, und die Zuschauer im ausverkauften Stadion waren aufgesprungen und lechzten nach Blut.

Martin Cartier stand in der Umkleidekabine.

Er hatte sich während der Saison rar gemacht, auch nach dem Weihnachtsanruf bei Nils Jorgensen. Der Goalie und er hatten sich zögernd gegrüßt, wenn sie sich über den Weg liefen, aber neuerdings erhielt er häufig Anrufe von dem Schweden; offenbar brauchte er ein Ventil, um Dampf über das Team, den Coach und den Mangel an Unterstützung in der Verteidigung abzulassen.

»Die Mannschaft hat offenbar nicht kapiert, dass ich nicht mehr ihr Gegner bin«, beschwerte sich Jorgensen.

»Kein Wunder, nach all den Jahren, wo sie gegen dich kämpfen mussten«, lachte Martin.

»Der Transfer war Mist; wir passen nicht zusammen. Ich werde mich nach einem anderen Verein umschauen müssen.«

Nach einiger Zeit begann Martin wieder, seine alten Freunde anzurufen, einen nach dem anderen. Alle Spieler, bis zum letzten Mann, freuten sich, von ihm zu hören. Sie erkundigten sich befangen nach seinem Befinden, aber Martin erzählte ihnen bereitwillig von seiner hervorragenden Ärztin, die noch immer auf eine Verbesserung seines Zustands wartete und die Hoffnung nicht aufgab, dass er eines Tages wieder sehen könnte.

Er hatte sich auch geduldig die Beschwerden seiner ehemaligen Teamkameraden über Jorgensen angehört – was für ein ausgemachter Idiot er sei und dass sie sich wie Verräter vorkämen, mit ihm zu spielen. Martin hatte ihnen nur lachend erklärt, sie sollten doch lieber die Vorteile sehen, mit Nils Jorgensen den besten Torhüter der ganzen NHL in ihrer Mannschaft zu haben, und sie auch dementsprechend nutzen.

Dann hatte er mit Hilfe von May und Kylie ein Geschenk für alle Bruins zusammen und ein spezielles für Jorgensen gemacht. Es war ein Spruchband, das Ray dem Team übergab, mit der Aufschrift: »KEINER IST BESSER ALS NILS JORGENSEN, AUSSER GOTT«. Und dem Goalie überreichte Ray einen alten Eishockeyschläger von Martin, auf den Kylie von Hand geschrieben hatte: »HIER IST SCHLUSS.«

Als er nun zum ersten Mal in der Saison wieder die Umkleidekabine betrat, erfuhr Martin, dass sein Spruchband über der Eingangstür zur Eisbahn hing und Jorgensen, seit er begonnen hatte, Martins Stock zu benutzen, im Vergleich zu den verlorenen Toren fünfmal so viele Tore gehalten hatte.

»Alles in Ordnung bei dir?«, fragte Ray.

»Alles in Ordnung.«

»Spiel sieben.«

»Da waren wir nicht zum ersten Mal.«

»Ist anders ohne dich.«

»Was heißt hier ohne mich«, protestierte Martin. »Ich bin doch da, oder?«
Der Coach trommelte die Spieler zusammen, um ihnen noch einmal richtig einzuheizen. Er schlug den für ihn typischen, rauen Ton an, gab seine Kampfparolen aus. Martin sah ihn direkt vor sich, wie er mit zusammengekniffenen Augen auf seinem gelben Bleistift kaute. Die Mannschaft stand da, hörte aufmerksam zu und trat nervös von einem Bein aufs andere.
»Ihr könnt es schaffen, ich weiß es«, sagte Coach Dafoe. »Ihr habt Talent und seid gut vorbereitet. Ich habe es schon letzten Sommer gesagt, an derselben Stelle: Dieses Mal packen wir es.«
Martin erinnerte sich mit einem kurzen vertrauten Anflug von Kummer und Bedauern daran und er fühlte ein merkwürdiges Schamgefühl in sich aufsteigen, weil er blind und nicht in der Lage war, seiner Mannschaft im Spiel beizustehen.
»Wir haben alles, was eine siegreiche Mannschaft braucht«, fuhr der Coach fort.
Martin senkte den Kopf und blickte zu Boden, damit niemand sah, wie sich sein Gesicht rötete. Sie hatten den dornigen Weg bis in die Endrunde geschafft und wie man sah, ging es auch ohne ihn.
»Wir haben Ray Gardner, wir haben Jack Delaney, wir haben …« Dafoe zählte die ganze Liste der Spieler auf. »Und wir haben Nils Jorgensen, unseren Goalie, der uns zwar bei den beiden letzten Versuchen einen Strich durch die Rechnung gemacht, aber in den Playoffs mehr Pucks gehalten hat, als ich je geglaubt hätte.«
»Keiner ist besser als Jorgensen, außer Gott«, sagte Ray und die Mannschaft lachte.
»Aber noch wichtiger als alles andere, was wir haben, ist

das Herz und die Seele unseres Teams: Martin Cartier. Er ist heute bei uns, genau wie in den letzten beiden Jahren.«
Martin hob den Kopf. Es machte ihm nichts aus, dass sein Gesicht gerötet war und seine Augen in Tränen schwammen.
»Danke, Coach.«
Seine Teamkameraden klopften ihm auf die Schultern, zerzausten ihm die Haare. Coach Dafoe räusperte sich.
»Was ist los mit dir, Cartier?«
»Coach?«
»Du weißt doch, hier hat niemand was in Straßenkleidung zu suchen.«
»Ich gehe schon, meine Frau und meine Tochter warten auf mich –«
»Den Teufel wirst du tun. Zieh dich endlich um.«
»Coach –«
»Beeil dich, Cartier. Wir werden gewinnen, und zwar mit dir.«
»Mit dir«, wiederholte Jorgensen.
»Wenn das so ist – ich bin dabei.« Martin spürte, wie jemand ihm sein Trikot in die Hände drückte, als er sein Hemd auszog und sich fertig für das Eis machte.

*

May war vom Schreien völlig heiser. Sie stand in der alten vertrauten Box mit Kylie, Genny, Charlotte und Mark. Tobin und Teddy waren als Gäste mitgekommen, und Ricky Carera, der Junge aus Estonia.
Serge hatte Martin und May gebeten, ihm bei einer Art von Wiedergutmachung zu helfen und Ricky das Schicksal zu ersparen, das Jim und andere Wärter dem vaterlosen Jungen voraussagten. Heute Abend hatten sie ihn per Flug-

zeug nach Boston kommen lassen und ihn auf dem Weg zum Stadion abgeholt.
»Das da ist der Goalie«, erklärte ihm Kylie gerade. »Und dort drüben, das ist der Stürmer.«
»Mittelstürmer«, verbesserte Mark.
»Und wer ist dein Dad?«, fragte Ricky ihn.
»Der Flügelstürmer, der rechte«, erwiderte Mark stolz.
»Mein Dad hat Baseball gespielt.«
»Cool«, sagte Mark.
»Ricky ist in der Little League«, erklärte Kylie. »Da kommen nur die besten Kinder rein. Mein Vater und mein Großvater haben ihm dabei geholfen.«
»Baseball ist toll«, sagte Ricky.
»Jetzt ist Eishockey angesagt«, erinnerte ihn Mark. »Pass auf.«
Bis zum Ende des letzten Drittels hatte es unentschieden gestanden, 0:0, und nun ging das Spiel in die Verlängerung. Jorgensen hatte jeden Schuss gehalten, sich auf den Puck gestürzt und seinen Körper als Schutzschild benutzt. May hielt den Atem an, wie alle anderen Zuschauer im Stadion, und fragte sich, wie lange er noch durchhalten würde.
»Martin sieht gut aus«, sagte Genny lächelnd, mit Blick auf die Bank.
»Ja, finde ich auch.« Sie erwiderte das Lächeln, aber insgeheim war ihr beklommen zumute, als sie beobachtete, wie ihr Mann die Mannschaft von der Reservebank anfeuerte und mit den einzelnen Spielern redete. Sie erinnerte sich an das letzte Jahr und seine überragenden Leistungen auf dem Eis, neben denen alle anderen verblasst waren.
»Ich dachte, er würde bei uns sitzen«, sagte Tobin.
»Ich auch.«
»Er hat einen starken Willen, dein Mann«, meinte Teddy.

May nickte.
Sie war aufgeregt gewesen und hatte sich gefreut, als Martin mit seiner Mannschaft auf das Eis hinausfuhr. In seinem alten Trikot mit der Nummer 10 und seinen Eishockey-Schlittschuhen wirkte er glücklich und in seinem Element. Doch ihre Gefühle wurden von der Reaktion der Zuschauer übertroffen. Als sie ihn entdeckt hatten, verwandelte sich das dumpfe Raunen in donnernden Applaus und sie brüllten immer wieder »Cartier!«, »Martin!«, »Goldhammer!«.
Das Stadion hallte wider von den Rufen und Martin hatte mit dem Schläger gewunken, um zu zeigen, dass er sich geehrt fühlte. Danach hatten sich alle auf den Beginn des Spiels konzentriert, auf das Geschehen in der Mitte der Eisbahn, wo die Teams vorgestellt und die Nationalhymne gesungen wurde.
May hatte an die beiden vergangenen Male gedacht. Im ersten Jahr hatte sie einen Glücksbringer für Martin und im zweiten für die gesamte Mannschaft gemacht: Rosenblätter, Eulenfedern und Knochen aus der Scheune. Für manche Leute mochte das Aberglaube sein, aber nicht für May. Sie hatte selbst zahlreiche Wunder erlebt. Das blaue Tagebuch sprach Bände. Ihre Tochter stand in Kontakt mit den Geistern der Verstorbenen, ihr Mann war mit einem Engel auf dem See Schlittschuh gelaufen. Und Martin hatte schließlich seinem Vater vergeben können. Glücksbringer für eine komplette Profimannschaft – das war nichts dagegen.

*

May erwartete ein Kind.
Der errechnete Geburtstermin war September, um die Zeit, wo der Sommer in den Herbst überging. May hätte ihren

Sohn gerne in Kanada zur Welt gebracht, an dem See, an dem Martin aufgewachsen und ihr Kind gezeugt worden war, aber Kylie musste zur Schule.

Das Kind war ein Junge, das stand bereits fest. Er war ein so kostbares Geschenk, dass sie die Vorteile der modernen Medizin genutzt und eine Untersuchung gemacht hatte, die Aufschluss über Gesundheitszustand, Größe und Geschlecht gab.

»Ein Junge«, hatte Martin gesagt.

»Ein großer Brocken.«

»Glaubst du wirklich, dass wir ihn am See gezeugt haben?«

»Ich bin hundertprozentig sicher. Am letzten Tag, als du Natalie gesehen hattest.«

»Und sie mir sagte, dass sie nicht mehr zurückkehrt.«

»Als ob der Himmel uns ein Kind geschickt hätte, um uns darüber hinwegzutrösten, einen kleinen Jungen. Wollen wir ihn Nate nennen?«

Martin nickte und hielt sie eng umschlungen, die Frau, die seinen Sohn trug.

*

»Los RAY!«, schrie Genny.

»Bruins!«, brüllte May, den Blick auf Martin gerichtet.

Die Uhr tickte, die Verlängerung hatte begonnen. Ray hatte den Puck, gab ihn weiter. Genny schrie aus Leibeskräften, und alle in der Box stimmten ein. Martin war von der Reservebank aufgesprungen, feuerte sein Team an. Die Zuschauer waren außer Rand und Band, schrien nach einem Tor.

Die Bruins verloren den Puck an Edmonton. Jorgensen wehrte den Schuss ab, aber Edmonton brachte sich erneut in den Besitz der Scheibe. Ray Gardner schoss hinter der

blauen Linie hervor, holte sie von der Schaufel der Oilers, spielte sie Delaney zu.
»An Ray weitergeben«, brüllte Martin.
»Los, Bruins!«, schrie Kylie.
»Ja, los, Bruins!«, fiel Ricky mit funkelnden Augen ein.
»Ray! Ray!«, feuerte Genny ihren Mann an.
»Martin, Martin!«, brüllte May noch lauter, die Hände auf dem Bauch.
Delaney spielte Ray den Puck zu und der Drive auf das Tor begann. Er fuhr wie ein geölter Blitz durch die Phalanx der Verteidiger und May hätte schwören mögen, dass die Oilers vor Schreck zur Seite wichen. Er hatte freie Bahn. Die Zuschauer rasten vor Begeisterung.
Ray Gardner holte aus, und mit einem kurzen geraden Schlagschuss brachte er den Puck ins Netz. Die Boston Bruins gewannen den Stanley Cup mit 1:0. Sie hatten endlich gesiegt.
»Ray!«, schrie Genny, und die Zuschauer fielen ein.
»Ach Genny!« May umarmte sie. Die Frauen hielten einander umschlungen und hüpften vor Freude auf und ab, während die Menge ringsum tobte. Der Ansager verkündete das Ergebnis, Musik ertönte, Polizisten in Schutzkleidung bildeten einen Sicherheitsring, um zu verhindern, dass die Zuschauen das Eis stürmten. Kylie stand auf ihrem Sitz und sprang so hoch auf und ab, dass sie um ein Haar heruntergefallen wäre, und Ricky sprang ebenfalls hinauf, um ihr Gesellschaft zu leisten. Ein Dutzend Bruins rannte auf Ray zu, sie umarmten sich, bildeten ein Knäuel. Mitten auf der Eisfläche nahmen sie Ray und Nils auf ihre Schultern und dann geschah etwas Erstaunliches.
Plötzlich sprangen die beiden herunter und die gesamte Mannschaft drehte sich wie auf Kommando um. Sie fuhren geschlossen zur Reservebank und die Zuschauer ahnten

noch vor May, was kommen würde. »MAR-TIN, MAR-TIN«, brüllten sie im Chor. Die Männer schüttelten Martins Hand, umarmten ihn, und dann hievten sie ihn auf ihre Schultern.

Coach Dafoe grinste, war mit seinem Team auf dem Eis. Die Boston-Fans jubelten, kletterten über die Bande, waren nicht mehr zu halten vor Begeisterung.

»MAR-TIN, MAR-TIN!«, schrien Kylie und May, hielten sich an den Händen, sprangen auf und ab, genau wie Tobin, Teddy, Genny, Charlotte und Mark.

Im Fleet Center ging es zu wie im Tollhaus. Die Ordner versuchten, das Eis räumen zu lassen, damit die feierliche Übergabe des Pokals beginnen konnte, der nun für zwei Tage im Besitz der Bruins bleiben würde. May war hin- und hergerissen, wusste nicht, ob sie lachen oder weinen sollte.

»Man darf aber nicht auf den Sitzen stehen«, sagte Ricky, während er noch höher sprang.

»Das ist eine Ausnahme«, lachte Kylie.

Martin wurde auf den Schultern seiner Teamkameraden in einer Ehrenrunde bis zu der Box getragen, in der May und Kylie standen, und Martin sprang herunter, um May in seine Arme zu schließen. Ray tat das Gleiche mit Genny. Mit einem langen Kuss wurde May von ihrem Ehemann in eine leidenschaftliche Umarmung gezogen. Die Zuschauer applaudierten wie vorhin, als die Mannschaft das Spiel gewonnen hatte.

»Sie haben es geschafft«, sagte Martin.

»Du hast es geschafft.«

Er lachte und streckte ihr die Hand hin. May beugte sich vor und sah den kleinen Lederbeutel, den sie vor zwei Jahren für Martin gemacht hatte.

»Du hast deinen Glücksbringer wieder.«

»Aus deinem Schreibtisch geholt. Er hat mir das größe Glück gebracht. Dich.«
»Oh Martin.«
»Dich und Kylie.«
»Und Nate«, flüsterte sie.
Nun wurde der Pokal von Männern in dunklen Blazern auf das Eis getragen. Er war genauso groß wie Kylie und funkelte im Licht des Stations wie ein Schatz. Die Mannschaft rief nach Martin, er durfte in der Stunde des Triumphes nicht fehlen, und Martin beugte sich zu Kylie hinab.
»Hast du deine Schlittschuhe dabei?«
»Nicht an.« Sie schlang einen Arm um seinen Hals.
»Dann komm.« Er hievte sie hoch.
Mit Kylie auf den Schultern fuhr Martin auf das Eis. Er war blind, aber seine Schlittschuhe fanden den Weg auch so. Ray und Coach Dafoe überreichten ihm den Pokal, und Martin hielt ihn hoch. Die Zuschauer jubelten, May lauter als alle anderen.
Als er zurückkam, blinzelte er, als hätte ihn das Licht geblendet, als könne er May nun wieder sehen. Er hielt den Stanley Cup im Arm wie ein Mensch, dessen Traum sich endlich erfüllt hatte. Die Linien in seinem Gesicht waren tief und das Narbengewebe rund um seine Augen und sein Kinn deutlich sichtbar im grellen Licht.
»Würden Sie so nett sein und ein paar Worte sagen?«, bat ihn ein Reporter.
Martin räusperte sich. »Das ist dein Verdienst, May.«
»Hast du gehört?« Tobin drehte sich zu May um.
»Ja.« May wischte sich die Tränen aus den Augen.
Mit Kylie auf den Schultern hielt ihr Mann den Stanley Cup noch einmal hoch über den Kopf, und während sie den Jubelrufen aus abertausend Kehlen lauschte, hoffte sie, dass Serge den großen Augenblick vor dem Fernseher ver-

folgte. Das Mikrofon des Reporters war vermutlich dicht neben Kylies Mund, denn ihre Worte waren im ganzen Stadion zu hören:

»Lord Stanley hat den Cup gestiftet, weil seine Söhne Eishockey so sehr liebten.«

»Wirklich?«, schaltete sich der Ansager ein.

»Ja.«

»Woher weißt du das?«

»Von meiner Schwester.«

May spitzte die Ohren, aber Kylies Stimme ging in den Jubelrufen der Fans unter. Sie wusste auch so alles, was sie wissen musste. Der denkwürdige Augenblick verdiente es eigentlich, in dem blauen Tagebuch festgehalten zu werden, aber sie holte es nicht heraus. Einige Geheimnisse im Leben waren so unergründlich, dass sie nicht aufgeschrieben oder auch nur laut ausgesprochen werden sollten.

LUANNE RICE

WO DIE STERNE ZUHAUSE SIND

Roman

Aus dem Amerikanischen
von Ursula Bischoff

Weltbild

1

In New York herrschte Schneetreiben. Die Flocken waren fein und dicht und verhüllten die Sicht auf die oberen Stockwerke der schwarzen und silbernen Gebäude in Midtown. Der Schnee lagerte sich so schnell auf den breiten Prachtstraßen ab, dass die Schneepflüge der Stadt mit dem Räumen nicht mehr nachkamen. Er setzte den Steinmonumenten und dem verschlafenen Springbrunnen vor dem Plaza Hotel eine weiße Haube auf. Als es zu dämmern begann, flammten die Lichter in jedem einzelnen Fenster auf, und die Frau und das Mädchen standen wie verzaubert da und atmeten in vollen Zügen die kalte Nachtluft ein.

»Bei Schnee sieht die Stadt wie eine Märchenlandschaft aus«, sagte Amy, zwölf Jahre alt.

»Ja, traumhaft«, stimmte Dianne ihr zu.

»Aber wo fahren die Kinder Schlitten?«

»Im Central Park, könnte ich mir vorstellen. Dort drüben, auf der anderen Straßenseite.« Dianne deutete zu den weiß ummantelten Bäumen und den gelben Lichtern hinüber, die im Schneegestöber aufglühten.

Amy kam aus dem Staunen nicht heraus. Alles in New York war fremdartig und glanzvoll, und es machte Dianne Spaß, die Stadt mit den Augen ihrer jungen Begleiterin neu zu entdecken. Sie waren gerade erst aus den stillen, idyllischen Marschen im Osten von Connecticut in die quirlige Metropole gekommen, hatten ihr vorbestelltes Quartier im Plaza Hotel bezogen, den Nikolaus im Kaufhaus Macy's besucht und sich beim Schlittschuhlaufen im Rockefeller Center amüsiert. An diesem Abend hatten sie Karten für den *Nussknacker*, getanzt vom New York City Ballet.

Während sie unter der Markise des Hotels verweilten, bewunderten sie den weihnachtlichen Lichterglanz, den Türsteher in Livree und die Hotelgäste in Abendkleidung. Drei Taxis hatten in der Parkbucht gehalten, die Scheinwerfer mit einer dicken Schneeschicht bedeckt. Mindestens zwanzig Personen standen unten am Bordstein Schlange und suchten die Straßen mit den Augen nach freien Taxis ab. Dianne zögerte einen Moment, dann nahm sie Amy an die Hand und ging die Treppe hinunter. Gespannt auf das große Ereignis und wegen der Vorfreude des Mädchens wollte sie nicht riskieren, den ersten Akt zu verpassen, nur weil sie auf ein Taxi warten musste. Sie blieb neben der Parkbucht stehen, warf einen Blick auf den Stadtplan und spielte kurz mit dem Gedanken, den Weg zum Lincoln Center zu Fuß zurückzulegen.

»Dianne, kommen wir zu spät?«, erkundigt sich Amy bang.

»Aber nein, keine Angst«, erwiderte Dianne und fasste einen Entschluss. »Ich werde uns schon ein Taxi besorgen.«

Amy lachte; sie fand es aufregend, dass ihre Freundin am Straßenrand stand und wie eine waschechte New Yorkerin den Arm ausstreckte. Dianne trug ein schwarzes Samtkleid und darüber ein schwarzes Kaschmircape, eine Perlenkette und mit Diamanten und Saphiren besetzte Ohrringe, ein Geschenk ihrer angeheirateten Großmutter – Dinge, die sie zu Hause in Gull Point nie trug. Das Abendtäschchen aus schwarzem Satin, alt und steif von der jahrelangen Verbannung in die hinterste Ecke eines Kleiderschrankregals, stammte aus einer Boutique in Essex, Connecticut.

»Bitte, lass mich das Taxi rufen!«, bat Amy, die vor lauter Aufregung keine Minute stillstehen konnte, und streckte den Arm wie Dianne aus. Die Bewegung erfolgte so plötzlich, dass sie im Schnee ausrutschte, aber im Fallen Diannes Tasche zu fassen bekam. Der Schulterriemen reichte Dianne sogar bei erhobenem Arm bis zur Hüfte. Dianne, die auf der vereisten Straße selbst um ein Haar das Gleichgewicht verloren hätte, gelang es gerade noch, Amy aufzufangen und wieder sicheren Stand zu finden. Sie lächelten sich an, sich einen Augenblick lang umarmend.

Obwohl Thanksgiving gerade erst vorbei war, erstrahlte die Stadt bereits in weihnachtlichem Lichterglanz. Unter ihrem weißen Schneeschleier wirkte sie wie verzaubert. Eine Truppe der Heilsarmee spielte »Stille Nacht«. Die Glöckchen an den vorüberfahrenden Pferdekutschen läuteten.

»In so einer Stadt war ich noch nie!« Amys große grüne Augen funkelten vor Begeisterung über ein so faszinierendes Abenteuer.

»Ich bin froh, dass du mitgekommen bist.«

»Ich wünschte, Julia wäre hier«, sagte Amy.

Dianne, hin und her gerissen von ihrer Zuneigung zu dem Mädchen und dem Bedauern, dass ihre eigene Tochter nicht dabei sein konnte, bemerkte das Taxi nicht sofort.

Sich auf der vereisten Straße um die eigene Achse drehend, raste es in voller Fahrt gegen die Stoßstange einer schwarzen Mercedes-Limousine. Ein Schneepflug und ein mit Sand beladener Lastwagen näherten sich aus der entgegengesetzten Richtung. Das Yellow Cab stieß frontal mit dem Schneepflug zusammen und prallte mit zermalmter Frontseite und zersplitterter Windschutzscheibe von der Schaufel zurück. Dianne machte einen Satz nach vorn, um Amy zu packen. Das gespenstische Ballett vollzog sich im Zeitlupentempo. Das Taxi machte eine, zwei Pirouetten, sich auf dem Eis um die eigene Achse drehend. Dianne bekam Amy zu fassen. In ihren kurzen schwarzen Stiefeln kämpften sie um Halt. Glasscherben klirrten auf dem Straßenpflaster. Passanten schrien. Die Arme um Amy geschlungen, wollte Dianne weglaufen. In den Sekunden, die sie brauchte, um das Geschehen zu registrieren und zu erkennen, dass sie sich nicht mehr in Sicherheit bringen konnten, schlang sie ihre Arme noch fester um das Mädchen und versuchte es mit dem eigenen Körper vor dem Schlimmsten zu bewahren.

Das Taxi raste ungebremst in die wartende Menge. Menschen wirbelten durch die Luft, wurden voneinander getrennt, schlugen dumpf auf dem Boden auf. Über den Asphalt rutschend, mit aufgeschürfter Haut und gebrochenen Knochen, lagen sie in formlosen Bündeln da. Einen Augenblick lang, der wie eine Ewigkeit anmutete, schien das Leben in der Stadt stillzustehen. Der Verkehr kam zum Erliegen. Alle waren zur Salzsäule erstarrt. Der Schnee färbte sich rot vom Blut. Dann begann am anderen Ende des Blocks ein Hupkonzert. Eine Sirene heulte in weiter Ferne. Menschen liefen herbei, um zu helfen.

»Sie sind tot!«, schrie jemand.

»Alles voller Blut …«

»Nicht anfassen, vielleicht haben sie innere Verletzungen, und Sie machen es nur noch schlimmer!«

»Was ist mit dem Mädchen? Lebt die Kleine?«

Fünf Menschen lagen wie zerbrochenes Spielzeug am Boden, umringt von Passanten, die keine Ahnung hatten, was sie tun sollten. Zwei New Yorker Polizisten, die an ihrem dienstfreien Abend mit ihren Frauen ausgehen wollten, entdeckten den Auflauf vom Auto aus und hielten an, um Erste Hilfe zu leisten. Der eine lief zu dem Taxi hinüber, das ein einziger Trümmerhaufen war. Er beugte sich durch das zersplitterte Fenster und rüttelte am Türgriff, dann hielt er abrupt inne.

Der Fahrer war tot, sein Nacken, von einer Metallplatte aus der Tür getroffen, war beinahe vom Rumpf getrennt. Noch im Tod roch man die Whiskeyfahne des Mannes. Kopfschüttelnd wandte sich der Polizist den verletzten Fußgängern zu.

»Der Fahrer ist tot«, sagte er und hockte sich neben seinen Freund, der versuchte, das Mädchen zu versorgen.

»Was ist mit ihr?«, fragte er und öffnete Amys Mantel, um festzustellen, ob ihr Herz schlug.

Da das Mädchen Vorrang hatte, hatten die beiden Polizisten Dianne den Rücken zugekehrt. Sie lag mit dem Gesicht nach unten im Schnee. Blut sickerte aus ihren blonden Haaren und bildete eine Lache auf dem Boden; der unter dem Körper liegende Arm war seltsam verrenkt. Ein Fremder kniete sich nun neben sie. Er beugte sich über ihren Kopf, legte die Hand an ihre Halsschlagader und schien nach ihrem Puls zu tasten. Niemand bemerkte, wie er einen der beiden Diamantohrringe, die sich in seiner Reichweite befanden, verschwinden ließ, oder wie er ihr die Perlen vom Hals riss.

Erst als er die Abendtasche entwenden wollte, beobachtete eine Frau in der Menge, was vor sich ging. Der Dieb hatte den Riemen bereits in der Hand und wollte ihn der Verletzten gerade unter dem Arm hervorziehen.

»He! Was machen Sie da?«, schrie die Passantin.

Der Dieb zerrte noch kräftiger am Riemen, packte die Tasche und nestelte am Verschluss. Sie sprang auf, und der Inhalt fiel in den Schnee. Ein Kamm, Eintrittskarten fürs Ballett, ein Parfümflakon aus Kristall, Papiere, eine kleine grüne Geldbörse. Der Mann schnappte sich die Börse, rannte über die Straße und verschwand im dunklen Park.

Einer der Verunglückten, ein alter Mann, war tot. Eine Frau lag reglos da. Ihr Ehemann versuchte auf allen vieren zu ihr zu kriechen. Der Polizist, der über das Kind gebeugt war, blickte kaum auf. Der andere eilte zu der Frau hinüber, vermutlich die Mutter des Mädchens, als er den Blutschwall sah. Er zog seine Jacke aus und presste sie auf die offene Kopfwunde. Die ersten Streifenwagen trafen am Unfallort ein, zur gleichen Zeit wie eine Ambulanz, und die Sanitäter drehten die Frau behutsam auf den Rücken. Sie war schön, ihr Gesicht kreidebleich. Der Polizist war mit dem Tod vertraut, und der Schauer, der ihm über den Rücken lief, sagte ihm, dass sich die Mutter in lebensbedrohlichem Zustand befand.

Die Menge wich zurück, alle redeten plötzlich durcheinander.

»Das Taxi … Herrschaft über den Wagen verloren … auf dem Eis ins Rutschen gekommen … fünf Fußgänger erfasst … Mutter hat versucht, das Mädchen zu retten … dieser Strauchdieb hat ihre Geldbörse gestohlen.«

»Bestimmt ein Drogensüchtiger. Dieser verdammte Kerl hat ihren Ausweis mitgehen lassen?«, rief der Fahrer des Krankenwagens. »O nein! Mist! Wollen Sie damit sagen, dass niemand weiß, wer die beiden sind? Und wen wir benachrichtigen müssen?«

»Richtig«, antwortete einer der Polizisten. Er wusste, dass sich der Mann nicht aus reiner Nächstenliebe nach den Angehörigen erkundigte, die irgendwo vergebens auf die Mutter und das Mädchen warteten und keine Möglichkeit hatten, sich mit ihm in Verbindung zu setzen. Unfallopfer, die nicht identifiziert werden konnten, waren ein Albtraum, was die Schreibarbeit betraf.
»Verdammter Mist«, sagte sein Kollege und sah zu, wie die Sanitäter die beiden Tragen in den Krankenwagen hoben. Die Frau war sehr hübsch, zart und klein. Augenzeugen hatten berichtet, dass sie das Mädchen mit ihrem Körper vor dem Taxi geschützt hatte, das außer Kontrolle geraten war. Jede Wette, dass sie nicht aus New York stammte und im Plaza wohnte, um ein paar Tage Urlaub zu machen und sich etwas Besonderes zu gönnen. Und dann war sie von einem Taxifahrer, der betrunken von einer Feier bekommen war und sich auf dem Rückweg zu seinem Standplatz befand, umgenietet worden.
Sie warfen die nutzlose Handtasche in die Ambulanz und sahen dem Wagen nach, der mit eingeschalteter Sirene die West Fifty-ninth Street hinunterraste zum St. Bernadette's Hospital.

Während der Fahrt quer durch die Stadt ließ der Fahrer besondere Vorsicht walten, wenn er sich, rote Ampeln missachtend, durch den Verkehr auf den Kreuzungen schlängelte. Bei Schneesturm waren die New Yorker unberechenbar. Schon beim ersten Anzeichen von Schnee gerieten sie in Panik. Der Fahrer behielt die Ruhe, konzentrierte sich darauf, dem dahinschleichenden Verkehr und zahlreichen leichten Auffahrunfällen auszuweichen. Da er den kritischen Zustand der beiden Insassinnen erkannt hatte, benachrichtigte er über Funk die Belegschaft in der Notaufnahme des Krankenhauses.
Sauerstoffmasken bedeckten die Gesichter der Verletzten. Der Sanitäter, der sich um sie kümmerte, zog das Cape der Frau weg und tastete nach ihrem Herzschlag. Als er den Blutdruck überprüfte und sie plötzlich die Augen öffnete, erschrak er. Sie lag

reglos da, mit blauen Lippen. Jede noch so kleine Bewegung war mit einer unvorstellbaren Anstrengung verbunden, doch es gelang ihr, ein einziges Wort über ihre Lippen zu bringen: »Amy.«

»Das Mädchen?«, fragte der Sanitäter.

»Amy ...«, wiederholte die Frau, Panik in den Augen und in ihrer Stimme, als sie sich bemühte, ein Flüstern zu Stande zu bringen.

»Ihre Tochter?«, erkundigte sich der Sanitäter. »Sie liegt direkt neben Ihnen, es geht ihr gut. Sie werden es schaffen, alle beide. Aber jetzt müssen Sie sich wieder hinlegen, sonst ...« Er sah die Todesangst hinter der Sauerstoffmaske, bevor sie erneut das Bewusstsein verlor.

Der Arm des Mädchens sieht übel aus, dachte er und hatte ein schlechtes Gewissen wegen der himmelschreienden Lüge, mit der er die Frau gerade vertröstet hatte.

In der Unfallstation war alles vorbereitet. Sie nahmen den Krankenwagen schon unter dem überdachten Portikus in Empfang und betteten die Frau und das Mädchen gekonnt auf Rollliegen um. Flaschen mit Tropfinfusionen wurden aufgehängt. Blut und Plasma waren griffbereit, man wartete nur noch auf das Ergebnis der Blutgruppenbestimmung. OP-Schwestern und Ärzte in grünen Kitteln umringten die zwei und versuchten sich ein erstes Bild von den schlimmsten Verletzungen zu machen. Mutter und Tochter wurden in getrennte, durch einen Vorhang abgeteilte Kabinen geschoben. Während sich die Ärzte an die Arbeit machten, brachte einer der Sanitäter die schwarze Satinhandtasche in die Aufnahme. Die Oberschwester sah nach, ob sie Ausweis oder sonstige Papiere enthielt, aber die Geldbörse, in der sich wohl auch Ausweis und alles andere befand, fehlte tatsächlich, wie im Polizeibericht vermerkt. Es waren nur zwei Eintrittskarten fürs Ballett darin, zwei Kontrollabschnitte von Amtrak-Zugfahrkarten, in Old Sybrook ausgestellt, und zwei Visitenkarten, eine von einem Holzplatz in Niantic, die andere von einem Fischerboot namens *Aphrodite*.

»Fündig geworden?«, fragte eine junge OP-Schwester, die aus der Kabine der Frau kam. »Es wäre gut, wenn wir jemanden verständigen könnten.«
»Wie ist ihr Zustand?« Die Oberschwester blickte hoch.
Die Jüngere seufzte und zog ihre Gummihandschuhe aus. Sie war fünfunddreißig, ungefähr im gleichen Alter wie die Frau, bei deren Operation sie gerade assistiert hatte. Sie hatte selbst Kinder, einschließlich einer zehnjährigen Tochter, die nur wenig jünger als das Mädchen war. Wenn eine schwer verletzte Mutter und ihr Kind eingeliefert wurden, wurde ihr immer wieder bewusst, wie glücklich sie sich schätzen durfte und welche Gefahren das Universum barg. »Der Zustand? Kritisch. Bei beiden. Hoher Blutverlust, Schürfwunden, Gehirnerschütterung und Prellungen bei der Frau, Oberarmfraktur und durchtrennte Arterie bei dem Mädchen. Sie machen die Kleine gerade für den Eingriff fertig.«
»Keine Anhaltspunkte«, sagte die Oberschwester. »In der Tasche sind nur zwei Visitenkarten, die eine von einem Holzplatz und die andere von einem Fischerboot …«
Die Oberschwester kniff die Augen zusammen und sah genauer hin. Sie erspähte einen schmalen Reißverschluss, der ihr entgangen war, direkt entlang der Naht des Innenfutters. Sie öffnete ihn, griff hinein und zog ein Kärtchen heraus, auf dem in schwungvoller Handschrift stand: »Im Notfall bitte Timothy McIntosh, 203 5558941, benachrichtigen.«
»Eine Telefonnummer in Connecticut«, sagte die jüngere Schwester, als sie die Karte las. »Ob das ihr Mann ist?«
Die Oberschwester wählte schweigend die Nummer. Eine automatische Ansage ertönte, die Vorwahl hatte sich geändert. Unter der neuen Nummer erfuhr sie, dass es keinen Anschluss mehr gab. Sie versuchte es mit dem Holzplatz. Um diese Zeit ging niemand mehr ans Telefon. Frustriert betrachtete sie die zweite Visitenkarte und fragte sich, was dabei herauskommen sollte, Ende November auf einem Fischerboot anzurufen. Da sie alle anderen Möglichkeiten ausgeschöpft hatte, rief sie in der

Hafenverwaltung an und bat, mit der *Aphrodite* verbunden zu werden.

Die Wellen schwappten gegen den Rumpf des Bootes, und der erste Schnee fiel vom dunklen Nachthimmel. Tim McIntosh umklammerte das Ruder und steuerte einen Kurs, der nach Süden führte. Er hatte in Maine Hummer gefangen und genug Geld auf der hohen Kante, um ohne Verdienst über den Winter zu kommen. Trotz der dicken Handschuhe, die er bei der Arbeit trug, waren seine Hände rissig und rau. Seine Lederstiefel waren klatschnass, seine Füße kalt wie Eiszapfen.

Er warf einen raschen Blick auf die Karte, die vom Licht aus dem Kompasshaus erhellt wurde. Sein Zielhafen war Point Peasant in New Jersey. Er würde auf seiner Fahrt nach Süden eine Nacht an Red's Lobster Dock Zwischenstation machen und im Morgengrauen mit der Flut wieder auslaufen. Tim hatte genügend Winter auf See mitgemacht, es reichte für den Rest seines Lebens. Malachy Condon hatte versucht, ihm den Hummerfang ein für alle Mal auszureden, aber das war, bevor sich ihre Wege endgültig getrennt hatten. Tims Ziel war Florida.

Ein Nebelhorn übertönte das Geräusch der Wellen, die gegen den stählernen Rumpf anbrandeten. Tim überprüfte sein Navigationssystem und steuerte den Manasquan Inlet an. Der Seegang in der Meerenge ließ nach, aber er spürte immer noch bis ins Mark das Auf und Ab der Wellen auf dem Atlantik. Er hatte eine lange Fahrt hinter sich. Riesige Felsen und Wellenbrecher auf Beton säumten die Fahrrinne zu beiden Seiten. Die erleuchteten Häuser wirkten anheimelnd; Weihnachtsbäume blinkten in den Fenstern, und Tim stellte sich die Heimkehr anderer Seeleute vor.

Im Funkgerät knisterte es. Tims Ohren waren taub vom ständigen Heulen des Windes und dem Dröhnen des Dieselmotors, aber trotzdem hörte er, wie ihn die Hochsee-Funkzentrale rief.

»*Aphrodite, Aphrodite,* bitte kommen ...«

Tim blickte das Funkgerät an. Sein erster Gedanke war, dass

Malachy sich erbarmt hatte. Er spürte, wie ihn eine Welle der Erleichterung überkam; er hatte gewusst, dass Malachys Wut nicht bis zum Ende seiner Tage andauern würde, dass er nicht kaltblütig genug war, um Tim ein für alle Mal die Freundschaft aufzukündigen. Malachy Condon war ein Meeresforscher vom alten Schlag, der Inbegriff eines Wissenschaftlers; aber was einen Feiertag wie Thanksgiving betraf, hatte er die gefühlvollen Vorstellungen eines Mannes, dem die Familie über alles ging. Malachy war überzeugt, dass sich jedes Problem beheben ließ. Er würde versuchen, die Atmosphäre zu bereinigen, und Tim zusetzen, die Einstellung gegenüber seiner Tochter, ihrer Mutter und Tims Bruder zu ändern.

»McIntosh, an Bord der *Aphrodite*«, meldete sich Tim, das Mikrofon in der Hand und bereit, den alten Haudegen, der sich überall einmischen musste, mit einem »Schönen Feiertag wünsche ich dir! Wo hast du so lange gesteckt?« zu begrüßen. Ein Klicken, dann wurde er mit dem Anrufer verbunden.

»Hier spricht Jennifer Hanson von der Notaufnahme des St. Bernadette's Hospital in New York City. Es tut mir Leid, aber ich habe eine schlechte Nachricht für Sie ...«

Tim richtete sich kerzengerade auf, eine typisch menschliche Reaktion, wenn man ›schlechte Nachrichten‹ und ›Notaufnahme‹ im selben Satz hört. New York war ihm zuwider, genau wie allen Fischern, die er kannte. Und Krankenhäuser und Krankheiten hasste er wie die Pest.

»Eine Frau und ein Kind wurden vor einigen Stunden bei uns eingeliefert. Sie hatten keine Papiere bei sich, um sich auszuweisen, außer einer Karte mit dem Namen Ihres Bootes.«

»*Aphrodite?*«, fragte er bestürzt.

»Die Frau ist schlank, hat blondes Haar und eine helle Haut ...«

Er wartete stumm.

»Und blaue Augen ...«

Tim senkte den Kopf, sein Puls beschleunigte sich. Seine Fantasie beschwor das Bild der vertrauten blaugrünen Augen herauf, forschend und immer zum Lachen bereit. Goldblondes, schul-

terlanges Haar, Sommersprossen auf blasser Haut. Aber mit einem Kind in New York? Das war nicht möglich.
»Etwa vierunddreißig oder fünfunddreißig Jahre alt«, fuhr die Krankenschwester fort. »Blutgruppe Null. Das Mädchen dürfte ungefähr zwölf sein, Blutgruppe AB.«
»Ich kenne die beiden nicht«, erwiderte Tim mit trockenem Mund. Hatte seine Tochter nicht Blutgruppe A? Sein Kopf fühlte sich dumpf an, als hätte er sich eine Grippe eingefangen. Die raue See forderte ihren Tribut. Zahltag, weil er die Begegnung mit seiner Tochter immer wieder auf die lange Bank geschoben hatte. Er hatte auch so genug Schuldgefühle, weil er von dem Leben besessen war, das er führte. Malachy hatte ihm noch nie zuvor den Laufpass gegeben, und die aufgestaute Wut des alten Mannes hatte Tim bis ins Innerste erschüttert.
Den Motor drosselnd, schwenkte Tim in Richtung Red's ein. Die Docks und Pfähle zum Anlegen waren weiß verschneit. Eiszapfen klebten an der Takelage der großen Schlepper. Eine Frau mit einem zwölfjährigen Mädchen. In New York City? Er hatte gedacht, das Kind sei zu krank, um zu verreisen, aber im letzten Sommer waren sie ja auch in Nova Scotia gewesen.
»Die Frau trug einen Ohrring. Einen kleinen hängenden, mit Diamanten und Saphiren besetzt …«
Das reichte aus. Als Tim hochblickte, entdeckte er sein Spiegelbild im Glas des Steuerhauses. Mit Scham und Bedauern erinnerte er sich an das kleine Haus unweit des Hafenbeckens von Hawthorne, an die Bäume mit den weißen, betäubend duftenden Blüten, die seine Frau so geliebt hatte. Aber sie würde sich nie im Leben an ihn wenden, wenn sie Hilfe brauchte. Nicht nach dem, was im letzten Sommer geschehen war.
»Sie hatte eine Handtasche bei sich, aus Satin«, sagte die Schwester jetzt. »Innen ist ein Schild mit dem Namen des Geschäfts …«
»Sie stammt aus einem Schooner Shop«, unterbrach Tim sie. »Ein Weihnachtsgeschenk von mir. Die Ohrringe gehörten meiner Großmutter …«

»Sie kennen sie also?«, fragte die Schwester gespannt.
»Ihr Name ist Dianne Robbins«, sagte Tim. »Sie war meine Frau.«

Das Briggs-Taxi war ein alter blauer Impala. Tim saß auf dem Rücksitz und starrte aus dem Fenster, während der Fahrer die Route 35 entlangpreschte und sich in den Kreisverkehr einfädelte. Die Häuser in den Vorstädten, von einer Schneeschicht bedeckt, waren mit Girlanden und Lichterketten geschmückt. Einige hatten Schneemänner im Garten. Als sie sich dem Garden State Parkway näherten, bombardierten Kinder das Taxi mit Schneebällen.
»He!«, rief der Taxifahrer. »Eigentlich sollte ich jetzt sauer sein auf diese Gören, aber zu meiner Zeit haben wir es nicht anders gemacht, wenn es schneite.«
»Ja«, sagte Tim und dachte an die Zeit zurück, als er und seine Brüder Kinder waren.
»Wollen Sie in die Stadt, um sich zu amüsieren?«
»Nein, ins Krankenhaus.« Tims Kehle war trocken, sodass er nur mit Mühe ein Wort herausbrachte.
»He, Mann, tut mir Leid«, erwiderte der Taxifahrer. Er schwieg, worüber Tim froh war. Er hatte keine Lust, sich zu unterhalten. Das Heizgebläse und das Radio waren eingeschaltet. Tim war nicht erpicht darauf, einem Wildfremden seine Lebensgeschichte zu erzählen, wie er sich vor elf Jahren aus dem Staub gemacht hatte und drauf und dran gewesen war, noch weiter davonzulaufen, als ihn der Anruf erreichte.
Weihnachtszeit. Vielleicht hatte Malachy Recht gehabt, was diese Jahreszeit anging. Die Familien versammelten und versöhnten sich unter dem Baum, die Frauen verziehen leichter, die Kinder freuten sich. Tim hatte seine Chancen bei jedermann verspielt. Er hatte seinem Bruder die Frau ausgespannt, sie geheiratet und sie dann mit seiner Tochter sitzen lassen.
Tim hatte sich in diesen elf Jahren draußen auf hoher See selbst nicht ertragen. Und nun hatte er auch noch sämtliche Brücken

zu dem alten Iren abgebrochen, dem Mann, dessen Lebensaufgabe darin bestand, dem Gesang der Delfine vor der Küste von Nova Scotia zu lauschen; das hatte ihn zur Besinnung gebracht. Malachy Condon hatte ihn immer gedrängt, sich mit Dianne auszusprechen. Vielleicht war das seine letzte Chance.

Amy wachte langsam auf. Ihr erster Gedanke war: *Mama!* Ihr zweiter: *Dianne!* Amy lag in einem Krankenbett. Die Wände waren grün und die Laken weiß. Sie hatte einen Gipsverband am Arm, der an einem Metalldreieck über ihrem Kopf aufgehängt war; es sah wie ein Trapez aus.

»Was ist mit Dianne?«, fragte sie die Krankenschwester bang, die neben ihrem Bett stand.

»Ist das deine Mutter?«

Amy schüttelte den Kopf. Sie spürte, wie ihre Augen brannten, als sie sich mit Tränen füllten. Ihre Mutter war in Hawthorne. Amy wollte sie anrufen, sie sollte kommen. »Bitte sagen Sie mir die Wahrheit!« Sie unterdrückte ein Schluchzen. »Ist Dianne ...«

Der Taxifahrer hatte die Route durch den Holland Tunnel gewählt. Tim konnte sich nicht mehr daran erinnern, wann er das letzte Mal durch einen Tunnel gefahren war. Sein Leben war geprägt vom Meer – von den Schalentieren, vom Hummerpreis der Fischereigenossenschaften in Portland und Boston, von kalten Füßen in nassen Stiefeln, dem Geruch des Dieseltreibstoffs – und Bedauern.

Tims Leben hätte einen anderen Verlauf nehmen können. Als das Taxi an den hübschen, weihnachtlich geschmückten Häusern vorüberfuhr, fragte er sich, warum er das alles aufgegeben hatte. Früher hatte er alles gehabt, was sich ein Mann wünschen konnte – eine schöne Frau, ein hübsches Häuschen, sein Auskommen als Hummerfänger. Manchmal meldete sich das schlechte Gewissen, weil er Dianne seinem Bruder ausgespannt hatte, aber es war letztlich ihre Entscheidung gewesen. Sie hätte

bei Alan bleiben können – dem fantastischen Arzt –, aber sie hatte Tim gewählt.
»Ich fahre die Hudson Street stadteinwärts«, verkündete der Taxifahrer. »Auf dem West Side Highway ist um diese Zeit die Hölle los.«
»Egal wie, bringen Sie mich nur hin«, entgegnete Tim unwirsch. Bis zu dem Krankenhaus, in dem Dianne lag, waren es nur noch ein paar Minuten. Je näher er ihr kam, desto heftiger klopfte sein Herz. Er war auch nur ein Mensch und hatte Fehler begangen. Aber möglicherweise bot sich nun die Gelegenheit, Wiedergutmachung zu leisten. Er konnte ins Krankenhaus gehen, um zu sehen, ob sie Hilfe brauchte. Er besaß schließlich einen guten Kern, hatte nie in böser Absicht gehandelt. Das wollte er Dianne klar machen.
Vielleicht war ihr das bereits bewusst. Hätte sie sonst die Krankenschwester gebeten, ihn zu benachrichtigen?
Tim hätte auch Malachy gerne gezeigt, was in ihm steckte. Ihm war alles andere als wohl bei dem Gedanken an ihr letztes Beisammensein. Speichel sprühte aus Malachys wutverzerrtem Mund, als er Tim anbrüllte, während sie beide auf dem Lunenburg Dock standen. Ein solches Verhalten sah ihm gar nicht ähnlich. Er hatte sich aufgeführt wie Alan, päpstlicher als der Papst, und Tim wegen seiner Unzulänglichkeiten verachtet. Doch das jetzt war womöglich Tims Chance, Dianne zu helfen und zu beweisen, dass Alan und Malachy ihn verkannt hatten. Und davon abgesehen, hatte es nicht in den Sternen gestanden? Warum war Tim ausgerechnet nach Point Pleasant gefahren, statt anderswo zu ankern? Er hätte auch in Nantucket einlaufen können und den gestrigen Sturm vermieden. Oder er hätte in den Golfstrom abdrehen und südlich von New Jersey den ersten Hafen ansteuern können, mit ausgeschaltetem Funkgerät, dann hätte der Anruf ihn nicht erreicht.
»Dianne«, murmelte er.
In New York wimmelte es von Menschen und Autos. An jeder Straßenecke standen Paare. Das Empire State Building war

grün und rot erleuchtet. Christbäume aus Nova Scotia, wo Tim im letzten Sommer gewesen war, erfüllten die Stadtluft mit dem Duft einsamer, weitläufiger Tannenwälder. Dianne liebte Weihnachten. Sie war ein bewundernswerter Mensch, voller Liebe; sie sah in den Feiertagen gewiss eine weitere Gelegenheit, ihre Familie, vor allem ihre Tochter, glücklich zu machen. Als er an das kleine Mädchen dachte, das er nie kennen gelernt hatte, brannten Tims Augen. Dianne hatte ihm erzählt, ihr Name sei Julia. Es half auch nicht, dass Alan ihr Kinderarzt war und Briefe über Malachy an Tim zu schicken pflegte. Tim hatte sie alle zerrissen. Das Kind war behindert auf die Welt gekommen.

Kein Hummerfänger wollte an die Treulosigkeiten erinnert werden, die er begangen hatte. Dianne hatte ein krankes Kind geboren, und Tim war nicht in der Lage gewesen, den Schlag zu verkraften. Der Atlantik, die Gezeiten, die Strömungen und der Hummerfang mit seinem großen Boot, nach der Göttin der Liebe benannt, sollten ihm den Weg aus der Hölle weisen.

Tim drückte dem Taxifahrer eine Batzen Geld in die Hand und stieg am St. Bernadette's Hospital aus, einem riesigen, unüberschaubaren Gebäudekomplex aus rotem Backstein. Er rannte in die Intensivstation, drängte sich an einer Wache vorbei, die ihn aufforderte, seinen Namen zu nennen. Die Schwestern waren nett. Ein einziger Blick genügte, um zu erkennen, dass er auf schnellstem Weg gekommen war. Tim war seit Tagen auf der *Aphrodite* gewesen und hatte nicht einmal die Zeit gefunden, sich zu waschen und zu rasieren.

»Die Frau und das Mädchen! Die vor kurzem eingeliefert wurden, der Unfall, Sie haben mich angerufen ...«

»Sie sind der Fischer«, sagte die Oberschwester freundlich und drückte ihm den Ohrring seiner Großmutter in die Hand.

Er schauderte und stöhnte auf. Dann trocknete er sein Gesicht mit dem ölverschmierten Ärmel seiner braunen Carhartt-Jacke. Seine Knöchel waren blutig und rissig von den rauen Wintern in nördlichen Gewässern. Er umklammerte den antiken Ohrring. Es war einer der beiden, die Dorothea McIntosh Dianne an ihrem Hochzeitstag geschenkt hatte, und er erinnerte sich, wie sie in der Sonne von Hawthorne gefunkelt hatten, als sie sich das Jawort gaben.

Tim war voller Unrast, ständig auf der Suche nach etwas, das ihm vergessen half, wie er seine Frau und seine Tochter im Stich gelassen hatte. Julia war krank und verkrüppelt auf die Welt gekommen. Er hatte Angst gehabt, sie auch nur anzusehen.

»Wo ist Dianne?«, fragte er und wischte sich über die Augen.

Die Schwester ging voraus, Tim folgte. Ihre Schritte hallten in den langen Gängen wider. Die Klinik, bestehend aus mehreren Backsteingebäuden, die durch ein Labyrinth von Korridoren miteinander verbunden waren, wirkte kalt und abweisend. An das Licht der Sterne gewöhnt, blinzelte Tim unter der grellen Neonbeleuchtung. Sie betraten einen modernen Flügel und fuhren mit dem Fahrstuhl in den zwanzigsten Stock.

»Ich bringe Sie zu dem Mädchen«, sagte die Oberschwester. »Die Mutter befindet sich noch im Operationssaal.«

»Nein ...«

»Die Kleine hat Angst! Sie ist verletzt und ganz alleine!«, erklärte die Schwester mit Nachdruck.

»Meine Tochter«, flüsterte Tim. War das wirklich möglich? Nach zwölf Jahren sollte er nun zum ersten Mal seiner Tochter gegenüberstehen? Sein Magen verkrampfte sich. Er hatte sie nie gesehen, aber er stellte sie sich verkrüppelt und gelähmt vor, wie andere behinderte Kinder, die er zu Gesicht bekommen hatte. Tim stählte sich innerlich, um den Anblick zu ertragen.

»Da wären wir«, sagte die Schwester und öffnete eine Tür.

»Welche von beiden ist es?«

Es war ein Doppelzimmer. Beide Betten waren belegt. Die Insassinnen lagen reglos da, die Gesichter im Schatten. Die Schwester deutete auf das Mädchen mit dem gebrochenen Arm. Sie lag im Streckverband, ihr Arm war mit Seilzügen und Querstreben über ihrem Kopf aufgehängt, ähnlich dem komplexen Takelwerk einer Brigantine. Tim trat verwirrt näher.

Er sah ein hübsches junges Mädchen vor sich. Ihr Arm war eingegipst, ihre Stirn aufgeschürft, aber sie war makellos. Dunkle Wimpern auf zarter Haut. Ihr Gesicht war oval, die Nase gerade, der Mund voll. Als Tim sie betrachtete, begann er zu zittern.

»Meine Tochter«, sagte er heiser.

»Sie wacht gerade auf.«

Das Mädchen regte sich. Sie fuhr mit der Zunge über ihre Lippen und versuchte den Arm zu bewegen. Der Schmerzensschrei ging Tim durch Mark und Bein, und am liebsten hätte er sie in die Arme genommen.

»Aua, mein Arm tut so weh!«, schluchzte sie.

»Sch, sch, ist ja gut«, sagte die Schwester beschwichtigend. Sie beugte sich über sie, sprach mit ruhiger Stimme, half dem Mädchen, sich zurechtzufinden, schirmte sie vor Tim ab. Tim riss sich zusammen. Er wollte nicht, dass seine Tochter ihn bei der ersten Begegnung im Schockzustand erlebte oder dass er aussah wie Kapitän Ahab – wenn nicht gar schlimmer.

»Ich will nach Hause«, sagte das Mädchen weinend. »Nach Hawthorne.«

»Es wird alles gut«, meinte die Schwester tröstend. »Du wirst bald wieder gesund. Und schau, du bist nicht alleine. Du hast Besuch.«

Das Mädchen blinzelte. Tim trat hinter dem Rücken der weiß gekleideten Krankenschwester hervor. Er sah, wie sich das Mädchen bemühte, seinen Blick auf ihn zu konzentrieren. Das Blut pulsierte in seinen Ohren wie Wellen, die über den Bug eines Schiffes schwappten. Er rang sich ein Lächeln ab, wollte sie nicht erschrecken. Aber er hätte sich keine Sorgen machen müssen. Ihre angstvolle Miene hellte sich auf, als sie ihn entdeckte, spiegelte unsägliche Erleichterung und Zuneigung wider.

»Dr. McIntosh!«, rief sie und brach in Tränen aus.

Tim brachte vor Anspannung kein Wort über die Lippen. Er hörte nur seinen Familiennamen und dachte eine Minute lang, dass seine Tochter ihn kannte. Dianne hatte ihr ein Bild von ihm gezeigt. Vielleicht hatte sie es gerahmt und auf den Kaminsims gestellt. Und sie hatten häufig von ihm gesprochen.

»Dr. McIntosh!«, schluchzte sie, und dieses Mal hörte Tim das Wort ›Doctor‹. Mist. Sie glaubte, seinen Bruder vor sich zu haben. In ihrem benommenen, posttraumatischen Zustand hatte sie ihn mit Alan verwechselt. Tims Herz sank. Er schloss die Augen; das Mädchen hatte sich geirrt.

Und er auch, dachte er. Aber er würde alles aufklären. Er musste Dianne sehen.

2

Dianne kam zu Bewusstsein und stöhnte angesichts des grellen Lichts und der stechenden Schmerzen in ihrem Arm und Kopf. Ihre Augen versuchten sich zu konzentrieren. Die Silhouetten verschwammen vor ihrem Blick, grüne Gestalten sagten immer wieder ihren Namen.

»Dianne? Dianne, können Sie mich hören?«

»Mrs. McIntosh, wie viele Finger halte ich hoch?«

»Amy …«

»Still halten, so ist's gut.« Sie spürte den Druck einer Hand auf ihrer Stirn. Das Plaza Hotel, die Weihnachtsbeleuchtung. Scheinwerfer, die auf sie zurasten, ein Aufschrei, aus ihrem eigenen Mund. Aber es waren keine Scheinwerfer. Ein Mann in einem grünen Kittel stand vor ihr und blendete sie mit einem Licht, das er auf ihr Gesicht gerichtet hatte.

»Dianne, wissen Sie, wo Sie sind?«, vernahm sie nun die Stimme einer Frau.

»Sie hat ziemlich viel Blut verloren«, sagte eine Männerstimme.

»Der Blutdruck fällt«, ertönte eine andere Stimme.

»Bitte, helfen Sie mir«, murmelte sie. War das ein Albtraum? Sie konnte sich nicht bewegen, Gedanken rasten durch ihren Kopf. Julia, stöhnte sie lautlos, aber Amy war doch bei ihr gewesen, oder nicht? Julia war zu Hause, bei ihrer Mutter. Alan sollte kommen … er würde wissen, was zu tun war. Er würde sie retten. Die Bruchstücke der Erinnerung nahmen nach und nach Form an, schwirrten durcheinander wie die Teile eines grauenhaften Puzzles.

»Mrs. McIntosh«, sagte die Schwester sanft. »Amy ist in den besten Händen. Wir tun alles, was in unserer Macht steht. Sie müssen stark sein. Und kämpfen, um bei Bewusstsein zu bleiben.«

Diannes Kopf war umnebelt, eine Folge der Schmerzen, der Verletzung, des Blutverlusts und der Mittel, die man ihr verabreicht hatte. Sie spürte, dass sie das Bewusstsein gleich wieder verlieren würde. Sie wünschte, sie könnten die Tür öffnen und einen Spaziergang durch den Schnee hinunter zu den Marschen machen. Sie versuchte klar zu sehen, aber ihre Augen konnten sich nur schwer konzentrieren. Sie war in New York. Richtig, sie waren nach New York gekommen, um sich den *Nussknacker* anzuschauen.

Zitternd und sich die Todesangst ausmalend, die Amy mit Sicherheit hatte, schrie Dianne auf.

»Versuchen Sie bei Bewusstsein zu bleiben, Dianne«, sagte die Stimme noch einmal.

»Mrs. McIntosh!«, rief jemand anderes.

Sie dachte an ihr Zuhause in den Marschen von Connecticut, an ihre Mutter und Tochter, an Alan. Die Schwester hatte sie ›Mrs. McIntosh‹ genannt, als wäre sie immer noch mit Tim verheiratet. Vor langer Zeit war Dianne mit beiden McIntosh-Brüdern befreundet gewesen. Beide hatten sie geliebt, und auch sie hatte beide geliebt, zuerst den einen, dann den anderen. Alan und Tim, so unterschiedlich wie Tag und Nacht. Dianne, mit der das Leben ausschließlich sanft, fair und freundlich umgegangen war, hatte sich für den Bruder mit der dunklen Seite entschieden. Sie hatte Tim geheiratet und einen hohen Preis gezahlt. Doch während des letzten Jahres waren Alan und sie sich wie durch ein Wunder näher gekommen. Zum ersten Mal seit zwölf Jahren hatte Dianne wieder begonnen zu lieben, und nun lag sie in diesem seltsamen Bett einer New Yorker Klinik, weit von zu Hause entfernt, und hatte das Gefühl, dass ihr Leben verrann. Sie versuchte, die Zeit zurückzudrehen: Winter, Herbst, Sommer, bis zum letzten Frühjahr …

Es war April, und der Duft blühender Birnbäume erfüllte die Luft von Hawthorne. Die Blüten der Bäume, vor hundert Jahren am Rande der gepflasterten Bürgersteige gepflanzt, die ringsum die Uferpromenade säumten, waren weiß, empfindlich und zart. Dianne Robbins blickte hinauf, als sie unter ihren Schatten spendenden Bäumen entlangschlenderte, und fragte sich, wie sie wohl die frische Meeresbrise überlebten, die ständig aus dem Osten herüberwehte.

»Schau, Julia, Blumen«, sagte sie.

Ihre Tochter schlief im Rollstuhl, sie reagierte nicht. Dianne stellte sich auf die Zehenspitzen und streckte den Arm zum untersten Ast aus, um einen Zweig abzubrechen. Drei vollkommen geformte Blüten befanden sich am Ende der gebogenen Stiele, die kaum dicker waren als ein Faden. Die Blütenblätter waren außen schneeweiß und hellrosa in der Mitte. Dianne fand sie wunderschön, umso mehr, da sie so kurzlebig waren. Die Birnbäume in Hawthorne blühten nicht länger als eine Woche.

Julia hatte einmal eine Blüte gesehen und ›la‹ gesagt, ihr erstes Wort. Deshalb hatte Dianne den Zweig in den Schoß ihres schlafenden Kindes gelegt und ihren Weg fortgesetzt. Sie kam am White Chapel Square vorbei, nach den drei Kirchen benannt, die den Platz umgaben. Daran schlossen sich die Häuser der Seekapitäne an, strahlend weiße Prachtbauten aus der Kolonialzeit, mit mächtigen Säulen, grün-schwarzen Rollläden und Blick auf den Hafen und den Leuchtturm. Dianne hatte seit ihrer Kindheit davon geträumt, einmal in einem dieser hochherrschaftlichen Häuser zu wohnen.

Vor dem Anwesen, das sie am meisten liebte, verlangsamte sie den Schritt. Ein kunstvoller schmiedeeiserner Zaun umgab den großen Vorgarten und die Wiese mit den Seeanemonen. Mit neun hatte Dianne an dieser Stelle gestanden, die schwarzen Gitterstäbe des Zauns umklammert und sich ihr Leben als Erwachsene vorgestellt. Sie würde Architektin sein und einen wundervollen Mann, bildhübsche Kinder und zwei goldfarbene Hunde haben, und sie würden glücklich und zufrieden bis ans Ende ihrer Tage in ihrem Haus am Hafen leben.

Dianne warf einen Blick auf ihre Tochter und schob den Rollstuhl schneller. Der Wind war stärker geworden, und es war kalt für April. Niedrig hängende Wolken rasten am Himmel entlang, und sie befürchtete, dass es zu regnen anfangen könnte. Sie waren viel zu früh gekommen und konnten noch einen Spaziergang machen, nachdem sie den Wagen geparkt hatte. Doch nun war es fast drei, Zeit für Julias Termin bei Dr. Alan McIntosh, ihrem Onkel.

Alan McIntosh saß an seinem Schreibtisch, während Mrs. Beaudoin in den neuesten Fotos von Billy kramte, auf der Suche nach einem passenden für die Bilderwand. Billy war ihr erstes Kind, und Alan wusste, dass die Mütter seiner kleinen Patienten Wert darauf legten, ihr Baby so vorteilhaft wie möglich in der Fotocollage hinter seinem Schreibtisch verewigt zu sehen.

»Hier sabbert er«, meinte sie lächelnd, reichte ihm aber trotzdem stolz das Foto. »Und auf dem blinzelt er. Da sieht er wie ein alter Mann aus!«

»Ist er ja auch«, sagte Alan, der Billy auf dem Arm hatte, während er mit der freien Hand ein Rezept für Ohrentropfen ausschrieb. »Dienstag wird er ein halbes Jahr.«

Martha Blanke, seine Sprechstundenhilfe, erschien in der Tür. Sie hob fragend die Augenbraue, als wollte sie sich erkundigen, ob Alan Hilfe brauche, Mrs. Beaudoin zur Eile anzutreiben. Er hatte am Morgen einen Notfall in der Klinik gehabt, sodass er mit seiner Sprechstunde in Verzug geraten und sein Wartezimmer rappelvoll war. Vor lauter Arbeit war ihm nicht einmal Zeit geblieben, um einen Happen zu Mittag zu essen, und jetzt knurrte ihm so laut der Magen, dass Billy verdutzt die braunen Augen aufriss.

»Mir gefällt das Foto, auf dem er blinzelt«, erklärte Alan und blickte flüchtig zu ihr hinüber, um die Erlaubnis zu erhalten, das Bild aufzuhängen. »Es sieht aus, als wäre er in Gedanken versunken.«

Er begleitete Mrs. Beaudoin zur Tür, drückte ihr das Rezept in die Hand und bat sie darauf zu achten, dass Billys Ohren beim Baden trocken blieben. Seine Praxis befand sich in einer ehemaligen Bürstenfabrik, zu Anfang des 18. Jahrhunderts errichtet, und einige Türen waren sehr niedrig, für Menschen vor zweihundert Jahren gemacht, deren Knochen wesentlich kürzer waren. Alan, der seit der achten Klasse einsneunzig maß, musste sich ständig bücken.

Als er sich aufrichtete, sah er, dass das Wartezimmer voll war. Überall saßen Mütter mit Kindern, die schnieften, sich an ihre Mütter schmiegten, Bilderbücher anschauten. Sie blickten ihn mit großen Augen an, als wäre er der böse Wolf aus dem Märchenbuch. Nur zwei seiner Patienten freuten sich, ihn zu sehen. Er nahm es dankbar zur Kenntnis, denn das war der Grund, weshalb er Arzt geworden war. Der Altersunterschied zwischen den beiden Mädchen betrug nicht mehr als ein Jahr, und nur eine hatte einen Termin.

Amy saß in dem Spielhaus in der Ecke. Sie war zwölf, schlaksig, mit seidigen, ungekämmten braunen Haaren und großen grünen Augen, und eigentlich war sie zu alt für das Spielhaus. In den Schatten verborgen, duckte sie sich, damit die anderen Mütter sie nicht sahen, aber sie warf Alan ein strahlendes Lächeln zu. Er erwiderte es verstohlen, damit andeutend, dass er ihr Verbündeter war und später Zeit finden würde, sich mit ihr zu unterhalten.

Julia saß in ihrem weißen Rollstuhl. Sie hatte große, ausdrucksvolle Augen. Wenn sie lächelte, wurden sämtliche Zähne sichtbar. Als sie Alan entdeckte, begrüßte sie ihn mit einem Freudenlaut, der wie ein heiseres Bellen klang und ihre Mutter veranlasste, sich von hinten über sie zu beugen und sie zu umarmen. Dianne Robbins lachte; der heitere Blick ihrer blauen Augen verlieh ihr das Aussehen eines sorglosen jungen Mädchens, das an einer Segelpartie teilnahm. Alan wollte gerade sagen, dass sie sich noch ein Weilchen gedulden müsse, aber ihr Anblick verschlug ihm die Sprache, und so kehrte er wortlos in sein Sprechzimmer zurück.

Amy Brooks machte sich unsichtbar. Sie war so glasklar wie ihr Name, ein ungetrübter Gebirgsbach, der über Stock und Stein sprang, sich unter entwurzelten Bäumen und Brückenbögen seinen Weg suchte, durch dunkle Wälder und sonnige Wiesen floss. Amy stellte sich vor, wie Wasser zu sein. Die Leute blickten geradewegs durch sie hindurch auf Dinge, die sich auf der anderen Seite befanden.

Amy fühlte sich sicher und geborgen in Dr. McIntoshs Spielhaus, und sie konnte nicht sagen, was am meisten dazu beitrug, das Wissen, dass er sich im Raum nebenan oder sie sich in dem kleinen Haus befand. Eine Frau aus Hawthorne hatte es gebaut, und es sah aus wie die weißen Herrschaftshäuser unten im Hafen. Es hatte weiße Dachschindeln und dunkelgrüne Holzjalousien, die man herunterlassen konnte. Die schwere blaue Schwingtür hatte Messingscharniere und ein bronzenes Seepferdchen als Türklopfer.

Ein kleiner Junge klopfte an die Tür, um Einlass bittend.

»Grrr«, knurrte Amy wie der Welpe im Käfig bei ihr daheim. Der Junge konnte sie nicht sehen, weil sie unsichtbar war, aber er konnte sie hören. Das reichte.

»Du gehörst wieder mir«, flüsterte Amy dem Haus zu.

Sie warf einen Blick auf die Armbanduhr ihres Vaters, eine riesige Timex, die wie ein schwerer Klotz an ihrem Handgelenk hing, und fragte sich, wann Dr. McIntosh wohl Zeit für sie hatte. In der Schule war es heute schön gewesen – sie ging in die sechste Klasse der Hawthorne Middle, drei Blocks von seiner Praxis entfernt –, und sie hatte absichtlich den Bus verpasst, um es ihm zu erzählen. Plötzlich schrak sie auf, weil sie ein merkwürdiges Geräusch hörte.

Es stammte von einem Menschen. Am anderen Ende des Wartezimmers gab das Mädchen, das Amy den Rücken zugekehrt hatte, gurgelnde Geräusche von sich, wie Wasser, das durch eine geplatzte Leitung sprudelt. Die Mutter war hübsch, sie glich den goldhaarigen Feen in den Märchenbüchern mit ihren silberblauen Augen und einem Lächeln, das ausschließlich ihrem Kind galt. Die beiden Mütter rechts und links von ihr schnellten wie Klappmesser nach vorne, um zu ergründen, was los war. Die spröde Stimme des Mädchens wurde sanft und melodisch wie der Gesang der Delfine, in den die Mutter plötzlich einstimmte.

Die Sprechstundenhilfe rief die beiden auf, und sie verschwanden am anderen Ende des Ganges. Die Mutter sah Amy an, als sie am Spielhaus vorüberging. Lächelnd setzte sie ihren Weg fort. Als die Tür des Sprechzimmers hinter ihnen zufiel, vermisste Amy den seltsamen Gesang.

»Schöne Melodie«, sagte Alan.

»Julia hat gesungen«, erwiderte Dianne. Sie hielt die Hand ihrer Tochter, die ihre Augen verdrehte. »Ich habe sie nur ein bisschen unterstützt.«

»Hallo, Julia«, begrüßte Alan seine Nichte. Er ging neben Julias Rollstuhl in die Hocke und strich ihr sanft das weißblonde Haar aus dem Gesicht. Sie schmiegte die Wange an seine Hand, mit geschlossenen Augen, eine Geste unendlichen Vertrauens. Dianne stand daneben und sah stumm zu.

Alan sprach zu Julia. Seine Stimme war volltönend und tief, wie man es von einem Mann von seiner Statur erwartetet. Aber sie klang sanft, liebevoll und enthielt nicht die leiseste Bedrohung, und das Mädchen senkte den Kopf und seufzte zufrieden. Er war ihr Onkel und von Geburt an ihr Hausarzt. Trotz der dunklen Stunden in der Vergangenheit, die sie verband, hätte Dianne Julia nie einem anderen Arzt anvertraut.

Alan nahm Julia in seine Arme und hob sie behutsam auf den Untersuchungstisch. Sie war leicht wie eine Feder, wog nicht mehr als fünfzehn Kilo bei der letzten Untersuchung. Sie war ein Feenkind mit einem Engelsgesicht und einem missgestalteten Körper. Ihr Kopf baumelte kraftlos hinab und stieß gegen ihren Brustkorb, die dünnen Arme bewegten sich langsam hin und her, als wollte sie in der Bucht schwimmen. Sie trug Jeans und ein marineblaues Gap-Sweatshirt über ihrem T-Shirt, und Dr. McIntosh hatte sie vermutlich gerade gekitzelt, denn sie schnappte plötzlich nach Luft. Bei dem Geräusch wandte sich Dianne ab.

Sie ließ ihrer Fantasie freien Lauf: Julia war gesund, völlig normal, genau wie die anderen Kinder im Wartezimmer. Sie las Bücher und malte Bilder, und wenn man ihre Hand hielt, war sie nicht eiskalt. Sie hüpfte und sprang herum und verlangte ihr Lieblingsmüsli zum Frühstück. Dianne wusste, dass ihre Lieblingsfarbe Blau war, weil Julia es ihr gesagt hatte, und nicht, weil sie stundenlang nach einer Veränderung in der Miene ihres Kindes Ausschau gehalten hatte, während sie ihr verschiedene Farben auf einer Buchseite zeigte: Rot, Gelb, Grün, Blau.

»Blau! Magst du die Farbe am liebsten, Julia? Blau, meine Kleine?«

Als Mutter das eigene Kind genauso gut zu kennen wie sich selbst – Dianne vermochte sich nicht vorzustellen, dass es etwas Schöneres gab. Konnte Julia die Farben wirklich unterscheiden, oder machte sich Dianne nur etwas vor? Julia war nicht fähig, solche Fragen zu beantworten. Sie gab Laute von sich, die nach Aussage der Experten nichts mit sinnvollen Worten zu tun hatten. Wenn sie ›la‹ sagte, bedeutete das nicht ›Blume‹, sondern war nur ein x-beliebiger Laut.

»Wie geht's dir, Dianne?«, erkundigte sich Alan.

»Gut, Alan.«

»Julia und ich haben uns gerade unterhalten.«

»Tatsächlich?«

»Ja. Sie meint, du arbeitest zu viel. Jedes Kind in Hawthorne wünscht sich offenbar ein Spielhaus, und du hast bis Weihnachten mehr Aufträge angenommen, als gut für dich ist.«

Dianne schluckte. An Tagen wie heute war sie nervös und konnte die zwanglose Unterhaltung nicht ertragen. Wenn Julia untersucht wurde, war es immer besonders schlimm. Ihre Nerven lagen blank, und ausgerechnet jetzt musste Alan sie an seinen Bruder erinnern, von dem sie verlassen worden war, und an alles, was ihrer Tochter widerfahren konnte. Während sie

schweigend wartete, bis er die Untersuchung beendet hatte, hätte sie am liebsten geschrien.
Julia war behindert zur Welt gekommen. Ein blonder Engel mit Spina bifida, einer Wirbelsäulenanomalie, und Rett-Syndrom, das dem Autismus ähnelt. Keine Sprache, möglicherweise keine Affekte. Es gab nur potenzielle Regungen, wenn ihre Lippen Diannes Gesicht berührten und sie nicht wusste, ob es ein Kuss oder nur ein Lippenkrampf war. Dianne neigte zum Optimismus und entschied im Zweifelsfall für den Kuss.
Seit ihrer Geburt hatte Julia dreizehn Operationen über sich ergehen lassen müssen. Die vielen Fahrten ins Krankenhaus – in Hawthorne, Providence und Boston – hatten ihre Zuversicht verschlissen, wenn sie in den Wartezimmern saß, die sich seltsamerweise wie ein Ei dem anderen glichen, und sich die bange Frage stellte, ob Julia den Eingriff überleben würde. Nach einer Operation hatte sich ein Hydrozephalus gebildet, und Dianne musste sich an die zeitweilige Dränage im Gehirn ihres Babys gewöhnen, die dafür sorgte, dass die überschüssige Flüssigkeit ausgeleitet wurde.
Dianne, die sich verzweifelt wünschte, es Tim heimzuzahlen, führte oft Selbstgespräche.
›Hallo, Liebling! Bring mir doch bitte einen Schwamm – ich glaube, die kleine Schüssel mit dem Wasser aus dem Gehirn unserer Tochter ist übergeschwappt. Oh, du hast das Weite gesucht? Macht nichts, dann hole ich ihn eben selbst.‹
Diannes Herz war so unbeständig wie eine Wetterfahne. Sie schwankte zwischen Hoffnung und Wut, Liebe und Angst hin und her. Sie hasste Tim, weil er sie verlassen hatte, und Alan, weil er sie an seinen Bruder erinnerte, und alle Ärzte, weil sie nur Julias Leben erhalten, sie aber nicht heilen konnten. Doch Dianne liebte Julia von ganzem Herzen. Ihre Tochter war ein Engel und frei von jeder Schuld.
Julia war unfähig zu laufen, zu greifen oder feste Nahrung zu sich zu nehmen. Sie würde kaum noch wachsen. Ihre Gliedmaßen sahen verrenkt und zerbrochen aus, die Knochen in ihrem

Körper waren schief. Ihr Körper war ein Gefängnis, und er ließ sie bei jeder Bewegung im Stich.
Ihre Organe befanden sich an den falschen Stellen. Bei den meisten Eingriffen, die anfangs durchgeführt wurden, hatte man versucht Magen, Blase und Darm miteinander zu verbinden, um die ausgebuchtete Meninx auf ihrem glatten Babyrücken – die Haut, die Hirn und Rückenmark bedeckt – zu schützen. Julia war das Kind, das auf die Welt zu bringen sich jede Schwangere fürchtet, doch Dianne liebte sie so sehr, dass es ihr das Herz brach.
»Alles in Ordnung bei dir?«, fragte Alan.
»Konzentriere dich lieber auf die Untersuchung«, fuhr Dianne ihn schweißgebadet an. »Bitte, Alan.«
Sie zog Julia bis auf T-Shirt und Windel aus. Sie war viele Male in diesem Raum gewesen, hatte vor demselben Untersuchungstisch gestanden. Alan runzelte die Stirn; sie hatte ihn gekränkt. Dianne wusste, es wäre angebracht gewesen, sich zu entschuldigen, aber ihre Kehle war wie zugeschnürt und ihr Magen schmerzte. Ihre Nerven waren angespannt, ihre Angst und ihre Intuition geschärft, und es würde nicht besser werden, bis die Untersuchung beendet war.
Alan öffnete den Verschluss von Julias T-Shirt und ließ die silberne Scheibe des Stethoskops über Julias eingefallenen Brustkorb gleiten. In seinem welligen brauen Haar machten sich die ersten grauen Fäden bemerkbar, und die Nickelbrille war ihm runtergerutscht. Er hatte oft einen fragenden, geistesabwesenden Ausdruck in seinen haselnussbraunen Augen, als wäre er in Gedanken mit der höheren Mathematik beschäftigt, aber im Moment konzentrierte er sich voll auf Julias Herz.
»Hörst du etwas?«
Er antwortete nicht.
Dianne biss sich so heftig auf die Lippe, dass es schmerzte. Vor diesem Teil der Untersuchung hatte sie am meisten Angst. Aber sie hielt sich zurück, beobachtete ihn und ließ ihn in Ruhe seine Arbeit verrichten.

Julias Körper war winzig, Lunge und Nieren auf Grund ihrer Größe nur mit Mühe im Stande, ihre Funktion zu verrichten und sie am Leben zu halten. Wenn sie bald aufhören würde zu wachsen, wie der Endokrinologe vorausgesagt hatte, würden ihre Organe ausreichen. Aber wenn sie auch nur eine Handbreit größer würde, waren ihre Lungen überfordert und alle anderen Systeme gleichermaßen vom Zusammenbruch bedroht.

»Ihr Herz klingt heute gut«, meinte Alan. »Ihre Lunge auch.«

»Wirklich?«, fragte Dianne, obwohl sie wusste, dass er ihr bisher stets die Wahrheit gesagt hatte.

»Ja, wirklich.«

»Gut oder nur in Ordnung?«

»Dianne ...«

Alan hatte nie versprochen, dass Julia eines Tages geheilt sein würde. Ihre Prognose war seit ihrer Geburt von einer Untersuchung zur anderen erfolgt. Seit Julia auf der Welt war, hatten sie auf eine Wende in ihrem Befinden gewartet. Manchmal konnte Dianne die Spannung kaum noch ertragen. Sie wollte das Buch in Windeseile durchblättern, zur letzten Seite kommen, um den Ausgang zu erfahren.

»Also, wirklich gut? Oder nicht?«

»Wirklich gut für Julia. Du weißt, dass ich dir nicht mehr sagen kann. Und du weißt besser als jeder Spezialist, was das bedeutet.«

»Alles wie gehabt«, sagte Dianne aufatmend. Bessere Neuigkeiten würde sie bei diesem Besuch nicht in Erfahrung bringen. Einen Moment war sie außer Stande zu sprechen. Ihre Erleichterung war unverhofft und so groß, dass sie das Bedürfnis verspürte, zu den Docks zu laufen, in ein Dingi zu springen und gegen den Wind zu rudern, bis sie erschöpft war.

»Lange Zeit habe ich mir sehnlichst gewünscht, dass sie wächst«, sagte Dianne mit feuchten Augen.

»Ich weiß ... Wie steht es mit dem Essen?«

»Gut. Prima. Milchshakes, Hühnersuppe, sie hat großen Appetit. Stimmt's, meine Kleine?«

Julia sah vom Tisch hoch. Ihre Augen wanderten zwischen Dianne und Alan hin und her. Sie blickte ihre Mutter mit einer Miene an, in der sich Freude und Bewunderung die Waage zu halten schienen. Ihre rechte Hand hob sich und bewegte sich zu Diannes Wange hin. Wie immer war sich Dianne nicht sicher, ob Julia sie bewusst berühren wollte oder ob die Bewegung nichts weiter war als ein Reflex, aber sie beugte die Stirn, sodass die zarten Finger ihrer Tochter über ihre Wangen strichen.

»Gaaa«, sagte Julia. »Gaaa.«

»Ich weiß, ich weiß, meine Kleine.«

Dianne war überzeugt, dass ihre Tochter eine empfindsame Seele besaß, dass sie trotz ihrer Behinderungen zu tiefen Gefühlen fähig war. Draußen im Wartezimmer, unter den starren Blicken der anderen Mütter, hatte Dianne in Julias Melodie eingestimmt, damit sie sich weniger allein und beschämt fühlte.

Elf Jahre zuvor hatte sie ihr den schönsten, würdevollsten Namen gegeben, der ihr einfiel: Julia. Nicht Megan, Elly oder Darcy, und nicht einmal Lucinda, nach Diannes Mutter, sondern Julia. Ein Name, der Bedeutung besaß, für eine Persönlichkeit von Bedeutung. Dianne erinnerte sich noch an den kleinen Jungen, der durch die Glasscheibe in der Säuglingsstation geschaut und vor Schreck aufgeschrien hatte, weil er dachte, Julia sei ein Ungeheuer. Julia seufzte lang und leise.

Dianne berührte ihre Hand. Als sie davon geträumt hatte, eines Tages ein Kind zu haben, hatte sie sich ausgemalt, ihm etwas vorzulesen, mit ihm zu zeichnen und zu spielen. Sie würde eine Familiengeschichte schaffen, die so vielfältig war wie die Themen der Romane in der Bibliothek. Das Kind würde die Entwürfe ihrer Spielhäuser inspirieren. Gemeinsam würden sie sich verändern und wachsen. Die Fortschritte ihres Babys, seine künstlerische und geistige Entwicklung sollte für Dianne einen unvorstellbare Quelle der Freude sein.

»Geschafft für heute, mein Mädchen«, sagte Alan und beugte sich zu Julia hinab, um sie zu küssen. Dabei spannte sich das

blaue Hemd über seinem breiten Rücken. Seit die Untersuchung beendet war, machten sich bei Dianne plötzlich Empfindungen ganz anderer Art bemerkbar, auch ein Teil des Grundes, warum es ihr schwer fiel, Alans Gegenwart zu ertragen. Dianne verschränkte abwehrend die Arme vor der Brust.
Sie konnte das Spiel seiner Muskeln sehen, seine schlanke Taille, starrte auf seinen bloßen Nacken und hatte Schmetterlinge im Bauch. Sie dachte an ihre allererste Begegnung zurück. Zu ihrem Erstaunen hatte er sie gefragt, ob sie nicht einmal mit ihm ausgehen wolle. Dianne war als junges Mädchen schüchtern gewesen, hatte sich geschmeichelt und in Gegenwart des jungen Arztes gleichzeitig gehemmt gefühlt. Doch dann hatte sie sich für seinen Bruder entschieden; mit einem Hummerfänger auszugehen machte allem Anschein nach mehr Sinn. Doch das Leben hatte Dianne und Alan seither zusammengeschweißt, und sie konnte den Blick nicht von seinem Körper lösen. O mein Gott, dachte sie, von dem Bedürfnis überwältigt, von ihm in den Arm genommen zu werden.
»Ich kann einfach nicht glauben, dass Lucinda in den Ruhestand geht«, sagte Alan. »Für Julia und dich ist es ein Glück; ihr könnt mehr Zeit mit ihr verbringen.«
»Ich weiß.« Ihre Mutter war die Leiterin der Bibliothek in Hawthorne, und obwohl sie erst im Juli aufhören würde, begannen die Leute sie schon jetzt zu vermissen.
Als er über die Schulter blickte, biss sich Dianne auf die Lippen. Es war verrückt – gerade noch hatte sie sehnsuchtsvoll Alans Körper betrachtet und sich gewünscht, er möge sie in den Arm nehmen, und nun hatte sie die Krallen ausgefahren, war auf der Hut vor seinem vertraulichen Ton, wollte ihn gar nicht erst auf die Idee bringen, dass er zur Familie gehörte. Sie konnte nicht mit diesem Zwiespalt umgehen; es war schwer, ein Mittelmaß zu finden.
»Ohne sie wird die Bibliothek nicht mehr dieselbe sein.«
Dianne blickte auf Alans Bilderwand. Alan und ihre Mutter hatten die gleiche Klientel, Alans Patienten lernten bei Mrs.

Robbins Bücher zu lieben. Julia konnte die Bibliothek nicht nutzen, konnte nicht einmal ein Buch in der Hand halten, aber sie war in vielen Nächten von ihrer Großmutter mit einer Gutenachtgeschichte in den Schlaf gewiegt worden, der von allen geliebten und verehrten Leiterin der Hawthorne Public Library, welche weit und breit die besten Geschichten erzählte.

»Ja, wir haben großes Glück«, sagte Dianne zu Alan, halb von Julia abgewandt.

Alan wusste nicht, was sie meinte. Er zögerte, bevor er fragte: »In welcher Beziehung?«

»Wegen der Zeit, die du erwähnt hast.«

Julia senkte den Kopf und rang die Hände. Sie stöhnte, doch dann nahm der Laut eine heitere Note an.

»Dass meine Mutter, Julia und ich nach der Pensionierung öfter beisammen sein können«, fuhr Dianne fort. »Und noch mehr Zeit haben, uns um Julia zu kümmern, bevor sie …«

Alan schwieg. War er verstimmt, weil sie ihn von der Liste gestrichen hatte? Dianne öffnete den Mund, um sich zu korrigieren, tat es aber dann doch nicht. Sie riss sich zusammen und blickte Julia an. Mein Mädchen, dachte sie. Die furchtbare Realität nahm in Alans Sprechzimmer schärfere Formen als anderswo an. Irgendwann würde der Tag kommen, an dem Julia sie verlassen würde.

»Dianne, sag endlich, was du auf dem Herzen hast.«

Er hatte seine Brille abgenommen und rieb sich die Augen. In diesem Moment hatte er so große Ähnlichkeit mit Tim, dass Dianne den Blick auf ihre Schuhe konzentrieren musste. Er kam näher und berührte sie sanft an der Schulter.

»Ich kann nicht.« Sie trat einen Schritt beiseite, sich ihm entziehend. »Mit Reden ändert man nichts.«

»Das ist doch verrückt. Ich bin dein Freund.«

»Hör auf, Alan. Bitte. Du bist Julias Arzt.«

Er blickte sie an, angespannt, als kostete es ihn große Mühe, sich zu beherrschen.

»Ich bin weit mehr als das«, sagte Alan ruhig, und Diannes Au-

gen füllten sich mit Tränen. Ohne Brille sah er wie sein Bruder aus, und seine Stimme klang genauso düster wie Tims.
Dumme Gans, dachte Dianne und spürte, wie ihr die Tränen über die Wangen liefen. Sie hatte nichts als Liebe empfunden. Sie hatte den McIntosh gewählt, der sie am meisten brauchte, hatte ihm die ganze Zuwendung und Fürsorge geschenkt, deren sie fähig war, hatte gehofft, ihn von den traumatischen Erlebnissen in seiner Vergangenheit heilen zu können. Tim war spröde und ein Geheimniskrämer gewesen, er hatte Angst gehabt, sich anderen Menschen anzuvertrauen. Dianne hatte geglaubt, ihn ändern zu können. Sie hatte ihn retten wollen. Stattdessen hatte er sie mit dem Kind sitzen lassen.
»Ich bin viel mehr«, erklärte Alan noch einmal.
Trotzdem konnte Dianne ihm nicht ins Gesicht blicken. Sie beugte sich vor, um Julia zu küssen, und schmiegte ihre nasse Wange an den Hals ihrer Tochter.
»Maaa«, sagte Julia.
Dianne schluckte und versuchte ihre Fassung wiederzugewinnen. Sie küsste Julia erneut und zog sie so schnell es ging an.
»Es ist kühl draußen«, meinte Alan, bemüht, Frieden zu schließen.
»Ich weiß«, erwiderte Dianne mit erstickter Stimme.
»Zieh ihr lieber das Sweatshirt an.« Alan kramte in der Tüte mit den Windeln.
»Danke.« Dianne war nicht in der Lage, ihm ins Gesicht zu blicken. Ihr Herz klopfte, und ihre Handflächen waren schweißnass. Er küsste Julia und nahm ihre Hand. Sie gab glückliche, gurgelnde Laute von sich. Die beiden Erwachsenen schwiegen, weil sie nicht wussten, was sie sagen sollten. Dianne hielt den Blick starr auf Julias Hand gerichtet, die Alan immer noch hielt. Dann nahm sie Julia auf den Arm, setzte sie in den Rollstuhl und eilte zur Tür hinaus.

Als Alans Wartezimmer endlich leer war, war es fast halb sieben. Martha verabschiedete sich; sie hatte es eilig, da sie ihren

Sohn vom Baseball-Training abholen musste. Alan nickte ihr zu, ohne aufzublicken. Sein Rücken schmerzte, und er rollte die Schultern, wo er die aufgestaute Spannung am stärksten spürte, wenn er Dianne begegnet war. Er wusste, dass er dringend joggen gehen musste.
Julias Patientenkarte lag auf seinem Schreibtisch, und er dachte noch einmal über die Entwicklung seit dem letzten Besuch nach. Vielleicht hätte er heute ein EKG machen sollen. Aber das letzte war erst zwei Wochen her, und die Ergebnisse ließen keine Auffälligkeiten erkennen.
Das Hawthorne Cottage Hospital war ein hervorragendes Krankenhaus, um gesunde Babys auf die Welt zu bringen oder Routineuntersuchungen durchzuführen. Nur wenige Kinderärzte machten ein EKG in ihrer Praxis; den meisten fehlte die erforderliche technische Ausrüstung. Alan hatte sie angeschafft, sobald offensichtlich wurde, dass Julias Herz ständig überwacht werden musste. Es gab mehrere Herzspezialisten in New Haven, aber Alan sah keinen Grund, Dianne die weite Fahrt zuzumuten, wenn er die Untersuchungen selbst durchführen konnte.
Alans Fantasie gaukelte ihm heute fortwährend ein bestimmtes Bild vor: Dianne stand auf der Türschwelle und wartetet auf seine Heimkehr. Die blonden Haare zu einem langen Zopf geflochten, lächelte sie, als würde sie alle seine Geheimnisse kennen. Ihre blauen Augen wirkten heiter und sorglos, anders als im wirklichen Leben. Sie hatte endlich beschlossen, zuzulassen, dass Alan sie liebte und ihr half; ihr war bewusst geworden, dass beides ein und dasselbe war.
»Ähmmmm.«
Als er aufblickte, gewahrte er Amy Brooks in der Tür. Ihre braunen Haare waren zerzaust wie immer, und sie trug eine pinkfarbene Strickjacke ihrer Mutter über einer fussligen roten Leggins. Ein breiter Gürtel und eine türkisfarbene Glasperlenkette ergänzten die ausgefallene Zusammenstellung.
»Oh, da ist ja die junge Dame aus dem Spielhaus«, begrüßte er

sie. Er hatte ein schlechtes Gewissen, weil er in Gedanken bei Dianne und Julia gewesen war und Amy darüber vergessen hatte.
»Sie haben mich gesehen?«, fragte sie strahlend.
»Wie kann man so schöne grüne Augen, die aus dem Fenster schauen, übersehen?«
»Ich habe mich versteckt. Diese kleinen Teufelsbraten, Ihre Patienten, haben andauernd an meine Tür geklopft, aber ich habe sie verwünscht und zu ihren Mamas zurückgeschickt. Was fehlt ihnen?«
»Vergiss es«, sagte Alan. »Was führt dich heute zu mir in die Praxis?«
»Mir gefällt das kleine Haus.« Sie wandte ihm den Rücken zu und betrachtete die Wanduhr in Form einer schwarzen Katze, deren Schwanz jede Sekunde hin und her pendelte. »Es gefällt mir sogar sehr.«
»Ich werde es der Lady ausrichten, die es gemacht hat.«
Amy nickte. Sie ging von der Uhr zur Bilderwand hinüber, durchforstete die Galerie und fand ihre Fotos in der Collage. Ein Schulfoto vom letzten Jahr, eines vom Vorjahr, Amy am Strand, Amy auf den Treppenstufen vor ihrem Elternhaus. Sie hatte ihm alle geschenkt.
»Gibt es außer mir noch andere Kinder, von denen vier Fotos an der Wand hängen?«
»Du bist die Einzige.«
»Kein anderes Kind hat mehr als ich?«
»Nein.«
Sie drehte sich blitzschnell zu ihm um, beugte sich nach vorne und musterte die Papiere auf seinem Schreibtisch. Alan hörte, wie sie atmete. Sie roch muffig, als hätte sie eine Weile nicht geduscht oder die Haare gewaschen. Ihre Unterarme und Hände waren bereits gebräunt, und sie hatte schwarze Trauerränder unter den Fingernägeln.
»Julia Robbins …«, entzifferte Amy die auf dem Kopf stehenden Buchstaben. Alan schob Julias Patientenkarte unter einen

Stapel medizinischer Fachzeitschriften. Er wusste, dass Amy auf seine Patienten eifersüchtig war. Sie gehörte zu seinen schwierigsten Fällen. Alan hatte das Bedürfnis, allen Kindern zu helfen, die es nötig hatten, aber ihm war auch klar, dass man einige ›Krankheiten‹ nicht heilen konnte.

Amy kam aus einem zerrütteten Elternhaus. Ihre Mutter war depressiv, genauso wie seine eigene Mutter vor dreißig Jahren, die ihren Kummer in Alkohol ertränkt hatte. Sie schlug Amy nicht und gab ihm auch sonst keinen Grund, Marla Arden, die Fürsorgerin einzuschalten, die sich mit Amys Fall befasst hatte. Das Jugendamt hatte vor einiger Zeit Anrufe von Nachbarn erhalten. Es hieß, dass Amy häufig die Schule schwänzte und dass Auseinandersetzungen zwischen ihrer Mutter und deren Freund, Türenknallen und Geschrei an der Tagesordnung waren. Das Jugendamt hatte eine Akte über Amy angelegt. Aber Alan wusste aus eigener leidvoller Erfahrung um die gefährliche Gratwanderung von Kindern, die ihre Mutter trotz aller Probleme lieben. Es trennte sie nur ein Schritt vom Abgrund.

Amy hatte Zutrauen zu Alan gefasst. Seit ihrem ersten Besuch hatte sie ihre ganze Liebe auf ihn konzentriert. Sie klammerte sich an ihn wie ein Äffchen. Seine Sprechstundenhilfe musste ihn mit List und Tücke loseisen. Sie weinte nicht, wenn sie seine Praxis betrat, sondern wenn sie gehen musste. Ihre Mutter schlief den ganzen Tag, um den Schmerz über den Verlust ihres Mannes zu betäuben, genauso, wie Alans Mutter nach dem Tod seines älteren Bruders Neil Vergessen im Alkohol gesucht hatte.

»Komm, ich fahre dich nach Hause«, sagte Alan.

Sie zuckte mit den Schultern.

Alan kannte den Teufelskreis des Kummers aus eigener Anschauung. Wie eine Spirale, die sich fortwährend drehte, trennte sie Menschen voneinander, die sich eigentlich lieben sollten. Sie hatte seine Mutter, Amys Mutter, Dianne und Julia, sogar seinen Bruder Tim mitgerissen. Alan hätte gerne die Gabe besessen, alle zu retten, Leid in jeglicher Form zu beheben, Fami-

lien zu kitten. Er wünschte sich, Julia dürfte leben und zu einem Teenager heranreifen. Oder dass sich Dianne und Amy kennen lernten, weil er fest überzeugt war, dass sie sich gegenseitig helfen konnten. Zwischenmenschliche Kontakte waren enorm wichtig, allein schon für das Überleben.
»Ich fahre dich«, sagte er noch einmal.
»Sie müssen aber nicht«, entgegnete Amy lächelnd.
»Ich weiß. Doch ich möchte.« Ärzte waren wie Eltern; eigentlich sollten sie kein Kind bevorzugen. Aber das Leben war anders als die graue Theorie.

Amy machte sich Sorgen, dass Dr. McIntosh ihr eines Tages verbieten könnte, in seine Praxis zu kommen. Eigentlich stahl sie ihm dort nur die Zeit. Sie besaß eine Rossnatur, und das Pferd war auch ihr viertliebstes Tier, nach Delfinen, Katzen und grünen Schildkröten.
»Ich habe heute im Diktat nur zwei Wörter falsch geschrieben«, verkündete sie stolz.
»Nur zwei? Welche?«
Amy runzelte die Stirn. Sie hatte gehofft, dass er ihr gratulieren würde, schließlich hatte sie noch nie so viele Wörter richtig geschrieben.
»*Schwurgericht* und *herrlich*«, antwortete sie.
»Und wie hast du Schwurgericht geschrieben?«
»Wie man's spricht. S-c-h-w-u-h-r-gericht«.
»Hast du die Bücher gelesen, die ich dir gegeben habe?«
Amy zupfte an einem losen Faden. Dr. McIntosh hatte ihr zwei Jugendkrimis geschenkt, von denen er meinte, sie könnten sie interessieren. Amy war keine Leseratte. Sie hatte das Gefühl, dass ihr der Schlüssel zu den Büchern fehlte, den andere in die Wiege gelegt bekamen. Außerdem fiel es ihr schwer, sich zu Hause zu konzentrieren, wo es echte Geheimnisse gab, denen sie auf die Spur kommen musste.
»Haben Sie eigentlich eine Zugehfrau?«, fragte sie, eifrig darauf bedacht, das Thema zu wechseln.

»Eine Zugehfrau?«
Hielt er sie jetzt für dumm, weil sie ihm die Frage gestellt hatte? Amy machte auf dem Beifahrersitz des Kombis klein, sie kam sich einfältig vor. Sie fuhren gerade an den Docks für die Fischereifahrzeuge vorbei. In diesem Teil der Stadt roch es nach Muscheln, Flundern und pulverisierten Austernschalen. Amy atmete tief den Geruch ein, den sie liebte. Ihr Vater war auf einem Longliner gefahren, und die Fischerei lag ihr im Blut.
»Sie wissen schon, jemanden, der Ihr Haus putzt?«
»Ach so!« Er lachte, als hätte sie einen absonderlichen Ausdruck gebraucht.
Amy versuchte nicht beleidigt zu sein. Er war reich, ein Arzt, er konnte es sich doch leisten! Er trug keinen Trauring, und einmal hatte sie ihn gefragt, ob er verheiratet sei, was er verneint hatte. Er lebte folglich alleine und brauchte jemanden, der sich um ihn kümmerte. Warum nicht Amy?
»Ich putze für mein Leben gern«, sagte sie.
»Wirklich?«
»Nun, Putzen ist nicht gerade mein Hobby, aber ich bin spitze. Mr. Clean riecht für mich wie Parfum. Warum wäre ich sonst wohl so oft in Ihrer Praxis? Glauben Sie, dass es viele Leute gibt, die den Geruch in einer Arztpraxis mögen?«
»Das kommt vermutlich selten vor. Und ich weiß es zu schätzen.«
Er bog in die so genannte Schnellstraße ein, die von der Küste weg ins Landesinnere führte. In Hawthorne gab es drei Straßenarten: die malerischen Straßen unten am Hafen, die eine Meile lange Schnellstraße, die aus dem Stadtzentrum hinausführte, und die hässlichen Straßen unweit der Marschen, wo Amy lebte.
»Ich könnte halbtags bei Ihnen putzen.«
»Und was ist mit den Hausaufgaben?«
»Dafür bleibt noch genug Zeit.«
Dr. McIntosh bog in die Straße ein, in der Amy wohnte. Hier waren die Häuser klein und windschief und hübsche Gärten

eine Seltenheit. Vor den Toren der baufälligen Garagen standen ausrangierte Kühlschränke. Streunende Katzen – von denen Amy die Hälfte zu retten versucht hatte – machten in Rudeln die Gegend unsicher. In diesem Viertel der Stadt kümmerten die Kinder sich nicht um Hausaufgaben und wurden von den Eltern auch nicht dazu angehalten. Die Luft roch muffig und abgestanden.

»Ich möchte dir helfen«, sagte er mit einem Blick auf ihr Elternhaus. »Ist es schlimm, Amy? Möchtest du, dass ich mich mit Mrs. Arden in Verbindung setze?«

»Nein!«, entgegnete Amy mit Nachdruck.

»Ich weiß, dass du dir Sorgen um deine Mutter machst. Vielleicht wäre es nicht schlecht, wenn du eine Zeit lang anderswo untergebracht würdest. Wir würden uns um sie kümmern.«

»Ich lasse sie nicht alleine!« Schon der Gedanke versetzte Amy in Panik. Was war, wenn ihre Mutter in der Zeit starb? Wenn sie einfach einschlief und nie wieder aufwachte? Oder wenn Buddy, ihr Freund, sie verletzte? Oder, und das war ihre größte Angst, wenn ihre Mutter mit Buddy auf Nimmerwiedersehen verschwand?

»Hast du keine Freunde? Mädchen in deinem Alter, mit denen du etwas unternimmst?«

Amy zuckte mit den Schultern. Er hatte offenbar keine Ahnung. Ihre beste Freundin war Amber DeGray, aber Amber rauchte und tätowierte sich mit Rasierklingen die Beine. Amy war es in ihrer Gesellschaft oft nicht ganz geheuer, doch sie hatte keine Wahl. Die anderen Mädchen gingen ihr aus dem Weg. Wahrscheinlich sah man ihr an, aus welchem Elternhaus sie kam. Anständige Mädchen erkannten vermutlich auf den ersten Blick, dass ihre Mutter laufend mit Depressionen im Bett lag, Buddy seine Wut mit »Midnight Rambler« und anderen Heavy-Metal-Songs auf seiner teuren E-Gitarre austobte und der junge Hund, den er vor kurzem angeschafft hatte, sich vor lauter Angst im hintersten Winkel des Käfigs verkroch.

»Ich frage nur, weil ich jemanden kenne, der dir gefallen

könnte. Eine junge Mutter, und sie hat eine Tochter etwa in einem Alter. Hütest du manchmal Kinder?«
»Nein.« Wer würde sie schon als Babysitter haben wollen? Abgesehen davon genügte es Amy, Dr. McIntosh als Freund zu haben. Er kannte sie seit langem und hielt sie nicht für ein Mädchen, um das man am besten einen großen Bogen macht. Er war nett, lustig, und sie konnte ihm vertrauen.
»Meine Schwägerin und meine Nichte«, fügte Dr. McIntosh hinzu.
Amy schnappte nach Luft. Sie hatte nicht gewusst, dass er Familie hatte. Plötzlich war sie neugierig und aufgeregt, aber auch schrecklich eifersüchtig.
»Julia ist behindert. Sie braucht viel Aufmerksamkeit, und Dianne ist manchmal ziemlich erschöpft. Sie wohnen in der Nähe. Ich bin sicher, dass du ihnen gefallen würdest.«
»Wirklich?« Amy war glücklich bei dem Gedanken, dass jemand sie für liebenswert hielt, und ihre Augen füllten sich mit Tränen.
»Hundertprozentig.«
Amy schluckte, ihre Rührung verdrängend. Behindert, dachte sie. Hatte diese Nichte Zahnspangen, Krücken, ein Hörgerät und eine dicke Brille? Amy hatte solche Kinder schon gesehen und gewusst, wie sie sich fühlen mussten, nämlich genau wie sie selbst – anders, ausgeschlossen, verletzt.
»Früher war alles anders …«, begann sie und wollte etwas über ihren Vater und ihre Mutter erzählen, als die beiden jung waren. Damals war Amy ihr heiß und innig geliebtes Baby gewesen, das in einem blauen Kinderwagen lag, und sie hatten in der Fischersiedlung gewohnt, wo die Luft immer sauber war und nach Salzwasser, Frühlingsblüten und Fisch roch.
»Bleib wie du bist; du gefällst mir«, sagte Dr. McIntosh.
Meine Mutter hat Depressionen … sie weint und schläft den ganzen Tag … niemand will zu mir nach Hause kommen … Ich bin so einsam! – Solche Gedanken gingen Amy Brooks durch den Kopf, aber da sie nicht wusste, wie sie die richtigen Worte

finden sollte, stieg sie stumm aus Dr. McIntoshs Wagen und lief schnurstracks und ohne sich umzublicken den gepflasterten Weg zum Haus hinauf.

Dianne baute Spielhäuser für die Kinder anderer Leute. Tim war Hummerfänger mit einem eigenen Boot, und Dianne hatte eine kleine Werkstatt in der ehemaligen Austernbaracke am Kai eingerichtet, in der sie auch lebten. In den dreizehn Monaten ihres Beisammenseins hatten ihre Spielhäuser unverkennbar nach Schalentieren gerochen. In dieser Zeit hatte sie Fuß gefasst und konnte sich vor Aufträgen kaum retten. Mit ihrer Werbung in Zeitschriften sprach sie Eltern, Romantiker und Liebhaber der Neuengland-Staaten an. Die Mund-zu-Mund-Propaganda besorgte den Rest. Ihre Häuser waren geräumig und boten im Innern viel Platz zum Spielen. Im ›Zuckerbäckerstil‹ gehalten, hatten sie üppige Ornamente, einen Taubenschlag, Dachtraufen, Spitzdächer und Türen mit einer Mittelsprosse in Kreuzform. Der Name ihres florierenden Ein-Mann-Unternehmens lautete Home Sweet Home.

Diannes Versicherung zahlte Julia eine physikalische Therapie und eine Pflegehilfe, die sie mehrere Stunden in den Wochen in Anspruch nehmen konnte. Wenn Julia alleine war, verharrte sie den ganzen Tag reglos in Fötusstellung. Sie igelte sich ein, rollte sich zusammen wie in der Zeitlupenaufnahme eines Naturfilms, die eine Blüte in der Abenddämmerung zeigt. Die Therapie half, aber Dianne hatte nicht gerne Fremde im Haus. Sie zog es vor, selbst mit Julia zu arbeiten. Sie liebte Julia über alles, und niemand kannte ihre Bedürfnisse besser als sie.

Viele Leute hatten ihr vorgeschlagen, Julia in ein Heim zu geben. Das St. Gertrude's Children's Hospital hätte sie aufgenommen, oder Fresh Pond Manor. Die Pflege sei für eine einzelne Person zu viel, hieß es, selbst wenn sie eine Heilige wäre. Manchmal hatte Dianne ein schlechtes Gewissen, weil die Leute gedacht hatten, sie wolle für ihre Hingabe und ihr Engagement gelobt werden. Dann ging sie in sich und fragte sich ernsthaft,

ob Julia in einem Heim, wo sie fachkundig betreut wurde, nicht besser aufgehoben wäre. Würde man dort Gymnastik mit ihr machen, ihre Windeln wechseln, sie füttern und rund um die Uhr überwachen? Dianne stünde es so frei, ein neues, weniger bürdevolles Leben zu beginnen, und würde sich in der Zeit, die sie mit Julia verbrachte, leichtherziger fühlen.
Aber Julia brauchte Massagen. Ihre Muskeln waren häufig verspannt. Der Magen verkrampfte sich leicht, und es bestand die Gefahr einer Verstopfung. Dianne wusste als Einzige, wie ihr Kind massiert werden wollte. Die rauen Handflächen mit Babyöl geglättet, bearbeitete Dianne die Problemzonen. Julia gefielen Kreisbewegungen an ihren ›Engelsflügeln‹ und die leichte Druckmassage rund um Brustkorb und Nieren, aber sie hasste es, wenn man ihre Narben berührte.
Wer wusste das schon in einem Heim? Und selbst wenn eine Krankengymnastin Julias Vorlieben nach einiger Zeit kannte – was wäre, wenn sie den Arbeitgeber oder den Wohnort wechselte? Für Julia würde die ganze Prozedur von vorn beginnen, und sie wäre gezwungen, sich wieder an eine neue Betreuerin zu gewöhnen. Und nicht zu vergessen die Sache mit der Verstopfung. Die meisten, die zum ersten Mal mit Rett-Syndrom-Kinder konfrontiert wurden, hatten keine Ahnung, dass sie für dieses Krankheitsbild typisch war. Die Ärzte waren schnell mit Abführmitteln bei der Hand, obwohl es ausreichte, wenn Dianne behutsam den Bauch rieb, mit der flachen Hand, ohne die Finger zu benutzen, um die Verdauung in Gang zu bringen.
Julia pflegte dabei zu seufzen und gurgelnde Laute von sich zu geben, während Dianne sie mit Worten beschwichtigte: »So, meine Kleine. Ist es schon besser? Jetzt werde ich dir von der Eule und dem kleinen Kuschelkater erzählen. Weißt du, wie es kam, dass sich die Königsfalter eine neue Heimat in den warmen Gefilden von Belize suchten? Kennst du die Geschichte von den Ottern in den Marschen und den Falken, die an den Flussböschungen jagen …«
Dianne war alles andere als eine Heilige. Ihre Wut und Frustra-

tion kannten keine Grenzen. Die Rache brannte ihr unter den Nägeln. Sie tobte, wenn sie an der Säge stand und das Holz für die Spielhäuser zuschnitt, verfluchte Gott, die Welt und die McIntosh-Brüder. Mit dem Geld, das sie verdiente, konnten sie sich gerade über Wasser halten. Sie verlangte horrende Summen für ihre Spielhäuser, die nur für gut Betuchte erschwinglich waren. Die Produktion war indessen begrenzt, und obwohl sie mietfrei im Haus ihrer Mutter lebte, gingen die Einnahmen weitgehend für Versicherungen und Arbeitsmaterialien drauf, Kosten, die sie erst später von der Steuer absetzen konnte. Wenn der Pflegedienst kam, um sie zu entlasten, verausgabe sie sich bei einem Strandlauf oder ruderte im alten Dingi ihres Vaters durch die Marschen. Tränen und körperliche Betätigung kosteten nichts.

Ihre Werkstatt war nun in dem kleinen Cottage hinter dem Haus ihrer Mutter untergebracht, wo sie mit Julia Unterschlupf gefunden hatte, nachdem Tim sie verlassen hatte. Das Fenster ging auf den Meeresarm hinaus, auf das grüne Schilf, das in der Abenddämmerung golden schimmerte. Überall flogen Sägespäne herum. Wie Pollen in der Frühlingsluft bedeckten sie Fußboden, Werkbänke, Tischsäge und die Innenseiten der Fensterscheiben. Stella, die scheue getigerte Katze, suchte in ihrem Korb auf einem Hochregal Zuflucht. Julia saß in ihrem Stuhl.

Sie hörten Musik. Dianne mochte altmodische Liebeslieder und Balladen, in denen brennende Sehnsucht und unverbrüchliche Liebe zum Ausdruck kamen. Sie sang Julia oft bei der Arbeit etwas vor, ›The Look of Lover‹, ›Scarborough Fair‹ oder ›Going out of My Head‹.

Dianne hatte ihr Leben seit Julias Geburt ohne Mann verbracht. Wenn sie andere Frauen mit ihren Ehemännern sah, fragte sie sich manchmal, wie das wohl sein mochte. Hatten sie das ganze Maß der Zuwendung und Liebe, das sie brauchten? War der Wunsch nach Geborgenheit im Schoß der Familie die Kämpfe und Unstimmigkeiten wert? Nachts, im Schutz der Dunkelheit, fühlte sich Dianne bisweilen sehr einsam. Sie umarmte ihr

Kopfkissen und ließ in ihrer Fantasie jemanden flüstern: Alles wird gut. Sie versuchte sich dabei kein bestimmtes Gesicht und keine ihr bekannte Stimme vorzustellen, aber in der vergangenen Nacht hatte sie sich ausgemalt, wie Alans breiter Rücken unter dem Hemd aussehen mochte, wie sich seine Muskeln anspannten, wenn er sie mit seinen Armen umfing.

Sie nahm sorgfältig Maß und zeichnete mit dem Bleistift die Konturen vor. Die Tischsäge kreischte, als die das Holz zuschnitt. Ihr Vater war Zimmermann gewesen. Bei ihm hatte sie das Handwerk von der Pike auf gelernt, und immer wenn sie sich an ihn erinnerte, hörte sie seine Stimme, die sie ermahnte, auf ihre Hände Acht zu gegen, ihr wichtigstes Werkzeug.

»Hallo, da bin ich wieder! Zurück von der Front«, rief Lucinda Robbins, als sie zur Tür hereinkam.

»Hallo, Mom! Hattest du einen anstrengenden Tag?«

»Nein, Liebes. Ich spüre nur, dass mein Ruhestand bevorsteht, weil mein Körper die Tage bis Juli zählt.«

»Wie viele sind es noch?«, fragte Dianne lächelnd.

»Siebenundachtzig«, antwortete Lucinda, während sie zu Julia ging und sie mit einem Kuss begrüßte. »Hallo, Kleines. Granny ist wieder zu Hause.«

Lucinda kniete sich neben Julia nieder. Julias große, feuchte Augen nahmen alles wahr, wanderten vom unbearbeiteten Holz zu den fertigen Spielhäusern und zum offenen Fenster, bevor sie sich auf das Gesicht ihrer Großmutter hefteten.

Dianne stand daneben und beobachtete die beiden. Lucinda war zierlich und schlank, trug die grauen Haare kurz geschnitten und Kleider in kräftigen Farben – eine stahlblaue Tunika über ziegelroten Hosen. Ihre lange Halskette aus poliertem Achat stammte von einem Straßenmarkt in Mexiko, gekauft während der einzigen Kreuzfahrt, die sie mit Diannes Vater unternommen hatte. Das war genau elf Jahre her, und im selben Jahr war Julia auf die Welt gekommen und ihr Mann gestorben.

»Maaa«, sagte Julia vergnügt. »Gaaa.«

»Das sind unsere Namen«, meinte Lucinda. »Mama und Granny.«
»Glaubst du wirklich?«, fragte Dianne, erstaunt über ihr eigenes Bedürfnis, sich überzeugen zu lassen.
»Ja, natürlich«, erwiderte Lucinda aufmunternd.
Julia hatte eine hyperempfindliche Haut, und Dianne strich ihr die Haare behutsam aus der Stirn. Seidenweich und fein fielen sie hinter den Ohren in sanften weißgoldenen Wellen bis zu den Schultern des Mädchens.
»In Julias Alter hattest du das gleiche Haar, wie Maisfasern. Genauso weich und hübsch. Und jetzt erzähle. Was hat Alan gesagt?«
»Ach, Mom!« Dianne schluckte.
Lucinda griff sich ans Herz. »Red schon, Liebes.«
Dianne schüttelte den Kopf. »Nein, nein, keine Angst. Nichts Neues. Weder im Guten noch im Schlechten.«
»Ist sie gewachsen?«
»Drei Zentimeter.«
»Ist das nicht viel? In so kurzer Zeit?«, fragte Lucinda stirnrunzelnd.
»Nein«, sagte Dianne schärfer als beabsichtigt. »Das ist nicht viel! Das ist völlig normal, Mom.«
»Schon gut, Liebes.« Lucinda nahm ihre Buddha-Stellung ein, wie Dianne es nannte – gerader Rücken, gelassener Blick, die Handflächen unter dem Kinn aneinander gelegt wie zum Gebet. Vielleicht herrschte in ihrem Innern der gleiche Aufruhr wie bei Dianne, doch wenn es so war, wusste sie es besser zu verbergen. »Warst du wenigstens nett zu ihm?«
»Nett?«
»Zu Alan. Als du heute bei ihm warst.«
»Hm …« Dianne erinnerte sich an seinen Blick, als sie die Praxis verlassen hatte.
»Dianne?«
»Warum muss er mich auch andauernd an Tim erinnern!«
»Ach, Kind.«

»Sie haben haargenau die gleichen Bewegungen«, sagte Dianne. »Es tut mir Leid, dass ich ihm einfach nicht verzeihen kann, dass er ein McIntosh ist. Mir kommt jedes Mal die Galle hoch, wenn ich daran denke, was Tim mir angetan hat. Nachts liege ich stundenlang wach und hasse ihn, weil er Julia verletzt und mich verlassen hat. Die ganze Geschichte liegt mir wie ein Stein im Magen.«

»O weh.«

»Ich weiß. Und jedes Mal, wenn ich Alan sehe, denke ich an Tim. Er erinnert mich wieder an den Kummer und die Charakterlosigkeit seines Bruders und an den Hass, den ich für ihn empfinde ...

»Nein, das glaube ich nicht!«

»Doch, Mom. Ich hasse Tim.«

»Ich glaube nicht, dass Alan dich daran *erinnert*. Dazu wäre er gar nicht fähig. Das würde er nie tun, dazu ist er viel zu gutherzig. Er mag Julia und dich, war immer für euch da. Was du empfindest, ist ganz allein auf deinem Mist gewachsen. Welchen Ursprung deine Gefühle auch haben mögen, *du* bist dafür verantwortlich und sonst niemand.«

Dianne dachte an Alans Augen, die liebevoll und sanft waren, wenn er Julia ansah. Sie stellte sich seine Hände vor, wie sie Julias Körper untersuchten, wie sie Julias verkrüppelte Hände hielten, als wären sie das Kostbarste auf der Welt.

»Ich weiß, dass er ein anständiger Kerl ist«, erklärte Dianne nach einer Weile ruhig.

»Mir ist klar, was du meinst, wenn du sagst, dass dir die Geschichte wie ein Stein im Magen liegt. Ich kann es dir nachempfinden. Du bist zäh und glaubst, du müsstest alle Last der Welt auf deinen Schultern tragen, und diese Bürde reibt dich auf.«

Angesichts der Wahrheit, die in den Worten ihrer Mutter anklang, traten Dianne Tränen in die Augen. Ihr Magen schmerzte, der Stein wog schwerer als jemals zuvor. Als sich der Kummer über Tims Verschwinden gelegt hatte, waren nur noch Bitterkeit und Wut übrig geblieben und der Stein in ihrem Magen. Dianne wurde schlagartig klar, dass sie von Anfang an einen verheerenden Fehler begangen hatte – sie hatte sich für den falschen Bruder entschieden.

»Ich schaffe das schon, mir geht es gut!«

»Das sagst du, aber ich sehe doch, wie viel Sorgen du dir machst. Und wenn Alan anruft, wirst du grob, als wolltest du deine Wut an ihm statt an Tim auslassen. Dabei versucht er doch nur, dir zu helfen.«

»Manchmal erwischt er mich eben auf dem falschen Fuß.«

»Das scheint ihm andauernd zu passieren.«

»Ich bin müde, Mom.« Dianne behagte das Gespräch ebenso wenig wie das Lächeln, mit dem ihre Mutter sie betrachtete.

»Nach meiner Pensionierung habe ich Zeit, da kann ich mich richtig um dich kümmern«, sagte Lucinda und legte den Arm um Dianne.

Diannes Kehle brannte. Es war ein gutes Gefühl, sich geliebt zu wissen. Sie schloss die Augen und spürte, wie die Kraft ihrer Mutter auf sie überging. Auch wenn sie den falschen Bruder gewählt und ihr Leben verkorkst hatte, sie hatte die beste Mutter der Welt.

»Julia und ich schmieden bereits Pläne für deinen Eintritt in den Ruhestand.«

»Aber keine Feier, einverstanden? Ich weiß, dass du etwas ausheckst, um mir eine Freude zu machen, und das finde ich lieb von dir, doch ich gehöre nicht zu den Menschen, die Überraschungspartys mögen.«

»Keine Party«, versprach Dianne.

»Mir reicht schon der Ball in der Bibliothek. Ich glaube, sie wollen mir dieses Jahr eine Plakette für meine Verdienste überreichen. Ich werde so tun müssen, als wäre ich überrascht. Schau mal, so?« Sie setzte eine Miene auf, als wäre sie völlig perplex – Augen und Mund weit aufgerissen, die Hände fassungslos vors Gesicht geschlagen.

»Sehr überzeugend«, sagte Dianne lachend.

»Nicht, dass ich undankbar wäre«, meinte Lucinda. »Ich weiß durchaus, was ich an meinen Mitarbeiterinnen habe – ich mag sie alle und werde sie wahnsinnig vermissen. Aber ich bin reif für den Ruhestand, Liebes. Meine Füße sind seit vierzig Jahren geschwollen, und ich hätte Lust, meine grässlichen Gesundheitslatschen mit einem Fußtritt in die Marschen zu befördern, auf Nimmerwiedersehen!«

»Julia und ich werden uns etwas ausdenken, was man barfuß machen kann«, versprach Dianne.

»Gut!«, stöhnte Lucinda und schloss wohlig die Augen, während sie die Tage bis zum 15. Juli zählte.

»Gliii«, sagte Julia.

»Stell dir vor, Julia, ich werde endlich dazu kommen, alle Bücher zu lesen, die ich schon immer lesen wollte. Hilfst du mir, das Versäumte nachzuholen?«, fragte Lucinda, bevor sie die Augen öffnete.

Dianne atmete langsam aus. In Julias Leben gab es nichts als Liebe, aber das Schicksal war trotzdem schrecklich ungerecht: Sie konnte nicht lesen, hatte aber eine Großmutter, die Bibliothekarin war, und ihre Mutter baute naturgetreue Spielhäuser, in denen sie nicht spielen konnte.

»Glaubst du, dass sie glücklich ist?«, hörte sich Dianne fragen.

»Ich weiß es. Schau sie doch an.«

Julia rollte langsam den Kopf hin und her, vielleicht im Gleichtakt mit einer Melodie in ihrem Innern, die nur sie hörte. Sie sah Dianne an. Lucinda berührte Diannes Schulter, und diese lehnte sich an ihre Mutter.

»Mein kleines glückliches Mädchen.«

»Maaa«, sagte Julia. »Maaa.«

War es möglich, dass ein Mensch an der Liebe, die er für einen anderen empfand, zu Grunde ging? War es möglich, dass Julias schweres Schicksal sie erdrückte, ihr den Atem abschnürte? Der Sommer, der vor ihr lag, kam ihr wie der Traum von einer heilen Welt vor. Ihre Mutter würde im Ruhestand sein; sie konnte mit Dianne und Julia am Strand liegen, den heißen Sand im Rü-

cken spüren und zulassen, dass der Wind ihre Sorgen davontrug.
»Geh rudern, Liebes«, sagte ihre Mutter. »Ich bleibe bei Julia.«
Dianne zögerte. Sie dachte an das weiße Herrenhaus unten am Hafen. Neuerdings flossen ihre Träume in die Spielhäuser ein, die sie baute. Ihr Traum vom eigenen Heim war eingestürzt wie ein Kartenhaus. Dianne spürte, dass sie hart geworden und innerlich erstarrt war. Ihre Muskeln schmerzten. Das Rudern durch die Marschen ins offene Meer würde ihr gut tun.
»Danke, Mom.«
Lucinda erwiderte ihren Blick. Ihre zarte Statur täuschte, sie war stark. Auch ohne ihre Berührung spürte Dianne den Rückhalt, den sie an ihr hatte, spürte, wie ihre Kraft auf sie überging. Ein leichter Wind wehte durch die goldgrünen Binsen. Seeottern glitten von den Sandbänken und tummelten sich im braunen, brackigen Wasser.
»Nun geh schon«, drängte ihre Mutter.
Dianne nickte und lief zum Anlegeplatz hinunter.

3

Als Kinder hatten die McIntosh-Brüder am Meer gelebt. Neil, Alan und Tim waren auf Cape Cod aufgewachsen, rund zehn Meilen östlich von Woods Hole, wo sich das berühmte Ozeanografische Institut befand. Als Heranwachsender hatte Alan dort so manches Jahr während der Sommerferien im Hydrophon-Labor an den Unterwasser-Schallempfängern gearbeitet. Sein Mentor, Malachy Condon, war der Meinung, dass er von allen Studenten, die er unter seine Fittiche genommen hatte, das beste Ohr für die Sprache der Delfine besaß. Alan wusste es damals noch nicht, aber er war zum Kinderarzt berufen.

Heute, siebzehn Jahre später, besuchte Alan an seinen freien Mittwochnachmittagen die Bibliothek, wo er die neuesten Ausgaben der Fachzeitschriften *Delphinius Watch* und *Whale Quarterly* las, um sich über sein altes Hobby, Delfine und Wale, auf dem Laufenden zu halten und eine alte Freundin zu treffen – Lucinda Robbins. Die Hawthorne Public Library war nur zwei Blocks von seinem Haus entfernt. Aber vorher absolvierte Alan sein Lauftraining, sodass er eine Dreiviertelstunde für die Wegstrecke brauchte.

»Na, hast du dein Pensum geschafft?«, begrüßte ihn Lucinda Robbins, die hinter der Ausgabetheke stand.

»Heute waren es sogar sieben statt sechs Meilen.«

Sie reichte ihm ein zusammengefaltetes Handtuch von dem Rollwagen mit den zurückgebrachten Büchern, die wieder in die Regale eingeordnet werden mussten.

Ein paar Monate nachdem Tim Dianne verlassen hatte, hatte Alan damit begonnen, nach dem Lauftraining an der Bibliothek Halt zu machen. Er hatte Lucinda vermisst. Sie war immer gut zu ihm gewesen, hatte ihn von Anfang an in ihre Familie aufgenommen. Mit ihr verband ihn mehr als mit seinem Bruder Tim. Er hatte sich in den Bibliotheken von Woods Hole und Cambridge heimisch gefühlt und sich während Tims und Diannes Ehe mit Lucinda stets über Bücher unterhalten oder Ideen ausgetauscht.

An besagtem Tag vor elf Jahren hatte er in der Bibliothek gestanden und den Schweiß bemerkt, der seine Spuren auf dem braunen Linoleumboden hinterließ, und hatte den verhaltenen Zorn der Bibliothekarin gespürt. Was hatte er erwartet? Er war ein McIntosh, Tims Bruder, und allein die Tatsache reichte aus, um sie auf die Palme zu bringen.

In der folgenden Woche war er zuerst nach Hause gegangen, um zu duschen. Er wollte Lucinda nicht noch mehr gegen sich aufbringen. Er hatte erkannt, wie wichtig sie für ihn war, auch wenn sie nichts mehr mit ihm zu tun haben wollte. Als Julias Arzt spürte er die Familienbande stärker als je zuvor, und er war gekommen, um sich zu entschuldigen. Zu seiner Überraschung hatte sie ihn mit einem gestreiften Handtuch in der Hand empfangen.

»Tut mir Leid wegen letzter Woche«, hatte sie gesagt. »Mein böser Blick ist eine Berufskrankheit.«

»Du hattest jedes Recht dazu.«

»Nein«, hatte Lucinda mit Nachdruck entgegnet und heftig den Kopf geschüttelt. »Du kannst hier jederzeit schweißgebadet hereinschneien. Was Tim angerichtet hat, ist nicht deine Schuld. Du tust so viel für Julia und Dianne …«

Alan wollte gerade protestieren, aber dann hatte er geschwiegen und das Angebot akzeptiert. Seine Beziehung zu Dianne hing an einem seidenen Faden, und er würde alles tun, was in seiner Macht stand, um sie aufrechtzuerhalten. Er hatte angenommen, das Handtuch sei eine einmalige versöhnliche Geste, aber Lucinda hielt es weiterhin jeden Mittwochnachmittag für ihn bereit.

Heute bedankte er sich, nahm das Handtuch und begab sich zu seinem Armsessel, in dem er immer saß. Die Bibliothek war die älteste im Lande, mit hellen Räumen und hohen Decken. Im Lesesaal gab es einen riesigen gemauerten Kamin, groß genug, um einen Ochsen am Spieß darin zu rösten, und Alan machte es sich daneben mit einem Stapel Zeitschriften bequem. Es war April, und das klare Licht flutete durch die Bogenfenster. Alan vertiefte sich in die neueste Literatur über Meeressäuger. Plötzlich dachte er an seine eigene Familie.

Sein ältester Bruder Neil hatte Wale geliebt. Schon als Halbwüchsige hatten die drei Brüder Wale beobachtet und gutes Geld damit verdient, Touristen in ihrem leichten Motorboot zu den Futterplätzen vor der Küste von Chatham Shoals zu bringen. Für die Fahrt vom Dampfschiff-Pier in Hyannis hatten sie zehn Dollar pro Person verlangt. Es war Neils Idee gewesen, das Geld unaufgefordert in voller Höhe zu erstatten, wenn sie keine Wale oder Delfine zu sehen bekamen. Das war typisch Neil, immer großzügig, gutherzig und voller Vertrauen auf ihre Fähigkeiten, Wale aufzuspüren. Er wusste, in die Verlegenheit, das Geld zurückzuerstatten, würden sie nur selten geraten.

Neil war an Leukämie gestorben. In dem Sommer, als Alan sechzehn und Tim vierzehn Jahre alt waren, hatten sie mit ansehen müssen, wie ihr älterer Bruder dahinsiechte. Eingesperrt im Haus, die Vorhänge zugezogen und niemand, der Lärm machen oder sein Zimmer betreten durfte, hatte Neil furchtbar gelitten. Nicht nur unter den Schmerzen, die mit der Krankheit einhergingen, sondern auch unter der Isolation. Er hatte das Meer vermisst, die Wale, das Boot. Er hatte seine Brüder vermisst. Mit achtzehn war Neil an Leukämie gestorben, aber auch an gebrochenem Herzen. Tim hatte die beiden letzten Nächte auf dem Rasen unter Neils Fenster verbracht. Alan war heimlich in sein Zimmer geschlichen, um bei ihm zu sein.

Alans Eltern hatten Angst gehabt, der Krebs könne ansteckend sein. Daran konnte auch der Arzt nichts ändern, der Neil behandelte und ihnen sagte, ihre Sorge sei unbegründet. Ihre

Angst vor der Blutkrankheit und dem Risiko, alle ihre Söhne zu verlieren, war zu tief verwurzelt. Sie waren einfache Leute gewesen, ein Fischer und seine Frau. Alans Vater suchte Vergessen auf dem Meer und kam nur selten nach Hause. Seine Mutter hatte zu trinken begonnen.

Alan und Tim hatten sich in den folgenden Jahren mehr für Fische und Wale als für Menschen interessiert. Tim hatte die Schule abgebrochen, um sein Glück als Hummerfänger zu versuchen. Wie sein Vater bot ihm das Meer eine Fluchtmöglichkeit. Alan hatte sich an Malachy Condon von WHOI geklammert. Der alte Haudegen war genauso raubeinig wie die Fischer, aber er hatte an der Columbia-Universität promoviert. Tim ging oft nach einer Nachtfahrt vor der Küste von Nantucket in Woods Hole vor Anker, um Alan zu treffen und Malachys fassettenreichen Geschichten über Forschungsfahrten im Nordmeer und Indischen Ozean zu lauschen. Die Brüder waren wie betäubt durch den Verlust von Neil, und die Sorge um ihre Eltern und Malachy erwies sich in dieser Zeit als stetige Quelle der Kraft.

Während des letzten Studienjahres in Harvard hatte Alan jede Nacht von Neil geträumt. An einem kalten Novembermorgen hatte er seine Bewerbung für Wood Hole zerrissen und beschlossen, an der Harvard Medical School Medizin zu studieren. Malachy war enttäuscht gewesen, und Tim hatte ihn für verrückt erklärt. Tim hatte insgeheim gehofft, gemeinsam mit seinem Bruder ein Boot anzuschaffen und Seite an Seite zu arbeiten – er wollte Fische fangen, und Alan konnte sie erforschen. Er hatte Alan auf den Stufen der Widener Library zur Rede gestellt und versucht, ihn zur Vernunft zu bringen.

»Bleib lieber bei deinen Fischen«, hatte Tim gesagt. »Wenn die sterben, kräht kein Hahn danach.«

»Eben«, hatte Alan erwidert. »Ich beschäftige mich Tag für Tag bis in die frühen Morgenstunden mit Plankton, ohne dass es mich vom Hocker reißt. Ich will Arzt werden.«

»Wozu?«

»Um Menschen zu helfen«, hatte Alan geantwortet und dabei an seinen Bruder und an seine Eltern gedacht.
»Du willst dein Leben mit Kranken verbringen? Bildest du dir ein, du könntest auch nur das Geringste bewirken?«
»Ja, das tue ich.«
»Wie Dr. Jerkoff bei Neil?«
»Er hätte mit uns reden sollen. Es wäre seine Aufgabe gewesen, Mom und Dad über den Krankheitsverlauf aufzuklären, um zu verstehen, was auf sie zukam, und besser vorbereitet zu sein. Er hätte Neil beim Sterben helfen können, Tim. Ich finde es grauenvoll, wenn ich daran denke, dass wir alles alleine durchstehen mussten.«
»Was macht es für einen Unterschied, wie es passiert ist? Neil ist tot. Daran lässt sich nichts ändern.«
»Aber er hat gelitten. Das hätte nicht sein müssen ...«
»Ich weiß verdammt noch mal, dass er gelitten hat«, hatte Tim geschrien und Alan einen Stoß versetzt. »Ich war dabei. Musst du mich daran erinnern?«
»Hör auf, dich wie ein Arschloch aufzuführen! Neil hätte das gehasst.«
»Er ist tot«, hatte Tim gekontert und mit dem Handballen gegen Alans Brust geschlagen.
Seit Neils Tod war Alan der Älteste. Tim war härter, aber Alan überragte ihn und hatte noch nie einen Kampf gegen seinen Bruder verloren. Er trat einen Schritt beiseite, zitternd vor Wut.
»Du hast draußen vor seinem Fenster gehockt. Du hattest Angst, in sein Zimmer zu gehen. Ich möchte Menschen helfen, ihre Angst zu überwinden.«
»Ich und Angst, dass ich nicht lache! Du kannst mich mal kreuzweise ...«
Er holte aus und traf Alan mit der rechten Faust voll in den Magen. Ihre Blicke begegneten sich, die Augen verdutzt aufgerissen. Dann gab Alan einen knurrenden Laut von sich und schlug zurück, landete einen linken Haken, der Tim an der Seite traf. Tim nahm ihn in den Schwitzkasten und Alan versuchte ihn

wegzustoßen, doch Tim krallte seine Finger in Alans Hals, und die Brüder rollten über den Bürgersteig mitten im Hof der altehrwürdigen Harvard-Universität.
Alan verpasste ihm einen rechten Schwinger an den Kopf. Tim hatte ihn an den Haaren gepackt, und Alan zerrte mit aller Kraft an seinen Armen, um den eisernen Griff zu lösen. Tim blutete aus einer Platzwunde über dem Auge, und Alan spürte die Kratzer von den Fingernägeln seines Bruders an seiner Kehle. Er sprang hoch und streckte die Hand aus, um Tim aufzuhelfen. Aber Tim hatte noch nicht genug. Das Blut aus der Platzwunde lief in seine Augen, und er schlug blind um sich. Das brachte Alan von einer Sekunde auf die andere zur Vernunft.
»He, hör auf«, sagte er und rüttelte Tim an den Schultern.
Die Antwort war ein weiterer linker Haken.
Alan fing ihn in der Luft ab. Beide waren ausgelaugt, Alans Wut war verraucht. Als Tim erneut ausholte, zielte Alan auf den Solarplexus, und Tim ging in die Knie. Er trat beiseite, doch Tim war nicht gewillt aufzugeben. Das ist abartig, dachte Alan. Er hatte sich vorgenommen, Kindern zu helfen, sie zu heilen, wenn er konnte, und sie zu trösten, wenn die ärztliche Kunst versagte, und da stand er und kämpfte mit seinem eigenen Bruder auf Leben und Tod.
Nach dem Kampf hatten sich Tim und Alan einander noch mehr entfremdet. Alan hatte sich in seine Studien vergraben, Tim war wieder aufs Meer hinausgefahren, hatte sein Heil in der Flucht gesucht.
In den folgenden Jahren war Tim meistens auf See gewesen. Der Hummerfang nahm den größten Teil seiner Zeit in Anspruch. Sein Gesicht war von Wind und Wetter gegerbt, seine Hände rau; doch am schlimmsten war, dass sich in seinem Innern etwas verhärtet hatte. Er vergaß, was es bedeutete, sich in Gesellschaft von Menschen zu befinden, die einem nahe waren. Er verstand sich aufs Trinken und Kämpfen oder wusste einem Mädchen mit einem Lächeln zu erkennen zu geben, dass er einsam war und jemanden brauchte, als ruhenden Pol.

Eines dieser Mädchen war Dianne gewesen. Da Tim nicht entgangen war, dass sie sich für Alan interessierte, bot er all seinen Scharm auf, um sie für sich zu gewinnen. Er war bereit, aufs Ganze zu gehen. Tim sehnte sich insgeheim nach einem Menschen, der ihn aus seiner Rastlosigkeit erlöste, und er wählte intuitiv eine Frau, die ein Talent zum Geben hatte. Zum Teil war sein Verhalten eine Farce, wie er dachte, als er in die Rolle des einsamen, betrunkenen Hummerfängers schlüpfte, nur um Mitleid und Aufmerksamkeit bei ihr zu wecken. Er hatte damit Erfolg, weil es die Wahrheit war. Er hatte geglaubt, es sei ein Spiel, aber das war ein Trugschluss gewesen. Und Alan hatte hilflos mit ansehen müssen, wie Dianne sich in seinen Bruder verliebte.

Alan gab nur aus einem Grund kampflos auf – er hoffte, dass es Dianne gelingen möge, seinen Bruder wieder auf den rechten Weg zu bringen. Zumindest redete er sich das ein. Dianne war stark und robust, und mit Tim war es seit Neils Tod bergab gegangen. Vielleicht würden Ehe und Kinder die schmerzliche Lücke füllen. Aber seine Rechnung war nicht aufgegangen.

»Meine Mädchen waren gestern bei dir, wie ich gehört habe«, sagte Lucinda zu Alans Verblüffung, als sie den Raum mit einem Rollwagen voller Fachzeitschriften betrat, die ins Regal zurückmussten.

»Richtig.«

»Was sagst du zu Julia?«

»Super.«

Lucinda Robbins war seit vierzig Jahren Bibliothekarin in Hawthorne. Alans kleine Patienten behaupteten, sie habe jedes Buch in den Regalen gelesen, und Alan war geneigt, es zu glauben. In ihren klaren blauen Augen spiegelten sich Intelligenz und Einfühlungsvermögen wider. Die Neugierde auf das Leben wirkte wie ein Jungbrunnen bei Frauen wie Lucinda.

»Ich meine, wie geht es ihr vom medizinischen Standpunkt?«

»Den Umständen entsprechend ganz gut.«

Lucinda biss sich auf die Lippe. Sie blätterte einen Stapel *Na-*

tional Geographics durch, als wollte sie sich vergewissern, dass die Ausgaben in der richtigen Reihenfolge eingeordnet waren. Doch Alan wusste, dass sie versuchte, sich zusammenzureißen.

»Wir verlassen uns auf dich, Alan.«

»Danke«, sagte er.

»Ich mache mir Sorgen um Dianne.«

»Warum?«, fragte er, einer Panik nahe.

»Sie reibt sich völlig auf.« Lucinda begann zu flüstern. Die Worte überstürzten sich, während sie besorgt die Stirn runzelte. Alan beugte sich vor, um sie zu verstehen. »Julia ist leicht wie eine Feder. Sie wiegt fast nichts. Aber die Belastung ... selbst wenn sie schläft ... in einer Ecke der Werkstatt. Es kostet Dianne den letzten Funken Kraft, sie in ihrem augenblicklichen Zustand zu betreuen und nicht zu wissen, was die Zukunft bringt.«

»Das ist eine große Herausforderung«, sagte Alan und gab damit eine Binsenweisheit zum Besten. Von Ärzten erwartete man solche beschwichtigenden Redensarten. Aber er selbst geriet jedes Mal in Aufruhr, wenn er von Diannes Kummer hörte.

Alan dachte an Neil und verstand, was Lucinda meinte. Ohnmächtig mit ansehen zu müssen, wie ein Mensch leidet, den man liebt, gehörte zu den schwersten Dingen im Leben. Aktiv werden – Schnittwunden verbinden, Brüche richten, Brandwunden desinfizieren – war immer einfacher, als die Hände in den Schoß zu legen und zu akzeptieren, dass man nichts tun kann.

»Dianne ist tapfer.«

»Meistens.«

»Ich könnte ihr helfen, aber sie müsste es zulassen.«

»Ach, Alan, merkst du nicht, wie schwer es ihr fällt, deine Gegenwart zu ertragen? Du bist ein wunderbarer Mensch, aber du wirst sie immer an Tim erinnern.«

»Ja, ich weiß«, erwiderte Alan wie vor den Kopf geschlagen, weil Lucinda ihm die ungeschminkte Wahrheit sagte.

»Hast du in letzter Zeit etwas von ihm gehört?«
Alan schüttelte den Kopf. Vor zwei Monaten hatte Tim aus Camden angerufen, weil er sich tausend Dollar von ihm leihen wollte. Vorher hatte Alan R-Gespräche oder Postkarten aus verschiedenen Häfen zwischen Lubec und Halifax bekommen. Tim führte ein Nomadenleben; er hielt es nirgendwo lange aus. Hin und wieder besuchte er Malachy. Er hatte kein Zuhause, keinen festen Wohnsitz. Diese Unrast war der Preis dafür, dass er Frau und Kind im Stich gelassen hatte.
»Armer Kerl«, sagte Lucinda. »Ich bringe es beinahe nicht übers Herz, einen Menschen zu hassen, der so zerrissen ist. Aber nur beinahe.«
»Ich weiß, was du meinst.« Alan spürte, wie Lucinda ihn musterte. Er fragte sich, ob sie etwas ahnte. Sie war viel zu loyal Dianne gegenüber und viel zu taktvoll, um ihn darauf anzusprechen, aber er war sicher, dass sie auch so Bescheid wusste.
Alan liebte Dianne.
Seine Gefühle waren nie erloschen. Selbst als sie sich für Tim entschieden und Alan sich eingeredet hatte, dass sie den Abstieg seines Bruders aufhalten und sein Leben retten könnte, hatte er nicht aufgehört, sie zu lieben. Er hätte alles getan, um ihr zu helfen, und daran hatte sich bis heute nichts geändert.
Er hielt sich vor Augen, dass er Arzt und sein Mitgefühl deshalb völlig natürlich war. Diannes Blick sagte alles. Ihr Haar schimmerte golden in der Oktobersonne, wie die herbstlichen Marschen auf Cape Cod. Sie roch nach Farbe, Holz und Meer. Wenn sie verärgert war, runzelte sie die Stirn, doch sobald sie Julia ansah, strahlte ihr Gesicht vor Liebe, sodass es Alan mitunter die Kehle zuschnürte.
Psychiater – und Malachy Condon – hätten vielleicht behauptet, dass er seine Schwägerin nur deshalb liebte, weil sie ihm die kalte Schulter zeigte. Bindungsangst? Kein Problem – such dir eine Frau, die dein Bruder im Stich gelassen hat, eine Frau, die

deine Familie leidenschaftlich hasst. Alan war, was Beziehungen anging, ein gebranntes Kind. Dabei hatte es einige nette Frauen in seinem Leben gegeben. Er hatte keine von ihnen verdient. Er hatte die lausige Angewohnheit, sie nach dem dritten oder vierten Mal nicht mehr anzurufen. Er war nie verheiratet gewesen, und obwohl er Kinder liebte, hatte er keine eigenen. Und so würde es vermutlich auch bleiben.

»Dianne hofft auf einen schönen Sommer«, sagte Lucinda.

»Ich weiß.«

»Ich werde zu Hause sein und ihr ein bisschen mehr zur Hand gehen können.«

»Glaubst du, Dianne würde einen Babysitter in Betracht ziehen? Ich denke da an jemand bestimmten, ein nettes Mädchen, das sie stundenweise entlasten könnte.«

»Möglich. Versuch es.«

»Wenn der Vorschlag von mir kommt, rechne ich mir keine großen Chancen aus.«

»Du tust viel für sie, Alan. Vielleicht kann sie es nicht zeigen, aber sie weiß deine Hilfe zu schätzen.«

»Das spielt keine Rolle.«

Lucinda blickte ihm in die Augen. »Im Gegenteil, es spielt eine große Rolle.« Sie nahm das feuchte Handtuch und hängte es über die Lenkstange des Rollwagens. Sie würde es waschen und nächste Woche wieder mitbringen. Alan begriff plötzlich, dass Lucinda sich immer gewünscht hatte, *er* hätte Diannes Herz und Hand erobert, dass sie bei Alan geblieben wäre, statt Tims Frau zu werden.

Wunschträume, die Alans glichen.

Amy kam früher aus der Schule nach Hause. Ihre Mutter lag im Bett, und Buddy, ihr Freund, probte mit seiner Band. Sie waren in der Garage eines Nachbarn am anderen Ende der Straße, und Amy konnte das ohrenbetäubende Kreischen des Heavy-Metal-Sound hören. Was bringt jemanden auf die Idee, Musik zu machen, die klingt, als würden Züge entgleisen?, dachte sie. Aber

das Gute war, dass er beschäftigt war und sie hören konnte, wann die Probe zu Ende ging.
Die Jalousien waren heruntergezogen, doch die Frühlingssonne verlieh den Fensterrahmen einen viereckigen Heiligenschein. Wie üblich roch es schal, nach leeren Bierflaschen. Amy ging mit einer Dose Raumspray, das nach Tannennadeln duftete, durch den abgedunkelten Raum und sprühte, was das Zeug hielt. Sie dachte dabei an Bäche und Wälder, Käuzchen und die Schreie der Ziegenmelker. Sie spähte in das Schlafzimmer ihrer Mutter und sah, dass sie unter der Bettdecke lag.
»Mama?«, flüsterte Amy.
Ihre Mutter rührte sich nicht. Die dicht gewebten Vorhänge waren trotz heruntergelassener Jalousien zugezogen, sodass der Raum düster und die Luft genauso schwer wie der braune Cordsamt war. Es war so heiß, dass es einem den Atem verschlug. Amy widerstand dem Drang, die Fenster aufzureißen. Sie wusste, dass ihre Mutter Ruhe brauchte. Sich nach Gesellschaft sehnend, kehrte sie ins Wohnzimmer zurück.
»Hallo, Hündchen«, sagte sie und kniete sich vor den Käfig.
Der Welpe fletschte die Zähne, knurrte und wich ans hintere Ende des Käfigs zurück. Buddy, der ihn zum Wachhund erziehen wollte, hatte ihn Slash getauft, aber Amy würde ihn nie im Leben ›Kehleaufschlitzer‹ nennen.
»Ich bin dein Freund.«
»Grrr.«
»Du glaubst mir nicht?« Amy rannte in die Küche und kam mit zwei Scheiben Käse zurück – nicht einmal Buddy würde die beiden hauchdünnen Schnitze vermissen. Sie brach sie in Stücke und legte eines vor den Käfig.
»Grrr«, knurrte der Hund. Amy dachte daran zurück, wie sie zum ersten Mal in Dr. McIntoshs Praxis gekommen war. Sie war fast gestorben vor Angst, ihr Hals brannte wie Feuer, und sie hatte vierzig Grad Fieber. Sie traute sich nicht, den Mund aufzumachen, um ihn nachschauen zu lassen. Dr. McIntosh hatte es nicht eilig gehabt, sondern ihr Vertrauen ganz langsam mit

einem Lutscher, einer Geschichte über Delfine und seiner sanften Stimme gewonnen.
»Ich bin dein Freund, Hündchen«, sagte Amy und versuchte Dr. McIntoshs beruhigende Stimme nachzumachen. Es wirkte, denn gleich darauf kroch der kleine schwarze Welpe vorwärts. Amy misstrauisch im Blick behaltend, kam er zentimeterweise näher.
Es dauerte ganze zehn Minuten, bis er sich ein Stück Käse schnappte. Dann das nächste Stück, und noch eins. Vorsichtig entriegelte Amy die Metalltür. Die Scharniere quietschten, und der Hund schreckte zurück. Aber Amy legte ihm unbeirrt Käse hin, und der kleine Kerl kam aus dem Käfig heraus und verputzte ihn bis auf den letzten Krümel. Bald darauf fraß er ihr aus der Hand. Sein Fell war stoppelig und warm, und sein Welpengeruch weckte in Amy den Wunsch, ein Hund zu sein.
»O Gott, die Musik!«, rief Amy und erkannte eine Sekunde zu spät, dass sie aufgehört hatte.
»Was geht hier vor?« Buddy stand plötzlich auf der Schwelle.
Amy versuchte ihm den Blick auf den Hund zu versperren. Im Wohnzimmer war es dunkel, sodass die Chance bestand, dass er trotz der Heiligenscheine am Fenster nichts bemerken würde. Der kleine Hund konnte in den Käfig zurückkriechen, und alle wären noch einmal glimpflich davongekommen. Amy legte sich in voller Länge vor den Käfig und schickte ein Stoßgebet zum Himmel, dass der Hund zurückkriechen möge.
»Nichts«, sagte sie. »Wie waren die Proben?«
»Lausig. Bei meiner Gitarre ist eine Saite gerissen, und unser Bassist musste zur Arbeit. Was …«
»Das klang ganz toll, was du gespielt hast«, unterbrach Amy ihn mit klopfendem Herzen. Verstohlen griff sie hinter sich und versuchte den Welpen in den Käfig zurückzuschieben.
»Du hast uns gehört?«
»Ja. Sogar mit zerrissener Saite hast du am allerbesten gespielt.

Wie … wie heißt noch gleich der berühmte Musiker, den Mom so gerne hört – nicht James Taylor, sondern der andere …«
»Eric Clapton?«
»Ja! Du spielst sogar besser als er!«
»Hah?«, sagte Buddy. Niemand konnte mehr aus dem Wörtchen ›hah‹ herausholen als Buddy. Wenn es über seine Lippen kam, die schmal wie ein Strich waren, klang es, als würde eine Tonne Zement vom Empire State Building herunterfallen und mit einem Knall auf dem Pflaster landen. Doch jetzt war es eher ein Ausdruck der Verwunderung. Als Ponce de Leon aus dem stickigen Dschungel aufgetaucht war, um den Jungbrunnen zu suchen, hatte sein ›Hah‹ genauso wie Buddys geklungen.
»Tausendmal besser«, beteuerte Amy. Ihr Herz klopfte vor lauter Angst zum Zerspringen. Der Welpe hatte wieder ihre Finger entdeckt, die nach Käse rochen, und leckte wie wild daran.
»Findest du? Ich denke, dass ich eher wie Jimi Hendrix spiele. Als die Saite riss, war ich verdammt nahe daran … Was war denn das?«
»Das Geräusch?« Amys Gedanken überschlugen sich. Der Welpe schmatzte selbstvergessen.
»Ist der Hund aus dem Käfig abgehauen?«
»Nein«, antwortete Amy hastig, stieß den Welpen in seinen Käfig zurück und blockierte die Tür mit ihren ausgestreckten Armen. »Ich habe ihn herausgelassen. Es war meine Schuld. Ich wollte nur …«
Mit einer einzigen Bewegung riss Buddy Amy vom Käfig weg und versetzte ihr einen Stoß, sodass sie aufs Sofa fiel. Er griff in den Käfig und packte den Hund im Genick. Amy riss entsetzt die Augen auf. Der verängstigte Welpe baumelte an Buddys Hand hin und her wie ein Schinken am Fleischerhaken.
»Was habe ich dir gesagt?« Amy wusste nicht, ob Buddy mit ihr oder mit dem Hund sprach.
»Es ist meine Schuld!«, beteuerte Amy verzweifelt. Ihre Stimme klang so rau wie das Schmirgelpapier, das sie im Kunstunterricht benutzten.

»Interessiert mich nicht«, sagte Buddy mit trügerischer Sanftheit. »Er hat zu gehorchen.«
»Tu ihm nicht weh!«, rief Amy flehentlich.
»Wozu taugen Wachhunde, die nicht aufs Wort parieren? Entweder sie lernen es von klein auf oder werden später erschossen.«
»Tu ihm nicht weh, bitte!«
Wortlos trat Buddy mit seinem spitzen Cowboystiefel nach dem Hund. Der Welpe heulte vor Schmerz auf, und Buddy trat noch einmal zu. »Zu deinem eigenen Besten«, sagte er und hielt ihn nach unten. »Nur zu deinem eigenen verdammten Besten.«
Amy fing an zu schluchzen. Der kleine Hund konnte den brutalen Tritten nicht ausweichen. Er wand sich und winselte laut. Buddy trat ihn wieder und wieder, und als er mit ihm fertig war, schleuderte er ihn in seinen Käfig. Dann nahm er eine Zeitung, rollte sie zusammen und klopfte damit auf seine Handfläche.
»Hast du es jetzt kapiert?« Bisher hatte er es nicht gewagt, Amy zu schlagen, aber sie hatte das untrügliche Gefühle, dass die Drohung ihr galt. »Ist das klar, wer hier das Sagen hat?«
Im Schlafzimmer raschelte die Bettdecke. Amy hatte Bauchweh. Sie wusste nicht, was sie sich mehr wünschte, dass ihre Mutter dem Hund half oder sich heraushielt.
»Komm her!«
Amy traute sich nicht hinzuschauen; sie hatte Angst, er könnte sie gemeint haben.
»Herkommen, habe ich gesagt!« Die Käfigtür quietschte. Buddy packte den Hund und zog ihn unsanft ins Freie. Er streichelte ihn, flüsterte ihm etwas zu, kraulte ihn hinter den Ohren. Der Hund wimmerte und versuchte sich loszureißen.
»Bleib hier, sonst breche ich dir das Genick«, sagte Buddy drohend. »Treib es nicht auf die Spitze.«
»Nicht, nicht!«, flüsterte Amy.
»Was hast du zu meckern?«
Amy schwieg. Buddy durfte keinen Muckser von ihr hören. Sie

wusste aus Erfahrung, dass es ihn zur Weißglut brachte, wenn sich jemand in seine Angelegenheiten mischte – wie Amy, wenn es um ihre Mutter ging.

Der Welpe krümmte sich, um sich aus dem eisernen Griff zu befreien, wimmernd wie ein Kind. Amys ganzer Körper schmerzte vor Anstrengung, nicht hinüberzulaufen und ihm zu helfen, aber sie war erleichtert, dass der Hund einen Funken seiner Kampflust bewahrt hatte. Es wäre schlimmer gewesen, wenn er Buddy gehorcht und ihm die Hand geleckt hätte. Amy wusste, dass Buddy, wenn sie sich mucksmäuschenstill verhielt, den Raum irgendwann verlassen würde. Wenn sie sich unsichtbar machte, würde es früher vorbei sein.

»Was habe ich gesagt?«, fragte er gefährlich leise.

Doch Amy entschlüpfte ihm in Gedanken; sie verwandelte sich in einen murmelnden Bach, der sich seinen Weg über bemooste Felswände, durch schattige Bergschluchten und bewaldete Lichtungen suchte. Reiher nisteten auf den Sandbänken, und Spinnen webten durchsichtige Netze über dem glasklaren Wasser. Sie floss den Hügel hinab, dem Meer entgegen, wo ihr Vater gefischt hatte. Sie war weit fort, als das Telefon läutete.

»Hallo?«, sagte Buddy.

Amy beobachtete ihn. Er war der Herr der Finsternis, ein uneingeschränkter Herrscher in seinem Reich, als er den Hörer abnahm. Den kleinen Hund zu verprügeln hatte offenbar sein Selbstwertgefühl gestärkt, weil seine Worte herablassend klangen. Doch während er der Stimme am anderen Ende der Leitung lauschte, sah Amy, wie er vor ihren Augen schrumpfte. Er hatte kein Rückgrat, ähnelte einem herabhängenden Tulpenstängel.

»Sie steht direkt neben mir«, sagte er. »Moment, ich gebe sie Ihnen.«

»Für Mom?«

»Für dich.« Er bedeckte den Hörer mit der Hand, als wollte er sie ermahnen, sich kurz zu fassen, weil er einen Anruf erwartete, oder sie daran erinnern, dass man kein Wort über Familienangelegenheiten verlauten ließ. Seine Strichlippen öffneten sich mehrmals, doch dann reichte er ihr stumm den Hörer.

»Hallo?«

»Spreche ich mit Amy Brooks?« Amy erkannte die tiefe Stimme auf Anhieb. Sie spürte eine Welle der Erleichterung, und Tränen traten ihr in die Augen.

»Hallo, Dr. McIntosh.«

»Ich wollte dich fragen, ob du nächsten Samstag schon etwas vorhast«, sagte er.

4

Samstagmorgen tapezierte Dianne die Wände des Salons in dem viktorianischen Haus mit der schmalen Fassade. Die blau-weiße Tapete hatte ein typisch englisches Muster aus winzigen weißen Pfingstrosen. Dianne ging von innen nach außen vor. Sobald sämtliche Innenarbeiten fertig waren und sie sich vergewissert hatte, dass jede Einzelheit ihren Vorstellungen entsprach, nagelte sie das Spielhaus zusammen.

»Deiner Großmutter würde die Tapete gefallen«, sagte sie zu Julia. »Pfingstrosen sind ihre Lieblingsblumen.«

Julia saß ein paar Schritte entfernt in ihrem Stuhl, von Kissen gestützt. Die Fenster waren weit geöffnet, und von den Marschen wehte ein lauer Wind herein. Stella lag auf der Innenseite des Fensterbretts vor dem Fliegengitter und beobachtete das Treiben im Hof. Julia war heute sehr still, die Brise in ihrem Haar genießend. Alle fieberten auf ihre eigene Weise dem Erwachen des Frühlings entgegen. Dianne spürte, wie der April in den Mai überging.

Eine Autotür fiel zu. Blitzschnell huschte die Katze davon. In Freiheit geboren, war Stella sehr scheu. Dianne wusch den Tapetenkleister von ihren Händen und ging zur Tür.

»O Gott!« Ihr Magen verkrampfte sich, als sie sah, dass Alan aus dem Wagen stieg. Dianne dachte augenblicklich an Julias Untersuchungsergebnisse und fragte sich, ob er gekommen war, um ihr die Hiobsbotschaft persönlich zu überbringen. Doch dann entdeckte sie das Mädchen und entspannte sich. Er hätte die Kleine nicht mitgebracht, wenn er schlechte Nachrichten gehabt hätte. Diannes Hände zitterten, als sie sie an einem alten Lappen abwischte und beobachtete, wie sich die beiden der Werkstatt näherten.

Alan schirmte seine Augen ab und blickte sich um. Die Marschen waren in Sonnenlicht getaucht, in Hunderte von Grünschattierungen. Rohrkolben raschelten, als die Amseln mit ihrem roten Gefieder ins Schilf hinein- und hinausflogen. Dahinter glitzerte die Meerenge des Long Island Sound. Die Familie Robbins wohnte im letzten Haus auf Gull Point, nur zehn Blocks von Amys entfernt, aber Welten voneinander getrennt.
»Kennen Sie die Leute?« Amy stand mit großen Augen neben ihm.
»Ja.«
»Das sind Hexen. Das sagen alle Kinder.«
»Welche Kinder?«
»Aus der Nachbarschaft.«
»Und was sagen sie?«
»Dass die beiden Zaubersprüche kennen, um Kinder in Monster und Kobolde zu verwandeln. Und sie dann einsperren.« Amy starrte das Haus an. Es war im Cape-Stil errichtet, mit Dachschindeln aus weißem Zedernholz, das, von Wind und Wetter gegerbt, einen silbernen Schimmer angenommen hatte. Die blauen Läden hatten ausgesägte Konturen von Seepferdchen, und die Fensterrahmen waren strahlend weiß. In den Blumenkästen vor dem Fenster blühten purpurfarbene und gelbe Stiefmütterchen.
»Aha«, sagte Alan.
»Stimmt das?« Amy rückte Schutz suchend näher, sodass sie mit der Schulter seine Jacke berührte.
»Das wirst du selbst entscheiden müssen.« Er spürte, wie er bis ins Mark erschauerte, als er Dianne auf der Türschwelle entdeckte.
Amy hatte noch nie an Dr. McIntosh gezweifelt, aber sie konnte sich beim besten Willen nicht vorstellen, warum er sie zu dem Hexenhaus gebracht hatte. Sie war glücklich gewesen, den Tag mit ihm zu verbringen, und hatte sich mit einem ausgiebigen Bad und Rain-Magic-Badesalz darauf vorbereitet; dann hatte

sie frisch gewaschene Jeans und das sauberste T-Shirt angezogen, das sie finden konnte. Doch als sie nun in der mit Muschelschalen befestigten Einfahrt auf Gull Point stand, war ihr mulmig zu Mute.
Hohe Ligusterhecken säumten den Garten und schirmten das Anwesen vor den neugierigen Blicken der Passanten ab. Obwohl Amy nur wenige Straßenblocks entfernt wohnte, hatte sie das Haus noch nie gesehen und war überrascht, dass es so anheimelnd wirkte. Ob Hexen in einem Cape-Haus mit Seepferdchen-Fensterläden lebten? Statt den Weg zum Vordereingang einzuschlagen, ging Dr. McIntosh seitlich um das Haus herum. Sie gelangten auf eine Wiese mit Seegras, kurz geschnitten und grünlich braun, aber es gab auch Beete mit Narzissen, pinkfarbenen Azaleen und winzigen Blausternen.
Am anderen Ende des Grundstücks, am Rande der Marschen, befand sich ein kleines weißes Cottage. Das schaut überhaupt nicht wie ein Hexenhaus aus, dachte Amy. Und in der Tür stand die goldhaarige Frau, die Amy schon einmal in Dr. McIntoshs Praxis gesehen hatte.
»Tut mir Leid, ich hätte vorher anrufen sollen«, sagte Dr. McIntosh zu der Frau.
»Was ist passiert?«
»Nichts. Überhaupt nichts. Ich war zufällig in der Gegend, um meine Freundin Amy Brooks abzuholen, die ich dir vorstellen möchte.«
Die Frau sah erleichtert aus. Ihre weiße Bluse war wie ein Männerhemd geschnitten und in ihre Blue Jeans gesteckt. Die Ärmel hatte sie hochgekrempelt, an den Füßen trug sie alte Laufschuhe. Ihr Haar war nach hinten gekämmt und zu einem losen Zopf geflochten, dessen Ende sie mit einem dünnen Grashalm zusammengebunden hatte. Die Farbe ihrer Augen erinnerte an Immergrün, genau wie beim letzten Mal, als Amy sie gesehen hatte.
»Wir kennen uns aus der Praxis«, sagte die Frau lächelnd.
Amy blieb vorsichtshalber hinter Dr. McIntosh stehen.

»Du warst in dem Spielhaus.«
»Dr. McIntosh hat es erlaubt«, stieß Amy hervor, in der Annahme, die Frau wolle ihr eine Strafpredigt halten.
»Freut mich, dass es dir gefällt.«
Amy runzelte die Stirn, unsicher, warum die Frau sich überhaupt dafür interessierte. Verwirrt blickte sie Dr. McIntosh an, der seine Hand auf Amys Schulter legte.
»Mrs. Robbins hat das Spielhaus gebaut«, erklärte er. »Ich habe es bei ihr für mein Wartezimmer gekauft und mein Bruder hat es mir in seinem Lieferwagen gebracht. So haben wir uns alle kennen gelernt.«
»Das ist eine uralte Geschichte«, meinte die Frau. »Amy, du kannst Dianne zu mir sagen. Kommt herein.«

Nachdem der erste Schreck überwunden war, als Dianne Alans Auto gesehen und gedacht hatte, er habe schlechte Nachrichten, entspannte sie sich. Ihre Blicke begegneten sich und hielten einander einen Moment lang fest. Sie betrachtete sein offenes Gesicht, die Lachfalten, die jede Mutter in Hawthorne liebt, und war sich der Distanz zwischen ihren, auf die sie Wert legte, in solchem Maß bewusst, dass sie vergaß, die Fliegengittertür zu öffnen.
»Wie geht's?«, erkundigte er sich, als er die Werkstatt betrat.
»Prima, danke. Und dir? Alles in Ordnung?«
»Ja.« Er blickte sich um, als sähe er die Werkstatt zum ersten Mal. Er machte öfter Hausbesuche in medizinischen Notfällen, aber die fanden überwiegend drüben im Wohnhaus statt.
»Du warst doch schon mal hier, oder?«
»Ja, aber das ist lange her. Meistens hast du dich hier mit großem Erfolg verbarrikadiert.«
Sie blickte hoch und sah, wie er lächelte.
»Ihr seid verwandt. Hat mir der Doktor erzählt«, ließ sich Amy vernehmen.
»Entfernt.«
»Ich bin der Onkel ihrer Tochter«, erklärte Alan mit einer Sanft-

heit in der Stimme, die auch Dianne nicht entging. Er konnte gut mit Kindern umgehen, fand unzweifelhaft auf Anhieb einen Draht zu ihnen.
Warum erinnerte er sie auf Schritt und Tritt an seinen Bruder, obwohl er völlig anders war als Tim? Alan war introvertiert, Tim extrovertiert. Alan trug verblichene blaue Hemden, uralte Blue Jeans und Motorradstiefel. Die Brille rutschte ihm ständig von der Nase, und Dianne musste gegen das Bedürfnis ankämpfen, sie zurechtzurücken. Tim war das schwarze Schaf, Alan als Wissenschaftler der ganze Stolz der Familie gewesen. Doch beide waren groß und schlank, ihre Bewegungen leicht und kraftvoll zugleich. Wenn Dianne Alan ansah, zuckte sie zurück, als stünde ihr Tim persönlich gegenüber.
»Diiii«, machte sich Julia bemerkbar, die gerade aufwachte. »Diiii!«
»Oh!«, sagte Amy bestürzt und trat bei Julias Anblick einen Schritt zurück.
Diannes Magen verkrampfte sich. Immer wenn jemand Julia zum ersten Mal sah, regten sich ihre mütterlichen Instinkte, und sie wurde zur Löwin. Wenn Menschen ungehalten, unfreundlich oder angewidert reagierten, komplimentierte Dianne sie schnellstens hinaus. Sie hatte gedacht, dass Alan das Mädchen auf Julia vorbereitet hatte, aber offenbar war das nicht der Fall.
»Ist das ...«, begann Amy.
»Meine Tochter«, sagte Dianne mit fester Stimme.
»Ihr Name ist Julia«, erklärte Alan. »Du hast neulich nach ihr gefragt.«
»Ich habe ihr Krankenblatt gesehen.« Amys Augen waren weit aufgerissen, als sie einen Schritt auf Julia zuging.
Dianne straffte die Schultern. Sie schlang die Arme um sich. Das Mädchen hatte erschrocken geklungen, doch nun breitete sich eine morbide Faszination auf ihrem Gesicht aus. Erbost trat Dianne einen Schritt vor, um sich zwischen Amy und Julia zu stellen.

»Du hast ihr Julias Krankenblatt gezeigt?«, fragte sie wütend. Alan schüttelte stumm den Kopf, als wäre ein solcher Verdacht über jede Antwort erhaben.

»Das ist Diannes Werkstatt«, sagte er zu Amy.

»Machen Sie hier die Spielhäuser?«

»Ja.«

»Hm.« Amy warf Julia einen Blick aus dem Augenwinkel zu, dann sah sie rasch zur Seite. Sie war neugierig, was das kleine Mädchen betraf. Aber sie wollte sie nicht anstarren, das gehörte sich nicht. Während sich Alan mit Julia beschäftigte, wies Dianne, um Amy abzulenken, auf das halb fertige Haus.

»Ich bin gerade dabei, diesen Teil zu tapezieren«, sagte sie und kam sich wie eine Vogelmutter vor, die einen Feind von ihrem Nest weglockt. Doch bei genauerem Hinsehen machte das Mädchen einen verletzlichen Eindruck. Sie hatte zerzauste braune Haar, bis zur Kuppe abgekaute Fingernägel und eine tiefe Sorgenfalte auf der Stirn.

»Hübsch«, sagte Amy und berührte die weißen Blumen.

»Ich mache eine Wand nach der anderen fertig, dann setze ich sie zusammen«, erklärte Dianne.

»Aha.« Amy spähte erneut zu Julia hinüber.

»Sobald das Haus zusammengebaut ist, mache ich mich an die Verzierungen. Diese hölzernen Schnörkel sind typisch für eine Bauweise, die man ›Zuckerbäcker-Stil‹ nennt. Sie werden an den Dachrinnen angebracht, und dann kommt noch ein kleiner Taubenschlag und die Rollläden hinzu. Anschließend bemale ich alles …«

»Hat sie eins in ihrem Zimmer?«

»Wer?«

»Julia.« Vorsichtig beugte sich Amy zur Seite, sodass sie an Dianne vorbeischauen konnte, bis zum anderen Ende der Werkstatt. »Hat sie ihr eigenes Spielhaus?«

»Nein«, antwortete Dianne langsam. War Amy blind?

Amy schien ihre Überraschung zu spüren, denn sie errötete. »Ich dachte, weil Sie doch Ihre Tochter ist und …«

»Da würde ihr Dianne doch bestimmt ein eigenes Spielhaus bauen«, kam ihr Alan zur Hilfe.
»Julia ist …« Dianne suchte nach den richtigen Worten, um es ihr zu erklären.
Aber Amy konnte ihre Neugierde nicht länger zügeln. Sie ging schnurstracks zu Julia hinüber und bückte sich, um sie anzusehen. Ihr Gesicht war warmherzig und freundlich.
»Gaaa«, sagte Julia.
»Hallo, kleines Mädchen«, begrüßte Amy sie und ging in die Hocke.
Dianne eilte herbei und wollte Amy wegziehen.
»Lass sie«, flüsterte Alan und hielt Diannes Handgelenk fest.
»Bist du aber hübsch. Ein hübsches kleines Mädchen.«
»Gaaa …«, sagte Julia erneut. Sie freute sich immer, Alan zu sehen, aber von Amy schien sie gebannt zu sein. Julias Hände vollführten ein seltsames Ballett, zeichneten sanft die Konturen von Amys Gesicht in der Luft nach.
»Wie alt bist du?«, fragte Amy.
Dianne wollte an Julias Stelle antworten, aber ihre Stimme versagte.
»Sie ist elf«, erklärte Alan.
»Fast so alt wie ich.« Amy nahm Julias linke Hand. Ihre Worte waren nicht an die Erwachsenen, sondern an Julia gerichtet. »Ich bin zwölf.«
»Diii«, sagte Julia. »Diii … Gaaa.«
»Das scheint sie nicht zu überraschen«, wunderte sich Dianne. »Die meisten Leute halten Julia für wesentlich jünger.«
»Amy ist noch sehr kindlich für ihr Alter. Mir kam die Idee, dass sie bei Julia babysitten könnte. Vielleicht nicht ganz alleine, aber wenn deine Mutter zu Hause ist. Damit hättest du mehr Freizeit, und ich glaube, Amy würde es auch gut tun. Deine Mutter weiß bereits Bescheid …«
»Du musst dich nicht verpflichtet fühlen, dich um uns zu kümmern, Alan …«
»Ich weiß.«

»Die hat meinem Vater gehört«, sagte Amy gerade und hielt ihr Handgelenk hoch, sodass Julia ihre Armbanduhr berühren konnte. »Sie ist zentnerschwer, aber das ist mir egal. Ich habe sie schon seit elf Jahren, und sie geht immer noch wie eine Eins. Sie war an dem Tag, als mein Vater starb, beim Juwelier zur Reparatur. Er war ein Held, er ist mit seinem Schiff untergegangen …«

Dianne musste sich abwenden. Sie trat zum Fenster und sah in den Garten hinaus. Die hohen purpurfarbenen Schwertlilien wiegten sich im Wind. Eine Wildkatze jagte am Rande der Binsen. Am liebsten hätte Dianne laut losgeheult. Ein Meer von Gefühlen brach über ihr herein, und sie musste die Arme um sich schlingen, um ihre Fassung zu bewahren. Alan war hinter sie getreten. Dianne spürte seine Nähe, bevor er ein Wort sprach.

»Hörst du, wie sie mit Julia redet?«, fragte Dianne, während Tränen über ihre Wangen liefen.

»Ja.«

Mit dem Rücken zu ihm bedeckte Dianne ihr Gesicht und weinte lautlos. Ihr Körper bebte, und sie merkte, wie seine Finger über ihre Schulter strichen. Seine Hände waren groß, stark und fest. Sie spürte ihre Hitze durch den dünnen Stoff ihrer Bluse. Auf der anderen Seite des Raums erzählte Amy Julia von dem kleinen Hund bei ihr zu Hause und ahmte sein Bellen so gekonnt nach, dass es wie echtes Hundegebell klang.

»Julia hatte noch nie eine richtige Freundin«, flüsterte Dianne.

»Ich glaube, Amy auch nicht«, flüsterte Alan zurück.

5

Amy begann nach Schulschluss gelegentlich hereinzuschneien. In der zweiten Woche kam sie bereits jeden Nachmittag. Julia freute sich über ihre Gesellschaft, die eine wohltuende Wirkung auf sie hatte. Oft war sie so aufgewühlt, als gälte es, Dämonen in ihrem Kopf zu besiegen. Sie rang unentwegt die Hände. In Amys Gegenwart wirkte sie friedlicher, heiterer und lächelte.

Dianne ertappte sich dabei, wie sie jeden Tag gegen halb drei durch die Fliegengittertür ihrer Werkstatt nach Amy Ausschau hielt und auf ihre Schritte horchte. Amy lief so behände über das morastige Land wie ein Fohlen in der Zielgeraden und stürmte, über das ganze Gesicht strahlend, zur Tür herein. Sie war ein Wildfang, tollpatschig und chaotisch. Dianne hatte sich angewöhnt, Limonade zu machen und den Krug mitsamt Gläsern, Hafermehlkeksen und zusammengefalteten Leinenservietten auf einem Tablett bereitzustellen.

An ihrem zweiten gemeinsamen Dienstag stärkten sie sich an dem kleinen Tisch neben Julias Stuhl. Sonnenlicht fiel durch die Fenster, und die Marschen verströmten ihren warmen, salzigen Geruch. Schweigend aßen sie Kekse, und dann unterhielten sie sich ein paar Minuten miteinander, wie üblich, bevor Dianne an ihre Arbeit zurückkehrte.

»Die Gläser sind schön«, sagte Amy bewundernd – alte Saftgläser aus Emailglas mit eingebrannten kleinen Körbchen, aus denen eine Fülle von Wildblumen quoll. Jede einzelne Blüte war ein einzigartiger, mikroskopisch kleiner Pinselstrich in Scharlachrot, Kobaltblau, Kadmiumgelb oder Kreuzdorngrün.

»Sie gehörten meiner Großmutter.«

»Alle Dinge, die du hast, sind so … sorgfältig.«

»Wie meinst du das?«, fragte Dianne geschmeichelt.

»Einfach so. Bei dir hat man das Gefühl, dass sie mit Bedacht ausgesucht wurden. Dass sie wichtig sind. Schöne Gläser, echte Stoffservietten, wie du deine Haare mit Spartgras zusammenbindest …«

»Nur weil ich kein Gummiband finden konnte.«

»Hm«, sagte Amy und biss ein kleines Stück von ihrem Keks ab. Dianne hielt sich nicht für sorgfältig. Eher für sentimental. Sie mochte schöne Dinge, die an ihre Vorfahren erinnerten. Sie hatte ihre eigene Großmutter geliebt, und Tims. Dorothea McIntosh hatte in einer Flussniederung gewohnt und *ihre* Haare mit langen Grashalmen und Blumenstängeln zusammengebunden. Sie hatte einen Seekapitän geheiratet, der ihr von einer Indienreise kostbaren Schmuck und Rosenholz mitbrachte, und Dianne hielt die Ohrringe mit den Diamanten und Saphiren, die sie von ihr geerbt hatte, in Ehren.

Dianne füllte eine Tasse mit Limonade und schob Julia den Strohhalm zwischen die Lippen. Am ersten Tag hatte Amy versucht, Julia mit einem abgebissenen Stück Keks zu füttern, und Dianne hatte ihr erklärt, dass Julia daran ersticken konnte. Es gefiel ihr, dass Amy Julias Realität akzeptierte, ohne Fragen oder den Versuch, sie zu ändern, zu verbessern oder auf ihre eigene abzustimmen. Amy beugte sich vor, um mit der Serviette die Limonade abzuwischen, die von Julias Kinn tropfte.

»Danke«, sagte Dianne.

»Ist doch selbstverständlich«, erwiderte Amy errötend.

»Macht es deiner Mutter nichts aus, wenn du so oft hier bist?«

Amy schüttelte den Kopf.

»Ist sie berufstätig?«, hakte Dianne nach, um sich ein Bild zu machen, warum Amy so viele Nachmittage außer Haus verbrachte. Vielleicht kam ihre Mutter nicht vor fünf oder sechs Uhr von der Arbeit zurück, und Amy hatte keine Lust, alleine daheim zu sein.

»Nein, sie ist zu Hause.«

Danach schwiegen sie. Die Zeit, die sie miteinander verbrachten, begann ihren eigenen Rhythmus zu entwickeln. Sie taten nichts, um den Verlauf zu beschleunigen, er nahm von alleine Gestalt an. Dianne verzichtete darauf, sich zu fragen, warum es ihr so viel bedeutet, dass ein zwölfjähriges Mädchen aus der Nachbarschaft ihre und Julias Gesellschaft suchte.

Durch Amy gelangte sie zu der Erkenntnis, wie das Leben verlaufen würde, wenn Julia gesund wäre, wie Mutter und Tochter gemeinsam ihre Tage verbringen könnten. Dianne hatte als Mutter viel zu geben. Alan hatte den Kontakt hergestellt, wofür ihm Dianne dankbar war, aber manchmal hatte sie das ungute Gefühl, ihm bereits zu viel schuldig zu sein. Und er war immer für sie da, gerade dann, wenn sie es am wenigsten erwartete.

Letzten Mittwoch war sie zur Bibliothek gefahren, um ihrer Mutter das Mittagessen zu bringen. Durch die gläserne Trennwand in Lucindas Büro hatte Dianne Alan erspäht, der sein Lauftraining hinter sich hatte und gerade die breite Treppe zum Vordereingang hinaufkam.

»Heute ist Mittwoch«, sagte Lucinda. »Er besucht mich immer an seinem freien Tag.«

»Das hatte ich ganz vergessen«, erwiderte Dianne, Julia im Arm.

»Moment, ich bin gleich wieder da.«

Ihre Mutter nahm das Handtuch, das zusammengefaltet auf ihrem Schreibtisch lag, und ging zur Ausgabetheke. Während sie Julia auf dem Schoß wiegte, beobachtete Dianne, wie die beiden sich begrüßten. Alans T-Shirt triefte, und das nasse Haar hing ihm ins Gesicht. Sie wollte gerade aufstehen, um hinauszugehen und hallo zu sagen. Das war eine gute Gelegenheit, sich dafür zu bedanken, dass er Amy zu ihnen gebracht hatte.

Lucinda forderte ihn mit einer Geste auf, um die Ausgabetheke herumzukommen und sich hinter eine Trennwand aus Korkplatten zu begeben. Von ihrem Ausguck hinter der Glaswand beobachtete Dianne, wie er sich verstohlen umschaute, um sich zu vergewissern, dass ihn niemand sah. Dann zog er das nasse T-Shirt über den Kopf. Sein Körper war muskulös. Er rieb sich mit dem Handtuch ab, trocknete das dichte gekräuselte Haar auf der Brust.

Dianne stand wie angewurzelt da. Sie konnte sich weder rühren noch den Blick abwenden. Sie kam sich wie eine Spionin vor, ein Voyeur in der Bibliothek. Das Blut stieg ihr in den Kopf, ihr Mund war geöffnet und trocken. Alans Haut war glatt und straff über den Muskeln. In dem Moment kamen die beiden jungen Bibliothekarinnen herein, um einen Happen zu essen. Sie kicherten, und Dianne merkte, dass sie Alan ebenfalls verstohlen musterten und ein paar Worte wechselten.

Der Körper eines Kinderarztes. Sie starrte ihn an – den flachen Bauch, die schmale Linie der dunklen Haare, die im Hosenbund verschwand. Seine Oberschenkel wirkten wuchtig, der Rest seiner Beine lang und schlank. Nachdem er sich abgetrocknet hatte, zog er das nasse T-Shirt wieder an. Als sein Kopf aus dem Halsausschnitt auftauchte, trafen sich ihre Blicke.

Sie senkte den Kopf und sah starr zu Boden. Die Tür ging auf, und Lucinda betrat den Raum. Die beiden jungen Bibliothekarinnen meinten scherzhaft, sie würde Alan für sich alleine haben wollen. Lucinda konterte ebenfalls mit einer scherzhaften Bemerkung. Julia wedelte mit den Armen, um ihre Großmutter auf sich aufmerksam zu machen. Als Dianne aufblickte und ihr einfiel, dass sie sich noch nicht bei Alan bedankt hatte, war er verschwunden.

Nach der Fertigstellung des kleinen viktorianischen Spielhauses begann Dianne mit einem originalgetreuen neoklassizistischen Modell, ein Geschenk für ein kleines Mädchen in Old Lyme zum siebten Geburtstag. Es sollte einen Portikus mit ionischen Säulen bekommen. Während Julia ein Nickerchen machte, saß Amy auf einem hochbeinigen Hocker und sah Dianne bei der Arbeit zu. Stella, immer noch misstrauisch, was den Neuankömmling betraf, verzog sich auf ihren Beobachtungsposten in einem Weidenkorb hoch oben auf dem Regal und spähte hinunter.

»Was hat Stella gegen mich?«, fragte Amy. »Normalerweise mögen mich Katzen.«
»Stella ist ein verkapptes Eichhörnchen.«
»Nein, im Ernst. Warum mag sie mich nicht?«
»Sie mag dich. Sie ist nur sehr scheu.« Dianne maß die Entfernung zwischen den Säulen aus. »Ihre Mutter fiel einem Rudel Füchse zum Opfer, als sie gerade geworfen hatte, und Stella wurde von einer Eichhörnchen-Mutter hinten in unserem Hof, in einem Mauerspalt, aufgezogen.«
»Armes Ding.« Amy betrachtete die getigerte Katze, deren braunes Fell zwischen den grauen Streifen zum Vorschein kam. »Sie hat sogar Ähnlichkeit mit einem Eichhörnchen. Woher weißt du das?«
»Ich habe den Kadaver ihrer Mutter gefunden und gesehen, wie das kleine Fellknäuel in dem Mauerspalt aus- und einging. Als Stella nach ein paar Wochen zu groß wurde, hörte die Eichhörnchen-Mutter auf, sie zu säugen, und warf sie aus dem Bau. Vermutlich sah sie in ihr eine Gefahr für ihre eigenen Jungen ...«
»Klar, Katzen machen normalerweise Jagd auf Eichhörnchen. Sie gehören zu ihren Beutetieren.«
»Später schon, aber anfangs war Stella noch zu jung. Also habe ich sie mit warmer Milch aus einer Puppenflasche großgezogen. Sie war winzig, nicht größer als eine Teetasse.«
»Sie war bestimmt niedlich«, sagte Amy leise.
»Und wild. Nachts strich sie durchs Haus. Einmal kam eine Fledermaus herein, und Stella jagte sie bis zum Morgengrauen. Wenn Leute da waren, suchte sie das Weite. Sie versteckte sich so gut, dass ich sie manchmal den ganzen Tag nicht finden konnte, als wäre sie unsichtbar.«
»Und wo hatte sie sich versteckt?«
»In der Schublade mit den Pullovern, unter der Steppdecke – sie legte sich ganz flach hin, sodass man keine einzige Wölbung sah. Oder sie verschwand im Kamin, im Rauchfang.«
»Und jetzt verzieht sie sich in ihren Korb.« Amy legte den Kopf

in den Nacken, um besser zu sehen. Stella beobachtete sie von ihrem Hochsitz aus. Ihre Augen hatten eine ungewöhnliche türkisgrüne Farbe.
»An dir liegt es nicht, wie du siehst.«
»Ich dachte, sie würde mich mittlerweile kennen. Nach fast einem Monat.«
»Sie miaut nicht, sondern krächzt wie ein Eichhörnchen. Morgens piepst sie. Manchmal nenne ich sie Peeper. Eine sonderbare Katze.« Dianne fand es schrecklich, dass sich irgendein Lebewesen zurückgewiesen, ausgegrenzt, ungeliebt fühlen konnte. Amy eingeschlossen. Sie kam inzwischen jeden Tag, leistete Julia Gesellschaft und unterhielt sich stundenlang mit Dianne. Als Amy zu Stella hinaufblickte, sah Dianne, wie mager und verwahrlost das Mädchen war, wie eine traurige kleine Vogelscheuche.
»Eine mutterlose Wildkatze mit der Flasche aufziehen, das würden nicht viele Leute tun«, sagte Amy und wandte sich Dianne zu. Ihre Augen waren schmerzerfüllt.
»Du schon.«
»Woher weißt du das?«
»Ich sehe es daran, wie fürsorglich du mit Julia umgehst.« Dianne räusperte sich und begann den Lockruf der Eichhörnchen nachzuahmen. »Ih-ih. Ih-ih.«
Die Katze spitzte die Ohren. Julia wachte auf, verdrehte die Augen und richtete sie auf Stellas Versteck. Dianne wiederholte den Lockruf. Amy saß mucksmäuschenstill da. Julias Hände bewegten sich hin und her, als dirigierte sie ein Phantasieorchester. Vorsichtig glitt Stella aus ihrem Korb und kam argwöhnisch vom Regal herunter.
Es war ein Spiel, das Dianne oft mit ihrer Katze spielte. Stella konnte spielen, Julia nicht. Amy verfolgte das Geschehen mit offenem Mund.
Die Nachmittagssonne tauchte den Raum in Licht, und Dianne neigte den Arm, um die Strahlen im Glas ihrer Uhr einzufangen. Sie warf sie auf die weiße Wand, zog die helle, flache

Scheibe des reflektierten Lichts an der Fußbodenleiste entlang, als sollte sie kielgeholt werden. Stella begann ihr nachzujagen und gab dabei ihre Ih-ih-Laute von sich.
»Sie glaubt, ihre Beute sei lebendig. Sie möchte sie fangen!«, rief Amy.
»Versuch du es mal mit der Timex-Uhr deines Vaters.«
»Okay«, erwiderte Amy, und Julia seufzte.
Amy probierte es so lange, bis sie den Bogen heraushatte und den winzigen Mond über den Fußboden gleiten ließ, während Stella bei ihrer spannenden Verfolgungsjagd pausenlos schnatterte.
»Pass auf, Amy, die Katze ist völlig außer Rand und Band«, sagte Dianne lachend.
Julias Hände bewegten sich hastig. Sie verfolgte das Geschehen mit Blicken, und als es Amy gelang, den winzigen Mond auf die Ablage von Julias Stuhl zu lenken und Stella auf ihren Schoß sprang, jubelte Amy, überrascht und begeistert.
»Stella bedeutet Stern«, sage Dianne. »Ich habe sie so genannt, weil ich sie, gleich nachdem ich sie ins Haus geholt hatte, eines Nachts auf dem Fensterbrett fand, wo sie saß und den Sternenhimmel betrachtete. Ihr Blick ist immer auf dieselbe Konstellation gerichtet.«
»Welche?«
»Orion.«
»Stellas Geschichte gefällt mir.«
Dianne nickte. Während Julia und Amy die Katze streichelten, bemühte sie sich, keine allzu große Trauer über Amys Bemerkung aufkommen zu lassen. Sie hatte schon immer eine Vorliebe für das Außergewöhnliche gehabt, das andere wenig liebenswert fanden. Sie kannte die Bedeutung, die Spiel, Fantasie und Symbole besaßen. Jede Mutter träumte davon zu sehen, wie ihr Kind wuchs und sich entfaltete, und wünschte sich, ihm auf seinem Weg durchs Leben zu helfen. Diannes Katze bot ihr dazu mehr Gelegenheit als ihre Tochter.
Sie überließ die Mädchen sich selbst und ging schweigend zu

ihrer Werkbank hinüber, zurück zu den Säulen. Sie liebte ionische Kapitelle, die Schnörkelverzierungen erinnerten sie an das Gehäuse von Meeresschnecken. Die Stimmen der Mädchen drangen zu ihr herüber. Sie waren leise und harmonisch, und die Katze zu ihren Füßen zirpte und piepste.

Während Dianne lauschte, dachte sie: Dieses Leben hätte ich niemals aus freien Stücken gewählt. Sie liebte Gespräche, Geschichten, den Gedankenaustausch über die Geheimnisse des Lebens. Doch ihr Kind, ihr Ein und Alles, ihr Lichtblick im freudlosen Alltag, war unfähig, auch nur einen klaren Gedanken zu fassen. In ihren Augen entdeckte sie nichts als Leere, als ob Julias Blick ausschließlich nach innen gerichtet wäre, in die verborgenen Winkel ihrer Seele, oder auf gar nichts. Dianne redete sich ein, dass Julia fähig war, mit wenn auch unverständlichen Worten und Gesten zu kommunizieren, und manchmal gelang es ihr besser als anderen, ihre mütterlichen Lügen aufzudecken.

Im Laufe der Jahre war Dianne dazu übergegangen, mit ihrer Katze zu sprechen, was sie exzentrisch fand. Und nun machte sie mangels Kommunikation mit ihrer eigenen Tochter einer anderen Frau das Kind abspenstig. Um den größten Schmerz in ihrem Leben zu vermeiden, pflegte sie sich vorzustellen, dass Julia ihre Umgebung bewusst wahrnahm, dass sie mehr war als eine zerbrochene menschliche Hülle.

Viel mehr, Julia. Viel mehr, Liebes.

Dianne warf einen flüchtigen Blick zu den beiden hinüber. Die Mädchen unterhielten sich prächtig. Amy ahmte die Katze nach, und Julia verlieh ihrer Freude mit komplizierten Bewegungen ihrer Arme Ausdruck. Dianne beugte sich über ihre Arbeit und brachte die Säulen in die richtige Position.

»Schimpft deine Mutter nicht, weil du so selten zu Hause bist?«, rief sie Amy zu.

»Nein!«

Amy sprach selten von ihrer Familie, aber Alan hatte angedeutet, dass bei den Brooks nicht alles zum Besten stehe. Dianne hatte großen Respekt vor allen Frauen, die Kinder aufzogen, wie unvollkommen auch immer, und sie holte tief Luft, um sich diese Tatsache ins Gedächtnis zu rufen.

»Hast du vielleicht eine Idee, womit wir meiner Mutter eine Freude machen könnten, um ihren Eintritt in den Ruhestand zu feiern?«, fragte Dianne, das Thema wechselnd, da sie merkte, dass sie einen wunden Punkt getroffen hatte. Amy war noch nicht bereit, mit Dianne offen über ihre häuslichen Verhältnisse zu sprechen.

»Wie wär's mit einer Überraschungsparty?«

»Sie hat gesagt, wenn wir ihr das antun, bringt sie uns um.«

»Die Mutter von meiner Freundin Amber hat ihre Eltern zur goldenen Hochzeit auf eine Kreuzfahrt mitgenommen.«

»Eine Kreuzfahrt, hm ...«

»Dianne, Julia ist nass.«

»Moment, ich komme sofort.«

Das Spiel war zu Ende, und Stella flitzte in ihren Korb zurück. Dianne ging ins Bad, um eine frische Windel zu holen. Bei Amys erstem Besuch hatte Dianne Julia hinter dem Wandschirm aus Reispapier gewickelt. Über dieses Stadium waren sie inzwischen hinaus. Julia war elf. Im Ferienlager, nach dem Sportunterricht oder wenn sie bei einer Freundin übernachtet hätte, hätten andere Mädchen sie auch nackt gesehen. Amy war Julias Freundin, ihre beste Freundin.

»Hier, der Puder«, sagte Amy.

»Danke.«

»Ich mag Babypuder«, erzählte Amy. »Er riecht besser als Parfum. Ich benutze welchen, wenn ich zur Schule gehe.«

»Laaa«, sagte Julia.

»Ich denke immer, mit ›la‹ sind Blumen gemeint.«

»Was denn sonst!«, erwiderte Amy ernst, als wäre sie eingeweiht in Julias Sprache, könnte sie besser verstehen und übersetzen als Dianne selbst.

Dianne schwieg und wünschte sich, Julia würde weitere Kostproben ihrer Sprache geben. Aber sie blieb stumm.

»La, Julia«, sagte Amy. »Ringelblume, Gänseblümchen und Rose.«
Julia blinzelte und rollte den Kopf von einer Seite zur anderen. Dianne lauschte und beobachtete, wie Julia mit ihrer Freundin spielte; sie war froh, dass sie Amy Stellas Geschichte erzählt hatte. Vielleicht würde sie ihr eines Tages auch die andere Geschichte erzählen, die von Julia.

Es hatte mit den McIntosh-Brüdern angefangen.
Dianne hatte ein Leben lang von der großen Liebe geträumt. Ihre Eltern waren das beste Beispiel, sie liebten einander und ihre Tochter mehr als alles auf der Welt. Sie hatte von Kindesbeinen an den Wunsch gehabt, später einmal eine ebenso gute Ehe zu führen, dem Mann fürs Leben zu begegnen. Diannes Mutter war im Waisenhaus aufgewachsen und hatte stets gesagt, Emmett habe sie gerettet. Dianne war ein Spätzünder und wohnte auch dann noch bei ihren Eltern, als alle anderen Mädchen in ihrem Altern längst flügge waren. Vielleicht ahnte sie, wie harsch die Welt sein kann, und sammelte Kräfte, um für den Schritt ins Leben gerüstet zu sein.
Sie trat in die Fußstapfen ihres Vaters und erlernte das Zimmermannshandwerk. Er hatte seine kleine Tochter vor langer Zeit mit einem selbst gemachten Spielhaus überrascht, und Dianne beschloss, ein solches Spielhaus als Geburtstagsgeschenk für die Tochter einer Sandkastenfreundin zu bauen. Als Vorlage diente ihr das weiße Herrenhaus unten am Hafen, das sie oft betrachtet und sich dabei vorgestellt hatte, es eines Tages mit ihrer eigenen Familie zu bewohnen. Jede Mutter, die ihre originalgetreue Nachbildung zu Gesicht bekam, wünschte sich ein Spielhaus für ihr eigenes Kind.
Alan hatte sich gerade als Kinderarzt in Hawthorne niedergelassen und Diannes Vater mit dem Bau von Regalen für seine Räume beauftragt. Er war jung, hatte die Praxis erst vor kurzem übernommen, und Emmett hielt große Stücke auf ihn. Er hatte ihm vorgeschlagen, ein Spielhaus von Dianne im Wartezimmer

aufzustellen. Dianne hatte dem Ärztehaus einen Besuch abgestattet, um sich vor Ort ein Bild zu machen, und Alan war aus seinem Sprechzimmer gekommen, um sie zu begrüßen.
»Ihr Vater hat erstklassige Arbeit geleistet«, sagte er. »Vielleicht könnten Sie auch Ihr Scherflein zur Verschönerung meiner Praxis beitragen.«
»Ich bin bei ihm in die Lehre gegangen«, erwiderte Dianne befangen. »Er ist der beste in seinem Metier.«
»Ich werde der einzige Arzt in der Stadt mit einem Robbins-Spielhaus sein. Die Kinder werden sich darum reißen, in meine Sprechstunde zu kommen. Das ist ein nicht zu verachtender Wettbewerbsvorteil.« Seine Worte klangen scherzhaft, aber sie hörte heraus, dass er es teilweise ernst meinte und verunsichert war. Er war groß und schlank, nur wenig älter als Dianne. Die hellbraunen Haare fielen ihm immer wieder in die Augen.
»Sind Sie aus der Gegend?«, erkundigte sich Dianne.
»Aus Cape Cod.«
»Und Sie haben sich in den Kopf gesetzt, sich in Hawthorne als Arzt niederzulassen?«
Er nickte. »Ich war Assistenzarzt in New Haven und habe die Praxis übernommen, als Dr. Morrison in den Ruhestand ging.«
»Vermissen Sie Cape Cod nicht?«
»Manchmal schon, aber es ist ja nicht aus der Welt.«
»Lebt Ihre Familie dort?«, fragte Dianne, die sich vorstellen konnte, wie sehr ihre Eltern ihr fehlen würden, wenn sie jemals wegziehen müsste.
Er schüttelte den Kopf. »Meine Eltern sind tot. Mein Bruder ist Hummerfänger, er arbeitet dieses Jahr vor der Küste von Block Island. Die Hälfte der Zeit liegt er hier vor Anker.«
»Das ist gut.«
»Mir gefällt das Krankenhaus in Hawthorne. Die Stadt wächst, und die Landschaft ist herrlich. Aber hier Fuß zu fassen …«
»Mein Vater behauptet, dass es eine Ewigkeit dauert, bis Hawthorne Neuankömmlinge akzeptiert.« Obwohl Dianne Zimmermann und er Arzt war, hatte sie das Gefühl, dass sie

offen mit ihm über solche Dinge reden konnte. »Ich hatte die gleichen Startschwierigkeiten mit meiner Werkstatt, und dabei bin ich hier geboren und aufgewachsen.«

»Die Patienten werden schon kommen.«

»Bestimmt«, erwiderte Dianne und musterte ihn.

Wenn sie ein Kind hätte, würde sie es von ihm behandeln lassen. Er wirkte sanft und zuversichtlich, was seine berufliche Zukunft betraf, und schien zu wissen, dass er ein guter Arzt war und die Bewohner von Hawthorne ihre Kinder zu ihm bringen würden.

»Machen Sie sich keine Sorgen. Ich werde Ihnen das schönste Spielhaus weit und breit bauen.« Sie hatte keine Ahnung, warum, aber dieses Versprechen war für sie unglaublich wichtig. Nach ihrer Rückkehr blätterte sie in Architekturbüchern und Zeitschriften, auf der Suche nach dem richtigen Modell und originellen Einzelheiten. Kinder liebten diese Details, zum Beispiel Türklopfer in Form von Seepferdchen, Rollläden, die sich herunterziehen ließen, und Briefkästen, in die sie Post hineinlegen konnte.

Wenige Wochen später hatte ihre Mutter sie eines Abends ans Telefon gerufen und gesagt, ein Dr. McIntosh sei am Apparat. Sie hatte gedacht, er wolle sich nach dem Stand der Arbeit erkundigen, aber er hatte sie zum Essen eingeladen. Dianne hatte schweigend den Hörer ans Ohr gehalten. Für einen Arzt zu arbeiten war eine Sache, aber mit ihm auszugehen stand auf einem ganz anderen Blatt. Worüber konnten sie sich unterhalten? Was würde er denken, wenn er erfuhr, das sie vorzeitig das Connecticut College verlassen hatte?

»Hm. Ja, in Ordnung«, hörte sie sich antworten.

Samstagabend, hatte er gesagt. Und das Rosecroft Inn vorgeschlagen.

Dianne gefiel das Restaurant, und sie genoss den Abend. Sie saßen im Grillroom, tranken Champagner, und die Perlen prickelten auf ihrer Oberlippe. Es war eine romantische Nacht. Auf dem Tisch stand eine einzelne pinkfarbene Rose, ein Feuer brannte im offenen Kamin, und die Kerzen flackerten im schummrigen Raum.

Alan war attraktiv und aufmerksam. Er interessierte sich für ihren Werdegang und wunderte sich, dass sie ihr ganzes Leben in Hawthorne verbracht hatte. Es überraschte ihn offenbar nicht, dass sie dem College wenig abgewinnen konnte, weil sie unbedingt den Beruf ihres Vaters ergreifen wollte. Er erzählte ihr von seinem Bruder Neil, dessen Tod ihn veranlasst hatte, Arzt zu werden. Und von seinem Bruder Tim, dem ungebändigten Hummerfänger, der sich an der Ostküste herumtrieb und nur dann in den heimatlichen Hafen einlief, wenn es sich nicht vermeiden ließ.

Neugierig, wie zwei Brüder so grundverschieden sein konnten, hatte Dianne mehr hören wollen. Sie unterhielten sich so angeregt, dass der Ober vier Mal an ihren Tisch kommen musste, bevor sie so weit waren, die Bestellung aufzugeben. Erst da wurde ihr bewusst, dass sie die Speisekarte kaum eines Blickes gewürdigt hatte. Sie bestellte Kalbsbries, ein Gericht, das sie nicht kannte.

Sie erzählte ihm auf seine Bitte hin ihre Lieblingserinnerungen und erkundigte sich nach seinem Lieblingstraum. Er wollte wissen, ob sie Haustiere gehabt habe und wie sie zu ihren Namen gekommen sei. Sie fragte ihn, ob er an Gott und den Himmel glaube.

Der Abend war etwas ganz Besonders. Die Männer, mit denen sie bisher ausgegangen war, stammten überwiegend aus Hawthorne. Mit vielen hatte sie gemeinsam die Schulbank gedrückt, sie kannten sich von Kindesbeinen an. In den beiden Stunden, die sie mit Alan verbrachte, wurde ihr klar, dass sie bei den anderen etwas vermisst hatte. Es war unvorstellbar, aber es machte ihr sogar Spaß, diesem Mann von dem Scotchterrier zu erzählen, den sie zum vierten Geburtstag geschenkt bekommen hatte.

Er hatte Schultern wie ein Footballspieler, breit und wuchtig, doch er bewegte sich mit einer Geschmeidigkeit, die sie ungemein sinnlich fand. Er bestellte Austern und gab Dianne eine zum Kosten, ihr die Schale an die Lippen haltend. Seine braunen Haare waren zerzaust und reif für einen Haarschnitt. Wenn er über seinen Beruf redete, hörte sie Leidenschaft in seiner Stimme. Er war nicht Arzt geworden, weil ihn das Geld oder Prestige reizte. Für ihn zählte allein die Berufung, Menschen zu helfen.

Als er sie an jenem Abend heimfuhr, streckte er den Arm zu ihr herüber und ergriff ihre Hand. Vor ihrem Haus küsste er sie lange und leidenschaftlich. An seine Brust geschmiegt, spürte sie, wie das Blut in ihren Ohren rauschte und ihre Knie weich wurden, als er seine langen, sehnigen Finger in ihren Haaren vergrub. Sein Körper war stark und gestählt wie der eines Arbeiters, doch ohne Schwielen an den Händen. Was hatte sie erwartet? Er war schließlich Arzt.

Eine Woche ging vorbei, in der sie am Spielhaus arbeitete. Sie hoffte, es möge ihm so gut gefallen, dass er sich wieder mit einem Abendessen revanchierte. Er meldete sich, von seiner Praxis total in Anspruch genommen, nur einmal, als sie gerade nicht zu Hause war. Sie rief zurück, aber er war in der Klinik. Dann kam der Tag, an dem die Lieferung vereinbart war.

Das Spielhaus war fertig. Es stand in der Werkstatt, und Dianne und ihr Vater hatten geplant, es in seinem Lieferwagen in die Praxis zu bringen. Doch dann hatte Alan angerufen und gesagt, sein Bruder Tim sei gerade in der Stadt. Er liege mit seinem Boot am Hummerdock vor Anker und habe angeboten, das Spielhaus abzuholen.

Dianne war gerade dabei, das Spielhaus zum Schutz während des Transports in mehrere Lagen Rohbaumwolle einzuwickeln, als Tim McIntosh die Werkstatt betrat. Er war genauso groß wie Alan, aber blonder, und er hatte sein ganzes Leben unter freiem Himmel in der Sonne verbracht, was man an den feinen Fältchen in seinem Gesicht sah. Er trug ein kariertes Hemd mit aufgerollten Ärmeln, die seine muskulösen Unterarme entblößten, und hatte einen abgebrochenen Schneidezahn. Sein Blick war

genauso wach wie Alans, aber gehetzt, als stünde das Ende der Welt bevor.
»Halt, lassen Sie mich das machen«, sagte er statt einer Begrüßung und nahm Dianne den Baumwollballen aus der Hand.
»Nein danke, ich …«
Ihren Einwand nicht beachtend, hielt er den Ballen fest und verpackte das Haus, als hätte er sein Lebtag nichts anderes getan. Wortlos und ohne ein Lächeln blickte er sie von der anderen Seite des Spielhauses mit dem Giebeldach an. Dianne spürte, wie ihr ein Schauer den Rücken hinunterlief, bis zu den Zehenspitzen. Sie fragte sich, wie er wohl zu seinem abgebrochenen Zahn oder zu der Narbe über seiner rechten Augenbraue gekommen war.
»Woran denken Sie?«, fragte Tim.
»Ich?«, erwiderte sie verlegen, weil er sie gerade dabei ertappt hatte, wie sie ihn unverhohlen musterte. »An nichts.«
»Das stimmt nicht.«
»Dann sagen Sie mir doch, woran ich denke.«
»Sie möchten eine Bootsfahrt mit mir machen.«
»Bestimmt nicht. Wenn überhaupt, habe ich gedacht, dass Sie geschickt sind. Beim Verpacken.«
»Ist das Ihre normale Arbeitskleidung?«
In der Hoffnung, dass Alan und sie nach der Lieferung essen gehen würden, hatte Dianne ein Kleid angezogen. Es war blauweiß gestreift, mit einem weißen Kragen, der ihr plötzlich zu groß vorkam. Sie fühlte sich so unbehaglich, dass ihr der Schweiß den Rücken hinablief. Es war ihr nicht möglich, den Blick von Tims Gesicht abzuwenden, der nun breit grinste. Sie sah wie ein Schulmädchen aus und fragte sich, was er wohl von ihr denken mochte, wenn er erfuhr, dass sie noch bei ihren Eltern wohnte.
»Alle Achtung! Das will was heißen für eine Frau, ein solches Haus ganz alleine zu bauen. Sagen Sie die Wahrheit – hat Ihr Vater Ihnen dabei geholfen? Weil Sie, um ehrlich zu sein, nicht aussehen, als wären Sie der Typ, der einen Hammer schwingt.«

»Bin ich aber.«
»Ich weiß, was körperliche Arbeit ist. Deshalb hatte ich nicht erwartet, dass eine Frau, die so hübsch ist wie Sie ...« Er lächelte, wobei der abgebrochene Zahn sichtbar wurde.
»Ich liebe meinen Beruf.«
»Ich auch. Eine Frau ganz nach meinem Geschmack, wie ich sehe.«
Mit seinen ausgebleichten Haaren und den Fältchen um die blauen Augen war er der Inbegriff des Fischers. Er wirkte verwegen und auf düstere Weise attraktiv; sein funkelnder Blick bestärkte Dianne in dem Verdacht, dass er ein dunkles Geheimnis mit sich herumtrug. Er strotzte vor Vitalität, und sie stellte sich vor, wie er an Deck stand und nach den Sternen navigierte. Als er ihr die Hand reichte, um sie mit einiger Verspätung zu begrüßen, spürte sie, wie sie erbebte.
»Tim McIntosh. Freut mich, Sie kennen zu lernen.«
»Dianne Robbins«, erwiderte sie und blickte auf seine kräftige, schwielige Hand.
»Also, was ist mit unserer Bootsfahrt?«
»Ihr Bruder wartet auf uns.«
»Er kann ja mitkommen.«
»Hören Sie auf.« Sie lachte. »Wir müssen das Spielhaus in die Praxis schaffen.«
»Eine Insel. Dort werde ich Sie mit meinem Boot hinbringen. Irgendeine, die zu den Bahamas gehört. Wir werden Bonitos angeln und am Strand schlafen. Mögen Sie das Rascheln der Palmen im Wind?«
»Habe ich noch nie gehört.«
»Dann wird es aber Zeit«, sagte Tim McIntosh mit flammenden Augen.
»Nein, ich ...«, begann Dianne, unfähig, ihren Blick von Tim zu lösen. Er hielt noch immer ihre Hand, als würde er sie seit Jahren kennen oder hätte vor, sie auf der Stelle zu einem romantischen Sonnenuntergang am Strand zu entführen. Sie entzog sich ihm, überzeugte ihn, dass Alan wartete und sie

das Spielhaus – wie versprochen – in seiner Praxis abliefern mussten.
»Wie Sie wollen.« Er legte den Arm um ihre Taille. »Sie lieben ihn doch nicht, oder?«
»Wir sind nur einmal miteinander ausgegangen«, antwortete Dianne mit brüchiger Stimme.
»Gut.«
»Warum sagen Sie das?« Sie spürte seine Hand auf ihrem Rücken. Ihre Gesichter waren sich nahe, und sie kannte die Antwort bereits. Er war ein Draufgänger mit einem Boot, einem abgebrochenen Schneidezahn und einem dunklen Geheimnis. Ihr Herz klopfte zum Zerspringen, und ihr Widerstand schmolz dahin. Sein Anblick genügte, um sie nervös zu machen und das Bedürfnis zu wecken, laut zu lachen.
»Weil wir eine Bootsfahrt unternehmen werden, und wenn alles so läuft, wie ich es mir vorstelle, werde ich Sie fragen, ob Sie mich heiraten wollen. Was würden Sie dazu sagen?«
»Ich würde sagen, Sie sind verrückt«, keuchte Dianne, als er mit seinen rauen Fingerspitzen zärtlich ihr Gesicht berührte. In diesem Moment wusste sie, dass Alan der Vergangenheit angehörte und es kein Zurück mehr gab.
Das Verrückte war, dass Tim McIntosh ihr tatsächlich einen Monat später einen Heiratsantrag machte – auf dem Bootsdeck, im Frühling, während über ihnen die Sterne funkelten, die sich neu formiert hatten.
»Ich brauche dich«, sagte er.
»Wir kennen uns doch kaum.«
»Das finde ich nicht. Ich habe das Gefühl, als ob ich dich schon ein Leben lang kennen würde. Heirate mich, Dianne.«
»Dich heiraten …«
»Du würdest dich mit mir nicht eine Sekunde langweilen.«
»Tim!« Sie lachte. Ein seltsamer Grund, vor den Traualtar zu treten.
»Ich bin nicht wie Alan«, fuhr er fort. »Bei ihm hättest du ein leichtes Leben. Er ist höllisch solide.« Aus seinem Mund klang

das, als wäre es gleichbedeutend mit langweilig. »Du müsstest ihn nie zwei Mal bitten, den Rasen zu mähen. Der perfekte Ehemann, immer und überall. Bei mir …« Er presste sich an sie. »Bei mir hättest du keinen Rasen.«

»Nein?«

»Nur das da.« Mit einer ausladenden Geste deutete er das Meer und die Wellen mit den silbernen Schaumkronen, die sich bis zum Horizont erstreckten. »Das kann ich dir bieten.«

»Also nur das Meer«, erwiderte sie lachend.

»Heirate mich!«, sagte er noch einmal.

Dianne hatte plötzlich das seltsame Gefühl, als wolle Tim seinem Bruder eins auswischen und sie sei die Trophäe, die es zu erringen galt. Doch sie war befangen und wagte nicht, ihrem Instinkt zu vertrauen. Alan war ein erfolgreicher Arzt, Tim ein gut aussehender Fischer. Sie konnten jede Frau haben, die sie wollten. Warum sollten die beiden um sie kämpfen?

Manche Mädchen sind unsicher, sich ihrer Wirkung auf Männer nicht bewusst. Sie hatte sich nur ein einziges Mal mit Alan getroffen, aber Tim schien die Sache ernster zu nehmen als sie. Wenn Alan so interessiert an ihr war, warum hatte er sie dann nicht gefragt, ob sie wieder mit ihm ausgehen wolle? An jenem Abend im Rosecroft Inn hatte sie sich wunderbar mit ihm unterhalten. Alan war grundsolide, aufrichtig und zielstrebig.

Tim war völlig anders. Er zitterte, wenn er sie in den Armen hielt. Er sagte mindestens genauso oft »Ich brauche dich« wie »Ich liebe dich«. Er hatte ihr erzählt, dass er die Uhrzeit an den Gezeiten ablesen könne, was sie unglaublich romantisch fand. Als er zum ersten Mal zu spät zu einer Verabredung kam, gab er einer nach Osten driftenden Strömung die Schuld. Dann nahm er sie in die Arme und gestand ihr, dass er, als kein Land mehr in Sicht gewesen sei, befürchtet habe zu ertrinken, ohne sie wiederzusehen.

Er sagte, Dianne sei alles, was er sich vom Leben erhoffe.

Er rief sie zwei Mal am Tag über Funk an. Wenn er in Landsdowne Shoal vor Anker lag, schrieb er ›Dianne‹ in Morsezeichen mit einer Leuchtpistole an den Himmel. Er legte die besten Hummer, die er fing, für sie beiseite und bereitete daraus eine köstliche Mahlzeit zu. Sie tranken jeden Abend Wein.

Sie schliefen miteinander. Er hielt sie so sanft, dass seine Arme vor Anstrengung zitterten, flüsterte immer wieder ihren Namen. Sie lagen in der Koje seines Bootes, in Wolldecken gewickelt, und spürten das Auf und Ab des Meeres. In solchen Stunden waren seine Augen ernst und bedrückt. Er blickte sie an, als wollte er sich jede Einzelheit ihres Gesichts einprägen.

»Verlass mich nicht«, flüsterte er.

»Niemals.«

»Ich könnte es nicht ertragen, dich zu verlieren. Was zwischen uns ist, muss für immer sein.«

»Wie kommst du auf die Idee, dass es anders sein könnte?«, fragte sie bestürzt. Sie ging das gleiche Risiko ein, sie hatte sich ausgeliefert, in dem Glauben, dass sie zusammengehörten, dass er zu seinem Wort stehen und sie bis ans Ende aller Tage lieben würde.

»Gefühle können sich ändern.«

»Nicht bei uns«, beteuerte sie.

»Bei meinen Eltern schon.« In jener Nacht erzählte er ihr aus seiner Warte, was seiner Familie widerfahren war. Seine Eltern kannten sich von Kindesbeinen an, eine Jugendliebe, wie sie im Buche stand. Mit zwanzig hatten sie geheiratet und drei Söhne bekommen. Das Leben war harmonisch verlaufen. Die Brüder waren mit dem Boot aufs Meer gefahren, hatten miteinander gefischt, hatten Krebse gefangen, waren im Meer geschwommen. Ihre Mutter hatte ihnen Proviant eingepackt. Und dann war Neil krank geworden.

Die Familie zerbrach. Seine Mutter, nahe daran, den Verstand zu verlieren, hatte vor Kummer, ihren Sohn sterben zu sehen, Trost im Alkohol gesucht. Unfähig, ihr zu helfen, war sein Vater immer häufiger auf See geblieben. Alan hatte sich in seine Bücher vertieft, und Tim war fischen gegangen. Und Neil siechte

dahin. Alan hatte ihr die Geschichte bereits erzählt, aber es fiel ihr auch beim zweiten Mal nicht leichter, sie zu hören.
»Es tut mir so Leid«, flüsterte Dianne.
»Nie wieder wird mich jemand verlassen. Nie wieder.«
»Gegen das Schicksal ist man machtlos. Du kannst es nicht beeinflussen, auch wenn du noch so gerne möchtest.«
Tim löste sich von ihr, seine Augen waren dunkel und rastlos. Er sah sie forschend an, sich die Tränen von den Wangen wischend.
»Ich muss«, sagte er, »weil ich das nicht noch einmal erleben will.«
»Einen Menschen zu verlieren, den man liebt, ist schrecklich. Aber schau dir Alan an. Bei ihm hat der Tod eures Bruders letztlich etwas Positives bewirkt, nämlich die Erkenntnis, dass er zum Arzt berufen ist.«
Tim stöhnte.
»Tim!«
»Tut mir Leid.« Er zitterte. »Ich finde, dass es an Neils Tod nichts Positives gibt. Und hör auf, mir zu erzählen, was für ein guter Mensch Alan ist, was für ein großartiger, angesehener Arzt. Er hatte seine Chance bei dir …« Er verstummte.
»Ich liebe dich und nicht Alan!« Dianne strich ihm das Haar aus der Stirn. Sein Gesichtsausdruck machte ihr Angst.
»Noch nie ist eine Frau zwischen uns gestanden.«
»Ich möchte nicht zwischen euch stehen.«
»Dann beweise mir, dass du auf meiner Seite bist.«
»Das bin ich doch«, erwiderte sie verwirrt.
»Ich habe noch nie ein Mädchen geliebt.«
»Nie?«, fragte Dianne erstaunt. Er war viel zu attraktiv, zu ungestüm und zu scharmant, um wie ein Mönch gelebt zu haben. Er tischte ihr unverfroren eine Lüge auf, und sie wusste es.
»Es gab natürlich das eine oder andere Mädchen, aber geliebt habe ich keines«, sagte er, küsste ihre Stirn und strich ihr über das Haar. »Bis ich dich kennen gelernt habe.«
»Man soll nicht nur in guten, sondern auch in schlechten Zeiten

zusammenhalten«, erklärte Dianne mit zitternder Stimme. Sie hatte Glück in ihrem Leben, war in einer liebevollen Familie aufgewachsen, verschont von lebensbedrohlichen Krankheiten. Aus irgendeinem Grund dachte sie plötzlich an Alan, der nach ihren schönsten Erinnerungen und ihren Haustieren gefragt hatte, der ihr aus seinem Leben erzählt hatte, und sie schluckte.
»Du glaubst, das schaffen wir?«, sagte Tim und umschloss ihr Gesicht mit seinen Händen.
»Ich weiß es.«
»Wir gehören zusammen. Jetzt und immerdar«, schwor er.
Und Dianne glaubte ihm. Er brauchte sie. Das Leben hatte ihm schlimme Wunden zugefügt, hatte Narben hinterlassen, und Dianne wollte alles tun, was in ihrer Macht stand, um ihn zu heilen. Sie würde ihm ein Zuhause schaffen, in dem er sich wohl fühlte: *Trautes Heim, Glück allein*, das sollte ihr Motto sein. Das große Glück, das gab es wirklich. Und die wahre Liebe. Sie und Tim würden viele Kinder bekommen. Und sie würden sich lieben, in guten wie in schlechten Tagen.
Sie würde immer auf Tims Seite stehen und versuchen, die Rivalität mit Alan zu mildern, damit die McIntosh-Brüder in Kontakt blieben.
Sie und Tim würden sich niemals trennen.
Sie hatten es gelobt.

Seit dem Tag auf den Stufen der Widener-Bibliothek hatte Alan nicht mehr das Bedürfnis verspürt, Tim den Hals umzudrehen. Doch als Tim ihm mitteilte, dass er Dianne heiraten wolle, erwachten die alten aufgestauten Gefühle wieder zum Leben. Tim bat ihn, sein Trauzeuge zu sein, weil sie es sich beide wünschten. Eiskalte Wut stieg in Alan hoch.
»Also, was sagst du? Oder hast du vor, mich noch eine Weile auf die Folter zu spannen?«
»Du hast gefragt, ob sie deine Frau werden will, und sie hat einfach Ja gesagt?«

»Nein. Wir wollen nur zum Spaß vor den Traualtar treten. Was ist los mit dir?«, erwiderte Tim, der Augen im Kopf hatte.
»Nichts.« Alan spürte, wie sein Blut in Wallung geriet.
»Ach komm, ich kenn dich doch.« Tim atmete so schnell, als stünde er an Deck seines Bootes im eisigen Nordwind. Er begann in Alans Praxis auf und ab zu marschieren.
»Ist das nicht ein bisschen voreilig? Ich meine, du kennst sie doch kaum.«
»Sag mal, das fragst du doch nicht, weil du früher ein Auge auf sie geworfen hattest? Ich hatte den Eindruck, dass nichts zwischen euch war. Berichtige mich, falls ich mich irre, aber ich dachte, ihr wärt nur ein einziges Mal miteinander ausgegangen.«
»Ja. Ein einziges Mal.«
»Also, wo liegt das Problem?«
Das Problem war, dass Alan nicht schnell genug reagiert hatte. Die Welt konnte sich im Verlauf eines einzigen Abends ändern, und als er Dianne begegnet war, hatte er gewusst, dass sie die Frau fürs Leben war. Er hatte das Gefühl, dass sie füreinander bestimmt waren, und als er ihr in die Augen geblickt und sie zum Abschied geküsst hatte, hätte er schwören mögen, dass sie das Gleiche empfand. Doch danach hatten sie sich nicht mehr gesehen. Er hatte häufig bis spät in die Nacht im Krankenhaus gearbeitet, hatte Dianne zur falschen Zeit angerufen und die Chance verpasst zu ergründen, ob dieser Gleichklang echt oder nur ein Wunschtraum war.
»Jetzt sag schon, wo liegt das Problem?«, hakte Tim nach.
»Du willst sie heiraten und einen Hausstand gründen?«
»Ja.«
»Einen Hausstand? Mit allem Drum und Dran?«, sagte Alan grinsend und mit ungläubigem Gesichtsausdruck, damit Tim nicht merkte, dass die Eifersucht an ihm fraß.
»So gut ich kann. Sie weiß, dass ich ein Boot habe, Hummer fange und lange auf See bin. Es stört sie nicht.«
»Sie hat dich in den letzten zehn Jahren nicht kommen und gehen sehen.«

»He, du hattest deine Chance! Du hättest Ozeanograf werden können. Dass du jetzt an deine Arztpraxis gebunden bist, hast du dir selbst zuzuschreiben.«
»Ich weiß.«
»Dianne hat kein Problem mit meiner Arbeit.« Tim grinste, wobei sein abgebrochener Zahn sichtbar wurde. Als er vor sechs Jahren im Winter versucht hatte, bei hohem Seegang die vollen Hummerkörbe an Deck zu ziehen, hatte ihn der Handgriff der Kurbel ins Gesicht getroffen. Alan hatte nicht verstanden, dass Tim sich geweigert hatte, sich den Zahn überkronen zu lassen. Offenbar schien er zu seiner Rolle zu passen, ein wichtiges Requisit zu sein.
»Sie mag wohl den Typ raubeiniger Hummerfänger, der sich nicht an die Kandare nehmen lässt«, sagte Alan.
»Ja, scheint so.«
»Den Abtrünnigen der Meere, der hin und wieder zu seiner Frau nach Hause kommt.«
»He!«, sagte Tim, als er den sarkastischen Ton bemerkte.
»Ich hoffe, dass es ihr auch gefällt, wenn du *nicht* nach Hause kommst. Wenn du beschließt, statt in Hawthorne in Newport vor Anker zu gehen.«
»Die Zeiten sind vorbei«, erwiderte Tim. Er grinste und zwinkerte Alan zu, verschwörerisch, unter Brüdern. Alan spürte wieder rasende Eifersucht und musste sich zusammenreißen, um nicht handgreiflich zu werden.
Tim hatte Recht, er war doch nur ein einziges Mal mit Dianne ausgegangen. Aber er fühlte sich ihr noch immer sehr eng verbunden, ob es ihm passte oder nicht. Er kannte seinen Bruder und wollte nicht, dass er sie verletzte. Drohend trat er einen Schritt vor, sodass sie sich Auge in Auge gegenüberstanden.
»Das ist auch besser so.«
Tim sah ihn an, und seine Augen funkelten angriffslustig. Keiner von ihnen hatte den letzten Kampf in Cambridge vergessen, und Alan spürte, wie Tim darauf brannte, sich mit ihm zu mes-

sen. Beide warteten nur darauf, dass der andere zuerst zum Schlag ausholte.
»Sie ist nicht wie wir«, sagte Alan. »Sie ist in einer Familie groß geworden, in der man liebevoll und fürsorglich miteinander umgeht. Hast du gehört?«
»Soll das eine Warnung sein?« Tim bohrte Alan den Zeigefinger in die Brust. »Vor meiner zukünftigen Frau?«
»Ich warne *dich!* Falls du sie nicht anständig behandelst!«
»Keine Sorge.«
»Ihre Eltern werden ebenfalls ein Auge auf dich haben. Sie halten zusammen wie Pech und Schwefel. Alle drei. Nicht wie Mom und Dad. Das läuft nicht so wie bei uns nach Neils Tod.«
»Ich war immer für Neil da!«, sagte Tim aufgebracht.
Alan sah ihn herausfordernd an, aber er war nicht fähig, eine Behauptung zu widerlegen, die für seinen Bruder unumstößlich zu sein schien. Doch trotz all der Jahre erinnerte sich Alan noch genau daran, dass Tim im entscheidenden Augenblick draußen vor Neils Fenster gesessen hatte.
Es war Sommer gewesen, der Himmel war blau und die Vögel sangen. Tim hatte im Gras gesessen und mit dem Baseball-Handschuh Fangen geübt, immer wieder. Alan hatte sich trotz des Verbots an seinen Eltern vorbeigeschlichen, um bei Neil zu sein. Sie konnten das Klack-Klack des Balls hören, wenn er im Fanghandschuh landete. Im abgedunkelten Krankenzimmer hatte es nach Krankheit und Tod gerochen, und Neils Augen waren so groß wie die einer Eule gewesen, voller Grauen, weil er nicht wusste, was mit ihm geschah.
»Tu Dianne nicht weh«, sagte Alan nur. Er hatte ein hohles Gefühl in der Magengrube.
»Scher dich zum Teufel!« Tim war schon im Begriff zu gehen, drehte sich aber noch mal um. »Was ist, machst du jetzt den Trauzeugen oder nicht?«
»Ja«, antwortete Alan. Tim war der einzige Bruder, den er noch hatte. Seinetwegen und wegen Dianne musste er einen Schluss-

strich ziehen. Dianne sollte nie etwas von dem Kampf erfahren oder wie es in seinem Innern aussah.
»Ich weiß nicht, warum, aber ich bin froh«, sagte Tim.
Müde und angewidert von der Auseinandersetzung hatte Alan an seinem Schreibtisch gestanden und ihm nachgesehen. Sein Bruder war groß, trug eine aufrechte stolze Haltung zur Schau. Warum auch nicht? Dianne gehörte ihm. Alan hatte seine akademischen Diplome und Würden, Tim sein Boot und Dianne. An der Tür wandte er sich ein letztes Mal um.
Tims blaue Augen glühten. Alans Magen krampfte sich zusammen. Sein Bruder nahm die Pose des Siegers ein. Er wusste, dass er diesen Kampf gewonnen hatte. Doch hinter der Fassade erblickte Alan noch etwas anderes, eine tief verwurzelte Angst. Er sah einen Mann vor sich, der hoffnungslos verloren war.
Einen Augenblick lang suchte Alan nach einem versöhnlichen Wort, das Tim zurückrufen und ihn abhalten könnte, im Streit zu gehen, das den erneuten Bruch zwischen ihnen zu kitten vermochte. Schließlich war sein Bruder der einzige Verwandte, den er noch hatte. Doch wenn Tim McIntosh beschlossen hatte zu gehen, gab es nichts, was ihn aufzuhalten vermochte.

6

Am letzten Mittwoch im Mai fühlte Alan sich so verspannt, als müsste er fünfzig Kilometer laufen, um locker zu werden. Er lief aber nur fünf und schlug früher als sonst den Weg zur Bücherei ein. Lucinda Robbins befand sich nicht an der Ausgabetheke, was ihm einen Dämpfer aufsetzte. Aber sein gelb-weiß gestreiftes Handtuch lag zusammengefaltet auf dem Rollwagen mit den zurückgebrachten Büchern, die ins Regal eingeordnet werden mussten. Alan nickte der jungen Bibliothekarin zu und griff über die Theke, um es herunterzuholen.

Er nahm seine Zeitschriften, machte es sich im Lesesaal bequem und schlug einen Artikel über ›Krill: Kraft- und Futterquelle der Blauwale‹ auf. Sein Herz klopfte noch immer vom Laufen. Seit einiger Zeit machte ihm sein Knie wieder zu schaffen, zum ersten Mal seit Jahren, eine alte Verletzung, die er sich geholt hatte, als er während eines Baseballspiels hinter der Barnstable Highschool das Home Base erreichen wollte und in vollem Lauf mit Tim zusammengeprallt war. Außerdem hatte er schon den ganzen Tag Halsschmerzen und nieste fortwährend.

Er war mit Rachel Palmer, einer Krankenschwester, die er aus der Klinik kannte, Sonntagabend im Kino gewesen. Danach hatte sie eine Kleinigkeit essen und etwas trinken wollen. Alan hatte sie stattdessen zu einem Spaziergang durch die Dünen auf der Landzunge überredet, bis hinunter zum Leuchtturm. Es war stockdunkel gewesen. Der Mond war hinter Wolken verborgen, und sie hatten kaum den Weg ausmachen können.

Sie trug die falschen Schuhe, die hohen Absätze versanken im kalten Sand. Trotzdem beklagte sie sich nicht. Sie hielt mit Alan Schritt, während sie über den Film sprachen. Alan war neben ihr gegangen, die Hände in den Taschen seiner Jacke vergraben. Auf der gegenüberliegenden Seite der Bucht lag Gull Point. Bei

Ebbe sah die Fahrrinne aus wie schwarze Tinte. Hinter den dunklen Marschen lag Diannes Haus, hell erleuchtet.
Alan stand unter dem Leuchtturm. Der Lichtstrahl bewegte sich über das Wasser, bahnte sich seinen Weg zu Dianne. Rachel hielt seine Hand. Sie war groß und sexy in ihrem engen beigefarbenen Pullover. Alan zog sie auf den feuchten Sand und entkleidete sie so grob, dass sie protestierte. Den schwarzen Spitzenbüstenhalter legte sie selbst ab. Lust, Spannung, sie hatten alles. Danach hielt Alan sie in den Armen, während er versuchte, wieder zu Atem zu kommen. Als Entschädigung dafür, dass er nicht aufhören konnte, an Dianne zu denken und das Haus am anderen Ufer anzustarren, legte er ihr auf dem Rückweg fürsorglich seine Strickjacke und sein Jackett um die Schultern.
»Ruf mich an«, bat sie, als er sie vor ihrer Haustür absetzte.
»Mach ich«, erwiderte Alan und küsste sie. Sie gab ihm seine Sachen zurück. Er ließ sie auf dem Beifahrersitz liegen, obwohl er in seinem dünnen T-Shirt vor Kälte zitterte. Sie war geschieden, arbeitete in der Notaufnahme und hatte einen sechsjährigen Sohn. Alan kam sich gemein vor; er hatte die Erkältung verdient, die er sich an jenem Abend geholt hatte. Er wusste schon jetzt, dass er sich nicht mehr bei ihr melden würde. Tatsache war, dass Alan kein Glück in der Liebe hatte. Er dachte an die einzige Frau, die er geliebt hatte, und wie er sich damals bemüht hatte, Tim zu verzeihen, als dieser ihm Dianne vor der Nase wegschnappte, obwohl er seinen Bruder am liebsten umgebracht hätte.
Er nieste.
»Gesundheit«, wünschte ihm die Bibliothekarin.
»Hatschi«, sagte Lucinda Robbins gleichzeitig, die gerade mit einem Stapel Nachrichtenmagazinen um die Ecke bog.
»Danke«, erwiderte Alan, an beide gerichtet.
»Du wirst doch wohl nicht krank werden?«, meinte Lucinda.
»Ich hole mir eine Erkältung nach der anderen bei den Kindern.«

»Dann solltest du nicht laufen.«
»Ich brauche das Training als Ausgleich.«
»Training, so ein Unsinn! Du solltest schleunigst nach Hause gehen, dich ins Bett legen und dich an deinem freien Tag auskurieren«, sagte sie mit liebevoller Strenge. »Falls der Herr Doktor Wert auf meine unmaßgebliche Meinung legt.«
Alan nieste erneut. Er hatte Halsschmerzen und bekam kaum Luft. Lucinda legte ihm die Hand auf die Stirn. Das erinnerte ihn an seine Großmutter.
»Du hast Fieber, mein Junge.«
»Wie geht's Julia und Dianne?«, versuchte er abzulenken. »Alles in Ordnung, ich meine, kommen die beiden mit Amy klar?«
»Denk jetzt nicht an Julia und Dianne. Und auch nicht an Amy. Du gehst sofort nach Hause und kümmerst dich zur Abwechslung mal um dich selbst. Verstanden?«
»Verstanden.« Plötzlich fror er. Er hatte wohl Schüttelfrost. Offenbar war er wirklich krank. Dass jemand sich um ihn sorgte, kam ihm sonderbar vor. Wieder dachte er an seine Großmutter. Dorothea hatte ihr Bestes getan, nachdem sich bei Alans Eltern alles nur noch um ihren eigenen Kummer gedreht hatten. Aber sie lebte in Nantucket, meilenweit entfernt, und Alan hatte sie nur selten zu Gesicht bekommen.
»Ruf mich morgen früh an, damit ich weiß, dass du noch lebst!«, rief ihm Lucinda nach.
Der Scherz hätte von seiner Großmutter stammen können.

Sobald Lucinda Robbins nach Hause kam, nahm sie zwei Dosen Hühnerfond aus dem Vorratsschrank. Als Emmett noch lebte, hatte sie eine richtige Hühnerbrühe aus frischen Zutaten gekocht. Aber zur Not tat es auch eine aus der Dose. Sie verfeinerte sie mit Schalotten, Mohrrüben und Sellerie und würzte sie mit Pfefferkörnern, Lorbeerblatt und Thymian aus dem eigenen Garten. Dann ließ sie die Brühe auf niedriger Temperatur vor sich hin köcheln.

Die Mädchen waren in Diannes Werkstatt. Heute hatten sie eine CD von Carly Simon gewählt. Lucinda hörte die melancholischen Liebeslieder durch das geöffnete Fenster. Dianne hatte diese Musik schon immer geliebt. Sie lauschte andächtig, wenn Carly voller Inbrunst von verlorener Liebe, gebrochenen Herzen, Freude an den Kindern und Hoffnung auf die Zukunft sang – als ob diese auszudrücken vermochte, was Dianne in ihrem Innersten empfand.
Im Umgang mit Holz entwickelte Dianne Zauberkräfte. Sie besaß die geschickten Hände ihres Vaters, seinen gesunden Menschenverstand und seine Geduld. Geduld war das A und O bei der Arbeit mit Holz. Außerdem brauchte man ein gutes Augenmaß, damit die Bauteile nahtlos eingepasst werden konnten, ohne Lücken oder Buckel. Und Selbstvertrauen, dass sie jedes Teil millimetergenau zuschnitt und das teure Holz nicht unnötig verschwendete.
Dianne hatte alle Geduld und alles Selbstvertrauen der Welt, wenn es um Holz ging.
Doch was die Liebe betraf, fehlte ihr jegliches Selbstvertrauen. Woher hätte sie es auch haben sollen? Manchmal wunderte Lucinda sich, wie Dianne die abgrundtiefe Verzweiflung überlebt hatte. Sie hatte Tim bis zur Selbstaufgabe geliebt, ihn geheiratet, eine Traumhochzeit gefeiert, sein Kind zur Welt gebracht und ihn verloren, weil dieses Kind nicht seinen Wünschen entsprach.
Dianne war fast daran gestorben. Lucinda hatte sich in der Zeit nach Tims Verschwinden um Julia gekümmert, weil Dianne in ihrem Elend nicht dazu im Stande gewesen war. Als ihr Julias Behinderung in vollem Ausmaß bewusst geworden war, hatte eine Wochenbett-Depression sie ans Bett gefesselt, und sie hatte Tag und Nacht geweint. Vor elf Jahren hatte dieses zähe, pflegebedürftige Kind seiner Mutter das Leben gerettet.
Alan McIntosh hatte ebenfalls sein Scherflein dazu beigetragen. Er war jeden Tag erschienen. Es gab nicht viele Ärzte, die Hausbesuche machten, aber er wäre nie auf den Gedanken gekom-

men, sie im Stich zu lassen. Er war ein großherziger Mann und hatte Dianne längst verziehen, dass sie seinen Bruder vorgezogen hatte. Er war direkt nach der Sprechstunde gekommen und hatte die Nachsorge des Babys übernommen. In der dritten Lebenswoche hatte man bei Julia eine Darmoperation durchgeführt und zeitweilig einen künstlichen Ausgang gelegt. Der Kolostomiebeutel musste regelmäßig entleert werden.

Dianne, wie von Sinnen vor Kummer, hatte den Beutel nicht richtig anbringen können. Sie hatte das Pflaster vom Stoma heruntergerissen, der Öffnung in dem winzigen Babybauch, und Julia hatte vor Schmerzen geschrien.

Lucinda erinnerte sich an das Chaos. Julia schrie, Dianne schluchzte. Alan hatte die Küche betreten, seinen schwarzen Arztkoffer auf den Tisch gestellt und Dianne das Baby abgenommen. Er hatte es an seine Brust gedrückt und beruhigt. Eine schmale gelbe Kotspur lief über sein blaues Hemd, aber es schien ihm gleichgültig zu sein.

»Ich habe ihr wehgetan«, schluchzte Dianne, am ganzen Körper zitternd.

»Schon gut, schon gut, es ist alles in Ordnung.«

»Als ich den Beutel austauschen wollte, habe ich zu fest gezogen und das Verbindungsstück herausgerissen. Ihre Haut ist jetzt schon wund, sie hat so viel durchmachen müssen ...«

»Es ist nichts passiert!«, sagte Alan noch einmal mit Nachdruck. »Es tut nur einen Moment lang weh, das ist immer so, wenn man das Pflaster entfernt. Es brennt kurz, aber sie bekommt ein neues Pflaster, und alles ist wieder gut, keine Angst.«

Behutsam reichte er Dianne ihre Tochter und kramte in seiner Tasche. Er riss mehrere Päckchen auf. Innerhalb von zwei Minuten hatte er Julias Stoma gesäubert, einen neuen Beutel angehängt und sie in ihre Babydecke gewickelt.

Lucinda hatte im Hintergrund zugesehen, zur Salzsäure erstarrt. Sie hatte eine gesunde Tochter zur Welt gebracht und keine Ahnung, wie man ein Baby mit einem künstlichen Ausgang versorgt oder wie sie verhindern konnte, dass Dianne vor

Kummer den Verstand verlor. Erschrocken über ihre eigene Tochter, fühlte sie sich wie gelähmt.
Alan hatte ihnen Mut gemacht, die Anfangszeit durchzustehen. Er tat nie, als wäre Julia normal, aber er behandelte sie auch nicht anders als seine kleinen Patienten. Dianne hatte sie vor drei Wochen zur Welt gebracht, in derselben Woche, als Tim sich aus dem Staub gemacht hatte. Sie war kreidebleich und nahe daran, durchzudrehen, ein zitterndes Wrack mit ungewaschenen Haaren in einem schmuddligen Bademantel. Vor lauter Angst, ihr eigenes Kind auf den Arm zu nehmen, hatte sie in der Ecke gestanden und an ihren Haaren gezerrt.
Lucinda würde nie vergessen, was dann geschah. Es war Sommer, und Grillen belebten die stille Landschaft der Marschen. Sterne flammten am schwarzen Nachthimmel auf. Eine streunende Katze schrie, und das erinnerte Lucinda an ihre eigene Tochter. Alan hatte die Küche durchquert und versuchte Julia in Diannes Arme zu legen. Aber sie weigerte sich, das Baby zu nehmen.
»Sie ist dein Kind.«
»Ich will es nicht«, erwiderte Dianne weinend.
Das meinst du doch nicht wirklich, hätte Lucinda am liebsten gesagt. Aber sie schwieg. Dianne hatte nicht nur ihren Mann verloren, sondern viel mehr – den Glauben an die Liebe, die alles zu überwinden vermag, die Geborgenheit ihrer Welt und die Überzeugung, dass kranke Kinder eine Strafe Gottes waren, denn sie war sich keiner Schuld bewusst.
»Sie braucht dich«, sagte Alan.
»Ich brauche Tim. Er soll zurückkommen!«
»Er ist weg, Dianne!«, rief Alan, packte ihren Arm und schüttelte sie, damit sie endlich aufwachte. »Das Kind braucht dich.«
»Ich bin keine gute Mutter. Sie braucht jemanden, der stark ist. Ich kann nicht …«
»Du bist die einzige Mutter, die sie hat«, sagte Alan unnachgiebig.
»Nimm du sie!«

»Deine Tochter hat Hunger.« Alan zerrte sie zum Schaukelstuhl am Fenster und drückte sie grob hinein. Dann öffnete er mit unendlicher Behutsamkeit ihren Bademantel. Dianne hatte sich gewehrt, doch nun saß sie reglos da, unfähig, sich zu rühren. Alan legte ihr Julia an die Brust. Tränen liefen über Diannes Wangen. Sie saß da und ließ alles mit sich geschehen, sich weigernd, ihr Kind anzuschauen. Draußen flammten Myriaden von Sternen auf. Sie starrte mit leeren Augen hinauf, als wollte sie der Hölle auf Erden entfliehen und sich in den blauen Stern im Orionsgürtel verwandeln. Dickköpfig, wie sie war, sträubte sie sich, ihre Tochter in den Arm zu nehmen. Alan, der vor ihr kniete, stützte Julia, während sie an Diannes Brust trank.
Es mochten einige Minuten vergangen sein, aber Lucinda kamen sie wie Stunden vor. Plötzlich bewegte sich Dianne wie ein Automat. Als sie ihm Julia abnahm, streiften sich ihre Arme. Ihre Köpfe berührten sich fast, als sie das Baby ansah. Ihre Gesichter waren ganz nahe beieinander. Julia saugte gierig.
Lucinda stand am Herd und dachte an die Szene zurück. Sie warf einen raschen Blick zum Küchentisch hinüber und sah die drei wieder vor sich: Dianne, Alan und Julia.
Lucinda füllte die Hühnerbrühe in ein großes Behältnis und ließ den Deckel offen, damit sie abkühlen konnte. Sie packte frisches Brot und Butter in eine Plastiktüte und goss Limonade in ein Glas mit Schraubverschluss. Dann ging sie durch den Hof zur Werkstatt, um Dianne zu sagen, dass der Doktor krank und es dieses Mal an ihr sei, einen Hausbesuch zu machen.
Zuerst war Dianne nicht sehr erbaut. Die Brüstung für die Aussichtsplattform auf dem Dach ihres neuesten Spielhauses, gefertigt nach dem Muster eines Anwesens, das sie in Stonington bewundert hatte, erforderte ungeteilte Aufmerksamkeit. Aber ihre Mutter war hartnäckig und bestand darauf, dass sie Alan die Hühnersuppe brachte.
»Weißt du, wie lange es her ist, dass ich das letzte Mal bei ihm zu Hause war?«
»Seine Adresse steht im Telefonbuch«, erwiderte ihre Mutter

trocken. »Schau auf der Straßenkarte nach, wenn du nicht sicher bist, wie du hinfindest.«
»Auf die Idee kann auch nur eine Bibliothekarin kommen.«
»Ganz gleich, ob Bibliothekarin oder Zimmermann, jeder sollte wissen, wie er sich das richtige Handwerkszeug beschafft.«
»Ich weiß, wo er wohnt«, sagte Dianne widerwillig.
»Julia ist ein Glückspilz«, ließ sich Amy mit einem Mal vernehmen.
Beide drehten sich um. Sie hatte ein Schachspiel mitgebracht und spielte eine völlig neue Variante mit Julia.
»Ich meine, weil Dr. McIntosh ihr Onkel ist«, erklärte Amy.
»Wie man's nimmt«, entgegnete Dianne.
»Wie kannst du so etwas Schreckliches sagen. Er ist so gut zu euch beiden«, empörte sich Lucinda.
»Mom, ich muss diesen Auftrag bis Samstag fertig haben«, versuchte Dianne sich noch einmal aus der Affäre zu ziehen. »Kannst du das nicht machen?«
»Die Mädels vom Literaturzirkel kommen heute Abend zu mir, und ich bin noch nicht mit den Vorbereitungen fertig.«
»Und da hast du Zeit gefunden, ihm Suppe zu kochen?«
»Wie Amy bereits sagte, er ist schließlich Julias Onkel«, beendete Lucinda Robbins das Thema.

Dianne hatte die Fenster des Lieferwagens heruntergekurbelt und ließ die laue Frühlingsluft in die Fahrerkabine. Vogelgezwitscher ertönte in der Abenddämmerung. Schwalben fingen Käfer auf den Feldern, und Stare tauchten in einer wirbelnden schwarzen Wolke auf und ab. Ein einsamer Eisvogel saß auf dem Draht der Überlandleitung hoch über dem Silver Creek. Dianne roch die Rosen in den Gärten, den warmen Duft frischer Erde, die Salzablagerungen. Die Tüte ihrer Mutter stand hinten auf der Ladefläche, eingeklemmt zwischen schweren Säcken mit Scharnieren und winzigen Nägeln.
Die Pearl Street verlief mitten durch Hawthorne. Sie war eine der ältesten Straßen der Stadt. Hier hatten um 1800 viele wohl-

habende Walfänger-Kapitäne und Kaufleute ihre Häuser errichtet.

Während Dianne langsam die Pearl Street hinunterfuhr, atmete sie tief die salzige Luft ein. Die untergehende Sonne verlieh den weißen Fassaden einen pfirsichfarbenen Schimmer. Sie hatte Alan seit vielen Jahren nicht mehr zu Hause besucht. Die Straße, in der er wohnte, brachte alte Erinnerungen an ihre glückliche Zeit mit Tim zurück, und sie fuhr schneller.

Alans Haus war im viktorianischen Stil erbaut – weiße Dachschindeln, das sichtbare Holzwerk grau abgesetzt, drei Stufen, die zu einer breiten Veranda führten, verschnörkelte Ornamente, Taubenschlag, eine Traubenpresse. Aber das Anwesen wirkte heruntergekommen. Die Farbe blätterte ab, der Laden an einem Seitenfenster fehlte, die Wetterfahne hing schief. Der Rasen musste gemäht werden, und die Schaluppe auf dem verrosteten Anhänger hatte seit einiger Zeit kein Salzwasser mehr gesehen. Sie erinnerte sich an lange Segelpartien mit ihrem Mann und ihrem Schwager.

Damals hatte es keine Probleme in ihrer Beziehung gegeben. Sie hatte gespürt, dass Alan ihr und Tim nur das Beste wünschte. Er nahm sie zum Segeln mit, und sie revanchierten sich mit einer Einladung zum Essen. Jeder hatte sich von seiner Schokoladenseite gezeigt. Die Tage, an denen sie mit der Schaluppe unterwegs waren, waren herrlich gewesen, es herrschte ungetrübte Stimmung an Bord. Alan pflegte am Ruder zu stehen, wenn sie durch den Sund segelten, während Tim den Klüver bediente.

An einem dieser Tage, als die Sonne vom strahlend blauen Himmel schien und Gischt über die Reling spritze, hatte sich Dianne unglaublich glücklich gefühlt. Sie segelten hart am Wind. Tim versuchte mit einem Schleppnetz am Heck Goldmakrelen zu fangen, während sich Dianne am Bug befand. Sie drehte sich um und wollte gerade den Mund aufmachen, um zu sagen, wie sehr sie die Sonne, den Wind und das Beisammensein mit den beiden genoss, als sie aus dem Augenwinkel sah, wie Alan sie betrachtete. Sein Blick war von Bedauern und Sehnsucht überschattet. Sie spürte, dass seine Stimmung damit zu tun hatte, was früher einmal zwischen ihnen gewesen war, und in jenem Moment hatte sie das Gleiche empfunden. Hastig hatte sie sich abgewandt.

Das Verhältnis zwischen Dianne und Alan war danach höflich und oberflächlich geworden. Sie waren miteinander verschwägert. Jeden Freitagabend kochte sie eine gehaltvolle Fischsuppe, und Alan kam zwischen Praxis und Nachtdienst im Krankenhaus zum Essen. Er bat sie um Rat, welche Farbe er für den neuen Teppichboden in der Praxis nehmen sollte. Tim strahlte und hielt Diannes Hand, zufrieden, dass er Alan in seine kleine glückliche Familie einbeziehen konnte. Doch die Fassade, die Dianne und Alan errichtet hatten, brach zusammen, als Tim aufs Meer hinausgefahren und nicht mehr zu ihr zurückgekommen war.

Als sie den ungepflegten Rasen überquerte, sah sie im hohen Gras etwas liegen – ein altes Vogelhaus. Dianne hatte es vor vielen Jahren für Alan gemacht, noch vor Julias Geburt. Es war ein Versprechen, dass sie Alans Kindern, wenn er einmal eigene haben sollte, das schönste Spielhaus in ganz Hawthorne bauen würde. Sie erinnerte sich, wie Tim die Leiter gehalten hatte, während Alan das Vogelhaus in dem hohen Ahornbaum aufgehängt hatte. Nun lag es am Boden. Dianne lehnte es gegen den steinernen Sockel des Hauses und ging die Stufen zum Vordereingang hinauf.

Sie läutete mehrmals, aber niemand machte auf.

»Hallo! Hallo!«, rief sie.

Es war ein seltsames Gefühl, draußen vor der Tür zu stehen. Sie erinnerte sich wieder an den Abend, als sie mit Tim gekommen war, um Alan die wunderbare Neuigkeit mitzuteilen – sie war im dritten Monat schwanger. Sie standen in der Eingangshalle. Tim hatte die Arme um sie gelegt und Alan aufgefordert, ihren Bauch zu berühren. Sie hatte nachempfunden, wie peinlich es Alan gewesen war, hatte das Unbehagen in seinen Augen gesehen, als ihre Blicke sich trafen, aber er hatte seinem Bruder den

Gefallen getan. Seine Berührung war fest und sicher gewesen. Dianne hatte die Augen geschossen und zitternd gespürt, wie er mit dem Kind, das in ihr wuchs, Kontakt aufnahm.
»Alan, bist du zu Hause«, rief sie nun.
Vielleicht war die Tür ja offen. Sie drehte probeweise den Knauf. Quietschend ging die schwere Tür auf, die in eine kleine Diele und ins Wohnzimmer führte. Die Einrichtung war auf ein Minimum beschränkt: ein Mahagonitisch, ein Rollpult mit Stuhl und ein kleines Sofa mit verblichenem Baumwollbezug. Seine Fähigkeiten, einen Raum wohnlicher zu gestalten, hatten sich offenbar nicht gebessert.
»Alan!«, rief Dianne noch einmal. Dann folgte ein Pfiff des Erstaunens.
An den Wänden waren von der Decke bis zum Fußboden Regale, randvoll mit Büchern: Dickens, Shakespeare, Yeats, Carlos Williams, Hemingway, Freud, Dos Passos, Trevanian, Robert B. Parker, Ken Follett, Linnaeus, Jung, Lewis Thomas, Louis Agassiz, Audubon, Darwin, Winnicott – ein kunterbuntes Sammelsurium. Tim war nicht in der Lage gewesen, lange genug stillzusitzen, um sich mit einer so anspruchsvollen Lektüre zu beschäftigen.
Als sie sich umdrehte, entdeckte sie oben auf einem der Regale eine Reihe gerahmter Fotografien.
Alan war sehr groß, und so befanden sie sich für ihn in Augenhöhe. Dianne konnte sie kaum erkennen, auch wenn sie sich auf die Zehenspitzen stellte. Ein Porträt seiner Eltern – Alan ähnelte seinem Vater, war groß und schlank; ein Foto von Dorothea, seiner Großmutter, im Silberrahmen; ein Bild von den Brüdern als Halbwüchsige im Baseball-Trikot; weitere Fotos von den dreien auf einem Segelboot, am Strand, beim Brandungsfischen – Alan, Tim und ihr großer Bruder Neil.
»Tim«, flüsterte sie erschrocken, ihn so unverhofft vor sich zu sehen.
Diannes und Tims Hochzeitsfoto. Sie nahm es mit zitternden Händen vom Regal. Die Leute rieten ihr oft, ›loszulassen‹, was

ihre Vergangenheit betraf, ihre Wut, ihren Exmann. Elf Jahre waren vergangen. Warum geriet Dianne bei seinem Anblick immer noch in Rage?

Sie hatten sich einmal geliebt; sie sah es allein daran, wie sie sich vertrauensvoll an ihn lehnte und er seine Augen nicht von ihr lassen konnte. Bei seiner Berührung war sie dahingeschmolzen, der Klang seiner Stimme hatte den Wunsch in ihr geweckt, ihm die Sterne vom Himmel zu holen. Seine muskulösen Schultern drohten den Smoking zu sprengen, den er zur Hochzeit getragen hatte. Seine Krawatte saß schief. Dianne hatte es sich zur Lebensaufgabe gemacht, Tim das Glück zurückzugeben, das er verloren hatte, als Neil starb.

Bei der Erinnerung, wie viel Mühe sie sich gegeben hatte, bohrte sie die Nägel in ihre Hände. Elf Jahre, und ihre Wutgefühle waren immer noch nicht abgeflaut. Er hatte nicht nur seinen Treueschwur gebrochen, sondern, was noch schlimmer war, seine Tochter im Stich gelassen.

Sie erinnerte sich an eine Nacht auf seinem Boot, als sie bereits wusste, dass sie schwanger war. Der Sternenhimmel wölbte sich über ihnen, und Dianne hatte geflüstert: »Wir könnten das Baby Cornelia nennen, wenn es ein Mädchen wird, und Neil, sollte es ein Junge werden. Neil … so soll es heißen, das passt für beides.« Tim hatte sie geküsst; er schien sich über alle Maßen zu freuen. Sie waren relativ jung gewesen, gerade siebenundzwanzig. Diannes Arzt hatte dringend zu einer Fruchtwasser-Untersuchung geraten, nicht wegen des Alters, sonder weil er erhöhte Eiweißwerte in ihrem Blutbild festgestellt hatte.

Zwei Worte: genetische Anomalien. Dianne erinnerte sich, wie ihr eine Gänsehaut über den Rücken gelaufen und sie innerlich erstarrt war. Die Arme um sich geschlungen, hatte sie sich gewünscht, die Zeit zurückdrehen zu können, hatte gehofft, dass die Ergebnisse falsch waren, hatte tagelang geweint. Wie konnte das geschehen? Tim und sie waren kerngesund. Sie liebten sich, waren rechtschaffene, hart arbeitende Menschen. Ihr erstes Kind war ein Mädchen, und es war nicht normal.

Lag es an der Ernährung? Oder dass sie in der Nähe eines Kraftwerks wohnten? Hatte Dianne vor der Schwangerschaft zu viel Wein getrunken? Oder Tim bei seinen Landgängen zu viel Marihuana geraucht? War die Luftverschmutzung schuld daran? Die Schadstoffe im Wasser? Die Chemikalien in der Milch, die sie tranken? Oder im Fleisch, das sie aßen? Lag ein Mangel an Folsäure vor? Hatte sie nicht genug grünes Blattgemüse gegessen?

Dianne hatte in ihrer Werkstatt gesessen, in ihrem Schaukelstuhl, und sich auf dem knarrenden Fußboden hin und her gewiegt, tagelang. Sie hatte ihre Haare nicht gewaschen, nicht gegessen, kein Wort mit ihrer Mutter gesprochen. Tim fuhr aufs Meer hinaus, zum Hummerfang, kam und ging, kam und ging. Sie sehnte sich danach, dass er sie in die Arme nahm und tröstete, ihr sagte, alles sei gut, aber er tat es nicht. Deshalb hatte sie sich in den Schaukelstuhl geflüchtet.

Das Kind in ihr bewegte sich nicht. Vielleicht ist es tot, dachte sie. Sie hatte es geliebt, hatte es Neil genannt, doch nun war es nur noch ein *ES* für sie. ›*Es* bewegt sich nicht.‹ ›*Es* hat einen genetischen Defekt.‹ ›*Es* ist krank.‹

»Es geht nicht, wir können es nicht haben«, sagte Tim eines Abends. »Niemand wird uns einen Vorwurf machen.«

»Wovon redest du?«

»Von Abtreibung.«

»Nein!«, rief sie, während eine Welle der Übelkeit in ihr hochstieg.

Er kam zu ihr. Mit tränennassem Gesicht presste er seine Lippen auf ihren Nacken. »Als wir der Fruchtwasser-Untersuchung zugestimmt haben, wussten wir, was schlimmstenfalls auf uns zukommen wurde. Deshalb wird die Untersuchung ja durchgeführt – um den Eltern die Möglichkeit zu geben, eine Entscheidung zu treffen. Wir müssen uns jetzt entscheiden, Dianne.«

»Ich bin froh, dass du *wir* gesagt hast«, flüsterte Dianne. Sie hatte sich so verlassen gefühlt. Tim war dauernd auf See gewesen, hatte nicht mit ihr über das Baby und den Albtraum reden wollen, der plötzlich über sie hereingebrochen war. Sie konnte

nachempfinden, was er durchmachte. Der Gedanke an Krankheiten brachte ihn um den Verstand. Er hatte Angst, aber er ließ sie damit wissen, dass sie es gemeinsam durchstehen würde.
»Wir sollten deinen Arzt anrufen und uns einen Termin für den Abbruch geben lassen. Anschließend könntest du gleich wieder schwanger werden.«
»Ich werde darüber nachdenken.«
Und sie hatte darüber nachgedacht. Jeden Tag hatte sie sich in ihrem Schaukelstuhl vorzustellen versucht, wie erleichtert sie sein würde, wenn das Problem aus der Welt wäre. Sie würde in die Klinik fahren, eine Narkose erhalten, und wenn sie aufwachte, wäre das Baby weg. Sein Leben wäre ohnehin nicht lebenswert, krank, wie es war. Vielleicht würde es außerdem noch geistig zurückgeblieben und dem Spott anderer Kinder ausgesetzt sein.
Sich an die Tage im Schaukelstuhl erinnernd, reckte sich Dianne und nahm Julias Foto vom Regal. Als die Aufnahme entstanden war, war sie sechs Monate alt gewesen. Das übliche Babybild, wenn auch mit Verspätung, weil Julia nach der Geburt eine Operation nach der anderen über sich ergehen lassen musste. Sie war in eine rosafarbene Decke gewickelt, aus der nur ihr winziges Gesicht hervorlugte. Dianne hatte sie auf dem Arm gehalten. Alan hatte das Foto gemacht.
Dianne betrachtete das Gesicht ihrer Tochter. Es war so hübsch und zart. Die blauen Augen verrieten nichts von dem Chaos in ihrem Körper, der unter der rosafarbenen Decke verborgen war. Julias rosige Zunge glänzte. Beim Anblick des Fotos spürte Dianne jedes Mal aufs Neue, wie sehr sie ihr Kind liebte.
»Julia«, seufzte sie. »Ach, Julia.«
Dianne dachte wieder an die Tage im Schaukelstuhl zurück. Sie machte sich keinen Vorwurf, weil sie sämtliche Möglichkeiten in Erwägung gezogen hatte; auch Tim hasste sie deswegen nicht. Für sie hatte sich die Entscheidung, das Kind zu behalten, ganz allmählich herauskristallisiert. Während sie langsam hin- und herschaukelte, hatte sie plötzlich gespürt, wie sich das Un-

geborene in ihr bewegte. Eine leichte Drehung, als ob Knochen von innen gegen Diannes Rippen stießen oder jemand sich auf leisen Sohlen an ihrer Wirbelsäule hochschlich. Dianne fühlte, wie ihr Herz flatterte.

Alan stattete ihr einen Besuch in der Werkstatt ab. Dianne hatte mit niemandem über die Ergebnisse der Untersuchung gesprochen, nicht einmal mit ihrer Mutter. Tim war für seine Schweigsamkeit, was physische Probleme betraf, bekannt; und Dianne hatte nicht damit gerechnet, dass er sich seinem Bruder anvertrauen würde. *Vor allem* nicht seinem Bruder.

»Tim hat mit mir gesprochen«, hatte Alan gesagt.

Dianne war wie vor den Kopf gestoßen. Sie schlang die Arme um den Körper. Nichts, was die beiden McIntosh-Brüder sagten, würde sie zu einem Sinneswandel bewegen können. Sie würden es durchstehen, sie beide allein, und alles würde gut werden.

»Er hat mir die Untersuchungsergebnisse gezeigt.«

»Die interessieren mich nicht.«

»Ich habe ihm versprochen, mit dir zu reden. Wahrscheinlich meint er, weil ich Arzt bin …«

»Ärzte und Hummerfänger«, konterte Dianne, »lauter praktisch denkende Menschen.«

»Er hat Angst. Er hat viel mitmachen müssen. Tim weiß, wie die Beziehung enden kann, wenn Eltern ein krankes Kind haben.«

Dianne senkte den Kopf. Auch sie hatte Angst. Tränen traten ihr in die Augen, liefen die Wangen hinab. Sie wusste, dass Tims Mutter getrunken hatte, dass seine Eltern ständig gestritten und sich gegenseitig das Leben zur Hölle gemacht hatten, und seit die Untersuchungsergebnisse bekannt waren, hatte Tim eine Bierfahne gehabt.

»Sag nichts gegen mein Kind. Sag nicht, ich darf es nicht …«

»Keine Sorge.«

»Sag nicht, ich darf es nicht bekommen.«

»Ich werde mich hüten.« Alan durchquerte den Raum und ging neben Dianne in die Hocke. Er nahm ihre Hand und wartete, bis

sie aufsah. Tränen liefen ihr übers Gesicht, aber sie war zu erschöpft, um sie wegzuwischen.
»Ich werde mich um sie kümmern. Ich werde sie ärztlich betreuen.«
Seine Worte klangen nach. Sie sah die dunklen Ringe unter seinen Augen. Wahrscheinlich hatte ihn diese Entscheidung einige schlaflose Nächte gekostet.
»Das willst du tun?«
»Ja.«
»Tim hat dir den Untersuchungsbericht gezeigt.« Dianne umklammerte seine Hand. »Wird es sehr schlimm werden?«
»Das kann man jetzt noch nicht sagen.«
»Wird sie Schmerzen haben?«
»Ach das ist ungewiss.«
Dianne weinte und spürte, wie Alan tröstend den Arm um ihre Schultern legte. Die Entscheidung war bereits gefallen, sie würde das Kind behalten, so oder so, aber es kostete sie Mühe, Fragen zu stellen. Wie groß die Schädigung war, konnte letztlich niemand sagen, doch es sollte auf die Welt kommen, und Dianne würde versuchen, ihm eine gute Mutter zu sein.
»Es wäre so schön, wenn Tim das Kind auch lieben könnte«, meinte Dianne. »Und bei uns wäre. Sag ihm, dass er meine Entscheidung akzeptieren muss.«
»Bitte verlange das nicht von mir. Er ist zwar mein Bruder, aber ein erwachsener Mensch, und ich kann ihm keine Vorschriften machen.«
Tim war noch vor dem nächsten Vollmond verschwunden. So weit, was die Liebe in guten wie in schlechten Tagen anging. Dianne weinte wochenlang, an den gebrochenen Treueschwur denkend.
Alan hatte sein Wort immer gehalten. Er war von Anfang an für sie und das Kind da gewesen. Tim hatte seine Familie im Stich gelassen, hatte sie Alan aufgebürdet, der Arzt und Onkel war, aber nicht der Vater. Ein wunderbarer Mann, wenn er nur nicht Tims Bruder gewesen wäre. Dianne nahm das Foto von den

drei McIntosh-Brüdern beim Angeln vom Regal. Sie waren unzertrennlich gewesen. Mit Neils Tod war auch ein Teil der beiden anderen gestorben. Der Teil, der wusste, wie man liebt, dachte Dianne nun.

Sie hatte in Alans Haus nichts zu suchen. Sie beschloss, die Hühnerbrühe auf den Frühstückstresen in der Küche zu stellen, und ging um die Ecke auf die überdachte Glasveranda. Dort fand sie ihn, auf der Couch ausgestreckt.

»Alan«, sagte Dianne leise, um ihn nicht zu erschrecken.

Ihre Mutter hatte Recht gehabt, er war wirklich krank. Er lag auf dem Rücken und schlief wie ein Toter, atmete keuchend durch den geöffneten Mund, die Augen mit einem Arm bedeckt, während der andere kraftlos auf den Boden hing. Er hatte sich morgens nicht rasiert. Ohne Brille und mit den dunklen Bartstoppeln um fünf Uhr nachmittags war er kaum wiederzuerkennen. Er sah verwegen aus, unergründlich, gar nicht wie Alan.

Er trug Khakihosen und ein kurzärmliges T-Shirt. Seine Arme waren kräftig, ohne ein Gramm Fett, die Unterarme behaart. Seine Muskeln, von deren Existenz die Mütter seiner kleinen Patienten gewiss nichts ahnten, waren beachtlich. Sein Bauch war hart und flach.

Dianne schwindelte, während sie reglos dastand und ihn betrachtete. Ihr Herz klopfte, als täte sie etwas Verbotenes. Er sah wirklich unverschämt gut aus. Das zerzauste Haar, sein Mund, seine Arme – dabei hätte sie geschworen, Tim sei der McIntosh-Bruder mit den Muskeln. Die karierte Decke war zur Seite geglitten, und Dianne bückte sich, um sie höher zu ziehen.

Hastig verließ sie den Raum. Auf ihrem Weg zur Haustür hielt sie inne. Ihr Herz raste. Kein Wunder, sagte sie sich, jeder wäre sich wie ein Voyeur vorgekommen, wenn er einen Menschen beim Schlafen beobachtet hätte. Sie hob das Vogelhaus auf und legte es auf die Ladefläche des Lieferwagens.

Dann fuhr sie nach Hause.

7

Alan schlug die Augen auf; es roch nach Hühnersuppe. Sein Kopf war benommen, noch in seinem Traum gefangen. Es musste Italien oder Griechenland gewesen sein, eine Landschaft mit Bergen und viel Grün. In dem schimmernden Licht zeichneten sich alle Silhouetten scharf ab, von dunklen Zypressen bis hin zu Göttinnen. Alan hörte Wasser rauschen, während er kraftlos auf einer Moosdecke lag. Eine Göttin beugte sich über ihn. Sie hatte schmale Hände, einen klaren Blick und zerzauste strohfarbene Haare. Er wollte die Hand nach ihr ausstrecken, aber er war gebannt vor Liebe. Die Göttin war Dianne. Sie war zu ihm zurückgekehrt, nach langer Zeit.

Als Alan wieder einen klaren Gedanken fassen konnte, ging er in die Küche, um sich ein Glas Wasser zu holen. Auf dem Frühstückstresen stand eine unbekannte Papiertüte. Sie roch wie in seinem Traum. Hungrig spähte er hinein. Die Suppe in dem Behältnis war noch heiß, und daneben lag ein Stück frisches Brot. Er setzte sich an den Tresen und löffelte die Suppe direkt aus dem Behältnis mit dem Schraubverschluss. War Dianne tatsächlich hier gewesen? Benommen durch die Grippe, konnte er nur schwer zwischen Fieberfantasien und Wirklichkeit unterscheiden. Was hatte sie gewollt – ihm die Hühnerbrühe bringen? Sie war nicht der Typ, der Hühnersuppe kochte. Und außerdem wollte sie nichts mit ihm zu tun haben, beschränkte den Kontakt ausschließlich auf Dinge, die Julia betrafen.

Hühnerbrühe sah eher nach Rachel aus, wenn er andere Frauen in Betracht zog. Es gab ein paar, die ihm Pullover gestrickt, Kuchen gebacken oder einen Eintopf vorbeigebracht hatten, die Mütter seiner kleinen Patienten. Sein Freund Malachy Condon nannte sie die AMB – die Allein-erziehende-Mütter-Brigade. Frauen, die dankbar waren, dass er ihre Kinder betreute. Sie

waren warmherzig und großzügig, doch pflegten sie ihre Geschenke in aller Regel liebevoll zu verpacken, in Weidenkörbchen mit frischen Blumen, Kiefernzapfen, Muscheln und Pralinen, und ein Kärtchen mit einem netten Gruß beizulegen.
Die Hühnersuppe war in einer Papiertüte abgegeben worden – originell, keine Frage. Er blickte noch einmal hinein, auf der Suche nach einem Hinweis auf den anonymen Spender. Keine Zettel, keine Blumen. Nichts, was auf Rachel oder irgendeine Mutter aus der AMB schließen ließ.
Alan stellte sich absichtlich blind, was diese Liebesgaben betraf. Einige Frauen, von denen sie stammten, waren geschieden, andere verwitwet. Er wusste, wie schwer es allein erziehende Mütter hatten. Sie waren gewissenhaft, stopften sich mit einschlägiger Literatur voll und taten ihr Bestes. Doch das Alleinsein schmerzte. Immer waren sie diejenigen, die mitten in der Nacht aufstanden, wenn ein Kind weinte, die es trösteten, wenn es Halsweh hatte, die Schüssel hielten, wenn es erbrach. Ein unverheirateter Kinderarzt war unter solchen Umständen nicht die schlechteste Wahl. Deshalb strickten sie ihm Pullover und backten ihm Kuchen.
Alan war mit einigen von ihnen ausgegangen. Sie hatten einen kurzweiligen Abend miteinander verbracht. Die Frauen waren nett, amüsant, nicht auf den Kopf gefallen und hübsch. Alan hatte sich bisweilen gewünscht, er könnte mehr für sie empfinden. Ehe und Familie waren ihm immer erstrebenswert erschienen. Er begann sich ernsthaft zu fragen, ob alles in Ordnung bei ihm war. Warum konnte er die Gefühle dieser Frauen nicht erwidern, die bereit waren, ihm ihre Liebe zu schenken?
Ihm fiel spontan nur eine Antwort ein: Sie waren nicht Dianne.
Bei Alans erstem Hausbesuch auf Gull Point hatte ihm Dianne die Tür geöffnete, mit einer Miene zum Fürchten. Ihr Gesicht hatte stets ihre Gefühle widergespiegelt, und damals war es ihr schlecht gegangen. Mit ihren wirren Haaren, den flackernden Augen und den von Julias Speichel und Urin verschmutzten Kleidern hatte sie kaum noch Ähnlichkeit mit dem strahlenden

jungen Mädchen, das er ins Rosecroft Inn zum Abendessen eingeladen hatte. Sie sprach mit Alan, aber sie blickte dabei nur Julia an. Sie ließ keine Abneigung erkennen, keine wie auch immer geartete Gefühlsregung. Alan war Luft für sie gewesen. Sie hatte weder den Schwager noch den Mann in ihm gesehen, mit dem sie früher einmal ausgegangen oder befreundet gewesen war, sondern nur noch den Fremden, gegen den sie einen wachsenden Groll hegte und den sie nur angerufen hatte, damit er die Schmerzen ihres Kindes linderte.

Sie hatte damals von der Zeit gesprochen, die ihnen blieb – ihr, ihrer Mutter und Julia. Alan warf einen raschen Blick auf den Kalender, der neben dem Telefon hing und von der Layton Pharmacy als Werbegeschenk an jeden Haushalt verschickt wurde. Auf dem Kalenderblatt für diesen Monat war der Leuchtturm abgebildet, wo er mit Rachel gewesen war und sich die Erkältung geholt hatte. Dort war sie, die Stelle, an der sie sich – Alan suchte nach der richtigen Bezeichnung – ›gepaart‹ hatten. Von ›geliebt‹ konnte keine Rede sein. Er riss das Blatt ab und warf es in den Papierkorb.

Er starrte auf die Tage, die vor ihm lagen, auf all die weißen Rechtecke, die sich durch den Juni, Juli, August, September, Oktober, November und Dezember erstreckten. Sieben Seiten, sieben Monate. Alans Kopf war dumpf und schwer, sein Blick verschwommen. Er glaubte nicht, dass Julia länger als sieben Monate, sieben Kalenderseiten, zu leben hatte.

Allerdings hatte sie ihm immer wieder Rätsel aufgegeben. Er hatte nicht einmal damit gerechnet, dass sie ein Jahr alt werden würde, geschweige denn fünf. Kinder mit so schweren Schädigungen starben in der Regel früh, und deshalb war jedes Jahr ein Geschenk gewesen. Doch dieses Jahr hatte Julia offenbar beschlossen zu wachsen.

Alan wischte sich mit der Hand über die Augen. Julia war seine einzige Nichte. Der Blick auf den Kalender zeigte ihm, wie schnell der Sommer nahte. Julia liebte das Meer. Wenn das Wasser warm war, lag sie mit ihrer Mutter in der geschützten

Leuchtturm-Bucht am Strand, direkt an der Gezeitenlinie, und ließ sich von den sanften Wellen umspülen. Vor zwei Jahren, im Sommer, hatte Alan Dianne zufällig an der Jetty Beach gesehen. Mit Julia in den Armen schwamm sie im Meer – das klare türkisgrüne Wasser, die weißen Schaumkronen, die beiden blonden Köpfe.

Sie wirkten so frei wie der Wind, Dianne unbelastet von Sorgen, Julia geborgen in ihren Armen. Alan hörte, wie Dianne sang, sah, wie sie lächelte. Die Sommersonne brannte vom Himmel, die Flut ging zurück. Nach dem Schwimmen baute Dianne eine Burg aus dem nassen Sand. Julia lag friedlich neben ihr, wohlig warm von der Sonne und rundum glücklich.

Die Sandburg war weitläufig, ein Meisterwerk. Dianne fügte Türme und einen Burggraben hinzu. Sie benutzte Jingle-Muscheln, Chitinpanzer von Krustentieren und Treibholz als Dekoration. Diese Strandversion ihrer Spielhäuser baute sie nur für Julia. Die Hand ihrer Tochter führend, half Dianne ihr, den Sand festzuklopfen. Julia trug ihr Scherflein bei, ohne zu wissen, was sie tat. Aber Diannes Gesichtsausdruck spiegelte reine Freude wider. Sie spielte mit ihrer Tochter, hatte die Welt ringsum vergessen.

Sieben Monate, dachte Alan, sieben Kalenderblätter. Er wusste nicht, wie viel Zeit ihm noch mit seiner Nichte oder Dianne vergönnt war. Wenn Julia starb, würde auch Dianne gleichermaßen aus seinem Leben verschwinden. Dann gab es keinen Grund mehr, sie zu sehen. Ohne Julia würde die Welt dunkel werden, für beide.

Weiße Vierecke auf dem Kalender. Alan ertrug den Gedanken nicht, Dianne zu verlieren. Sie hatte wissen wollen, wie viel Zeit ihnen ›miteinander‹ verblieb. Alan wünschte sich nichts sehnlicher, als an diesem Miteinander teilzuhaben. Und Dianne zu heiraten. Er wollte ihr helfen, Julia zu umsorgen in der kurzen Zeit, die ihr noch blieb, wollte das Kommende gemeinsam mit ihr durchstehen. Das kleine Mädchen verdiente einen Vater. Und das wollte Alan für sie sein.

Während er auf den Behälter starrte, in dem die Hühnersuppe gewesen war, fragte er sich, welcher Tag Julias letzter sein würde. Er dachte an seinen Bruder Tim, weit entfernt auf seinem Boot, ständig auf hoher See, ohne Land in Sicht, allein mit sich und den Sternen, Ursache vieler Probleme, die ungelöst waren. Alan hätte Tim am liebsten an den Haaren hergeschleift, ihn gezwungen, mit Dianne ins Reine zu kommen. Und mit Alan. Um allen die Chance zu geben, etwas zu verändern.
Bevor es zu spät war.

Lucinda Robbins hatte den ganzen Abend gehofft, mit ihrer Tochter sprechen zu können. Aber Dianne kam erst spät von ihrer Fahrt zurück, und Lucindas Literaturzirkel hatte sich in Shakespeares Labyrinth der Intrigen, Ironien, Symbole und Liebeswirren verirrt und war eine volle Dreiviertelstunde länger geblieben als sonst. Dann hatte Dianne Julia in den Schlaf gewiegt, während Lucinda einen Spaziergang im Nebel unternahm, um ihren Kopf auszulüften. Nun waren sie endlich allein in der Küche.
»Und?«, fragte Lucinda.
Dianne stand am Herd und rührte Bitterschokoladenriegel in den Topf mit kochender Milch. Sie trug ein weißes leichtes Nachthemd, und von hinten sah sie so schmal aus, als würde sie auf Julias Größe schrumpfen.
»Gleich fertig«, erwiderte Dianne.
»Ich meine nicht die Schokolade.«
»Wir war dein Literaturzirkel?«
»Prima. Sehr aufschlussreich. Wir haben uns gefragt, wie wir das College geschafft haben, ohne *Verlorene Liebesmüh* zu lesen. Dabei hatten wir alle Englisch als Wahlfach, und keine …«
»Damit du es gleich weißt, das war das letzte Mal.«
»Was, Liebes?«
»Dass ich Alan McIntosh Suppe bringe.«
»Warum? Hat er …«

Dianne schüttelte den Kopf. Sie kostete die Schokolade, goss mehr Milch dazu und rührte weiter.

»Er schlief. Er hat nicht aufgemacht, und deshalb bin ich einfach hineingegangen. Ich hätte die Suppe auf der Veranda stehen lassen sollen, aber dann hätte er sie vielleicht nicht gefunden. Ich bin mir wie eine Närrin vorgekommen.«

»Aber wieso denn? Das war doch sehr nett.«

»*Du* warst nett, Mom.«

»Er lebt alleine und hat niemanden, der sich um ihn kümmert, Liebes. Für dich ist er ein großartiger Arzt, aber ich werde dir mal was sagen. Er ist einsam, und deshalb kommt er an seinen freien Tag in die Bibliothek. Er ist nicht wie Tim.«

Dianne sah sie mit verkniffener Miene an, eine Warnung für Lucinda, den Mund zu halten.

»Lass uns nicht wieder davon anfangen«, sagte Dianne heftig.

»Liebes …«

»Mom, bitte, ich habe nichts gegen ihn. Ehrenwort. Aber wir sollten alles so lassen, wie es ist. Alan ist Julias Arzt. Dafür brauche ich ihn. Ich will unsere Beziehung nicht mit Hühnersuppe und zwanglosen Besuchen komplizieren. Eines Tages meint er vielleicht noch …«

Dianne goss die heiße Schokolade in blaue Becher. Ihre Hände zitterten, ein Löffel schlug klirrend gegen den Rand. Stella sprang auf die Arbeitsfläche, um die verschüttete Milch aufzuschlecken. Dianne beugte sich hinab, sodass sich die Katze an ihrer Wange reiben konnte.

»Was meint er eines Tages vielleicht noch?«, hakte Lucinda nach.

»Dass wir wieder Freunde sein könnten, wie früher.«

Lucinda entgegnete nichts. Ihre Gedanken wanderten zurück zu der Zeit, als Dianne die Bekanntschaft der McIntosh-Brüder gemacht hatte.

Unmittelbar vor ihrem sechsundzwanzigsten Geburtstag war sie regelrecht aufgeblüht – das scheue Mädchen, das als Zimmermann arbeitete, hatte sich wie das hässliche Entlein in einen

Schwan verwandelt. Dianne hatte ein Chaos angerichtet und einen Keil zwischen die Brüder getrieben, ohne es zu merken. Ihr war nicht bewusst gewesen, dass sie Alan verletzt hatte, zumindest nicht am Anfang, und was er für sie empfand. Trotzdem musste sie irgendwann gesehen haben, wie er litt. Es konnte ihr nicht entgangen sein.

Dianne hatte einen Freund und seinen Bruder nach Hause gebracht – Tim und Alan. Die drei waren unzertrennlich gewesen.

»Emmett mochte die beiden«, sagte Lucinda nun. Während sie sich insgeheim gewünscht hätte, dass aus Dianne und Alan ein Paar würde, hatte sich Emmett in Tims Gesellschaft wohler gefühlt. Obgleich Emmett der klügste Kopf war, den sie kannte, hatte er wie viele Männer seines Schlags Minderwertigkeitskomplexe gegenüber einem ›Studierten‹.

»Ich weiß.«

»Er war froh, dich glücklich zu sehen.« Lucinda dachte an die Zeit zurück, die sie zusammen verbracht hatten. Emmett war an vielen Nachmittagen mit Tim zum Hummerfang aufs Meer gefahren. Er hatte Schränke für Alans Sprechzimmer geschreinert. Er war überglücklich, als er von Diannes Schwangerschaft erfuhr, einen Monat bevor er an einem Herzinfarkt starb. Und dann hatte sich Tim auf und davon gemacht. Vor zwölf Jahren. Eine lange Zeit.

»Dad hat Julia nicht mehr kennen gelernt«, sagte Dianne düster, den Blick auf ihren Kakao gerichtet.

»Nein, aber er war selig, als du ihm gesagt hast, dass du schwanger bist.«

»Tim auch.«

»Tim konnte sich nicht einmal selbst helfen, geschweige denn anderen«, entgegnete Lucinda. »Armer Kerl.«

»Er hat sie nicht einmal sehen wollen. Ist einfach auf und davon.«

»Ein Feigling, der dich nicht verdient.«

»Mein Leben ist perfekt, seit ich dich habe, hat er immer gesagt.«

Lucinda zögerte, dann ergriff sie die Hand ihrer Tochter, die auf dem Kiefernholztisch lag. »Genau das war das Problem. Er meinte, perfekt könne man nur auf eine Weise sein.«
Lucinda beobachtete ihre Tochter. Dianne zeichnete mit den Fingerspitzen ihrer freien Hand die Astknorren und Maserung in dem alten Tisch nach. Ihr Vater hatte ihn vor einigen Jahrzehnten selbst gemacht, in dem Jahr, als er Lucinda geheiratet hatte.
»Ich vermisse Dad.«
»Er jubilierte, Dianne. Anders kann ich es nicht ausdrücken. Als er erfuhr, dass er Großvater werden würde, ging er in den Garten, blickte zu den Sternen hinauf und jubilierte vor lauter Freude.«
»Aber er hat es nicht mehr miterlebt.«
Lucinda räusperte sich, während sie um Fassung rang. Wenn sie über Emmett sprach, war er ihr so nahe wie früher, auch heute noch, nach fast elf Jahren.
»Oh, so würde ich das nicht sehen. Ich glaube, er auch nicht.«
»Aber Mom, als er starb, war ich im vierten Monat schwanger ...«
»Ja, doch sag nicht, dass er kein Großvater ist! Das würde ihn furchtbar ärgern. Er hatte eine sehr enge Beziehung zu dem Baby, Liebes. Dass sie sich nicht von Angesicht zu Angesicht kennen gelernt habe, hat nichts zu bedeuten.«
»Er hätte sich ihretwegen nur aufgeregt!«
»Er hätte sie geliebt!«, erwiderte Lucinda fest.
»Ihr eigener Vater hat sie verlassen!«
Dazu fiel Lucinda keine passende Entgegnung ein. Es stimmte, Männer waren empfindlicher, was Krankheiten und solche Dinge anging. Emmett war nie in der Lage gewesen, an Diannes Bett zu sitzen, wenn sie Bronchitis, Windpocken oder Halsschmerzen hatte. Er hatte nur im Notfall ihre Windeln gewechselt und gewürgt, als Lucinda ihn ein einziges Mal gebeten hatte, Dianne die Ohren zu säubern.
»Sie hat uns, Liebes«, sagte Lucinda.

»Ich weiß.«
Dianne starrte auf den Tisch, noch immer die Maserung mit dem Fingernagel nachziehend. Die allabendlichen Gespräch in der Küche waren für Lucinda unendlich kostbar, und der Gedanke, dass Dianne sie nie mit Julia führen würde, brach ihr das Herz. Doch Liebe hatte viele Gesichter, folgte rätselhaften Gesetzmäßigkeiten, und es war ein Wunder, dass Familien überhaupt miteinander auskamen.
»Emmett hätte sie geliebt. Er war Julias Großvater und kannte sie schon als Baby«, wiederholte Lucinda und blickte zu Julias Zimmer hinüber.
Dianne nickte. Sie sah schmal und zerbrechlich aus, aber das täuschte, denn sie besaß eine eiserne Konstitution. Die Haut ihrer feingliedrigen Hände war genauso rau, wie Emmetts gewesen waren. Wildfremde sprachen sie auf der Straße an, brachten ihre Hochachtung zum Ausdruck, weil sie ihr Kind nicht in ein Heim gegeben hatte. Lucinda wusste, dass Dianne am liebsten Tim ausfindig gemacht und sein Schiff mit Mann und Maus versenkt hätte.
Wie häufig in Zeiten der Anspannung suchte Lucinda Trost, indem sie an ihren verstorbenen Mann dachte. Sie sah ihn vor sich sitzen, an der Stirnseite des Tisches. Er nickte mit seiner vollen weißen Löwenmähne, seine blauen Augen waren so unerschütterlich wie immer. Er kaute auf einem der gelben Bleistifte herum, die er ständig bei sich trug, um Maße auf dem Holz einzuzeichnen.
Er war in vieler Hinsicht ein schwieriger Mann gewesen – launisch, starrköpfig, verschlossen. Lucinda wäre gerne öfter ausgegangen oder hätte Freunde zum Essen eingeladen. Sie hatte sich literarische Abende ausgemalt, an denen die Leute ihre Lieblingsgedichte vorlasen, Szenen aus Bühnenstücken aufführten, ein Glas Wein miteinander tranken. Aber das war nichts für Emmett.
Er hatte es ihr von Anfang an alleine überlassen, Dianne zu erziehen, hatte mit seiner kleinen Tochter nichts anfangen kön-

nen, hatte Angst gehabt, ein so zerbrechliches Wesen zu verletzen. Emmett wusste nicht, dass Babys robust und widerstandsfähig waren. Deshalb hatte Lucinda, die damals ganztags als Bibliothekarin arbeitete, Dianne mitgenommen und in einem Laufstall hinter der Ausgabetheke untergebracht. Erst als Dianne älter wurde, hatte ihr Vater angefangen, sie hin und wieder in seinem Lieferwagen mitfahren zu lassen. Sie hatte auf dem Sitz gestanden und die Arme um seinen Hals geschlungen. Liebe braucht manchmal Zeit, um zu wachsen – auch zwischen Vater und Tochter.

Sie dachte an Alan, daran, wie liebevoll er mit Julia umging. Lucinda wünschte, sie wäre in der Lage, die richtigen Worte zu finden und Dianne dazu zu bringen, ihn aus einer anderen Warte zu sehen.

»Wie dem auch sei, ich hoffe, dass Alan meine Hühnersuppe gut getan hat. Er ist schließlich Julias Onkel«, sagte sie lächelnd.

»Er sah wirklich krank aus.«

»Er war ziemlich blass um die Nase, als er in die Bibliothek kam.«

Dianne lachte. Sie hatte Löcher in die Luft gestarrt und schien etwas Komisches entdeckt zu haben.

»Findest du es lustig, dass Alan McIntosh mit einer Grippe im Bett liegt?«

»Nein. Ich habe gerade an seine Arme gedacht. Er sieht aus wie ein kurzsichtiger, blutleerer Professor, aber unter seinem abgetragenen blauen Hemd ist er ganz schön muskulös.«

»Ich bin überrascht, dass du das nie bemerkt hast«, erwiderte Lucinda. Sie hatte es auf den ersten Blick gesehen, genau wie ihre jungen Mitarbeiterinnen.

»Amy schwärmt für ihn«, sagte Dianne.

»Magst du Amy? Gefällt es dir, wenn sie dir in der Werkstatt Gesellschaft leistet?«

»Ja.« Diannes Augen verengten sich, als würde ihr der Gedanke nicht behagen, der ihr gerade durch den Kopf ging. »Sie erinnert mich daran, wie Julia wäre, wenn sie sprechen könnte. Und sie mag Julia, sie behandelt sie wie eine Gleichaltrige.«

»Ach, Liebes.«

»Ich frage mich, was mit ihrer Mutter ist …«

»Vielleicht kann Amy nicht mit ihr reden. Vielleicht bist du die Einzige, zu der sie Vertrauen hat.«

»Das Gefühl habe ich auch.«

Lucinda fand, dass es nicht der richtige Zeitpunkt für den Hinweis war, dass Alan Amy zu ihr gebracht hatte. Ihr Kupplerinstinkt arbeitete auf Hochtouren, und sie wusste, dass es besser war, sich zu bremsen. Sie hatte keine Ahnung, was Dianne in ihrer derzeitigen Stimmung aus weiteren Bemerkungen über den hilfsbereiten Kinderarzt herauslesen würde. Deshalb lächelte sie nur und wartete stumm, dass ihre Tochter das Lächeln erwiderte.

8

An einem Juninachmittag, während sie darauf wartete, dass die zweite Farbschicht trocknete, entdeckte Dianne eine weitere Gemeinsamkeit. Julia und sie fuhren gerne Auto. Es hatte etwas mit dem Rhythmus der Straße zu tun, mit der warmen Brise in den Haaren, dem Gefühl, sich vorwärts zu bewegen, auf engstem Raum beisammen zu sein. Und nun stellte sich heraus, dass Amy die gleiche Vorliebe hatte.

Diannes Ford Pick-up war dunkelgrün und auf Hochglanz poliert, mit Aufklebern von Mystic Seaport, Mystic Marinelife Aquarium und dem Connecticut River Museum an der Heckscheibe. Julias Rollstuhl war auf der Ladefläche untergebracht, zusammengeklappt für den Fall, dass es regnete. Dianne hatte, während sie fuhr, den Ellbogen auf dem heruntergekurbelten Fenster. Julia saß zwischen ihr und Amy, in ihrem Spezialsitz festgeschnallt.

»Hier sitzt man ja so hoch!«, sagte Amy.

»Bist du noch nie in einem Pick-up gefahren?«

»Als Baby schon – mein Vater hatte einen. Hat mir meine Mom erzählt. Er brauchte ihn für seine Angelausrüstung. Schade, dass wir ihn nicht mehr haben. Ich würde Mom überreden, ihn irgendwo unterzustellen, bis ich meinen Führerschein habe, und dann könnte ich fahren und fahren …«

»Mein Vater hatte auch einen«, sagte Dianne. »Lieferwagen sind prima, um schwere Dinge zu transportieren – Holz, Angelausrüstung, Rollstühle … stimmt's, Julia?«

Julia sah starr geradeaus. Beim Autofahren musste sie ihren Kopf nicht von einer Seite zur anderen drehen. Die Welt drehte sich auch so schnell genug, sauste mit vierzig Meilen in der Stunde an ihr vorbei. Sie verschränkte die Hände und löste sie wieder.

»Darf ich dich etwas fragen?«

»Sicher«, sagte Dianne.

»Findest du es grässlich, wenn Leute junge Mädchen ›Küken‹ nennen?«

»Mit Leute meinst du Männer?«

»Ja, die Jungen in der Schule. Sie nennen uns so. Einer hat ein schlimmes Wort zu mir gesagt, weil ich mich geweigert hatte, ihn in der Schulaufgabe abschreiben zu lassen.«

»Gut gemacht.« Dianne blickte zu Julia hinüber und sah, wie Amy stirnrunzelnd ihre Knie betrachtete. »Wie hat er dich genannt?«

»Schnepfe und das Wort mit K.«

»Armer Irrer.« Dianne schüttelte den Kopf, als empfände sie Mitleid mit dem namenlosen Mitschüler. Sie gestand nur sich selbst ein, dass sie demjenigen den Hals umdrehen würde, der so etwas zu Julia sagte.

»Wieso?«, fragte Amy verwirrt.

»Weil er so beschränkt ist. Gibt mitten im Unterricht, wo jeder es hören kann, zu erkennen, wie strohdumm er ist. Ein Trauerspiel. Solche Leute kann man nur bedauern.«

»Ja ...«

»Die Jungen nennen euch also Küken?«

»Ja. Ist das in Ordnung?«

»Was meinst du denn?«

»Ich mag Küken. Meine Freundin Amber und ich haben uns darüber unterhalten. Uns gefällt das Wort, und wir mögen Küken. Die sind niedlich und piepsen. Sie laufen den ganzen Tag herum, sind rundum glücklich und haben weichen Flaum.«

Julia seufzte und summte.

»Flaum fasst sich wunderschön an«, sagte Dianne, »aber ich bin sehr wählerisch, was die Namen angeht, die Jungen mir geben dürfen. Wenn Julia und du Küken zu mir sagen würdet, wäre das in Ordnung, doch von Männern würde ich mir das nicht gefallen lassen.«

»Weil es dann etwas anderes bedeutet, oder?«, entgegnete Amy

und schnitt eine Grimasse, während sie sich bemühte, den Schleier des Geheimnisses zu lüften, der eine uralte Wahrheit umgab.
»Ich denke schon.«
»Aber wenn wir zusammen sind – du und ich und Julia –, dann können wir Küken sein?«
»Klar.«
»Aha.«
»Für die Männer sind wir Frauen.«
»Frauen?«, sagte Amy zweifelnd. »Ich bin doch erst zwölf.«
»Trotzdem. Das hat etwas mit der inneren Einstellung zu tun.« Julia neigte den Kopf und blinzelte wegen der Sonne.
»Frauen sind stark«, erklärte Dianne.
»Meine Mutter sagt, dass eine Frau eine Lady sein sollte.«
»Dagegen ist nichts einzuwenden. Jeder Mensch muss seinen eigenen Weg gehen und auf seine eigene Weise stark werden. Was mich betrifft, so möchte ich lieber als Frau bezeichnet werden.«
»Auch von uns? Von Julia und mir? Wenn wir alleine sind?«
»Nein, dann nicht. Wir müssen nur wissen, wer wir sind. Wenn wir unter uns sind, können wir uns auch Küken nennen.«
»In einer Woche beginnen die Ferien. Und danach komme ich in die siebte Klasse.«
»Wow!«, sagte Dianne.
»Eine Siebte-Klasse-Frau.«
»Eine blitzgescheite.«
»Mit zwei Küken-Freundinnen!« Amy grinste.
»Damit sind wir gemeint, Julia!«
»Gaaa«, sagte Julia.
»Das sind wir auch!«, meinte Amy.
»Drei Gaaas auf dem Weg ans Meer!« Dianne lachte, bis ihre Wangen schmerzten.

Amy war frei!
Die Schule war aus. Zumindest bis September. Die erste Ferien-

woche war heiß und schwül. Eine Hitzewelle hatte Hawthorne heimgesucht, und alle lechzten nach Abkühlung.
Am Tag der Sommersonnenwende schenkte Dianne Amy einen Strohhut. Er hatte eine breite Krempe, ein blaues Band und sah fast so aus wie Diannes. Er gefiel Amy so gut, dass sie ihn am liebsten gar nicht mehr abgesetzt hätte.
Die drei erkundeten mit dem Ruderboot die Marschen. Goldmakrelen, die ersten in der Angelsaison von annehmbarer Größe, färbten das Wasser silberblau. Ein grauer Reiher suchte Schutz in den Schatten. Amy tauchte ihre Finger ins Wasser und ließ es auf Julias nackte Beine rieseln. Dianne hatte für Julia zwischen den Sitzen ein kleines Bett unter einem blauen, Schatten spendenden Sonnenschirm zurechtgemacht.
»Was ist dein Lieblingstier?«, erkundigte sich Amy.
»Ein bestimmtes Tier oder eine Spezies?«
Amy schnaufte. Dianne dachte immer so kompliziert, dass sich Amy manchmal richtig dumm vorkam. Bei ihr zu Hause redete man ganz anders. Da waren die Antworten viel einfacher, da sagte man ›Mistkerl‹ oder ›Halt die Klappe, ich will fernsehen‹. Doch seltsamerweise schämte sich Amy in Diannes Gegenwart nicht, dass sie so wenig wusste. Wenn sie fragte, würde Dianne ihr erklären, was sie meinte, und früher oder später begriff sie es dann. Hinterher fühlte sich Amy jedes Mal schlauer.
»Was meinst du damit?«, fragte Amy.
»Nun, Stella ist mein Lieblingstier, aber Katzen sind nicht meine liebste Spezies. Das sind die Seeottern.«
»Ach so!« Sie wusste zwar immer noch nicht ganz genau, was *Spezies* bedeutete, aber es genügte fürs Erste. Während das Boot durch die Marschen glitt, hielt sie auf den Sandbänken nach Seeottern Ausschau.
»Und deine?«, fragte Dianne.
»Gaaa«, sagte Julia.
»Hm, der kleine Hund bei uns zu Hause oder Stella. Ich glaube, sie ist mir am liebsten. Und die besten Spe-ziehs«, Amy sprach

das Wort sorgfältig aus, um ja keinen Fehler zu machen, »sind für mich Wale und Delfine.«
»Das hast du mit deinem Freund Dr. McIntosh gemein.«
»Ja.« Seit es Dianne in ihrem Leben gab, ging sie nicht mehr so oft zu ihm. Außerdem lag seine Praxis mitten in der Stadt, nicht weit von ihrer Schule entfernt. Aber schon bei der Erwähnung seines Namens glühte sie.
»Wie geht es ihm?«
»Dliiii«, sagte Julia.
»Oh, gut. Ich habe ihn gestern angerufen.«
»Hm.«
Ihr beide solltet heiraten, hätte Amy um ein Haar gesagt, aber sie konnte sich gerade noch rechtzeitig auf die Zunge beißen. Der Meinung war sie schon seit geraumer Zeit. Sie passten so gut zusammen, kannten sich ein Leben lang und liebten Julia über alle Maßen. Doch die häusliche Situation hatte Amys Sinne für die Gefühle der Menschen geschärft, und sie befürchtete, Dianne würde das mit ihr und dem Doktor nicht gerne hören.
Dianne war nahe daran, zur drittwichtigsten Person in Amys Leben zu werden. Ihre Mutter stand an erster Stelle, Dr. McIntosh an zweiter und Dianne und Julia an dritter. Amys Vater war natürlich wichtiger als alle anderen, aber er war tot und im Himmel. Und dieser Wettbewerb fand auf der Erde statt.
»Hast du eigentlich Geschwister?«, fragte Amy.
»Nein.«
»Noch ein Einzelkind.«
»Ich habe mir immer Schwestern gewünscht«, sagte Dianne.
Wie oft hatte sich Amy schon Schwestern gewünscht? Mädchen, mit denen man die Geheimnisse des häuslichen Lebens teilen konnte, die Sorge um die Mutter, den Hass auf Buddy. Ältere Schwestern wüssten, was zu tun wäre. Sie würden sich um Amy kümmern, ihr einen Ausweg aus dem Labyrinth zeigen.
»Wer ist deine beste Freundin?«, fragte Amy.
»Ich weiß nicht. Meine Mutter, denke ich.«

Amy schwieg. Sie wünschte, sie könnte das Gleiche von sich behaupten. Aber ihre Mutter und Lucinda waren so verschieden wie Tag und Nacht.
»Und was ist mir dir?«, fragte Dianne. »Steht ihr euch sehr nahe, deine Mutter und du?«
Amy hustete und tat so, als hätte sie die Frage nicht gehört.
»Wie weit bist du mit deinen Plänen? Du wolltest deine Mutter doch überraschen, wenn sie pensioniert wird.«
»Mir fällt einfach nichts ein. Als wenn ich ein Brett vor dem Kopf hätte.«
»Du wirst dir schon etwas ausdenken.«
»Letzte Nacht habe ich geträumt, Julia hätte ihre Abschlussfeier in der Schule. Ich wollte mir ihr verreisen, und als ich aufwachte, dachte ich, es wäre keine schlechte Idee, wenn wir alle miteinander verreisen würden.«
»Disney World wäre klasse«, sagte Amy.
Dianne lachte. Als ob Julia sie verstanden hätte, begann sie leise zu summen. Amy war aufgeregt. Dianne hatte ›alle miteinander‹ gesagt. Schloss das Amy ein?
»Ja, oder Grand Canyon, Rocky Mountains, der Mississippi, Prince Edward Island. Meine Mutter liebt *Tom Sawyer* und *Anne of Green Gables*. Wir könnten die Schauplätze, die in den Büchern beschrieben sind, besichtigen. Das war mein erster Gedanke, als ich aus meinem Traum aufgewacht bin.«
»Und wie wollt ihr hinkommen?«, fragte Amy und betete, dass Dianne sie verbessern und ›wir‹ sagen möge, aber sie tat es nicht.
»Keine Ahnung. So weit ging mein Traum nicht.«
Julias Hände bewegten sich, als wollten sie die Luft vor ihr teilen.
»Du hast ja heute Nacht noch Zeit. Vielleicht träumst du wieder das Gleiche.«
Dianne ruderte sie durch die Marschen. Julia machte ein Nickerchen zu ihren Füßen. Im Schlaf rollte sie sich zusammen wie der kleine Hund zu Hause. Amy beobachtete verstohlen,

wie Dianne Julia ansah, ihr eine feuchte Haarsträhne aus der Stirn strich und ihre Hand einen Moment auf ihrem Kopf ruhen ließ. Diannes Miene war heiter. Das war nicht immer so. Ein lauer Wind wehte durch das Schilf, und die Sonne brannte vom Himmel. Amy war froh, dass sie ihre Hüte aufgesetzt und Julias Sonnenschirm aufgespannt hatten, und sie wünschte, sie könnten ewig weiterrudern.

9

Die Tage wurden bereits kürzer. Der Himmel war weiß und die Luft stickig. Hitzewellen stiegen von der Straße auf. Dianne und die Mädchen hatten angehalten, um Eis zu kaufen, das sie auf einem Picknickplatz im Schatten aßen.

Dianne hatte in der Nacht schlecht geschlafen. Julia hatte sich unruhig im Bett hin und her gewälzt. Zwei Mal hatte sie sich dabei die Windel runtergerissen. Beim zweiten Mal hatte sie nach Luft gerungen, und Dianne hatte sie in den Armen gewiegt, bis der Puls wieder normal war und der Brustkorb sich sanft in Einklang mit den Wellen hob und senkte, die in der Ferne die Küste von Landsdowne Shoal überspülten. Als sie endlich einschlief, hatte sie sich wie ein Kind im Mutterleib zusammengerollt.

»Hm, einfach lecker.« Amy schleckte ihr Eis. »Ich liebe Orange-Ananas.«

»Und ich mag schwarze Johannisbeere am liebsten«, sagte Dianne. Sie teilte sich eine Portion mit Julia und schob ihr gerade einen Löffel voll in den Mund.

»Warum hast du sie eigentlich Julia genannt?«, fragte Amy, während das geschmolzene Orange-Ananas-Eis über ihren Handrücken tropfte.

»Weil es ein literarischer Name ist.«

»Literarisch?« Amy runzelte die Stirn wie immer, wenn sie etwas nicht hundertprozentig verstand.

An ihrer Ausdrucksweise erkannte Dianne, dass man Amy als Kind nie Geschichten vorgelesen hatte, und das stimmte sie traurig. »Ja«, sagte Dianne. »Er kommt in Büchern vor, und ich wollte, dass alle wissen, wie wichtig sie ist.«

»Aber das weiß man doch auch so«, erwiderte Amy erstaunt, als wäre das die selbstverständlichste Sache der Welt.

»Ich schon.« Dianne dachte daran, wie Tim sich mit seinem Boot aus dem Staub gemacht hatte.
»Und was ist Julias größer Wunsch?«
»Ich kann es dir nicht sagen.«
Sie hatten sich im Schatten der Bäume niedergelassen und es ging ein leichter Wind, sodass die Blätter über ihnen wie Karten raschelten, die in Radspeichen geklemmt waren. Dianne aß einen Löffel Eis.
»Ist Julia schon mal richtig verreist?«
»Nein. Wir haben immer nur Ausflüge in die Umgebung von Hawthorne gemacht.«
»Ich wünschte, ich könnte sie mitnehmen«, sagte Amy. »Auf eine richtige Reise.«
Ein riesiges Wohnmobil war auf den Picknickplatz gerumpelt. Ein alter Mann saß am Steuer. Er parkte im Schatten, dann stiegen er und seine Frau aus, um sich die Beine zu vertreten. Sie hatten einen Collie an der Leine, und die Frau ging mit ihm im Gras spazieren.
»Eine Reise im Wohnmobil.« Dianne lachte genau wie Amy, die nachdenklich den Winnebago betrachtete.
»Julia, hübsches Mädchen«, sagte Amy.
Julia rang die Hände und blickte zum Himmel.
»Und was ist mit dir, Amy? Was ist dein größter Wunsch? Hast du einen Lieblingsort?«
»Nicht direkt.« Amys Stimme klang beiläufig. »Ich war noch nie weg und kenne nix als Hawthorne.«
Dianne zögerte. Aber sie war schließlich die Tochter einer Bibliothekarin. »*Nichts* als Hawthorne«, verbessere sie Amy sanft. »Du bist doch ein intelligentes Mädchen und musst dich nicht so schlampig ausdrücken.«
»Danke«, erwiderte Amy. Plötzlich tat es Dianne Leid, dass sie überhaupt etwas gesagt hatte.
»Erzähl uns doch etwas von dir. Jetzt kennen wir uns schon so lange, und du sprichst nie über dich«, meinte sie.
»Ich habe einen Hund. Er schläft auf meinem Bett und bewacht

mein Zimmer«, erwiderte Amy mit gesenktem Blick. »Er liebt mich.«
»Davon bin ich überzeugt. Und wie heißt er?«
Amy schwieg. Sie kaute an ihrem Fingernagel, dann betrachtete sie angestrengt ihr Handgelenk.
»Er schläft nicht … er schläft … in einem Käfig.«
»Amy …«, sagte Dianne, verwirrt durch die Flunkerei.
»Mein Vater hat mir die Uhr hinterlassen.«
»Ich weiß.«
»Dieses große Wohnmobil«, Amy versuchte zu lachen, »würdest du wirklich damit verreisen?«
»Das war nur ein Scherz.«
»So wie in der Geschichte, in der eine ganze Familie in einem großen Schuh lebte. Vielleicht kletterst du mit Julia hinein, und weg seid ihr!«
»Schuhe, die weggehen, können zurückkommen.«
Amy zuckte mit den Schultern. Sie trat mit ihrem Fuß gegen Julias Rollstuhl. Julia, die ihre Hände gerungen hatte, hielt plötzlich inne. Ihre Hände zeichneten Figuren zwischen ihrem und Amys Gesicht in die Luft, wie bei einem Ballett.
»Das können wir wirklich, Amy«, sagte Dianne.
Amy nickte, aber sie schwieg.
Diannes Herz klopfte zum Zerspringen. Sie wollte so vieles, Amy helfen, Julia eine gute Mutter sein, eine gute Tochter sein, Julia ein Leben wie anderen Mädchen in ihrem Alter ermöglichen – mit ihr verreisen, damit sie etwas von der Welt kennen lernte, sie spüren lassen, wie wichtig sie war. Weihnachten mit ihr nach New York fahren, um sich den *Nussknacker* anzuschauen, was Mutter und Tochter mindestens einmal im Leben gemeinsam gemacht haben sollten. Ihre Mutter war diejenige, die in den Ruhestand ging, aber Dianne fühlte sich plötzlich alt.
»Ich weiß, wie es ist, wenn man verlassen wird«, sagte Dianne laut.
Amy drehte sich um und sah sie an.

»Es schmerzt. Ich kann nicht einmal so tun, als ob es anders wäre.«

Amy weinte, aber sie wollte sich nichts anmerken lassen. Sie spielte mit Julia weiter, als wäre nichts geschehen. Dianne fühlte sich hilflos als einzige Mutter weit und breit, als einzige Erwachsene. Sie wünschte, ihre Mutter wäre jetzt hier. Und noch mehr wünschte sie sich zu ihrer eigenen Überraschung, Alan wäre bei ihr.

Aber warum überraschte sie das? Er sorgte sich um alle – um Amy, Julia und sogar um Dianne. Dianne schluckte. Sie war kurz davor, in Tränen auszubrechen. Plötzlich hatte sie eine überwältigende Sehnsucht nach ihm. Er war der Einzige, der sie verstand, der wusste, was sie durchmachte. Sie sehnte sich danach, von jemandem in den Arm genommen zu werden, der sanft und einfühlsam war, von Alan, aber es führte kein Weg zu ihm. Sie hatte Tim geheiratet. Es hatte lange gedauert, doch nun erkannte sie ihren tragischen Fehler. Sie war blind gewesen, hatte nicht erkannt, welcher Mann sie wirklich liebte.

Sie saß reglos da und sah zu, wie Julia und ihre Freundin Poesie ohne Worte in die Luft schrieben, in einem Birken- und Kiefernhain, der seit Menschengedenken als Weihestätte galt, und sie stellte sich vor, wie es wäre, in solchen Zeiten einen Freund an ihrer Seite zu haben. Alan.

In der nächsten Nacht schrie Julia. Als Dianne zu ihr lief, war sie völlig außer Atem, als wäre sie bei einem Rennen mitgelaufen. Dianne überprüfte wie gewöhnlich, ob die Luftröhre frei und die Windel trocken war oder ob sie auf etwas gelegen hatte, was sie drückte. Julia kam ihr plötzlich größer vor; war es möglich, dass sie über Nacht gewachsen war? Diannes eigenes Herz klopfte zum Zerspringen. Sie lief zum Telefon, rief Alans Anrufdienst an und erklärte, dass es sich um einen Notfall handelte.

»Hallo, Dianne«, sagte er, als er fünf Minuten später zurückrief. Obwohl es drei Uhr morgens war, klang er hellwach. »Was ist passiert?«

Wie so häufig schien es Julia besser zu gehen, sobald Dianne

Alan angerufen hatte. Atem und Puls nahmen wieder ihren gewohnten Rhythmus an. Vielleicht hatte sie nur schlecht geträumt. Sie war schweißgebadet und verstört und weinte leise vor sich hin.

»Julia hat keine Luft gekriegt, aber jetzt geht es ihr besser.«

»Ich komme.«

»Nein, das ist nicht nötig, Alan«, sagte Dianne hastig und fühlte Julias Puls. »Es tut mir Leid, dass ich angerufen habe. Wirklich, sie ist …«

»Hör zu, entweder kommst du sofort in die Notaufnahme, oder ich mache einen Hausbesuch«, unterbrach er sie. »Die Entscheidung liegt bei dir.«

Sie hielt Julia im Arm und spürte, wie das Weinen nachließ. Sie hasste den Gedanken, sie nachts aus ihrem Bett zu reißen. Beide trugen sie nur ärmellose weiße Nachthemden aus Baumwolle, die bei der Wärme angenehm kühl waren. Die Grillen zirpten, und der untergehende Halbmond tauchte die Marschen in sein spinnwebenfeines karamellfarbenes Licht.

»Also gut, dann ein Hausbesuch.« Dianne dachte an die Sehnsucht, die sie auf dem Picknickplatz nach ihm gehabt hatte, und sah, wie ihre Hände zitterten. Sie versuchte ihre Gefühle zu verdrängen. Julia ging es schlecht, sie brauchte einen Arzt. »Danke, Alan.«

Sie zog sich an.

Alan parkte seinen alten Volvo vor dem Anwesen der Robbins, nahm seinen Arztkoffer und ging zu Fuß die Einfahrt hinauf. Er hatte schon hundert Mal Hausbesuche gemacht, wenn Julia Probleme hatte. Doch heute klopfte sein Herz. Er war gekommen, um seiner Nichte zu helfen und weil er ihre Mutter liebte. Schon seit Jahren. In der Küche brannte Licht, und er sah Dianne, die am Tisch saß. Sie hatte den Kopf gesenkt, ihr Gesicht war im Schatten.

Während Alan den Weg hinaufging, dachte er, wie oft es sich um falschen Alarm handelte, wenn ein Notfall gemeldet wurde.

Sein Anrufdienst weckte ihn drei- bis viermal in der Woche, und wenn er die Eltern zurückrief, hatte sich das Problem häufig in Luft aufgelöst. Der Husten hatte aufgehört, der Sturz aus dem Bett war nicht so schlimm, wie es zunächst schien, und das Geschrei schlimmer als die Verletzung. An Diannes Stimme hatte Alan erkennen können, dass die Krise vorbei war.

Trotzdem war er gekommen. Nichts auf der Welt hätte ihn abhalten können. Auch wenn sie verbittert und wütend war bis in alle Ewigkeit – er würde trotzdem ihre Nähe suchen. Er hörte den Ruf der Nachtvögel und die Schreie von Tieren, die sich in den Marschen paarten oder töteten. Alan holte tief Luft und klopfte an die Küchentür.

»Ich komme mir albern vor«, sagte Dianne.

»Ist mit der Atmung alles in Ordnung?«

»Nicht nur das. Sie schläft auch noch fest.«

Sie standen auf der Türschwelle, so dicht beieinander, dass sich ihre Zehen berührten. Motten umschwirrten die Lampe auf der Veranda und prallten gegen das Glas. Dianne trug Jeans und ein großes weißes Männerhemd. Alan fragte sich, ob sie wohl darin geschlafen hatte. Er sah die Konturen ihres Körpers, die sanften Rundungen, und hätte sie am liebsten in die Arme genommen.

»Trotzdem möchte ich sie mir kurz anschauen.«

Dianne nickte und ließ ihn eintreten. Sie ging ihm voraus in den ersten Stock. Alan hätte den Weg blind gefunden. Während der letzten zwölf Jahre war er ihn so oft gegangen, dass der Rhythmus seiner Schritte einer stillen Meditation glich, einem Gebet um Schutz für Diannes Tochter.

Sie betraten Julias Zimmer. Dianne hatte wie immer eine Nachtlampe brennen lassen. Sie warf einen gedämpften orangefarbenen Lichtschein auf das schlafende Mädchen, wie der Halbmond draußen vor dem Fenster. Ihre Haare waren fächerförmig auf dem Kissen ausgebreitet. Im Schlaf sah Julia friedvoll wie immer aus. Dianne stand so dicht neben ihm, dass er die Hitze spürte, die ihr Körper ausstrahlte.

»Siehst du? Alles in Ordnung.«

Alan holte sein Stethoskop heraus und drehte Julia behutsam auf den Rücken. Ihr Atem ging pfeifend, wie Luft, die aus einem Schlauch entweicht. Dianne zog die Träger von Julias Nachthemd herunter, und Alan hörte ihr Herz und Lunge ab.
»Siehst du?«
Alan schloss die Augen, um sich besser konzentrieren zu können, und lauschte.
»Ihr geht es wieder gut«, sagte Dianne.
Alle sieben Schläge machte ihr Herz klick. Alan kannte das Geräusch. Er hatte es zum ersten Mal bemerkt, als sie drei Jahre alt war. Damals war das Klick nach jedem zehnten Schlag erfolgt. Im letzten Sommer war es bereits nach jedem achten Schlag zu hören. Und nun waren es nur noch sieben. Alan war die Veränderung letztes Jahr Weihnachten aufgefallen.
»Siehst du?«, sagte Dianne noch einmal, obwohl sie besorgt aussah.
Das Stethoskop langsam nach unten bewegend, lauschte er auf das Gurgeln der Flüssigkeit in ihrem Gedärm. Er tastete den Bauch ab; dann spürte er die Schwellung. Behutsam löste er die Windel und sah hinein.
»Alles in Ordnung«, erklärte Alan und legte das Stethoskop beiseite.
Sie gingen nach unten.
»Tut mir Leid, dass ich in Panik geraten bin.«
»Es war richtig, dass du mich gerufen hast.«
»Wieso?« Die Sorgenfalten, die in dem Moment verschwunden waren, als er das Stethoskop aus der Hand gelegt hatte, kehrten schlagartig zurück. Alan legte ihr beschwichtigend die Hand auf die Schulter.
»Ich meine, es ist besser, doppelt vorsichtig zu sein. Wir haben ja gesehen, was …«
Dianne wartete, dass er den Satz beendet. Aber Alan verstummte. Er wusste nicht, wie er es formulieren sollte. Dianne war eine Frau und kannte Julia besser als jeder andere Mensch. Sie standen in der Küche und blickten sich an.

»Was ist los?«, fragte sie.
»Mit Julia?«
»Sag mir die Wahrheit!« Ihre Augen funkelten.
Alan hätte gerne ihre Hände ergriffen, sie in die Arme genommen, ihr seine Liebe gestanden, die keine Grenzen kannte. Vermochte sie das nicht zu sehen? Das Leben war zu kurz, um es zu vergeuden. Ärzte konnten ein Lied davon singen.
»Was ist?«
»Schaust du in die Windeln hinein, wenn du sie wechselst?«, fragte Alan.
»Natürlich! Was soll das?«
»Sie ist in der Pubertät«, sagte er.

Sie gingen hinunter in die Küche. Dianne sah aus, als hätte sie einen Schock. Sie zog die Nase kraus und schüttelte den Kopf.
»Äh ... ist das Kaffee?«, fragte Alan und deutete auf die Kanne, die auf dem Herd stand.
»Ja, frisch aufgebrüht. Bitte nimm Platz.«
Alan setzte sich an den alten Kieferntisch. Er hatte schon viele Male hier gesessen, hatte sogar einen Stammplatz gehabt, damals, als Dianne und Tim frisch verheiratet waren. Dianne ließ sich ihm gegenüber nieder. Ihre Haut war gebräunt und schimmerte in der warmen Nacht. Ihre Lippen waren feucht und voll. Er spielte mit einem Löffel, um dem Drang zu widerstehen, ihre Hand zu ergreifen.
»Pubertät hast du gesagt. Bist du sicher?«
»Was?«
»Julia ...«
»Ziemlich früh, ich weiß. Doch einige Mädchen reifen schneller.«
»Aber woher willst du das wissen?«, fragte Dianne eifrig und gleichzeitig verlegen. Alan kannte diese Reaktion, hatte sie bei etlichen Müttern erlebt. Die meisten wussten indessen genau über die körperliche Entwicklung ihrer Töchter Bescheid. Sie erinnerten sich an ihre eigenen Erfahrungen und hielten nach

den typischen Anzeichen Ausschau. Hatte Dianne geglaubt, Julia sei auch in dieser Beziehung eine Ausnahme?

»Sie hat drei Schamhaare«, sagte Alan so klinisch-nüchtern, wie es ging. »Der Warzenhof der rechten Brust ist vergrößert.«

»Ach, du liebe Zeit! Meine kleine Julia!«

Alan trank einen Schluck Kaffee. Er beobachtete, wie Dianne die Hand vor den Mund schlug und sich dahinter ein Lächeln ausbreitete. Vielleicht versuchte sie sich Julia als Teenager vorzustellen. Ihr Gesicht mit den Sommersprossen strahlte, und Alan konnte erneut nur schwer dem Drang widerstehen, ihre Hand zu ergreifen. Auch er spürte, wie schwer der Augenblick wog. Er hatte Julia genauso lange begleitet und aufwachsen sehen wie Dianne.

Dianne lächelte ihn an, blickte ihm tief in die Augen, bis er nicht anders konnte und ihr Lächeln erwiderte. Sie streckte einen Finger aus, und Alan berührte ihn mit seinem Finger.

»Ich hatte nicht damit gerechnet, dass sie sich auf diese Weise ... entwickeln würde«, sagte Dianne.

»Sie hat uns mit jedem Entwicklungsschritt überrascht.«

»Ja, das hat sie. Das hat sie wirklich.«

»Die Probleme mit der Atmung sind auf die Hormonänderung zurückzuführen. Alles ist bei ihr im Fluss. Das bringt auch emotionale Veränderungen mit sich.«

»Ja, an die erinnere ich mich noch gut.«

Alan öffnete seinen Arztkoffer und holte eine Papiertüte heraus. Als er Dianne wieder ansah, stellte er fest, dass sie verlegen wirkte.

»Danke für die Suppe«, sagte er.

»Nichts zu danken.«

»Ich war mir zunächst sicher, dass du es warst. Ich habe dich gesehen, im Halbschlaf. Doch dann sagte ich mir, das muss im Delirium gewesen sein. Ich hatte hohes Fieber. Jemand anders hat die Suppe gebracht. Aber bisher hat sich niemand freiwillig gemeldet.«

Dianne zog das alte Plastikbehältnis aus der Papiertüte und hob

es lächelnd hoch. »Um Ansprüche auf diese einmalige Antiquität geltend zu machen?«
»Die Suppe war gut.«
»Ich werde es ausrichten.«
Also hatte Dianne sie nicht selbst gemacht. Es war Lucindas Idee gewesen, was Alan nicht im Mindesten überraschte. Er trank seinen Kaffee aus und stand auf, um sich zu verabschieden.
»Geht es dir inzwischen besser?«, fragte Dianne erst jetzt, sodass Alan eine Weile brauchte, bis er begriff, dass sie auf seine Grippe anspielte.
»Ja. Viel besser. Schon lange.«
»Freut mich zu hören.«
»Ich muss doch in Form bleiben, um mit Julia mitzuhalten.«
»Ja. Wir verlassen uns auf dich.«
Alan lachte.
»Ach, Alan«, sagte Dianne plötzlich, stellte sich auf die Zehenspitzen und umarmte ihn. Er spürte ihren Atem auf seiner Haut, ihre Arme, die sich um seinen Nacken schlangen, und legte den Arm um ihre Taille. Ein Schauer lief ihm den Rücken hinunter. Ihr Körper war begehrenswert und warm, und ein Glücksgefühl durchströmte ihn. Sie standen in der Küche, umarmten sich und lachten wie verrückt.
»Du bist glücklich«, stellte er fest.
»Das bin ich. Das bin ich wirklich.«
Es war herrlich, sie lachen zu hören, zu sehen, wie sie sich über ihre außergewöhnliche, wunderbare Tochter freute. Dianne und Alan hatten sie gemeinsam großgezogen, auch wenn Dianne es noch nicht erkannt hatte. Er sehnte sich nach ihr mit jeder Faser seines Herzens. Er wollte sie lieben und umsorgen, sie und Julia.
Alan wäre gerne in der Küche geblieben, bis die Sonne über den Marschen aufging. Doch er zog seine Tweedjacke an und verabschiedete sich. Als er in die kühle Nachtluft hinaustrat, fühlte er sich schrecklich einsam.

10

An einem Regentag spielte eine Horde Kinder im Schuppen hinter Amys Haus. Amber hatte ihrer Mutter Zigaretten stibitzt, und alle rauchten. Amy, die sie lachen hörte, lief hinüber, um der Ursache des Tumults auf den Grund zu gehen. David Bagwell, die Pose des notorischen Verlierers übend, lehnte an der Mauer, die Zigarette lässig im Mundwinkel.

»Was macht ihr denn hier? Ihr habt hier nichts zu suchen!«, rief Amy erbost.

»Schmeiß uns doch raus, wenn du dich traust!«, rief Amber zurück.

»Buddy wird sauer …«

»Buddy ist in Ordnung«, unterbrach David sie. »Er spielt bei meinem Vater in der Band. Du kannst von Glück sagen, dass du so einen Stiefvater hast.«

»Er ist nicht mein Stiefvater, weil sie nicht verheiratet sind!« Amy kreuzte die Finger, um sich vor Vampiren und anderem Ungemach zu schützen. Sie versuchte bei dem Qualm etwas zu erkennen. Er sah wie dichter Nebel in der Nacht aus, nur dass er abscheulich stank. Es hatte zu regnen begonnen, und die Tropfen trommelten auf das Blechdach. Amber und ihre Freunde taten ihr Leid, es war schlimm, dass sie rauchten. Aber sie hatten schließlich niemanden wie Dianne oder Dr. McIntosh, der ihnen sagte, dass es etwas Besseres gab, als sich heimlich im Geräteschuppen die Lunge aus dem Leib zu paffen.

»Ihr werdet euch noch umbringen. Rauchen ist schädlich!«

»Ach, hau ab, geh mit deiner Blöden spielen«, sagte Amber und blies Rauchkringel in die Luft.

»Sie ist nicht …«, begann Amy empört.

»Zieh Leine, du Schnepfe«, unterbrach David sie grob, zerknüllte eine leere Zigarettenschachtel und warf sie nach ihr.

»Wer so was sagt, hat Stroh im Kopf«, erwiderte Amy hoheitsvoll, an das Gespräch mit Dianne denkend.
»Schnepfe bleibt Schnepfe!«, rief David.
Als sie an David vorüberging, bemühte sie sich, ihn zu bedauern. Aber das war zu viel verlangt. In ihrem Kopf überschlugen sich die Gedanken. Sie lief durch den Regen, entrüstet, dass jemand es wagte, sie Schnepfe zu nennen und Julia zu beleidigen. Aber noch schlimmer waren die Sorgen, die sie sich um ihre Mutter machte. Irgendetwas Schlimmes war letzte Nacht hinter der geschlossenen Schlafzimmertür passiert. Amy hatte sie heute noch nicht zu Gesicht bekommen, und mittlerweile war es drei Uhr nachmittags.
Es regnete in Strömen. Der Hof war eine einzige riesige Pfütze. Der Keller stand mit Sicherheit unter Wasser, und Buddy würde noch schlechtere Laune als sonst haben. Amy war mittlerweile darauf geeicht, die Höhen und Tiefen seines Stimmungsbarometers vorherzusagen. Sie wusste, was er besonders schätzte oder hasste, und achtete auf die Gefahrensignale, um ihm aus dem Weg zu gehen. Aber nun musste Amy nach ihrer Mutter sehen, ohne Rücksicht auf Buddys Gemütsverfassung.
Amy war klatschnass, wie ein Waschbär aus den Marschen, als sie die Haustür erreichte. Sie zog ihre Schuhe aus und ließ sie auf dem Küchenboden stehen. Ihr klopfte das Herz bis zum Hals, wie im Spukschloss auf dem Jahrmarkt. Das Haus war dunkel und totenstill wie schon den ganzen Tag. Der Welpe fiepte hoch und kläglich – eine zaghafte Begrüßung.
Der Streit war nicht zu überhören gewesen. Dabei hatte der Abend so viel versprechend angefangen. Amy, ihre Mutter und Buddy hatten in der Küche zu Abend gegessen. Buddy wirkte aufgekratzt. Er hatte nicht nur Gage erhalten, sondern auch ein Kompliment über seine Musik von irgendeinem Barbesitzer. Buddy spielte sich gerne auf. Zurückgelehnt, die Arme hinter dem Stuhl an der Wand ausgestreckt, prahlte er damit, dass seine Band eines Tages berühmter sein werde als Pearl Jam, Guns'n Roses oder Nine Inch Nails.

Buddy trank Bier, Amys Mutter Weißwein. Während Amy beobachtete, wie Buddy ein Glas nach dem anderen leerte, hatte sie wieder ein flaues Gefühl in der Magengegend. Sie kannte die Gefahrensignale, und an diesem Tag waren einige zusammengekommen. Und je mehr Buddy trank, desto schlimmer führte er sich auf.

Erstens gab es Fischstäbchen zum Abendessen. Bei ihrem Anblick presste Buddy die schmalen Lippen zusammen, sodass sie dünn wie ein Strich waren. Fisch, sogar in gefrorenem, filetiertem und klein gehacktem Zustand, erinnerte ihn an Amys Vater und die Tatsache, dass Amys Mutter verheiratet gewesen war. Doch Buddy schwieg. Seine Hochstimmung hielt an, denn schließlich war ein Fischer, den der Teufel geholt hatte, eine kleine Leuchte gegen einen Rockstar, der bald mit einem Grammy ausgezeichnet werden würde.

Zweitens hatte ihre Mutter unbedingt James Taylor hören wollen. Mitten während der Tool-CD, die als musikalische Untermalung des Essens laut und lästig war, hatte Amys Mutter leise angefragt, ob jemand etwas dagegen habe, James Taylor aufzulegen. Buddy hatte zwar verbal nichts eingewendet, aber durchaus etwas dagegen, was man daran sah, dass sowohl seine Lippen als auch seine Augen verschwanden, sich in Schlitze verwandelten. Mit James Taylor hatte es angefangen. Da Amys Mutter bei dieser Musik zuerst sentimental und dann traurig wurde, hatte sie in alten Fotoalben geblättert, und es dauerte nicht lange, da saß sie auf dem Sofa und betrachtete weinend Aufnahmen von Amys Vater.

Und nun, am Tag danach, schlich Amy auf Zehenspitzen zur Schlafzimmertür ihrer Mutter und klopfte leise an.

»Mom?«, flüsterte sie. »Mom?«

Der Hund winselte lauter. Amy, die wusste, dass er keinen Mucks von sich gab, wenn Buddy zu Hause war, fühlte sich ermutigt und stieß die Tür auf. Das Schlafzimmer sah an Regentagen besonders düster aus. Die Vorhänge waren geschlossen *und* die Jalousien unten. Der Regen trommelte auf das Dach. Amys

Mutter lag mit angezogenen Beinen im Bett, als hätte sie sich den ganzen Tag nicht gerührt.
Amy trat näher, sie hatte Angst. In dem Raum roch es Ekel erregend, nicht nur nach abgestandenem Zigarettenrauch und Bier, sondern wie in der Toilette oder in Julias Windeleimer. In Julias Bad war der Geruch erträglich, aber hier haftete ihm etwas Schlimmes an. Amy fand keine Erklärung dafür, aber er weckte in ihr das Bedürfnis, ihre Mutter wachzurütteln und so laut sie konnte anzuschreien.
Doch Amy war wie erstarrt. Sie stand am Bett und flüsterte noch einmal: »Mom? Mom, wach auf. Ich möchte dich etwas fragen ...«
Es war schlimm, wenn man sich fürchtete, die eigene Mutter aufzuwecken. Wann hatte sie zum ersten Mal Angst davor gehabt? Als Buddy eingezogen war. Genau vor drei Jahren, vier Monaten und zwei Wochen.
»Mom!«, sagte Amy jetzt laut.
Ihre Mutter stöhnte.
»Es ist drei Uhr nachmittags!« In der letzten Nacht, als sie die Schläge und Schreie hörte, hatte ihre Mutter ihr so Leid getan. Amy hatte im Bett gelegen, sich die Decke über den Kopf gezogen und fieberhaft überlegt, was sie tun sollte. Sie hätte die Polizei anrufen, einen Nachbarn holen oder versuchen können, Buddy mit einem Küchenmesser in Schach zu halten. Aber da sie nicht wusste, was ihre Mutter dazu gesagt hätte, hatte sie nichts unternommen.
»Ohhhhh«, wimmerte ihre Mutter.
»Mom!«, rief Amy. Langsam wurde sie wütend. Warum verkroch sich ihre gescheite, hübsche, lustige Mutter mitten am Tag im Bett wie eine Raupe im Kokon? Sie sollte lieber Bilder malen, Gedichte schreiben, Amy etwas zu essen herrichten.
»Steh auf!«, sagte Amy, packte ihre Mutter an der Schulter und drehte sie um.
Beim Anblick des Gesichts empfand Amy Erleichterung und

Ekel zugleich. Es war unverletzt, keine blauen Flecken oder Schwellungen wie vor ein paar Monaten, an die sich Amy mit Grausen erinnerte. Aber wieso lag ihre Mutter im Bett, wenn alles in Ordnung war?
»Amy, ich habe letzte Nacht kein Auge zugetan und muss schlafen.«
»Mom, lass uns gehen.«
»Gehen?«
»Weggehen von hier. Irgendwohin.« Amy befand sich im Zwiespalt. Sie würde Dianne, Julia und Dr. McIntosh vermissen, schrecklich sogar, aber ihre Mutter und sie konnten dieser Hölle entfliehen und noch einmal ganz von vorne anfangen. Ihre Mutter würde wieder fröhlich sein wie früher, bevor Buddy auf der Bildfläche erschienen war. Sie würden sich ein Wohnmobil wie den Winnebago auf dem Picknickplatz kaufen und reisen, würden Canyons und Berge sehen und im Norden Buchten voller Wale.
Doch ihre Mutter lag nur reglos da und starrte an die Decke, während Amy richtig in Fahrt kam. »Wir haben doch die eiserne Reserve«, sagte sie in Anspielung auf die Summe, die sie von der Fangflotte ihres Vaters als Abfindung erhalten hatten. »Wir könnten umziehen! Mom, das wäre so schön! Wir wären Buddy los ...«
»Letzte Nacht, das war nicht Buddys Schuld. Ich habe angefangen.«
»Das stimmt nicht. Du wolltest nur James Taylor hören.«
»Ich war albern und rührselig, eine richtige Heulsuse. Und hinterher geht es mir nur noch schlechter. Was sollen die Leute von mir denken?«
»Ich habe gehört, wie er dich geschlagen hat!«
Ihre Mutter schüttelte den Kopf. Wollte sie die Wahrheit abstreiten? Das machte Amy erst recht wütend; sie schlug die Bettdecke zurück und hielt nach blauen Flecken Ausschau. Aha, da war einer, auf dem Oberarm. Ein blauschwarzes Oval. Und weitere auf der Brust.

»Da! Ich hab's ja gesagt!«
»Amy, du redest Unsinn. Geh fernsehen!«
»Wenn du arbeiten würdest, ginge es dir besser«, meinte Amy. Sie blickte ihre im Bett liegende Mutter an und dachte an Dianne. Obwohl sie Julia ständig im Stuhl zurechtrücken, Windeln wechseln oder sie füttern musste, hatte Dianne Zeit, den ganzen Tag ihrem Broterwerb nachzugehen. Manchmal sah Dianne genauso sorgenvoll wie Amys Mutter aus, aber sie arbeitete trotzdem weiter. Statt ihre Mutter zu bedauern, hasste Amy sie nun beinahe. Wenn sie die blauen Flecke sah, sie im Bett liegen sah ... Warum stand sie nicht auf?
»Wir kommen doch auch so ganz gut über die Runden«, erwiderte Amys Mutter. »Die Abfindung reicht noch eine ganze Weile.«
»Du solltest Buddy trotzdem kein Geld für sein blödes Bier geben.«
»Das verstehst du nicht.«
»Er nutzt dich nur aus.«
»Sei still. Das verstehst du nicht.«
»Warum müssen wir mit jemandem zusammenleben, der so widerlich ist? Wir haben doch nichts Böses getan! Oder habe ich etwas verbrochen?«
»Amy, lass mich endlich schlafen.«
»Mom!« Amys Brust drohte zu zerspringen von all den ungeweinten Tränen. Sie sollte ihre Mutter nicht hassen, sondern lieben. Lieben, dachte sie, krank vor Schuldgefühlen, weil sie ihre Mutter manchmal hasste, ihre eigene Mutter.
»Geh fernsehen«, sagte ihre Mutter abermals heftig. Ihre Stimme klang elend.
Amy hielt den Atem an. Merkte ihre Mutter nicht, dass heute kein gewöhnlicher Tag war? Dass Amy zu Hause geblieben war, statt Dianne und Julia zu besuchen? Vermisste sie Amy nicht, wenn sie weg war? Nahm sie überhaupt wahr, was um sie herum vorging? Doch statt Fragen zu stellen, schluchzte Amy auf und verließ den Raum.

Diannes Musiksammlung bestand aus romantischen, altmodischen Aufnahmen. Einige Platten, die noch aus der Zeit ihrer Eltern stammten, hatte sie schon als junges Mädchen gehört, wenn sie stundenlang mit offenen Augen vor sich hin träumte, meistens von Jungen. Musik voller Sehnsucht, die unerfüllt blieb, und Dianne sang mit, wenn sie ›This Guy's in Love with You‹, ›Sweet Caroline‹, ›If Not for Your‹, ›The Look of Love‹ und andere Liebeslieder auflegte.

Heute hörte sie die Supremes und sang aus voller Kehle mit. Zu arbeiten war unmöglich. Dann würde sie eben einen Mutter-Tochter-Tag einlegen. Julia befand sich schließlich an der Schwelle zur Frau. Dianne überlegte, lächelte, runzelte die Stirn, schüttelte den Kopf, blickte aus dem Fenster, sang, lief auf und ab. Dann kehrte sie zu Julia zurück und nahm ihre rechte Hand.

»Ich muss dir so viel sagen.«

Julias Kopf schwankte; ihre linke Hand begann sich hin und her zu bewegen.

Diana Ross schlug einen hohen Ton an. Dianne lächelte.

»Willkommen im Klub! Du gehörst jetzt zu uns, meine Kleine.«

»Dliii«, sagte Julia.

Was kommt als Nächstes, dachte Dianne, ihre Periode, ein Büstenhalter? Dianne erinnerte sich an die Zeit, als sie selbst in Julias Alter gewesen war. Sie hatte stundenlang die Dessous-Werbung in den Zeitschriften ihrer Mutter betrachtet. Eines Tages hatten sie und ihre beste Freundin die Schule geschwänzt, heimlich die Unterwäsche von Margies älterer Schwester anprobiert und von der Zeit geschwärmt, wenn sie endlich auch einen BH tragen durften.

Brüste waren wichtig. Dianne verschwendete nur noch selten einen Gedanken daran, seit sie welche hatte. Aber damals … Sie war geradezu zwanghaft dem Gedanken nachgehangen, wann es endlich so weit sein würde. Lucinda hatte sie eines Tages beiseite genommen und aufgeklärt. Das Gespräch war offen und kurzweilig gewesen. Sie hatte Bücher aus der Bibliothek mitgebracht, mit zahlreichen Diagrammen und Abbildungen.

»Schau her, Liebes«, hatte sie gesagt und auf eine rot-blaue Schemazeichnung vom weiblichen Fortpflanzungssystem gezeigt. Sie hatte Begriffe wie Menstruation, Eisprung, Bauchkrämpfe und Blutungen erklärt. Dianne hatte die Bilder voller Entsetzen angestarrt. Eileiter! In ihrem Körper! Nein danke!

»Das mag verwirrend klingen und dir Angst machen«, hatte Lucinda gesagt. »Aber das ist es nicht. Du lernst dadurch, deinem Körper Aufmerksamkeit zu schenken, fürsorglich mit dir selbst umzugehen, verstehst du.«

»Wie bei einer Grippe?«

»Nein! Du bist ja nicht krank! Manche behaupten, es sei herrlich und ein Wunder und unfassbar, aber ich finde es lästig. Mehr nicht. Man geht zu Layton's und kauft Monatsbinden; beim ersten Mal sucht man sie noch verstohlen aus, aber das gibt sich. Meiner Meinung nach sollte der Staat sie bezuschussen. Warum sollten Frauen jeden Monat eine Menge Geld für etwas ausgeben, was Männern erspart bleibt?«

»Tut es weh?«

Lucinda lächelte. »Ich wünschte, ich könnte Nein sagen, aber manchmal schon. Es ist ein sonderbares Gefühl, wie vor einem Sturm. Sobald die Wolken aufreißen, ist es vorbei, und es geht einem besser. Du wirst sehen, es ist alles halb so schlimm.«

»Und das passiert *jeden* Monat?«, fragte Dianne bedrückt.

»Alle achtundzwanzig Tage«, antwortete Lucinda und tätschelte ihre Hand.

»Das sind ja tolle Aussichten, Mom.«

»Liebes, schau her.« Lucinda deutete auf die kopflose rot-blaue Schautafel des weiblichen Körpers. Der Zeichner hatte ihm die Form eines Stundenglases gegeben, mit ausladenden Kurven und schmaler Taille. »Darin verbirgt sich das Geheimnis des Universums. Du bist eine Frau, ein wunderbares Wesen. Und lass dir ja nicht von den Leuten – oder besser gesagt, von den Männern – einreden, du müsstest dich schonen oder wärst zerbrechlich oder launenhaft oder weiß der Kuckuck was, wenn du deine Periode hast. Es besteht kein Grund, den Sportunterricht ausfallen zu lassen und dich in der Schule ins Krankenzimmer zu legen, wie manche Mädchen es machen.«

Dianne hörte aufmerksam zu.

»Und lass dir nicht erzählen, deine Gefühle wären reine Einbildung, Launenhaftigkeit, typisch für Mädchen, die ihre Tage haben. Man sollte nicht alles auf die Periode schieben, weil man sich dadurch selbst abwertet. Du bist stark, Liebes.«

»O Mom.«

»Manche Frauen empfinden es als Fluch. Andere trauen sich nicht einmal, das Wort auszusprechen, und sagen, ich habe meine Dingsbums. Davon halte ich nichts. Wir haben die Periode, nicht mehr und nicht weniger. Die Gezeiten bezeichnet man ja auch als Gezeiten und den Wind als Wind.«

»Fluch würde aber gut passen«, sagte Dianne und betrachtete das geäderte Schaubild im Anatomiebuch. Sie fand es immer noch grauenvoll, dass sie Gebärmutter, Gebärmutterhals und Schamlippen hatte. »Sehe ich innen wirklich so aus?«

»Ja. Und Margie und ich auch. Aber weißt du, was das Beste ist?«

»Was?«

»Du bist dort herausgekommen. Und wenn es so weit ist, wird es bei deinem Kind genauso sein.«

Dianne blickte dieses Kind nun an. Was würde geschehen, wenn Julia zum ersten Mal Bauchkrämpfe bekam? Wie sollte sie ihr begreiflich machen, was in ihrem Körper vorging? Dianne hätte ihr gerne ein Schaubild gezeigt und ihr dabei geholfen, sich einen Reim auf die Veränderungen zu machen. Sie küsste Julias Hand, dann legte sie ihre Wange an Julias weiche Haut.

»Julia, was denkst du?«

»Gaaa.«

Eigentlich hätte Dianne Rechnungen schreiben, einen Katalog zusammenstellen und arbeiten müssen, damit ihr Konto ausgeglichen war. Der Regen prasselte aufs Dach, angepeitscht von den Sturmböen über den Marschen. Dianne dachte an das offene Meer, und plötzlich hatte sie eine Idee. »Der Sturm kommt aus dem Süden«, sagte sie und trug Julia ins Auto. »Spürst du, wie warm er ist?«

Es goss in Strömen. Dianne stellte sich vor, wie der Regen von Florida heraufzog, Cape Hatteras überquerte, über die Palmen und vorgelagerten Inseln fegte. Sie schnallte Julia auf dem Vordersitz des Pick-up an. Dann schaltete sie das Radio ein, suchte einen anderen Sender und lauschte dabei auf Frauenstimmen. Heute wollte sie keine Männerstimme hören. ›Dreaming‹ von Blondie ertönte; das war's.

Sie fuhr ins Zentrum von Hawthorne. Die Schiffswerften waren bei Flut von Hochwasser umspült. Dianne sah zu einem der alten Backsteingebäude hinauf, in dem sich Alans Praxis befand. Dann blickte sie in den Sturm hinaus, holte tief Luft und nahm die Hand ihrer Tochter.

Tut es weh?, hatte Dianne ihre Mutter gefragt. Das ist so wie bei einem Sturm, hatte Lucinda geantwortet.

Mit dreizehn hatte Dianne diesen Sturm in ihrem eigenen Körper gespürt. Als ob ein Hurrikan ihre Rippen zu sprengen drohte. Sie hatte zum ersten Mal ihre Periode, endlich die lang ersehnten Brüste und den ersten Liebeskummer. Doch dank ihrer Mutter hatte Dianne Worte, die ihren Empfindungen entsprachen.

Wie war das bei Julia? Sie sah wie ein Kind aus. Sie kannte keine Jungen, und wenn doch, was mochte sie darüber denken? Ihr Körper reagierte wie bei anderen Mädchen im Vorfeld der Pubertät, auch wenn der Verstand es nicht begriff.

»Mein großes Mädchen«, sagte Dianne.

Julia gab einen Laut von sich, als ob sie weinen würde.

»Schau, Julia.« Dianne deutete auf das Wasser. Hinter dem Yachtklub war das Wasser im Hafen aufgewühlt. Wellen brachen an den Molen, Gischtfontänen schossen in die Höhe. Sie streckte die rechte Hand aus und legte sie auf Julias Bauch. »Da drinnen in deinem Bauch passiert das Gleiche«, flüsterte sie.

Ob Julia sie verstand? Dianne wollte ihr begreiflich machen, dass alles in Ordnung war. Sie hätte ihr gerne die uralte Geschichte von den Vögeln und Bienen erzählt, von den Freuden und Leiden, eine Frau zu sein.
»Ich liebe dich, Julia. Hab keine Angst.«
Dann schwieg Dianne. Sie wusste, dass sie sich Julia nicht mit Worten verständlich machen konnte. Mit der einen Hand auf die tosende Brandung deutend, presste sie die andere behutsam auf Julias Bauch. Hab keine Angst vor dem Sturm in deinem Innern. Es ist nichts, was man fürchten müsste, meine Kleine, sagte sie in Gedanken.
Die Fenster von Alans Praxis gingen auf den Hafen hinaus. Ob er wohl dort oben am Fenster stand und ihren Wagen entdeckt hatte? Schon bei der Vorstellung spürte sie, wie sie ruhiger wurde.
Sie wollte nicht über den Grund nachdenken, aber sie konnte nicht umhin, sich zu erinnern, wie selbstverständlich es ihr vorgekommen war, dass sie gestern Nacht ihren Kopf an seine Schulter gelehnt hatte. Als er sie in den Armen hielt, hatte sie unbändiges Verlangen nach ihm verspürt. Sie dachte an seinen muskulösen Körper, seine starken Arme, die sie umfingen, und wusste, dass sie einander begehrt hatten. Sie hatten sich ein einziges Mal geküsst, vor Abermillionen Jahren.
Sie blickte zu seiner Praxis hinauf. Stand er am Fenster? Sie sah die Silhouette eines Mannes hinter der Glasscheibe; er schaute auf die Straße. Es musste Alan sein, wer sonst? Sie errötete, als hätte er sie dabei ertappt, wie sie ihn heimlich ausspähte. Sie rutschte auf ihrem Sitz nach unten, mit klopfendem Herzen. Die Jahre der Angst gehörten offenbar noch nicht der Vergangenheit an.
»Schau, da oben ist Onkel Alan.«
»Daaa!«, sagte Julia und wedelte mit den Händen.
Dianne blickte zu den Werften hinüber. Da war die Austernbaracke, in der sie mit Tim gewohnt hatte. In der Julia gezeugt worden war. Hatte sie damals gedacht, das Leben mit Alan sei

zu leicht, zu bequem und zu vorhersehbar? Hatte sie seinen Bruder geheiratet, den Taugenichts mit den Narben und dem abgebrochenen Zahn, um zu beweisen, dass sie Berge versetzen konnte? Dass es ihr mit ihrer Liebe gelingen würde, Tim McIntosh an den häuslichen Herd zu bannen, seine seelischen Verletzungen zu heilen?
Es war wirklich Alan, dort oben am Fenster. Es sah aus, als würde er gerade telefonieren und dabei aufs Meer hinausschauen. Er war groß und stark, und Dianne spürte die Stärke und Konzentration, die er ausstrahlte, und konnte den Blick nicht abwenden.
»Dlaaa.« Julias Stimme klang bekümmert; vielleicht war sie hungrig oder nass. Sie wurde immer unruhiger und begann zu weinen.
»Schon gut, meine Kleine. Wir fahren nach Hause.«
Dianne blickte zu Alan hinauf. Die Realität brach über sie herein, und sie wünschte sich, er käme herunter, sehnte sich danach, ihn zu sehen. Sie brauchte jemanden, der ihr sagte, dass alles gut werden würde, dass Julia sie verstanden hatte. Der Gedanke daran, wie Alans Arme sie umschlungen hielten, war kaum noch zu ertragen. Sie fühlte sich plötzlich schrecklich einsam. Im Schatten seiner Praxis, in Sichtweite der alten Austernbaracke, schloss Dianne die Augen und ergriff Julias Hand.

Alan stand am Fenster und beendete sein Telefonat. Ist das nicht Diannes Wagen am Pier? Was macht sie da unten bei strömendem Regen?, dachte er. Er würde Martha bitten, seine Patienten zu vertrösten und Anrufe entgegenzunehmen. Dann konnte er schnell seine Jacke anziehen und fragen, was los war. Doch in dem Moment, als er sich umdrehen und zur Tür gehen wollte, fuhr Dianne davon.
Alan hatte an diesem Tag viel zu tun gehabt. Ein Dreijähriger hatte Monopoly-Häuser verschluckt, und Alan war den ganzen Vormittag damit beschäftigt gewesen, herauszufinden, wie viele es sein mochten. Eins? Dreizehn? Die Mutter war völlig

aufgelöst. Sie war ins Zimmer gekommen, als er gerade eins in den Mund schob. Bevor sie es verhindern konnte, hatte er sich das nächste einverleibt. Auf dem Röntgenbild waren nur drei zu erkennen, und so hatte Alan eine ›Stuhlwache‹ verordnet und Mutter und Sohn nach Hause geschickt. Nun nahm er den Hörer des Telefons auf seinem Schreibtisch ab und wählte eine Nummer in Nova Scotia.

»Ja?« Die Stimme am anderen Ende der Leitung klang laut und polternd wie die Stimme der Bösewichte aus den Zeichentrickfilmen.

»Das ist ja eine nette Begrüßung!«, sagte Alan. »Sei froh, dass ich nicht zum International Dolphin Council gehöre, sonst könntest du die Forschungsgelder für deine Delfine gleich abschreiben.«

»Ich habe die Kohle bereits eingesackt. Warum soll ich denen schon wieder in den Arsch kriechen? Das Problem mit euch Ärzten ist, dass ihr so viel Wert auf gute Manieren legt. Muss daran liegen, dass ihr dauernd am Krankenbett hockt. Reine Zeitverschwendung, wenn du meine Meinung hören willst. Auch wenn du mich nicht darum gebeten hast.«

»Hallo, Malachy!«

»Hallo, Alan. Was verschafft mir die Ehre?«

»Ehre?«

»Klar. Schließlich erhält man nicht jeden Tag einen Anruf von einem viel beschäftigten Arzt.«

Alan stellte sich Malachy in seinem Ruderhaus vor. Seit er aus dem Ozeanografischen Institut in Woods Hole ausgeschieden und im Ruhestand war, hatte er sein eigenes Forschungszentrum in Lunenburg, Nova Scotia, aufgemacht. Er lebte und arbeitete auf dem alten Schleppkahn und zeichnete die Kommunikation der Meeressäuger auf. Eine sonderbare Beschäftigung für ein Raubein, dessen eigene Kommunikation bestenfalls auf tönernen Füßen stand.

»Wie ist das Wetter bei euch?«

»Klarer Himmel und blau. Hast du vor zu kommen?«

»Zu viel zu tun.«

»Ich hab eine gute Idee. Mach deine kleinen Patienten schneller gesund. Setz dir eine Frist bis Weihnachten. Dann hängst du deinen Beruf an den Nagel, kommst nach Kanada und hörst den ganzen Tag den Walen zu. Ich könnte dich gut gebrauchen.«

»Klingt verlockend.«

»Und was hält dich zurück? Mach ein Schild an die Praxistür, wünsche ihnen alles Gute, und komm her.«

»Alles Gute«, sagte Alan probeweise und blickte dabei auf die Bilderwand – auf die Säuglinge und Kleinkinder, seine Patienten, die ihm zulächelten.

»Das einzige Problem ist – was machen deine AMB, wenn du weg bist?«

»AMB …«

»Ja … die Hühnersuppen fänden keine Abnehmer mehr. Und die Schokoschichttorten und die selbst gestrickten Pullover.«

»Ich würde gerne mit dir tauschen.«

»Sie gehen mir aus dem Weg, die Schönen von Nova Scotia. Eine Ehefrau reicht fürs Leben.«

»Könnte an den Totenschädeln und gekreuzten Knochen an deiner Tür liegen. Oder an der Art, wie du Anrufer begrüßt.«

»Hör auf mit den alten Kamellen und komm zur Sache«, knurrte Malachy. »Ich war letzte Nacht sechs Stunden mit dem Hydrofon unterwegs und muss noch zwei Bänder abhören. Was ist los? Machen dich die Kinder fertig?«

»Sie verschlucken ihr Spielzeug.«

»Aha. Meiner hat einmal einen Seestern verputzt. Daran stirbt man nicht. Hast du sonst noch was auf dem Herzen?«

»Meine Nichte«, sagte Alan und sah auf Julias Patientenkarte.

»Tims Tochter?«

»Ja.«

»Ich höre.«

»Sie ist jetzt elf. Sie macht mir Sorgen, Mal, seit der Geburt.«

»Ich weiß, oder glaubst du, ich könnte mich nicht mehr daran erinnern? Wie in der Seifenoper. Was ist plötzlich anders?«

»Wie kommst du darauf, dass etwas anders sein könnte?«
»Du verfolgst ihre Entwicklung seit elf Jahren, und aus heiterem Himmel bist du völlig aus dem Häuschen. Hat sich ihr Zustand drastisch verschlechtert?«
Alan blickte aus dem Fenster. »Noch nicht.«
»Aber bald.«
»Ja. Hast du etwas von Tim gehört?«
»Ich rede mit ihm nicht über dich, und umgekehrt möchte ich es genauso halten. Damit handelt man sich nur Ärger ein. Was sagt die Mutter?«
»Sie weiß Bescheid, aber sie …«
»Sag nicht, dass sie es verdrängt.«
»Tu ich nicht.« Sein Freund und Mentor hatte immer gepredigt, Fachchinesisch zu vermeiden und Situationen nie mit hohlen Phrasen zu bagatellisieren, die klangen, als hätte er sie einem Zeitschriftenartikel entlehnt. »Aber so ungefähr stimmt es schon.«
»Hör zu. Du bist der beste Kinderarzt, den Harvard in den letzten zwanzig Jahren hervorgebracht hat. Ohne Ausnahme. Du hast alles getan, was in deiner Macht steht. Das Mädchen ist in guten Händen. Mehr kannst du ihr nicht bieten.«
»Aber ich würde gerne.«
»Ich habe dir von Anfang an gesagt, dass ein Ozeanograf es leichter hat«, entgegnete Malachy mit jetzt sanfter Stimme.
»Ja, manchmal wünsche ich mir, ich hätte auf dich gehört.«
»Wie geht es ihr?«
»Julia? Ich sagte doch, sie …«
»Nein, ich meine ihrer Mutter, Dianne.«
Alan erschauerte. Sein Herz klopfte. »Stammt die Frage von dir oder von Tim? Ist er bei dir?«
»Ich möchte es wissen.«
»Es geht ihr gut«, antwortete Alan. Ihm wurde bewusst, dass Malachy die zweite Frage nicht beantwortet hatte. »Es geht ihr sogar sehr gut.«
»Freut mich zu hören. Es war nicht ihre Schuld.«

»Nein. Nein, war es nicht.«
»Mies, wenn ein Bruder dem anderen die Freundin ausspannt.«
»Sie war nicht meine Freundin. Wir sind nur ein einziges Mal miteinander ausgegangen.«
»Du hast dir eingeredet, dass nicht mehr zwischen euch war. Du hättest den Mund aufmachen sollen, als du noch die Gelegenheit hattest. Aber du hast um des lieben Friedens willen geschwiegen, und das ist der Preis. Ein hoher Preis.«
»Hm.« Alan sah auf das aufgewühlte Wasser im Hafen.
»Alles in Ordnung, Alan?«
»Ich möchte die Sache ein für alle Mal bereinigen.«
»Mit Tim, meinst du?«
»Ja.«
»Wird auch Zeit. Hat keinen Zweck, alles in sich hineinzufressen, bis man daran erstickt.«
»So viel zum Thema Frieden.«
»Was soll daran friedvoll sein?«
»Ich weiß, worauf du hinauswillst«, sagte Alan. »Also, wenn du Tim siehst, ich meine, wenn er rein zufällig neben dir andockt, würdest du ihm dann bitte ausrichten, dass ich mit ihm reden muss? Und zwar schnellstens.«
»Ich werde die Augen offen halten«, versprach Malachy Condon.

Es regnete noch immer in Strömen. Buddy betrat das Haus, bis auf die Haut durchnässt und fluchend. Amy, die auf dem Fußboden beim Hundekäfig saß, *Anne of Green Gables* las und nebenbei fernsah, ignorierte ihn. Sie hörte, wie er in der Küche die Schranktüren aufriss und zuknallte. Eins hatte Amy im Laufe der Nachmittage mit Julia und Dianne gelernt, nämlich, dass man mit einer positiven Einstellung tausendmal weiter kommt als mit einer negativen.
Soll er doch fluchen und toben, dachte Amy, bemüht, sich auf das Buch zu konzentrieren, das Dianne ihr geschenkt hatte. Sie würde bei Buddy die gleiche Methode anwenden, mit der sie

bei David Bagwell Erfolg gehabt hatte – ihn bedauern. Solche elenden Würstchen konnten einem nur Leid tun. Doch als Buddy sich nun der Schlafzimmertür ihrer Mutter näherte, war ihr Mitleid wie weggeblasen.

»Geh nicht rein!«

»Wie bitte?«, fragte Buddy, die Hand auf der Türklinke.

»Ich sagte«, Amy schluckte, »lass meine Mutter in Ruhe.«

»Ich lasse mir in meinen eigenen vier Wänden keine Vorschriften machen, weder von dir noch von deiner Mutter.«

»Es ist unser Haus.« Amys Herz klopfte zum Zerspringen. Um sich Mut zu machen, versuchte sie sich Diannes Gesicht vorzustellen. Aber es half nicht, sie steckte zu tief in diesem Schreckenslabyrinth.

»Halt die Klappe, Amy«, sagte er kalt. »Und schalte den Fernseher aus, wenn du liest. Dein letztes Zeugnis war nicht gerade berauschend.«

Amys Zeugnisse waren das zweitschlimmste Thema nach der Tatsache, dass ihre Mutter die meisten Tage im Bett verbrachte. Sie schrumpfte zusammen wie eine Schnecke, die man mit Salz bestreut. Aber sie bemühte sich, Buddys Blick standzuhalten.

»Du hast Mommy wehgetan.«

»Was hast du gesagt?«

»Du hast ihr wehgetan. Ich hab's gesehen.«

»Halt dich raus, wenn Erwachsene sich streiten. Davon hast du null Ahnung.«

»*Keine* Ahnung heißt das.«

»Klugscheißerin, genau wie deine Mutter, die blöde Schnepfe, und du bist keinen Deut ...«

Amys Augen füllten sich mit Tränen. Wie konnte eine miese Ratte wie Buddy so etwas über ihre Mutter sagen? Wie hielt ihre Mutter es nur mit ihm aus – und warum mutete sie Amy das Gleiche zu? Ohne nachzudenken, sprang sie auf und rannte wie eine Furie durch die Küche.

»Sag das nie wieder!«

»Hast du sie letzte Nacht ›You've Got a Friend‹ singen hören?

Bildet sich ein, sie hätte eine gute Stimme. Dämliches Weibsbild. Veranstaltet einen Karaoke-Abend ohne Bühne.«
»Das war das Lieblingslied von meinen Eltern!«, schrie Amy und funkelte ihn wütend an.
Amy erkannte an seiner verdutzten Miene, dass er keine Ahnung gehabt hatte. Er packte ihren Arm und verdrehte ihn. Sein hässliches Gesicht wurde ganz spitz.
»Hat's dir Spaß gemacht, mir das unter die Nase zu reiben? Dann wollen wir doch mal sehen, wie es dir gefällt, wenn ich das Gleiche mit dir mache.«
Buddy war ihr gegenüber noch nie handgreiflich geworden. Doch jetzt schleifte er sie am Arm durch das Zimmer. Amy schrie auf, aber Buddy versetzte ihr einen Stoß, sodass sie zu Boden fiel, und öffnete den Hundekäfig. Der Welpe hatte sich in den hintersten Winkel gekauert, die Augen vor Schreck weit aufgerissen. Buddy zerrte ihn aus dem Käfig und feuerte ihn quer durch den Raum.
»Buddy, bitte!«, mischte sich Amys Mutter plötzlich mit leiser, ängstlicher Stimme ein. »Lass sie in Ruhe …«
»Reib es dir selbst unter die Nase«, sagte er und drücke Amys Gesicht in die Zeitung, die auf dem Boden des Hundekäfigs lag. »Vielleicht gefällt es dir ja, du Klugscheißerin.«
Amys Mutter schrie und riss an Buddys Arm. Amy würgte und weinte. Der Geruch raubte ihr den Atem, brannte in Augen und Rachen. Der kleine Hund schien in seiner Panik eine Pfütze auf den Teppich gemacht zu haben, denn mit einem Mal ließ Buddy abrupt ihren Hals los und trat mit den Füßen nach ihm.
»Verfluchter Köter!«, brüllte er. »Gottverdammtes Scheißtier. Du widerliches, räudiges – Müllsack her! Wo sind die Müllsäcke?!«
Amys Mutter rannte ihm in die Küche nach. Amys Gesicht war nass von Tränen, Rotz und Hundepisse. Sie hörte, wie ihre Mutter ihn anflehte, sich zu beruhigen, während Buddy wie ein Berserker im Putzschrank wütete, um an die Müllsäcke in der hin-

tersten Ecke heranzukommen. Amy war sicher, dass er den Hund ertränken wollte, und bei diesem Gedanken wurde ihr Kopf schlagartig klar.

Der Hund hatte sich unter dem Bett ihrer Mutter verkrochen. Sie lief zu ihm, nicht eine Sekunde zögernd. Buddy hatte sie in seiner Boshaftigkeit auf eine Idee gebracht. Sie zerrte den vom Speichel gelben Bezug von einem der Kopfkissen, kroch unter das Bett und schob den Welpen einfach hinein.

Während Buddy noch damit beschäftigt war, im Küchenschrank alles kurz und klein zu schlagen und sämtliche Frauen, Amys Vater, James Taylor und den Welpen mit der schwachen Blase zu verfluchen, rannte Amy aus dem Haus. Der Welpe zappelte im Kissenbezug, halb tot vor Angst.

»Wir gehen wohin, wo es besser ist. Viel, viel besser«, schluchzte sie, während der Hund im Kopfkissen immer wieder gegen ihren Rücken prallte.

Er fiepte und wand sich. Seine Klauen waren scharf, und er versuchte an Amy hochzuklettern wie ein Faultier am Baum. Es war stockdunkel im Sack, und er schnappte nach allem, was sich bewegte, erwischte sie an der Schulter und an der Schläfe. In der Eile war sie ohne Jacke oder Mütze aus dem Haus gelaufen. Sie war barfuß und ihre Füße waren noch nicht vom Strand abgehärtet.

Sie hörte Reifen quietschen. Buddy kurvte immer in der Nachbarschaft herum, wenn er wütend war. Amy rannte durch die Hintergärten und kürzte zwei Straßen ab. Ihre Füße schmerzten, und sie blutete aus einer Wunde an der Schulter, in die der Welpe in seiner blinden Panik immer wieder hineinbiss. Sie hatte Übung darin, nicht zu weinen, und machte nun Gebrauch davon, damit sie nicht Gefahr lief, von einer mitleidigen Nachbarin nach Hause zurückgebracht zu werden.

Ein Wagen bog um die Ecke und fuhr auf sie zu. Buddy war es nicht, denn sein Auspuff röhrte wie eine Maschinengewehrsalve, die ein ganzes Dorf niederstreckte. Amys Augen waren blind vor Tränen. Sie spähte über die Schulter. Der Wagen war ein Pick-up, ein grüner, mit Aufklebern vom Hafen und vom Aquarium im Fenster.

»Hallo, Amy!«, rief Dianne lächelnd und kurbelte die Fensterscheibe runter. »Soll ich dich ein Stück mitnehmen?«

»Hilf mir, Dianne«, schluchzte Amy und ließ beinahe den Hund fallen, als sie ihr die Arme entgegenstreckte. »Hilf uns, bitte!«

Dianne fuhr schnurstracks nach Hause. Amy weinte ununterbrochen. Fortwährend spähte sie über die Schulter, als wäre sie auf der Flucht. Julia war mucksmäuschenstill. Ihre Hände bewegten sich hin und her. Als Dianne den Pick-up geparkt und die Tür aufgesperrt hatte, rannte Amy in die Werkstatt. Mit wildem Blick stand sie in der Mitte des Raums und hielt ein zappelndes Bündel umklammert. Blut lief an ihrem Unterarm hinab.

»Amy, was ist passiert?«

»Ich musste ihn wegbringen«, sagte Amy. Sie stand wie angewurzelt da und hielt den Sack fest, als befände sich eine Bombe darin, wie ein Fanatiker, der sich anschickt, im Namen der Vaterlandsliebe einen terroristischen Anschlag zu begehen.

»Wen wegbringen?«, fragte Dianne. »Kind, du blutest …«

»Darf ich ihn rauslassen?« Amy fing wieder an zu weinen. »Ich kann ihn nicht mehr halten.«

»Ja, natürlich …«

Amy legte den Sack auf den Boden, der sich als schmutziges Kopfkissen entpuppte, aus dem nun ein schwarzer Welpe herauskroch. Er war langbeinig wie ein Reh. Das Weiße in seinen Augen blitzte vor Angst. Er hockte sich hin und machte eine Pfütze auf den Holzfußboden. Dann verschwand er wie der Blitz unter dem Sofa.

Dianne näherte sich Amy langsam, Schritt für Schritt. Das Mädchen zitterte am ganzen Körper und war kreidebleich. Offenbar hatte sie einen Schock. Ihre Lippen waren bläulich, und sie schnappte nach Luft wie ein Fisch auf dem Trockenen. Dianne breitete die Arme aus, und sie stürzte sich hinein.

»Hier bist du sicher«, flüsterte Dianne, obwohl sie keine Ahnung hatte, wovor Amy Schutz suchte. »Ich verspreche es.«
»Ich habe Angst um den Hund«, schluchzte Amy. »Er heißt Slash, aber so kann ich ihn nicht nennen. Der Name ist schrecklich. Wir müssen uns einen anderen ausdenken ...«
»Ja, da hast du Recht«, sagte Dianne mit einem Blick auf das Blut und die dunklen Male an Amys Hals. »Der Name passt zu einem blutrünstigen Kampfhund, aber nicht zu so einem niedlichen kleinen Kerl.«
Als sie Amy half, das T-Shirt auszuziehen, sah sie, dass sie aus einer Biss- und Kratzwunde blutete, die ihr der Hund zugefügt hatte. Amy beteuerte, es sei nicht seine Schuld gewesen, er sei verängstigt und verwirrt und habe sie nicht verletzen wollen. Dianne stimmte ihr zu; vermutlich war es wirklich im Eifer des Gefechts geschehen. Die Abschürfungen waren oberflächlich, und Dianne wusch sie behutsam mit Seifenwasser aus. Aber es blieb ein Würgemal zurück, das der Hund nicht gemacht haben konnte.
»Amy, wer war das?«
»Niemand.«
»Ich meine nicht die Bisse. Du hast da einen großen blauen Fleck ...«
»Ich hab mich nur angestoßen, als ich den Hund aus dem Käfig geholt habe!«
Dianne versuchte sich zu beruhigen. Wer immer sie auch verletzt haben mochte, hätte keinen deutlicheren Beweis hinterlassen können.
»Hat dich jemand geschlagen, Amy?«
»Nein!«
»Du kannst es mir ruhig sagen, Liebes. Ich verspreche dir, es wird alles ...«
»Es geht mir gut. Es ist nur der Hund. Ich wollte dir den Hund zeigen.«
Nachdem Dianne sie ein paar Minuten in den Armen gewiegt hatte, wurde Amy unruhig. Sie bückte sich und schaute unter

das Sofa, wo sich der Welpe versteckt hatte, blickte zu Stella empor, aus deren Korb nur die grauen Ohren hervorlugten, und lief zum Fenster. Dann ging sie beruhigt zu Julia, setzte sich auf einen Stuhl neben sie und legte den Kopf auf Julias Tisch. Julias Hände beschrieben zarte Muster in der Luft, als wollte sie ihre Freundin streicheln.
Dianne begab sich zu ihrem Schreibtisch. Den beiden Mädchen den Rücken zuwendend, wählte sie die Nummer von Alans Praxis. Es war spät, fast halb sieben, aber Martha war noch da.
»Hallo, Dianne«, meldete sich Alan gleich darauf.
»Hallo. Amy ist bei mir.«
»Prima. Wie geht es ihr?«
Dianne sprach leise. Ihre Stimme zitterte unkontrolliert. »Jemand hat sie verletzt. Sie streitet es ab, aber es ist ganz eindeutig ...«
»Ich komme sofort!«

Es ist schrecklich zu hoffen, Spuren einer Misshandlung zu finden, doch genau das tat Alan während der Fahrt zu Dianne. Er hatte eine Polaroid-Kamera dabei. Als Arzt kannte er das Elend, in dem manche Kinder lebten, hatte sich viele Lügen anhören müssen. Er hatte unterernährte Kinder gesehen, die nicht genug zu essen bekamen, die Brandmale von Zigaretten, die angeblich von einem Heizstrahler stammten, blaue Flecken nach einem angeblichen Sturz.
In solchen Fällen handelte Alan unverzüglich. Ein Anruf bei der Polizei genügte. Alan fuhr mit, wenn die Fürsorge das Kind abholte und vorübergehend bei Pflegeeltern unterbrachte, bis das Gericht über sein weiteres Schicksal entschied. Man fackelte nicht lange. Kinder schlagen und mit glühenden Zigaretten verbrennen, da hörte der Spaß auf.
Andere Fälle waren verzwickter. Misshandlung, so unglaublich es klang, hatte verschiedene Schattierungen. Da waren die gefühlskalten Eltern, die ihre Kinder mit Süßigkeiten und Geschenken überhäuften, ihnen aber die lebenswichtige Zuwen-

dung vorenthielten, die ihre Kinder nie in den Arm nahmen und küssten, sie nie spüren ließen, was eine liebevolle Berührung zu bewirken vermag. Noch grausamer waren die Eltern, die ihre Kinder verbal bestraften, die ihre eigenen Frustrationen und Zwänge an den Kindern ausließen, sie als dumm, hässlich, böse, Schlampe oder Niete bezeichneten.

Diese Kinder, die unter den Depressionen ihrer Eltern zu leiden hatten, lagen Alan besonders am Herzen. Kinder, die Liebe und Fürsorge kennen gelernt hatten, bis die Eltern eine Tragödie erlebt hatten und den Kummer nicht verarbeiten konnten. Manche verfielen wie Alans Mutter dem Alkohol. Andere zogen sich wie Amys Mutter die Bettdecke über die Ohren und stürzten ihre Kinder in Einsamkeit und Verzweiflung.

Buddy Slain war nicht Amys Vater, aber ein Teil ihrer Welt. Wenn ihr Körper Spuren einer Misshandlung aufwies, mussten sie von ihm stammen. In dieser Hinsicht kannte Alan kein Pardon. Er würde dafür sorgen, dass sie Tess Brooks' Obhut entzogen wurde, noch bevor die Sonne unterging, auch wenn sie noch so oft behauptete, dass sie ihre Tochter liebte.

Während Amy bei Julia saß, begann sie sich langsam zu beruhigen. Julia führte mit den Händen ihren Schmetterlingstanz auf, als hüllte sie Amy in einen schützenden Zauber ein. Ihre zarten Hände verscheuchten alle ängstigenden Gedanken. Sie flatterten an Amys Ohr vorbei, streiften ihre Haut, liebkosten ihr Haar. Julias Stimme war wie Samt, flüsterte ›gliii, gliii‹, eine friedvolle Botschaft.

Amy hatte sich schlafend gestellt, als Dianne Dr. McIntosh anrief, aber sie hörte jedes Wort. Deshalb musste sie entscheiden, was sie tun sollte.

Sie träumte mit offenen Augen vor sich hin, malte sich aus, dass Dianne sie adoptierte. Sie würde Amys Mutter werden, Julia ihre kleine Schwester, und alle würden glücklich hier leben. Die alte Mrs. Robbin als Großmutter zu haben war nicht schlecht. Amy würde die freie Auswahl unter den Büchern in der Bibliothek haben und in der Schule die Beste in Grammatik sein. Solche Phantasien hatten ihre Vorteile. Sie versuchte ständig, sie auszubauen, zu vervollkommnen. Warum sollten Julia und sie keinen Vater haben? Dr. McIntosh. Er und Dianne könnten sich ineinander verlieben. Sie würden gute Eltern sein, und alle wären glücklich und zufrieden.

Amy hatte schon immer gerne geträumt. Träume boten ihr eine Möglichkeit zur Flucht vor sich selbst, vor ihren Ängsten und Sorgen. Sie hatte geträumt, ein Hund, eine Katze, ein Delfin, eine Ameise und eine Fledermaus zu sein. Sie hatte sich haarklein ausgemalt, dass Buddy starb und ihr Vater von den Toten auferstand. Sie hatte sich mit der Vorstellung in den Schlaf gelullt, dass sie und ihre Mutter unter Wasser zu einem Korallenriff schwammen, von herrlichen Delfinen durch das kristallklare Wasser gezogen, in Delfine verwandelt wurden und sich ihrem Vater zugesellten. So viele wunderbare Träume ...

Eine Träne rollte an Amys Nase entlang. Aber nun galt es, in die Wirklichkeit zurückzukehren. Dr. McIntosh musste jeden Moment hier sein. Er würde sie nach den blauen Flecken fragen, die Dianne gesehen hatte, und Amy würde nichts anderes übrig bleiben, als zu lügen. So einfach war das. Sie kannte das Verfahren. CWS, die Jugendfürsorge, hatte bereits eine Akte über sie angelegt. Sie konnte ohne weiteres in ein Heim eingewiesen werden.

Und manchmal war das Amy nur recht.

Doch genau das war der Punkt, der sie bekümmerte. Ihr heimlicher Wunsch, aus dem freudlosen Haus herauszukommen. Weg von dem Geschrei und den Trinkgelagen, den Streitereien und wüsten Beschimpfungen, den heruntergezogenen Jalousien und Bierflaschen, die Buddy dahinter versteckte. Es gab noch Familien wie Dianne und Julia, deren Leben zwar nicht perfekt war, die sich aber trotzdem liebten.

Doch das bedeutete, dass sie ihre Mutter verlassen musste.

Bei dem Gedanken unterdrückte Amy ein Schluchzen. Sie liebte ihre Mutter mehr als alles andere auf der Welt, mehr als die

Traummädchen ihre Traummütter. Dieses Gefühl ließ sie von Kopf bis Fuß erzittern. Sie gab keinen Laut von sich, damit Dianne sie nicht hörte. Aber Julia hörte sie. Oder sie spürte etwas, denn ihre Hände hielten in ihrem Schmetterlingstanz inne und legten sich auf Amys Kopf.

Amy lag einfach da und ließ ihren Tränen freien Lauf. Julias Hände tätschelten sanft Amys Haar. Sie atmete rasselnd ein und aus, ohne einen Laut von sich zu geben, aber ihr Schweigen sagte alles. Amy kannte die Sprache der wortlosen Verständigung. Auch sie beherrschte sie, in tausend unterschiedlichen Schattierungen, selbst mit der Katze auf dem Regal und dem Hund unter dem Bett. Sie lag reglos da und tauschte sich mit ihrer Freundin und den Tieren aus.

»Amy? Sagst du uns jetzt, was los war?«, fragte Dianne.

»Niemand hat mich geschlagen«, erklärte Amy ruhig zum dritten Mal. »Ich habe mich am Hundekäfig angestoßen.«

»Und das ist die Wahrheit, Amy?« Alan blickte ihr prüfend in die Augen.

Kinder waren von Geburt an aufrichtig. Wenn sie auf die Welt kamen, kannten sie nichts als die Wahrheit – das Badewasser war nass, das Handtuch trocken, die Milch stillte den Hunger, die Mutter roch wie die Mutter. Einige Kinder lernten lügen, wenn sie älter wurden, und das ging Alan unter die Haut. Er durchschaute sie vom ersten Augenblick an. Amy hatte schon eine Weile nicht mehr geflunkert.

»Ja!«, antwortete Amy und wich seinem Blick aus.

»Amy, du warst völlig aufgelöst, als ich dich auf der Straße aufgelesen habe«, sagte Dianne ruhig. Sie hielt sich im Hintergrund, die Arme vor der Brust verschränkt, unschlüssig, ob sie überhaupt zur Teilnahme an dem Gespräch berechtigt war. Alan machte Anstalten, sich zu ihr zu begeben, sodass sie einen Schritt vortrat und sich neben ihn stellte.

»Dianne sagte, dass du weder Schuhe noch eine Jacke anhattest«, fuhr er fort.

»Genau wie sie.«

Alan sah auf Diannes nackte Füße, die aus den Hosenbeinen ihrer Jeans hervorschauten. Im Laufe der Zeit hatte er sie in ihren eigenen vier Wänden oft barfuß gesehen.
»Im Auto habe ich Schuhe getragen. Und draußen auch«, erwiderte Dianne.
»Ja, aber …«
»Lenk nicht vom Thema ab«, sagte Alan. »Es geht hier nicht um Schuhe, sondern um die Würgemale, Amy. Du weißt, dass ich mir große Sorgen um dich mache. Warum seid ihr weggelaufen, du und der Hund?«
»Der Hund mag Buddy nicht.«
»Aha, Buddy also. Hat er dich geschlagen?«
»Nein«, antwortete Amy mit Nachdruck. Alan sah wieder ihren ausweichenden Blick. Er konnte ihre Gedanken erraten. Sie wusste, dass man sie, wenn sie Buddy verriet, in ein Heim stecken und von ihrer Mutter trennen würde.
Alan sah das Bett mit der schlafenden Frau vor sich, die Decke über den Kopf gezogen. Er sah das Bild vor sich, als wäre es erst gestern gewesen. Er wusste Bescheid über Mütter, ihren Schmerz, wie sie Vergessen suchten.
»Amy, wir wollen dir doch nur helfen.« Dianne kniete sich vor Amy hin und nahm ihr Hand. Dianne liebte ihre Tochter über alle Maßen und fand, so sollte es bei allen Müttern sein. Konflikte dieser Art waren ihr fremd, und sie hatte angenommen, es würde Amy leicht fallen, die Wahrheit zu sagen.
»Buddy hat den Hund geschlagen«, flüsterte Amy, den Blick starr ins Leere gerichtet. »Das ist alles. Er hat nur den Hund geschlagen.«
»Baaaaaa«, jammerte Julia. Als Alan kam, war sie ruhig gewesen. Nun weinte sie, und Dianne eilte zu ihr. Alan spürte Diannes Frustration. Er saß neben Amy und sah, wie das Mädchen sich verschloss. Es war immer das Gleiche, wenn es zu Hause Probleme gegeben hatte. Sie schwieg und zog sich in ihr Schneckenhaus zurück. Auch jetzt stand sie auf und verkroch sich in einem von Diannes halb fertigen Spielhäusern.

Alan überprüfte, ob sich ein Film in der Kamera befand. Er würde trotzdem eine Aufnahme von der Verletzung machen.
Dianne sah ihn von der anderen Seite der Werkstatt an. Ihr Blick war herausfordernd. Sie war gespannt, wie er das Problem lösen und einem misshandelten Kind helfen würde, das Angst hatte, Hilfe anzunehmen. Alan dachte an die Lügen, die Leute erzählten, weil sie sich vor der Wahrheit fürchteten.
Es war kein Zufall gewesen, dass er Malachy angerufen und versucht hatte, Tim ausfindig zu machen. Alan musste sich mit seinem Bruder aussprechen und Dianne die Wahrheit sagen – die ganze Wahrheit. Elf Jahre mit einer Lüge zu leben hatte seinen Tribut gefordert. Er hatte sie vom ersten Tag an geliebt, sie aber nicht bedrängen wollen und sein Bestes getan, um seine Gefühle zu verbergen. Er hatte ihr etwas vorgemacht, doch jetzt musste Schluss damit sein.

Lucinda Robbins hatte zwei Wildfasane gekauft, um Dianne und sich selbst etwas Gutes zu gönnen; als sie erfuhr, dass Alan und Amy zum Abendessen bleiben würden, hatte sie das Geflügel einfach halbiert und zwei Portionen Reis zusätzlich gekocht. Das Festessen ließ sich zäh an, aber was konnte man auch anderes erwarten, nachdem die Leute von der Fürsorge eine geschlagene Stunde damit verbracht hatten, alle Beteiligten ins Kreuzverhör zu nehmen.
»Amy, kochst du gerne?«, fragte Lucinda.
»Kochen?«, erwiderte Amy, als hätte sie das Wort noch nie gehört.
»Ich frage, weil wir in der Bibliothek neue Kochbücher für Teenager haben. Sie stehen noch nicht einmal im Regal, da ich mich nicht von Marshmallow Fizz, Schokoladen-Himbeer-Shebang und den anderen exotischen Rezepten trennen konnte.«
»Amy ist eine gute Köchin«, erklärte Alan, der zwischen Amy und Julia saß. Und beide sahen ihn an, als wäre er ihr Vater.
»Gaaa«, sagte Julia.

»Sie macht die besten Milchshakes der Welt«, fuhr Alan fort und hielt Julia den Strohhalm an die Lippen. »Sie würden dir schmecken.«
»Daran erinnern Sie sich?«, fragte Amy mit zitternder Stimme. Sie hatte dunkle Ringe unter den Augen, und ihre Lider waren vom Weinen geschwollen.
»Wie könnte ich das vergessen! Du hast mir vor dem Feuerwerk am Vierten Juli das leckerste Picknick meines Lebens gebracht.«
»Ihr beide seid offenbar schon lange befreundet«, meinte Dianne.
Amy nickte. »Seit ich klein war.«
»Hast du dir die Bilderwand in meiner Praxis einmal angesehen? Die mit den Babyfotos? Dort hängen vier Aufnahmen von diesem Mädchen.«
»Wow«, sagte Dianne und schnitt ein Stück Wildfasan ab.
Lucinda musterte Amy Brooks verstohlen. Sie kannte die meisten Kinder und Jugendlichen aus der Bibliothek, aber Amy hatte sie dort noch nie gesehen. Wenn ein Kind nicht in die Bibliothek kam oder las, war es nicht ihm anzulasten, sondern den Eltern, die es nicht dazu anhielten.
Lucinda hatte zweieinhalb Leser-Generationen kommen und gehen sehen, und sie hätte geschworen, Tess Brooks wäre ein besseres Vorbild für Amy. In ihrer Jugend war sie eine richtige Leseratte gewesen. Ein Kind ohne Leihbücher war wie eine Pflanze ohne Wasser – es verdorrte, war in seinem geistigen Wachstum gehemmt, war wurzellos. Wenn Julia doch in der Lage wäre zu lesen! Als sie nun von Dianne zu Julia blickte, spürte sie eine schmerzhafte Enge in ihrer Brust.
»Was ist das für ein Geflügel?«, erkundigte sich Amy und stocherte mit der Gabel im Essen herum.
»Ein Wildfasan«, sagte Dianne.
»An dem ist so wenig dran«, erwiderte Amy zweifelnd.
»Du musst ihn nicht essen.«
»Ich möchte schon. Aber ich kann ihn nicht schneiden.«

Dianne streckte die Hand über den Tisch, um ihr zu helfen. Lucinda sah zu, wie sie Amy Messer und Gabel in die Hand gab. Eine unbedeutende Sache, einem Kind beizubringen, wie man das Besteck richtig handhabte. Sie blickte Julia an, die in ihrem Hochstuhl saß und ein Lätzchen umgebunden hatte. Ihre Augen wanderten unruhig am Tisch hin und her, und Lucinda lächelte ihr liebevoll zu, als ihre Blicke sich trafen.

Julia und Amy, dachte Lucinda, kaum zu glauben, dass die beiden fast gleichaltrig sind. Zwei bezaubernde kleine Mädchen, die Hilfe brauchten. Es gab nichts, was Lucinda, Dianne und Alan nicht für sie getan hätten, sofern es in ihrer Macht stand. Amy schien die liebevolle Zuwendung, die in der Tischrunde spürbar war, wie ein Schwamm aufzusaugen. Auch Dianne schien aufzublühen. Sie glühte vor Eifer, während sie dem Mädchen half.

Vor zwölf Jahren hatte Dianne an eben diesem Tisch gesessen, Tims Hand gehalten und Lucinda die Neuigkeit erzählt. Sie war schwanger! Dianne hatte vor Glück gestrahlt. Als könnte sie nicht glauben, dass ein Lebewesen in ihr heranwuchs, hatte sie die rechte Hand auf den noch flachen Bauch gelegt. Sie hatte sich schon immer Kinder gewünscht, solange sie denken konnte.

»Was ist denn das?«, fragte Amy, die eine Korinthe in ihrem Reis mit Schalotten, Walnüssen und Schnittlauch gefunden hatte.

»Eine Korinthe«, antwortete Dianne. »Das ist eine Art gelbe Rosine.«

»Im Reis?«, fragte Amy ungläubig, aber aufgeschlossen für alles Neue.

»Wenn der Reis noch andere Zutaten enthält, nennt man ihn Pilaw«, erklärte Alan.

»Ich verfeinere meine Gerichte gerne«, sagte Lucinda.

»Deine Verfeinerungen sind köstlich, Lucinda«, lobte Alan. Er hatte seinen Teller bis auf den letzten Krümel geleert, und Lucinda strahlte.

»Danke. Du musst öfter kommen, um das Brot mit uns zu brechen.«
»Brot?«, Amy runzelte die Stirn, da sie kein Brot auf dem Tisch entdecken konnte.
»Das ist ein Zitat«, erklärte Dianne. »Meine Mutter meint, es wäre schön, wenn er häufiger bei uns essen würde.«
»Zitat«, sagte Amy niedergeschlagen, als hätte sie die Hoffnung aufgeben, so viele Dinge gleichzeitig zu behalten.
»Und ein Zitat ist eine Art Redewendung wie: ›Es regnet Bindfäden‹ oder ›Aus den Augen, aus dem Sinn‹«, sagte Dianne.
»Ich werde Lucinda beim Wort nehmen, wenn sie mich auffordert, öfter das Brot mit euch zu brechen«, ließ sich Alan vernehmen.
»Du bist jederzeit willkommen«, sagte Lucinda.
»Das ist schön.« Amys Stimme war leise und dünn. »Wie Sie Leute einladen. Sie haben nicht einmal gewusst, dass wir kommen, und Pilaw gemacht …«
»Pilaw geht ganz leicht«, erwiderte Lucinda.
»Wir zeigen es dir«, sagte Dianne so hastig, dass sie sich verriet. Lucinda konnte es kaum ertragen, die Freude in ihren Augen zu sehen. Dianne hatte so viel zu geben, mehr, als Julia verkraften konnte. Für sie würde es keinen Kochunterricht geben, keine Schulung in den Ausdrucksformen des Lebens. Amy war ein Geschenk des Himmels, aber manchmal hatte Lucinda Angst, dass Dianne sich zu sehr an sie gewöhnten könnte, denn das Mädchen würde zu seiner eigenen Mutter zurückkehren.
»Daaa«, machte sich Julia bemerkbar.
»Hallo, Kleines«, sagte Dianne.
»Sie möchte noch Milch«, meinte Amy.
Alan hielt Julia den Strohhalm an die Lippen, und sie saugte geräuschvoll.
»Wo ist eigentlich Julias Vater?«, fragte Amy. Sie sah verwirrt aus, und die Frage schien eine tiefe Bedeutung für sie zu haben.

»Weg«, antwortete Dianne.
»Auf See«, sagte Alan rau.
»Wie mein Vater«, erwiderte Amy mit gebrochener Stimme. »Nur, dass er noch lebt. *Er* sollte Julia die Milch geben und nicht Sie. Ich wünschte, er wäre hier …«
»Er ist nicht wie dein Vater«, erklärte Dianne.
»Auch Familien, die nicht perfekt sind, können sich lieb haben.«
»Und sollten es«, ergänzte Alan.
»Lieben Sie Ihren Bruder?«
»Das ist eine schwierige Frage«, antwortete Alan mit zusammengebissenen Zähnen. »Ja, ich denke schon. Er ist schließlich mein Bruder.«
Dianne wandte den Blick ab. Lucindas Kehle war wie zugeschnürt aus Mitleid mit all ihren traurigen, verzweifelten Kindern.
»Sie sollten einen Winnebago mieten und ihn suchen. Sie könnten in jedem Fischerhafen Plakate mit seiner Beschreibung aufhängen und ihn zu Julia nach Hause bringen, bevor es zu spät ist.«
»Zu spät wofür?«, fragte Dianne, als wäre Amy hellsichtig.
»Sein Schiff könnte untergehen wie bei meinem Vater. Dann würde er Julia nie kennen lernen. Nie, nie. Sie hätten keine Chance mehr«, sagte Amy, und Tränen kullerten über ihre Wangen. »Sie tun mir so Leid …«
»Wer?«, flüsterte Dianne und nahm Amys Hand.
»Alle«, schluchzte Amy. »Alle Eltern, die ihre Kinder lieben, und alle Kinder, die ihre Eltern lieben. Ich liebe meine Mommy! Ich will sie nicht verlieren.«
»O Amy!«
Alan blickte Dianne so eindringlich an, dass Lucinda unwillkürlich den Atem anhielt. Seine Gefühle spiegelten sich in seinen Augen wider, in der Anspannung seines Nackens und seiner Schultern, als wäre die Liebe zu Dianne eine Last, die er nicht länger zu tragen vermochte. Er war völlig gebannt von ihr. Er konnte sich kaum zurückhalten, als er sah, wie Dianne

weinte und Amy in den Armen hielt. Lucinda blieb nicht verborgen, unter welchem Druck er stand.
»Sie braucht mich«, schluchzte Amy. »Lass nicht zu, dass ich von ihr weg muss.«
»Jeder Mensch braucht einen anderen«, flüsterte Lucinda, als sie sah, wie Alan Dianne anblickte.

11

Amy sollte vorläufig bei den Robbins bleiben. Dianne bezog das Gästebett in Julias Zimmer. In der ersten Nacht machte Amy kein Auge zu. Sie stand ständig auf und wanderte herum, kniete sich vors Fenster und starrte hinaus, als hoffe sie, ihre Mutter würde sie holen. Dianne konnte auch nicht schlafen. Am liebsten hätte sie Alan angerufen, um ihn zu bitten, bei ihnen zu übernachten. Als sie Amy weinen hörte, ging sie hinein.

»Du darfst doch irgendwann wieder nach Hause zurück.«

»Sie kommt ohne mich nicht zurecht«, schluchzte Amy.

»Ich bin sicher, dass sie dich vermisst.«

»Sie vergisst immer, ihre Vitamine zu nehmen. Und wenn ich weg bin, wird Buddy ihr wehtun. Er reißt sich am Riemen, wenn ich da bin.«

Was ist das für eine Welt, in der Kinder gezwungen sind, ihre Eltern zu beschützen, dachte Dianne. Eigentlich sollte es andersherum sein. Julia schlief tief und fest, ihr Atem rumpelte wie ferner Donnerhall. Vor dem Fenster kniend, blickte Amy in die Richtung, in der ihr eigenes Zuhause lag. Ziegenmelker schrien in den Marschen. Die Nacht war so finster, dass sämtliche Sternenkonstellationen zu erkennen waren – Drache, Kepheus, Kassiopeia. Die Milchstraße glich einem breiten sternenübersäten Fluss.

»Deine Mutter möchte sicher, dass du schläfst«, sagte Dianne und legte die Hand auf Amys Schulter.

»Ich habe Angst, dass etwas Schlimmes passiert.«

»Ich weiß.«

»Das möchte ich nicht.«

»Das kann ich gut verstehen.« Alan wüsste in einer solchen Situation genau, was zu tun war. Wenn er jetzt hier wäre, würde

er Amy in den Arm nehmen und trösten, würde die richtigen Worte finden. Genauso, wie er es immer bei Dianne versucht hatte.
Auf der gegenüberliegenden Seite des Hofes konnte sie ihre Werkstatt ausmachen. Stella saß auf der Fensterbank und betrachtete wie üblich die Sterne. Ihr Kopf war emporgereckt, und selbst auf die Entfernung vermochte Dianne die Sehnsucht in ihren Augen zu erkennen.
»Schau«, sagte Dianne, ihr Gesicht an Amys geschmiegt. Die Wangen des Mädchens waren nass, und Dianne spürte das leise Beben lautloser Tränen. »Deine Freundin.«
»Meine Freundin?«
»Stella. Sie hält nach Orion Ausschau.«
»Jede Nacht?«
»Jede Nacht. Selbst wenn es bewölkt ist. Immer. Sie weiß, dass er da ist, auch wenn sie ihn nicht sehen kann.«
»Sie glaubt daran«, sagte Amy gebrochen.
»Ja. Sie hat Vertrauen. Wahrscheinlich hat sie schon zum Himmel hinaufgeschaut, als sie noch ganz klein war und in der Steinmauer lebte. Ich wette, sie dachte, Orion sei ihr Vater. Er wird auch der Jäger genannt, aber er hat sie beschützt.«
»Wie mein Vater ...«, sagte Amy mit einem Blick zum Himmel. Dianne sah zuerst Amy an, dann über den dunklen Hof zu Stella hinüber. Das junge Mädchen und die sonderbare kleine Katze waren in die Betrachtung von Orion versunken und dachten dabei an ihre Väter. Dianne legte den Kopf in den Nacken und dachte an Emmett. Und an einen anderen Mann, der kein Vater war, aber einen guten abgegeben hätte – an Alan.

Nach vier Tagen weigerte sich der verschreckte Welpe immer noch, unter dem Sofa in Diannes Werkstatt hervorzukommen. Dianne verwahrte dort Architekturbücher, Fotoalben und interessante Rohholzstücke, hinter denen er Zuflucht gesucht hatte. Man sah nichts von ihm, nicht einmal die Augen.
Dianne hatte je eine Schale mit Futter und Wasser neben den

Schreibtisch gestellt, aber er traute sich nicht einmal heraus, um sich mit dem Lebensnotwendigsten zu versorgen. Am zweiten Abend schob Dianne die Schalen unter das Sofa. Sie hatte noch nie ein Tier gesehen, das so viel Angst hatte.

Noch schlimmer war für sie die Vorstellung, was Amy gesehen und durchgemacht haben musste. Dianne beobachtete, wie das Mädchen abwechselnd aus dem Fenster und auf das Telefon starrte. Sie vermisste ihre Mutter. Alle zweiundsiebzig Stunden waren neue Entwicklungen eingetreten. Zunächst eine einstweilige Verfügung zu ihrem Schutz, die Amy der mütterlichen Sorge entzog. Dann eine Anhörung, bei der Alan zum zeitweiligen Vormund bestellt wurde. Und zum Schluss die Entscheidung, dass Amy vorübergehend bei Dianne in Pflege bleiben sollte, für eine Zeitspanne, die das Vormundschaftsgericht noch festlegen würde.

Amys blauer Fleck hatte sich schwarz verfärbt. Wenn Dianne sie anblickte, drohte sie vor Wut zu ersticken.

Amy war der Traum jeder Mutter – robust, hübsch, lebhaft, aufgeweckt, folgsam. Wie war es möglich, ein solches Kind nicht von ganzem Herzen zu lieben? Wie konnte eine Mutter ihr Leben vergeuden und die freien Stunden verschlafen, statt sie mit ihrer Tochter zu verbringen? Wie konnte Tess Brooks zulassen, dass ihr Freund Amy und sie verletzte?

Dass Amys Liebe zu ihrer Mutter unvermindert anhielt, brach Dianne das Herz. Sie hatte viel von ihrer Lebhaftigkeit eingebüßt. Sie redete kaum noch, aß fast nichts. Wenn Dianne sie fragte, in welcher Farbe sie die Tür ihres neuesten Spielhauses streichen sollte, zuckte Amy gleichgültig mit den Schultern. Nicht einmal Julia gelang es, ihre Aufmerksamkeit zu wecken. Amy starrte unentwegt Löcher in die Luft.

Bis Stella ihren Hochsitz im Korb verließ.

Die Katze umrundete das Sofa. Sie sah weder ängstlich noch besonders neugierig aus, sie hielt lediglich nach dem besten Beobachtungsposten Ausschau. Unter dem Sofa befand sich ein Hund. Ein seltsamer Hund. Nichts entging ihrer Aufmerksam-

keit, und an ihren Bewegungen erkannte Dianne, dass sie etwas vorhatte.
»Amy, schau!«
Amy sah zu der Katze hinüber, dann blickte sie Dianne fragend an. »Was macht sie da?«
Stella duckte sich und wackelte mit ihrem Gesäß hin und her, bis sie die richtige Position gefunden hatte, um eine Weile auszuharren. Sie befand sich nun allem Anschein nach auf gleicher Höhe mit der Stelle, an der sich der Welpe verkrochen hatte. Die türkisgrünen Augen der Katze waren auf den schmalen Spalt zwischen Bettüberwurf und Fußboden fixiert.
»Sie wartet.«
»Hat sie keine Angst?«, fragte Amy, während ein Funke ihres früheren Wissensdurstes in ihren Augen entflammte. »Er ist doch viel größer als sie ...«
»Also ...«
»Ich weiß, sie möchte seine Freundin sein!«, unterbrach Amy sie.
»Wahrscheinlich. Sie gibt ihm damit zu verstehen, dass er in Sicherheit ist.«
»Aber Stella fühlt sich doch nirgends sicher«, sagte Amy und blickte zum Regal hinauf. »Sie versteckt sich den ganzen Tag in ihrem Korb. Unseretwegen ist sie noch nie heruntergekommen.«
»Vielleicht ist es für sie selbst eine Beruhigung, wenn sie ihm klarmacht, dass er nichts zu befürchten hat.«
»Ob sie ihm heute Nacht Orion zeigt? Wenn die Sterne herauskommen?«
»Überraschen würde es mich nicht.«
»Orion! So soll er heißen!«, rief Amy plötzlich.
»Der Hund? Orion?«, sagte Dianne.
»Stella und Orion ...«
Amy ging zu Julia. Julia hatte den ganzen Tag vor sich hin gedöst, aber jetzt war sie hellwach, als Amy sich zu ihr gesellte. Sie hob den Kopf und blickte ihre Freundin mit großen Augen

an. Amy ging neben Julias Stuhl in die Hocke, wie die Katze es mit dem Hund gemacht hatte.

»Jetzt haben wir zwei Haustiere«, flüsterte Amy. »Ich habe noch nie einen Hund getauft. Sein Name ist Orion. Die Männer können ihn von ihren Booten aus am Himmel sehen, Julia. Dein Vater und meiner. Wenn sie auf dem Weg nach Hause den Sternen folgen, weist Orion ihnen den Weg.«

Julia wiegte sich hin und her. Amys Stimme schien sie einzulullen. Das Gesicht voller Vertrauen und Hingabe, schmiegte sie sich an ihre Freundin. In Amys Augen standen Tränen; es tat weh, Menschen zu lieben, die nicht da waren. Dianne wusste nur allzu gut, was Sehnsucht bedeutete. Julia hatte einen Vater, und er war nicht wie Alan. Dieses Wissen, so unabänderlich wie die Sterne, brach Dianne das Herz.

Am Wochenende fuhr Alan zu Amy nach Hause, um ein paar Sachen zu holen, die sie brauchte. Als Dianne seinen Wagen vorfahren hörte, lief sie hinaus.

»Du siehst aus, als wär dir ein Gespenst begegnet.«

»Tess Brooks. Sie schaut aus wie Lady Macbeth mit ihrem leeren, gehetzten Blick. Kein Wunder bei dem Albtraum, in dem sie lebt. Sie schwört Stein und Bein, dass Buddy keine Schuld trifft. Der Hund hat angeblich nach Amy geschnappt, und da hat er das Mädchen beiseite gestoßen. Beißt der Hund?«

»Der hat sich in der hintersten Ecke vom Bett verkrochen. Wir haben ihn noch nicht zu Gesicht bekommen. Aber Amy sagt Nein, und ich glaube ihr.«

»Ich auch.«

»Hat ihre Mutter gelogen?«

»Um Buddy zu schützen. Tess Brooks leidet unter schweren Depressionen, und er hat ihr eingeredet, dass sie nicht alleine zurechtkommt. Er ist gewalttätig, ein richtiger Mistkerl, und erzählt ihr andauernd, sie könne sich glücklich schätzen, jemanden wie ihn zu haben.«

»Sie kann einem Leid tun. Aber was ist mit Amy? Würde die Frau lügen, statt ihre Tochter zu verteidigen?«
»Sie lügt aus Verzweiflung und Angst.«
Dianne kam es vor, als spräche er über seine eigene Mutter. Sie wusste von Tim, dass sie nach Neils Tod flaschenweise Wodka gekauft hatte. Sie hatte ihn getrunken, ohne einen Hehl daraus zu machen, und den Jungen erzählt, es sei Wasser. Später, als die Ausrede nicht mehr verfing, hatte sie die Flaschen versteckt und heimlich getrunken. Einmal hatte sie einen Autounfall verursacht und behauptet, sie habe einem Hund ausweichen müssen. Sie war seitlich in einen parkenden Van gerutscht und über die Kreuzung geschlittert, und den Polizisten, die den Unfall aufnahmen, hatte sie weisgemacht, sie leide seit dem Tod ihres Sohnes unter Migräne und habe infolge der Sehstörungen nicht einmal den vorbeifahrenden Bus bemerkt.
»Was hat sie sonst noch gesagt?«, fragte Dianne. Bei dem Gedanken an Tess Brooks geriet sie in Wut, und ihr Blutdruck schnellte schlagartig in die Höhe.
»Sie will Amy zurückhaben.«
»Hat sie das gesagt?«
»Natürlich. Sie hat versprochen, eine Psychotherapie zu machen, Buddy vor die Tür zu setzen, alles zu tun, was man von ihr verlangt. Sie ist mit den Nerven am Ende.«
»Wie konnte sie zulassen, dass Amy verletzt wird?« Dianne stand zitternd da, die Arme vor der Brust verschränkt. Sie sah die Würgemale wieder vor sich.
»Sie macht sich große Vorwürfe.«
»Ein bisschen spät«, erwiderte Dianne.
»Jeder verdient eine zweite Chance«, meinte Alan.
Dianne blickte ihn entgeistert an. Wie konnte er so etwas sagen? Nach allem, was seine eigene Mutter Tim und ihm angetan hatte? Aufgebracht schüttelte Dianne den Kopf.
»Ich kann ihr das nicht verzeihen. Was Amy durchmachen musste, und sie hat tatenlos zugeschaut! Wenn ich denke, wie ich reagiert hätte, wenn Julia …«

»Du bist anders.«
»Gott sei Dank! Ich schlafe auch nicht den ganzen Tag!«
»Sie ist kein schlechter Mensch. Sie ist krank.«
»Ich verstehe nicht, wie du sie in Schutz nehmen kannst!« Dianne blickte auf ihre bloßen Füße hinunter, damit er nicht sah, dass ihr vor Wut die Tränen in die Augen traten. »Bei deinem Elternhaus.«
»Glaubst du, Tim wäre hier, wenn unsere Mutter nicht getrunken hätte?«
Diannes Kopf schnellte hoch.
»Das habe ich mir früher einmal gewünscht, aber das ist lange vorbei. Trotzdem, irgendetwas ist in seiner Kindheit geschehen, das ihn zu dem Mann gemacht hat, der er war. Ich gebe zu, ich denke oft darüber nach. Ich überlege, wie alles angefangen hat. Wenn sie sich mehr mit ihren Kindern beschäftigt hätte als mit der Flasche … dann wäre Tims Leben anders verlaufen, da bin ich mir sicher. Er wäre bei mir und Julia geblieben …«
»Jetzt mach aber mal einen Punkt, Dianne«, sagte Alan erregt. »Du kannst dir doch nicht im Ernst wünschen, er wäre bei euch geblieben?«
»Er ist Julias Vater.«
»Nur dem Namen nach.«
Dianne hätte ihn am liebsten zum Teufel gewünscht. Die Realität brach erneut über sie herein. Was bedeuteten die Worte ›nur dem Namen nach‹, wenn es um Eltern ging? Blut war dicker als Wasser.
Julia war Tims Tochter, und keiner von ihnen würde das jemals vergessen. Sie hörte Alans Atem. Sie fühlte sich ausgebrannt, wäre am liebsten davongelaufen.
»Ich kann nicht über Tim reden.«
»Ich möchte ihn am liebsten an den Haaren hierher zerren, damit er sieht, was er angerichtet hat.«
»Er ist nicht einmal in der Lage zu sehen, was er in seinem eigenen Leben angerichtet hat«, sagte Dianne und spürte, wie das Blut aus ihren Wangen wich.

»Ich muss das auch, tagaus, tagein. Manchmal ist es nicht einfach …«
»Ihr beide seid völlig verschieden.«
»Gott sei Dank. Aber du und ich, wir haben vieles gemein.«
»In gewisser Hinsicht schon«, flüsterte sie. Sie spürte seinen Atem auf ihren Armen und bekam eine Gänsehaut. Er stand so nahe vor ihr, dass ihr schwindelte.
»Du hast dir nichts vorzuwerfen, du bist die liebevollste Frau, die ich kenne«, sagte er.
»Bei Julia schon.«
»Und bei Amy. Du hast sie vom ersten Tag an in dein Herz geschlossen.«
»Ich möchte, dass Amy bei uns bleibt, Alan. Solange sie uns braucht.«
»Nur wenn dir bewusst ist, dass ihre Mutter sie wieder bei sich haben möchte und Amy zu ihr will.«
»Das weiß ich«, erwiderte Dianne und blickte zur Werkstatt hinüber. Die Mädchen waren dort und beobachteten die Tiere.
»Ich könnte es nicht ertragen, dass du noch einmal von einem Menschen verletzt wirst, den du liebst und der dich verlässt.«
Dianne senkte den Kopf. Sie hatte den dumpfen Schmerz in ihrem Innern ignoriert, aber beim Klang der Zärtlichkeit in seiner Stimme war sie den Tränen nahe.
»Dianne, schau mich an.«
Sie schüttelte den Kopf. Alan stellte die Kartons mit Amys Sachen auf den Boden, umschloss ihr Gesicht mit seinen Händen und hob es sanft empor. Tränen liefen über ihre Wangen. Alan griff in die Tasche, um ein Taschentuch herauszuholen. Als er keines fand, wischte er ihr die Tränen mit den bloßen Händen ab.
Dianne blickte ihn an. Sie schluckte, wollte ihm sagen, dass alles in Ordnung sei, aber sie brachte keinen Ton heraus. Ihr Herz klopfte zum Zerspringen. Eine Brise strich durch ihr Haar, und ihre Knie gaben nach. Alan zog sie in seine Arme und hielt sie fest, als wollte er sie nie wieder loslassen. Er murmelte etwas.

»Hast du was gesagt?«
Sie hätte schwören können, dass er ›endlich‹ gemurmelt hatte. Aber er schüttelte nur den Kopf. Sie spürte seine Lippen an ihrer Schläfe. Er löste sich aus der Umarmung und hielt mit beiden Händen ihre Oberarme, stützte sie, als ob sie sonst fallen würde.
»Hast du etwas gesagt?«, fragte sie noch einmal.
Er antwortete nicht, sondern hob die Handflächen zum Himmel, wie eine Frage oder ein stummes Gebet. Der Sommerhimmel war strahlend blau, nur wenige Wolken zogen vorüber. Ein Reiher flog über ihren Köpfen dahin, mit einem großen Silberfisch, der in seinen Klauen zappelte. Ein Schwanenpaar schwamm in den Marschen.
Alan betrachtete den Himmel, dann sah er zu den beiden Mädchen in der Werkstatt hinüber. Dianne dachte an Liebe, an Töchter, Mütter und Väter, an Menschen, die füreinander bestimmt waren. Ihr Gesicht fühlte sich nass an, ihre Knie zitterten noch immer. Menschen beteten auf unterschiedliche Weise, aber Dianne war überzeugt, dass die Gebete selbst überall gleich waren.

Der Tag der Pensionierung stand vor der Tür. Am Freitag, den 15. Juli, läutete der Wecker um sechs Uhr morgens, wie in den vergangenen vierzig Jahren. Als Lucinda schlaftrunken nach unten trottete, erwartete sie halb, Dianne am Tisch vorzufinden, um den Tag gebührend zu beginnen. Doch die Küche war leer. Julia hatte am Abend zuvor unter Übelkeit gelitten, und Dianne war lange auf den Beinen gewesen.
Sie nahm ihren Kaffee mit auf die Veranda und las die Glückwunschkarten, hin und wieder aufschauend, um einen Blick auf die Marschen zu werfen. Der alte blaue Reiher stand im Schilf. Lucinda hatte einen Kloß im Hals, als sie ihn betrachtete. Es war, als würde sie am Pier stehen und einem Dampfer nachwinken, mit Menschen an Bord, die sie liebte. Sie freute sich für sie, wünschte ihnen eine gute Reise, aber vermisste sie jetzt schon.

Das Gefühl verließ sie auch dann nicht, als sie sich ankleidete. Sie zog ihr gutes blaues Kostüm an, steckte die Kameenbrosche ihrer Mutter an den Kragen der weißen Bluse und schminkte sich die Lippen. An den meisten Tagen war sie salopper gekleidet, aber vielleicht hatten ihre Mitarbeiterinnen geplant, sie am letzten Arbeitstag zum Mittagessen einzuladen. Sie übte ihr Überraschungsgesicht vor dem Spiegel.
Dianne schlief noch, und Lucinda verließ auf leisen Sohlen das Haus. Seit Amy hier war, arbeitete Dianne noch mehr als früher. Deshalb verdrängte Lucinda ihre Gefühle, statt sich einzugestehen, dass sie enttäuscht war, am letzten Arbeitstag nicht mit allem Drum und Dran auf den Weg geschickt zu werden.
Die Bibliothek war kühl wie immer in den frühen Morgenstunden. Lucinda liebte diese Tageszeit. Sie würde durch die Regalreihen gehen, Bücher zurechtrücken und die Bände vom Rollwagen an ihren Platz zurückstellen. Sonnenlicht flutete durch die großen Fenster, Silberstaub flimmerte in der Luft. Sie wusste, dass sie jedes Buch, jedes Fenster, jedes Staubkorn vermissen würde.
»Alles Gute, Mrs. Robbins!«
»Wir werden Sie vermissen, Lucinda.«
»Ohne Sie wird es hier nie mehr so sein wie früher …«
Den ganzen Tag hörte sie von ihren Mitarbeiterinnen und Lesern das Gleiche. Lucinda bedankte sich bei allen für die guten Wünsche. Sie hatte offenbar deutlich genug zum Ausdruck gebracht, was sie von Überraschungen hielt, denn die Einladung zum Essen blieb aus. Zwei der jüngeren Frauen eilten in der Mittagspause in ihren Aerobickurs, und eine andere Kollegin traf sich mit ihrem Mann im Werftcafé. Lucinda ging wie gewöhnlich ihren Aufgaben nach, auch wenn ihre Kehle zugeschnürt war. Sie hätte keinen besseren Beruf wählen können. Sie war auf dem Wheaton College, hatte an der University of Connecticut ihr Examen gemacht und vor vierzig Jahren in der Bibliothek von Hawthorne angefangen. Sie hatte viele Verände-

rungen miterlebt und um die alten Karteikästen aus Eichenholz getrauert, als sie durch Computer ersetzt wurden.
Sie hatte den ersten Bibliotheksausweis für ihre Tochter ausgestellt. Genau hier hatte sie gestanden und zugesehen, wie Dianne ihren Namen auf die Karte schrieb. Sie war damals erst fünf gewesen und eifrig bemüht, alle Buchstaben auf der Linie unterzubringen; das ›n‹ von Robbins war nach unten abgerutscht, aber Lucinda war stolz auf ihre Tochter gewesen.
Emmett hatte die Eichenkästen für den Anbau und die Mauernische im Leseraum gemacht. Lucinda hatte immer die neu eingetroffenen Romane von Robert Ludlum für ihren Mann reserviert. Und nachsichtig gelächelt, wenn er im Vorbeifahren hupte, obwohl ihn Lucinda wiederholt ermahnt hatte, die Bibliothek sei eine Oase der Ruhe.
»Hast du wirklich alle Bücher gelesen?«
Als sie aufsah, stand Alan vor ihr, mit einem Rosenstrauß und einem in Geschenkpapier eingewickelten Päckchen in der Hand.
»Aha, du hast es also auch schon gehört!«
»Du bist eine Legende in Hawthorne.«
»Wie die Gespenster im Leuchtturm. Und das Gold der Piraten, das irgendwo am Strand vergraben ist. Ich bin eine wandelnde Institution.«
»Das kann man wohl sagen.«
Lucinda nickte. Zu ihrer Überraschung steigen ihr Tränen in die Augen. Und dabei hatte sie sich seit Monaten auf den letzten Arbeitstag gefreut. Es gab so viel zu tun – Kinofilme, die sie ansehen, Sprachen, die sie lernen, und Reisen, die sie unternehmen wollte. Vier Jahrzehnte lang hatte sie den Lesern von Hawthorne gedient. Sie versuchte sich einzureden, es sei nicht nötig, dass die Stadt sie mit großem Brimborium verabschiedete, aber sie hatte trotzdem nahe am Wasser gebaut.
»Ich werde es mir richtig gut gehen lassen«, sagte sie. »Die Liste mit den Dingen, die ich immer schon tun wollte, ist endlos.«

»Prima.«
»Trotzdem werde ich unsere Mittwochnachmittage vermissen. Es gibt nicht viele Bibliothekarinnen, die regelmäßig Besuch von einem gut aussehenden jungen Arzt erhalten, der nach dem Training vorbeikommt, um in Zeitschriften zu schmökern und den Leseraum vollzuschwitzen.«
Alan nickte und überreichte ihr die Rosen und das Päckchen. Lucinda war bemüht, fröhlich zu klingen und zu lachen, doch Alans Augen hinter der randlosen Brille blickten ernst. Vermutlich wusste er, was sie wirklich empfand, dass es sie traurig stimmte, die Bibliothek zu verlassen, die sie liebte. Alan ertrug seinen eigenen Kummer schweigend. Ich sollte mir eine Scheibe von ihm abschneiden, dachte Lucinda.
»Ich wünsche dir alles Gute für die Zukunft«, sagte er.
»Nun, wir werden uns ja hoffentlich privat wiedersehen, jetzt, da zwei deiner Patienten unter unserem Dach leben ...«
»Das ist nicht dasselbe.« Lucinda hatte gedacht, der Grund für seine Besuche in der Bibliothek hätte damit zu tun, wie er Dianne beim gestrigen Abendessen angesehen hatte, aber sie hörte aufrichtiges Bedauern in seiner Stimme.
»Danke.« Ihre Kehle war wie zugeschnürt, als er sie auf die Wange küsste und sich rasch abwandte. Auch wenn er es zu verbergen versuchte, sah sie, dass er Tränen in den Augen hatte.
Der Rest des Tages verging wie im Fluge. Sie verrichtete ihre Arbeit wie gewohnt. Alle waren besonders nett und aufmerksam. In den Räumen wurde es heiß, als die Sonne nach Westen wanderte, und die Ventilatoren liefen auf Hochtouren. Im nächsten Jahr musste dringend eine Klimaanlage angeschafft werden. Als es fünf war, läuteten die Glocken auf dem White Chapel Square.
Es war Zeit für sie, ihre Zelte abzubrechen.
Die drei jungen Bibliothekarinnen standen Spalier, um sich mit einem Kuss von ihr zu verabschieden. Sie machten keinen Hehl daraus, wie viel sie ihr verdankten, wie sehr sie Lucinda ver-

missen würden. Lucinda kannte sie seit Kindesbeinen. Sie hatte sich ihre Kümmernisse angehört, sie in Liebesangelegenheiten beraten, ihre neugeborenen Babys im Arm gehalten – Cheryl, Ramona und Gwen.

Als Lucinda die Treppe hinunterging, hörte sie die Sohlen ihrer Schuhe auf den Steinstufen klicken. Sie senkte den Kopf, damit niemand ihre Tränen sah, und schnupperte an den Rosen, die Alan ihr geschenkt hatte. Sie dufteten schwer und süß. Im Auto öffnete sie mit fliegenden Händen das Päckchen. Er hatte ihr ein brandneues Handtuch geschenkt. Schluchzend presste sie es an ihr Gesicht.

Während der Heimfahrt zog Lucinda die Kostümjacke aus. Eine frische Brise zerzauste ihr kurzes Haar und kühlte ihre Haut. Sie schaltete das Radio ein. NPR brachte einen Reisebericht über die Toskana; es war von einem Bauernhaus in einem Olivenhain die Rede, in das man sich einmieten konnte. Vielleicht sollte sie Italienisch lernen. Als sie in Gull Point ankam, waren die Tränen getrocknet.

Die beiden Mädchen waren im Hof, gebückt und so mit Spielen beschäftigt, dass sie nur flüchtig aufschauten. Lucinda parkte den Wagen und hupte. Was war, wenn Dianne nicht mehr daran gedacht hatte, dass heute ihr letzter Arbeitstag war? Bei allem, was sie im Moment um die Ohren hatte, wäre das sogar verzeihlich gewesen. Lucinda nahm sich zusammen, holte tief Luft und stieg aus dem Wagen.

Dann breitete sich ein Lächeln auf ihrem Gesicht aus.

Es war eine Parade, die sie sich als Überraschung ausgedacht hatten. Amy bildete die Vorhut. Lachend hielt sie ein Schild mit der Aufschrift HERZLICHEN GLÜCKWUNSCH BESTE BIBLIOTHEKARIN hoch. Dianne schob Julias Rollstuhl, der mit rotem, weißen und blauem Krepppapier und dem Spruchband geschmückt war: DIE GANZE WELT LIEGT DIR NUN ZU FÜSSEN.

Lucinda, mit ihren Rosen und dem Handtuch in der Hand, fand vor lauter Rührung keine Worte.

Dianne und Amy tauschten den Platz. Während Amy Julias

Rollstuhl schob, verschwand Dianne hinter der Hecke. Sie kam mit einer Schubkarre zurück, ausgepolstert mit blauer Seide und Kissen; darüber befanden sich zwei Girlanden aus einfachen Drahtbögen, mit Taglilien, wilden Möhren und Heckenrosen geschmückt.

»Ihr Festwagen, Madame«, sagte Dianne.

»Mein was?«

»Du bist der Star der Parade, Mom.« Dianne küsste sie auf die Wange.

»Hast du das gemacht?«, fragte Lucinda und berührte die Blumengirlanden.

»Ja«, antwortete Dianne lächelnd, als sie Lucinda half, sich in die Schubkarre zu setzen.

Lucinda, ihre Rosen im Arm, ließ sich durch den Hof schieben. Amy sang dazu, und Julia begleitete sie mit ihren Delfin-Lauten. Lucinda musste sich gut festhalten, als Dianne die Karre über den holprigen Saumpfad zu den Marschen hinunterschob.

Mauersegler und Schwalben schwirrten über ihren Köpfen dahin, im Tiefflug Insekten fangend. Zwei Seeottern robbten von den Sandbänken und glitten lautlos durch das Wasser. Das hohe goldgelbe Gras raschelte im Wind, und ein Eisvogel tauchte nach Elritzen. Noch immer singend, blieb Amy mit dem Rollstuhl stehen und blickte Dianne fragend an.

»Jetzt?«

»Jetzt«, erwiderte Dianne und kniete sich neben die Schubkarre.

»Ihr habt doch wohl nicht vor, mich ins Wasser zu werfen«, protestierte Lucinda.

»Keine Angst!« Behutsam zog Dianne Lucinda einen Schuh aus, während Amy den anderen aufband und mit einem Ruck abstreifte. Einen Moment lang hielten die beiden die derben alten Schnürschuhe in der Hand, die Lucinda all die Jahre gedrückt hatten. Sie waren schwer und klobig und ungezählte Male besohlt worden.

»Ich glaube, ich weiß, was jetzt kommt!«, rief Lucinda.
»Du hast gesagt, dass du sehr, sehr oft mit dem Gedanken gespielt hast«, erklärte Dianne.
»Sobald ich im Ruhestand bin ...«
»... findet die feierliche Schuhversenkung statt«, ergänzte Dianne mit ernster Miene. »Das gehört zu einer richtigen Pensionierungsparade.«
»Gliiii«, sagte Julia und rutschte in ihrem Rollstuhl hin und her.
»Endlich frei!«, rief Lucinda und wackelte mit den Zehen. Der Wind wehte durch ihre Strumpfhose und kühlte ihre schmerzenden Füße. Dianne und Amy hielten je einen Schuh in der Hand.
»Eins, zwei, drei, los!«, schrie Amy und warf den einen Schuh mit so viel Schwung ins Wasser, dass die Schwäne, Ottern, Elritzen und Krebse erschrocken auseinander stoben.
»Mom?« Schmunzelnd trat Dianne vor und überreichte Lucinda den zweiten Schuh wie eine Tiara auf einem Seidenkissen.
»Mit dem größten Vergnügen«, sagte Lucinda und ließ sich von Amy aus der Schubkarre helfen. Sie nahm Diannes Hand und ging mit dem Schuh auf Zehenspitzen zum Wasser. Der Boden war weich und feucht, und ihre Füße versanken im warmen Schlick. Lucinda näherte sich dem Ufer, hielt sich an ihrer Tochter fest und ließ den Schuh sanft ins Wasser gleiten.
Er trieb einen Moment auf der Oberfläche, als wollte er davonsegeln. In dem auf Hochglanz polierten Korduanleder spiegelte sich die Abendsonne, sodass er aussah wie ein Feuerschiff, dass auf den Wellen schaukelt. Amy kniete neben Julia und konnte sich vor Lachen nicht halten. Dianne drückte die Hand ihrer Mutter, und Lucinda drückte zurück.
Als die vier zusahen, wie der Schuh in den Marschen versank, wurde Lucinda zum ersten Mal richtig bewusst, dass sie sich im Ruhestand befand.

12

Kleine Inseln, mit Kiefern gespickt, füllten die saphirblaue Bucht. Die dunklen hohen Bäume wuchsen bis zur Felsenküste hinab. In dieser Gegend von Maine gab es weder sanfte Hügel noch flache Sandstrände, nur tiefes Wasser, steile Klippen und mehr Hummer, als Tim McIntosh fangen konnte. Die *Aphrodite* glitt so nahe an der Küste entlang, dass er die Elche auf den Lorbeerblättern kauen hörte.

Er zog eine der Fallen herauf, legte die zwölf großen Hummer in den Korb, bestückte die Fallen mit neuem Köder und warf sie ins Wasser zurück. Dann leerte er eine nach der anderen. Die Fallen waren mit roten und weißen Bojen gekennzeichnet, und sie auseinander zu halten, erforderte sein ganzes Augenmerk.

Tim arbeitete sich langsam nach Norden vor, belieferte verschiedene Firmen, die am Wege lagen, mit Hummer und jede hatte ihre eigene Farbe. Sobald er für seinen Fang bezahlt worden war, fuhr er weiter.

Das Vagabundenleben kam Tim entgegen. Es hielt ihn davon ab, über die Vergangenheit nachzudenken. Die innere Einkehr war ein Fluch. Er zog es vor, nach draußen zu schauen, auf die granitfarbenen Klippen, den blauen Himmel, das glitzernde Meer, auf einen Schwarm Grindwale oder einen Seeadler, der einsam und bedächtig seine Kreise zog. Tim war mit praktischen Überlegungen beschäftigt – Berechnung der Treibstoffmenge, eine verknotete Leine, eine gebrochene Winsch, ein Tiefdruckgebiet.

Im Moment befand sich Tim auf Elk Island. Netter Ort, wortkarge Bewohner. Die Bezahlung war Durchschnitt. Dirk Crawford galt als knausrig wie die meisten Fangflottenbesitzer, für die er gearbeitet hatte. Dirk stellte die Fallen und war, wenn er

richtig gerechnet hatte, zu fünfundsiebzig Prozent an jedem Hummer beteiligt, den Tim fing.
Und wenn schon! Tim hatte schließlich keine Familie zu ernähren. Er schlief auf seinem Boot und war Selbstversorger, was das Essen anging. Die *Aphrodite* war sein Zuhause, und nicht nur das, sie war seine Familie, seine Frau, sein einziger Freund. Tim McIntosh hatte all das gehabt und aufgegeben, und so musste er sich mit dem begnügen, was ihm blieb. Er konnte nicht klagen, die *Aphrodite* war ein gutes Boot. Sie hielt ihn warm in der Nacht. Wenn er in seiner Koje lag, hörte er sie ächzen und grollen, hörte, wie das Wasser gegen ihren Rumpf schwappte, und ließ sich von ihr in den Schlaf wiegen.
Sie nahm sich seiner an.
Sie war ihm geblieben, die Göttin der Liebe, nach der er sein Boot benannt hatte. Er hatte es nach der Hochzeit gekauft. Dianne hatte ihn dazu ermutigt, Alan hatte ihm die Anzahlung vorgestreckt, und Emmett und Lucinda hatten ihm den Rest der Summe geliehen. Tim war sich wie ein Krösus vorgekommen. Er besaß zwar keine akademischen Würden, aber er war trotzdem nicht auf den Kopf gefallen – wenn das Boot keine Liebesgabe war, was dann? Ungeschliffen, was große Gesten anging, hatte er es zum Dank *Aphrodite* getauft.
Tim zog seine letzte Falle für den heutigen Tag an Bord. Eine Schar Möwen folgte ihm kreischend, als er die Spitze der Insel umrundete. Er sah zu der alten Salzwasser-Gänsefarm hinüber. Schmutziges Federvieh watschelte über den steinigen Acker, ein alter Mann und ein kleiner Junge gingen den Weg zur Scheune hinauf. Das hübsche kleine weiß gekalkte Wohnhaus wäre ganz nach Diannes Geschmack gewesen. Sie hätte es gewiss fotografiert, als Vorlage für ein Spielhaus.
Kopfschüttelnd richtete Tim seinen Blick wieder auf das Wasser. Es tat nicht gut, an Dianne zu denken. Nachts ihre Stimme zu hören war schon schlimm genug, auch ohne nach Häusern Ausschau zu halten, die sie nachbauen könnte. Plötzlich sah er seine Tochter vor sich, in einem von Diannes Spielhäusern. Er

hörte, wie sie nach ihrem Daddy rief, und er eilte herbei und nahm sie auf den Arm.

Hummerfänger führten ein Vagabundenleben und hielten sich nicht an Regeln und Gesetze. Es gab jedoch einige wenige Grundsätze, die für Tim unantastbar waren. Männern, die ihre Kinder nicht kannten, war es nicht gestattet, von ihnen zu träumen. Dasselbe galt für Männer, die ihre Frauen verließen. Es war verboten, sie anzurufen, Geburtstagskarten zu schicken oder wieder angekrochen zu kommen. Sie konnten es sich nicht leisten, in Selbstmitleid zu schwelgen oder zu überlegen, was gewesen wäre, wenn.

Ihnen blieb keine andere Wahl, als ihr Vagabundenleben fortzusetzen. Das Meer war ein guter Partnerersatz. Es riss ihn mit, forderte seine ganze Aufmerksamkeit. Gezeiten und Strömungen, raue See, schlechtes Wetter und ein bedeckter Himmel, der das Navigieren nach den Sternen erschwerte, hielten ihn ständig auf Trab. Andere Männer bevorzugten ein anderes Leben. Über die verheirateten wusste Tim nicht viel. Er hatte es mit der Sesshaftigkeit probiert, ihr aber nichts abgewinnen können. Niemand hatte ihm gesagt, wie schwer es war zu lieben. Sein Vater hatte sich zu Tode gefischt und seine Mutter zu Tode getrunken, bevor sie das Handbuch weitergeben konnten.

Sein Bruder Alan führte ebenfalls ein Nomadenleben, er wusste es nur nicht. Er pendelte ständig zwischen seiner Praxis und seinen Patienten im Krankenhaus hin und her. Und er besaß ein Haus in Hawthorne. Für Tim war das nichts anderes als der Hummerfang und die *Aphrodite* – Arbeit, die einen auf Trab hielt, und ein Dach über dem Kopf, das als Refugium diente. Trotz seiner akademischen Laufbahn war Alan ein Verlierer wie alle anderen.

Tim vermisste seinen Bruder Neil. Manchmal hatte er das Gefühl, als stünde er im Ruderhaus neben ihm, aber erwachsen und nicht mehr achtzehn wie zu dem Zeitpunkt, als er starb. Ihm war, als wäre Neil durch dick und dünn mit ihm gegangen, hätte ihm längst verziehen. Die leidige Angelegenheit, die Alan nicht vergeben und vergessen konnte.

Tim umklammerte das Steuer und dachte an Alan und Dianne. Sie hatten sich gekannt, bevor Tim aufgetaucht war. Sie waren nur ein einziges Mal miteinander ausgegangen, aber Dianne schien ihm mehr bedeutet zu haben als alle anderen Frauen, die er kannte. Tim machte sich in dieser Hinsicht nichts vor. Alan hatte versucht, die Sache um des lieben Friedens willen herunterzuspielen, aber er war bis über beide Ohren in sie verliebt gewesen.

Das zeigte ihm schon das Gerede von wegen anständig behandeln und ihr ein guter Ehemann sein. Hinter der Moralpredigt hatte mehr gesteckt, als es sich für einen älteren Bruder geziemte. Alan hatte bis dahin nie einen solchen Wirbel um eine Frau veranstaltet. Aber es lag sicher daran, dass er ihm Dianne ausgespannt hatte, um das Kind beim Namen zu nennen. Ohne Rücksicht auf die Gefühle seines Bruders – oder vielleicht gerade deswegen. Rivalität unter Geschwistern, Konkurrenz unter Brüdern ... Tim versuchte die Sache schönfärberisch zu umschreiben, aber sie lag ihm trotzdem wie ein Stein im Magen.

Die Glockenboje läutete. Die Stadt lag wie ausgestorben da, direkt hinter dem Brackwasser. Tim sah das Sternenbanner über dem Postamt wehen. Rot, weiß und blau kündigte es vom Ruhm vergangener Zeiten. Der Anblick stimmte ihn wehmütig. Er gab ihm das Gefühl der Zugehörigkeit. Er hatte keine Familie und kein Zuhause mehr, nur noch seine Heimat.

Auch sie würde er demnächst für eine Weile verlassen. Sobald seine Geschäfte auf Elk Island erledigt waren, würde er Kurs auf Kanada nehmen. Er brauchte zur Abwechslung einen Freund aus Fleisch und Blut statt Neils Geist oder die Stimme seines Bootes. Das Bedürfnis nach einem Austausch mit einem vertrauten Lebewesen hatte er in diesem Frühjahr besonders stark empfunden. Deshalb wollte er sich auf den Weg nach Nova Scotia machen, um Malachy wiederzusehen.

Doch zuerst musste er seine Hummer verkaufen und seinen

Lohn kassieren. Er zahlte immer noch den Kredit für das Boot ab. Jeden Monat steckte er, wo immer er sich gerade befand, eine Anweisung auf Auszahlung von zweihundert Dollar in einen Briefumschlag, den er an Lucinda adressierte. Bisher hatte er 26 400 Dollar zurückerstattet, gegen Ende des Jahres würde er schuldenfrei sein.

Was sie wohl denken mochte, wenn sie die Umschläge mit Stempeln aus sämtlichen Häfen an der Nordostküste sah? Er hatte sie an die Bibliothek geschickt, mit Rücksicht auf Dianne, damit sie nicht seine Post in die Hände bekam. Sie hatte bestimmt auch so genug Probleme mit dem behinderten Kind, das sie allein großziehen musste. Das Letzte, was sie gebrauchen konnte, war eine Erinnerung, dass Tim McIntosh immer noch auf den sieben Weltmeeren kreuzte.

Amy war mit Julia allein in der Werkstatt. Dianne hatte ihr die Aufsicht überantwortet, während sie kurz ins Haus hinübergegangen war. Amy brachte Julia das Malen bei. Sie führte Julias Hand mit dem blauen Buntstift über das Papier. Sie zeichneten Stella, die vor dem Sofa kauernd darauf wartete, dass Orion sich endlich blicken ließ.

»Katzen sind in Wirklichkeit nicht blau«, sagte Amy. »Sicher weißt du das und fragst dich, warum wir einen blauen Buntstift nehmen. Ich finde Blau schöner als Grau und Braun, und ...«

Plötzlich richtete Stella ihre Ohren auf. Sie sprang aufs Regal und verschwand wie ein geölter Blitz im Korb. Amy blickte zur Tür hinüber und sah, dass Amber auf der Schwelle stand.

»Klopf, klopf«, sagte Amber.

Amy erstarrte.

»Willst du mich nicht reinbitten?«

»Äh ...« Amy war wie gelähmt. Sie wollte nicht, dass Amber die Werkstatt betrat. Was war, wenn sie fragte, wo sie so lange gesteckt hatte? Amy hatte keine Lust zu erklären, dass sie vorübergehend hier statt zu Hause wohnte. Aber Amber wartete nicht auf die Einladung. Sie machte die Tür einfach auf. Sie trug

Hüfthosen und ein Top, das im Nacken gebunden war. Die Träger ihres BHs schauten hervor, und Amys Gesicht wurde krebsrot. Als Amber näher kam, stellte sich Amy schützend vor Julia.
»Wen haben wir denn da?«, fragte Amber.
»Du hast hier nichts zu suchen«, sagte Amy und verdeckte Amber die Sicht.
»Wo zum Teufel hast du gesteckt? Ich habe mindestens dreißig Mal bei dir angerufen. Deine Mutter geht nicht ans Telefon, und ich hätte dich lange suchen können, wenn Buddy Davids Vater nicht erzählt hätte, dass du abgehauen bist.«
»Oh!«, sagte Amy, überrascht, das David und Amber überhaupt einen Gedanken daran verschwendeten, wo sie steckte. Sie beließ sie in dem Glauben, dass sie durchgebrannt war, obwohl es nicht ganz der Wahrheit entsprach. Aber es klang erwachsener als die Erklärung, dass sich das Jugendamt eingeschaltet und die Unterbringung in einer Pflegefamilie angeordnet hatte.
»Warum hast du dich ausgerechnet hier verkrochen?«, fragte Amber leise. »Mit Hexen und Schwachsinnigen zusammen zu sein, stelle ich mir nicht gerade lustig vor.«
»Halt den Mund, Amber!«
»Lass mich doch mal sehen«, sagte Amber und versuchte sich an Amy vorbeizudrängen.
»Halt!«
»Jetzt stell dich nicht so an!«, rief Amber, packte Amy an der Schulter und schubste sie beiseite. Sie grinste, als wäre das Ganze ein Riesenspaß. Amy versetzte Amber einen Stoß, krallte sich an ihren knochigen Oberarmen fest und versuchte sie von Julia fern zu halten. Amber kam ihr plötzlich überhaupt nicht mehr hübsch vor. Ihre Augen standen zu nahe beisammen, sie hatte Schuppen und zwei dicke Mitesser am Hals, die Amy an Kartoffelaugen erinnerten.
Amy, einer Panik nahe und zu allem entschlossen, merkte, dass Amber nicht aufgeben würde. Sie verrenkte sich den Hals und versuchte abwechselnd links und rechts um Amys Kopf herum

zu schauen. Plötzlich schien es, als hätte sie den Halt verloren. Doch als Amy sie auffangen wollte, packte Amber sie und schob sie aus dem Weg.
»O mein Gott!«, keuchte Amber und starrte Julia mit offenem Mund an.»Das soll ein Mensch sein? So wie die den Kopf bewegt?«
»Lass sie in Ruhe!«, fauchte Amy.
»Du willst mir doch nicht erzählen, das sei ein Mensch? Die sieht ja total unecht aus. Bewegt die Arme und Beine wie ein Roboter oder so was! Oder wie eine Schießbudenfigur. Nicht zu fassen!«
»Gliiii«, rief Julia. Sie streckte die Arme aus und sah Amy Hilfe suchend an. Amys Hals war wie zugeschnürt. Sie kniete sich hin und legte die Arme um ihre kleine Freundin.
»Du fasst sie sogar an? Igitt. Amy, was ist los mit dir? Ihr ganzes Gesicht ist vollgesabbert!«
»Hast du mal daran gedacht, dass sie dich verstehen könnte?«, fragte Amy und hielt Julia umschlungen, ganz leicht, wie sie es am liebsten mochte. Amy hatte es bei Dianne gesehen. Julia ertrug es nicht, wenn man sie zu fest in den Arm nahm. Ihre Organe schmerzten dann, oder so ähnlich, und deshalb musste man sie behutsam berühren. Amys Herz klopfte, während sie Julias Atemwölkchen auf ihren Wangen spürte.
»Scheiße«, sagte Amber und beugte sich hinunter. »Sie versteht uns? Das wusste ich nicht …«
»Du hast dir nicht einmal die Mühe gemacht, darüber nachzudenken!«
»Tut mir Leid.«
»Glaaa«, sagte Julia.
»Wie alt ist sie?«
»Zwölf.«
»Du willst mich wohl verarschen.«
Amy schwieg. Am liebsten hätte sie ihren Kopf in Ambers hohlen Bauch gerammt und sie aus der Tür gedrängt, aber sie wollte Julia nicht noch mehr erschrecken. Julias Atem war so

hastig gegangen, als müsste sie eine Feder von der Nasenspitze blasen, doch nun wurde er ruhiger.

»Wie heißt sie?«

Amy zögerte. »Julia«, sagte sie schließlich.

»Aha. Hallo, Julia.«

Beim Klang ihres Namens schien sich Julia zu entspannen. Ihre verkrampfte Muskulatur lockerte sich, als wüsste sie, dass die Person, die ihn aussprach, in friedlicher Absicht kam. Amy schätzte, dass Julia ohnehin nicht viele Feinde hatte. Sie würde jeden, der ihren Namen kannte, für einen Freund halten.

»Gaaaa«, sagte Julia.

»Ich möchte sie nur begrüßen«, erklärte Amber und versuchte Amy beiseite zu schieben. »Jetzt hab dich nicht so! Ich bin hergekommen, um dich zu besuchen, und da solltest du uns wenigstens vorstellen.«

»Hau endlich ab, Amber!«

»He, ich bin deine Freundin. Du bist von zu Hause abgehauen, und ich wollte mich erkundigen, wie es dir geht. Schön hast du es hier. Ich kann dir nicht verdenken, dass du von Buddys Sauftouren die Nase voll hast. Genau das Gleiche wie bei David daheim. Sein Alter kann auch kein Ende finden. Letzten Freitag haben wir ihm einen Sechserpack Bier geklaut. Er war so sturzvoll, dass er dachte, er hätte sie selbst ausgesoffen.«

»Du trinkst Alkohol?«, fragte Amy entsetzt, obwohl sie nicht sagen konnte, warum. Was ging es sie an, was Amber tat? Sie waren grundverschieden. Aber sie begriff nicht, wie jemand in ihrem Alter auch nur einen Tropfen von dem Teufelszeug anrühren konnte, obwohl er wusste, was es anrichtete.

»Ein paar Flaschen Bier hat doch nichts mit Alkohol trinken zu tun«, erwiderte Amber. »Wie wär's, wir feiern heute Abend am Strand. Kommst du mit?«

»Gliii«, sagte Julia. Ihre Hände begannen sich zu bewegen.

»Siehst du? Julia mag mich. Du solltest auf sie hören. Ich möchte sie ja nur anschauen.«

Zögernd wich Amy zurück. Sie strich Julia die blonden Haare

aus dem Gesicht. Julias große Augen rollten hin und her, und sie strahlte.
»Nettes Lächeln«, sagte Amber ernst.
»Ja, stimmt.«
»Spricht sie mit mir?«
Amy sah Julia an. Julia war gebannt von Amber. Sie konnte ihre Augen nicht von den baumelnden silbernen Ohrringen abwenden. Julia kam ihr mit einem Mal viel hübscher als Amber vor. Sie war zart wie ein Engel, mit seelenvollem Blick. Amy verfolgte mit Luchsaugen, wie sich Amber vorbeugte, und dachte, dass sie sich womöglich doch in ihr getäuscht hatte. Als sich ihr Gesicht vor Julias befand, lächelte Amber.
»Polly, willst du einen Cracker?«, fragte Amber glucksend.
»Gaaa.«
»Braver Vogel, braver Roboter! Kannst du sprechen? Dann sag: Bring mich zu deinem Anführer ...« Amber brach in schallendes Gelächter aus.
Amy sprang auf und versetzte ihr einen Stoß. Dann gab sie Amber eine schallende Ohrfeige.
»Raus! Und lass dich ja nie wieder hier blicken!«, schrie sie.
»Du blöde Kuh!«, kreischte Amber und rieb sich die Backe. »Du bist der letzte Dreck! Du taugst nicht mehr als ein Stück Scheiße. Bildest du dir ein, wir wüssten nicht, was für Asoziale in der Wohnwagensiedlung hausen?«
»Ich wohnte nicht in der Wohnwagensiedlung!«, schrie Amy.
»Na und? Ihr seid genauso asozial. Deine Mutter ist eine Schlampe, liegt nur im Bett herum. Wie ein altes Weib im Pflegeheim, das den ganzen Tag auf ihren stinkenden Laken liegt. Hast du dich mal gefragt, warum ich nicht mehr zu dir nach Hause gekommen bin?«
»Nein! Ich hatte zu viel damit zu tun, mich darüber zu freuen!«
»Dann werde ich es dir verraten. Weil es bei euch nach Scheiße riecht. Das sagt jeder. Jeder! Deine Mutter wälzt sich in ihrer eigenen Scheiße. Kein Wunder, dass es dir hier gefällt. Hier stinkt es genauso.«

»Raus!«, sagte Amy atemlos, mit Tränen in den Augen.
»Der Gestank und eure Väter. Das habt ihr gemein, du und deine Schwachsinnige …«
»Was ist mit meinem Vater?« Allein der Gedanke bewirkte, dass Amy sich plötzlich wieder stark fühlte und die Tränen unterdrückte.
»Ihr Vater hat sich verpisst«, sagte Amber und schnipste mit dem Daumen in Richtung Julia. »Meine Eltern behandeln mich wie eine Erwachsene und meinen nicht, ich sei zu jung für die Wahrheit. Ihr Vater hat ihre Mutter gevögelt und sich danach abgesetzt, bevor er sich die Visage seiner schwachsinnigen Tochter anschauen musste. Kluger Mann! Und was deinen Vater angeht, er ist ertrunken.«
»Ich weiß«, sagte Amy.
Amber grinste boshaft, und Amy spürte, wie ihr Herz wieder zu hämmern begann. »Willst du wissen, warum?«
»Hör auf, Amber!«
»Weil er dauernd stockbesoffen war wie Buddy. Er hatte immer eine Flasche Schnaps an Bord und hat sie auf einen Zug geleert. Kein Wunder, wenn man so eine Tochter hat! Kapierst du jetzt, warum keiner was mit dir zu tun haben will? Deine Mutter ist eine Schlampe, dein Vater ein Säufer, und du bist der letzte Dreck!«
Amy warf sich so blitzschnell auf Amber, dass beide zu Boden gingen. Sie schluchzte und drosch in blinder Wut auf Amber ein. Julia weinte. Amy hörte die Verzweiflung und Angst in der Stimme ihrer kleinen Freundin. Sie sah ihren heiß geliebten Vater vor sich, wie er mit seinem Schiff unterging, und prügelte auf Amber ein, um ihre boshafte Stimme zum Schweigen zu bringen.
Plötzlich spürte sie, wie Diannes Arme sie von hinten fest hielten.
»Amy, hör auf. Hör auf, Kind!«
Amy wehrte sich nicht, als Dianne sie hochzog. Schluchzend stürzte sie sich in Diannes Arme. Diese hielt sie fest und beru-

higte sie, aber Amy konnte nicht aufhören, an Julia zu denken, an die Dinge, die Amber gesagt hatte. Als das Weinen verebbte, entzog sie sich Diannes Armen und beugte sich zu Julia hinab. Beiden liefen die Tränen übers Gesicht.

»Alles in Ordnung?«, fragte Dianne und reichte Amber die Hand, um ihr beim Aufstehen zu helfen.

»Nein!«, kreischte Amber. »Sie hat mich zu Boden geschlagen. Sie ist wie eine Verrückte auf mich losgegangen, und ...«

»Eines Tages wirst du vielleicht genug Grips haben, um zu wissen, dass es der Gesundheit nicht zuträglich ist, Lügen über die Väter anderer Leute zu verbreiten.«

»Wieso ...«, stammelte Amber und trat den Rückzug zur Tür an. »Wieso mischen Sie sich überhaupt ein? Sie sind erwachsen! Haben Sie nicht gesehen, was sie gemacht hat? Hier!« Sie riss den Arm hoch und zeigte Dianne den knochigen Ellenbogen, der auf den Fußboden geknallt war.

»Wie furchtbar«, sagte Dianne mit der eisigsten Stimme, die Amy jemals bei ihr gehört hatte. »Du bist ja richtig zu bedauern!«

Die Marschen glichen dunklem Gold. Wolken mit lohenden Rändern drifteten am Himmel entlang und verdeckten zeitweilig die untergehende Sonne. Fischadler gingen in der Dämmerung auf die Jagd, über das Schilf nach Westen fliegend. Martha hatte Alan ausgerichtet, dass Dianne angerufen und irgendetwas über einen Kampf zwischen Amy und einem Mädchen aus der Nachbarschaft gesagt habe, und er fuhr hinüber, sobald sein letzter Patient versorgt war. Als er die Werkstatt betrat, saßen Dianne und die beiden Mädchen am Fenster.

»Sie war hundsgemein«, sagte Amy.

»Richtig«, bestätigte Dianne.

»Was ist passiert?« Alan stand reglos da, als sie ihm Bericht erstatteten. Er war entrüstet, als er die Einzelheiten erfuhr, und versuchte innerlich Distanz zu wahren, wie es dem Beruf eines Arztes entsprach. Amber DeGray war seit der Geburt seine Pa-

tientin und er hatte einmal ihren Bruder vor dem Ersticken gerettet, als er einen Wattebausch verschluckt hatte.
»Das hat sie gesagt?«, fragte er fassungslos.
»Und dabei hat sie *gelacht*, als wäre das ein Witz.«
»Amy hat dafür gesorgt, dass ihr das Lachen vergangen ist«, erklärte Dianne ungerührt. Ihre Blicke trafen sich, und er spürte die Hitze ihrer Gegenwart.
»Mein Vater war nicht betrunken«, flüsterte Amy und begann wieder zu weinen. »Er war nicht wie Buddy.«
Sie saßen am Tisch und tranken Limonade, Dianne in der Mitte, die Arme um Amy und Julia gelegt. Die Mädchen zitterten noch immer, und Alan sah, wie Dianne Amy fester in die Arme schloss.
»Ich weiß«, erwiderte Dianne.
»Das hätte er nie gemacht.«
»Dein Vater war ein guter Fischer«, sagte Alan. »Das hat mir Tim erzählt. Und dass sein Boot durch eigenes Verschulden untergegangen wäre, ist mir neu. An dem Tag herrschte ein schlimmer Sturm. Mehrere Schiffe an der Ostküste sind damals gesunken.«
»Ich kannte ihn nicht besonders gut«, meinte Dianne. »Tim stand mit vielen Fischern auf vertrautem Fuß, aber ich war nicht oft mit ihnen beisammen. Doch nach allem, was ich gehört habe, kannst du stolz auf deinen Vater sein.«
Es schmerzte Alan zu hören, wie Dianne den Namen seines Bruders aussprach.
»Russell Brooks«, sagte Amy und holte tief Luft.
»Du kannst stolz auf ihn sein«, wiederholte Dianne.
Amy atmete zitternd aus. »Amber hat gelogen. Wie gedruckt!«
»Traurig, aber wahr«, bestätigte Alan.
»Und sie hat gemeine Sachen über Julia gesagt«, flüsterte Amy Dianne zu, damit Julia nichts mitbekam.
»Da ist sie nicht die Einzige«, entgegnete Dianne.
»Über ihre Bewegungen, und wie sie ausschaut.«
Alan sah, wie Dianne die Augen schloss und zart über Julias

Kopf strich. Ihr Haar war seidig und fein, ihre Knochen so zerbrechlich. Dianne zog Julia an sich, die sie mehr liebte als alles auf der Welt.

»Warum ist sie so?«

»Du meinst, warum Amber solche Dinge sagt?«, fragte Dianne.

Amy schüttelte den Kopf. »Nein, ich meine, warum ist Julia so, wie sie ist?«, sagte sie mit zitternder Stimme.

»Sie hat diese Schäden seit der Geburt. Sie ist schon so auf die Welt gekommen.«

»Aber warum? Das macht es anderen so leicht, gemein zu ihr zu sein. Schlimme Sachen über sie zu sagen, sie links liegen zu lassen. Ich will nicht, dass Julia verletzt wird.«

»Ich weiß.« Alan nahm Amys Hand.

»Ich glaube, dass niemand sie mit solchen Bosheiten verletzen kann«, sagte Dianne. Sie hatte den Arm von Amys Schultern genommen und hielt Julia umschlungen.

Julia schloss die Augen. Ihre Mutter zog sie an sich. Ihr Gesicht war blass, und ihre Lippen bewegten sich, als wollte sie saugen.

»Früher habe ich anders gedacht«, fuhr Dianne fort und strich ihr sanft über das Haar. »Ich hatte Angst, dass die Leute sie mit solchen Bemerkungen kränken könnten. Aber das war ein Irrtum.«

»Und wie denkst du jetzt darüber?«, fragte Alan.

»Klarer«, sagte Dianne, und ihre blauen Augen strahlten. »Das habe ich Amy zu verdanken. Amy ist Julias beste Freundin. Sie mag Julia so, wie sie ist …«

»Ich hab Julia lieb!«, verbesserte Amy sie leise.

»Meine Mutter liest jeden Morgen in der Bibel«, fügte Dianne hinzu. »Sie hat mir tausend Mal gesagt: ›Ein Mensch sieht, was vor Augen ist; der Herr aber sieht das Herz an.‹ Das ist aus dem Buch Samuel. Und Amy hilft mir, klarer zu sehen.«

»Wirklich?«

»Wirklich«, sagte Dianne.

Julia schlief ein und nahm dabei die Fötusstellung ein. Ein typisches Merkmal des Rett-Syndroms, wie Alan wusste, aber er stellte sich lieber vor, dass sich dahinter die Sehnsucht nach der Geborgenheit im Mutterleib verbarg. Er spürte, wie sehr er sie alle liebte. Die Sonne war inzwischen untergegangen, und aus Lucindas Küche drang ein köstlicher Duft zu ihnen herüber.

Die vier saßen schweigend da, und nach einer Weile kletterte Diannes Katze aus ihrem Korb. Katzen besaßen für den Kinderarzt nichts Geheimnisvolles, aber Alan hatte noch nie gesehen, was Stella nun tat, denn sie war scheu und verschlossen. Als sie vom Regal heruntersprang, musterte sie Alan mit einem langen, argwöhnischen Blick.

»Sie vergewissert sich, dass Sie ihr nichts tun«, flüsterte Amy.

»Ich bin ein Freund«, sagte Alan und blickte Dianne in die Augen.

Sie beobachteten, wie die Katze vorsichtig das Sofa umkreiste. Schließlich ließ sie sich vor der Stirnseite des Sofas nieder und plusterte sich auf, sodass sie die Größe eines Toasters hatte. Sie fixierte den Spalt zwischen Überwurf und Fußboden, schien auf der Lauer zu liegen, zu warten. Alans Herz schlug schneller. Er hätte nicht sagen können, warum, aber plötzlich wusste er, dass er auf das Gleiche wartete.

13

Es war in vieler Hinsicht ein traumhafter Sommer. Die Tage waren lang und mild, voller Frieden und Nähe. Eines Morgens ruderte sie ihre Mutter, Amy und Julia durch die Marschen. Sie zogen das Dingi auf den Sand, setzten den kleinen Anker im rauen Schilf und stapften über die Dünen zum Leuchtturm-Strand.

Die Brandung auf der windabgewandten Seite des Sandhügels war stärker als auf der Marschseite. Hohe Wellen mit weißen Schaumkronen rollten in einer langen Linie heran, überschlugen sich, formierten sich aufs Neue. Dianne spannte den Sonnenschirm auf, während Lucinda die Decke ausbreitete und die Liegestühle aufstellte. Amy machte sich Sorgen, dass sie zu dick in dem dunkelblauen Badeanzug aussah, aber Lucinda erklärte, sie sei gertenschlank und eine wahre Augenweide.

Dianne trug Julia zum Wasser hinunter. Der Sand war nass und kühl und grobkörniger als der feine Sand weiter oben. Dianne schmierte die zarte Haut ihrer Tochter mit Sonnenschutzmittel ein. Dann schaufelte sie eine kleine Sitzfläche im nassen Sand für Julia aus, setzte sie hinein und fing an, eine Sandburg zu bauen.

»Kann ich dir helfen?«, fragte Amy.

»Klar.«

Sie arbeiteten an entgegengesetzten Enden der Burg, errichteten gemeinsam ein fantasievolles, ausgeklügeltes Bauwerk. Dianne formte mit den Händen Wände und Zinnen, während Amy mit Hilfe eines blauen Plastikeimers Wälle und Brustwehren hinzufügte. Sie ließen den tropfnassen Sand durch die Finger rinnen, um das Gesims mit filigranen Zickzacklinien zu verzieren. Dianne bastelte Flaggen aus braunem und grünem Seetang. Sie drückten zerbrochene Miesmuschelschalen und dunkelblaue

Schneckengehäuse in den Sand, sodass die Burg in allen Regenbogenfarben schillerte. Die Fenster waren von durchsichtigen Krebspanzersplittern gerahmt.

»Schön«, meinte Amy, die auf ihren Fersen kauerte.

»Julias Burg«, sagte Dianne und half Amy beim letzten Schliff – ein Stück Treibholz für die Zugbrücke, vom Meer versilbert.

»Ist das genauso wie wenn du ein Spielhaus baust?«, fragte Amy.

»Ja«, antwortete Dianne lächelnd. Sie liebte ihr Handwerk, freute sich, wenn ihre Häuser den Kindern gefielen und der Scheck mit dem Honorar kam. Sandburgen waren wie die Sommertage – herrlich, kurzlebig, vom Meer weggespült. Der einzige Lohn war der Spaß, den es macht, sie zu bauen, und er war wichtiger als jeder Scheck.

»Gefällt dir deine Arbeit?«

»Ich kann mir tatsächlich keine schönere vorstellen«, erwiderte Dianne.

»Hm«, sagte Amy und verstummte auf einen Schlag.

Dianne wusste, dass sie an ihre Mutter dachte. Amys Aufenthalt bei den Robbins war vom Jugendamt verlängert worden. Alan hatte Tess Brooks das Angebot unterbreitet, und nach anfänglichem Protest hatte sie zugestimmt.

Ambers Mutter hatte angerufen, um sich über Amys Handgreiflichkeiten zu beschweren. Daraufhin war die Polizei angerückt. Marla Arden hatte erklärt, die Gewalttätigkeit nehme ihren Anfang im Elternhaus, und das Jugendamt habe nicht die Absicht, sie ohne gründliche Überprüfung in ein potenziell schädigendes Umfeld zurückzuschicken. Amys Akte wurde immer dicker, und manchmal hatte sie das Gefühl, ihr Leben sei hoffnungslos.

Dianne spürte bisweilen, dass Amy sie mit ihrer Mutter verglich. Dianne arbeitete, ihre Mutter schlief den ganzen Tag. Dianne hatte alle Hände voll zu tun, ihre Mutter war träge. Amy runzelte die Stirn, hin und her gerissen vom Widerstreit der Gefühle.

»Aber Freizeit ist noch schöner als Arbeit«, sagte Dianne. »Komm, lass uns schwimmen gehen.«
»Keine Lust.«
»Nein?«
Amy zuckte mit den Schultern. Ihre Hochstimmung war verflogen, wie von einer dunklen Wolke überschattet, die am Strand entlangzog. »Hier sind die Wellen zu hoch. Normalerweise gehen wir zur Jetty Beach, da ist das Meer ruhiger.«
»Die Wellen tun dir nichts, Amy. Ich werde dir zeigen, wie man Wellen reitet, ganz ohne Brett.«
»Nein, danke.«
»Du kannst es dir ja überlegen«, sagte Dianne enttäuscht.
Die Brandung war zu stark für Julia, und so trug Dianne sie zu Lucinda hinauf.
»Wie ist das Wasser?«
»Warm«, antwortete Dianne.
»Gehst du schwimmen?«
»Ich schon. Amy nicht, sie hat Angst.«
»Lass ihr Zeit, Kind. Du warst anfangs auch nicht begeistert von den hohen Wellen. Erinnerst du dich noch, wie du ans Ufer gespült wurdest und kopfüber im Sand gelandet bist? Du hast dir dabei Nase und Stirn aufgeschürft.«
»Ich weiß. Aber damals war ich viel jünger, vier oder fünf.«
»Das erste Mal ist das erste Mal.«
»Danke, Mom.«
Lucinda nickte und half, es Julia neben ihr bequem zu machen. Sie hatte sich problemlos an den Ruhestand gewöhnt – sie hatte ihren Strand, ihre Bücher, ihre Familie und die Zusicherung ihrer Tochter, dass das Wasser warm war. Außerdem stand der Bibliotheksball bevor, und Lucinda würde dieses Jahr Ehrengast sein.
Als Dianne ins Wasser ging, hatte Amy ihre Meinung geändert. Die Arbeit an der Sandburg konnte warten. Sie stand auf und folgte ihr wortlos.
»Du bist eine gute Schwimmerin«, sagte Dianne, als sie ein

Stück ins Meer hinausgeschwommen und außerhalb der Brandung waren.
»Meine Mutter hat es mir beigebracht, als ich klein war.«
»Prima. Ich habe es auch von meiner Mutter gelernt.«
Sie sah zu Lucinda hinüber, die mit Julia unter dem grünweiß gestreiften Sonnenschirm saß. Wie sie in dem verblichenen Liegestuhl saß und ein Buch las, mit Strohhut und dunkelgrüner Sonnenbrille wirkte sie zeitlos, unverändert, Diannes junge Mutter.
»Meine Mutter hat Angst vor den Wellen«, gestand Amy kleinlaut.
»Das Geheimnis liegt darin, dass man nicht gegen sie ankämpft«, sagte Dianne und nahm Amy bei der Hand. »Stell dir vor, du wärst ein Seehund, dann würdest du dich im Wasser wohler fühlen als sonst wo.«
»Wie ein Delfin?«
»Eher wie ein Seehund. Du musst dich von den Wellen tragen lassen, auf und ab.«
Das Meer war frisch und kühl. Es schmeckte salzig und linderte den Druck in Diannes Brust. Als Amy bereit schien, begannen sie sich ans Ufer spülen zu lassen. Dianne brachte Amy bei, wie man über die Schulter späht, wenn die nächste Welle anrollt. Sie streckten die Arme über die Köpfe und ließen sich von der Welle an Land tragen, furchtlos, schaumgeboren.
»Wow!«, schrie Amy und strich sich die Haare aus den Augen.
»Du machst das toll!«, rief Dianne.
»Lucinda! Hast du das gesehen?«, brüllte Amy.
»Natürlich!«
Dianne freute sich für Amy. Wellenreiten war wunderbar und ein unvergessliches Erlebnis beim ersten Mal. Seit sie ihre Angst überwunden hatte, wollte sie nicht mehr aufhören. Sie verbrachte den Rest des Tages im Wasser. Ein Stück weiter tummelten sich andere Jugendliche am Strand, aber Amy hielt sich von ihnen fern. Es schien ihr mehr Spaß zu machen, mit Dianne und Lucinda schwimmen zu gehen und mit Julia zu spielen.

Die Flut hatte eingesetzt, und Dianne sah betrübt, wie sich das Wasser der Sandburg näherte. Die erste Welle spülte den glatten Sand weg, reichte bis zum Burggraben. Dianne hasste es, mit ansehen zu müssen, wie die Burg dem Erdboden gleichgemacht wurde.
»Das Meer ist herrlich«, murmelte Lucinda, als sie aus dem Wasser kam und sich die Haare mit einem Handtuch trocken rubbelte.
»Julia liebt das Meer ebenfalls«, sagte Amy.
»Sie heißt ja auch mit zweitem Vornamen Lea«, erklärte Lucinda. »Das bedeutet Wiese am Meeresufer. L-e-a.«
»Julia Lea Robbins. Das ist schön. Der Name passt perfekt zu ihr. Julia Wiese am Meeresufer Robbins.«
Dianne hatte den Blick auf die Sandburg geheftet. Die Wellen kamen näher. Sie beugte sich über Julia. Sie war wach und blickte sie stumm an. Dianne nahm ihre Hände. Sie waren weich und warm von der Sonne, und ihre Berührung war tröstlich.
»Ich gehe mit Julia schwimmen«, sagte sie. »Auf der anderen Seite der Düne.«
Amy und Lucinda sammelten ihre Siebensachen ein. Dianne trug Julia über die Düne. Vom Gipfel konnte sie die sichelförmige Bucht auf der einen und die weitläufigen, von Wasserläufen durchzogenen Marschen auf der anderen Seite sehen. Der weiße Lichtturm stand an der Spitze der Landzunge. Das Meer hatte die Sandburg inzwischen weggeschwemmt, und so schlug Dianne die entgegengesetzte Richtung ein.
Julia regte sich in ihren Armen. Dianne drückte sie an sich. Ihre Haut war warm, als sich ihre Arme berührten. Julia liebte den Sommer von klein auf, und das Schönste daran war Schwimmen. Dianne trug sie zur windabgewandten Seite der schmalen Düne. Die offene See lag zu ihrer Linken, die Marschen zu ihrer Rechten.
Hier war das Meer ruhig und warm. Mit Julia auf dem Arm ging Dianne ins Wasser. Der Sandboden fühlte sich weich und

matschig an. Um nicht auf Krebse und scharfkantige Muscheln zu treten, drehte sich Dianne um, hob Julia hoch und ließ sich vorsichtig auf dem Rücken ins Wasser gleiten. Das salzige seidige Nass hüllte sie mit seiner Wärme ein.

»Maaa«, sagte Julia.

»Richtig, Liebes, ich bin deine Mama.«

Auf dem Rücken liegend, entfernten sie sich vom Ufer. Dianne hielt Julia an ihre Brust gedrückt und paddelte vorsichtig mit den Füßen. Schwerelos glitten sie dahin und genossen die Sonne auf ihren Gesichtern. Strandläufer nahmen Anlauf auf dem schmalen Uferstreifen und erhoben sich wie ein brauner verwischter Farbklecks in die Lüfte. Dianne überlegte, wie es sein mochte zu fliegen, und stellte sich Julia vor, von ihrer zerbrochenen körperlichen Hülle befreit.

»Wir schwimmen, meine Kleine«, sagte Dianne.

Julia liebkoste mit der Nase ihre Schlüsselbein. Unfähig, ihrer Mutter die Arme um den Hals zu legen, überließ sie es Dianne, sie festzuhalten. Dianne schwamm für sie beide. Den Rest besorgte das Salzwasser. Es hielt sie an der Oberfläche, trug sie ohne Anstrengung.

»Sommer«, sagte Dianne, und die salzige Gischt auf ihrem Gesicht schmeckte wie Tränen. »Du liebst den Sommer, Julia.«

»Maaa.«

»Du liebst ihn sehr. Seit deiner Geburt.«

Julia bewegte sich, rang die Hände in Diannes Umarmung.

»Du bist ein Sommerbaby. Du liebst diese Jahreszeit mehr als alle anderen, stimmt's, Julia? Sie ist warm und wundervoll …«

Jenseits der Marschen konnte Dianne ihr Elternhaus sehen. Die verwitterten Dachschindeln glänzten silbern im Sonnenlicht, die Fensterläden waren so blau wie das Meer. Lucindas Garten war ein einziger Farbenrausch. Goldgrün gesprenkeltes Schilfgras wogte im Wind, und die Fahne flatterte am Mast. Ihre Werkstatt war aus dieser Entfernung so klein wie eines ihrer Spielhäuser. Die Auffahrt war verwaist, doch Dianne fragte sich, ob Alan später auf einen Sprung vorbeikommen würde, um nach Amy und

Julia zu sehen. Bei dem Gedanken, wie sie sich bei ihrer letzten Begegnung umarmt hatten, drückte sie Julia an sich.

»Halloooo!«, rief Amy vom Gipfel der Düne.

»Gaaa«, sagte Julia.

»Hallo!«, rief Dianne zurück. »Julia sagt ebenfalls hallo.«

Julia war schwerelos und frei. Amy und Lucinda standen auf dem Sandhügel. Ihre Gesichter befanden sich im Schatten, doch Dianne war sicher, dass sie lächelten. Der Tag war ein Gottesgeschenk. Der Eisvogel hockte auf einem morschen Pfahl und beobachtete, wie sie vorüberschwammen. Die Sonne brannte vom Himmel, es ging eine frische Brise. Es war Sommer, und das Kleeblatt war zusammen.

Neunhundert Meilen entfernt, Kurs Nord-Nordost, saß Malachy auf seinem alten roten Schleppkahn und lauschte dem Gesang der Delfine, der an Liebeslieder erinnerte. Er hatte die Kopfhörer auf. Gestern Abend hatte er weit draußen vor der Küste von Big Tancook den Anker gesetzt und das Hydrofon über die Reling ins Wasser gehängt. Die Delfine waren ganz nahe an der Bootswand vorbeigeschwommen, mit ihrem grünen Feuer im Schlepptau. Ihre Sprache war komplex und geheimnisvoll, für einen Iren wie Malachy genauso unwiderstehlich wie Poesie.

Nun lag er wieder im Hafen von Lunenburg und wertete die Aufnahmen der vergangenen Nacht aus. Er war zweiundsiebzig Jahre alt, weißhaarig und stämmig. Im Westen Irlands geboren und aufgewachsen, reichte seine Liebe zum Meer bis in die früheste Kindheit zurück. Sein Vater hatte Lachse mit Beutelnetzen gefangen, und einmal im Sommer hatten er und seine Schwester Löcher hineingeschnitten, um die Lachse freizulassen. Ein Idealist durch und durch, kannte seine Liebe zur Natur keine Grenzen. Auch jetzt lauschte er lieber dem schmachtenden Gesang der Delfine als den Flötenklängen eines James Galway oder Pavarottis machtvoller Stimme.

Wenn er aus dem Fenster des Ruderhauses blickte, sah das Hafenbecken so ruhig aus wie dunkelgrünes Glas. Die grellroten und blauen Gebäude waren so schlicht wie die Bauklötze eines Kindes. Weiße Möwen kreisten über den Dächern. Ein Fischerboot lief aus, und Malachy seufzte. Sirenengesang in den Ohren, die Kulisse eines Hafens im Norden vor Augen – was konnte man sich mehr wünschen?

Die Frage war bitter, und er biss auf den Stiel seiner Pfeife. Malachy vermisste seine Frau. Brigid war vor fünf Jahren gestorben. Sie hatten ein gutes Leben miteinander gehabt, in Irland, in den Staaten und auf vielen Weltmeeren. Als waschechte Aran-Insulanerin hatte sie ihn ermutigt, das Studium des Meeres zu seinem Beruf zu machen. Um es zu finanzieren, hatte sie sich als Putzfrau verdingt und die Wäsche fremder Leute gewaschen. Es gab nicht viele Studenten am Oceanographic College in Kerry, deren Ehefrauen sich die Hände und Knie aufscheuerten, damit ihre Männer Zittergras und Hailebern unter die Lupe nehmen konnten.

»Ich werde mich schon schadlos halten«, hatte sie voller Elan mit ihrer tiefen Stimme und einem Blinzeln ihrer grün gesprenkelten Augen gesagt. »Dann wirst du alle Hände voll mit deinen Fischen zu tun haben, und ich werde Däumchen drehen. Ich werde mit den Kindern zu Hause bleiben und keinen Finger mehr rühren, außer beim Backe-backe-Kuchen.«

»Abgemacht«, hatte Malachy gesagt. »Ich werde dich und unsere elf Kinder auf Händen tragen, bis du es vor lauter Glück nicht mehr aushalten kannst.«

»Vermag ein Mensch so glücklich zu sein, dass er es nicht mehr aushält?«, hatte sie gefragt und ihren Rotschopf an seine Brust gelegt.

»Eine Frau, die elf Kinder geboren hat, schon«, hatte er gescherzt. »Vielleicht wird sie ihren Mann auf Knien anflehen, sie in Ruhe zu lassen.«

»Ach, Mal«, hatte sie lachend gesagt.

Aber sie hatten keine elf Kinder gehabt. Nur eines. Einen Sohn. Sie hatten ihn Gabriel genannt, weil er ihr Erzengel war. Brigid konnte keine Kinder mehr bekommen, doch Malachy war auch so glücklich. Gabriel reichte ihnen. Er war ihr Ein und Alles. Zart, lustig, mit dem lockigen Haar seiner Mutter, war er ein Dichter gewesen.

Er hatte nichts veröffentlicht. Aber das wäre nicht ausgeblieben, wie Malachy wusste. Der Junge besaß eine Gabe. Seine Sprache war mächtig und leitete sich von seinen Vorvätern her, von Yeats, Synge und Joyce. Mit vierzehn hatte er die Seele eines Weisen. Seine Worte klangen wie Lieder, und wenn er das Mondlicht über der Bucht beschrieb, konnte man die geriffelte Oberfläche des Wassers vor sich sehen. Wenn er von der Liebe eines Mädchens sprach, die er noch nicht aus eigener Erfahrung kannte, trafen seine Worte mitten ins Herz.

Gabriels Lebensfreude und sein außergewöhnliches Talent hatten ihr Epizentrum im Herzen. Schon als Baby so zufrieden, wie man es sich nur wünschen kann, packte er das Leben, das ihm geschenkt worden war, mit Leidenschaft und Feuer. Alle wussten, dass er etwas ganz Besonderes war, seine Lehrer, Freunde, Nachbarn. Mit seinen Gedichten gewann er Wettbewerbe. Seine Lehrer förderten ihn und prophezeiten den Condons, dass ihr Sohn eines Tages berühmt werden würde. Malachy machte sich nichts aus Ruhm. Es hätte ihm genügt, die Worte seines Sohnes für den Rest seines Lebens zu hören.

Doch Gabriel war tot. Mit vierzehn war er bei einem Autounfall auf der Route 132 in Hyannis ums Leben gekommen, in unmittelbarer Nähe des Rotary-Flugplatzes. Der Schock hatte seine Eltern beinahe um den Verstand gebracht. Wenn nicht ihr Glaube gewesen wäre …

Brigid war jeden Morgen in der Kirche St. Francis Xavier zur Messe gegangen und hatte einige Bänke von Rose Kennedy entfernt gekniet. Manchmal trafen sich ihre Blicke; die ältere Frau verstand Brigids Kummer.

Malachy hatte sich im Labor vergraben. Das Ozeanografische Institut von Woods Hole war an Nachteulen gewöhnt, aber das Licht in Malachys Büro brannte länger als bei allen anderen.

Delfine wurden seine große Leidenschaft. Er konnte ihrem Gesang stundenlang lauschen. Er hatte Theorien entwickelt, die niemand hören wollte, weil sie weit hergeholt erschienen – dass Delfine romantisch waren, ausgeklügelte Paarungsrituale hatten, dass sich der Klang ihrer Stimme veränderte, wenn sie um einen Partner warben.

Vornübergebeugt, die Kopfhörer auf den Ohren, dachte Malachy erneut an seinen Kummer. Wie konnte ein Mensch die Liebeslieder der Delfine auswerten, ohne davon berührt zu werden? Damals hatte er um ein Haar seine Forschungsgelder verloren. Unfähig, dem Gesang zu lauschen, war er auch nicht in der Lage gewesen, wissenschaftliche Abhandlungen darüber zu schreiben. Und Forschungsprojekte ohne theoretisches Fundament wurden nicht bezuschusst.

Malachys junger Assistent sprang in die Bresche. Wenige Monate nach Gabriels Tod überreichte Alan McIntosh ihm ein Tonband.

»Aus der Karibik«, meinte er. »Delfine, aufgenommen in der Anegada Passage.«

»Noch mehr Geschnatter«, sagte Malachy.

»So klingt es für mich nicht, weil du mich gelehrt hast, es mit anderen Ohren zu hören. Für mich klingt es wie Poesie. Wir lesen gerade Yeats in der Schule, und der Delfingesang erinnert mich an seine Gedichte.«

»Yeats«, sagte Malachy. Gabriel war sein Yeats gewesen. Gabriel hatte Worte geschrieben, bei denen einem das Herz aufging und die Seele erwachte. Was wusste ein Amerikaner wie Alan McIntosh mit Wahlfach Naturwissenschaften schon von Yeats? Malachy konnte seinen Anblick schon seit Monaten nicht mehr ertragen – ein junger Mann, der Tag für Tag zur Schule ging, der leben durfte, im Gegensatz zu Gabriel. Andererseits hatte Alan seinen Bruder verloren, ein schwerer Schlag, der seine Eltern zerstörte, eine Tragödie. Deshalb setzte Malachy, sich dazu verpflichtet fühlend, die Kopfhörer auf und versuchte Yeats in der Delfinsprache zu lauschen. Doch er hörte nur Gabriel.

Alan hatte Malachy dieses Geschenk gemacht. Mit Yeats hatte er ihm den Schlüssel zu Gabriel gegeben. Der Gesang der Delfine glich Gabriels Gedichten – er war ätherisch und zu gut für diese Welt. Nur wenige Menschen verstanden seinen Zauber. Die meisten hörten Klickgeräusche, Triller, leises Summen, Wehklagen. Nur die gefühlsstarken, spirituellen, verliebten, mental gestörten, verwirrten, trauernden, schuldbeladenen und aufgeklärten Menschen, Menschen mit der Seele eines Dichters und dem Herzen eines Kindes, konnten hören, wie die Delfine ihre Liebeslieder sangen.

Alan McIntosh war ein solcher Mann. Sein Bruder Tim nicht.

Die McIntosh-Brüder – die einzigen Söhne, die Malachy Condon geblieben waren. Sie waren nicht blutsverwandt, aber spielte das eine Rolle? Malachy hatte sie in seinem Herzen an Sohnes Statt genommen, und sie sahen einen Vater in ihm. Malachy war überzeugt, dass Menschen, die sich nahe standen, einander nicht auswählten. Gott sorgte dafür, dass sie sich fanden, als Gefährten auf der Reise durchs Leben. Die McIntosh-Brüder waren aus gutem Grund in Malachys Leben getreten.

»Ruft euren alten Herrn mal wieder an«, sagte er laut, mit der Pfeife im Mund.

Er war allein auf seinem Schleppkahn. Die Delfine redeten, bis ihm die Ohren klingelten, doch nicht eine einzige menschliche Stimme war darunter, es sei denn, er zählte Gabriels Geist mit. Malachy glaubte an Telepathie und dass Tim und Alan seine Stimme trotz der Entfernung hören konnten.

»Ruft an!«, sagte er noch einmal eindringlich. »Ihr wisst doch, dass ihr nichts lieber tätet, bei Gott. Worauf zum Teufel wartet ihr? Glaubt ihr, das Leben dauert ewig?«

Alan hatte sich letzten Monat gemeldet. Er war wieder fällig, und Tim auch. Die Brüder hatten noch etwas zu bereinigen, große Probleme, und sie konnten nicht ihr eigenes Leben führen, so lange sie das nicht ausgefochten hatten. Malachy hatte beiden ein paar wichtige Dinge zu sagen.

Er besaß die Gabe des siebten Sinns, bei Iren keine Seltenheit, wohl aber bei Männern. Er sah Dianne vor sich, ihre atemberaubende Schönheit, eine Rose, die im Verborgenen blühte wie Brigid. Er sah das Mädchen, Julia, verwachsen wie eine Baumwurzeln, überflutet von Licht und der Liebe ihrer Mutter. Malachy hätte den Hörer in die Hand nehmen und seine Jungen anrufen können, aber das wäre nicht dasselbe gewesen. Väter zogen es vor, angerufen zu werden. Männer mit guter Kinderstube wussten, wie sie sich Älteren gegenüber zu benehmen hatten. Malachy vertraute seiner Intuition, und deshalb lauschte er den Delfinen, immer bereit, den Hörer abzunehmen und Tims Anruf entgegenzunehmen. Es war Zeit.

14

Wen nimmst du mit?«, fragte Amy.
»Wohin?«, fragte Lucinda zurück.
»Zum Bibliotheksball.«
»Ach so.« Sie saßen auf der Veranda und tranken Tee. Dianne war in Alans Praxis gefahren, Julias Kontrolluntersuchung war wieder fällig.
»Du bist ja schließlich der – wie heißt das gleich wieder?«
»Ehrengast«, sagte Lucinda so bescheiden wie möglich.
»Als Ehrengast solltest du mitbringen dürfen, wen du willst.«
»Dich zum Beispiel?«
Amy sperrte Mund und Nase auf. Seit Tagen hatte sie Anspielungen gemacht, doch sie wollte nicht auf frischer Tat ertappt werden und so blickte sie jetzt ganz erschrocken drein. »Ich? Ich doch nicht. Das wollte ich damit nicht sagen …«
»Was macht deine Lektüre?«
»*Anne of Green Gables?* Das Buch, das Dianne mir gegeben hat? Ich bin fast fertig.«
»Das wurde auch langsam Zeit nach zwei Monaten! Ich dachte, ein kluges Mädchen wie du schafft in so vielen Wochen fünf oder sechs Bücher!«
»Es gefällt mir so gut«, erwiderte Amy strahlend. »Vor allem Anne. Wie sie auf der Insel nach Seelenverwandten sucht, einfach klasse. Gefällt dir das Buch auch, Lucinda?«
»Ja, es gefällt mir sehr gut«, sagte Lucinda trocken. »Ich könnte es sogar drei Monate lesen.« In Wirklichkeit hatte sie es verschlungen. *Anne of Green Gables* war ihr Lieblingsbuch als Kind gewesen. Sie war drei Jahre in einem Waisenhaus in Providence aufgewachsen und anschließend von einem Ehepaar adoptiert worden, das ihr das Leben zur Hölle gemacht hatte. Sie hatte zwar Vater und Mutter zu den beiden gesagt, aber ihre leibli-

chen Eltern konnten sie nicht ersetzen. Sie wünschte, sie hätte damals liebevolle Aufnahme gefunden wie Anne.

»Gibt es diese Insel aus dem Buch, ich meine Prince Edward Island, wirklich?«, fragte Amy.

»Ja, das ist eine Maritime-Provinz in Kanada.«

»Warst du schon einmal dort?«

»Nein, leider nicht«, antwortete Lucinda und trank einen Schluck Tee. »Emmett hatte versprochen, mit mir hinzufahren, aber er starb vorher.«

»War Emmett ein Seelenverwandter?«

»O ja, das war er!«

»Mein Vater und meine Mutter auch. Sie waren die besten Freunde, nicht nur ein Ehepaar.«

Lucinda lächelte. Amy war reif für ihr Alter. »So sollte es eigentlich sein. Aber die Wirklichkeit sieht oft anders aus.«

»Sie hatten ein Lieblingslied, ›You've Got a Friend‹, von James Taylor. Sie haben sich geschworen, zusammenzuhalten, durch dick und dünn. Mein Vater hieß Russell und meine Mutter heißt Theresa, und in der Nähe der Bibliothek steht ein Baum, in den hat er ein großes Herz mit ihren Anfangsbuchstaben geritzt, R und T.«

»Gut, dass die Bibliothekarin ihn nicht dabei erwischt hat.«

»Er hätte dir gefallen. Er war ein Vater, auf den man stolz sein kann. Hat Dianne gesagt.«

»Das glaube ich unbesehen, zum einen, weil Dianne es sagt, und zum anderen, weil er eine Tochter wie dich hat.«

»Waren Dianne und Tim Seelenverwandte?«

»Nun …«

»Oder nur verknallt? Ich meine, bis über beide Ohren verliebt?«

»Sie haben sich sehr geliebt«, sagte Lucinda. »Aber Seelenverwandte, nein. Die beiden waren zu unterschiedlich. Liebe muss fortwährend wachsen, damit Seelenverwandtschaft daraus wird. Es gibt jedoch einiges, was dazu beiträgt – harte Zeiten, die man gemeinsam durchsteht, Freude, Krankheit, Humor, Geldsorgen, Kinder. Alles, was man im Alltag miteinander erlebt. Doch wenn einer entscheidet, dass er nicht mehr bleiben kann, war's das.«

»Ich kann nur hoffen, dass ich nicht der Typ bin, der gehen würde.«

»Das kann ich mir nicht vorstellen.«

»Alle denken, ich sei schlecht«, sagte Amy mit gesenktem Kopf.

»Wer denkt das?«

»Der Staat Connecticut«, flüsterte Amy, während Tränen über ihre Nase tropften. »Die von der Fürsorge sagen, ich sei gewalttätig, weil ich Amber verprügelt habe.«

»Das bedeutet nur, dass du dich nicht richtig verhalten hast. Deshalb bist du noch lange nicht gewalttätig.«

»Sie sagen, das hätte ich von Buddy gelernt. Und dass ein Kind, das solche Dinge zu Hause lernt, ein schlechter Mensch wird.«

»Das passiert manchmal«, erwiderte Lucinda und erinnerte sich an das brutale Gesicht ihres Stiefvaters, seine heraushängende Zunge, die Hiebe mit dem Gürtel und an die vielen Stunden, die sie in ihrem Zimmer eingesperrt worden war. »Aber deshalb muss man diesem schlechten Beispiel nicht folgen.«

»Nein?«

»Nein. Ich finde sogar, dass es Pflicht dieses Kindes ist – gegenüber sich selbst, seinen Eltern und Gott –, sich darüber hinwegzusetzen.«

»Aha.« Amy trocknete sich die Augen.

»Jeder ist für sein eigenes Schicksal und sein Verhalten verantwortlich. Anderen die Schuld in die Schuhe zu schieben, wenn etwas schief läuft, ist nichts als eine Ausrede. Du bist goldrichtig, Amy.«

»Danke.«

»Du hast viel Freude in Diannes und Julias Leben gebracht.«

»Ich wünschte, Tim wäre nicht weggegangen.«

»Ich auch.«

»Man lässt keinen Seelenverwandten im Stich«, sagte Amy.

»Nein, das tut man nicht.«

Dianne stand neben Julia, während Alan das EKG machte. Er strich ein weißes, leitfähiges Gel auf ihre Haut und brachte die Saugnäpfe an. Julias Brustkorb war deformiert, die Brust eingesunken. Die Träger des Badeanzugs zeichneten sich hell am Hals und an den Armen ab. An der Schulter befanden sich verblassende Male in der Form einer winzigen Rose.
»Ihre Tätowierung«, sagte Dianne, als sie seinen Blick bemerkte.
»War das Amy?«
Dianne nickte. »Ja. Wir waren im Layton's, und Amy meinte, Julia und sie müssten diesen Sommer unbedingt Tattoos haben. Dort auch.« Sie deutete auf den linken Fuß. Alan lächelte.
Oberhalb des Knöchels befand sich ein blau-orangefarbener Schmetterling, und um den Knöchel trug Julia einen Fußreif aus bunten Perlen, wie Blumen aufgefädelt.
»Das gefällt mir, Julia«, sagte Alan. »Meine Nichte ist das coolste Mädchen am Strand.«
»Alan, könntest du jetzt bitte das EKG machen?«, sagte Dianne mit zitternder Stimme.
Alan nickte und schaltete das Gerät ein. Es begann zu summen, und unverzüglich erschien der Ausdruck, ein endloser weißer Streifen, ähnlich wie der Kassenzettel im Supermarkt, mit schwarzen Markierungen. Dianne drehte den Kopf zur Seite und versuchte ihn zu entziffern.
»Komm, entspann dich.«
Sie seufzte. »Tut mir Leid.«
Er war genauso nervös wie sie. Seine Handflächen waren nass, als er ihr den Papierstreifen reichte. Er überflog das Kurvenbild, versuchte Veränderungen zu entdecken. Julias frühere EKGs befanden sich in ihrem Krankenblatt, aber er war so vertraut damit, dass er auch ohne einen Blick darauf zu werfen Vergleiche anstellen konnte. Sie hörte ein Murmeln und unbestimmtes Klicken.
»Was hat das zu bedeuten?«
»Moment.«

Julia lag auf dem Untersuchungstisch, blickte die Erwachsenen an und rang ihre Hände. Händeringen war ein weit verbreitetes Merkmal bei Mädchen mit Rett-Syndrom. Die Krankheit war genetisch bedingt, von ihr waren fast ausschließlich weibliche Säuglinge betroffen. Doch Alan kam dieses Händeringen wie ein Ausdruck der Verzweiflung vor, und er fühlte sich hilflos.

»Kannst du schon etwas sagen?«, fragte Dianne, als Alan das Gerät ausschaltete.

Alan betrachtete die Aufzeichnung über den Rand seiner Brille und versuchte sich zu konzentrieren. Obwohl der Augenblick unangemessen war, erregte ihn Diannes Nähe, und er atmete tief den Duft ihrer Haare und ihrer Haut ein.

»Wenn du nicht gleich sagst, was los ist, platze ich und brülle das ganze Haus zusammen!«

»Ich kann keine wesentliche Veränderung feststellen«, erklärte er und spürte, wie sie sich an ihn lehnte. Er tippte auf die Aufzeichnung, und Dianne sah genauer hin. »Hier in diesem Bereich könnte etwas sein, aber ich bin mir nicht sicher. Ich werde das EKG nach Providence faxen; Barbara Holmes soll es sich mal anschauen.«

»Was meinst du mit ›etwas‹?« Dianne ergriff Julias Hand, ohne von Alans Seite zu weichen. Sie stand zwischen ihm und dem Kind, wie ein Bindeglied.

»Eine Unregelmäßigkeit, wie mir scheint. Eine kleine Abweichung vom üblichen Muster.«

»Du hast doch gerade gesagt, es sei keine Veränderung zu erkennen.«

»Keine wesentliche, habe ich gesagt.« Sie trug eine ärmellose weiß-gelb karierte Bluse. Ihr bloßer Arm war gebräunt, mit ein paar Sommersprossen. Er spürte die Wärme durch den dünnen Stoff seines blau gestreiften Hemdes. Er konnte der Versuchung kaum widerstehen, sich hinunterzubeugen und ihre nackte Schulter zu küssen, doch plötzlich rückte sie von ihm ab.

»Entschuldige, aber ich bin schließlich kein Arzt«, sagte Dianne gefährlich leise und beugte sich zu Julia hinunter, um die Saugnäpfe zu entfernen.
»Ich weiß.«
»Ich mag es nicht, wenn du mich von oben herab behandelst!«, fuhr sie mit zitternder Stimme fort. »Ich kenne den Unterschied zwischen ›wesentlich‹ und ›klein‹. Aber du faxt die Ergebnisse an Dr. Holmes, und das würdest du nicht tun, wenn alles normal wäre.«
Alan sah zu, wie sie das klebrige Gel von Julias Haut abwischte. Sie benutzte Pflegetücher für Babys, die sie selbst mitgebracht hatte, und tupfte behutsam die Rückstände weg, um Julia nicht wehzutun. Dann tauchte sie einen Wattebausch in warmes Wasser und beseitigte den Rest. Die harten braunen Papiertücher ignorierend, trocknete sie Julias Brustkorb mit Gazestreifen ab. Ihre Schultern sahen verspannt aus.
»Dianne«, sagte Alan.
Sie schüttelte den Kopf, ohne ihn eines Blickes zu würdigen, und fuhr mit dem Rücken zu ihm fort, Julia zu säubern.
»Ich habe dich nicht von oben herab behandeln oder bevormunden wollen. Nie.«
Sie zuckte mit den Schultern. Sie war zwar kein Arzt, aber sie kannte sich in seiner Praxis besser aus als Martha. Sie hatte Julia medizinisch versorgt und getan, wovor viele Laien zurückgeschreckt wären – sie hatte Dränagen gelegt, Fäkalbeutel ausgewechselt, Julia an den Tropf gehängt und einen Gipsverband gemacht.
Alan ergriff ihre Schultern und drehte sie zu sich um. Sie versteifte sich und weigerte sich, ihn anzuschauen. Mit gesenktem Kopf starrte sie auf seine Schuhe. Ihr Haar schimmerte im Licht wie gesponnenes Gold. Sie duftete nach Blumen und Strand. Alans Herz klopfte so heftig, dass er sich kaum traute, den Mund zu öffnen.
»Ich mache mir Sorgen um Julia«, sagte er.
Ihr Kopf schnellte nach oben. Sie sah ihn flehentlich an. Alan

wünschte, er könnte ihr den Schmerz und die Angst abnehmen.
»Das wird sich nie ändern. Genau wie bei dir. Damit müssen wir uns abfinden.«
»Aber die Untersuchung ...«
Alans Hände lagen auf ihren Schultern. Er sehnte sich danach, sie in die Arme zu nehmen und zu küssen. Er wusste, dass er innerlich zu stark beteiligt war und Julia an einen Arzt überweisen sollte, der die nötige emotionale Distanz besaß. Aber er brachte es nicht übers Herz. Er hatte das Gefühl, sie im Stich zu lassen, oder Dianne. Er räusperte sich.
»Die Untersuchung ist nicht aufschlussreich genug. Sie bringt uns nicht weiter. Ich weiß, das ist wie im Fegefeuer, aber das Ergebnis ist weder positiv noch negativ, es gibt keine klare Indikation. Wir haben kein Schwarzweißbild, sondern bewegen uns in einer Grauzone, wie immer bei Julia. Wir müssen lernen, mit dieser Ungewissheit zu leben. Annehmen, was kommt, und die Zeit mit ihr genießen. Jede Minute ...«
»Ich brauche sie so sehr«, sagte Dianne.
»Ich weiß.«
»Das wird mir immer dann klar, wenn ich hier bin und mich damit auseinander setzen muss, sie zu verlieren.«
»Daran denkst du, wenn du hier bist?«, fragte Alan niedergeschlagen. Er hatte immer geglaubt, er sei Julias Beschützer und für Dianne ein Fels in der Brandung, der ihr Hoffnung gab. In Julias schlimmsten Zeiten hatte er rund um die Uhr auf Abruf zur Verfügung gestanden – Termine abgesagt, Tagungen und Verabredungen sausen lassen –, um immer da zu sein, für den Fall, dass sie ihn brauchte.
»Ja. Hier hören wir die schlechten Nachrichten.«
»Es gab auch gute.« Alan strich ihr über den Rücken. Er bemühte sich verzweifelt, sie zu bewegen, ihn aus einer anderen Warte zu betrachten. Nicht als Überbringer von Hiobsbotschaften. »Sogar einige. In Julias Leben gibt es so viel Gutes. Deinetwegen.«

»Die Leute haben mich gefragt, warum. Warum ich damals beschlossen habe, sie zu bekommen, als ich bei der Fruchtwasser-Untersuchung von ihrer Behinderung erfuhr. Ich hätte sie abtreiben lassen können … schwapp und weg. Ich musste mich zwischen ihr und meinem Mann entscheiden.«
Alan verkrampfte sich. Er hielt Dianne im Arm und stellte sich seinen Bruder vor, irgendwo auf dem Meer, unberührt von solchen Sorgen.
»Die Frage war ernst gemeint. Kannst du dir das vorstellen?«
»Die Leute denken manchmal nicht nach.«
»Es lag nicht daran, dass ich so gut oder aufopfernd wäre. Ich war nicht einmal mutig, auch wenn andere es meinen. Ich war sogar ziemlich feige! Ich hatte Angst …«
»Wovor?«
»Ich wollte das Kind unbedingt haben. Ich hatte mir ein Leben lange eine Tochter gewünscht, und ich hatte Angst, das sei meine letzte Chance. Schon als kleines Mädchen habe ich Puppen über alles geliebt und meine Mutter bekniet, mir richtige Babywindeln und Kleidung für sie zu kaufen. Mein Vater hat Wiegen für sie gezimmert. Und ich hatte eine Puppenstube …«
»Die Emmett gebaut hat?«
»Ja. Sie war wunderschön und stand in meinem Zimmer. Sie hatte Blumenkästen vor den Fenstern und eine richtige Türglocke mit Batterie. Ich habe ständig mit ihr gespielt. Sie sah aus wie die Häuser in Hawthorne, genauer gesagt, wie mein Traumhaus. Schon damals habe ich mir vorgestellt, wie es sein würde, wenn ich erwachsen wäre und ein eigenes Kind hätte. Und in einem solchen Haus zu leben und glücklich zu sein.«
»Das Kind hast du bekommen.«
»Ja, Julia.« Sie löste sich von Alan. Er streckte die Hand aus, um sie zurückzuhalten, aber sie hatte sich bereits ihrer Tochter zugewandt. Ihre Stimme wurde so leise, dass er näher kommen musste, um sie zu verstehen. »Man kann sich seine Kinder nicht

aussuchen. Wer weiß, ob ich noch einmal schwanger geworden wäre, wenn ich Julia nicht bekommen hätte? Julia gehört zu mir.«
»Dianne ...«
Sie nahm Julia auf den Arm und drückte sie an sich. »Sie gehört zu mir und ich zu ihr. Aber sag nicht, das sei wie im Fegefeuer. Nicht das Wort Fegefeuer, bitte.«
»Ich verspreche es.«
»Das Fegefeuer ist eine Vorhölle für Seelen, die nicht in den Himmel kommen. Das trifft nicht auf Julia zu.«
»Nein, der Himmel wurde für Menschen wie sie gemacht.«
»Ich liebe dich«, sagte Dianne und wiegte Julia in ihren Armen. Die großen Augen des Kindes wanderten über das Gesicht ihrer Mutter. Die Hände flatterten und berührten Diannes Lippen und Kinn.
»Ich auch«, sagte Alan und legte die Hände auf die Schultern seiner Nichte. Julia drehte den Kopf zur Seite und lächelte ihn strahlend an. Dianne dachte, Alans Worte wären auf Julia gemünzt.
»Ich würde gerne mit ihr verreisen.«
»Wohin?«
»Irgendwohin. Damit sie ein bisschen was von der Welt sieht. Glaubst du, das ginge?«
»Hm«, machte Alan, beunruhigt angesichts des Gedankens, dass Dianne eine Weile weg sein könnte. »Wenn du in der Nähe von Städten bleibst, in denen es ein gut ausgerüstetes Krankenhaus gibt, warum nicht. Nur für den Notfall. Hast du eine bestimmte Vorstellung?«
»Mit Sicherheit nicht Disney World«, antwortete Dianne, die Hand ihrer Tochter haltend. »Irgendwo, wo es schön ist.«
Draußen vor dem hohen Fenster lag Hawthorne wie ein glänzendes Juwel in der Sonne. Im Hafen, in dem sich Segelboote, Trawler und Hobbyangler ein Stelldichein gaben, herrschte rege Betriebsamkeit. Die weißen Herrenhäuser säumten den Kai, und Alan überlegte, welches Diannes Vater inspiriert haben

mochte. Die Gegensprechanlage summte und Martha teilte ihm mit, Bettina Gorey habe angerufen und lasse ihm ausrichten, dass sie sich nicht bei ihr zu Hause, sondern etwas später im Theater treffen würden.

»Kein Problem«, sagte er zu Dianne und forschte in ihrem Gesicht nach Anzeichen von Interesse oder Eifersucht.

»Oh, tut mir Leid, dass wir dich so lange aufgehalten haben«, erklärte sie und begann Julia anzuziehen. »Ich hatte ganz vergessen, dass deine Patienten auf dich warten …«

»Das hatte ich nicht gemeint.«

Aber sie befand sich bereits auf dem Weg zur Tür.

Alan sprach oft von bestimmten Mustern in Julias Zustand, und auf der Heimfahrt merkte Dianne, dass ihr eigener Zustand ebenfalls einem folgte. Wenn Julias nächster Untersuchungstermin nahte, wurde Dianne nervös. Sie litt unter Kopfschmerzen, Schlaflosigkeit und erhöhter Reizbarkeit. Der Druck, unter dem sie stand, wurde immer größer. Sie lag stundenlang wach und malte sich das Schlimmste aus. Wenn sie Alans Praxis betrat, war sie mit den Nerven am Ende und hätte ihn am liebsten umgebracht, wenn er nicht gleich zur Sache kam – ein Verhalten, das er nicht verdient hatte.

Nach der Untersuchung verspürte sie den Drang, lauthals zu singen. Auch jetzt hatte sie auf der Heimfahrt die Fenster heruntergekurbelt und das Radio eingeschaltet. Sie streckte den Arm zum Beifahrersitz hinüber und streichelte die Hand ihrer Tochter. Es war Sommer, sie waren beisammen; sie fühlte sich erleichtert, als hätte man ihr einen Strafaufschub gewährt. Das war Diannes Muster – die Anspannung wich in den Moment, in dem sie Alans Praxis verließ. Sie dachte an die weiße Flagge, an den Wunsch, sich dem Schicksal zu unterwerfen. Wenn sie nur aufhören könnte, Alan für ihr Leben verantwortlich zu machen.

Zu Hause angekommen, trug sie Julia in die Werkstatt. Amy saß am Schreibtisch und sprang auf, als sie eintrat.

»Bist du böse? Ich wollte nur etwas schreiben.«
»Du darfst jederzeit an meinem Schreibtisch sitzen«, sagte Dianne.
»Ich schreibe gerade einen Brief.«
Dianne lächelte; sie wusste, welche Frage nun erwartet wurde.
»An wen?«
»An meinen Vater. Wir sind seelenverwandt.«
»Man merkt, dass du *Anne of Green Gables* gelesen hast.«
»Und ich hab mit Lucinda geredet. Sie spricht mit Emmett, obwohl er tot ist. Deshalb dachte ich, warum soll ich nicht meinem Vater schreiben?«
»Natürlich, warum nicht?«, sagte Dianne und setzte Julia in ihren Stuhl.
»Es ist toll, sich mit einem Seelenverwandten zu unterhalten«, erklärte Amy und ergriff wieder ihren Füllfederhalter. »Der Mensch, der dich am meisten liebt, kennt dich am besten. Ich wette, mein Vater weiß alles über mich, aber ich möchte ihm trotzdem ein paar Dinge sagen. Wie geht's Julia?«
»Gut«, antwortete Dianne und strich sich die Haare aus dem Gesicht.
»Ich werde meinem Vater alles über sie erzählen. Und wie geht's Dr. McIntosh?«
»Auch gut.«
»Er ist mein Seelenverwandter auf der Erde. Du und Julia natürlich auch. Aber mein Vater kennt mich länger, und ich habe ihm viel zu sagen. Wer ist deiner?«
»Mein was?«
»Dein Seelenverwandter.«
»Oh! Meine Mutter, du, Julia.« Dianne stellte fest, dass sie an Alan dachte, und wurde rot.
»Aha.« Amy glättete das Papier und begann zu schreiben. So wie der Federhalter über die Seite flog, hatte sie eine Menge zu sagen.
Dianne war beunruhigt, als sie Amy beobachtete. Eine Sturzflut von Worten ergoss sich auf das Papier. Amys Herz floss über;

sie hatte einen Ansprechpartner, dem sie sich öffnen konnte. Dianne hatte lange nicht mehr auf so vertraute Weise mit jemandem geredet, sodass sie gar nicht gewusst hätte, wo sie anfangen sollte. Sie stellte sich Alan vor, wie er ihr aufmerksam zuhörte und dabei ihre Hand hielt. Erschöpft von dem aufreibenden Tag, beschloss sie, sich eine Weile auf die Couch zu legen. Die Sprungfedern quietschten und scheuchten Stella auf, die auf ihrem Wachposten saß und den Spalt unter der Couch im Blick behielt.

Dianne schlief ein. Sie träumte, Bruchstücke ihres Lebens glitten an ihrem inneren Auge vorüber. Alan, der sie in den Wellen umarmte. Tim, der in seinem Ruderhaus stand und sie angrinste. Julia, die wie ein Engel flog, mit wehenden goldenen Haaren. Und Amy, die ihren Namen rief.

»Dianne!«, flüsterte Amy. »Wach auf! Schnell! Das musst du sehen!«

Dianne riss die Augen auf. Ihr erster Blick galt Julia, aber es war alles in Ordnung, sie saß im Stuhl, und ihre Hände bewegten sich durch die Luft. Amy stand wie angewurzelt am Schreibtisch. Aber sie lächelte und deutete auf den Boden.

»Orion!«, flüsterte sie.

Dianne drehte sich auf die Seite, um besser zu sehen.

Der Welpe kam unter der Couch hervor. Dianne konnte seine schwarze Nase sehen. Nass und zitternd spähte er unter dem Überwurf hervor. Stella wich nicht zurück, sondern pirschte sich näher heran. Als wollte sie dem Welpen zu verstehen geben, dass die Luft rein sei, zeigte sie unglaublichen Mut. Ihre Schnurrhaare bebten, als ihre rosafarbene Nase die Hundenase berührte.

»Er kommt raus!«, flüsterte Amy und verschränkte ihre Hände.

Sie wussten, dass er nachts herausgekommen war, um zu fressen und Stellas Katzenklo zu benutzen, weil sie die Beweise gefunden hatten. Doch bisher hatte Orion zu große Angst gehabt, um sich zu zeigen, wenn Menschen in der Nähe waren. Diannes Kehle war wie zugeschnürt, als sie an die Schrecken dachte, die

ihn bewogen hatten, Zuflucht in der hintersten Ecke unter dem Sofa zu suchen.
Julia seufzte. Orion fiepte, und Stella musterte ihn neugierig. Dianne sah Amy lächelnd an, dann wandte sie sich wieder dem Welpen und der Katze zu, die nun Nase an Nase standen. Ihre Kehle brannte, aber nicht nur wegen der Grausamkeit, die das Tier erlebt hatte, sondern weil es Stella, Diannes scheuer Katze, gelungen war, den misshandelten Hund ans Licht zu locken.
»Sie hat es geschafft!«, rief Amy begeistert.
Dianne war tief bewegt; sie sah, was Liebe zu bewirken vermochte. Sie verlieh den Furchtsamen Mut und den Verzweifelten Hoffnung. Orion wagte sich Schritt für Schritt ins Freie. Stella schützte ihn, ohne ihn einzuengen. Er schüttelte sich, als wäre er gerade dem Meer entstiegen. Dianne hatte immer von einer solchen Liebe geträumt, von einer Seelenverwandtschaft, die alle Wunden heilte.
»Braver Hund!«, sagte Amy und streckte die Hand aus.»Erinnerst du dich noch an mich? Ich hab dir den Käse gegeben!«
»Und dich gerettet«, fügte Dianne hinzu. Da sie sich in unmittelbarer Nähe befand, kam der Hund als Erstes zu ihr und leckte ihr versuchsweise die Hand, dann trat er hastig den Rückzug an.
»Hier, Orion« lockte Amy ihn. »Komm her, mein Kleiner.«
Orion ging als Nächstes zu Julia. Er schnüffelte an ihren Zehen, ihren Fersen, ihren Knöcheln. Stella folgte ihm wie ein Schatten, anhaltend, wenn er sich umdrehte. Julias Hände bewegten sich über dem Hund, als würde sie ihn segnen. Eine leichte Brise wehte durch die Fliegengittertür, und Orion lief hinüber und hob die Nase, um den Geruch der Welt zu schnuppern.
»Er mag mich nicht!«, sagte Amy. »Er erinnert sich nicht mehr an mich.«
»Lass ihm Zeit, Amy.« Dianne spürte die Ungeduld des Mädchens, die Angst vor einer Zurückweisung. Sie kannte dieses Gefühl aus eigener Erfahrung, hatte sich oft gewünscht, Tim möge beidrehen und nach Hause zurückkehren. Die Erinne-

rung schlug ihr auf den Magen. Sie war verzweifelt gewesen, hatte gemeint, einen Seelenverwandten zu verlieren.
Mit quälender Langsamkeit wandte sich Orion Amy zu. Die Pfoten auf den Boden gestemmt, sah er sie aufmerksam an. Vielleicht erinnerte sie ihn an die Schläge, an sein grausames Leben mit Buddy, an die Angst. Dianne sah, wie Amys Lippe zitterte. Das Mädchen streckte die Hand aus.
Orion kam näher, vorsichtig, mit wachsamen Blick. Amys ausgestreckte Hand war reglos. Er schnupperte an ihren Fingern. Dann kam er noch näher und leckte ihr den Handrücken. Amy weinte lautlos. Als er aufhörte, ließ er sich von ihr den Kopf kraulen.
Liebe kann Wunder bewirken, dachte Dianne. Der Welpe legte den Kopf auf Amys Schoß, und Amy vergrub ihr Gesicht in seinem Nacken. Dianne winkte Julia zu, und es sah aus, als würde Julia zurückwinken. Seelenverwandte blieben und halfen einander, in guten wie in schlechten Tagen. Sie spürten, dass Liebe ein Wunder war, das sich nicht auf den Augenblick beschränkte, sondern Tag für Tag, Jahr für Jahr währte.
Dianne dachte an den McIntosh-Bruder, der geblieben war, und schloss die Augen. Sie war heute unfreundlich zu Alan gewesen, wie so oft. Trotzdem hielt er zu ihr. Heute Abend hatte er eine Verabredung. Sie fragte sich, ob das, was sie bei dem Gedanken empfand, Eifersucht war auf eine Unbekannte, eine Frau namens Bettina Gorey.
Der Hund bellte leise, und mit geschlossenen Augen hörte sie Amy sagen: »Das ist jetzt dein Zuhause, Orion. Du brauchst nie mehr Angst zu haben.«

15

Da Lucinda der Ehrengast war, beschloss sie, zwei Gäste zum Bibliotheksball mitzunehmen, nämlich Dianne und Amy. Eine Schwesternhelferin sollte an dem Abend bei Julia bleiben. Orion würde die Aufgabe erhalten, Haus und Hof zu bewachen, solange die Familie ausgeflogen war.

Der Ball fand in den Räumen der Bibliothek statt, am zweiten Sonntag im August. Dianne fuhr mit Amy in den Schooner Shop in Essex, die erste Adresse am Platz, wo alle Welt die Garderobe für besondere Anlässe kaufte. Dianne war mit Lucinda dort gewesen und glücklich, nun mit Amy dort einzukaufen.

»Wie ist das?«, fragte Amy. Sie kam in einem gelben Kleid aus der Umkleidekabine, das ihre dunklen Locken und grünen Augen vorteilhaft zur Geltung brachte.

»Du siehst klasse aus«, sagte Dianne.

»Wirklich?« Amy drehte sich um und musterte sich im Spiegel, mit einer Mischung aus Verlegenheit, Stolz und Aufregung. Dianne hatte das Gefühl, dass sie noch nie in einer so edlen Boutique gewesen war.

»Wirklich«, antwortete Dianne und drehte Julia in ihrem Sportwagen herum, damit sie Amy ebenfalls begutachten konnte.

»Ich komme mir wie eine Prinzessin vor. Ich war noch nie in so einem Geschäft. Danke!«, rief Amy und umarmte sie stürmisch.

Doch auf dem Heimweg war Amy schweigsam. Als sie die Baldwin Bridge überquerten, wanderte ihr Blick gedankenverloren den Connecticut River hinunter in Richtung Long Island Sound.

»Was ist los?«

»Nichts«, sagte Amy und drückte ihre Tüte gegen die Brust.

»Du siehst wunderschön in deinem Kleid aus.«
»Hm.«
»Ich weiß, wer der gleichen Meinung wäre.«
Amy blickte auf.
»Deine Mutter. Willst du es ihr zeigen?«
»Sie besitzt nicht viele hübsche Sachen«, sagte Amy und starrte auf ihre Knie. »Bestimmt wäre sie dann traurig.«
»Die meisten Mütter hoffen, dass ihre Kinder einmal Dinge haben werden, die sie sich selbst nicht leisten können.«
Laut Gerichtsbeschluss war Amys Unterbringung in einer Pflegefamilie auf neunzig Tage beschränkt, und mehr als die Hälfte der Zeit war bereits herum. Ihre Mutter hatte Besuchsrecht erhalten, Buddy war das Betreten des Anwesens verboten. Tess Brooks durfte Amy jeden Sonntagmorgen bei den Robbins sehen, aber bisher hatte sie zwei Mal abgesagt, weil sie angeblich krank war.
Dianne hatte beobachtet, wie Amy sich verschloss, nachdem ihre Mutter einen Rückzieher gemacht hatte. Sie spielte nicht mehr mit Julia, sprach kein Wort, aß kaum was und saß nur noch teilnahmslos vor dem Fernseher. Wenn Dianne oder Lucinda sich erkundigten, ob sie sich deswegen Sorgen mache, erklärte Amy, nein, ihre Mutter sei häufig krank.
Aber Dianne war klar, dass sie ihre Mutter vermisste. Sie hörte, wie Amy nachts in ihr Kissen weinte. Dianne war empört, vor allem, weil Tess versprochen hatte, Amys Geburtsurkunde zu bringen. Deshalb hatte sie vorgeschlagen, auf dem Nachhauseweg vorbeizufahren – Amy konnte ihr das Kleid zeigen und die Urkunde mitnehmen.
»Lass uns vorher anrufen«, meinte Dianne.
»Um sicherzugehen, dass Buddy nicht da ist, wenn wir sie besuchen?«, sagte Amy aufgeregt.
»Ja.«
Sie hielten am Dairy Mart, und Dianne benutzte den Münzfernsprecher. Niemand ging ans Telefon. Sie beschlossen, trotzdem vorbeizufahren. Es war weit und breit keine Spur von Buddys

Jeep zu sehen, aber die Vorhänge waren in allen Räumen zugezogen.

»Sollen wir klingeln?«, fragte Dianne. »Ich kann ja vorausgehen, um zu sehen, ob die Luft rein ist!«

»Lieber nicht«, erwiderte Amy mit einem Blick auf ein bestimmtes Fenster. »Sie ist immer sehr müde.«

Vermutlich war es Amy peinlich, dass sie ihre Mutter im Bett vorfinden könnte, und sie machte sich Sorgen über ihren Zustand. Als sie die Parkbucht verließen, blickte Amy verstohlen über ihre Schulter, und Dianne sah grenzenlose Liebe und Sehnsucht in ihren Augen.

Dianne war entschlossen, alles in ihrer Macht Stehende zu tun, um ein Wiedersehen zwischen Amy und ihrer Mutter zu ermöglichen. Abgesehen davon brauchte sie die Geburtsurkunde. Wenn sie zu Hause war, würde sie Alan anrufen. Ihm würde schon etwas einfallen.

Der Eintritt für den Bibliotheksball kostete fünfundzwanzig Dollar. Die Teilnehmer waren gleichwohl aufgefordert, mehr beizusteuern, wenn sie konnten. Die öffentliche Bibliothek von Hawthorne brauchte neue Bücher, neue Computer, ein neues Dach. Die Bibliothekarinnen waren unterbezahlt. Jedes Jahr schrieb Alan McIntosh einen Scheck über tausend Dollar aus, holte seinen blauen Blazer aus dem Schrank und band sich eine Krawatte um.

Dieses Mal hatte er vorher eine wichtige Aufgabe zu erledigen. Dianne hatte ihn angerufen und darum gebeten. Es war noch früh am Abend, als er Amy abholte; Dianne war mit Julia in der Werkstatt. Lucinda war oben und kleidete sich an, aber Amy wartete bereits auf ihn, gestiefelt und gespornt. Sie stand hinter der Fliegengittertür und sah ihm aufgeregt entgegen.

»Hallo!«, begrüßte sie ihn strahlend.

»Amy Brooks, bist du das? Ich hätte dich beinahe nicht erkannt!«

»Ja!« Sie drehte sich im Kreis, damit er ihr neues Kleid von allen Seiten bewundern konnte. Die Farbe war genau richtig für ein Fest am Ende des Sommers. Alan hatte das Gefühl, als wäre er gekommen, um seine eigene Tochter zu ihrem ersten Ball abzuholen.

»Na dann los!« Er hielt ihr die Tür auf, reichte ihr den Arm und geleitete sie zum Wagen. »Du schaust wunderschön aus, Amy. Ich bin stolz, mit dir gesehen zu werden!«

Amy strahlte, als er ihr die Wagentür aufhielt. Als Alan hochsah, entdeckte er Lucinda, ein Handtuch um den Kopf gewickelt, die ihnen aus dem ersten Stock zuwinkte. Er sah kurz zur Werkstatt hinüber. Dianne stand hinter der Fliegengittertür. Ihre Blicke trafen sich, und sie lächelten sich zu. Er spürte, wie sie dem Wagen nachsah, als er losfuhr.

»Weiß Mom, dass wir kommen?«

»Ja, sie erwartet dich.«

»Sehe ich gut aus? Oder denkt sie vielleicht, ich sei zu aufgedonnert?«

»Du siehst toll aus. Genau das wird sie denken.«

Als Amy die Stufen an der Vorderseite des Hauses hinaufging, rang sie vor lauter Aufregung die Hände, wie Julia. Alan läutete, Schritte näherten sich. Amy holte tief Luft. Sie stand da, als würde sie die richtige Haltung vor dem Spiegel proben – gerader Rücken, Hände verschränkt, Hände gelöst, Lächeln, kein Lächeln. Doch sobald die Tür aufging, war ihre Nervosität verflogen.

»Mommy!«, rief sie und warf sich ihrer Mutter in die Arme.

»Amy, Liebes!«

Alan stand daneben und beobachtete schweigend die Wiedervereinigung von Mutter und Tochter. Sie standen da und hielten sich umklammert, wiegten sich hin und her. Nach einer Weile ging Tess, Amy an der Hand haltend, ins Wohnzimmer voran. Es war sauber und hell, die Vorhänge geöffnet.

»Wie du aussiehst! Meine Güte!«

»Zu aufgedonnert?« Amy zupfte an ihrem Kleid.

»Aber nein, Liebes. Wunderschön. Mein Gott, habe ich dich vermisst …«
»Ich dich auch, Mom.«
»Ich muss dir etwas sagen. Wie Leid es mir tut, dass ich dich nicht besucht habe.«
»Ich weiß schon, dass irgendetwas grassiert. Die Grippe oder so«, beeilte sich Amy zu erklären.
»Es war keine Grippe«, erwiderte Tess; ihre Hände zitterten. »Ich war krank, aber auf andere Weise. Ich war depressiv … ich leide unter Depressionen. So nennt man das. Weißt du, es ist wirklich eine Krankheit. Nichts, was ich mir einbilde oder so.«
»Schon gut, Mom, du musst dich nicht entschuldigen.«
Alan erinnerte sich daran, wie er selbst früher versucht hatte, seine Mutter mit allen Mitteln vom Haken zu lassen. Er bewunderte Tess Brooks für ihren nächsten Schritt. Sie nahm Amys Hände und blickte ihrer Tochter in die Augen.
»Doch, Amy«, sagte Tess. »Ich möchte mich aber entschuldigen …«
»Schhh, Mom. Du musst nicht …«
»Seit dem Tod deines Vaters habe ich mich nicht mehr richtig um dich gekümmert. Es war ein Albtraum, ihn zu verlieren. Ich wollte mich nur noch verkriechen und schlafen, damit ich nicht mehr denken musste.«
Amy hörte mit großen Augen zu.
»Das war schlimm genug. Aber das Schlimmste ist, dass ich dich darüber vernachlässigt habe …«
»Nein, hast du nicht …«
»Doch, das habe ich. Es ist Zeit, den Tatsachen ins Auge zu sehen, sonst bringt das alles nichts. Ich habe Buddy den Laufpass gegeben.«
»Mom!« Amys Augen leuchteten.
»Und ich habe mit einer Therapie angefangen, wegen der Depressionen. Ich sagte ja schon, es ist eine Krankheit, wie eine Lungenentzündung.«

»Dann kann ich wieder … nach Hause kommen?«
»Bald«, entgegnete Tess.
»Warum nicht gleich? Ich muss nicht zum Ball. Dr. McIntosh kann mich zurückfahren, um meine Sachen zu holen, oder wir holen sie später. Ich möchte bei dir bleiben.«
»Amy, wir müssen abwarten«, sagte Tess leise. »Das Vormundschaftsgericht hat verfügt, dass du für eine bestimmte Zeit bei den Robbins bleibst, und ich halte das für eine gute Idee. Nur, um ganz sicherzugehen.«
»Sicherzugehen?«, fragte Amy erschrocken. Es war, als hätte ihr jemand das Paradies gezeigt und ihr dann die Tür vor der Nase zugeschlagen. Ihr Gesicht war vor Enttäuschung und Kummer verzerrt. »Dass du mich noch lieb hast?«
»Ach, Amy!« Tess nahm ihre Tochter in die Arme. »Daran hat es nie einen Zweifel gegeben.«
»Was dann?«
»Dass deine Mutter sich selbst genug liebt, um auf sich aufzupassen«, sprang Alan in die Bresche.
Tess sah ihn dankbar an. Sie nickte, unfähig zu sprechen. Alan hatte das Gefühl, eine zweite Chance zu erhalten, seine eigene Vergangenheit zu bewältigen, indem er Tess und Amy half. Er war inzwischen Arzt und besaß mehr Lebenserfahrung als zu der Zeit, da seine eigene Mutter krank gewesen war.
»Das musst du auch«, sagte Amy, umfasste das Gesicht ihrer Mutter und blickte sie durch einen Tränenschleier beschwörend an. »Du musst auf dich selbst aufpassen.«
»Es gibt Leute, die mir dabei helfen. Aber das geht nicht so schnell.«
»Du musst gesund werden, sonst …«, sagte Amy, und ihre Mutter lachte.
»Meine kleine Despotin. Immer versucht sie mich herumzukommandieren.«
»Ich möchte bei dir bleiben …« Amy klammerte sich an ihre Mutter.
»Komm, Amy«, sagte Alan. »Es wird Zeit. Was soll Lucinda

denken, wenn du nicht dabei bist, wie ihr die Plakette verliehen wird!«
»Sie hat mich eingeladen«, erklärte Amy mit feierlicher Miene.
»Dann machst du dich besser auf den Weg.«
»Wieso hast du ihn endlich rausgeschmissen?«
»Ich hab das Bild gesehen«, antwortete Tess und schluckte. »Von den Würgemalen. Ich stand daneben, als er dich verletzt hat, aber ich habe es nicht wahrhaben wollen. Ich habe ihm die Geschichte abgenommen, dass es ein Unfall war. Aber als ich das Foto sah, die Abdrücke von seiner Hand ...« Tess beugte sich vor und küsste Amy auf Hals und Schulter.
»Danke«, flüsterte Amy.
»Heute ist ein wundervoller Abend«, sagte Tess mit leuchtenden Augen. »Ich möchte, dass du beim Ball für mich mit tanzt!«
»Mach ich!«, versprach Amy.
»Dafür werde ich schon sorgen!«, sagte Alan und sah Tess Brooks nachdenklich an. Sie reichte ihm die Geburtsurkunde, deretwegen er gekommen war. Er bedankte sich mit einem Nicken.
»Viel Spaß. Und schickt mir ...«
»Was sollen wir dir schicken?«
Tess schüttelte nur den Kopf. Sie sah jung und hoffnungsvoll aus, aber Alan bemerkte den Schmerz in ihren Augen, als sie Amy nachsah. Sie war bemüht, auf sich Acht zu geben und aufrichtig zu sein, sie liebte ihre Tochter und wollte ihr Bestes, was in diesem Fall bedeutete, sie gehen zu lassen. Vom ärztlichen Standpunkt war das der erste Schritt zur Heilung.

Die Bibliothek war wie umgewandelt. Die Kapelle spielte am hinteren Ende des großen Lesesaals. Tische und Stühle waren entfernt worden, um Platz für die Tanzfläche zu schaffen. Die Besucher tranken Punsch und aßen kunstvoll garnierte Häppchen, die von freiwilligen Helferinnen zubereitet worden waren. Die einzige Dekoration waren die Bücher selbst, ganze Re-

gale voll, deren Buchrücken im Lichtschein granatrot, topasfarben und grün schimmerten.
Dianne hatte ihr Haar hochgesteckt und Make-up aufgelegt. Sie trug ein neues Kleid, ärmellos, schmal geschnitten und aus türkisblauer Seide, das sie gekauft hatte, weil Amy gemeint hatte, es passe so gut zu ihren Augen. Dazu trug sie Dorothea McIntoshs Ohrringe mit den Diamanten und Saphiren. Als sie in der Ecke stand und der Musik lauschte, war sie aufgeregt und froh. Sie hatte schon lange keinen freien Abend mehr gehabt.
Stolz beobachtete sie ihre Mutter. Jeder wollte ein paar Worte mit dem Ehrengast wechseln. Sie umringten Lucinda und tauschten Erinnerungen aus, wie sie ihnen bei Recherchen geholfen, ihre Lieblingsautoren gefunden, ihnen die Poesie nahe gebracht hatte. Lucinda sonnte sich im Glanz der Komplimente.
Als die Kapelle eine Pause einlegte, trat Mrs. Theophilus Macomber ans Mikrofon, eine der wichtigsten Persönlichkeiten in Hawthorne und Vorsitzende des Bibliothekenvorstands. Majestätisch in schwarzem Krepp und vierreihiger Perlenkette hielt sie eine kurze Begrüßungsansprache und dankte allen für die großzügige finanzielle Unterstützung.
»Nun ist der Augenblick gekommen, auf den alle gewartet haben«, sagte sie. »Ich möchte Gwen Hunter, die neue Leiterin unserer Bibliothek, zu mir bitten, um die Laudatio auf unseren hoch geschätzten Ehrengast zu halten.«
»Danke, Mrs. Macomber«, sagte Gwen mit ihrem gedehnten Tennessee-Akzent. Sie nahm das Mikrofon in die Hand und beäugte es misstrauisch. »Ich bin nicht sicher, ob ich in solche Dinger sprechen kann, aber wenn es eine Person gibt, für die ich alles tun würde, dann ist es unser Ehrengast. Ich weiß, dass ich sie nicht extra vorstellen muss – Mrs. Lucinda Robbins ...«
Die Gäste brachen in tosenden Beifall auf. Lucinda verbeugte sich lächelnd und wurde rot. Dianne klatschte lauter als alle anderen. Als sie ihre Mutter anblickte, sah sie aus dem Augenwinkel, dass Alan und Amy zur Tür hereinkamen, und ihr Herz begann zu klopfen.

»Mrs. Robbins hat so viel Gutes in meinem Leben bewirkt, dass ich nicht weiß, wo ich anfangen soll. Als Paul und ich vor zehn Jahren hierher zogen, kannte ich keine Menschenseele. Ich brauchte dringend Arbeit. Ich hatte keinen Collegeabschluss, aber ich liebte Bücher …«

Sie erzählte, wie sie zuerst als Leserin, dann als Teilzeitkraft in die Bibliothek gekommen war. Mrs. Robbins hatte sie unter ihre Fittiche genommen und Gwen ermutigt, noch einmal die Schulbank zu drücken, den Beruf von der Pike auf zu lernen und sich um freie Stellen in der Bibliothek zu bewerben. Sie war ihr eine Freundin und Gönnerin gewesen, hatte Gwen gezeigt, wie man vor allem junge Leser die Liebe zu Büchern lehrte.

»Lucinda Robbins ist etwas ganz Besonderes. Wir lieben sie und vermissen sie sehr. Trotzdem freuen wir uns für sie, denn sie hat uns oft erzählt, wie sehr sie sich wünscht, mehr Zeit mit ihrer Tochter und Enkelin zu verbringen.«

Lucinda suchte Diannes Blick, nickte und warf ihrer Tochter eine Handkuss zu. Dianne lächelte mit Tränen in den Augen.

»Nun hat sie Zeit für ihre Familie«, fuhr Gwen fort. »Eines soll sie aber wissen: Wir werden ihr Vermächtnis in Ehren halten und den Kindern Lust aufs Lesen machen. Ein Buch möchten wir bei dieser Gelegenheit empfehlen, das Mrs. Robbins besonders gerne mochte …«

»*Anne of Green Gables!*«, riefen alle wie aus einem Mund, übertönt von Amys Stimme.

»Sie hat drei Generationen von Lesern diesen alterslosen Klassiker nahe gebracht und auf eine grüne Insel vor der Küste Kanadas entführt, in eine Zeit, die hundert Jahre zurückliegt.«

»Nach Prince Edward Island!«, ertönte Amys Stimme laut.

»Ja«, sagte Gwen lächelnd. »Sehr gut. Als Zeichen unserer Dankbarkeit und Verehrung, liebe Lucinda, und im Auftrag aller Inhaber eines Leseausweises der Hawthorne Public Library möchte ich Ihnen diese Straßenkarte überreichen …«

Die Menge teilte sich, als Lucinda sich ihren Weg zum Podium bahnte. Sie stand neben Gwen und sah die junge Bibliothekarin mit Tränen in den Augen an.

»Wir hatten geplant, Ihnen eine Flugreise nach Prince Edward Island zu schenken, an den Schauplatz Ihres Lieblingsbuchs. Doch Ihre Tochter machte den Vorschlag, Sie selbst in einem Winnebago hinzufahren. Deshalb überreichen wir Ihnen hiermit einen Gutschein für die Mietkosten eines großen alten Wohnmobils, in dem Sie und Ihre Familie Platz haben. Danke für alles, Lucinda Robbins.«

Sie küssten sich, die alte Bibliothekarin, die zehn Zentimeter kleiner war als die junge, und umarmten sich vor den jubelnden Leuten.

»O Gott«, sagte Lucinda, während ihr die Tränen übers Gesicht liefen, »Sie haben keine Ahnung, was mir dieses Geschenk bedeutet. Ich dachte, dass ich vielleicht … eine Schmuckplakette bekommen würde! Aber eine Reise nach Kanada … mit eigenen Augen sehen, wo Anne lebte und aufwuchs … mit meiner Dianne!«

Lucinda blickte sich um und entdeckte ihre Tochter. Sie lächelten sich über die Köpfe der Menge hinweg zu. Dianne wünschte sich, ihr Vater wäre hier. Sie wischte sich über die Augen und warf ihr einen Handkuss zu.

»Meine Jahre als Bibliothekarin waren sehr reich. Sie haben mir viel gegeben. Als kleines Mädchen waren Bücher meine besten, manchmal sogar meine einzigen Freunde. Ich vertiefte mich in sie, bis ich die Welt ringsum vergaß, und es gab Tage, da wünschte ich mir, nie wieder aufzutauchen. Hier zu arbeiten …« sie hielt inne und rang um Fassung »… war ähnlich erfüllend. Mit all den wundervollen Büchern und Ihnen«, sie bezog alle Anwesenden mit einem Blick ein, »habe ich ein Leben geführt, das ich mir nicht einmal in meinen kühnsten Träumen erhofft hatte.«

»Wir lieben Sie, Lucinda«, flüsterte Gwen und versuchte das Mikrofon mit der Hand abzuschirmen.

»Ich möchte meiner Tochter Dianne für ihre Liebe und Unter-

stützung danken«, fuhr Lucinda fort. »Sie hat, wie viele von Ihnen wissen, das Spielhaus in der Bibliothek gebaut. Und meiner hübschen Enkelin Julia, die mir jeden Tag aufs Neue Freude macht. Und nicht zu vergessen dem Kinderarzt meiner Enkelin, Alan McIntosh, der jeden Mittwochnachmittag angelaufen kam, um etwas über Delfine zu lesen, statt mit anderen Ärzten Golf zu spielen. Doch am meisten danke ich ...« Im Raum wurde es mucksmäuschenstill, als Lucinda nun aus dem Fenster sah und schluckte, um die Tränen zurückzuhalten. »Am meisten danke ich meinem verstorbenen Mann Emmett Robbins. Er fuhr zwei Mal am Tag an der Bibliothek vorbei, einmal auf dem Weg zum Holzplatz und einmal auf dem Rückweg. Ich habe ihn oft gescholten, weil er solchen Lärm machte ... Er sagte immer, das sei die Strafe dafür, dass er eine Bibliothekarin geheiratet habe, deren Lieblingswort ›pssst‹ sei. Er versprach, mit mir nach Prince Edward Island zu fahren, aber ...« Sie schluckte. »Er hatte keine Gelegenheit mehr.« Sie winkte mit der Straßenkarte und sah erneut zum Fenster hinaus. »Wir machen uns auf den Weg, Lieber. Und treffen uns in Kanada!«
Die Leute applaudierten wie verrückt. Lucinda war von Freunden umringt, aber sie winkt Amy zu sich herauf. Diese rannte auf das Podium und in ihre ausgebreiteten Arme. Das Mikrofon war noch eingeschaltet, und Dianne hörte, wie Amy Lucinda fragte: »Schickst du mir eine Ansichtskarte?«
»Nein, Liebes«, sagte Lucinda und warf Dianne einen liebevollen Blick zu. »Du kommst mit. Deshalb hatte Dianne die Idee mit dem Wohnmobil. Wir fahren alle.«
»Dann wirst du deinen Seelenverwandten bald wiedersehen, Lucinda«, rief Amy erstickt. »Er wartet schon.«
Überwältigt von ihren Gefühlen, stahl sich Dianne aus dem Raum. Sie bahnte sich einen Weg durch die Menge, als die Gäste nun in die große Halle strömten. Sie hatte kein Ziel vor Augen, wollte nur weg. Blind vor Tränen stolperte sie in das Magazin, in dem die Regale mit den Romanen standen. Hier war es still, und sie war allein. In der Halle setzte die Musik wieder ein. Of-

fenbar hatte Lucinda sich etwas wünschen dürfen, denn die Kapelle stimmte ›Ev'ry Time We Say Good-bye‹ an, Emmetts und ihr Lieblingslied.
»Dianne ...«
Beim Klang der vertrauten Stimme schrak sie zusammen.
»Ich habe dich hinauslaufen sehen«, sagte Alan. Er stand am anderen Ende der Bücherregale, seine Silhouette zeichnete sich gegen das Licht aus der Halle ab. Er hatte seine Brille abgesetzt und hielt sie in der Hand. Einen Moment lang hatte Dianne gedacht, Tim stünde vor ihr. Die Stimme, die Figur, alles. Es machte sie krank, dass die Vergangenheit sie immer wieder einholte.
»Hast du mich erschreckt!«
»Warum?«
»Ich habe dich mit Tim verwechselt. Aber nur einen Moment ...«
Alan zuckte zurück. Er trat einen Schritt zur Seite, und Dianne sah, wie sich sein Rücken krümmte. Sie hörte beinahe, wie er aufstöhnte, sah den Schmerz in seinen Augen, als er sich gegen das Bücherregal lehnte.
»Aber nur einen Moment«, wiederholte sie und wünschte, sie könnte ihre Worte ungeschehen machen.
»Ich bin aber nicht Tim.« Seine Stimme klang scharf, und er hielt noch immer seine Brille in der Hand.
»Doch du siehst ihm ähnlich. Wenn es dunkel ist ... und ohne Brille ...«
Er setzte sie auf, dann wieder ab.
»Verdammt, hier geht's nicht ums Aussehen, sondern ums Herz! Ich habe dich nicht im Stich gelassen, Dianne!« Seine Worte hallten zwischen den Bücherregalen wider; unten spielte die Musik, und ausgelassene Stimmen drangen zu ihnen herauf.
»Glaubst du, ich wüsste das nicht?«
»He ...«
»Ich *kann* einfach nicht anders!«

»Was kannst du nicht?«
»Ich weiß, dass du nicht wie Tim bist. Du warst immer für mich da, und für Julia und Amy! Meinst du, es macht mir Spaß, mir meine Gefühle einzugestehen?«
Sie verstummten beide, überrascht von dem heftigen Ausbruch.
»Ich habe die falsche Wahl getroffen«, sprudelte plötzlich Dianne heraus. »Damals. Wenn ich noch einmal vor der Entscheidung stünde, wenn ich die Zeit zurückdrehen könnte, würde ich ...«
»Die falsche Wahl?«
Dianne sah ihn an. Ihre Blicke trafen sich, ließen sich nicht mehr los, und Dianne lehnte sich zitternd an das nächste Bücherregal.
»Ich habe den falschen Bruder gewählt.« Sie spürte, wie ihr ein Licht aufging, wie ihr die Wahrheit dämmerte. Sie schluckte, sehnte sich danach, ihn zu berühren, und hatte gleichzeitig Angst davor. Sie zwang sich, einen Schritt auf ihn zuzugehen. Langsam streckte sie die Hand aus und strich ihm die widerspenstigen Haare aus der Stirn.
Er hob den Kopf und blickte sie an. Sein Gesicht war ganz nahe. Die Brille war ihm von der Nase gerutscht, und sie schob sie behutsam nach oben. Ihre Kehle war wie zugeschnürt, als ihr bewusst wurde, was sie für diesen Mann empfand. Er hatte sie verletzt und verwirrt angesehen, doch nun hellten sich seine Augen auf, und er lächelte.
Kummer, Schuldgefühle, heimlicher Groll – Dianne hatte das alles so satt. Sie sah an Alans schmerzvollem Blick, dass sie ihn tiefer verletzt hatte, als ihr bewusst gewesen war.
»Bitte verzeih mir«, flüsterte sie.
»Was soll ich dir verzeihen?«
»Alles«, antwortete sie heiser. »Dass ich dich heute Abend mit Tim verwechselt habe. Und wegen ...«
»Wegen was?«
»Diese Bibliothek«, sagte sie gedankenverloren und strich mit

den Fingern über die Bücherregale, während sie versuchte, ihre Fassung wiederzugewinnen. »Mom arbeitete hier, als ich klein war, und früher dachte ich, sie würde ihr *gehören*. Dass ihr alle Bücher gehören. Ich war fest überzeugt, sie hätte sie geschrieben.«

»Meine Patienten glauben, dass sie alle gelesen hat.«

»Hat sie auch.«

»Weinst du deshalb?«

»Nein.« Tränen liefen unaufhaltsam über ihre Wangen. »Ich denke daran, was sie gesagt hat.«

»Über das Geschenk?«

»Über meinen Vater.« Dianne schlug die Hände vors Gesicht.

»Ich erinnere mich noch gut an ihn.« Alan stand so nahe vor ihr, dass sie seine Schuhe sehen konnte, wenn sie auf ihre eigenen hinunterblickte.

»Sag mir, woran du dich erinnerst.«

»Er war ein bewundernswerter Mann. Du warst mit Tim verheiratet, aber er hat mich genauso herzlich in seine Familie aufgenommen. Er hat die Schränke in meiner Praxis gebaut, und in den Kaffeepausen haben wir uns angeregt unterhalten. Er hatte viel Humor und brachte mich oft zum Lachen. Und er mochte Kinder und freute sich, dass dein Spielhaus im Wartezimmer stand. Du warst sein Ein und Alles, Dianne.«

»Ich weiß.«

»Nicht viele Väter spornen ihre Töchter an, Zimmermann zu werden.«

»Ich hatte die Wahl, in seine Fußstapfen zu treten oder Bibliothekarin zu werden. Ich hatte zwei gute Rollenmodelle.«

Musik drang durch die Buchreihen, und Dianne spürte Alans Hand auf ihrer Wange. Eine Haarsträhne hatte sich gelöst, und er strich sie sanft zurück und schob sie hinter ihr Ohr. Seine Fingerspitzen berührten einen der beiden Ohrringe, die seiner Großmutter gehört hatten. Dianne schloss die Augen.

»Wann fahrt ihr?«

»Morgen«, sagte sie.

»Hier ist Amys Geburtsurkunde. Tess hatte sie griffbereit. Ich bin dir nur nachgegangen, um sie dir zu geben.«
»Danke.« Dianne hatte Marla Arden um die Erlaubnis gebeten, Amy nach Kanada mitzunehmen, und diese hatte mit Tess Brooks gesprochen. Tess hatte zugestimmt, sie freute sich für Amy und wollte ihr nicht im Weg stehen.
»Du wirst mir fehlen«, sagte er.
»Tanz mit mir«, flüsterte sie.
Musik erklang. Trompetenklänge und Streicher, und die Melodie erfüllte Dianne mit einer so tiefen Sehnsucht, dass ihr Herz zu zerspringen drohte.
»Tanzen?«, fragte er, als hätte er das Wort zum ersten Mal gehört.
»Du kannst es. Ich habe es gesehen. Im Yachtklub und unten beim Fischerfest …«
Er wartete nicht darauf, dass sie den Satz beendete, sondern legte den Arm um sie, zog sie an sich, sie tanzten durch das Magazin. Das Licht war gedämpft und geheimnisvoll, und sie spürte jede Faser seines Körpers.
»Küss mich«, flüsterte er so leise, dass sie ihn kaum verstand; aber er ließ ihr ohnehin keine Chance, etwas zu erwidern.
Dianne schmolz in seinen Armen dahin. Sein Kuss war leidenschaftlich und süß. Das Herz schlug ihr bis zum Hals, als täten sie etwas Verbotenes. So viele Jahre waren sie einander nahe gewesen, hatten sich unter der Maske der Wut so leidenschaftlich begehrt, dass dieser Kuss ihnen wie eine Erlösung vorkam.
»Alan«, flüsterte sie. Die Eindringlichkeit ihrer Gefühle verschlug ihr den Atem. Ihre Haut brannte, sie erschauerte, bebte von Kopf bis Fuß. Sie küssten sich im schummerigen Magazin der Bibliothek, zwischen staubigen Büchern, unmittelbar vor Hemingway. Ihre Augen waren geschlossen und ihre Knie weich.
Die Kapelle spielte Gershwin, und ihre Lippen lösten sich voneinander, aber Alan ließ sie nicht aus seinen Armen. Ihre Füße

bewegten sich wie von selbst, und Dianne stellte fest, dass sie nun doch miteinander tanzten, eng umschlungen. Sie blickte durch die Brille in seine Augen und fragte sich, wie das Wunder geschehen war.

»Ich kann es nicht fassen, wir beide tanzen in der Bibliothek!«

»Erzähl das ja nicht der Bibliothekarin«, sagte Alan lachend. »Sie würde sich freuen.«

»Ich weiß.«

»Wirklich?«

»Sie wusste es lange vor mir.«

»Was denn?«

»Dass du dich für den falschen Bruder entschieden hast«, antwortete Alan, den Mund an ihrem Ohr.

Dianne nickte; auch sie war überzeugt, dass ihre Mutter von Anfang an Bescheid gewusst hatte.

»Mir ist heiß. Wie wär's mit einem Spaziergang?«

»Gerne. Ich könnte frische Luft gebrauchen«, sagte Dianne und wischte sich über die Stirn, als sie das Magazin mit den Romanen verließen.

Alan wartete, während sich Dianne auf die Suche nach Lucinda und Amy begab. Auf den Stufen der Bibliothek stehend, begrüßte er Freunde, Nachbarn und die Eltern seiner kleinen Patienten. Er bemühte sich, ein normales Gesicht zu machen, hatte Angst, dass alles nur ein Traum war. Vielleicht würde sie nicht wieder herauskommen oder hatte erkannt, dass ihr der größte Fehler ihres Lebens unterlaufen war, als sie ihn im Magazin der Bibliothek geküsst hatte.

Doch da kam sie, sich einen Weg durch die Leute bahnend.

»Alles klar«, verkündete sie. »Die beiden sind so aufgeregt, dass sie am liebsten sofort nach Hause fahren und packen würden. Meine Mutter bringt Amy gerade Foxtrott bei.«

»Bestimmt will jeder Mann mit deiner Mutter tanzen«, sagte Alan. »Sie wird alle anderen in den Schatten stellen und die Ballkönigin sein.«

»Ich glaube nicht, dass meine Mutter seit dem Tod meines Vaters mit einem Mann getanzt hat.«
Sie gingen die breiten Steinstufen hinunter und schlenderten durch den Hafen. Es war eine laue Spätsommernacht, eine frische Brise wehte vom Wasser herüber. Die Straßenlaternen brannten hell, und scharlachroter wilder Wein rankte sich um die Stämme mancher Bäume. Alan hätte gerne Diannes Hand gehalten, aber er wagte es nicht.
»Es war wunderbar«, sagte sie.
»Das Fest? Die Musik? Ich weiß, alles für Lucinda.«
»Du und ich, meine ich.«
»Ja?«
»Ich habe mich hinreißen lassen von der sentimentalen Rede meiner Mutter und weil wir morgen nach Kanada fahren. Denkst du das? Dass es nur aus diesem Grund passiert ist?«
»Ist es so?«
»Komm, lass uns gehen«, sagte sie.
Nun nahm er doch ihre Hand.
Dianne entzog sie ihm nicht, sondern verschränkte ihre Finger mit seinen. Mit der anderen Hand zog sie die Schuhe aus und lief barfuß weiter.
Sie schlenderten durch die Stadt, die Straße entlang, an der die Kapitäne der Walfangflotte ihre hochherrschaftlichen Häuser errichtet hatten.
»Welches ist es?«
»Wie bitte?«
»Welches Haus hat deinen Vater inspiriert?« Seltsam, dass er sich nach all den Jahren noch daran erinnerte. »Als Vorlage für das Spielhaus. Mit dem alles angefangen hat.«
»Oh! Wir sind noch nicht da. Es ist um die Ecke.«
Der Hafen schimmerte durch die Bäume und Häuserreihen. Bootslichter tanzten auf dem dunklen Wasser. Der Strahl des Leuchtturms pflügte durch den Himmel, von Osten nach Westen und wieder zurück. Autos fuhren an ihnen vorüber. Dianne schien es nichts auszumachen, wenn man sie Händchen hal-

tend in Hawthorne sah. Er verstand nicht, was den Wandel bewirkt hatte, aber es war ihm auch gleich.

»Hat Bettina Gorey es nicht geschafft?«, fragte sie ruhig.

»Was geschafft?«, sagte er verständnislos.

»Heute Abend mit dir zum Ball zu gehen.«

»Ich habe sie nicht gefragt.«

»Ich dachte nur. Martha erwähnte sie neulich. An dem Tag, als ich in deiner Praxis war. Irgendetwas von … im Theater treffen. Ist das deine Freundin?«

»Nein.« Sie bogen um die Ecke. Die Häuser wurden nun stattlicher, die Gärten weitläufiger. Hier waren die Lichter der Stadt nicht mehr so gleißend und die Straßen dunkler. »Ich habe keine Freundin. Ich habe immer nur dich geliebt«, sagte Alan mit klopfendem Herzen. Sie hatte in der Bibliothek Farbe bekannt, nun war es an ihm.

Dianne schwieg. Sie kamen an einer Wiese vorüber, an der östlichsten Stelle der Anwesen, die sich am Kai befanden. Das Gras war ungemäht, angefüllt mit spätsommerlichen Wildblumen, Sternblumen, Goldraute, Habichtskraut. Alan sah die bunte Pracht im Schein der einzigen Straßenlaterne. Ein schmiedeeiserner Zaun säumte die Wiese, die in einen gepflegten Rasen überging. Das prachtvolle weiße Haus war dunkel.

»Das ist es«, sagte Dianne.

»Dein Spielhaus.«

Dianne packte die Eisengitter mit beiden Händen und spähte hinein. Das Haus war rechteckig, mit Mansardendach und ionischen Säulen im Eingangsbereich. Es hatte dunkelgrüne Fensterläden, und in den Blumenkästen blühten Geranien. Der Anstrich, im Licht schimmernd, sah neu aus. Das Haus wirkte gepflegt, wenn auch dunkel und unbewohnt. Alans Haus, nur zwei Straßen entfernt, war das genaue Gegenteil. Es sah heruntergekommen aus, musste dringend gestrichen und renoviert werden.

»Früher habe ich von diesem Haus geträumt«, berichtete Dianne.

»Tatsächlich?«
»Als ich ein kleines Mädchen war, glaubte ich, wer in so einem Haus wohnt, müsse sagenhaft glücklich sein.«
»Deshalb hat dein Vater es als Vorlage für dein Spielhaus benutzt.«
»Ja. Das lag im Bereich seiner Möglichkeiten und kam meinem Traum am nächsten. Ich kann gut nachempfinden, dass man sein Kind glücklich machen will ...«
»Glaubst du immer noch daran?«, fragte Alan und blickte auf ihren Scheitel hinunter. Er wünschte sich, dass sie sich diesen Glauben bewahrt hatte.
Dianne schwieg. Sie hielt sich an den Eisenstäben fest und versuchte mit ihren Blicken die Wände zu durchdringen, durch die geschlossenen Vorhänge in die stillen Räume zu schauen.
»Ich bin mir nicht sicher«, flüsterte sie.
Alan hätte sie am liebsten geküsst, sie in die Arme genommen und ihren Glauben an Märchen und Wunder gestärkt.
»Du könntest wenigstens hoffen, wenn du schon nicht sicher bist.«
»Hoffen, dass man in einem solchen Haus gar nicht anders kann, als sagenhaft glücklich zu sein?«
»Ja.«
»Glaubst du es denn?«, fragte Dianne.
Alan drückte ihre Hand. »Ja. Und du glaubst es in deinem tiefsten Innern auch. Du würdest nicht mit deiner Familie eine Traumreise unternehmen, wenn es anders wäre.«
»Eine Traumreise im Wohnmobil.« Dianne lachte. »Ist das überhaupt möglich?«
»Ich würde sagen, ja.« Alan blickte ihr tief in die Augen. »Hör zu, auf dem Weg nach Prince Edward Island müsst ihr durch Nova Scotia. Ich werde dir die Telefonnummer von Malachy Condon geben. Nur für den Fall ...«
»Malachy!«, sagte Dianne. Er war für Alan ein Mentor und für Tim eine Vaterfigur gewesen und hatte an ihrer Hochzeit teilgenommen. »Er ist Tims Freund.«

»Meiner auch«, erwiderte Alan und schrieb die Nummer auf die Rückseite einer Visitenkarte. »Er ist in Ordnung, und er kennt die Gegend wie seine Westentasche. Ich habe ein besseres Gefühl, wenn ich weiß, dass du seine Telefonnummer hast.«
»Keine Sorge, uns wird es gut gehen.«
»Kommst du überhaupt zurück?«
»Uns bleibt keine andere Wahl. Amys Schule beginnt im September.«
»Ich wusste schon, warum ich sie zu dir geschickt habe.«
»Alan …«
»Du musst nichts sagen.«
Sie hatten eine Mauer niedergerissen, aber er wollte nicht zu schnell vorpreschen. Sie sollte sich nicht in die Enge gedrängt, sich nicht ausgeliefert fühlen. Er legte die Arme um sie und hielt sie lange Zeit schweigend fest.
»Ich möchte zurückkommen.«
»Ich werde auf dich warten.«
Lächelnd und mit glänzenden Augen blickte sie ihn an. Sie schmiegte sich an ihn, und als er ihren Rücken liebkoste, spürte er ihren geschmeidigen Körper unter dem Kleid.
»Heute Abend hat sich etwas geändert«, sagte sie.
Alles hat sich verändert, dachte er.
»Ich habe es laut ausgesprochen«, flüsterte sie. »Es hat lange gedauert, aber ich habe es mir so gewünscht …«
»Was?«
»Das«, flüsterte sie. Eng umschlungen genossen sie die laue Sommernacht. Alan spürte den Wind in seinen Haaren, hörte das Rascheln der Bäume. Die Sterne über ihnen strahlten genauso hell wie die Lichter der Stadt. Der Himmel war wolkenverhangen, von einem Schleier aus reiner Seide umhüllt, und die Sterne glichen orangefarbenen Leuchtkugeln.
»Dianne …«, flüsterte er an ihrem Haar.
»Und das«, sagte sie und stellte sich mit bloßen Füßen auf seine Schuhspitzen, sodass sie sein Kinn und seine Wangen küssen

konnte. Sein Mund fand ihre Lippen, und er wiegte sie hin und her in der Schwüle der Nacht.
Sie küssten sich lange, dann spürte Alan, wie Dianne die Arme von seinem Nacken löste und sein Gesicht mit ihren Händen umfing. Ihre Wangen schimmerten im Sternenlicht, und er wusste, dass sie tränennass waren.
»Eine Chance. Die habe ich mir gewünscht«, sagte sie lächelnd unter Tränen. »Die Chance, ein neues Leben mit dir zu beginnen. Die Vergangenheit loszulassen.«
»Die Vergangenheit hat uns zusammengebracht«, entgegnete er.
»Und sie trennt uns.«
»Du hast dir also gewünscht ...«
»Einen neuen Anfang mit dir. Wenn es möglich ist.«
Er nahm sie wieder in die Arme. War es möglich? Wenn es nach Alan ging, ja. Er musste sie überzeugen, dass es ihnen gelingen würde, wenn sie es wirklich wollten. Ein neuer Anfang – was konnte er sich mehr wünschen? Er würde sie nehmen, wie sie war, wie sie immer gewesen war, ohne etwas an ihr zu verändern.
»Ich habe schon lange von einem Leben mit dir geträumt. Schon sehr, sehr lange.«
»Und das alles in der Nacht vor meiner Reise nach Kanada«, sagte sie.
Sein Herz sank. Morgen würde sie fahren. Er presste sie an sich, als wollte er sie daran hindern, ihn zu verlassen.
»Ich wünschte, du würdest nicht fahren«, sagte er.
»In gewisser Hinsicht geht es mir genauso.«
»Wie funktioniert das eigentlich mit dem Wünschen?«
»Was meinst du damit?« Lachend küsste sie ihn unters Kinn, den Rücken an den schmiedeeisernen Zaun gelehnt. Sie dachte, die Frage sei scherzhaft gemeint, aber er war todernst. Als Arzt und Wissenschaftler versuchte er offenbar immer, allem auf den Grund zu gehen, wollte eine Rückversicherung, dass sie zusammenbleiben würden.

»Ich wüsste gerne, wie man sich etwas wünscht.«
»Man blickt zu den Sternen empor.« Sie nahm seine Hand und hob sie hoch über den Kopf. »Dann zeigt man auf einen.«
»Das ist alles?«, sagte er und suchte den Himmel ab.
»Und dann wünscht man sich was.«
Alan nickte. Er schloss die Augen und sprach stumm seinen Wunsch. Als er die Augen öffnete, war sie noch da.
»Bisher scheint es zu funktionieren«, sagte er und küsste zuerst die Knöchel ihrer rechten und danach ihrer linken Hand. Dann küsste er sie auf den Mund.

16

Sie brachen am nächsten Tag noch vor Morgengrauen auf. Dianne fuhr. Anfangs waren alle völlig aus dem Häuschen vor Aufregung, aber schon nach einer kurzen Strecke schliefen Amy und Lucinda ein. Stella suchte sich ein Plätzchen auf dem Regal in der Miniküche, und Orion rollte sich auf einer der Kojen zusammen. Dianne durchlebte in Gedanken immer wieder den Abend mit Alan. Sie hatten sich geküsst und Händchen gehalten, bis ihr die Knie weich wurden, und Dianne wusste, dass es gut war, wenn sie eine Weile getrennt sein würden. Sie brauchte Zeit, um sich über alles klar zu werden, um Wünsche und Wirklichkeit miteinander zu verbinden.

»Wir sind die Einzigen, die wach sind, du und ich, Julia.«

»Gaaa«, sagte Julia und rang die Hände.

»Du erklärst mir, wie ich fahren muss, ja? Amy und Granny haben keine Ahnung, was sie verpassen.«

»Gliii«, kam es von Julia; es klang, als hätte sie Dianne verstanden.

Das Wohnmobil war eine Wucht, geräumig und luxuriös. Jeder hatte eine eigene Koje zum Schlafen, es gab genug Stauraum, und zum Essen konnte man einen Tisch herunterklappen, sodass eine gemütliche Sitzecke entstand. Dianne hatte Suppen, Brot, Erdnussbutter und Marmelade, Rosinen und Müsliriegel in den Schränken verstaut.

Als sie ein junges Mädchen war, hatte ihr Vater Bill Putnam vom Holzplatz überredet, sie auf einem der großen LKWs üben zu lassen. Sie hatte einen Gabelstapler, einen Kipplaster und einmal sogar einen riesigen LKW mit achtzehn Rädern gefahren. Das Wohnmobil mit Servolenkung, Servobremsen und Automatikgetriebe zu lenken war wesentlich einfacher; das Schwierigste war, sich an die Außenspiegel zu gewöhnen.

Sie fuhren auf der Route 395 nach Norden. Es herrschte kaum Verkehr. Die letzten Sterne blinkten, das dunkelblaue Firmament wölbte sich wie Samt, der über die wogenden Hügel Connecticuts drapiert war. Sie dachte an ihren Wunsch. Es war ein einfacher Wunsch, ohne Ecken und Kanten. Wer würde auch um die Bereitschaft bitten, sich zu lösen! Und von was zu lösen? Von der eigenen inneren Härte vermutlich. Von der Unfähigkeit zu verzeihen, vom Widerstand gegen die Liebe.

Aber das Leben war unerbittlich. Sich um Julia zu kümmern kostete sie das letzte Quäntchen Kraft, sodass sie leicht die Geduld verlor und rasch mit Schuldzuweisungen bei der Hand war. Es blieb nicht viel Raum für die Liebe, wenn man ständig unter Hochspannung stand. An manchen Tagen war Diannes Rücken starr wie eine Stahlrute, die keinen Deut nachgab. Doch nun, auf der Fahrt nach Norden, wusste sie plötzlich, dass sie sich nach einer Chance sehnte, sich zu beugen, einen anderen Menschen in ihr Leben hineinzulassen. Die Sonne ging über Worcester im Staat Massachusetts auf und färbte die alten Backsteinfabriken im frühen Licht des Morgens orangerot. Sie frühstückten während der Fahrt.

Im Kreisverkehr von Portsmouth, New Hampshire, schlug Dianne den Weg zum Howard-Johnson-Parkplatz ein, um mit Orion Gassi zu gehen. Von dort aus fuhren sie auf der Küstenstraße weiter. Sie waren zehn Stunden am ersten Tag unterwegs, bis neun Uhr abends, um die letzte Fähre von Portland, Maine, nach Yarmouth in Nova Scotia zu erwischen. Amy wollte ihrer Mutter Ansichtskarten von jeder Stadt schicken, die ihr gefiel.

»Hier gibt es massenweise Hummer«, sagte Amy, als sie sah, dass fast auf jedem Restaurantdach Hummerbojen, -fallen oder -scheren angenagelt waren.

»Wir werden auf dieser Reise noch so viel Hummer essen, bis und die *Crustacea* zum Hals heraushängen«, sagte Lucinda.

»Würdest du das bitte buchstabieren?«, fragte Amy und zückte ihr Notizbuch. Sie hatte begonnen, eine Liste mit neuen Wörtern anzulegen, um ihre Ausdrucksweise zu verbessern. Lucinda hatte ihr außerdem eine Bücherliste zusammengestellt, und sie war von Anne zu Jo übergegangen. Sie hatte *Little Women* bereits zur Hälfte gelesen.

»Crustacea«, sagte Lucinda. »Versuch es selbst; denk daran, wie man es ausspricht.«

»K-r-u-s-t-a-z-e-a.«

»Nicht perfekt, aber du machst Fortschritte«, sagte Lucinda geduldig.

Sie fuhren kreuz und quer über Halbinseln, bewunderten die idyllischen Landstraßen und hübschen Häuser. Fischerdörfer glänzten im Sonnenlicht, und weiße Kirchturmspitzen ragten auf den fernen Hügeln empor. Sie fuhren durch Yorks, vorbei an den Sandstränden von Ogunquit und schlängelten sich durch das verschlafene Nest Kennebunkport.

»Ich komme mir wie ein Tourist vor«, sagte Dianne, beide Hände am Steuer, während sie das Wohnmobil geschickt durch eine schmale Straße manövrierte, die von Boutiquen und Kerzengeschäften gesäumt war.

»Das liegt wohl daran, dass du einer bist«, konterte ihre Mutter.

»Du musst zugeben, wenn wir etwas machen, dann richtig. Mit Wohnmobil und allem, was dazugehört. Schade, dass unsere Fensterscheiben nicht wie bei allen anderen mit Aufklebern von den Orten zugepappt sind, an denen wir schon einmal waren.«

Sie krochen in einer Wohnwagen- und Wohnmobilschlange dahin, die sich ihren Weg entlang der Uferpromenade bahnte, um einen Blick auf das Haus von George Bush zu erhaschen.

»Es gehört uns nun mal nicht«, sagte Lucinda.

»Eines Tages werden wir uns eins zulegen, Mom. Bis dahin träumen wir eben davon.«

Lucinda lachte. Sie trugen Shorts und Polohemden, eine frische Meeresbrise wehte durch die offenen Fenster herein, und sie tranken Cola light aus der Dose. Amy und Julia saßen hinten, spielten ihre ureigene Schach-Version und warfen hin und wieder einen Blick nach draußen. Stella schien sich wohl zu fühlen, und Orion war ebenfalls zufrieden, wenn sie sich alle paar Stunden die Beine mit ihm vertraten.

»Da wir uns wie Touristen fühlen und unsere Fähre erst heute Abend um neun geht, schlage ich einen Abstecher oder besser gesagt Boxenstopp bei L. L. Bean vor.«

»Was ist das?«, fragte Amy.

»Was *das* ist?«, riefen Dianne und Lucinda wie aus einem Munde.

»Dort findet man alles, was man für Aktivitäten unter freiem Himmel braucht, Amy!«, erklärte Dianne. »Jeder waschechte Neuengländer besitzt mindestens zwei Dinge von L. L. Bean: Gummistiefel und einen Pyjama mit Elchmuster.«

In Freeport fanden sie einen Parkplatz für Fahrzeuge mit Überlänge. Dort standen bereits mehrere Wohnmobile, und sie konnten nicht umhin zu bemerken, dass keines größer oder schnittiger als ihr Winnebago war. Gemeinsam schrieben sie eine Ansichtskarte an Gwen und die anderen Bibliothekarinnen, um sich noch einmal zu bedanken, dass sie ihnen die Reise ermöglicht hatten. Dianne schickte außerdem eine an Alan, die sie den anderen vorenthielt. Dann machten sie einen Einkaufsbummel.

Amy war überwältigt von der Menge der Kanus, Schneeschuhe und Skier, die L. L. Bean führte. Lucinda erzählte, dass der bekannte Outdoor-Ausrüster früher ein kleiner altmodischer Laden gewesen sei, der die richtige Spürnase für den Markt gehabt hatte. Sie fanden die Schlafanzüge aus dickem grünen Flanell, die rundum mit lachenden Elchen bedruckt waren. Lucinda kaufte für jeden einen und dazu Hüttenschuhe. Dianne erstand lange Unterwäsche für die kalten kanadischen Nächte, Taschenmesser und mehrere Päckchen gefriergetrocknetes Rindfleisch.

»Survival-Ausrüstung«, erklärte sie. »Sie ist lebenswichtig auf solchen Fahrten.«

»Hast du das Vogelbuch eingepackt?«, erkundigte sich Lucinda.

»O nein, das habe ich vergessen!«, antwortete Dianne. Sie überließen es Amy, einen Reiseführer auszusuchen, der die Naturschutzgebiete und alle anderen Sehenswürdigkeiten enthielt.
»Ihr denkt an alles.« Amys Augen blitzten, als sie Julia zur Kasse schob.
Um halb sieben standen sie in der Schlange, um sich auf der *Scotia Prince* einzuschiffen. Die Stellfläche auf dem Oberdeck der Fähre war begrenzt, weshalb sie beschlossen hatten, etwas eher zu kommen. Sie fuhren durch die Fahrschein- und Passkontrolle. Lucinda hatte als Einzige einen Reisepass dabei, Dianne, Julia und Amy besaßen nur ihre Geburtsurkunden. Als Dianne dem Zöllner die Papiere reichte, versetzte es ihr einen Stich. Immer mit Julia beschäftigt, hatte sie nie Gelegenheit gehabt, ins Ausland zu reisen, und deshalb auch nie einen Pass beantragt. Sie hatte sich vieles entgehen lassen.
»Was ist, liebes Kind?«, fragte Lucinda, als sie den bekümmerten Ausdruck in Diannes Augen bemerkte.
»Nichts, Mom.« Dianne nahm die Hand ihrer Mutter. »Ich dachte gerade daran, wie herrlich das Leben ist. Und dass wir gemeinsam verreisen.«
»Ich bin sehr dankbar, dass du mir meinen Traum ermöglichst.«
Dianne betrachtete den Sonnenuntergang über dem Hafen von Portland, die sonnendurchglühten Backsteinhäuser am Kai. »Ich tue es nicht nur für Julia, Amy und dich, sondern auch für *mich,* das ist mir inzwischen klar geworden. Dein Eintritt in den Ruhestand ist ein neuer Lebensabschnitt, und ich wollte Julia etwas von der Welt zeigen …«
»Das ist ja das Schöne«, sagte Lucinda. »Du siehst sie mit ihr gemeinsam.«
Dianne nickte lächelnd. Die Mädchen vergnügten sich hinten damit, Orion auf einen Pudel im Wohnwagen neben ihnen aufmerksam zu machen.
»Und das Schönste daran, eine Tochter zu haben, ist, dass sie mit dir an Orte reist, die du sonst nie zu Gesicht bekommen hättest«, sagte Lucinda und ergriff Diannes Hand.

»Danke, Mom.« Sie nahm Lucinda in den Arm und drückte sie. Sie dachte daran, was Alan gesagt hatte – dass er auf sie warten würde. Elf Jahre hatte sie es sich versagt, einen Mann zu lieben, doch nun spürte sie, wie ihr Herz aufging.

Eine Nachtfahrt, geheimnisvoll, himmlisch! Amy konnte es nicht fassen. Eigentlich befanden sie sich ja auf einem Schiff. Die *Scotia Prince,* halb Fähre, halb Kreuzfahrtschiff, bot fünfzehnhundert Passagieren Platz. Es gab ein Spielkasino, Liveunterhaltung, ein Kino und einen Bingosaal. Sie waren sogar in einer richtigen Kabine untergebracht! Die Tiere hatten ihr eigenes Quartier. Wenn das kein Luxus war!

»Ist das hier wie auf der *Queen Elizabeth*?«, fragte sie Dianne.

»Vielleicht nicht ganz so groß.«

Sie standen an der Reling und sahen zu, wie die Stadt Portland immer kleiner wurde. Das Meer war spiegelglatt, die Luft kühl. Amy winkte den Menschen zu, die am Kai standen. Sie hätte gerne ein Taschentuch gehabt, wie es sich gehörte. Doch das Einzige, was ihr wirklich fehlte, waren ihre Mutter und Dr. McIntosh.

Sie aßen im Restaurant zu Abend, anschließend standen Melodien aus Broadway-Musicals auf dem Programm, von einer Frau gesungen. Danach war es Zeit zum Schlafengehen. In ihrer Kabine unter Deck befanden sich vier Kojen, jeweils zwei übereinander. Dianne wollte gerne unten neben Julia schlafen, und so nahmen Amy und Lucinda die oberen. Alle zogen ihre Elch-Schlafanzüge an.

»Gute Nacht!«

»Träumt süß.«

»Schlaft schön«, sagte Lucinda, streckte den Arm zu Amy hinüber und ergriff ihre Hand. Dianne sang Julia ein Schlaflied vor, und Julia atmete so ruhig, als wäre es ihr nie im Leben so gut gegangen. Das Schiff glich einer großen Wiege, die sie in den Schlaf schaukelte, während sie ihre Passagiere nach Kanada brachte.

Amy fühlte sich ihrem Vater besonders nahe. Sie war noch nie auf dem Meer gewesen und konnte ihm nachempfinden, dass er dieses Leben geliebt hatte. Die Wellen schwappten gegen den Rumpf, einen Widerhall wie Kirchenglocken erzeugend. Sie spürte, wie sich das Schiff hob und senkte, wie es sich in Einklang mit ihrem Atem und jedem Herzschlag bewegte. Ihren Vater hatte das Meer geholt, mit Leib und Boot, aber in Amy lebte er fort.

»Nacht, Dad«, flüsterte sie, die Arme um den Körper geschlungen.

Als sie die Fähre verließen, befanden sie sich in Kanada. Der Himmel in Yarmouth, Nova Scotia, war strahlend blau, bis auf ein paar vereinzelte Schönwetter-Wölkchen. Am Kai herrschte reges Treiben, die kleine Stadt erwachte. Sie hatten die Bay of Fundy passiert, wo der Tidenhub weltweit am größten war. Und sie hatten, was noch spannender war, einen Wal und mehrere Delfine gesichtet.

»Habt ihr sie auch gesehen? Oder habe ich das nur geträumt?«, fragte Amy aufgeregt.

»Solche anmutigen Geschöpfe«, schwärmte Lucinda.

»Dein erster Wal, Julia«, sagte Dianne. Julia hatte den Kopf gedreht, als der Wal die Wasseroberfläche durchbrach; sein glänzender Rücken sah wie eine schwimmende Tischplatte aus, und Fontänen stiegen auf, als er geräuschvoll Luft holte.

»Gliii«, sagte Julia.

»Und Delfine, Julia.« Amy umarmte sie vor Freude. »Das müssen wir sofort Dr. McIntosh schreiben. Oder am besten, wir rufen ihn an!«

»Alan würde wissen, was für welche es waren«, meinte Lucinda.

»Wo geht's jetzt nach Prince Edward Island?«, fragte Dianne, als sie an eine Kreuzung kamen. Rechts führte die Straße nach Lunenburg, wo Alans Freund Malachy vor Anker lag. Einen Moment lang überlegte sie, ob sie den alten Mann besuchen sollten. Er hätte ihnen bestimmt eine Menge über die Meeressäuger erzählen können, aber sie wollte den wunderschönen Abend mit Alan lieber noch ein bisschen länger ungetrübt in ihrem Gedächtnis behalten. Hawthorne eine Weile den Rücken zu kehren war aus mehreren Gründen gut, und sie wollte nicht wieder McIntosh-Territorium betreten, das ungute Erinnerungen an Tim weckte.

»Nach links, Liebes«, sagte Lucinda mit Blick auf die Straßenkarte.

»Es ist schön hier!«, rief Amy. »Wir sind in einem fremden Land.«

»Links?«, fragte Dianne mit einem flüchtigen Blick auf die Straße nach Lunenburg.

»Nach links, und dann immer geradeaus.«

»Na gut.«

Dianne bog mit dem sperrigen Vehikel auf die Route One ein, die man auch den Evangeline Trail nannte. Sie führte nach Norden zur Fähre, die von Pictou nach Prince Edward Island ging. Lunenburg und den Mentor der McIntosh-Brüder ließen sie hinter sich.

Tim McIntosh besaß keine Fanglizenz für Kanada, aber das war ihm egal. Er hatte ohnehin geplant, seine Arbeitshandschuhe eine Weile an den Nagel zu hängen. Volldampf voraus, mit Kurs gen Osten und unterstützt von den Gezeiten, war er ungefähr vor einer Woche in Lunenburg eingelaufen. Von Malachys Schleppkahn war weit und breit nichts zu sehen. »Ich dachte, er wär hier«, sagte Tim zu einem alten Mann, der am Kai herumlungerte.

»Das ist das Gute bei einem Boot«, belehrte ihn der Fischer, »man ist immer dort, wo es sich gerade befindet. Und Malachys Kahn ist nicht hier.«

»Schon kapiert.«

Am Morgen des siebten Tages, als Tim beschlossen hatte, die Anker zu lichten, fand er nach dem Aufwachen Malachys

Schleppkahn an seinem gewohnten Liegeplatz auf der anderen Seite des Hafens.

»Tim, mein Junge!«, sagte Malachy und klopfte Tim auf den Rücken, als er an Bord kletterte.

»Wo zum Teufel hast du gesteckt?«, fragte Tim.

»Golf von St. Lawrence. Wollte sehen, ob die Delfine da oben schöner singen als hier.«

»Mein Gott, Malachy, sie singen nicht, sie plappern! Sie verfangen sich in den Tunfischnetzen und treiben die Küstendümpler zum Wahnsinn. Auch wenn alle denken, das Liebesleben der Delfine wäre so gottverdammt romantisch – sie sind eine Plage. Jeder Fischer, der ein Gewehr besitzt, weiß genau, worauf er zielen muss …«

»Es stimmt übrigens.«

»Was stimmt?«

»Im Norden singen sie schöner als bei uns.«

»Sie müssen etwas Interessantes zu bieten haben, sonst hätten sie dich nicht so lange in ihren Bann schlagen können. Ich war gerade dabei, Leine zu ziehen.«

»Da habe ich ja noch einmal Glück gehabt.«

»Finde ich auch.«

»Dein Bruder wäre garantiert mächtig verstimmt gewesen«, sagte Malachy. »Er hat versucht, dich zu erreichen.«

»Alan?«

»So weit man angesichts der eisigen Beziehungen zu Hawthorne von einem Versuch reden kann. Er hat bei mir angerufen.«

Malachy zog an seiner Pfeife und sah auf den spiegelglatten Hafen hinaus. Der Himmel war klar, der Tag versprach traumhaft zu werden. Die Sonne war gerade über dem Festland am Horizont aufgegangen und tauchte alles in ihr goldenes Licht.

»Es ist gut, wieder zu Hause zu sein. Komm mit nach unten, ich mache uns eine Tasse Tee.«

»Auch das noch«, knurrte Tim. »Ich bin Amerikaner und kein Ire, schwarzer Kaffee ist mir lieber.«

»Dann eben schwarzer Kaffee, mein Junge.« Malachy lächelte, den Pfeifenstiel im Mund. »Dein Wunsch sei mir Befehl.«
»Was wollte er, ich meine, Alan?«
»Du weißt, dass ich mich grundsätzlich nicht in eure Angelegenheiten mische«, antwortete Malachy barsch. »Wenn du es erfahren willst, musst du ihn schon selbst fragen.«
Tim nickte dem alten Iren zu, respektvoll und entschuldigend. Seit er von Alans Anruf erfahren hatte, war er gereizt. Obwohl er sich meilenweit entfernt in einem anderen Land befand, folgten sie ihm auf Schritt und Tritt – seine Familie, seine Vergangenheit, seine Schuldgefühle. Tage wie dieser waren die Hölle. Nach Einbruch der Dunkelheit musste er sich dann abreagieren, bei einer Frau, einer Prügelei oder beidem. Malachy betrachtete ihn schweigend, als wäre er in der Lage, seine Gedanken zu lesen und sie ihm bis zum Abend auszureden.

Prince Edward Island erfüllte Lucindas kühnste Erwartungen – eine idyllische Landschaft mit Wiesen und Flüssen, vom Wind umtost und vom Meer umspült. Überall gab es traumhafte Strände, einige mit rotem, andere mit schneeweißem feinkörnigem Sand, der aussah wie pulverisierte Perlen. Beim Anblick der Originalschauplätze fühlte sie sich in ihr Lieblingsbuch zurückversetzt.
Dianne fuhr langsam, damit Lucinda Muße hatte, jede Handbreit der Insel zu betrachten. Dort war der neuschottische Sprengel Tigish, die Hauptstadt Charlottetown mit den gotischen Türmen der St. Dunstan's Basilica, das Brachland von Summerside, wo sie ein Paar Silberfüchse erspähten, und schließlich der Blue Heron Drive, der sie an der roten Sandsteinküste entlang in die Heimat von Anne führte.
»Der Blue Heron Drive ist nach dem Edel- oder Silberreiher benannt«, sagte Amy und las aus dem Reiseführer unter der Rubrik heimische Fauna vor: »›Ein großer Stelzvogel, der jedes Jahr seine Brutgebiete in den flachen Buchten und schilfreichen

Regionen der maritimen Provinzen aufsucht.‹ Bekommen wir auf unserer Reise welche zu Gesicht?«

»Bei uns zu Hause in den Marschen sehen wir sie andauernd«, sagte Dianne. »Du weißt doch, der große Vogel, der immer dort unten im Schatten steht …«

»Der mit den knubbeligen Knien?«, fragte Amy.

»Das ist ein Graureiher«, verbesserte Lucinda ihre Tochter.

»Das ist doch ein und dasselbe«, erwiderte Dianne und fuhr einen langen malerischen Hügel hinauf.

»Stimmt das, Amy?«

»Silber- und Graureiher sind verschieden«, antwortete Amy und wedelte mit dem Reiseführer. »Aber sie gehören zur selben *Spezies.*«

»O pardon«, sagte Dianne lachend; sie freute sich, dass Amy neuerdings ihre Liebe zum Lernen entdeckt zu haben schien. Sie tauschte ein verstohlenes Lächeln mit ihrer Mutter. Julia döste in ihrem Sitz, die Knie an den Bauch gezogen.

Sie besichtigten Cavendish, wo Lucindas Begeisterung einen Dämpfer bekam. Der Erfolg von *Anne of Green Gables* hatte in der Region eine blühende Touristikindustrie hervorgebracht, mit Wasserrutschen und Gokart-Bahnen, Freizeitpark und Nationalpark. Lucinda konnte es kaum erwarten, weiterzufahren, um dem Waisenmädchen Anne wieder nahe zu sein, das ihr als Kind so viel Trost gebracht hatte, aber Orion musste Gassi gehen.

Während Lucinda und der kleine Hund einen Spaziergang machten, schlenderte Dianne mit Julia und Amy zu den Fahrgeschäften hinüber. Sie trugen Shorts und ärmellose Blusen, und die Sommersonne war hier oben im Norden genauso warm wie in Hawthorne. Es gab ein Kinderkarussell und ein Riesenrad, Autoskooter und eine Wasserrutsche.

»Gliii«, sagte Julia, legte den Kopf in den Nacken und blickte zum Himmel hinauf.

»Was siehst du?« Amy kniete sich zu ihr hin.

»Vielleicht einen Silberreiher im Flug«, sagte Dianne.

»Nein.« Amy folgte ihrem Blick. Als Dianne den Kopf in den Nacken legte und hinaufschaute, sah sie das Riesenrad. Es ragte hoch über dem Freizeitpark auf, das silberne und bunte Metall schimmerte im Sonnenlicht. Wenn es sich langsam in Bewegung setzte, glich es einer riesigen Windmühle, ähnlich der, die Dianne für Julia in die Luft gehalten hatte, damit sie sich drehte.
»Ich glaube, sie möchte mitfahren«, sagte Amy.
»Das geht aber nicht.«
»Warum nicht? Ich könnte sie doch mitnehmen. Bitte.«
»Nein!«, rief Dianne in einem Anflug von Panik.
»Alle Kinder lieben Karussells. Das ist die weiteste Reise ihres Lebens. Warum kann sie da nicht auch Riesenrad fahren?«
Julias Augen glänzten. Aus dem Lautsprecher ertönte Jahrmarktsmusik, und Diannes Kehle war wie zugeschnürt. Was konnte schließlich passieren? Mit dem Riesenrad fuhren sogar Kinder, die jünger als Julia waren …
»Also gut.«
»Hurrah!« Amy hüpfte auf und ab und deutete auf den Himmel. »Da fahren wir gleich rauf, Julia! Ganz nach oben.«
Dianne kaufte zwei Karten. Sie war völlig verkrampft aus Angst, dass der Mann an der Kasse, der Julia seltsam ansah, eine unfreundliche Bemerkung machen oder sie am Einsteigen hindern könnte. Aber er nahm ihr Geld, forderte sie mit einer Handbewegung zum Weitergehen auf und fertigte den Nächsten in der Schlange ab. Dianne bestand darauf, die beiden Mädchen höchstpersönlich anzuschnallen, was dem Fahrkartenabreißer, der beim Einsteigen half, nur recht war. »Sind die Gondeln auch sicher?«, erkundigte sich Dianne mit klopfendem Herzen.
»Klar«, erwiderte er.
»Gab es schon mal Probleme?«
»Bisher haben wir noch kein Kind verloren«, meinte er grinsend.
»Dianne …«, sagte Amy verlegen.
»Maaa!« Julia berührte Diannes Nase und Haare.

»Okay, weiter!«, rief der Fahrkartenabreißer. Dann setzte sich das Riesenrad langsam mit Amy und Julia in Bewegung, damit die Nächsten einsteigen konnten. Mit jeder Drehung entfernte sich Julia weiter von ihr. Dianne stand unten, den Kopf in den Nacken gelegt, und hätte sie am liebsten zurückgeholt.
»Liebes, wo sind die Mädchen?«, fragte Lucinda, die sich nun zu ihr gesellte.
»Ich muss den Verstand verloren haben, Mom. Ich habe sie Riesenrad fahren lassen.«
Lucinda sah hinauf, die Augen vor der Sonne abgeschirmt, und hielt nach den beiden Ausschau, wie verrückt winkend und lachend. Julia und Amy hatten inzwischen den höchsten Punkt erreicht. Dort verharrte die Gondel eine Zeit lang, bis die letzten Fahrgäste zugestiegen waren, dann setzte sich das Riesenrad in Bewegung.

»Schau nur!«, rief Lucinda.
»Ich kann nicht.«
»Wiiiii!«, hörten sie Amy schreien, die Musik und das Gelächter der Menge übertönend. »Wiii!«
»O Mom«, sagte Dianne verzweifelt. Sie war überzeugt, ihr Kind ins Verderben geschickt zu haben. Sie hatte Julia Babysittern anvertraut, sie über Nacht alleine in der Klinik gelassen, aber sie hatte sich noch nie so ohnmächtig gefühlt. Was war, wenn Julia es mit der Angst bekam? Oder wenn sie unter der Haltestange durchrutschte und in die Tiefe stürzte?
»Wiii!«, schrie Amy erneut.
»Wii! Wii!«
»O mein Gott, hörst du das?«, rief Lucinda und packte Diannes Hand.
»Ja, das ist Amy«, sagte Dianne und schlug die Hände vors Gesicht.
»Das ist Julia, Liebes! Deine Tochter.«
Dianne nahm die Hände vom Gesicht. Das Riesenrad drehte sich fröhlich im Kreis. Die Musik schallte durch die klare Som-

merluft. Die Gondeln waren bis auf den letzten Platz besetzt und wirbelten um die Speichen der riesigen Radnabe. Dianne machte ihre Tochter aus. Ihr Mund war weit aufgerissen, und sie lachte vor Seligkeit und Wonne übers ganze Gesicht.

»Wiiiii!«, rief Julia. »Wiii!«

Dianne hielt die Hand ihrer Mutter und sah atemlos zu. Als die Fahrt zu Ende war, lief Dianne zur Gondel hinüber.

»War das toll! Können wir noch mal fahren?«, fragte Amy.

»Später vielleicht«, sagte Lucinda und half ihr heraus.

Dianne hatte gedacht, Julia nach der Fahrt in Tränen vorzufinden, sie nach dem schrecklichen Erlebnis beruhigen zu müssen, aber ihre Tochter strahlte.

»Wiii«, flüsterte Julia und schaute ihrer Mutter in die Augen. Dianne stellte fest, dass sie sich wünschte, Alan hätte sie sehen und hören können.

17

Alan kehrte aus der Klinik in seine Praxis zurück. Einer seiner Patienten hatte sich am Strand eine Schnittwunde am Kopf zugezogen, und die Notaufnahme hatte Alan benachrichtigt. Chris Wright, ein Siebenjähriger mit zwei älteren Schwestern, hatte sich am Surfbrett den Schädel angehauen. Seine Schwester Abigail, die auf ihn aufpassen sollte, während die Eltern beim Segeln waren, hatte in der Notaufnahme gebeten, sich mit Dr. McIntosh in Verbindung zu setzen. Er war unverzüglich hingefahren.

Nun blickte er, in die Sprechstunde zurückgekehrt, die Nachricht auf seinem Schreibtisch an, unfähig, sich einen Reim darauf zu machen. Dort stand »Ihr Bruder Tim hat angerufen«, aber die Telefonnummer stimmte nicht.

Alan bat Martha über die Gegensprechanlage, kurz zu ihm hereinzukommen. Sie telefonierte gerade auf der anderen Leitung, auf die Verbindung mit dem Neurologen des verletzten kleinen Jungen wartend, reagierte aber prompt.

»Ja, Dr. McIntosh?«

»Diese Nachricht von meinem Bruder ...«

»Ja. Er hat angerufen, als Sie in der Klinik waren. Er ...«

»Sie haben die falsche Nummer aufgeschrieben«, unterbrach Alan sie.

»Nein, bestimmt nicht.«

Martha war eine erstklassige Sprechstundenhilfe, aber Sekretariatsarbeiten waren nicht ihre Stärke. Alan hatte schon seit längerem erwogen, eine zusätzliche Kraft einzustellen, um sie auf diesem Gebiet zu entlasten. Da das Wartezimmer voller Patienten war, mangelte es ihm an der nötigen Geduld.

»Hören Sie, Martha, Sie haben Malachy Condons Nummer notiert! Wo immer mein Bruder derzeit Hummer fangen mag, mit

Sicherheit nicht in Kanada. Würden Sie also bitte noch einmal nachse...«

»Er ist bei Malachy«, erwiderte Martha kühl. »Hat er ausdrücklich gesagt.«

»Ach so!« Alan war wie vor den Kopf gestoßen. »Tut mir Leid.«

»Und wenn Sie mich jetzt bitte entschuldigen würden, ich habe den Neurologen für Sie auf Leitung zwei.«

Alan schaltete auf Leitung zwei um, wo Jacob Trenton, der beste Neurologe am Hawthorne Cottage Hospital, ihm mitteilte, was die Untersuchung des kleinen Chris ergeben hatte. Alan war froh, dass weder eine Gehirnerschütterung noch ein anderer Anlass zur Besorgnis vorlag und der Junge bald wieder auf dem Damm sein würde. Trotzdem fiel es ihm schwer, sich zu konzentrieren.

Als er aufgelegt hatte, starrte Alan wieder die Nachricht an. Sein Bruder war bei Malachy Condon in Lunenburg, Nova Scotia, an den sich Dianne im Notfall wenden sollte. Er hatte die Frau, die er liebte, seinem Bruder geradezu in die Arme getrieben, und der Gedanke trug nicht dazu bei, seine Laune zu verbessern.

Er wählte die Nummer von Malachys Schleppkahn, die er in- und auswendig kannte.

Dianne genoss jede Etappe der Fahrt. Warum waren sie früher nie auf die Idee gekommen zu verreisen? Auf dem Rückweg durch Amerika würden sie einige der bekanntesten Sehenswürdigkeiten zu Gesicht bekommen: die Berge von Colorado, die Felsenhöhlen von Kentucky, Memphis, den Grand Canyon, den Mississippi. Sie besuchten Woodleigh Replicas und verirrten sich hoffnungslos in der Nachbildung des mittelalterlichen Labyrinths. Sie kamen an Cape Traverse vorüber, wo vor einhundert Jahren im Winter Bootsinsassen von Männern, die sich wie Pferde ins Geschirr gespannt hatten, über die vereiste Meerenge gezogen worden waren.

Sie bauten Sandburgen an den weißen Stränden im Norden und

den roten an der Südküste und fotografierten jede einzelne. Julia genoss es, im Sand zu sitzen und schmückendes Beiwerk wie Muscheln und Seetang festzuklopfen.

»Vielleicht sollte ich umsatteln und Sandburgen statt Spielhäuser bauen«, meinte Dianne.

»Sandburgen kann man nicht verkaufen«, sagte Amy traurig. »Sie halten nicht lange.«

»Ich weiß.« Dianne half Julia, nassen Sand auf einen kleinen Turm rieseln zu lassen. »Aber sie sind wunderschön, solange es sie gibt.«

»Maaaa«, sagte Julia.

Sie besuchten die Orte, an denen Lucindas heiß geliebte Romanheldin Anne gelebt hatte. Und sie besichtigten das Elternhaus von Lucy Maud Montgomery in Cavendish, in dem die Romanautorin nach dem Tod ihrer Mutter mit den Großeltern gewohnt hatte.

»Vieles, was sie geschrieben hat, hat sie selbst erlebt«, sagte Lucinda.

»Wie es war, ein Waisenkind zu sein?«, fragte Amy.

»Ja. Du kannst dir nicht vorstellen, wie einsam man sich fühlt.«

»Ich schon«, erwiderte Amy und nahm ihre Hand.

Sie machten lange Spaziergänge durch die Wiesen und Felder, die den ersten Siedlern von der Regierung gegen ein geringes Entgelt zugeteilt worden waren, und die verwilderten Gärten, in denen Apfelbäume wuchsen. Die Grundmauern und weißen Lattenzäune waren alles, was von den Anwesen übrig geblieben war. Dianne war enttäuscht; sie hätte sie gerne fotografiert, als Vorlage für ein Spielhaus, an dem ein kleines Mädchen aus Hawthorne gewiss seine Freude gehabt hätte. Sie schob Julias Rollstuhl, während sie der Unterhaltung zwischen Amy und ihrer Mutter lauschte, zutiefst dankbar, dass sie einander hatten. Und dass ihre Mutter gesund war.

»Dass ich das alles sehen darf, bedeutet mir unendlich viel«, erklärte Lucinda und hakte sich bei Dianne und Amy ein.

»Ich weiß, dass du das Buch geliebt hast«, sagte Dianne.

»Als Kind war ich sehr einsam. Meine Adoptiveltern stritten andauernd, und oft arteten die Auseinandersetzungen in Gewalt aus.«

»Ich weiß, wie das ist«, erwiderte Amy bedrückt.

»Schade, dass du nicht früher mit dem Lesen begonnen hast«, meinte Lucinda und küsste Amy auf den Scheitel. »Für mich waren Bücher eine andere Welt, in die ich flüchten konnte. Wenn mein Vater zu brüllen anfing, pflegte ich mein Buch aufzuschlagen und abzutauchen. Ich weiß nicht, was ich ohne Bücher getan hätte.«

»Sich wünschen, dass sie aufhören«, sagte Amy. »Ich habe immer im Bett gelegen und es mir gewünscht, bis mir ganz schwindlig wurde. Zu jedem vorbeifliegenden Engel habe ich gebetet, dass er etwas tut, damit Buddy verschwindet und alles wieder gut wird.«

»Ein Engel hat deine Bitte offenbar gehört«, sagte Lucinda.

»Ja, ich glaube auch.«

»Buddy ist weg, und deiner Mutter geht es besser.«

»Es war so schrecklich«, flüsterte Amy, »hören zu müssen, wie er sie schlug ...«

»Dieses Geräusch ...« Lucinda schloss die Augen, sich die Gewalt vergegenwärtigend, die sie früher in ihrer eigenen Familie erlebt hatte. »Wie ein Peitschenknall, wenn er mit seiner großen flachen Hand zuschlug ... noch schlimmer waren die Hiebe mit der Faust ...«

»Und wie meine Mutter wimmerte. Und das Wissen, dass man nichts tun kann, um zu helfen.«

»Auch wenn man noch so sehr will.«

»Mehr als alles in der Welt.«

Dianne schob Julias Rollstuhl und hörte schweigend zu. Es kam selten vor, dass Lucinda über ihre Kindheit sprach. Diesen Teil ihres Lebens behielt sie für sich. Dianne empfand tiefes Mitleid, wenn sie sich Lucinda vorstellte, ein verwaistes, einsames Kind. Amy redete normalerweise auch sehr wenig über die häuslichen Probleme. Dianne wusste, dass Alan eine Therapie für angezeigt hielt, um die Folgen der traumatischen Erfahrungen zu lindern. Die Gewalt, die Amy erfahren hatte, ließ sich seiner Meinung nach mit den Kriegserlebnissen von Soldaten vergleichen.

Die vier schlenderten durch die Wiesen und Felder. Die mit Obst beladenen Apfelbäume flimmerten in der Nachmittagssonne, und der prickelnde Duft von Apfelmost lag in der Luft. Dianne dachte an Alan; er wäre froh gewesen, dass Amy endlich auspackte.

»Wir haben großes Glück gehabt«, sagte Dianne.

»Wer, Liebes?«

»Julia und ich.«

»Aber Dianne«, entgegnete Amy, »wie kannst du das sagen, wo Julia so krank ist?«

»Deswegen war ich früher auch sehr verbittert. Mehr, als ich zugeben möchte. Aber Glück haben wir trotzdem. In unserem Leben gibt es nichts als Liebe.«

»Julias Vater ist weggegangen«, erinnerte Amy sie.

»Dafür hat sie genug Liebe von anderen Menschen bekommen, und jetzt spielt das kaum noch eine Rolle. Sie hat mich, ihre Großmutter, ihren Onkel …« Plötzlich merkte sie, wie sehr ihr Alan fehlte.

»Ich kann mir nicht vorstellen, dass es Menschen gibt, die Julia nicht ins Herz schließen würden«, sagte Lucinda, beugte sich zu ihrer Enkelin hinunter und küsste sie.

»Buddy!«, erwiderte Amy ernst.

»Da könntest du Recht haben«, räumte Lucinda ein. »Und mein Adoptivvater. Menschen, die krank sind, sind unfähig, jemanden zu lieben.«

»Hier gefällt es mir«, sagte Dianne. Ein lauer Wind strich durch den Obstgarten. Sie schloss die Augen, um die Erinnerung für immer zu bewahren. Nicht nur an die Landschaft, sondern auch an die Menschen, die sich liebten, vertrauten und sich gegenseitig ihr Herz ausschütteten. Sie spürte Alans Gegenwart, wusste, dass alles gut werden würde, wenn sie wieder zu Hause war.

»Mir auch«, meinte Lucinda.
»Lasst uns ein Andenken mitnehmen«, schlug Amy vor.
»Kind, das gehört sich nicht …«
»Die vermisst doch keiner«, sagte Amy und hob vier verschrumpelte Äpfel vom Boden auf.
Dianne sah sie fragend an. Die Äpfel waren wurmstichig, Fallobst, die Stiele krumm und schief, und sie rochen wie Essig oder Wein. Warum hatte Amy etwas so Hässliches als Andenken gewählt? Es gab überall Blumen, schöne Kieselsteine, vierblättrigen Klee und gelbes Laub, das man pressen konnte.
Doch Lucinda verstand sie. Sie nickte und berührte behutsam jeden einzelnen Apfel.
»Getrocknet sehen sie sehr hübsch aus.«
»Wirklich?«
»Ja. Wir bewahren sie oben auf dem Regal auf, da ist es warm, und wenn wir wieder zu Hause sind, sind sie genau richtig. Ich liebe getrocknete Äpfel.«
»Aber wieso ausgerechnet diese wurmstichigen Äpfel?«, fragte Dianne verständnislos.
»Sie sind wie wir«, antwortete Amy.
»Siehst du das nicht?«, sagte Lucinda, und ihre blauen Augen strahlten. »Eigentlich solltest du wissen, warum. Amy hat Recht, sie sind wie wir. Verletzt, hässlich, Fallobst, das niemand haben will …«
»Bis sie jemand vom Boden aufnimmt. Du hast mich aufgenommen, Dianne«, flüsterte Amy.
»Oh!« Dianne schlug die Hand vor den Mund.
»Alles, was andere nicht liebenswert finden«, sagte Lucinda.
Dianne fiel es wie Schuppen von den Augen. Ihre Mutter spielte auf ihre eigene Kindheit an. Dianne schaute zu Julia. Ihre großen Augen blickten zum Himmel, und sie lauschte der Meeresbrise, die in den Blättern der Bäume über ihren Köpfen raschelte. Bei dem Gedanken an die Leute, die Julia für missgestaltet und unliebenswert erachteten, war Diannes Kehle wie zugeschnürt.

»Wir werden sie immer in Ehren halten«, gelobte Amy mit dem Ernst, zu dem nur eine Zwölfjährige fähig war – bis Lucinda den Schwur wiederholte.
»Jetzt und für alle Zeiten.«
Dianne nahm ihren Apfel in die Hand und schloss die Augen. Auch sie war Fallobst. Sie war am Boden zerstört gewesen und liebevoll aufgenommen worden von dem Bruder des Mannes, der sie für unliebenswert hielt. In diesem Moment spürte sie, dass sie sich verliebt hatte.
»Ja, sie sind wie wir«, sagte Dianne laut – zu Julia, ihrer Mutter, Amy und jemandem, der sich in weiter Ferne, jenseits des Meeres befand.

Gegen Abend schlugen sie ihr Nachtquartier in einem Wohnwagenpark am Meer auf. So weit im Norden leuchteten die Sterne heller als zu Hause. Stella saß auf der Fensterbank und hielt nach dem großen Jäger am Himmel Ausschau. Orion lag zusammengerollt am Fußende von Amys Koje und schlief. Da die Nachtluft kühl war, trugen alle ihre Elch-Schlafanzüge.
Dianne und Lucinda hatten es sich draußen auf Klappstühlen gemütlich gemacht, eingewickelt in Decken, die neuen Hüttenschuhe an den Füßen, und lauschten den Wellen. Eine Kerze brannte auf dem Tisch und vertrieb Mücken und Ungeziefer. Sie tranken Honig-Orangen-Tee und wärmten sich die Hände an den dampfenden Bechern.
»Hast du eigentlich das Gefühl, jetzt zum alten Eisen zu gehören?«, fragte Dianne.
»Nein, ich fühle mich jung, bin glücklich, aufgeregt und platze vor Energie …«
»Macht dir die Reise Spaß?«
»Für mich ist damit ein Traum in Erfüllung gegangen. Es ist schöner als alles, was ich erwartet habe, und noch tausendmal besser, weil ich sie mit Julia und dir erleben kann. Und Amy nicht zu vergessen.«
»Fehlt nur noch Dad.«

»Ich vermisse ihn. Vermisst du auch jemanden?«
»Ich weiß nicht.«
»Beim Ball warst du ziemlich lange verschwunden«, sagte Lucinda.
»Hm.« Dianne blickte zum Himmel. Im Norden war die Luft klarer, die Sterne zeichneten sich gegen das blauschwarze Firmament ab. Die Milchstraße folgte ihrem weißen Kurs durch die Nacht, und eine Sternschnuppe stürzte ins Meer. »Hast du das gesehen?«
»Ja!«, antwortete Lucinda. »Genau im richtigen Moment.«
»Da, noch eine!« Dianne sprang auf. Sie blickte ihre Mutter an. »Wieso im richtigen Moment?«
»Wir unterhalten uns über Menschen, die wir lieben, und schon fällt eine Sternschnuppe vom Himmel, und man darf sich etwas wünschen. Du wolltest mir gerade von dem Spaziergang erzählen.«
»Mom ...«
»Dem Spaziergang mit Alan.«
»Wir waren nur im Hafen«, sagte Dianne; ihr Herz begann bei der Erinnerung daran zu klopfen, und sie überlegte, ob sie schon bereit war, etwas darüber zu erzählen. Immer mehr Sternschnuppen fielen vom Himmel, Feuerbälle mit langem weißem Schweif. »Was ist denn das? Zieht Prince Edward Island Sternschnuppen an?«, lenkte Dianne geschickt ab.
»Das ist ein Meteorschauer, den man jedes Jahr im August beobachten kann, auch in Connecticut. Früher hast du dir dieses Naturschauspiel immer mit deinem Vater angesehen.«
Dianne nickte; jetzt fiel es ihr wieder ein. Ihr Vater hatte sie in die Marschen mitgenommen, sie an der Hand gehalten und ihr Sternschnuppen versprochen. Sie waren in endloser Abfolge vom Himmel gefallen – eine nach der anderen. Sie hatte damals nicht gewusst, dass es sich um ein Naturphänomen handelte, und ihren Vater für einen mächtigen Zauberer gehalten.
»Das habe ich seit Jahren nicht mehr gesehen«, sagte sie.

»Du hattest zu viel mit Julia zu tun, um auf den Himmel zu achten.«
»Ja.«
»Oder um zu bemerken, dass es einen wunderbaren Mann gibt, der dich liebt.«
»Mom …«
»Er liebt dich wirklich, Kind.«
»Das ist mir inzwischen auch klar geworden«, sagte Dianne, die Arme um sich geschlungen.
Sie blickte zum Himmel hinauf. Seit mehreren Sekunden hatte sie keine Sternschnuppe mehr gesehen. Dann fiel wieder eine vom Himmel, und sie dachte daran, dass sie Alan gezeigt hatte, wie man sich dabei etwas wünscht. Es war erstaunlich leicht, sich an Wunder zu gewöhnen. Genauso leicht wie an Kummer und Sorgen. Und warum nicht auch an die Liebe? Das Leben konnte sich innerhalb eines Herzschlags ändern, und man vergaß, dass es jemals anders gewesen war.
»Dianne?, ermutigte ihre Mutter sie fortzufahren.
»Ich habe es ihm am Ballabend gesagt.«
»Was gesagt?«
»Dass ich mich damals für den falschen Bruder entschieden habe.«
»Es geschehen offenbar noch Zeichen und Wunder.« Dianne hörte das Lächeln in Lucindas Stimme.
»Ich wünsche mir, dass dieses Mal alles gut geht.«
»Bestimmt wird es das, davon bin ich felsenfest überzeugt.«
»Warum?«
»Du und Alan …«
»Ich habe viele Fehler gemacht. Deshalb kann nicht alles auf Anhieb perfekt funktionieren.«
»Oder jemals.«
»Oder jemals.«
»Aber man muss aus seinen Fehlern lernen und verzeihen, sich selbst und anderen.«
Dianne schwieg. Hinter ihr im Wohnmobil hatte Stella Orion

über dem Meer erspäht und begann zu miauen. Der Hund rannte, vor Aufregung winselnd, auf dem Rasen hin und her.

»In gewisser Hinsicht habe ich mein ganzes Leben damit verbracht zu lernen, wie man verzeiht«, fuhr Lucinda fort. »Meinen leiblichen Eltern, dass sie gestorben sind und mich alleine gelassen haben, und den anderen, die mich adoptiert haben.«

»Aber wie?«

»Da hilft nur eins«, sagte Lucinda, streckte den Arm aus und ergriff die Hand ihrer Tochter. »Liebe.«

»Doch wie hast du das geschafft?«, fragte Dianne. »Woher hattest du die Kraft?«

»Ich habe geübt, zuerst bei Emmett und dann bei dir.«

»Ich will es versuchen«, flüsterte Dianne.

»Der größte Fehler ist die Vorstellung, Liebe sei nur ein Gefühl, eine Empfindung. Liebe ist viel mehr. Liebe ist Handeln, eine Lebenseinstellung. Das, was dich mit Julia verbindet. Und was du mit Alan haben möchtest.«

»Ich möchte ihn lieben. Ich möchte es so gerne, schon seit geraumer Zeit.«

»Dann lass es zu, Kind. Lass es zu.«

Dianne nickte und betrachtete die Sternschnuppen.

Die Tiere unterhielten sich in ihrer eigenen Sprache, die Mädchen schliefen in ihren Kojen. Die Wellen brandeten ans Ufer. Der Atlantische Ozean erstreckte sich tausend Meilen nach Süden, und Dianne stellte sich vor, dass Alan die gleichen Wellen in Hawthorne hörte. Sie wusste, dass er auf ihre Rückkehr wartete, wusste, dass sie auf dem richtigen Weg war.

An der Straße zur Fähre beschloss Dianne, mit Orion Gassi zu gehen. Sie bog in eine Schotterpiste ein und hielt auf der Rückseite einer geriffelten Düne an. Alle waren traurig, Prince Edward Island an einem so herrlichen Sonnentag zu verlassen. Amy, die auf die Düne hinaufgeklettert war, sah ihn als Erste – ein schwarzer Sandstrand, der sich in eine schmale Bucht schmiegte.

»Schaut doch, schaut!«, rief sie. »Dort müssen wir unbedingt eine Burg bauen. Schwarzer Sand!«

»Die Zeit ist zu knapp«, entgegnete Lucinda mit einem Blick auf ihre Armbanduhr. »Wir müssen die Fähre erwischen.«

»Dliii«, sagte Julia. Sie hatte letzte Nacht geschwitzt. Dianne hatte sie mit einem feuchten Waschlappen abgerieben und die Lüftungsklappen geöffnet, um die kühle Brise hereinzulassen. Doch nun schien sich ihre Temperatur wieder normalisiert zu haben, und Dianne wusste, wie gerne sie mit Sand spielte.

»Ich denke, wir schaffen es, wenn wir uns beeilen.«

»Das überlasse ich dir, du bist der Bauherr«, meinte Lucinda.

Also stiegen sie über die Dünen zum Ufer hinunter. Der Sand knirschte unter ihren bloßen Füßen. Er war fein wie Talkumpuder, klebte und funkelte wie schwarze Diamantsplitter. Gemeinsam glätteten sie eine Fläche für das Fundament oberhalb der anbrandenden Wellen, schütteten Sand auf und formten ihn mit den Händen.

»Maaa«, sagte Julia, als Dianne ihr dabei half.

»Kleines, das ist etwas ganz Besonderes«, flüsterte Dianne. »Wir haben noch nie schwarzen Sand gesehen.« Der Sand behielt gut seine Form, und sie meißelten Wälle und Galerien heraus. Die Muscheln waren genauso ungewöhnlich wie der Sand, rosafarben und zart. Dianne half Julia, die Fenster mit Muscheln und glatten Steinen zu umranden, den Blick auf die Uhr meidend.

»Eine schwarze Sandburg!«, rief Amy.

»Unser Meisterstück. An unserem letzten Tag«, sagte Lucinda betrübt.

»Warum müssen wir eigentlich heute schon fahren?« Sorgfältig formte Amy das Gesims an den Burgmauern. »Warum bleiben wir nicht einfach hier?«

»Ich bin ganz deiner Meinung«, sagte Lucinda. »Schließlich bin ich im Ruhestand. Ich muss nirgendwo zu einer bestimmten Zeit sein.«

»Du könntest mich unterrichten«, schlug Amy vor. »Der Winnebago wäre unser Wohn- und Schulhaus. Julia würde das auch gefallen.«

»Mit Sicherheit. Eine Pilgerfahrt, die nie endet. Wir kamen, sahen und blieben.«

»Gaaa«, jubelte Julia an Diannes Halsgrube. Sie saßen nebeneinander vor der schwarzen Burg, Amy und Lucinda gegenüber. Dianne lag auf der Seite und höhlte mit einem Stück Treibholz die Mauer für ein Tor aus, und Julia hatte sich neben ihr zusammengerollt. Glimmererde klebte an ihrer Haut, glitzerte wie schwarze Sterne. Dianne hörte zu, wie Amy und ihre Mutter im Spaß die Möglichkeiten in Betracht zogen, länger auf der Insel zu bleiben, und legte das Stöckchen beiseite.

Sie zog ihre Tochter an sich. Die Stimmen und das sanfte Geräusch der Wellen waren Musik in ihren Ohren. Wenn sie diese Stimmung doch nur festhalten könnte – die warme Sonne, die sanfte Brise, das Zusammengehörigkeitsgefühl. Doch der Sommer ging zur Neige; nächste Woche war der 1. September.

Würde sie überhaupt bleiben wollen, wenn sie könnte? Diesen Augenblick bis in alle Ewigkeit ausdehnen, wenn sie noch einen Wunsch frei hätte? Der schwarze Sand war wärmer als andere Arten. Er zog die Hitze an, speicherte die Sonne in seinen schwarzen Körnern. Dianne dachte an die Sternschnuppen, an die Freude auf das Wiedersehen mit Alan. Aber war sie nicht hier, an diesem wundersamen Strand, wunschlos glücklich? Brauchte sie noch eine andere Liebe?

Sie hatte ihre Tochter, ihre Mutter, ihre kleine Freundin, ihre Burg ... Wenn sie nur verhindern könnte, dass die Flut sie zerstörte! Lucinda stand nun auf und wischte sich den Sand von ihren Händen. Sie holte ihre Kamera heraus und machte ein Foto, wie immer. Die Zeit verging wie im Flug; sie mussten sich beeilen, wenn sie die Fähre noch erreichen wollten. Der Hund sprang im Kreis herum, da er spürte, dass er ins Wohnmobil zurück musste.

»Komm, Orion«, sagte Amy lachend. »Magst du Wasser trinken? Dann komm mit.«

»Vierzig Minuten«, verkündete Lucinda. »Mehr Zeit bleibt uns nicht, um die Fähre zu erwischen. Wenn wir sie verpassen, sitzen wir auf der Insel fest. Dann bringst du mich nie mehr von hier weg.«

Dianne zögerte. Was wäre, wenn sie absichtlich langsam fuhr? Im Schneckentempo, sodass sie zu spät kämen. Sie konnten an diesem verwunschenen Fleckchen Erde bleiben, dann musste sie nicht nach Hause, um sich ihren Gefühlen und der Realität zu stellen.

»Gaaa«, sagte Julia.

»Wollen wir fahren, Kleines?«, fragte Dianne. »Ist es das, was du mir sagen willst?«

»Gliii.«

Julias Laute, ihre Worte, ließen sich nicht übersetzen, aber Dianne kannte ihre Bedeutung – wie das Plätschern der Wellen, das Raunen des Sandes, die Schreie der Möwen. Alles in der Natur besaß eine Bedeutung, war lebendige Poesie für jeden, der bereit war zuzuhören. Julia war mutiger als ihre Mutter. Sie sagte, dass sie nach Hawthorne zurückkehren mussten, um zu sehen, was die Zukunft bereithielt.

Dianne nahm Julia auf den Arm und stapfte zu den Dünen hinüber. Noch herrschte Ebbe, die Flut würde erst in ein paar Stunden einsetzen. Dann würden sie sich bereits auf der Fähre nach Nova Scotia, auf dem Heimweg befinden. Dianne war froh, dass sie nicht mitansehen musste, wie ihre schwarze Sandburg ins Meer gespült wurde.

Und weil sie bald wieder bei Alan sein würde.

Malachy hatte das Telefon meistens ausgeschaltet, wenn er arbeitete. Er wollte nicht, dass der Gesang der Delfine gegen das Läuten ankämpfen musste. Doch kaum hatte er es wieder eingesteckt, erhielt er einen Anruf von Alan.

»Du hast deinen Bruder leider verpasst«, sagte Malachy. »Er besorgt gerade Proviant für die Rückfahrt nach Maine. Aber er müsste in ein paar Stunden wieder hier sein.«

»Er fährt? Wann?«

»Wann?« Malachy beobachtete ein paar Verrückte, die im Hafen angelten. Gewöhnt an die feinen Nuancen in der Sprache der Delfine, hörte er aus Alans Stimme eine unerklärliche Mischung aus Enttäuschung und Erleichterung heraus. »Warum fragst du ihn das nicht selbst? Ich werde ihm ausrichten, dass du angerufen hast, dann kann er dich ja zurückrufen.«

»Und wohin? Mal, was hat er vor?« Alan klang, als wäre es dringend.

»Sagte ich doch schon! Herrgott, möchtest du eine eidesstattliche Erklärung von mir? Er wird im Morgengrauen mit der Flut auslaufen, nehme ich an. Was ist denn los mit dir?«

»Das werde ich dir sagen, Malachy. Dianne macht in der Gegend Urlaub. Ich habe ihr deine Telefonnummer gegeben und gesagt, dass sie dich besuchen soll. Ich möchte nicht, dass sie Tim begegnet. Das wäre eine Katastrophe. Das hätte ihr gerade noch gefehlt.«

»Sie ist erwachsen. Vielleicht wäre das nicht das Schlechteste. Sie muss ihre eigenen Kämpfe ausfechten. Oder Frieden schließen. Hör auf, dich einzumischen.«

»Malachy!«

»Nein, jetzt hörst du mir zu! Wenn ihr beide füreinander bestimmt seid, wirst du es merken. Es bringt nichts, dem lieben Gott ins Handwerk zu pfuschen, oder dem Schicksal, wie du willst. Und verlange nicht von mir, in eurem chaotischen Dreiecksverhältnis Stellung zu beziehen. Dazu bedeutet ihr mir alle drei viel zu viel.«

»Hab schon verstanden«, sagte Alan und starrte aus dem Fenster in den Hafen von Hawthorne hinaus. Dennoch blieb das flaue Gefühl im Magen, die Angst, dass Dianne und Tim sich über den Weg laufen und daran erinnern könnten, was sie früher einmal verbunden hatte. Alan war weit weg vom Schuss, und es gab nichts, was er tun konnte.

18

Auf dem Weg durch Nova Scotia zur Fähre, die sie aufs Festland zurückbringen sollte, hatte Julia einen Krampfanfall. Ihr Körper versteifte sich, sie biss sich die Zunge blutig und schlug volle zwei Minuten wild um sich. Amy begann zu schreien, und Stella und Orion flüchteten unter die Kojen. Dianne fuhr so abrupt an den Straßenrand, dass der Winnebago um ein Haar im Graben gelandet wäre.

»Julia!« Dianne versuchte sie festzuhalten, damit sie sich nicht noch mehr verletzte. Blut und Schaum quollen aus dem Mund, und sie verdrehte die Augen.

»Was ist los, was ist passiert?«, schrie Amy.

»Dianne, hier, nimm den Löffel!«, rief Lucinda und versuchte ihn Julia mit Gewalt in den Mund zu schieben. »Wir müssen die Zunge nach unten drücken, damit sie sie nicht verschluckt.«

»Weg da!«, schrie Dianne. »Bring Amy nach draußen! Ich schaffe das schon allein. Du tust ihr nur weh! Macht Platz! Geht alle raus!«

Zitternd zog Lucinda Amy aus dem Wohnmobil. Dianne hörte Amys aufgewühlte und Lucindas beschwichtigende Stimme. Julia hatte bisher noch nie einen Krampfanfall gehabt, aber Alan hatte sie vorgewarnt und ihr gesagt, dass man ihr dabei nie einen harten Gegenstand in den Mund stecken dürfe, dadurch könne ein Zahn ausgebrochen oder Gewebe verletzt werden. Dianne solle sie fest im Arm halten und warten, bis der Anfall vorüber sei. Julias Muskeln lockerten sich inzwischen. Der Körper bäumte sich ein letztes Mal auf. Dann seufzte sie.

Dianne war den Tränen nahe. Sie hätte sich gerne bei ihrer Mutter entschuldigt, weil sie die Nerven verloren und sie angeschrien hatte, und sich erkundigt, wie es Amy ging. Sie hätte gerne Ordnung gemacht, den Obstsaft aufgewischt, den

Julia umgekippt hatte, und die Straßenkarten wieder aufeinander gestapelt. Aber sie wusste, dass Julia sofort ärztliche Hilfe brauchte.

»Mom!«, schrie sie.

Lucinda und Amy kamen zurück und blieben auf der Schwelle stehen.

»Du musst uns ins Krankenhaus fahren, Mom«, sagte Dianne und wiegte Julia. »Schnell!«

Lucinda nickte und kletterte hinter das Steuer. Nova Scotia war ländlich und atemberaubend schön. Wiesen voller Wildblumen erstreckten sich in alle vier Himmelsrichtungen, die blauen Berge am Horizont fielen sanft bis zum Meeresufer ab, und hohe Tannen warfen ihre langen Schatten auf die Straße. Doch weit und breit gab es keine menschliche Ansiedlung. Amy studierte die Karte und dirigierte Lucinda, so gut sie konnte.

»Dianne, was sollen wir tun?«, fragte Lucinda nach rund fünfzehn Kilometern verzweifelt.

»Wir brauchen einen Münzfernsprecher«, sagte Dianne. Julia lag zitternd auf ihrem Schoß. Sie atmete flach, und ihre Haut war schneeweiß. Ihre Augenlider flatterten wie in der Tiefschlafphase, als wäre sie in einem Albtraum gefangen, aber sie wachte nicht auf. Dianne spürte eine grauenvolle Angst, als hätte sie sich mit ihrem Kind in der Wildnis verirrt.

Auf dem nächsten Rastplatz gab es vier Telefonzellen. Lucinda hielt Julia, Amy kauerte sich daneben, und Dianne lief hinaus. Ihr Herz hämmerte, sie war einer Panik nahe, konnte keinen klaren Gedanken fassen. War die Notrufnummer in Kanada dieselbe wie daheim? Wo genau waren sie, falls überhaupt ein Krankenwagen hierher kommen würde? Ihre Hände zitterten; plötzlich fiel ihr Malachys Nummer ein.

»Du schon wieder!«, knurrte er, als er den Hörer abgenommen hatte. »Ich dachte, ich hätte dir gesagt, dass ihr beide das unter euch ausmachen …«

»Malachy! Hier ist Dianne Robbins. Ich bin in Nova Scotia und …«

»Immer mit der Ruhe, Dianne«, sagte er mit veränderter Stimme. »Ich hab schon gehört, dass du hier bist. Und jetzt erzähl der Reihe nach, was passiert ist ...«

»Meine Tochter ist krank, Malachy. Sie muss sofort ins Krankenhaus, und ich weiß nicht, wo das nächste ist ...«

»Wo seid ihr? Aber genau!«

Dianne tat ihr Bestes. Sie waren durch Pictou gekommen und nach Westen in Richtung Yarmouth gefahren. Sie erwähnte den letzten Wegweiser, an den sie sich erinnerte.

»Du brauchst das Krankenhaus in Halifax. Es ist nicht nur das beste, sondern auch am nächsten gelegen. Schafft sie es bis dorthin? Wie ist ihr Zustand?«

»Sie ist bewusstlos. Sie hatte einen Krampfanfall. Ihr Puls ist beschleunigt, und ...«

Dianne brach in Tränen aus. Malachys Stimme, tief und sanft, erinnerte sie an ihren Vater.

»Ich weiß, dass sie Schlimmes durchgemacht hat, die arme Kleine. Bring sie nach Halifax, wir kommen direkt ins Krankenhaus. Kannst du fahren?«

»Ich denke schon. Für Julia schaffe ich es. Danke, Malachy. Ich bin froh, dass ich dich angerufen habe.«

Erst als sie den Hörer aufgelegt hatte, hielt sie inne, um sich zu fragen, mit wem Malachy ins Krankenhaus kommen wollte und woher er wusste, dass sie in der Gegend war.

»Lunenburg gefällt mir«, sagte Tim, als er mit Lebensmitteln bepackt an Bord des Schleppkahns kam. »Nette kleine Stadt. Vielleicht sollte ich ...« Ein Blick in Malachys Gesicht genügte, um zu wissen, dass etwas passiert war.

»Deine Tochter. Es geht ihr schlecht«, sagte er.

»Julia ...« Tim sah aus, als hätte ihn der Schlag getroffen.

»Dianne hat gerade angerufen.«

»Hier?«

Dann musste es ernst sein. Malachys rotbackiges Gesicht sah kummervoll aus, seine Augen waren traurig und verhangen. Ja,

er war Ire, und die witterten bekanntlich überall eine Katastrophe, ganz gleich, ob es sich um dichten Nebel oder geschmolzenes Speiseeis handelte. Aber in diesem Fall … Tim schluckte und wartete, was Malachy ihm zu sagen hatte. Er war lange davongelaufen, aber er hatte nie aufgehört, an sie zu denken, an das Baby, das er zurückgelassen hatte. Sein Herz hämmerte.
»Sie hat genug durchgemacht«, sagte Malachy.
»Ich weiß.«
»Schrecklich. Warum muss das Leben nur so grausam sein? Das ist ungerecht, gegenüber den Kindern und den Eltern. Leg die Lebensmittel hin und komm.«
»Waaas?«
»Wir fahren nach Halifax. Ins Krankenhaus. Sie sind schon auf dem Weg.«
»Nach Halifax, Nova Scotia?«, fragte Tim bestürzt. »Das ist doch nur einen Steinwurf entfernt!«
»Genau. Dein Bruder Alan hat sich die Finger wund telefoniert, um dich an die Strippe zu bekommen. Dianne macht hier Urlaub, und das Kind hatte einen Krampfanfall. Los, nimm deine Jacke und …«
»Ich kann nicht!«
»Was heißt hier, ich kann nicht, zum Teufel noch mal!« Malachy packte ihn am Arm. »Sie ist deine Tochter, Tim. Du musst Dianne jetzt zur Seite stehen, du bist schließlich Julias Vater! Spring endlich über deinen Schatten, und benimm dich wie ein Mann. Dem kleinen Mädchen zuliebe!«
»Ich kann nicht!« Tim dachte an seine letzte Begegnung mit Dianne. Im neunten Monat schwanger, hatte sie sich an seine Hand geklammert und ihn tränenüberströmt angefleht zu bleiben. Er hatte zwölf Jahre vergeblich versucht, diese Erinnerung auszulöschen, hatte danach keinen Kontakt mehr gehabt. Er wollte nicht noch einmal in ihr Leben einbrechen.
»Um Himmels willen, Tim, wach auf! Du bist doch nur noch ein Schatten, läufst vor deiner eigenen Vergangenheit davon! Was ist das denn für ein Leben, ständig von einem Ort zum anderen

zu ziehen und die Hummerfallen von jeder x-beliebigen Fischereigesellschaft hochzuholen? Ohne Familie, denn selbst Alan hat sich von dir losgesagt, ohne einen Heimathafen, ohne Liebe. Das ist deine Chance, Tim!«

Tim stand reglos und mit geschlossenen Augen da, als könnte er die Wirklichkeit dadurch fern halten.

»Bist du blind, Junge? Das ist ein Wunder, ja, das ist es! Deine Tochter braucht dich, jetzt, in diesem Augenblick, und du bist zur Stelle. Ich würde alles tun, wenn ich noch einmal die Gelegenheit bekäme, auch nur eine Minute, ach was, eine *Sekunde* mit Gabriel und Brigid zu verbringen. Nutze sie, Tim!«

Tim überlegte fieberhaft. Was wäre, wenn Malachy Recht hätte? Wenn es wirklich ein Wink des Schicksals war? Warum war er ausgerechnet jetzt, am Ende dieses Sommers und in dieser Woche, nach Kanada gekommen? Warum waren Dianne und das Kind in diesem Augenblick hier?

»Halifax?«, hörte er sich sagen.

»Sie sind auf dem Weg dorthin. Komm, beeil dich.«

Tim schüttelte den Kopf.

»Jetzt komm endlich!« Malachy zog ihn am Arm.

Tim riss sich los.

»Hör auf, Malachy. Lass mich in Ruhe.«

»Dich in Ruhe lassen?« Malachy richtete sich drohend auf. »Deine Tochter ist hier und braucht dich, und du hast nicht genug Rückgrat, um ihr beizustehen?«, brüllte er.

»Ich kann nicht …

»Du Scheißkerl! Du gottverdammte Memme!«

»Mal …«

»Schweig! Du hast den Bogen überspannt, ein für alle Mal. Als du dich damals geweigert hast, für dein eigenes Kind Blut zu spenden, habe ich dein Verhalten damit entschuldigt, dass du zu jung warst, weit weg vom Schuss und in Panik. Aber jetzt … Deine Tochter ist hier. Einen Katzensprung entfernt …«

»Hör auf, mir an allem die Schuld zu geben, Mal.« Tim kam sich wie ein kleiner Junge vor, wie an dem Tag, als seine Mutter ihn im Stich gelassen und Vergessen im Alkohol gesucht hatte. »Sag nicht …«

»Die Wahrheit?«, stieß Malachy voller Verachtung aus. »Wir zwei sind fertig miteinander. Du warst für mich wie ein Sohn, aber meine Söhne sind keine Schwächlinge. Du bist ein verdammter Feigling, Tim McIntosh, ein Scheißkerl! Komm mir nie wieder unter die Augen!«

»Warte doch, Malachy!«, schrie Tim und rannte dem alten Mann nach. Tränen liefen ihm über die Wangen.

»Von jetzt an werde ich dich in Ruhe lassen, genau das werde ich!« Malachy ging schneller. »Das wolltest du doch, und dein Wort sei mir Befehl. Fahr zur Hölle!«

Tim hielt inne. Er stand am Kai im Hafen von Lunenburg und schnaubte vor Wut, als der Mann, der mehr als zwanzig Jahre Vaterstelle an ihm vertreten hatte, ihn auf Nimmerwiedersehen stehenließ. Als wäre er ein Stück Dreck.

Als sie das Krankenhaus erreichten, hatte sich Julias Zustand stabilisiert. Was immer den Krampfanfall ausgelöst haben mochte, trat nicht wieder auf. Sie war wach, öffnete fortwährend den Mund, als wollte sie sprechen, und rang die Hände, aber ihre Bewegungen waren schwach und fahrig. Dianne hielt sie im Arm, bis sie zur Computertomografie hinuntergebracht wurde.

»Kann ich nicht mitkommen?«, fragte Dianne.

»Es wäre besser, wenn Sie hier warten«, erklärte die MTA. »Keine Sorge, wir passen gut auf sie auf. Es dauert nicht lange.«

Dianne sah Julia nach, die auf der Rollliege weggeschoben wurde. Ihr Herz klopfte immer noch wie verrückt, und sie fragte sich, was Julia wohl empfinden mochte. Dianne wäre lieber bei ihr geblieben, falls sie Angst bekam. Sie wünschte sich, ihre eigene Mutter wäre da, aber Lucinda wartete mit Amy in der Cafeteria.

Dianne war aufgewühlt. Im Wartezimmer lief der Fernseher,

aber sie konnte sich nicht konzentrieren. Neben der Patientenaufnahme befanden sich mehrere Münzfernsprecher. Abrupt stand sie auf und wählte mit zitternden Händen Alans Nummer.

»Praxis Dr. McIntosh«, meldete sich Martha.

»Martha, hier ist Dianne Robbins. Ich muss mit Alan sprechen.«

»Er hat gerade einen Patienten, Dianne. Warten Sie einen Moment. Oder kann ich etwas aus …«

»Martha, es ist dringend!«, sagte Dianne und hielt den Hörer mit beiden Händen. »Bitte verbinden Sie mich. Bitte …«

Innerhalb von zehn Sekunden war Alan am Apparat. Als sie seine Stimme hörte, brach Dianne vor Erleichterung in Schluchzen aus.

»Alan, ich bin's! Wir sind im Krankenhaus. Julia hatte einen Krampfanfall, und sie haben sie mitgenommen, zur Computertomografie. Ich weiß nicht, wieso das passiert ist. Die Reise war herrlich, sie hatte so viel Spaß …«

»Ist sie bei Bewusstsein? Atmet sie?«

Seine Fragen hatten eine beruhigende Wirkung auf Dianne. Sie verhalfen ihr, die wirren Gedanken zu ordnen und sich auf praktische Dinge zu konzentrieren.

»Ja, beides. Als wir im Krankenhaus ankamen, war alles fast wieder normal.«

»Hat sie ihren Schmetterlingstanz aufgeführt?« Alan bezeichnete Julias Bewegungen so treffend, dass sie beinahe lächeln musste.

»Sie hat die Hände gerungen.«

»Wunderbar.«

Es war nicht die erste Notsituation, die sie erlebt und gemeinsam durchgestanden hatten. Niemand kannte Julias Fall besser als Alan. Die Ärzte in Halifax hatten mitleidig den Kopf geschüttelt, als sie ihre Missbildungen gesehen hatten; Alan war mit ihrem Anblick vertraut, liebte seine hübsche kleine Nichte. Er war die Ruhe in Person, sodass Dianne sich automatisch entspannte.

»Wie heißt der Dienst habende Arzt?«, fragte Alan und notierte sich Namen und Telefonnummer.
»Soll ich mein Einverständnis geben, dass sie hier stationär behandelt wird?«, wollte Dianne wissen, denn sie hatte das Gefühl, dass Halifax am Ende der Welt lag.
»Ich werde mit dem Arzt reden. Aber ich möchte sie hier haben, sobald sie transportfähig ist. Gibt es einen Flughafen in der Nähe?«
»Ich glaube, in Halifax«, antwortete Dianne und erinnerte sich vage, das Flughafenschild auf der Straßenkarte gesehen zu haben.
»Wenn die Ärzte grünes Licht geben, möchte ich, dass ihr beide heute noch zurückfliegt. Ich hole euch in Providence ab, und wir bringen sie sofort ins Hawthorne Cottage Hospital.«
»Ich hoffe, dass sie sie gehen lassen«, sagte Dianne, und ihre Augen füllten sich mit Tränen bei dem Gedanken, wieder zu Hause und bei Alan zu sein. Die Vorstellung, dass Julia in einem Krankenhaus liegen musste, das sie nicht kannte, in der Obhut von Ärzten, die mit ihrer Vorgeschichte nicht vertraut waren, machte Dianne Angst. Sie begann wieder zu weinen. Als sie plötzlich eine Hand auf ihrer Schulter spürte, zuckte sie zusammen.
Es war Malachy Condon. Der alte Mann stand in seinen ausgeblichenen Hosen und dem Sämischlederhemd vor ihr. Das schlohweiße Haar hing ihm in die Augen, sein Gesicht war voller Falten und sonnengebräunt, sein Blick voller Mitgefühl. Dianne kannte ihn nicht sehr gut, aber als er sie in die Arme schloss, lehnte sie den Kopf an seine Brust und ließ den Tränen freien Lauf.
»Wer ist das, Dianne?«, rief Alan.
Dianne wollte antworten, aber sie brachte keinen Ton über ihre Lippen. Malachy roch nach Tabak und salziger Luft. Sie wusste, dass er seinen Sohn verloren hatte, und sein Einfühlungsvermögen löste eine wahre Tränenflut aus. Er tätschelte ihr unbeholfen den Rücken und nahm ihr den Hörer aus der Hand.

»Dianne? Bist du noch da?«, rief Alan.
Er hatte sie schluchzen und eine Männerstimme gehört. War das der Arzt mit einer Hiobsbotschaft? Oder Tim? Denkbar wäre es, denn Dianne war in Halifax, nur eine Stunde von Lunenburg entfernt.
»Mit wem spreche ich?«, ertönte eine tiefe irische Stimme am anderen Ende der Leitung.
»Malachy?«
»Ja, ich bin's, Alan. Ich bin gerade angekommen.«
»Was ist mit Tim?« Alans Mund war trocken, sein Puls raste. Julia lag im Krankenhaus, und er hatte Angst, dass sein Bruder und Dianne einander begegnen würden. Sie war so verletzlich, bangte um das Leben ihrer Tochter. Wenn der verschollene Vater ihres Kindes plötzlich auftauchte …
»Weg«, erwiderte Malachy kurz und bündig.
»Was heißt das?«
»Was ich gesagt habe. Weg. Auf und davon.«
»Er war doch heute Morgen noch da, als ich dich angerufen habe!« Hatten Dianne und Tim miteinander gesprochen? Hatte er nur das Krankenhaus oder die Gegend verlassen? Alan war auf Einzelheiten erpicht, aber Dianne stand direkt neben Malachy, und er wollte vermutlich verhindern, dass sie die Wahrheit erfuhr.
»Sind sie sich begegnet? Haben sie miteinander geredet?«
»Nein.«
»Weiß sie, dass er da ist?«
»Herrgott noch mal«, schnaufte Malachy.
Alan atmete auf, dann senkte er schuldbewusst den Kopf. Er musste den Verstand verloren haben! Er war Arzt, und seine Nichte befand sich in Lebensgefahr, aber statt einen kühlen Kopf zu bewahren, führte er sich auf wie ein verliebter Trottel.
»Hast du Julia gesehen? Wie ist ihr Zustand?«, fragte er, schlagartig ernüchtert.
»So ist es besser«, erwiderte Malachy ruhig. »Nein, ich habe sie

noch nicht zu Gesicht bekommen, und ich weiß auch nicht, wie es ihr geht.«
»Tu mir einen Gefallen, Mal, bleib bei Dianne. Ich rufe jetzt gleich im Krankenhaus an, rede mit den Ärzten und werde sehen, ob ich den Transport nach Hawthorne in die Wege leiten kann. Sorgst du bitte dafür, dass Dianne alle Hilfe erhält, die sie braucht?«
»Natürlich.«
»Die Fahrt zum Flughafen, eine Ambulanz für Julia, wenn sie transportfähig ist?«
»Natürlich.«
»Wo ist Diannes Mutter? Sie war dabei. Ist sie in der Nähe?«
»Ich sehe nichts.«
Alan hörte, wie Malachy Dianne beschwichtigte: »Keine Angst, alles wird gut, Kind. Deine kleine Julia wird es bestimmt schaffen. Sie ist in den besten Händen, die Ärzte in Halifax gehören zur ersten Garnitur. Vielleicht sind sie nicht ganz so brillant wie ein gewisser Kinderarzt vor deiner Haustür, aber nicht schlecht. Wo ist deine Mutter?«
Alan, der die Angst und Anspannung in ihrer Stimme vernahm, hätte sie am liebsten in die Arme geschlossen und persönlich nach Hause zurückgebracht.
»Ihre Mutter ist mit Amy unterwegs, wer immer das auch sein mag. Scheint so, als hätten sie einen jungen Hund, mit dem sie Gassi gehen müssen.«
»Orion.«
»Genau der.«
Alan suchte mit seinen Augen auf der Wand Julias Babyfoto. Dianne hatte sie auf den Schoß genommen, die Hände vor der Brust ihrer Tochter verschränkt. Ihr Kopf war aus dem Bild herausgeschnitten worden, aber ihre Finger waren lang, schmal und kraftvoll. Er räusperte sich, um sich nicht wieder von seinen Gefühlen überwältigen zu lassen.
»Gib gut auf sie Acht, Mal.«
»Darauf kannst du dich verlassen.«

»Gibst du sie mir noch einmal kurz?«
»Sie ist im Moment nicht fähig zu sprechen, mein Junge. Kümmere du dich um die Telefonate, ich werde hier alles Nötige veranlassen. Einverstanden?«
»Einverstanden«, sagte Alan.

Blut war dicker als Wasser.
Als Alan den Hörer auflegte, empfand er wieder die gleiche abgrundtiefe Wut auf Tim wie vor zehn Jahren. Auch damals war Julia im Krankenhaus gewesen und hatte für ihre dritte Darmoperation eine Bluttransfusion gebraucht. Blutkonserven waren am Hawthorne Cottage Hospital ausreichend vorhanden, aber nicht von ihrer Blutgruppe.
Mit Hilfe der Küstenwache und befreundeten Fischern hatte Alan Tim ausfindig gemacht. Er war zuletzt in Newport, Rhode Island, gesichtet worden, eine knappe Autostunde entfernt. Alan hatte sich unverzüglich auf den Weg gemacht und war auf der I-95 nach Norden gefahren.
Meistens lag Tim am Long Wharf vor Anker. Alan, der seine Gewohnheiten kannte, war langsam am Kai entlanggefahren, hatte aber keine Spur von der *Aphrodite* entdeckt. Er hatte seine Suche auf den Kais an der Thames Street fortgesetzt und das Boot schließlich in Bowens gefunden, an einem Schlepper aus New Bedford vertäut. Der Rest war ein Kinderspiel – er musste nur noch die Kneipen im Umkreis abklappern.
Tim saß, über sein Bier gebeugt, neben einer Blondine in hautengen Jeans an der Bar, der er gerade eine traurige Geschichte erzählte. Unter dem Stoff ihres im Nacken gebundenen Tops zeichneten sich die Brüste ab. Tim schüttelte den Kopf, und Alan war klar, dass es bei der Geschichte um Dianne und Julia ging, in Tims Mitleid heischender Version.
»Hallo«, sagte Alan und schlug Tim auf die Schulter.
»Hallo, Alan!« Tim freute sich allem Anschein nach, ihn zu sehen. Er schob den Barhocker beiseite und umarmte Alan stürmisch. Aus seiner Standfestigkeit und der Sicherheit seiner Be-

wegungen schloss Alan, dass er seiner Sinne noch mächtig war. Das war gut.
»Ich bin wegen Julia hier«, sagte Alan und kam gleich zur Sache. Er hatte eine Stunde für die Hinfahrt gebraucht, und die Rückfahrt würde wahrscheinlich genauso lange dauern. Eile war geboten. Als er die eingesunkenen Augen sah, wurde ihm klar, dass er die Strapaze auch für Tim auf sich genommen hatte. Er sollte die Chance haben, sich zu bewähren und Wiedergutmachung zu leisten.
»Deine Tochter?«, fragte die Blonde mitfühlend.
»Ja, mein kleines Mädchen.«
»Ich muss mit dir reden, Tim«, sagte Alan grob. »Unter vier Augen. Lass uns rausgehen.«
Verärgert folgte ihm Tim auf die Straße. Es war Sommer, und in Newport war die Hölle los. In der Thames Street wimmelte es vor Menschen. Alan und Tim standen mitten auf dem Bürgersteig und wurden von allen Seiten angerempelt.
»Sie braucht Blut«, erklärte Alan. »Sie hat mehrere Operationen vor sich, und das Krankenhaus hat nicht genug Konserven in ihrer Blutgruppe. Ich bin hergekommen, weil ihr dieselbe Blutgruppe habt, nämlich A.«
»Du willst, dass ich Blut spende? Ich?«, fragte Tim. Seine Augen waren rot, ein Überbleibsel der gestrigen Sauftour, aber so früh am Tag war er noch so gut wie nüchtern.
»Ja.«
»Muss ich dazu ins Krankenhaus?«
»Wenn es dir lieber ist«, sagte Alan. Er wusste, dass Tim Krankenhäuser hasste, seit Neil krank geworden war. »Aber ich kann dir auch hier Blut abnehmen. Ich habe alles dabei, was ich dazu brauche.«
»Was, das Zeug schleppst du mit dir rum?« Tim schien jetzt erst Alans Arztkoffer wahrzunehmen, der auf dem Boden stand. Er enthielt die komplette Ausrüstung: Kanüle, Schlauch, Beutel für das Blut. Tim konnte unbedenklich einen halben Liter spenden, im Liegen auf der Rückbank von Alans Auto oder auf dem Boot.

»Das erleichtert die Sache«, sagte Alan. »Sie braucht Blut, und du bist als Spender die erste Wahl.«
»Tut mir Leid, aber ich habe Bier getrunken.«
»Ein Bier macht nicht viel aus.«
»Außerdem habe ich noch nie Blut gespendet.« Tim war blass geworden.
»Keine Angst, es tut nicht weh«, erwiderte Alan, bemüht, Gleichmut zu bewahren.
»He, Mann, ich weiß nicht. Ich finde, das ist keine gute Idee«, sagte er, Alans Blick meidend. Es begann bereits zu dämmern.
Er starrte die Sonne an, die am anderen Ende der Thames Street in der schmalen Gasse, die von zwei gegenüberliegenden Gebäuden gebildet wurde, blutrot unterging. Zwei vorübergehende junge Mädchen in engen Röcken fesselten seine Aufmerksamkeit, und er sah ihnen interessiert nach.
Alan stieß ihn gegen die Mauer.
»Das kann warten«, fuhr er Tim grob an.
»Halt mich da raus, Mann«, sagte Tim, sich aus Alans Griff losreißend.
»Sie ist deine Tochter. Es besteht Lebensgefahr, Tim.«
»Das kannst du mir nicht zum Vorwurf machen!«, entgegnete Tim hitzig.
»Du musst ihr helfen! Oder willst du etwa kneifen? Was glaubst du, wie du mit dieser Schuld fertig werden würdest?«
»Es wäre ein Segen, wenn sie stirbt«, fauchte Tim, während Tränen über seine Wangen liefen.
»Das sehe ich anders! Und ihre Mutter auch.«
»Ihre Mutter! Was willst du eigentlich noch von mir? Freu dich doch, dass ich weg bin. Jetzt hast du endlich freie Bahn bei Dianne. Spiel dich bei ihr ruhig als Held auf, aber behandle mich gefälligst nicht so von oben herab! Ich dachte, du bist Arzt! Schaffst du es nicht mal, einen Spender mit Blutgruppe A aufzutreiben?«
»Ich wollte es von dir.«

Tim schüttelte den Kopf. Die Adern an seinem Hals traten hervor, und er keuchte wie nach einem Dauerlauf.
»Ich spende kein Blut. Ist es das, was du hören willst? Damit du dich überlegen fühlen kannst? Ich bin grundsätzlich dagegen. Seit Neils Tod kriegen mich keine zehn Pferde zum Arzt. Und es ist mir scheißegal, was du jetzt von mir denkst. Kapiert?«
»Ja, ich hab kapiert, Tim«, antwortete Alan und ließ ihn los.
»Dann wär ja alles klar«, sagte Tim zitternd.
Im Gedränge, das sie umgab, wurden sie im Nu getrennt. Der Feuerball war verblasst, die Sonne purpurfarben, von einem stumpfen Goldton überzogen. Es war kühl geworden. Alan stand reglos da und sah seinem Bruder nach. Er entfernte sich, machte ein paar Schritte rückwärts, dann drehte er sich um und ging in Richtung Bar.
Vielleicht hatte Tim Recht, was das Gefühl der Überlegenheit betraf. Irgendwie hatte er gewusst, dass Tim kein Blut spenden würde. Er hatte keinen Bezug zu Julia, hatte sie längst abgeschrieben, sich ihrer entledigt wie Müll. Warum sollte er daran interessiert sein, ihr Leben zu retten? Trotz aller altruistischen Motive hinter der Fahrt nach Newport machte Alan eine wichtige Entdeckung, die ihn selbst betraf.
Er war fähig, seinen eigenen Bruder zu hassen. Während Alan zurückraste, Geschwindigkeitsbegrenzungen missachtend, die Hände um das Lenkrad verkrampft, wurde ihm bewusst, dass er Tim zutiefst verachtete, weil er eine Memme war und sein eigenes Kind im Stich ließ. Alan schämte sich für ihn. Sein Bruder hatte keine Ähnlichkeit mehr mit dem Jungen, mit dem er vor den Sandstränden von Cape Cod gefischt hatte.
Und nun, ein Jahrzehnt später, empfand er noch immer das Gleiche.

Alles war in die Wege geleitet. Dianne und Julia würden nach Hause fliegen, Lucinda und Amy mit dem Wohnmobil fahren. Dianne war außer sich vor Sorge, nicht nur um Julia, sondern

auch um Amy und ihre Mutter. Lucinda küsste und umarmte sie und versuchte sie zu beruhigen.
»Glaubst du etwa, ich könnte nicht Auto fahren?«, fragte sie.
»Darum geht es nicht. Ich habe Angst, dass euch etwas passiert. Ihr habt eine lange Strecke vor euch, und wenn ich dabei wäre, könnten wir uns beim Fahren wenigstens abwechseln. Was ist, wenn du müde wirst? Oder dich verfährst?«
»Keine Bange, wir schaffen das schon«, sagte Lucinda und umfasste Diannes Gesicht mit den Händen. »Und du auch.«
Amy packte drinnen Julias Sachen zusammen und rief Dianne, um die Tasche noch einmal zu kontrollieren. Lucinda stand neben dem Winnebago auf dem Parkplatz des Flughafens und nutzte die Gelegenheit, um ein paar Worte mit Malachy Condon zu wechseln.
»Sie sind also der berühmte Mentor.«
»Man hat mir schon schlimmere Namen gegeben«, sagte Malachy.
»Das war ein Kompliment! Einer der beiden McIntosh-Brüder, die Sie unter ihre Fittiche genommen haben, ist ja ganz ordentlich geraten.«
»Erinnern Sie mich bloß nicht daran! Der andere sollte aufpassen, dass er mir nicht mehr über den Weg läuft, sonst drehe ich ihm den verdammten Hals um.«
Lucinda erschrak.
»Tut mir Leid«, entschuldigte sich Malachy. »Das war ein ereignisreicher Tag, und ich weiß nicht mehr, was ich rede.«
Lucinda war nicht daran gewöhnt, Männer zu begutachten, aber sie fand Malachy sehr anziehend. Er war groß, athletisch und das, was Emmett als »ganzen Kerl« bezeichnet hätte. Er hatte seelenvolle blaue Augen, die sie nun zerknirscht anblickten.
»Kein Problem.«
»Finde ich aber schon«, erwiderte er kopfschüttelnd. »Ein ziemlich großes sogar. Wissen Sie, zu fünfundneunzig Prozent meiner Zeit bin ich alleine und habe nur meine Delfine als Ge-

sprächspartner. Da achtet man nicht mehr auf seine Manieren. Brigid, meine verstorbene Frau, hätte mir die Hölle heiß gemacht, wenn ich in Gegenwart einer Lady geflucht hätte.« Er holte eine Kassette aus seiner Brusttasche. »Ein kleines Geschenk als Wiedergutmachung. Vielleicht haben Sie ja Lust, sie auf der Heimfahrt anzuhören.«

»Danke«, sagte Lucinda lächelnd.

»Das Problem ist, dass sie wie Söhne für mich waren. Alle beide. In gewisser Hinsicht war es leichter, Tim zu lieben, weil er andauernd in Schwierigkeiten steckt und eine Art hat, dass niemand umhin kann, ihm aus der Klemme zu helfen.«

»Ich schon.«

»Ich habe versucht ihn zu überreden, mich nach Halifax zu begleiten. Aber das war vergebene Liebesmüh.«

»Tim ist hier? In Nova Scotia?«

»Er war hier.«

»Warum? Hat er gewusst, dass Dianne und Julia auch da sind? Wie hat er reagiert, als Sie ihn gebeten haben mitzukommen?«, fragt Lucinda erregt.

»Was spielt das noch für eine Rolle?«, meinte Malachy. »Er kann nicht aus seiner Haut heraus.«

»Das konnte er noch nie.« Mit verschleiertem Blick sah Lucinda zu, wie Dianne alles vorbereitete, um Julia an Bord zu bringen.

»Ich habe ihn abgeschrieben«, sagte Malachy, und seine Augen füllten sich mit Tränen. »So wahr mir Gott helfe, ich kann nicht verstehen, wie jemand so bodenlos gleichgültig zu sein vermag. Ich habe ihm gesagt, dass er sich nie mehr bei mir blicken lassen soll, und das ist mein Ernst. Dieser selbstsüchtige Schweinehund. Herzloses Ungeheuer.«

»Tim McIntosh hat sich seine eigene Hölle geschaffen«, sagte Lucinda und tätschelte seine Hand. In diesem Moment wurde über Lautsprecher der Flug aufgerufen, und sie blickte Dianne nach, die neben Julias Trage herging. »Weil er nicht weiß, was wichtig ist im Leben.«

Der Horizont lag in unendlicher Ferne, ein Ort, den Tim anstrebte, aber nie erreichen würde. Er steuerte die *Aphrodite* auf Kurs Süd-Südwest. Hin und wieder passierte er eine unbewohnte Insel mit mächtigen Felsen und Tannen. Oder er begegnete einem anderen Hummerboot, das vermutlich seinen Heimathafen anlief.

Der Gedanke an sein letztes Versagen lastete schwer auf Tim McIntoshs Schultern. Er hatte die Enttäuschung, Verachtung und den Hass in Malachys Augen gesehen, als er sich geweigert hatte, ihn nach Halifax zu begleiten.

Hass – und das von Malachy. Bei Alan und Dianne war er daran gewöhnt. Aber Malachy? Ihn schauderte. Er hatte wieder eine Brücke hinter sich abgebrochen. Darin war Tim inzwischen der größte Experte aller Zeiten.

Dianne und Julia waren hier und brauchten Hilfe. Wie hatte Malachy es genannt – ein Wunder? So mochte man es sehen. Es konnte kein Zufall sein, dass sie sich zur selben Zeit am selben Ort aufhielten. Er hätte nur Ja sagen und mit Malachy gehen müssen, dann wären jetzt alle glücklich und zufrieden. Und man hätte ihm verziehen.

Stattdessen war Tim seiner inneren Stimme gefolgt.

Tief in seinem Innern wusste er, dass Dianne ihn keines Blickes gewürdigt hätte. Eine solche Reaktion war verständlich.

Hart am Wind segelnd, traten Tim Tränen in die Augen. Die Sonne war so grell, dass er blinzeln musste. Er holte die Mütze unter seinem Sitz hervor und zog den Schirm ins Gesicht. Selbst dort draußen auf hoher See, ohne eine Menschenseele weit und breit, wollte Tim nicht mit Tränen in den Augen ertappt werden.

Ein Schluck Tequila würde helfen, aber Tim war nicht danach. Man konnte seinen Gefühlen nicht enfliehen. Die Erleichterung, auf die er nach seiner Abfahrt aus Lunenburg gehofft hatte, war ausgeblieben. Der Gedanke an Dianne und das Kind ließ ihn nicht mehr los, erinnerte ihn daran, was für ein Mistkerl er war.

Er hätte bleiben können.

Er hätte auch damals nicht weglaufen müssen, vor zwölf Jahren, als er und Dianne die Hiobsbotschaft erhielten. Er hätte es gemeinsam mit ihr durchstehen, bei der Geburt an ihrer Seite sein müssen. Doch das hatte er Alan überlassen.

Schuld daran waren seine Eltern. Sie hatten sein Leben zerstört. Sie hatten ihr Augenmerk nur noch auf Neils Krankheit gerichtet und die eigenen Möglichkeiten, ihr zu entfliehen. Tim hatte oft auf den Horizont gestarrt und darauf gewartet, dass sein Dad im Hafen von Hyannis einlief. Ohne Alan wäre er völlig vereinsamt. Er hatte seinen Vater über alle Maßen vermisst.

Tim hatte nie ein solcher Vater sein wollen. Ein Eigenbrötler, der aufs Meer hinausfuhr, aus Angst, am Küchentisch sitzen und sich anhören zu müssen, wie schlimm der Tag für seine Frau gewesen war. Oder wie gut. Tim hätte wissen müssen, dass er sich nicht für das sesshafte Leben eignete, aber er hatte Diannes Liebe gebraucht. Warum musste sie auch schwanger werden? Und ein krankes Kind zur Welt bringen? Sie hatte Tim keine andere Wahl gelassen als zu gehen.

Genauso war es. Das Schicksal hatte ihm keine andere Wahl gelassen. Er musste den Tod seines Bruders, geschädigte Eltern und ein krankes Kind verkraften. Tim war nur deshalb ein Vagabund, weil ihm das Leben schlechte Karten ausgeteilt hatte. Andere fanden es romantisch. Wenn er in den Hafenkneipen seinen Whiskey trank, erzählte er jedem, der es hören wollte, von seiner Frau und seinem kranken Kind. Er badete in Selbstvorwürfen und wartete darauf, dass ihm Frauen sagten, er sei kein Feigling, sondern empfindsam. Dann erzählte er ihnen von Neil, damit sie sich selbst einen Reim darauf machten.

Natürlich waren auch sie der Meinung, dass er richtig gehandelt hatte. Das Schicksal hatte ihm keine andere Wahl gelassen! Der Tod eines Bruders verursachte immer tiefe Wunden. Er konnte nicht tatenlos zuschauen, wie sein Kind auch noch starb. Das sah jeder, der ein Herz hatte.

Außer Dianne und Alan, und nun auch noch Malachy. Die drei Menschen, die sich eigentlich um Tim sorgen, ihn lieben und

bedauern mussten für das, was er durchgemacht hatte. Aber nein, nicht sie! Das war ungerecht und unfair.
Manche Leute brauchten immer jemanden, auf den sie herabschauen konnten, damit sie selbst gut dastanden. Das erklärte vieles. Dianne und Alan waren schon immer so verdammt selbstgerecht gewesen. Aber Malachy ... Tim schüttelte den Kopf und wischte sich die Tränen aus den Augen. Dass Malachy nun auch noch Front gegen ihn machte, versetzte ihm einen Stich.
Tim erinnerte sich noch gut an Alans Blick, als er sich geweigert hatte, Blut zu spenden. Damals, in Newport, hatte sein eigener Bruder ihn angesehen, als wäre er ein Stück Scheiße. Hatte nicht Malachy ihn so genannt, vor ein paar Stunden? Einen Scheißkerl?
Tim verließ Nova Scotia Volldampf voraus und nahm sich vor, nie mehr zurückzukommen. Er würde in Zukunft einen großen Bogen um seine Familie machen. Tim McIntosh war ein Einzelgänger, und so sollte es bleiben. Eigentlich hatte er Kurs auf Maine nehmen wollen, aber das war nicht weit genug. Vielleicht New Hampshire, Massachusetts. Oder er würde gleich Neuengland und dem Hummerfang den Rücken kehren, um in der Chesapeake-Bucht Krabben zu fischen. Oder Garnelen im Golf.
Die Sonne war immer noch so grell, dass Tims Augen tränten. Die Mütze ins Gesicht gezogen, hielt er das Ruderrad umklammert und fuhr stur geradeaus. Vor ihm lag die endlose Weite des Meeres, auf der man keiner Menschenseele begegnete. Zumindest schien es ihm so von der Brücke der *Aphrodite* aus. Julia würde wieder gesund werden. Sie hatte es bisher geschafft, und sie würde auch das überstehen.

19

Alan wartete auf die Maschine aus Nova Scotia. Es regnete, und der ganze Südosten Neuenglands war von einer grauen Wolkendecke verhangen. Er stand auf der Rollbahn neben der Ambulanz, während der Wind an seinen Haaren und an seiner Jacke zerrte, und suchte mit den Augen den Himmel ab.

Als das Flugzeug die Wolkendecke durchbrach, schaukelte es wie eine Libelle im Wind. Alan beobachtete mit klopfendem Herzen, wie der Pilot die kleine zweimotorige Maschine auf dem T.-F.-Green-Flughafen von Providence landete.

Dianne und Julia stiegen als Erste aus. Dianne blieb einen Moment auf dem oberen Absatz der Treppe stehen. Sie hielt Julia auf den Armen und versuchte, ihren Kopf vor dem Unwetter zu schützen. Zwei Stewardessen wollten sie überreden, noch einen Moment an Bord zu bleiben. Die Sanitäter holten die Trage und liefen los, aber Alan war vor ihnen da.

»Gott sei Dank, dass du da bist!«

»Gott sei Dank, dass ihr wieder da seid«, sagte Alan und schloss beide in die Arme.

Ihre Köpfe berührten sich, ein kleines Dreieck bildend. Alan sandte ein Stoßgebet zum Himmel, dass die beiden heil zu ihm zurückgekehrt waren, dass Julia nicht in Nova Scotia gestorben war, und drückte sie an sich.

»Biiii«, sagte Julia kaum hörbar.

Alan nahm seine Nichte auf den Arm. Normalerweise waren ihre Augen groß und wach, doch heute wirkten sie trübe und teilnahmslos. Die Sanitäter schickten sich an, mit der Trage die Treppe hinaufzulaufen, aber Alan winkte ab. Den Kopf gesenkt gegen den Regen, Julia unter seiner Jacke geschützt, folgte er Dianne die Stufen hinab zur Ambulanz.

Dianne wartete auf den Abschluss der Untersuchungen, die noch einmal durchgeführt wurden. Sie hatte oft im Hawthorne Cottage Hospital gesessen und kannte die meisten Krankenschwestern. Sie hatten sie aufgefordert, die Schwesternküche zu benutzen, wenn sie sich Tee oder eine Tütensuppe zubereiten wolle, und bestanden darauf, dass sie sich bediente, wenn es Schokoladenpudding, Wackelpudding oder Salzgebäck gab. Dianne dachte an ihre Mutter und Amy; hoffentlich kamen sie heil nach Hause. Als sie in ihrer Jeanstasche nach einem Taschentuch suchte, fand sie Kieselsteine vom schwarzen Sandstrand.

»Wie geht es dir?«, fragte Alan, der neben ihr saß. Er hatte einen weißen Laborkittel angezogen und sein Stethoskop umgehängt.

»Es geht. Hast du Julia gesehen?«

»Sie machen gerade eine Computertomografie.«

»Die wurde bereits in Halifax gemacht«, sagte Dianne angespannt. Julia hatte schon viele Untersuchungen und Tests über sich ergehen lassen müssen – Blut- und Urinuntersuchungen, EEG, Röntgenstereografie, CT, Knochenszintigramme, Muskeltonustests. Bei der Computertomografie hatte sie gewiss Platzangst gehabt. Auf eine Liege geschnallt, sodass sie sich nicht bewegen konnte, verstand sie weder die Anweisungen der Röntgenassistentin, noch wusste sie, wann es vorbei war und sie zu ihrer Mutter zurückkonnte.

»Ich weiß«, sagte Alan. »Aber wir müssen uns ein eigenes Bild machen. Es ist gleich vorbei. Du musst tapfer sein!«

»Natürlich.« Sie dachte nicht daran zu jammern, nach allem, was ihre Tochter durchgemacht hatte. Sie wäre nie auf die Idee gekommen, ihre Kopf-, Rücken- oder Herzschmerzen zu erwähnen, während Julia um ihr Leben kämpfte.

Alan legte den Arm um sie. Vor ein paar Monaten hätte sie sich ihm noch entzogen. Nun schmiegte sie sich an seine Brust, versuchte ruhiger zu werden, ihre Angst in den Griff zu bekommen. Er hielt ihre Hand, die auf ihrem Schoß lag.

»Was fehlt ihr?«, flüsterte sie.
»Wir wissen es noch nicht genau.«
»Wir hatten so viel Spaß«, sagte Dianne und dachte an die Tage am Strand, an die Fahrt mit der Fähre, an das Riesenrad, Die Apfelgärten, die Sandburgen, die sie gebaut hatten. »Julia war rundum glücklich.«
»Eure Ansichtskarte ist bereits angekommen. Sieht ganz so aus, als wäre es ein wunderbarer Urlaub gewesen.«
»War es zu anstrengend für sie?«, fragte Dianne und umklammerte seine Hand. »Hab ich ihr zu viel zugemutet? Sie mit Reizen überfüttert? War die Fahrt auf den holprigen Straßen zu strapaziös?«
»Nein! Mach dir bitte keine Vorwürfe.«
»Der Krampfanfall kam wie der Blitz aus heiterem Himmel. Es gab nicht das kleinste Warnzeichen ...«
»Das gibt es nie, Dianne. Das ist ganz normal beim Rett-Syndrom. Wir versuchen dem Problem durch Ausschluss aller möglichen Ursachen auf die Spur zu kommen.«
»Wie immer«, sagte Dianne und senkte den Kopf. »Seit ihrer Geburt.«
Dianne wusste, dass es für Julia keine Hoffnung gab. Sie hatte unheilbare neurologische Störungen, die sich im Lauf der Zeit verschlimmern würden. Das Wachstum war bereits verzögert, Muskeltonus und Blickkontakt würden sich immer mehr verringern. Julias Schmetterlingstanz mit den Händen war eine Kommunikationsform, aber auch das würde aufhören, wenn es mit Julia bergab ging. Dianne hatte gedacht, sie sei darauf vorbereitet.
»Ich habe Angst«, sagte sie mit gebrochener Stimme. »Was geschieht jetzt?«
»Wir wissen es nicht. Wir können nichts weiter tun, als sie lieb haben und auf ihrem Weg begleiten.«
Dianne biss sich auf die Lippe und nickte. Eine Glocke ertönte auf dem Gang, der Rollwagen mit dem Mittagessen wurde vorbeigeschoben.

»Gott sei Dank, dass du da bist«, sagte Dianne leise.
»Gott sei Dank, dass ihr da seid«, erwiderte Alan ebenso leise und drückte sie an sich. Er war stark wie ein Fels in der Brandung. Dianne dachte daran, wie oft Alan sie getröstet und ihr Kraft gegeben hatte. Sie hatte seine Zuwendung hingenommen, sie als gegeben gesehen, nun empfand sie überströmende Dankbarkeit. Sie würde nie wieder als selbstverständlich betrachten, dass er für sie da war. Sie hatte ihn nie dringender gebraucht als jetzt.

»Wie viele haben wir noch?«, fragte Lucinda.
»Mal sehen«, sagte Amy und überflog die Liste. »Prince Edward Island, Nova Scotia – das sind zwei Provinzen. Dann die Staatsgrenze zwischen Kanada und den Vereinigten Staaten, macht drei. Und zum Schluss Maine, das sind vier.«
Sie zählten Grenzen, um zu sehen, wie viele sie noch überqueren mussten, bis sie in Hawthorne waren. Die Ablenkung war willkommen, damit sie nicht ständig grübelten, wie es Julia gehen mochte. Lucinda konnte die Spannung selbst kaum ertragen, und Amy fragte vor lauter Nervosität alle paar Minuten, wie weit es noch war.
»Ob mit Julia alles in Ordnung ist?«
»Ich hoffe«, sagte Lucinda.
»Warum hat sie so gezittert?«
»Sie hatte einen Krampfanfall.«
»Ist das so wie ein Schlaganfall?«
»Ähnlich.«
»Ich hatte solche Angst, als ihr das Blut aus dem Mund lief.«
»Sie hat sich auf die Zunge gebissen.«
»Ich dachte, sie würde sterben.«
»Hm.« Lucinda blickte starr auf die Straße.
»Wird sie sterben, Lucinda? Julia, meine ich?«
»Irgendwann schon, Kind.«
»Irgendwann sterben wir alle. Wie Dad und Emmett oder Neil, der Bruder von Dr. McIntosh. Aber ich finde es ungerecht,

wenn jemand noch so jung ist wie Neil oder Julia. Warum bloß?«
»Gott entscheidet, wann unsere Zeit gekommen ist. Manche Menschen werden im Himmel dringender gebraucht als auf der Erde.«
»Warum braucht Er Julia mehr als mich?«
»Zum einen ist das ein Geheimnis, und zum anderen ist es noch nicht so weit. Julia hatte einen Krampfanfall, und Alan fand es besser, dass bestimmte Untersuchungen in Hawthorne durchgeführt werden. Julia hat schon viel mitgemacht, Kind. Sie ist zäh.«
»Sie fehlt mir«, sagte Amy und franste ein Loch im Knie ihrer Jeans aus.
»Mir auch. Der Winnebago ist plötzlich so leer ohne sie und Dianne. Aber wir müssen uns auf die positiven Dinge konzentrieren. Wir haben einen wunderbaren Urlaub miteinander verbracht und Erinnerungen, die uns keiner nehmen kann. Davon können wir bis an unser Lebensende zehren.«
»Und wir haben ein Andenken«, sagte Amy lachend, als sie an die verschrumpelten Äpfel dachte, die sie aus dem verwilderten Garten mitgenommen hatte.
»Genau. Und wir fahren nach Hause, zu Menschen zurück, die wir lieben. Dianne und Julia …«
»Meine Mutter.«
»Alan.«
»Ich sage lieber Dr. McIntosh zu ihm.«
»Hm.«
»Erst war ich traurig, dass der Urlaub vorbei ist, aber jetzt kann ich gar nicht schnell genug nach Hause kommen.«
»Mir geht es genauso.«
Die Fahrt auf dem Highway war problemlos. Obwohl die Ferien zu Ende gingen, herrschte nicht viel Verkehr. Lucinda hatte sich auf der Mautstraße nach Maine einer lockeren Wohnmobil-Karawane mit Insassen hauptsächlich in ihrem Alter angeschlossen. Sie sah einen Mann, der mit seiner Frau unter-

wegs war und schlohweiße Haare wie Malachy Condon hatte. Plötzlich fiel ihr die Kassette wieder ein. Sie hatte sie irgendwo griffbereit verstaut … ach ja, hinter der Sichtblende des Fahrersitzes.

Lucinda legte sie ein. Zuerst herrschte Stille, doch mit einem Mal war Musik zu hören.

»Delfine!«, sagte Amy.

Lucinda nickte.

Sphärenklänge erfüllten die Luft. Der Gesang der Delfine war so alt wie die Zeit, kündete von Wehmut und Liebe. Während Lucinda lauschte, dachte sie an ihre Familie.

Sie stellte sich vor, wie die Delfine miteinander durch die Meere zogen, von Anfang an eine Familie, die genau wie die Menschen Babys, Männer und Väter verlor. Ihre Augen füllten sich mit Tränen, und als sie zu Amy hinüberspähte, sah sie, dass es ihr nicht anders erging. Sie waren auf dem Weg nach Hause, wo sie hingehörten.

Delfine waren Zauberwesen. Sie kamen Amy wie Engel vor, nur dass sie im Meer lebten. Sie schwammen und schlugen Purzelbäume vor Freude und sprangen in hohem Bogen aus dem Wasser. Sie trugen Umhänge aus silbernen Tropfen, die wie Diamanten glitzerten, wenn das Licht darauf fiel. Delfine lebten zwar im Meer, aber sie atmeten Luft. Vielleicht waren sie früher einmal, vor langer Zeit, Menschen gewesen.

Amy dachte an ihren Vater. Sie hatte ihn vor langer Zeit verloren. Immer wenn sie sich vorstellte, wie es wäre, wenn er noch lebte, spürte sie die Lücke, die er hinterlassen hatte. Ihre Mutter wäre heute noch glücklich. Es hätte keinen Streit, kein Elend, keinen Buddy gegeben.

Und vor allem hätte sie ihren Vater noch gehabt, wäre behütet und geliebt aufgewachsen. Er hätte sie Rad fahren gelehrt und ihr bei den Hausaufgaben geholfen. Russell Brooks war ein guter Vater gewesen.

Ihr Vater war nun bei den Delfinen. Dem Gesang lauschend,

versuchte sie seine Stimme herauszuhören. Liebe klang darin an. Hatte ihr Vater seine Familie nicht geliebt? War er nicht jedes Mal unglücklich gewesen, wenn er sie verlassen und mit seinem Schiff auslaufen musste? Hatte er sich nicht gewünscht, er könnte bei seiner Frau und seinem Kind bleiben? Amy war dieses Kind gewesen. Sie war seine einzige Tochter, sein Fleisch und Blut.

Lucinda hatte von Geheimnissen gesprochen. Amy wusste, was sie meinte. Warum gab es im Leben so viele Fragen und so wenig Antworten? Sie versuchte Ambers gehässige Worte über ihren Vater aus ihrem Gedächtnis zu streichen. Es war besser, dem eigenen Herzen zu vertrauen, darauf zu hören, was es ihr sagte. Sie hätte ihren Vater niemals so geliebt, wenn er etwas anderes als wunderbar gewesen wäre.

Amy lauschte dem Gesang der Delfine. Liebe …

Die Liebe war eine komplizierte Sache. Die neunzig Tage bei Dianne waren in zwei Wochen vorüber. Wie es wohl sein mochte, nach Haus zurückzukehren? Sie liebte ihre Mutter, aber sie hatte auch Angst vor dem Wiedersehen. Das Zusammenleben mit Lucinda und Dianne hatte sie verwöhnt, hatte sie an eine Liebe gewöhnt, die sich auch in Worten äußerte, die das Licht suchte. Sie wünschte sich eine Familie, in der man miteinander reden konnte. Und insgeheim hatte sie immer noch Angst, dass Buddy wieder auf der Bildfläche erscheinen würde.

Buddy war lange Zeit der Freund ihrer Mutter gewesen. Dieses Geheimnis war für Amy das unergründlichste schlechterdings. Wie konnte man einen solchen Mann lieben? Amy schloss die Augen und überließ es den Delfinen, ihr alles über die Liebe beizubringen, damit es ihr nie so ergehen würde wie ihrer Mutter.

»Ein Königreich für deine Gedanken«, sagte Lucinda.

»Ich wäre gerne ein Delfin.«

»Oder würdest zumindest gerne wie einer singen.«

»Nein. Einer sein. Wir beide, Julia und ich. Wir könnten überall hinschwimmen, spielen oder unsere Väter suchen.«

»Ach, Kind.«
»Beide sind auf See. Meiner auf dem Meeresgrund, Julias in einem Boot. Ich liebe meinen Vater so sehr, Lucinda. Ich möchte, dass sich meine Mutter erinnert ...«
»An was erinnert?«
»An seine Liebe. Und wie es war, als wir noch eine Familie waren. Damals war alles so schön.«
»Manchmal kann es sehr schmerzlich sein, sich an die schönen Dinge im Leben zu erinnern.«
Amy schnallte sich los und ging nach hinten, um die verschrumpelten Äpfel zu holen. Dann nahm sie wieder auf dem Beifahrersitz Platz.
»Wozu sind schöne Erinnerungen gut, wenn sie uns so traurig machen, dass wir sie nicht mehr ertragen können?«, sagte Amy und hielt die kleinen braunen Äpfel in der Hand.
»Als Emmett starb, habe ich ein ganzes Jahr gebraucht, bis ich in der Lage war, sein Bild anzuschauen.«
»Aber jetzt siehst du es dir an?«
»Andauernd.«
Amy betrachtete versonnen die Äpfel. Ihre Mutter hatte kein einziges Foto von ihrem Vater aufgestellt. Sie selbst besaß eins, in der Schreibtischschublade verwahrt. Die Klicklaute der Delfine klangen fröhlich. Im Hintergrund waren andere Töne, die sich wie Weinen anhörten. Sie versuchte zu ergründen, warum Lebewesen glücklich und traurig zugleich sein konnten. Das schien Lucinda ihr sagen zu wollen, und sie hoffte, dass sie dem Geheimnis bald auf die Spur kommen würde.

20

Krampfanfälle an sich waren nicht lebensbedrohlich, wohl aber die möglichen Ursachen. Julias Zustand stabilisierte sich, sodass sie nach Hause durfte. Nach und nach wurde sie munterer, der Schmetterlingstanz ihrer Hände lebhafter. Dianne war erleichtert. Sie kannte solche Situationen zur Genüge. Immer geriet sie gleich in Panik, wenn Julia ins Krankenhaus musste, und war sicher, dass es das Ende sei.

Alan fuhr sie nach Gull Point zurück. Als sie die Wegbiegung erreichten, hoffte Dianne halb, den Winnebago in der Auffahrt zu sehen.

»Mom hat gestern Abend aus Haverhill, Massachusetts, angerufen. Sie müssen jeden Moment da sein. Unvorstellbar, dass ich ihr den ganzen Heimweg alleine zugemutet habe.«

»Ich bin sicher, Amy hat ihre Aufgabe als Beifahrerin hervorragend gemeistert.«

»Ich hätte wissen müssen, dass es ein Krampfanfall war«, sagte Dianne und spähte über die Schulter zu Julia hinüber. »Ich hätte die Nerven behalten und abwarten müssen.«

»Weißt du, was ich mir wünsche?« Alan sah zum Beifahrersitz hinüber. »Dass du weißt, was für eine gute Mutter du bist. Das Wort *hätte* hilft uns nicht weiter. Dass du angerufen hast, war das Beste, was du tun konntest.«

Dianne warf einen Blick auf ihre verschränkten Hände, dann zu Alan, der sie mitfühlend anschaute. Sie lehnte sich zurück und lächelte. Die Küsse in der Bibliothek hatten sie auf der Reise durch Nova Scotia begleitet. Eine frische Brise fuhr durch den Wagen, und ihre Haut prickelte.

»Es ist gut, wieder zu Hause zu sein«, sagte sie.

»Die Marschen sind heute ganz besonders schön«, bemerkte Alan mit einem Blick auf die Schilfdecke. Nach dem gestrigen

Unwetter war die Luft kühl und klar, und das hohe Gras wogte im Wind wie eine schimmernde Goldfolie.

»Das meine ich nicht.«

»Nein?«

»Du hast mir gefehlt.«

Alan lächelte. »Und du mir erst.«

»Julia und ich waren noch nie so lange weg. Die Reise war unglaublich. Ich muss dir alles darüber erzählen, dir die Fotos zeigen, die wir gemacht haben, und die Souvenirs, die wir mitgebracht haben. Wir haben die herrlichsten Strände der Welt gesehen, aber weißt du, was das Schönste war?«

»Was?«, fragte er leise.

»Dich am Flughafen zu sehen.«

»Du wusstest doch, dass ich da sein würde.«

Dianne neigte den Kopf. »Das ist es ja. Ich wusste, dass du da sein würdest und immer für uns da warst.«

»Dafür hat man schließlich eine Familie.«

»Ja, so sollte es sein«, sagte Dianne und blickte von Alan zu Julia. Sie dachte an Tim und das, was im Haus von Amys Mutter geschah.

Daheim angekommen, trugen sie Julia hinein und öffneten die Tür und die Fenster, um die frische Septemberluft hereinzulassen. Julia war glücklich, wieder zu Hause zu sein. Sie blickte sich aufmerksam um und tätschelte die Luft. Dianne spürte, dass sie nach Lucinda, Amy und den Tieren Ausschau hielt.

»Sie kommen bald«, sagte sie.

»Gaaa«, ertönte Julias leises Stimmchen.

Alan trug Julia nach oben. Dianne folgte ihnen. Wie sanft und liebevoll er mit ihr umgeht, dachte sie. Er legte sie auf die Wickelkommode in ihrem Zimmer. Dianne trat näher, aber Alan war schon dabei, die Windel zu wechseln.

Julia stemmte die Fersen gegen die Wickelunterlage, und ihre Hände bewegten sich schwach. Alan sprach die ganze Zeit mit ihr; dann beugte er sich hinunter und gab ihr einen Kuss. Julia streckte die Hände aus und ergriff seine Brille. Die ver-

krüppelten Finger packten das Stahlgestell, ihre Gesichter waren ganz nahe beieinander, und einen Moment schienen beide zu erstarren.
»Daaa«, sagte Julia.
»Ich bin froh, dass du wieder da bist. Du kannst dir nicht vorstellen, wie ich dich vermisst habe«, erklärte Alan.
Dianne holte tief Luft. Sie ergriff seine Hand, und er nahm sie in seine Arme.

Später am Abend trafen Lucinda und Amy mit ihrer Menagerie wohlbehalten in Connecticut ein. Die Nächte waren genauso kalt wie in Kanada, und so zündete Dianne den Kamin an. Lucinda legte die Kassette mit dem Delfingesang ein. Sie saßen in Schlafanzügen ohne Elchmuster um das Feuer und erzählten sich, was sie in den letzten beiden Tagen erlebt hatten. Stella lag auf der Fensterbank, und Orion hatte sich vor dem Feuer zusammengerollt.
»Ich bin froh, wieder in einem Haus ohne Räder zu sein«, seufzte Lucinda.
»Ja, dieser Rastplatz gefällt mir auch am besten.«
»Dliii«, sagte Julia kraftlos.
Amy lag neben ihr auf dem Fußboden und starrte ins Feuer.
»Du bist so schweigsam, Miss Brooks.« Lucinda stupste sie mit dem großen Zeh an.
»Julia klingt so anders.«
»Sie muss sich erst von dem Krampfanfall erholen. Das dauert ein paar Tage«, entgegnete Dianne.
»Aha«, sagte Amy, immer noch mit besorgter Miene.
Lucinda schwieg, aber sie hatte die gleiche Beobachtung gemacht. Julia wirkte apathisch, als hätte sie einen Teil ihrer Lebensfreude eingebüßt. Ihre Augen hatten ihre Leuchtkraft verloren, und ihre Stimme schien aus weiter Ferne zu kommen. Julias Rückentwicklung war stets in kleinen Schritten erfolgt. Als sie ein Jahr alt war, hatte sie kleine Spielsachen greifen können. Mit zwei hatte sie diese Fähigkeit verloren.

Ihr Interesse an Spielzeug war verschwunden. Die Hoffnung, dass sich ihre Laute in Worte verwandelten, hatte sich zerschlagen. Sie entglitt ihnen immer mehr in ihre eigene Welt, und nichts konnte sie zurückholen. Die Leute hatten Dianne empfohlen, sie zu »stimulieren« – ihr öfter vorzulesen, sie mit Bausteinen zu beschäftigen, ihre Finger mit Julias zu verschränken, damit sie lernte, sich daran hochzuziehen.

»Glauben die, das wüsste ich nicht?«, pflegte Dianne zu sagen. »Es gibt schließlich genug Bücher für Eltern! Oder meinen die, ich möchte keine gute Mutter sein?«

»Du bist eine wundervolle Mutter«, beruhigte Lucinda sie immer, wenn Dianne ihr weinend davon erzählte. Sie schien sich einzureden, sie habe Julia irgendwann vor der Geburt enttäuscht, ihre genetische Schädigung verschuldet, ihren Vater aus dem Haus getrieben.

»Gaaa«, sagte Julia nun.

»Hallo, meine Kleine. Geht es dir besser? Denkst du noch an die schönen Ferien?«, fragte Lucinda.

»Gaaa«, hauchte Julia.

»Wenn sie »Ga« sagt, meint sie Granny«, erklärte Amy.

»Das glaube ich auch«, pflichtete Lucinda ihr bei.

»Ich würde gerne wissen, ob unsere Sandburgen noch stehen«, sagte Amy versonnen. »Vielleicht ist die Flut nicht bis dort oben hingekommen!«

»Die Flut findet jede Sandburg«, entgegnete Lucinda. Das hat sie so an sich; vielleicht ist das ihre Aufgabe auf der Erde.«

»Es könnte doch sein, dass sie nicht alle erwischt hat«, meinte Dianne und massierte Julias Brust.

Amy sah zu, und Lucinda beobachtete ihrerseits, wie Amy Dianne und Julia betrachtete; sie fragte sich, was für ernste Gedanken ihr durch den Kopf gehen mochten. Die gemeinsam verbrachte Zeit hatte sie überzeugt, dass Amy sensibel, einfühlsam, intelligent und fantasievoll war. Lucinda wollte sie überreden, im November an einem Wettbewerb der Bibliothek teilzunehmen, bei dem die beste Kurzgeschichte prämiert werden sollte.

»Ein Königreich für eure Gedanken«, sagte Lucinda.
»Meine?«, fragte Dianne. »Ich dachte gerade, dass ich es kaum noch erwarten kann, die Fotos entwickeln zu lassen. Dass es gut ist, wieder zu Hause zu sein. Und dass Julia wie ein Engel aussieht.«
»Maaa«, murmelte Julia.
»Und ich habe daran gedacht, dass die neunzig Tage morgen vorbei sind«, sagte Amy. »Ich kann nach Hause. Einerseits möchte ich, aber andererseits auch wieder nicht.«
»Mir geht es genauso«, meinte Dianne. »Ich freue mich für dich, dass du nach Hause darfst, aber ich wünsche mir gleichzeitig, du könntest für immer bei uns bleiben.«
»Lasst uns heute Abend nicht mehr davon sprechen. Wir wollen einfach die Heimkehr genießen und nicht an die Trennung denken«, flüsterte Amy.
»Und was ist mit dir, Mom? Ein Königreich für *deine* Gedanken.«
»Ich habe gerade gedacht, dass ich zu beneiden bin«, sagte Lucinda, sich an die Reise, die Strände, die Sternschnuppen und die Schauplätze von *Anne of Green Gables* erinnernd. »Wollt ihr wissen, warum? Weil ich die besten Mädchen der Welt habe. Und gleich drei an der Zahl.«
»Gaaa«, sagte Julia und stimmte leise in den Delfingesang ein.

Am nächsten Tag sollte Amy nach Hause zurückkehren. Sie wachte in aller Herrgottsfrühe auf, als es gerade dämmerte. Der Hof und die Marschen waren von violetten Schatten verhangen, und das Meer glänzte wie ein dunkler Spiegel. Amy stand in Julias Zimmer am Fenster, lauschte dem abgehackten Atem ihrer kleinen Freundin und wünschte sich, sie könnten beide hinausgehen und spielen.
Amy war noch selbstständiger geworden, seit sie nicht mehr zu Hause wohnte. Sie schlich leise nach unten, aß ein Pop-tart und ging mit Orion Gassi. Barfuß lief sie den Weg zu den Marschen hinunter. Das alte Dingi war noch da, nach den vielen Regen-

schauern mit Wasser voll gelaufen. Sie schöpfte es leer und forderte Orion auf, hineinzuspringen.

Die Marschen von Hawthorne rochen wie nirgendwo sonst auf der Welt. Sie waren voll Meeresgetier, warm und sumpfig, frisch und sauber. Amy hatte während der Reise nach Kanada viel über die Zwiespältigkeit von Gefühlen gelernt. Das Leben besaß viele Gesichter, und ein Mensch konnte viele verschiedene Empfindungen gleichzeitig haben, ohne den Verstand zu verlieren.

Während sie nun über das dunkle Wasser ruderte, fühlte sie sich erwachsen und zu allem bereit. Sie war nicht sicher, was sie zu Hause vorfinden würde. Sie wollte eine Erinnerung an den Strand mitnehmen, sie bewahren, um in schlechten Zeiten für alles gewappnet zu sein. Sie legte sich in die Riemen und ruderte zum Leuchtturm hinüber.

Auf der windabgewandten Seite der Küste zog sie das Boot an Land und verankerte es, wie sie es bei Dianne gesehen hatte. Orion rannte über die Düne und bellte die Sonne an, die gerade über dem Atlantik aufging, als wäre sie der rote Ball, dem er immer nachjagte. Er lief durch das Strandgras, schnupperte an Fischköpfen und Treibholz. Amy folgte ihm, hob Chitinpanzer von Schalentieren, Gehäuse von Wellhornschnecken und eine alte Weinflasche auf. Am Leuchtturm angekommen, kniete sie sich in den Sand. Er fühlt sich feucht an, und sie begann zu graben. Dann blickte sie auf, sich noch einmal vergewissernd, dass sie sich den richtigen Platz ausgesucht hatte. Die Flutlinie war mehr als sieben Meter entfernt. Der Sand war nur durch den Regen, der heruntergeflossen war, feucht und zusammengepresst worden.

»Die Burg kriegt die Flut nicht!«, sagte sie zu Orion.

Er bellte.

Amy hatte Dianne und Lucinda genau zugesehen und dabei viel über den Bau von Sandburgen gelernt. Sie mussten jedem feindlichen Ansturm trotzen, wie eine Festung, und haltbar sein wie Diannes Spielhäuser. Sie waren ein magisches Symbol.

Wenn es ihr gelingen sollte, eine Sandburg zu bauen, die nicht von der Flut zerstört würde, würde ein Wunder geschehen. Julia würde wieder gesund werden. Sie würde leben.
Amy klopfte den Sand besonders sorgfältig fest. Sie errichtete extra dicke Mauern und Türme, verstärkte das Fundament mit Steinen, stützte die Wände mit Strebepfeilern aus Treibholz. Ihre Burg musste absolut sicher sein. Niemand sollte hier jemals verletzt werden.
In wenigen Stunden würde Amy nach Hause gehen. Der Gedanke machte ihr Angst, aber warum? Ihre Mutter liebte sie, und sie würde wieder gesund werden. Amys Angst war nichts im Vergleich zu der, die Julia empfinden musste. Sie hatte einen Krampfanfall gehabt, sich auf die Zunge gebissen und von Kopf bis Fuß gezittert, ohne etwas dagegen tun zu können. Sie war zum ersten Mal in einem Flugzeug gewesen, war hoch oben am Himmel entlanggeflogen, ohne zu wissen, ob sie nicht hinunterfiel. Sie sprach mit Worten, die niemand verstand, und ihre Stimme war so schwach, dass man sie kaum hörte.
Die Burg war fertig.
Orion bellte und rannte vor Aufregung ständig im Kreis herum. Amys Beine waren eingeschlafen, weshalb sie aufsprang und ihm nachlief. Ihre aufgestaute Energie machte sich Luft – sie sprang herum wie ein junger Hund, erfand Worte ohne Sinn. Die rote Sonne balancierte auf dem Wasser, schickte rosa und lilafarbene gekräuselte Wellen an den Strand.
Die Burg war robust. Sie war nicht schön wie die Burgen, die sie auf Prince Edward Island gebaut hatten. Sie war nicht verwunschen wie ein Märchenschloss in den Bergen, tief im Wald verborgen. Sie war nicht wie die Burgen, die Amy im Kino gesehen hatte, oder die Eiscreme-Schlösser, die in Disney World standen.
Es war Julias Burg. Sie musste stark und robust und hoffnungsvoll sein. Amy hatte oft wach gelegen und Angst gehabt, dass die Burgen, die sie in Kanada gebaut hatten, von der Flut weggespült worden waren, dass nichts mehr von ihnen übrig war.

Das durfte mit ihrer Burg nicht passieren. Sie holte eine Postkarte und einen Kugelschreiber aus ihrer Jackentasche und schrieb eine kurze Mitteilung. Sie schob die Karte in die Weinflasche, die Orion gefunden hatte, und ging zum Ufer hinunter. Mit ausgestrecktem Arm warf sie die Flasche so weit sie konnte aufs Meer hinaus. Sie schaukelte einen Moment auf den Wellen, aber Amy hatte sie nicht mit dem Korken verschlossen, sodass sie nun zu sinken begann. Und eben das hatte sie bezweckt. Während sie die Wellen betrachtete, erinnerte sie sich, wie Dianne mit ihr genau an dieser Stelle gestanden und ihr das Wellenreiten ohne Brett beigebracht hatte. Sie war ideal, um eine Sandburg zu bauen und ihre Flaschenpost auf die Reise zu schicken.

> Lieber Daddy (hatte sie geschrieben),
> ich liebe Dich. Wenn ich den Gesang der Delfine höre, frage ich mich immer, ob Du ihn auch hören kannst. Ich glaube, ja. Vor allem möchte ich wissen, ob Du mich hörst. Du musst uns nämlich helfen, Daddy. Hilf Mommy, damit es ihr besser geht, und mir, dass ich brav bin, und Julia, damit sie gesund wird. Sie ist meine Freundin. Wenn eine Sandburg überleben kann, kann ein Mädchen es auch. Ich liebe Dich. Ich habe Dich im Gesang der Delfine gehört.
> In Liebe, auf ewig. Deine Tochter Amy Brooks

Die Flasche sank. Die Sonne stieg höher und härtete die Mauern von Amys Sandburg. Orion rannte zum Dingi zurück und legte sich auf die Schattenseite der Düne. Sie wusste, dass sie nun bereit war für das Wiedersehen mit ihrer Mutter, für die Rückkehr nach Hause. Sie legte sich in die Riemen und ruderte durch die Marschen.

Dianne stand am Ufer und sah Amy entgegen. Julia hatte sie bei Lucinda im Haus gelassen, um ein paar Minuten mit Amy alleine zu sein. Sie hatte beobachtet, wie das Mädchen das Haus

verlassen hatte, und gehört, wie sie weggerudert war. Das Wasser war spiegelglatt. Dunstschleier stiegen von der Oberfläche auf.
Dianne ergriff den Bug und half Amy, das Boot zu vertäuen. Es schaukelte auf dem Wasser, Amy saß noch darin, und Dianne blickte sie an. Die morgendliche Stille wurde nur vom Gezwitscher der Vögel unterbrochen. Dianne hätte ihr gerne ein paar philosophische Weisheiten mit auf den Weg gegeben, die den gemeinsam verbrachten Sommer in Worte fassten. Aber sie brachte keinen Ton über die Lippen. Amy und sie blickten sich stumm an, beide wissend, dass der Abschied gekommen war.
Dianne kletterte zu ihr ins Boot.
Amy saß ihr gegenüber, die Ellbogen auf die Ruder gestützt. Beide lächelten unter Tränen.
»Was für ein Sommer!«, seufzte Dianne.
Amy nickte und wischte mit dem Handrücken die Tränen weg.
»Und nun darfst du nach Hause.«
»Ja.«
»Deine Mutter freut sich. Sie hat es mir gestern Abend am Telefon gesagt.«
»Buddy ist endgültig weg.«
»Und die Schule fängt wieder an ...«
»Dieses Jahr werde ich mich machtvoll anstrengen.«
»*Mächtig*. Mich mächtig anstrengen.« Dianne verbesserte sie automatisch, wie sie es bei Julia getan hätte. Sie schaute Amy an, um sich zu vergewissern, dass sie ihre Gefühle nicht verletzt hatte.
Amy nickte. Sie sah zuerst ihre Knie und danach Dianne an.
»Danke.«
Ein Elritzenschwarm schoss pfeilschnell am Boot vorbei und sprenkelte das Wasser silbern. Ein Krebs tauchte aus dem Schlick auf, schwenkte die Scheren und grub sich flugs wieder ein.
»Ich meine, danke für alles«, sagte Amy. »Einfach alles, was du für mich getan hast. Du hast dir so viel Mühe gemacht.«

»Oh, das habe ich gerne getan«, sagte Dianne. Sie dachte an ihre gemeinsamen Unternehmungen und die Freude, die ihr das Beisammensein mit Amy bereitet hatte. Amy hatte nicht nur Julia gut getan, sondern Dianne geholfen, ihre Tochter mit anderen Augen zu sehen, nicht wie ein krankes Kind, das ständig die Mutter braucht, sondern wie ein zwölfjähriges Mädchen, das sich abzunabeln beginnt.

»Wirklich?«

»Ja. Und ich muss mich bei dir bedanken für alles, was du für mich getan hast.«

Amy schüttelte den Kopf.

»Ich habe nichts getan.«

»Doch, eine ganze Menge.« Dianne blickte in Amys sommersprossiges Gesicht. Das Mädchen besaß Wärme, Humor und Intelligenz, und aus ihr würde eines Tages eine wunderbare Frau werden.

»Kann ich euch hin und wieder besuchen?«, fragte Amy.

»Jederzeit.«

»Ich wusste, dass du das sagst.«

»Wenn es möglich ist, dass man sich an zwei Orten zu Hause fühlt, dann würde ich mich freuen, wenn einer hier wäre.«

»Das tue ich schon«, flüsterte Amy.

21

Als sie auf der Ladefläche des Lieferwagens nach zwei Töpfen mit weißer Anstrichfarbe suchte, fand Dianne das alte Vogelhaus aus Alans Garten. Sie hatte es an dem Tag mitgenommen, als sie ihm die Hühnerbrühe gebracht hatte, und es in der Zwischenzeit völlig vergessen. Nun trug sie es in ihre Werkstatt und lehnte es an ihren Schreibtisch; dann strich sie den Balkon eines Spielhauses, das für ein kleines Mädchen in Noank bestimmt war.

Julia saß in ihrem Stuhl und schlief, zusammengerollt wie ein Igel, mit angezogenen Knien, die zu Fäusten geballten Hände gegen die Brust gepresst. Sie hatte den Kopf auf Stellas Rücken gelegt, die auf der Ablage des Stuhls ein Nickerchen machte. Orion döste neben ihnen auf dem Fußboden, das Kinn auf die Pfoten gestützt. Dianne hörte Musik und sang leise mit. Sie beschloss, das Vogelhaus genauer in Augenschein zu nehmen, während die erste Farbschicht trocknete.

Es war ein Nistkasten für Rotkehlchen, den sie vor zwölf Jahren für Alan gemacht hatte. Die Maße stammten aus einem Vogelkundebuch, und sie hatte das Einflugloch mit einem Bohrer ausgefräst. Das Holz hatte durch die Witterung eine silberne Patina angenommen. Die Löcher für die Nägel, mit denen es am Baum befestigt worden war, waren vom Rost dunkelrot. Die Sitzstange war abgebrochen und das Einflugloch durch die Schnabelhiebe der Vögel aufgehackt und erweitert worden.

Dianne entfernte die Metallscharniere, die das Dach fixierten, und sah hinein. Im Innern lag ein Nest mit drei gesprenkelten Eiern. Es bestand aus kunstvoll miteinander verwobenen Zweigen und braunen Gräsern. Dianne griff vorsichtig hinein, um das Gelege zu entfernen.

»Maaa«, sagte Julia, die gerade aufwachte.
»Schau, was ich hier habe.« Dianne ging mit dem Gelege zu ihr hinüber.
Julia blinzelte. Ihre Haut war wächsern. Im Gegensatz zu früher bewegte sie den Kopf nur noch matt hin und her, und der Schmetterlingstanz ihrer Hände war erlahmt. Stella reckte sich, sprang auf den Boden und war im Nu in ihrem Korb verschwunden.
»Das ist ein Eigelege, Julia.«
»Baaa«, sagte Julia leise.
»Da drinnen leben Vögel, genau wie wir in unserem Haus.« Sie nahm Julias Hand und ließ die Finger über die Zweige gleiten.
»Dliii«, sagte Julia.
Dianne legte ihr ein Ei auf die gewölbte Handfläche, die sie mit der eigenen umschloss. Es war winzig, nicht größer als eine Eichel, und cremefarben, mit braunen und goldenen Sprenkeln. Julias Finger wölbten sich darüber wie eine schützende Höhle.
»In dem Ei wächst ein kleiner Vogel heran«, sagte Dianne.
»Maa ...«
»Ein Küken«, erklärte Dianne und dachte an die Gespräche während der Autofahrten, die Julia, Amy und sie im Sommer unternommen hatten. »Ein kleines, piepsendes Wollknäuel.«
Julia neigte den Kopf, hob die andere Hand und schützte es von oben. Dianne betrachtete ihr eigenes Küken – sie hielt ein Ei, aus dem nie ein Junges schlüpfen würde. Sie fragte sich, wie viele Vögel in dem Vogelhaus genistet hatten, wie viele Vogelfamilien Alan hatte kommen und gehen sehen.
»Maa«, sagte Julia und ließ die Hand fallen. Sie war erschöpft. Ihr Kopf pendelte nach vorne, mit dem Kinn auf der Brust. Behutsam nahm ihr Dianne das Ei aus der Hand. Sie tat es ins Nest zurück und stellte das Gelege auf den Schreibtisch. An Alans Vogelhaus gab es einiges zu reparieren, und während der Anstrich des Spielhauses trocknete, machte sich Dianne an die Arbeit.

Zwischen Amy und ihrer Mutter war wieder alles beim Alten. Amy stieg am ersten Tag aus dem Schulbus und hatte prompt ein mulmiges Gefühl in der Magengrube. Das Haus sah aus wie immer. Die hölzerne Seitenverkleidung blätterte an den Ecken ab, die zerbrochenen Blumentöpfe lagen unter den Büschen an der Stirnseite, und der Rasen war ungemäht. Aber Buddy war verschwunden, und das machte ihr Mut.
Ihre Mutter saß im Wohnzimmer und rauchte. Doch sie lächelte, als sie Amy sah, legte ihre Zigarette im Aschenbecher ab und stand auf.
»Hallo, Mom.«
»Hallo! Wie war dein erster Schultag?«
»Gut. Ich habe eine nette Englischlehrerin.«
»Englisch war früher auch mein Lieblingsfach.«
»Wir haben Legenden gelesen.« Amy war genauso nervös, als hätte man von ihr verlangt, ein paar höfliche Worte mit einer Verkäuferin zu wechseln. Ihre Mutter hatte eine Schachtel Twinkies auf den Tisch gestellt und blickte sie erwartungsvoll an. Aber Amys Magen streikte, und sie hätte keinen Bissen von dem süßen, klebrigen Gebäck hinuntergebracht.
»Und welche Legende gefällt dir am besten?«
»Hm, die von Orion ...« Amys Kehle war wie zugeschnürt, wenn sie an den Hund dachte. Sie hatte ihn bei Dianne gelassen. Sie liebte ihn, und die Trennung war ihr schwer gefallen, aber das Haus hätte ihn nur schmerzvoll an Buddy erinnert. Er war sehr empfindsam und das Leben im Käfig oder unter dem Bett noch nicht lange beendet.
»Erzähl mal«, sagte ihre Mutter.
»Orion war ein griechischer Jäger, und er war so schön, dass Artemis, eine griechische Jagdgöttin, sich in ihn verliebte. Sie tötete ihn versehentlich. Ihr Kummer war so groß, dass sie ihn und seinen Hund Sirius unsterblich machte. Seither stehen die beiden als Doppelgestirn am Himmel.«
»Magst du ein Twinkie?«
Amy zögerte. Sie war gerade dabei, ihre Lieblingssage von

Orion zu erzählen, der außerdem ihr Lieblingssternbild war. In der Schule beschäftigten sie sich mit Astronomie, und sie hatte gelernt, dass zwei der hellsten Sterne am Himmel, Rigel und Beteigeuze, Gürtelsterne von Orion waren. Amy hatte die Schule noch nie so viel Spaß gemacht wie jetzt, und sie musste unbedingt mit jemandem darüber reden, aber ihre Mutter hatte nur ihre läppischen Twinkies im Sinn. Dianne und Lucinda wären ganz Ohr gewesen. »Ich wollte dir von Orion erzählen«, sagte Amy leise.

»Ich höre dir zu, Amy.« Ihre Mutter nahm die Zigarette aus dem Aschenbecher. Ihre Hand zitterte. Die Vorhänge waren geöffnet, und Licht flutete in das Wohnzimmer mit den abgenutzten Möbeln. Amys Mutter trug saubere Jeans und ein Sweatshirt, aber Kummer und Sorgen hatten ihre Spuren auf ihrem Gesicht hinterlassen.

»Kannst du dir vorstellen, wie schlimm sie sich gefühlt hat?«, fragte Amy, bemüht, ihre Mutter einzubeziehen. »Ich meine Artemis? Sie hatte den Tod des Menschen verschuldet, den sie am meisten auf der Welt liebte!«

Ihre Mutter nickte. Sie nahm einen tiefen Zug an ihrer Zigarette und blies eine Rauchwolke aus. Wut stieg in Amy hoch. Sie wollte über Sterne und Legenden reden, über die Liebe einer Frau, die ihren Mann unsterblich gemacht hatte, und ihre Mutter dachte nur an Twinkies und Rauchen.

»Mom, es ist wichtig. Das war eine Tragödie, und was Artemis empfunden hat …«

»Ich weiß, was sie empfunden hat«, sagte Tess.

Amy hielt inne.

»Wie es ist, wenn man den Tod des Menschen verschuldet hat, den man über alles liebt. Ich weiß, wie das ist.«

»Was meinst du damit?«

Ihre Mutter streckte ihr die Hand entgegen, und Amy sah, dass sie wieder ihren Ehe- und Verlobungsring trug. Als Buddy im Haus lebte, waren sie in einer Schublade verwahrt gewesen. Zögernd nahm Amy die dargebotene Hand.

»Was meinst du damit?«, fragte Amy noch einmal.
»Töten kann man einen Menschen auf verschiedene Art. Wenn man ihm zum Beispiel die Lebensfreude nimmt, auch ohne böse Absicht. Habe ich dir das angetan? Darüber spreche ich manchmal mit meinem Therapeuten. Der Gedanke ist grauenhaft für mich ... Es tut mir so Leid, Amy.«
»Du hast mich nicht verletzt. Nur dich selbst.«
»Ich würde es gerne glauben, aber es stimmt nicht. Das Verhalten einer Person in der Familie wirkt sich auf alle anderen Familienmitglieder aus.«
»Ich lebe noch«, sagte Amy.
»Und bist ein Mädchen, auf das ich stolz sein kann. Ich freue mich, dass dir die Schule jetzt so viel Spaß macht.«
»Das tut sie wirklich. Ich will dieses Jahr nur Einsernoten kriegen, eigene Geschichten schreiben und alle Sagen und Legenden kennen lernen, die es gibt.« Trotzdem wollte sie nicht, dass ihr Leben wie in den Legenden verlief und ihre Mutter wie Artemis wäre.
»Ich bin froh, dass du wieder zu Hause bist.«
»Ich auch«, sagte Amy und hatte ein schlechtes Gewissen, weil es wahr, aber auch geflunkert war.
»Wirklich?« Sie runzelte die Stirn; die Kummerfalte zwischen den Augenbrauen vertiefte sich.
Amy holte Luft. Sie dachte an ihr zweites Zuhause bei Dianne und Julia, und ihre Kehle war wie zugeschnürt. Sie war froh zu wissen, dass sie dort jederzeit Aufnahme finden würde, aber ihr Platz war hier, bei ihrer eigenen Mutter. Und hier wollte sie sein.
»Ja. Und ich bin froh, dass die Vorhänge offen sind.«

Eines Abends Anfang Oktober, als das Laub sich gelb und rostrot zu färben begann, bat Dianne ihre Mutter, auf Julia aufzupassen. Sie zog braune Samthosen und eine rostfarbene Seidenbluse an und ging zu ihrem Pick-up. Es war windig, und hinter den aufgetürmten purpurfarbenen Wolken, deren Ränder einen

Anhauch von flüssigem Gold hatten, lugte ein Halbmond hervor.

Dianne ließ sich Zeit, als sie nach Hawthorne fuhr. Trotz der kalten Nachtluft hatte sie nur ein Umschlagtuch aus schwerem Samt umgelegt und die Fensterscheiben des Wagens heruntergekurbelt. Sie hörte das Schilf in den Marschen rascheln und die Brandung an den Klippen von Landsdowne Shoal. Die Welt barg viele Geheimnisse, die sich mit den Sinnen erfassen ließen, und heute fühlte sich Dianne in Einklang mit ihr. Seit der Rückkehr aus Kanada war sie mit Julias Pflege mehr als ausgelastet gewesen. Die Genesung machte nach diesem Krampfanfall noch langsamere Fortschritte als nach dem letzten und erforderte Geduld. Doch heute Abend hatte Dianne das Gefühl gehabt, dass es Julia gut genug ging, um sie einen Abend Lucindas Obhut zu überlassen.

Als sie die ersten Häuser erreichte, schlug ihr Herz schneller. Sie fuhr langsamer, hatte alle Zeit der Welt, um ihr Vorhaben in die Tat umzusetzen; schließlich war es schon seit dem Sommer in ihr gereift. Heute Nacht würde sich ihr Leben von Grund auf verändern, und sie wollte jede Einzelheit in ihrem Gedächtnis bewahren – das Laub der Ahornbäume, rot und gelb schimmernd im Licht der Straßenlaternen, die Kürbisse auf den Veranden, die schneidend kalte Nachtluft.

Bei Alan war alles dunkel. Einen Augenblick fürchtete sie, er sei nicht zu Haus. Aber sein Volvo stand vor der Garagentür, und dann sah sie in der Küche auf der Rückseite Licht brennen. Die braunen Blätter der Eiche, in der das Vogelhaus gehangen hatte, raschelten im Wind.

Dianne läutete. Nach ein paar Sekunden hörte sie seine Schritte, die langsam näher kamen. Dann öffnete er die Tür. Er trug weite bequeme Hosen und ein lockeres weißes Hemd. Mit dem Licht im Rücken hatte sie Mühe, seinen Gesichtsausdruck zu erkennen.

»Hallo!«, sagte er.

»Hallo! Ich bringe dir das Vogelhaus zurück. Es war aus dem

Baum gefallen. Wahrscheinlich hast du noch gar nicht bemerkt, dass es fehlt ...«

»Doch, habe ich. Komm herein.«

Er machte kein Licht, sondern ging ihr voraus in die Küche. Er war gerade mit dem Abendessen fertig und hatte mit dem Abwasch begonnen. An die Frühstückstheke gelehnt, betrachtete er das Vogelhaus von allen Seiten. Dianne hatte das verwitterte, silbrige Holz auf Hochglanz poliert, die rostigen Scharniere ersetzt, die Vogelstange durch einen Birkenzweig erneuert und das Eingangsloch mit Schmirgelpapier geglättet, damit die Vögel nicht mit den Federn daran hängen blieben.

»Es ist ein Nistplatz für Rotkehlchen«, sagte sie.

»Ich weiß nicht, ob es jemals von Rotkehlchen benutzt worden ist.«

»Im Innern war ein Gelege. Laut meinem Vogelkundebuch gehört es Sperlingen.«

»Wo ist es jetzt? Das Gelege, meine ich.« Er hob das Dach hoch.

»In meiner Werkstatt. Ich habe es behalten.«

Diannes Puls raste. Sie fühlte sich gelassen und erregt zugleich. Die kühle Nachtluft prickelte auf ihrer Haut. Sie erkannte an Alans Blick, dass er das Gleiche empfand. Seine haselnussbraunen Augen sahen sie erwartungsvoll an. Sie trat näher, nach so langer Zeit ihrer Sache sicher.

»Ich wollte dich heute Abend unbedingt sehen«, sagte sie.

»Das freut mich.«

»Bist du nicht überrascht?«

»Eigentlich nicht«, antwortete er nach kurzem Nachdenken.

Dianne nickte. Er stellte das Vogelhaus auf dem Frühstückstresen ab und nahm sie in die Arme. Sanft strich er ihr die Haare aus dem Gesicht, die während der Sommermonate gewachsen und von der Sonne ausgebleicht waren.

»Ich habe seit dem Tag auf dich gewartet, als ich dir zum ersten Mal begegnet bin«, flüsterte er.

Dianne holte Luft. Dieses Mal gelang es ihr, den Gedanken an Tim zu verdrängen. Vor ihr stand Alan, der Mann, den sie

liebte, nachdem sie zwölf Jahre gegen dieses Gefühl gekämpft hatte.
»Warum bist du heute Abend gekommen?«, fragte er.
»Ich musste einfach. Seit wir aus Kanada zurück sind, konnte ich an nichts anderes mehr denken. Auch auf Prince Edward Island habe ich die ganze Zeit an dich gedacht. Und an unseren Spaziergang …«
»Unten im Hafen. Um dein Haus anzuschauen.«
»Mein Haus.« Sie lächelte; ihr Vater wäre glücklich gewesen, das zu hören. »Ja, daran habe ich auch gedacht. Und dass ich es noch nie jemandem gezeigt habe. Und wie glücklich ich war, mit dir zusammen zu sein.«
»Es war eine wundervolle Nacht«, sagte Alan.
»Und wie wir getanzt haben! In der Bibliothek, umgeben von Büchern.«
Alan wartete stumm, dass sie weitersprach. Sein Blick zeigte ihr, dass kein Mann sie jemals so begehrt hatte.
»Und wie wir uns geküsst haben …«, flüsterte Dianne.
Alan berührte ihre Wange. Er sah sie forschend an, als wollte er ihr eine letzte Gelegenheit zum Rückzug bieten. Als sie keinerlei Anstalten machte, sondern sich auf die Zehenspitzen stellte, um ihm auf halbem Weg entgegenzukommen, riss er sie an sich, und ihre Lippen fanden sich in einem leidenschaftlichen Kuss.
Irgendwo im Haus stand ein Fenster offen; eine Brise wehte durch die Küche, und Dianne erschauerte. Sie presste sich an Alan. Er war groß, überragte sie um mehrere Köpfe, doch Dianne hatte trotzdem das Bedürfnis, ihn zu beschützen.
Auf den Zehenspitzen schwankend, verspürte sie das brennende Verlangen, für diesen Mann ein sicherer Hafen zu sein, ihm zu vergelten, was er all die Jahre für sie und Julia getan hatte.
Wiedergutmachung zu leisten für jedes Mal, da sie ihn seines Bruders wegen in blinder Wut gehasst und vor den Kopf gestoßen hatte. Für jede Stunde, in der er ihre Hand gehalten und mit ihr gebangt und gewartet hatte, bis Julia eine Unter-

suchung oder eine Operation oder eine Physiotherapie hinter sich gebracht hatte. Für jede Minute, in der er Julias Herz abgehorcht, ihre verkrampften Muskeln massiert und ihr zu verstehen gegeben hatte, dass sie wie jedes andere Kind Zuwendung brauchte.

Dianne lehnte sich in seinen Armen zurück und betrachtete ihn stumm, von ihren eigenen Empfindungen überwältigt. Sie konnte sich nicht vorstellen, warum sie so lange gebraucht hatte, sie zu erkennen.

»Ich liebe dich, Alan«, flüsterte sie.

»Ich dich auch, Dianne, schon immer.«

»Aber ich kann nicht begreifen, warum.«

»Dann frag gar nicht erst.«

»So wie ich mich benommen habe …«

»Du konntest nicht anders.«

»Ich bin hergekommen, weil …«

Alan hielt den Atem an, darauf wartend, dass sie weitersprach.

»Weil ich dich will«, sagte sie.

Alan nickte. Er küsste ihre Stirn, ihre Augenbrauen, ihre Nasenspitze. Seine Brille war verrutscht, und sie rückte sie gerade und strich ihm das braune Haar hinter die Ohren. Sie wusste nicht, was sie als Nächstes tun sollte.

Alan schon.

Er hob sie auf seine Arme und trug sie mühelos durch den Flur und die Räume, an die sich Dianne noch von damals erinnerte, die Treppe hinauf in sein Schlafzimmer, das am anderen Ende des dunklen Ganges lag.

Die Einrichtung war spartanisch – ein Messingbett, ein Eichenschreibtisch, auf dem Fußboden ein Flickenteppich, den Dorothea gemacht hatte. Der Schreibtisch stammte von Malachy; er hatte ihn Alan geschenkt, als er auf den Schleppkahn gezogen war. Die Dinge, mit denen sich Alan umgeben hatte, hatten eine Geschichte, die sie anrührte. Als Alan sie auf das Bett mit der weißen Tagesdecke legte, erinnerte sie sich, dass sie früher seiner Großmutter in Nantucket gehört hatte.

Mondlicht fiel durch das Fenster, warf lavendelfarbene Schatten in den Raum. Alan lag neben ihr und streichelte sanft ihr Gesicht. Sie spürte seinen Atem auf ihrer Wange, und sie blickten sich lange Zeit stumm in die Augen.
Dann küssten sie sich. Ihre Lippen verschmolzen miteinander, und Dianne erschauerte, als sie seine Hände auf ihrem Körper spürte.
»Wir haben alle Zeit der Welt«, flüsterte er beschwichtigend. »Du bestimmst, was passiert, und wann.«
»Es ist nur ... Ich habe ...« Sie wusste nicht, wie sie es ihm erklären sollte. Man vergaß den eigenen Körper, wenn man nie liebevoll berührt wurde. Er war gertenschlank und durchtrainiert von der harten Arbeit, aber vielleicht war sie für seinen Geschmack zu dünn, hässlich, unattraktiv.
»Ich liebe dich«, sagte er, streichelte ihren Rücken und blickte ihr tief in die Augen. »Lass uns damit anfangen.«
Dianne nickte. Sie küsste ihn zärtlich und überließ sich vertrauensvoll seiner Führung, ihrer eigenen Sehnsucht und dem Wissen, dass Alan sie nie verletzen würde. Es war völlig anders als mit Tim. Damals hatte sie das Gefühl gehabt, in Augenblicken der Leidenschaft die Kontrolle zu verlieren, ihm ausgeliefert zu sein.
Alan küsste ihren Hals, ihre Schulter. Dianne zitterte vor Erregung. Seine Worte rissen die letzten Schranken nieder, und sie ließ ihren Empfindungen freien Lauf.
»Alan«, flüsterte sie und ergriff seine Arme. Sein Körper war stark und warm. Sie begehrte ihn mit einer Leidenschaft, die ihr den Atem verschlug. Mit bebenden Händen ließ sie ihre Fingerspitzen über die Muskeln seiner Brust gleiten. Zwölf Jahre hatte sie ihre Gefühle aufgestaut, und sie küsste ihn hungrig.
In fliegender Hast zogen sie sich gegenseitig aus und umarmten sich zwischendurch immer wieder, um die Haut, den Herzschlag des anderen zu spüren. Alans Hand glitt zwischen den Samt ihrer Hose und die Seide ihres Slips, während Dianne seinen Reißverschluss öffnete.

Er half ihr, hielt ihre Hand fest, verlangsamte das Tempo. Sie konnte die Sehnsucht nach ihm kaum noch ertragen, wollte nicht warten, nicht erkunden, aber er küsste jede Handbreit ihres Körpers, zwang sie zur Geduld, während sie sich unter der Berührung seiner Lippen aufbäumte.
»Ich kann nicht mehr warten!«, flüsterte sie.
»Das musst du auch nicht«, flüsterte er zurück.
Er umfing sie mit seinen Armen und richtete sich über ihr auf. Sie schlang die Arme um ihn, spürte die Hitze seines Rückens unter ihren Händen, öffnete die Lippen, als er sich hinunterbeugte, um sie zu küssen und nahm ihn zitternd in sich auf.
»Dianne«, stöhnte er.
Sie klammerte sich an ihn, während sie sich im Gleichtakt bewegten. Sie waren füreinander bestimmt. Sie hatte so lange auf diesen Augenblick gewartet, auf diesen Mann, der sie in den Armen hielt und immer wieder ihren Namen stammelte. Sie wusste nicht, ob sie wachte oder träumte.
»O Gott«, flüsterte sie. »Oh, bitte …«
»Wir gehören zusammen, auf immer und ewig«, sagte er, seine Lippen heiß und feucht an ihrer Halsbeuge.
»Alan«, stöhnte sie und umklammerte ihn mit aller Kraft.
Gemeinsam erreichten sie den Höhepunkt. Dianne war überwältigt von Gefühlen, die sie nie zuvor erlebt hatte – eine Mischung aus Freude, Trauer, Liebe und Staunen. Tränen liefen ihr über die Wangen auf das Kopfkissen. Alan hielt sie in den Armen, sagte ihr immer wieder, dass er sie liebe, sie nie verlassen würde, dass sie füreinander bestimmt seien.
»Ja«, sagte Dianne.
Alan wiegte sie wie ein Kind in seinen Armen.
»Tut mir Leid, dass ich weine.«
»Du musst dich nicht entschuldigen.« Alan küsste ihr die Tränen von Augen, Wangen und Hals. Als sie sein Gesicht berührte, merkte sie, dass es ebenfalls nass war, dass er mit ihr geweint, das Gleiche wie sie empfunden hatte.
»O Alan, ich liebe dich, ich liebe dich, ich liebe dich …«, flüs-

terte Dianne, weil sie nicht wusste, wie sie es sonst nennen sollte, dieses Gefühl, das einen neuen Menschen aus ihr gemacht hatte.

Der Oktober war ein herrlicher Monat, eine nahtlose Verlängerung des Sommers. Die Tage waren mild, die Nächte kühl, aber noch nicht kalt. An seinen freien Mittwochnachmittagen fuhr Alan zu Dianne. Sie packten Julia warm ein, und er ruderte sie durch die Marschen.

Der Herbst war die beste Jahreszeit, um den Strand zu genießen, den sie nun ganz für sich alleine hatten. Das Wasser war grün und klar, und die Wellen waren sanft, als würden sie ihre Kräfte für die Winterstürme aufsparen. Alan machte einen Strandlauf, dann ging er mit Dianne schwimmen, wobei sie stets ein Auge auf Julia hatten.

Sie konnten es nicht lassen, sich ständig zu berühren. Sie waren verrückt nacheinander. Sie hatten ihre Sehnsucht so lange unter Verschluss gehalten und lebten sie nun voll aus. Die Macht ihrer Leidenschaft erfüllte Alan mit einer tiefen Freude; der einzige Wermutstropfen war das Bedauern um die verlorenen Jahre.

Manchmal kam ihm das Leben wie ein Traum vor. Er lag in der Sonne, Diannes Kopf auf seiner Brust, und dachte mit Schaudern daran, dass sie beide jeden Augenblick sterben könnten. Er musste ihren Herzschlag spüren, um sich zu vergewissern, dass er nicht träumte und sie wirklich zueinander gefunden hatten. Warum jetzt, in diesem Jahr? Fragen über Fragen, endlos wie die Wellen, die an den Strand schlugen. Alan zwang sich, nicht daran zu denken, geschweige denn nach einer Antwort zu suchen.

Es reichte aus, sie zu lieben.

»Ich wusste gar nicht, dass du so gerne am Strand bist«, sagte Dianne eines Tages zu ihm.

»War ich auch nie.«

»Früher hast du dich jeden Mittwochnachmittag in der Bibliothek herumgetrieben«, meinte sie lachend.

»Jetzt treibe ich mich eben am Strand herum«, erwiderte er und umarmte sie. »Oder wo immer ihr beide seid, du und Julia.«

»Gliii«, sagte Julia. Ihr Kopf hing herunter. In letzter Zeit fiel es ihr zunehmend schwer, den Nacken gerade zu halten. Der Krampfanfall hatte ihr sehr zugesetzt, und die Ärzte standen vor einem Rätsel, was die Ursache betraf. Alan wusste aus eigener Erfahrung, dass Wissenschaft und Medizin ihre Grenzen hatten. Er nahm Julia auf den Schoß und wiegte sie in der Sonne.

Dianne lag auf dem Bauch und sah zum Leuchtturm hinüber. Anfangs hatte sich Alan an diesem Strand nicht wohl gefühlt. Er hatte daran denken müssen, dass er mit Rachel hier gewesen war. Aber das gehörte der Vergangenheit an, den vergeudeten Jahren, als er darauf gewartet hatte, dass Dianne zu ihm fand. Er wollte keine Minute mehr verschwenden.

»Was trägt wohl dazu bei, dass eine Sandburg unverwüstlich ist, was glaubst du?«, sagte Dianne und schirmte ihre Augen gegen die Sonne ab.

»Was für eine Sandburg?«, fragte Alan, Julia im Arm.

»Dort oben.« Dianne deutete zum Leuchtturm hinüber.

Alan drehte sich zur Seite, um hinschauen zu können. Er sah einen eckigen Sandhaufen, der eher Schlackensteinen als den kunstvollen Burgen glich, die Dianne, Amy, Julia und Lucinda während ihrer Reise errichtet hatten und die er von den Fotos kannte.

»Sie steht schon seit Wochen«, sagte Dianne.

»Bist du sicher, dass es dieselbe ist?«

»Ja. Die Kanten bröckeln ab, aber es ist dieselbe, keine Frage. Wahrscheinlich ist sie aus Mörtel und durch die Nähe zum Leuchtturm geschützt.«

»Die Wellen kommen nicht bis dort oben hinauf.«

»Daaa«, sagte Julia und strich mit den Händen über seine Brust.

»Es hat in letzter Zeit kaum geregnet. Aber ein einziges Unwetter mit Platzregen, und sie ist verschwunden.«

»Dann bauen wir eben eine neue«, meinte Alan.

»Ich mag aber die alte. Ich weiß zwar nicht, warum, aber sie gefällt mir.«

»Maaa«, sagte Julia, als wäre sie derselben Ansicht.

»Dann können wir nur hoffen, dass sie ewig hält«, erwiderte Alan und umarmte sie beide.

22

Buddy Slain hasste das Wort Nein. Es war das unbeliebteste, das er kannte. Schon bei dem Gedanken daran kam ihm die Galle hoch. Es war unfair, eine himmelschreiende Ungerechtigkeit, eine Hürde auf dem Weg zum Glück. Und wenn eine Frau Nein zu ihm sagte, verwandelte sich die Galle in Gift.

Während er ziellos durch die Stadt kurvte, hörte er immer wieder dieses Wort. Buddys Ohren klingelten von der Musik, die aus den Lautsprechern seines Autoradios ertönte, und der Heavy-Metal-Musik, die er jeden Abend mit seiner Band machte. Sie traten derzeit in einer Kneipe am Hafen auf, in der Buddy Stammgast war, solange er denken konnte. Wenn er einen Blick in die Zuschauermenge warf, war er gekränkt, genauer gesagt, stinksauer, dass Tess sich nicht darunter befand.

Tess war beileibe keine Schönheit. Sie war auch nicht reich oder eine Leuchte, sie war überhaupt nichts Besonderes, aber sie gehörte ihm, mit Haut und Haaren. Buddy hatte sie an einem Samstagabend vor vier Jahren unter den Zuschauern entdeckt, hatte sie *auserwählt*, ihr einen Drink spendiert, sie aus ihrem Elend erlöst. Tess Brooks war Witwe, eine Stubenhockerin mit einem vaterlosen Balg, wie jeder wusste, die unter Depressionen gelitten und keinen Sinn mehr in ihrem Leben gesehen hatte. Bis Buddy auf der Bildfläche erschienen war.

Offenbar hatte auch ihr Gedächtnis gelitten, sonst hätte sie ihn nicht so schnell vergessen.

Nur weil ihnen irgendwelche blöden Nachbarn die Fürsorge auf den Hals gehetzt hatten, hatte Tess ihn vor die Tür gesetzt. Das war die Bedingung, damit sie ihr Balg zurückbekam. Sie würde sich noch wundern, was für Probleme sie sich damit eingehandelt hatte, und sich wünschen, Buddy wäre da, um ihr beizustehen. Dieses kleine Miststück würde aus dem Leim gehen, das sah er jetzt schon an ihrem Gesicht, das immer runder wurde. Tess war zu gutmütig, um sie an die Kandare zu nehmen. Man musste Heranwachsende im Auge behalten, vor allem Mädchen, damit sie nicht aufgingen wie eine Dampfnudel. Zu ihrem eigenen Besten.

Ein Rausschmiss aus den eigenen vier Wänden war das allerschlimmste Nein. Es spielte keine Rolle, dass Tess als Besitzerin des Hauses eingetragen war und mit der Abfindung, die sie nach dem Tod ihres Mannes erhalten hatte, die Hypothek abgelöst hatte. Wichtig war nur, dass sie Buddy ins Gesicht gesagt hatte: »Pack deine Sachen und verschwinde!«

Fürs Erste hatte er in Randy Bensons Eigentumswohnung Unterschlupf gefunden. Wenn Buddy die Kohle für eine solche Bleibe gehabt hätte, hätte er seine Zeit nicht mit Tess verschwenden müssen. Aber sie hatte ihn gebraucht, dieser Trauerkloß mit ihrer aufmüpfigen Tochter. Das kleine Miststück hatte sich mit *seinem* Köter aus dem Staub gemacht – noch eine himmelschreiende Ungerechtigkeit.

Während Buddy kreuz und quer herumfuhr, trank er hin und wieder einen Schluck Bier, was seinen Groll noch anstachelte. Zuerst fuhr er am Ärztezentrum von Hawthorne vorbei, in dem Alan McIntosh seine Praxis hatte. Der verfickte Säulenheilige, der Ritter ohne Furcht und Tadel. Er wusste nicht, wo der Scheißkerl wohnte. Gut betuchte Ärzte wie er hatten Telefonnummern, die nicht eingetragen waren, und kein Namensschild an der Haustür. Diese heimlichen Drahtzieher hielten sich lieber bedeckt. Zuerst machten sie die Patienten von sich abhängig, dann verschwanden sie in ihren Luxusfluchtburgen, damit sie nicht für ihre Kurpfuscherei zur Verantwortung gezogen werden konnten. Buddy kreuzte durch die Straßen in den Nobelvierteln von Hawthorne, in der Hoffnung, den Musterknaben zu finden.

Für heute reichte es, und deshalb machte er sich auf den Weg nach Gull Point. Langsam fuhr er die Sackgasse entlang und spähte zu dem Haus der beiden alten Hexen hinüber, die als

Erste in das Hornissennest gestochen hatten. Mutter und Tochter, gleichermaßen durchgeknallt. Miststücke, die meinten, sie wären was Besseres und müssten eine Familie zerstören, nur weil sie selbst keinen Kerl hatten und unbefriedigt waren. Vertrocknete alte Schachteln, die alle anderen anstachelten und nicht eher Ruhe gaben, bis sie die Männer genauso hassten wie sie selbst.

Buddy drehte um und fuhr mit quietschenden Reifen die Sackgasse zurück. Nichts wie weg von Gull Point!

Das Beste hatte er sich bis zum Schluss aufgespart – die Straße, in der er wohnte. Gewohnt hatte, dachte er, sich an das empörendste Nein erinnernd: »Pack deine Sachen und verschwinde!« Dort war das Haus. Nicht zu vergleichen mit der Eigentumswohnung, in der er jetzt sein Quartier aufgeschlagen hatte. Eine Bruchbude, wenn man es genau nahm. Aber Buddy war bereit, Opfer zu bringen. Er würde wohlwollend in Erwägung ziehen, den Luxus seines Junggesellendaseins aufzugeben – einen Kühlschrank voller Bier, Kabelfernsehen, *Penthouse* und andere Herrenmagazine im Bad –, wenn sie ihn auf Knien darum bat, zu ihr zurückzukehren.

Auf Knien! dachte er. Das war das Mindeste. Die Vorhänge waren geöffnet. Man konnte durch die Fenster ins Haus hineinsehen, und er kniff die Augen zusammen, in der Hoffnung, einen Blick auf Tess zu erhaschen. Sie liebte ihn, auch wenn sie es nicht wahrhaben wollte. Sie hatten viele schöne Stunden miteinander verbracht, heißen Sex gehabt, und er wusste, wie man Frauen behandelt. Zugegeben, gelegentlich war sein Temperament mit ihm durchgegangen, aber ein ganzer Kerl wie er brauchte schließlich ein Ventil für seine überschüssige Kraft.

Man brachte es in der Rockszene zu nichts, wenn man ein Schlappschwanz war. Das sollte mal einer diesem Dr. Alan Dingsbums, diesem blutleeren Säulenheiligen, sagen. Buddy kochte das Blut vor lauter Leidenschaft. Die irische Band U2 war ein Dreck dagegen. Niemand verstand es, Heavy Metal so zu spielen wie er, lodernd vor Zorn, mit gebrochenem Herzen, bereit, vor Liebe zu vergehen. *Vor Liebe zu vergehen.* Davon konnte sich dieser Dr. Langweiler, Dr. Spießer, Dr. Perfekt eine Scheibe abschneiden.

Buddy kehrte um und fuhr noch langsamer zurück. Aha, da war sie ja! Tess ging gerade in den Garten. Es war ein sonniger Tag, und sie hatte einen Wäschekorb dabei. Die Klammern im Mund, hängte sie Amys Hemden, Jeans und Unterwäsche auf. Dann ein Nachthemd, einen Büstenhalter und Slips, die ihr gehörten. Und wo waren seine Sachen? Sie hätten ebenfalls auf der Leine hängen sollen, sie mussten dringend gewaschen werden.

Er parkte auf der gegenüberliegenden Straßenseite und sah aufgebracht zu, wie Tess Wäsche aufhängte, die nicht ihm gehörte. Schon wieder wurde er ausgeschlossen. Doch trotz seiner Wut liebte er sie noch immer. Auch wenn es niemand verstand – Buddy war die Liebe selbst. Er würde für diese Frau sein Leben geben, keine Frage. Er ließ den Motor ganz kurz aufheulen. Aber sie hörte es nicht.

»Ich liebe dich«, sagte er laut.

Tess zog die Leine herunter und hängte ein weiteres Hemd auf. Die Sonne verlieh ihrem Haar einen kastanienbraunen Schimmer.

»Ich liebe dich«, sagte Buddy noch einmal leise. Es bestand kein Grund zu brüllen. Wenn ihre Verbindung nur halb so telepathisch war, wie er dachte, genügte bereits ein Flüstern.

»He«, flüsterte er und fixierte Tess mit seinem durchbohrenden Blick.

Mehrere Autos fuhren vorüber, und Buddy duckte sich. Er wollte vermeiden, dass dieses Miststück von der Fürsorge ihn hier erwischte. Er sah auf seine Uhr, halb drei. Die Schule war aus, Amy würde bald zu Hause sein. Ihr Bus war zwar erst in zwanzig Minuten fällig, aber Buddy mochte kein unnötiges Risiko eingehen.

»He. Ich liebe dich. Bis bald, Baby!«, sagte er.

Tess wischte sich mit der Hand übers Ohr, als wollte sie eine

Biene verscheuchen. Sie hatte offenbar keine Ahnung von Telepathie. Aber sonst war sie okay. Sie war sogar ganz okay. Nicht schön, keine Leuchte, nicht der heißeste Feger, den er jemals im Bett gehabt hatte, aber genau die Richtige für ihn. Sie gehörte ihm, mit Haut und Haaren.

Der Oktober war mild geblieben, und dann fiel eines Tages der erste Schnee. Die Temperaturen gingen völlig unvermutet in den Keller. Amy war morgens in Latzhosen und T-Shirt zur Schule gegangen, doch als sie nun in Gull Point aus dem Bus stieg, fror sie und rannte durch das Schneetreiben zur Werkstatt hinüber. Sie riss die Tür auf. Orion sprang an ihr hoch und leckte ihr zur Begrüßung das Gesicht.

»Hallo, du. Braver Hund«, sagte sie und streichelte ihn.

Außer Stella und Orion war niemand da. Amy runzelte die Stirn. Sollte sie sich im Tag geirrt haben? Normalerweise besuchte sie Dianne und Julia jeden Donnerstagnachmittag. Sie wäre gerne häufiger gekommen, weil sie die beiden vermisste, aber sie wollte ihrer Mutter nicht wieder das Gefühl geben, dass sie die Familie Robbins ihrer eigenen vorzog.

Als sie hochsah, kam Lucinda gerade über den Hof, mit einer großen Schüssel in der Hand. Schneeflocken tanzten im Wind, streiften das Schilfgras in den Marschen und wirbelten über den Boden.

»Wo stecken Dianne und Julia?«, rief Amy.

»Im Haus«, sagte Lucinda. »Julia ist erkältet.«

»Ausgerechnet jetzt, wo der Winter anfängt«, erwiderte Amy mit einem Blick aus dem Fenster.

»Da, bedien dich.« Lucinda hielt Amy die Schüssel hin. »Eine alte Tradition, die Dianne und ich eingeführt haben, als sie noch klein war. Sobald der erste Schnee fiel, haben wir Popcorn gemacht.«

»Weil es so weiß und leicht wie Schneeflocken ist?«, sagte Amy kauend.

»Wahrscheinlich. Zur Feier des Tages.«

»Kann ich zu Julia?«
»Hm.«
Amy wusste, dass die Antwort Nein lautete, und es versetzte ihr einen Stich. Sie fühlte sich elend, ohne sagen zu können, warum. Weil Julia krank war? Oder weil sie aus dem Leben der Robbins ausgeschlossen wurde?
»Warum nicht? Ist Dianne böse auf mich?«
»Aber nein! Julia soll liegen und sich schonen. Besuch regt sie auf.«
»Ich bin kein Besuch, ich bin ihre beste Freundin.«
»Ja, das bist du.« Sie setzten sich auf die Fensterbank, die Schüssel mit Popcorn zwischen sich. Amy entspannte sich, sie war gerne mit Lucinda beisammen. Die Rückfahrt von Kanada hatte sie einander näher gebracht, und Amy stellte sich vor, dass es so sein müsste, wenn man eine Großmutter hatte.
»Wie war's in der Schule? Was hast du heute gelernt?«
»Ich habe ein Gedicht im Englischunterricht geschrieben.«
»Wirklich?«
»Es reimt sich sogar«, sagte Amy verlegen. Alle anderen in ihrer Klasse hatten geschrieben, wie ihnen der Schnabel gewachsen war. Über Dinge, wie man sie dem Tagebuch anvertraut – Liebeskummer, einsame Stunden am Strand und Selbstmordgedanken.
»Shakespeare hat auch in Versen geschrieben. Und Keats. Und Edna St. Vincent Millay und Elizabeth Bishop.«
»Amber hat sich über mich lustig gemacht.«
»Amber! Aha«, erwiderte Lucinda in einem Tom, der jedes weitere Wort überflüssig machte.
»Ich hab was über die Apfelgärten geschrieben. Auf Prince Edward Island.«
»Oh!«
Amy steckte die Hand in die Tasche. Das Gedicht war noch da. Sie hatte das Bedürfnis gehabt, es mitzubringen, um es Lucinda zu zeigen. Doch nun zögerte sie.
»Ich würde es gerne lesen.«

»Es ist blöd.«
»Manchmal ist es leichter, Gedichte zu schreiben, als sie anderen zu zeigen. Es erfordert Mut, jemanden lesen zu lassen, was man zu Papier gebracht hat. Das ist, als würde er einem direkt ins Herz sehen.«
Amy nickte. Sie wollte Lucinda nicht kränken, aber sie traute sich trotzdem nicht, das Blatt herauszuholen. Lucinda hatte den Nagel auf den Kopf getroffen, Amy fehlte der Mut.
»Ach, bevor ich es vergesse, schreib doch was für den Wettbewerb.«
»Hm«, sagte Amy widerstrebend. Sie war der geborene Verlierer. Amber hatte in der dritten Klasse einen Kostümwettbewerb an Halloween und David Bagwell einen Preis beim Schießwettbewerb an der Ocean Beach gewonnen. Amy war immer leer ausgegangen.
»Du weißt schon, der Kurzgeschichten-Wettbewerb, den die Bibliothek veranstaltet. Jeder kann mitmachen. Einsendeschluss ist Thanksgiving. Es ist kein bestimmtes Thema vorgeschrieben, du hast also die freie Wahl. Der Beitrag sollte nicht länger als fünfzehn Seiten und mit der Schreibmaschine geschrieben sein, doppelter Zeilenabstand.«
»Ich habe keine Schreibmaschine. Und auch keinen Computer.«
»Aber wir«, sagte Lucinda und deutete auf Diannes Schreibtisch.
»Das ist nichts für mich«, entgegnete Amy. Für sie waren angehende Schriftsteller reich, klug und Klassenbeste. »Ich habe doch nur dieses eine Gedicht geschrieben.«
»Alle Schriftsteller haben klein angefangen. Um einer zu werden, musst du schreiben.«
»Hm«, machte Amy und befühlte wieder das Blatt.
»Über Apfelgärten«, sagte Lucinda sanft.
Amy sah zu dem Regal hinüber, auf dem Stella lag. Die Katze war ganz oben in ihrem Korb. Auf dem Brett darunter bewahrte Dianne ihre Schätze auf: ein Vogelnest mit Eiern, Steine von

dem schwarzen Sandstrand und die vier verschrumpelten Äpfel, die Amy vom Boden aufgesammelt hatte.
Sie sahen aus, als wären sie geschrumpft, wie vertrocknete Hülsen. Die Reise nach Kanada schien Ewigkeiten her zu sein. Das Leben zu Hause hatte viel versprechend begonnen, aber wenn Amy von der Schule heimkam, hatte sie ihre Mutter neuerdings wieder im Bett vorgefunden. Sie hatte Dianne und Julia besuchen wollen, und nun durfte sie nicht. »Ich kenne dein Gedicht nicht, aber ich gehe jede Wette ein, dass es gut ist.«
»Das sagst du doch nur!« Tränen schossen ihr in die Augen.
»Ich würde nie wegen eines Gedichtes lügen! Ich bin Bibliothekarin und habe mich immer an die Regel gehalten, die Wahrheit zu sagen, wenn ich ein Buch beurteilen soll.«
»Warum glaubst du dann ...«
»Dass dein Gedicht gut ist? Ich werde dir sagen, warum. Weil du mit offenen Augen durchs Leben gehst, Amy Brooks. Du siehst die Welt, wie sie ist, aber findest immer etwas Gutes an den Menschen. Wenn du ein Gedicht über einen Apfelgarten schreibst, weiß ich, dass du dein Herz eingebracht hast.«
Amys Augen flossen über.
»Und das gilt für jede Geschichte, die du schreibst.«
»Geschichten sollten aber spannend sein«, entgegnete Amy. »Und von Waisenkindern und Inseln handeln, oder von Siedlerfamilien in der Prärie.«
»Oder von einsamen Mädchen und misshandelten kleinen Hunden und Spaziergängen im Apfelgarten.«
»Das klingt, als wäre ich gemeint.«
»Du bist es wert, dass man über dich schreibt.«
Lucinda reichte Amy die Schüssel, und diese bediente sich erneut. Das Schneetreiben hatte aufgehört. Die Marschen lagen braun und friedvoll da. Amy fragte sich, wann die Winterstürme einsetzen würden, und, an Julia denkend, ob die Sandburg noch stand.
»Lucinda ...«
»Ja?«

Amy zögerte. Sie wusste nicht, wie sie ihr klar machen sollte, dass sie sich danach sehnte, Julia zu sehen und wieder zur Familie zu gehören wie im Sommer. Warum musste sich alles ändern? Ihr Hals war wie zugeschnürt. Die vier Äpfel sahen so winzig aus dort oben auf dem Regal. Sie musste die Augen schließen, um sich den Geruch nach Apfelmost und den Tag im Apfelgarten ins Gedächtnis zurückzurufen.
Sie griff in die Tasche und umklammerte wieder den Zettel mit dem Gedicht. Dann reichte sie es Lucinda, und ohne auf Wiedersehen zu sagen, rannte sie zur Tür hinaus nach Hause.

Julia nieste. Ihre Augenlider waren mit einer gelben Schleimkruste verklebt. Dianne betupfte sie mit einem feuchten Wattebausch. Julia habe nur eine Erkältung, hatte Alan gesagt. Trotzdem war Dianne nervös. Amy sollte heute kommen, und sie hatte sich auf sie gefreut, aber es war besser, Julia nicht mit ihr in Kontakt zu bringen. In der Schule schwirrten alle möglichen Bazillen herum.
»Wie geht es deinem Rücken?«, fragte Lucinda.
»Was? Ach so, gut.«
»Sieht aber nicht so aus.«
Dianne hatte sich verhoben, als sie Julia nach oben getragen hatte. Es hatte geknackst, als wäre etwas gerissen. Sie konnte die Schmerzen nur dann aushalten, wenn sie schief ging, den Schwerpunkt nach rechts verlagerte.
»Doch, es ist gut, Mom.«
Lucinda nahm im Schaukelstuhl Platz. Sie hatte ihre Brille aufgesetzt und las – vielleicht einen Brief. Dianne fuhr fort, Julia mit dem Wattebausch bernsteinfarbene Kristalle von den Wimpern zu wischen.
»Was liest du da?«, fragte Dianne, ohne sich umzudrehen.
»Ein Gedicht. Von Amy.«
»Aha. Liest du es mir vor?«
»Hm.«
»Mom!« Dianne legte die Hand auf Julias Stirn, um zu fühlen,

ob sie Fieber hatte. »Ich hab gefragt, ob du uns das Gedicht vorliest.«
»Das geht nicht, Kind. Ich weiß nicht, ob es Amy recht wäre. Tut mir Leid, aber du musst sie fragen.«
Dianne nickte. Sie verspürte einen Stich. Amy hatte sich in den letzten Wochen rar gemacht. Natürlich hatte Amy ihre Mutter und ihr eigenes Zuhause, aber sie vermisste das Mädchen. Julia war aufgeblüht. Sie hatte sie zum Lachen gebracht, ihre Sprache verstanden, war ihre beste Freundin geworden. Wenn Julia nicht erkältet wäre, säße Amy jetzt bei ihnen.
»Ist das Gedicht gut?«, fragte Dianne. Sie bewunderte den Respekt, den ihre Mutter Amys literarischen Geheimnissen zollte.
»Sehr gut sogar«, sagte Lucinda, ohne den Blick von dem linierten Blatt Papier zu nehmen.

Alan kam spät am Abend direkt aus dem Krankenhaus nach der letzten Visite. Er verbrachte jede freie Minute mit ihr. Als er in die Auffahrt bog, bemerkte er ein altes Auto, das am Ende der Sackgasse stand. Die Silhouette des Fahrers kam ihm bekannt vor. Er ging noch einmal auf die Straße hinaus, aber der Wagen brauste bereits davon. Alan sah nur noch die Rücklichter. Er war beunruhigt, weil der Fahrer von hinten wie Buddy Slain ausgeschaut hatte.
Lucinda stand in der Küche und räumte auf. Sie lächelte, als Alan eintrat, und küsste ihn wie gewohnt auf die Wange. Er lebte zwar nicht mit unter ihrem Dach, aber schlief mit ihrer Tochter. Lucinda schien es zu akzeptieren, sogar glücklich darüber zu sein.
»Ich habe dir einen Teller Muschelsuppe aufgehoben. Ich wärme sie dir schnell auf. Dazu gibt's Salat, Brot und ein Glas Apfelmost …«
»Danke, Lucinda. Das klingt fantastisch. Sag mal, ist dir in letzter Zeit jemand aufgefallen, der in eurer Straße parkt und das Haus beobachtet?«
»Nein.« Sie schüttelte den Kopf. »Aber das sind bestimmt Teen-

ager. An manchen Abenden ist das hier ein richtiges Liebesnest. Kein Wunder, so abgelegen, wie die Sackgasse ist.«
»Wahrscheinlich hast du Recht«, sagte Alan und spähte wieder aus dem Fenster. Die schrottreife alte Kiste mit den Rockband-Aufklebern an den Scheiben und dem mit Draht hochgebundenen Auspuff deutete wirklich auf einen Halbwüchsigen hin. Er wünschte, er könnte sich an Buddys Auto erinnern, aber er hatte kaum darauf geachtet. »Ist Dianne bei Julia?«
»Ja. Es wäre besser, wenn du sie dir anschaust«, sagte Lucinda mit zusammengepressten Lippen.
Alan klopfte ihr beruhigend auf die Schulter und stieg die Treppe hinauf. Die Beleuchtung war gedimmt, was bedeutete, dass Julia schlief. Als er den Flur entlangging, hörte er ihre langen rasselnden Atemzüge, die klangen, als befände sie sich am Rande einer Lungenentzündung.
Dianne saß steif im Schaukelstuhl an Julias Bett. Sie strahlte bei seinem Anblick und sah zu, wie Alan Julias Herz und Lunge mit dem Stethoskop abhörte. Dann stand sie auf, um ihn zu küssen, und schrie auf.
»Was hast du?«
»Mein Rücken!«
»Was ist passiert?« Vorsichtig berührte er ihre Wirbelsäule.
»Ich habe mich verhoben.«
»Als du Julia nach oben getragen hast?«
»Ja.«
Alan führte sie zum Gästebett, in dem Amy während der Sommermonate geschlafen hatte. Schon beim Hinsetzen verzerrte sich ihr Gesicht vor Schmerzen. Alan half ihr, sich auf die Seite zu rollen und dann auf den Bauch. Das Kissen warf er auf den Fußboden, damit sie flach lag.
»Was ist mit Julias Atmung?«, fragte Dianne mit erstickter Stimme.
»Ich habe Antibiotika für sie mitgebracht. Lieg still!«
Er schob ihr Hemd hoch, ein ausgeblichenes blaues Baumwollhemd mit langen Ärmeln, und strich mit den Händen über die

Seiten ihres Körpers, die seidenweiche, warme Haut. Er begann ihre Schultern mit einer gekonnten Knetmassage zu lockern, dann drückte er mit den Daumen rechts und links an der Wirbelsäule entlang. Sie zuckte zusammen.

»Ist das die Stelle?«

»Ja, da tut's weh.«

Alans Hände wurden sanfter. Ihr nackter Rücken, die Nähe ihres Körpers erregten ihn. Er beugte sich hinab und küsste sie auf den Hinterkopf.

Sie stöhnte leise, ergriff seine Hand und küsste sie. Behutsam legte er die Arme um ihre Seiten und renkte ihre Wirbelsäule mit einem Ruck ein. Sie stöhnte auf. Er beugte sich hinunter und küsste ihr Ohr, dann setzte er die Massage fort, an manchen Stellen hart, an anderen sanft. Er bearbeitete jeden Wirbel einzeln, bis zum Kreuzbein. Sie seufzte vor Behagen. Auf der anderen Seite des Raumes war Julias rauer, aber stetiger Atem zu hören.

»Besser?«, flüsterte er Dianne ins Ohr.

»Viel besser«, flüsterte sie zurück.

Alan nickte. Das Licht war gedämpft und anheimelnd. Er war bei seiner Familie, die er liebte. Dianne brauchte dringend Entlastung. Sie hatte sich nicht nur verhoben, sondern war völlig verspannt, und mit einer Massage war es nicht getan.

Die Dinge wuchsen ihr langsam über den Kopf. Julia war zu groß, um von ihr treppauf, treppab getragen zu werden. Sie brauchte ein Zimmer zu ebener Erde. Seit dem Herbst hatte sich Julias Zustand verschlechtert, und es würde weiter bergab gehen, auch wenn die Ärzte nichts Genaues sagen konnten. Dianne schien es zu spüren, denn sie verbrachte inzwischen wesentlich mehr Zeit bei Julia im Haus als in ihrer Werkstatt bei der Arbeit.

Julias Zustand war an einem Wendepunkt gelangt. Alan wusste nicht, was vor ihr lag, aber er ahnte es. Er sah zur anderen Seite des Raumes hinüber. Sie lag auf der Seite, mit geschlossenen Augen und sichelförmig zusammengekrümmtem Körper. Sie war sein Kind, und er liebte sie, als wäre sie seine eigene Tochter und nicht seine Nichte. Er wünschte sich so sehr, ihr Vater zu sein, sie zu adoptieren, bevor sie starb.

»Das fühlt sich gut an«, sagte Dianne.

»Dann genieße es«, erwiderte Alan.

Dianne hatte die Augen geschlossen, das Gesicht zur Wand gedreht. Alan massierte ihr den Rücken und zog die Bettdecke an den Seiten hoch bis zu den Brüsten, damit sie nicht fror. Er wünschte sich nichts sehnlicher, als sie in ihr Schlafzimmer zu tragen und Liebe mit ihr zu machen. Aber nicht heute Abend. Tränen traten in Alans Augen, und er wandte den Kopf ab, um sie an seiner Schulter abzuwischen.

»Danke«, sagte Dianne.

»Wofür?«

»Für alles. Ich bin so glücklich mit dir. Ich hätte nie gedacht, dass ein Mensch so glücklich sein kann.«

»Ich auch nicht, Liebste«, flüsterte er.

»Wir sind eine richtige Familie.«

»Das habe ich mir immer gewünscht«, sagte Alan und beugte sich hinunter, um ihre Schläfe zu küssen.

23

Alan absolvierte sein Training an manchen Tagen noch vor der Sprechstunde, aber seit geraumer Zeit schlug er dabei einen neuen Weg ein. Statt um den Hawthorne Park herumzulaufen, an der Bibliothek und der Baumschule vorbei, nahm er Kurs auf die Uferpromenade. Zwei Tage hintereinander war er, statt sein Tempo beizubehalten, langsamer geworden, wenn er die weitläufigen alten Häuser an der Water Street erreichte.

Da war es, das Haus, das Dianne seit ihrer Kindheit geliebt hatte. Als Alan daran vorbeilief, fielen ihm wieder die hohen Fenster, die ionischen Säulen, die Sonnenveranda und die drei Schornsteine ins Auge. Er sah den weitläufigen Garten, der in eine Wiese überging, den schmiedeeisernen Zaun und drei separate Nebengebäude. Von der Straße war es nicht möglich, sich ein Bild vom Grundriss des Gebäudes zu machen. Aber das Haus war groß, und möglicherweise gab es sogar Schlafzimmer im Erdgeschoss.

Alan spielte mit dem Gedanken an einen Umzug. Sein Haus war groß und weiträumig, aber mit zu vielen Erinnerungen belastet. Er hatte dort gewohnt, seit er sich in Hawthorne niedergelassen hatte. Seine Verflossenen hatten dort übernachtet, genau wie Tim, einmal sogar mit Dianne, als es nach einer Party spät geworden war. Außerdem musste das Haus an allen Ecken und Enden renoviert werden, und es gab im Erdgeschoss keinen Raum, der als Schlafzimmer geeignet war.

Vielleicht ging seine Fantasie mit ihm durch. Er hatte Dianne bisher noch nicht gefragt, ob sie sich überhaupt vorstellen könnte, mit ihm zusammenzuziehen. Aber gesetzt den Fall, sie wäre dazu bereit? Sie waren sich seit ihrer Rückkehr von der Reise sehr nahe gekommen. Manchmal schien es, als hätten sie ihre unliebsame Vergangenheit gänzlich abgestreift. Er legte

eine Verschnaufpause ein, an den schmiedeeisernen Zaun gelehnt. Das Haus sah tipptopp aus, die Bewohner schienen es hervorragend in Schuss zu halten. Im Garten gab es auf der einen Seite Obstbäume und Gemüsebeete, halbhohe Steinmauern und üppig wuchernde Chrysanthemen.
Er hatte das Gefühl, als sähe das Erdgeschoss auf der Rückseite größer aus, als besäße es eine L-Form, direkt hinter der Buchsbaumhecke. Möglicherweise wäre dort Platz für zwei aneinander grenzende Schlafräume, damit Dianne Julia nicht die Treppe hinauftragen musste. Der Kauf dieses Hauses wäre mehr als eine Erleichterung oder ein Luxus – es war Diannes Traumhaus, und es würde sie wirklich glücklich machen.
Er trat den Rückweg an. Er war bereits spät dran, sein erster Patient war für neun Uhr bestellt. Wenn er sich beeilte, konnte er noch duschen und Nina Maynard von der Immobilienfirma Hawthorne Realty, die er gut kannte, von der Praxis aus anrufen.

Amy bekam Einsen in allen mündlichen und schriftlichen Prüfungen. Sie hatte noch nie zu den Klassenbesten gehört, aber ihre Lehrerin meinte, wenn sie sich weiterhin so anstrenge, werde sie es in diesem Halbjahr schaffen. Es sollte eine Überraschung für ihre Mutter sein. Amy machte sich wieder Sorgen um sie, weil sie noch im Bett lag, wenn sie morgens zur Schule ging, und nicht einmal dann aufgestanden war, wenn sie nach Hause kam.
»Mom!«, rief Amy, am Küchentisch sitzend.
Keine Antwort.
»Mom, möchtest du Tee?«
Als ihre Mutter nicht antwortete, stand Amy auf und drehte die Heizung an. Draußen war es kalt, und der Kessel schien nicht zu funktionieren. Vielleicht hatte sich ihre Mutter ins Bett verkrochen, weil sie fror. Amy konnte es ihr nicht verdenken.
Sie stellte fest, dass sie nach Entschuldigungen für ihre Mutter suchte. Vielleicht ist ihr kalt, dachte sie. Oder sie muss Schlaf

nachholen, weil sie nachts wach gelegen hat. Amy fiel es schwer zu verstehen, was eine Depression war. Der Arzt, der ihre Mutter behandelte, hatte es ihr erklärt. Sie habe sich von Amys Vater im Stich gelassen gefühlt, als er gestorben sei, aber so große Schuldgefühle deswegen entwickelt, dass sie ihre Wut gegen sich selbst gerichtet habe.

»Warum muss das Leben so kompliziert sein?«, schrieb Amy. Sie saß am Küchentisch und arbeitete an ihrer Kurzgeschichte. Sie spielte in Oakville, einer kleinen Stadt, die verdächtige Ähnlichkeit mit Hawthorne hatte. Die Hauptperson war ein zwölfjähriges Mädchen namens Catherine; sie hatte eine Mutter, die unter Depressionen litt, und eine von Geburt an behinderte Schwester. Wenn Amy Gedanken hatte, die ihr besonders hart zusetzten, überließ sie es Catherine, sich darüber den Kopf zu zerbrechen. Und damit sie Hoffnung für die Zukunft hatte, ging Catherine an den Strand und baute Sandburgen.

»Hallo, Schatz«, sagte Amys Mutter. Sie trug einen rosafarbenen Bademantel. Ihr Haar war auf der linken Seite ganz platt, und auf ihrer Wange waren Abdrücke vom Kissen. Sie gähnte und zündete sich eine Zigarette an.

»Ich koche gerade Tee. Möchtest du eine Tasse?«

»Ja«, antwortete sie und nahm am Tisch Platz. Ihr Blick fiel auf das Blatt. »Was schreibst du da?«

»Eine Kurzgeschichte.«

»Wovon handelt sie?«

»Von Abenteuern.« Aber es waren keine Abenteuer im landläufigen Sinn, auf dem Meer, in den Bergen, im Dschungel oder im Weltraum. Es ging um eine Familie, die sich auseinander gelebt hatte und wieder zusammenfand, und ihre Erlebnisse, die guten wie die schlechten.

»Hört sich aufregend an«, sagte ihre Mutter, aber es klang nicht so, als ob sie es meinte. Ihre Lippen zitterten, als sie versuchte zu lächeln.

Amy war wütend, auch wenn sie nicht wusste, weshalb. Warum lächelte ihre Mutter nicht einfach, wenn ihr nach Lächeln zu Mute war? Warum konnte sie nicht rundum glücklich sein? Die Wut, die sie empfand, machte ihr Angst. Sie erinnerte sie an letzten Sommer, als sie Amber zu Boden geschlagen und die Fürsorgerin sie als gewalttätig abgestempelt hatte. Aber sie hatte auch keine Lust, ihre Wut gegen sich selbst zu richten und Depressionen zu bekommen wie ihre Mutter. Es war schwer, einen Mittelweg zu finden, und deshalb überließ sie es Catherine, die ebenfalls mit einer mächtigen Wut zu kämpfen hatte.

»Hast du heute Depressionen, Mom?«

»Ein bisschen.«

»Du siehst müde aus. Ich mache mir Sorgen, wenn du dauernd im Bett liegst.«

»Musst du nicht. Es wird schon werden.«

»Nimmst du deine Medizin?«

»Ja«, sagte ihre Mutter und versuchte wieder zu lächeln.

»Hättest du etwas dagegen, wenn ich Orion hole?«, fragte Amy plötzlich. »Er fehlt mir so sehr, und ich ihm sicher auch, weil Dianne keine Zeit für ihn hat.«

»Ich weiß nicht. Der Hund hat Buddy gehört …«

»Dickie!«, sagte Amy. Aus Versehen war ihr der Name herausgerutscht, den sie Buddy in ihrer Kurzgeschichte gegeben hatte.

»Wer ist Dickie?«

»Niemand«, erwiderte Amy. Doch da sie ein schlechtes Gewissen wegen der Lüge hatte, fügte sie hinzu: »Er kommt in meiner Geschichte vor. Er ist …«

Der Kessel begann zu pfeifen. Amys Mutter stand auf und ging zum Herd. Sie nahm den Kessel vom Ofen, holte zwei Tassen aus dem Regal und goss das kochende Wasser über die Teebeutel. Amy hatte ihrer Mutter die Geschichte erzählen wollen, aber sie war einfach aufgestanden und weggegangen, als hätte sie überhaupt nicht zugehört.

»Das macht mich wütend«, sagte Amy mit letzter Kraft.

»Was?«

»Dass du einfach aufstehst und weggehst.« Tränen brannten in ihren Augen, als ob sie vor Wut gekocht hätte. Amy hatte die Wut so satt, dass sie am liebsten losgebrüllt hätte.
»Ich habe trotzdem zugehört«, sagte ihre Mutter. »Erzähl weiter von Dickie.«
»Es spielt keine Rolle.«
»Für mich schon.« Ihre Mutter nahm wieder Platz, mit Tee, Zigarette und dem aufrichtigsten Lächeln, dass Amy seit langem zu Gesicht bekommen hatte.
Warum passierte ihr das nie bei Lucinda und Dianne? Kaum hatte sie sich fünf Minuten mit ihrer Mutter unterhalten, hätte sie am liebsten gebrüllt vor Wut. Alles an ihrer Mutter regte sie auf. Dass sie dauernd schlief, dass sie rauchte, wie sie das Wort »Dickie« aussprach, als wäre er ein niedlicher kleiner Junge und nicht ein alter Widerling.
»Komm schon, erzähl mir den Rest.«
Amy holte tief Luft. Sie war immer noch wütend und hatte deswegen ein schlechtes Gewissen. Sie spürte, wie die Wut sich gegen sie selbst richtete. Du bist gemein, Amy, sagte sie sich, abscheulich! Diese Frau ist deine Mutter, sie gibt sich große Mühe! War sie jetzt auf dem besten Weg, Depressionen zu bekommen? Sie musste diese Rätsel lösen, am besten mit Catherine.
»Mom, wo sind die Bilder von Dad?«
»Die Fotos von Russ?«
»Ja.«
»Ich glaube, in der Diele. Ich konnte sie lange Zeit nicht mehr anschauen, weil ich ihn dann noch mehr vermisst habe.«
Amy nickte. Deshalb waren auch die Kassetten mit der Lieblingsmusik ihres Vaters und ihrer Mutter im Keller aufbewahrt gewesen. Aber Dickie hatte sie gefunden und in die Garage geschafft, wo auch die Mülltonnen standen.
»Kann ich ein paar Fotos aufhängen? In meinem Zimmer?«
»Sicher.« Zu Amys Überraschung drückte ihre Mutter die Zigarette aus, öffnete die Klappe in der Küchendecke, zog die Treppe herunter, die auf den Speicher führte, und kletterte hi-

nauf. Amy wartete mit klopfendem Herzen, und kurz darauf kehrte sie zurück und reichte ihr eine braune Papiertüte.

»Oh!«, rief Amy erstaunt. Buddys Verbot, Russell Brooks zu erwähnen oder Bilder von ihm aufzustellen, war so wirkungsvoll gewesen, dass sie nicht einmal gewusst hatte, dass Fotos existierten. Es waren ohnehin nur drei – ihr Vater als Baby, bei der Schulabschlussfeier und im Sakko.

»Auf dem Foto sieht er gut aus«, sagte ihre Mutter. »Das war, als er die Fischerei an den Nagel gehängt hatte und als Autoverkäufer anfing. Er musste in Anzug und Krawatte zur Arbeit erscheinen, aber er hatte das Gefühl zu ersticken. Das Foto hing im Ausstellungsraum.«

»Dad hat Autos verkauft?«, sagte Amy ehrfürchtig. Sie hatte nicht gewusst, dass ihr Vater so vielseitig gewesen war: Fischer, Autoverkäufer …

»Nur kurz, als ich mit dir schwanger war. Ich hatte Angst, wenn er auf See war.«

»Und was für eine Marke?«

»Ford.«

Amy versuchte sich das Logo von Ford vorzustellen. Sie würde es in ihre Sammlung einfügen, die aus wichtigen Erinnerungen und Andenken bestand. Es würde neben Fischerbooten, Delfinen, Sandburgen und verschrumpelten Äpfeln seinen Platz finden.

»Das Foto hing an der Wand, und jeder konnte es sehen?« Amy hatte auch nicht gewusst, dass ihr Vater so bekannt gewesen war.

»Ja«, antwortete ihre Mutter, während ihre Finger über das staubige Glas des Bilderrahmens glitten. »Bei Brenton Motors, dem Autohändler. Wäre er nur dort geblieben, statt wieder aufs Meer rauszufahren …«

»Wein doch nicht, Mama«, sagte Amy und spürte erneut die eiserne Faust im Magen. Tränen liefen über das Gesicht ihrer Mutter.

»Diese verflixten Fotos rühren alles wieder auf. Er war ein wun-

derbarer Mann. Immer fröhlich und lieb. So einen findet man nicht zweimal.«
»Mein Dad«, sagte Amy stolz und legte den Arm um die Schultern ihrer Mutter.
»Russell Brooks. Ich war damals Mrs. Russell Brooks.«
»Mama, er hat nicht oft getrunken, oder?« Amy hatte ihren ganzen Mut zusammennehmen müssen, um die Frage zu stellen. Aber Ambers boshafte Lüge ging ihr einfach nicht aus dem Kopf.
»Wie kommst du denn darauf, Schatz? Dein Vater hat sich nichts aus Alkohol gemacht. Er hat kaum einen Tropfen angerührt. Draußen auf hoher See kann man keinen Kater gebrauchen.«
»Das dachte ich mir.« Amys Gedanken wanderten wieder zu ihrer Kurzgeschichte. Bei Catherine war das anders. Ihre Mutter wäre nicht auf den Speicher gekrochen, um Fotos von ihrem Vater herunterzuholen. Und er hätte auch keine Autos von Ford verkauft, mit Anzug und Krawatte! Amy gefiel der Unterschied zwischen Catherine und ihr; wer weiß, wie viele noch vor dem Abgabetermin auftauchen würden.
Das Beste aber war, dass Amy ihre Wut weder ausgetobt noch gegen sich selbst gerichtet hatte. Im Moment war sie einfach wie weggeblasen! Und sie war zum ersten Mal seit langer Zeit wieder genauso gerne mit ihrer eigenen Mutter zusammen wie mit Dianne, Julia und Lucinda.

Lucinda ging zum Briefkasten unten an der Straße, um die Post zu holen. Zwischen den Katalogen und Rechnungen fand sie einen Umschlag mit dem Scheck von Tim McIntosh, die monatliche Rate für das Darlehen, das er von Emmett und ihr erhalten hatte; er war ihr von der Bibliothek nachgeschickt worden. In die Betrachtung der Handschrift versunken, hätte sie um ein Haar den Wagen übersehen. Eine uralte Rostlaube, an der Wendestelle geparkt, wo die Sackgasse breiter wurde. Die Reifen sahen aus, als könnten sie Luft gebrauchen.

Als Lucinda näher kam, bemerkte sie, dass der Wagen leer war. Sie blickte sich um. Manchmal kamen Vogelliebhaber hierher. Die Marschen galten als Mekka der Ornithologen – es gab Reiher, Schnepfen, Schwarzdrosseln, Seeschwalben und Singvögel jeder Art –, vor allem im Frühjahr und Herbst, wenn die Tiere zum Brüten herkamen. Maler hatten ebenfalls eine Vorliebe für das idyllische Fleckchen Erde und stellten ihre Staffeleien im Schilf auf. Aber Lucinda sah keine Menschenseele weit und breit.
Sie steckte Tims Scheck in die Tasche und ging langsam zurück. Dianne war mit Julia im Haus. Seit Julias Erkältung waren die beiden unzertrennlich. Alan kam jeden Abend, untersuchte Julia und tröstete Dianne. Lucinda hielt sich möglichst im Hintergrund.
Sie schloss Diannes Werkstatt auf, denn sie wollte alleine sein. Seit Alan Dauergast und die Beziehung zwischen den beiden immer enger wurde, kam sie sich manchmal wie das fünfte Rad am Wagen vor. Vielleicht war es an der Zeit, ihre Zelte abzubrechen und wie andere Rentner ihren Lebensabend in Florida zu verbringen. Oder nach Nova Scotia zurückzufliegen, um mit Malachy Condon dem Gesang der Delfine zu lauschen.
Das Altwerden gefiel Lucinda nicht, aber sie akzeptierte es. Sie wollte nicht zu den Fünfundsechzigjährigen gehören, die behaupteten, sich noch genauso wie vor zwanzig oder vierzig Jahren zu fühlen. Lucinda war der Meinung, dass sie sich jede Falte und jedes graue Haar schwer verdient hatte. Vielleicht gefiel ihr Malachy deshalb so gut – er machte keinen Hehl aus seinem Alter und sah, was viele unverzeihlich gefunden hätten, wie siebzig und mehr aus. Schon allein deshalb befand er sich auf ihrer Wellenlänge; mit ihm konnte man reden.
Lucinda vermisste den Austausch zwischen Gleichgesinnten. Das war in der Bibliothek gut gewesen. Sie mussten sich zwar im Flüsterton unterhalten, aber der Tag war mit dem Austausch von Klatsch, Gesprächen über Bücher und Alltagserlebnissen ausgefüllt. Eine Zeit lang hatte Lucinda gedacht, in Dianne einen Ersatz zu finden, eher wie Freundinnen als Mutter und

Tochter zu sein. Aber das erwies sich als Trugschluss, weil sie sich viel zu sehr als Diannes Mutter fühlte, und das war allemal besser als Freundschaft. Und nun hatten Dianne und Alan zueinander gefunden. Lucinda hatte seit Jahren darauf gewartet, dass sie endlich erkannten, füreinander bestimmt zu sein. Sie hörte sie nachts flüstern, wenn das Haus dunkel war und Julia schlief. Lucinda las um die Zeit meistens noch und fragte sich, ob sie ihr gemeinsames Leben planten. Sie wusste, es war nur eine Frage der Zeit, bis es so weit war.

Wie sollte es mit ihr weitergehen, wenn Dianne und Julia das Haus verließen? Seufzend nahm sie an Diannes Schreibtisch Platz. Orion und Stella gesellten sich zu ihr, um zu sehen, ob sie nicht einen Leckerbissen mitgebracht hatte. Als sie in ihre Tasche griff, weil sie dachte, es sei noch ein Hundekeks vom letzten Spaziergang mit Orion übrig, stieß sie auf Amys Gedicht. Sie faltete das Blatt Papier auf dem Schreibtisch auseinander und begann zu lesen.

APFELGÄRTEN

Auf der Insel im tiefblauen Meer,
Wo der Golfstrom fließt einher,
Wo in Gärten die Äpfel reifen
Und grünende Bäume die Mauern streifen,
Wo Anne einstmals spielte als Kind
Auf dem Land umtost vom Wind,
Wo der Horizont so endlos und weit,
Frage ich: Was hält das Leben für mich bereit?

In der dunklen Kammer die Mutter weint,
Dämmert der Vater tief unter den Wellen.
Sag mir, wenn Liebe sich mit Mut vereint,
überwinden sie tausend Höllen?

Ich war ein Apfel, unscheinbar,
Bis jemand mir Glanz verlieh,

Nun strahle ich auf immerdar,
Bin neugeboren, verliere mich nie.

In Apfelgärten lasst mich sein,
Unter Himmel, Wind und Sternen
Hoch in den Bäumen ganz allein,
will ich mein Leben lieben lernen.

Lucindas Kehle war wie zugeschnürt. Sie kraulte Orion am Kopf. Die Katze entdeckte plötzlich das Licht, das von ihrer Lesebrille reflektiert wurde, und jagte dem vermeintlichen Mond hinterher. Lucinda seufzte. Sie war umgeben von Lebewesen, die genauso ungeliebt gewesen waren wie sie selbst als Kind. Stella, Amy und Orion hatten das Licht erst kennen gelernt, nachdem sie der Finsternis entronnen waren.

Lucindas Kindheit war ein Martyrium gewesen, und als sie Emmett kennen gelernt und Dianne zur Welt gebracht hatte, fühlte sie sich wie im Paradies.

Was würde sie mit ihrer Zeit anfangen, wenn das Nest leer war und Dianne ihr eigenes Leben führte? Lucinda hatte nichts für Frauen übrig, die sich an ihre erwachsenen Kinder klammerten und keine eigenen Interessen entwickelten. Sie wollte nicht so werden.

Oder wieder in ihren früheren Zustand zurückfallen, voller Kummer und Angst. Lucinda war wie Amy »Fallobst« gewesen, ein Apfel, der unbeachtet am Boden lag und sich danach sehnte, dass jemand ihr die Hand reichte. Obwohl inzwischen einige Jahre älter, fühlte sie sich immer noch verletzlich und hatte Angst, wieder ganz unten zu landen. Sie nahm die vier verschrumpelten Äpfel vom Regal und legte sie auf den Schreibtisch. Sie sahen aus wie Gesichter.

Kleine Leute, Apfelmenschen. Lucinda suchte sich denjenigen aus, der am meisten Ähnlichkeit mir ihr besaß. Den mit den meisten Runzeln, der aber auch sehr weise wirkte. In Diannes Werkbank lagen Stoffreste von Vorhängen für ihre Spielhäuser.

Baumwollstoffe, zartrosa karierte Stoffe, rustikale Stoffe in kräftigen Farben.
Lucinda würde ihnen Kleider nähen, den ungeliebten Äpfeln, die Amy im Apfelgarten aufgehoben hatte, würde Puppen aus ihnen machen. Sie konnte auch die Beine ihres Elch-Schlafanzuges kürzen und ihnen Pyjamas schneidern. Sie und Amy hatten vieles gemein. Sie mochten beide greifbare Erinnerungen daran, wer sie waren und wen sie liebten.

24

»Seltsam, dass du ausgerechnet jetzt angerufen hast«, sagte Nina Maynard und schüttelte Alan zur Begrüßung die Hand. Sie standen in der rondellförmigen Auffahrt des weißen Herrenhauses. Ihre Autos hatten sie neben der Garage geparkt.
»Ich wusste nicht, dass es zum Verkauf steht«, sagte Alan und musterte den tadellosen Anstrich, den gepflegten Garten und die unauffälligen Aufkleber, die auf die Alarmanlagen hinwiesen. »Abends brennt immer Licht. Das Haus sieht bewohnt aus.«
»Die jetzigen Besitzer haben es von ihren Eltern geerbt«, sagte Nina mit einem Blick auf ihr Klemmbrett. »Sie leben in Los Angeles. Er ist in der Filmbranche, und sie wollten es bloß als Wochenend- und Sommerhaus benutzen, aber nach fünf Jahren reicht ihnen der Aufwand. Sie waren in der ganzen Zeit nur zweimal im Sommer und an sechs Wochenenden hier, wenn ich mich recht erinnere.«
»Es steht also schon eine Weile leer.« Alan ging um einen Busch herum und nahm eine Fassdaube für Termiten oder Kompost in Augenschein.
»An Geld fehlt es wohl nicht«, erklärte Nina. »Das Filmgeschäft muss ziemlich einträglich sein. Lass mich mal überlegen, wo die Schlüssel sind … Die Besitzer sind sehr vorsichtig, sie wollten nicht, dass wir ein Verkaufsschild an der Straße aufstellen oder in der Zeitung annoncieren. Wir erhalten ständig Anfragen wegen der Kapitänshäuser, aber diese Immobilie ist gerade erst auf den Markt gekommen.«
»Und im Erdgeschoss befinden sich Schlafzimmer, hast du gesagt?«
»Komm, ich zeige dir alles.« Nina hatte den Schlüssel inzwischen gefunden.
Sie betraten das Haus durch den Vordereingang. Die Fuß-

böden aus breiten Holzplanken waren frisch gebohnert und auf Hochglanz poliert. Licht strömte durch die hohen Fenster. In der Eingangshalle hing ein Messingkandelaber, an den weiß getünchten Wänden waren mehrarmige Leuchter zu sehen, die offenbar von den ursprünglichen Besitzern stammten. In dem riesigen Wohnzimmer, das sich über zwei Ebenen erstreckte und an jedem Ende einen offenen Kamin hatte, befanden sich kostbare Antiquitäten, Bilder und Kunstobjekte, abstrakt und zu modern für Alans Geschmack. Hohe Flügeltüren führten auf eine Steinterrasse mit einer geschwungenen Balustrade, die sich an der rückwärtigen Häuserwand entlangzog und von Efeu überwuchert war. Von hier hatte man einen ungehinderten Blick auf den Hafen und die Boote, die auf den grauen Wellen tanzten.
»Das Haus wurde 1842 von Elihu Hubbard erbaut; er war Kapitän auf einem Walfänger. Die Fenster sind noch im Originalzustand erhalten, Bleiglas mit Sprossen.«
Das Glas schien die Lichtstrahlen einzufangen, bevor es sie in den Raum weiterleitete. Es sah dicker aus als normales Glas, wie flüssiges Silber, und zauberte Miniatur-Regenbogen auf Wände und Fußboden. Es gab Fensternischen mit Fenstersitzen, und Nina beugte sich vor, um ihn auf Buchstaben aufmerksam zu machen, die in das Glas geritzt waren.
»E-L-H«, sagte sie. »Es heißt, dass sie von Elihus Frau mit einem Diamantring ins Glas geritzt wurden, den er ihr von einer seiner Reisen mitgebracht hatte. Ich weiß nicht, was es bedeutet, aber …«
»Schauen wir uns zuerst die anderen Räume im Erdgeschoss an«, unterbrach Alan sie. Er hatte keine Lust auf Geschichten von Männern, die zur See fuhren, während sich ihre Frauen zu Hause die Augen aus dem Kopf weinten. Dass der Erbauer ein Schiffskapitän war, zählte für ihn nicht als Pluspunkt, da er ihn schmerzlich an Tim erinnerte. Wenn möglich, würde er versuchen, die Geschichte des Hauses vor Dianne geheim zu halten.
»Hier ist die Küche«, sagte Nina. »Kühl- und Gefrierschrank,

Nostalgie-Herd, aus Italien importierte Fliesen. Schau, ein freistehendes Kochzentrum, Jenn-Aire-Grill …«

»Schön«, meinte Alan lächelnd. Er konnte sich nicht erinnern, Dianne jemals kochen gesehen zu haben. Doch als ihm Nina das Souterrain zeigte, das von der Küche aus zugänglich war, und Alan hinunterging und den Arbeitsraum und die Werkbank sah, mit Fenstern und Türen, die direkt in den Garten führten, wusste er, dass Dianne hier in ihrem Element sein würde.

»Das große Schlafzimmer ist oben, im ersten Stock, eine Suite. Wir gehen gleich rauf. Aber zuerst solltest du dir noch die Gästezimmer im Anbau anschauen. Den ›Verwandten-Flügel‹, wie ich ihn nenne.« Nina ging ihm voraus, am Rauchfang in der Küche vorbei und durch einen kurzen Gang.

Als sie das erste ebenerdige Schlafzimmer betraten, wusste Alan, dass das Haus wie geschaffen für sie war.

»Ziemlich geräumig, wie du siehst. Wunderbar gearbeitete Holzböden, offener Kamin, der noch funktioniert, Glastür zur separaten Terrasse. Da drüben geht's ins Bad und in das angrenzende Arbeitszimmer.« Alan folgte ihr auf dem Fuße. Der Raum sah urgemütlich aus, mit Schreibtisch und Bücherregalen und gläsernen Vitrinen, in denen Pokale und Fotos der jetzigen Besitzer an der Seite von Filmstars wie Lauren Bacall, Gregory Peck, Harrison Ford und Tom Hanks standen.

»Ein Hauch Hollywood-Glamour im langweiligen alten Neuengland«, meinte Nina lachend. »Wie gefällt dir die Kulisse? Schlafzimmer-Bad-Arbeitszimmer? Ein besseres Refugium gibt es nicht, wenn der Haussegen schief hängt, oder ein Quartier für die Eltern, wenn sie zu Besuch kommen. Leben deine Eltern noch?«

»Nein.« Alan malte sich bereits aus, wo Julias Bett stehen würde, ihr Sekretär, der Schaukelstuhl. Er würde mit Dianne das andere Schlafzimmer im Erdgeschoss nehmen, sodass sie Julia jederzeit hören konnten. Das Badezimmer war direkt dazwischen, alles ebenerdig. Dianne würde Julia nicht mehr nach oben tragen müssen.

»Tut mir Leid. Also ab nach oben. Ich meine, in den ersten Stock …«
»Ich glaube, das können wir uns sparen.« Alan sah aus dem Fenster und überlegte, ob Dianne die stillen Marschen vermissen würde. Im Hafen herrschte reges Treiben – Schiffe kamen und gingen, der Wind peitschte die Wellen auf, Flaggen wehten auf den Werften.
»Gefällt dir das Haus nicht? Soll ich dir etwas anderes zeigen? Wir haben gerade erst ein wunderbares Objekt hereinbekommen, eine Luxusvilla, brandneu, draußen beim Steinbruch …«
»Nein, nein, es ist genau das, was ich mir vorgestellt habe. Ich kaufe es.«
»Jetzt gleich?« Wenn sie überrascht war, überspielte sie es meisterhaft. Sie hatte ihm weder den Preis genannt noch den ersten Stock und den Garten hinter dem Haus gezeigt, aber das schien ihn nicht zu interessieren.
»Auf der Stelle. Ich möchte bis Weihnachten eingezogen sein.«
»Bis Weihnachten!«, sagte sie lächelnd und nickte. »Dann krempel mal die Ärmel hoch. An mir soll's nicht liegen.«
Sie besiegelten das Geschäft per Handschlag. Alan musste los; er hatte am Nachmittag einen vollen Terminkalender, seine Patienten warteten. Während Nina über Handy in ihrem Büro anrief und den Papierkram in Auftrag gab, warf Alan einen letzten Blick – auf Diannes Haus.

In der vergangenen Nacht hatte Dianne von Tim geträumt. Sie befand sich an Deck eines Bootes, das in einen Orkan geraten war, ein hilfloser Spielball der Wellen. Das Meer, schwarz und undurchdringlich, hatte mehr Ähnlichkeit mit Treibsand als mit Wasser. Es drohte das Schiff mit Mann und Maus zu verschlingen. Dianne litt Todesangst, weil ein Mensch, den sie liebte, dort unten um sein Leben kämpfte. Obwohl sie sich im Boot sicher fühlte, schrie sie um Hilfe.
»Bitte helft mir! Hilfe! Hilfe!«
Wo waren sie, all die anderen Menschen, die sie liebte? Das Boot

zu lenken erforderte ihre ganze Kraft und Konzentration, sodass sie den Blick auch nicht eine Sekunde vom Ruder abwenden konnte. Es blieb ihr keine andere Wahl, als davon auszugehen, dass sie in der Kajüte hinter ihr Zuflucht gefunden hatten. Wer »sie« waren, wusste sie nicht, aber sie hoffte, dass Julia, Lucinda, Amy und Alan dazugehörten.

Irgendjemand war über Bord gegangen. Eine einzelne Hand ragte aus den Wellen empor, mit Unrat und Seetang bedeckt. Würde es ihr gelingen, diesen Menschen zu retten? Oder würde sie dabei mit untergehen? Sie weinte, schwitzte Blut und Wasser, war in ihrer Panik nahe daran, das Weite zu suchen und ihn seinem Schicksal zu überlassen. Aber eine innere Stimme befahl ihr, nicht aufzugeben, Mut zu fassen und ihrem Herzen zu folgen. Sie holte tief Luft, und alle Ängste und Zweifel fielen von ihr ab. Sie streckte den Arm über Bord, ergriff die Albtraum-Hand und spürte … wie Tim sie in die Tiefe riss.

Dann wachte sie auf.

Julia weinte. Dianne stand auf, hellwach und zitternd. Julia war nass, ihre Nase verstopft. Dianne säuberte ihre Nase und wickelte sie neu, wie jede Nacht, Verrichtungen, die ihr in Fleisch und Blut übergegangen waren.

»Maaa!« Julia schluchzte, als hätte auch sie einen Albtraum gehabt.

»Es ist alles gut, meine Kleine«, flüsterte Dianne. »Wir sind in Sicherheit, auf trockenem Boden, wir sind zusammen.«

Julia wälzte sich hin und her. Ihre Haut war bleich, ihre Hände eiskalt, als wäre sie im Meer geschwommen. Dianne rubbelte sie warm.

»Alles in Ordnung?«, kam Lucindas Stimme aus dem Flur.

»Ich glaube schon«, antwortete Dianne, immer noch Julias Hände reibend. »Wir haben alle beide schlecht geträumt und sind aufgewacht.«

»Was war das für ein Traum?«

»Es ging um Tim«, sagte Dianne schaudernd. »Er hat versucht, mich über Bord zu ziehen.«

»Du warst im Boot, und er trieb im Meer?«
»Ja. Heißt das, ich soll Mitleid mit Tim haben? Ist das die Botschaft?«
»Mitleid mit *Tim?*«
Dianne schlang die Arme um den Körper. Ihr war kalt, so eiskalt wie Julias Hände oder ein Mensch, der gerade einem Sturm entronnen war. Die Heizung war warm, aber Dianne fror trotzdem. Sie schloss die Augen und dachte an Alan. Er würde sie retten, würde sie nie im Stich lassen, würde alles Nötige veranlassen.
Aber ihr war immer noch eiskalt nach dem Traum.
Er war ein Bruchstück ihrer Vergangenheit, die in Trümmern lag, Teil des Gefühls, für das sie keinen Namen hatte. Um Alan ohne diesen Ballast zu lieben, musste sie Kummer und Schmerzen besiegen. Sie begann zu weinen, weil sie von Tim und einer ersten Liebe geträumt hatte, die so traumatische Spuren hinterlassen hatte.

Amy saß im Schulbus. Sie hatte ihre Kurzgeschichte beendet und war auf dem Weg zu Dianne, um den Computer zu benutzen. Amber fuhr im selben Bus und machte ihr das Leben schwer. Aber Lucinda hatte Amy für solche Fälle einen guten Tipp gegeben: Nimm ein Buch mit und lies, dann vergisst du alles ringsum.
Amber und David machten sich über sie lustig, tuschelten miteinander und gaben ihr Schimpfnamen. Amy war verletzt, aber sie ließ sich nichts anmerken. Sie hatte neue Schulkleidung und Schuhe von Dianne und Lucinda und neue Notizbücher, Bleistifte und Kugelschreiber von Dr. McIntosh geschenkt bekommen.
Im Reißverschlussfach ihrer Büchertasche steckte eine Hand voll Muscheln und Chitinpanzer-Stücke von den Sandburgen, die sie mit Julia im Sommer gebaut hatte. Vor einiger Zeit hatte sie Madeleine L'Engle entdeckt. Ihr Buch *A Wrinkle in Time* hatte sie schon bis zur Hälfte gelesen. Wenn Amber und David Kau-

gummipapier zusammenknüllten und nach ihr warfen, tat sie, als würde sie lesen, obwohl sie in Wirklichkeit an den Kurzgeschichten-Wettbewerb dachte.
Amy hatte die Geschichte umgeschrieben; sie endete jetzt damit, dass Catherines Mutter von ihrer Depression genas und alle Hoffnungen für die Zukunft hatten. In der letzten Szene hatte sie Dickie dorthin geschickt, wo der Pfeffer wächst – nach Kalifornien zum Arbeiten, aber dann hatte sie die Seiten zerrissen.
Dickie sollte ins Gefängnis. Er hatte seinen Hund, Catherines Mutter und Catherine misshandelt. Er war ein Schurke und sollte für seine Missetaten büßen. Mona, Catherines behinderte Schwester, lernte gerade gehen.
Auf der letzten Seite ihrer Geschichte bauten Catherine, Mona und Beth, die Mutter der beiden, eine Sandburg am Strand. Der Sand war weiß und fein wie Pulver, echter Hawthorne-Sand. Aus dem Meer wehten die Klänge des Delfingesangs zu ihnen herüber. Sandburgen konnten von der Flut weggespült werden, aber die Liebe überdauerte. Die Mutter hatte rosige Wangen und goldene wellige Haare.
Na gut, dann hatte Catherines Mutter eben Diannes Haare.
»Du kannst ja vor Gericht gehen«, sagte Amy lachend. »Es ist nur ein Roman!«
»Häh?«, fragte Amber.
»Äh, nichts«, antwortete Amy verlegen.
»Selbstgespräche führen und Leute zu Boden schlagen, die dir nichts getan haben. Eine reife Leistung!«, sagte Amber und malte mit einem Kugelschreiber auf ihrem Handgelenk herum.
»Dafür habe ich mich doch schon entschuldigt«, erwiderte Amy und schrumpfte zusammen.
»Die ständige Gesellschaft von Leuten, die einen Sprung in der Schüssel haben, infektiert«, sagte David. Amy musterte ihn mit unbewegtem Blick, als wäre sein Lieblingswurm gerade gestorben; wer Fremdwörter benutzte, ohne dass er eine Ahnung hatte, was sie bedeuteten, war nur zu bedauern.

Amy konnte es gar nicht mehr abwarten, beim Wettbewerb mitzumachen. Sie würde gewinnen, und das war nur ein Sprungbrett. Sie konnte sich geradezu vorstellen, wie ihre Gedichte und Geschichten veröffentlicht wurden. Amber würde ihr Teenie-Magazin *Seventeen* aufschlagen und die Geschichte von Amys ehemals bester Freundin lesen, die sich in einen Schmutzfink verwandelte. Und David würde in seinen blöden Heavy-Metal-Magazinen, die sich Buddy auch immer besorgte, ein Foto von Aerosmith entdecken, die sich bei Amy bedankten, weil sie mit einer ihrer neuesten lyrischen Balladen, zu der sie den Text geschrieben hatte, in der Hitparade gelandet waren.

Amy stieg in Gull Point aus dem Bus, ohne sich umzudrehen. Sie ging schnurstracks zur Werkstatt und hielt die Luft an, bis sie Dianne *und* Julia sah. Sie war so erleichtert, dass sie am liebsten in Freudengeheul ausgebrochen wäre.

»Hallo!« Kaum war sie durch die Tür, schleckte ihr Orion auch schon das Gesicht ab und war vor Freude ganz aus dem Häuschen. Dann ging Amy zu Julia, um sie mit einem kleinen Schmetterlingstanz der Hände zu begrüßen.

»Wie war die Schule?«, erkundigte sich Dianne, die an der Werkbank stand.

»Gut. Ich habe eine Zwei in Naturwissenschaft geschrieben. Eigentlich eine Zwei mit Sternchen – achtundachtzig Punkte.«

»Warte nur, bald gehörst du zu den Klassenbesten.«

»Ja, das hoffe ich!« Amy strahlte.

»Achtung, Krach!«, sagte Dianne und schaltete die Motorsäge ein.

Amy spielte eine Weile mit Julia, aber Julia schien müde zu sein. Sie bewegte ihre Hände kaum, und ihr Kopf sackte immer wieder auf die linke Schulter. Amy machte sich Sorgen. Es ging Julia offenbar nicht besser, seit sie sich das letzte Mal gesehen hatten. Sie hätte Dianne gerne gefragt, was mit ihr nicht stimmte, aber Dianne hatte ihre Schutzbrille aufgesetzt und konzentrierte sich darauf, mit ihrer Bandsäge ein Holzbrett zuzuschneiden.

Das Geräusch war laut. Die Stereoanlage war eingeschaltet, und Dianne sang vor sich hin. Amy schob Julias Rollstuhl zum Schreibtisch und holte ihr Notizbuch aus dem Rucksack. Sie blickte zu Dianne hinüber, auf die Erlaubnis wartend, den Rechner einzuschalten, die ihr Dianne mit erhobenem Daumen gab. Amy holte tief Luft. Sie hatte in der Schule gelernt, mit dem Computer zu arbeiten, aber es war etwas anderes, wenn man seine selbst erfundene Geschichte eingeben sollte. Vor lauter Aufregung hatte sie einen Kloß im Hals.
Dann fing sie mit dem Titel an: »Sandburgen«.

»Glaubst du, dass ich gewinne?«, fragte Amy eine Woche später, als ihr Manuskript getippt, korrigiert und ausgedruckt war. Jetzt musste es nur noch bei Mrs. Hunter und Mrs. Macomber in der Bibliothek abgegeben werden.
»Die Geschichte ist sehr, sehr gut«, sagte Lucinda.
»Aber ob es reicht, um zu gewinnen?«
»Wenn ich Preisrichter wäre, mit Sicherheit«, antwortete Dianne. »Die Kurzgeschichte und das Gedicht gefallen mir unheimlich gut. Ich würde dir den ersten Platz zuerkennen.«
»Kinder, Kinder, wie oft muss ich es euch noch sagen! Es geht nicht darum, wer gewinnt oder verliert, sondern wie man die Welt sieht«, meinte Lucinda.
»Das hast du noch nie gesagt«, entgegnete Amy stirnrunzelnd.
»Doch, hat sie, andauernd.« Dianne wiegte Julia auf ihrem Schoß. »Sie drückt es nur jedes Mal anders aus.«
»Wie zum Beispiel?«
»Liebet einander. – Man muss verzeihen können, auch seinem schlimmsten Feind.«
»Buddy? Nie im Leben!«
»Dann wirst du niemals von ihm loskommen.«
»Iiiii«, sagte Amy und stellte sich vor, wie sie an Buddy gekettet war. »Lieber würde ich Ameisen essen. Aber rechnet trotzdem nicht damit, dass ich ihm jemals verzeihe.«

»Gefällt deiner Mutter die Geschichte, die du geschrieben hast?«, fragte Dianne.
»Sie hat sie noch nicht gelesen«, antwortete Amy ruhig.
»Dliii«, sagte Julia.
Dianne saß neben ihrer Tochter. Lucinda sah, wie sie Julias Hände um ihren Zeigefinger legte und sie dazu bringen wollte, sich daran festzuhalten. Julias Griff lockerte sich, und sie versuchte es wieder. Dianne kann manchmal so verbohrt sein, dachte Lucinda. Hatte sie, als sie über das Verzeihen sprachen, nicht bemerkt, welchen Hass sie immer noch auf Tim empfand? Dieser Traum …
»Ich hoffe trotzdem, dass ich gewinne. Auch wenn ich nicht soll.«
»Gaaa«, sagte Julia.
»Hat dir die Geschichte wirklich gefallen, Dianne?«
»Und wie!«
»Da bin ich aber froh.«
Lucinda schluckte. Ob Dianne wenigstens bemerkt hatte, dass sie Amys fiktiver Mutter glich?
»Gliii«, flüsterte Julia.
»Siehst du, Julia glaubt, dass ich gewinne.«
»Ich werde euch etwas verraten.« Lucinda blickte die beiden an und dachte an die Zeit zurück, als Dianne in Amys Alter gewesen war. »Ganz gleich, ob du gewinnst oder verlierst, von mir bekommst du einen Preis: Eintrittskarten für den *Nussknacker.*«
»Das Ballett? Das an Weihnachten immer im Fernsehen übertragen wird?«
»Mom hat mich mitgenommen, als ich in deinem Alter war«, berichtete Dianne. Sie sah müde aus, als wäre sie erschöpft vom Leben – oder auch nur davon, die Finger ihrer Tochter zu halten. »Das war eines der schönsten Erlebnisse, an die ich mich erinnern kann.«
»Und deshalb sollst du die Tradition fortsetzen und Amy mitnehmen«, sagte Lucinda.

25

Julia hatte einen weiteren Krampfanfall. Dieses Mal mitten in einer kalten Novembernacht, und Dianne hörte, wie sie gegen die Wände trat, wie ein Pferd, das im Stall ausschlägt. Sie rannte in Julias Zimmer, versuchte ihre Hände festzuhalten, damit sie sich nicht mit den Fäusten ins Gesicht schlug, und nahm ihr Kind in die Arme, das erstickte, gurgelnde Laute von sich gab.

»Was ist denn, Dianne?«, fragte Lucinda, die sofort gekommen war.

»Ruf 911 an, schnell, und ruf Alan an!«, keuchte Dianne.

Ihre Mutter verschwand, Dianne blieb bei Julia. Das Mädchen drohte zu ersticken. Hatte sie ihre Zunge verschluckt? Oder war irgendein Fremdkörper in ihre Atemwege geraten? Julia lief bereits blau an.

In Panik sprang Dianne auf. Der Krampfanfall dauerte immer noch an. Dianne klopfte ihr so fest es ging auf den Rücken. Irgendetwas knackste, als hätte sie ihr eine Rippe gebrochen. Trotzdem bekam Julia keine Luft. Dianne packte sie an den Füßen, sodass der Kopf nach unten baumelte. Wo blieb der Krankenwagen? Weit und breit keine Sirene zu hören. Wie viel Zeit war seit Lucindas Anruf vergangen? Sie nahm Julia auf den Arm und versuchte sie nach unten zu tragen; Faustschläge trafen ihr Gesicht, Tritte von Julias Fersen ihre Beine.

Dianne dachte nur noch an eins: Sie musste nach unten. Unten würde sie Hilfe finden. Dort war ihre Mutter, und die Ambulanz war auf dem Weg. Diannes Rücken schmerzte, sie spürte den Krampf in der Wirbelsäule, doch das war jetzt nebensächlich. Julia drohte zu ersticken. Notfalls konnten sie bereits in der Ambulanz einen Luftröhrenschnitt machen. Wenn es nicht zu spät war … Dianne hielt erschöpft inne, ein Schluchzen unterdrückend, und lehnte sich an die Mauer. Wenn sie ihr nicht mehr helfen konnten, war alles vorbei. Sie würde von ihren Leiden erlöst sein …

»Nein!«, sagte Dianne, unfähig, den Gedanken auszuhalten. Sie musste hinunter und Hilfe besorgen. »Geh nicht, Julia!«

Der Krankenwagen war da. Lucinda hatte gesagt, dass Julia einen Krampfanfall hatte. Notarzt und Sanitäter standen bereit. Eine einzige Spritze mit Diazepam, und der Krampfanfall war vorüber. Sie machten die Atemwege frei. Julia hatte sich auf die Zunge gebissen und wäre um ein Haar an ihrem eigenen Blut erstickt. Dianne hielt die ganze Zeit Julias Hand. Sie achtete nicht auf den Wirbel, der ringsum herrschte, konzentrierte sich auf die Augen ihrer Tochter. Sie waren geschlossen, aber Dianne sah sie auch so vor sich, groß, blau und forschend auf das Gesicht ihrer Mutter gerichtet.

»Ich liebe dich«, flüsterte Dianne und beugte sich über Julia, während sie hinausgetragen wurde. »Ich liebe dich.«

Alan wartete bereits im Krankenhaus auf sie. Nachdem er Dianne beruhigt und in den Warteraum gebracht hatte, ging er in die Notaufnahme, wo Julia gerade versorgt wurde. Schläuche steckten in ihrem Arm, in der Nase, im Hals. Ihr Gesicht war unter einer Sauerstoffmaske verborgen.

»Als sie gebracht wurde, mussten wir sie noch nicht beatmen«, sagte der Dienst habende Arzt. »Aber jetzt.«

Alan nickte. Julias Gesichtsfarbe war wächsern, die Lippen waren blau angelaufen, eine Folge des Sauerstoffmangels. Er prüfte die Sauerstoffmenge, die ihr aus den Wandbehältnissen zugeführt wurde. Der Neurologe, der Notdienst hatte, schrieb Anweisungen für Computertomografie und EEG aus, der Kardiologe für ein EKG. Alan küsste Julia auf die Stirn, dann ging er zu Dianne.

»Was ist?« Dianne sprang auf und ergriff Alans Hände.

»Es müssen noch einige Untersuchungen durchgeführt werden.«

»Dieses Mal ist es schlimmer, oder? Viel schlimmer. Sag mir die Wahrheit! Ist es schlimmer? Ist es schlimmer, Alan?«

»Ich weiß es nicht.« Alan versuchte Ruhe zu bewahren; er holte tief Luft und blickte sich in der vertrauten Umgebung um, sich vor Augen haltend, dass er Arzt war. Aber hier ging es um Dianne und Julia, und alles, was er in seiner Ausbildung gelernt hatte, war für die Katz. Seine Augen füllten sich mit Tränen. »Ich weiß es nicht«, sagte er noch einmal.

»Wenn sie stirbt, ist es meine Schuld. Ich habe auf der Treppe angehalten und mir für eine Sekunde gewünscht, dass sie von ihren Leiden erlöst wird!«

»Das hätte doch jeder getan, der sieht, was sie durchmachen muss …«

»Ich habe es nicht so gemeint.«

»Ich weiß.«

Sie warteten Stunden. Alan saß neben Dianne in der Ecke des hellen Warteraums, den Arm um ihre Schultern gelegt, während Patienten kamen und gingen – mit Fleischwunden, Verstauchungen und Schmerzen in der Brust. Alan stellte insgeheim für jeden eine Diagnose, beurteilte das Ausmaß der Beeinträchtigung, legte die Behandlungsmethode fest. Doch Julia war wie sein Kind, und er war als Arzt befangen.

»Alan?« Jim Wedstone gab ihm mit einem Kopfnicken zu verstehen, dass er mit ihm sprechen wolle. Er war ein Neurologe vom alten Schlag, der ein Wort unter Standesgenossen vorzog, zwischen Spezialist und Hausarzt sozusagen. Jim erwartete, dass er die Informationen an Dianne weitergab. Aber das war nicht in Alans Sinn. Er nahm Diannes Hand und durchquerte die Notaufnahme.

»Jim, das ist Dianne Robbins, Julias Mutter.«

»Äh … guten Abend.« Er war ungehalten oder nicht darauf vorbereitet, mit ihr zu reden, aber Alan ließ ihm keine Wahl.

»Wie geht es Julia?«, fragte Alan.

»Sie atmet wieder alleine, wenn auch schwer. Der Kardiologe

wird noch mit Ihnen sprechen, aber im Moment bekommt sie nicht genug Sauerstoff, um das Gehirn und die Organe ...«

»Sie ist gewachsen«, unterbrach Dianne ihn und sah Alan an. »Das ist der Grund, oder?«

»Eine mögliche Ursache«, antwortete Alan.

»Das habe ich den ganzen Sommer befürchtet«, fuhr Dianne zitternd fort. »Ihre Lungen schaffen es nicht. Hatte sie deshalb den Krampfanfall?«

»Krampfanfälle sind bei diesem Krankheitsbild gang und gäbe«, sagte Jim. Als Neurologe gehörten sie zu seinem Fachgebiet, und er schickte sich an, Dianne die Funktionen von Synapsen und Neurotransmittern zu erklären. Seine Worte schienen Dianne zu beruhigen und einzuleuchten, denn Alan sah, dass sie nickte und wie gebannt an seinen Lippen hing.

Zuhören war leichter, als sich fortwährend den Kopf zu zerbrechen. Julia war wirklich gewachsen. Und vermutlich war genau das eingetreten, was sie befürchtet hatten.

»Komm«, sagte Alan und ergriff Diannes Arm.

»Moment, Dr. Wedstone erklärt mir gerade ...«

Er kannte Jim Wedstone. Er hätte den ganzen Tag weitergeredet und sie mit seinen Theorien über die Gesundheitsprobleme heranwachsender Mädchen bombardiert. Deshalb machte Alan kurzen Prozess. Er bedankte sich bei ihm, schnappte sich Diannes Mantel, der über ihrem Stuhl hing, und half ihr hinein, auch wenn sie sein rüdes Benehmen Jim gegenüber empörend fand.

»Es war doch nett von ihm, dass er mir alles erklärt hat«, sagte Dianne.

»Ich weiß.« Alan machte ihr den obersten Knopf zu. Es war kalt draußen, und ein eisiger Wind wehte vom Hafen herüber. »Komm, lass uns ein paar Schritte gehen.«

Der Hafen war grau, das Wasser kabbelig. Die Birnbäume in Hawthorne waren kahl, die nackten Zweige bogen sich im Wind. Dianne, den Mantelkragen bis zum Kinn hochgezogen, bemühte sich, mit Alan Schritt zu halten. Es war gut, dass er sie

dazu gebracht hatte, frische Luft zu schnappen. Im Krankenhaus war es stickig und die Warterei eine Qual.
Es schneite. Die Schneeflocken bildeten weiße Wirbel, wenn sie auf dem Pflaster auftrafen. Kaum zu glauben, dass der Winter vor der Tür stand. Nächste Woche war Thanksgiving, wie immer am letzten Donnerstag im November, und dann begann die Vorweihnachtszeit.
»Wann kann Julia nach Hause?«, fragte Dianne.
»Das lässt sich noch nicht sagen. Sobald sich ihr Zustand stabilisiert hat.«
»Einen Tag. So lange dauert es bei ihr. Sie wird wieder gesund, ja? Ich meine, der Sauerstoffmangel … das wird wieder, oder?«
»Komm, lass uns einfach ein paar Schritte gehen«, sagte Alan.
Betäubt ließ sich Dianne von ihm unterhaken. Sie gingen an der Uferpromenade entlang, vorbei an den Bootswerften und Anlegeplätzen für die Fischkutter. Der größte Teil der Flotte lag im Hafen, und die Fallleinen rasselten im Wind. Sie warf einen Blick über die Schulter und fragte sich nervös, wie weit sie sich noch vom Krankenhaus entfernen würden. Sie wollte bei Julia sein, wenn sie zu sich kam.
Sie bogen in die Water Street ein. Hier wehte der Wind heftiger, brannte auf Diannes Wangen, und es gab keine Fischbaracken oder Hummerboote, die ihm Einhalt geboten. An Alan geschmiegt, spürte sie, wie er schützend seinen Arm um ihre Schultern legte. Sie wollte ihm gerade sagen, dass es Zeit sei, umzukehren, als er vor ihrem Traumhaus anhielt.
»Oh!« Sie ergriff mit ihren bloßen Händen zwei der Gitterstäbe des schmiedeeisernen Eingangstors, um hineinzuspähen.
Alan zog ihren Arm weg. Zuerst dachte sie, er wolle sie zum Weitergehen nötigen, um warm zu bleiben. Sie löste sich sanft von ihm, da sie noch eine Minute verweilen wollte, um das große weiße Haus, den Rasen und die Wiese zu betrachten.
»Herrlich, dieses Anwesen«, sagte sie.
Alan stand da, die Hände in den Taschen vergraben, und blickte sie an. Sein Gesicht war gerötet, das Kinn im Mantelkragen ver-

graben. Sie sah, dass er fror, aber er ließ sie gewähren. Sie brauchte diese Flucht vor der Wirklichkeit, vor der Angst um Julia und dem schrecklichen Gedanken, der ihr auf der Treppe durch den Kopf gegangen war.
»Als Kind habe ich mir ausgemalt …«
»Was?«
»Oh, Gartenfeste, Ladys in weißen Kleidern, Kinder, die auf dem Rasen spielen. Glücklich sein.«
»Weißt du noch, der Spaziergang im letzten Sommer, als wir hier standen?«
Dianne nickte. Sie erinnerte sich. Sie waren Hand in Hand durch die laue dunkle Sommernacht geschlendert, und eine leichte Brise wehte. Sie hatten getanzt und sich geküsst. Bei der Erinnerung musste sie lächeln. Sie legte den Kopf in den Nacken und blickte Alan an. Seine haselnussbraunen Augen sahen so ernst aus; sie hätte sich gerne auf die Zehenspitzen gestellt, um ihn zu küssen.
»Ich habe dich gefragt, ob du dir deinen Kinderglauben bewahrt hast und auch heute noch meinst, dass die Bewohner glücklich sein müssen. Du hast geantwortet, dass du dir nicht sicher bist.«
»Was für eine Rolle spielt das?«
»Komm, wir werden es herausfinden«, sagte er und wollte sie durch das Tor ziehen. Sie war entsetzt, dass er auch nur in Betracht zog, das Grundstück unbefugt zu betreten. Es standen keine Autos in der Auffahrt, aber auf der Treppe lag ein Kürbis; also würde hier jemand Thanksgiving feiern.
»Sie haben bestimmt nichts dagegen«, versicherte Alan.
»Woher willst du das wissen? Was ist, wenn sie doch zu Hause sind? Nur weil wir keinen Wagen sehen …«
»Das glaube ich nicht.«
Widerstrebend ließ sich Dianne an der Hand die Auffahrt hinaufziehen. Sie bestand aus pulverisierten Austernschalen, die unter den Füßen knirschten. Die Blumenbeete waren vor dem Winter mit Stroh abgedeckt, das Laub im Garten war gerecht.

Sie hatte das Haus noch nie aus der Nähe gesehen und konnte nicht umhin, die Feinheiten zu bewundern.
Es sah genau wie das Spielhaus aus, das ihr Vater für sie gebaut hatte – drei Schornsteine, weiße Schindeln, schwarze Rollläden, kannelierte Säulen und eine Treppe mit breiten Steinstufen. Sie machte sich keine Gedanken mehr, weil sie das Anwesen unerlaubt betreten hatten, sondern betrachtete es fasziniert. An den Fenstern hingen keine Vorhänge. Vielleicht konnte man ja einen Blick hineinwerfen, nur ganz kurz.
Alan kramte in seinen Manteltaschen. Sie ließ seinen Arm los und näherte sich auf Zehenspitzen dem Haus. Die gestutzten Eibengewächse waren fast kinnhoch. Sie musste sich recken, um durch das Fenster zu spähen. Erschrocken schnappte sie nach Luft.
Das Haus sah aus, als wäre es unbewohnt.
Die weißen Wände waren kahl, die breiten Dielenbretter nackt. Dianne tat es in der Seele weh, den weitläufigen Raum ohne Mobiliar und Gemälde, ohne Anzeichen von Leben zu sehen, ohne Bücher auf den Regalen. Dianne fühlte sich innerlich genauso leer. Sie hatte Angst vor dem, was mit ihrer Tochter geschah, die allein in einem Krankenzimmer am anderen Ende der Straße lag.
Ihr Leben glich diesem trostlosen leeren Haus. Letzten Abend hatte Dianne auf der Treppe gestanden und einen Augenblick lang gedacht, für ihre Tochter sei es besser, sie wäre tot. Sie wollte nichts wie weg. Julias Untersuchungen würden bald abgeschlossen sein, und Dianne musste zurück.
Sie drehte den Kopf, um einen letzten Blick zu erhaschen. Der Raum war leer, bis auf ein einziges Möbelstück. Dianne hatte es vorher nicht bemerkt – ein Stuhl, der vor dem Kamin am hinteren Ende stand. Es war ein hölzerner Schaukelstuhl mit Armlehnen und Kufen, in Rosa, mit handgemalten grünen Efeuranken, blauen Trichterwinden-Blüten und roten Akeleien.
Der Schaukelstuhl war klein und gehörte, der Farbe nach zu schließen, einem kleinen Mädchen. Was mochte die Eltern be-

wogen haben, das Haus aufzugeben oder vorübergehend zu verlassen? Plötzlich hätte sie sich am liebsten umgedreht und wäre davongelaufen. Hier lebten Menschen aus Fleisch und Blut, die ihr eigenes Leben und ihre eigenen Probleme hatten, genau wie Dianne und Alan und Julia. »Alan, lass uns gehen«, flehte sie und zupfte ihn am Ärmel.

»Dianne«, sagte er und streckte die Hand aus.

»Bitte. Wir haben hier nichts verloren. Und ich muss zu Julia zurück.«

»Ich auch. Aber erst haben wir hier noch eine Kleinigkeit zu erledigen.«

Er küsste sie, in der Kälte, in einem fremden Garten. Dianne versuchte sich loszureißen. Ihr Herz raste. Seitdem sie den kleinen Schaukelstuhl gesehen hatte, kam sie sich wie ein Eindringling vor, und sie wollte schleunigst weg, bevor die Familie zurückkehrte und sie ertappte. Der Kürbis lag auf den Stufen, unmittelbar vor ihren und Alans Füßen.

»Das Haus ist bewohnt!«

»Ich weiß«, flüsterte er, küsste ihr Gesicht und ließ etwas in ihre Hand gleiten.

»Was ...« Sie öffnete sie. Es war ein Schlüssel.

Alan wartete nicht, bis sie weitere Fragen stellte. Er nahm ihre Hand, steckte den Schlüssel ins Schloss und drehte ihn um. Die Tür ging auf. Dianne starrte ihn fassungslos an. Er strahlte, und sein Blick war verwegen.

»Alan!«, flüsterte sie. »Um Gottes willen, was machst du da?«

»Willkommen daheim!«, sagte er.

Er legte die Hände auf ihre Schultern, schob sie sanft aus der Tür, dann nahm er sie auf seine Arme und trug sie über die Schwelle.

Sie schluckte, Tränen liefen ihr übers Gesicht, während sie zu verstehen versuchte, was vor sich ging. Ihr Leben stürzte wie ein Kartenhaus ein, ihre Tochter verlor ihren grausamen Kampf, und Alan trug sie in das Haus, das sie zeitlebens geliebt hatte.

Er durchquerte den leeren Raum, ging mit hallenden Schritten zu dem Marmorkamin und dem kleinen Schaukelstuhl hinüber. Nun sah Dianne, dass quer über der schmalen Rückenlehne aus rosafarbenem Holz ein Name stand: JULIA.
Die Buchstaben bestanden aus grünen Stielen, mit zarten Blüten an den Enden. Die Blüten waren weiß wie Apfel- und Birnenblüten und blau wie Prunkwinden. Äpfel lagen am Stamm der Buchstaben, wie in einem Garten, in dem Blumen und Früchte wuchsen.
»Schau mal, hier wohnt ein Mädchen, das Julia heißt«, flüsterte Dianne verblüfft.
»Ja«, sagte Alan, die Arme um Dianne geschlungen, als er sie auf dem Boden absetzte.
»Wo sind die Besitzer?«
»Hier.«
»Wir?«, fragte Dianne kaum hörbar.
»Wir, Liebste.«
Sie blickte ihn an. Seine Brille war beschlagen, als sie aus der Kälte hereingekommen waren, und er setzte sie ab, um sie in die Tasche zu stecken. Seine Hand zitterte, sodass Dianne ihm die Brille abnahm.
»Das Haus …«, fragte Dianne; ihre Hände zitterten nicht minder.
»Ich habe es gekauft. Für dich. Für uns.«
»Der Schaukelstuhl!« Langsam dämmerte es ihr.
»Ich habe ihn für Julia anfertigen lassen.«
Dianne weinte.
»Ich würde sie gerne adoptieren. So bald wie möglich. Ich möchte, dass sie meine Tochter wird, Dianne.«
»O Alan!«
»Ich möchte, dass sie meine Tochter wird und wir heiraten und hier wohnen, in dem Haus, das du immer geliebt hast.«
»Und wie ich es geliebt habe! Seit ich denken kann.«
»Ich kann nicht mehr ohne euch sein. Ich möchte, dass wir eine richtige Familie werden, mit allem, was dazugehört. Dass wir

Weihnachten hier verbringen, mit Julia im Schaukelstuhl neben dem Feuer.«

»Sie wird es warm haben«, sagte Dianne und dachte an Julias eiskalte Hände und Füße, eine Folge der schlechten Durchblutung. Deshalb hatte sie den schwarzen Sandstrand geliebt, denn er speicherte die Sonne besonders gut. Alan hatte ihr einen Schaukelstuhl am Feuer machen lassen, sodass sie es das ganze Jahr über warm haben würde.

»Dianne«, sagte er. »Dianne, willst du mich heiraten?«

»Ja!«, antwortete sie mit Tränen in den Augen. »Ja, Alan, ich will.«

»Ich liebe dich!«

»Und ich liebe dich!«

»Schade, dass Julia jetzt nicht hier ist«, sagte Dianne mit Blick auf den Schaukelstuhl.

»Sie wird ihn bald mit eigenen Augen sehen.«

»Es ist Zeit, wir müssen zurück«, meinte Dianne. Sie hätte bis in alle Ewigkeit in dem Haus bleiben können, aber sie wollte bei Julia sein, wenn sie wach wurde.

»Ich weiß. Nur …«

»Ich möchte ihr erzählen, dass du sie adoptieren willst.«

Alan nickte. Er schien etwas sagen zu wollen. Dianne hoffte, dass es nichts mit Tim zu tun hatte, der in diesem wundervollen Haus nichts zu suchen hatte.

Er tat es nicht. »Julia weiß es schon«, erklärte er stattdessen und sah sie lächelnd an. »Ich meine, dass ich dir einen Heiratsantrag …«

»Julia weiß es?«

Alan nickte. »Ich habe ihr erzählt, dass ich das Haus gekauft habe und dich heiraten möchte. Vorhin, im Krankenhaus … ich habe gewissermaßen bei ihr um deine Hand angehalten, Dianne.«

»Was hat sie … was hat sie gesagt?«

»Sie hat Ja gesagt.«

Dianne nickte mit leuchtenden Augen.

»Und ich habe ihr gesagt, dass ich ihr Vater sein möchte. Aber das wusste sie auch schon.«

»Was?«

»Sie hat es seit ihrer Geburt oft genug gehört, jedes Mal, wenn du nicht dabei warst. Ich habe Julia erzählt, wie gerne ich ihr Vater wäre.«

»Das bist du«, erwiderte Dianne und legte ihren Kopf an Alans Brust. »Das bist du bereits.«

Er wollte ihr noch etwas zeigen, bevor sie zu Julia zurückkehrten. Er ging ihr voran durch das Erdgeschoss, durch eine Sonnenveranda, wo Julia sitzen und auf die Boote im Hafen hinunterblicken konnte, in eine Küche mit allem Drum und Dran und einen kurzen Gang entlang in ein Schlafzimmer.

»Es ist eine Suite. Der eine Raum ist für uns, der andere für Julia.«

»Direkt nebeneinander ...«, sagte sie, als sie sah, dass sie miteinander verbunden waren.

»Und im Erdgeschoss. Damit du sie nicht mehr treppauf, treppab tragen musst.«

»Ach, Alan«, seufzte Dianne. Ihre Rückenschmerzen waren ärger, als sie sich hatte anmerken lassen. Heute Morgen waren sie besonders schlimm gewesen. Schuldbewusst erinnerte sie sich an ihre Gedanken auf der Treppe, und ihr war klar, dass ihre eigenen Schmerzen dazu beigetragen hatten.

»Ich werde von jetzt an bei dir sein und auf euch beide aufpassen. Ich werde alles tun, um dich glücklich zu machen, das verspreche ich dir.«

»Das hast du bereits«, sagte Dianne und blickte ihm in die Augen. »Du hast mir mehr Glück geschenkt, als du dir vorstellen kannst.«

»Das ist nichts im Vergleich zu dem Glück, das du mir schenkst«, erwiderte Alan, küsste sie und führte sie zu der Stelle im Raum, wo er sich das Bett vorstellen konnte. Er breitete seine Jacke auf dem harten Boden aus, und sie ließen sich darauf nieder, hielten sich in den Armen und blickten sich stumm in die Augen. Dianne spürte ihre Herzen im gleichen Takt schlagen. Sie streckte die Hand aus und schob sie in sein Hemd.

Sie dachte an das erste Mal, als sie miteinander geschlafen hatten. »Fangen wir damit an, dass ich dich liebe«, hatte Alan gesagt, um es ihr leichter zu machen. Sie sehnte sich nach ihm, wollte mehr als seine Brust berühren. Langsam begann sie sein Hemd aufzuknöpfen.

»Du musst nicht ...«

»Fangen wir damit an, dass ich dich liebe«, sagte sie leise.

Alan schloss die Augen. Sein Gesicht war angespannt vor Begehren, und sie sah, wie er sich mühsam beherrschte. Zärtlich liebkoste sie seinen Körper. Ihre Hand glitt über seine Brust, seinen flachen Bauch, dann beugte sie sich hinunter und küsste seine Lippen.

Dianne hatte nie auf diese Weise die Führung übernommen, hatte sie immer Alan überlassen. Sie hatte sich entspannt, die Lust genossen, die er ihr schenkte, sie angenommen. Zu mehr war sie nicht im Stande gewesen. Man lernte nicht auf einen Schlag zu lieben, Lust zu geben. Das dauerte seine Zeit, und Alan war geduldig und großzügig gewesen.

Selbst jetzt streckte er die Hand nach ihr aus, um sie auf den Rücken zu drehen. Er wollte *sie* lieben, so, wie es ihr immer gefallen hatte. Aber dieses Mal wollte Dianne *ihm* Lust schenken.

»Ssssch«, wisperte sie und küsste sein Ohr. »Lass mich ...«

»Dein Rücken.«

»Meinem Rücken geht es gut.«

Stück für Stück entkleidete sie ihn. Nach jedem Knopf an seinem Hemd hielt sie inne, um jeden Zentimeter seiner Haut zu küssen. Sie öffnete den Reißverschluss seiner Hose. Er bäumte sich unter ihrer Berührung auf, aber sie drückte eine Hand gegen seine Brust.

Dann zog Dianne sich aus. Winterlicht strömte durch die breiten Fenster, und es gab keinen Platz, um sich zu verstecken. Aber es störte sie nicht. Dianne war immer befangen gewesen, und sie hatte mehr als ein Jahrzehnt damit verbracht zu vergessen, dass sie überhaupt einen Körper besaß. Doch nun, als sie Kleid und Büstenhalter ablegte, sah sie den Ausdruck in Alans Augen und wusste, dass er sie so liebte, *wie sie war.*

»Du bist schön«, flüsterte er.

Zu dünn, hätte sie beinahe gesagt. Zu knochig, zu eckig, nicht weich genug. Aber sie biss sich auf die Zunge und küsste ihn stattdessen. Lange und voller Leidenschaft. Ihre Unsicherheiten waren vergessen. Alan fand sie schön, und die Liebe in seinen Augen bestätigte seine Worte.

Das ist unser Haus, dachte sie. Unser Haus.

Das ist das erste Mal, dass wir in unserem neuen Zuhause miteinander schlafen.

Alans Arme umfingen sie, als sie sich über ihn kniete. Das Licht strömte durch die Bleiglasfenster ins Innere des Hauses, zauberte Regenbogen auf den Fußboden. Dieser Mann hatte ihr ganzes Leben verändert, sie gelehrt, die Welt aus einer völlig neuen Warte zu betrachten, hatte sie in ihrem tiefsten Innern berührt.

Nun berührte sie ihn. Sie führte ihn, als er in sie eindrang, spürte den vertrauten überwältigenden Ansturm der Gefühle. Sie wünschte sich, es möge immer so bleiben. Sie wünschte sich, sie hätte diese Gefühle in all den Jahren gehabt, die sie sich kannten – die Zärtlichkeit in seinem Blick, seine sanften Hände, die ihr über die Wange strichen, das Aufflammen der Liebe in jeder Faser ihres Seins.

»Alan …«, flüsterte sie.

»Ich liebe dich, Dianne.«

Sie ließ sich auf ihn hinab, bedeckte seinen Körper mit ihrem. Dann rollten sie auf die Seite, ohne sich voneinander zu lösen, bewegten sich im gleichen Rhythmus, der an Wellen und Gezeiten erinnerte. Der Hafen lag vor ihrem Fenster, dahinter das Meer, und sie schloss die Augen und spürte, wie eine alles verzehrende Macht Besitz von ihr ergriff. Sie hielten sich in den Armen, erreichten gemeinsam den Höhepunkt, umklammerten sich, bis die Hitze der Leidenschaft verebbte. Das Gefühl blieb unvermindert bestehen.

Die Macht der Liebe, dachte sie und umarmte Alan mit aller Kraft. Sie war es, die Ebbe und Flut im Leben der Menschen bewirkte, die sie befähigte, Burgen zu errichten, Kinder großzuziehen und nach den Sternen zu greifen. Sie hatte Julia mit der Macht ihrer Liebe umhüllt, und nun auch Alan. Sie hatten zueinander gefunden.

»Halt mich fest«, flüsterte sie, obwohl er keine Anstalten machte, sie loszulassen.

»Das tue ich.«

»Genauso sollte es sein«, flüsterte sie.

»Wir sind zusammen«, sagte er.

»Das war mein Spielhaus«, erwiderte sie und umschloss sein Gesicht mit ihren Händen.

»Ich weiß. Deshalb sind wir hier.«

»Du hast es zu meinem Zuhause gemacht.«

Alan nickte und küsste sie.

»Zu unserem Zuhause«, sagte sie, weil sie es immer noch nicht glauben konnte.

26

In zwei Tagen war Thanksgiving. Dianne und Lucinda standen in der Küche, um das traditionelle Essen zuzubereiten. Dianne machte immer die Moosbeerensoße und Lucinda den Obstkuchen. Sie polierten das Silber und die kostbaren Kristallgläser auf Hochglanz. Die Truthahnfüllung war bereits fertig, und in der Küche duftete es köstlich nach Zwiebeln und Salbei. Lucinda hatte diese Rituale vor langer Zeit eingeführt.

»Ich bin so glücklich, Mom«, sagte Dianne, die am Spülbecken stand, noch immer fassungslos klingend, seit sie Lucinda von Alans Heiratsantrag erzählt hatte.

Lucinda nickte, die Hände voller Kuchenteig. Nicht im Mindesten überrascht, freute sie sich für ihre Tochter und bedauerte nur, dass sie so viele Jahre gebraucht hatte, um das große Glück zu finden.

»Es kommt mir vor, als hätte für mich ein völlig neues Leben begonnen, und ich weiß nicht, wie ich mich verhalten soll.«

»In welcher Hinsicht?«

»In jeder. Ich habe fast mein ganzes Leben hier verbracht und hatte nie einen eigenen Hausstand.«

»Kurzfristig schon.«

Dianne rührte die Moosbeerensoße, nahm eine Kostprobe mit dem Holzlöffel und nickte. »Ja, als Tim und ich im Austernschuppen wohnten. Alles schien so einfach, wir hatten die alten Möbel aus deinem Keller, und Alan schenkte uns ...« Sie brach den Satz ab.

»Das ist lange her«, sagte Lucinda.

»Trotzdem, ich wünschte ...« Dianne runzelte die Stirn und überlegte, dann gab sie sich einen Ruck. »Ich wünschte, ich hätte seinen Bruder nie geheiratet und Alan und ich könnten

noch einmal bei Null anfangen, ohne die Bürde der Vergangenheit.«
»Ich weiß, Kind.« Lucinda hatte den Teig ausgerollt und hielt inne. Sie hätte gerne etwas Kluges und Weltläufiges gesagt, wie, man solle die Vergangenheit ruhen lassen, aber auch sie wurde immer wieder von ihr eingeholt.
Sie dachte an die Zeit zurück, als Emmett und sie ihren Hausstand gegründet hatten. Sie waren nach der kirchlichen Trauung weggefahren, mit scheppernden Büchsen an der hinteren Stoßstange seines Pick-up. Anschließend waren sie in das Haus gezogen, das er mit den eigenen Händen erbaut hatte, genau wie das Mobiliar, mit dem sie es eingerichtet hatten, und es hatte keinen Exehemann und keine Rivalität unter Brüdern gegeben, die ihr das Leben schwer machten. Es war auch ohne den Wirrwarr der Vergangenheit, den zwei Menschen mit in die Ehe brachten, ein hartes Stück Arbeit.
»Ich kann es nicht fassen! Er hat mir ein Haus gekauft«, sagte Dianne.
»Das schönste in ganz Hawthorne«, erwiderte Lucinda.
»Und so groß! Als ich ihm davon erzählt habe, wäre ich nie auf die Idee gekommen, dass er es eines Tages kaufen könnte. Nie im Leben!«
»Ich weiß noch, wie du immer darauf bestanden hast, anzuhalten, um einen Blick darauf zu werfen«, sagte Lucinda. »Du hast deinen Vater gebeten, langsamer zu fahren, und was hat er gemacht? Er ist schnurstracks an den Straßenrand gefahren.«
»Mein Spielhaus …«
Lucinda nickte. Sie dachte an das Weihnachtsfest, an dem Emmett seine Tochter mit der maßstabgetreuen Kopie überrascht hatte. Er wäre glücklich über Alans Geschenk gewesen.
»Und ich habe Spielhäuser für die Kinder meiner zukünftigen Nachbarn gebaut.«
»Sie können von Glück sagen, eine Nachbarin wie dich zu bekommen«, entgegnete Lucinda und musterte Dianne, die am anderen Ende der Küche stand. Hatte sie eine Spur Unsicher-

heit in ihrer Stimme gehört? Lucinda und Emmett, Bibliothekarin und ein Zimmermann, waren kleine Leute gewesen, und Dianne verdiente den Lebensunterhalt für sich und ihre Tochter mit den Spielhäusern, die sie an die Besitzer eben jener hochherrschaftlichen Häuser verkaufte. Ihre Hände waren rau von der harten Arbeit und voller Holzsplitter. Sie kannte die Häuser mit den langen Auffahrten, Säulen und eigenen Namen statt Hausnummern nur als Lieferantin.

»Sie lassen ihre Kinder von Alan behandeln; dass ein Arzt dort einzieht, ist für sie sicher keine Überraschung.«

»Mit dir und Julia.«

Dianne nickte; sie strahlte vor Liebe und Glück.

Lucinda sah ihre Enkelin an. Julia hatte in den letzten Tagen kaum noch die Augen geöffnet. Sie saß in ihrem Schaukelstuhl und schlief, in Fötusstellung, zusammengerollt wie eine Schnecke, die sich in ihr Haus zurückzieht. Dianne bemühte sich geduldig, Julias Position immer wieder zu verändern, wie es ihr der Physiotherapeut gezeigt hatte, um Muskelkrämpfe zu vermeiden.

»Alan möchte sie adoptieren«, berichtete Dianne, die ihrem Blick gefolgt war.

»Ich weiß.«

»Er möchte, dass wir endlich eine richtige Familie sind.«

»Das hat er sich seit zwölf Jahren gewünscht.«

»Mom«, sagte Dianne und schlang die Arme um ihren Körper, als wäre ihr plötzlich kalt.

»Was ist, Liebes?«

»Verdiene ich so viel Glück überhaupt?«

»Dianne!«

»Ich habe lange gedacht, ich hätte mein Schicksal selbst zu verantworten«, erklärte Dianne kaum hörbar. »Dass ich schuld an Julias Behinderung wäre.«

»Es war nicht deine Schuld«, entgegnete Lucinda.

»Aber da muss etwas gewesen sein! Vielleicht habe ich mich nicht richtig ernährt oder muss für meine Sünden büßen, ir-

gendetwas Böses, was ich getan habe, als ich noch ein Kind war …«
»Es gibt nichts, was du büßen müsstest.«
»Sünden«, sagte Dianne. »Seltsam, wenn ich verkrüppelte Menschen oder Blinde gesehen habe, wäre ich nie auf die Idee gekommen, mich zu fragen, wofür ihre Mütter wohl bestraft worden sind.«
»Hat sich das inzwischen geändert?«
»Ich bemühe mich. Aber es ist schwer. Wenn ich an Julias Schmerzen denke oder an die Krampfanfälle oder dass ich Amy statt Julia in den *Nussknacker* mitnehme, weil Julia nicht mitgehen kann, dann kommen die alten Zweifel wieder. Dann überlege ich, ob ich nicht doch für irgendetwas bestraft werde.«
»Aber jetzt wirst du belohnt.«
»Mit Alan.« Lucinda sah, wie Diannes Angst und Anspannung wie von Zauberhand verschwand, als sie seinen Namen aussprach, wie sie mit einem Mal strahlte.
»Mit Liebe«, sagte Lucinda. Weil Dianne und Alan Seelenverwandte waren, die endlich zueinander gefunden hatten, allen Widrigkeiten zum Trotz.
»Kann man ein solches Glück bewahren?«
Lucinda nahm ihre Hand. Schon als Kind hatte Dianne unzählige Fragen gehabt und rückhaltlos darauf vertraut, dass ihre Eltern die Antworten wussten.
»Dianne, Liebes, du musst damit anfangen, dir zu sagen, dass du Liebe und Glück genauso verdienst wie jeder andere. Wir sollten alles mit Freude und Dankbarkeit annehmen, was das Leben für uns bereithält. Den Winnebago genauso wie das Haus am Hafen oder das hier.«
Dianne, die Arme noch immer um sich geschlungen, blickte sich in dem Haus um, das ein Leben lang ihr Zuhause gewesen war.
»Oder gleich wo auf der Welt«, sagte Lucinda.
»Zuhause ist dort, wo man Seelenverwandte findet.«

»Das würde Amy gefallen«, erwiderte Lucinda.
»Ich bin froh, dass Thanksgiving ist.«
Lucinda zog sie in die Arme. »Sei dankbar für jeden Tag. Das ist der Schlüssel zum Glück, und deshalb haben dein Vater und ich eine so gute Ehe geführt. Weil man nie wissen kann, wann das Leben zu Ende ist.«

Morgen war Abgabeschluss für die Kurzgeschichte. Amy hatte sie in einem Geheimversteck aufbewahrt, hinter dem Bild ihres Vaters, das an der Wand ihres Zimmers hing. Hinter dem Autohändler-Foto ihres lächelnden, vertrauenswürdigen, gut aussehenden Vaters; dort war es sicher wie in einem Wandsafe. Nun holte Amy sie heraus, weil sie Angst hatte, sie könnte nicht gut genug sein, und unbedingt noch eine weitere Meinung hören wollte.
»Mom«, rief sie und ging ins Schlafzimmer ihrer Mutter.
»Pssst, Liebes. Ich habe letzte Nacht kein Auge zugemacht. Ich bin müde«, sagte ihre Mutter, die im Bett lag.
»Würdest du das bitte lesen?«
»Jetzt nicht«, stöhnte ihre Mutter unter der Bettdecke.
»Bitte, Mom. Es ist *wichtig.*« Amy merkte, wie die Wut wieder in ihr hochstieg. Es war nicht fair. Catherines Mutter war von der Depression genesen, aber ihre eigene hatte offenbar einen Rückschlag erlitten. Amy war besorgt, doch manchmal nahm die Wut überhand.
»Später«, sagte ihre Mutter, und es hörte sich an, als ob sie weinte.
Amy ballte die Fäuste. Lucinda und Dianne waren so stolz auf sie, im Gegensatz zu ihrer Mutter. Die Arznei gegen die Depressionen stand auf dem Badezimmerregal. Gestern hatte sie die Tabletten gezählt, um sich zu vergewissern, dass ihre Mutter sie wirklich nahm. Nun lief sie ins Bad und zählte erneut – es waren noch genauso viele.
»Mom!« Sie rüttelte ihre Mutter an der Schulter.
»Was willst du, Amy?«

»Warum nimmst du die Medizin nicht! Willst du nicht gesund werden?«
»Wie kannst du so etwas sagen, Amy?«
»Aber du nimmst deine Tabletten nicht!« Amys Stimme wurde lauter. »Ich habe sie gezählt, also behaupte nicht, du hättest sie genommen! Uns geht es doch gut, wir sind zusammen, und morgen ist Thanksgiving. Warum nimmst du deine Tabletten nicht?«
»Sie machen müde, und man bekommt einen trockenen Mund und Kopfweh«, antwortete ihre Mutter und begann nun wirklich zu weinen.
»Du versuchst es ja nicht mal!«
Amy starrte ihre Mutter an, die weinend im Bett lag. Warum konnte sie nicht wie Dianne sein? Es interessierte sie nicht die Bohne, dass ihre Tochter an einem Kurzgeschichten-Wettbewerb teilnahm, ob sie gewinnen würde oder nach New York fuhr. Warum ging *sie* nicht mit Amy in den *Nussknacker?* Es schien ihr sogar egal zu sein, dass sie sich das Ballett mit Dianne anschauen würde. Sie hatte genug damit zu tun, den ganzen Tag im Bett zu liegen und ihre Medizin nicht zu nehmen.
»Wir haben nicht einmal einen Truthahn an Thanksgiving, mit Steckrüben und Moosbeerensoße! Ich habe eine Geschichte geschrieben, und du willst sie nicht lesen.«
»Ich habe sie schon gelesen«, flüsterte ihre Mutter. »Als du in der Schule warst.«
»Wirklich?«
»Ich war traurig, weil ich nicht so schnell gesund werde wie Catherines Mutter. Sie hat Ähnlichkeit mit mir, aber sie ist eine viel bessere Mutter; sie kümmert sich um Amy und Julia … ich meine, um ihre Kinder. Es tut mir so Leid, Amy.«
»Mom …«, begann Amy.
»Bitte lass mich jetzt allein. Bitte. Ich möchte nur noch ein Weilchen schlafen.«
Amy ging auf Zehenspitzen aus dem Zimmer und schloss die Tür hinter sich. Sie legte ihre Geschichte auf den Küchentisch,

mitten auf einen großen Erdnussbutterklecks, aber das war ihr egal. Die Geschichte hatte ihre Mutter verletzt.

Als sie auf die Straße hinaustrat, schlug sie unwillkürlich die Richtung ein, in der das Anwesen der Robbins lag. Wenn sie Julia wiedersah, würde sie sich gleich besser fühlen. Doch beim Näherkommen wurde ihr bewusst, dass sie Dianne nicht begegnen wollte. Lucinda schon, aber nicht Dianne mit ihren rosigen Wangen und den goldenen Haaren, die der Beschreibung von Catherines Mutter entsprach, mit der sie ihre eigene Mutter so gekränkt hatte.

Orion spielte im Hof und sah sie kommen. Gemeinsam gingen sie zu den Marschen hinunter. Das Wasser, das sich in dem alten Dingi gesammelt hatte, war mit einer dünnen Eisschicht überzogen. Amy schöpfte das Boot mit den Händen leer. Der Hund war gewachsen. Er sprang ins Boot und freute sich auf die Fahrt. Amys Herz war schwer, aber sie wollte ihren kleinen Freund nicht enttäuschen. Vielleicht würde sie ihn heute mit nach Hause nehmen.

Sie ruderten durch die Marschen zum Strand hinüber. Der Himmel war grau in grau, nur am Horizont war ein heller goldener Streifen sichtbar. Das Schilf war braun und wirkte wie abgestorben. Amy sah ihre Mutter vor sich, wie sie im Bett lag und weinte, ihrer Geschichte wegen. Vielleicht hatte sie deshalb die Arznei nicht genommen. Amy würde die Geschichte in den Papierkorb werfen, damit ihre Mutter sie nie wieder zu lesen brauchte.

Orion sprang über die Sanddüne. Ein eisiger Wind wehte vom Meer herüber und blies ihr die Haare aus dem Gesicht. Sie musste dauernd Sandkörner ausspucken, die ihr in den Mund gerieten, während sie den Sandhügel hinaufstieg. Orion rannte aufgeregt im Kreis herum und beschnüffelte alles, was seinen Weg kreuzte. Er lief zum Leuchtturm voraus, und als Amy ihm folgte, traute sie sich kaum, hinzuschauen.

Die Sandburg war weg.

Die unzerstörbare Festung, die sie im September am wind-

geschützten Ufer des Leuchtturms errichtet hatte, war spurlos verschwunden! Allem Anschein nach war die Flut doch so hoch hinaufgekommen, denn es waren Seetang, Treibholz, eine zerbrochene Hummerfalle und Fischgräten angeschwemmt worden.
Während Orion vor lauter Aufregung schnaufend Sand und Seetang beschnupperte, begutachtete Amy die Stelle auf den Knien. Spielte ihr die Fantasie einen Streich, oder war da doch noch eine kleine Erhebung im Sand? Ein kläglicher Überrest ihrer Sandburg? Und sie hatte so große Hoffnung in sie gesetzt und dabei an Julia gedacht.
Jetzt war alles aus und vorbei. Ihre Mutter lag wieder den ganzen Tag im Bett, und Julia … Julia konnte kaum noch sprechen. Ihre Sandburg hatte alle enttäuscht. Amy begann wie wild zu graben. Sie schichtete Sand zu einem dicken Fundament auf, aber ihre Hände waren wie Eiszapfen, und sie zitterte vor Kälte im eisigen Wind. Die Mühe konnte sie sich sparen, es war sowieso alles umsonst.
Orion bellte. Amy schluchzte auf. Der Wind war so laut, dass sie ohnehin niemand gehört hätte, nicht einmal die Delfine. Amy weinte bittere Tränen. Ihre Sandburg war dem Erdboden gleich, und sie hatte weder den Mut noch die Kraft, sie wieder aufzubauen.

Tess Brooks sprang aus dem Bett, aber sie hatte ihre Tochter nur noch die Straße hinunterlaufen sehen.
»Amy!«, hatte sie ihr von der Haustür nachgerufen. »Amy!«
Es war zu spät, Amy bog bereits um die Ecke. Seufzend schloss Tess die Tür. Der Wind hatte eisige Kälte ins Haus gebracht. Tess sah auf das Thermometer. Siebzehn Grad! Aber sie konnte es sich nicht leisten, die Heizung höher zu drehen; die Abfindung ging zur Neige.
Amy war ein Schatz. Sie beklagte sich nie darüber, dass es kalt im Haus war. Sie machte alleine ihre Hausaufgaben und half mehr im Haushalt, als man es von einem Mädchen ihres Alters

erwarten konnte. Sie hatte sich in den Kopf gesetzt, Schriftstellerin zu werden, und sich große Mühe mit ihrer Geschichte gemacht.

Warum hatte sie Amy so schreckliche Dinge gesagt? Tess strich sich die Haare aus der Stirn und ging ins Bad, um ihre Tabletten einzunehmen. Sie wollte nicht so freudlos und voller Sorgen sein, wollte sich nicht vor lauter Niedergeschlagenheit unter der Bettdecke verkriechen oder denken, dass es ihrer Tochter bei den Robbins besser gehen würde.

Sie bürstete ihre braunen Haare. Immer eins nach dem anderen, hatte ihr Therapeut gesagt. Er war nett und rücksichtsvoll, hielt ihr nie vor, dass sie seine kostbare Zeit verschwendete, wenn sie während der ganzen Therapiesitzung, fünfzig Minuten lang, weinte. Mit zwanzig hatte sie ihren Mann verloren. Er war der Einzige, den sie jemals geliebt hatte.

Tess war nach seinem Tod am Boden zerstört gewesen. Sie hatte Amy und die Abfindung, um sie beide über Wasser zu halten, aber sie war einsam. Sie hatte nie einen richtigen Beruf erlernt, hatte nie das Gefühl, gut genug zu sein. Sie hatte nicht einmal die Kraft besessen, ihrer aufgeweckten kleinen Tochter etwas vorzulesen.

Das war in ihren Augen eines ihrer schlimmsten Versäumnisse gewesen, vor allem, weil sie selbst eine Leseratte gewesen war. Als Tess noch ein Kind war, hatte Mrs. Robbins ihre liebe Not gehabt, mit dem Ausgeben hinterherzukommen, so schnell hatte sie die Bücher aus der Bibliothek verschlungen. Doch nach dem Tod von Russ war die Welt grau geworden. Sie hatte das Interesse am Leben verloren, dem wirklichen und dem fiktiven.

Deshalb war sie froh gewesen, als Amy anfing, sich den Robbins anzuschließen. Mrs. Robbins war eine bodenständige Frau, aufrichtig an den Kümmernissen Heranwachsender interessiert. Tess hatte gewusst, dass sie Amy gut tun würde. Und alle kannten Dianne und wussten, wie sie sich mit dem behinderten Kind durchgeschlagen hatte, nachdem ihr Taugenichts von einem Ehemann mit seinem Boot das Weite gesucht hatte. Sie wäre nie im Leben auf die Idee gekommen, etwas gegen diesen Umgang einzuwenden.

Warum verspürte sie dann Eifersucht, wenn sie zu hören bekam: »Ich gehe zu Julia«, oder noch schlimmer: »Ich gehe zu Dianne«? Damals hatte Buddy noch bei ihnen gewohnt und ihre Eifersucht angestachelt, hatte ihr unter die Nase gerieben, ihre eigene Tochter fühle sich anderswo wohler und würde am liebsten ganz wegbleiben.

Nicht, dass Tess es ihr verdenken konnte. Sie seufzte, dann fiel ihr Blick auf Amys Geschichte, die auf dem Küchentisch lag. An der linken unteren Ecke befand sich ein Erdnussbutterfleck. Das Papier war durchweicht an der Stelle. Während sie es abwischte, las sie den Titel: »Sandburgen«. Eifersucht richtete schreckliche Dinge an. Sie wünschte, sie hätte ihre Worte ungeschehen machen können. Sie freute sich, dass Amy die Gelegenheit hatte, den *Nussknacker* zu sehen. Aber warum musste die Mutter in ihrer Geschichte ausgerechnet blond sein?

27

Amy blickte zum Haus hinüber. Wenn sie Dianne oder Lucinda am Fenster entdeckt hätte, wäre sie hineingegangen. Sie hätte Julia gerne wiedergesehen, vor allem, nachdem die Sandburg weg war. Sie *wünschte* sich sogar, dass sie am Fenster standen. Sie verlangsamte ihren Schritt, trödelte absichtlich.

Aber es war spät geworden, und sie musste sich beeilen, um ihrer Mutter zu sagen, dass alles in Ordnung war. Sie überprüfte noch einmal, ob sie das Dingi weit genug an Land gezogen hatte, und gab Dianne und Lucinda eine letzte Gelegenheit, sie zu bemerken; dann ging sie durch den Hof.

Orion sprang ausgelassen um sie herum. Amy hätte ihn am liebsten mit nach Haus genommen, aber hier hatte er es besser, bei Stella. Der Katze, Diannes kleinem Findling aus der Steinmauer, war es als Einziger gelungen, ihn nach seinem schrecklichen Leben im Käfig unter dem Bett hervorzulocken. Orion bellte und folgte ihr unbeirrt bis zur Straße.

»Bis bald, Orion«, sagte Amy und kniete sich hin, um sich zum Abschied das Gesicht ablecken zu lassen.

Während der kleine Hund ihr die Tränen wegwischte, die sie wegen Julias Sandburg vergossen hatte, fühlte sich Amy besser. Das bewirkten Küsse immer bei ihr, ganz gleich ob von Menschen oder Hunden. Sie würde nach Hause gehen, ihre Mutter um Verzeihung bitten und versuchen, die Erdnussbutter von ihrer Geschichte zu entfernen.

Orion winselte.

Amy öffnete die Augen. Der Hund kauerte auf der Straße, als wollte er sich im Asphalt verkriechen, und machte eine Pfütze. Er wirkte so verängstigt wie seit langem nicht mehr. Und dann sah Amy den Wagen.

Sie hatte ihn vorhin nicht bemerkt. So auf ihren Wunsch konzentriert, Dianne möge sie entdecken und ins Haus bitten, war er ihrer Aufmerksamkeit entgangen. Er parkte an der Wendestelle, die rostbraune Farbe verschmolz mit dem Schilf im Hintergrund.
»Hallo, Amy«, sagte Buddy. Er hatte das Fenster heruntergekurbelt.
»Was willst du hier? Du hast hier nichts zu suchen!«, fauchte Amy.
»Wirklich?«
»Hau ab.«
Orion lag winselnd auf dem Boden und zitterte am ganzen Körper. Lauf! hätte Amy ihm am liebsten zugerufen. Lauf los und hol Hilfe, wie Lassie! Aber der Hund sah aus, als wäre er zur Salzsäule erstarrt. Amy blieb nichts anderes übrig, als selbst die Beine in die Hand zu nehmen. Aber zuerst würde sie brüllen wie am Spieß. Sie öffnete den Mund, doch kein Laut kam über ihre Lippen.
Buddy riss die Autotür auf, hatte mit drei Schritten die schmale Sackgasse überquert und schlug Amy mitten ins Gesicht. Amy war so erstarrt vor Schreck, dass sie ungläubig ihre Wange berührte, statt sich ihrer Haut zu wehren. Ehe sie sich's versah, hatte Buddy Orion mit der einen Hand am Genick und mit der anderen Amy um die Taille gepackt, auf den Rücksitz geschleudert und die Tür hinter ihnen zugeknallt.
»Lass mich raus!«, brüllte Amy.
»Halt die Klappe!«, sagte Buddy und nahm auf dem Fahrersitz Platz.
»Die Polizei wird dich einsperren! Du kommst ins Gefängnis!«
Orion hatte sich hinter Buddy auf dem Boden des Wagens wie eine Schlange zusammengerollt. Amy versuchte die Türen zu öffnen, aber die Türgriffe und Kurbeln für die Fenster waren entfernt. Sie saß in der Falle!
»Übermorgen ist Thanksgiving«, sagte Buddy und zündete sich eine Zigarette an.

Orion sah Amy mit großen Augen an. Sein Blick erinnerte sie an Julia, wenn sie etwas sagen wollte, aber nicht die richtigen Worte fand. Sie war es ihm schuldig, dafür zu sorgen, dass ihnen nichts geschah.
»Bitte, Buddy«, sagte Amy und versuchte ganz ruhig zu klingen, »lass uns aussteigen.«
»Zwei Tage noch. Zwei Tage bis Thanksgiving, und der arme Buddy weiß nicht, wo er den Feiertag verbringen soll. Und hat keinen Truthahn auf dem Tisch.«
»Das tut mir Leid.«
Buddy ließ sich Zeit. Da Amy und Orion in der Falle saßen, schien er keine Eile zu haben, die beiden zu entführen. Er rauchte, dann pulte er mit einem Zahnstocher in seinen Zähnen herum. Hätte Amy nicht so große Angst gehabt, wäre ihr gewiss wieder eingefallen, wie abstoßend sie diese Gewohnheit fand. Buddy drehte den Radioschalter, bis er den richtigen Sender gefunden hatte.
»Lass uns raus. Ich schwöre, dass ich Mom fragen werde, ob du Thanksgiving mit uns feiern darfst, mit Kürbiskuchen – den magst du doch so gerne, oder? – und allem Drum und Dran«, sagte Amy, bemüht, sich an das letzte Jahr zu erinnern. Sie dachte an Lucindas Worte über das Verzeihen. Wenn sie nett zu ihm war und sich allein darauf konzentrierte, dass es sogar einem gemeinen Kerl wie Buddy schlecht ging, wenn er Thanksgiving alleine verbringen musste, würde er schon merken, dass sie es gut mit ihm meinte, und sie gehen lassen.
»Kürbiskuchen?« Seine schwarzen Augen glühten wie Kohlen.
»Ja. Mit Schlagsahne«, antwortete sie mit zitternder Stimme.
»Versuch's mal mit Hackfleischpastete, dumme Kuh! Hackfleischpastete mag ich. Drei verfickte Jahre unter demselben Dach, und du weißt es immer noch nicht!« Er ließ den Motor im Stand aufheulen, fuhr aber nicht los.
Ein Angstschauer lief Amy den Rücken hinunter, und sie hatte eine Gänsehaut auf den Armen. Sie konnte Diannes Haus sehen, ihre Werkstatt. Wenn bloß einer von den beiden aus dem

Haus käme. Oder zum Fenster hinausschauen würde. Buddy fluchte, ein Wagen näherte sich. Amy verdrehte den Hals. Dr. McIntosh!
Amy brüllte aus Leibeskräften und hämmerte mit den Fäusten gegen die Fensterscheibe. Wenn sie nur das Glas zerschmettern könnte. Orion presste sich an den Boden, um sich noch kleiner zu machen. Buddy duckte sich auf seinem Sitz. Amy sah, wie Dr. McIntosh vorbeifuhr, die Augen starr geradeaus auf Diannes Haus gerichtet. Er hatte keinen Blick für den braunen Wagen, der halb in den Binsen stand.
»Dr. McIntosh!«, schrie Amy. »Hilfe! Hilfe!«
»Vergiss es, er kann dich nicht hören«, sagte Buddy lachend und schaltete in den ersten Gang.
»Bitte!« Amy begann zu schluchzen. Buddy fuhr langsam los. Amy hatte die Handflächen gegen die Fensterscheibe gepresst. Sie hatte immer noch vom Graben am Strand Sand unter den Fingernägeln. Orion winselte. Amy sah mit brennenden Augen, wie sie an Diannes Auffahrt vorüberfuhren, an dem Haus, an der Werkstatt.
Stella saß am Fenster, wo sie sonst die Sterne am Himmel betrachtete. Die Katze sah, wie Buddys Auto davonfuhr, mit ihrer Freundin und Orion; ihr Blick kam Amy hilflos und verzweifelt vor, wie bei einem Menschen, der weiß, dass Liebe schmerzen kann.

Alan hatte es so eilig gehabt, Dianne wiederzusehen, dass er seine Jacke in der Praxis vergessen hatte und ohne losgefahren war. Aber das spielte keine Rolle. Er sprang aus dem Wagen und rannte ins Haus. Zwei Treppenstufen auf einmal nehmend, traf er Dianne im Schlafzimmer beim Packen an. Sie hockte neben einer geöffneten Schublade, räumte den Inhalt in Umzugskartons und hörte ihn nicht.
»Dianne.«
»Oh, hast du mich erschreckt!«
Ihre Haare waren zerzaust und mit einem Tuch zusammen-

gebunden. Sie trug Arbeitskleidung und alte Turnschuhe. Julia lag auf einer Decke am Fußboden und leistete ihr Gesellschaft.

Alan kniete sich neben sie. Sein Herz klopfte noch immer, wie vor einer Stunde, als er die Klinik verlassen hatte. Früher hatte er um Thanksgiving jede freie Minute gearbeitet. Der Feiertag bedeutete ihm nichts. Er hatte nicht nur seine Praxis geöffnet, sondern auch für andere Ärzte den Notdienst übernommen. Aber dieses Jahr war alles anders. Es war erst Dienstag, und er hatte die Praxis jetzt schon geschlossen.

»Nicht, dass wir uns missverstehen, aber was machst du hier? Ich habe dich erst am Abend erwartet«, sagte Dianne. Er spürte, wie erhitzt sie war, als sie seine Hand ergriff.

»Ich habe mir den Rest des Tages frei genommen.«

»Wirklich?«

Er nickte. »Dafür fange ich morgen zeitiger an. Und übermorgen ist Thanksgiving. Ich möchte so oft wie möglich bei dir sein, bevor du mit Amy nach New York fährst.«

Dianne warf einen besorgten Blick zu Julia, dann sah sie ihn forschend an.

»Ist was mit Julia? Hast du die Untersuchungsergebnisse?«

Er schüttelte rasch den Kopf und nahm sie in die Arme. »Nein. Ich wollte nur bei dir sein. Was machst du da?«

»Ich packe unsere Sachen, Julias und meine.« Dianne hielt das Sommerhemd hoch, das sie in der Hand hatte. »Ein Umzug will vorbereitet sein. Warum?«

Alan dachte an das letzte lange Gespräch, es war um Thanksgiving gegangen, und Lucindas Rat, für jeden Tag und jede Minute dankbar zu sein, die ihnen miteinander vergönnt war.

»Dann werde ich dir helfen«, sagte er.

»Du hast deine Praxis wirklich zugesperrt?«, fragte sie lächelnd.

»Für heute hatten wir sowieso nur wenige Patienten bestellt. Und meinen Notdienst im Krankenhaus, den ich sonst immer an Thanksgiving gemacht habe, übernimmt dieses Jahr Joe

Bernstein. Ich möchte, dass wir einziehen, sobald du aus New York zurück bist. Julia und ich werden schon einmal probewohnen und auf deine Rückkehr warten.«
»Das hatte ich gehofft«, sagte Dianne und küsste ihn. »Deshalb habe ich so früh mit dem Packen angefangen.«
»Danach können wir gleich die ersten Umzugskarton rüberfahren.«
»Unten stehen schon sechs, abholbereit.«
»Wie ich sehe, befinden wir uns auf derselben Wellenlänge«, erwiderte er und drückte sie an sich.

Amy versuchte fieberhaft, sich einen Fluchtplan zurechtzulegen. Buddy hatte den Verstand verloren, und sie war nicht auf den Kopf gefallen. Außerdem war er ein Bösewicht, und Amy hatte die Mächte des Guten auf ihrer Seite. Aus den Büchern, die sie gelesen hatte, und von Dianne und Lucinda wusste sie, dass das Gute letztlich immer über das Böse siegt.
»Ich hab das Haus deiner Mutter beobachtet«, sagte Buddy und fuhr langsam weiter. Er war auf eine der Schotterstraßen abgebogen, die durch das Lovecraft-Naturschutzgebiet führten. Nichts als Schilf zu ihrer Rechten und Kiefernwälder zu ihrer Linken.
Orion winselte. Amy kraulte ihn zwischen den Ohren. Sie musste Ruhe bewahren, musste Acht geben und die Arme schwenken, wie beim SOS-Zeichen, falls sie einem anderen Auto begegneten. Wenn doch bloß jemand hinter ihnen führe. Dann könnte sie aus dem Fenster schauen und den Fahrer durch Grimassen auf sich aufmerksam machen.
»Tag und Nacht hab ich es beobachtet«, sagte Buddy. »Deine Mutter sieht nicht besonders gut aus.«
»Es geht ihr prima.«
»Sie sieht ausgemergelt aus. Wie eine alte Hexe.«
Orion hatte schon wieder eine Pfütze gemacht, man roch es unverkennbar. Aus Angst, dass Buddy etwas merkte, zog sie Schuhe und Strümpfe aus und wischte mit den Socken den Urin

auf. Es waren dicke Rag-Socken, die sie bei ihrem Abstecher zu L. L. Bean gekauft hatten.

»Hab draußen im Auto gehockt, vor meinem eigenen Haus!«, sagte Buddy. »Man stelle sich das vor! War aber nicht viel los. Sie pennt ja Tag und Nacht. Deshalb bin ich rumkutschiert und hab nachgeschaut, wie's meinen Feinden geht. Dem guten Doktor, zum Beispiel.«

Dr. McIntosh … bei dem Gedanken an ihn füllten sich Amys Augen mit Tränen. Er war direkt an ihr vorbeigefahren, hätte sie sehen können, wenn er in ihre Richtung geschaut hätte und sie in der Lage gewesen wäre, seine Aufmerksamkeit zu wecken.

»Doktor Heilig. Oder heiliger Doktor? Was auch immer. Er ist ein Weichei. Genau das Richtige für seine Schnepfe, deine Pflegemutter.«

»Dianne«, flüsterte Amy.

»Und dann erst dieses kranke Balg. Hab sie neulich im Supermarkt gesehen. Zum Kotzen, wie die stank. Das Gesicht ging, aber was nutzt einem die schönste Visage, wenn Arme und Beine nichts taugen? Kann man in der Pfeife rauchen. He, nennt man Arme und Beine anders, wenn sie zu nichts zu gebrauchen sind?«

»Halt die Klappe!« Amy ertrug es nicht, wenn Buddy mit seinem Schandmaul über ihre Freundin herzog. Orion schnüffelte mit seiner kalten Nase an Amys nacktem Knöchel, und sie bekam eine Gänsehaut.

»Was hast du gesagt?« Buddy funkelte sie im Rückspiegel an.

Amy versuchte Ruhe zu bewahren. Das war das A und O bei jemandem, der den Verstand verloren hatte. Verrückte musste man beschwichtigen.

»Ich hab gesagt, tut mir Leid, ich hab keine Ahnung, wie man sie nennt«, erwiderte sie so sanft wie möglich.

»Dann ist es ja gut. Ich dachte nämlich schon, du hättest gesagt, halt die Klappe!«

Sie schüttelte den Kopf. Die Straße führte immer tiefer in das

Naturschutzgebiet hinein. Ihr Herz raste, und sie hatte einen komischen Metallgeschmack im Mund. Die Türgriffe des Autos waren abmontiert. Was hatte das zu bedeuten? Amy tastete den Riss in der Rückbank ab, in der Hoffnung, ein Bleirohr zu finden. Sie hätte ihm damit eines über den Schädel ziehen, mit Orion zur Beifahrertür hinaus ins Freie kriechen und türmen können.

Kein Bleirohr. Verstohlen nahm sie den Boden des Wagens ins Visier. Er war mit leeren Bierdosen und fettigem Einwickelpapier übersät. Allem Anschein nach war Buddy neuerdings Stammgast bei McDonald's und Dunkin' Donuts. Der Fußboden war ein Schlaraffenland für Hunde, aber Orion war zu verschreckt, um ihn näher in Augenschein zu nehmen.

Der Schotterweg schlängelte sich seit geraumer Zeit durch den Wald, und mit zunehmender Dunkelheit wuchs Amys Angst. Schierling und Kiefern bildeten ein undurchdringliches Dickicht. Nur selten war ein graues Fleckchen Himmel zu sehen. Buddy drehte die Musik auf, die nur aus Bässen und Trommeln bestand. In Amys Ohren klang sie wie das Rauschen von Blut. Der Angstgeschmack in ihrem Mund wurde stärker. Sie begann zu wimmern, wie Orion.

Plötzlich wurde es heller, der Wald war zu Ende. Links konnte sie Gesteinblöcke erkennen, die in die Hawthorne Hills übergingen, rechts Wasser. Sie hatten die Landspitze umrundet und das offene Meer erreicht. Tosende Wellen brachen sich an den Klippen – sie waren an der Felsenküste von Landsdown Shoal.

Langsam fasste sie etwas Mut. Es war gut, wieder unter freiem Himmel zu sein, im Licht. Wenn Buddy etwas im Schilde geführt hätte, hätte er es im Wald getan, wo er keine Angst haben musste, entdeckt zu werden. Wo es lange dauern würde, bis man sie und den Hund finden würde.

Hier war es aber auch einsam, denn die Küste gehörte ebenfalls zum Naturschutzgebiet. Weit und breit keine menschliche Behausung, und für Radtouren war es zu kalt. Aber draußen auf dem Meer befanden sich Schiffe. Amy erspähte zwei Hummerboote, die an ihren Bojen schwojten und ihre Fallen nicht weit vom Ufer entfernt ausgelegt hatten. Sie winkte, in der Hoffnung, dass man sie sehen konnte. Buddy schien keine Notiz davon zu nehmen. Er hörte seine Musik und summte mit.

Dann hielt er an.

Amy blickte sich um. Die Straße war breit. Ganz in der Nähe befand sich eine Brücke, eine, die sie nicht kannte. Aber das war kein Wunder, ihre Mutter hatte nie Wanderungen mit ihr gemacht, und Dianne hatte bei den Ausflügen im letzten Sommer nie diesen Weg eingeschlagen. Buddy stieg aus. Er hielt etwas in der Hand, aber Amy war zu nervös, um darauf zu achten. Er ließ sie raus.

»Endlich!«, murmelte sie und schob sich eilends an ihm vorbei, sobald er die Tür geöffnet hatte.

»Was sagt man da?«

»Danke, Buddy.«

Sie zitterte, aber es tat gut, die Beine auszustrecken. Ein kalter Wind fegte über die breite, ungeschützte Straße. Ihr stand ein langer Fußmarsch bevor, und Orion und sie würden erschöpft sein und frieren, aber das war ihr egal. Wenn Buddy ihr eine Lektion erteilen wollte, auch gut; sie würde alles tun, um ihn nicht zu reizen.

»Keine Ursache«, sagte er.

Sie standen sich gegenüber, und Amy sah, dass er nicht nur einen schadhaften Vorderzahn, sondern auch eine Tätowierung am Hals hatte, eine Zickzacklinie wie bei einem Blitz, die ihr vorher nie aufgefallen war.

»Wir gehen zu Fuß nach Hause«, sagte Amy und rang sich ein Lächeln ab.

»*Du* gehst.«

Erst jetzt merkte Amy, dass Orion den Wagen nicht verlassen hatte. Vor Angst erstarrt, versuchte er sich unter den leeren Fast-Food-Schachteln zu verstecken. Amy hatte plötzlich ein flaues Gefühl im Magen. Sie musste schleunigst handeln. Orion war

genauso hilflos wie Julia, und wenn Buddy erst mit ihm weggefahren war, würde Amy den Hund nie mehr wiedersehen.
»Komm, Orion, bei Fuß«, flüsterte sie und klopfte auf ihren Oberschenkel. Ihr Mund war so trocken, dass sie kaum sprechen konnte.
»Wie hast du ihn genannt?«, fragte Buddy und tat das, was er aus dem Auto mitgenommen hatte, in die andere Hand.
Amy starrte es an, unfähig zu antworten.
»Ich dachte schon, du hättest ihm irgendeinen blöden Namen gegeben. Er heißt Slash.«
Amy blieb stumm.
»Slash und ich haben noch ein Hühnchen miteinander zu rupfen«, sagte Buddy und schüttelte den Sack aus, den er in der Hand gehalten hatte. Er knallte wie eine Peitsche, und der Hund winselte.
»Buddy, nein!«, schrie Amy, als sie begriff, was er vorhatte, und zog mit aller Kraft an seinem Arm.
Buddy schüttelte sie ab wie eine Pusteblume und zerrte den Hund aus dem Wagen. Er stopfte ihn in den Sack wie schmutzige Wäsche. Der Hund war seit dem letzten Sommer gewachsen, er war schlank und rank. Sein dunkles Fell glänzte dank der Pflege und guten Nahrung, die Dianne ihm hatte angedeihen lassen, und vom Herumstrolchen in der Sonne.
Amy packte Buddys Arm und versuchte ihn wegzureißen. Aber Buddy begann unbeirrt den Sack festzuzurren, um ihn zu verschließen. Seine Cowboystiefel mit den Metallnieten klickten bei jedem Schritt auf dem Asphalt, klick-klick-klick, als er eilends zur Brücke ging.
»Tu ihm nichts, Buddy! Dann bestraf lieber mich! Er ist doch nur ein kleiner Hund und hat niemandem etwas zuleide getan …«, flehte sie schluchzend.
»Halt die Klappe!«
»Lass ihn raus!«, schrie Amy und hängte sich an seinem Hemd fest. Sie wusste von den schrecklichen Dingen, die Männer Mädchen antun. Marla Arden hatte es ihr erklärt, als sie Amy

ausgefragt hatte, um herauszufinden, was er gemacht hatte. Amy wusste, dass es schlimme Berührungen und Redensarten und Vergewaltigung gab; genau das hatte sie erwartet, als sie durch den dunklen Wald gefahren waren. Sie weinte, weil sie solche Angst ausgestanden hatte und nun wusste, dass daher der Metallgeschmack in ihrem Mund kam.

Die Brücke war hoch.

Sie war aus grünem Metall, alt und kunstvoll verziert, als hätte der Erbauer Wert darauf gelegt, sie der natürlichen Idylle anzupassen. Sie überspannte einen Zufluss zum Meer, der an die zehn Meter breit war. Ursprünglich ein reißender Gebirgsbach, wurde er breiter, während er über Felsen und Moos zu Tal und genau unter der Brücke ins offene Meer floss.

»Wachhunde, die nicht regelmäßig trainiert werden, sind einen Scheißdreck wert«, sagte Buddy und blickte Amy an. Er holte mit dem Fuß aus, als wollte er dem Sack einen Tritt versetzen.

»Nicht!«, schrie Amy.

»Was gibst du mir denn, wenn ich den Köter laufen lasse?«

Amy starrte ihn an. Sie hörte das Hummerboot in der Ferne, der Motor war so leise wie eine Mücke. Winken oder Hilferufe würden nichts nutzen. Das Boot war zu weit weg. Sie musste allein mit Buddy fertig werden.

»Na mach schon, sag, was du zu bieten hast!«

»Lass ihn raus«, flüsterte Amy und musste hilflos mit ansehen, wie Orion strampelte. Sie dachte daran, wie dunkel es im Sack war; vielleicht fühlte er sich da drinnen ja genauso sicher wie unter dem Bett.

»Ich höre«, sagte Buddy und berührte Amys Haar.

»Bitte«, flehte Amy weinend.

»Bitte was?«

Buddy atmete komisch, und sein Gesicht kam immer näher. Sie spürte, wie seine schleimigen Finger über ihre Wange glitten, an ihrem Hals hinunter. Dann packte er ihre Hand und presste sie auf seinen Hosenschlitz.

Amy schluchzte auf. Sie dachte an Dianne, die stark war, stellte

sich vor, was sie jetzt tun würde. Buddy hatte seine Zigarette zu Ende geraucht und die Kippe mit dem Absatz seines Stiefels ausgedrückt. Jetzt hielt er den Sack hoch. Seine Augen waren zu Schlitzen verengt, sahen aus, als wollte er den Hund so schnell wie möglich loswerden.
»Nein!«, schrie Amy, als sie sah, wie er auf die Brüstung zuging.
»Ich sagte doch, wir haben noch ein Hühnchen miteinander zu rupfen.«
Dann ließ er den Sack fallen.
Amy blickte hinunter in die reißende Strömung, die dunkel und schlammig war vom Schilf und Schlick. Der Sack traf mit einem Platscher auf und trieb an der Oberfläche. Amys Gesicht war tränenüberströmt, und sie betete mit angehaltenem Atem, dass Orions Nase und die Vorderpfoten mit den kleinen weißen Spitzen aus dem Sack auftauchten.
Der Sack wurde vom Sog des Meerwassers erfasst. Er zappelte, während er mitgerissen wurde, als ob Orion versuchte, sich zu befreien. Amy sah beinahe, wie er mit den Pfoten strampelte.
Dann ging er langsam unter.
»Nein!«, schrie Amy.
Orion hat noch Zeit herauszukriechen, dachte sie. Er war ein guter Schwimmer und liebte das Wasser, wie er in den Marschen und am Strand von Prince Edward Island bewiesen hatte. Aber jetzt war er in dem Sack eingeschlossen und würde vor ihren Augen ertrinken.
»Willst du zu Fuß gehen oder fahren?«, fragte Buddy.
Amy biss sich auf die Lippe. Sie musste hilflos mit ansehen, wie der Sack sank. Plötzlich spürte sie, wie Buddys Hand spielerisch an ihren Haaren zupfte. Sie dachte an das Gespräch mit Marla Arden, wie sie in den Sumpf von Buddys Welt hinuntergezogen würde, an Dianne und Julia und wie kostbar das Leben war. Sie musste es retten.
Ihr Leben, und Orions.
Sie sprang von der Brücke.

28

Amy ließ sich an der Oberfläche treiben. Das Wasser war eisig. Sie versuchte den Kopf über Wasser zu halten. Die Strömung zog sie ins Meer, weg vom Land. Buddy und die Brücke waren bereits weit entfernt. Er blickte ihr nach, dann stieg er in seinen Wagen und brauste davon, sie kaltblütig ihrem Schicksal überlassend.

Die Strömung riss sie mit, sodass Amy kaum Schwimmbewegungen machen musste. Aber Jeans und Mantel waren schwer und zogen sie in die Tiefe. Die Wellen waren zwar nicht riesig, doch das Wasser drang in ihre Nase und schwappte über ihren Kopf. Sie wollte Orion rufen, aber sie brauchte ihre ganze Kraft, um Luft zu schnappen.

Von der Brücke aus hatte sie den Sack noch ausmachen können, und das Ganze war ihr wie ein Kinderspiel vorgekommen – ins Wasser springen, hinschwimmen und den Hund an Land bringen. Panik ergriff sie; sie wusste, dass ihr nicht viel Zeit blieb. Der Sack war untergegangen, sie hatte es mit eigenen Augen gesehen, und selbst einem guten Schwimmer wie Orion drohte Gefahr zu ertrinken. Der Zufluss zum Meer, der harmlos ausgesehen hatte, war in Wirklichkeit breit und die Strömung stärker, als sie sich vorgestellt hatte.

Daddy, dachte sie.

Er war unten auf dem Meeresgrund, ihr Vater. Amys Augen brannten vom Salzwasser und von salzigen Tränen; sie schlug um sich, blind nach dem Hund tastend. Er sollte zu ihr herschwimmen und sie mit der Nase anstupsen, und dann würden sie gemeinsam ans Ufer paddeln. Ihr Vater war ein Delfin, geschmeidig und stark, und er würde sie auf seinem Rücken in Sicherheit bringen.

Im Augenblick war Ebbe. Sie spülte das Frischwasser von den

Bächen und Wasserläufen, Weihern und Flüssen direkt ins Meer. Amy kämpfte gegen die Strömung an, die mit zunehmender Entfernung vom Ufer stärker wurde. Sie weinte, ihre nassen Kleider hinderten sie am Schwimmen. Die Wellen wurden immer höher und schlugen über ihrem Kopf zusammen.
Sie war ein Spielball der Brandung, die sie hochwirbelte und mit voller Wucht nach unten drückte, sie zu zerschmettern drohte. Amy kämpfte wie verrückt. Doch je mehr Widerstand sie leistete, desto schmerzhafter war das Auf und Ab. Sie bekam kaum noch Luft. Der Horizont war bleiern, verschmolz mit den Wellen. Gischt drang in ihre Nase. Sie kämpfte keuchend gegen den Seegang. Dann fielen ihr plötzlich Diannes Worte ein.
»Stell dir vor, du wärst eine Robbe«, hatte Dianne im letzten Sommer gesagt, als sie ihr das Wellenreiten ohne Brett beigebracht hatte.
Eine Robbe, dachte Amy, während sie sich streckte und biegsam machte. Kein Delfin, kein schwarzer Hund. Sie hatte nicht richtig überlegt. Robben waren geschmeidig, glitten selbst durch die größten Wellen. Dianne hatte ihr gesagt, man müsse den Kopf unten und die Arme gerade lassen, dann würde man von den Wellen an Land getragen. Bodysurfen nannte man das, genau! Aber würde das auch im November funktionieren, mitten im Meer, wo es keinen Strand gab?
Amy dachte an die Menschen und den Hund, die sie liebte. Sie hielt den Kopf unten, versuchte wendig zu sein wie eine Robbe, hielt den Atem an, bis sie fürchtete, ihre Lungen würden platzen, und ließ sich von den Wellen nach Landsdowne Shoal tragen, in Sicherheit.
Eine einzige Klippe ragte bei Ebbe aus dem Meer. Noch hatte die Flut nicht eingesetzt, und deshalb war sie sichtbar. Prustend, Salzwasser spuckend und so erbärmlich schlotternd, dass ihre Gliedmaßen kaum gehorchten, gelang es Amy, sich an einem scharfkantigen Felsvorsprung festzuhalten und sich auf die braune Klippe hochzuziehen.

Ein Hummerboot schwojte um eine Boje. Amy sah es ganz deutlich. Sie wollte den Arm heben und winken, aber bei der kleinsten Bewegung verlor sie den Halt und begann von dem Felsen abzurutschen.
»Hilfe!«, schrie sie.
Die Klippe war mit schwarzem Moos bedeckt, glitschig wie Schmierseife, und mit Enten- und Miesmuscheln behaftet, an deren Schalen sich Amy die Hände aufschnitt. Doch sie ließ nicht locker, von oben hatte sie einen besseren Blick rundherum. Sie suchte die Oberfläche nach Orion ab, während sie gleichzeitig nach Hilfe Ausschau hielt.
An Land war keine Menschenseele zu sehen. Buddys Auto war verschwunden. Der Hummerfänger beugte sich gerade über die Reling und zog seine Falle hoch. Der Motor lief auf vollen Touren. Hörte er sie nicht? »Daddy!«, schrie sie. »Daddy!«
Sie führte sich auf wie ein Baby, schluchzte und klammerte sich an den Felsen, von dem sie abzurutschen drohte. Und sie trauerte um den kleinen Hund, den zu retten ihr nicht gelungen war.
Das Boot fuhr davon. Es beschrieb einen großen Kreis, das Kielwasser wie einen Kometenschweif hinter sich herziehend. Gischt spritzte hoch, das Wasser schäumte, dann glättete es sich, verwandelte sich in einen silbernen Fluss, so hell und breit wie die Milchstraße. Sterne flimmerten vor Amys Augen.
»Hilfe!«, schrie sie ein letztes Mal, während sie zusehen musste, wie das Boot sie zurückließ. »Hilfe!«
Auf einmal war ihr, als hörte sie Hundegebell.
Amy lauschte zitternd. Sie klammerte sich an den Felsen und spitzte die Ohren … Wieder hörte sie ein Bellen, laut und drängend. »O Orion«, schluchzte sie. Jetzt träumte sie schon mit offenen Augen von ihm. »Hilfe!«, schrie Amy. »Hilfe!«
Plötzlich wendete das Boot. Der Rumpf war weiß, mit einem roten, gewölbten Streifen an der Seite, und der Bug hielt direkt auf Amy zu. Sie zitterte und rutschte ab. Die Sterne flimmerten heller als Blitze. Sie spuckte Wasser und suchte krampfhaft Halt.

Das Hundegebell klang nun lauter. Das war Orion, der sie rief, aus der Tiefe, zu ihrem Vater.
»Halt dich fest!«, schrie eine Männerstimme. »Festhalten!«
»Ich kann nicht!«, stöhnte Amy. Ihre Hände waren aufgerissen und bluteten, die Wellen schwappten über ihre Füße und Beine.
»Ich komme. Sekunde!«
Er stellte den Motor ab. Das Boot trieb näher an den Felsen heran. Der Mann war klein und alt. Er hatte einen grauen Schnurrbart und einen gelben Regenmantel über seinen orangefarbenen Arbeitshosen. Sein Gesicht sah so verschrumpelt aus wie Amys Äpfel, und seine Augen waren so blau wie der Sommerhimmel.
»Gib mir deine Hand!«, rief er und streckte den Arm aus.
»Ich kann nicht«, schrie Amy, sich wie eine Schnecke an den Felsen klammernd.
»Komm schon! Du hast doch Mumm in den Knochen. Gib mir einfach die Hand. Na komm ...«
Amy schloss die Augen. Sie wollte nicht feige sein, aber wenn sie den Felsen jetzt losließ, würde sie untergehen und nie wieder auftauchen.
»Lass einfach los, Kind«, sagte der alte Mann noch einmal geduldig, obwohl sein Boot an der Klippe vorbeischrammte. »Lass den Felsen und pack stattdessen meine Hand. Ich fang dich schon auf.«
Amy weinte. Sie dachte an Julia. Bei dem Krampfanfall hatten ihre Zähne genauso geklappert wie Amys, und sie hatte keinen Hummerfänger gehabt, der sie rettete. Julia war so tapfer gewesen, und das tagaus, tagein, die ganze Zeit. Seemöwen flogen über Amys Kopf dahin und schrien beim Anblick der Köder und Hummer im Boot, und für Amy klang es wie »Dliii, dliiii«.
Wenn Julia so tapfer sein konnte ...
Den Felsen mit einem Arm umklammernd, streckte Amy die Hand aus. Eine knorrige Hand ergriff ihr Handgelenk und zog sie an Bord.

Mein Vater war Fischer, sagte sie schluchzend.
Aber sie hatte es vermutlich nicht laut ausgesprochen, denn der Mann erwiderte nichts. Er schien selbst einen Kloß im Hals zu haben. Er zog eine Decke aus einer Truhe und hängte sie ihr um. Amy war zu schwach von den ausgestandenen Ängsten und Qualen, um auch nur einen Finger zu rühren. Sie konnte nur noch an Deck liegen und weinen.
»Ist ja gut, Mädchen. Ist ja gut«, sagte der Mann.
»Daddy«, schluchzte Amy.
»Jetzt bring ich uns erst mal an Land, bevor wir absaufen.«
»Mein Daddy ist untergegangen.«
»Das tut mir Leid«, sagte der Mann und ließ den Motor an. »Aber das kann uns nicht passieren, heute ist nämlich unser Glückstag.«
Glückstag! Amy schüttelte verzweifelt den Kopf bei dem Gedanken an Orion, den sie im Stich gelassen hatte.
»Man rettet schließlich nicht jeden Tag zwei Küken vorm Ertrinken.«
»Zwei Küken?«
»Ja.« Der Mann bückte sich, um die Decke höher zu ziehen. »Dich und den kleinen Kläffer.«
Amy blinzelte. Orion! Er stand direkt vor ihr und sah mächtig stolz aus, als wäre er gerade durch den Ärmelkanal geschwommen. Er zitterte und schüttelte sich alle naselang, aber mit seiner herunterhängenden roten Zunge sah er aus, als strahlte er übers ganze Gesicht.
»Er ist da draußen rumgepaddelt«, berichtete der Mann und deutete mit dem Daumen aufs Meer. »Zuerst hab ich ihn für 'nen Seehund gehalten, aber um die Jahreszeit kommen sie noch nicht so weit runter. Dann hab ich gedacht, das muss 'ne Ente sein.«
»Orion!«, rief Amy.
»Schwamm immer im Kreis rum, der Bursche. Ich hab ihn an Bord gezogen. Hat sich achtern versteckt, aber er muss wohl gehört haben, wie du um Hilfe geschrien hast.«

»Hunde können besser hören als Menschen«, sagte Amy und küsste Orions Ohren.
»Kannst dich bei ihm bedanken. Wenn er nicht so laut gekläfft hätte, hätte ich dich nie entdeckt.«
»Orion!«
»Aha, das ist dein Hund. Daher! Ist das zu fassen! Ein Hund, der seinem Frauchen das Leben rettet! Ich kann gar nicht mehr abwarten, bis wir anlegen. Das muss ich allen erzählen!«
»O Orion!«, sagte Amy und umarmte ihn. Und dabei war sie ins Wasser gesprungen, um *ihn* zu retten! Amy dachte an die Menschen, die ihr auf dem rutschigen Felsen beigestanden hatten – an ihren Vater, Dianne und Julia. Vor allem Julia. Und nicht zu vergessen der Fischer, der ihren Hund aus dem Meer gefischt hatte. Und Orion, der sich die Seele aus dem Leib gebellt hatte, um ihr Leben zu retten.
Sie fuhren an der roten Kegelstumpftonne und der Glockenboje vorbei, die die Einfahrt in den Hafen von Hawthorne markierten. Die Glocke läutete tief. Die drei weißen Kirchtürme bohrten sich in den bleiernen Himmel. Da drüben war das Backsteingebäude, in dem Dr. McIntosh seine Praxis hatte. Fahnen flatterten im Wind. Die weißen Herrenhäuser der Seekapitäne säumten die Uferpromenade, und Amy und Orion wussten, wie es war, wenn man von einer gefahrvollen Fahrt auf dem Meer nach Hause zurückkehrt.

Dianne bezog das Bett in Julias Zimmer. Amy würde ein paar Tage bei ihnen bleiben. Die Polizei hatte Buddy wegen Entführung verhaftet. Obwohl niemand glaubte, dass Tess Brooks in irgendeiner Form an der Straftat beteiligt war, ging die Fürsorge lieber auf Nummer sicher.
»Muss er ins Gefängnis?«, fragte Amy.
»Er sitzt bereits in Untersuchungshaft«, antwortete Dianne.
»Genau wie in meiner Geschichte.«
»Wo Dickie hinter Gitter muss.«
Amy nickte. Sie hockte auf dem Fußboden und hatte Julia auf

dem Schoß. Sie hatte sich schon immer gewünscht, Julia einmal so nahe zu sein; sie würde sie in Zukunft nicht mehr aus den Augen lassen. Dianne hörte, wie Amy Julias Gesicht küsste.
»Gliii«, flüsterte Julia.
»Du bist meine Freundin«, flüsterte Amy zurück.
»Gliii.«
Dianne war glücklich, wie Julia in Amys Gegenwart aufblühte. Sie schien wacher zu sein, löste sich aus ihrer üblichen Fötusstellung, ihre Stimme wurde lauter und ihr Schmetterlingstanz mit den Händen lebhafter. Orion und Stella lagen neben den beiden. Stella war überglücklich gewesen, ihren vierbeinigen Freund wiederzusehen, und hatte sich malerisch vor seinen Kopf gelegt, um mit ihrer rauen Zunge seine Ohren zu putzen. Jeder suchte die Nähe des anderen.
»Alles klar, Mädels?«, fragte Lucinda und steckte ihren Kopf zur Tür herein.
»Alles in Butter«, erwiderte Amy.
Dianne hatte einen Kloß im Hals. Amys Optimismus war ansteckend. Das grauenvolle Erlebnis hatte ihrer Fröhlichkeit allem Anschein nach nichts anhaben können. Doch Dianne wusste, dass sie teilweise aufgesetzt war. Bei jedem Geräusch zuckte Amy zusammen. Sie hatte apathisch gewirkt, als sie mit Alan zur Tür hereinkam, und er hatte erzählt, dass ihr der Abschied von ihrer Mutter sehr schwer gefallen sei.
»Ich bereite gerade die Füllung für den Truthahn zu«, sagte Lucinda. »Möchte jemand helfen?«
»Klar«, antwortete Amy, machte aber keine Anstalten, Julia loszulassen.
»Der letzte Kuchen ist im Rohr.«
»Hm, das duftet himmlisch!«, sagte Dianne.
»Was für ein Kuchen?«, fragte Amy zögernd.
»Apfelkuchen natürlich«, antwortete Lucinda. »Für meine Apfel-Mädchen.«
»Gott sei Dank keine Hackfleischpastete«, sagte Amy schaudernd. »Solange es keine Hackfleischpastete ist …«

»Ehrenwort«, sagte Lucinda.
»In meiner Geschichte ging es Catherine auf einen Schlag wieder gut, als Dickie ins Gefängnis musste. Aber ich sehe immer noch sein Gesicht vor mir, als er Orion von der Brücke warf. Seine Augen waren völlig ausdruckslos. Als würde er Müll wegwerfen!«
»Denk nicht mehr an dieses Monster«, sagte Lucinda. »Das ist reine Zeitverschwendung.«
»Ich kann aber nicht anders.« Amy schluchzte und wiegte Julia auf ihrem Schoß.
Dianne eilte zu den Mädchen hinüber, ging in die Hocke, legte die Arme um sie und lehnte ihre Stirn an Amys.
»O Amy«, flüsterte sie.
»Dianne«, schluchzte Amy und klammerte sich an Diannes Pullover.
Dianne verstand, dass die Gedanken eines Menschen, der niemandem etwas Böses tat, immer wieder um das Böse kreisten, die Schattenseite der menschlichen Natur. Das wusste sie aus eigener Erfahrung. Statt Alan zu lieben, hatte sie viele Jahre damit vergeudet, Tim zu hassen.
Kein lauer Sommerwind, kein Singvogel und keine Sternschnuppe war in der Lage gewesen, diesen Hass zu vertreiben. Sie hatte noch jahrelang Tims Abschiedsworte im Ohr, hatte gehört, wie die Tür zufiel und seine Schritte sich entfernten. Dianne wünschte, Amy wäre in der Lage, den Albtraum ein für alle Mal zu vertreiben, aber sie befürchtete, dass Buddys ausdrucksloser Blick sie bis an ihr Lebensende verfolgen würde.
»Warum?«, fragte Amy. »Wie kann ein Mensch so etwas tun, Dianne?«
»Ich weiß es nicht.«
»Maaa«, sagte Julia; ihre Augenlider flatterten.
»Wie kann man so böse zu einem kleinen Hund sein? Wie kann jemand so wütend und gleichzeitig eiskalt sein?«
Dianne schwieg. Sie hielt die Mädchen in den Armen, wiegte

sie, drückte sie tröstend an sich. Manche Dinge im Leben ließen sich nicht erklären oder ergründen. Sie hatte es jahrelang versucht. Wie konnte eine Mutter verstehen, warum ihr Kind behindert zur Welt gekommen war! Wie konnte ein Kind verstehen, warum der Vater es verlassen hatte und die Mutter bei ihm geblieben war!

»Er ist im Gefängnis, wo er hingehört«, sagte Lucinda. »Das ist alles, was zählt. Wie in deiner Geschichte – die Gerechtigkeit siegt.«

»Ich werde den Wettbewerb nicht gewinnen«, sagte Amy und wischte sich über die Augen. »Ich habe meinen Beitrag noch nicht einmal abgegeben.«

»Es ist noch nicht zu spät. Und notfalls könnte ich ein gutes Wort für dich einlegen; wie du weißt, kenne ich die Bibliothekarinnen gut.«

Amy schüttelte den Kopf.

»Warum nicht, Amy?«, drängte Lucinda.

»Ich habe meine Mutter damit verletzt. Ich werde sie nicht einreichen, Lucinda. Aber trotzdem danke, dass du mir helfen willst.«

»Hm«, machte Lucinda. Sie stand auf der Türschwelle, und der Duft von frisch gebackenem Apfelkuchen wehte die Treppe herauf. »Na gut, wie du meinst. Aber versprochen ist versprochen. Ich habe gesagt, dass du in den *Nussknacker* mitgehen darfst, ganz gleich, ob du gewinnst oder verlierst.«

»Ist das dein Ernst?«, fragte Amy mit leuchtenden Augen.

»Natürlich«, antwortete Dianne und dachte daran, dass sie sich keine Sorgen um Julia machten musste, die Alan in seine Obhut nehmen würde. Beide würden bei Lucinda wohnen, während Alan mit dem Umzug begann.

»*Der Nussknacker*«, sagte Amy und schluckte. »Darauf freue ich mich.«

»Es ist herrlich anzusehen, wenn die Ballerinas tanzen und Schnee fällt«, meinte Lucinda.

»Jetzt sind es nur noch ein paar Tage«, sagte Dianne.

Alan brachte sie zum Zug. Mit beiden Händen am Lenkrad konzentrierte er sich auf die Fahrt. Es herrschte Schneetreiben, und die Straße war spiegelglatt. Ein Schneepflug fuhr in entgegengesetzter Richtung an ihnen vorüber, ein verschwommener orangefarbener Fleck. Er ertappte sich dabei, dass er sich wünschte, Dianne und Amy würden nicht fahren. Das Wetter war schlecht, und für später waren weitere Schneefälle angesagt.

Aber es lag nicht nur am Wetter. Alan hätte den Schneesturm gerne mit Dianne im neuen Haus erlebt. Sie hätten ein Feuer im Kamin anzünden und auf den Hafen hinausblicken oder eine Decke auf den harten Eichenboden legen und sich anderweitig die Zeit vertreiben können. Er liebte sie so sehr, dass er sie keine Minute missen wollte. »Sonntag bist du wieder da«, sagte er stattdessen.

»Sonntagabend. Der Zug kommt um neunzehn Uhr zweiunddreißig an.«

»Ich hole euch ab.«

»Meine erste Zugfahrt«, sagte Amy. »Meine erste Reise nach New York, mein erstes Ballett …«

»Wir werden uns prächtig amüsieren«, versprach Dianne.

»Mach dir keine Sorgen um Julia«, sagte Alan.

Sie sah ihn an, und er streckte die Hand nach ihr aus. Ihr Händedruck war warm, ihr Blick voller Liebe und Vertrauen.

»Das tue ich nicht, du bist doch ihr Vater«, flüsterte Dianne und machte ihm damit das schönste Geschenk, dass er sich vorstellen konnte. Die Adoptionspapiere waren in Vorbereitung.

»So fühle ich mich auch.«

»Ich habe Julia noch nie so lange alleine gelassen.«

»Ich bin ja bei ihr. Und Lucinda.«

»Ich weiß, dass sie bei dir in den allerbesten Händen ist, Liebster. Und Mom freut sich, dass du bei ihr wohnst.«

Alan nickte. Warum wünschte er sich trotzdem, sie möge den Zug verpassen? Er konnte absichtlich langsam fahren. Sie drückte seine Hand, und er legte ihre Handfläche an seine

Wange. Die Scheibenwischer schenkten hin und her. Ein Lastwagen, mit Sand beladen, fuhr auf der anderen Straßenseite an ihnen vorbei.
»Ist mein Kleid richtig fürs Ballett?«, fragte Amy.
»Absolut perfekt«, antwortete Dianne.
»Dianne hat ihre tollen Ohrringe mitgenommen, Dr. McIntosh«, sagte Amy aufgeregt.
»Dorotheas?«, fragte Alan mit einem kurzen Blick auf Dianne.
»Ja.«
»Und eine tolle Handtasche aus Satin und ein superschönes Cape aus Kaschmir. Wie ein Filmstar.«
»Ich wünschte, ich könnte bei euch sein.«
»Ich auch«, sagte Dianne und lächelte ihn an. »Wie wär's, wenn wir den Zug verpassen? Du könntest uns doch mit dem Wagen hinfahren. Ich wette, wir würden noch eine Eintrittskarte für den *Nussknacker* auftreiben …«
Allein der Vorschlag führte Alan in Versuchung, Dianne nach New York zu begleiten. Oder wohin auch sonst immer. Aber er hatte versprochen, sich um Julia zu kümmern, und er wusste, dass der Tapetenwechsel Dianne gut tun würde.
»Das ist eine reine Frauenrunde«, protestierte Amy.
Er schaltete das Radio ein, um den Wetterbericht zu hören. Es war Neuschnee angesagt, fünfzehn bis zwanzig Zentimeter heute Nacht und morgen.
»Vielleicht sollten wir lieber hierbleiben«, meinte Dianne.
»O nein, sag das nicht!«, stöhnte Amy.
»Was denkst du?«, fragte Dianne, an Alan gewandt. Als er ihr einen raschen Blick zuwarf, sah er, wie sie errötete und ein Lächeln um ihre Lippen spielte.
»Frag mich lieber nicht, was ich denke«, antwortete er, sich an die vergangene Nacht erinnernd. Sie hatten sich bis weit nach Mitternacht geliebt und waren beide so aufgewühlt wegen der bevorstehenden Trennung, dass sie danach noch stundenlang wach gelegen hatten.

»Bitte sagen Sie ihr, dass wir nach New York fahren sollen«, bettelte Amy.
»Da wären wir«, sagte Alan. Sie hatten den Bahnhof erreicht. Es schneite noch immer, und die Leute standen auf dem Bahnsteig, die Gesichter nach Osten gewandt. Der Zug von Boston, der nach New York weiterfahren würde, musste jeden Moment kommen.
»Und was ist nun, was die Fahrt nach New York angeht?«, fragte Dianne und drückte seine Hand.
»Hm. Wir werden einen Schneesturm bekommen. Wenn morgen Schule wäre, würde der Unterricht wahrscheinlich ausfallen.«
»Aber bitte nicht unsere Fahrt nach New York«, stöhnte Amy.
»In New York müsst ihr wenigstens nicht am Steuer sitzen«, sagte Alan. »Ihr fahrt gemütlich mit dem Zug und nehmt euch ein Taxi zum Plaza. Direkt neben dem Hotel findet ihr ein hervorragendes Restaurant, oder ihr geht einfach nach unten und speist fürstlich im Edwardian Room.«
»Und morgen steht der *Nussknacker* auf dem Programm. Ich kann mir nichts Schöneres vorstellen, als bei Schneegestöber ein Ballett anzuschauen.«
»Wie im Märchen«, schwärmte Amy mit Blick zum Himmel.
»Also gut, dann fahren wir nach New York«, sagte Dianne. Sie sah Alan dabei unverwandt an und drückte seine Hand, um ihm noch einmal zu verstehen zu geben, wie sehr sie ihn liebte und dass er sich keine Sorgen machen müsse. »Wir sind ganz schnell wieder da.«
»Ich hole euch ab, mit Julia.«
Der Zug nahte mit einem schrillen Pfeifen. Die Fahrgäste wurden per Lautsprecher zum Einsteigen aufgefordert. Amy sprang aus dem Auto, schnappte ihre Reisetasche und machte Dianne ein Zeichen, dass sie auch kommen solle.
Dianne strich ein letztes Mal über Alans Wange. Er sah die Liebe, die sich in ihren Augen spiegelte. Früher war diese Tiefe der Gefühle Julia vorbehalten, ihr allein. Julia würde immer zu-

erst kommen, aber nun schlossen sie ihn ein, wie er an ihrem Blick erkannte. Er enthielt ein Versprechen, und Alan wusste, dass Dianne Versprechen zu halten pflegte.

»Liebster?«, flüsterte sie.

»Ja?« Er umklammerte ihre Hand.

»Julia wird es gut gehen?«

»Bestens!«

»Der Zug«, sagte Dianne und deutete auf den Bahnsteig.

Alan stieg aus dem Wagen. Er trug Diannes Reisetasche. Amy rannte bereits quer über den verschneiten Parkplatz. Die Reisenden sahen heiter aus, freuten sich auf die bevorstehende Fahrt. Der altmodische Bahnhof war schon mit weihnachtlichen Lichterketten und Girlanden an den überhängenden Dachkanten geschmückt. Alans Kehle war wie zugeschnürt, als er Dianne ein letztes Mal an sich zog.

»Alles einsteigen!«, ertönte die Stimme des Schaffners.

»Wir sind gemeint!«, rief Amy aufgeregt.

Alan und Dianne hielten sich noch immer umschlungen. Es wäre so schön, vor dem Kaminfeuer im neuen Haus zu liegen und die Schneeflocken zu beobachten, die vom Himmel fielen. Er brachte es nicht übers Herz, sie loszulassen.

»Bist du sicher, dass es eine gute Idee ist?«, fragte sie mit glänzenden Augen und lehnte sich zurück.

»Wie Amy bereits sagte, wie im Märchen.« Er küsste sie ein letztes Mal ungestüm, dann half er ihr in den Zug, als ein Pfiff die Abfahrt ankündigte. Sie stand auf der Schwelle und winkte, bis der Schaffner die Tür schloss.

Und so kam es, dass Alan McIntosh die Frau, die er liebte, in den Zug nach New York setzte, wo das Schicksal in Form eines Yellow-Cab-Taxis auf sie wartete.

29

Dianne lag auf der Intensivstation im St. Bernadette's Hospital. In ihren Träumen sah sie immer wieder das Taxi vor sich, das sich im Schneesturm um die eigene Achse drehte und in die Menschenmenge vor dem Hotel Plaza raste. Und sich selbst, wie sie versuchte, Amy mit ihrem eigenen Körper zu schützen, aber nicht schnell genug reagieren konnte, sodass Amy hochgeschleudert wurde und wie eine zerbrochene Gliederpuppe auf dem Asphalt landete. Dianne lag reglos da, immer wieder das Bewusstsein verlierend, an Schläuche und Maschinen angeschlossen, umringt von Ärzten.

Sie hatten ihr den Kopf kahl rasiert. Die Schnittwunde war tief und musste genäht werden, und nun trug sie einen dicken Verband. Sie konnte sehen und hören, aber sie hatte viel Blut verloren, und es erforderte ihre ganze Kraft, alleine zu atmen.

Man hatte die besten Ärzte zusammengetrommelt. Der Chefneurochirurg des St. Bernadette's Hospital hatte sich ihres Falls angenommen. Dr. Gerard Bellavista war an den grauenvollen Anblick der Opfer von Auto-, U-Bahn- und Motorradunfällen gewöhnt. Doch Dianne Robbins hatte trotz ihrer Verletzungen und Bandagen nichts von ihrer Schönheit eingebüßt.

»Wo sind die Angehörigen?«, fragte er die Schwester.

»Draußen in der Eingangshalle wartet ein Mann.«

Der Arzt nickte und machte sich auf die Suche nach ihm. Als gebürtiger New Yorker hatte Dr. Bellavista geglaubt, ihn könne nichts Menschliches mehr überraschen, doch den Mann, der ihm nun im Warteraum gegenüberstand, starrte er fassungslos an. Er war eindeutig kein Stadtbewohner. Er war groß und breitschultrig, hatte blonde zerzauste Haare und ein von Wind und Wetter gegerbtes Gesicht. Die derbe braune Jacke war mit Ölflecken verschmiert. Die blauen Augen musterten ihn ange-

spannt und misstrauisch. Auf den schwarzen Gummistiefeln glänzten Fischschuppen.
»Ich bin Dr. Bellavista.«
»Tim McIntosh.«
»Ist die Patientin Ihre Frau?«
McIntosh räusperte sich. »War. Sie war meine Frau. Dianne Robbins.«
»Dann werden Sie wissen, wie wir die Angehörigen erreichen.«
»Sie leben in Connecticut.«
»Es wäre besser, wenn Sie anrufen.«
»Wie geht es ihr?«
»Sie hat eine schwere Kopfverletzung erlitten, die mindestens vierundzwanzig Stunden sorgfältig beobachtet werden muss.«
»Kann ich zu ihr?«
Der Arzt zögerte. Es wäre ihm lieber gewesen, Besuche auf die nächsten Angehörigen zu beschränken. Aber das Leben seiner Patientin hing an einem seidenen Faden, und Eile tat Not. Andererseits war wenigstens ihr Exmann hier, der die Frau besser als jeder andere kannte.
»Vielleicht in einer Stunde, wenn die Untersuchungen abgeschlossen sind. Aber nicht länger als fünf Minuten!«

Amy ging es zunehmend besser.
Sie fragte jeden, der ins Zimmer kam, nach Dianne.
»Sie schläft«, hieß es. Oder: »Sie wird gerade untersucht.« Oder: »Es wird alles getan, mach dir keine Sorgen.«
»Keine Sorgen?«, rief Amy empört.
Sie sollte sich keine Sorgen machen nach allem, was Dianne für sie getan hatte. Sie war mit ihr nach New York gefahren, um den *Nussknacker* anzuschauen, als Belohnung für eine Geschichte, die Amy nicht einmal eingereicht hatte. Sie hatte die Zeit mit Julia geopfert, um ihr Gesellschaft zu leisten. Im Plaza Hotel war sie wie eine Prinzessin behandelt worden. Morgens durfte sie ein Schaumbad in der riesigen Badewanne nehmen, und zwei-

mal hatte Dianne den Zimmerservice kommen lassen – gestern Abend mit Eiscreme und heute Morgen mit dem Frühstück.

»Hat jemand Dr. McIntosh benachrichtigt?«, fragte sie.

»Wen?«, fragte die Krankenschwester zurück.

Amy klärte sie auf. Der Mann in der Klinik, der nach Meer roch und überall Fischschuppen verstreute, war Tim McIntosh, auf den bekanntlich kein Verlass war, weil er vor jedem Problem davonlief. Er hatte Amy mit Julia verwechselt, weil er *seine eigene Tochter* noch nie im Leben gesehen hatte, man stelle sich das vor.

Amy hatte der Krankenschwester gerade Dr. McIntoshs Telefonnummer genannt, als sein Bruder zur Tür hereinkam.

»Äh ... ich war gerade auf der Intensivstation«, sagte er. Sein Gesicht war knallrot, und um die Augen hatte er braune Schatten.

»Wie geht es Dianne?«

»Sie ist ziemlich übel dran, aber ich darf sie kurz sehen.«

Die Krankenschwester funkelte ihn entrüstet an, doch Amy fand es besser, die Wahrheit zu erfahren, als noch länger im Dunkeln zu tappen.

»Übel dran? Was heißt das? Kann sie gehen? Kommt sie her, um mich zu besuchen? Oder kann ich zu ihr? Sie liegt doch nicht im Koma?«

»Keine Ahnung, ich bin kein Arzt«, sagte Tim. »Tut mir Leid, dass ich dich mit meiner Tochter verwechselt habe. Aber ihr seid ungefähr im gleichen Alter, du warst bei Dianne, und da dachte ich ...« Seine Stimme klang schroff und verwirrt.

»Schon in Ordnung«, erwiderte Amy. Seit Buddy war sie daran gewöhnt, mit Armleuchtern fertig zu werden.

»Hör mal, weißt du, wie ich meinen Bruder erreichen kann? Du scheinst ihn ja ganz gut zu kennen. Ich habe es bei ihm zu Hause versucht, aber es ist niemand ans Telefon gegangen. Ich denke, es ist besser, wenn wir ihn verständigen ...«

Amy warf der Schwester einen zustimmenden Blick zu. Sie reichte ihm den Zettel mit der Telefonnummer, die Amy ihr gerade gegeben hatte. Wortlos verließ er das Zimmer, um sich auf die Suche nach einem Telefon zu machen. Amy lehnte sich entsetzt in die Kissen zurück. *Das* war Julias Vater? Er sah aus wie Fallobst, wie ein wurmstichiger, verdorrter Apfel. Er war nicht einmal stark genug, um auch nur einen Funken Anteilnahme am Schicksal eines verunglückten Mädchens zu zeigen.

»Viel Glück«, sagte Amy. Wenigstens würde Dr. McIntosh bald kommen.

Amy hatte erfahren, dass sie sich den Arm gebrochen, eine Schlagader verletzt und viel Blut verloren hatte. Sie hatten ihr neues Blut gegeben, das dunkelrot in Beuteln vom Tropf herunterhing, und es mit einem Schlauch in ihren Körper gepumpt. Das Blut stammte von anonymen Spendern, Menschen, die sie nie gesehen hatte. Das war für Amy erstaunlich und der Gipfel der Anteilnahme.

Das neue Blut, das durch ihre Adern strömte, flößte ihr Kraft und Hoffnung ein. Dass sie es überhaupt bekommen hatte, zeigte ihr, dass sie wichtig war, genauso viel wert wie jeder andere. Sogar völlig Fremde nahmen Anteil an ihrem Leben. Sie wünschte, Julia wäre hier, im Nachbarbett; mit ihrer Freundin konnte sie am besten reden.

Alan wechselte gerade Julias Windel, als das Telefon klingelte. Er war im ersten Stock in Lucindas Haus und hoffte, der Anruf möge für ihn sein. Als Lucinda ihn rief, wickelte er Julia schnell fertig, nahm sie auf den Arm und eilte zur Treppe.

Lucinda kam ihm auf halbem Weg entgegen.

»Dein Bruder ist am Apparat. Er wollte mir nicht sagen, um was es geht, aber ich dachte, ich warne dich lieber vor.«

»Danke.« Er nahm den Hörer. »Hallo, Tim.«

»Alan …«

»Ich habe versucht, dich zu erreichen.«

»Malachy hat's mir erzählt. Hör zu, Alan, ich weiß, dass wir nicht immer einer Meinung waren. Aber du warst stets anständig zu mir – mehr als anständig; ich stehe in deiner Schuld, und dieses Mal möchte ich das Richtige tun.«

»Langsam, langsam«, sagte Alan. Er war immer noch wütend auf Tim, doch er hörte die Angst in der Stimme seines Bruders. Er hielt Julia auf dem Arm und sah sie an. »Immer eins nach dem anderen, Tim. Was ist passiert?«
»Sie haben mich benachrichtigt, Alan. Draußen auf See. Ein Wunder, dass sie mich überhaupt erreicht haben, aber ich bin selbstverständlich sofort gekommen. Ich ...«
»Wohin gekommen?«
»Nach New York. Ins Krankenhaus!«
»New York?«, fragte Alan, als ihm dämmerte, dass sich Dianne in New York aufhielt und dieses Zusammentreffen eine seltsame Fügung war.
»Ja, ins St. Bernadette's Hospital. Ich dachte, es wäre meine Tochter, als ich ins Zimmer kam. Das ist die Wahrheit, so wahr mir Gott helfe.«
»Wo ist Dianne?« Alan spürte, wie ihm eiskalt wurde.
»Deshalb rufe ich dich ja an! Sie hatte eine alte Visitenkarte von mir in der Handtasche. Sie und diese Amy, die ich mit Julia verwechselt habe, sind von einem Taxi angefahren worden. Das Krankenhaus hat mich irrtümlich benachrichtigt. Aber ich schulde dir noch was, deshalb bin ich hier.«
»Von einem Taxi angefahren?«
»Ja. Ich wusste, dass ich dich irgendwie erreichen muss. Als Lucinda ans Telefon ging, wäre ich fast gestorben vor Schreck. Wenn sie mit mir spricht, ist ihre Stimme immer so verdammt eisig. Sagst du ihr Bescheid? Was machst du überhaupt bei ihr?«
»Was ist mit Dianne?«
»Sie hat's ziemlich übel erwischt, glaube ich«, sagte er mit zittriger Stimme. »Am Kopf. Sie lassen mich gleich kurz zu ihr. Du hast es gut, du bist an den Anblick von Verletzten gewöhnt! Das Mädchen ist so weit in Ordnung, hat sich nur den Arm gebrochen, aber Dianne ...«
Alan legte den Hörer auf und drückte Julia schützend an sich. Sie zitterte. Auch wenn sie das Gespräch nicht mitgehört hatte,

schien sie Bescheid zu wissen, dessen war er sich sicher. Sie besaß ein besonders feines Gespür, wenn es um ihre Mutter ging.
Lucinda stand in der Diele. Auch sie ahnte, dass etwas passiert war, und sah ihn mit banger Erwartung an. Alan nahm sie am Arm, führte sie ins Schlafzimmer und setzte sie auf die Bettkante.
»Dianne ist etwas passiert, oder?«
»Sie ist im Krankenhaus«, antwortete Alan. »Sie sind von einem Auto angefahren worden. Sie und Amy.«
»Nein …«
»Ich fahre sofort nach New York. Tim meinte, mit Amy sei alles in Ordnung, aber bei Dianne weiß man noch nicht …«
»Ich komme mit!«
Alan schüttelte den Kopf. Er versuchte Ruhe zu bewahren. Er hielt Julia auf dem Arm und küsste sie auf den Scheitel und die Stirn. Er war bei ihrer Geburt dabei gewesen, hatte Diannes Hand gehalten, ihr den Schweiß von der Stirn gewischt.
»Du musst bei Julia bleiben«, sagte er und legte das Mädchen in die Arme seiner Großmutter. »Sie braucht dich!«
»O Alan!«
»Ich rufe euch an, sobald ich mehr weiß.« Er stand auf, den Autoschlüssel bereits in der Hand. Die Fahrt nach New York auf der Route 95 würde etwa zwei Stunden dauern.

Tim musste über eine Stunde warten, während Dianne zur Computertomografie gebracht wurde, und danach eine weitere Stunde, als der plastische Chirurg sie begutachtete. Als sie ihm endlich den Zutritt zur Intensivstation gestatteten, hatte er gerade gehen wollen. Er schwitzte wie verrückt. Krankenhäuser machten ihn nervös. Bestimmt würde er am ganzen Körper einen Ausschlag bekommen. Er dachte wieder an Neil, zu dem Tim und Alan nicht hineindurften. Damals hieß es, ins Krankenhaus kämen die Leute nur, um zu sterben, und dort würde man sich den Tod holen. Die Intensivstationen waren am allerschlimmsten.

Er schluckte und versuchte gegen seine Panik anzukämpfen. Er hatte eine weite Strecke zu Wasser und zu Lande zurückgelegt, um nach dem Anruf herzukommen. Dieses Mal würde ihm niemand einen Vorwurf machen – er konnte Newport und Nova Scotia getrost aus seinem Gedächtnis streichen. Dieses Mal war er zur Stelle gewesen, als man ihn brauchte. Hatten sie überhaupt eine Ahnung, was sie ihm zumuteten, wenn er ein Krankenhaus betrat, und jetzt auch noch die Intensivstation?

Es kam ihm vor, als ob ihn alle anstarrten. Vermutlich war er grün im Gesicht. Die Krankenschwester lächelte und führte ihn an einer Reihe schmaler Kabinen vorbei, die durch Vorhänge voneinander getrennt waren. Das Herz klopfte ihm bis zum Hals, als wäre er mit seinem Boot in einen Hurrikan geraten, in haushohe Wellen. Gleich würde er Dianne sehen, in einem dieser Betten.

»Hier ist sie«, flüsterte die Schwester.

Tim war sprachlos.

Diannes Körper war von einem weißen Laken bedeckt. Ihr Gesicht war trotz der Prellungen und Schnittwunden schön wie das eines Engels. Sie sah noch genauso aus wie das junge Mädchen, das er geheiratet hatte. Die Jahre fielen von ihm ab, er sah sie wieder in ihrer Werkstatt stehen, vor dem Spielhaus, das Tim für Alan abholen sollte. Er blickte sie an, wollte ihr Mut machen. Deshalb war er gekommen.

Aber sie lag reglos da.

Tim zog den einzigen Stuhl ans Bett. Er strich sich die langen Haare aus der Stirn und starrte sie stumm an. Von ihren blonden Haaren war keine Spur zu sehen. Die Augen mit den langen Wimpern waren geschlossen, die Hände ruhten auf dem Laken. Aus einem Impuls heraus berührte Tim ihren Ringfinger, an dem sie früher den Trauring getragen hatte.

Dianne öffnete die Augen.

Tim sah den Schock in ihrem Gesicht, als hätte sie ein Gespenst erblickt oder jemand anderen erwartet. Er dachte an das Mädchen, diese Amy, die ihn mit Dr. McIntosh angeredet und an die Erniedrigung, die er angesichts der Verwechslung verspürt hatte. Das wollte er nicht noch einmal über sich ergehen lassen; deshalb schüttelte er den Kopf.

»Ich bin's, Dianne.«

Sie sah ihn immer noch starr vor Schreck an.

»Ich hatte keine Zeit, zum Friseur zu gehen. Ich weiß, ich sehe ziemlich verwildert aus.«

Ihr Mund öffnete sich, aber sie brachte kein Wort über ihre Lippen.

»Das Krankenhaus hat mich irrtümlich benachrichtigt. Du hattest eine alte Visitenkarte mit dem Namen der *Aphrodite* in deinem Notizbuch. Es war reiner Zufall, dass sie mich erwischt haben, ich war gerade auf dem Weg nach Florida. Das Mädchen, das bei dir war … ich glaubte, es sei Julia. Ich bin hergekommen, weil ich dachte, sie braucht mich, Dianne; ich schwöre es, so wahr mir Gott helfe.«

In Diannes Augen schimmerten Tränen, und Tim McIntosh ließ den Gefühlen, die er jahrelang in sich aufgestaut hatte, freien Lauf. Er legte seinen Kopf auf Diannes Kissen und brach in Tränen aus.

Sie räusperte sich.

Dann hörte Tim ihre Stimme, so leise, dass er sie kaum verstand. Vermutlich dankte sie ihm für sein Kommen, da sie wusste, wie schwer es ihm gefallen war. Er hob den Kopf, wischte sich über das Gesicht und sah sie an. Er hatte richtig gehört, sie versuchte ihm etwas zu sagen.

»Was?« Er beugte sich zu ihr hinab, berührte mit den Fingerspitzen ihre verletzte Wange. »Du musst lauter sprechen, Baby.«

»Ich sagte: Nimm deinen dreckigen Kopf von meinem Kissen.«

Er fuhr zurück, als hätte sie ihn verbrüht. Ihre Stimme klang wie ein Krächzen. Sie hatte eine Schnittwunde an der Lippe und eine Naht, die von der Schläfe bis zum Kiefer verlief. Redete sie wirres Zeug, im Delirium?

»Ich dachte, ich werde hier gebraucht«, sagte er entgeistert.
Sie starrte ihn an und blinzelte, als kostete sie das bereits große Kraft.
»Dein Anblick ist unerträglich.«
»Ich gehe schon«, erwiderte er und stand auf, bevor er sich noch mehr Ärger einhandelte.
»Und der Gedanke, dass du unsere Tochter im Stich gelassen hast.« Ihre Stimme war schwach, wurde aber zunehmend lauter.
»He, Dianne …«
»Nicht nur bei der Geburt, sondern auch in Nova Scotia.«
»Ich bin hier, um meinen Fehler bei dem Mädchen wieder gutzumachen«, protestierte Tim. Wie konnten die Leute nur so mit ihm reden? Erst Malachy im letzten Sommer, und jetzt auch noch Dianne. Er tat schließlich sein Bestes, er hatte immer in der besten Absicht gehandelt.
»Ihr Name ist Julia!«
»He, leise!« Tim sah sich nervös um. Jetzt fing sie auch noch an sich hochzuziehen.
»Sie ist bildschön und sehr, sehr tapfer. Sie hat viel durchgemacht, aber du hast es nicht einmal für nötig befunden, sie dir auch nur ein einziges Mal anzuschauen.« Die Krankenschwester eilte herbei und versuchte mit sanfter Gewalt, sie zum Hinlegen zu bewegen. Aber Dianne fühlte sich stark genug, um die Sache ein für alle Mal zu Ende zu bringen.
»Dianne, du bist noch nicht richtig bei dir, du weißt nicht, was du redest …«
»Das weiß ich genau.« Ihre Augen waren klar und auf Tim gerichtet.
»Ich denke oft an sie, und ich kenne ihren Namen. Du tust ja gerade so, als wäre ich …«
»Ein Stück Dreck, ja, das bist du, Tim McIntosh!«
»Ich habe den weiten Weg zurückgelegt …«
Sie ließ sich in die Kissen fallen. Sie sah erschöpft aus und hatte einen schweren Unfall gehabt, aber das ging zu weit.

»Du hast sie ihr ganzes Leben lang im Stich gelassen«, sagte Dianne nun mit leiser Stimme. Ihr Gesicht war aschfahl.
»Sie müssen jetzt gehen«, sagte die Stationsschwester.
»Dianne, ob du es glaubst oder nicht, aber ich wollte weder dir noch ihr wehtun«, beteuerte Tim mit trockenem Mund und weichen Knien. Das musste er noch loswerden, denn wenn er jetzt zur Tür hinausging, würde er sie wahrscheinlich nie wiedersehen. »Niemals. Das ist die Wahrheit.«
Dianne lag mit geschlossenen Augen auf dem Rücken, Tränen quollen unter ihren Lidern hervor. Sie so zu sehen war schwer, erinnerte ihn an alles, was er weggeworfen hatte. Auf seinem Boot war es einfacher, sein Leben auf See zu rechtfertigen.
»Meine Mutter hat gesagt, dass man lernen muss zu verzeihen«, flüsterte sie.
»Nur verstehen.«
Sie drehte den Kopf in seine Richtung, mit zusammengekniffenen Augen, damit sie ihn nicht ansehen musste. »Ich verzeihe dir«, sagte sie. »Aber verstehen kann ich dich nicht. Ich möchte es nicht einmal versuchen. Und jetzt geh.«
Tim öffnete den Mund, doch die Schwester hatte einen Blutdruckabfall bei Dianne bemerkt und alarmierte den Arzt. Tim hörte die Worte ›innere Blutungen‹. Die Deckenbeleuchtung war grell, und mehrere Krankenschwestern kamen angerannt und stießen Tim beiseite. Er drehte sich auf dem Absatz um und verließ die Intensivstation.

30

Alan sah Tim, als er die Intensivstation betrat, keine drei Meter von ihm entfernt. Er hatte gedacht, sein Bruder sei längst über alle Berge, nachdem er Alan benachrichtigt und damit seine Pflicht und Schuldigkeit getan hatte. Was machte er noch hier? Alans Körper verkrampfte sich bei Tims Anblick. Er fragte sich bang, was er Dianne gesagt haben mochte, spürte aber gleichzeitig die alten brüderlichen Gefühle in sich aufwallen.

»Die Ärzte sind bei ihr«, sagte Tim und blickte ihn unverwandt an. »Ihr Zustand hat sich verschlechtert.«

Alan stieß die Tür auf, sah das Hin und Her am Ende des Ganges und rannte durch die Intensivstation. Er wurde von einer Krankenschwester und zwei Ärzten angehalten, die ihn am Betreten der Kabine hinderten.

»Dianne, ich muss sie sehen …«

»Jetzt nicht! Sie wird versorgt.«

»Ich bin Arzt!«

»Gehen Sie, bitte! Sie können im Moment nichts tun. Warten Sie draußen.«

Hilflos sah er ihnen nach.

Tim stand im Gang und wartete auf ihn.

»Hat sie etwas gesagt?«, wollte Alan wissen. »War sie bei Bewusstsein?«

»Ja, war sie.«

»Wie ist ihr Zustand?«, fragte Alan mit zitternder Stimme. Er hatte nur einen flüchtigen Blick auf sie werfen können; ihr Gesicht war kreidebleich und mit Prellungen übersät.

»Sie ist ziemlich schwer verletzt.«

»Gott steh mir bei«, sagte Alan, die Hände vors Gesicht geschlagen, und lief in dem schmalen Gang auf und ab. Seine schlimmsten Befürchtungen während der Fahrt nach New York

waren eingetroffen. Entsetzliche Angst ergriff ihn, Dianne zu verlieren. »Jesus, hilf mir, hilf uns …«
»Alan«, sagte Tim.
Alan sah ihn verstört an. Er hatte viele Male verzweifelte Angehörige auf der Intensivstation erlebt, und nun erging es ihm nicht anders. Er schüttelte den Kopf, mühsam nach Fassung ringend. Sein Bruder stand vor ihm, verschwitzt und mit Haaren, die aussahen, als wären sie monatelang nicht gekämmt oder geschnitten worden. Wie der kleine Junge, dem Alan vor Cape Cod das Fischen und Schwimmen beigebracht hatte.
»Also dann! Ich gehe jetzt«, meinte Tim.
»Tim«, sagte Alan. Er konnte keinen klaren Gedanken fassen, außer einem – er wollte nicht, dass sein Bruder ging.

Tess Brooks hielt wie versteinert den Hörer in der Hand. Amy war von einem Taxi angefahren worden. Sie lag im Krankenhaus und wäre um ein Haar verblutet. Tess rang nach Luft, sie hatte Angst, ohnmächtig zu werden. Das Haus war dunkel und leer. Sie lief hin und her.
Als ob es nicht genug wäre, was Buddy ihr angetan hatte! Tess schluchzte laut auf. Ihre Tochter von einem Auto angefahren! Sie war eine miserable Mutter gewesen, hätte besser auf sie aufpassen müssen, statt nur an sich selbst zu denken.
Tess ging von Raum zu Raum, während sie die Vergangenheit Revue passieren ließ. Amys Babyschuhe, Russels Fischerboot, ihr Hochzeitskleid. Tess hatte gehört, dass auf dem Sterbebett noch einmal das ganze Leben im Bruchteil von Sekunden wie ein Film ablief. Warum passierte ihr jetzt das Gleiche?
In Amys Zimmer blieb sie vor dem »Schrein« stehen, Andenken, die Amy weiß Gott woher gesammelt hatte und in Ehren hielt. Russels Foto als Autoverkäufer. Mit seinem Lächeln hätte er Millionen Gebrauchtwagen verkaufen können. Am Bilderrahmen hing ein Angelhaken mit einem ausgeschnittenen und auf Pappe geklebten Ford-Logo, einem Plastikdelfin und die Zeichnung einer Sandburg.

Sandburgen waren für Amy wichtig. Tess wusste erst warum, seit sie Amys Geschichte kannte. Sie war außer sich vor Eifersucht gewesen, weil die Mutter wie Dianne aussah, und deshalb hatte Amy auf die Teilnahme am Wettbewerb verzichtet. Nun erkannte sie schonungslos, was sie angerichtet hatte – sie hatte den Traum ihrer Tochter zerstört, wieder einmal.

»Depressionen, Russ«, sagte sie, als sie vor seinem Bild stand. »Warum musstest du mich auch allein lassen?«

Keine Antwort.

»Ich hab versucht, es alleine zu schaffen, aber man sieht ja, was dabei herausgekommen ist.«

Keine Antwort.

»Schau mich doch an!«, sagte sie, als sie sich im Spiegel sah. Sie hatte große, intelligente Augen und einen traurigen Zug um den Mund. Aber wie konnte sie lächeln, wenn ihre Tochter im Krankenhaus lag!

Seufzend blickte sie wieder Russells Foto an. Fotos redeten nicht. Ertrunkene Männer kehrten nicht vom Meeresgrund zurück, um ihre Frauen zu trösten, wenn sie ihr Leben verpfuschten. Und saßen auch nicht auf heißen Kohlen neben dem Telefon, um zu hören, ob es etwas Neues über ihre Tochter gab. Zitternd ging Tess in die Küche und öffnete die Schublade mit dem Krimskrams. Da war sie, Amys Geschichte.

In der Schublade, in der alles aufgehoben wurde, was man nicht mehr brauchte.

An einer Ecke war ein Erdnussbutterfleck. Tess versuchte vergeblich, ihn wegzureiben, aber wenigstens konnte man das Gedruckte noch lesen. Auch wenn sie es nicht wollte, weil es immer noch wehtat. Aber Amy hatte sich so viel Mühe damit gemacht, wie mit allem, was sie tat.

Das Mindeste, was Tess tun konnte … Ohne lange zu überlegen, zog sie ihre dicken Winterstiefel und eine alte Jacke an. Der Wagen würde ohne Starthilfe nicht anspringen, und es gab niemanden, den sie darum bitten wollte. Außerdem hatte es aufgehört zu schneien, und die Nacht war sternenklar. Amy war au-

ßer Gefahr, und morgen Früh würde sie mit dem ersten Zug nach New York fahren.
Sie würde zu Fuß zum Bahnhof gehen und jetzt gleich losmarschieren. Sie griff noch einmal tief in die Krimskrams-Schublade und fand den Umschlag mit dem Notgroschen. Für die Fahrkarte würde es reichen. Sie steckte Amys Geschichte in die Jackentasche und war froh, dass sich der Bahnhof in der Nähe der Bibliothek befand.
Der Abgabetermin war vorbei. Amys Geschichte kam zu spät, war mit Erdnussbutter verschmiert und nicht in einem Ordner abgeheftet. Aber Tess würde Mrs. Robbins anrufen. Vielleicht gelang es ihr, Amy eine Fristverlängerung zu verschaffen. Sie konnte es zumindest versuchen.
Versuchen war für Tess etwas Neues. Doch irgendwo musste sie ja anfangen. Sie verließ das dunkle Haus und stapfte in die kalte, sternenklare Nacht hinaus.

Die Nacht nahm kein Ende. Alan ging rastlos in den Gängen auf und ab. Er saß an Amys Bett und hielt sie im Arm, bis sie eingeschlafen war. Er las ihr Krankenblatt, fachsimpelte mit dem behandelnden Arzt, korrigierte den Zugwinkel ihres Arms. Er telefonierte mit Lucinda. Julia ging es gut. Sie war wacher als seit Wochen, als wüsste sie, dass Lucinda Trost brauchte.
Alan bat Lucinda, Julia das Telefon ans Ohr zu halten.
»Ich hab dich lieb, Julia«, sagte er.
»Daaaa«, erwiderte sie.
Alan kehrte zur Intensivstation zurück. Tim war in einem Sessel des Warteraums eingeschlafen. Er war geblieben, als er ihn darum gebeten hatte.
Es war seltsam zu sehen, wie sein jüngerer Bruder gealtert war. In seine blonden Haare mischte sich das erste Grau, und um Mund und Augen waren tiefe Falten. Er hatte die Arme vor dem Körper verschränkt, eine Haltung, die auch im Schlaf Selbstschutz und Verteidigungsbereitschaft signalisierte.
Alan nahm neben ihm Platz und fixierte die Tür zur Intensiv-

station, als wollte er sie mit seinem Blick durchdringen. Seine Augen hinter der Brille waren angespannt vor Konzentration. Er rückte die Brille zurecht, nahm sie ab, setzte sie wieder auf.
»Früher dachte ich immer, dass man damit zaubern kann«, sagte Tim plötzlich mürrisch.
Alan warf ihm einen kurzen Blick zu.
Sein Bruder war wach, sah aber alles andere als munter aus. Mit verschränkten Armen, die Beine ausgestreckt, gähnte er verstohlen.
»Womit?«
»Mit deiner Brille. Als wir Kinder waren, dachte ich, sie würde dir Zauberkräfte verleihen. Du warst immer klüger, schneller und stärker als alle anderen.«
»Dorothea behauptete, ich hätte mir die Augen mit dem vielen Lesen im Dunkeln verdorben. Vermutlich hatte sie Recht. Und was den Rest angeht, ist das kein Wunder – ich war älter als du.«
»Und ich dachte, du wärst der Größte.«
»Das habe ich versucht. Dein großer Bruder zu sein, meine ich. Ich fand es vermutlich nicht schlecht, auf ein Podest gehoben zu werden.«
»Und mir hat es gut getan, dich von deinem hohen Ross herunterzuholen.«
»Hm«, sagte Alan und starrte auf die Tür zur Intensivstation.
»Ist sie mehr als deine Schwägerin?«
»Das war sie immer.«
»Du bist wieder mit ihr zusammen?«
»Wir werden heiraten.«
Tim schwieg, nun hellwach.
»Ich habe sie schon immer geliebt«, sagte Alan.
»Was ist mit meiner Tochter?«
»Julia?« Seltsam, Tim von »seiner Tochter« sprechen zu hören. Obwohl er eigentlich wissen sollte, dass es nichts als leere Worte waren, lagen sie wie ein Stein in Alans Magen. »Das Adoptionsverfahren läuft.«

»Das lässt sich anfechten«, erwiderte Tim und starrte auf die Deckenbeleuchtung. »Ich werde es nicht tun, aber theoretisch wäre es möglich.«
»Ich weiß deine Großzügigkeit zu schätzen.«
»Zwölf Jahre«, meinte Tim, »Julia ist zwölf Jahre alt.«
»Richtig.«
»Ich wollte gerade gehen, als du kamst, zurück auf mein Boot.«
»Das sagtest du bereits.» Alan wusste nicht, was zwischen Tim und Dianne vorgefallen war, und er war nicht erpicht darauf, es herauszufinden. Die alte Eifersucht, flammend und tief verwurzelt, machte sich wieder bemerkbar. »Ich weiß es zu schätzen, dass du geblieben bist.«
»Was soll die Anspielung?«, sagte Tim plötzlich wütend. »Willst du mir eine Moralpredigt halten? Was für ein Abschaum der Gesellschaft ich bin?«
»Ich weiß, dass du in Lunenburg warst.«
»Malachy konnte es wohl kaum erwarten, es dir und Dianne brühwarm zu erzählen. Deshalb hasst sie mich so.»
»Hat sie das gesagt?«
»Sie hat gesagt, dass sie mir verzeiht«, antwortete Tim, den Rest ihrer Worte wohlweislich verschweigend.
Alan schloss die Augen. Dr. Bellavista war bei Dianne. Alan brannte darauf zu erfahren, was hinter der verschlossenen Tür der Intensivstation vor sich ging. Draußen zu sitzen und mit Tim zu reden war zermürbend, vor allem, wenn er daran zurückdachte, wie sie früher, in Cape Cod, zueinander gestanden hatten. Er liebte die Frau, die ihn gehasst hatte, weil sie mit seinem Bruder verheiratet gewesen war, und er würde sein Kind adoptieren.
»Wie ist sie so?«, wollte Tim wissen.
»Wer?«, fragte Alan zerstreut.
»Julia. Wie sie ist.«
Alan holte das Babyfoto aus seiner Brieftasche, das er immer dabei hatte. Er reichte es Tim, der die Augen schloss, als müsste er Kraft sammeln, bevor er einen vorsichtigen Blick darauf

warf. Alan hatte ihm einen Monat nach der Geburt ein Bild von Julia geschickt, aber allem Anschein nach hatte Tim es nicht fertig gebracht, es anzuschauen.
»O Gott!«, sagte Tim kläglich.
»Was ist los mit dir? Sie ist bildhübsch.«
»Sie ist verkrüppelt«, sagte Tim und hielt sich mit dem Bild die Augen zu.
Alan blickte wieder zur Tür. Dianne war dort drinnen, und es fiel ihm nicht schwer, das Rad der Zeit zurückzudrehen, bis zu Julias Geburt in Hawthorne Cottage Hospital. Tim war mit seinem Boot auf und davon, und Dianne hatte den Schock noch nicht überwunden. Lucinda hatte im Warteraum gesessen, ein Ärzteteam war zur Entbindung hinzugezogen worden. Man wusste, dass der Säugling geschädigt sein würde, aber das Ausmaß war unbekannt.
Dianne hatte auf dem Gebärtisch im Kreißsaal gelegen. Alan war bei der Entbindung dabei. Er wollte ihr als Kinderarzt und Partner beistehen. Dianne hatte Wehen und die Anweisungen befolgt, wie Mütter, die ein gesundes Kind ohne Kaiserschnitt zur Welt bringen. »Atmen«, hatte der Geburtshelfer gesagt. »Pressen, atmen, jetzt nicht pressen.«
Alan hatte ihre Hand gehalten, an die sie sich mit aller Kraft klammerte. Die feuchten Haare hingen ihr ins Gesicht, Hals und Körper waren schweißüberströmt. Zu Beginn der Wehen hatte sie ständig zur Tür des Kreißsaals hinübergeblickt, als hoffte sie, Tim hätte sich besonnen und käme zur Tür herein.
Dann war es so weit gewesen. Die Ärzte hielten sich bereit. Alan saß hinter Diannes Kopf und hielt sie an den Schultern. »Gleich hast du es geschafft, Dianne«, sagte er wie ein Trainer, der sein Baseball-Team anfeuert, noch einmal das Letzte aus sich herauszuholen. »Ich bin stolz auf dich.«
Ihre Hand umfasste sein Kinn. »Sag mir, dass meine Entscheidung richtig war«, bat sie flehentlich.
Das Kind war noch nicht geboren, und niemand konnte sagen, wie seine Zukunft aussehen würde. Dianne hatte beschlossen,

es alleine großzuziehen, es nicht in ein Heim zu geben, ungeachtet der Schwere der Behinderung. Alan konnte die Frage nicht als Arzt beantworten, wohl aber aus dem Herzen.
»Ja, Dianne, sie war richtig.«
»O Gott, ich hoffe es ...«, hatte sie mit Tränen in den Augen erwidert.
»Ich verspreche dir, ich werde immer für euch da sein.«
»Danke.«
Noch eine Presswehe, dann war es geschafft. Die Spannung war nun beinahe greifbar, niemand der Anwesenden wusste, wessen Fachkenntnisse nötig sein würden. Dianne warf den Kopf zurück, die Adern an ihrem Hals traten hervor. Alan hatte zwar während des Medizinstudiums die eine oder andere Geburt miterlebt, aber als neutraler Beobachter.
»Jetzt«, rief er Arzt. »Noch einmal pressen, los, fes...«
Im Kreißsaal war es totenstill.
Dianne schrie. Ein Schrei der Erleichterung, wie bei jeder Mutter, die gerade ihr Kind zur Welt gebracht hatte. Was fehlte, war der Jubel, in den alle einzustimmen pflegten, die bei der Entbindung dabeigewesen waren. Sie schwiegen und hielten den Atem an.
»Bitte gebt sie mir«, sagte Dianne mit zitternder Stimme.
Der Neonataloge war mit dem Säugling bereits auf dem Weg zum Brutkasten. OP-Schwestern nahmen Dianne die Sicht. Tränen liefen über Diannes Gesicht, als sie flehentlich die leeren Arme ausstreckte. Man wollte ihr den Anblick ersparen. Das Kind war grauenvoll verunstaltet – die Wirbelsäule befand sich in einem Dottersack auf dem Rücken, Arme und Beine saßen krumm und schief am Körper wie die Flächen eines kubistischen Gemäldes.
Alan stand auf. Er durchquerte den Raum, und während seine Schwägerin ihn anflehte, er solle ihr das Baby bringen, warf er einen ersten Blick auf seine Nichte. Er war Kinderarzt. Obwohl er an der renommierten Harvard Medical School studiert und seine Zeit als Assistenz- und Facharzt am Mass General und in

Yale verbracht hatte, war er nicht auf die Empfindungen vorbereitet, die der Blick in die Augen des kleinen Mädchens in ihm weckten.
»Gebt sie mir.«
»Aber sie braucht ...«
Alan wusste, was sie brauchte. Er nahm sie auf den Arm und brachte sie zu Dianne hinüber, die mit Tränen in den Augen ihr Kind betrachtete. Dann holte sie tief Luft.
Alan würde nie vergessen, was danach kam.
Sie sah ihr Baby an und nickte. Sie wusste, es würde hart werden und Rückschläge geben, aber sie war bereit, es zu versuchen.
»Gib sie mir«, sagte sie.
Alan legte ihr das Kind in die Arme.
»Meine Kleine«, flüsterte Dianne. »Meine Kleine ... ich hab dich lieb. Ich hab dich lieb. Ich hab dich lieb. Ich werde dich nie alleine lassen. Niemals.«
So war es gewesen. Und nun saß Alan im Warteraum vor der Intensivstation und sah seinen Bruder Tim beim Anblick des Babyfotos weinen. Eine Sekunde lang war er versucht, ihm die Entbindung zu schildern, doch dann hielt er sich zurück. Dieser Teil der Vergangenheit gehörte ihm und Dianne.
»Dianne hat sie zu Hause behalten?«, fragte Tim.
»Ja.«
»Sie hat sie nie in ein Heim gegeben?«
»Nie.«
Tim nickte und wischte sich über die Augen. In diesem Moment öffnete sich die Tür der Intensivstation. Beide Brüder sprangen auf. Dr. Bellavista kam heraus. Seine Miene war ernst, aber Alan erkannte an seinen Augen, dass er gute Neuigkeiten hatte. Er blickte von einem McIntosh zum anderen.
»Es geht ihr besser. Die Grundfunktionen sind wieder stabil. Sie reagiert und kommt langsam zu sich. Und sie möchte wissen, ob jemand namens Alan da ist.«
»Das bin ich«, erklärte Alan.

»Geh zu ihr«, sagte Tim.
Alan zögerte. Die Stunden, die er zusammen mit seinem Bruder gewartet hatte, hatten die Erinnerung an die Zeit zurückgebracht, in der sie ein Herz und eine Seele gewesen waren. Möglich, dass die Eintracht zwischen ihnen nicht von Dauer war, dazu waren sie zu verschieden und hatten zu viel Porzellan zerschlagen. Aber er fühlte sich ihm noch immer nahe und wollte ihn nicht ohne ein versöhnliches Wort gehen lassen.
»Glaubst du, dass sie es ernst gemeint hat?«, fragte Tim.
»Was?«
»Dass sie mir verzeiht?«
»Wenn sie es gesagt hat, hat sie es auch so gemeint.« Alan kannte Dianne gut genug, um zu wissen, dass man ihre Worte auf die Goldwaage legen konnte.
»Ich hoffe es«, entgegnete Tim. Seine Augen füllten sich wieder mit Tränen, und er schickte sich an zu gehen. Alan wusste, dass er seinen Bruder nie wiedersehen würde. »Ich hätte sie nicht heiraten dürfen. Sie hat von Anfang an zu dir gehört.«
»Dann gäbe es Julia nicht«, sagte Alan, was seiner Art zu verzeihen am nächsten kam.
»Mach sie glücklich«, sagte Tim an der Schulter seines Bruders, als er ihn ein letztes Mal umarmte.
»Das werde ich.«
Sie schüttelten sich die Hände, und Tim McIntosh ging den sterilen Korridor des Krankenhauses entlang, eine glitzernde Fischschuppenspur hinter sich lassend. Alan war bereits hinter der Tür zur Intensivstation verschwunden, bevor Tim am Fahrstuhl angelangt war.

31

Sie glauben nicht, dass ich sie höre und verstehe, aber ich höre und verstehe sie. Sie sprechen in Versen und Liedern, und ich mag ihre Worte und Melodien. Wenn meine Mutter mir nahe ist, höre ich sogar das Lächeln in ihrer Stimme, auch wenn es nicht ihr Glückstag ist. Meine Mutter liebt mich, und ihre Liebe hüllt mich ein wie ein schützender Mantel.

Mein Körper ist eine Sache für sich. Er ist anders, schwer und lästig. Meine Arme und Beine funktionieren nicht, sie sind mir im Weg. Wenn ich sehe, mit welcher Leichtigkeit sich andere bewegen, möchte ich aus meiner Haut ausbrechen und wie sie zum Strand hinunterlaufen, durch das hohe Gras und den Wind.

Seit ich auf der Welt bin, gibt es zwei Menschen, die immer für mich da sind. Meine Mutter und mein Onkel. Früher dachte ich, er sei mein Vater, doch inzwischen weiß ich, dass mein Vater uns verlassen und meine Mutter deshalb so viel geweint hat. Ich brauche ihn nicht. Ich habe ja schon einen Vater, einen Vater, der uns mehr liebt als alles auf der Welt. Er gibt uns genauso viel Wärme wie die Sonne.

Auch die Sonne ist warm; sie sorgt dafür, dass die Blumen in Grannys Garten wachsen, wie mein Vater Alan dafür sorgt, dass Mama und ich glücklich und geborgen sind. Er ist immer für uns da.

Er hat Amy zu uns gebracht. Eine Freundin zu haben ist das schönste Geschenk auf der Welt. Ich sehe, wie mich die Leute anschauen, weil ich anders bin, weil mein Körper hässlich ist. Am liebsten würde ich ihnen zurufen: Das ist nur meine Hülle und nicht ich! Darunter fühle ich mich schön und leicht und frei! Aber sie runzeln die Stirn und wenden sich ab oder tun so, als sähen sie mich nicht. Das verletzt mich sehr.

Amy macht so etwas nie. Sie blickt mich liebevoll an. Sie bringt mich zum Lachen mit ihren Grimassen und Späßen. Wenn Mama uns den Rücken zudreht, verständigen wir uns in unserer Geheimsprache, mit den Händen. Wir haben auch ein Geheimzeichen – ich strecke die Zunge raus, und Amy fasst an ihr Ohr. Wenn sie meinen Rollstuhl schiebt, geht sie ganz schnell, damit ich spüren kann, wie Beine funktionieren. Das nennt man laufen, hat sie gesagt, damit ich Bescheid weiß.
Jetzt weiß ich es!
Meine Großmutter hält mich gerade im Arm. Sie weint, und die Tränen tropfen auf meinen Kopf. Irgendetwas Schlimmes ist mit meiner Mama und Amy passiert, sie sind im Krankenhaus. Ich zittere, weil das Krankenhaus mir Angst macht. Dort ist alles so hell. Es gibt keine Schatten, keine Farbe, die nicht blinkt und blitzt, keine Nacht, in der meine Mutter ins Zimmer kommt, um nach mir zu sehen.
Aber das Krankenhaus ist wichtig. Dort helfen sie Menschen wie mir. Auch wenn ich mir nicht vorstellen kann, dass meine Mutter und Amy so hilflos sein sollen, dass sie jemanden brauchen, der sie hochhebt, füttert und hin und her trägt, wie bei mir. Aber im Krankenhaus habe ich auch schon Menschen auf den eigenen Beinen kommen und gehen sehen.
»Gaaa«, sage ich, das ist Grannys Name. Ich möchte ihr damit zu verstehen geben, dass ich sie lieb habe.
»Ach, Kind.« Meine Großmutter drückt mich weinend an sich. »Deine Mutter und Amy hatten einen Unfall. Alan ist hingefahren. Er sagt uns so schnell wie möglich Bescheid.
Granny macht sich viel zu viele Sorgen. Alles wird gut werden, dass weiß ich. Ich versuche meine Hände zu bewegen, um ihr Gesicht zu streicheln, aber ich bin so müde. Mein Körper wird immer schwächer. Ich bin froh darüber, denn wenn ich keinen mehr habe, bin ich frei. Dann kann ich endlich lachen und laufen und durch den blauen Himmel schwimmen. Ich spüre, dass es bald so weit ist.
Aber zuerst muss ich noch einiges erledigen, dass weiß ich,

auch wenn ich nicht sagen kann, woher. Vielleicht habe ich diese Gabe von Gott als Ausgleich für meinen Körper erhalten, der nicht so funktioniert, wie er sollte. Ich frage nicht danach, denn was für einen Sinn hätte das? Ich liege in meinem Bett oder sitze in meinem Rollstuhl und bin für alles bereit. Nichts, was ich tue oder mir wünsche, könnte bewirken, dass es schneller geschieht. Aber irgendwie weiß ich, dass es noch nicht so weit ist.

Erst wird die Hochzeit stattfinden. Bis dahin dauert es nicht mehr lange. Mein Vater, Onkel Alan, hat meiner Mutter einen Ring gekauft. Er hat ihn mir gezeigt, gestern, als ich mit ihm in unserem neuen Haus war. Es ist groß und wunderschön, und er hat gesagt, es sei aus Liebe gebaut. Von meinem Zimmer aus kann ich den Hafen, die Fischerboote und Segelschiffe sehen, die frei wie die Gedanken über das Meer ziehen.

Dann hat er mir Mamas Ring gezeigt.

»Das ist ein Diamant«, hat er erklärt und das Samtkästchen aufgemacht. »Das Symbol der Ewigkeit, Julia, weil er so alt ist wie die Menschheit. Es ist das härteste Gestein der Welt, und ich werde es dir beweisen, bevor wir gehen.«

»Gliii«, habe ich gesagt; das ist mein Wort für wunderbar.

»Schau.« Er hat Mamas Ring ans Licht gehalten, sodass Regenbogen an der Decke, auf den Wänden und auf dem Fußboden tanzten. Wenn Stella jetzt hier wäre, habe ich gedacht. Meine kleine Katze würde den Regenbogen hinterherjagen, und Amy und ich würden uns kranklachen.

»Ich werde ihr einen Heiratsantrag machen, Liebes. Ich möchte dich adoptieren und deine Mutter heiraten, damit wir eine richtige Familie sind.«

»Daaa«, habe ich gesagt. Das heißt »Daddy«, weil er das immer für mich war und wir jetzt schon eine richtige Familie sind.

»Genau hier werde ich deine Mutter heiraten. Direkt vor dem Weihnachtsbaum. Wenn sie meint, ich würde bis zum neuen Jahr warten, wird sie sich auf eine Überraschung gefasst machen müssen.«

Das ist gut, weil die Zeit drängt. Ich bin zwölf Jahre alt, was für mich schon ziemlich viel ist. Mein Herz ist müde. Es muss so hart arbeiten, und ich bin erschöpft. Aber vorher müssen bestimmte Dinge erledigt werden. Das ist Teil meiner Aufgabe auf dieser Welt und mein Geschenk.

»Genau hier, Julia. Amy und du werdet unsere Brautjungfern sein, mit den schönsten Blumensträußen, die es gibt.«

»Gaaa«, habe ich gesagt, um ihn daran zu erinnern, dass Granny weiß, welche für den Anlass richtig sind. Granny liebt Blumen. Sie hat alle möglichen im Garten – Rosen, Pfingstrosen, Glockenblumen, Maiglöckchen.

»Ihr werdet weiße Kleider und silberne Schärpen tragen, weil deine Mutter mir erzählt hat, dass sie als Kind von diesem Haus geträumt hat, von Gartenfesten, bei denen die Frauen weiße Kleider trugen.«

»Baaa«, habe ich gesagt, weil ich Hochzeiten liebe. Mama wird die Braut sein, und Amy und ich Brautjungfern. In Büchern und im Fernsehen sehen Bräute wie Märchenprinzessinnen aus. Mama wird die schönste von allen sein und vor Glück strahlen.

»Lucinda wird mir deine Mutter zuführen, weil wir ja keinen Brautvater haben.«

Jetzt nimmt Granny mich auf den Arm. Sie hat aufgehört zu weinen und trägt mich nach unten. Aber seufzen tut sie immer noch. Es schneit nicht mehr, die Wolken haben sich verzogen, und die ersten Sterne stehen am Himmel. Granny seufzt wieder und nimmt mich noch fester in den Arm.

»Gaaa«, sage ich, damit sie nicht mehr traurig ist. Sie küsst mich auf die Stirn. Das mag ich. Sie ist so lieb und hat Mama immer zur Seite gestanden. Sie spricht mit mir genauso wie Daddy, erzählt mir Geschichten von früher und hat mir die Puppen gezeigt, die sie als Weihnachtsgeschenk aus den Äpfeln gebastelt hat, die Amy im Apfelgarten vom Boden aufgesammelt hat.

Alle vertrauen mir ihre Geheimnisse an. Ich bin ein Glückspilz, denn es sind schöne Geheimnisse, die zeigen, wie meine Familie zusammenhält, auch in schlechten Zeiten. Grannys Puppen sagen mir, dass es nichts gibt, was nicht liebenswert wäre, und Daddy hat mir eine Geschichte erzählt, die außer mir niemand hören durfte.

Es war in dem Haus, in dem ich meine letzten Tage verbringen werde. Im Wohnzimmer neben dem Erker, wo unser Weihnachtsbaum stehen wird. Das Fenster hat uralte Scheiben aus blauem Bleiglas, buckelig und mit eingeschlossenen Luftblasen. Eine Scheibe hatte Kratzer, und Daddy sah aus, als wäre er wütend.

»Am liebsten hätte ich sie zertrümmert, als ich sie zum ersten Mal sah, Julia«, hat er gesagt. »Die Immobilienhändlerin erklärte, das seien die Initialen der ursprünglichen Besitzer. Von einem Seekapitän und seiner Frau. Du weißt ja, was ich von Seeleuten halte …«

Ich wedelte mit den Händen in der Luft.

»Ich wollte nicht, dass deine Mutter sie sieht, um sie nicht wieder an Tim zu erinnern.«

»Daaa.« Ich versuchte ihm klarzumachen, dass es keine Rolle spielte, weil Mama nicht Tim, sondern ihn liebt und ich mir keinen besseren Vater wünschen könnte.

»Aber ich war auf dem Holzweg. Die Buchstaben lauten E-L-H. E-L-H. Der Besitzer hieß Elihu Hubbard, und ich dachte, sein zweiter Vorname würde mit einem L beginnen. Aber ich habe in der Bibliothek ein Buch über die Geschichte von Hawthorne gefunden, in der auch dieses Haus erwähnt wird, und festgestellt, dass der Anfangsbuchstabe seines zweiten Vornamens ein ›S‹ ist und seine Frau Letitia hieß.«

Ich wedelte, weil mir die Geschichte unbändig gefiel.

»E-L-H ist ihr Monogramm. Elihu – Letitia – Hubbard. Es waren die Initialen der beiden, als sie verheiratet waren. Sie hat sie mit dem Diamanten in das Glas geritzt, den er ihr von einer seiner Reisen mitbrachte. Und genau das werde ich jetzt auch tun.«

Dann hat mein Daddy Mamas Ring aus dem Kästchen geholt.

»Maaa«, habe ich gesagt, weil ich mir wünschte, Mama wäre bei uns.
»Ich werde sie direkt daneben einritzen.«
Ein Diamant ist das härteste Gestein der Welt, wie ich schon wusste. Er ist aus Feuer tief in der Erde entstanden, hält bis in alle Ewigkeit und schneidet Glas, ohne es zu zerbrechen. Ich habe zugesehen, wie mein Daddy mit Mamas Diamantring »A-D-M« in das dicke blaue Glas ritzte.
»Alan Dianne McIntosh«, hat er gesagt. Und dann – ich konnte es kaum glauben – dann hat er noch ein »J« eingeritzt. »Das steht für Julia«, hat er erklärt und mich auf die Stirn geküsst.
Granny seufzt schon wieder. Sie sitzt am Küchentisch und hat mich auf dem Schoß. Die Lichter sind aus, und ihr Herz klopft so stark, dass ich es sogar durch die Strickjacke spüre. Sie wartet darauf, dass das Telefon klingelt. Ich atme so leise ich kann, um sie nicht aufzuregen. Granny regt sich auch so schon genug auf, bis meine Mutter wieder zu Hause sein wird. So ist Granny nun einmal.
Auch das weiß ich: Menschen sind so, wie sie sind. Wenn man zwölf Jahre schweigt, beobachtet man genauer und hört aufmerksamer zu. Ich kann dem Lauf der Ereignisse nicht vorgreifen, aber wenn ich es könnte, würde ich Granny sagen, dass Mama wieder nach Hause kommt. Ich spüre es ganz deutlich. Wenn ich die Augen schließe wie jetzt, kann ich Verbindung mit ihr aufnehmen und ihr Gesicht berühren.
Meine Mutter ist verletzt und dem Tod genauso nahe wie ich. Aber Granny, Alan, Mama und Amy wissen nicht, dass ich ihm entgegengehe und Mama sich von ihm entfernt. Ich bin froh, wenn ich meinen Körper verlassen kann; er ist wie ein Käfig. Ich werde sie nicht weniger lieben, nur weil es meinen Körper nicht mehr gibt. Meine Seele sehnt sich danach, frei zu sein. Aber meine Mutter hat noch viel zu tun auf dieser Welt, sie muss am Leben bleiben.
Stella miaut. Sie weiß es auch.
Meine kleine Katze springt auf den Fenstersims. Orion kriecht

über den Küchenboden und jault, um Grannys Aufmerksamkeit zu wecken. Sie krault ihm den Kopf und sagt: »Braver Hund.« Das genügt ihm, und er geht einmal im Kreis herum, bevor er sich wieder hinlegt. Aber Stella wartet.

Sie hält Wache. Ihre türkisgrünen Augen blicken mich blinzelnd an. Ich blinzle zurück. Unsere Augen sprechen miteinander, wie wir es im Lauf der Jahre gelernt haben. Sie sagt mir, dass sie weiß, wie mir zu Mute ist und wie sehr ich mir wünsche, dass meine Mutter bald wieder zu Hause ist. Sie vermisst meine Mutter und Amy auch und möchte heute Nacht die Sterne anrufen, um sie zu bitten, die beiden wohlbehalten nach Hause zu geleiten.

Granny sieht es. »Stella, hältst du nach Orion Ausschau?«

Ich wedle mit den Händen und sage Stella so, sie soll die Sterne anrufen.

»Ach Kätzchen, denkst du, dein Platz wäre da oben, bei den Sternen?«

Stella antwortet nicht. Mit unnachahmlicher Geschmeidigkeit dreht sie uns den Rücken zu. Sie blickt zum Himmel hinaus, ihr Körper ist vor Sehnsucht angespannt. Sie bittet ihren Freund, den großen Jäger am Himmel, meine Mutter gesund zu machen.

»Gaaa.«

»Liebes.« Meine Großmutter küsst mich auf die Stirn.

Ich wedle mit den Händen, da ich meine Großmutter trösten möchte.

Granny ist klug. Sie kennt viele Geschichten, Spiele und Gedichte, und als sie Stella betrachtet, sagt sie:

Abendstern
Hesperos,
Leitstern für alles,
Was die Dämmerung trennt,
Die verlorenen Schäfchen,
Die Zicklein und Kinder
Bring ihren Müttern zurück.

»Bring mir meine Tochter zurück!«, fleht meine Großmutter den Abendstern an.
»Gaaa«, sage ich, um ihr zu verstehen zu geben, dass alles gut werden wird.
Ich schließe meine Augen und denke an Grannys vier Puppen. Sie tragen verschiedene Kleider, aus Mamas Vorhangstoff genäht. Aber es sind die Gesichter, die mir am besten gefallen. Sie bestehen aus den verschrumpelten Äpfeln, die Amy im Apfelgarten aufgesammelt hat.
Granny hat die Puppen versteckt.
Sie sollen eine Weihnachtsüberraschung sein, für mich, Mama, Amy und Granny selbst. Amy hat Recht, die Äpfel sind wirklich wie wir – sie sind vom Baum gefallen, sind nicht vollkommen und daher nicht gut genug für einen Apfelkuchen.
Nun weint Granny, und ich würde ihr gerne sagen: Alles wird gut.
Jeder von uns muss einmal gehen. Aber erst, wenn wir unsere Aufgabe auf der Erde beendet haben. Wir sind Geistwesen, gefallene Engel in Körpern, die nicht vollkommen sind, Apfelpuppen, die zum Leben erweckt wurden. Wir haben gesehen, wie Sandburgen errichtet und zerstört wurden.
Mama hat noch einiges zu tun, sie verlässt diese Erde noch nicht.
Ich brauche sie viel zu sehr.

☆

Danksagung

Ich möchte Sam Whithney danken, einer Freundin, die ich seit dem Thanksgiving-Tag kenne, an dem sie geboren wurde. Sam ist eine unerschrockene Autorin, Bergsteigerin, Forscherin und Krankenschwester. Sie unternahm eine Trekking-Tour durch den Himalaya in Nepal, arbeitete mit Mutter Teresa in Kalkutta und ist nun Vollzeit mit ihrer Ausbildung als Kinderkrankenschwester beschäftigt. Ihre Hilfe war unschätzbar wertvoll bei meinen Recherchen über das Rett-Syndrom. Sam ist spirituell, einfühlsam und fröhlich, und ich bin stolz, für sie Kinder gehütet zu haben. Sie ist eine Suchende mit Schwung und Elan.

Die Mitarbeiter bei Bantam sind wunderbar und hilfsbereit. Ihre Freundlichkeit, ihr Glaube an mich und ihr Wissen hat mich durch meine Veröffentlichungen geleitet. Deshalb möchte ich mich bei Irwyn Applebaum, Nita Taublib, Christine Brooks, Barb Burg, Susan Corcoran, Gina Wachtel, Betsy Hulsebosch, Carolyn Willis und allen Außen- und Innendienstmitarbeitern mit einem herzlichen Dankeschön und einem kleinen Kräutersträußchen aus Point O'Woods erkenntlich zeigen. Die Figur der Lucinda wurde von meiner Mutter und einer Bibliothekarin aus meiner Jugendzeit inspiriert: Mrs. Virginia Smith von der New Britain Public Library. Mit tief empfundenem Dank an alle Buchhändlerinnen dieser Welt. Danken möchte ich auch Juanita Albert. Sie inspiriert mich mit Geschichten über Familie, Treue und Glauben. Sie ist eine wahre Freundin und mit mir durch dick und dünn gegangen.

Point O'Woods ist ein kleiner Ort in Connecticut mit Meeresstrand, Sand, hohen Tannen und goldfarbenen Salzmarschen. Dort fühlen sich mein Herz und meine Seele zu Hause. Dort haben sich meine Eltern kennen gelernt, und ihr Geist – wie auch

Mims – erfüllt das Haus und den Kräutergarten. Meine Mutter half mir, das Schreiben an unserem alten Eichentisch lieben zu lernen, den ich heute noch zum Schreiben benutze. Ich hoffe, meine Familie und meine Nachbarn wissen, wie sehr ich sie liebe.